Veröffentlicht von
DREAMSPINNER PRESS

5032 Capital Circle SW, Suite 2, PMB# 279, Tallahassee, FL 32305-7886 USA
www.dreamspinnerpress.com

Cole-McGinnis Krimi : Band 1 bis 3
Urheberrecht der deutschen Ausgabe © 2021 Dreamspinner Press.
Originaltitel: Cole McGinnis Bundle
© 2011, 2012, 2013 Rhys Ford
Oringal Erstausgabe. Dirty Kiss ursprünglich veröffentlicht Juli 2011.
Dirty Secret ursprünglich veröffentlicht September 2012.
Dirty Laundry ursprünglich veröffentlicht April 2013.
Übersetzt von Teresa Simons.

Umschlagillustration
© 2022 Reece Notley
reece@vitaenoir.com
Die Illustrationen auf dem Einband bzw. Titelseite werden nur für darstellerische Zwecke genutzt. Jede abgebildete Person ist ein Model.

Deutsche ISBN. 978-1-64108-329-4
Deutsche eBook Ausgabe. 978-1-64108-328-7
Deutsche Erstausgabe. November 2021
v 1.0
Dirty Kiss Deutsche Erstausgabe. November 2016
Dirty Secret Deutsche Erstausgabe. Oktober 2017
Dirty Laundry Deutsche Erstausgabe. August 2021

Gedruckt in den Vereinigten Staaten von Amerika.

RHYS FORD

COLE MCGINNIS
KRIMI : BAND 1 BIS 3

INHALT

DIRTY KISS

1

ALS KIND war ich der unschuldigen Überzeugung gewesen, Großmütter seien größtenteils rundgesichtige, fröhliche Frauen, die einen mit Keksen versorgten und einem etwas Geld zusteckten, wenn die Eltern nicht hinsahen. Leider schien sich, obwohl die meisten meiner damaligen Ansichten die Realität des Erwachsenwerdens nicht überstanden hatten, mein naives Bild von Großmüttern und Keksen hartnäckig gehalten zu haben.

Was wahrscheinlich der Grund dafür war, dass ich gerade durch einen zu streng zurechtgestutzten Garten rannte, während hinter mir der Knall einer Schrotflinte zu hören war.

Eigentlich hätte es ein unkomplizierter Fall sein sollen. Als Mr. Brinkerhoff, ein freundlich wirkender älterer Mann, mein Büro betreten und ihn mir angeboten hatte, war es mir wie eine Kleinigkeit vorgekommen. Ich hatte zugestimmt und sogar mein Honorar gesenkt, da ich lediglich damit gerechnet hatte, seine großmütterliche, fromme Ehefrau bei ihren abendlichen Besorgungen in der Stadt zu beobachten. Er sah Anzeichen für eine Affäre, die er ihr im tiefsten Innern jedoch eigentlich nicht zutraute. Nicht seiner Adele.

Liebe verführt einen Mann zu Dummheiten. Diese Art von Motivation hatte ich im Augenblick allerdings nicht. Und auch das Honorar war bei weitem nicht hoch genug, um dafür mein Leben zu riskieren. Ich würde später im Büro ein ernstes Wörtchen mit Mr. Brinkerhoff reden – falls ich dort lebend ankam.

Zweige zerrten an meinem Ärmel, als ich an einem in Form geschnittenen Busch vorbeihetzte. Ein blattgrüner Elefant streckte seinen eleganten Rüssel den Sternen entgegen – zumindest bis ihm ein Schuss den gesamten Kopf abriss. Teile davon flogen durch die Luft und der Geruch des immergrünen Strauchs war überwältigend, als mir Harz ins Gesicht spritzte. Mit brennenden Wangen rutschte ich beinahe aus, bevor ich die zweifelhafte Sicherheit einer großen Vase im griechischen Stil erreichte. Das Gras war nass vom Regen, einem durchziehenden Wolkenbruch, der den Boden zu weich zum Laufen gemacht hatte, weshalb ich nicht so weit gekommen war, wie mir lieb gewesen wäre.

Entgegen dem allgemeinen Irrglauben regnet es in Südkalifornien durchaus. Meistens wenn ich gerade vor einer bewaffneten Person fliehe.

Allmählich breitete sich ein Schmerz in meiner Brust aus, der allerdings mehr mit der Panik als mit der Anstrengung zu tun hatte. Um Deckung bemüht wand ich mich auf scheinbar ziellosen Steinwegen durch das Labyrinth aus Büschen und Hecken, während ich hoffnungsvoll nach meinem Range Rover Ausschau hielt. Endlich entdeckte ich etwas Bekanntes: eine wuchernde Prunkwinde, die beinahe einen Springbrunnen erstickte. Die hatte ich bereits gesehen, als ich mich durch das hintere Tor in den Garten geschlichen hatte, um Mrs. Brinkerhoff bei ihren abendlichen Genüssen nachzuspionieren. Das Tor war also in der Nähe und im Gegensatz zum Hinweg musste ich diesmal nicht das Schloss aufbrechen.

Noch trennte mich der hohe Holzzaun von meinem Auto. Mit seinen nahezu zweieinhalb Metern war er für Gärten wie diesen eine wichtige Voraussetzung, um die Pools vor herumstreunenden Horden erhitzter Kinder zu verbergen, die im Sommer eine kühlende Wasserstelle zum Spielen suchten. Ich hatte in einer der vielen Hintergassen geparkt, die das Straßennetz von Los Angeles durchschnitten. In einer so vornehmen Gegend dienten sie vor allem dazu, die Fahrzeuge der Bediensteten und Gärtner zu verstecken und von der Straße fernzuhalten. Der perfekte Ort für meinen alten Rover.

In den riesigen Häusern, die das umgaben, in dem ich Mrs. Brinkerhoff gefunden hatte, wurden nach und nach Lichter eingeschaltet. Wenn ich mich nicht beeilte, würde ich mich bald mit meinem Freund und Helfer auseinandersetzen müssen. Das unverwechselbare Klicken einer Schrotflinte, die nachgeladen wurde, brachte mich zu der Überzeugung, dass ich über den Zaun klettern musste. Das Tor konnte ich vergessen: Ich musste hier raus, bevor sich Polizisten über meinen leblosen Körper beugten und geschmacklose Witze über meine Vorlieben machten.

Splitter gruben sich in meine Hände, als ich den Rand des Zauns packte. Mit meinen Sneakern konnte ich mich an dem rauen Holz lange genug abstützen, um mich hochzuziehen und ein Bein über den Zaun zu werfen. Der Rand schnitt in meinen Oberschenkel und ich zuckte zusammen, als sich die harten Holzlatten gegen meine Hoden drückten. Am liebsten hätte ich kurz innegehalten, um zu Atem zu kommen und mich etwas zu beruhigen. Leider hatte Mrs. Brinkerhoff andere Pläne.

Vom hohen Zaun aus war ihre helle Helmfrisur, eine schneeweiße Kappe aus feinem Haar, das kunstvoll um ein Gesicht mit rosigen Wangen und geschwungenen Lippen angeordnet worden war, nicht zu übersehen. Sie musste einst sehr hübsch gewesen sein. Die Art von junger Frau, mit der Männer beiläufig flirteten, während sie insgeheim davon träumten, sie ihrer Mutter vorzustellen. Jetzt besaß ihr Körper eine ansprechend rundliche Form, die zu Umarmungen einlud und sicher auch Kinder dazu brachte, sich auf ihren Schoß zu setzen. Allerdings passte dieser Körper nicht unbedingt zu der mit Diamanten besetzten Lederunterwäsche, in der sie mich durch den aufwendig gestalteten Garten der Villa jagte.

Ich würde mir einen Eimer Bleichmittel besorgen müssen, um die Erinnerung daran auszulöschen, wie Mrs. Brinkerhoff und ihre Geliebte sich in einem mit rotem Samt behängten Bett austobten. Da ich mich nicht zu Frauen hingezogen fühlte, gab es bei zwei Frauen normalerweise lediglich doppelt so viel zu sehen, das mich nicht interessierte. Doch in diesem Fall war etwas Verstörendes daran gewesen, Hügel aus weichem, faltigem Fleisch auf purpurnen Laken beben zu sehen, genau wie am Anblick von Mrs. Brinkerhoffs Mund zwischen den Beinen

4

einer anderen Frau, wobei das Leder das Ganze nicht besser machte. Nachdem ich das fotografiert hatte, war ich mir nur noch sicherer, dass sich meine Neigungen niemals ändern würden.

Jetzt sah ich zu, wie die alte Dame auf nackten Füßen um die Leiche des Elefantenbusches schlich. Wäre ich nicht der von ihr Gejagte gewesen, hätte ich sie sicher sehr beeindruckend gefunden. Es war deutlich zu erkennen, dass man sich nicht mit ihr anlegen sollte. Der Lauf der Schrotflinte zeigte auf den Boden, doch sie hatte die Hände fachmännisch um den Schaft der Waffe gelegt, um sie jederzeit auf mich richten zu können, sobald sie mich entdeckte. Normalerweise hätte ich ihr Jagdtalent bewundert. Im Augenblick war ich eher darauf konzentriert, aus dem Garten zu fliehen, bevor sie mich in ein Sieb verwandelte.

„Toll", murmelte ich, während ich die weiße Frisur zwischen den Büschen auf und ab hüpfen sah. „Sie geht auf Safari und ich bin die verdammte Antilope."

Auf der anderen Seite des Zauns schien der Boden wesentlich weiter entfernt zu sein, denn er war leicht abschüssig angelegt, um überschüssiges Regenwasser in Richtung der Gullys in der schmalen Gasse zu leiten. Ich fragte mich, ob ich mir bei der Landung auf dem durch Algen rutschigen Beton ein Bein brechen würde.

Als ich mich in eine bessere Position für den Sprung brachte, wodurch sich die Zaunkante noch tiefer zwischen meine Beine grub und mir ein leises Stöhnen entlockte, hob Mrs. Brinkerhoff den Kopf. Ihr wie ein silberner Wattebausch glänzendes Haar verursachte mir eine Gänsehaut. Im schwachen Licht der Scheinwerfer an der Seite des Hauses sah ich das mörderische Funkeln in ihren zusammengekniffenen Augen, als sie mich auf dem Zaun entdeckte. Aus den Schatten erhob sich der Lauf der Flinte, deren stumpfe Metalloberfläche im wässrig-gelben Licht der Straßenlaternen schwach schimmerte.

Ich tat, was jeder vernünftige Mann beim Anblick einer engelsgesichtigen Großmutter getan hätte, die ihn aufs Korn nahm: Ich sprang.

Auf Betonboden zu landen ist nie angenehm, erst recht nicht aus zweieinhalb Metern Höhe. Über mir explodierte der Rand des Zauns, als ihn dasselbe Schicksal ereilte wie Mr. Elefants Kopf. Während mir noch Holz ins Gesicht rieselte, nahm ich über das Echo des Schusses hinweg ferne Sirenen wahr. Es war eindeutig Zeit, ins Auto zu steigen und zu verschwinden.

Nachdem ich mit der Hand meine Brust abgetastet hatte, seufzte ich erleichtert: Die kleine Kamera mit dem Beweis für Mrs. Brinkerhoffs Affäre – vermutlich für die nächsten Jahre Gegenstand meiner Therapiesitzungen – befand sich noch in meiner Jackentasche. Wenn man mir schon beinahe den Kopf wegpustete, wollte ich wenigstens dafür bezahlt werden. Noch glücklicher war ich allerdings darüber, dass sich auch meine Schlüssel an ihrem Platz befanden. Mein eigenes Auto aufzubrechen, gehörte nämlich nicht zu den weiteren Plänen für die Nacht.

Der Motor des Rovers heulte auf und vermischte sich mit dem Bellen von Mrs. Brinkerhoffs Schrotflinte. Ich trat aufs Gaspedal und raste die Gasse entlang, als ihre mollige, blasse Gestalt plötzlich aus einem Tor am Ende des Zauns hervortrat. Im Rückspiegel sah ich, wie sie, beinahe nackt im kalten Wind der Gasse, die Waffe an ihrer weichen Schulter abstützte und zielte.

Hätte man den Lederbikini und die Schrotflinte durch ein geblümtes Hauskleid und ein Paar Topflappen ersetzt, hätte sie der netten, liebenswerten Großmutter entsprochen, die ich mir vorgestellt hatte. Zumindest redete ich mir das ein, als der nächste Schuss die Heckscheibe zerschmetterte. Glassplitter trafen meine Schultern und meinen Hinterkopf.

„Scheiße." Der Knall hallte in meinen Ohren wider und hinterließ Kopfschmerzen und ein Klingeln, das den Glocken der katholischen Schule meiner Jugend ähnelte. Der Rover prallte heftig auf den Asphalt, nachdem sein Hinterreifen von der Bordsteinkante gerutscht war. Ich lenkte ihn auf die rechte Straßenseite, um Mrs. Brinkerhoff und ihre ebenso teigige Geliebte mit quietschenden Reifen hinter mir zu lassen.

ICH STEUERTE den Rover auf das alte Gebäude zu, das ich zu Beginn meiner Karriere als Privatdetektiv gekauft hatte. Es befand sich in einem Stadtteil von Los Angeles, der damals ziemlich heruntergekommen gewesen war – eine dieser Gegenden, die sich Leuten auf der Suche nach einem billigen, aber angesagten Wohnort geradezu anboten. Mittlerweile befanden sich in Gehweite mindestens fünf Coffeeshops und unzählige Sushibars. Hätte ich Sushi gemocht, wäre das ziemlich großartig gewesen. So musste ich mich mit dem Irish Pub am Ende der Straße trösten. Jedenfalls war das Beinahe-Ghetto zu blühendem Leben erwacht, während ich mich damit abrackerte, ein Gebäude zu renovieren, das die meisten Leute für einen hoffnungslosen Fall hielten. Nun war es ein schönes Wohnhaus. Und ein noch schönerer Arbeitsplatz.

Auch jetzt noch erfüllte mich der Anblick der verwitterten Mauern, die im Licht der in Büschen verborgenen Scheinwerfer goldgelb leuchteten, mit Stolz. Zwei Jahre lang hatte mich die Renovierung viele Flüche, Schweiß und so einige Tropfen Blut gekostet. Das Haus hatte es mir nicht leicht gemacht und ich hatte mir jeden Zentimeter der Instandsetzung hart erarbeiten müssen.

Als man es erbaut hatte, war es eine Anwaltskanzlei oder etwas Ähnliches gewesen, in dem Täfelung aus Tigereiche und hohe Bogenfenster einfach dazugehörten. Ich hatte es mir angesehen, und während ich noch darüber nachgedacht hatte, wie lange das Entfernen der Farbe vom Holz und der Abnutzungsspuren von den Wänden dauern würde, war ich bereits verliebt gewesen. Ich hatte das Potential des verlassenen Chaos erkannt und genug Zeit und Geld besessen, um es in einen Ort zum Leben und Arbeiten zu verwandeln.

Außerdem hatte mich das anstrengende Abbeizen und Schleifen endloser Holzflächen von Rick abgelenkt. Das war damals am wichtigsten gewesen. Vielleicht wäre es das jetzt immer noch, doch mir war das Holz zum Abschleifen ausgegangen.

Ich hatte das Gebäude in zwei Bereiche aufgeteilt, wobei mir der vordere Teil des Erdgeschosses als Büro für meine Detektivarbeit diente. Von der Veranda führte eine separate Eingangstür dort hinein, neben der ein glänzendes Messingschild den Klienten mitteilte, dass sie „Cole McGinnis, Privatdetektiv" gefunden hatten. Eine überdachte Seitenveranda schützte den Eingang zum Wohnbereich, der aus Wohnzimmer und Küche im Erdgeschoss und zwei Räumen im ersten Stock bestand. Ich hatte Wände eingerissen, um ein großes, von der Straße abgewandtes Schlafzimmer einzurichten. Aus dem direkt anschließenden Raum im vorderen Teil war eine Art Bibliothek geworden. Das Haus wäre groß genug für eine Familie gewesen, wenn ich eine gehabt hätte. Ohne diese hallten die leeren Räume um mich herum. Doch es passte zu mir: Die meiste Zeit über fühlte ich mich so leer wie das Haus.

Ich fuhr rückwärts in den Carport. Zwar gab es im Rover im Grunde nichts, was man stehlen konnte, doch mit der fehlenden Heckscheibe ging ich lieber kein Risiko ein. In der hinteren Hälfte des Erdgeschosses brannte Licht. So gern ich im Augenblick auch allein gewesen wäre, konnte ich ihm nicht aus dem Weg gehen – bei meiner Ankunft hatte ich gleich das Auto meines Bruders Mike entdeckt und dieser ließ sich nicht so leicht abwimmeln, erst recht nicht, wenn er bereits in meinem Wohnzimmer lauerte.

Wie er es sich dort auf einem der roten Sofas bequem gemacht hatte, wirkte er nicht gefährlich, obwohl ich es besser wusste. Die Unebenheit auf meinem Nasenbein war der Beweis für die Kraft seiner Fäuste. Was mich gerettet hatte, war die Tatsache, dass er bei einer Größe von einem Meter fünfundsiebzig aufgehört hatte zu wachsen, während ich noch einige Zentimeter zugelegt hatte. Nicht, dass es mich furchterregender gemacht hätte – ich hatte dadurch lediglich längere Beine zum Weglaufen.

Mike ähnelte unserer japanischen Mutter. Sein Gesicht war breit und sein dichtes, schwarzes Haar war zu einer kurzen Igelfrisur geschnitten, durch die er mit der Hand fuhr, wenn er über etwas nachgrübelte. Was meinen Körperbau und die hellbraune Farbe meiner Augen und meines Haars betraf, sah ich eher unserem irischen Vater ähnlich – auch wenn mein Gesicht definitiv ebenfalls stärker an unsere Mutter erinnerte. Sie existierte für mich in flachen Papierrechtecken, Fotos von der Zeit ihrer ersten Begegnung mit meinem Vater in Tokio bis zu ihrem Tod. Auf einem Foto hielt sie ein Baby in den Armen und lächelte so strahlend, dass ihre Augen kaum zu sehen waren. Bei dem Baby handelte es sich um Mike. Sie hatte nicht lang genug gelebt, um mich in den Armen zu halten.

„Du kommst ziemlich spät nach Hause, kleiner Bruder", bemerkte Mike, als er von einem Stapel Papiere aufsah. Selbst wenn er mich bis in mein Wohnzimmer verfolgte, war er mit den Gedanken bei seiner Sicherheitsfirma. Auf dem Couchtisch stand eine halb leere Bierflasche, deren Feuchtigkeit von einem Bierdeckel mit Werbung für einen Tequila aufgesaugt wurde, den ich niemals gekauft hatte. „Und du hast Zweige in den Haaren. Mal wieder ein Fall mit einem eifersüchtigen Mann?"

Als Antwort reichte ich ihm die Kamera, damit er sich die Fotos ansehen konnte, während ich mir ebenfalls ein Bier aus der Küche holte. Sein heftiges Prusten war nicht zu überhören, und als ich ins Wohnzimmer zurückkehrte, war sein Gesicht knallrot. Ich glaubte sogar ein Glucksen zu hören, während er beim Anblick der Fotos vor Lachen kaum noch atmen konnte.

„Das ist widerlich", sagte er schließlich und wedelte mit der Kamera. „Dafür hat dich jemand bezahlt?"

„Ihr Mann", antwortete ich, während ich mich über seine Schulter lehnte, um eine Nahaufnahme von Mrs. Brinkerhoffs engelhaftem Gesicht zu betrachten. „Er hat vermutet, dass sie ihn betrügt, hat mir allerdings verschwiegen, dass sie einer Fliege die Eier abschießen könnte. Ihre Freundin hat mich durchs Fenster gesehen und geschrien, und plötzlich hatte ich eine Schrotflinte vor der Nase und Stücke eines Baumelefanten in den Haaren."

„Du solltest lieber für mich arbeiten. Niemand schießt auf uns und wir werden ganz sicher nicht so traumatisierenden Anblicken ausgesetzt." Mike beugte sich vor, um die letzten Blätter aus meinen Haaren zu entfernen. Dann zupfte er kopfschüttelnd an einer der langen Strähnen, die mein Gesicht einrahmten. „Aber die müsstest du erst abschneiden. Keiner will einen Bodyguard, der aussieht, als wäre er einem Liebesroman entsprungen."

„Sehr witzig." Ich stupste ihn mit meinem nackten Fuß an. „Und nein danke. Mit dir aufzuwachsen war schon schlimm genug, da werde ich ganz bestimmt nicht für dich arbeiten."

„Du bist doch nur eifersüchtig, weil du schon in der Schule keine Chance gegen mich hattest." Mike grinste, als er diese alte Wunde zur Sprache brachte. Drei Jahre vor mir hatte er die Schule als der kluge, begabte McGinnis hinter sich gebracht. Ihm zu folgen war eine Tortur gewesen, da man mich ständig mit ihm verglichen hatte. Gleichzeitig mit meiner Sexualität zurechtkommen zu müssen, hatte das Ganze nicht leichter gemacht.

„Bist du aus einem bestimmten Grund hier?" Das kühle Bier tat meiner Kehle gut. „Um die Uhrzeit kann ich mir nicht vorstellen, dass Mad Dog dich geschickt hat, um den übrig gebliebenen Auflauf vom Mittagessen loszuwerden."

„Nenn sie nicht so. Ihr Name ist Madeline."

„Sie hat dich geheiratet. Schon allein dafür sollte man sie einweisen", antwortete ich mit einem Schulterzucken.

„Wenn du erst einen neuen Freund hast, kriegst du das alles zurück", drohte er.

„Ich glaube, da kannst du lange warten. Denk an meine letzte Beziehung."

Plötzlich schwebte Rick zwischen uns wie ein gekreuzigtes Opfer meines Lebenswegs. Mike senkte den Blick und sein Lächeln verblasste, als er wie ich von den Erinnerungen durchflutet wurde. Doch ich wollte jetzt nicht daran denken. Diese Nacht suchte mich oft genug in meinen Träumen heim und schlich sich manchmal sogar tagsüber in meinen Kopf, wenn ich am wenigsten damit rechnete. Ich wusste, dass Mike ebenfalls Schuldgefühle mit sich herumtrug. Keiner von uns

8

wollte diese Nacht vor uns ausbreiten, als könnte man aus ihren Eingeweiden die Zukunft weissagen. Da es nie etwas geändert hatte, darüber zu reden, fingen wir meist gar nicht erst damit an.

„Du hast übrigens unrecht", durchbrach Mikes Stimme die Stille. „Ich habe dir doch etwas vom Mittagessen mitgebracht. Sogar einen Tamale-Auflauf. Du ernährst dich zu ungesund, Cole. Wie oft kann man in einer Woche bitte Steak essen?"

„Ungefähr sieben Mal", antwortete ich mit einem zittrigen Grinsen. „Manchmal gehe ich sogar in ein Restaurant, damit es jemand anders für mich brät. Aber trotzdem danke für den Auflauf. Ich verspreche, dass ich ihn essen werde."

„Trotzdem bin ich eigentlich hier, weil ich Arbeit für dich habe."

„Wenn es um Fotos von hochbejahrten Lesben geht, muss ich leider ablehnen."

„Seit wann benutzt du so schwierige Wörter, kleiner Bruder? Und wenn es damit zu tun hätte, würde ich es nicht zugeben, damit ich hinterher dein Gesicht sehen könnte", schnaubte Mike. „Jedenfalls hat der Sohn eines meiner Kunden Selbstmord begangen. Er ist davon überzeugt, dass er das seiner Familie niemals angetan hätte, und möchte, dass jemand die Wahrheit herausfindet."

„Viele Menschen tun ihren Familien so etwas an." Mit einem weiteren Schluck Bier lehnte ich mich auf dem weichen Sofa zurück. „So ist das eben bei Selbstmord."

„Sein Vater beharrt darauf, dass er es nicht getan hätte." Mein Bruder schüttelte seufzend den Kopf. „Hör zu, ich glaube ja auch, dass er sich umgebracht hat, aber der Vater ist ein wichtiger Kunde. Er nimmt oft unsere Dienste in Anspruch und ich kann ihm nicht einfach sagen, dass er spinnt, weil er seinem Sohn keinen Selbstmord zutraut."

„Und was erwartest du dabei von mir?"

„Stell einfach ein paar Nachforschungen an." Mike zog einen dicken braunen Umschlag zwischen seinen Unterlagen hervor und schob ihn mir zu. Als ich die Lasche anhob, sah ich die Anzahl von Nullen auf dem Scheck, der an einem von Büroklammern zusammengehaltenen Bericht befestigt worden war. „Nimm dir einfach ein bisschen Zeit, ein paar Wochen vielleicht, und finde etwas über ihn heraus. Auch wenn du wahrscheinlich nichts finden wirst, hat die Familie dann wenigstens das Gefühl, jemand hätte etwas unternommen."

„Aber offiziell wurde es als Selbstmord betrachtet?" Im Umschlag befanden sich mehrere Fotos, von denen mir ein junger Koreaner entgegenlächelte. Auf einigen war er allein zu sehen, auf anderen mit Grüppchen von Leuten oder einer schmalgesichtigen weißen Frau. „Ist das seine Freundin?"

„Seine Frau." Mike wühlte in den Fotos, bis er eines gefunden hatte, auf dem der junge Mann einen o-beinigen Säugling auf dem Arm hielt. „Er war kein Teenager mehr. Ende zwanzig, verheiratet und schon ein Sohn. Wie man hört, war er ein vorbildlicher koreanischer Junge. Der Stolz seiner Familie und so."

„Kim Hyun-Shik? Habe ich das richtig gesagt? Kim ist der Nachname, oder?" Es war nicht leicht, die ungewohnten Silben auszusprechen. Ich betrachtete ihn. Er war gut aussehend, ein maskulines Gesicht mit einem hübschen Mund. Sein schwarzes Haar hatte den gleichen konservativen Bürstenschnitt wie das meines Bruders und seine dunklen Augen leuchteten. In ihnen war deutlich die Liebe für den kleinen Jungen zu erkennen, den er voller Stolz der Kamera entgegenhielt.

Die Liebe und der Stolz machten mich neidisch. Bei meinem eigenen Vater hatte ich diesen Blick seit langer Zeit nicht gesehen.

„Wann ist er gestorben?" Neben einem Autopsiebericht fand ich im Umschlag eine Liste mit Orten, die Hyun-Shik regelmäßig besucht hatte. Einige Restaurants auf der Liste waren mir bekannt, doch ein Name fiel mir besonders auf. „Dirty Kiss, das kenne ich. Es ist eine etwas … zwielichtige Bar."

„Es war erst vor zwei Wochen. Und von wegen etwas zwielichtig. Es ist ein Puff für Schwule", unterbrach mich Mike. „Reden wir doch nicht drum herum, Cole."

„Der Ausdruck kam mir nur etwas übertrieben vor." Ich suchte zwischen den Papieren nach der Bestätigung der Todesursache. „Die meisten Gäste bekommen die Sexräume nie zu sehen. Im Erdgeschoss finden Travestieshows statt und nur Mitglieder dürfen die obere Etage betreten."

„Tja, unser Junge hat es jedenfalls nach oben geschafft." Das Etikett an Mikes Bierflasche hatte bereits ziemlich unter seinen Fingernägeln gelitten, mit denen er Streifen davon löste. So ungezwungen er sich auch zu geben versuchte, schien er sich zu seiner nächsten Frage erst überwinden zu müssen. „Gehst du auch hin? Für ein bisschen … Gesellschaft, meine ich. Nicht, dass es etwas Schlechtes wäre. Jeder hat seine Bedürfnisse."

„Mike, die Bar kenne ich nur, weil ich damals als Polizist damit zu tun hatte." Vor einigen Jahren hätte mir der Gedanke, einem Stripper zuzusehen, vielleicht noch gefallen. Doch seitdem hatte sich einiges geändert. „Schließlich habe ich im Sittendezernat gearbeitet, schon vergessen? Und besonders sittlich geht es an solchen Orten nicht zu. Weiß seine Familie, dass er Mitglied war?"

„Ich bin nicht sicher. Aber er wurde dort gefunden. Er hat eine Handvoll Pillen geschluckt. Als ihm der Magen ausgepumpt wurde, war es schon zu spät." Er trank den mittlerweile warmen letzten Schluck Bier und verzog das Gesicht. „Der Vater versichert, dass sich Hyun-Shik nicht umgebracht hätte, schweigt aber dazu, dass sein Sohn offenbar schwul war."

„Viele Väter wollen nicht glauben, dass ihre Söhne schwul sind. Denk an unseren." Mike rutschte ein wenig auf dem Sofa herum, während sich ein vertrauter unbeholfener Ausdruck auf sein Gesicht legte.

„Wo wir schon von ihm reden …" Er rieb sich den Nacken. „Er und Mom besuchen uns in ein paar Wochen. Maddy will wissen, ob du nicht zum Essen kommen möchtest. Du kannst gerne jemanden mitbringen."

„Komm schon, Mike. Den Mist kannst du dir sparen." Obwohl das Bier plötzlich jeglichen Geschmack verloren hatte, trank ich einen Schluck, um das Gefühl von Sägemehl aus meiner Kehle zu spülen. „Unser Alter will mich nicht sehen."

„Aber es sind jetzt ... zwölf Jahre?" Seine Augen wirkten im Lampenlicht dunkel, beinahe feucht. „Wann legt ihr endlich eure Sturheit ab und kommt einander entgegen?"

Mike hasste das Zerwürfnis in unserer Familie, hasste es, die Brücke zwischen mir und unserem Vater sein zu müssen. Und unsere irisch-katholische Erziehung schürte immer wieder die Schuldgefühle, die uns beide plagten. Mike machte sich Vorwürfe, weil er nicht dabei gewesen war, als ich meinem Vater meine Liebe zu Männern gestanden hatte. Ich dagegen hatte mich lange schuldig gefühlt, weil ich nicht der Sohn sein konnte, den meine Familie sich wünschte. Während ich diese Schuldgefühle mittlerweile größtenteils abgelegt hatte, war es Mike noch nicht ganz gelungen.

„Wie soll ich ihm denn entgegenkommen?" Auch jetzt konnte ich noch den Knall der hinter mir zuschlagenden Tür hören. Bevor sie ins Schloss gefallen war, hatte ich als Letztes Barbara gesehen, die zweite Frau unseres Vaters, die ich mein Leben lang Mom genannt hatte. Das Entsetzen war nicht aus ihrem Gesicht gewichen, seit ich ihnen einige Minuten zuvor mein größtes Geheimnis anvertraut und gehofft hatte, sie würden mich auch danach noch lieben und als ihren Sohn betrachten. Meine Hoffnung war vergebens gewesen. „Soll ich mich etwa selbst verleugnen, weil Dad nicht damit umgehen kann?"

„Mir geht es nicht um Dad, sondern um dich", antwortete Mike leise. „Tasha kommt auch. Sie ist jetzt in der zwölften Klasse. Und sie würde dich gern sehen."

Unsere jüngste Schwester war drei Jahre alt gewesen, als ich die Familie verlassen hatte. Seit Jahren hatte ich sie und unsere anderen zwei Schwestern nur auf Fotos gesehen. Mike kannte mich viel zu gut. Niemand anders konnte mich so geschickt zu etwas überreden, das ich eigentlich nicht wollte.

„Ich denke drüber nach." Mit einem Seitenblick auf meinen Bruder überprüfte ich, wie selbstzufrieden er wirkte. „Wenn du jetzt lächelst, verpass ich dir eine."

„Ich lächle nicht", beteuerte er, während er gegen ein breites Grinsen ankämpfte. „Ich würde sie herbringen, wenn Dad nicht dagegen wäre. Komm einfach zum Essen und sei nett. Maddy meint das mit einem Begleiter übrigens ernst. Sie findet, du solltest dich endlich wieder verabreden."

„Sag Mad Dog McGinnis, dass ich gern Single bin." Obwohl Mikes Frau es gut meinte, hatte sie meine schwersten Zeiten nur aus der Entfernung miterlebt. Mike wusste es besser. Abgesehen von einigen nicht gerade unauffälligen Andeutungen, dass mir ein bisschen Sex nicht schaden würde, drängte er mich zu nichts. „Und glaubst du wirklich, ich würde ein Date unserem Vater aussetzen? Vergiss nicht, wie schwer er es Maddy gemacht hat – dabei bist du der Lieblingssohn."

Mike warf einen Blick auf seine Uhr und verzog das Gesicht. „Ich muss los. Tu dir selbst einen Gefallen und geh vor dem Schlafen unter die Dusche. Du riechst wie einer dieser Pinien-Duftbäume, die du dir ins Auto hängst."

„Ja, okay." Plötzlich war ich müde. Zu viele Geister und Beziehungen spukten durch meinen Kopf. „Ich schließe hinter dir ab."

„Übernimmst du den Fall?", fragte Mike, während er seine Papiere sorgfältig stapelte. „Ich mag den Mann, Cole. Wahrscheinlich erwartet er nicht, dass du viel findest – er muss nur einfach etwas unternehmen. Der Junge war sein einziger Sohn."

„Ja, ich werde mich umsehen. Eine der Künstlerinnen im Club dort kenne ich ein bisschen. Vielleicht kann sie mir weiterhelfen." Ich nahm die Flaschen vom Tisch und stand auf, streckte mich, bis meine Wirbelsäule knackte. In meinem Brustkorb spürte ich ein Pochen, das sich in einem immer tauber werdenden Kreis ausbreitete. Nachdem ich die Flaschen im Abfalleimer für Glas entsorgt hatte, lehnte ich mich an die Wand des Durchgangs und rieb mir die schmerzende Stelle.

„Tut es weh?" Mike hatte gesehen, wie ich meine Fingerspitzen auf den schmerzenden Punkt gepresst hatte, und zog besorgt seine dunklen Augenbrauen zusammen. „Wann warst du das letzte Mal beim Arzt?"

„Es ist Narbengewebe, Kumpel." Das Keloid lockerte seinen Klammergriff um meine Nervenbündel, sodass sich die Muskeln um die Narbe herum langsam entspannten. „Daran kann man nichts ändern. Ich muss eben damit leben."

Er wirkte nicht überzeugt. Mike neigte dazu, sich zu sorgen. Er hatte vor langer Zeit praktisch die Rolle meiner Mutter übernommen, was sich vermutlich nicht so bald ändern würde. Nachdem Dad mir den Rücken gekehrt hatte, war es noch schlimmer geworden. Falls mir jemals wieder etwas passieren sollte, würde er mich wahrscheinlich in einem Gästezimmer seines Hauses unterbringen, wo er mich im Auge behalten konnte.

„Geh nach Hause zu deiner Frau, Mike." Ich schob ihn auf die Tür zu. Auch wenn er kräftiger als ich gebaut war, hatte ich die längeren Arme, weshalb sein halbherziger Faustschlag meine Schulter verfehlte.

„Schau bei Familie Kim vorbei, bevor du diesen Club besuchst." Er blieb auf der Veranda stehen und hielt die Gittertür auf. „Der Vater ist in San Francisco, aber die Mutter ist mit dem Rest der Familie hier. Laut Mr. Kim macht seine Frau eine schwere Zeit durch, seit sie den Anruf wegen Hyun-Shik bekommen haben."

„Weiß sie, dass jemand den Tod ihres Sohnes untersucht?" Ich wollte auf keinen Fall bei einer trauernden Mutter auftauchen und ihr Fragen stellen, auf die sie nicht vorbereitet war.

„Ja. Ich habe den Verdacht, dass Mr. Kim es vor allem für sie tut, auch wenn er es in unserem Gespräch nicht direkt gesagt hat."

Mike ging bereits die Stufen der Veranda hinab, als ich ihm zurief zu warten. Die Außenbeleuchtung hob seine hohen Wangenknochen markant hervor, während der Rest seines Gesichts in Schatten getaucht war.

„Was ist, wenn ich etwas finde?", fragte ich. „Was dann?"

12

„Dann, kleiner Bruder …" Er grinste, wieder ganz der überlegene Bruder, den ich mein Leben lang gekannt und geliebt hatte. „Dann erwarte ich, dass du der Sache nachgehst, bis du die Wahrheit herausgefunden hast. Setz deinen Dickkopf für etwas Nützliches ein. Das solltest du doch schaffen."

DAS WASSER auf meiner Haut fühlte sich gut an. Noch besser fühlte es sich an, die letzten Baumrindensplitter aus meinem Haar zu waschen. Ich lehnte mich gegen die Fliesen und stützte mich mit einer Hand ab, während das warme Wasser auf meinen Nacken prasselte und anschließend schmutzig im Abfluss verschwand. Mit der anderen Hand rubbelte ich mir durchs Haar, damit auch wirklich keine Überreste meiner abendlichen Aktivitäten zurückblieben. Ein winziges Blatt, frisch aus der Knospe und frühlingsgrün, fiel zu Boden und hüpfte auf der Strömung entlang, bis ich es mit dem Zeh in den Abfluss schob. Die Farbe erinnerte mich zu sehr an Ricks Augen. Obwohl sie niemals so grün gewesen waren, hatte er häufig Kontaktlinsen benutzt, um es etwas intensiver zu machen. Ihm hatte der verblüffende Kontrast zu seiner gebräunten Haut gefallen.

Auch in dieser Nacht hatte er sie getragen. Helles Grün verspottete mich manchmal. Das Blatt war keine Ausnahme.

Nachdem ich das Wasser abgestellt hatte, nahm ich ein Handtuch, um mich abzutrocknen. Auf der Innenseite meines Schenkels bildete sich bereits ein Bluterguss, eine lange violette Linie vom Rand des Zauns. Sie endete genau am Rand der Narbe einer Schusswunde in meinem Bein. Es war die kleinste meiner Verletzungen gewesen. Die Kugel hatte den Muskel durchdrungen und sich in der Mauer hinter uns vergraben.

Es war der letzte Schuss gewesen und ich besaß keinerlei Erinnerung daran, wie er mich getroffen hatte.

Während ich meine Brust und meinen Bauch trocknete, überlegte ich, ob ich früh aufstehen und das Fitnessstudio besuchen sollte, bevor ich mich an die Arbeit machte. Sport half dem Narbengewebe an meinen Rippen, flexibler zu bleiben – zumindest redete ich mir das ein. Jedenfalls half er mir ganz bestimmt dabei, wilde alte Damen mit Schrotflinten abzuhängen.

Der Gewebeknoten auf meinen Rippen war noch gerötet, dunkler als der auf meiner Brust und weiter hervorstehend. Während ich die kreisförmigen Male mit der Salbe einrieb, die das Narbengewebe reduzieren sollte, ließ ich meine Gedanken schweifen und dachte an den jungen Mann und seinen Selbstmord.

In den Unterlagen hatte sich etwas befunden, das vermutlich ein Abschiedsbrief war – die Kopie eines Papierfetzens mit einigen koreanischen Worten. Die Schrift marschierte in kräftigen, selbstbewussten Buchstaben darüber. Falls Hyun-Shik gezweifelt hatte, merkte man es seiner Handschrift nicht an.

Ich wusste nicht viel über koreanische Schrift, sondern erkannte ihre Kreise und Striche hauptsächlich von Restaurantschildern wieder. Neben Englisch konnte ich noch einigermaßen Spanisch sprechen, aber an Koreanisch hatte ich mich nie gewagt. Trotz meiner japanischen Mutter war ich ungefähr so asiatisch wie eine Schüssel Cornflakes – ich konnte gerade eben Nudeln von Reis unterscheiden.

„Ich muss mir das übersetzen lassen", murmelte ich ins leere Schlafzimmer hinein, während ich nach Boxershorts suchte. Leider mangelte es meinem Schrank an sauberer Kleidung, weshalb ich das Wäschewaschen auf meine gedankliche Liste mit Aufgaben für den nächsten Morgen setzte. Doch als ich das Licht ausgeschaltet hatte und im Bett lag, ging mir der Abschiedsbrief nicht aus dem Kopf. Irgendetwas störte mich daran. „Was steht nur darin, dass man es so sicher für einen Selbstmord gehalten hat?"

„Und warum hat er einen Papierfetzen benutzt?" Andererseits war das nicht wesentlich unlogischer, als sich mit einer Handvoll Pillen in einem Karaoke-Sexclub in Garden Grove umzubringen.

Seufzend schloss ich die Augen, um mich endlich von meiner Müdigkeit überwältigen zu lassen. Das Letzte, woran ich dachte, war Hyun-Shiks Gesicht, als er seinen Sohn in den Armen hielt. Das Glück darin vertrug sich nicht mit der Verzweiflung, die jemanden in den Selbstmord trieb. Andererseits, so sagte ich mir, trugen wir alle unsere dunklen Seiten in uns. Erst wenn diese sich freikämpften, kam die Wahrheit ans Licht.

2

So SEHR ich mich auch bemühte, gelang es mir nicht, die Verschwommenheit aus meinen Augen zu blinzeln. Mir fehlte sogar die Kraft, den Kopf zu bewegen. Unter meiner Wange spürte ich ein raues Laken, gestärkt und fest um die Matratze gesteckt. Trotz der Verschwommenheit wusste ich, wo ich mich befand. Der scharfe Gestank von Antiseptikum und Bleichmittel war überwältigend, konnte jedoch nicht ganz den Hauch von Urin und Erbrochenem überdecken.

Und da war noch ein anderer Geruch, metallisch und bitter, den ich ebenfalls kannte. Es war Blut. Viel Blut.

Um mich herum sorgten piepende Maschinen für eine ununterbrochene Geräuschkulisse, als sie meinen Herzschlag und meine Atmung überprüften und mein Leben im Sekundenrhythmus herunter zählten. Ich nahm dunkle und helle Formen wahr, die deutlicher wurden, je öfter ich blinzelte.

Jeder Atemzug schmerzte und schien an etwas in meiner Lunge hängenzubleiben. Ein harter Schlauch steckte in meiner Kehle. Ich hätte beinahe über den ironischen Umstand gelacht, endlich etwas so weit herunterschlucken zu können – normalerweise besaß ich einen empfindlichen Würgereflex, der nicht nachließ, wenn er einmal angefangen hatte. Und genau dieser erwachte jetzt zum Leben, sodass ich um den Schlauch herum würgte, der meine Lunge frei von Flüssigkeit hielt. Mein Körper kämpfte vergebens gegen das fremde Objekt an, während ich in seiner Unbeweglichkeit gefangen erstarrte.

Als ich das nächste Mal die Augen öffnete, sah ich die taubenblaue Krankenhauswand und die flackernden Lichter, die sich im Metallgestell des Bettes neben meinem spiegelten. Unter dem Piepen hörte ich ein gleichmäßiges schwaches Geräusch, das lauter und lauter wurde. Entsetzt sah ich zu, wie sich das Laken auf dem benachbarten Bett rot färbte, bis das überschüssige Blut auf den Boden tropfte. Etwas lag auf dem Bett. Etwas Vertrautes. Doch als ich versuchte zu sprechen, brachte ich um den Plastikschlauch herum kein Wort heraus.

Ich kannte diese Augen, deren Leuchten mich verfolgte. Hilf- und bewegungslos musste ich zusehen, wie Rick eine Hand nach mir ausstreckte, zitternd und knochig, als sie versuchte, den Abgrund zwischen uns zu überwinden.

Ein widerhallender Knall zerriss Ricks Gesicht, aus dem mir plötzlich nur noch eines der frühlingsgrünen Augen entgegenblickte. Während sein Körper noch zuckte, als er versuchte, seinen eigenen Tod zu begreifen, stieß ich einen stummen Schrei aus. Teile seines Gehirns spritzten in mein Gesicht und in meinen Mund. Blut regnete auf mich herab, schmeckte nach Ricks Leben, als es aus seinem Körper wich. Dann packte mich plötzlich der Schmerz und alles wurde schwarz.

Der vernünftige Teil meines Verstandes – der Teil, dem klar war, dass es sich um einen Traum handelte – flehte darum, aufzuwachen. Er wusste, dass Rick es nicht ins Krankenhaus geschafft hatte. Ich hatte ihn nie an Geräte angeschlossen im Bett gesehen. Doch mein Unterbewusstsein kümmerte es nicht, dass all das nicht passiert war.

Das Piepen ging weiter, kalt und gefühllos, während Rick in meinen Albträumen von Neuem starb. Immer wieder. Und ich konnte es niemals verhindern.

DAS KLINGELN meines Telefons weckte mich, indem es unablässig nach meiner Aufmerksamkeit verlangte. Ich stank nach Schweiß und nahm eine Sekunde lang sogar den fauligen, widerlichen Geruch von Blut wahr, bis es mir gelungen war, den Traum abzuschütteln.

Während ich nach dem Hörer griff, warf ich einen Blick auf meinen Wecker und fragte mich, was mit der Nacht passiert war. Obwohl ich das Gefühl hatte, mich gerade erst schlafen gelegt zu haben, war es bereits neun Uhr morgens. Was bedeutete, dass es sich vermutlich um Claudia handelte, die mich aus meinem Büro anrief.

„Hallo?" Meine Stimme kam rau aus meiner brennenden Kehle, als wäre der Schlauch echt gewesen – eine Art Phantomerlebnis, das aus der Zeit zurückgeblieben war, nachdem man Geräte und Schläuche von mir entfernt hatte. Auch die Narbe an meiner Seite schmerzte, als die gequälten Nerven Stiche durch meinen Körper sandten. Und als wäre das nicht schlimm genug gewesen, musste ich auch noch dringend pinkeln.

„Süßer, kommst du heute arbeiten?" Claudias Akzent klang wie zähflüssiger Sirup. Obwohl sie schwor, niemals an einem anderen Ort als Kalifornien gelebt zu haben, lag mehr als nur ein Hauch Süden in ihrer Stimme. „Wenn ich umsonst hier bin, werde ich dich nämlich köpfen."

Ach ja, die liebe, süße Claudia, die mich vermutlich mit einem Arm hochstemmen konnte. Ich hatte sie eingestellt, weil sie freundlich war und ängstliche Klienten nicht einschüchtern würde. Doch sie hatte in den Tiefen von Long Beach acht Söhne großgezogen und jeden von ihnen bis ins College gebracht. Unter ihrem liebenswerten Äußeren war sie hart wie Stahl – ich zweifelte nicht daran, dass sie mich mit ihrem kleinen Finger hätte köpfen können.

„Ich muss nur erst richtig wach werden. Anscheinend habe ich den Wecker nicht gehört", murmelte ich als Entschuldigung in den Hörer. „Ich bin gleich bei dir."

Ich war nicht dumm: Claudia hatte ich es zu einem großen Teil zu verdanken, dass ich nicht vom rechten Weg abkam. Obwohl sie es endlich aufgegeben hatte, mich mit ihrem Sohn Marcus verkuppeln zu wollen –, sie hatte wohl entschieden, dass ich nicht gut genug für ihn war – behandelte sie mich nach wie vor, als wäre ich ebenfalls einer von ihnen. Einmal hatte ich mir in den Kopf gesetzt, mir einen

16

Schnurrbart wachsen zu lassen, und ungefähr eine halbe Stunde durchgehalten. Claudia war nämlich hereingekommen und hatte mir nach einem kurzen Blick auf mich schnaubend mitgeteilt, ich sähe wie der letzte Dreck aus. Ich war ohne Widerspruch nach oben verschwunden und hatte ihn abrasiert. So sehr ich meinen Vater verfluchte, so wenig wollte ich Claudia enttäuschen.

„Lass dir Zeit. Ich habe Apfelkuchen mitgebracht und Kaffee aufgesetzt", antwortete sie. „Ich sehe mir solange das Morgenprogramm an. In einer Sendung wird gerade ein tanzender Hund gezeigt. Was soll man denn bitte damit anfangen? Wenn die mich beeindrucken wollen, sollen sie ihm lieber beibringen, Geschirr zu spülen."

Ich verabschiedete mich hastig und legte auf. Es war am besten, Claudia zu unterbrechen, bevor sie richtig in Fahrt kam – vor allem, wenn Kaffee und Apfelkuchen auf mich warteten. Auch wenn sie herrisch sein konnte, war sie eine gute Buchhalterin und tauchte so zuverlässig auf wie die Sonne. Der Tag, an dem sie auf meine Stellenanzeige hin mein Büro betreten hatte, war der beste meines Lebens gewesen.

Ich hatte einige Zweifel gehabt, als eine gewaltige Frau in bester Sonntagskleidung hereingekommen war. Auch wenn ich ihr Alter nicht schätzen konnte, strahlte sie eine gewisse Weisheit aus und es war bereits erkennbar, dass sie sich nicht so schnell aufhalten ließ. Das Vorstellungsgespräch war angenehm kurz gewesen: Ich hatte ihr gesagt, ich sei schwul und hätte einige Probleme. Sie hatte geantwortet, sie sei schwarz und habe hohen Blutdruck.

Damals kannte sie sich kaum mit Computern aus und verbrachte den Tag stattdessen damit, zu stricken und sich mit dem eigens für sie gekauften Fernseher ihre Lieblingssendungen anzusehen. Dennoch gelang es ihr, meinen Terminkalender zu füllen, meine Rechnungen zu bezahlen und mich mit etwas Essbarem zu versorgen, wenn es nötig war. Claudia arbeitete, damit sie im Ruhestand nach ihrer Zeit im Schulbezirk nicht einrostete. Ich arbeitete, weil ich nicht zu einer Couchpotato werden wollte, so viel mir das Dezernat auch gezahlt hatte. Wir hatten uns gesucht und gefunden.

Nur neigte sie leider dazu, sich mit Mike gegen mich zu verbünden. Ich fürchtete den Tag, an dem sie gemeinsam beschlossen, es sei an der Zeit, mich wieder zu verabreden. Dann würde ich hoffnungslos verloren sein.

Nach einer kurzen Dusche, um den Schweiß meiner Albträume loszuwerden, überlegte ich, ob ich mich etwas ordentlicher als gewohnt kleiden sollte. Ein Besuch bei den Kims erforderte vermutlich mehr Professionalität, als ich sie üblicherweise an den Tag legte. Die meisten meiner Klienten waren eher daran interessiert, das geheime Treiben ihrer Partner oder mögliche Lügen angeblich bei der Arbeit schwer verletzter Angestellter aufzudecken, als an meiner Kleidung. Doch hierbei schien eine Jeans nicht zu reichen.

Am Ende entschied ich mich für eine dunkle Stoffhose, denn bei dem begrenzten Angebot in meinem Schrank war es entweder diese oder eine schwarze

Jeans. Der Modegeschmack musste bei der Zuteilung meiner Schwulengene vergessen worden sein – zumindest warf mir Mike oft vor, dass ich mich furchtbar kleidete. Ein cremefarbenes Polohemd war das Einzige, was ich mich zu dieser Hose tragen traute.

Offenbar hatte ich mich falsch entschieden, was ich gleich zu spüren bekam, als ich mit einem freundlichen Hallo das Büro im Erdgeschoss betrat.

Claudia musterte mich kurz, bevor sie einen Zeigefinger hob und ihn durch die Luft kreisen ließ, um mir mitzuteilen, dass ich es noch einmal versuchen sollte. Ihre Stirn war gerunzelt und in ihrem Gesicht spiegelte sich entweder Schmerz oder Missfallen wider.

„Was denn? Das passt zusammen!" Ich starrte auf die Hose und das Hemd hinab. Beide waren einigermaßen bräunlich.

„Kein Wunder, dass du kein Date bekommst." Sie widmete sich wieder ihrem Kreuzworträtsel und trank einen Schluck aus ihrer Tasse, fügte jedoch hinzu: „Deine Hose ist grün und dein Hemd sieht aus wie mein Kaffee. Änder eins davon, bevor wegen dir noch jemand erblindet."

Nachdem ich meine einzige Alternative in Form der schwarzen Jeans angezogen hatte, kehrte ich zurück und wurde von der Leiterin meines Büros mit einem einigermaßen zustimmenden Brummen belohnt. Ich nahm mir ein Stück Apfelkuchen vom Pappteller auf dem Tisch und biss genüsslich hinein, verlor mich kurz im zimtbestäubten Fruchthimmel. Während ich noch kaute, stand Claudia auf, um eine Thermosflasche mit Kaffee zu füllen und sie mir in die Hand zu drücken.

„Sei bloß still. Den habe ich dir nur eingegossen, weil ich Mitleid mit dir habe. Gewöhn dich nicht dran." Bevor ich etwas erwidern konnte, fuhr sie fort: „Dein Bruder hat angerufen. Anscheinend hat er mit einem Mädchen namens Kim gesprochen und du kannst heute jederzeit hinfahren. Hier ist die Adresse. Ist das ein Fall? Soll ich eine neue Akte anlegen?"

„Ja, es ist ein neuer Fall." Ich reichte ihr den Scheck und den Rest der Unterlagen. Den Abschiedsbrief kopierte ich mit dem kleinen Multifunktionsgerät aus einem Bürobedarfsladen, was für die Kopie einer Kopie zu einem zufriedenstellenden Ergebnis führte, bevor ich ihn ebenfalls Claudia gab. Als sie den Betrag auf dem Scheck sah, hob sie überrascht ihre nachgezeichneten Augenbrauen. „Und Kim ist kein Mädchen, sondern ein Nachname."

„Was ist das denn für ein Name?" Aus den Tiefen ihres breiten Schreibtisches förderte sie einen braunen Ordner zutage und klebte ein weißes Etikett darauf, das sie sorgfältig mit dem Namen der Familie und einer Reihe von Zahlen beschrieb. Ihre Frage klang nicht abwertend, sondern lediglich neugierig.

„Ein koreanischer." Mehr sagte ich zu dem Fall nicht. Ich mochte Claudia sehr, aber manchmal bildete sie sich viel zu schnell eine Meinung zu etwas, von der sie nicht mehr abwich.

„Ich mag dieses koreanische Kohlgericht. Wirklich lecker." Sie nickte energisch. „Marcels Freundin ist Asiatin. Bei denen kannst du nicht einfach so auftauchen, ohne etwas mitzubringen – es gilt als unhöflich. Also halt unterwegs an und kauf eine Kleinigkeit."

„Was für eine Kleinigkeit?"

„Ein paar Kekse vielleicht", antwortete sie, während sie sich mit der Fingerspitze ein wenig knallroten Lippenstift aus dem Mundwinkel wischte. „Oder Blumen. Irgendetwas Nettes."

„Mal sehen, was ich finde. Es wäre nett, wenn du den Scheck einlösen könntest." Abgesehen von Marcus fiel es mir schwer, den Überblick über die riesige Familie zu behalten, weshalb ich Marcels Freundin und ihre Herkunft lieber nicht kommentierte. „Den Fall habe ich über Mike bekommen, als sollte der Scheck gedeckt sein."

„Und dir geht es gut?" Sie richtete einen mütterlich prüfenden Blick auf mich.

„Ja, alles in Ordnung. Nur eine schwierige Nacht", versicherte ich ihr. Als ich mich vorbeugte, um sie auf die Wange zu küssen, bekam ich dafür einen kräftigen Klaps aufs Hinterteil. „Du kannst ruhig früh gehen, wenn du willst. An einem Freitag muss das Büro nicht länger als bis eins geöffnet sein."

„Dann rufe ich Martin an, damit er vorbeikommt", antwortete sie nickend, auch wenn das Misstrauen noch nicht ganz aus ihrem Gesicht gewichen war. Ich bemühte mich mit einem Lächeln ihre Sorgen zu mildern. „Iss etwas, Cole", sagte sie trotzdem. „Und ich habe heute Morgen deine Heckscheibe gesehen. Wir müssen uns bald einmal darüber unterhalten, was du nachts so treibst."

„Ja, danke, dass du mich dran erinnerst. Ich muss dir noch die Kamera geben, damit du die Fotos speichern kannst. Mr. Brinkerhoffs Frau hat unschöne Dinge mit einer Freundin getan. Ich sollte ihn später anrufen, um ihm die schlechten Nachrichten mitzuteilen." Ich dachte kurz nach. „Oder die guten Nachrichten. Je nachdem, wie er das sieht."

„Behalt so etwas doch bitte für dich." Sie wedelte tadelnd mit ihrem Kugelschreiber. „Jedenfalls habe ich jemanden herbestellt, um die Scheibe zu reparieren, da du sowieso erst so spät aufgestanden bist. Ich habe ihn aus der Portokasse bezahlt, und zwar mit einem ordentlichen Trinkgeld – er hat nämlich sogar das zerbrochene Glas aufgesaugt und war wahrscheinlich nicht zum letzten Mal hier."

DA DER Rover und ich nicht viel von moderner Technologie hielten, benutzte ich meine treuen Straßenkarten, um das Haus der Kims zu finden. Mir den Weg vorher auf dem Computer anzeigen zu lassen, hätte bedeutet, noch länger im Büro bei Claudia zu sein, wozu ich nach dem Albtraum zu erschöpft war. Ihr ein Lächeln vorzuspielen, hielt ich nur eine begrenzte Zeit durch. Hätte ich dann aufgegeben und ihr meine tatsächliche Stimmung gezeigt, wäre sie gleich über mich hergefallen und hätte jedes meiner Gefühle aus mir herausgepresst.

Der Verkehr in Los Angeles war im besten Fall problematisch und im schlechtesten Fall ein völliges Chaos. Der einzige Weg, dem Schlimmsten zu entgehen, war die an der Küste vorbeiführende 405. Obwohl sie auf der Karte wie ein Umweg aussah, war sie in der Realität die einzige Möglichkeit, in weniger als fünf Stunden von A nach B zu gelangen.

Nachdem ich bei einem Blumenladen angehalten hatte, um eine blühende Orchidee zu kaufen, schob ich die Quittung in den Plastikhefter, in dem ich diese für Claudia sammelte, und lenkte den Rover durch den Mittagsverkehr in Richtung Süden.

Das Haus der Kims befand sich umgeben von Mittagsblumen und hohen Steinwänden in einem Canyon. Ich parkte den Rover hinter einem mitgenommenen weißen Ford Explorer. Beide Fahrzeuge stachen zwischen den tiefergelegten Sportwagen und teuren Importautos in den Zufahrten der Nachbarhäuser deutlich hervor. Ich wollte lieber gar nicht wissen, welche Art von Auto als gut genug befunden wurde, um in der Garage zu stehen.

Der Weg zur Haustür war lang. Während ich ihn entlangging, grübelte ich darüber nach, was ich zu einer Frau sagen sollte, die ihren Sohn durch Selbstmord verloren hatte. Als Polizist hatte ich gelegentlich Familien darüber informiert, dass ein Verwandter Opfer eines Verbrechens geworden war, doch nachdem ich zum Detective im Sittendezernat befördert worden war, hatte ich Todesfälle an die Mordkommission weitergegeben.

Ich versuchte, mir einige der damals gelernten Beileidsworte zurechtzulegen, und klopfte an die Tür, während ich hoffte, einige kurze Fragen stellen und dann gleich wieder verschwinden zu können.

Allerdings verlor ich zu meinem Leidwesen die Kontrolle über meinen Verstand, als sich die Tür öffnete.

Bisher hatte ich mich niemals von asiatischen Männern angezogen gefühlt. Vielleicht erinnerten sie mich zu sehr an Mike. Doch der junge Mann in der Tür raubte mir den Atem.

Falls es einen Beweis für die Existenz Gottes gab, stand er gerade vor mir – davon war ich überzeugt. Seine großen, mandelförmigen Augen leuchteten wie Bronze, goldbraun und von langen Wimpern umgeben. Dunkles Haar fiel auf helle Haut hinab, umrahmte kunstvoll Gesicht und Hals und die wegen der Wärme leicht geröteten hohen Wangenknochen. Was mich jedoch am meisten anzog, waren seine Lippen: voll und rot, wobei die untere leichte Zahnabdrücke trug.

Es dauerte einen Moment, bis mir klar wurde, dass sich unsere Augen auf nahezu gleicher Höhe befanden. Er konnte nur ein wenig kleiner sein als ich mit meinen 1,88 Metern. Ich wagte einen Blick an seinem schlanken, muskulösen Körper hinab und genoss den Anblick von langen Beinen in löchrigen Jeans und dem in ein enges, abgetragenes T-Shirt gehüllten Oberkörper. Während ich noch schluckte und mich stammelnd bemühte, ein verständliches Wort herauszubringen, kam er mir zuvor.

„Kann ich Ihnen helfen?" Seine Stimme war wohlklingend mit einem östlichen Unterton.

„Ähm, ja." Um die Orchidee herum kramte ich eine Visitenkarte aus der Ledermappe hervor, die ich zu Befragungen mitnahm und in der ich mein Notizbuch aufhob. „Ich bin Cole McGinnis. Mein Bruder Mike müsste angerufen haben. Es geht um Hyun-Shik. Sind Sie ein Verwandter?"

„Ich … bin sein Cousin", sagte er zögernd. Es schien ihm nach so kurzer Zeit noch schwerzufallen, über Hyun-Shik in der Vergangenheitsform zu reden. „Bitte kommen Sie herein. Grace hat heute Morgen mit Mr. McGinnis gesprochen. Ich bin nicht sicher, ob sie meiner Tante Ihren Besuch angekündigt hat."

„Das ist für die Familie." Da ich nicht sicher war, was ich mit der Blume tun sollte, löste ich das Problem, indem ich sie Hyuns Cousin reichte. „Mein herzliches Beileid." Dann öffnete ich die Mappe, um mir erste Notizen zu den Verwandtschaftsverhältnissen zu machen, damit ich wusste, mit wem ich bereits gesprochen hatte. „Grace ist …?"

„Henrys ältere Schwester." Nachdem er die Blume mit ihrer schwankenden violetten Blüte auf einer reich verzierten Anrichte im Flur abgestellt hatte, winkte er mich hinein. „Tut mir leid, Hyun-Shik ist Henrys koreanischer Name. In der Schule und bei der Arbeit hat er Henry benutzt."

Ich ging an ihm vorbei ins Haus. Verdammt, er roch sogar gut – ein maskuliner Zitrusduft mit einem Hauch von Tee. „Hat Grace auch einen koreanischen Namen?"

„Den haben wir alle." Er lächelte schwach, mit einem wie Trauer oder Verbitterung wirkenden Unterton. „Grace benutzt ihn nicht. Sie ist nur Grace Kim."

Das Haus war still. Es handelte sich um die ernste Stille eines Heims, das um einen geliebten Menschen trauerte. Während ich ihm durch den Flur in ein elegant eingerichtetes Wohnzimmer folgte, wandte ich meinen Blick mit all meiner Willenskraft von seinem Hosenboden ab. Ihn stattdessen auf seinen Rücken zu richten half zumindest etwas dabei, nicht auf dumme Gedanken zu kommen.

Im Zimmer befanden sich vier gut gekleidete koreanische Frauen, von denen eine auf einem schmalen Sofa saß, während eine jüngere ihr den Oberschenkel tätschelte und ihr leise etwas zumurmelte. Als die Frau im Zentrum der Aufmerksamkeit hochschaute und den jungen Mann neben mir entdeckte, verwandelte sich der Kummer in ihrem Gesicht plötzlich in Wut und ihre geröteten Augen waren weit aufgerissen, als sie begann, ihn anzuschreien.

Ich verstand kein Koreanisch, sah jedoch an seinem finsteren Gesicht und seinen zusammengekniffenen Lippen, wie schwer es ihm fiel, nicht auf die Feindseligkeiten zu reagieren. Der Hass in ihrem Tonfall war nicht zu überhören, als sie ihre Worte wie Messer in sein Herz stieß, um ihn verbluten zu lassen.

Die jüngere Frau sprang auf und griff nach dem Arm des jungen Mannes, doch er entzog sich ihr und verließ den Raum. So wandte sie sich stattdessen mir zu, während die anderen beiden die ältere Frau beruhigten. „Entschuldigen Sie, aber das ist kein guter Zeitpunkt für meine Mutter. Ich konnte ihr noch nicht von

Ihnen erzählen. Eigentlich hatte ich gehofft, dazu noch Zeit zu haben, aber dann ist Jae-Min aufgetaucht und ich musste mich auch noch darum kümmern."

„Jae-Min? Ist das Ihr Cousin? Der mich hereingelassen hat?"

„So sagen wir das der Einfachheit halber. Eigentlich waren unsere Großväter Cousins", antwortete sie. Auch wenn ihr Gesicht durch die Erschöpfung etwas aufgequollen war, erkannte ich darunter eine porzellanhafte Schönheit, die an den jungen Mann erinnerte. „*Umma* kann nicht gut damit umgehen, dass Henry nicht mehr bei uns ist. Hier Jae-Min statt meinen Bruder zu sehen, macht sie wütend. Es tut mir leid, Sie umsonst herbestellt zu haben, aber ich glaube nicht, dass meine Mutter im Augenblick mit Ihnen reden kann."

„Kein Problem." Sie verschwieg mir etwas, dem ich zu gern auf den Grund gegangen wäre. Es ergab keinen Sinn, dass allein die Anwesenheit des Cousins Mrs. Kim so wütend machte. Oder es hing mit einem Teil der koreanischen Kultur zusammen, der mir unbekannt war. „Dann unterhalte ich mich vielleicht einfach mit Ihrem Cousin. Kannte er Henry gut? Vielleicht kann er mir weiterhelfen."

„Sie können gern mit Jae reden. Wahrscheinlich ist er in der Küche." In ihrem freundlichen Lächeln schwang etwas Höhnisches mit, das meinen Verdacht noch verstärkte. „Sie ist vom Flur aus rechts. Sagen Sie ihm bitte, dass ich bald komme, um den Tee nachzufüllen, wenn er ihn vorbereitet."

Die Küche war leicht zu finden und größer als mein Büro. Glänzender Edelstahl und Granit durchzogen den ganzen Raum. Jae-Min zu finden war schwerer. Schließlich entdeckte ich ihn auf der Veranda vor einer Fenstertür, wo er eine Nelkenzigarette rauchte. Er hatte mir den Rücken zugewandt und seine Schulterblätter zeichneten sich unter dem T-Shirt ab, als er auf das Geländer gelehnt dastand und von blaugrauen Rauchspiralen eingehüllt wurde. Es wirkte wie eine gewohnte Position, als hätte er häufig so dort gestanden.

Da ich auf dem Ofen einen Teekessel aus Chrom entdeckte, füllte ich ihn aus dem mit einem Filter versehenen Wasserspender bei der Spüle und schaltete das Gas ein, bis blaue Flammen an seinem Boden leckten. Die Auswahl des Tees überließ ich Grace. Jae-Min hörte mich und sah sich zu mir um, überraschte mich dabei, wie ich seine Schultern anstarrte. Sein Gesicht war kühl, eine hübsche Maske.

Als das Wasser kochte, hatte Jae-Min seine Zigarette zu Ende geraucht und drückte sie in einem Behälter mit Sand aus, bevor er sie in einen Abfalleimer warf. Die Tür quietschte, als er die Küche betrat. Mit geübter Hand holte er aus einem Büfett ein verziertes Teeservice und aus einem anderen Schrank einen Beutel mit Teeblättern hervor, füllte einige davon in das Sieb und setzte dieses in die Kanne ein.

„Kann ich Ihnen helfen?", erkundigte er sich. Seine Stimme war leise, von zittrigem Schmerz durchzogen.

„Ich wollte Ihnen nur einige Fragen zu Hyun-Shik stellen", erklärte ich und lehnte mich an die Granitplatte, auf der er eine Schale mit Zuckerwürfeln füllte. „Kannten Sie sich gut?"

Er schaute auf, um mich gründlich zu mustern. In seinen goldbraunen Augen leuchtete Intelligenz, doch darunter lauerte auch etwas Wilderes. Dieser Blick machte mir klar, woran er mich erinnerte.

Da mein Vater bis zu meinem dreizehnten Lebensjahr, als er in den Ruhestand getreten war, als Marinesoldat gearbeitet hatte, waren wir damals viel durchs Land gereist. Eine Zeit lang hatten wir in einer kleinen Stadt in Hawaii mit einer Kolonie verwilderter Katzen gewohnt, die mit den Menschen in einer Art Détente zusammenlebten. Die Katzen verhinderten die Ausbreitung von Ratten auf dem Stützpunkt und hin und wieder fing sich jemand ein besonders niedliches Kätzchen als Haustier ein. Ich verbrachte einen ganzen Monat damit, eine junge Katze zu füttern, da ich hoffte, meine Eltern würden mir erlauben, sie zu behalten, wenn ich sie zähmen könnte. Doch auch wenn sie sich ein wenig den Kopf streicheln ließ und das Futter annahm, verschwand sie augenblicklich im hohen Gras, wenn ich versuchte, sie wirklich anzufassen.

Jae-Min erinnerte mich an diese Katze.

Er strahlte etwas Ungezähmtes aus. Jemand hatte ihn in dieses Haus gelockt und fütterte ihn, doch wenn man versuchte, ihn festzuhalten, würde er vermutlich kratzen oder die Flucht ergreifen. Er passte nicht richtig in dieses streng und perfekt wirkende Haus, kannte sich allerdings darin aus und kochte sogar Tee für eine Frau, die ihn zu hassen schien.

Es war nicht die erste Überraschung, die das Leben für mich bereithielt, doch über diese hier wollte ich mehr erfahren.

Offenbar hatte er beschlossen, mit mir zu reden, denn er nickte kurz. Dennoch ließ er sich erst Zeit damit, sorgfältig die Zuckerwürfel aufzuschichten, nachdem er den Ofen ausgeschaltet hatte, damit das kochende Wasser zur Ruhe kam.

Schließlich sagte er: „Mein Onkel, Hyun-Shiks Vater, hat dafür gesorgt, dass ich hier die Schule besuchen konnte." Ich wartete schweigend darauf, dass er fortfuhr. „Meine Familie wohnt in Sacramento, aber meine Mutter hielt es für besser, mich herzuschicken. Hyun-Shik ist … war vier Jahre älter als ich."

„Dann war er für Sie so etwas wie ein Bruder?"

Seine Miene änderte sich kaum, doch ein Riss in der Maske ließ einen leicht zynischen Blick durchscheinen. „Nein, als meinen Bruder habe ich *Hyung* nie betrachtet."

Wie viele Spitznamen hatte dieser Mann? Ich machte mir einige schnelle Notizen, als Grace in die Küche geeilt kam und mit ihren nackten Füßen beinahe auf dem nassen Holzboden ausrutschte. Mist. Ich warf einen schuldbewussten Blick auf meine regenfeuchten Schuhe.

„Gut", sagte sie und platzierte die Zuckerschüssel auf einem Tablett. „Jae, im Kühlschrank sind Zitronenscheiben. Nimm ein paar und leg sie auf diesen Teller. *Umma* erwartet noch einige Gäste. Bleibst du?"

„Wenn du mich brauchst", antwortete er. Die Kälte war zurück, ruhig wie ein Gletscher, der sich durch stilles Wasser bewegt.

23

„Ja." Sie unterbrach die Anordnung zierlicher Teetassen auf dem Tablett, um die Zitronen entgegenzunehmen. „Aber zeig dich nicht. Ich komme her, wenn ich etwas brauche. Kannst du nachschauen, ob wir etwas haben, das wir den Gästen anbieten können? Neun, glaube ich."

„Ich werde nachsehen." Er blieb stehen, bis sie mit wehendem Rock und weiteren Anweisungen die Küche verlassen hatte und nichts als den wohlriechenden Teeduft zurückließ. Da bemerkte er meinen Blick und zog einen Mundwinkel hoch. „Was ist?"

„Was Mrs. Kim gesagt hat, scheint nicht besonders freundlich gewesen zu sein. Trotzdem bereiten Sie Tee und Häppchen für sie und ihre Freunde vor. Warum tun Sie das?"

„Hat die Frage mit der Untersuchung von Hyun-Shiks Tod zu tun?"

„Nun, es würde mir helfen, mehr über die Familie zu erfahren. Einiges scheint nicht zusammenzupassen. Und da man mir viel Geld bezahlt, um nachzuforschen, werde ich genau das tun."

„Meine Familie schuldet Onkels Familie viel. Ich bin hier, weil …" Er biss sich auf die Unterlippe. Offenbar war es eine Gewohnheit, das zu tun, wenn er nachdachte. Sie gefiel mir besser als die meines Bruders, sich durch seine Igelfrisur zu fahren. „Es ist eine Verpflichtung. Es wäre … falsch, sie in schweren Zeiten im Stich zu lassen."

„Also ist es eine Familiensache." Ich nahm ihm das Gemüse aus der Hand, das er aus dem Kühlschrank holte.

„Ja, eine Familiensache. Eine koreanische Sache." Er warf erneut einen Blick auf mich, der mich noch stärker an die Katze erinnerte, die ich hatte zähmen wollen. „Sie brauchen mir nicht zu helfen. Ich schaffe das schon."

„Viel mehr als Dinge klein zu schneiden und Wasser aufzusetzen kann ich sowieso nicht. Bei allem anderen sind Sie auf sich allein gestellt. Na ja, ein paar Dosen kann ich vielleicht noch öffnen. Jedenfalls habe ich so etwas zu tun, während wir reden."

„Viel mehr gibt es da nicht zu reden. Hyun-ah hat mit seiner Frau gelebt. Ich hatte selten mit ihm zu tun, wenn es nicht eine Feier oder eine Beerdigung gab."

„Seine Frau, Victoria." Ich musste den Namen in meinen Unterlagen suchen. „Wie versteht sie sich mit der Familie?"

„Sie ist *Hyungs* Frau." Er sagte es, als erklärte es alles. Außer einem kleinen Schulterzucken, als er sich umdrehte, fügte er nichts hinzu.

„War ihre Ehe glücklich? Hatten sie Probleme?" Ich dachte in eine andere Richtung. „War er unzufrieden oder hat er sie mit jemandem betrogen?"

„Hyun-ah hat sie nicht betrogen."

„Das sagen Sie so überzeugt, obwohl Sie sich selten gesehen haben?"

„Manchmal haben wir geredet." Es klang wie ein kleiner verbaler Schritt auf mich zu, der mir ein wenig Hoffnung auf mehr gab. Jae stellte einen großen Topf in die Spüle und füllte ihn zur Hälfte mit Wasser, bevor er ihn auf dem Ofen platzierte.

Während die Flamme das Wasser wärmte, begann er, lange grüne Stängel mit Blättern zu schneiden, die ich beim besten Willen nicht identifizieren konnte. „Für ihn gab es nur Victoria. Und ihren Sohn Will."

„Will?" Das schien nicht in die Familientradition zu passen, auch wenn Grace ihren eigentlichen Namen ablehnte. „Eine ungewöhnliche Wahl."

„Sein zweiter Name ist koreanisch. Chang-Shik." Er schob sich an mir vorbei, um zu einem Schrank zu gelangen, was meinen Körper durch die kurze, warme Berührung zum Frohlocken brachte. Wenn ich noch länger in seiner Nähe blieb, würde ich später zu Hause eine verdammt kalte Dusche nehmen müssen. Oder hoffen, dass draußen schon der nächste Schauer auf mich wartete. Als er an meinen Notizen vorbeiging, die offen dalagen, warf er einen Blick darauf, bevor er mir den Kugelschreiber aus der Hand nahm und etwas durchstrich, um es zu verbessern. „Es heißt Jae-Min Kim oder nur Jae, aber mit E und nicht mit Y."

„Ich verspreche, dass ich vor dem offiziellen Bericht nach der richtigen Schreibweise gefragt hätte."

„Sie verfassen einen Bericht?" Mit gerunzelter Stirn kaute er auf seiner Unterlippe. „Für wen? Vicky?"

„Nein, für Mr. Kim. Wenn man es genau nimmt, arbeite ich für meinen Bruder Mike, aber auf Wunsch Ihres Onkels. Ich schreibe für jeden Fall einen Bericht. Manchmal auch mehrere, wenn es sich um größere Nachforschungen handelt."

„Dann müsste dieser hier doch ziemlich kurz werden, oder?" Er ließ das Gemüse liegen, um einige braune Flocken in das heiße Wasser zu werfen. Ein fischiges, allerdings nicht unangenehmes Aroma erfüllte die Küche. Ein Hauch von Meer und Fleisch. „Oder gibt es noch viel herauszufinden?"

„Ich weiß es nicht." Mit auf die Arbeitsplatte gestützten Ellbogen betrachtete ich sein Gesicht und fragte mich, warum seine Augen so dunkel und verschlossen wirkten, während er die Brühe umrührte. „Was hat Mrs. Kim gesagt?" Ich wusste, wie direkt die Frage war. „Was hat sie gesagt, um Sie so zu verletzen?"

„Dass ich an diesem Ort gestorben sein sollte. Dass Hyun-Shik an meiner Stelle hier sein sollte." Die Ausdruckslosigkeit seiner Stimme ließ nicht nach. Er klang, als erzählte er von etwas leicht Unerfreulichem, wie einem toten Käfer auf der Windschutzscheibe oder einem Fußgänger, der trotz roter Ampel die Straße überquert hatte. „Tantchen findet, dass ich anstelle ihres Sohns einen solchen Tod verdient gehabt hätte."

„Warum sollte sie so etwas sagen?" Am liebsten hätte ich eine Hand ausgestreckt und ihm über die steifen Schultern gestreichelt. Doch ich war bereits gekratzt worden, wenn auch von wilderen Dingen als einem jungen Koreaner mit hübschem Gesicht. „Hyun-Shik hat seine Entscheidung getroffen, so schrecklich sie auch war. Sie hatten damit nichts zu tun. Oder?"

„Nein." Sein schwarzes Haar glänzte im sanften Licht der Küche, als er nach und nach die geschnittenen Blätter in die kochende Brühe fallen ließ. „Ich hatte nichts mit seinem Tod zu tun."

„Warum sagt sie dann etwas derart Abscheuliches? Oder ist das auch eine koreanische Sache?"

„Sie wird sich entweder entschuldigen oder wird tun, als wäre nichts gewesen. So gehen wir mit unangenehmen Dingen um." Als Nächstes lag eine Zwiebel unter seinem scharfen Messer bereit. „Sie hat es gesagt, weil Hyun-Shik nicht in einem Schwulenclub hätte sterben sollen. Selbstmord ist schlimm genug, aber auf diese Weise Schande über die Familie zu bringen, ist zu viel."

„Und bei Ihnen hätte sie es nicht so tragisch gefunden?" Während Jae eine Knoblauchzehe zerkleinerte, verschlechterte sich meine Meinung über Mrs. Kim nur noch weiter.

„Ja, denn aus ihrer Sicht hat meine Familie nicht viel zu verlieren." Die Knoblauchstücke gesellten sich zum Rest des Gemüses im Topf. „Sie ist eines der wenigen Familienmitglieder, die einen Verdacht haben, was meine Vorliebe für Männer angeht. Wenn also jemand dort sterben musste, wäre ich die bessere Wahl gewesen."

3

BEI ATTRAKTIVEN Männern bin ich nicht gerade redegewandt. Das hier war keine Ausnahme. Ich kämpfte darum, die richtigen Worte zu finden, bis mein Gehirn etwas ganz Brillantes ausspuckte: „Wow. Ähm, okay." Das war noch schlimmer als sonst, aber nach der bisherigen Verschwiegenheit in diesem Haus war ich vor Überraschung sprachlos.

„Schreiben Sie das auch in Ihren Bericht?" Jae wandte sich von der Suppe ab, um mich anzusehen. Er wirkte nicht nur misstrauisch, sondern hatte herausfordernd das Kinn gehoben. Auch wenn ich zwanzig Kilo mehr wog, würde er nicht kampflos aufgeben.

Nur fragte ich mich, gegen wen er kämpfte.

„Nein", antwortete ich. „Seit wann weiß Ihre Tante es?"

Er wirkte wieder verspannter. Der Dampf aus dem Suppentopf, ein leichter, duftender Nebel, brachte meinen Magen zum Knurren. Mein Körper wollte mich wohl wissen lassen, wie lange das Stück Apfelkuchen her war. Doch obwohl die Suppe gut roch, war ich nicht sicher, ob ich in diesem Haus etwas essen wollte. Die Kims wirkten wie eine Familie, deren Mitglieder einander zur Unterhaltung vergifteten.

„Sicher weiß sie es nicht", sagte Jae mit einem Stirnrunzeln. „Aber sie gibt mir die Schuld für die Sache mit Hyun-Shik."

„Warum?" Ich stibitzte ein Stück geschnittenes Gemüse und wollte es mir gerade in den Mund stecken, als sich Jaes lange Finger um mein Handgelenk schlossen. „Was ist? Kann man das nicht roh essen?"

„Es ist Bittergurke. Die würde Ihnen nicht schmecken." Er öffnete den Kühlschrank und brachte etwas entfernt Vertrautes zum Vorschein. „Hier, übrig gebliebene Bao. Mit Char Siu gefüllt."

„Dieses rote Schweinefleisch? Das schmeckt gut. Aber ist das nicht Chinesisch?"

„Ja. Wir essen übrigens auch Hamburger und Spaghetti."

„Schon gut, es war doch nur ein Scherz." Lächelnd biss ich in eine kalte Teigtasche. Kaltes Essen und ich hatten uns schon immer gut verstanden. „Also, bevor Sie mich zu sehr mit dem Essen ablenken: Warum gibt Ihre Tante Ihnen die Schuld an Hyun-Shiks Tod?"

„Sie denkt, ich hatte einen schlechten Einfluss auf ihn." Wieder kämpfte er mit der Verwendung der Vergangenheitsform. „Dabei hat Hyun-Shik selbst entschieden, was er tun oder nicht tun wollte, ganz ohne irgendwelche Beeinflussungen."

Das ließ ich mir durch den Kopf gehen. Ich war weit davon entfernt, mir ein klares Bild von Hyun-Shik machen zu können. Einerseits hatte er sich mit einer Handvoll Pillen in einem Schwulenclub umgebracht – nicht gerade ein Zeichen für ein gesundes Selbstbewusstsein. Jae-Min schien ihn allerdings völlig anders zu sehen, als ich ihn bisher eingeschätzt hatte. Natürlich war es normal, dass sich Menschen in verschiedenen Umfeldern von unterschiedlichen Seiten zeigten, aber bei den Kims war alles ein undurchschaubares Chaos. Ich war nicht sicher, welche Version von Hyun-Shik ich ihnen abnehmen sollte.

Dennoch war da etwas, wobei mir Jae helfen konnte. Auch wenn ich dabei ebenfalls darauf vertrauen musste, dass er mir die Wahrheit sagte. Er war nicht leicht zu durchschauen, obwohl es gelegentlich unter der Maske zu brodeln schien. Ich zog die Kopie des Abschiedsbriefs aus meiner Mappe und legte sie neben Jae auf die Arbeitsplatte.

„Haben Sie das schon gesehen?" Ich wollte seine spontane Reaktion darauf beobachten. Überraschung war häufig die beste Waffe eines Privatdetektivs. „Können Sie mir übersetzen, was da steht?"

Mit zitternden Fingern berührte er das Papier. Sein Mund wirkte plötzlich weicher und wärmer, was mich auf unpassende Gedanken brachte. „Nein, ich habe es nicht gesehen. Ist das …?"

Jae beendete die Frage nicht. Ein weiteres Geheimnis schien zwischen uns zu lauern. Jedenfalls war ich jetzt ziemlich sicher, dass zwischen ihnen eine engere Verbindung bestanden hatte, als Jae zugab. Der Anblick der Handschrift seines Cousins auf dieser Kopie traf ihn, wühlte ihn auf.

„Würden Sie mir sagen, was das heißt?", fragte ich erneut, um ihn von seinem Schmerz loszureißen. „Ich habe eine Übersetzung in meinen Unterlagen, aber ich spreche kein Koreanisch und wollte wissen, was jemand, der Hyun-Shik gekannt hat, darüber denkt."

„Das dachte ich mir. Mit dem Koreanisch, meine ich." Mit dem Finger fuhr er an den Buchstaben entlang, während er konzentriert las, bis ein Ausdruck der Verwirrung über sein Gesicht huschte. „Es ergibt keinen Sinn."

„Das ist bei Selbstmorden meistens so." Das hatte ich in der Vergangenheit häufig gehört, bis ich es vor einigen Jahren selbst erlebt hatte. „Glauben Sie mir, am Ende gibt es dabei immer mehr Fragen als Antworten."

Kim Jae-Min war scharfsinniger, als ich vermutet hatte: Seine goldenen Augen musterten mich eindringlich mit einer stummen Frage. Letztendlich sprach er mich jedoch nicht darauf an, sondern nahm das Stück Papier von der Arbeitsplatte, um es weiter anzusehen. „Ich meinte den Brief. Er ergibt keinen Sinn."

„In meinen Unterlagen steht, dass er sich dafür entschuldigt. Für den Selbstmord." Ich näherte mich ihm, um über seine Schulter auf den Abschiedsbrief zu schauen. Auch wenn es kein bewusster Vorwand gewesen war, ihn zu berühren, wurde mir gleich darauf klar, dass ich das Geschriebene ohnehin nicht lesen konnte. Warum hatte ich es also getan? Da es mir allerdings unhöflich erschien, plötzlich zurückzuzucken, blieb ich stehen, während sein männlicher Duft mir das Gespräch versüßte.

„Hyun-Shik hat *Mian, naneun igorseul haeya haeyo* geschrieben." Als Jae sich zu mir umwandte, wich ich schließlich etwas zurück, um ihn nicht einzuengen. Trotzdem streifte seine Schulter meinen Arm und er ließ sie dort, der Hauch einer Berührung. Er bewegte sich mit einer unbewussten Sinnlichkeit – oder er hatte sie so lange einstudiert, dass er nicht mehr darüber nachdenken musste. „Dabei wäre *Irokke hal su pakke obsor yukamida* logischer gewesen."

„Was ist der Unterschied?" Wahrscheinlich würde ich im Laufe des Falls doch noch Koreanisch lernen müssen, bevor mich die unverständliche Sprache und die unbekannten kulturellen Feinheiten in den Wahnsinn trieben.

„In gewisser Weise bedeutet es das Gleiche, aber was er geschrieben hat, hängt mit einer Verpflichtung zusammen und nicht mit Reue darüber, anderen Schmerz zugefügt zu haben." Es schien nicht leicht zu sein, den Unterschied in einer anderen Sprache auszudrücken. „Das andere hieße eher: ‚Ich bedaure, das tun zu müssen'. *Hyung* hat geschrieben: ‚Entschuldigung, ich bin dazu gezwungen'."

„Vielleicht hat er dabei an die Familienehre gedacht?" Ich verwarf den Gedanken, sobald ich ihn ausgesprochen hatte – und das nicht nur, weil Jae-Min mit den Augen rollte.

„Wir sind Koreaner. Wir vermeiden es lediglich, uns beschämend zu verhalten. Wir schlitzen uns nicht gleich auf wie tote Fische, weil wir die Familie entehrt haben."

„Tut mir leid, ich habe nur laut gedacht", protestierte ich. Jaes vorwurfsvoller Blick war beinahe so stechend wie Claudias. „Und es ergibt ja auch keinen Sinn – dann hätte er sich für den Selbstmord einen anderen Ort gesucht als ... ähm."

„Sie dürfen ruhig sagen, dass es sich um einen Sexclub für Schwule handelt." Jae wandte sich ab, um sich wieder der Suppe zu widmen und die Festigkeit des Gemüses zu überprüfen. Seine Wärme ging mit ihm. „Ich weiß, was Dorthi Ki Seu ist."

„Okay", antwortete ich. „Also wozu war er gezwungen? Und warum hat er sich in diesem Sexclub umgebracht?"

„Dafür bezahlt Sie mein Onkel? Um das herauszufinden?" Aus dem Wohnzimmer waren Geräusche zu hören, ein lautes Durcheinander von Frauenstimmen. Jae warf einen Blick auf die Tür, als rechnete er damit, Grace hereinstürmen zu sehen.

„Um ganz ehrlich zu sein, werde ich dafür bezahlt, mich etwas umzusehen und dann zu verschwinden." Taktgefühl hatte nie zu meinen Stärken gehört. Ich war eher der Typ Mensch, der Leute rücksichtslos mit Informationen bombardierte. Und offenbar auch der Typ Mensch, der vor bewaffneten alten Lesben floh, aber das musste Jae-Min nicht erfahren. Unsere Beziehung war noch nicht weit genug fortgeschritten, um lächelnd Demütigungen auszutauschen. „Allerdings halte ich mich nicht gern an Anweisungen."

„Jemand hat Sie angewiesen, *Hyungs* Tod nicht zu genau zu untersuchen?"
Er erstarrte mit einer Handvoll Pilze über dem Topf.

„Nein, nicht direkt. Es wird nur angenommen, dass es tatsächlich Selbstmord war und es nicht viel zu untersuchen gibt." Die Pilze fielen in die Suppe und hüpften mit ihren gewölbten Hüten in der brodelnden Flüssigkeit auf und ab.

„Und glauben Sie das auch? Dass er sich wirklich umgebracht hat?" Jaes Zähne widmeten sich erneut seiner Unterlippe und hinterließen Abdrücke darin. Wenn er so weitermachte, würde sie bald bluten. „Vielleicht sieht es so aus, aber ich kenne ihn. Nicht so. Das hätte er seiner Familie nicht angetan."

„Das sagen alle. Auch Ihr Onkel." Mit auf die Arbeitsplatte gestützten Ellbogen nahm ich einen der verbliebenen Pilze vom Schneidebrett und ließ mir das kräftige Aroma in die Nase steigen. „Die Frage ist wohl: Wie werden Sie sich fühlen, wenn ich herausfinde, dass es doch Selbstmord war? Was dann?"

Bevor er antworten konnte, klingelte mein Handy. Ich dachte darüber nach, es zu ignorieren, da ich hören wollte, was er dazu sagen würde, doch Jae-Min hatte mir bereits wieder den Rücken zugewandt und beschäftigte sich mit seiner Suppe. Leise fluchend schaute ich auf das Display, nur um dann lauter und leidenschaftlicher zu fluchen. Jae warf mir einen kurzen Blick zu, ignorierte mich jedoch gleich wieder.

„Ja, Claudia?" Als mein Blick auf die Uhr an der Küchenwand fiel, runzelte ich die Stirn. „Was machst du denn noch da? Ich dachte, du gehst früher."

„Das hatte ich vor, aber deine Auftraggeber sind hier. Du weißt schon, der Mann mit seiner Ehefrau." Wenn Claudia so wenig sagte, musste jemand mit ihr im Büro sein. Sie hielt meine Fälle vorbildlich geheim. „Sie wollen mit dir reden."

„Sie?"

„Ja, beide. Der Mann und seine Frau." Sie hielt inne und ich hörte ein leises Murmeln, bevor sie jemandem antwortete: „Geh die Straße runter und hol mir etwas Kaltes zu trinken. Hier, hol dir auch was."

„Was zum Teufel …?" Am anderen Ende war nur Stille zu hören. Ich verzog das Gesicht. „Entschuldige. Sie sind beide da?"

„Macht nichts. Es war ja auch sicher ein harter Tag für dich, nachdem du so lange geschlafen hast und dann nach Orange County gefahren bist." Ihre Stimme war zuckersüß, aber mit Sarkasmus durchtränkt. „Und ja, beide. Sie sind gerade an der frischen Luft. Ich weiß nicht, ob ich darüber beleidigt sein soll oder einfach nur froh bin, sie nicht mehr im Büro zu haben."

Und das alles von einer Frau, die ich hauptsächlich dafür bezahlte, in meinem Büro fernzusehen. Da ich nicht dumm war, biss ich mir auf die Zunge und schluckte diese idiotischen Worte hinunter. Als ich meiner Zunge wieder trauen konnte, sagte ich: „Ich brauche eine Dreiviertelstunde, wenn die Verkehrsgötter es gut mit mir meinen. Würden sie so lange warten?"

„Ich denke schon", antwortete sie freundlich, als wäre zwischen uns alles wieder vergeben. „Sie sind hereingekommen und haben süß wie Honig nach dir gefragt. Und dieser Frau hätte ich solche Dinge nicht zugetraut. Oder vielleicht doch, aber nicht in diesem Outfit."

Ich unterdrückte ein Lachen. „Du hast dir die Fotos angesehen?"

„Natürlich!", schnaubte sie. „Ich bin auch nur ein Mensch. Ich bin neugierig. Und was in ihrer Ehe vorgeht, ist wirklich krank."

„Ich könnte dir den Jeder-liebt-auf-seine-Weise-Vortrag halten, den ich mir von dir anhören durfte."

„Ja, ich weiß", antwortete sie. „Also, kommst du zurück oder soll ich sie wegschicken?"

„Ich mache mich bald auf den Weg, gib mir etwas Zeit. Sie können warten, wenn sie möchten. Danke, Claudia." Ich legte auf und lehnte meine Stirn gegen das Handy. Mein Leben wurde von Tag zu Tag seltsamer, sodass ich es selbst kaum noch begreifen konnte. Jetzt würde ich mich auch noch mit den Brinkerhoffs auseinandersetzen müssen.

„Ist Claudia Ihre Freundin?" Jae schaltete den Ofen aus und bedeckte den Topf mit einem Glasdeckel, der sofort beschlug.

„Nein, sie kümmert sich um mein Büro." Beim Gedanken an eine Beziehung mit Claudia musste ich grinsen. Abgesehen davon, dass sie eine Frau war, konnte sie verdammt streng sein. Wahrscheinlich hätte sie mein Leben in noch wesentlich striktere Bahnen gelenkt als jetzt. „Und sie organisiert mein Leben", gab ich zu.

„Also ist sie Ihre Frau." Er grinste ebenfalls. Das Lächeln vertrieb die letzten Reste von Trauer aus seinem Gesicht. Er strich sich eine Haarsträhne hinters Ohr und lachte, als ich das Gesicht verzog.

„Nein, aber sie kommandiert mich herum, als wäre sie es." Ich hätte ihm sagen sollen, dass ich schwul war. Dem vertrauensvollen Verhältnis, das ich für weitere Informationen zu Hyun-Shiks Tod vermutlich benötigte, wäre es sehr förderlich gewesen. Doch die Worte kamen mir nicht über die Lippen. Es war, als stünde ich vor meinem Vater, dem ich mich nie mehr so verletzlich zeigen wollte. Dabei hatte ich nichts zu verlieren – außer diesem Fall. Die Kims wären ziemlich sicher nicht begeistert davon gewesen, den Tod ihres Sohnes durch einen schwulen Mann untersuchen zu lassen. „Sie haben meine Karte, oder?"

„Ja." Sein Lächeln ließ ein wenig nach, als er auf seine Hosentasche klopfte.

„Bitte rufen Sie mich an", sagte ich leise. Sein Daumen strich über die Ecke meiner Visitenkarte, die aus der Tasche ragte. „Wenn Ihnen noch etwas einfällt oder wenn Sie über Ihren Cousin reden wollen."

„Natürlich." Wir beide erstarrten instinktiv, als Grace sich durch das Geräusch von Absätzen im Flur ankündigte. „Sie gehen jetzt wohl besser, bevor Almira Gulch Sie hier erwischt."

Ich hatte bereits die halbe Fahrt zu meinem Büro zurückgelegt, als mir klar wurde, dass ich in der kurzen Zeit in dieser Küche öfter gelächelt hatte als in den letzten zwei Jahren. Die Narbe auf meinem Bauch schmerzte sogar etwas vom Lachen. Die an meinem Bein schmerzte ebenfalls, doch das hing mit Mrs.

Brinkerhoffs Jagd auf mich zusammen. Kurz spiegelte sich der Schmerz an meinem Bauch in meiner Brust wider, als ich an Rick denken musste. Wenn ich Glück hatte, würde ich nie wieder von Jae-Min Kim hören. So wäre es am besten.

AUF DER Veranda vor meinem Büro stand ein Mammutbaum. Ein Mammutbaum, der wohl eigentlich zu Claudias riesiger Sippe gehörte. In der gesamten Zeit bei mir hatte Claudia niemals einen Mr. Claudia erwähnt und ich hatte nicht den Mut gefunden, nach ihm zu fragen. Theoretisch war es gut möglich, dass er existierte, jedoch in ihrem Haus gefangen eine unendliche Liste von Erledigungen abarbeiten musste. Ein schlimmeres Schicksal als der Tod.

Als ich die Stufen erklomm, stellte ich fest, dass der Mann auf der Veranda nicht älter als ein Teenager aussah, aber dafür noch größer, als ich es für möglich gehalten hätte. So groß ich auch war, überragte er mich um fast dreißig Zentimeter und hatte wesentlich breitere Schultern. Als er mich bemerkte, richtete er sich auf, wodurch ich noch weiter hinaufschauen musste.

„Hey, Mr. McGinnis." Ich versuchte, mir nicht anmerken zu lassen, dass ich mir bei dieser Anrede gleich zwanzig Jahre älter vorkam.

„Hey", erwiderte ich also, während ich ihm zunickte. Für besonders cool hielt er mich deshalb sicher nicht, doch gefühlt hatte ich etwa zehn Jahre meiner Jugend zurückgewonnen. „Wie heißt du?"

„Mo. Ich bin Martins Sohn." Er ließ mit einem listigen Lächeln einen Schlüsselbund in seiner Hand klimpern. „Er hat gesagt, wenn ich Oma abhole, kann ich heute Abend das Auto haben."

„Ein ausgezeichnetes Geschäft." Die Schatten, die sich hinter der Gittertür zu meinem Büro bewegten, lenkten mich ab. „Ich gehe wohl lieber rein, bevor sie rauskommt, um mich zu holen."

„Ja, das sollten Sie wirklich vermeiden", brummte er mit seiner tiefen Stimme. „Oma hat gesagt, es gibt etwas zu besprechen, aber ich kann hier warten. Ist das okay?"

„Ja, natürlich." Ich nickte erneut, während ich mich innerlich für die Brinkerhoffs wappnete. „Ich schicke sie auch gleich raus. Tut mir leid, dass du warten musstest."

„Macht nichts." Sein breites Grinsen teilte das kräftige Gesicht beinahe in zwei Hälften. „So konnte ich mich vor dem Rasenmähen drücken. Sissy musste es stattdessen machen."

In Claudias Clan unterlagen Aufgaben keiner Geschlechtertrennung. Außer der Tatsache, dass die Mädchen im Gegensatz zu den männlichen Familienmitgliedern nicht kolossal genug waren, um einen Tsunami aufzuhalten, wurde kaum ein Unterschied gemacht. Sie erledigten die gleichen Arbeiten wie die Jungen und umgekehrt. Und Selbstständigkeit war in dieser Familie eine wichtige Voraussetzung. Manchmal fragte ich mich, was mit denen passierte, die den strengen Anforderungen der Matriarchin nicht genügten.

Bekleidet wirkte Mrs. Brinkerhoff wesentlich mehr wie die traditionelle Großmutter, mit der ich gerechnet hatte. An dem geblümten Kleid, das ihren rundlichen Körper bedeckte, war kein bisschen schwarzes Leder zu sehen. Sie saß sittsam mit übereinandergeschlagenen Beinen auf einem der von mir aufgepolsterten Ohrensessel mit rotem Kunstwildlederbezug und ihre zarten Füße steckten in schlichten schwarzen Pumps. Wäre da nicht der messerscharfe böse Blick gewesen, mit dem sie mich begrüßte, hätte ich damit gerechnet, dass sie an ihrem Finger lecken und mir einen Fleck aus dem Gesicht reiben würde.

Ich hatte nicht vor, mich ihr zu weit zu nähern.

Alles ging gut. Größtenteils redete ihr Mann, während Claudia zumindest als optische Unterstützung hinter mir stand. Ich konnte nicht abstreiten, dass ich selbst dafür Dankbarkeit empfand. Ich hatte bereits lernen müssen, dass ich gegen Kugeln nicht immun war, und Mrs. Brinkerhoffs Handtasche wirkte groß genug für eine abgesägte Flinte. Im Notfall musste ich mir wohl Mr. Brinkerhoff schnappen und ihn als menschlichen Schild benutzen, während Claudia und ich durch die Tür flohen.

Als die zwei endlich das Büro verlassen hatten, stieß Claudia einen erleichterten Seufzer aus und fächelte sich mit einem Stapel Papier Luft zu. Sie winkte dem langen Schatten ihres Enkels zu, der durch die Tür zu sehen war, und sagte ihm, er könne schon mal das Auto anlassen.

„Danke, Süße." Ich küsste sie auf die Wange, wich allerdings schnell zurück, bevor sie mir wieder einen Klaps verpassen konnte. „Es war lieb von dir, zu bleiben. Auch wenn ich bestimmt alleine mit ihnen zurechtgekommen wäre."

„Ich wollte nur sehen, ob sie sich bei dir über die Rechnung beschweren." Sie wühlte in den Tiefen ihrer Handtasche herum, bis sie eine überdimensionale Sonnenbrille gefunden hatte. Nachdem sie diese aufgesetzt hatte, brachte sie mit den Fingern ihr Haar in Ordnung und ging auf die Tür zu. „Ich habe ihnen das Autofenster auf die Rechnung gesetzt und dann noch eine zusätzliche Summe für die Kleider, die du dir an diesem Zaun zerrissen hast."

„Aber ich habe mir keine ..." Ich brach ab, als ich mich an die kreative Art erinnerte, auf die sie Rechnungen schrieb. „Natürlich. Dann wünsche ich dir noch einen schönen Abend."

„Ich dir auch." Sie trat auf die Veranda hinaus, warf mir allerdings einen letzten kritischen Blick zu. „Und ein schönes Wochenende. Vergiss nicht, etwas zu essen."

„Sieh mich doch an: Sehe ich etwa zu dünn aus?" Ich tätschelte meinen Bauch, den ich so weit wie möglich vorschob. „Aber ich verspreche, dass ich etwas esse."

Während sie die Tür zufallen ließ, rief sie noch: „Und zwar etwas anderes als nur Fleisch, Cole. Sonst komme ich eines Tages ins Büro und du hast dich in ein Rind verwandelt."

EIGENTLICH HATTE ich vorgehabt, mich bis zum Abend im Haus zu beschäftigen und dann zu dem Club zu fahren, in dem Hyun-Shik gestorben war. Doch ein

Anruf von einem ehemaligen Kollegen bei der Polizei, der mich zu einem Bier überredete, änderte das. Ein Treffen konnte ich ihm nicht abschlagen. Ich schuldete Bobby mehr, als ich ihm jemals zurückzahlen konnte. Ein bisschen Zeit mit ihm zu verbringen, war das Mindeste, was ich tun konnte.

Robert Dawson war ein muskulöser älterer Mann mit grauem Haar, der fünfundzwanzig Jahre für das Los Angeles Police Department gearbeitet hatte. Als ich meine Karriere begonnen hatte, war seine allmählich auf das Ende zugegangen. Trotzdem hatten wir bei einigen Fällen zusammengearbeitet. Nach meinen schweren Schussverletzungen hatte er mich regelmäßig besucht, um nach mir zu sehen. Seine verlässliche Freundschaft hatte mir in dieser schmerzvollen Zeit sehr geholfen. Er hatte mich mit schlechten Witzen unterhalten und mir Hamburger ins Krankenhaus geschmuggelt. Nach zwei Wochen mit Brühe und Wackelpudding war ich der Meinung gewesen, dass man einen wahren Freund an der Menge fettigen Essens erkannte, mit der er einen versorgte.

Auf dem Revier hatte es immer Tratsch und viele Gerüchte gegeben, meistens unwichtige Kleinigkeiten. Auch ich war Gesprächsthema gewesen, da ich meine Sexualität nie verborgen hatte. Auf die Frage hin, ob ich eine Freundin hätte, war meine Antwort meist gewesen, dass mein Freund davon nicht begeistert gewesen wäre. Nach und nach begriffen die Leute, dass ich nicht scherzte.

Bobby ging einen anderen Weg. Er verhielt sich unauffällig und verbarg seine Beziehungen selbst vor seinen engsten Freunden. Doch der Angriff auf mich traf ihn beinahe so heftig wie mich, woraufhin er beschloss, etwas zu ändern. Er ließ sich pensionieren und lebte nach jahrzehntelanger Heimlichtuerei ganz offen, ohne je zu zweifeln. Obwohl er dadurch viele Freunde verloren hatte, sagte er mir stets, er bereue es nicht – höchstens die Tatsache, dass er so lange gewartet habe.

Als er mich eines Nachmittags im Krankenhaus besuchte, sah er mich mit seinem von Lachfalten zerfurchten Gesicht an und bat mich um Verzeihung dafür, dass er sich nicht früher dazu bekannt hatte.

Ich antwortete, dass es da nichts zu verzeihen gebe. Wir wussten beide, dass im Department nicht viel Platz für Regenbögen war. Er hatte getan, was ihm wie das Beste erschienen war und ich hatte meine eigenen Entscheidungen getroffen. Dort im Krankenhaus zweifelte ich daran, ob es die richtigen gewesen waren. Bobby antwortete mir, dass er nach diesem Vorfall dasselbe über sich sagen könne.

„Endlich sehe ich dich mal wieder, Junge", sagte Bobby jetzt, während er die Arme über den Kopf und die Füße unter den niedrigen Tisch streckte, der zwischen uns stand. „Es tut dir gut, dich hin und wieder zu entspannen."

„Wir haben uns doch erst vor ein paar Tagen gesehen. Sind wir neuerdings verheiratet?" Ich schnupperte an dem alkoholfreien Bier, das mir der Kellner gebracht hatte. Auch wenn ich davon nicht begeistert war, brauchte ich für meinen Besuch im Dorthi Ki Seu einen klaren Kopf.

Mittlerweile war es zur Gewohnheit geworden, dass wir uns regelmäßig entweder zum Boxen trafen oder in der Bar nicht weit von meinem Haus ein Bier tranken. Manchmal schlossen sich gemeinsame Freunde an, aber heute hatten wir es uns allein an einem Tisch in der Ecke bequem gemacht.

„Eigentlich hätte ich dich heute Morgen im Ring erwartet", sagte Bobby, während sein Blick auf einem wesentlich jüngeren Mann ruhte, der beim Barkeeper ein Getränk bestellte. „Aber nachdem ich dich gerade humpeln gesehen habe, kann ich nur vermuten, dass du endlich mal wieder flachgelegt wurdest und es übertrieben hast."

„Oh, flachgelegt wurde ich allerdings fast, nur auf unangenehmere Art", lachte ich. Die nächsten Minuten verbrachte ich damit, Bobby die Geschichte von Mrs. Brinkerhoff und ihrer Flinte zu erzählen, wobei ich kein peinliches Detail meiner Flucht durch den Garten ausließ.

Sein von den Wänden widerhallendes dröhnendes Gelächter brachte mich zum Lächeln. Damals als Polizist war er so eisern beherrscht aufgetreten, dass ich mich manchmal gefragt hatte, ob sein Herz noch schlug. Das langjährige Schweigen zu brechen tat ihm gut und es freute mich, ihn so herzhaft lachen zu sehen. Es war, als wollte er die verlorene Zeit nachholen.

„Gott, hör auf, Junge." Er wischte sich mit einer Serviette über Mund und Schnurrbart. „Sonst mache ich mir noch in die Hose."

„Das passiert irgendwann, wenn man älter wird." Ich nickte weise. „Bald brauchst du wieder Windeln und kannst nur noch Brei essen."

„Wenn du so weitermachst, hast du bald nicht mehr genug Zähne, um jemals wieder ein Date zu finden." Den kräftigen Faustschlag gegen meinen Arm hatte ich verdient. Ich freute mich schon auf den blauen Fleck am nächsten Morgen. Bobby hob sein leeres Bierglas, damit der Kellner ihm ein weiteres brachte. „Hast du schon einen neuen Fall?"

„Ja, einen Selbstmord", sagte ich, während ich Bobbys Blick folgte. Der junge Mann hatte sich umgedreht und lächelte ihm zu. „Hast du nicht genug Telefonnummern?"

„Man kann nie genug Nummern haben", antwortete Bobby, bevor er ernst wurde. „Erzähl mir davon."

„Ein junger Koreaner hat sich in einem Sexclub namens Dorthi Ki Seu umgebracht. Mike hat mich gebeten, für die Familie Nachforschungen anzustellen." Es war ein gutes Gefühl, mit jemandem darüber zu reden, denn mir fehlte es, mit einem Partner Ideen auszutauschen. Bobby kam einem solchen im Augenblick am nächsten. Er beugte sich vor und hörte meinem ausführlichen Bericht aufmerksam zu, bis ich schließlich zu Jae-Min gelangte.

„Du solltest ihn sehen – verdammt hübsch. Nicht feminin, sondern nur … ich weiß nicht, sexy. Er hat etwas Besonderes. Fast Wildes." Ich atmete aus und strich mit dem Finger über den Rand der Flasche, lauschte dem Geräusch von feuchter Haut auf Glas. „Ich konnte ihn beinahe wie einen Tiger schnurren hören. Und er hat gut gerochen. Du weißt ja, wie sehr ich darauf bei Männern achte."

„Allerdings." Bobby musterte mich mit hochgezogenen Augenbrauen.

„Was ist?"

„Es ist schön, dich endlich wieder so über einen Mann reden zu hören. Es wird dir guttun, es mal zu versuchen."

„Nein … nein." Hätte ich meinen Kopf noch heftiger geschüttelt, wäre er abgefallen. „Ich bin nicht interessiert. Eigentlich habe ich nicht einmal vor, ihn jemals wiederzusehen."

„Cole, er ist gut aussehend und bringt dich zum Lachen. Was will man mehr? Du musst ihn doch nicht gleich heiraten. Geh einfach mit ihm einen Burger essen oder so und warte ab, was draus wird." Da es in der Bar im Augenblick verhältnismäßig ruhig war, beugte Bobby sich etwas vor und sagte leise: „Es sind jetzt über zwei Jahre. Fast drei, oder? Da könntest du dir doch wenigstens andere Männer ansehen."

„Das tu ich doch dauernd", protestierte ich, was allerdings nicht zu helfen schien. Er lehnte sich lediglich zurück und nickte mir zu, als wäre ich ein verirrtes Kind, dem er helfen musste. „Habe ich mir nicht gerade den Typ an der Bar angesehen?"

„Du hast ihn angesehen, als hättest du überlegt, ob er die Bar ausrauben möchte." Bobby trank einen Schluck Bier und leckte sich den Schaum vom Schnurrbart. „Cole, du hast immer dazu gestanden, wie du bist. Aber seit der Sache mit Rick bist du völlig verschlossen."

„Ich bin noch nicht so weit. Es ist noch zu früh." So war es einfach, auch wenn ich ihm gern etwas anderes gesagt hätte. Jae-Min war hübsch, jedoch auch gefährlich, weil er Verlangen in mir weckte. Einen Hunger, von dem ich gedacht hatte, dass er mit meinem Liebsten gestorben wäre. Und ich war nicht sicher, ob ich bereit war, ihn wieder in mein Leben zu lassen. „Bobby, er war gut aussehend und exotisch, aber das ist alles. Etwas, von dem man seinem Freund bei einem Bier erzählen kann. Nichts als eine Geschichte."

„Ich meine ja nur, dass du auch mal etwas anderes mit deiner Zeit anfangen solltest, als dich ausschließlich mit den Problemen anderer Leute zu beschäftigen." Nachdem er sein Bierglas geleert hatte, stellte er es etwas kräftiger auf den Tisch als nötig. „Sonst bleiben dir bald nur noch diese Geschichten und ein leeres Haus. Mach nicht die gleichen Fehler wie ich. Lebe ein bisschen, Junge, bevor von deinem Leben nichts mehr übrig ist."

4

DORTHI KI Seu unterschied sich von allen anderen Schwulenbars, die ich kannte. Bei meinem ersten Mal hier war ich verblüfft gewesen, wie, um es mal so auszudrücken, gesittet es auf den ersten Blick zuging. Als junger Polizist war es einer meiner ersten Einsätze gewesen und eine gute Erfahrung – in mehrfacher Hinsicht.

Der Eintritt war frei, auch wenn mich der junge Mann an der Tür erst prüfend musterte, bevor er mich einließ. Das wunderte mich nicht. Schon mein hellbraunes Haar und meine Größe waren hier auffällig, doch der Mangel an Geschäftskleidung gab mir den Rest. Legere Kleidung bedeutete im Dorthi Ki Seu, dass man seine Anzugjacke auszog und sie über die Stuhllehne hängte.

Die Einrichtung sah aus, wie ich mir einen viktorianischen Herrenclub vorstellte, mit teurer Wandvertäfelung und kleinen Gruppen von Ledersesseln. Gleichzeitig war das Innere leicht asiatisch angehaucht, dezenter und geschmackvoller als andere Schwulenbars. Man hörte nur leises Murmeln und das Licht wirkte beinahe gemütlich.

Die Kellner bedienten Grüppchen, Paare und einzelne Männer, die alle mein Eintreten ignorierten – wohl eher kulturell bedingte Höflichkeit als Desinteresse. Mit etwas Glück fand ich noch einen freien Tisch, auch wenn sich dieser sehr weit von der Bühne entfernt befand. Der Raum war gut gefüllt und der Andrang schien nicht nachzulassen.

Ein junger Kellner in weißem Hemd näherte sich, um nach meinen Wünschen zu fragen. Er war so gut aussehend, dass er viele Blicke auf sich zog, auch meinen. Erst nachdem ich ihn einen Moment lang angesehen hatte, wurde mir klar, dass ich ihn mit einem gewissen anderen jungen Koreaner verglich.

Er klopfte mit dem Stift auf seinen Notizblock und legte den Kopf schräg. „Etwas zu trinken, *Hyung*?"

Das Wort verwirrte mich. Für meine ungeübten Ohren klang es wie dasselbe, das Jae-Min für Hyun-Shik benutzt hatte.

„Am liebsten einen Whisky." An der Bar hatte ich so einige Flaschen davon gesehen, die ich gern probiert hätte. Leider vertrug sich dieser Wunsch nicht mit meinem Vorsatz eines alkoholfreien Abends. „Aber eine Cola light ist wohl besser."

„Ist Pepsi in Ordnung?" Sein Lächeln war voller Wärme und seine Stimme verführerisch. „Vielleicht mit Zitrone?"

„Ja, danke." Ich betrachtete seinen Hintern, als er sich von meinem Tisch entfernte. Wer auch immer diese Leute einstellte, wusste, was er tat.

Es roch nach Zigaretten und teurem Alkohol. Mir war bekannt, dass an den Hauptraum private Karaokezimmer angrenzten, die meistens von betrunkenen Koreanern mittleren Alters genutzt wurden. Was auch immer darin vorging, schien etwas mit Gesang zu tun zu haben. Die noch privateren Räume befanden sich im oberen Stockwerk und waren Mitgliedern vorbehalten. Bei dem Polizeieinsatz war uns gesagt worden, es handle sich lediglich um Rückzugsorte zum Entspannen.

Da war es nur natürlich, dass sich in ihnen Betten oder Liegeflächen voller Kissen befanden.

Zu Beginn meiner Karriere als Detective war Dorthi Ki Seu zu einem der Ziele einer städteübergreifenden Razzia geworden. Andere Orte wären vermutlich ergiebiger gewesen, doch einer meiner Vorgesetzten hatte sich nicht davon abbringen lassen. So hatte ich Scarlet kennengelernt.

Am Ende hatten wir sie und einige andere Darsteller, schwule Männer in Frauenkleidung, die auf der Bühne sangen oder tanzten, verhaftet. Damals war sie sehr attraktiv gewesen, was sich vermutlich nicht geändert hatte. Als ich ihr die Handschellen anlegte, entschuldigte ich mich dafür, dass sie zu eng waren. Während ich sie etwas lockerte, erkundigte ich mich, ob ich sie als Frau oder Mann ansprechen solle. Sie antwortete mit einem strahlenden Lächeln, welches ihr bereits wunderschönes Filipinogesicht noch hinreißender machte.

Nach einem Anruf verbrachte Scarlet keine Stunde in ihrer Zelle. Wen sie angerufen hatte, erfuhr ich nie, doch innerhalb von vierundzwanzig Stunden wurden sämtliche Anschuldigungen gegen den Club fallen gelassen und der leitende Detective wurde versetzt. Als ich das letzte Mal von ihm gehört hatte, war er für einen Informationsstand am Pier zuständig gewesen.

Jedenfalls machte man uns klar, dass Scarlet mächtige Freunde hatte. Freunde, die alles für sie taten und ihre Probleme verschwinden ließen. Trotzdem mochte ich sie. Sie war nicht nur sympathisch, schlagfertig und humorvoll, sondern fühlte sich bewundernswert wohl in ihrer Haut, worum ich sie ein wenig beneidete. Mir war das bis heute nicht gelungen.

Als sie aus der Haft entlassen wurde, gab ich ihr meine Visitenkarte und forderte sie auf anzurufen, wenn sie etwas brauchte. Sie meldete sich tatsächlich hin und wieder, allerdings eher, um sich zu unterhalten – und vielleicht auch, um einem Polizisten einige Informationen zu entlocken. Scarlet konnte einen zum Lachen bringen. Nur war mir in letzter Zeit nicht nach Lachen zumute gewesen.

Die leise Hintergrundmusik des Clubs verstummte, während die Bühne in helles Licht getaucht wurde. Es war beinahe zehn Uhr, Zeit für Scarlets erste Show. Als eine rauchig anmutende Klaviermelodie begann und sie hinter dem Vorhang hervortrat, stockte mir kurz der Atem.

Sie war so schön und verführerisch, wie ich sie in Erinnerung gehabt hatte.

Ich war lange genug beim Sittendezernat gewesen, um einen Ladyboy auf den ersten Blick zu erkennen, doch Scarlet war eine Klasse für sich. Lächelnd näherte sie sich dem eckigen Vintage-Mikrofon am Rand der Bühne, während ein Scheinwerfer ihren geschmeidigen Bewegungen folgte. Obwohl ich ihr Alter kannte, wirkte ihre hellbraune Haut auf mich makellos. Ihre mandelförmigen dunklen Augen hatte sie geschickt schwarz umrandet, um sie noch ausdrucksvoller zu machen.

Rote Pailletten glitzerten im Scheinwerferlicht, als sie sich in ihrem bis zum Oberschenkel geschlitzten und bis zum Bauchnabel ausgeschnittenen Kleid bewegte. Ihr glänzend schwarzes Haar war im Stil von Audrey Hepburn hochgesteckt und über ihrem Ohr glitzerten darin große Diamanten. Sie wirkte kostbar, wie die Art von Frau, die sich niemand von uns hätte leisten können. Ich konnte es ganz sicher nicht, selbst wenn ich eine Frau gewollt hätte.

„You look at me and smile." In ihrer Stimme lag pure Verführung.

Man konnte es nicht anders sagen: Obwohl unter dem Kleid ein Mann steckte, strahlte sie einen weiblichen Zauber aus. Sie spielte mit der Melodie des Etta-James-Lieds und bewegte sich über die Bühne, beugte sich zu einer Gruppe von Männern in Anzügen hinunter. Sie strahlten und grinsten wie kleine Jungen nach einem Lob ihrer Lehrerin.

„Miss Scarlet hat Ihre Nachricht erhalten. Sie sollen nach hinten kommen, wenn die Show vorbei ist." Eine große Hand hatte sich auf meine Schulter gelegt und ich schaute zur koreanischen Version von Claudias riesenhaftem Nachwuchs hoch. Sollte ich jemals wieder mit meinem Vater reden, würde ich mich mit ihm über den Mangel an Körpergröße in unseren Genen unterhalten.

„Danke", sagte ich freundlich, um ihn ja nicht zu provozieren.

Es folgten noch einige Lieder, denen ich mit halbem Ohr lauschte, während ich unauffällig die Männer beobachtete, die sich einem mit einer dicken Samtkordel versperrten Durchgang näherten. Bewacht wurde er von einem noch wesentlich größeren Kampfgefährten des Mannes, der mich angesprochen hatte.

Ein älterer Koreaner, konservativ gekleidet und ausgesprochen gepflegt, ging auf ihn zu und erklomm die Treppe, nachdem er mit einem respektvollen Nicken vorbeigelassen worden war. Ein weiterer folgte einige Minuten später und dann zwei Männer, die sich unterhielten, als befänden sie sich auf dem Weg zum gemeinsamen Abendessen.

Lauter Applaus lenkte meine Aufmerksamkeit wieder auf die Bühne und ich stimmte kräftig mit ein. Scarlet verbeugte sich einmal und dann ein zweites Mal, während sie mit einer schwungvollen Geste den Pianisten mit einbezog. Der Riese stand neben mir und sah zu, wie ich mich erhob und mein Glas leerte.

„Einfach durch die Tür?", fragte ich, als ich mit klappernden Eiswürfeln das Glas abstellte und einen Fünfdollarschein für den Kellner auf den Tisch legte.

„Ich bringe Sie hin." Er packte mich nicht direkt am Ellbogen, doch seine riesige Pranke streifte meinen Arm, als wäre er daran gewöhnt, Menschen an bestimmte Orte zu lotsen.

Ich verließ die angenehme Atmosphäre der Bar, während eine Gruppe von Tänzern die Bühne betrat, deren schlanke Körper in entfernt an Kimonos erinnernde bunte Roben gehüllt waren. Einer lächelte mir zu und nickte leicht, ohne seine kunstvolle Perücke verrutschen zu lassen.

Wie in den meisten Clubs mit Shows herrschte hinter der Bühne Chaos. Bunte Kleider und Lichter zwischen einem Meer von Männern, die größtenteils fast nackt waren. Einige saßen vor langen Spiegeln und schminkten sich hastig, während andere mit ihren Kostümen kämpften. Ich ging durch den Gang, der hinter dem Hauptraum der Bar entlangführte, wobei ich ausweichen musste, als ein älterer Mann in einem engen Kleid mit schwarzen Fransen aus einer Garderobe stolziert kam. Ihm folgten neidische Stimmen, als er sich auf den Weg zur Bühne machte.

Der Muskelprotz brachte mich zu einem Raum am Ende des Flurs, dessen Tür ein goldener Stern zierte. Darunter stand etwas in kräftiger koreanischer Schrift. Zwar konnte ich es nicht lesen, doch es musste sich um Scarlets Namen handeln. Ich klopfte an die Tür und wartete auf ihre Antwort, bevor ich eintrat.

Ihre Garderobe war eine Oase aus Stoffen und Farben. Überwältigt von der Fülle an Pailletten, Federn und Rüschen hätte ich beinahe Scarlet übersehen, die sich gerade das Make-up vom Gesicht wischte. Die hellen Lichter ihres Schminktisches färbten ihre Haut weiß-golden.

„Hi, Scarlet." Selbst aus der Nähe war sie makellos. Viele Frauen hätten alles dafür gegeben, so auszusehen, reichten jedoch lange nicht an sie heran. „Wie ich sehe, bist du immer noch umwerfend."

„Das ist lieb von dir, Süßer. Wir haben uns lange nicht mehr gesehen", sagte sie, während sie den Gürtel einer orangen Satinrobe zuband. Dann stand sie auf, um mir einen Kuss auf die Wange zu geben, und tätschelte meine Brust, als sie sich wieder setzte. Von der heißblütigen Sängerin tragischer Liebeslieder war außer der kunstvoll aufgetürmten Frisur nicht mehr viel zu sehen. „Was gibt es Neues?"

„Nichts besonders Interessantes." Ich ließ mich ebenfalls auf einem Stuhl nieder und sah zu, wie Scarlet mit geübten Bewegungen ihrer zarten Finger ein etwas leichteres Make-up auflegte.

„Du bist aus einem bestimmten Grund hier, oder?" Dunkle Augen blickten mich im Spiegel an. „Ich habe die Karte gesehen, die du dem Türsteher gegeben hast. Du bist jetzt Privatdetektiv, nicht wahr? Hattest du genug davon, Polizist zu sein?"

„Die Polizisten hatten genug davon, dass ich Polizist war." Mehr wollte ich zu meiner Vergangenheit nicht sagen. Ich hatte Wichtigeres zu tun. „Ich bin wegen Hyun-Shik Kims Selbstmord hier. Ich habe gehofft, du könntest mir etwas über ihn erzählen."

„Hyun-Shik?" Ihre Hände erstarrten und ihr Adamsapfel bewegte sich, als sie schluckte. „Oh, halt dich lieber von den Kims fern, Schatz. Gefährlicher Anwalt."

„Papa Kim hat mich dazu beauftragt. Er ist Kunde bei meinem Bruder Mike."

„Mikio McGinnis ist dein Bruder? Das hätte ich wissen sollen." Sie wandte sich mit überraschtem Gesicht zu mir um. „Du bist hübscher als er. Er ist bestimmt eifersüchtig."

„Du kennst meinen Bruder?"

„Er erledigt manchmal Aufträge für meinen Liebsten. Ein netter Mann, ich habe ihn ein paar Mal getroffen. *Hyung* lässt mich manchmal von seinen Männern fahren, wenn jemand anders ausfällt." Sie stand auf und verschwand hinter einem Wandschirm, über dessen Rand bald die Robe geworfen wurde, ein leuchtender Fleck auf braunem Holz. „Hast du auch einen japanischen Namen oder nur Mikio?"

„Kenjiro, aber ich benutze ihn nie", rief ich über den Wandschirm. „Mikes erster Vorname ist Colin. Er hasst ihn."

„Aber Colin ist ein schöner Name." Sie tauchte wieder auf, jetzt in einer schwarzen Caprihose und einem weißen Herrenhemd. Sie zupfte ein wenig daran, bis es perfekt über ihrem knackigen Hintern hing, und ließ sich wieder vor dem Spiegel nieder, um ihr Haar zu lösen.

„Ich habe ihn immer Colleen genannt." Eine angenehme Erinnerung. Nichts machte meinen Bruder so wütend, wie seine Männlichkeit in Frage zu stellen. „Wahrscheinlich hasst er ihn deshalb."

„Ach so. Aber du wolltest über Hyun-Shik reden, oder?" Scarlet zupfte die diamantbesetzten Haarnadeln aus ihrer Frisur und legte sie in ein Samtkästchen. „Ich kann dir nicht viel dazu sagen, was oben vor sich geht, Baby. Genau weiß ich es auch nicht."

„Scarlet, ich kenne Orte wie diesen. Du musst doch wenigstens etwas wissen. Bitte." Die falsche Frau musterte mich im Spiegel und sah mir kurz in die Augen, bevor sie sich den Klammern im Nacken widmete. Ich näherte mich, bis ich sie beinahe berührte. „Ich brauche nur ein paar Informationen. Etwas stört mich an Hyun-Shiks Tod, aber ich weiß nicht genau, was."

„Jungs wie du bedeuten Ärger, *Dongsaeng*", sagte sie. „Ihr mischt euch in Angelegenheiten ein, von denen ihr die Finger lassen solltet. Am Ende bereust du es noch."

„Gibt es da etwas, weshalb ich mir Sorgen machen sollte?" Ich bemühte mich um ein beschwichtigendes Lächeln, das wahrscheinlich nicht sehr überzeugend wirkte. „Hyun-Shik hat sich umgebracht oder jemand hat nachgeholfen. Was auch immer passiert ist, ich werde dafür bezahlt, es zu untersuchen. Also was kannst du mir sagen? Jedes bisschen hilft."

Scarlets Haar war endlich befreit und fiel in einer schwarzen Welle ihren Rücken hinab. Sie löste die letzten Knoten an ihren Schläfen, bevor sie eine Bürste nahm und ihr Haar zum Kämmen in mehrere dicke Strähnen teilte. Als ich bereits dachte, sie würde mir nicht antworten, begann sie mit einem tiefen Seufzer zu reden.

„Hyun-Shik ist schon seit seiner Zeit im College hergekommen. Sein Vater hat ihm die Mitgliedschaft bezahlt", sagte sie und wedelte mit der Bürste, um mich davon abzuhalten, sie zu unterbrechen.

„Kim hat sie ihm bezahlt?", fragte ich trotzdem. „Derselbe Mann, der abstreitet, dass sein Sohn schwul war?"

„Was ich dir hier sage, bleibt unter uns, ja? Ich mag dich, Süßer, aber ich werde den Kims keinen Ärger machen. *Hyung* braucht den Vater für seine Geschäfte." Sie hielt mir einen mahnenden Zeigefinger vors Gesicht, wobei sie mich fast mit dem Griff der Haarbürste getroffen hätte.

„Ich verrate kein Wort", antwortete ich und hielt mir demonstrativ einen Finger vor die Lippen.

„Mr. Kim wusste, dass sein Sohn *iban* war. Es hat ihn nicht überrascht. Bei seiner Mutter bin ich nicht sicher." In ihren großen, dunklen Augen spiegelte sich eine Reihe von Gefühlen wider. Sie schien an mehr zu denken als Hyun-Shik. „Viele Väter versuchen, ihren Söhnen irgendwie zu helfen. Mr. Kim hat die Mitgliedschaft wohl für eine gute Idee gehalten."

„Was bekommt man als Mitglied oben?"

„Man darf einfach nur nach oben. Für alles andere muss man dort bezahlen." Sie bürstete konzentriert die Knoten aus ihrem Haar. „Es gibt da vieles – Alkohol, Drogen und Männer. Die meisten Gäste kommen wegen der Männer, aber sie tun auch andere Dinge."

„Und Hyun-Shiks Vater war es recht, dass er dafür Geld ausgegeben hat?"

„Vielleicht dachte er, wenn Hyun-Shik einen Ort hätte, um sich auszuleben …" Sie dachte kurz über ihre Worte nach. „So kann man es wohl sagen. Der Vater dachte also, wenn er sich oben gelegentlich ausleben könnte, würde er nicht wie viele andere in seinem Alter an anderen Orten auf Männerfang gehen. Niemand sieht, was dort oben passiert. Niemand äußert sich dazu. Der Ruf der Gäste ist sicher und sie sind glücklich."

„Besonders glücklich kann Hyun-Shik nicht gewesen sein", merkte ich an. „Er hat sich hier umgebracht."

„Die meisten Männer kommen her, weil sie im Innern traurig sind und hier eine Zeit lang so tun können, als wäre es normal, Männer zu lieben. Denn das ist es hier." Die Bürste kam in ihrem Haar zum Stillstand. „Ich habe so viel Glück, Süßer, weil ich einen Mann habe, der mich liebt. Auch er kann mich nicht im Sonnenlicht lieben. Nicht, wenn andere dabei sind. Doch den meisten Männern hier fehlt selbst diese Freiheit. Sie können nicht einmal in der Dunkelheit lieben. So war es auch bei Hyun-Shik."

„Aber hier war er normal", murmelte ich. Die Wände verbargen zu viele Geheimnisse, die auf meiner Haut knisterten. Ich betrachtete es so: Ich musste der Mensch sein, als der ich überleben konnte. Nicht schwul zu sein, kam für mich nicht in Frage. Obwohl es schwer sein konnte, war es besser, als eine Lüge zu leben.

„Warum sollte man heiraten, wenn man …" Scarlets trillerndes Lachen unterbrach mich.

„Ach, für dich ist es so leicht, Süßer. Alles ist schwarz oder weiß." Sie nahm sich das Haar in ihrem Nacken vor. „Asiatische Männer müssen heiraten. So ist das eben. Du wirst geboren, gehst zur Schule und heiratest. Dann kommen Kinder, die du durch die Schule zwingst, während du dich um deine Eltern kümmerst. Und wenn du das hinter dir hast, bist du es, um den man sich kümmert. Ein ewiger Kreislauf."

„Also hat er geheiratet, aber ist weiter hergekommen, wenn er es nicht mehr ausgehalten hat? Vielleicht nur oft genug, um etwas Dampf abzulassen?"

„Das ist nicht selten. Meistens nach dem ersten Kind, manchmal erst nach dem zweiten." Selbst ihr Schulterzucken war elegant. „Einige Männer kommen gar nicht mehr. Die Verpflichtung gegenüber der Familie kommt für die meisten Asiaten an erster Stelle und Scham kann einen Mann dazu bringen, seine eigenen Bedürfnisse zu ignorieren."

„Hatte er hier jemanden? Ich meine, ist er immer für denselben Mann gekommen?"

„Er kam wegen Jin-Sang Yi." Sie buchstabierte es mir, als ich ihr mein Notizbuch reichte. „Nach seiner Hochzeit nicht mehr so oft, aber wenn er kam, hat er meistens nach Jin-Sang gefragt."

„Und werden andere Jungs bei so was manchmal eifersüchtig?"

„Nein, oben läuft alles sehr ... praktisch ab." Scarlet widmete sich einer neuen Strähne. „Na ja, meistens. Vielleicht war Jin-Sang nicht begeistert, wenn Hyun-Shik sich mal für einen anderen entschieden hat, aber das hing wohl eher mit dem Geld zusammen. Mit Liebe hat es selten zu tun. Die Jungs da oben verdienen eine Menge, Baby."

„Wie viel ist eine Menge?"

„Wenn sie beliebt sind, können sie um die fünftausend pro Nacht verdienen. Je nachdem, wofür sie bezahlt werden."

„Fünftausend?" Ich hatte den falschen Beruf. Andererseits, dachte ich mit einem Blick in den Spiegel, hätte für mich wohl niemand so viel bezahlt. „Und Jin-Sang ist beliebt?"

„Ziemlich beliebt, glaube ich." Sie zuckte mit den Schultern. „Manchmal kommt ein neuer Mann und einer der beliebten geht. So ist das eben. Wie schon gesagt, *Dongsaeng*, ich beschäftige mich kaum damit, was oben passiert. Diese Dinge tue ich nicht. Ich trete nur auf."

„Hat er sich umgebracht, bevor er sich mit Jin-Sang getroffen hat oder danach? Weißt du das?"

„Es muss danach gewesen sein. Soweit ich mich erinnere, hat der Manager aus Respekt vor Mr. Kim die Bezahlung abgelehnt", murmelte Scarlet. „Es wäre falsch gewesen, in dieser Situation Geld für Hyun-Shiks Unterhaltung zu verlangen."

„Also ist Hyun-Shik nach oben gegangen, hatte ein bisschen Spaß und hat sich dann umgebracht?" Ich lehnte mich auf meinem Stuhl zurück. Es waren schon seltsamere Dinge geschehen. Einige Menschen begingen nach einem letzten guten Essen Selbstmord, während andere zu verzweifelt waren, um überhaupt noch an etwas anderes zu denken. Doch so verrückt Menschen auch sein konnten, war es nicht leicht zu glauben, dass jemand für Sex bezahlte und anschließend eine

Handvoll Pillen schluckte. „Du hast Drogen erwähnt. Hat Hyun-Shik die Pillen also hier gekauft?"

„Nein, Süßer." Sie legte die Bürste auf den Tisch und schüttelte ihr Haar aus. „So etwas gibt es oben nicht. Gras oder auch mal Nga-nga, aber Pillen dauern zu lange und vertragen sich nicht gut mit Whisky. Es brächte zu viele Probleme mit sich."

„Dann muss er sie mitgebracht haben." Die Sache wurde immer komplizierter. „Die wichtigste Frage, auf die ich keine Antwort finde, ist das Warum. Und warum hier?"

„Das kann ich dir leider nicht sagen, Süßer", antwortete sie. „Was stand in seinem Brief? Dass er sich dafür schämt, Männer zu lieben? Warum hätte er sich dann hier umbringen sollen? Pah, deine Fragen machen alles schlimmer."

„Deshalb stelle ich sie." Ihr Handy klingelte mit einer mir unbekannten Melodie, sodass das kleine silberne Elektrogerät durch die Vibration über den Schminktisch wanderte. „Willst du deine Ruhe haben?"

„Nein, bleib hier", befahl sie und bohrte mir einen spitzen Fingernagel in die Brust. Als sie den Anruf annahm, seufzte sie, als sie die Stimme am anderen Ende hörte. „*Hyung*! Ja, ich bin fertig. Nur eine Show heute Abend."

Der Rest war Koreanisch, ein sprudelnder Strom von Wörtern, die ich nicht verstehen musste, um ihren Sinn zu begreifen. Geturtel war aus jeder Sprache leicht zu übersetzen und Scarlets kokettes Lachen brachte mich zum Grinsen. So hatte ich schon lange nicht mehr mit jemandem am Telefon geflirtet. Nicht seit der ersten Zeit mit Rick.

Ich stand auf, um mich ein wenig zu strecken. Die langen Fahrten hatten der Narbe an meinem Bauch nicht gutgetan und die Muskeln begannen, sich zu verkrampfen. Als ich den Oberkörper drehte, um die Verspannung zu lösen, fiel mein Blick auf ein bekanntes Gesicht, das mich aus einem silbernen Bilderrahmen anlächelte.

Da Scarlet noch in ihr Gespräch vertieft war, ging ich unauffällig zu der großen Kommode in der Zimmerecke hinüber. Die meisten der Fotos darauf zeigten Scarlet, einige Urlaubsbilder mit einem ernst wirkenden koreanischen Mann und andere mit jüngeren Männern, vermutlich Darsteller aus den Shows. Das Foto, das ich bemerkt hatte, war größer als die anderen und stand etwas seitlich.

Ich kannte die goldbraunen Augen, die mir daraus entgegenblickten. Dieses Gesicht hier zu sehen, war wie ein Schlag in die Magengrube. Auf dem Bild war Jae-Min einige Jahre jünger. Sein etwas längeres Haar, das fransig sein Gesicht einrahmte, ließ ihn beinahe wie ein etwas jungenhaftes Mädchen wirken, doch der sinnliche Mund mit der Andeutung eines Lächelns war derselbe.

Das Foto aus dem Rahmen zu nehmen, um auf der Rückseite ein Datum zu suchen, wäre wahrscheinlich keine gute Idee gewesen – Scarlet klang bereits, als würde sie mit einem letzten gesäuselten Wort und einem tiefen, heiseren Seufzen zum Ende des Gesprächs kommen. In diesem kleinen, leidenschaftlichen Ausbruch hörte ich den Mann in ihrem Innern, der so stolz auf die Liebe zu einem anderen Mann war.

Scarlet näherte sich, bis ihr Kinn an meinem Oberarm lehnte, um zu sehen, was ich mir anschaute. Ich drehte das Bild, damit sie es erkennen konnte. Wieder murmelte sie etwas, diesmal sanfter und heiterer.

„Ah, mein *Musang*." Sie berührte mit den Fingerspitzen Jae-Mins Gesicht. „Er ist Hyun-Shiks Cousin. Gehört er auch zu den Leuten, mit denen du reden willst?"

„Wir haben bereits geredet." Ich stellte das Bild auf die Kommode. Es war nicht leicht. Aus irgendeinem Grund zitterten meine Finger, als ich dieses Stück Erinnerung losließ. „Er war heute Morgen bei den Kims."

„Aish! Das kann ich kaum glauben. Diese Frau behandelt ihn so schlecht." Ihre Abneigung war beinahe greifbar, klebrig vor Abscheu. „Ich würde da nicht mehr hingehen."

„Du scheinst Jae-Min gut zu kennen."

„Ach, unser Jae." Sie lächelte. „Er ist einer der Menschen, die ich am liebsten mag. Kennst du seine Fotos? Zu Hause habe ich einige, die er von mir gemacht hat. Du solltest sie sehen, sie sind wunderschön und doch so aufwühlend. Er hat viel Talent."

„Wie hast du ihn kennengelernt? Hat Hyun-Shik ihn einmal mitgebracht?" Ein Anflug von Eifersucht regte sich in meiner Brust. Der Gedanke, dass Jae-Min seinen Cousin für ein paar Sexspielchen ins Dorthi Ki Seu begleitet hatte, beunruhigte mich aus irgendeinem Grund.

„Einmal?" Scarlet entfernte sich, um ein Paar leuchtend rote Pumps unter dem Stuhl hervorzuholen, auf dem ich gesessen hatte. „Er hat ihn mitgebracht, aber nicht als Gast, sondern um hier zu arbeiten."

„Was? War er hier Kellner? Das hat er mir gar nicht erzählt. Wie lange?"

„Kellner?" Anmutig schob sie den Fuß in einen Schuh. „Oh nein, Süßer. Jae-Min war kein Kellner."

Meine Brust zog sich schmerzhaft zusammen, während sich Taubheit in meinem Gesicht ausbreitete und das Blut in meinen Ohren rauschte. Eigentlich wollte ich nicht hören, was sie zu sagen hatte. Doch auch wenn mir die Antwort nicht gefallen würde, musste ich es wissen. „Was hat er dann getan?"

„Jae ist viel zu hübsch für einen Kellner. Hyun-Shik hat ihn aus einem anderen Grund mitgebracht und so habe ich meinen *Musang* kennengelernt." Sie warf noch einen letzten Blick in den Spiegel und wischte sich mit einem Finger über den Mundwinkel. „Unser Jae-Min hat im ersten Stock gearbeitet."

5

„DER KLEINE Mistkerl hat mich verarscht! Er hat in dem Club gearbeitet und mir kein Wort davon gesagt."

Mein Wohnzimmer war groß – beinahe die halbe Etage –, aber dennoch nicht groß genug, um meine momentane Wut loszuwerden: Beim verärgerten Auf-und-ab-Gehen stieß ich ständig vor eines der Sofas oder den Couchtisch. Doch nach Mitternacht war es eindeutig zu spät, um dafür Möbel aus dem Weg zu schieben. Außerdem hätte ich dabei meinen verschlafen dreinblickenden Bruder auf der Couch gestört.

„Cole, es war ein langer Tag, mein Bier ist fast leer und ich habe keine Ahnung, wovon du redest." Mike gähnte, was ich allerdings nicht besonders ernst nahm – Mike ging selten vor zwei Uhr morgens ins Bett, also war es nicht ungewöhnlich, dass er so spät bei mir auftauchte, um nach dem Fall zu fragen. Auf mein Knurren hin verdrehte er die Augen und machte sich wieder daran, in den übrig gebliebenen Fleischstücken seines Carne-Asada-Burritos herumzustochern. „Mr. Kim hat dich verarscht?"

„Nein." Über mich selbst verärgert bemühte ich mich, meine Gedanken zu ordnen. Eines war mir klar: Im Mittelpunkt meiner Wut stand Jae. „Nicht Mr. Kim. Ich rede von seinem Neffen, Jae-Min."

„Das ist der Typ, der ein Jahr bei ihnen gewohnt hat, oder? Ein Cousin zweiten oder dritten Grades." Mike entfernte mit einer Zinke seiner Plastikgabel einen Essensrest aus seinen Zähnen. „Was hat er mit Henry zu tun?"

„Henry? Ich bleibe bei Hyun-Shik. Du kannst ihn gerne Henry nennen." Ich blieb vor meinem Bruder stehen. „Aber ich werde dir jetzt erst mal einiges über Mr. Kims Vorzeigesohn erzählen."

Die nächsten Minuten verbrachte ich damit, Mike die Verbindungen des verstorbenen Koreaners zu seinem Todesort darzulegen – einschließlich der Tatsache, dass er seinen jungen Cousin wie ein Zuhälter in diesen Club gebracht hatte. Mike hörte zu, ohne mich zu unterbrechen, bis ich mich beruhigt hatte.

„Bist du sauer, weil Mr. Kims Sohn schwul war?", fragte er dann. „Oder weil er seinem Cousin dazu verholfen hat, eine Hure zu werden?"

„Weder noch", sagte ich und ließ mich neben meinen Bruder auf die Couch fallen, während ich sein Bein mit meinem nackten Fuß anstupste. „Na gut, vielleicht doch. Warum haben die Kims es dir nicht von Anfang an gesagt? Das mit Jae-Min wussten sie wahrscheinlich nicht, aber den Rest. Zumindest sein Vater wusste einiges."

„Weil es für eine traditionelle koreanische Familie etwas sehr Beschämendes ist", antwortete er. „Behalte es möglichst gut für dich."

„Wem sollte ich es schon erzählen?" Ich atmete heftig aus, um den letzten Rest meiner Wut loszuwerden. „Scheiße, die Witwe – mit ihr muss ich auch noch reden. Weiß sie es?"

„Vorher wahrscheinlich nicht, aber nachdem man ihn dort gefunden hat …"

Ich zog eine weitere Kopie des Abschiedsbriefs aus meinen Unterlagen hervor und starrte die gekritzelten Worte an, als könnten sie mir etwas über Hyun-Shiks Gemütszustand zum Zeitpunkt seines Todes verraten. „Laut Scarlet werden da keine Pillen verteilt. Was sagt der Autopsiebericht? Und die Toxikologen?"

„Bis jetzt noch nichts." Mike zuckte mit den Schultern und schob den Pappteller mit den Resten seines Abendessens von sich. „Aber es wurden Blut- und Gewebeproben entnommen, bevor man ihn eingeäschert hat."

„Würdest du als Besitzer eines Bordells nicht dafür sorgen, dass du weißt, was in den Zimmern passiert?" Ich sah meinen Bruder fragend an. „Da geht es schließlich um deine Einnahmen. Wie lange hat es gedauert, bis jemand bemerkt hat, dass er nicht aus dem Raum kam? Und wer war bei ihm? Dieser Jin-Sang oder jemand anders? Weißt du das?"

„Nein, darüber habe ich nichts gehört. Ehrlich gesagt habe ich nicht viel aus seinem Vater herausbekommen und ihn auch nicht zu sehr gedrängt. Sein Sohn war gerade gestorben." Mike wirkte aufgewühlt. Während ich dazu neigte, sie unbarmherzig zu bearbeiten, hasste Mike solche mysteriösen Fälle. Für ihn beinhaltete ein perfektes Leben keinerlei Überraschungen. „Ich kann ihn noch einmal fragen, aber ich kann dir keine Antworten versprechen. Bei persönlichen Angelegenheiten sind sie sehr verschwiegen."

„Warum hat mir Jae-Min dann gesagt, dass er schwul ist?" Ich schob mir eins der kleinen Dekokissen hinter den Kopf und legte ihn an die Armlehne. „Behauptet er das nur, damit alle denken, Hyun-Shik wäre seinetwegen dort gewesen? Oder als Rechtfertigung für seine Arbeit in dem Club?"

Mike grinste. „Vielleicht mag er dich und wollte ein Date."

„Ich verhaue dich gleich, bis du um Gnade winselst", knurrte ich im Flüsterton. „Er ist derjenige, der mich so wütend macht. Er hat ganz unschuldig vor mir gestanden und nicht ein Wort über die Sache mit Hyun-Shik gesagt. Er hat zugegeben, den Club zu kennen, aber nicht seine Arbeit dort erwähnt."

„Cole, wenn du eine Hure gewesen wärst, würdest du einem Detektiv erzählen, an welcher Straßenecke du gearbeitet hast? Er wusste nichts von deiner Freundschaft mit Scarlet und hat deshalb wohl nur damit gerechnet, dass du einige sehr knappe Antworten vom Manager bekommst." Er hob den Kopf, um mir in die Augen zu sehen. „Warum verbeißt du dich so sehr darin? Glaubst du wirklich, dass du etwas herausfinden kannst? Oder bist du nur wütend, weil der junge Kim sein Leben als heimlich schwuler Mann nicht ertragen und ihm ein Ende gesetzt hat?"

Ich setzte zu einer Antwort an, hielt dann aber inne. Warum war ich so verärgert? Hyun-Shiks Tod war dumm, allerdings nicht so dumm wie das darum gesponnene Netz aus Lügen. Wenn Scarlet die Wahrheit sagte, gab es einige Menschen, die sich Hyun-Shiks Tod gewünscht haben könnten – vielleicht sogar sein Cousin Jae-Min. Also kam mir dieser dumme und sinnlose Tod allmählich wie ein Mord vor.

„Hör zu, Mike." Ich holte tief Luft, bevor ich ihm meine Gedanken darlegte. „Hyun-Shik war insgeheim schwul. Er hat eine Frau geheiratet und einen Sohn gezeugt, also der Familie gegenüber seine Pflicht erfüllt. Ist er also einfach zu seinen alten Gewohnheiten zurückgekehrt oder verbirgt sich hinter seinem Tod etwas anderes?"

„Okay, nehmen wir doch mal an, er wurde umgebracht", antwortete Mike. „Wer hat es getan? Und warum?"

„Da kommen mehrere in Frage." Ich betrachtete die Überbleibsel von Mikes Essen und pickte mir einige große Fleischstücke heraus. Kauend schüttelte ich den Kopf, als Mike mir eine Serviette hinhielt. „Dieser Jin-Sang könnte ihn mit einem anderen gesehen haben."

„Und dann hat er Hyun-Shik etwas in seinen Alkohol gemischt?" Mike schürzte nachdenklich die Lippen. „Vielleicht wollte er ihn gar nicht umbringen, sondern ihm nur etwas geben, wovon ihm übel würde, um ihn zu erschrecken?"

„Dazu wäre trotzdem eine gewisse Planung nötig gewesen." Ich überlegte. „Wenn er nicht regelmäßig Pillen geschluckt hat und deshalb welche bei sich hatte."

„Eifersucht? Er wollte seinen Liebhaber nicht mit anderen teilen?", warf Mike ein. „Aber das hieße, dass es zwischen Jin-Sang und Hyun-Shik um mehr als Geld ging."

„Laut Scarlet hatten das gemietete Sexhäschen und Hyun-Shik eine Übereinkunft."

„Wie glaubwürdig ist Scarlet?"

„So glaubwürdig, dass sie außer dir die einzige Person ist, der ich in diesem Chaos traue." Ich widmete mich wieder der Burritoleiche und zupfte an ihren Gebeinen. „Wie verrückt ist das? Die einzige Wahrheit, auf die ich mich verlassen kann, kommt von einem Mann, der der Welt mit seinem Aussehen etwas vorspielt."

„Was ist mit dem Cousin? Du hast doch gesagt, Hyun-Shik hätte ihn dazu gebracht, dort zu arbeiten." Mike schob meinen Fuß von seinem Bein. „Vielleicht hat er sich endlich dafür gerächt."

„Vielleicht", antwortete ich. „Aber irgendwie überzeugt mich das nicht."

„Nein, du hast recht. Warum hätte er auch so lange warten sollen? Es sei denn, er wäre zu etwas gezwungen worden." Die Wohnzimmerlampen brachten das schwarze Haar meines Bruders zum Glänzen und warfen Schatten auf sein Gesicht. „Nicht jeder würde für Geld alles tun."

„Warte mal, du hast gesagt, Jae-Min hat nicht lange bei ihnen gewohnt." Ich dachte daran zurück, was mir Jae-Min in der Küche der Kims erzählt hatte. „Er

48

ist wegen der Schule hergekommen. Wie alt er wohl war, als er im Dorthi Ki Seu angefangen hat?"

„Keine Ahnung. Ich habe doch gerade erst von dir erfahren, dass er eine Hure war." Mike leerte seine Bierflasche.

„Nenn ihn nicht so." Die Wut in meiner Stimme überraschte sogar mich selbst. „Lass es einfach."

„Wenn du dich nach Rick endlich wieder in jemanden verliebst, such dir nicht gerade einen koreanischen Stricher aus, Cole." Sein Tonfall war gleichgültig. Ihm würde es nicht gleichgültig sein, wenn ich ihm gleich die Nase brach.

„Fang nicht so an, Mike. Weder mit Rick noch damit", warnte ich ihn. „Jae-Min ist …"

„Du hast doch mit dem Thema angefangen", erinnerte er mich. „Bist du wütend auf ihn oder willst du ihn verteidigen? Entscheide dich."

„Ich weiß es nicht, Mike." Ich trank ebenfalls mein Bier aus und befreite den Couchtisch von unseren Essensresten. Nachdem ich die Pappteller in der Küche entsorgt hatte, kehrte ich ins Wohnzimmer zurück. Als ich es betrat, betrachtete mich mein Bruder mit undurchdringlicher Miene. Obwohl ich nie gut darin gewesen war, ihn zu durchschauen, konnte ich mir diesmal denken, was ihn beschäftigte. Gereizt ließ ich mich in die weichen Sofakissen fallen. „Was willst du von mir?"

„Ich glaube, dieser Jae-Min vernebelt dir das Gehirn." Er pikte mich kräftig genug in den Bauch, um einen blauen Fleck zu hinterlassen.

„Und jetzt findest du, ich sollte es mit ihm treiben, um wieder einen klaren Kopf zu bekommen?"

„Es ist so schon schlimm genug, dass du mit Männern schläfst. Erzähl mir nicht auch noch die Details." Mike verzog das Gesicht. „Ich will es mir nicht vorstellen."

Es tat weh. Es tat weh, diese Worte von Mike zu hören. Selbst von meinem Bruder konnte ich bei diesem Thema nur begrenzte Unterstützung erwarten. Auch wenn ich nicht vorhatte, mit Jae-Min oder anderen Männern ins Bett zu springen, machte es mich traurig, mit meinem Bruder nicht offen reden zu können. Andererseits hatte ich mich meiner Familie niemals ganz öffnen können – sonst wäre es mir wesentlich leichter gefallen, meine wahre Natur zu akzeptieren.

Ich tat, was ich immer tat: es ignorieren.

„Hör zu, ich muss langsam los. Maddy hat wahrscheinlich gehofft, ich würde am selben Tag wiederkommen, an dem ich gegangen bin." Er stand auf, strich seine Hose glatt und bemühte sich vergeblich, einige Falten aus seinem Hemd zu entfernen, bevor er seine Krawatte in die Tasche steckte und seinen Schlüssel vom Tisch nahm.

„Dazu ist es jetzt sowieso zu spät." Ich brachte ihn zur Tür und öffnete sie.

Da blieb er stehen, halb von mir abgewandt, sodass ich lediglich sein dunkles Profil sehen konnte. „Cole …"

„Schon gut, Mike." Ich wollte auf keinen Fall, dass mein Bruder wie mein Vater klang. Ich brauchte ihn zu sehr in meinem Leben. Unsere Beziehung war eine, die ich nicht aus Stolz beenden wollte.

„Nein, es ist nicht gut." Wir hatten uns niemals wirklich über unser Liebesleben unterhalten. Dazu waren wir beide zu katholisch oder vielleicht zu irisch aufgewachsen. Ich war ein wenig herumgeirrt und hatte erst begreifen müssen, wohin ich passte. Mike war es nicht so ergangen und die Eigenheiten seines kleinen Bruders waren daher manchmal zu viel für ihn. „Ich sage dir immer, du sollst dir wieder jemanden suchen, und wenn du dann darüber redest, mache ich dir Vorwürfe. Es tut mir leid, dass ich in dieser Hinsicht nicht für dich da sein kann."

Ich sah ihn schweigend an und wartete ab, worauf er hinauswollte.

„Du bist mein Bruder und ich liebe dich", sagte er leise. „Ein kleiner Teil von mir hasst, was du bist. Doch obwohl ich das nicht ändern kann, liebe ich dich. Und zwar sehr."

Ich konnte ihm nicht sagen, dass ich ihn ebenfalls liebte, denn die Worte blieben mir im Hals stecken und schnürten mir die Luft ab, bis meine Brust schmerzte. Er verschwand kurz in der Dunkelheit, als er die Veranda verließ, bevor er im Licht der Straßenlaterne wieder auftauchte. Mit einem beiläufigen Winken stieg er ein, als wäre damit zwischen uns alles in Ordnung.

„Ich liebe dich auch, Mike", flüsterte ich, als er es nicht mehr hörte. Trotzdem half es ein wenig, den Schmerz fortzuspülen. Ich schloss die Tür und verriegelte sie.

ALS ES Nachmittag geworden war, hatte ich genug Zeit mit meinen Nachforschungen zu Jin-Sang Yi verbracht, um Kopfschmerzen zu bekommen. Claudia hatte sich ebenfalls eine Stunde sehen lassen – angeblich aus Langeweile, die ich allerdings für Neugier hielt. Sie gab mir Gelegenheit, eine Pause zu machen, und hörte sich meine neuesten Erkenntnisse an, nachdem sie mit einem bösen Blick ein Pastramisandwich mit Sauerteigbrot auf meinem Schreibtisch platziert hatte. Meinen Einwand gegen den Salat darauf behielt ich beim Anblick ihrer hochgezogenen Augenbraue lieber für mich und biss stattdessen hinein.

„Fährst du hin, um mit ihm zu reden?" Sie tippte langsam, während sie konzentriert auf den Computerbildschirm starrte. „Was willst du ihm sagen?"

„Tja, ich werde wohl nicht direkt fragen, ob er seinen Ex-Lover umgebracht hat", antwortete ich. „Aber Yi und Hyun-Shiks Frau sind im Moment meine einzige Möglichkeit."

„Dir bleibt eine dritte." Claudia drehte ihren Stuhl, um auf die Seiten zu warten, die der Drucker ausspuckte. „Du könntest noch einmal mit dem Jungen von gestern reden."

„Scarlet? Ich glaube, die habe ich für den Rest des Monats genug ausgequetscht."

„Nein, nicht den." Mit einem Augenrollen nahm sie ihren Bericht aus dem Drucker entgegen. „Den in der Küche bei den Kims."

Da ich Jae-Min nur kurz nebenbei erwähnt hatte, konnte man offenbar einiges an meinem Gesicht ablesen. Trotzdem fragte ich unschuldig: „Wieso sollte ich mit ihm reden?"

„Weil er etwas zu wissen scheint." Für einen Amateur war Claudia ziemlich gut darin, Lügen zu entdecken. Vermutlich, weil sie acht Söhne großgezogen hatte. „Ich verstehe ja, warum du dich nicht in seine Angelegenheiten einmischen willst, aber wenn es um einen meiner Söhne ginge, würde ich nichts unversucht lassen, um Antworten zu finden."

Claudia ging einige Minuten, bevor ich mich auf den Weg machte, und teilte ihrem jüngsten Sohn fröhlich mit, dass sie auf der Heimfahrt einkaufen wolle. Er winkte mir durch die offene Tür hindurch zu, bevor er seiner Mutter fügsam zum Auto folgte.

Die Straßen von Los Angeles kämpften die ganze Küste entlang gegen mich an und stellten mir Verkehrsstörungen in den Weg, wo ich keine gebrauchen konnte. Die Sonne spielte Verstecken, um mich hin und wieder zwischen Gebäuden hindurch zu blenden. Ich öffnete das Autofenster, wodurch der typische Geruch des Freeways hereinströmte – Gummi und überhitzter Asphalt. Reklametafeln leisteten mir Gesellschaft, bis ich mit beachtlicher Geschwindigkeit eine Abfahrt in Richtung Küste nahm und es so eben über die Ampel schaffte. Der Motor des Rovers gluckste leise, als ich mit ihm unter dem gerade noch gelben Licht hindurchjagte.

Jin-Sang Yi lebte in einem der vielen wie Pappkartons wirkenden Wohnblöcke, die in den neunziger Jahren in Südkalifornien aus dem Boden geschossen waren. Ich musste den Block umrunden, bis ich einen Parkplatz neben dem Lastwagen einer Gärtnerei fand. Bei meinem Spießrutenlauf durch Laubbläser wäre ich beinahe in den nicht besonders luxuriös aussehenden Hecken gelandet. Wenn man bedachte, was Jin-Sang angeblich verdiente, schien die Wohnlage nicht gerade zu seinen Prioritäten zu gehören. Die unechten Lehmziegel waren braun gestrichen worden – vermutlich in dem halbherzigen Versuch, den Steinklötzen ein kalifornisches Flair zu verpassen.

Um den Gemeinschaftspool herum schrien sich spielende Kinder Schimpfworte zu, während einige Frauen im Schatten eines wild wuchernden Baumes saßen. Niemand beachtete mich, womit ich auch nicht gerechnet hatte. Wenn man praktisch auf dem Schoß seiner Nachbarn lebte, fiel es einem nicht schwer, Leute zu ignorieren, die durch den eigenen Garten liefen.

In einer der Wohnungen bellte ohne Unterlass ein kleiner Hund, ein Echo in dem Labyrinth aus Häusern. Ein Mann verlangte auf Spanisch nach Ruhe, wobei allerdings schwer zu sagen war, ob er den Hund anbrüllte oder jemand anderen.

Jin-Sang lebte in einer Wohnung im oberen Stockwerk ganz am anderen Ende des Wohnblocks. Schweiß klebte mein Hemd an meinem Rücken fest, da die erdrückende Hitze die Stadt weiter in ihrem Griff hielt, obwohl es bereits Abend wurde. Aus der Wohnung unter Jin-Sangs war das Jammern einer Klimaanlage zu hören, als sie mit wütendem Klappern gegen die Nachmittagssonne ankämpfte.

Plötzlich bemerkte ich auf dem für Jin-Sangs Wohnung reservierten Parkplatz ein Auto, das mich erstarren ließ. Es handelte sich um einen älteren weißen Explorer, und zwar denselben, der mir vor dem Haus der Kims aufgefallen war. Im Innern war der SUV beinahe makellos, wenn man von einigen Stücken Papier auf dem Beifahrersitz absah. Es war nichts darin, was mir etwas über den Besitzer verraten hätte.

Dennoch war ich mir ziemlich sicher, ihn zu kennen.

Möglichst leise erklomm ich die Betonstufen zur Wohnung. Mit etwas Glück würde ich sie belauschen können – in Gebäuden wie diesen wurde selten in dicke, vor Lärm schützende Türen investiert und die Bewohner bekamen höchstens einen Türspion.

Am Rand der Tür war ein Schattenstreifen zu sehen: Sie stand einige Fingerbreit offen. Allerdings war der Spalt nicht groß genug, um die Wohnung zu belüften, in der ich ohnehin die Klimaanlage hören konnte. Auf dem Treppenabsatz, der zu den beiden oberen Wohnungen führte, drehte ich mich noch einmal um. Als ich auf der Treppe niemanden entdeckte, der mich beobachtete, näherte ich mich der Tür und öffnete sie langsam.

Noch bevor ich etwas sah, roch ich das Blut. Nichts riecht wie in der Nachmittagssonne kochendes menschliches Blut. Ich holte tief Luft, bevor ich mit schmerzendem Magen vorsichtig die Wohnung betrat.

Spritzer bedeckten die cremefarbene Wand neben der Tür und färbten sie rot. Einige Einschusslöcher hatten die Gipskartonwand aufgerissen, sodass die Struktur dahinter zum Vorschein gekommen war. Meine Meinung über die Qualität der Wohnungen musste ich offenbar ändern: Der Schütze hatte ein Chaos hinterlassen, doch die Schüsse hatten nicht die Wand durchdrungen, weshalb mir von außen nichts aufgefallen war.

In meinem Kopf wurde aus der Wand eine Steinmauer, ausgeblichen von Jahren in der Sonne. Ein Blinzeln danach war es dunkel, ein milder Abend, an dem ich mich satt und zufrieden auf den Geschmack von Ricks Mund freute. Eine Sekunde später war er mir in einem Regen aus Blut und Knochensplittern entrissen worden.

Der Versuch, die Erinnerung zu verdrängen, blieb erfolglos. Er führte mich lediglich zu anderen – der Geschmack von Ricks Gehirn auf meinen Lippen, der plötzliche Schmerz, als weitere Schüsse die Nacht zerrissen. Ich hatte ihn festgehalten, als ich zu Boden gestürzt war, und hatte um ihn geweint, bis alles schwarz geworden war.

Diese Nacht ließ das Blut um mich herum aufflackern.

Im Wohnzimmer lagen zwei Menschen auf dem Boden, wo sie erschossen worden waren. Ein mir unbekannter war auf dem Rücken gelandet, als ihm ein Schuss einen Teil des Gesichts und die rechte Hälfte seines Kopfes zerschmettert hatte. An einem Hautfetzen hing der Rest seines Ohrs, das neben ihm auf dem Teppich lag. Als ich mich näherte, sah ich, dass Knochensplitter und Hirn auf dem Fliesenboden vor der Tür verteilt waren, wo ich sie beim Eintreten verschmiert hatte.

Ich betrachtete den Mann. Das in den Teppich unter seinem Körper gesickerte Blut war noch feucht und der verräterische Gestank der Ausscheidungen eines toten Körpers begann gerade erst in die Wohnung zu dringen. Was hier passiert war, konnte nicht lange her sein. Ich schluckte meine Übelkeit hinunter, um mich dem zweiten Mann zuzuwenden.

Angst schnürte mir die Kehle zu, als ich auf den Körper zuging, der mit dem Gesicht nach unten auf dem Teppich lag. Er befand sich näher beim Küchenbereich und wurde halb von einem Tisch mit stabilen Beinen verdeckt. Aus einer nicht sichtbaren Wunde hatte sich eine Blutpfütze auf dem beigen Teppich ausgebreitet. So ungern ich ihn auch anfassen wollte, verlangte mein schreiender Verstand zu wissen, ob es sich wirklich um Jae-Min handelte, der dort tot auf dem Boden lag.

Das schwarze Haar, durch das ich noch am Vortag mit den Fingern hatte streicheln wollen, klebte nass vor Blut an seinem Hals. Er war mit angezogenen Beinen zu Boden gestürzt, als wäre er gerade dabei gewesen, sich umzudrehen – wie eine kaputte Marionette, der jemand mitten in der Bewegung die Fäden durchgeschnitten hatte, weil ihn das Spielzeug nicht mehr interessierte. Ich hockte mich neben ihn und zwang mein Herz zum Weiterschlagen, als ich ihm das Haar aus dem Gesicht strich.

Ich musste Tränen zurückhalten, als unter dem Schleier tatsächlich Jae-Mins Schönheit zum Vorschein kam.

Meine Hände waren mit seinem Blut verschmiert, das die Linien meiner Handflächen zum Vorschein brachte. Es war so viel. So sehr ich mich auch davor fürchtete, den zerbrechlichen Körper umzudrehen, hatte ich nicht vor, ihn kalt und allein hier liegen zu lassen.

Er fühlte sich warm an – beinahe zu warm, trotz der drückenden Hitze in der Wohnung. Eine leichte Röte bedeckte die blasse Haut seiner Wangenknochen. Und dann zuckte ich zusammen, als sich sein Mund zu einem leisen Stöhnen öffnete und warmen Atem über meine Finger hauchte. Mein Herz klopfte, als es seine Arbeit wieder aufnahm und Blut durch meine Adern pumpte.

„Halt still", sagte ich, während ich nach meinem Handy griff. „Bleib liegen, Jae. Ich muss einen Krankenwagen rufen."

Er hörte mich nicht oder war einfach zu stur, sich vernünftig zu verhalten, denn er stützte sich auf die Hände und versuchte aufzustehen. Offenbar hatte er Schwierigkeiten, etwas zu erkennen, und blinzelte wild, während er seinen Mund heftig würgend von Erbrochenem befreite.

„Cole?" Auch wenn es sich eigentlich nicht um einen geeigneten Zeitpunkt für Freude handelte, war ich froh, dass er mich erkannte. Meinem Namen folgten einige Sätze auf Koreanisch, die ich nicht verstand, die aber in seinem momentanen

Zustand wahrscheinlich sowieso nicht sehr informativ waren. Obwohl ich ihn kaum kannte, war es eine große Erleichterung, ihn meinen Namen krächzen und vielleicht auch mich verfluchen zu hören.

„Welchen Teil von ‚bleib liegen' hast du nicht verstanden?" Als er eine Hand nach mir ausstreckte, schob ich einen Arm unter ihn. Mit dem Kopf auf meiner Jeans hielt er endlich so still, dass ich seine Wunde suchen konnte.

Getrocknetes Blut verschloss einen Riss in seiner Kopfhaut, wo ihn eine Kugel gestreift haben musste. An der Schläfe fühlte ich unter seinem Haar eine starke Schwellung. Vermutlich hatte er sich beim Sturz den Kopf am Tisch oder an der Arbeitsplatte gestoßen und das Bewusstsein verloren, weshalb er jetzt an einer Gehirnerschütterung litt.

Als jemand meinen Anruf beantwortete, teilte ich automatisch alle wichtigen Informationen mit, während ich auf einen zitternden Jae hinabschaute, den die Folgen seiner Verletzung einzuholen schienen. Wenn der Krankenwagen zu lange brauchte, würde ich etwas zum Zudecken finden müssen. Ich wollte nicht riskieren, dass er erneut das Bewusstsein verlor.

„Ganz ruhig, Baby." Ich erstarrte, als ich dieses Wort aus meinem Mund kommen hörte. Was auch immer mein Kopf sich da gerade einbildete, es musste aufhören. Jae-Min Kim war der letzte Mann, dem ich näherkommen wollte. „Du musst still halten, bis dich jemand untersucht hat."

Mein guter Vorsatz geriet gleich ins Wanken, als sich seine honigfarbenen Augen wieder öffneten und zu mir hochschauten. Sein Blick fiel auf mein Gesicht, woraufhin sich seine vollen Lippen zu etwas verzogen, das man vielleicht den Hauch eines Lächelns nennen konnte. Er entspannte sich und ließ sich von mir festhalten.

„Cole, Jin-Sang … geht es ihm gut?" Jae-Min versuchte vergeblich, sich zu ihm umzuschauen. Ich hielt es für besser, wenn er sich die Leiche nicht ansah. Eigentlich hätte ich die Wohnung gar nicht erst betreten sollen, als ich die beiden Körper auf dem Boden gesehen hatte. Aber dafür war es jetzt zu spät. Selbst wenn es unangenehme Folgen für mich haben würde, war ich bereit, mit ihnen zu leben. Die Wärme auf meinem Bein war genug, um mich meine Entscheidung nicht bereuen zu lassen.

„Sieh lieber nicht hin, Jae. Das musst du nicht." Da er reden konnte, sollte ich wohl versuchen, etwas über den Tathergang zu erfahren, während seine Erinnerungen noch frisch waren. „Hast du gesehen, wer es war?"

„Jemand kam aus dem Schlafzimmer. Ich weiß nicht, wer." Er zuckte zusammen und krallte seine Finger in meine Jeans. Schmerz zerrte an seinem Mund und ließ eine weitere Schicht seiner emotionslosen Maske zerbröseln. Er war verängstigt, hatte Schmerzen und musste sich auf die Lippe beißen, um nicht aufzuschreien. Es war das Gesicht eines Mannes, der niemanden um sich hatte, der ihm Trost spenden würde, und daher jedes Anzeichen von Verletzlichkeit unterdrücken musste. Ich kannte dieses Gesicht. Ich machte es selbst viel zu oft.

„Alles wird gut, Honey." Seine Schulterblätter gruben sich in meinen Arm, als ich ihn an mich drückte. „Versuch nur, wach zu bleiben."

„Jin-Sang ist tot, stimmt's?"

„Mach dir darum jetzt keine Sorgen, Jae", antwortete ich. Da schoss mir plötzlich ein schmerzhafter Gedanke durch den Kopf. Ich musterte ihn genau, als ich fragte: „Liebst du ihn?"

Wenn er Ja sagte, würde ich es nicht ertragen können. Sein Vielleicht-Geliebter war an den Wänden und auf dem Boden verteilt und ich wusste, was für ein Gefühl das war. Danach wäre das Leben voll von Schuldgefühlen und Reue, die einem nicht weiterhelfen.

Und wenn er Nein sagte? Ich war nicht sicher, was ich für diesen Fall plante, aber ich hatte so eine Ahnung, dass es den schmerzhaften Knoten in meiner Brust lösen würde.

„Nein." Seine Stimme war leise und heiser. „Nicht Jin-Sang. Noch nie. Ich war hier, um ihn dazu zu bringen, mit dir zu reden."

„Mit mir zu reden?" Diese Information war fast noch schockierender, als Jin-Sangs Leiche zu finden.

„Ich wollte, dass er dir etwas über Hyun-Shik sagt." Draußen näherten sich heulende Sirenen. „Und ich musste dich wiedersehen."

„Wirklich?" Es kam mir respektlos vor, so glücklich über Jaes Worte zu sein, während wir in seinem Blut neben Jin-Sangs Leiche saßen. Ich hörte Stimmen im Treppenhaus und rief den Sanitätern zu, nach oben zu kommen.

„Wirklich." Er berührte mich, streichelte über die Innenseite meines Oberschenkels. Als sich ein Sanitäter näherte, löste ich mich von ihm und half, ihn auf die flache Trage zu schieben. Er griff nach meiner Hand, hielt sie fest in seiner. „Geh nicht weg, Cole."

„Schon gut." Das hatte ich trotz des vorwurfsvollen Blicks des Sanitäters nicht vor. „Ich lasse dich nicht los, versprochen."

„Cole?"

„Ja?"

„Gegen Baby habe ich nichts. Das klingt nett." Er schrie leise auf, als der Sanitäter ihm eine Nadel unter die Haut schob. Seine Finger krallten sich schmerzhaft in mein Handgelenk. „Aber nenn mich nicht Honey – so heißt der Hund meiner Mutter."

6

„OKAY, WIE buchstabiert man das noch mal?"

Der Detective hatte mich bereits dreimal nach meinem Namen gefragt. Entweder war er außerordentlich dumm oder wollte es mir schwer machen. Ich buchstabierte meinen Namen erneut, bis ich sicher war, dass er ihn richtig geschrieben hatte. Obwohl die Sonne mittlerweile untergegangen war, leuchteten die Lampen des Parkplatzes hell genug, um seine Stirn glänzen zu lassen.

Jin-Sangs Leiche lag noch oben, während Menschen seine Wohnung begutachteten und sich über seinen Lebensstil wunderten. Unsere Hände und Kleidung waren auf Schmauchspuren untersucht worden, bevor man Jae in einen wartenden Krankenwagen geschoben hatte. Dem wütenden Gemurmel nach zu urteilen, das ich aus dieser Richtung hörte, lief es für den Sanitäter nicht besonders gut. Er hatte mein Mitgefühl – wenn es um Jae-Min Kim ging, schien selten etwas gut zu laufen.

„McGinnis, Cole." Er unterbrach seine Notizen, um mich anzusehen, und erkannte mich plötzlich. „Sie sind doch der, der angeschossen wurde. Bei der Arbeit, nur ein Haus von hier entfernt, oder?"

„Heute bin ich ebenfalls wegen der Arbeit hier", antwortete ich. Meine Aufmerksamkeit richtete sich auf Jae und die Sanitäter. Wir befanden uns vor dem Haus, da die Wohnung jetzt ein Tatort war, in dem die Ermittler um Jin-Sangs erkaltende Leiche herumstapften. „Ich bin Privatdetektiv."

„Hat die Stadt Ihnen nicht genug gezahlt, um für den Rest Ihres Lebens faul auf Ihrem Arsch zu sitzen?" Sein Partner, Branson, gesellte sich zu uns. An ihn erinnerte ich mich noch aus meiner Zeit bei der Polizei. Unsere Wege hatten sich einige Male gekreuzt und nie auf angenehme Weise. Er war einer dieser Muskelprotze, die durch den Umkleideraum stolzierten und ihre Haut einölten, damit sie noch kraftstrotzender wirkten.

„Vielleicht tut ihm der Arsch zu weh, um darauf zu sitzen." Da jetzt sein trollähnlicher Partner neben ihm stand, entwickelte der andere Detective plötzlich den Ansatz eines Rückgrats und lachte mit einem pfeifenden Schnauben durch seinen Schnurrbart.

„Toll. Wie schön, dass die Polizei immer noch diese Sensibilisierungskurse anbietet." Ich war es müde, Fragen zu beantworten, und hatte keine Lust auf ihre Spielchen. Jae-Min war zu weit entfernt, als dass ich ihn deutlich hätte verstehen können, doch das verstimmte Gesicht des Sanitäters zeigte mir, dass er sich gerade einiges von ihm anhören musste. „Sind wir hier fertig?"

„Ihr Freund kann ein bisschen warten, McGinnis." Detective Branson war nicht entgangen, worauf sich meine Aufmerksamkeit gerichtet hatte. Er verzog das Gesicht, bis sich Falten auf seinem rasierten Kopf bildeten. „Ich habe ebenfalls noch ein paar Fragen."

In den Jahren seit unserer letzten Begegnung hatte sich Branson kaum verändert. Er war lediglich etwas breiter geworden und sein spärliches Haar war noch weiter zurückgegangen, sodass man die schattigen Einbuchtungen seines Schädels sehen konnte. In der Vergangenheit hatte er sich mir gegenüber immer brüsk verhalten und einen unterschwelligen Hass in seine Stimme gelegt. Jetzt musste er sich nicht mehr zügeln.

„Hören Sie schlecht? Ich rede mit Ihnen, McGinnis." Ich riss meinen Blick vom Krankenwagen los, um ihn wieder auf Branson zu richten.

„Oh, natürlich." Zwar hatte ich Thurman bereits alles erzählt, aber ich wusste, wie es bei Befragungen lief. „Schießen Sie los."

„Haben Sie das auch getan?"

Oh, sehr witzig. Versuchte er, mich mit seiner Schlagfertigkeit zu beeindrucken? Da konnte er lange warten. Er würde sich jedes bisschen Information von mir hart erarbeiten müssen. Ich hatte ohnehin nichts anderes gesehen als Jae auf dem Boden. „Habe ich was getan?"

„Geschossen. Auf das Opfer. Was ist wirklich passiert, Schwuchtel?" Wenn Branson sich weiter so ärgerte, würde er bald einem Shar-Pei ähneln. „Hast du sie beim Ficken erwischt und bist wütend geworden? Und dann hat dir dein Lover geholfen, es wie einen Einbruch aussehen zu lassen?"

„Ein Einbruch aus dem Schlafzimmer im ersten Stock?", fragte ich sarkastisch. Genau wie Branson hatte ich keinen Grund, mich freundlich zu verhalten. Ich hatte bereits genug von ihm gehabt, als ich selbst noch Polizist gewesen war. „Oder glauben Sie, die beiden haben mich reingelassen und mir erlaubt, mich für den Mord erst im Badezimmer frisch zu machen? Ich habe es doch schon gesagt: Ich bin Yi Jin-Sang nie zuvor begegnet. Ich war dort, um ihn zu einem meiner Fälle zu befragen."

„Mr. McGinnis, wir wollen uns nur Klarheit verschaffen." Thurman wechselte zu dem versöhnlichen Tonfall, den Bobby häufig benutzt hatte, wenn er jemandem Informationen entlocken wollte. Man hörte ihn oft von Ermittlern, genau wie die barsche Du-interessierst-mich-einen-Dreck-Stimme. „Wer einen Mord wie diesen meldet, hat fast immer damit zu tun. Also müssen wir Fragen stellen, um sicherzugehen, dass Sie nicht darin verwickelt sind."

„Worüber wollten Sie mit ihm reden?", unterbrach ihn Branson. „Yi. Worum ging es bei der Sache?"

„Ich untersuche einen Selbstmord", antwortete ich. „Ein Freund des Opfers."

„Ein Freund? Oder jemand, mit dem er es getrieben hat?" Der große Polizist schob sich einen Streifen Kaugummi in den Mund und kaute geräuschvoll darauf herum, bis er weich genug war, um ihn gegen seine Zähne zu pressen.

„Ich hatte keine Gelegenheit, ihn zu fragen", sagte ich mit einem Lächeln. „Er war tot, als ich ankam."

„Und was hat Ihr Freund da gemacht?"

„Er ist nicht mein Freund. Und als ich die Wohnung betreten habe, war er gerade damit beschäftigt, auf den Boden zu bluten." Jae-Mins Stimme wurde lauter – Koreanisch ohne ein einziges englisches Wort. Offenbar hatte er genug davon, dass man an ihm herumdokterte. Ich konnte es ihm nachfühlen – ich hatte von Branson und seinem kriecherischen Partner ebenfalls genug.

Jae hatte den Sanitäter von sich gestoßen, sodass ich ihn endlich sehen konnte. Auf seinem Wangenknochen hatte sich ein Bluterguss gebildet, ein roter Klecks auf blasser Haut. Er stand auf zittrigen Beinen da, während der Sanitäter spanische Flüche ausstieß, als könnte eine weitere Sprache helfen. Er wollte Jae von etwas überzeugen, hatte jedoch eindeutig keinen Erfolg. Schließlich gab er mit einem Schulterzucken auf und drückte Jae-Min genervt ein Stück Papier und einen Kugelschreiber in die Hand.

„Sie haben meine Telefonnummer. Rufen Sie mich an, wenn es noch Fragen gibt. Wir sind hier fertig." Diesmal war es keine Frage. Ich ließ sie stehen und machte mich auf den Weg, um den Sanitäter zu retten, auch wenn ich hinter mir Bransons Flüche hören konnte.

Im Nachhinein könnte ich ziemlich genau den Zeitpunkt festlegen, an dem mein Leben begann, den Bach runterzugehen. Es war, als ich mich Jae-Min näherte und sagte: „Warte hier. Ich bringe dich nach Hause."

WARUM ZUM Teufel war ich auf die Idee gekommen, Jae-Min zur Hauptverkehrszeit nach Hause zu bringen? Ach ja: weil der Idiot nicht ins Krankenhaus fahren wollte. Der Sanitäter hatte mir einen empörten Blick zugeworfen, obwohl ich ihm versichert hatte, Jae-Min nicht hinters Lenkrad zu lassen. Bei seinem eigenen Auto war das in nächster Zeit sowieso nicht möglich: Die Polizei hatte den Explorer als Teil des Tatorts gesichert. Ich fragte mich immer noch, ob uns der Sanitäter heimlich gefolgt war, um darauf zu warten, dass Jae in Ohnmacht fiel und er ihn doch ins Krankenhaus schleifen konnte.

So wie ich ihn stützen musste, als wir ausstiegen, wäre es vielleicht kein schlechter Plan gewesen.

Er roch nach Blut und Zitrusfrüchten. Und nach Problemen, wenn ich ganz ehrlich war. Jae-Min Kim würde Probleme mit sich bringen und ich ließ zu, dass ihr Duft an mir haften blieb.

Nachdem er versucht hatte, mich von sich zu stoßen, riss Jae sich von meiner Hand los und landete beinahe auf dem Boden. Selbst wenn er tough genug war, um eine Gehirnerschütterung einfach zu ignorieren, hätte es ihn in diesem Teil der Stadt ziemlich sicher umgebracht, sich das Knie an dem widerlichen Gehweg aufzuschürfen – ich fing ihn vorsichtshalber auf.

„Du kämpfst sogar, wenn es gar nicht sein muss. Komm schon", sagte ich leise. Um uns herum bewegten sich dunkle menschliche Gestalten durch die Gasse, gerade außerhalb des Lichts der zwei funktionierenden Straßenlaternen. „Wo genau wohnst du?"

„Direkt vor uns."

Das Gebäude hatte seine besten Tage hinter sich. Ich konnte nicht mit Sicherheit sagen, was es einmal gewesen war. Vielleicht eine lange Einkaufsmeile oder eine Lagerhalle, die jemand zu Wohnungen umgewandelt hatte. Jedenfalls handelte es sich um einen hohen, weiß getünchten Wohnblock, unter dessen Dachrinne Glasjalousien zu sehen waren. Jemand hatte sich bemüht, das Äußere attraktiver zu gestalten, indem er die Eingänge mit einem dekorativen Mäuerchen aus Schlackenbeton eingefasst hatte. An einigen der gewölbten Betonblöcke hingen vertrocknete Efeuranken. Als Sichtschutz war das Ganze nicht besonders effektiv und ließ den Ort lediglich trauriger wirken.

„Sieht wie ein Gefängnis aus." Das war noch nett ausgedrückt. Es sah aus wie Vogelscheiße auf einer warmen Windschutzscheibe.

„Die Miete ist niedrig." Er kämpfte damit, sein Schlüsselbund aus der Hosentasche zu holen. Ich schob meine Finger an seinen erschreckend kalten vorbei und fischte es heraus. „Der ganz hinten."

„Dann mal rein mit dir." Jae zitterte neben mir und schaute durch seine Wimpern zu mir auf. Mein Körper knurrte innerlich, eine primitive Aufforderung, mir zu nehmen, was vor mir stand. Ich wollte ihn. Selbst voller Blut und zitternd durch seinen Schockzustand wollte ich ihn unter mir spüren. Der vernünftige Teil von mir wies mich darauf hin, dass ich ein Idiot war – aber Männer sind häufig Idioten. „Da drin gibt es doch hoffentlich eine Dusche mit heißem Wasser. Du brauchst nämlich eine."

„Ja." Sämtliche Farbe war aus seinem Gesicht gewichen, was seine ohnehin schon blasse Haut wie Porzellan wirken ließ. „Es gibt sogar eine Toilette."

„Gut, früher oder später wird dir bestimmt übel." Nachdem ich die schwere Metalltür aufgestoßen hatte, schob ich schnell einen Arm um seine Taille, bevor er das Gleichgewicht verlor. „Du hast eine Gehirnerschütterung. Eigentlich solltest du jetzt ruhig in einem Krankenhausbett liegen."

Durch übereinanderliegende Fenster in der Rückwand fiel Licht herein und erhellte einen großen Raum. Wäre ich nicht so besorgt um ihn gewesen, hätte ich Jae fallen lassen, als ich die riesigen schwarz-weißen Fotos sah, die an der Wand lehnten. Er riss sich endgültig los und stolperte auf eine Tür in der seitlichen Wand zu. Mein gemurmeltes Angebot, ihm zu helfen, wischte er mit einer Handbewegung fort. Ich hatte es sowieso nicht aus Freundlichkeit angeboten. Wie die meisten Männer war ich einfach ein Schwein, und ihn nackt unter dem warmen Wasserstrahl zu sehen, hätte mich für die Verärgerung entschädigt, die ich seinetwegen empfunden hatte.

Doch er war bereits verschwunden und hatte die Tür hinter sich geschlossen, als ich den Lichtschalter fand. Die Wohnung war größer und sauberer, als ich beim Anblick des Gebäudes vermutet hatte. Die Einrichtung war spartanisch: zwei Futonsofas, die um eine niedrige Holztruhe mit Wasserringen angeordnet worden waren, und ein riesiges ungemachtes Bett an einer Wand, in dessen Ansammlung von Kissen noch der Abdruck eines schlanken Körpers zu sehen war.

Davon abgesehen wurde der größte Teil des Raums von nicht zueinanderpassenden Tischen eingenommen, die unter dem Gewicht von Kameras und Zubehör ächzten. Auf billigen Regalen hielten lange Objektive neben anderer mir unbekannter Ausrüstung Wache.

Das Beeindruckendste waren jedoch noch immer die Fotos. Auf einem entdeckte ich Scarlets Gesicht, frei von Schminke und Schein. Eine gewisse Traurigkeit verdunkelte ihre Augen, doch sie wirkte nicht wie Bedauern. Es war das Gesicht eines Ladyboys, der von ganzem Herzen liebte und es der Welt mitteilen wollte. Selbst so nackt trug Scarlet eine unübersehbare Schönheit in sich.

Ich betrachtete andere Fotos, voll schroffer Anmut und weitreichender Tragik. Ich tauchte in Jae-Mins Welt ein und wurde Zeuge privater Augenblicke, die er wie ein kurzlebiges Glühwürmchen zwischen seinen Händen gefangen hatte. Sie lösten Schmerzen in mir aus. Ich konnte das beinahe manische Lachen der Männer in den Hinterräumen des Dorthi Ki Seu, die sich in den schwarz-weißen Porträts in die Fantasien anderer Männer verwandelten, nicht verstehen.

Weitere Fotos zeigten das Stadtleben, durch unversöhnliche Augen betrachtet und in einem zweidimensionalen Bild gefangen genommen. Ich fragte mich, ob Jae-Min auf diese Weise versuchte, die Welt um sich herum zu verstehen, oder ob er lediglich zeigen wollte, wie er sie sah. Jedenfalls verspürte ich beim Betrachten der Fotos leichten Schmerz und Scham, als hätte ich heimlich in Jaes Tagebuch gelesen.

Plötzlich fauchte über mir ein pelziger Dämon. Ich wich zurück, wobei ich beinahe einige Kameras vom Tisch hinter mir gestoßen hätte. Es gelang mir gerade noch, sie aufzufangen und zurückzustellen, während die Katze mich erneut anfauchte.

Dann sprang sie herunter und entfernte sich mit zuckendem Schwanz, da sie mich nicht für eine ernsthafte Bedrohung zu halten schien. Der schwarze, flauschige Fellball mit Zähnen und Krallen war kaum größer als eine Tüte Chips, als er da an der Tischkante entlanghüpfte.

„Das ist Neko."

Jae hatte unbemerkt den Raum betreten und stand jetzt an die Rückenlehne einer Couch geklammert da. Unter seinen Augen waren dunkle Ringe zu sehen und er schwankte leicht, schien kaum noch stehen zu können.

„Neko?"

„Das japanische Wort für Katze. Ihr voller Name ist Koneko-chan, aber so nenne ich sie eigentlich nie."

„Du hast deine Katze ‚Katze' genannt?"

„So hieß sie schon", antwortete er mit einem Schulterzucken. Sein zu großes weißes T-Shirt hing lose an seinem schlanken Körper herab und die dünne Jogginghose war nicht viel besser. Als ich mich näherte, um ihn zu stützen, bevor er hinfiel, fragte ich mich, ob sie einem ehemaligen Liebhaber gehört hatten. „Bei Katzen braucht man sich sowieso nicht die Mühe zu machen, sie mit ihrem Namen zu rufen."

„Du blutest", seufzte ich, während ich ihn zum Bett führte. Er kämpfte kurz gegen mich an, bis es mir gelang, ihn auf die Kissen zu legen. „Hör auf. Fuck, kannst du nicht ein einziges Mal machen, was man dir sagt?"

„Ich mache doch nichts anderes." Auch wenn ich den Grund für die schneidende Verbitterung in seinem Lachen nicht kannte, war sie nicht zu überhören.

„Hast du Verbandszeug? Irgendetwas?" Die Katze sprang aufs Bett und funkelte mich an, als wäre ich für Jaes Verletzung verantwortlich. Im Augenblick interessierte mich ihre Meinung nicht, doch wenn ihr jemals Hände wachsen sollten, würde ich mich vorsehen müssen.

„Im Badezimmer." Er griff nach dem pelzigen Dämon, um den winzigen Körper an seine Brust zu kuscheln. Die Katze begann gleich zu schnurren, was sie allerdings nicht daran hinderte, mich weiter mit dem eisigen Blick ihrer orangegelben Augen anzustarren. Auch der seiner honiggoldenen machte mir nicht gerade Mut. Trotzdem hatte ich Fragen für Mr. Kim und nicht vor, ohne ein paar Antworten zu gehen.

Nachdem ich im Badezimmer Mull und Fixierpflaster gefunden hatte, ließ ich mich damit auf der Bettkante nieder – außerhalb der Krallenreichweite, falls seine Wachkatze beschloss, mir eine zu verpassen. Mit gerunzelter Stirn löste ich den Verband des Sanitäters, durch den bereits Blut sickerte.

„Du hättest dich ins Krankenhaus bringen lassen sollen." Ich öffnete eines der Mullpakete, faltete ein Stück des Gewebes zusammen und platzierte es vorsichtig auf der Wunde. „Halt das mal, damit ich es festkleben kann. Wir können übrigens auch jetzt noch ins Krankenhaus fahren."

„Und wer soll das bezahlen?", fragte er, während ich den Mull mit einigen Stücken Pflaster fixierte. So würde das Ganze hoffentlich halten, bis das Gröbste verheilt war. Vielleicht würde eine verwegene Narbe zurückbleiben – nicht wie die unförmigen Explosionen, die meinen Körper verunstalteten.

Eigentlich hatte ich gehofft, aus so großer Nähe einen Makel an ihm zu entdecken – vielleicht eine Pockennarbe oder Ähnliches. Leider war Gott kein gütiger Gott. Zumindest nicht mir gegenüber. Es wurde immer schwerer, verärgert zu bleiben, als er so verletzt und verletzlich vor mir lag. Sein warmer Atem an meinem Hals, als er sprach, machte es nur noch schlimmer.

„Zur Not hätte ich es bezahlt. Du siehst halb tot aus. Noch vor Kurzem dachte ich, du wärst tatsächlich tot."

„Das bin ich aber nicht, also kein Krankenhaus." Sein süßlicher Tonfall war stählern angehaucht. „Und ich nehme kein Geld von anderen Leuten an." Es war nicht zu überhören, dass man ihn davon nicht abbringen konnte. Was natürlich bedeutete, dass ich ebenfalls nicht nachgeben wollte.

„Warum nicht? Ich habe gehört, du hast schon für so einiges Geld angenommen." Kaum hatte ich die Worte ausgesprochen, biss ich mir auf die Zunge. Doch jetzt war es zu spät, um sie zurückzunehmen: Seine Lippen hatten sich bereits zusammengepresst und die frostige Maske war zurück.

„Raus aus meiner Wohnung." Seine Hände drückten gegen meine Brust. Zwar war ich schwerer und muskulöser als er, doch er war wütend. Ein vertrautes wildes Leuchten kehrte in seine Augen zurück und versprach mir, dass ich es bereuen würde, dort sitzen zu bleiben.

Doch wie schon gesagt: Männer können idiotisch sein. Ich rührte mich nicht vom Fleck.

„Nein", sagte ich stattdessen und schob ihn zurück in die Kissen. Die Katze floh mit einem entrüsteten Miauen. Jae fühlte sich zerbrechlich an, als meine Finger die ungewohnte Landschaft seines schlanken Körpers unter sich spürten. Allerdings beging ich nicht den Fehler, ihn deshalb für schwach zu halten – unter seiner weiten Kleidung lauerten feste Muskeln und als er sich unter mir wand, gelang es ihm beinahe, sich loszureißen. „Hör auf. Scheiße, es tut mir leid, okay? Ich war ein Arschloch. Entschuldige."

Er warf mir einen misstrauischen Blick zu und es schien ihm zu widerstreben, mir nachzugeben. Letztendlich ließ er sich jedoch mit einem winzigen Nicken auf die Matratze sinken, was ich als Sieg verbuchte. Beinahe überhörte ich es, als er flüsterte: „Was willst du von mir?"

Wäre ich ganz ehrlich gewesen, hätte meine Antwort mit ihm unter mir und in den Laken verkrallten Händen zu tun gehabt. Da er gerade angeschossen worden war, entschied ich mich für die etwas galantere Version. „Hast du mir die Wahrheit über deinen Besuch bei Jin-Sang gesagt?"

„Ich war wirklich nicht dort, um ihn zu töten", antwortete er leise. „Ich wollte mit ihm reden, aber plötzlich war da ein lauter Knall. Danach weiß ich nur noch, wie du dich über mich gebeugt hast. Es ist mir egal, ob du es mir glaubst. Ich wollte mich nur mit ihm unterhalten."

„Ich glaube dir." Seltsamerweise tat ich das wirklich. Auch wenn es vielleicht mehr mit Lust zusammenhing als mit meinem üblichen Bauchgefühl, ließen mich meine Instinkte meistens selbst in dummen Situationen nicht im Stich. „Warum hast du mir nicht von deiner Zeit im Dorthi Ki Seu erzählt?"

„Würdest du jemandem erzählen, dass du dort gearbeitet hast?" Er zog eine Augenbraue hoch – ein schwarzer Bogen des Sarkasmus, der beinahe unter seinen fransigen Haarspitzen verschwand.

„Okay, das ist ein Argument." Ich nickte und brachte wieder etwas Abstand zwischen uns. Seine warme Haut unter meinen Händen hatte dazu geführt, dass ich mir selbst nicht traute.

„Ich habe damit gerechnet, dass du dort Fragen stellst, aber ich hätte nicht gedacht, dass dir jemand von mir erzählt. Da gibt es nur Koreaner und Filipinos. Wir reden nicht mit Leuten, die wir nicht kennen. Und eigentlich auch nicht mit Leuten, die wir kennen." Er zuckte mit den Schultern, zuckte dann vor Schmerz zusammen. „Wer hat es dir verraten?"

„Ich habe ein Foto von dir in Scarlets Garderobe gesehen. Manchmal kann ich ein bisschen langsam sein, aber das konnte selbst ich mir zusammenreimen." Ich grinste ihm zu.

„Du kennst *Nuna*? Scheiße." Er beäugte mich prüfend. Jetzt schien *er* sich zu fragen, ob *ich* log. „Woher kennst du Scarlet?"

„Ich habe sie mal verhaftet, als ich noch Polizist war. Sie war schon wieder draußen, bevor wir den Papierkram erledigen konnten, aber wir sind in Kontakt geblieben. Da Hyun-Shik an ihrem Arbeitsplatz gestorben ist, wollte ich mir bei ihr ein paar Informationen holen." Die Katze war zurück und tretelte auf Jaes Oberschenkel, während sie mich aus zusammengekniffenen Augen misstrauisch beobachtete. „Sie hat es mir nicht von sich aus verraten. Ich habe das Foto von euch beiden gesehen und Fragen gestellt. Sei ihr nicht böse."

„*Nuna* dachte wahrscheinlich, dass du mich schon kennst", sagte er mit einem müden Seufzer. „Und ich könnte ihr niemals böse sein. Ich stehe ihr näher als meiner Familie."

„Den Eindruck hatte ich von ihr auch", antwortete ich. „Kann ich dich etwas fragen?"

„Versuch es doch mal." Er hob die Katze von seinem Bein auf seine Brust, wo sie sich zusammenrollte und die Augen schloss, um so laut zu schnurren, wie es ihr kleiner Körper erlaubte. Seine langen Finger streichelten über ihren zarten Kopf, was in mir unanständige Gedanken weckte – über ihn, nicht über die Katze.

„Okay." Ich brachte mich in eine bequemere Position und entfernte mich dabei noch ein wenig von ihm. Ich musste ihm einige schwierige Fragen stellen und durfte mich nicht durch mein Bedürfnis ablenken lassen, ihn zu trösten. „Ich weiß, dass Hyun-Shik dir den Job im Club verschafft hat. Warum hast du zugestimmt?"

„Ich brauchte das Geld." Er sah mich an, als hielte er mich für verrückt.

„Aber du hast bei den Kims gewohnt. Hast du von ihnen nichts bekommen?"

„Nein." Jae schob sich langsam, um die Katze nicht zu stören, im Bett hoch, bis er mit dem Oberkörper an den Kissen lehnte. „Tantchen hat mich rausgeworfen, als ich in der elften Klasse war. Sie war der Meinung, ich hätte einen schlechten Einfluss auf Hyun-Shik. Ich konnte nicht zurück nach NoCal. Ich brauchte Geld, um die Schule zu beenden."

„Du warst noch ein Kind. Was kannst du da schon für einen schlechten Einfluss gehabt haben?" Ich fluchte leise. „Und du warst minderjährig. Läuft das da etwas immer noch so? Scheiße, wir hätten den Schuppen schließen sollen, als wir die Gelegenheit hatten."

„Das kannst du vergessen", lachte er. „Scarlets Mann würde das nicht zulassen. Ihr gefällt es da und sie ist glücklich. *Hyung*-Nim würde alles tun, um sie glücklich zu machen."

„Was heißt das?" Jetzt war ein guter Zeitpunkt, um ihn zu fragen. Wie die Katze wirkte er entspannt und schien bereit zu sein, sich zum Schnurren bringen zu lassen. „*Hyung*, meine ich. Ich höre euch das immer sagen."

„Es ist wie … Sir?" Er neigte nachdenklich den Kopf. „Nicht ganz, aber ein bisschen. Man sagt es, wenn ein Mann älter ist."

„Du hast es für Hyun-Shik benutzt. Dabei war er kaum älter als du. Fünf Jahre vielleicht?"

„Ungefähr", bestätigte Jae. „Aber das ändert nichts. Älter ist älter."

„Okay." Es hatte keinen Sinn, weiter darüber zu diskutieren. Für mich musste Respekt von beiden Seiten kommen. Jae war anders aufgewachsen. „Wie lange hast du im Dorthi Ki Seu gearbeitet? Und hast du da Jin-Sang kennengelernt?"

„In den Räumen habe ich … einige Jahre gearbeitet." Sein Blick schweifte ab, als er zurückdachte. „Vielleicht vier. Und Jin-Sang war in den letzten drei auch dort. Soweit ich weiß, war er das auch jetzt noch."

Bei meiner Arbeit für das Sittendezernat war ich Prostituierten in allen Lebenslagen begegnet. Jetzt betrachtete ich Jae-Min, wie er dort lag und über diesen Teil seines Lebens sprach. Die Leere in seinem Blick und seiner Stimme machte mich nur noch wütender darüber, dass Hyun-Shik einen Jungen der Lust fremder Männer ausgeliefert hatte.

„Du hast behauptet, dein Cousin hätte seine Frau nicht betrogen."

„Das hat er auch nicht", antwortete Jae. „Nach seiner Hochzeit hat er die Sache mit Jin-Sang beendet. Er hat sich mit niemandem getroffen und ist nicht mehr für Sex in den Club gegangen. Manchmal für einen Drink mit einem Freund, aber er war nie in den Räumen oben. Nicht dass ich wüsste."

„War er auch mit dir zusammen?", wagte ich mich weiter vor.

„Du meinst, ob wir Sex hatten?" Er lachte. „Nein, *Hyung* wollte nichts von mir. Schon gar nicht, nachdem ich angefangen habe, im Dorthi Ki Seu zu tanzen."

„Tanzen?" War das eine mir unbekannte Umschreibung für etwas? „Was meinst du damit?"

„Ich meine Tanzen. Zu Musik und in knappen Sachen, in die sie ein paar Scheine stecken konnten." Er stützte sich auf einen Ellbogen, um mir einen verwirrten Blick zuzuwerfen. Dann verstand er plötzlich. Ich konnte es an seinem Gesichtsausdruck erkennen. Und er schien nicht zu wissen, ob er lachen oder wütend werden sollte. „Was hast du denn gedacht? Scheiße, dachtest du wirklich, ich hätte es da oben getrieben? Ich wäre einer von den Strichern gewesen?"

Ich konterte schnell und gnadenlos. „Warum hättest du dich sonst für deine Arbeit dort schämen sollen?"

„Weil die Leute wie du reagieren, wenn sie es herausfinden." Die Verbitterung war zurück und färbte seine Worte. „Du bist wie alle anderen. Deshalb habe ich nichts gesagt. Du hast nicht das Recht, mich zu verurteilen."

„Was hätte ich denn denken sollen?" Ich gab nicht nach. Obwohl ich verstehen konnte, warum er wütend war, wollte ich auch meinem eigenen Ärger Luft machen. „Du verrätst mir nur winzige Teile, die ich wie ein Puzzle zusammensetzen muss. Ich war wütend, als Scarlet mir von deiner Arbeit dort erzählt hat. Ich dachte, Hyun-Shik hätte dich hingebracht und dich wie ein Stück Fleisch den Männern vorgeworfen."

„Hyun-Shik hat mich hingebracht, um zu fragen, ob sie mich für die Kunden oben tanzen lassen." Er sprach langsam, als wäre ich schwer von Begriff. Womit er wohl nicht ganz unrecht hatte. „Sie bezahlen Männer dafür, beim Karaoke-Singen für sie zu tanzen. Manchmal wollen sie Sex, manchmal wollen sie sich nur betrinken und albern sein. Jin-Sang hat sich auch für Sex bezahlen lassen. Ich nicht."

„Nie?"

„Es geht dich zwar einen Dreck an, aber nein, nie", knurrte er und setzte sich auf, um mir einen Stoß gegen die Schulter zu versetzen. „Warum interessiert dich das überhaupt? Du kennst mich erst seit gestern."

Ja, das fragte ich mich auch. Ich wusste nur keine Antwort. „Vielleicht, weil du noch ein Kind warst."

„*Hyung*, ich war niemals ein Kind. Ich wusste, was ich tat. Hyun-Shik hat mich zu nichts gezwungen." Aus irgendeinem Grund machte mich das noch trauriger als der Anblick dieses Gebäudes. Er meinte es ernst. In seiner Stimme lag keine Entschuldigung. Für Jae war es einfach, wie es war. Traurig. „Ich brauchte das Geld zum Leben. Und als ich mit dem College angefangen habe, musste ich das ebenfalls bezahlen. Ich habe aufgehört, als ich genug mit meinen Fotos verdienen konnte. Jetzt habe ich zwar weniger Geld, aber dafür schmeißt mir keiner mehr Zeug ins Gesicht."

„Und du hast trotzdem Jin-Sang besucht?"

„Ich dachte, du brauchst Hilfe. Nur deshalb war ich da." Während er redete, zupfte er an der Bettdecke herum. Ich war nicht sicher, ob er mir vergeben hatte oder ob er einfach zu sehr daran gewöhnt war, als Hure betrachtet zu werden. Als ich eine Hand auf seinen Arm legte, zog er ihn zwar nicht gleich weg, rutschte jedoch nach einigen Sekunden unter meiner Hand heraus. „Ich wusste, dass er dir sonst nicht viel erzählen würde. Selbst so hätte er vielleicht noch Geld dafür verlangt. Er hat selten etwas getan, ohne dafür bezahlt zu werden."

„Was hat er deiner Meinung nach über Hyun-Shiks Tod gewusst?"

„An dem Abschiedsbrief hat mich etwas gestört." Jae-Min zeigte auf die Truhe, die ihm als Tisch diente. Neben einem Stapel Papiere lag darauf die Kopie, die ich ihm gegeben hatte. „Ich dachte, ich hätte ihn schon einmal gesehen."

„Denselben Brief? Dein Cousin hat ihn nicht geschrieben?"

„Doch, das hat er", sagte Jae mit einem Kopfschütteln, woraufhin er gleich eine Hand an seine Stirn presste. Ich näherte mich ihm, doch ein warnender Blick bremste mich. „Hyun-Shik hat Jin-Sang einen Brief wegen seiner Hochzeit geschrieben. Ich hatte den Verdacht, dass es sich um diesen Brief handelt – oder zumindest einen Teil davon. Zu der Zeit hat Hyun-Shik nicht auf Anrufe reagiert, und als Jin-Sang eines Abends vom Club zurückkam, hat er diesen Brief gefunden", murmelte Jae, der seine Hände an der Decke rieb, um sie zu wärmen. „Er war betrunken und hat mich angeschrien, als hätte ich etwas damit zu tun gehabt. Ich erinnere mich nicht mehr an den genauen Wortlaut, aber ich glaube, das Stück da stammt vom Ende dieses Briefs."

„Diese Formulierung, über die du dich gewundert hast …" Ich dachte daran zurück, was Jae-Min in der Küche gesagt hatte. „Es ging also nicht um Bedauern wegen des Selbstmords, sondern hatte damit zu tun, dass er Jin-Sang aufgeben musste?"

„Jin-Sang war nur ein Stricher, den mein Cousin gefickt hat. Hyun-Shik mochte ihn zwar, hat es aber auch mit vielen anderen Männern getrieben. So war er eben. Er hat also nicht nur Jin-Sang aufgegeben, sondern alle." Jae grinste. „Das musste er auch. Victoria hätte ihm die Eier abgeschnitten, wenn sie ihn erwischt hätte. Hast du schon mit ihr geredet?"

„Nein", antwortete ich. „Am Anfang habe ich es wirklich für einen Selbstmord gehalten. Jetzt bin ich nicht mehr so sicher."

„Dann glaubst du wirklich, jemand hat Hyun-Shik umgebracht?"

„Ja. Und es sieht aus, als hätte Jin-Sangs Tod ebenfalls damit zu tun", antwortete ich nickend. „Also sollte ich mir wohl anhören, was Victoria über ihren Mann zu sagen hat."

„Sie ist ein Biest. Lass dich nicht von ihren guten Manieren blenden." Plötzlich wandte er sich kreidebleich ab und schien gegen Übelkeit anzukämpfen. „Mir geht's nicht besonders."

„Das liegt an der Gehirnerschütterung. Wir sollten versuchen, etwas Suppe in deinen Magen zu kriegen." Doch als ich aufstand, griff er nach meiner Hand. „Was ist?"

„Vielleicht rufe ich lieber Scarlet an. Sie kommt bestimmt rüber und kümmert sich um mich – heute Abend hat sie keine Show."

„Es macht mir nichts aus." Er sah wirklich nicht gut aus. Auch nicht schlecht, weil das bei einem so hübschen Mann unmöglich war, aber er brauchte eindeutig Schlaf und etwas zu essen. „Ich kann auf deiner Couch schlafen – du solltest jetzt nicht allein sein."

„Ich weiß", sagte er bedauernd. „Aber du musst gehen."

Ich zögerte. Mike sagte immer, ich sei etwas langsam von Begriff, und wunderte sich darüber, dass ich es bis zum Detective gebracht hatte. „Du willst mich nicht hierhaben? Okay, kein Problem."

„Nein, das Problem ist, dass ich dich hierhaben will. Viel zu sehr." Er ließ mich los, um sich wieder gegen die Kissen zu lehnen. Am liebsten hätte ich den zu einem traurigen Ausdruck verzogenen Mund geküsst, bis er wieder das schelmische Lächeln zeigte. „Du bist sexy und kümmerst dich um mich, obwohl du wütend auf mich bist. Das macht mich ziemlich an. Deshalb rufe ich Scarlet an und du gehst nach Hause. Jetzt."

7

„ER HAT dich also rausgeworfen?" Eigentlich vermied ich es, Bobby Dinge zu verraten, mit denen er mich ärgern konnte, aber nach einigen Bieren machte mein Mund manchmal, was er wollte. „Weil er dich heiß fand?"

„Ja, so ziemlich." Ich zählte die kleinen Flaschensoldaten, die ich vor mir auf dem Tresen aufgereiht hatte, und fragte mich, ob mich der Barkeeper bald bremsen würde. Ich bekam die Antwort, als ich ihm bedeutete, mir ein weiteres Bier zu bringen: Er öffnete ohne das geringste Zögern die Flasche. Ich beschloss, dass der Mann ein Gott war und ich ihm ein angemessenes Trinkgeld als Opfer darbieten sollte.

„Hast du ihm gesagt, dass du schwul bist?" Bobby lächelte in sein Glas. „Obwohl der Zug jetzt wahrscheinlich abgefahren ist. Das dürfte er doch gemerkt haben."

„Nein, ich war zu ..." Mir fiel das Wort nicht ein. Es lag mir auf der Zunge, klammerte sich jedoch dort fest. „Aber ja, ich glaube auch, dass er es weiß."

„Feige?", bot Bobby für die Lücke in meinem Satz an. Sehr hilfreich.

„Nein", widersprach ich nachdrücklich, zuckte dann allerdings mit den Schultern. „Oder vielleicht doch. Ich habe ihn gestern erst getroffen. Wir kennen uns nicht gut."

„Cole, wir sind Männer. Wir ficken erst und machen uns später Gedanken um ein näheres Kennenlernen." Er leerte seinen Whisky und seufzte, bevor er ein Mineralwasser bestellte. „Das ist doch das Beste am Schwulsein. Wir müssen uns nicht erst mit all dem herumschlagen, was Frauen mitbringen. Wir treiben es und entscheiden dann, ob wir uns mögen. Und wenn der Sex schlecht war, brauchen wir es gar nicht erst zu versuchen."

„Das mag ich so an dir, Bobby: Du bist ein echter Romantiker." Ich hob die Flasche an die Lippen und schaffte es irgendwie, mein Gesicht mit Bier zu übergießen. Mein Mund musste sich heimlich verlagert haben. Während ich den Schaum abwischte, brummte ich: „Wenn du lachst, trete ich dir in die Eier."

„Meine Eier könntest du in deinem Zustand selbst dann nicht treffen, wenn ich meine Hose ausziehen und mit ihnen vor deiner Nase herumwedeln würde." Er legte mir eine Hand um den Arm, damit er mich von meinem Barhocker ziehen konnte. „Komm her, ich bringe dich nach Hause, Prinzessin."

„Sag das noch mal, wenn ich nüchtern bin." Als ich darüber nachdachte, erinnerte ich mich allerdings daran, dass er mich manchmal beim Boxen so nannte. Meistens dann, wenn er mich gerade total fertigmachte. „Warte, vergiss das. Ich nehme es zurück."

„*Du* wirst es bestimmt vergessen." Bobby bezahlte mein letztes Bier, bevor er mich vor die Tür bugsierte. Ich kämpfte darum, wieder hineinzukommen – schließlich hatte ich doch vorgehabt, dem Barkeeper ein göttliches Trinkgeld zu geben. „Er hat etwas von mir bekommen. Und jetzt nach Hause mit dir."

Die kalte Luft traf mich mit voller Wucht und ich hatte das Gefühl, Eis einzuatmen. Ohne schützende Bewölkung hatte sich die Hitze des Basins in den Himmel verflüchtigt und die Nacht hatte ihre eisigen Zähne in die Stadt geschlagen. Nach einem Tag sengender Hitze kühlte die Wüste ab. Um ein Uhr morgens würde bereits Raureif das Gras bedecken und bei Sonnenaufgang zu Tau werden. Kein Wunder, dass immer wieder Büsche meines Vorgartens dem Klima zum Opfer fielen.

Doch verglichen mit den in Chicago durchlebten Wintern meiner Teenagerjahre konnte ich gut damit leben, hin und wieder betrunken durch eine kalte Nacht zu stolpern. Mir war sogar nach Singen zumute – vielleicht lag es an meinem irischen Blut.

„Ich muss den Text von Danny Boy lernen", murmelte ich.

„Großer Gott, nein", widersprach Bobby, während er mich um einen Laternenpfahl führte. „Ich hab dich beim Karaoke gehört. Wenn du auch nur einen Ton singst, lasse ich dich in deiner eigenen Kotze zurück."

„Ich kotze nie." Das Bier machte mir das Denken schwer. „Na gut, ich habe ein paarmal gekotzt, aber das ist lange her. Da war ich noch dünner."

„Und jetzt bist du ein Muskelprotz." Er prustete leise, als er mit mir in meine Zufahrt einbog. Meine Beine waren noch etwas weich, jedoch nicht mehr so zittrig wie in der Bar. „Schlaf dich aus. Träum von deinem hübschen Jungen."

„Er ist kein Junge." Der listige Teil meines Unterbewusstseins sandte mir Bilder von Jaes blassem Körper auf einem weichen Bett, ein Bein angezogen und dieser verdammte Mund gerade weit genug geöffnet, um einen Finger hineinzuschieben. Ich schluckte und stieß die Bilder von mir, da mir dieser Gedankengang nicht gefiel. Trotzdem konnte ich nicht abstreiten, wie gern ich ihn glänzend vor Schweiß unter mir gespürt hätte. Natürlich fühlte ich mich von ihm angezogen – ich war ja nicht tot. Aus irgendeinem Grund hatte es mir seine wilde, verlogene Lieblichkeit besonders angetan. „Glaub mir, du würdest ihn auch wollen."

„Bei deiner Beschreibung kann ich mir das gut vorstellen." Bobby stellte mich vor meiner Tür ab und wartete darauf, dass ich sie aufschloss. „Schlaf mal aus und vergiss das Fitnessstudio. Ich erlaube dir ausnahmsweise, dich vor meinen Schlägen zu drücken."

„Danke, Meister", nuschelte ich, woraufhin er mir lachend einen Klaps aufs Hinterteil verpasste.

„Würdest du dich doch bloß auf solche Spielchen einlassen, Prinzessin." Mit einem Abschiedskuss auf meinen Hinterkopf schob Bobby mich in meinen Flur. „Vergiss nicht abzuschließen. Bis bald."

Im Innern kämpfte ich mit dem Riegel, der ein oder zwei Zentimeter nach links gewandert zu sein schien.

„Oder es liegt an den sechs Flaschen Bier, du Idiot", brummte ich, während ich meine Schlüssel auf den Tisch warf, wo ich sie am nächsten Morgen leicht finden würde. Ich dachte über eine Dusche nach, die eine gleichzeitig verlockende und unschöne Vorstellung war: Einerseits wäre ich so den Alkoholgestank losgeworden, andererseits hätte sie mich zu sehr ausgenüchtert. Ich einigte mich mit mir selbst auf eine kurze Wäsche und bespritzte mein Gesicht mit kaltem Wasser, bevor ich ins Schlafzimmer taumelte.

Dort angekommen konnte ich selbstverständlich nicht schlafen. Meine Gedanken waren zu sehr damit beschäftigt, um Jaes Mund und seinen Körper in den zerwühlten Laken zu kreisen. Mein Wecker verspottete mich mit seinen leuchtenden Zahlen und warf Licht auf mein Handy, das mich ebenfalls auszulachen schien.

„Ach, was soll's?" Ich hatte seine Nummer. Ich hatte sie sogar eingespeichert. Schnell hatte ich gewählt und das Klingeln ging in eine sinnliche Stimme über, die sich heiser vor Müdigkeit meldete. „Jae?"

„Nein, Baby, hier ist Scarlet." Der verführerische Tonfall galt nicht mir – so sprach sie immer. Vermutlich übte sie mit dem Hall ihres Badezimmers, wie sie am besten das Blut eines Mannes in Wallungen bringen konnte. Bei mir verfehlte es diese Wirkung, auch wenn es sehr angenehm klang. „Ist alles in Ordnung?"

„Ich … ich wollte nur wissen, ob es Jae gut geht." Eigentlich konnte ich gut lügen. Lügen gehörte zu meinem Beruf. Doch Scarlets Schnalzen und Kichern gaben mir das Gefühl, ein beim Keksklauen überraschtes Kind zu sein. Lenk ab, schrie mein Verstand, weich aus! „Schläft er?"

„Ja. Lass mich kurz rausgehen. Ich möchte ihn nicht wecken." Ich hörte Geräusche am anderen Ende der Leitung und schließlich das entfernte Summen des Straßenverkehrs, als Scarlet Jaes steinerne Festung verließ. „Moment. Aish, du bist ein Idiot."

Es folgte eine hitzige Diskussion zwischen Scarlet und einem Mann mit tiefer Stimme – sie schien ihn von Jaes Tür vertreiben zu wollen, erst auf Englisch, dann mit einer schnellen Salve Koreanisch. Ich befürchtete das Schlimmste, als die tiefe Stimme brummend widersprach.

„Alles okay?" Mir gefiel weder die Gegend noch was ich hörte. „Ich kann rüberkommen. Geh wieder rein."

„Mich muss keiner retten, Baby", murmelte sie lachend ins Telefon. „Das war nur einer der Jungs, von denen *Hyung* mich begleiten lässt. Glaub mir, Süßer, die wollen ganz sicher nicht mit einer verletzten Scarlet zu ihm zurückkommen. Nette koreanische Jungs, aber ihr Gehirn ist nicht immer so groß wie ihre Muskeln. Ich habe ihm gesagt, er soll sich zu dem anderen ins Auto setzen, anstatt auf der Türschwelle zu stehen."

Ich hörte das Klicken eines Feuerzeugs und Scarlets geräuschvolles Einatmen, als sie an einer Zigarette zog. Ich konnte sie vor mir sehen, wie sie sich mit der Hüfte an das Mäuerchen vor Jaes Tür lehnte und eine Rauchwolke ausstieß, bevor sie sich wieder dem betrunkenen Plagegeist am Telefon zuwandte.

„Süßer, warum so spät?" Das vollendete exotische Englisch aus dem Club war um diese Uhrzeit verschwommener. Ihr Pinoy kam stärker durch und gab ihrer Stimme einen dunklen, erdigen Klang. Als ich nicht gleich antwortete, füllte sie die Stille mit einem leisen Murmeln: „Ach, so ist das also."

„Wie ist was?" Selbst durch die Überreste des Biernebels beschlich mich der Verdacht, dass sie mehr als nur eine Vermutung über das Feuer hatte, das Jae in mir entfachte. Schließlich gehörte es zu ihrem Beruf, dem Ego eines Mannes zu schmeicheln und den Nerv in seinem Kopf zu kitzeln, der seinen Schwanz zum Zucken brachte. Vor Scarlet konnte ich nichts verbergen.

„Ich dachte mir, dass du Männer magst. Ich habe vermutet, war aber nicht sicher", sagte sie. „Die meisten Männer wie du sehen sich die Jungs wenigstens an, aber nicht du. Vor Jae dachte ich, dass du vielleicht anders bist. Dass du weder Jungs noch Mädchen magst."

„He!" Irgendwie traf es mich, meiner Sexualität beraubt zu werden, wenn auch nur in der Theorie. „Ich habe da keine Probleme."

„Bestimmt nicht, Süßer", antwortete sie, als hätte sie diesen Satz schon tausendmal gesagt. „Du bist also schwul. Wer ist das heutzutage nicht?"

„Hast du es Jae verraten?", fragte ich heiser – ich kämpfte noch immer ein wenig mit dem Vorwurf der Asexualität.

„Er weiß es wahrscheinlich. Er ist nicht dumm." Ein weiterer Zug an der Zigarette sandte ein Zischen an mein Ohr. „Ich habe es gesehen, als du hier warst: Du willst ihn. Du hast ihn angesehen und bist um ihn herumscharwenzelt, als wäre er etwas, das du jetzt nicht haben kannst, aber vielleicht später, wenn er dich lässt. Ich kenne Männer. Ich weiß, wie sie sind."

„Scarlet, ich rufe nur an, um nach ihm zu fragen – nicht für ein Date mit ihm. Er hat einen ziemlichen Schlag auf den Kopf bekommen."

„Wie gesagt, Süßer: Er schläft gerade", seufzte sie. „Ich sage *Musang*, dass du nach ihm gefragt hast. Und du kannst jetzt auch wieder schlafen und so tun, als hättest du nicht aus anderen Gründen angerufen."

Ich versuchte, zu widersprechen. Ich brummte halbherzig darüber, einfach abgehängt zu werden. Belohnt wurde ich mit einem tadelnden Schnalzen, das beinahe mein Trommelfell zum Platzen brachte.

„Es ist nichts Falsches daran, ihn zu wollen. Mein Jae-Min ist hübsch und vielleicht könnt ihr euch gegenseitig trösten." Der Verkehrslärm ließ nach, bevor ich eine schwere Tür zufallen hörte. „Jetzt geh schlafen, Baby, und träum von etwas richtig Schönem."

DER NÄCHSTE Morgen weckte mich unsanft. Ohne Rücksicht auf meine Stimmung trillerten Vögel vor meinem Fenster, während die Sonne sich offenbar durch meine

Augenlider brennen wollte. Als ich zwinkernd meine verkrusteten Augen öffnete, schien ihr Licht bis in meinen schmerzenden Schädel vorzudringen. Brummend versuchte ich, dem Morgen mit dem Kopf unter meinem Kissen zu entkommen, als die Vögel vom Klingeln des Telefons übertönt wurden.

„Bist du wach, Junge?" Bei der Stimme am anderen Ende schmerzten meine Zähne. Ich dachte ans Auflegen, schon allein, um meine Füllungen vor Schaden zu bewahren. Wenn sie einen guten Tag hatte, besaß Claudia einen autoritären, matriarchalischen Tonfall, der mich in meinem augenblicklichen Zustand zusammenzucken ließ.

„Ja, ich bin wach." Ich griff nach dem Wecker, den ich dabei beinahe vom Nachttisch stieß, und musste meine Einschätzung der Uhrzeit vom Morgen auf den frühen Nachmittag korrigieren. „Kann ich dir helfen?"

„Ich gehe jetzt", teilte sie mir mit. „Da wollte ich vorher überprüfen, ob du noch lebst."

„Nett von dir", nuschelte ich um den schlechten Geschmack in meinem Mund herum. Ich musste im Schlaf versehentlich durch einen Schuh geleckt haben. „Ist heute nicht Samstag? Da arbeitest du doch eigentlich nicht."

„Ich habe angerufen, weil ich mein Gehalt brauche. Da du nicht abgehoben hast, bin ich hergekommen, um nach dir zu sehen. Tote Arbeitgeber zahlen nicht gut", antwortete Claudia. „Ich habe mir selbst einen Scheck ausgestellt. Dein Bruder hat übrigens angerufen und gesagt, du kannst dich bei dieser Mrs. Kim melden – er hat sie gefragt. Er hat bei dir eine Nachricht mit ihrer Nummer hinterlassen, aber weil du dich nicht gemeldet hast, hat er mich angerufen."

„Danke", sagte ich mit einem Nicken, das ich gleich bereute. Hoffentlich meinte Mike Victoria und nicht Hyun-Shiks Mutter – schließlich hatte ich mit beiden noch nicht richtig geredet. „Und noch einen schönen Nachmittag."

„Steh endlich auf, Junge", befahl sie mir noch, bevor sie auflegte. „Und vergiss nicht, zu duschen. Du stinkst bestimmt ganz fürchterlich."

Ich stolperte unter die Dusche, wo ich mir den Schweiß der Nacht von der Haut wusch, und spülte den Schmutz aus meinem Mund. Als ich mich abtrocknete, streiften meine Finger den Wirbel aus Narbengewebe an meiner Seite. Er war größer als die anderen, weil die Kugel mehr Haut und Muskeln zerrissen hatte.

Von all meinen Wunden schmerzte diese am häufigsten. Die darin gefangenen Nerven sandten manchmal falsche Signale und verkrampften meine Seite. Das rosafarbene Gewebe stand hervor und breitete sich mit kleineren ausstrahlenden Rissen wie ein Stern über meinen Rippen aus. Die Ärzte hatten kämpfen müssen, um mein Herz wieder zum Schlagen zu bringen und die von dem Metallstück zerrissenen Venen und Arterien zu reparieren. Als ich endlich aus dem Nebel der Narkose erwacht war, hatte sich die Welt bereits ohne mich weitergedreht.

Als ich mit Rick das Restaurant verlassen hatte, war mein Leben noch ziemlich gut gewesen. Wir wohnten gemeinsam in einem Haus und selbst sein mickriger kleiner Hund begann allmählich, mich zu mögen. Gerade war mir mein erster Fall als leitender Detective zugeteilt worden, was wir ein wenig mit einem Essen im Restaurant gefeiert hatten, so sehr man die Untersuchung eines Drogenvergehens eben feiern konnte. Nachdem ich die Hände an sein Gesicht gelegt und ihm einen Abschiedskuss gegeben hatte, drehte ich mich zu dem Auto um, in dem mein Partner Ben auf mich wartete.

„Und ob er gewartet hat", murmelte ich um meine Zahnbürste herum, bevor ich minzigen Schaum ins Waschbecken spuckte. Der noch vorhandene bittere Geschmack hatte nichts mehr mit dem Bier zu tun. Zu meinem Spiegelbild sagte ich: „War das auch, was dir passiert ist, Hyun-Shik? Warst du im Dorthi Ki Seu und hast dich wohlgefühlt und den Leuten um dich herum vertraut? Bist du deshalb hingegangen? Oder hat dich jemand angerufen?"

Über meine Kleidung musste ich nicht lange nachdenken: Jeans, ein schwarzes T-Shirt und Lederstiefel, die ich bis zu angemessener Bequemlichkeit abgenutzt hatte. Nachdem ich mein Handy und Portemonnaie vom Nachttisch genommen hatte, machte ich bei meinem Art-déco-Schrank Halt, den ich einst bei einem Lagerverkauf in San Diego entdeckt hatte. Bei dem goldbraunen Stück aus Tigereiche war es Liebe auf den ersten Blick gewesen. Vorher hatte ich mich oft über Rick lustig gemacht, weil er im Urlaub gern wie ein klischeehafter Schwuler in Antiquitätenläden gegangen war. Nachdem ich dann sogar dafür bezahlt hatte, diesen Schrank nach Los Angeles liefern zu lassen, hatte er es mich nicht so schnell vergessen lassen.

Der Schrank war allerdings nicht nur hübsch, sondern besaß auch ein Geheimfach, in dem ich meine Pistole verwahrte. Nach dem Vorfall mit Jae und Jin-Sang wollte ich das Haus nicht ohne zusätzlichen Schutz verlassen. Bobby hatte seine Beziehungen spielen lassen, um mir die Erlaubnis für eine verdeckt getragene Waffe zu besorgen. Bisher hatte ich sie nicht benutzen müssen, doch nach dem gestrigen Tag hielt ich es für eine mehr als gute Idee, mir den Holster umzulegen.

Einige Polizisten liebten ihre Waffen. Ich hatte nichts gegen sie, musste sie allerdings nicht ständig bei mir tragen. Mein Vater hatte Mike und mir schon früh beigebracht, wie man mit Schusswaffen umging. Mike hatte sie wesentlich mehr geliebt als ich, während ich zu seiner Verärgerung der bessere Schütze war. Ich warf ihm eine schwächliche Haltung und unruhige Hände vor, allerdings nur, wenn ich mich außerhalb seiner Reichweite befand. Obwohl ich größer war, konnte mein Bruder mich immer noch fertigmachen, wenn er wollte.

Es hatte einige Monate gedauert, bis ich beim Knall eines Schusses nicht mehr zusammengezuckt war. Ich spürte noch immer das Echo auf meinem Gesicht. Bobby hatte mir am Schießstand geholfen, daran zu arbeiten. Er war der Meinung, ein paar Ziele umzunieten könne mir helfen, meine Wut unter Kontrolle zu bringen.

Er hatte unrecht, was ich ihm allerdings nicht sagte. Wenigstens hatte mir das Ganze geholfen, meine Furcht vor Pistolen zu überwinden.

Meine Glock war ein Weihnachtsgeschenk von Mike gewesen. Von mir hatte er einen singenden Fisch, drei Videospiele und zwei Krawatten bekommen. Nach einigen Country-Western-Melodien wurde uns befohlen, den Fisch nach draußen zu bringen und ihn zu ertränken. Doch auch wenn Mikes Frau keinen Sinn für Humor besaß, entpuppte sich der Fisch als großartiges Übungsziel für die Glock. Bei einer Weihnachtsfeier einen Roboterfisch zu durchlöchern, ist bis heute eine meiner schönsten Erinnerungen.

Als ich Victoria Kims Nummer wählte, meldete sich eine schnodderige Frauenstimme und informierte mich darüber, dass Mrs. Kim mir zwischen halb vier und vier zur Verfügung stehe. Sie gab mir eine Adresse, die sich nicht weit vom Haus der alten Kims entfernt befand. Ich fragte mich, ob Hyun-Shik noch am Rockzipfel gehangen hatte.

„Eine halbe Stunde ist nicht viel für ein Gespräch über deinen toten Mann, Victoria", murmelte ich nachdenklich zu mir selbst.

Das Viertel unterschied sich so gut wie gar nicht von dem, in welchem die Kims wohnten. Perfekte Vorgärten mit auf den Millimeter genau gekürzten Rasenflächen zwischen Blumenbeeten und gelegentlich auch einer Statue oder einem Springbrunnen, die das monotone Bild durchbrachen. Hier kosteten Häuser Millionen und die Eigentümer mussten sich an strenge Regeln halten.

Die Tür wurde von der Frau mit der schnodderigen Stimme geöffnet, eine dürre Bohnenstange mit Silikonklumpen auf der Brust. Ihr Gesicht passte gut zu ihrer Stimme, schmal und streng, während sie mich mit zusammengekniffenen Augen musterte. Ich setzte ein Lächeln auf und zwang mich zu etwas freundlichem Small Talk, als ich mich vorstellte. Sie kaufte ihn mir nicht ab, was sie mir mit einem herablassenden Schniefen zeigte.

„Ich sage Victoria, dass Sie hier sind." Mit einem weiteren Schniefen stöckelte sie auf lebensgefährlichen Stilettos davon. „Warten Sie im Wohnzimmer."

Falls man Femininität je als steril bezeichnen konnte, war es in Victorias Haus der Fall. Jede Wand war in eine zarte Farbe getaucht worden, ein rötlich angehauchtes Weiß, das stumpf wirkte, wo Licht darauf fiel. Die Möbel waren zerbrechlich wirkende gepolsterte Objekte, denen ich mein Körpergewicht nicht zutraute. Nur eines der Sofas sah vielversprechend aus, etwas stabiler als der Rest. Ich behielt es im Hinterkopf, als ich mich weiter im Raum umsah.

Die einzige persönliche Note zwischen den Stillleben an den Wänden war das Foto eines kleinen, rundgesichtigen Jungen in einem knallroten Hemd. Ich hatte es, zusammen mit vielen anderen, im Haus der Kims gesehen. Es kam mir seltsam vor, dass die Mutter nur ein einziges Foto ihres Kindes aufgehängt hatte.

„Hallo, Mr. McGinnis."

Sie war größer als erwartet und reichte mir bis zum Kinn. Ihre makellose rosige Haut und langen blonden Haare erfüllten alle Erwartungen, die man an eine kalifornische Schönheit stellte. In einem bis zur Taille hinaufreichenden Rock und einer weißen Bluse kam sie selbstbewusst herein – sie schien häufig die hübscheste Person im Raum zu sein. Mit straffen Brüsten über einer schlanken Taille und langen, sonnengebräunten Beinen wirkte sie eher wie eine von Mikes schmutzigen Fantasien als eine trauernde Witwe. ·

Hätte ich mich für Frauen interessiert, wäre ich schwach geworden. Glücklicherweise tat ich es nicht.

„Bitte nennen Sie mich doch Cole." Ich machte einige anerkennende Bemerkungen zu ihrem Haus, die sie mit einem knappen Lächeln beantwortete, als glaubte sie mir zwar, hätte aber Besseres zu tun. Im Stillen bedankte ich mich erneut dafür, dass ich mich nicht zu Frauen hingezogen fühlte. „Danke, dass Sie sich Zeit genommen haben. Das muss alles sehr schwer für Sie sein."

„Wir werden es irgendwie schaffen. Leider kann ich Ihnen nichts anbieten. Es hat kaum jemand etwas eingekauft, außer das Essen für meinen Sohn." Ihre feuchten Augen waren beinahe perfekt, wenn man von dem verräterischen Grübchen absah, wo sie sich auf die Wange biss. Ich kannte die Technik von einem Exfreund, der auf Kommando weinen konnte, wenn er mir Schuldgefühle einreden wollte. „Bitte setzen Sie sich."

„Ich möchte Sie nicht lange stören, es sind nur ein paar kurze Fragen." Die Couch hielt meinem Gewicht tatsächlich stand, war allerdings zu niedrig für mich. Ich saß darauf wie auf der Schulbank eines Erstklässlers.

„Ich weiß nicht, ob ich Ihnen weiterhelfen kann." Victoria ließ sich mit übereinandergeschlagenen Beinen auf einem Sessel gleich neben mir nieder und beugte sich etwas vor, um ihr Dekolleté besser zur Geltung zu bringen. Ich spielte ein wenig mit und streifte es mit einem Blick. „Ich kann nicht viel zu Henrys Tod sagen. Es war ein so großer Schock."

Die Tränen waren verschwunden, ersetzt durch unschuldig geweitete Augen und einen leichten Schmollmund. Bei Jae sah es gut aus, ein natürlicher Zug seiner vollen Lippen. Bei Victoria schien es wie die Tränen und Brüste zu ihrem Arsenal zu gehören.

Ich fragte mich gerade, ob ich mich ungerecht verhielt und zu vorschnell über sie urteilte, als ein asiatischer Mann aus dem Eingangsbereich ins Wohnzimmer kam. Er war gebaut wie der Türsteher eines angesagten Clubs und über seiner muskulösen Brust spannte sich ein zugeknöpftes Hemd. Seine Gesichtszüge wirkten grob, als hätte er sich davongestohlen, bevor Gott seine Arbeit an ihm beendet hatte. Sein kantiger Kopf war von stacheligem schwarzen Haar bedeckt. Die Frisur sah der von Mike und Hyun-Shik so ähnlich, dass ich ihn beinahe gefragt hätte, ob man sie beim Friseur einfach wie von einer Speisekarte mit einer bestimmten Nummer bestellte. Am Ende hielt mich sein grimmiger Gesichtsausdruck davon ab.

Ich hätte darauf gewettet, dass er von meiner Anwesenheit nicht besonders begeistert war. Sein arrogant vorgeschobenes Kinn, als er sich mir näherte, schien das zu bestätigen.

„Wer ist das?" Er blieb stehen und baute sich vor mir auf, um auf mich herabzusehen.

„Cole McGinnis. Ich untersuche Hyun-Shik Kims Tod." Ich konnte mir das typisch männliche Aggressionsverhalten nicht verkneifen: Ich stand auf und streckte ihm meine Hand entgegen, während ich diesmal auf den kleineren Mann hinabschaute. „Und wer sind Sie?"

Er ging nicht auf meine Begrüßung ein, sondern richtete seine Aufmerksamkeit auf die trauernde Witwe, um ihr eine Hand auf die Schulter zu legen. Victoria wandte sich ein wenig in seine Richtung und sie tauschten Blicke, bevor sie elegant ihr Haar nach hinten warf und wieder mich ansah.

„Mr. McGinnis", sagte sie, ohne das Angebot mit meinem Vornamen anzunehmen. Ihre Körpersprache war mir gegenüber deutlich abgekühlt, als sie ihre Reize auf ihn konzentrierte. „Das ist Brian Park. Er ist ... war ... einer von Henrys Mitarbeitern."

„Ein Mitarbeiter?", wiederholte ich. „Wie nett, dass Sie sich um die Familie kümmern."

„Ich bin eher ein Freund der Familie." Er warf ihr einen Blick zu, während er ihr die Schulter massierte wie eine Katze einen Schoß. „Ich habe Henry durch die Arbeit kennengelernt, aber wir sind gute Freunde geworden. Da ist es selbstverständlich, dass ich für Victoria da bin."

„Interessant." Ich holte mein Notizbuch hervor und kritzelte etwas Sinnloses hinein. Victoria wurde wieder etwas munterer und konzentrierte sich auf ihre Rolle. „Park. Das ist ein koreanischer Name, nicht wahr? Und Sie arbeiten für Mr. Kim, Hyun-Shiks Vater?"

„Ja, ich arbeite für seine Kanzlei. Hyun-Shik war mein Vorgesetzter – so sind wir Freunde geworden." Er ging um Victoria herum und stützte sich auf die Lehne ihres Sessels, sodass sie sich zwischen uns befand. „Was meine koreanische Abstammung mit der ganzen Sache zu tun hat, ist mir nicht klar."

„Ich dachte nur gerade darüber nach, ob Sie den Abschiedsbrief gesehen haben und ob Sie ihn lesen können." Ich holte eine Kopie zwischen den Seiten meines Notizbuches hervor und hielt sie ihm hin. Er schüttelte den Kopf und nahm sie nicht an. „Haben Sie ihn nur nicht gelesen oder können Sie ihn nicht lesen?"

„Ich habe ihn nicht gelesen, weil es sich um eine Privatangelegenheit handelt." Er schürzte die Lippen. „Viele unserer Kunden sind Koreaner, also ist es eine Voraussetzung, Hangul lesen zu können."

„Wusste einer von Ihnen, dass Hyun-Shik an diesem Abend das Dorthi Ki Seu besuchen wollte?", fragte ich und beobachtete genau ihre Reaktionen.

„Nein", antwortete Brian mit Nachdruck. Victoria, die ihre Hände auf ihrem Schoß gefaltet hatte, schwieg. „Diesen Teil seines Lebens hat er geheim gehalten. Keiner von uns hat auch nur geahnt, dass er ... Männer gemocht hat. Vielleicht haben es Familienmitglieder gewusst, aber ich nicht."

„Hätte ich es gewusst, hätte ich ihn nicht geheiratet", sagte Victoria, nachdem sie sich geräuspert hatte. Die Tränennässe war zurück und befeuchtete den Rand ihrer Wimpern. „Ich hasse den Gedanken, dass ich mit ihm eine Lüge gelebt habe."

Interessant, wie leicht sie ihn in die Vergangenheit setzte, während Jae-Min noch Schwierigkeiten hatte, den Tod seines Cousins zu akzeptieren. Brian nahm endlich Platz, und nachdem er sich auf den Sessel neben ihr gesetzt hatte, ergriff er ihre Hände. Das perfekte Bild eines besorgt dreinschauenden Freundes, der sie tröstete – wäre da nicht der Finger gewesen, mit dem sie flüchtig an der Innenseite seines Oberschenkels entlangstreichelte, als er ihre Hände auf seinen Schoß zog.

„Das kann dir niemand vorwerfen", versicherte ihr Park und tätschelte ihr den Arm. „Wahrscheinlich hat er sich schuldig gefühlt und sich deshalb umgebracht. Er hat dich geliebt, Victoria. Dich und Will."

„Übrigens ist das der Grund, aus dem ich hier bin." Ich setzte mich ebenfalls wieder, auch wenn meine Knie dabei beinahe meine Augen trafen. „Wegen seines Todes, meine ich."

„Das sagten Sie bereits." Victoria tupfte sich theatralisch die Augen trocken. „Dass Sie über Henrys Selbstmord reden wollen."

„Na ja." Ich schob Hyun-Shiks Abschiedsbrief zurück in meine Mappe. „Nicht ganz."

„Nicht ganz?" Park runzelte die Stirn, was seine Augenbrauen zu einer einzigen langen Raupe zusammenzog. „Er hat sich in einem Sexclub umgebracht. Er hat einen Abschiedsbrief hinterlassen. Was gibt es da sonst noch zu bereden?"

„Brian!", zischte Victoria. „Will ist oben! Nicht so laut."

„Entschuldige." Ich bezweifelte, dass er besonders große Reue verspürte, während er so mit dem Daumen ihr Handgelenk streichelte. Die Berührung ließ einen blumigen Parfümduft von der warmen Haut in die Luft zwischen ihnen aufsteigen. Nein, er machte nicht den Eindruck, als täte es ihm besonders leid, dass – oder wo – Hyun-Shik gestorben war.

Brian Park schien sich mehr für die Witwe zu interessieren, als er sollte, auch wenn diese sich jetzt von ihm löste, um erneut die Hände zu falten. Ihr Mund zog sich zu einer schmalen Linie zusammen, die ihren pinkfarbenen Lippenstift Falten werfen ließ.

„Mr. McGinnis, es ist eine Tatsache, dass mein Mann Henry an einem ekelhaften Ort Selbstmord begangen hat, zu dem er sich schlich, um Sex mit Männern zu haben." Victorias Fassade geriet ein wenig ins Wanken und zeigte einen Hauch der eisigen Persönlichkeit darunter. „Ich habe Henry geliebt – zumindest den Henry, den ich zu kennen glaubte. Der Mann, der gestorben ist, war für mich wie ein Fremder. Ich schäme mich nicht, zuzugeben, dass ich ihn dafür hasse."

„Nun, Mrs. Kim, genau da liegt für mich das Problem: Ich glaube nicht, dass Ihr Mann sich umgebracht hat", sagte ich leise. „Ich glaube, er wurde ermordet."

8

EINS MUSSTE ich Victoria lassen: Sie hatte mehr Mumm als Brian. In ihrem Gesicht war nicht die winzigste Regung zu sehen, als ich meinen Verdacht aussprach. Dagegen nahm Brian Parks Gesicht die Farbe eines gut durchgebratenen Schweinekoteletts an.

„Was erzählen Sie da?" Plötzlich konzentrierte sich der Familienfreund nicht mehr darauf, die Witwe zu trösten, sondern schien sich bereit zu machen, mich auseinanderzunehmen. Eine Ader schwoll auf seiner Stirn an, als er aufsprang. „Halten Sie das alles für einen Scherz?"

„Nein, ich meine es völlig ernst." Nun zeichnete sich statt ruhiger Trauer doch ein wenig Beunruhigung in Victorias Gesicht ab, die allerdings gleich wieder verschwand, nachdem sie einen Blick zur Treppe geworfen und dort niemanden gesehen hatte. „Ich denke Hyun-Shik … Henry … wurde ermordet. Der Abschiedsbrief war keine Entschuldigung für seinen Selbstmord. Er war Teil eines Briefs an jemanden, der gestern erschossen wurde."

„Wer? Es kann nicht diese Hure Jae-Min gewesen sein", sagte Victoria abfällig. „Sonst hätte ich Mama Kims Freudenschreie bis hierhin gehört."

„Nein, es war nicht sein Cousin." Ich besaß nicht so viel Selbstbeherrschung wie Victoria und zuckte beinahe zusammen, als ich sie so über Jae reden hörte. Er hatte recht gehabt: Kein Mitglied der Familie Kim brachte ihm besonders viel Liebe entgegen. „Der Brief war an einen der Mitarbeiter des Clubs gerichtet, einen Mann namens Jin-Sang Yi. Er war ein … Freund Ihres Mannes."

„Ich habe kein Interesse an den Namen der Huren meines Mannes, Mr. McGinnis." Victoria hatte offensichtlich genug davon, Freundlichkeit zu heucheln. Sie musterte mich gründlich, als suchte sie etwas. Ihrem Gesichtsausdruck nach zu urteilen, würde ich in nächster Zeit keine Einladung zum Tee erhalten.

„Ich glaube, Sie sollten jetzt gehen, Mr. McGinnis." Park ging mit geballten Fäusten auf und ab. Sein rotes Gesicht war an den Falten auf seiner hohen Stirn fleckig geworden. „Verschwinden Sie einfach und lassen Sie sie in Ruhe."

„Victoria, wollen Sie nicht die Wahrheit erfahren?" Ich behielt ihn im Auge, war allerdings noch nicht bereit, meinen Platz auf dem Sofa zu verlassen. Er näherte sich nicht, wirkte jedoch weiterhin aggressiv. „Falls Hyun-Shik sich nicht umgebracht hat, wollen Sie es nicht wissen?"

„Was mich betrifft", antwortete sie ruhig, „hat er sich umgebracht, als er zum ersten Mal diesen widerlichen Ort besuchte. Selbst wenn er mich nicht geliebt hat, hätte Will genug sein sollen. Genug, um ihn davon abzuhalten, sich von irgendeinem Jungen einen blasen zu lassen."

Ihre Schönheit war von einem unschönen Wutausbruch vertrieben worden. Sie hatte die Zähne gebleckt wie ein Hund, der seinen Knochen verteidigt. Der Hass in ihrem Herzen war beinahe greifbar. Sollte Hyun-Shik in einem Leben nach dem Tod seiner Frau begegnen, würde er von ihr kein Mitleid erfahren – im besten Fall einen Stilettoabsatz in seinen Schädel.

„Sie können jetzt gehen, Mr. McGinnis", sagte Victoria, die aufstand und sich den Rock glattstrich. „Richten Sie den Kims aus, dass sie gern einem Geist nachjagen können, dass ich aber damit abschließen möchte. Ich war mit einem Mann verheiratet, der mich benutzt hat. Er hat behauptet, mich zu lieben, und es gleichzeitig hinter meinem Rücken mit Männern getrieben. Eine andere Frau hätte ich vielleicht noch verkraftet. Aber Männer?"

„Du kannst nicht wissen, ob er das getan hat", sagte Park. Er legte sanft seine Finger um ihr Handgelenk und zog sie zu sich. „Vielleicht war er dir nicht untreu, Vicky. Tu dir das nicht an."

„Wie kann ich das glauben?" Ihre Stimme wurde schrill, als sie sich ihm zuwandte. „So oft kam er spät nach Hause, weil er angeblich lange gearbeitet hat. Soll ich das jetzt wirklich noch für die Wahrheit halten?"

„Du solltest zumindest glauben, dass er dich und Will nicht in Gefahr bringen wollte", antwortete er nachdrücklich. „Der Junge war sein Leben."

„Wissen Sie das Schlimmste an der Sache, Mr. McGinnis?" Victoria richtete sich auf, straffte die Schultern. Die Verführerin war einer Frau gewichen, die stark und unerbittlich wie ein Pfeiler wirkte. „Ich musste meinen Arzt um Untersuchungen bitten, um sicherzugehen, dass Henry mit seinen Abenteuern keine Krankheiten eingeschleppt hat. Ich musste die Blicke der Schwestern ertragen, weil mein Mann sich dazu hinreißen lassen hat, fremden Männern seinen Schwanz in den Arsch zu stecken. Nicht auszudenken, womit er Will angesteckt haben könnte."

„Vicky, sag das nicht." Park gab das Theater der Freundschaft auf und schloss sie in die Arme. „Will geht es gut. Dir geht es gut."

„Mir geht es nur gut, weil Henry mich seit einem Jahr nicht angefasst hat." Sie lachte ein essigsaures Lachen. „Ich dachte immer, es läge an meiner Figur nach der Schwangerschaft. Daran, dass Henry mich nicht mehr attraktiv fand. Und jetzt musste ich herausfinden, dass mir von vornherein die richtigen Teile gefehlt haben. Also sagen Sie mir, Mr. McGinnis: Wie kann ich um einen Mann trauern, der mich verdammt noch mal belogen hat?"

„Ich weiß es nicht", antwortete ich ehrlich.

„Wenn er umgebracht wurde, lag es wahrscheinlich daran, dass er noch jemand anderen wütend gemacht hat", flüsterte sie. Sie kämpfte darum, ihre kühle Miene zurückzuerlangen. „Ich werde seinetwegen keine schlaflosen Nächte haben. Das kann ich nicht. Und jetzt entschuldigen Sie mich – ich möchte mich um das einzig Gute kümmern, was Henry mir hinterlassen hat. Brian, bringst du ihn zur Tür?"

Wir sahen zu, wie sie mit klackernden Absätzen durch den Eingangsbereich zur Treppe ging. Die Sonne tauchte ihr Haar durch die großen Fenster in honiggoldenes Licht. Sie blieb kurz stehen, um die Wärme zu genießen, bevor sie das Kinn hob und mich ein letztes Mal ansah.

„Kommen Sie nicht wieder, Mr. McGinnis", sagte sie, während sie fest das Geländer umklammerte. „Sonst rufe ich die Kims an und sage ihnen, dass sie ihren Enkel nicht wiedersehen werden. Und wenn ich bedenke, was aus Henry geworden ist, wäre es für Will vielleicht das Beste, nichts mit ihnen zu tun zu haben."

ICH BLIEB eine Weile mit an das Lenkrad gelehnter Stirn im Auto sitzen. Flatternde Vorhänge im ersten Stock wiesen auf einen Beobachter am Fenster hin, der darauf wartete, dass ich mit meinem Verdacht verschwand. Ich glaubte Victoria, dass es sie nicht interessierte, wie ihr Mann gestorben war. Ich hatte den Hass in ihrer Stimme gehört, genau wie die zittrige Angst, als sie die Sorge um ihren Sohn erwähnte.

„Ich hoffe für dich, dass du ein Kondom benutzt hast, Hyun-Shik", murmelte ich, während ich den Motor anließ. „Denn wenn sie sich irgendetwas eingefangen hat, wird sie auf deine Asche pinkeln und das Ganze deinen Eltern als Suppe servieren."

Das sanfte, schmerzhafte Pochen in meinem Kopf erinnerte mich daran, dass ich zu wenig Schlaf gehabt hatte und die Reste des vielen Gerstensafts auch jetzt noch durch meine Adern flossen.

„Du wirst alt, McGinnis", seufzte ich, als ich vor einer roten Ampel hielt und den Blinker einschaltete. „Früher konntest du die ganze Nacht saufen und nach ein paar Stunden Schlaf frisch und munter sein. Und sieh dich jetzt an. Ein paar Flaschen Bier und schon verzehrst du dich nach einem koreanischen Jungen. Du solltest es besser wissen."

Während ich den Rover durch die kleineren Canyons lenkte, rief ich Mike an. Die Berghänge um mich herum waren mit dichten Sträuchern bedeckt, deren Anblick mir nicht gefiel. Es sah nach einem trockenen Jahr aus, das die Gefahr von Bränden mit sich brachte. Nachdem es einige Male geklingelt hatte, hörte ich durch das Headset die Stimme meines Bruders.

„Ja?" Er schien gerade etwas zu kauen. „Was ist los, Cole?"

„Ich war gerade bei der Witwe." Ich bremste den Rover etwas ab, als ein vor mir fahrender Lastwagen sein Tempo verlangsamte. „Ich habe ihr die gute Nachricht überbracht, dass es vielleicht kein Selbstmord war."

„Lass mich raten: Sie war nicht begeistert?" Mikes geräuschvolles Schlucken sandte ein Knistern in mein Ohr.

„War das ein Glückstreffer oder hat sie dich angerufen?"

„Sie hat angerufen." Mike lachte. „Du hast sie wütend gemacht. Sie hat sogar gedroht, mich zu verklagen, aber davon habe ich sie schnell wieder abgebracht."

„Sie neigt nicht zum Zögern." Victoria Kim wirkte wie eine Frau, die Probleme gleich anpackte und sie zur Not aus dem Weg räumte. „Mrs. Kim war vor allem nicht begeistert von den sexuellen Vorlieben ihres Mannes. Dass er tot ist, scheint für sie eher ein Bonus zu sein."

„Glaubst du, sie hatte etwas damit zu tun?", fragte er. Das Rascheln von Papier übertönte beinahe seine Stimme und ich wartete, bis es aufhörte. „Bist du noch dran?"

„Ja, ich wollte dich nur nicht beim Origami stören", antwortete ich, bevor ich Mike von dem ursprünglichen Brief an Jin-Sang und dessen Tod erzählte. Mike kommentierte das Ganze mit einem leisen Pfeifen. „Jetzt mache ich mir Sorgen um Jae-Min. Wir sollten ihn im Auge behalten, falls ihn auch jemand aus dem Weg räumen will."

„Lass ihn doch einfach bei dir einziehen. Er könnte dich bestimmt gut unterhalten." Kaum jemand konnte so viel Obszönität in ein paar Worte legen wie mein Bruder. Er musste es von unserem Vater haben. Ich hatte immer gehofft, die unschöne Eigenschaft hätte mich übersprungen, bis mich ein Exfreund darüber aufklärte, dass ich in dieser Hinsicht doch ein echter McGinnis sei.

Ich wollte Mike gerade eine passende Antwort geben, als ich eine leichte Erschütterung verspürte: Das Auto hinter mir hatte meine Stoßstange berührt. Im ungleichmäßigen Verkehr des Freeways kam das vor – häufig bei Fahrern mit neuen Autos, an die sie noch nicht gewöhnt waren. Da der Rover einiges vertrug, war ich nicht allzu besorgt. Außerdem hatte ich ihm bei Fahrten durch die Berge und Campingausflügen selbst schon die eine oder andere Delle verpasst.

Ich überlegte gerade, ob ich anhalten und mir ansehen sollte, ob eine weitere hinzugekommen war, als ich einen heftigeren Stoß spürte. Ich riss den Kopf hoch und warf einen Blick in den Rückspiegel – es war schwer zu glauben, dass es sich beim zweiten Mal um ein Versehen handelte. Der Rückspiegel wurde von der kantigen Vorderseite eines Ford Econoline ausgefüllt. Die Fenster waren wesentlich stärker getönt als erlaubt. Im direkten Vergleich würde mein alter Rover wahrscheinlich das Nachsehen haben. Das auf dem Chrom glänzende Sonnenlicht blendete mich und ich blinzelte noch, als der Ford erneut nach vorn schoss.

Der kräftige Stoß ließ meinen Kopf nach hinten fliegen und beim nächsten verlor ich das Headset. Meine Reifen quietschten, als der Ford mich über die Fahrbahn schob. Mikes Stimme, die meinen Namen rief, ging beinahe unter dem lauten Knirschen unter, als der Fahrer des Fords mich unbeirrt rammte. Ich hörte, wie Blech unter dem Aufprall nachgab, während ich mit der Stirn so heftig gegen das Lenkrad stieß, dass mir kurz schwarz vor Augen wurde.

Mein Rover brach mit dem Heck aus und ich trat aufs Gaspedal und kämpfte darum, ihn gerade zu halten. Ein weiterer Aufprall schleuderte meinen Kopf gegen die Autotür. Ich schmeckte Blut.

„Verdammtes Arschloch." Ich schluckte den metallischen Geschmack hinunter. Mikes Schreie waren derweil immer lauter und panischer geworden. In der Hoffnung, dass er mich hören konnte, brüllte ich: „Sei still! Das hilft mir nicht!"

Mein Bruder hatte schon immer eine Begabung zum Fluchen besessen und enttäuschte mich auch jetzt nicht. Die Schimpfworte kamen so laut und deutlich aus dem Headset, als säße er neben mir. Sein größtes Talent – neben der Fähigkeit, das Alphabet zu rülpsen.

„Jetzt reicht's mir aber." Als sich der Ford seitlich gegen den Rover schob, trat ich auf die Bremse, bis er an mir vorbeigeschossen war. „Jetzt drehen wir den Spieß mal um."

Ich lenkte die noch unversehrte Vorderseite meines Autos hinter den Ford und beschleunigte, bis ich ihn vorwärtsschob. Die Canyons rasten vorbei, graue und lilafarbene Gestrüppstreifen mit gelben Tupfen. Der beißende Geruch von Gummi war noch unangenehmer als der Geschmack meines eigenen Blutes.

Beinahe blind trat ich erneut aufs Gaspedal und hoffte, den Van auf den Mittelstreifen schieben zu können. Doch meine Stoßstange gab nach und verhakte sich in der des Fords, während der Fahrer heftig bremste. Rot leuchtete auf und verschwand in einem Regen aus Plastiksplittern, als die Rücklichter des Fords zerbrachen. Ich konnte nicht schnell genug bremsen, riss aber das Lenkrad herum, da ich hoffte, den Ford von der Seite zu treffen.

Die Welt drehte sich und kam zum Stillstand. Blitze schienen vor meinen Augen zu zucken und ich bekam kaum Luft, als sich meine Nase mit Blut füllte. Ein metallisches Scheppern übertönte das Rauschen in meinen Ohren und dann hörte ich nur noch ein Summen. Nach einigen Sekunden wurde mir klar, dass es sich um den Motor des Rovers und die vorbeifahrenden Autos handelte. Diese mussten langsamer fahren, um den Bruchstücken auszuweichen, die wir hinterlassen hatten.

Wie das Surren einer blechernen Mücke drangen Mikes Schreie an mein Ohr. Während ich schleimiges Blut ausspuckte und das Pochen in meinem Gesicht zu einem stechenden Schmerz wurde, fischte ich mit zitternden Händen das Headset aus dem Fußraum. Ich schluckte noch einmal, um die zähen Flüssigkeiten aus meiner Kehle zu entfernen, bevor ich hineinsprach.

„Mike, halt die Klappe, mir geht es gut." Ich zwinkerte und wedelte den Rauch der heißen Reifen aus meinem Blickfeld, um wieder klar sehen zu können. Eine Hand, die durch das offene Fenster gestreckt wurde, ließ mich zusammenzucken. War der Fahrer des Fords gekommen, um mir den Rest zu geben?

„Alles okay, Kumpel?" Wenn es sich bei dem Besitzer des Econoline nicht zufällig um eine Frau mit Dreadlocks handelte, war ich sicher. Sie neigte den Kopf und musterte mich mit weit aufgerissenen Augen. „Soll ich einen Krankenwagen rufen?"

„Nicht nötig, mir geht's gut." Da sie zu ihrem Auto zurückkehrte und davonfuhr, musste ich einigermaßen überzeugend geklungen haben. Mein Gesicht schmerzte von seinem Zusammenstoß mit dem Lenkrad und meine Schultern brannten von der großen Anstrengung, den Rover aufrecht zu halten. Der Ford war lange verschwunden und hinterließ nichts als Plastik- und Glassplitter.

„Cole, bleib da. Ich schicke jemanden zu dir", brüllte Mike mir praktisch ins Ohr. Seine Stimme erweckte das schrille Klingeln in meinem Kopf zu neuem Leben.

„Nein, ich bin wirklich in Ordnung." Ich überprüfte mit der Zungenspitze meine Zähne. „Das Auto ist ein bisschen mitgenommen, aber es müsste sich noch fahren lassen."

Der tiefe Seufzer meines Bruders erinnerte mich an meinen Vater – den hatte ich in meinem Leben sehr häufig seufzen hören. Mikes klang beinahe identisch. „Was ist überhaupt passiert? Bist du von der Fahrbahn abgekommen?"

„Nein. Ich glaube, jemand ist nicht gut auf mich zu sprechen", antwortete ich, bevor ich einen weiteren Mundvoll auf den Grasstreifen neben der Fahrbahn spuckte, der schon wieder mehr nach normalem Speichel aussah. Der Rover ließ sich problemlos in Gang setzen und ich reihte mich wieder in den Verkehr ein, während Mikes Beschwerden über meine Sturheit in meinem Ohr summten.

„Fahr ins Krankenhaus", schimpfte er. „Oder komm nach Hause, damit ich dich fahren kann."

„Nein", lehnte ich entschieden ab, während ich auf das Knarzen des Rovers lauschte, als ich die Spur wechselte. Das Geräusch kam vom Vorderteil des Wagens, klang jedoch nicht allzu besorgniserregend. „Ich möchte herausfinden, wen ich so wütend gemacht habe. Außerdem muss ich nachsehen, ob es Jae gut geht. Jemand arbeitet sich durch Hyun-Shiks Freunde und wird früher oder später bei ihm ankommen."

ICH PARKTE den Rover vor dem gedrungenen Backsteingebäude mit Jaes Wohnung. Falls das überhaupt möglich war, ließ die hereinbrechende Dämmerung die Gegend noch deprimierender wirken. Als ich den Sicherheitsgurt löste, schoss ein Stechen durch meinen Bauch. Ich fluchte über die verkrampften Muskeln, die die Narbe zum Schmerzen brachten, und presste zischend eine Hand darauf.

Um mich herum gingen Menschen ihrem Alltag nach, sahen fern und schrien Kinder an, die sich weigerten, ihr Abendessen zu essen. Es war noch so früh, dass dazwischen die Abendnachrichten zu hören waren, eine monotone Information über den aktuellen Preis des Menschseins. Die Gegend war, wie viele andere im Land, eine Ansammlung von Armen am Rand der Verzweiflung.

Als ich noch Polizist gewesen war, hatte ich gerade daran gearbeitet, mir in einer Nachbarschaft wie dieser Kontakte aufzubauen, einer Ansammlung von planlos gebauten Häusern, die kaum ihre zu großen Familien beherbergen konnten. Das führte natürlich zu Spannungen. Trotz der strahlenden Erfolgsgeschichten, die hin und wieder in den Nachrichten auftauchten, war es oft ein brutales Leben, in dem die Kinder Gewalt bereits mit der Muttermilch einsogen. Der Tod war aus verschiedenen Gründen ein regelmäßiger Besucher.

83

Auch wenn es sich dabei eher um eine lateinamerikanisch geprägte Gegend gehandelt hatte, konnte ich bis auf die Sprache kaum Unterschiede feststellen. Die koreanischen Buchstaben an den nicht einsehbaren Geschäften waren mir zwar fremd, bewarben aber vermutlich die gleiche Art von Angeboten, die Menschen mit wenig Geld anlockten. Nur die Luft roch etwas anders – weniger ölig und noch würziger mit einem durchdringenden Anisduft, der für mich im Augenblick allerdings ziemlich im metallischen Geruch meines Blutes unterging.

Widerstrebend berührte ich meinen Nasenrücken. Er tat weh, doch ich hörte kein beunruhigendes Knirschen. Ich wagte es, mir mein Gesicht im Rückspiegel anzusehen. Meine Wange war geschwollen und die sich bildenden Blutergüsse unter meinem Auge und auf meiner Nase versprachen, bald leuchtend blau zu werden. Wenn Jae-Min Eis für mich hatte, würde ich ihm eine Liebeserklärung machen. Als ich beim Aussteigen beinahe das Gleichgewicht verlor, gab ich den Gedanken an Eis auf und ersetzte ihn durch die Hoffnung auf hochprozentigen Alkohol.

Da es leider keinen großen Türklopfer gab, lehnte ich mich mit dem Finger auf die von der Beleuchtung im Innern warme Klingel. Bald öffnete sich die Tür und ein verwirrter Jae Min mit zerzaustem Haar stand darin. Mein Körper reagierte augenblicklich, ein Kribbeln zwischen meinen Beinen. Er sah einfach viel zu gut aus. Eine leichte Baumwollhose war an seiner Taille zugebunden und sein dünnes weißes T-Shirt wirkte im Licht der Außenlampe durchsichtig. Beim Anblick der Wassertropfen auf seiner Unterlippe schmerzten meine Zähne erneut – diesmal nicht, weil ich von einem Van gerammt wurde, sondern weil ich mich danach sehnte, sie in seinen vollen Lippen zu versenken.

„Hyung!" Unter seinem Arm, der sich um meine Taille schob, schien sich der Schmerz in meiner Seite aufzulösen. Die Berührung fühlte sich gut an. Erst jetzt wurde mir klar, dass ich es vermisst hatte, von Menschen außer meiner Familie berührt zu werden. Ich stolperte vorwärts und ließ zu, dass er mich festhielt. Seine Hände wanderten zu meiner Hüfte hinunter, als er die Tür hinter uns schloss. Obwohl er kleiner war, stützte er mich mühelos, als ich in seine Wohnung stolperte.

„Bin ich alt genug, um so genannt zu werden?", murmelte ich. Der Schmerz aus meiner Nase breitete sich in meinem Gesicht aus und setzte sich in meinen Wangenknochen fest. „Muss ich nicht wenigstens zwanzig Jahre älter sein als du? Wie geht es deinem Kopf?"

„Mir geht es gut, aber du siehst schlimm aus. Was ist passiert?" Jae roch gut, eine Mischung aus Zitrusfrüchten und Sex. Den letzten Teil bildete ich mir vielleicht auch ein, aber der grüne Tee mit Grapefruit war tatsächlich da. Selbst durch das Meer aus Blut in meiner Nase konnte ich ihn riechen. Offenbar machten mich Verletzungen scharf. „Wen hast du diesmal verärgert?"

„Du kennst mich seit drei Tagen und hältst mich schon für jemanden, der Leute verärgert?" Meinen betont unschuldigen Blick quittierte er mit einem Augenrollen, während er mich nicht allzu sanft auf dem Sofa absetzte. Ich stieß mir den Ellbogen an der Lehne, was einen stechenden Schmerz in meine Schulter sandte. „Au. Fuck."

„Warte hier", befahl Jae, bevor er im Badezimmer verschwand. „Ich hole etwas, um dein Gesicht abzuwaschen."

Mit einem Satz landete Jaes Katze auf dem Couchtisch. Sie setzte sich, um mich aus orangegelben Augen zu mustern. Ihre Lippe hob sich ein wenig, um einen scharfen Zahn durchschimmern zu lassen – der Hauch einer Drohung, falls ich eine falsche Bewegung machen sollte. Ich schlüpfte aus meiner Jacke, wobei ich heimlich hoffte, dass die Pistole in meinem Holster sie einschüchtern würde. Die Lippe hob sich weiter. Seufzend fand ich mich damit ab, dass ich mich bei ihr einschmeicheln musste.

„Neko, oder?", rief ich dem Mann zu, der hinter mir geräuschvoll mit Sachen hantierte. „Die Katze, meine ich. So heißt sie doch?"

„Was?" Jae kehrte ins Zimmer zurück und breitete Mull und Pflaster auf dem Tisch aus, während er sich neben seiner Katze niederließ. Sie miaute ihm zu, eine freundliche, liebevolle Begrüßung, die über das Böse hinwegtäuschte, das ich in ihrem Innern vermutete. Als Jaes Blick auf meine Schulter fiel, wich er zurück. „Du hast eine Pistole. Warum hast du eine Pistole und was macht sie in meiner Wohnung?"

„Ich habe sie für eine gute Idee gehalten, nachdem du gestern angegriffen wurdest." Ich nahm den Holster ab, entfernte die Kugeln aus der Glock und verstaute sie in einer Jackentasche. „Besser?"

„Ja, danke." Nachdem er die Katze einmal hinter den Ohren gekrault hatte, reichte er mir zwei Aspirintabletten. Als ich sie einfach herunterschlucken wollte, hielt er mir eine offene Wasserflasche hin. „Sonst bleiben sie dir im Hals stecken."

„Danke." Während ich die Flasche an den Mund hob, betrachtete ich seine Hände, die eine Packung mit desinfizierenden Tüchern aufrissen. Die Flasche schmeckte, wie ich mir seinen Geschmack vorgestellt hatte: Zimtzucker mit einem Hauch von Kerzenlicht – und das langweilige Aroma des recycelten Wassers von Los Angeles.

„Was ist mit dir passiert?" Sanft tupfte er getrocknetes Blut von einer Schnittwunde unter meinem Auge. Ich war sicher kein schöner Anblick. Mein Auto hatte die Attacke des Fords besser überstanden und kaum Schaden genommen. „Halt still. Es könnte ein bisschen wehtun, weil es so angetrocknet ist."

„Ich habe mit Victoria geredet. Du hattest recht: Sie ist ein ziemliches Biest." Ich schluckte einen Aufschrei herunter und biss mir auf die Zunge, als Jae die brennende Wunde mit Salbe bedeckte. Manche Geräusche gehörten nur zu gemeinsamen Aktivitäten im Bett. „Das tut übrigens schweineweh."

Als seine warmen Finger so über mein Gesicht wanderten, streifte sein Handballen meine Lippen. Bevor ich es verhindern konnte, leckte meine Zunge instinktiv darüber. Er hielt inne und entfernte seine Hand, doch ich lächelte ihm zu.

Entweder machte mich der Schmerz mutiger oder ich hatte einfach genug davon, meine Sehnsucht nach ihm zu bekämpfen.

„Hat sie dich verprügelt?" Er näherte sich wieder und beugte sich vor, sodass er beinahe auf meinem Bein saß. „Habt ihr über Hyun-Shik geredet?"

„Das hier habe ich einem aufdringlichen Autofahrer zu verdanken", stieß ich zwischen zusammengebissenen Zähnen hervor. Hoffentlich löste er wirklich nur das getrocknete Blut – es fühlte sich nämlich an, als scheuerte er mir die Haut ab. „Wir haben uns über deinen Cousin unterhalten. Sie hat die trauernde Witwe gespielt, bis ich das Dorthi Ki Seu zur Sprache gebracht habe. Und sie mag dich wirklich nicht."

„Ich sie auch nicht, also ist mir das egal", antwortete er mit einem Schulterzucken. Ich spielte mit dem Rand seines T-Shirts, streifte seinen flachen Bauch, woraufhin seine Finger kurz erstarrten. Dann machte er sich wieder an die Arbeit, doch seine Atmung hatte sich beschleunigt. „Du lenkst mich ab."

„Es gefällt mir, dich abzulenken", flüsterte ich in seine Handfläche. „Du zitterst so schön, wenn ich das hier tue."

Bobby hatte in vielerlei Hinsicht recht gehabt. Irgendwann im Nebel der Trunkenheit hatte ich letzte Nacht beschlossen, nicht länger gegen meine Gefühle für Jae-Min anzukämpfen. Ich wollte ihn. Und es war ja nicht so, als hätte ich ein enthaltsames Leben geführt – nur nach Rick hatte ich keinen Mann mehr gehabt. Doch allmählich hatte ich es satt, mich mit meiner Hand zufriedenzugeben, vor allem wenn Jaes Mund und sein schlanker Körper perfekt geeignet schienen, um mein Verlangen zu stillen.

„Ärger mich nicht." Seine Stimme war tiefer, ein heiseres Geräusch, das nur noch mehr Verlangen weckte. „Ich bin nicht dein Spielzeug. Sitz still, bis ich fertig bin, und erzähl mir, was Victoria gesagt hat."

„Nicht viel. Und ich will dich nicht ärgern. Ich meine es ziemlich ernst." Jae wischte seufzend über einen anderen Teil meines Gesichts, woraufhin ich zusammenzuckte und meine halbherzigen Flirtversuche vorerst aufgab. „Ich habe ihr von meinem Mordverdacht erzählt und sie hat mich rausgeworfen – nachdem sie mir ganz direkt gesagt hat, dass sie über Hyun-Shiks Tod erleichtert ist."

„Das kann ich mir vorstellen", sagte er nickend, während er ein frisches Tuch zur Hand nahm und weiterschrubbte. „Ohne Hyun-Shik muss sie Will nicht mehr zu Tante und Onkel bringen, wenn die nicht tun, was sie möchte. Und sie sind besorgt darüber, dass er nicht koreanisch genug wird."

„Nicht koreanisch genug?" Ich legte den Kopf in den Nacken, um ihm einen neugierigen Blick zuzuwerfen. „Wie meinst du das? Wie kann er denn weniger koreanisch werden?"

„Wie du", antwortete Jae so gnadenlos, wie er mein Gesicht sauberscheuerte. „Du bist japanisch, ohne japanisch zu sein. Du weißt kein bisschen darüber. Es besteht keine Verbindung zur Familie deiner Mutter oder ihrem Blut, stimmt's? Für dich existiert das alles nicht."

„Moment", protestierte ich und ergriff seine Handgelenke, um seine Hände aus meinem Gesicht zu ziehen. „Nur weil ich nicht von meiner Mutter großgezogen wurde, hat ihre Familie nicht aufgehört, zu existieren. Sie lebt in Japan und ist so japanisch, wie sie es sein möchte."

„Aber für dich könnte sie genauso gut nicht existieren." Er zuckte mit den Schultern, wobei seine Brustmuskeln das T-Shirt wölbten. Seine Brustwarzen, die sich unter dem dünnen Stoff abzeichneten, lenkten mich kurz ab. „Für dich ist das nichts Schlimmes. Aber Wills Familie ist hier. Und Koreaner leben für ihre Kinder und Enkel. Für das Weiterführen der Familie. Nur deshalb hat Hyun-Shik Victoria geheiratet – nicht aus Liebe."

„Also hat er das Schwulsein aufgegeben, weil er ein Kind brauchte?"

„Er konnte nicht aufhören, Männer zu lieben, aber er konnte es sich nicht mehr erlauben, es auszuleben." Jae riss sich nicht von meinen Händen los, sondern stützte sich mit den Knien rechts und links von mir auf dem Sofa ab. „Für Hyun-Shik war es Zeit, erwachsen zu werden und eine Familie zu gründen. Vielleicht wäre eine koreanische Frau klüger gewesen. Andererseits war Vicky gut für die Geschäfte meines Onkels. Sie hatte viele Beziehungen."

„Und das hättest du mir nicht erzählen können, bevor ich zu ihr gefahren bin?" Ich ließ eine seiner Hände los und hielt die andere nur noch locker zwischen meinen Fingern. Er legte kopfschüttelnd das blutige Tuch auf eine aufgerissene Verpackung.

„Hyun-Shik hatte damit abgeschlossen", murmelte er mit gesenktem Blick. „Sein Sohn sollte vor der Wahrheit über seinen Vater … geschützt werden. Es ist besser so."

Auch wenn ich nicht sicher war, ob er mir die Schüchternheit nur vorspielte, gab mir der zerknirschte Blick durch seine Wimpern den Rest. Was seine Verführungskünste anging, konnte Victoria nicht mithalten. Falls er mir nur etwas vormachte, musste er ein verdammt guter Schauspieler sein.

Meine Finger befanden sich bereits in seinem Haar, bevor ich bewusst darüber nachgedacht hatte, ihn zu berühren. Ich schob die dunklen Strähnen nach hinten und hielt kurz inne, um einen Blick auf das Pflaster an seiner Schläfe zu werfen. Jae hatte keuchend die Augen aufgerissen und schien nicht sicher zu sein, was ich vorhatte. Zugegebenermaßen war ich da selbst nicht ganz sicher. Ich wusste nur, dass ich im Verlaufe dieser Ermittlung meine Gefühle für Rick fortgeworfen hatte und diesem gerissenen koreanischen Mann verfallen war, obwohl er mich belogen hatte. Schuldgefühle nagten an mir und vorwurfsvolle Gedanken schossen mir durch den Kopf, als meine Daumen über Jaes Wangenknochen streichelten und Röte auf seine blasse Haut zauberten.

„Nicht", sagte er. Es klang nicht besonders überzeugend, da sein Tonfall eher zu „mach weiter" gepasst hätte. „Du willst das nicht."

„Ich will das nicht oder ich will dich nicht?" Er war nicht der erste Mann, der mich interessierte, aber keiner von ihnen hatte derart heftige Lust in mir ausgelöst. Ich wollte ihn unter mir spüren und ihn meinen Namen schreien hören.

Ich wollte seine Hände auf meinem Rücken fühlen und von seinem warmen Körper umschlossen werden. „Seit Rick habe ich mich nach niemandem so sehr gesehnt."

„Aber es geht niemals gut aus. Nicht für mich", antwortete er kopfschüttelnd. „Denk an Hyun-Shik."

„Liegt da das Problem? Hast du Angst, dass dir das Gleiche widerfährt?" Ich legte ihm sanft die Hände an den Kopf und schaute ihm in die Augen. Er sträubte sich nicht dagegen, sah mich jedoch finster an. Ein Gedanke stieg aus einem dunklen Teil meines Verstandes auf. Ich sprach ihn aus, bevor ich die Anschuldigung hinunterschlucken konnte. „Hat dein Onkel etwa Hyun-Shik getötet, weil er schwul war?"

„Nein!" Jae riss sich beinahe los. Er schob seine Hände gegen meine Brust, wo ihre Wärme durch mein T-Shirt sickerte. „Onkel hätte niemals seinen Sohn getötet. Niemals. Er hat Hyun-Shik geliebt."

„Menschen töten manchmal die, die sie lieben." Ich ließ meine Hände über seine Schultern zu seinem Rücken gleiten, um ihn an mich zu ziehen, bis er beinahe auf meinem Schoß saß. „Glaub mir, Jae. Ich habe es erlebt. Für manche ist sogar der Tod ein geeignetes Mittel, um geliebte Menschen von einem Fehler abzuhalten."

„Warum bist du hier?" Jae-Min hob herausfordernd das Kinn, wobei ich eine winzige Narbe unter seinem linken Auge entdeckte. Der kleine Makel brachte mich zum Grinsen.

„Ich bin hier, weil heute jemand versucht hat, mich von der Straße zu drängen, und ich an nichts anderes denken konnte als deine Sicherheit", antwortete ich. „Ich befürchte, dass du nur Probleme bringst, und ärgere mich selbst darüber, wie sehr ich dich will. Trotzdem bin ich hier, trinke aus deiner Wasserflasche, lasse mich von deiner Katze anfauchen und mir von dir das Gesicht rotscheuern."

Ich gab ihm keine Gelegenheit zu einer Antwort, sondern legte die Hände an seine Wangen und beugte mich vor, um endlich diesen Mund zu kosten. Ein langsames Stöhnen löste sich aus meiner Brust, als seine Zunge flüchtig meine berührte. Ich wollte mehr als diesen kurzen Kuss.

Vorsichtig zog ich ihn vom Tisch und legte ihn auf die Couch, beugte mich über ihn und streichelte sein Gesicht. Mit dem Daumen teilte ich seine Lippen und nahm seinen Mund erneut in Besitz, ertrank in ihm, bis ich keine Luft mehr bekam. Als ich mich von seinen Mund löste, keuchte er so heftig wie ich und bebte unter meinem Körper. Ich ließ meine Lippen über seine Wange gleiten und genoss das Gefühl der weichen Härchen, bis ich bei seinem Ohrläppchen angekommen war. Ich leckte darüber und saugte es in meinen Mund.

Das Honiggold seiner Augen hatte sich dunkel verfärbt und er keuchte, als ich von ihm abließ und auf ihn hinabsah. Nach einem kleinen Küsschen auf seine Nasenspitze sagte ich: „Deshalb bin ich hier."

„Ich will dich", murmelte er, während er seine Finger auf meiner Brust spreizte. „Und du machst mich wütend."

„Ja, das geht vielen Leuten so", gab ich zu und leckte einmal über seine Lippen. „Aber ich will dich auch. Du machst mich wahnsinnig."

9

„HEB DIE Arme", sagte er leise und zupfte an meinem T-Shirt. „Ich will dich sehen."

Für den Bruchteil einer Sekunde war ich unsicher. Ich wusste, wie ich aussah. Die Narben waren kein schöner Anblick. Auch wenn ich sportlich und muskulös war, konnte das Laufen und Boxen nichts an ihrer hässlichen Farbe und verzerrten Haut ändern. Nach kurzem Zögern ließ ich zu, dass er mir das T-Shirt über den Kopf zog.

Er ließ sich nichts anmerken, als er mich ansah. Verstohlen betrachtete ich sein Gesicht, als er mit dem Finger die Narben nachzeichnete und ein flüsterndes Kribbeln auf meiner Haut hinterließ. Schließlich beugte er sich vor, um seine Lippen auf die Narbe in der Nähe meines Herzens zu pressen und seine Zunge über die zerklüftete Ruine auf meinen Rippen gleiten zu lassen.

„Wie ist das passiert?" Sein direkter Blick traf mich heftig und war schwer zu ertragen. Seine Stimme sagte deutlich, dass er alles wissen wollte. Was geschehen war und wer es getan hatte.

„Jemand hat auf mich geschossen." Es klang so unkompliziert. Ich fand nicht die richtigen Worte, um die Trümmer meines Lebens und den Verlust meines Liebsten zu beschreiben. „Vor ein paar Jahren. Jemand hat auf meinen Freund Rick und mich geschossen. Er hat es nicht überlebt."

Er starrte mich an. Ich konnte nicht einschätzen, was er dachte. Eine freche Stimme in meinem Kopf warnte mich davor, jemals mit Jae Poker zu spielen. Bei so viel Selbstbeherrschung hätte er mich vernichtend geschlagen. Als plötzlich ein Hauch von Traurigkeit in seinen Augen schimmerte, musste ich mich abwenden. Seine kühle Maske nachlassen zu sehen verletzte etwas in mir, etwas, das zerbrochen wäre, wenn ich ihn zu lange angesehen hätte.

Als sich seine Lippen auf meine legten, hätte es mich beinahe vernichtet.

Er erkundete langsam meinen Mund, so sanft, dass es die Angst in meiner Brust zähmte. Ich schmeckte seine Wildheit, eine leidenschaftliche Würze, an der man sich den Mund verbrennen konnte.

Trotzdem wollte ich ihn kosten wie nichts anderes zuvor.

„Bin ich der Erste?" Er neigte den Kopf und legte die Hände an meine Wangen, damit er mich ansehen konnte. Seine Hände fühlten sich kraftvoll an, als lange Finger meine Schläfen streichelten und seine Daumen meine Unterlippe liebkosten. „Nach ihm?"

„Ja", sagte ich leicht zittrig. „Und ich fühle mich mies, weil ich dich so sehr will."

„Dass du mich willst, heißt nicht, dass du ihn nicht liebst", antwortete Jae mit einem schiefen Lächeln auf seinen vollen Lippen.

„Aber ich glaube, ich will mehr als nur das", sagte ich und legte die Arme fest um ihn, bevor er sich mir entziehen konnte. Er machte jedoch keine Anstalten, sich zu entfernen, sondern betrachtete mich nachdenklich. „Mein Verstand rät mir wegzulaufen, weil du mir nur Probleme bringen wirst, aber mein Bauch sagt mir etwas anderes."

„Was sagt er dir?"

„Dass du mir *viele* Probleme bringen wirst", brummte ich. Er lachte, ein fröhliches Lachen, das mich mitriss.

„Nun", sagte Jae, während er sich auf meinem Schoß in eine bequemere Position brachte. „Dann solltest du dir vielleicht überlegen, ob ich es wert bin."

Er sah mich an, wartete ruhig und beherrscht darauf, dass ich den ersten Schritt machte. Es ist immer ein gefallener Engel, der einen Mann am Tor zur Hölle empfängt. Wenn ich dort landen sollte, weil ich Rick hinter mir ließ, wollte ich auf dem Weg dahin wenigstens noch einmal Jae haben.

„Ja, du bist es wert." Da erhob er sich und ließ mich auf der Couch zurück. Ich blieb dort mit Schmerzen verschiedener Art liegen, bis er mit einer Flasche Gleitgel und Kondomen zurückkehrte. Ich schlang meine Arme um seine Taille, um ihn wieder auf meinen Schoß zu ziehen, wo er sich vorbeugte und mich küsste.

Jaes Lippen fühlten sich unter meiner Zunge perfekt an. Ich zeichnete den lieblichen roten Bogen damit nach. Dann leckte ich langsam über seine Mundwinkel, bevor ich meine Zungenspitze zwischen seine Lippen schob. Jae gewährte mir stöhnend Einlass, verwickelte meine Zunge in einen verführerischen Tanz.

Hitze stieg in meinem Unterleib auf, als Jae wilder wurde und den Kopf für einen tieferen Kuss neigte. Seine Hüften begannen, sich zu bewegen und sich an meinem anschwellenden Schwanz zu reiben, woraufhin ich ihn noch dichter an mich zog. Durch den dünnen Stoff seiner Hose spürte ich, wie er ebenfalls zuckte, und ermutigte ihn, indem ich meine Hände auf seinen Hintern legte und ihn fest gegen meine Erektion presste.

„Ja Baby, beweg dich", murmelte ich, als ich mich von seinem Mund löste, um über seine Kehle zu lecken. Jae warf den Kopf in den Nacken und die Luft um uns herum wurde immer wärmer, roch nach unserer Lust. „Gott, du fühlst dich so gut an."

Jae rieb seufzend mit einer Handfläche über seine Erektion, doch ich schob sie zur Seite, um meine eigene in seine Hose zu schieben. Er zischte, als sich meine kühleren Finger um seinen warmen Schaft legten und ich mit dem Daumen den Tropfen Flüssigkeit an der Spitze verrieb, dem gleich ein neuer folgte, als die samtweiche Eichel unter meinen Fingern anschwoll.

„Gott, ich liebe es, dass ich dich dazu bringen kann", sagte ich, während ich meinen Daumen sauberleckte. Jae knurrte, als ich meine Hand von ihm löste, und warf mir einen vorwurfsvollen Blick aus vor Lust dunklen Augen zu. Grinsend schob ich meine Hand wieder in die Hose des verführerischen Mannes. „Steh ein bisschen auf, Babe, damit ich unter dich komme."

Jae gehorchte und belohnte mich mit einem Stöhnen, als ich meine Hand unter seine Hoden schob und diese massierte, während ich mit dem Daumen weiter den steifen Schaft streichelte. Seine Lider flatterten, als ich meine Finger nach hinten wandern ließ. Er rutschte näher an mich heran und lehnte sich zurück, sodass sich sein warmer Schwanz gegen meinen Bauch drückte, während sich sein Hinterteil einladend gegen meine Finger presste.

„Schieb einen rein." Jae senkte den Kopf, um mit den Zähnen in die Haut an meinem Hals zu zwicken. Er hielt meinen Puls zwischen seinen Zähnen gefangen und liebkoste ihn mit seiner Zungenspitze.

„Sofort, nur einen Moment, Baby", versprach ich. Mein Körper brannte bereits vor Lust und Jaes kleine Bewegungen auf meinem Schoß machten es nicht besser. Ich griff nach dem Gleitgel und schaffte es, den Deckel zu entfernen. Während ich etwas davon in meiner Hand erwärmte, küsste ich Jaes bebenden Mund und schluckte sein Stöhnen herunter, als sich unsere Zungen trafen.

„Ich will nicht länger warten", sagte Jae heiser.

„Ich auch nicht", murmelte ich. Ich schob meine Hand wieder unter ihn, um über den rosigen Ring zu streicheln und eine Fingerspitze hineinzuschieben. Jae gab ein zittriges Stöhnen von sich. Ich zog den Finger zurück.

„Wo willst du hin?", knurrte er warnend.

„Ich brauche mehr Gel. Es liegt neben meinem Bein." Ich lachte, als Jaes Finger hektisch das Sofa absuchten. „Neben dem anderen Bein, Baby." Ich hielt ihm meine freie Hand hin, damit er etwas darauftröpfelte, doch er schüttelte den Kopf.

„Nein", murmelte er entschieden. „Du zögerst es nur wieder lange hinaus. Benutz die Hand, um schon mal deine Hose aufzumachen, damit du mich besser spüren kannst."

Ich runzelte die Stirn und fragte mich, was er vorhatte, als er die Hüften neigte und seine mit Gel bedeckten Finger sich zu meinen an seinem Eingang gesellten. Er bog den Rücken durch und presste seinen steifen Schwanz gegen meinen, während er einen Finger in sich schob. Durch das Gel drang er mühelos ein und nahm meine Finger mit sich. Jae riss den Mund auf und keuchte vor Verlangen.

Der plötzliche Kontrast zwischen Hitze und Kälte auf meiner Hand ließ mich ebenfalls aufstöhnen und ich drückte meine Handfläche unwillkürlich gegen Jaes Hoden, während ich meine Finger tiefer in ihn schob. Die Enge gab nach und nahm mich in sich auf. Auch wenn mein Handgelenk durch den ungünstigen Winkel schmerzte, war es leicht zu ertragen, wenn ich dafür Jaes Reaktion sehen durfte, der den Kopf mit vor Lust vernebelten Augen in den Nacken warf.

Ich zog seine Baumwollhose hinunter, bis ich seine Erektion daraus befreit hatte, und schob sie über seine Hüften bis zu seinen Oberschenkeln, wo sie nicht mehr störte. Nachdem ich mit den Zähnen das Päckchen aufgerissen hatte, holte ich das Kondom heraus, auch wenn mein zuckender Schwanz es mir nicht leicht machen wollte, es einhändig überzustreifen.

„Warte, Baby." Widerstrebend löste ich meine Finger aus ihm, was ihm ein erregendes Wimmern entlockte. Endlich gelang es mir, das Kondom überzustreifen, während ich meine Zähne in Jaes Hals vergrub. „Komm, Baby. Ich brauch dich."

Bebend löste Jae seine Finger und klammerte sich stattdessen an meine Schultern. Die kleinen Laute, die aus seiner Kehle entwichen, machten mich ganz wild. Ich hielt den Mann an der Hüfte fest und brachte ihn in Position über meinem Schwanz, bis er die Spitze streifte. Doch noch war ich nicht bereit, ihn zu nehmen.

Jaes T-Shirt klebte schweißnass an seinen Schulterblättern, als er stöhnend versuchte, mich näher an sich zu ziehen. Er keuchte und vergrub seine Finger in meinem Haar, jammerte und flehte, als ich mir die Zeit nahm, noch einmal ausreichend Gleitgel um seinen Eingang zu verteilen und ihn mit meinen Fingerspitzen zu necken.

„Langsam bitte, du bist ganz schön groß", hauchte Jae, bevor er sich vorbeugte, um an meinem Ohr zu knabbern. Er umschloss mit den Knien fest meine Oberschenkel und schob die Hüfte vor, bis er sich wieder über meinem Schwanz befand. „Und jetzt tu es endlich. Gott, bitte."

Ich hob meine Hüften, bis ich ein Stück in ihn eingedrungen war, und hielt inne, damit er sich daran gewöhnen konnte. Jae atmete tief durch und drängte sich meiner Berührung entgegen, als ich mit den Fingern unter sein T-Shirt schlüpfte, um in seine Brustwarzen zu zwicken. Dann schob er sich mit einem Keuchen weiter auf meinen Schwanz, wobei sich leichter Schmerz und Ekstase in seinem Gesicht abzeichneten. Ich bemühte mich, das Ganze etwas zu verlangsamen, wovon Jae allerdings nichts wissen wollte.

Er stützte sich an meinen Schultern ab, um sich auf mich zu schieben, bis er mich vollkommen in sich aufgenommen hatte. Er schien meinen warmen Schoß unter sich spüren zu wollen, wo ihn die Wurzel meines Schaftes beinahe zu sehr weitete. Ich spürte ein bittersüßes Kribbeln, als er mich fest umschloss und sich um mich bewegte, und packte seine Hüften, damit ich einen besseren Winkel erreichen und die Stelle treffen konnte, die ihm so viel Freude bereiten würde.

„Baby, du bist so eng … so heiß …", murmelte ich, zwang mich aber weiter, still zu halten, damit er sich an mich gewöhnen konnte, während Jae sich noch immer gegen mich presste, um mich tief in sich zu spüren. Der Druck an meinem Schaft fühlte sich so unerträglich gut an, dass ich mir beinahe die Lippe blutig biss, als meine Selbstbeherrschung derart auf die Probe gestellt wurde. Mit den Händen an Jaes Hüften atmete ich langsam aus, sandte einen Luftstrom über Jaes verschwitzten Hals.

Dieser hob den Saum seines T-Shirts an und schob es bis zum Hals hoch, bot meinem Mund seine Brust dar – eine Aufforderung, der ich gern nachkam. Ich kostete von einer dunklen Brustwarze, und als Jae mit einem Stöhnen reagierte, leckte ich erneut darüber und ließ meine Zunge über seine Brust kreisen. Ein kleines Zwicken mit meinen Zähnen setzte Jaes Hüften in Bewegung. Er begann, sich langsam und fließend zu heben und zu senken.

Ich saugte an der zweiten Brustwarze, bis sie sich aufgerichtet hatte und ich hineinbeißen konnte, was Jaes Körper herrlich um mich herum erzittern ließ. Die andere Brustwarze bearbeitete ich derweil mit Fingern und Nägeln. Jae bewegte sich unablässig weiter auf und ab, ließ seine Hüften ein wenig kreisen. Ich legte die Hände auf seine Schultern, um ihn jedes Mal kurz festzuhalten, wenn er sich am tiefsten Punkt befand, weil ich mich so tief wie möglich in ihn schieben wollte.

„Weiter so, Baby", ermunterte ich ihn, während ich mich zwickend und knabbernd von seinem Kinn zur Schulter vorarbeitete. Jaes warme Enge um mich herum machte mich ganz wild. Ich hob ihm meine Hüften entgegen, als er seine senkte, und streichelte über seine Rippen, bevor ich meine Hand um seine Erektion legte. „Ich werde dich wahnsinnig machen."

„Das gefällt mir", keuchte er in die Einbuchtung an meinem Hals, wobei er mich seine Zähne spüren ließ. Er biss in die empfindliche Haut an meinem Schlüsselbein, bevor er an der Stelle saugte, bis mir Tränen in die Augen traten. Dann leckte er einmal darüber und schaute auf, legte eine Hand an meinen Hinterkopf, während er sich mit der anderen auf dem Sofa abstützte. Wie ich da seinen Körper vor mir sah, schlank und muskulös mit vor Schweiß glänzender Haut, konnte ich von seinem Anblick nicht genug bekommen.

Unsere Körperwärme hatte aus dem Gel eine Flüssigkeit gemacht, die an meinem Schaft herunterlief. Ich tauchte meine Finger hinein und streckte eine Hand hinter Jae, um erst einen und dann einen zweiten Finger zu meinem Schwanz in Jaes weiche Wärme zu schieben.

Überrascht ließ er sich nach vorn fallen und keuchte. Mit einem unwillkürlichen Zittern ließ er zu, dass ich meine Finger bewegte und das Nervenbündel in seinem Innern massierte. Gleichzeitig schob ich mich mit heftigen Stößen gegen sein pralles Hinterteil und füllte ihn, so weit ich konnte, bis seine leisen Schreie lauter und lauter wurden.

„Magst du das, Baby?", keuchte ich, ohne den schnellen Rhythmus zu verlangsamen, während Jae sich nur noch an meine Schultern klammern und sich mir entgegenschieben konnte.

Wir bewegten uns hemmungslos miteinander, bis wir immer weiter in Ekstase gerieten. Als ich mit der Handfläche Jaes empfindliche Eichel berührte, zuckte er zusammen und verlor die Kontrolle. Sein Schwanz spie salzige Flüssigkeit auf meine Brust und meinen Bauch, wo sie sich im spärlichen Haar um meinen Nabel verteilte.

Ich folgte ihm bald, als ich um mich herum seinen Höhepunkt spürte. Meine Hoden zogen sich zusammen, um meinen Samen hinauszupumpen, und ich schob mich so tief wie möglich in Jae, als sich die Wärme aus meinem Körper ergoss.

Jaes bebender Körper hatte sich beruhigt, doch als seine Eichel meinen Bauch streifte, zischte er, weil die Haut noch zu empfindlich war. Mit einigen ruhigen, mühelosen Bewegungen seiner Hüfte holte er noch den letzten Rest meines Höhepunkts aus mir heraus, während ich zusah, wie das Feuer in seinen Augen abklang und von Erschöpfung ersetzt wurde.

„War ich es wert?" Er legte seinen Kopf auf meine Schulter, wo er den Geruch meines Schweißes und die männliche Note unserer Leidenschaft einatmete. Als er blinzelte, spürte ich warme Nässe auf meiner Haut. „Trotz der Probleme?"

„Mehr als das", sagte ich sanft und überraschte mich selbst damit, dass ich es ehrlich meinte. Auch wenn ich nach wie vor mehr Schuldgefühle verspürte, als gesund sein konnte, fühlte sich Jae in meinen Armen so gut an. „Du bist jedes Problem wert."

10

„DAS WURDE aber auch Zeit. Ich hatte mich schon gefragt, ob du für immer enthaltsam wie ein Mönch leben wolltest." Bobby reichte mir eine offene Flasche Sprudelwasser mit einer Zitronenspalte im Flaschenhals. Obwohl mein großes Wohnzimmer Sitzmöbel für mindestens zehn Leute beherbergte, ließ er sich neben mir auf dem Sofa nieder. Sich selbst hatte er ein Bier mitgebracht, ein dunkles Stout, das ich in einer der ortsansässigen Brauereien gekauft hatte. „Und danach bist du einfach gegangen?"

„Nicht sofort. Scheiße, ich bin nicht einfach gekommen und hab mich dann verdrückt." Ich trank einen Schluck aus der grünen Flasche und verzog das Gesicht, als ich ein Stück Fruchtfleisch auf meiner Zunge spürte. „Er musste wegen irgendeiner Fotosache früh aufstehen. Wäre ich geblieben, hätte er nicht genug Schlaf gehabt."

„Ich wäre wenigstens zum Essen geblieben." Bobby lachte, als ich ihm meinen Mittelfinger zeigte. „Aber bei dem Jungen hat es dich echt erwischt."

„Er hat einen Namen." Ich wühlte in den Papieren auf dem Tisch.

„Jae-Min Kim. Versteh mich nicht falsch, Prinzessin – es freut mich, dass du wieder im Sattel sitzt." Er schnappte sich eine Kopie des Abschiedsbriefs und drehte sie um. „Du hast dir ganz schön Zeit gelassen."

„Und?" Ich runzelte die Stirn. Nachdem ich die Zitrone durch den Hals ins Wasser geschoben hatte, war der zweite Schluck angenehmer. „Vorher war ich eben noch nicht so weit. Vielleicht bin ich das auch jetzt nicht, aber ich kann ihm einfach nicht widerstehen. Wenn ich nur das Gefühl loswerden könnte, Rick zu betrügen."

„Es sind jetzt schon Jahre seit Rick … seit Ben", sagte er leise. „Irgendwann musst du es dir verzeihen. Ich sehe dich lächeln, und sobald ein Mann zurücklächelt, machst du dicht."

„Rick ist wegen mir gestorben."

„Rick ist wegen Ben gestorben", unterbrach mich Bobby. „Nicht wegen dir. Nicht, weil du ihn geliebt und mit ihm zusammengelebt hast. Ben hat ihn auf dem Gewissen. Du musst nicht aufhören, dein Leben zu leben."

„Ich wusste nicht, dass du der Typ für gefühlvolle Gespräche bist", neckte ich.

„Wer soll dir sonst zuhören?" Er nahm mir die Blätter aus der Hand.

„Die Stimmen in meinem Kopf tun es nicht."

„Fick ihn, Cole. Hab Spaß mit ihm und genieß es." Bobby konnte verdammt direkt sein. „Es bedeutet nicht, dass du Rick nicht geliebt hast. Ich habe ihn ja nicht einmal gekannt und weiß trotzdem, wie sehr du es getan hast. Dennoch musst du irgendwann damit abschließen."

„Das habe ich versucht, Bobby", gab ich zu. Ich rieb mir übers Gesicht, dessen Haut sich zu gespannt anfühlte. „Ich habe ihn geküsst und gefickt und es war so verdammt gut. Warum denke ich also, dass ich es Rick nicht antun kann? Ist das nicht albern?"

„Hat er deinen Kuss erwidert?", fragte er. „Vor dem Sex?"

Ich dachte kurz darüber nach, was ich gleich bereute. Die Erinnerung an Jaes verführerischen Mund, der mehr und mehr Verlangen in mir geweckt hatte, machte mir das Denken nicht leichter. Ich hatte seine Zungenspitze an meinen Zähnen und meiner Unterlippe gespürt, während er mir seinen Mund geöffnet hatte. In seinem Kuss war ein Hauch seiner Nelkenzigaretten und etwas Hoffnungsvolles versteckt gewesen. Mein Körper war unter seinen erkundenden Händen entflammt, während er unter mir wie ein Kätzchen leise Laute von sich gegeben hatte. Ich war überrascht gewesen, wie viel man in so kurzer Zeit empfinden konnte, bevor ich meinen Mund schuldbewusst von ihm gelöst und nur noch die kühle Luft auf meinen Lippen gespürt hatte.

„Ja, ziemlich bereitwillig", sagte ich durch meine Hände. „Und ein paar Sekunden später waren wir … du weißt schon. Hinterher bin ich gegangen."

„Du bist einer der seltsamsten Menschen, die ich kenne – mich eingeschlossen." Bobby trank von seinem Bier. „Was hast du dir nur dabei gedacht? Du hättest auf die Arbeit scheißen und bei ihm bleiben sollen."

„Es ging aber um *seine* Arbeit, Bobby. Und etwas Abstand war besser", antwortete ich. „Wir sind nicht … gut füreinander. Er scheint eine grobe Ahnung zu haben, was hinter der Sache steckt, während ich seine Familie ausfrage und verärgere. Kein guter Anfang für eine Beziehung. Oh, entschuldige, das habe ich ja ganz vergessen: Es wird keine Beziehung geben, denn er muss bald heiraten, weil er Koreaner ist."

„Okay, da komme ich nicht ganz mit", gab Bobby zu. „Wovon redest du?"

„Nein, ernsthaft, so läuft das offenbar. Bis zu einem bestimmten Punkt darf man schwul sein, aber dann muss man für Nachwuchs sorgen", erklärte ich, während ich die Flasche zwischen meinen Händen drehte. „Hyun-Shik hat es getan und Jae-Min wird es vermutlich ebenfalls tun. So ist es üblich. Man zeugt für die Familie ein Kind."

„Und damit wären wir bei der biestigen Ehefrau", sagte er nachdenklich. „Der Junge hat also sein Regenbogenhöschen ausgezogen und sich für ein hübsches Heteroleben entschieden?"

„Wie poetisch. Das solltest du aufschreiben."

„Das mache ich später, wenn ich meine Memoiren verfasse." Bobby wühlte sich durch meine Unterlagen, um wieder auf den mittlerweile vertrauten Abschiedsbrief zu deuten. „Und wer hat dich von der Straße gedrängt? Die weinende Witwe?"

„Sie hat nicht geweint." Ich erinnerte mich daran, wie Victorias Trauer unter ihrem Ärger zerbröselt war. „Oder zumindest war es so falsch wie ihr Busen."

„Das mit dem Busen ist dir aufgefallen?" Er sog kopfschüttelnd etwas Bier in seinen Mund und schluckte es herunter. „Manchmal mache ich mir Sorgen um dich, Prinzessin."

„Konzentrier dich weniger auf die Brüste und mehr darauf, ob sie Hyun-Shik umgebracht haben könnte", antwortete ich.

„Da kann man aber wirklich nur vermuten", warnte Bobby.

„Ja", stimmte ich zu. „Nur irgendwo muss ich doch anfangen."

„Die Lebensversicherung wäre kein guter Grund gewesen. Alles geht an den Sohn. Es ist eine ziemliche Summe, aber sie hat keinen Zugriff." Er blätterte weiter durch die Papiere auf dem Tisch. „Das Haus und das sonstige Vermögen gehört unserer lieben Silikonbusenwitwe jetzt allein. Allerdings war sie bereits vor ihrer Heirat gut betucht, also bedeutet es für sie keine große Veränderung. Unser Mädchen hat vor ein paar Jahren einen Haufen von ihren Eltern geerbt."

„Das habe ich überprüft. Sie hatten einen Autounfall in Italien und ich glaube nicht, dass sie auch gerade dort war." Ich warf einen Blick auf die Unterlagen, die ich von Mike bekommen hatte. „Hyun-Shik hat ihre Ehe mehr Vorteile gebracht. Ihr Vater hatte viele Verbindungen, von denen die Anwaltskanzlei der Kims profitieren konnte."

„Du hast einen Mann erwähnt. Diesen Freund der Familie." Bobby stellte sein Bier auf dem Tisch ab und lehnte sich zurück. „Vielleicht hat er Hyun-Shik aus dem Weg geräumt, um seiner Frau schöne Augen machen zu können."

„Wer sagt denn bitte noch ‚schöne Augen machen'?"

„Ich bin alt. Nimm ein bisschen Rücksicht." Er bohrte mir seinen Zeigefinger in die Brust. „Jedenfalls ist da der Freund, der um sie herumschleicht. Vielleicht hat er sich bei der Sache mit Hyun-Shik von Jin-Sang helfen lassen und ihn dann zum Schweigen gebracht."

„Und das mit dem Van war er auch?" Das Sofa stieß einen luftigen Seufzer aus, als ich mich in die Kissen zurücklehnte. Manchmal wünschte ich mir, einen Hund zu besitzen. Den breiten Kopf eines Labradors zu streicheln hätte mir sicher beim Denken geholfen. Ich warf einen Seitenblick auf Bobby, war allerdings ziemlich sicher, dass ihm diese Art von Zuneigung zu weit gehen würde.

„Es wäre leichter, wenn du den Fahrer gesehen hättest."

„Tut mir leid, ich war damit beschäftigt, auf der Straße zu bleiben – und dann damit, es ihm heimzuzahlen", antwortete ich. „Danach wollte mich eine Hippietante in einem Sportwagen retten."

„In Kalifornien gibt es eben alles", sagte Bobby. „Wie heißt der Freund?"

„Moment." Ich blätterte durch meine halbherzigen Notizen. „Brian Park. Arbeitet für die Kanzlei der Kims. Hyun-Shik war sein Chef, aber laut Brian waren sie dicke Freunde."

„Dicke Freunde, die heimlich mehr als Freunde waren?" Bobby wackelte anzüglich mit den Augenbrauen.

„Möglich, aber das glaube ich nicht." Ich hatte jedenfalls nicht den Eindruck gehabt, dass er seinem toten Chef so nahe gewesen war. „Er war eher damit beschäftigt, Victoria die Hand zu tätscheln, als Hyun-Shik zu betrauern. Und soweit ich mich erinnere, hat er es dargestellt, als wären Hyun-Shiks Vorlieben eine Überraschung gewesen."

„Dann waren sie also nicht so gute Freunde, dass er von Hyun-Shiks Abenteuern mit den Jungs wusste", fasste Bobby zusammen. „Was ist mit dem Cousin? Dem, auf den du so heiß bist? Können wir sicher sein, dass er nichts mit Hyun-Shik hatte?"

„Jae hatte nichts mit ihm." Wenn ich es nicht besser gewusst hätte, wäre mir der Verdacht gekommen, dass ich in Bezug auf Jae besitzergreifend wurde. Bobbys Gesichtsausdruck nach zu urteilen hatte er einen ähnlichen Eindruck. „Entschuldige. Es war ein anstrengender Tag."

„Ja, erst drängt man dich von der Straße und dann wirst du auch noch flachgelegt."

„Jetzt sind wir also wieder bei dem Thema", antwortete ich langsam. Ich hatte es allmählich satt, dass die Menschen in meinem Leben so erpicht darauf waren, die letzte Handvoll Erde auf Ricks Grab zu werfen. „Ich verarbeite das alles noch und würde es begrüßen, wenn meine Freunde sich nicht in meine Angelegenheiten einmischen würden."

„Ja, wir sind wieder beim Thema", bestätigte Bobby nickend und straffte die Schultern für einen Kampf, den ich nur verlieren konnte. Obwohl er das nächste mentale Pflaster etwas sanfter abriss, schmerzte es nicht weniger. „Rick kommt nicht zurück, Cole. Das mit dem Jungen muss ja nicht für die Ewigkeit sein, aber es wäre ein Anfang. Rick würde bestimmt nicht von dir erwarten, für den Rest deines Lebens einsam zu sein."

„Das würde sehr von seiner Laune abhängen." Ich lachte – einerseits um den Kummer zu vertreiben, der mir die Kehle zuschnürte, andererseits weil das Zusammenleben mit Rick trotz meiner Liebe zu ihm nicht immer leicht gewesen war. Doch er hatte geschnurrt wie ein Kätzchen, wenn man ihn auf die richtige Weise gestreichelt hatte – ganz wie Jae unter mir auf dem Sofa.

„Hast du jemals mit jemandem geredet?", wagte Bobby sich langsam vor. „Nach der Schießerei, meine ich."

„Mit einem Therapeuten?" Diesmal klang mein Lachen wesentlich verbitterter. „Ja, mir wurde gleich nach dem Aufwachen einer geschickt. Er wollte sichergehen, dass ich keinen Rachefeldzug im Polizeirevier plante."

„Nein, ob du über Rick geredet hast", riss er weiter alte Wunden auf. „Zum Beispiel mit deinem Bruder."

„Kumpel, Mike hört genauso gern etwas über mein Sexleben wie ich über seins." Als sich in meinen Augen ein Brennen bemerkbar machte, presste ich die Lippen aufeinander und biss mir in die Wange. Wir näherten uns Dingen, die ich normalerweise verdrängte, und ich hätte trotz meiner brüderlichen Gefühle für

Bobby lieber darauf verzichtet, vor ihm in Tränen auszubrechen. „Außerdem möchte ich nicht über Rick reden. Er ist tot und an einem Ort begraben, den seine Familie hütet wie den Heiligen Gral. Ich kann ihn nicht mal besuchen. Selbst den verdammten Hund haben sie mir weggenommen."

„Na gut", stimmte er zu. „Dann lass uns doch über Ben reden."

„Verdammt noch mal, Bobby!" Noch bevor ich es überhaupt registriert hatte, befand ich mich auf der anderen Seite des Zimmers. Der Tisch war umgekippt und die Unterlagen auf dem Boden verteilt, hauchdünne Opfer meiner Wut. Wie so oft hatte mich Bobbys Finte überrascht und ich rang nach Fassung. „Warum zum Teufel sollte ich über Ben reden?"

„Du redest davon, wie sehr dir Rick fehlt, aber nie über Ben", antwortete er. Er packte mich beim T-Shirt, als ich vorbeistampfte, und zerrte mich trotz meines Widerstands auf die Couch. Als ich so neben ihm lag, schaute er auf mich herab und legte eine Hand auf meine Brust, um damit zielsicher über das Narbengewebe zu streichen. „Du hast in dieser Nacht zwei Menschen verloren, die dir viel bedeutet haben. Vielleicht würde es dir guttun, auch über den anderen zu sprechen."

„Das kann ich nicht." Selbst vor Bobby war es nicht leicht, meinen Schmerz zu zeigen. Während ich um mein Leben gekämpft hatte, war Ben in dem Auto verblutet, in dem wir so oft miteinander gescherzt hatten. Man hatte ihn bereits beigesetzt und Ricks Blut war von den seltenen Regenfällen fortgewaschen worden, als ich aus dem Koma erwachte. „Bobby, es gibt nichts zu sagen. Worüber sollte ich dabei sprechen wollen?"

„Es ist übrigens in Ordnung, ihn zu vermissen."

„Rick?" Ich war verwirrt. Als ich so an die Decke starrte, fühlte ich mich ins Krankenhaus zurückversetzt, wo ich zwischen piependen Maschinen und mit einem Schlauch in dem Nasengang aufgewacht war, der in unserer Jugend vor Mikes Fäusten verschont geblieben war.

„Nicht Rick. Ben." Bobbys Hand war zu meinem Bauch gewandert, wo sie sich in kleinen Kreisen bewegte. „Du darfst ihn vermissen. Du kanntest ihn länger, als du Rick kanntest. Eigentlich hast du sogar mehr Zeit mit ihm verbracht."

„Es ist trotzdem nicht in Ordnung", antwortete ich. Bruchstücke von Schuldgefühlen kamen wie Treibgut an die Oberfläche. Ich hatte sie in einen Fluss aus Kummer gestoßen, um sie nicht ansehen zu müssen. „Wie kann es das sein, nach dem, was er mir angetan hat? Was er Rick angetan hat? Wie kann ich ihm auch nur so viel von mir geben? Wie?"

Mein Gesicht tat weh. Die Haut auf meinen Wangen spannte. Vor meinem inneren Auge konnte ich Bens Gesicht sehen, der über einen meiner dummen Witze lachte, als wir auf der Suche nach etwas durch die Straßen gingen. Meine Erinnerungen an Rick waren zu sehr mit Bildern von Ben verwoben, ob es nun um eine Grillparty im Garten ging, ein Footballspiel oder einen Abend, an dem wir uns grinsend wie Idioten gemeinsam betranken.

„Er hat mir nie den Grund verraten", brachte ich heraus. „Das verdammte Arschloch hat nicht mal einen Zettel hinterlassen."

Bobby fragte weiter, schritt furchtlos über die rissige Eisdecke meines Herzens. „Was hätte er schreiben sollen?"

„Irgendetwas." Frustriert setzte ich mich auf und wischte meine trocknenden Tränen fort. „Verdammt, irgendetwas, Bobby. Einfach nur etwas, das diese ganze Scheiße erklären würde."

Bobbys Antwort wurde vom Klingeln meines Handys übertönt. Da ich Mike bereits alles erzählt hatte, wollte ich es ignorieren und den Anrufer der Mailbox überlassen, woraufhin Bobby jedoch plötzlich danach griff und mir das verdammte Ding in die Hand drückte.

„Es könnte dein koreanischer Junge sein." Ein weiteres Wackeln seiner Augenbrauen. „Geh dran, vielleicht fühlst du dich dann besser."

Irgendwann in näherer Zukunft würde in Bobbys Shampooflasche Haarentferner landen und ich würde mich totlachen, wenn diese Augenbrauen im Abfluss der Fitnessstudiodusche verschwanden.

„Hallo?" Obwohl ich die Nummer nicht kannte, konnte ich die Vorwahl 714 nicht ignorieren. Es konnte sich um die Kims handeln oder vielleicht um einen weiteren Tänzer aus dem Dorthi Ki Seu, der mir mitteilen wollte, dass er heimlich mit Hyun-Shiks Kind schwanger war – viel bizarrer als der Rest meines Lebens wäre das nicht gewesen.

Ein Schwall Filipino drang an mein Ohr. Ich musste die Person am anderen Ende nicht verstehen, um zu begreifen, dass ich mit Flüchen überschüttet wurde wie nie zuvor in meinem Leben. Hin und wieder mischten sich Fetzen von Englisch unter das schrille Geschrei. Ich kannte nur eine Person, die Filipino sprach, auch wenn der raue Straßenton sich sehr von ihrer gewohnten samtweichen Stimme unterschied.

„Scarlet?"

„Bring das sofort in Ordnung! Komm her, *Buglit*, und bring es in Ordnung. Wegen dir ist er verletzt!" Weitere Flüche folgten, bis Scarlets Stimme von einer anderen mit starkem Akzent ersetzt wurde, dem ruhigen, bestimmten Tonfall eines Mannes, der nicht an Widerspruch gewöhnt war.

„Ist da Cole McGinnis, bitte?" Ich antwortete mit einem heiseren Ja, während ich über mein gequältes Ohr rieb, als könnte ich so das Klingeln daraus vertreiben. Der Mann sagte einige Worte auf Koreanisch – dem beschwichtigenden Tonfall nach zu urteilen vermutlich zu Scarlet.

„Was ist passiert?" Das Wasser aus meinem Bauch stieg bitter in meiner Kehle auf. Ich war bereits aufgewühlt von dem Gespräch über Rick – oder dem Ausweichen eines solchen – und Scarlets Wut und das Wort Krankenhaus, das ich in dem Chaos aufgeschnappt hatte, waren wie ein Schlag in die Magengrube. „Was ist los? Jae?"

„Scarlets *Musang* ist verletzt. Es war ein Gasleck in seiner Wohnung, sagen mir die Polizisten." Der Mann sprach weiter, was ich über mein hämmerndes Herz hinweg allerdings kaum hörte. „Vielleicht ist die Flamme in seinem Ofen ausgegangen und etwas hat einen Funken erzeugt."

„Gott, geht es ihm gut?", unterbrach ich ihn. Nach Scarlets Flüchen, die noch in meinem Kopf widerhallten, bezweifelte ich es.

„Er ist verletzt, aber der Arzt hofft, dass er sich wieder erholt. *Sarang*, ja, ich sage es ihm." Er wandte sich wieder an mich. „Er ist im Garden-Grove-Krankenhaus. Wenn Sie herkommen, verstehen Sie bitte, dass Scarlet aufgewühlt ist. *Dongsaeng* ist ihr sehr wichtig."

„Ich komme sofort." Während ich das Handy zuklappte, durchsuchte ich das Chaos auf dem Boden bereits fluchend nach meinem Schlüssel. „Wo zum Teufel ist mein Autoschlüssel?"

„Ich fahre." Bobby packte mich beim Arm und zerrte mich in Richtung Haustür. „Was ist passiert?"

„Jae …" Wenn ich Scarlets Beschützer glaubte, war es nicht allzu ernst. Oder er behauptete es nur, um mich anzulocken, damit Scarlet mir mit einem Melonenlöffel die Hoden aus dem Körper kratzen konnte – ein Risiko, das ich eingehen musste.

Ich brachte Bobby auf den neusten Stand, während wir bereits zu seinem Pick-up eilten. Mein Verstand bemühte sich, meine Angst einzuholen, die wie wahnsinnig durch die Ruinen meiner Gedanken jagte. Während ich einstieg und darauf wartete, dass Bobby den Motor anließ, dachte ich über das Telefongespräch nach.

„Scheiße, jemand hat es auf Jae abgesehen." Ich atmete heftig aus, während meine Angst in meinen Magen wanderte, um dort weiterzutoben.

„Hat der Typ nicht was von einem Unfall gesagt?" Bobby umfuhr meinen kampfgeprüften Rover und schnalzte mit der Zunge, als er die von dem Van hinterlassenen Spuren sah. „Dass Gas austritt, kann passieren, Prinzessin."

„Schon, aber ich war in seiner Küche. Sein Herd war elektrisch, genau wie seine Heizung."

Bobby atmete hörbar aus. „Also hat Jin-Sangs Mörder nicht vor, mit ihm aufzuhören."

„Sieht so aus." Ein Vorteil an meinem irischen Temperament, das mich häufig in Schwierigkeiten brachte, war die Tatsache, dass es mir wenn nötig einen kräftigen Tritt in den Hintern verpasste. Meine Wut vertrieb die flatternde Angst und breitete sich in mir aus, um die Kontrolle über meine nächsten Handlungen zu übernehmen. „Scheiß drauf. Wir finden das Arschloch, bevor er ihn erwischt."

„Das ist die richtige Einstellung", sagte Bobby mit einem Seitenblick, der wahrscheinlich von einem Wackeln seiner Augenbrauen begleitet wurde, was ich im Dunkeln allerdings nicht mit Sicherheit sagen konnte. „Komm schon, Cole. Es ist doch schön, dass du dich endlich wieder richtig für jemanden interessierst. Du darfst ruhig zugeben, dass du ihn magst."

„Ja, ich mag ihn." Während ich die Lichter betrachtete, die in gleichmäßiger Eile am Rand des Freeways vorbeihuschten und über das Glas wanderten, sah ich in Gedanken Jaes volle Lippen und seine undurchdringlichen braunen Augen vor mir. Meine Verärgerung nahm nur noch zu. „Auch wenn ich vermutlich früher oder später seinetwegen draufgehe, mag ich ihn. Schlimmer: Ich will ihn."

11

„HI", MURMELTE ich Jae ins Ohr und streichelte über das rabenschwarze Haar, das unter dem Verband hervorschaute. Seine Lider flatterten und öffneten sich, um den Blick auf die verführerischen zimtfarbenen Augen freizugeben. Kurz betrachteten sie mich verwirrt, bis sich sein Blick klärte und er mich erkannte. Ein schwaches Lächeln legte sich auf seine trockenen Lippen.

Abgesehen davon, dass sein Gesicht schmutzig war und etwas Schmieriges an seiner Wange klebte, sah er besser aus, als ich es zu hoffen gewagt hatte. Sein Lächeln löste einen großen Teil meiner Anspannung.

„Hallo, Cole." Seine Stimme klang etwas schwach, aber das störte mich im Augenblick nicht. Die Hauptsache war, dass er redete.

Beim Anblick von Scarlets kummervollem Gesicht mit seinem verlaufenen Make-up hatte ich mit dem Schlimmsten gerechnet. Ihre mehrsprachigen Flüche waren so schnell zerbröselt, wie es ihre Foundation getan haben musste, als sie sich an mein T-Shirt geklammert und ich ihren kleinen Körper in meine Arme geschlossen hatte. Unter dem Panzer ihrer Persönlichkeit war Scarlet zerbrechlich. Sie hatte Jaes Namen gemurmelt und in meine Brust geschluchzt.

Furcht schmeckt wie Blut. Sie sammelt sich auf meiner Zunge, bis ich nichts als Eisen riechen und schmecken kann. Manchmal kriecht auch eine Kälte über mein Gesicht, doch meistens beschränkt sich die Angst auf andere Sinne, die meine Welt aus dem Gleichgewicht bringen. Im Augenblick schmeckte ich Metallspäne und das Zittern meiner Hände hatte nichts mit Kälte zu tun. Ich war die gesamte Fahrt über um Jae besorgt gewesen, und ihn so blass auf den zu weißen Laken liegen zu sehen, hatte echte Furcht aufsteigen lassen.

„Du bist gekommen", flüsterte er. „Hat Scarlet dich angerufen?"

„Mich angerufen und angeschrien. Dann hat mir jemand Vernünftigeres gesagt, wo du bist. Ich bin gleich hergefahren."

Auf seinem Gesicht befanden sich Blutspritzer und auf seiner Wange war ein kleiner Schnitt mit einem Klammerpflaster verschlossen worden. Das Blut war bereits getrocknet und löste sich, wenn er sich bewegte. Sein Mund sah so trocken aus, dass ich versucht war, ihm mit einem Kuss etwas Feuchtigkeit zu spenden. Ich gab der Versuchung nach. Voller Freude über seinen Anblick näherte ich mich seinen Lippen, genoss den an Orangenschale erinnernden Geschmack seines Mundes und seine Zunge, die sanft meine berührte. Ich atmete in seinen Mund, verlor mich in ihm, bis ich Tränen auf meinen Wangen spürte.

„*Hyung*, nicht weinen." Jaes kalte Finger legten sich auf meinen Hals und folgten einem eisigen Pfad zu meinem Gesicht, wo sie Tränen fortwischten. „Es geht mir gut. Nur eine Beule."

„Hat dir eine nicht gereicht?" Ich wollte ihn nicht loslassen. Wärme durchströmte meinen Körper bis in die Zehen, als er meinen Mundwinkel küsste. „Die meisten Leute hauen nicht dauernd ihren Kopf irgendwo vor. Das hinterlässt Dellen."

„Dann sind unter deinen Haaren bestimmt riesige Krater versteckt", brummte er.

Das Brummen wurde zu einem Husten, das seinen ganzen Körper schüttelte. Die Geräte um ihn herum schienen sich nicht daran zu stören, denn die kleinen Lichter und Geräusche zeichneten weiter seine Atmung und seinen Herzschlag auf. Als ich den um seinen Hals gelegten Sauerstoffschlauch zurechtrückte, brummte er erneut, ein tiefes, heiseres Geräusch, von dem sich mein Schwanz gleich angesprochen fühlte.

Schon komisch, wie ich in den unpassendsten Momenten an Sex denken konnte.

„Du siehst schlimm aus, Cole", stellte Jae blinzelnd fest. Als sein Blick kurz glasig wurde, streckte ich die Hand nach dem Knopf aus, der eine Schwester rufen würde. Er wedelte mit der Hand und schnalzte geringschätzig mit der Zunge. „Nicht. Bin nur müde."

„Du siehst selbst nicht besonders gut aus, Baby." Auch wenn seine Atmung sich beruhigt hatte, war da noch immer der Ruß am Rand seines Gesichts, und die kleineren der Schnitte auf Brust und Armen waren nicht versorgt worden. In der Notaufnahme hatte man ihn offensichtlich nur notdürftig gereinigt und es für wichtiger gehalten, ihn mit Sauerstoff zu versorgen.

Ich befeuchtete im kleinen Badezimmer ein Tuch, bevor ich mit dem Stuhl an sein Bett rückte, um ihm vorsichtig Gesicht und Hals abzuwischen. Ich musste es mehrmals auswaschen und mir mit gerümpfter Nase geäußerte Proteste von Jae anhören, bis ich die klebrige schwarze Schicht entfernt hatte. Seine blasse Haut war rosig, wo ich etwas zu kräftig gerieben hatte.

„Neko!", rief er plötzlich und packte mich schmerzhaft beim Arm. Für jemanden, der soeben noch halb tot gewirkt hatte, waren seine Reflexe beeindruckend. „Du musst sie für mich finden."

„Jae, jetzt mach dir doch darum keine Sorgen. Du musst dich erst mal ausruhen."

„Sie ist alles, was ich habe, Cole."

Mein Herz zerbrach in tausend Stücke. Das klagende Beben seiner vom Rauch heiseren Stimme und der traurige Zug um seine vollen Lippen vernichteten mich beinahe. Gott war bei der Verteilung der Manipulationsmittel nicht besonders fair. Mit meinem Hundeblick konnte ich Claudia nur unter größter Anstrengung dazu bewegen, mir ein zweites Stück Kuchen zu überlassen. Jae konnte mich offenbar mit einem winzigen Augenaufschlag zu so ziemlich allem bringen.

„Bitte."

Das war einfach zu viel. Es gab mir den Rest. Nickend stimmte ich zu, während ich mich fragte, wie ich ihm mit der Leiche seiner Katze gegenübertreten konnte. Wenn man Scarlets aufgeregter Beschreibung glaubte, war die Wohnung praktisch eine Ruine. Andererseits schien Scarlet nicht besonders objektiv zu sein, wenn es um Jae ging – was ich gut nachvollziehen konnte.

„Was ist überhaupt passiert? Weißt du es noch?" Auch wenn ich ihn in seinem Zustand nicht gern ausfragte, waren die Erinnerungen jetzt noch am frischesten – der beste Zeitpunkt, um Antworten zu bekommen. „Mir hat man etwas von einem Gasleck erzählt."

„Bei mir gibt es kein Gas. Alles läuft elektrisch." Sein Stirnrunzeln bewegte den Verband an seinem Kopf nach unten, sodass der sein Haar an seine Schläfen presste. „Ich weiß nicht, was passiert ist. Ich war dabei, Fotos zu bearbeiten, und dann bin ich auch schon in der Notaufnahme aufgewacht. Ich konnte nicht atmen."

„Hast du vorher etwas gehört? Ein Auto oder so?"

„Es ist ein Backsteinhaus, Cole. Da hört man nur Backsteine." Er wurde von einem weiteren Hustenanfall geschüttelt. Als ich einen Becher mit Eiswürfeln hochhielt, nickte er, während er mit schwarzen Flecken durchsetzten Schleim in ein Taschentuch spuckte. „Meine Brust tut weh. Und mein Hals."

„Hier, versuch einen", sagte ich und hielt ihm einen Eiswürfel hin. „Ein bisschen Flüssigkeit tut dir bestimmt gut. Die Schwester draußen hat gesagt, du kannst ein paar lutschen."

Neben den Lippen schien seine Zunge die tödlichste Waffe in seinem Arsenal zu sein. Ich konnte es gerade nicht gut gebrauchen, dass sie über meine Finger glitt und Eiswasser von meiner Hand leckte. Obwohl ich es eigentlich wollte. Und mir viele andere Körperteile vorstellen konnte, an denen sich diese Zunge sicher gut anfühlte. Da Jae allerdings gerade in einem Krankenhausbett lag, wäre es mir lieber gewesen, wenn mein Körper auf meinen tadelnden Verstand gehört hätte.

„Müde." Jae lehnte mit geschlossenen Augen seinen Kopf an meinen Arm und murmelte einige koreanische Worte.

„Englisch, Baby", erinnerte ich ihn an meine mangelnden Sprachkenntnisse.

„Wer ist das? Ist das ... dein Freund? Ich will nicht, dass du einen Freund hast." Seine Augen hatten sich wieder geöffnet und betrachteten durch die offene Tür Bobby.

Scarlet befand sich in guten Händen: Bobby besaß ein Talent dafür, Menschen zu trösten. Allerdings setzte mein bester Freund diese sorgfältig kultivierte Begabung niemals bei mir ein – er war davon überzeugt, dass man mir mit liebevoller Strenge begegnen musste. Wenn diese nicht half, ging er zur Lieblingstaktik meines Bruders über, indem er seine Fäuste sprechen ließ, bis ich nachgab.

„Oh, ähm … nein." Vielleicht war es nicht schlecht, das jetzt klarzustellen. „Bobby ist nur ein Freund. Es gibt da niemanden … außer dir, okay?"

„Hattest du Angst?" Jae sprach immer undeutlicher. Erschöpfung breitete sich in ihm aus und zeichnete dunkle Ringe unter seine Augen. „Tut mir leid, dass ich dich erschreckt habe."

„Ja, ich hatte Angst. Krankenhäuser sind nicht mein Lieblingsort." Da ich Jae allmählich an den Schlaf verlor, hob ich seinen Kopf sanft von meinem Arm auf das Kissen. „Warum ruhst du dich nicht etwas aus? Ich warte hier."

„Aber was ist mit Neko?"

„Ach ja. Verdammt. Na gut, ich werde es versuchen", murmelte ich, während ich mir das Gesicht rieb. Bobby hatte uns hergefahren. Ich war nicht sicher, ob er Lust hatte, mitten in der Nacht eine tote Katze in einem verwüsteten Gebäude zu suchen. Andererseits schuldete er mir etwas, worauf ich mich im Notfall berufen konnte. „Ich komme wieder."

„Nein, ich muss hier raus." Jae bemühte sich, den Knopf für die Schwester zu erreichen. „Muss irgendwo bleiben. Nicht *Nuna*, sie lebt bei … Jedenfalls geht es da nicht. Vielleicht nimmt Onkel Kim mich auf."

„Jae, nicht." Ich stellte mich ihm in den Weg. „Du musst hierbleiben, bis es dir besser geht."

„Kann es mir nicht leisten." Er war jetzt kaum noch zu verstehen, kämpfte gegen den Schlaf an.

„Mach dir deshalb keine Sorgen. Ich kümmere mich darum." Ich spürte seinen kräftigen Puls unter meinem Daumen, als ich über seinen Hals streichelte und ihm eine Hand an die Wange legte. Seine Lippen hatten sich zu einer schmalen Linie zusammengepresst. Ich war beinahe dankbar, dass er sich im Augenblick zu schwach fühlte, um sich ernsthaft zu wehren. Auch wenn ich zwanzig Kilo mehr wog, wäre ich jede Wette eingegangen, dass Jae in richtig wütendem Zustand furchteinflößender als Bobby sein konnte. „Ich komme zurück. Versprochen."

„Ruf Scarlet an, wenn du Neko findest. Dann kann sie es mir sagen." Jae schloss die Augen und schob die Hände unter sein Gesicht, als er sich auf die Seite drehte. Er atmete mühsam ein, bevor er hinzufügte: „Bitte kümmer dich um sie, Cole."

Ich wollte nicht gehen. Ich wollte ihn nicht aus den Augen lassen. Und ich freute mich nicht darauf, ihm zu sagen, dass er bei mir bleiben würde, bis sich die Situation geklärt hatte. Aber ich war entschlossen, ihn dazu zu bringen. Selbst wenn ich Claudia um Hilfe bitten musste. Sie würde sich hoffentlich nicht einschüchtern lassen und vielleicht konnte ich auch Scarlet auf meine Seite bringen.

„Cole?", flüsterte Jae leise, als ich gerade das Zimmer verlassen wollte.

„Ja?"

„*Agi.*"

„Was?" Es mochte an den Kopfschmerzen liegen, die nach dem vielen Stress in meinem Schädel hämmerten, aber das Wort ergab keinen Sinn. „Ich verstehe dich nicht."

„Wenn du mich unbedingt Baby nennen willst, tu es wenigstens auf Koreanisch", brummte er. „Da heißt es *Agi*. Und jetzt finde meine Katze."

„ERKLÄR MIR doch noch einmal, warum ich so dumm war, hierbei mitzumachen." Bobby unterdrückte ein Gähnen, das allerdings ziemlich theatralisch wirkte. Wenn wir uns bis zum Morgen auf Kneipentouren befanden, wirkte er jedenfalls niemals müde. „Die Katze ist tot. Sie wurde unter einem Haus begraben. Wahrscheinlich sind nur ihre Stiefel zurückgeblieben."

„Sollte das ein Witz sein?" Ich trank einen Schluck des widerlichen Kaffees, den wir unterwegs gekauft hatten. „Dann war er nämlich ziemlich schlecht."

„Ich verstehe nur einfach nicht, warum wir uns durch die Wildnis von Garden Grove schlagen müssen, um eine tote Katze zu suchen."

„Weil ich es ihm versprochen habe." Da es bei Bobby häufig half, ihn an das Offensichtliche zu erinnern, versuchte ich es einmal. „Und weil du mich mal nachts um drei angerufen hast, damit ich dich abhole, und mir dann verboten hast, dich auszulachen, als du in pinken Wildlederchaps und einem schwarzen Tanga aus dem Club gekommen bist. Deshalb."

„Ich rufe dich nie wieder an. Dann sitzt du wie ein liebeskranker Idiot neben deinem Telefon und wartest, während ich dich heimlich auslache."

„Als würdest du freiwillig auf meine Freundschaft verzichten." Der Kaffee war gar nicht so übel, nachdem ich ihn mit mehr Zucker versetzt hatte. Es waren bereits fünf Tütchen gewesen und ich hätte weitere fünf geopfert, um die ölige Oberfläche zu verdünnen. „Und wenn ich dich jemals wieder in diesen Chaps sehe, mache ich Fotos von deinem nackten Arsch."

„Du bist grausam, Prinzessin."

„Das lerne ich aus meinem Umfeld, alter Mann."

Als wir um die Ecke bogen, blieb mir beinahe das Herz stehen. Von Jaes Seite des Gebäudes war kaum noch etwas zu sehen. Drei der äußeren Wände waren eingestürzt, was den ohnehin erbärmlich wirkenden Vorbau allein zwischen den Trümmern noch armseliger aussehen ließ. Ein Fahrzeug der Stadt war vor dem Gebäude geparkt, da sich Arbeiter bemühten, die Stromversorgung wiederherzustellen, die durch die Explosion in der näheren Umgebung ausgefallen war.

Auch drei Streifenwagen befanden sich vor dem Haus und die breitschultrigen Polizisten, die an eine Motorhaube gelehnt dastanden, ließen uns nicht aus den Augen, als wir uns näherten. Ein Feuerwehrauto stand quer in der Zufahrt zum abgesperrten Bereich. Insgesamt wirkte die Szene, als wäre eine riesige Party ausgeartet, bis die Polizei die Menge zerstreuen musste.

„Gott, es sieht aus, als wäre eine Bombe explodiert." Bobby pfiff leise, während er das Auto parkte. „Der Junge kann von Glück reden, dass er noch lebt."

Er hatte nicht ganz unrecht. Nachdem ich überzeugt gewesen war, das Schlimmste bereits von der Straße aus gesehen zu haben, verwandelte das flackernde Licht der Straßenlaternen die Szene beim Aussteigen in etwas, das ich lediglich aus Katastrophenfilmen kannte.

Die Badezimmerwände waren gegen die Mauer geschleudert worden, da die Gipskartonplatte der Explosion durch das angebliche Gasleck nicht standgehalten hatte. Der Boden war nach dem Einsatz der Feuerwehrleute überflutet. Ich näherte mich vorsichtig, da zwei Männer die Trümmer durchsuchten, denen gegen Morgen vermutlich noch weitere Ermittler folgen würden. Ich wollte an einem möglichen Tatort nichts verändern. Die Männer bemerkten uns, setzten jedoch ihren Gang um das Haus fort.

„Oh, ein autoritär aussehender Typ auf zwei Uhr. Geh du rumschnüffeln, ich geh mich so lange einschleimen." Bobby stieß mich mit seinem Ellbogen an. „Bestimmt will er uns rausschmeißen, aber ich werde den Polizisten im Ruhestand raushängen lassen. Versuch, nicht zu sehr wie ein Plünderer auszusehen."

„Sag ihm, ich werde nichts anfassen."

Es gab sowieso nicht viel, das nicht verbrannt oder durchnässt war. Jaes Fotos waren schwarze Leichen mit eingerollten Rändern. Ich dachte darüber nach, zu fragen, ob ich etwas von seinem Equipment mitnehmen dürfe, entschied dann allerdings, dass ich in diesem Chaos auf die Schnelle nicht viel fände. Die eingestürzten Hauswände hatten sich wie Puzzleteile über die Überreste der Wohnung gelegt. Es war ein Wunder, dass Jae überlebt hatte. Dass seine Katze es ebenfalls getan haben könnte, grenzte an unvorstellbar.

„Also", sagte Bobby, der neben mir aufgetaucht war und mir eine Hand auf die Schulter legte. „Der leitende Ermittler hat uns erlaubt, uns umzusehen. Wir sollen nur nichts anfassen. Er weiß noch nichts Genaues, aber hier herrscht wohl ziemliche Unruhe – die Leute wollen ihren Strom zurückhaben. Einer der Idioten hat auf die Arbeiter geschossen."

„Das macht mich ja nur noch optimistischer." Ich betrachtete die bröckelnden Mauern. „Na gut, vielleicht können wir uns alles ansehen, damit wir es wenigstens versucht haben."

„Warte, Cole." Er packte mich am Arm, um mich zu stoppen. „Hast du das gehört?"

„Mach dich nicht über mich lustig, Bobby." Ich riss mich los. „Es ist die falsche Uhrzeit für dumme Scherze."

„Sei still. Ich meine es ernst." Er ging auf einen Haufen Trümmer zu und legte den Kopf schräg, um zu lauschen. „Glaub mir, ich habe etwas gehört."

„Ich mache dich fertig, wenn du mich verarschst." Die Drohung war halbherzig. Ich war zu erschöpft, um ihm auch nur das Geringste anhaben zu können. Was ich gleich bestätigte, indem ich fast der Länge nach hinfiel, als ich mit dem Fuß an einem Bettgestell hängenblieb. Zwar hielt Bobby mich fest, bevor ich mich völlig blamieren konnte, was die Polizisten allerdings nicht daran hinderte, leise zu kichern. „Also gut – was gibt es zu hören?"

„Eine Katze, ganz sicher." Er zeigte auf den Schutthaufen vor der noch intakten Wand. „Da drüben."

Das fordernde Jammern war schwach, aber ich hörte es. Ich räumte ein Stück Gipswand aus dem Weg, um in dem Haufen ein Loch zu öffnen. „Scheiße, es ist zu dunkel. Hast du eine Taschenlampe im Auto?"

„Ja, ich hole sie schnell." Bobby wand sich geschickt durch das Trümmerlabyrinth, das mich beinahe zu Fall gebracht hatte. Als er zurückkam, hielt er eine große, dicke Maglite in der Hand und schaltete sie ein. „Hier. Pass auf, dass dich niemand graben sieht."

„Wozu brauchst du so ein Teil?" Das Licht erreichte selbst die entfernteste Ecke, als ich mich wieder dem Trümmerhaufen näherte. „Willst du Ufos rufen?"

„Ich habe sie, damit ich Idioten wie dir eins überziehen kann", gab er zurück. „Und jetzt such die verdammte Katze."

Zwei orangegelbe Augen glänzten in dem Loch, als ich hineinleuchtete. Die heisere Stimme der Katze klang beinahe so gequält wie Jaes. Sie musste stundenlang gejammert haben und ziemlich erzürnt darüber sein, dass ihr Hausmensch nicht gekommen war. Ich reichte Bobby die Taschenlampe, um die Arme in das Loch zu schieben und die Hände um die kleine Katze zu legen. Sie ließ sich widerstandslos durch die Öffnung heben und blinzelte im hellen Licht der Taschenlampe.

„Fuck, Cole", flüsterte Bobby. „Dafür wirst du zur Belohnung bestimmt so was von flachgelegt."

„Halt die Klappe." Ich presste die Katze an meine Brust und bemühte mich, sie mit leisem Murmeln zu beruhigen. „Deshalb habe ich es nicht getan."

„Dann kann ich ihm ja sagen, dass ich sie gefunden habe", neckte er. „Was ich durch die Tür gesehen habe, war verdammt heiß. Da hole ich mir gerne Belohnungssex."

Nachdem ich die Katze an einen sicheren Ort gebracht hatte, würde ich als Erstes Bobby die Nase brechen. Ich informierte ihn über diesen Plan, während wir uns einen Weg aus dem Chaos suchten.

„Träum weiter, Prinzessin", antwortete er. Nachdem er das Auto geöffnet hatte, stieg ich ein, wobei ich sehr darauf achtete, die Katze nicht loszulassen. Ich wollte sie auf keinen Fall jetzt noch verlieren.

„Nach Hause, Robert." Ich gähnte so heftig, dass ich den Kopf heben musste, um die kleine Katze nicht mit meinem Kinn zu treffen.

„Vergiss es, deine Nacht ist noch nicht vorbei." Bobby schaltete sein Navigationsgerät ein und suchte etwas. Ich stöhnte, als ich sah, was er sich auflisten ließ.

„Das ist doch hoffentlich ein Scherz. Es geht ihr gut. Sie sieht gesund aus."

„Es lohnt sich nicht, die Katze deines Angebeteten zu retten, wenn sie dann an einer Rauchvergiftung stirbt", erklärte er. „Für tote Katzen gibt es keinen

Belohnungssex. Hier, ganz in der Nähe ist einer. Nichts sagt ‚ich will dich' wie eine gigantische Tierarztrechnung."

DAS MORGENGRAUEN rüttelte bereits die Welt wach, als ich mein Haus betrat. Ich ignorierte die Uhr, da ich fürchtete, darauf zu sehen, dass mir nur noch wenige Minuten bis zu Claudias Aufweckanrufen blieben. Als ich mit der Transportbox gegen den Türrahmen stieß, entschuldigte ich mich bei Neko, die lautstark dagegen protestierte, so behandelt zu werden. Hinter mir trug Bobby sämtliche Utensilien herein, die ich laut dem Tierarzt im Notfalldienst benötigte, um Neko bei ihrem Aufenthalt in meinem Haus glücklich zu machen.

Ich hatte Mütter mit Zwillingen weniger bei sich tragen sehen, als diese Katze bekommen hatte.

„Wo soll das hin?", fragte Bobby, während er das Preisschild vom Katzenklo zupfte. „Unten ins Badezimmer?"

„Findet sie es da?" Ich warf einen Blick in die Box. Neko belohnte mich mit einem Fauchen, weil sie noch immer eingesperrt war. Ich glaubte, aus der Unmutsbekundung auch eine Morddrohung herauszuhören. Beim Tierarzt hatte man sie gewaschen, um sie von Ruß und Gipsstaub zu befreien, weshalb sie jetzt ein flauschiger Ball aus Niedlichkeit war. Vom Teufel besessen, aber niedlich.

„Der Tierarzt meinte, das geht", sagte er und machte sich auf den Weg ins Untergeschoss. Ich überließ ihn seiner Aufgabe und rang mich dazu durch, endlich die Gittertür zu öffnen, auch wenn ich dabei bereits bereute, mir nicht vorher eine zusammengerollte Zeitung zur Verteidigung besorgt zu haben.

Meine Brust brannte noch, wo sie während der Untersuchung ihre Krallen hineingeschlagen hatte und mein Daumen pochte unter einem Verband, den ich dem Tierarzt zufolge allerdings bald wieder abnehmen durfte. Vielleicht würde ich ihn auch einfach weiterhin als Rüstung tragen, damit sie nicht erneut versuchte, Teile von mir zu verspeisen. Die Behauptung, es handle sich um eine gewöhnliche Stressreaktion, hatte ich dem Personal beim Tierarzt nicht abgenommen. Ich war etwas gekränkt gewesen, als sie über meine Bitte um Katzenberuhigungspillen nur gelacht hatten.

Sie sprang aus der Box, ein energiegeladener Fellball mit spitzen Krallen, die ich bereits aus Rache in meiner Kehle versinken sah. Glücklicherweise schien Neko sich die Vergeltung für später aufzuheben, da sie erst an der Couch schnüffeln musste, bevor sie zielsicher den noch verschlossenen Beutel Katzenfutter ansteuerte. Ich gehorchte ihrer Aufforderung, indem ich eine Schüssel mit Trockenfutter und eine mit Wasser füllte, die sie beide zum größten Teil leerte.

„Okay, ich mache mich dann auf den Weg." Bobby blieb im Durchgang zum Wohnzimmer stehen und sah zu, wie ich die letzten der heruntergefallenen Papiere vom Boden aufhob und stapelte, so gut es ging, obwohl meine Sicht ziemlich verschwommen war. „Geh schlafen, Cole. Das wiederholen wir mal."

„Du kannst auch hier schlafen", bot ich an, doch er schüttelte den Kopf. Also brachte ich ihn zur Tür und wünschte ihm müde eine gute Nacht, bevor ich hinter ihm abschloss. Als ich mich umdrehte, fiel mein Blick auf Neko, die mitten im Eingangsbereich saß und mir ihre Pfote präsentierte, während sie ihr Hinterbein putzte. „Du bist wirklich eine sehr elegante junge Dame, Katze. Ich gehe jetzt ins Bett. Na ja, erst muss ich deinem Daddy noch eine Nachricht hinterlassen, dass ich dir deinen mickrigen Hintern gerettet habe."

Das Wasser auf meiner Haut brachte die Kratzer zum Brennen. Beim Abtrocknen verfluchte ich den Fellball innerlich, als ich über ihn hinwegstieg.

„Du." Ich stupste sie sanft mit dem Fuß an, woraufhin sie sich auf den Rücken drehte, um mir ihren Bauch zu präsentieren. „Du bist im Weg, Mädchen."

Nachdem ich mich ins Bett gelegt hatte, genoss ich einige Sekunden einfach das Gefühl der kühlen Laken auf meiner Haut. Plötzlich spürte ich ein Gewicht auf meinem Bein, das zu meiner Hüfte wanderte. Ich öffnete die Augen und sah das nicht sehr vielsagende Hinterteil einer Katze vor mir. Vorsichtig wagte ich es, ihr mit den Fingerspitzen den Rücken zu kraulen, während ich mit der anderen Hand Scarlets Handynummer wählte, um eine Nachricht zu hinterlassen.

Ich war schockiert, als mir Jaes atemlose und besorgte Stimme antwortete.

„Hey, warum bist du wach?" Eine dumme Frage. Der Grund war gerade dabei, genüsslich seine kleinen, spitzen Krallen in meiner Hüfte zu vergraben. Die Bettdecke half da nicht viel. Ich bewegte mich ein wenig, um sie abzulenken, doch sie schnurrte nur zufrieden und durchlöcherte weiter meine Haut.

„Hast du sie gefunden?" Seine ohnehin noch heisere Stimme klang gequälter, als mir lieb war. „War sie …?"

„Es geht ihr gut." Der erleichterte Seufzer machte mich froh, dem Tierarzt einen ganzen Haufen Geld für die Information bezahlt zu haben, dass die Katze gesund war und vermutlich noch Generationen von Menschen terrorisieren konnte. „Sie ist gerade hier."

„Bist du auch sicher, dass sie es ist? Ich meine …" Jae stotterte ein wenig. „Hatte sie ihr Halsband um?"

„Ja, glaub mir, Baby", antwortete ich, während ich meine Finger von ihrem Rücken zu ihrem Kinn wandern ließ. Das Schnurren wurde lauter und sie schob mir zustimmend ihre Brust mit dem weißen Fleck entgegen. „Es ist deine Katze. Der kleine Teufel ist kerngesund."

„*Agi*", erinnerte er mich. „Und nenn sie nicht so. Sie ist eine liebe Katze."

„Sie hat mich zerfetzt." Zwar fühlte ich mich für die Übertreibung etwas schuldig, aber ich musste mir mein Mitleid eben hart erkämpfen. Mit zwei Gehirnerschütterungen, einer Schusswunde und einer Explosion konnte ich nicht mithalten. „Du solltest eigentlich schlafen."

„Ich konnte nicht schlafen, ich habe mir Sorgen gemacht."

„Ich hätte dir eher sagen sollen, dass wir sie gefunden haben", antwortete ich. „Aber wir waren vorsichtshalber mit ihr beim Tierarzt. Er hat nichts gefunden.

Sie hat schon gefressen und morgen früh darf ich bestimmt lernen, wie man ein Katzenklo sauber macht."

Jaes Flüstern war so leise, dass ich es beinahe überhört hätte. „Ich habe mir auch um dich Sorgen gemacht."

„Mir geht es gut, Ba… *Agi*." Ich fühlte mich, als wäre ich wieder fünfzehn und einer der Footballspieler hätte mir im Sportunterricht an den Hintern gefasst. Wenn er weiter so mit mir redete, würde mich ein bestimmter Körperteil eine Woche lang nicht bequem sitzen lassen. „Warum hast du Scarlets Handy? Du bist in einem Krankenhauszimmer."

„Aish, dein Koreanisch ist grauenhaft. Bleib doch lieber bei Englisch", neckte er mit einem leisen Lachen, das in einem kurzen Hustenanfall endete. „*Nuna* ist auf ihrem Stuhl eingeschlafen und hatte nur den Vibrationsalarm eingeschaltet. Ich habe heimlich abgenommen."

„Hat Scarlet dir schon gesagt, dass wir beschlossen haben, dich bei mir einzuquartieren?", erkundigte ich mich vorsichtig. Ich hatte das Thema kurz angesprochen und sie war meiner Meinung gewesen. Sie hatte mir sogar teilweise dafür vergeben, dass er verletzt worden war – ohne sich dafür zu interessieren, dass ich mich zumindest nicht völlig dafür verantwortlich fühlte.

„*Nuna* hat gesagt, es wäre deine Idee gewesen und sie hätte nichts damit zu tun." So froh ich auch war, ihn wieder kräftiger zu hören, machte mir der Gedanke eines ungehindert durch mein Haus streifenden Jae allmählich etwas Angst. Neko mauzte ihre Meinung dazu, bevor sie ein letztes Mal ihre Krallen in meiner Hüfte versenkte und sich zum Schlafen zusammenkauerte.

„*Nuna* lügt", lachte ich, was die Katze beim Einschlafen störte. Sie öffnete leicht die Augen, um mir aus goldenen Schlitzen einen boshaften Blick zuzuwerfen, bevor sie sich wieder schlossen. „Versteck das Handy, bevor du Ärger von den Schwestern bekommst. Wir sehen uns morgen."

„Cole?"

Mein Magen verkrampfte sich, als ich seine Stimme zittern hörte. Das neckende Flirten war verschwunden und entblößte den mitgenommenen jungen Mann, den ich im Krankenhausbett gesehen hatte.

„Ja, Jae?" Ich wünschte, Scarlet wäre aufgewacht oder ich hätte durch das Telefon zu ihm kriechen können. Er litt ganz fürchterlich. Ich hörte es aus seinen unterdrückten leisen Schluchzern heraus. „Ich bin hier, Baby."

„Ich habe Angst", gestand er leise. „Ich weiß nicht, was los ist."

„So geht es mir auch, Baby." Der Schmerz breitete sich bis in meine Brust aus. Mittlerweile vermutete ich, dass *ich* die Probleme zu *Jae* gebracht hatte. In den letzten vierundzwanzig Stunden war sein Leben völlig aus der Bahn geworfen worden. „Ich weiß nicht, ob es dir hilft, aber ich habe auch schreckliche Angst."

„Man merkt es dir nicht an", antwortete er mit einem vorwurfsvollen Schniefen.

„Das liegt an meiner Machofassade. Du solltest mich jetzt sehen." Ich bemühte mich, ihn ein wenig aufzuheitern. „Ich liege hier unter einer geblümten Bettdecke mit einer Katze auf der Hüfte. Sehr männlich."

„Du lügst doch."

„Aber nur bei den Blumen. Das mit der Katze stimmt. Sie ist schwer wie Blei. Wie kann etwas so Kleines so viel wiegen?"

„Sie frisst eben viel." Endlich war wieder ein Lächeln in seiner Stimme zu hören. Doch schon schoben sich Wolken vor seine sonnige Stimmung. „Passt du auf mich auf, *Hyung*?"

„Bei meinem letzten Freund hat das nicht besonders gut geklappt, Baby." Erinnerungen an Rick stiegen in mir auf. Sein Lachen, wenn ich nach dem Sex auf seinen Bauch prustete. Die schrecklichen Omeletts, die er stur jeden Sonntag zum Frühstück machte. Die Leere in seinen Augen, als er zu Boden stürzte. Ich schob das Bild von mir, um stattdessen an Jaes lebendige braune Augen zu denken. „Aber ich möchte es versuchen. Ich möchte dich mehr als alles andere vor diesem ganzen Scheiß beschützen."

Wir lagen beide da und lauschten den Atemzügen des anderen. Es war herrlich, ihm dabei zuzuhören. Doch obwohl ich nicht aufhören wollte, zerrte der Schlaf an meinen Augenlidern und Jae ging es sicher ähnlich, wenn er bis zu meinem Anruf wach geblieben war.

„Schlaf jetzt, Jae. Ich komme morgen vorbei." Nach kurzem Protest stimmte er murrend zu. „Versprochen."

„Pfah." Er tat mein Versprechen mit einem scharfen Zischen ab. „Na gut, ich werde schlafen. Aber Cole?"

„Ja?" Es war, als müsste ich einen Dreijährigen ins Bett bringen. Kinder wollten immer noch eine letzte Sache, ob es nun eine Geschichte war oder ein Glas Wasser.

„Ich mag es, wenn du mich Baby nennst", knurrte er ins Telefon. „Aber nie mehr auf Koreanisch. Deine Aussprache ist echt mies."

12

DIE KATZE bearbeitete mit den Pfoten meine Haut, durchdrang mit ihren Krallen Bettdecke und Schlafanzughose. Für sie war ich nicht mehr als ein flach daliegender Kratzbaum und sie beschwerte sich lautstark, als ich sie von mir schob. Kaum hatte ich mich umgedreht, war sie zurück, um sich einen anderen Teil vorzunehmen. Wahrscheinlich sollte mein Fleisch schön weich für ihr Frühstück werden. Dermaßen bösartig zu sein erforderte sicher eine Menge Energie, mit der sich ein so kleines Wesen regelmäßig neu versorgen musste.

Draußen regnete es. Allerdings wurde das Rauschen schon bald von meiner Türklingel übertönt, die tief und dröhnend durch das leere Haus hallte. Das Echo war noch nicht ganz verklungen, als es erneut klingelte. Die Katze sprang mit einem tänzelnden Hüpfer vom Bett.

„Schon gut! Ich komme ja!" Nachdem ich beinahe über Jaes Katze gestolpert wäre, wich ich ihr mit hastigen Schritten aus, während ich in ein T-Shirt schlüpfte. Die Uhr im Hausflur teilte mir mit leisen Klängen die frühe Morgenstunde mit. Als ich unten angekommen zur Tür abbog und durch das runde Glasfenster darin schauen konnte, blieb mir fast das Herz stehen. Ich riss sie auf.

Ein unbekannter Mann hatte die Finger seiner riesigen Hand um Jaes Oberarm gelegt und hielt ihn fest. Er war durch warme Kleidung gegen den kühlen Morgen geschützt, während Jae neben ihm in Kleidern zitterte, die wie von einem Riesen geliehen wirkten. Der finstere Blick des Mannes mit dunklen Stoppeln auf seiner vom Wind geröteten Haut kam mir wie eine Herausforderung vor, etwas gegen seinen Griff zu unternehmen.

Ich nahm sie an. Es fiel mir nicht schwer – der Anblick von Jaes blassem Gesicht beunruhigte mich und sein leichtes Schwanken war erschreckend.

„Lass ihn los." Ich streckte die Hände nach Jae aus, um ihn zu stützen, doch der Mann zog ihn am Arm von mir weg. Mit einem bedrohlichen Schritt vorwärts stieß ich ihn mit meiner freien Hand eine Stufe nach unten. „Lass ihn los oder du verlierst deine Hand."

„Er schuldet mir Geld für die Taxifahrt." Ein starker slawischer Akzent machte ihn schwer verständlich und seine Augenbrauen zogen sich zu einer breiten Linie über seiner kräftigen Nase zusammen, als er mich misstrauisch ansah. „Ich lasse ihn los und er geht rein, ohne zu zahlen."

„Ich habe kein Geld." Jaes Atem fühlte sich an meinem Hals beinahe kühl an und er zitterte, als ihn die Wärme des Hauses erreichte. „Tut mir leid, ich habe nicht …"

„Nein, schon gut", unterbrach ich ihn beschwichtigend. Ich bat den Taxifahrer zu warten, bis ich Geld geholt hatte. Nachdem ich ihm einige Zwanziger in die Hand gedrückt hatte, zog ich Jae ins Haus und schlug die Tür zu. Er taumelte gegen die Wand und ich versuchte ihn festzuhalten, bevor er in einem Gewirr aus angeschlagenen Gliedern zu Boden rutschte.

Er stützte sich quietschend an der Wand ab, doch seine Beine wollten ihn nicht tragen, weshalb er ziemlich unelegant in meinen Armen zusammensackte. Mit einer keuchend gemurmelten Entschuldigung richtete er sich wieder auf, woraufhin ihn beinahe die übergroßen Flipflops zu Fall gebracht hätten. Ich hielt ihn fest, bis er das Gleichgewicht wiedergefunden hatte.

„Weiß Scarlet, dass du hier bist? Verdammt, Jae. Was hast du dir nur dabei gedacht?" Er wand sich in meinem Griff und schien entschlossen zu sein, aus eigener Kraft zu stehen. Ich war ebenso entschlossen, ihm zu helfen.

„*Nuna* weiß, dass ich herkommen würde", brummte Jae, während er versuchte, meine Hände fortzuschieben. „Gesagt habe ich es ihr nicht."

„Hör auf, sonst verletzt du dich noch schlimmer", schimpfte ich. „Gott, du bist so unvernünftig wie deine Katze."

„Ich bin nicht unvernünftig", fauchte er. Er schwankte leicht, wehrte sich jedoch weiter gegen meine Hilfe. „Wo ist sie überhaupt?"

Besagte Katze meldete sich in diesem Moment mit einem lauten Miauen vom oberen Ende der Treppe, um ihrer Unzufriedenheit über mein Verhalten Ausdruck zu verleihen. Ich legte einen Arm um Jae, um wenigstens einen Teil seines Gewichts zu tragen, und sagte: „Komm, nach oben mit dir."

„Ich kann auf der Couch schlafen." Jae deutete auf das Wohnzimmer. „Neek-Neek, komm her."

„Kannst du deine Sturheit nicht ein einziges Mal vergessen? Tu mir den Gefallen und lass dir von mir hochhelfen." Es beruhigte mich, dass die Katze seine Rufe so gekonnt ignorierte, wie sie es bei mir tat, und gelassen an ihren Zehen knabberte. „Und warum zum Teufel bist du nicht im Krankenhaus? Wer hat dich um sechs Uhr morgens entlassen?"

„Ich habe mich selbst entlassen", antwortete er und ließ endlich zu, dass ich ihn die Treppe hinaufführte. Die Katze miaute weiter. Entweder wollte sie eine Sirene nachahmen oder uns den Weg zum Bett weisen – jedenfalls ging sie dabei ziemlich energisch vor. „Krankenhäuser sind zu teuer, Cole."

Der Weg nach oben war schwer für seine strapazierte Lunge. Als wir die Treppe erklommen hatten, blieb ich stehen, damit er Atem schöpfen konnte. Sein schwarzer Dämon nutzte die Gelegenheit, sich gegen seine Beine zu werfen, was ihm ein strahlendes Lächeln entlockte, das meinen Herzschlag zum Stottern brachte. Es veränderte sein Gesicht, taute das Eis und ließ Wärme um seinen Mund erblühen.

„Ich habe doch gesagt, ich bezahle es." Ich musste ihn kurz loslassen, da er sich zu Neko hinunterbeugte, um sie hochzuheben. Sie warf mir von ihrem neuen

Platz auf seiner Schulter böse Blicke zu, während sie ihren Kopf an seinem Kiefer rieb, und ließ zwischen schwarzen Lippen ihre Zähne durchblitzen.

„Du bist doch verrückt. Wie lange kennst du mich jetzt? Drei Tage? Vier? Es ist schon schlimm genug, dass ich mich hier breitmache." Er holte tief Luft, um wieder zu Atem zu kommen. „Das Krankenhaus ist zu teuer. Ich schicke meiner Mutter immer noch Geld für meine Schwestern und ich kann vorerst kein neues verdienen, bis ich von der Versicherung Geld für die Kameras bekommen habe. Falls ich welches bekomme. Laut der Polizei wirkt der Vorfall verdächtig."

„Die Polizei war da?" Ich legte ihm wieder den Arm um die Taille, damit er sich an mich lehnen konnte. „Bevor ich dich besucht habe oder danach?"

„Danach." Er nahm die Katze von der Schulter, um sie in seiner Armbeuge zu platzieren, bis wir im Schlafzimmer angekommen waren. Sie protestierte, als er sie auf die Matratze setzte. „Die zwei, die auch bei Jin-Sang waren. Sie haben gefragt, wo du bist. Ich glaube, sie können dich nicht leiden."

„Nein, eher nicht", gab ich zu. Viele meiner Kollegen waren der Meinung gewesen, ich hätte bekommen, was ich verdiente. Die Wahrheit interessierte sie nicht. „Was wollten sie wissen?"

„Sie haben noch einmal gefragt, warum ich bei Jin-Sang war und ob ich glaube, dass mich jemand umbringen will." Er zuckte mit den Schultern, als wäre eine solche Befragung etwas vollkommen Alltägliches. „Sie haben mich auch gefragt, ob ich mit dir schlafe."

„Was hast du gesagt?", fragte ich durch die offene Badezimmertür. Irgendwo im Schrank mussten Ersatzzahnbürsten sein, von denen ich eine für Jae finden wollte, doch sie schienen sich gerade auf Reisen zu befinden.

„Ich habe ihnen gesagt, dass wir noch nicht zum Schlafen gekommen sind", antwortete er in neckendem Tonfall.

„Das hat sie bestimmt ganz auf deine Seite gebracht." Ich platzierte das endlich gefundene Paket mit Zahnbürsten auf dem Nachttisch und legte auch einen Einwegrasierer dazu, obwohl ich nicht einmal den Ansatz von Stoppeln in Jaes Gesicht sah. „Aber ich meinte, was du über Jin-Sang gesagt hast."

„Dass Hyun-Shiks Abschiedsbrief Teil eines Briefs an Jin-Sang war und dass ich ihn dazu bringen wollte, mit dir zu reden." Jae kraulte seiner Katze den Bauch – ich wäre nicht mutig genug gewesen, den zierlichen Krallen so nahe zu kommen. „Außerdem haben sie mich gefragt, ob ich wüsste, wer auf mich geschossen hat. Ich habe gesagt, dass ich nichts sehen konnte."

„Konntest du das wirklich nicht?"

Er schüttelte den Kopf. „Nein. Ich habe hinter mir jemanden gehört, aber bevor ich mich ganz umdrehen konnte, hatte er schon geschossen. Das habe ich ihnen auch schon gesagt, aber sie scheinen mir nicht zu glauben."

„Wenn der Schütze sich bereits in Jin-Sangs Wohnung befunden hat, konnte er hören, dass du über den Brief Bescheid weißt", sagte ich leise. Das verhieß nichts Gutes für Jae. Da draußen war jemandem bekannt, dass Jae von Jin-Sangs

Verbindung zu Hyun-Shiks Tod wusste. Er starrte mich blinzelnd an, als ich meine Vermutung äußerte, dass er sich in großer Gefahr befand. „Ernsthaft, Jae. Du musst jetzt vorsichtig sein. Es war ein Grund, aus dem wir wollten, dass du vorerst hier wohnst, wo ich dich im Auge behalten kann."

„Ich dachte, es hätte damit zu tun, dass *Nuna* mit *Hyung* zusammenlebt und er sich keine weiteren Skandale leisten kann." Er schürzte die Lippen. „Scarlet-ah, an sie sind alle gewöhnt. Aber wenn ich bei ihnen wohnen würde, wäre es zu viel. Das können sie nicht gebrauchen."

„Das war für sie wohl auch ein Grund", antwortete ich. Im Hintergrund ging einiges vor sich, das ich nicht nachvollziehen konnte. Die koreanische Kultur war mir zu fremd.

„Du hast keine Ahnung, wer *Hyung*-Min ist, oder?" Jae lachte, als er meinen verwirrten Blick sah. „Er ist ein hohes Tier in der koreanischen Botschaft. Seine Frau bleibt in Korea, aber Scarlet-ah ist immer bei ihm. In ihrem Leben ist seine Frau in der Rolle der Liebhaberin und Scarlet ist die, zu der er nach Hause kommt. Aber alle drei sind zufrieden damit."

„Hat Hyun-Shik das ebenfalls geplant? Victoria zu einer Art Nebenfrau zu machen?"

„Wer weiß das schon? Ich habe nicht viel mit ihm geredet. Er war zu sehr mit der Arbeit und seinem Sohn beschäftigt." Jae kraulte die Katze unter dem Kinn, was ihr unzufriedenes Miauen zum Vibrieren brachte. „Ihr gefällt das Bett nicht."

„Hör nicht auf sie. Letzte Nacht hat sie sich mit ihrem mickrigen Hintern sofort darauf breitgemacht." Ich erwiderte ihren bösen Blick, während ich die Decke hochhielt, damit Jae darunterschlüpfen konnte. Sein Hals war mit kleinen blauen Flecken übersät, wo ihn umherfliegende Steinchen getroffen hatten. „Leg dich hin. Wir können uns später unterhalten. Ich hole mir nur eine Decke und dann mache ich das Licht aus, damit du schlafen kannst."

„Wo willst du hin?" Ich hörte seine schwache Stimme kaum, weil ich tief im Schrank wühlte.

„Das andere Schlafzimmer hat ein Schrankbett. Ich werde da schlafen." Als ich an einem Kissen auf einem hohen Einlegeboden zerrte, regnete ein Berg von Bettlaken auf mich herab und landete auf meinen Füßen. Ich ließ ihn dort liegen, da ich zu müde und zu besorgt um Jae war, um mich darum zu kümmern.

Mit dem Kissen ging ich zum Bett hinüber und schaute auf sein abgespanntes Gesicht hinab. Selbst in diesem Zustand fand ich ihn atemberaubend schön. Meine Reaktion auf ihn ging mittlerweile weit über besorgniserregend hinaus.

„Kannst du nicht hierbleiben?" Er kaute auf seiner Unterlippe, während er mich aus im schwachen Licht großen und dunklen Augen ansah. „Bitte. Ich brauche dich."

Obwohl es ein Fehler war, nickte ich und legte mich zu ihm ins Bett. „Rutsch ein Stück."

Nachdem ich das Licht ausgeschaltet hatte, machte ich es mir auf meinem Kissen bequem und fragte mich, ob er das Hämmern meines Herzens hören konnte. Mir kam es laut vor, wie es so in meinen Ohren widerhallte. Er streckte sich so nah neben mir aus, dass wir uns berühren konnten. Die riesige Matratze kam mir plötzlich zu klein vor. Ich spürte jede seiner Bewegungen, hörte jeden seiner Atemzüge.

„Erzähl mir von Rick. Wie war er?", murmelte Jae, während er über meine Seite streichelte. Ich war verunsichert und verspannte mich ein wenig. Er strich über eine Narbe und schob mein T-Shirt hoch, um sich die alte Wunde genauer anzusehen. Seine Finger zeichneten sie nach, bevor er seine Handfläche darauflegte. „Wenn du kannst", fügte er hinzu.

Auch wenn ich es nicht wollte, hatte Jae die Wahrheit verdient. Ich bemühte mich, den Schmerz in meinem Herzen im Zaum zu halten und mich auf die Fakten zu konzentrieren. „Was willst du wissen?"

„Du hast nur erzählt, dass er erschossen wurde."

„Wir haben zusammen gegessen und ich habe ihm einen Abschiedskuss gegeben, weil ich danach arbeiten musste. Damals war ich Detective im Sittendezernat", sagte ich, während ich versuchte, gedanklich Abstand von dieser Nacht zu halten. Doch als ich die Augen schloss, sah ich Ricks Lächeln wie durch einen wässrigen Film vor mir. Sah ich ihn durch Tränen oder ließ die Zeit meine Erinnerung an sein Gesicht verschwimmen? „Ich habe ihn sterben sehen. Er wurde erschossen, bevor mich die Kugeln trafen."

„Wurde der Täter gefasst?"

Eine unschuldige Frage mit einer schmerzhaften Antwort. Natürlich wollte Jae wissen, ob der Schuldige bestraft worden war. Nur hatte ich den Schuldigen so sehr geliebt wie Rick. Ben war mein bester Freund gewesen. Ich hatte ihn genauso als Bruder betrachtet wie Mike und Bobby.

„Mein Partner Ben hat auf uns geschossen." Ich hatte Mühe, die richtigen Worte zu finden, um über diese Nacht zu reden. „Er hat Rick in den Kopf geschossen und ich habe den Rest seiner Kugeln abbekommen. Später hat ihn ein anderer Polizist in unserem Zivilfahrzeug gefunden. Offenbar hat er gleich danach Selbstmord begangen."

„Warum? Ich meine, warum hat er es getan?"

Hätte ich darauf eine Antwort gehabt, wären mir vermutlich viele schlaflose Nächte und Albträume erspart geblieben. Ich war länger Bens Partner gewesen, als ich Rick gekannt hatte. Wie Mike war er ein fester Bestandteil meines Lebens gewesen. Ihn *und* Rick zu verlieren hatte mich beinahe umgebracht. Und trotzdem kannte ich noch immer nicht den Grund.

„Ich weiß es nicht." Sheila, seine Frau, hatte mich dasselbe gefragt und sich wortlos abgewandt, als ich ihr keine Antwort hatte geben können. Ich hatte keine Ahnung, wie es ihr jetzt ging, obwohl ich der Taufpate ihrer ältesten Tochter war und damals häufig auf die Kinder aufgepasst hatte, wenn die beiden ausgegangen waren. Sheila hatte mich so endgültig aus ihrem Leben entfernt, wie Ben Rick aus meinem gerissen hatte.

„Hat er dich geliebt?" Jae stützte sich auf einen Ellbogen, womit er die Katze von ihrem Platz auf seinem Bein vertrieb. „War Ben in dich verliebt?"

„Baby, niemand weiß es. Ben hat uns nichts hinterlassen – keinen Abschiedsbrief, gar nichts." Ihm meine Hilflosigkeit zu gestehen, fiel mir nicht leicht. Drei Jahre lang hatte ich über das Warum nachgegrübelt, ohne je Gewissheit erlangen zu können. „Danach habe ich eine Zeit lang völlig neben mir gestanden. Ich war ganz durcheinander. Bobby hat mir geholfen. Ich habe mit ihm das Haus renoviert und nach und nach wieder klar denken können."

„Und dann bist du Privatdetektiv geworden?"

„Es war eine Beschäftigung. Die Arbeit bei der Polizei hat mir gefehlt. Ursprünglich hatte ich dabei hauptsächlich mit Scheidungen und ähnlichen Fällen gerechnet. Leichen wollte ich dabei eigentlich nicht finden."

„Ich bin froh, dass du nicht meine Leiche gefunden hast." Jae nahm seufzend die Hand von meiner Haut, bevor er sie wieder mit dem T-Shirt bedeckte. Gerade begann ich, seine Wärme zu vermissen, da schmiegte er sich an mich und legte ein Bein über meine. Mein Körper entflammte unter seiner Berührung. Sein Atem an meinem Hals machte mich wahnsinnig.

„Jae, warum hast du mich nach Ricks Tod gefragt?"

„Das hab ich nicht. Ich habe gefragt, wie er war. Ich wollte wissen, warum du ihn geliebt hast", antwortete Jae, als er sich in das Kissen kuschelte. „Sein Leben ist mir wichtiger als sein Tod. Vielleicht sollte es das für dich auch sein, meinst du nicht?"

NEBEN JAE zu liegen, war eine Qual. Ich hätte leichter unter tropfendem Wasser einschlafen können. Jedes Mal, wenn seine Atmung kurz ins Stocken geriet, schreckte ich aus dem Halbschlaf hoch und drehte mich zu ihm um, bis ich sicher war, dass es ihm gut ging. Seine Katze sah mir mit großen Augen vom Fußende des Bettes zu. Irgendwann gab ich auf, schlüpfte aus dem Bett und ging die Treppe hinunter.

„Keine Sorge, jetzt ist er vor mir sicher", informierte ich die Katze, die mir nach unten gefolgt war und mich auch beim Anziehen meiner Laufschuhe beobachtete. Ich war gerade mit dem Schnürsenkel des zweiten Schuhs beschäftigt, als mein Telefon klingelte. Ich stürzte hin, da ich vermeiden wollte, dass es Jae weckte. „Ja?"

„Hi, Prinzessin." Bobby lachte über meine Atemlosigkeit. „Was ist los mit dir? Hast du in deinem Alter noch feuchte Träume?"

„Arsch."

„Und der ist ziemlich knackig", gab er zurück. „Wann willst du ins Krankenhaus, um deinen hübschen Jungen anzustarren?"

„Nicht nötig." Ich ging ins Wohnzimmer. „Der hübsche Junge hat sich heute Morgen selbst entlassen und vor meiner Tür gestanden. Ich habe ihm seine Dummheit vorgeworfen, was ihn kein bisschen beeindruckt hat."

Das Gespräch über Rick und Ben erwähnte ich nicht. Jaes Worte spukten mir noch zu heftig im Kopf herum, wo sie an alten Wunden kratzten. Ich wollte mir nicht eingestehen, dass ich Ben vermisste. Ich wollte mir ebenso wenig eingestehen, wie sehr ich Jae wollte, aber mittlerweile ließ sich das einfach nicht mehr vermeiden.

„Nicht schlecht." Bobby pfiff leise. „Hast du dann nichts Besseres zu tun, als mit mir zu reden?"

„Hast du schon mal von einer Rauchvergiftung gehört? Oh, und von gesundem Menschenverstand?", fragte ich. „Ich wollte ein bisschen joggen, um den Kopf freizubekommen."

„Soll ich mitkommen? Ich brauche nur ein paar Minuten."

„Danke, das musst du nicht. Ich wollte nur ein bisschen um den Block laufen, um etwas Frust abzubauen und vielleicht auch etwas nachzudenken." Regentropfen wurden gegen das Fenster geweht, doch es handelte sich im Gegensatz zur vorhergegangenen Sintflut lediglich um ein leichtes Nieseln. Es war eine gute Uhrzeit zum Laufen – kühl genug, um sich den Schweiß selbst zu erarbeiten. „Aber du kannst später vorbeikommen, wenn du möchtest. Du wirst uns bei nichts unterbrechen."

„Gott, du bist der dümmste Idiot, den ich kenne", zischte Bobby.

„Das bezweifle ich", lachte ich. „Ich habe die Typen gesehen, die du mit nach Hause nimmst, alter Mann. Und jetzt lass mich endlich Sport machen."

Mein Handy war ein beruhigendes Gewicht in einer meiner Taschen, doch mit etwas Glück würde ich zurück sein, bevor Jae aufwachte. Ich traute der Katze nämlich zu, dass sie den Zettel mit der Nummer auf dem Nachttisch bis zur Unleserlichkeit zerkaute. Draußen schloss ich die Tür hinter mir und bemühte mich, die Müdigkeit abzuschütteln.

Die Luft roch nach Asphalt und Erbrochenem – das Aroma der Bar auf der anderen Straßenseite. Der Regen brachte den Boden zum Glänzen, vor allem die Teerflecken, die das indische Restaurant einige Türen weiter bei einer leicht misslungenen Dachreparatur hinterlassen hatte. Mit dem Fuß auf der Veranda dehnte ich mich ein wenig und erklärte meinen protestierenden Muskeln im Stillen, dass sie ums Laufen nicht herumkommen würden, was sie auch sagten.

Was mein Schwanz mir zuflüsterte, beachtete ich erst gar nicht.

Der Gehweg unter meinen stampfenden Füßen war ein gutes Gefühl. Ich wählte einen gleichmäßigen Rhythmus und ließ meine Gedanken schweifen, während ich die Luft in meiner Lunge und den Wind in meinem Gesicht genoss. Die Narbe an meiner Seite begann zu ziehen, als ich die Muskeln anspannte. Ich presste eine Hand darauf und wartete, bis der Schmerz nachließ. Nach einem weiteren Kilometer kehrte er krampfartig zurück, sodass ich schließlich aufgab und mein Tempo verlangsamte, bis ich still stand. Ich beugte mich vornüber, um wieder zu Atem zu kommen.

Ich wollte mich gerade auf den Rückweg machen, als Schotter von breiten Reifen auf den Gehweg geworfen wurde. Als ich den Blick hob, verzog ich das Gesicht, da ich Bobby sah, der mir mit breitem Grinsen lässig zuwinkte. Die Seiten seines Pick-ups waren mit trocknendem Schlamm bedeckt, der abbröckelte und zu meinen Füßen auf die Straße fiel. Mit seinem Flanellhemd und seiner Baseballkappe fehlte ihm nur der Jagdhund auf der Ladefläche und vielleicht noch eine Schrotflinte. Das Beifahrerfenster öffnete sich und sein Grinsen wurde noch breiter, als ich ihn misstrauisch musterte.

„Du siehst wie ein Hinterwäldler aus", sagte ich, wobei ich mein Keuchen unterdrückte. Ich hatte nicht vor, ihm die Genugtuung zu verschaffen, mich so außer Atem zu sehen.

„Steig ein, Prinzessin. Und in meinen Adern fließt nur das allerbeste Hinterwäldlerblut." Er streckte den Arm aus, um mir die Tür zu öffnen. „Nichts, wofür man sich schämen müsste. Pfirsiche und die Jagd machen Amerika zu dem großartigen, stolzen Land, das es ist."

„Du hast eindeutig zu lange mit deinem Outing gewartet." Ich ließ mich dankbar auf den Sitz sinken und genoss die kühle Luft der Klimaanlage auf meiner wärmedurchzogenen Haut. Mit dem Handtuch, das er mir hinhielt, wischte ich mir den Schweiß von Gesicht und Hals, bevor ich eine Wasserflasche aus dem Becherhalter nahm und die Hälfte trank, was meiner staubigen Kehle guttat. „Bald entwickelst du noch eine Vorliebe für Country-Musik."

„Aber Jungs schwitzen mehr, wenn sie zu Techno tanzen", gab Bobby zu bedenken. „Und schwitzende Jungs werden schnell zu halb nackten Jungs, was für einen schwulen Mann ein herrlicher Anblick ist. Falls du das vergessen hast."

„Das habe ich nicht." Wie hätte ich das vergessen können? In meinem Bett befand sich ein so hübscher Junge. Den ich zurückgelassen hatte, um joggen zu gehen. „Gott, ich bin ein Idiot."

„Gut, dass du es endlich auch einsiehst." Bobby fluchte über einen vor ihm einscherenden Mini. „Diese verdammten Krümel. Und warum bist du diesmal ein Idiot?"

„Weil Jae-Min in meinem Bett liegt und ich nicht die geringste Ahnung habe, wer der Mörder seines Cousins ist." Ich versuchte, die Müdigkeit aus meinem Gesicht zu reiben. Ein starker Kaffee wäre effektiver gewesen. „Ich habe keine Verdächtigen."

„Hast du mit der Polizei geredet?" Bobby warf mir einen prüfenden Seitenblick zu, bevor er zu einem Drive-in-Café abbog, um zwei Becher schwarzen Kaffee mit Zucker zu bestellen.

„Die betrachtet es als Selbstmord, schon vergessen? Ihrer Meinung nach gibt es also keinen Mörder." Ich nahm einen Becher entgegen und atmete das belebende Aroma ein. „Verdammt, ich kann ja selbst nicht ganz sicher sein, dass er sich umgebracht hat. Es gibt so viele Fragen."

„Aber es sind gute Fragen." Der Pick-up reihte sich wieder in den Verkehr ein, wobei er eine Schwelle zur Geschwindigkeitsbegrenzung überfuhr und vermutlich neuen Schlamm auf die Straße rieseln ließ. „Der Abschiedsbrief ist eigentlich ein Trennungsbrief an einen koreanischen Jungen, der kurz nach deinem Gespräch mit der Familie ermordet wurde. Das wirft doch wirklich Fragen auf, Prinzessin."

„Und vergiss nicht den Cousin", erinnerte ich ihn.

„Wie könnte ich den vergessen?" Bobby entfernte den Deckel von seinem Kaffeebecher und blies kurz auf die heiße Flüssigkeit, bevor er einen vorsichtigen Schluck davon trank. „Angeschossen und beinahe in die Luft gesprengt. Und jetzt liegt er in deinem Bett und wartet darauf, von einem liebevollen Kuss geweckt zu werden."

„Du kriegst einen Arschtritt von mir", brummte ich, während ich mich tiefer in den Sitz sinken ließ. „Nachdem du mich nach Hause gefahren hast."

„Ja, das traust du dich ganz bestimmt." Manchmal konnten Bobbys Spötteleien ziemlich persönlich werden – auch wenn er damit meistens recht hatte. Er parkte hinter meinem Auto, stieß jedoch plötzlich einen überraschten Pfiff aus. „Verdammte Scheiße."

Mein Range Rover stand auf platten Reifen da, neigte sich leicht auf der Schräge zum Gehweg. Etwas Rotes war über Dach und Motorhaube gegossen worden, von wo es in langen Rinnsalen an den Seiten hinunterlief und sich in Dellen sammelte. Ich stieg aus, um kopfschüttelnd die zertrümmerten Scheinwerfer und die ramponierte Motorhaube zu betrachten.

Im Gras lag ein Montiereisen, an dem der Lack meines Rovers klebte. Was Fingerabdrücke anging, machte ich mir keine großen Hoffnungen. An der gebürsteten Carbonfaseroberfläche würde das Pulver zur Sicherung nicht gut haften bleiben und die Polizei würde nicht die Zeit und das Geld verschwenden wollen, es Labortests zu unterziehen, sondern das Ganze als nicht weiter interessante Attacke auf mein Schwulsein abtun. Vielleicht, je nach Laune, auch offen über mich lachen.

„Dahinter steckt verdammt viel Wut", stellte Bobby fest, während er den letzten Schluck Kaffee schlürfte. „Jemand scheint dir etwas mitteilen zu wollen."

Plötzlich schnürte mir meine Panik die Luft ab. „Fuck, Jae. Ich muss nach Jae sehen."

Ich sprintete zur Haustür. Der Knauf ließ sich drehen, ohne dass ich meinen Schlüssel benutzen musste. Hatte ich sie nicht abgeschlossen? Ich nahm mir nicht die Zeit, am Rahmen nach Einbruchspuren zu suchen, sondern stürzte nach Jae rufend die Treppe hinauf. Bobby folgte mir mit auf dem Parkettboden donnernden Schritten ins Haus.

„Jae!" Ich konnte ihn nicht finden. Das Bett war leer, die Laken dufteten noch nach ihm. Ich stürzte wieder nach unten, da ich hoffte, er hätte sich vielleicht mit etwas zu lesen dorthin zurückgezogen. „Bobby! Oben ist er nicht!"

„Cole, er ist hier!", rief Bobby mir vom Erdgeschoss aus zu. „Es geht ihm gut."

Mit vor Erleichterung trockenem Mund ging ich vorsichtig die letzten Stufen hinab, um in der Aufregung nicht noch hinzufallen. Jae stand mit einer Tasse Tee in der Hand in der Küche und betrachtete uns verwirrt. Seine Finger spielten mit dem Papierschildchen an der Schnur, die aus der Tasse hing.

„Was ist los?" Er rührte den Tee um. Sein schwarzes Haar war zerzaust und nasse Enden tropften Wasser auf ein T-Shirt, das er sich aus meiner Kommode geborgt hatte. Das strahlende Weiß leuchtete an seinem Körper und hob die Blutergüsse an seinem Hals und Schlüsselbein hervor. Seine Augen waren vor Überraschung weit aufgerissen. „Was ist passiert?"

Die Angst hatte mich noch so fest im Griff, dass ich kein Wort herausbrachte. Die Tasse flog durch die Luft und zersprang auf dem Boden, als ich ihn packte und an mich zog. Mir war egal, ob der Tee Flecken hinterließ oder Bobby mich auslachte. Ich musste ihn einfach küssen, musste mich davon überzeugen, dass er bei mir und unversehrt war.

Er schmeckte nach Sex und Verwunderung, als sich sein Mund unter meinem öffnete. Meine Hand schob sich in sein Haar und legte sich an seinen Hinterkopf, woraufhin er sich hineinschmiegte und seinen Körper an mich presste. Hände legten sich auf meinen Rücken, als er sich gegen mich schob, bis wir die perfekte Position gefunden hatten. Der Kuss brannte den Kaffeegeschmack aus meinem Mund und ersetzte ihn durch Jaes.

„Mir geht es gut, Cole." Jae löste sich aus dem Kuss, um mir eine Hand an die Wange zu legen. Ich hielt ihn weiter fest, während ich den Kuss hinunterschluckte, bis er warm in meinem Bauch flackerte. „Ich bin hier."

„Ihr zwei seid zu niedlich", bemerkte Bobby. „Oben ist ein Schlafzimmer. Ich mache so lange sauber."

Ich wurde davor bewahrt, mir eine schlagfertige Antwort einfallen zu lassen, da plötzlich ein gewaltiger Knall das Haus erschütterte. Der ohrenbetäubende Lärm ließ die Küchenfenster erzittern und das Geschirr im Abtropfgitter fiel um. Von der Vorderseite des Hauses drang das Geräusch zersplitternden Glases zu uns vor, ein lautes Klirren, gefolgt vom Rauschen in sich zusammenfallender Scheiben. Auf der Straße jaulten durch die Erschütterung ausgelöste Autoalarmanlagen auf.

„Alles okay, Baby?" Ich streichelte ihm mit zitternden Händen über Schultern und Arme. „Bleib hier, ja?"

„Ich bin nicht hilflos", antwortete Jae finster. „Ich kann mitkommen."

„Nein." Ich strich mit dem Daumen über seinen leicht schmollenden Mund, nahm seinen Geschmack mit mir. „Jemand muss die Polizei rufen. Und ich will nicht, dass dir schon wieder etwas passiert."

„Und wenn dir etwas passiert?", fragte er, bevor er seinen Blick auf Bobby richtete. „Passen Sie auf ihn auf?"

Mein angeblich bester Freund schmolz angesichts der verführerisch geöffneten Lippen und sanften braunen Augen dahin. Seinen hilfesuchenden Blick in meine Richtung ignorierte ich. Nachdem er mich so damit geärgert hatte, wie sehr ich Jae verfallen war, sollte er den Zauber dieses erotischen Mundes und hübschen Gesichts ruhig einmal am eigenen Leib erfahren. Mal sehen, wie ihm das dann gefiel. Andererseits schloss ich aus seinem kuhäugigen Blick, dass es ihm vielleicht ein bisschen zu gut gefiel.

Ich stupste ihm in die Rippen, um ihn aus seiner Starre zu lösen. „Jae, finde Neko. Falls wir schnell hier wegmüssen, will ich sie nicht erst suchen."

„Erst die Polizei, dann die Katze", stimmte er mit einem Nicken zu. „Okay."

Sirenen hallten von den Häusern wider, da sich bereits die Feuerwehr näherte. Der Range Rover war eine qualmende Ruine aus zerfetztem Metall und Glas. Um das Gerippe hatten sich erste Leute versammelt, die es aus sicherem Abstand anstarrten. Bobbys Pick-up hatte durch seine Nähe ebenfalls etwas abbekommen: Ein Stück meines Dachgepäckträgers ragte aus der Motorhaube wie ein riesiger, phallischer Mittelfinger, der sich an die ganze Welt richtete. Zwar hatte die Erschütterung den größten Teil der Schlammkruste entfernt, doch die Fenster waren nun ebenfalls in einem glitzernden Meer über Gehweg, Straße und das Innere des Fahrzeugs verteilt.

„Fuck." Bobbys Begabung, eine Situation kurz und bündig in Worte zu fassen, erstaunte mich immer wieder. Ich beantwortete seine Weisheit, indem ich selbst ein paar Obszönitäten hinzufügte, als ich die zerschmetterten Fenster im vorderen Teil des Hauses sah. Bobby betrat den Gehweg und beobachtete, wie ein Feuerwehrfahrzeug vor meinem qualmenden Auto zum Stehen kam. „Cole, ich glaube, du hast jemanden wütend gemacht."

Bevor die Feuerwehrleute aussteigen konnten, explodierte der zweite Sprengsatz. Ein Feuerball erhob sich aus den Überresten des Rovers, zerriss die Hinterachse und sandte Flammen in die Luft. Dann explodierte der Tank und warf mich nach hinten.

Ich durchbrach unsanft einen Strauch, bevor ich auf den Beton der Verandastufen knallte. Mit dem Geschmack von Blut auf meiner Zunge kämpfte ich mich auf die Füße, doch meine Beine wollten mich nicht tragen. Um mich herum war alles still. Eine sanfte Brise trug die schwarze Rauchfahne über meinem zerstörten Auto davon. Ich sah Menschen, die redeten – oder, ihrem Gesichtsausdruck nach zu urteilen, schrien – hörte jedoch nichts davon. Ihre Stimmen versanken im Meeresrauschen meiner Ohren.

Blinzelnd versuchte ich erneut, mich aufzurappeln, während ich mich hektisch nach Bobby umschaute. Dieser packte mich plötzlich am Arm, den er mir beinahe ausrenkte, als er mir auf die Füße half. Sein Mund bewegte sich lautlos, während er hastig auf mein T-Shirt klopfte, um Flammen an meiner Schulter zu löschen, deren heißes Brennen ich erst jetzt bemerkte.

„Ich kann dich nicht hören", brüllte ich zurück, obwohl er vermutlich nicht mehr verstand als ich. Abgesehen von einem Ziehen in meinem Knie und leichten

Schmerzen an Oberschenkeln und Rücken von meiner Landung schien alles heil geblieben zu sein.

Von meinem Rover konnte man das nicht behaupten. Leider auch nicht von Bobbys Pick-up.

Blinkende Lichter durchschnitten die Rauchwolken, als ein Krankenwagen heranrollte. Wahrscheinlich waren auch die Sirenen zu hören, doch das Summen in meinem Kopf war im Augenblick undurchdringlich. Allmählich bemerkte ich das Brennen von Kratzern auf meinem Rücken, die der Sommerjasmin dort hinterlassen hatte. Blut sickerte in mein T-Shirt. Ich machte einen Schritt vorwärts, wurde allerdings von meinem nachgebenden Knie gebremst.

Plötzlich tauchte Jae auf und schob Bobby aus dem Weg, als wäre sein muskulöser Körper federleicht. Mit den Händen an meinen Wangen redete er auf mich ein, lautlos besorgt und angespannt. Als er Bobby einen bösen Blick zuwarf, versuchte ich zu erklären, dass es nicht seine Schuld gewesen war, dass niemand von dem zweiten Sprengsatz gewusst haben konnte. Jae schien davon nichts hören zu wollen. Er redete weiter. Doch als ich so seinen Lippen zusah, fiel mir ein Wort besonders auf, ein Wort, das ich hätte erkennen sollen ... Ich formte es mit meinen Lippen nach, während sich unwillkürlich ein breites Grinsen auf mein Gesicht legte, bis ich das Gefühl hatte, meine Mundwinkel würden gleich meine Augenbrauen erreichen. Falls meine Augenbrauen noch vorhanden waren.

„*Agi?*", wiederholte ich, woraufhin beide ihre Aufmerksamkeit wieder auf mich richteten. Vermutlich sprach ich zu laut, konnte mich jedoch nach wie vor nicht hören. „Jae, hast du mich gerade Baby genannt?"

13

„WARUM BIST du nicht im Krankenhaus?" Jae hielt die Tür auf, als Mike mir ins Haus half. Obwohl er so erschöpft und blass aussah, wie ich mich fühlte, war ich froh, ihn wieder aus eigener Kraft herumlaufen zu sehen. Mich selbst hinderte daran noch mein schmerzendes Bein – und die in regelmäßigen Abständen in meinem Kopf ertönenden Zimbeln machten es nicht besser.

„Das musst du gerade fragen. Es geht mir gut. Nur meine Ohren klingeln noch ein bisschen." Ich bewegte mich vorsichtig. Das Narbengewebe an meiner Seite beantwortete jeden meiner Schritte mit einem Ziehen.

„Er wurde rausgeworfen." Mike setzte mich auf der Couch ab und ließ mich los, nachdem er meinem Schienbein einen sanften Tritt versetzt hatte. „Idiot."

Es war schön, wieder in meinem Haus mit seinen bekannten Düften zu sein, wo mir nicht der strenge Geruch von Krankheit, Tod und Adstringens in die Nase stieg. Als Mike in der Küche verschwand, teilte ich seinem Rücken mit: „Bring mir doch bitte eine Cola light mit, ja?"

„Du wurdest rausgeworfen?" Jae ließ sich neben mir auf dem Sofa nieder und streckte seine langen Beine aus. „Und wenn mit dir irgendetwas nicht in Ordnung ist?"

Seine nackten Füße berührten meine, was die Wärme aus meinem Bauch zwischen meine Beine strömen ließ. Füße hätten nicht so sexy sein sollen. Vielleicht hatte Bobby recht und meine übertriebene Reaktion auf Jae war einfach eine Folge davon, so lange ohne Sex gelebt zu haben. Ein Blick in sein Gesicht brachte diese Theorie allerdings ins Wanken. Als er sich über die Lippen leckte, musste ich wegsehen, damit Mike nicht mehr über schwulen Sex lernte, als er wissen wollte.

„Das hat dich auch nicht gestört, als du einfach gegangen bist", antwortete ich nach einem Räuspern. Die Luft im Raum kam mir warm vor, brachte mein Gesicht zum Prickeln. „Aber mir geht es wirklich gut."

„Mein Bruder ist eben ein Arschloch. Niemand will ihn lange um sich haben." Mike reichte mir eine kalte Plastikflasche. „Jae, ist Bobby gegangen?"

„Bobby ist vor ein paar Stunden gefahren, wollte aber später wiederkommen. Miss Claudia war eine Weile hier", antwortete Jae. „Und *Nuna* wollte vor ihrer Show vorbeischauen."

„Es ist gut, dass Bobby erst mal weg ist", murmelte ich und zuckte zusammen, als mein Bruder mir einen Finger in die Seite pikte. „He, ich bin verletzt."

„Kommst du hier zurecht?" Auf mein zustimmendes Brummen reagierte Mike mit einem misstrauischen Blick. „Du ruhst dich schön aus. Kein Rumlaufen."

„Ja, Dad", antwortete ich mit einem aufgesetzten Lächeln.

Jae betrachtete unsere Hänseleien schweigend. Einige Minuten später ließ mein Bruder draußen den Motor seines Autos an und wir waren allein. Obwohl Jaes Atemzüge besser klangen als am Morgen, war beim Einatmen noch ein leichtes Keuchen zu hören. Trotzdem hätte ich mich am liebsten hinübergebeugt und ihn geküsst. Mein Körper hätte am liebsten eine ganze Menge mehr getan. Stattdessen öffnete ich den Verschluss der Flasche, um kalte Bläschen über meine Zunge spülen zu lassen.

„Das mit deinem Auto tut mir leid." Seine Berührung war sanft. „Soll ich dir nach oben helfen? Vielleicht kannst du ein bisschen schlafen."

„Danke, aber der Schlaf muss etwas warten." Ich reichte ihm die Flasche, um nach meinem Handy zu greifen. „Ich werde Bobby anrufen und ihn fragen, ob er mir hilft, ein bisschen in Jin-Sangs Leben rumzuschnüffeln. Später können wir uns dann darüber unterhalten, dass du mich Baby genannt hast."

„Ich habe dich einen Idioten genannt." Schnaubend brachte er wieder etwas Abstand zwischen uns. „Tja, wenn Bobby dich begleitet, kann er dich wenigstens auffangen, wenn du in Ohnmacht fällst. Ich bleibe hier und koche. Falls du zurückkommst, wartet nachher Essen auf dich. Falls nicht, habe ich eben noch etwas für morgen."

„Das ist die Nummer des Cousins?", fragte ich noch einmal nach, als ich später mit Bobby in seinem angenehm klimatisierten Leihwagen saß. „Joshua Yi?"

„Wähl einfach die verdammte Nummer." Er war ziemlich mürrisch, nachdem ich ihn aus dem Bett geklingelt hatte, und beschwerte sich brummend über meine mangelnde Dankbarkeit. „Ich musste dafür einige Gefallen verbrauchen, die man mir noch geschuldet hat."

Bobby hatte mir Informationen beschafft, während ich von Ärzten malträtiert worden war. Da er seinen Dienst unter angenehmeren Umständen beendet hatte als ich, gab es unter den Dienstmarkenträgern noch immer Leute, die gern etwas für ihn erledigten – zum Beispiel herausfinden, wie es um aktuelle Ermittlungen stand. Die Untersuchung von Jin-Sangs Ermordung war bereits stagniert. Branson und Thurman ließen sich nicht unbedingt absichtlich Zeit, sondern schienen einfach wenige Anhaltspunkte zu haben. Ob wir mehr Glück haben würden, war fraglich, doch so hatten wir es wenigstens versucht.

Der Tatort war wieder für die Hausbesitzer geöffnet worden. Am Ende ging das Geschäftliche häufig vor, selbst bei Ermittlungen. Nach erfolgter Spurensicherung wurden Mietshäuser zügig wieder freigegeben. Branson hatte das Nötigste getan: Einige Aufnahmen und Gewebeproben und das Eigentum des Toten war größtenteils an einen Verwandten weitergegeben worden. Den Namen und die Telefonnummer dieses Cousins hatte Bobby aus dem Polizeibericht erfahren und ihn bereits problemlos davon überzeugt, uns für eine finanzielle Gegenleistung einen Blick auf Jin-Sangs Besitztümer werfen zu lassen.

Jetzt antwortete Yi nach dem dritten Klingeln, schnell und kurz angebunden. Er stimmte zu, uns in seinem Haus zu erwarten, bevor er wie ein Schnellfeuergewehr die Adresse herunterrasselte. Ich wiederholte sie, während ich sie notierte und dabei hoffentlich nichts vergaß, als sich auch schon das Freizeichen zum hartnäckigen Klingeln in meinen Ohren gesellte.

„Hol mal die Karte vom Rücksitz", bat Bobby. Ich drehte mich zu schnell um, woraufhin mir so schwindlig wurde, dass das *Bulgogi* in meinem Bauch drohte, sich im Auto zu verteilen. Bobby betrachtete mich missbilligend. „Du solltest im Bett liegen, anstatt Garden Grove unsicher zu machen. Mike bringt dich um, wenn er es rausfindet."

„Was soll schon passieren?", fragte ich. Auch wenn ich im Augenblick ständig in Schwierigkeiten geriet, schob ich es auf Hyun-Shik. Wenn ich seinen Mörder gefunden hatte, würde es sicherlich aufhören. „Außerdem muss ich einen Mordfall lösen."

„Einen Mordfall, den du der Polizei überlassen solltest", wandte er ein. „Du hast für die Sitte gearbeitet, nicht bei der Mordkommission, und warst vorher nie leitender Ermittler. Sind wir doch mal ehrlich: Du hast Prostituierte von Straßenecken verscheucht und Jugendliche verwarnt, weil sie Gras geraucht haben. Hast du bei deiner Arbeit überhaupt mal eine Leiche gesehen?"

„Nicht direkt", antwortete ich. Die Dämonen in meinem Kopf flüsterten: *Nur Rick.* „Aber danke für deine Unterstützung, Bobby, ich fühle mich so geliebt."

„Liebe für dich habe ich genug. Aber Vertrauen, dass du dich hierbei nicht umbringst?" Kopfschüttelnd verließ er den Highway und bog auf eine Stadtstraße ab. „Das habe ich leider nicht, Prinzessin."

Da ich nicht wusste, was ich dazu sagen sollte, konzentrierte ich mich darauf, ihm den Weg zu sagen. Innerlich musste ich ihm in einigen Punkten recht geben. Das Thema Mord war mir nicht geheuer. Wäre Jae nicht gewesen, hätte ich Hyun-Shiks Tod vielleicht nicht weiterverfolgt – außer mir schien sowieso kaum jemand an einen Mord zu glauben. Doch mein Instinkt sagte mir, dass ich das Richtige tat. Irgendjemand musste Hyun-Shik doch Gerechtigkeit widerfahren lassen. Warum also nicht ich?

Josh Yi sah seinem Cousin kein bisschen ähnlich. Einerseits weil er lebendig war, andererseits weil er den typischen Stil der Möchtegern-Gangster von Südkalifornien für sich entdeckt zu haben schien. Er trug weiße Socken in Flipflops und braune Baggyshorts, die ihm bis über das Knie reichten. Sein Haar war kurz rasiert, sodass man ein blaues Tattoo auf der blassen Haut seines Nackens sehen konnte. Nachdem ich einen Moment lang vergeblich versucht hatte, es zu erkennen, wurde mir klar, dass es sich um koreanische Schrift mit ihren Strichen und Kreisen handelte.

„Yi?" Ich schüttelte ihm mit einem knappen Lächeln die Hand. „Wir haben telefoniert."

„Ja, Sie sind der Typ, den dieser Club angeheuert hat?", wiederholte er die Lüge, die Bobby ihm vorher aufgetischt hatte. Er spuckte auf den Betonboden, als er Bobby zur Begrüßung zunickte. „Sie können das restliche Zeug für zweihundert mitnehmen. Die Klamotten und der Küchenkram sind schon weg."

„Wollen seine Eltern nichts davon?", fragte ich, als Bobby ihm das Geld überreichte.

„Für seine Eltern ist er schon lange gestorben. Sie wollten nichts mit ihm zu tun haben. Also können Sie die Sachen ruhig haben – sie müssen sowieso weg." Mit einem Schulterzucken betrachtete er die Überreste von Jin-Sangs Leben als abgehakt. Wir beluden den Kofferraum mit den nach Äpfeln duftenden Kartons aus der Garage, während Yi uns beaufsichtigte, ohne seine Hilfe anzubieten. Einige Minuten später befand sich das Leben seines Cousins auf dem Weg zu meinem Haus.

„Es ist irgendwie traurig", bemerkte Bobby. Sein raues Gesicht zeigte einen ernsten Ausdruck, den ich selten sah. „Der Junge ist erst seit ein paar Tagen tot und schon hat man ihn vergessen."

„Ich nicht", antwortete ich. „Hyun-Shiks Mörder ist sehr wahrscheinlich auch Jin-Sangs oder steht mit ihm in Verbindung."

„Denk nur dran, dich dabei nicht umbringen zu lassen", brummte er.

„WO IST Jae?" Bobby schleppte den letzten Karton ins Haus, da er beschlossen hatte, dass es in meinem Zustand zu viel für mich gewesen wäre. Nachdem er ihn neben den anderen platziert hatte, ließ er sich auf die Couch fallen und nahm dankbar ein kühles Bier von mir entgegen. Ich musste zugeben, dass ich ziemlich geschafft war. Meine Glieder schmerzten, während ein unerträgliches Knistern weiterhin mein Gehör beeinträchtigte. Mein Körper ließ mich nachdrücklich wissen, dass unser Ausflug nicht die beste Idee gewesen war.

Jae hatte tatsächlich mit einem Abendessen auf uns gewartet. Ich hatte mich mit Hausfrauenwitzen zurückgehalten, vor allem vor dem Essen. Das Gericht war mir unbekannt, schmeckte jedoch würzig und enthielt Fleisch – zwei wichtige Grundlagen einer guten Mahlzeit. Bobby lobte es in den höchsten Tönen und ich verbrachte den größten Teil des Essens damit, sein Ableben zu planen, nachdem Jae ihm daraufhin ein strahlendes, liebliches Lächeln geschenkt hatte.

„Er hat sich oben hingelegt", antwortete ich, während ich die Beule an meinem Kopf verfluchte. Auf Alkohol würde ich in nächster Zeit verzichten müssen, weshalb ich widerstrebend Wasser trank. Andererseits hätte mich ein Bier vermutlich endgültig zu müde gemacht, um die Kartons zu durchsuchen. „Er hat gesagt, er wäre müde, aber vielleicht will er hiermit auch einfach nichts zu tun haben. Nach seiner letzten Begegnung mit Jin-Sang könnte ich das verstehen."

„Verdammt, wir hätten das wohl nicht hier machen sollen." Bobby seufzte leise. „Kommt er damit klar?"

„Er sagt, alles ist in Ordnung. Ich weiß es nicht." Hoffentlich sagte er die Wahrheit. „Dann lass uns mal sehen, was wir hier haben." Ich öffnete einen Karton.

„Weißt du schon, was du danach damit machst?" Bobby zerschnitt die dicke Schicht Klebeband über einer Öffnung.

„Ich hoffe ein bisschen darauf, dass er im Dorthi Ki Seu Freunde hatte, die etwas davon wollen. Ich muss Scarlet fragen." Ich brachte einen Stapel Papier zum Vorschein. Der Inhalt war vollkommen durcheinander, als wäre einfach eine Schreibtischschublade über dem Karton umgedreht worden.

„Gute Idee. Hoffentlich findet sich jemand."

Wir wühlten uns durch Unterlagen und Bücher. Ich stapelte einige koreanische Briefe, die mir Jae-Min mit ein bisschen Betteln hoffentlich übersetzen würde, falls er sich in der richtigen Stimmung befand. Den Papieren nach zu urteilen war Jin-Sang ein sehr gepflegter Mensch gewesen. Er hatte sich sorgfältig jeden seiner Termine im Wellness-Center notiert und die Summe auf einer Friseurrechnung ließ mich erschaudern.

„Eitel oder verzweifelt?", warf ich in den Raum, als ich auf eine Broschüre für Hautauffrischung stieß. „Ich kenne nicht mal Frauen, die so viel für ihre Schönheit ausgeben."

„Kennst du überhaupt welche?", neckte Bobby.

„Das sage ich Claudia", warnte ich.

„Claudia ist keine Frau – sie ist eine Göttin. Das kannst du ihr gerne sagen", antwortete er. „Vielleicht war er etwas eitel, aber versuch doch mal, dich in ihn hineinzuversetzen. Er war Ende zwanzig und hat in einem Sexclub getanzt …"

„Und andere Dinge getan." Ich hielt eine Handvoll Kondome hoch.

„Für Männer wie ihn ist es da draußen nicht leicht", fuhr Bobby fort. „Denk nur an seine Konkurrenz, die gerade in deinem Bett schläft. Es gibt immer jemanden, der jünger und hübscher ist. Er musste viel tun, um mithalten zu können."

Ich hielt in meiner Suche inne, als ich auf ein Foto stieß. Neuer Kummer stieg in mir auf. Rote Lichter leuchteten im Hintergrund und färbten ihre Münder pink, während das Blitzlicht ihre Gesichter mit einem hellen Glanz überzog. Jin-Sang sah fröhlich aus, auch wenn sich um seine Augen herum eine gewisse Spannung abzeichnete und das Lächeln etwas erzwungen wirkte. Doch was meine Aufmerksamkeit erregt hatte, war der Mann neben ihm.

Bisher hatte ich von Hyun-Shik nur gestellte Fotos wie die künstlerisch arrangierten Familienaufnahmen bei den Kims gesehen. Seine markanten Gesichtszüge wirkten ganz anders, wenn er lächelte, und erinnerten nicht an den pflichtbewussten Sohn und hingebungsvollen Ehemann, der er auf den ersten Blick zu sein schien.

Dieser Hyun-Shik hatte gerötete Wangen – vom Alkohol oder vielleicht vom Sex – und strahlte eine dominante Männlichkeit aus. Auf einer Seite von ihm saß Jae-Min, der sich für das Foto ein wenig in seine Richtung lehnte, allerdings nicht so weit, dass es auf eine sexuelle Beziehung zwischen ihnen schließen ließ. Neben Hyun-Shiks Wärme umgab Jae eine geheimnisvolle Kälte, die davor warnte, ihm nicht zu nahe zu kommen. Ein interessanter Vergleich menschlicher Persönlichkeiten: Jae verbarg sein Feuer im Innern, während Hyun-Shik es lebendig lodern ließ.

„Siehst du den Mann da?" Ich hielt Bobby das Foto hin und zeigte auf die vierte Person am Tisch. „Das ist der Anwalt aus dem Haus, Brian Park."

„Wirklich?" Er nahm mir das Foto aus der Hand, um es zu betrachten. „Hat er nicht abgestritten zu wissen, dass Hyun-Shik schwul war?"

„Allerdings." Ich nickte. „Und ich glaube, das Koreanische auf der Rückseite heißt Dorthi Ki Seu. Ich habe es schon ein paar Mal gesehen, aber ich werde Jae fragen."

„Also wieder eine Lüge, nur diesmal von Park. Er *muss* gewusst haben, dass Hyun-Shik schwul war." Bobby grinste. „Sieh dir doch Jin-Sang an – er sitzt praktisch auf ihrem Schoß. Und guck mal, wo seine rechte Hand ist. Park scheint seine Gesellschaft ziemlich angenehm zu finden."

Ich hob den Kopf, als von der Treppe her ein Geräusch zu hören war, und sah Jae im Durchgang stehen. Ich streckte die Hand aus, da ich hoffte, er würde sich zu uns setzen. „Hi, haben wir dich geweckt?"

„Nein, ich konnte einfach nicht schlafen. Meine Gedanken kreisen zu sehr." Er ließ sich dicht neben mir nieder, sodass er sich an mich lehnen konnte. Ich bemühte mich, mein Lächeln zu unterdrücken. Sein Körper berührte meinen in einer langen, warmen Linie. Bobby senkte den Blick, um uns verstohlen durch seine Wimpern zu beobachten.

Obwohl ich Jae am liebsten mit einem Kuss begrüßt hätte, begnügte ich mich damit, ihn in einer halben Umarmung kurz an mich zu drücken, bevor ich ihm das Foto reichte. „Tu mir einen riesigen Gefallen und sag mir, dass das im Club aufgenommen wurde."

Er betrachtete es mit ausdruckslosem Gesicht. Dann nickte er und wandte den Blick von dem Foto ab, während er sich noch dichter an mich schmiegte. Neko sprang auf seinen Schoß, um ihn kräftig mit ihren Pfoten zu bearbeiten und mir böse Blicke zuzuwerfen. „Ja, das ist oben. An diesem Abend habe ich Scarlet besucht und *Hyung* war mit ihnen da. Ich habe kurz Hallo gesagt, bevor ich gegangen bin."

„Wie gut kennst du den anderen Typen?", erkundigte sich Bobby und streckte eine Hand aus, um der Katze den Kopf zu kraulen, was sie mit einem Schnurren belohnte. Ein Akt des Verrats, nach allem, was ich für sie getan hatte.

„Brian? Er arbeitet … *hat* für *Hyung* gearbeitet", antwortete Jae. Bobby sah mich an und formte mit den Lippen lautlos das koreanische Wort, doch ich schüttelte den Kopf. Ich wollte Jae jetzt nicht mit Erklärungen über die Hierarchien der Höflichkeit unterbrechen. „Er hat angefangen, ins Dorthi Ki Seu zu kommen, bevor Hyun-Shik-ah verheiratet war. Zu der Zeit habe ich da nicht mehr gearbeitet, aber ich glaube, er ist Mitglied geworden. Ganz sicher bin ich nicht."

„Wie viel kostet die Mitgliedschaft? Ein paar Tausend?", fragte ich und verschluckte mich, als Jae eine Summe nannte, die problemlos für einen Sportwagen gereicht hätte. „Was kriegt man bitte für so viel Geld?"

Jaes vielsagender Blick wurde von Bobbys Prusten begleitet.

„Man bekommt Gesellschaft", sagte Jae vorsichtig. „Wie weit die geht, hängt vom Trinkgeld ab."

„Ich hätte nie Polizist werden sollen", brummte Bobby. „Ich habe mir die falsche Seite des Gesetzes ausgesucht."

„Ich bezweifle, dass dich jemand fürs Tanzen bezahlt hätte. Oder für mehr", scherzte ich. Jaes Gesicht wurde plötzlich verschlossen und er hob die Katze hoch, um aufzustehen. Ich legte ihm einen Arm um die Taille und zog ihn wieder auf die Couch. „Entschuldige, ich rede nicht von dir. Nur allgemein."

„Ich habe mich nicht für … *mehr* bezahlen lassen", fauchte er, ließ sich jedoch wieder an mich ziehen. „Nicht jeder dort tut das. Ich brauchte das Geld, aber nicht *so* dringend. Sieh dir nur an, was es mit Jin-Sang gemacht hat. Er war nie glücklich. Es ist ein hartes Leben."

„Steht Park nicht auf die Witwe? Victoria?", fragte Bobby und rieb sich das Gesicht, als ich grinste. „Ja, ich weiß. Du musst es nicht sagen. Nicht jeder ist mit nur einer Geschmacksrichtung zufrieden."

„Nett ausgedrückt", antwortete ich. „Ich glaube, ich muss noch einmal mit Brian Park reden."

„Heb dir das für morgen auf. Oder besser den Tag danach." Bobby stand auf und strubbelte mir durchs Haar, bevor er mich verärgerte, indem er Jaes Wange küsste. Geschickt wich er meinem Tritt aus und zwickte mir in die Nase. „Versuch, ein bisschen zu schlafen, Cole."

Ich räumte etwas auf, sortierte die Unterlagen und verpackte die Fotos sicher, damit die Katze sie nicht anknabbern konnte. Jae sah mir von seinem Platz auf dem Sofa zu, bis er schließlich eine Hand ausstreckte und an meiner Gürtelschlaufe zog, damit ich mich hinsetzte.

„Hör auf. Das hat Zeit. Du bist viel zu müde." Nachdem er mir einmal über die Rippen gestreichelt hatte, ließ er mich los. „Du machst sogar mich müde. Geh endlich schlafen."

„Dann lass uns wie ein altes Ehepaar früh ins Bett gehen." Es war noch keine zehn Uhr, was meinen mitgenommenen Körper allerdings nicht interessierte. „Gott, mir tut alles weh."

„Du hättest zu Hause bleiben sollen, anstatt Jin-Sangs Sachen zu holen", tadelte er. Die langen, eleganten Finger wanderten von der Katze zu meinem Arm, um stattdessen diesen zu streicheln. „Du bist ein Idiot."

Flirten war nie meine Stärke gewesen, weshalb es mich nicht wunderte, dass mein Mund sagte: „Aber ich könnte *dein* Idiot sein."

Ich vertrat die Theorie, dass mein schreckliches Flirten mit dem Mangel an Übung in meiner Schulzeit zusammenhing, in der Jungs lernten, ihr Interesse an jemandem zu bekunden. Da ich damals die meiste Zeit damit verbracht hatte, heimlich die Footballspieler und das Schwimmteam beim Duschen zu bewundern, konnten sich diese wichtigen Sprachkompetenzen nicht richtig entwickeln. Während sich andere Jungen darin übten, das andere Geschlecht zu umwerben, verfeinerte ich die Fähigkeit, unbemerkt Blicke auf nackte Männerkörper zu erhaschen.

„Lass das." Er riss sich nicht los, setzte jedoch seine eisige Maske auf. Ich hasste diesen Gesichtsausdruck. Hasste es, dass er das Gefühl hatte, sich vor mir verstecken zu müssen.

„Jae …"

„Du machst es mir schwer, *Hyung*", unterbrach er mich. „Vielleicht hätte ich nicht herkommen sollen."

„Warum nicht?" Ich zog ihn dichter an mich, ohne sein unwilliges Brummen und das der Katze zu beachten, bis er auf meinen Beinen saß und ich die Arme um ihn legen konnte. „Mir gefällt es, dich bei mir zu haben."

„Es ist gefährlich für mich. Dann will ich nämlich nicht mehr gehen, obwohl ich es muss", flüsterte er mit in den Nacken gelegtem Kopf. „Für dich ist es leicht, du selbst zu sein, Cole. Für mich nicht. Ich kann nicht hier bei dir sein, ohne dich zu wollen."

„He, ich rede ja nicht gleich von etwas Festem. Wir können doch einfach schauen, was daraus wird." Selbst für meine Ohren klang es nicht überzeugend. Ich wusste, dass ich ihn länger wollte als nur ein paar Tage. Ich konnte mir bereits vorstellen, wie er in diesem Haus lebte. Wie ich neben ihm aufwachte oder ihn nach einem langen Tag der Jagd nach Beweisfotos, zum Beispiel von nackten Geschäftsmännern in Kaninchenpantoffeln, in meinem Bett … unserem Bett vorfand. Es war so leicht, diese Bilder vor mir zu sehen. Selbst ohne Sex sehnte ich mich nach ihm.

Viel heftiger, musste ich mir schmerzlich eingestehen, als ich mich zu Beginn nach Rick gesehnt hatte.

„Was kann daraus – aus uns – werden, *Agi*?", fragte Jae. Er rieb seine Wange an meiner Schläfe, fast wie seine Katze, wenn sie irgendetwas von mir wollte. „Ich muss an meine Mutter und meine Schwestern denken. Mein Bruder lehnt sich zurück und lässt sich dafür loben, wie gut für unsere Mutter gesorgt wird, aber er gibt ihr kein Geld. Ich kann meine Familie nicht im Stich lassen, Cole. Das geht einfach nicht."

„Das verlangt doch niemand." Ich klang verwirrt, selbst für meine Verhältnisse. „Geld ist kein Problem."

„Und ob es das ist. Geld und Familie sind immer ein Problem. Sie wird mich nicht mehr akzeptieren, wenn sie von meiner Liebe zu Männern erfährt. Und was soll dann aus ihr werden?"

„Das ist doch Unsinn, Jae. Wenn du keine Annäherungsversuche von meiner Seite willst, kannst du es einfach sagen. Du musst kein Interesse vortäuschen, um hierbleiben zu dürfen. Diese Art von Mann bin ich nicht." Ich erstarrte, als sich seine Hände an meine Wangen legten und er mich küsste.

„Ich täusche nichts vor", murmelte er.

Unsere Zungen kämpften. Ich wollte ihn verschlingen, wollte ihn in mir, atmete ihn ein. Er bog den Rücken durch, als ich meine Hände unter sein T-Shirt schob, um ihn noch dichter an mich zu pressen. Sein feuchter Mund trieb mir Tränen in die Augen und ich war dankbar, kein Bier getrunken zu haben – sein Geschmack allein berauschte mich genug.

Er löste sich als Erster, um Atem zu schöpfen, und sah mir in die Augen. Dann setzte er den Kuss fort und ich ertrank erneut in ihm, während ich ihn auf das Sofa presste, um ihn mit meinem Körper zu bedecken. Nachdem ich ihm sein T-Shirt ausgezogen hatte, suchte ich mir einen kleinen blauen Fleck an seinem Hals und zwickte hinein, bevor ich zu seinem Schlüsselbein wanderte.

Jae spreizte zischend die Beine, sodass ich zwischen ihnen lag. Ich machte weiter, wollte jedes bisschen seiner eisigen Maske zum Schmelzen bringen. Ich wollte den Jae hervorlocken, den Scarlet kannte und liebte, die wilde Seite, die tief in ihm lauerte. Meine Finger, die in seine Brustwarze zwickten, brachten ihn vor Verlangen zum Keuchen.

Durch unsere Kleider spürte ich, wie er steif wurde. Ich rieb mich langsam an seinem Körper, bis sich seine Lippen erneut für mich öffneten. Die Hitze seines Mundes strömte in meinen Körper und ich hob stöhnend die Hüften, bevor ich völlig die Kontrolle verlor und mich blamierte.

Doch es entpuppte sich als Fehler, denn nun war zwischen uns Platz für seine Hand, die über meinen Bauch strich und durch das Haar um meinen Nabel fuhr. Er biss sich auf die Lippe, als er mit den Fingernägeln über die Haut unter meinem Hosenbund kratzte – ein gefährliches Spiel mit meiner Beherrschung.

„Mach den Mund auf, Baby", bat ich, bevor ich ihn mit einem Kuss in Besitz nahm. Ich wollte mehr als nur seinen Körper, was ein beängstigendes Gefühl war. Entflammt durch seinen warmen Mund und seine innere Stärke hätte ich alles genommen, was er bereit war, mir zu geben. „Ich möchte dich lieben."

Er schmiegte sich an mich, passte perfekt an meinen Bauch und in meine Arme. Als ich in seine Unterlippe biss, zog er mich stöhnend in einen weiteren Kuss. Dieses Stöhnen wollte ich erneut hören, was mir schließlich gelang, indem ich an seiner Zunge saugte. Als unsere Zähne zusammenstießen, lachte er ein tiefes, heiseres Lachen, das ich in meinem Bauch spürte.

„Will dich", murmelte er, während er die Hände auf die Rückseite meiner Oberschenkel presste und von meiner Jeans frustriert zu sein schien. Kleine Küsschen landeten auf meiner Kehle, gefolgt von Zähnen, die meinen wild hämmernden Puls umschlossen. Plötzlich hielt er inne. „Warte, *Hyung*, das ist nicht gut. Du bist verletzt …"

„*Agi* gefällt mir besser", knurrte ich und schob mich keuchend seinen Körper hinauf, damit er sich mir nicht entzog. „Schau mir in die Augen und sag mir, dass du gehen willst. Dann lasse ich dich."

Er schien mit sich kämpfen zu müssen, um mich anzusehen, und es war schwer, ihn sagen zu hören: „Es wäre besser für dich."

„Nein", widersprach ich. Ich packte seine Handgelenke, um sie über seinem Kopf festzuhalten. „Du machst mich verrückt, du machst mich wütend und verdammt, ich will dich so sehr. Willst du es etwa nicht? Willst du es wirklich nicht mit mir versuchen?"

„Cole." Sein warmer Körper unter mir schien mich zu verbrennen, als er sich über die Lippen leckte. „Wenn ich bei dir bin … In deiner Nähe zu sein, zieht mir den Boden unter den Füßen weg. Ich will dich, obwohl ich es nicht sollte. Aber dein Leben, deine Gefühle sind chaotisch. Manchmal verhältst du dich, als wolltest du sterben. Das kann ich nicht. Ich muss mich um meine Familie kümmern. Ich kann mich nicht auch noch um dich kümmern. Es geht nicht."

„Ja, bei mir ist alles chaotisch", gab ich zu. „Aber bei dir doch auch, Baby." Ich hob ihn an, bis er aufrecht an der Armlehne saß, und platzierte meine Knie rechts und links von seinen Beinen. Er war unschlüssig. Ich sah es in seinen goldbraunen Augen und wagte mich vor. „Du läufst vor mir weg, nur um dich wieder fangen zu lassen. Du willst es genauso sehr wie ich. Gib es doch einfach zu."

Er schlüpfte zwischen meinen Knien heraus und erhob sich von der Couch. Es tat weh, ihn dort, den Rücken mir zugewandt, stehen zu sehen, während er unter einem Ansturm von Gefühlen erbebte. Nein, ich konnte nicht verstehen, was er durchmachte. Ich hatte mich vor langer Zeit entschieden und zugesehen, wie meine Eltern sich von mir abwandten. Allerdings besaß ich nicht seine enge Bindung zu ihnen. Ich spürte nicht den Druck einer Kultur, die für mein Leben einen ganz bestimmten Ablauf vorsah, sondern nur gelegentliche Schuldgefühle oder die Sehnsucht, meinen Vater zurückzubekommen. Es war eine freie Entscheidung gewesen.

„Ich verlange doch nicht, dass du deine Familie hinter dir lässt, Jae. Aber vielleicht kannst du ein paar Schritte auf mich zugehen", sagte ich sanft. „Wir können das hinkriegen, Babe. Bestimmt."

Bobby mochte glauben, dass schwule Männer erst Sex hatten und später an eine Beziehung dachten, doch während ich so den Streifen nackter Haut betrachtete, der unter Jaes T-Shirt hervorschaute, konnte ich ihm nicht recht geben. Ich wollte nicht so sehr Sex, wie ich … Jae wollte. Trotz allem, was ich in so kurzer Zeit mit ihm mitgemacht hatte, wollte ich ihn an meiner Seite haben. Sex war natürlich eine großartige Sache – ich war nicht dumm, schon gar nicht enthaltsam und dumm. Gott hatte in Jae ein erotisches, hinreißendes, kompliziertes Chaos erschaffen, in dem ich am liebsten ertrunken wäre, doch ich wollte definitiv mehr.

Ich beugte mich vor, um den Streifen Haut sanft mit meinen Lippen zu liebkosen, und sah, wie die Berührung mit einem Zittern durch seinen Körper wanderte.

„Bring mich nach oben, *Agi*", flüsterte er, während er sich umdrehte und mit gesenktem Blick meine Hand nahm. „Bitte."

ER SCHMECKTE nach Minze und fröhlichem Lachen. Jae zu küssen war, als kostete ich von seiner Seele. Ich hielt mich nicht zurück, sondern ließ ihn meine ganze Leidenschaft spüren, bis er atemlos war. Er belohnte mich mit feuchten Küsschen auf meiner Schulter, bis ich mich erneut hungrig auf seine Lippen stürzte, während ich mit seinem widerspenstigen T-Shirt kämpfte, das an seinem Ellbogen hängenblieb.

„Warte." Er stieß mich lachend von sich. „Lass mich das machen, bevor du mir den Arm brichst. Kümmer du dich um deine eigenen Sachen."

Ich konnte nicht genug davon bekommen, ihm dabei zuzusehen, wie er sich auszog. Mit schlichter Eleganz streifte er langsam seine Kleidung ab, enthüllte seinen muskulösen Oberkörper und lange Gliedmaßen. Ein schmaler roter Streifen über seinem rechten Schlüsselbein drohte, ihm in Form einer Narbe eine Erinnerung an die Explosion zu hinterlassen. Kaum hatte ich mich meiner Kleider entledigt, streckte ich ihm die Arme entgegen und zog ihn an mich.

„Gott, du bist wunderschön." Ich leckte über die potentielle Narbe, hinterließ einen feuchten Streifen. Meine Zungenspitze glitt seinen Hals bis zu seinem Kiefer hinauf, wo ich ihn mit den Zähnen zwickte, bis er sich keuchend an mich presste. Meine Finger spielten derweil mit einer Brustwarze, bis sie sich aufrichtete.

„Brauche dich", stöhnte Jae, der den Kopf in den Nacken legte, um meinen Lippen seine Kehle darzubieten. Er krallte sich mit den Händen an meinen Schultern fest und sein Schwanz hinterließ einen feuchten Streifen an meinem nackten Oberschenkel. Hastig griff ich nach einem der Kondome auf dem Nachttisch, um es mit den Zähnen aufzureißen.

Ich war so steif, dass es schmerzte, als ich es mir überstreifte, so sehr sehnte ich mich danach, in ihm zu sein. Mein Schaft pochte im selben Rhythmus wie das Blut in meinen Ohren, doch ich war fest entschlossen, mir Zeit zu lassen – irgendwann würde Jae nämlich gehen und nicht mehr jederzeit in Reichweite sein. Dennoch schüttelte ich die Melancholie für den Augenblick ab und konzentrierte mich darauf, Jae auf die Matratze zu schieben und meinen nackten Körper auf ihn zu senken. Er wand sich unter mir.

Nachdem ich kurz den Anblick seines Mundes genossen hatte, widmete ich mich seinem Körper, indem ich über eine Brustwarze leckte, während ich mit den Fingern kräftig in die andere kniff. Ich grinste, als er stöhnend die Hüften bewegte und, da er nicht länger warten konnte, nach der kleinen Flasche Gleitgel tastete, die ich auf die Matratze geworfen hatte. Beinahe verzweifelt öffnete er den Deckel und hielt das Fläschchen hoch, damit ich es für meine Finger benutzen konnte. Ich leckte lachend durch seinen Bauchnabel, jagte mit der Zunge der Gänsehaut auf seiner Hüfte nach.

„Spreiz die Beine, Baby." Ich stupste sein Bein mit der Schulter an, damit er es bewegte. „Ich möchte dich sehen."

„Cole …" Jae sah mich unter gesenkten Lidern mit einem lodernden Blick an. „Das ist …"

„Bist du nicht mein?" Ich stupste erneut gegen sein Bein, während ich seinen Schwanz einmal sanft meine Zähne spüren ließ, bevor ich über die Eichel leckte, bis ich ihm einen Tropfen salzige Flüssigkeit entlockt hatte. „Dann zeig mir, was mir gehört, Baby."

Ich vergrub mein Gesicht zwischen seinen Schenkeln. Von dem frischen, männlichen Geruch dort konnte ich kaum genug bekommen, während ich weiter über die empfindliche Stelle am oberen Ende seines Schaftes leckte, bis Jae sich unter mir wand und mit einem Aufschrei die Knie anzog, um der süßen Qual zu entkommen.

„Schon besser, Baby." Mit einem leisen Lachen strich ich das mittlerweile warme Gel zwischen seine Beine und verteilte es um die samtige Öffnung.

„*Agi*." Jae rutschte ein Stück die Matratze hinauf, bis seine Schultern von weichen Kissen gestützt wurden. So verletzlich vor mir ausgebreitet spiegelte sich Schüchternheit in seinem Blick wider. Ich ließ das wunderschöne Gesicht nicht aus den Augen, als ich seinen Schaft so weit in den Mund nahm, wie ich konnte. Die dunklen Augen schlossen sich, als er keuchte und ein zufriedenes Summen von sich gab, während er meine Schultern streichelte.

Meine Fingerspitzen schoben sich ein wenig in seinen glühend heißen Körper, der sich so gut anfühlte, dass ich kurz von seinem Schwanz abließ, um einmal über seinen Eingang zu lecken. Mittlerweile hatte sich Jae dem Rhythmus meiner Zunge und meiner Finger vollkommen hingegeben. Ich massierte seine Hoden, saugte erst einen, dann den anderen in meinen Mund, bevor ich mich mit einem feuchten Schmatzen zurückzog, um mich wieder seinem Schwanz zu widmen. Ich leckte daran entlang, bis zur glänzenden Eichel hinauf.

Die Vene an seinem Schaft pochte unter jedem meiner zarten Küsschen. Eine kräftigere Berührung meiner Lippen sandte ein Zucken durch seinen ganzen Körper. Jae schnappte noch keuchend nach Luft und war völlig unvorbereitet, als ich meinen Finger in ihn schob. Mit seinem Schaft in meinem Mund versenkte ich ihn tief in ihm und streichelte die weiche Wärme, bis ich die richtige Stelle gefunden hatte.

Als ich den Finger daraufpresste, riss er ruckartig die Hüften hoch, bis er sich nur noch mit den Zehenspitzen abstützte. Sein Keuchen verwandelte sich in Schreie, lautes Jammern und Betteln. Sie stiegen an und verebbten zu einem leisen Wimmern, als ich mich von ihm löste. Die salzige Flüssigkeit auf meiner Zunge sagte mir, dass Jae kurz vor dem Höhepunkt stand, und ich wollte mich in ihm befinden und seinen Samen zwischen uns spüren, wenn er kam.

Jae krallte sich keuchend in die Laken. „Warum hörst du auf? Du machst mich verrückt."

„Weil ich in dir sein will", flüsterte ich, während ich mich hinkniete. Mit einem leidenschaftlichen Kuss schob ich einen zweiten Finger hinein, um ihn zu weiten – mein Schwanz war nicht klein und ich wollte sichergehen, dass ich ihm damit keine Schmerzen zufügte. Er zischte, während ich so mit ihm spielte, und biss sich auf die Lippe. Sein Schwanz zuckte im Rhythmus meiner Finger.

„Will dich endlich", murmelte er in meinen Mund.

„Du bist so ungeduldig, Jae-Min", neckte ich, während ich meine Finger kreisen ließ. Er atmete lautstark aus und rieb seine Oberschenkel an meinen Beinen. „Dummer Junge."

„Dumm?", knurrte Jae. Er hob den Kopf, um seine Zähne in meinem Ohrläppchen zu versenken, und zog so kräftig daran, dass ich den Kopf neigen musste.

Ich strich lachend Gleitgel auf meinen Schaft. „Lass mich los."

„Dann tu es endlich", sagte Jae, während er die Stelle mit einem Küsschen beruhigte. „Sofort."

„Dein Wunsch ist mir Befehl, Baby", murmelte ich. „Dreh dich um."

Ich half ihm, sich auf den Bauch zu drehen und ein Kissen unter seine Hüften zu schieben, bevor ich mich in Position brachte. Sanft presste ich mich gegen seinen Körper, der sich mir bereitwillig öffnete. Mein Schwanz tropfte aus Vorfreude, sich endlich in seiner Hitze versenken zu dürfen, während Jaes Körper von einem Beben geschüttelt wurde, das sich, wie ich aus Erfahrung wusste, nur durch meinen Schaft an den Nerven in seinem Innern befriedigen lassen würde. Als ich langsam in ihn eindrang, schob er mir seine Hüften entgegen und umfing mich auf wunderbare Weise.

„Da, Cole", keuchte er mit knirschenden Zähnen. „Genau … da."

Auf dem Kissen befanden sich bereits feuchte Abdrücke seiner Zähne, als sein Speichel in den Stoff sickerte. Einen Schrei unterdrückend biss er erneut hinein, hob dann jedoch den Kopf, als ich mich vorsichtig aus ihm zurückzog. Seine Atemzüge waren kurz und heftig, als er mir mit seinen Hüften folgte, um mir zu zeigen, dass es ihm zu lange dauerte.

Doch da mir sein Stöhnen gefiel, löste ich mich ganz aus ihm, bis mein steifer Schwanz in der Luft wippte. Er schien seine ganze Selbstbeherrschung aufbringen zu müssen, um zitternd still zu halten, damit ich wieder in ihn finden konnte. Seine Finger griffen nach einem zweiten Kissen, um sich darin festzukrallen.

Ich senkte den Blick, um zuzuschauen, wie mein Schwanz sich gegen ihn presste, und spreizte mit den Fingern sein knackiges Hinterteil, um es noch besser sehen zu können. Jae leckte sich die Lippen, ließ seine Knie noch weiter auseinanderrutschen und hob die Hüften. Zuzusehen, wie mein Schaft langsam in seiner Wärme versank, war beinahe zu viel. Es wurde noch erotischer, als Jae ein halb frustriertes, halb leidenschaftliches Stöhnen ausstieß und versuchte, sich weiter auf meinen Schwanz zu schieben.

„Ich möchte mir Zeit lassen", warnte ich und musste grinsen, als ein koreanischer Wortschwall diese lieblichen Lippen verließ. „Was für einen frechen Mund du doch hast."

„Ich will dich in mir", knurrte Jae, während er sich energisch gegen mich presste. „Ich brauche dich. Ich brauche es."

Ehrfürchtig betrachtete ich diesen mir dargebotenen Körper, der sich unter meinem Blick wand. Mein Schatten fiel auf Jaes Schultern, als ich mich zurückzog und wieder in ihn schob, die Hitze vor mir zerteilte. Meine Eichel weitete ihn, bis sie hineinrutschte und dem Rest meines Schaftes den Weg ebnete.

Mein Schwanz zuckte, als seine weiche Haut von feuchter Wärme umschlossen wurde. Ich hielt kurz inne, um ihn das Gefühl der Befriedigung genießen zu lassen. Jae zitterte, während ich noch zögerte, mich ganz in seinen einladenden Körper zu schieben.

„Los", fauchte Jae heiser.

Ich hatte nicht vor, ihm in diesem frustrierten Zustand zu widersprechen – schon gar nicht, als er hinter sich griff, um mich an sich zu ziehen, wobei mich scharfe Fingernägel darauf hinwiesen, dass ich zu weit von ihm entfernt war.

Ich begann mit gemächlichen Bewegungen, woraufhin er erst ein Brummen von sich gab, bevor er mit einem langen, verzückten Schrei den Kopf in den Nacken warf. Da packte ich seine Hüften, um mich erneut aus dem Körper meines Liebsten zurückzuziehen und kräftig zuzustoßen.

Jae wand sich unter meinen Händen, um einen Teil der Kontrolle über meine Stöße zurückzugewinnen, doch ich ließ mich nicht abschütteln. Frustriert bewegte er seine Hüften in kleinen Kreisen und zog seine Muskeln um meinen Schwanz zusammen, als ich mich tief in ihm befand.

Bald hatten wir einen Rhythmus gefunden, begleitet von Jaes Stöhnen und leisen Schreien, die mich um „mehr" und „schneller" anflehten. Meine Oberschenkel klatschten bei jedem Stoß laut gegen ihn, und obwohl ich mich so tief in ihn rammte, wie ich konnte, wollte ich ebenfalls mehr, wollte alles von diesem wunderschönen jungen Mann, was er mir anbot.

Sein Stöhnen wurde zunehmend atemloser, bis es ganz abbrach, als meine langen Stöße pausenlos das feuchte Gel in seinen Körper schoben. Stattdessen war nur noch gequältes Keuchen zu hören, während ich durch die Mischung aus Wonne und Schmerz in der heißen Enge dem Höhepunkt selbst näher und näher kam. Ein Brennen breitete sich in meinen Hoden aus, als sein Körper um mich herum zuckte, da ich nun bei jedem Stoß die richtige Stelle in seinem Innern traf.

Jae klammerte sich am Bett fest und presste seine Stirn in die Laken, während er sich meinen Stößen hingab und sich von meinem Schwanz überwältigen ließ. Sein Körper bebte bei jeder meiner Bewegungen und ich war nicht sicher, wie lange er noch durchhalten würde. Er war ein wunderschöner Anblick, wie er mich so bereitwillig in sich aufnahm. Mittlerweile konnte ich mich mühelos in ihm bewegen und der Rhythmus wurde erst unterbrochen, als ich eine Hand unter seinen Körper schob und sie um seinen Schwanz legte.

Er war dem Orgasmus so nah, dass diese eine Berührung ausreichte. Er erstarrte stöhnend, bevor er bebend in das Kissen sank. Schon spürte ich selbst das vertraute Kribbeln, das leichte Erröten meines Gesichts, das meinen Höhepunkt ankündigte.

Das Blut rauschte laut in meinen Ohren, als Jaes Körper sich zusammenzog und meinen Schwanz festhielt. Ich ließ mich von meinen Gefühlen durchfluten, während ich Jae heiser meinen Namen sagen hörte, als sein Samen über meine Finger spritzte.

Dann konnte ich es nicht länger zurückhalten: Ich lehnte mich zurück, um ein letztes Mal heftig in ihn zu stoßen. Blitze zuckten in meinen Nerven, sodass ich mich in einer heftigen Explosion in ihn ergoss, als sich seine kräftigen Muskeln erneut um mich schlossen. Ich schob mich so tief in ihn, dass sie selbst auf die Wurzel meines Schafts Druck ausübten.

Sanft bewegte ich mich in ihm, bis meine Lust verebbte und er ebenfalls das letzte bisschen Flüssigkeit in meine Hand vergossen hatte. Dann beugte ich mich über ihn, um seine Schulter zu küssen und mit zitternden Fingern seinen Hals zu streicheln, während er versuchte, wieder zu Atem zu kommen. Als ich mich gerade aus ihm lösen wollte, streckte er eine Hand nach hinten, um mich am Bein festzuhalten.

„Bleib noch einen Moment. Bitte", keuchte er heiser. Seine Atmung war heftig und unregelmäßig, hatte noch nicht in ihren ruhigen Rhythmus zurückgefunden. Er lag erschöpft unter meinem schwereren Körper, genoss es allerdings offensichtlich. Ich schwelgte einige Sekunden im angenehmen Gefühl seiner Wärme unter mir, bevor ich uns schließlich auf die Seite rollte.

„Ich bin zu schwer für dich", erklärte ich stöhnend, bevor ich seinen Rücken küsste. „Warte, ich hole ein Handtuch."

Er beschwerte sich leise, als ich widerstrebend aufstand, obwohl ich ihm versicherte, gleich zurück zu sein. Nachdem ich das Kondom in der Toilette entsorgt hatte, kehrte ich mit einem nassen Waschlappen zurück, um Jaes zitternden Körper zu reinigen. Er ließ es zu und grinste, als ich den Lappen anschließend zusammenknüllte und wie einen Basketball über den Kopf hob, um ihn mit einem Wurf im Wäschekorb zu versenken. Dann kletterte ich wieder auf die Matratze, um mich an ihn zu kuscheln. Keiner von uns wollte den anderen loslassen und so blieben wir lange liegen, wobei nur hin und wieder ein leises Quietschen des Bettes zu hören war, wenn wir träge unser Gewicht verlagerten. Mein Puls beschleunigte sich jedoch wieder, als ich mich zu seinem Mund vorbeugte, um ihn zu küssen, und mich in seinem Geschmack verlor.

„Ich mag es zu sehr. Es ist mir unheimlich", flüsterte Jae. „Manchmal machst du mir Angst, weil ich so viel Sehnsucht nach dir habe."

„Das Ganze ist eine verdammt beängstigende Sache", stimmte ich zu, während ich mich dichter an seinen langen, warmen Körper schmiegte. Jae streichelte meinen Rücken und küsste mich so sanft und liebevoll, dass es uns beide atemlos machte, bevor er es sich mit der Wange auf meiner Brust bequem machte und seine Arme um meine Taille schlang. „Falls es dich beruhigt: Du machst mir auch Angst."

14

ICH ERWACHTE mit Jae-Mins Geschmack auf meiner Zunge. Das Gefühl seines Körpers in meinen Armen fehlte leider. Als ich mich bewegte, erfuhr ich auf qualvolle Weise, dass sich offenbar sogar auf meiner Zunge Blutergüsse zu befinden schienen und selbst meine Haare wehtun konnten. Meine Augen zu öffnen bereute ich gleich, da das Licht mir die Hornhaut verbrannte.

„Wie spät?" Meine Stimme klang weit entfernt, verwaschen unter dem Rauschen in meinen Ohren. Neko saß auf der Fensterbank, um mit einem leisen Schnattergeräusch, das mit dem Summen in meinem Kopf konkurrierte, die Vögel zu beobachten. Das Licht stach mit spitzen Dreiecken in mein Gehirn, sodass mir Tränen in die Augen traten und die Welt zu bunten Flecken verschwamm. Unter ihnen machte ich Jae aus, ein Klecks aus Schwarz und blassem Gold, der sich wie eine Welle aus dem roten Ozean der Bettlaken abhob.

Seine Silben klangen wieder runder, als hätte er vor Kurzem Koreanisch gesprochen. Ich mochte den plätschernden Klang, der mich an Tee erinnerte, den man in eine Tasse goss. Ich schluckte das Geschmolzene herunter, bevor ich beinahe an einem Stück Eis erstickte, wovor mich nur Jaes Finger bewahrten, die meine Kehle massierten.

„Sorry", murmelte ich. Da war eine unscharfe Erinnerung an heiße Küsse und Jaes sündigen Mund an meiner Brustwarze. Danach war alles schwarz. Dennoch hatte ich das Gefühl, mich für einiges entschuldigen zu müssen. Als ich es riskierte, die Augen zu öffnen, sah ich Jae neben mir auf dem Bett sitzen.

Eines meiner alten T-Shirts verschluckte seinen schlanken Körper und die marmorierten Blutergüsse an seinem Hals hatten sich an den Rändern gelblich verfärbt. Ich versuchte die Hand zu heben, um den zu berühren, in den ich mit meinen Zähnen gezwickt hatte, doch mein Arm wollte mir nicht gehorchen. Sein Gesicht verschwamm mir erneut vor den Augen, was Zwinkern nur noch schlimmer zu machen schien.

„Kuss", verlangte ich in der Hoffnung, mir mit meinem jammervollen Zustand einige Zärtlichkeiten erbetteln zu können.

„Nicht bevor du dir die Zähne putzt", lehnte er lachend ab. „Komm her, ich helfe dir hoch. Du willst bestimmt ins Badezimmer. Scarlet holt mich ab – ich brauche Anziehsachen und sie möchte einkaufen. Kommst du alleine zurecht?"

Auch wenn ich eigentlich nicht leicht beeinflussbar bin und mein Schwanz gerade noch andere Dinge im Sinn gehabt hatte, klang ein Besuch im Badezimmer plötzlich himmlisch. Mit Jaes Hilfe stand ich zittrig auf, wobei sich seine langen Beine kurz mit meinen verhakten, als meine weichen Knie einen Moment lang nachgaben.

„Ich komme klar", versicherte ich ihm. „Viel Spaß beim Einkaufen." Jae verdrehte die Augen und beobachtete meine Bewegungen, bis ich ihn mit einem Winken endgültig fortschickte und die Tür hinter ihm schloss. Nach dem Zähneputzen schmerzte bereits mein Arm, doch ein Blick in den Spiegel verriet mir, dass ich um eine Dusche nicht herumkommen würde.

Rote und violette Flecken bedeckten meine Schläfe und wanderten an einer Wange herunter. Getrocknetes Blut von einem kleinen Schnitt über meiner rechten Augenbraue verklebte das Haar an der Schläfe. Meine Lippen waren leicht geschwollen und ich konnte beinahe noch Jaes Zähne darauf spüren. Mike machte sich oft darüber lustig, wie hübsch ich war, aber im Augenblick hätte ich selbst bei einer Hundeshow schlecht abgeschnitten.

Ich stellte das Wasser an und trat unter den Strahl, bevor es warm geworden war. Ein eisiger Schock biss in die Kratzer auf meinem Rücken, bis Wärme und Dampf meinen Körper bedeckten und meine Nervenenden schmerzhaft aufweckten. Nachdem ich mich abgetrocknet hatte, schlüpfte ich in eine Jeans, während ich über die Kruste an meiner Stirn rieb. In meinem Haus befand sich eine Katze und eins meiner liebsten T-Shirts war verschwunden. Ich musste lächeln. Es war unerwartet, dass fehlende Kleidungsstücke in meinem Herzen ein so warmes Flattern auslösen konnten. Fertig angezogen begab ich mich ins Erdgeschoss.

Ich war gerade mit Recherchen beschäftigt, als Claudias Ankunft die friedliche Stille durchbrach.

„Du hast dich mit deinem armseligen Hinterteil also endlich aus dem Bett bewegt", begrüßte sie mich herzlich, als wäre ich einer ihrer Söhne. „Wurde auch Zeit. Du musst Sachen unterschreiben."

„Ich habe dich auch lieb", murmelte ich, während ich einen Schluck von meinem Kaffee trank, dankbar für den bitteren Geschmack, der sich mit dem Pfefferminzaroma meiner Zahnpasta mischte. Ich trank weiter, während ich durch die mir vorgelegten Papiere blätterte und sie unterschrieb. Ein Blatt weit unten im Stapel ließ mich stutzen. Ich wedelte damit vor Claudias Gesicht herum. „Was ist das?"

„Die Auszahlung deiner Versicherung. Die waren ziemlich schnell. Es wundert mich, dass sie dich weiter versichern wollen." Sie erhob sich mit einem Schnauben, um sich ebenfalls eine Tasse Kaffee zu holen, bevor sie sich mit in die Hüfte gestemmtem Arm vor mir aufbaute. Die roten Blumen auf ihrem Kleid leuchteten so kräftig wie meine Blutergüsse, weshalb ich den Blick abwandte, um nicht geblendet zu werden. „Für die Blechbüchse hast du ganz schön viel bekommen."

„Es war ein gutes Auto." Die Summe war in der Tat lächerlich, allerdings hatte die Versicherungsgesellschaft nicht den Zustand des Autos gesehen, bevor es wie Konfetti auf der Straße zerstreut worden war. „Wurde ein Mietwagen für mich gebracht?"

„Einer dieser riesigen SUVs, die reiche Leute ohne Verstand fahren." Die Couch knarzte, als Claudia sich setzte. „Er steht auf deinem Parkplatz. Ich habe ein

Schild drangeklebt, auf dem steht: Das ist *nicht* Cole McGinnis' Auto. Bitte nicht in die Luft sprengen."

„Tja, du hast bitte gesagt. Das wird bestimmt helfen." Ich nickte. „Danke, Claudia. Für deine Hilfe mit Jae, meine ich, und alles andere."

„Um so einen Jungen kümmert man sich gern. Sehr nett und höflich. Du kannst noch etwas von ihm lernen."

„Das glaubst auch nur du", schnaubte ich. „Sich um ihn zu kümmern ist ungefähr so leicht, wie einen Igel mit Zahnschmerzen zu pflegen. Hat man dir den Schlüssel gegeben? Oder hast du ihn vor mir versteckt?"

„Dir den Schlüssel zu geben ist wahrscheinlich das Dümmste, was ich je getan habe." Trotzdem kramte sie ihn aus ihrer Handtasche, um ihn mit einem Klappern schwungvoll über den Tisch zu schieben. „Hast du etwa ähnlich dumme Dinge vor?"

„Ich habe vor, Jae einen Zettel zu hinterlassen, damit er sich keine Sorgen macht, wenn er nach Hause kommt." Ich schnappte mir den Schlüssel und beugte mich vor, um Claudia zum Abschied auf die Wange zu küssen. „Warte nicht auf mich, Ma. Ich muss ein ernstes Gespräch über einen toten Stricher führen."

„Nimmst du Bobby mit?", rief sie mir hinterher, bevor ich die Tür schloss. „Jemand muss doch bei deinen Dummheiten auf dich aufpassen."

„Nein." Ich grinste, als ein finsterer Blick Falten in ihr rundes Gesicht zauberte. „Er kann sich seinen eigenen toten Stricher suchen."

MEIN LAPTOP und eine gründliche Suche hatten mir Brian Parks Adresse und einige persönliche Informationen geliefert. Park hatte an der University of Southern California studiert und war der dritte Sohn einer einflussreichen koreanischen Familie, vor allem Ärzte und Ingenieure – nicht, dass ein Anwalt daneben schlecht aussah. Als Jugendlicher war er bereits mit dem Gesetz in Konflikt geraten, allerdings konnte ich seine Akte auf normale Weise nicht einsehen. Wollte ich diese Informationen wirklich haben, blieb nur der Weg über Bobby.

Einige Polizisten mochten ihn nicht nur, sondern bewunderten ihn für sein Schweigen während seiner Zeit im Dienst. Von dieser Beliebtheit war ich weit entfernt. Es hätte mich nicht gewundert, wenn bei einigen von Bens Freunden auf ihren Übungszielen am Schießstand mein Gesicht abgebildet gewesen wäre.

Ben.

Ich lenkte den SUV auf einen schattigen Parkplatz und bemühte mich, meine Gedanken von der Erinnerung an meinen Partner abzubringen. Das Lenkrad grub sich in meine Stirn und die blauen Flecken an der Seite meines Gesichts. Ich musste lachen, als mir einfiel, wie Ben mich geneckt hatte, wenn ich in unserem Dienstfahrzeug meinen Kopf auf dem Lenkrad abgelegt hatte.

„Mit deiner Nase kann man nicht lenken, McGinnis", sagte er dann immer und zeigte auf seine eigene. „Dazu braucht man so eine."

Das italienische Blut seines Vaters hatte bei ihm für ein kräftiges Profil mit Adlernase und dunklen Augenbrauen sowie für ein dröhnendes Lachen gesorgt. Dass ich schwul war, hatte er vor unserer ersten Begegnung gewusst – ich machte bei der Arbeit kein Geheimnis daraus und niemand tratscht wie Polizisten. Er machte genauso wenig ein Geheimnis daraus, was er von meiner großspurigen Arroganz hielt.

„Niemand muss über dein Privatleben Bescheid wissen, Cole", sagte er einmal beim gemeinsamen Biertrinken nach einem langen Arbeitstag. „Dass du anders bist, will niemand hören. Wenn du die Leute nicht die ganze Zeit daran erinnerst, können sie es ignorieren. Es wäre also besser für dich, den Mund zu halten."

Ich stimmte ihm nicht zu, sondern beharrte auf meinem Recht, zu lieben, wen ich lieben wollte. Ben musste das wohl anders gesehen haben. Ich würde es niemals erfahren, da er die genauen Gründe für seine Tat mit ins Grab genommen hatte.

„Scheiße." Ich verdrängte Ben mit Gewalt aus meinen Gedanken. Dort gehörte er jetzt nicht mehr hin. Als ich mir gerade übers Gesicht wischte, zuckte ich zusammen, da mein Handy piepte. Mit ungeschickten Fingern schob ich es über den Beifahrersitz, bis ich es endlich zu fassen bekam und das Gespräch annehmen konnte. Hoffentlich hatte Bobby etwas für mich herausgefunden.

„Hallo, Prinzessin", meldete er sich tatsächlich. Im Hintergrund hörte ich Claudia, die gerade jemanden dafür tadelte, mit schmutzigen Füßen das Haus betreten zu haben. „Weißt du, was lustig ist? Ich bin in deinem Haus, aber du bist nicht hier. Wollten wir nicht vermeiden, dass du dich ohne mich herumtreibst?"

„Du wolltest es vermeiden", antwortete ich, während ich mein Notizbuch aufschlug und im Rucksack auf dem Beifahrersitz einen Kugelschreiber fand. „Hast du noch was Neues zu Park? Ich fahre gerade hin."

„Kann ich irgendetwas sagen, das dich davon abhält?" Der Lärm im Hintergrund nahm zu, bis Bobby von lautem Gelächter übertönt wurde.

„Was zum Teufel ist da drüben los?", erkundigte ich mich, wobei ich demonstrativ seine Frage ignorierte. „Es klingt, als würdet ihr eine Party veranstalten. Falls ihr das wirklich tut, macht bitte nicht das teure Porzellan kaputt."

„Hier ist es wie in einem schlechten Witz: Eine schwarze Frau, ein Filipino-Transvestit und ein koreanischer Ex-Stripper treffen sich im Haus eines schwulen Mannes ... Vielleicht könnte man irgendwo noch einen Pastor und einen sprechenden Hund einbauen." Der Lärm ließ nach und ich hörte das vertraute Klicken der sich schließenden Gittertür. „Aber ich meine es ernst, Cole. Du solltest das nicht allein machen."

„Mir geht es gut. Ich kann wieder richtig sehen und habe keine Halluzinationen mehr – bis auf die kleinen rosa Eidechsen, aber das ist bestimmt normal. Und jetzt sag mir endlich, was du rausgefunden hast."

„Wenn du irgendwem sagst, dass du das von mir hast, muss ich dich umbringen." Die Drohung machte mir keine Angst – schließlich versuchte er jedes Mal, wenn wir in den Ring stiegen, mich umzubringen. Glücklicherweise war ich mit Mike aufgewachsen, weshalb ich die Kunst des Ausweichens außergewöhnlich gut beherrschte. Trotzdem brummte ich ein Ja, damit er fortfuhr, woraufhin ich beinahe an meinem eigenen Speichel erstickte, als er mir die ganze Liste vorlas.

„Du machst doch Witze. Hast du Jae darauf angesprochen?" Ich schwankte zwischen Sprachlosigkeit und aufkeimender Verärgerung über Jae-Min. Es hätte mich nicht gewundert, wenn ihm Parks kriminelle Vergangenheit bekannt gewesen wäre und er es mir verschwiegen hätte. Ehrlichkeit schien für ihn eine wesentlich andere Bedeutung zu haben als für mich.

„Ja, ich habe ihn gefragt. Er hat nur mit den Schultern gezuckt. Ob das hieß, dass er es nicht wusste oder dass es ihn einfach nicht interessiert, kann ich nicht sagen. Willst du mit ihm reden?"

„Nein", brummte ich. Mir war gerade absolut nicht nach einem weiteren Streit über Geheimnisse. „Ich frage ihn später."

„Soll ich ihm sagen, dass du ihn liebst und ihn vermisst?" Bobby ahmte Kussgeräusche nach.

Ich legte auf, ohne es einer Antwort zu würdigen, um stattdessen im Büro von Papa Kim anzurufen. Mit ein bisschen Glück war Park noch dort und ich konnte vorbeifahren und mit ihm reden. Eine Rezeptionistin meldete sich mit einem Schwall von Koreanisch, bei dem ich keine Chance hatte. Wenn sie mich nicht Baby oder Idiot nannte, würde ich kein Wort verstehen.

„Ähm, Entschuldigung", antwortete ich. „Ich bin auf der Suche nach Brian Park. Ist er noch da?"

„Darf ich fragen, mit wem ich spreche?" Ich sagte es ihr, und obwohl sie zögerlich klang, stellte sie mich am Ende durch.

Ich lauschte dem Klingeln, bis Park abnahm. „Hallo, Brian, wie geht es Ihnen?"

„Gut." Er klang verwirrt darüber, dass ich ihn mitten am Tag anrief. Falls ihm zu Ohren gekommen war, dass mich ein paar ungünstig platzierte Rohrbomben verletzt hatten, bewegte es ihn nicht zu Mitleidsbekundungen. „Was wollen Sie, McGinnis? Ich habe nicht viel Zeit."

„Ich habe noch ein paar Fragen", antwortete ich, während ich einem Mann mit sehr ansehnlichem Hinterteil dabei zusah, wie er für einen Golden Retriever eine Frisbeescheibe warf. Der Hund jagte ihr begeistert nach. Als der Mann meinen Blick bemerkte, lächelte er mir einladend zu. Ich erwiderte zwar flüchtig das Lächeln, senkte meinen Blick dann allerdings wieder zu meinen Notizen.

„Ich glaube nicht, dass ich Ihnen viel zu sagen habe", versuchte er mich abzuwimmeln. „Falls Sie nicht etwas Neues über Henry herausgefunden haben. Allerdings sollten Sie dann wohl eher mit Mr. Kim reden."

„Eigentlich hätte ich gern über Ihre erste Begegnung mit Hyun-Shik geredet." Das Frisbee flog erneut durch die Luft und der Hund kam näher, während er mit ungezügelter Freude die Plastikscheibe verfolgte. „Oder vielleicht Ihre erste Verhaftung."

Am anderen Ende wurde es still. Allein seine hörbaren Atemzüge verrieten mir, dass er nicht aufgelegt hatte. Dann folgte ein langer Seufzer, bevor er flüsterte: „Nicht hier. Nicht bei der Arbeit."

„Wo dann?" Ich konnte nicht abstreiten, dass ich eine plötzliche Euphorie verspürte. Zum ersten Mal seit Jaes Verletzung hatte ich einen Anhaltspunkt anstelle meiner Kristallkugel. Jetzt musste ich nur dranbleiben.

Er beschrieb mir den Weg zu einem Café nicht weit von der Kanzlei, wo wir reden konnten – oder eher wo *er* reden konnte, während ich ihm Fragen stellte. Mit einem letzten Blick auf den langbeinigen Hundebesitzer startete ich den Mietwagen und fuhr davon.

Park wartete bereits in einer Ecke des altmodischen Cafés. Es erinnerte ein bisschen an ein Diner, hell und in Schwarz und Weiß eingerichtet mit dem einen oder anderen roten Akzent. Weit entfernt von den dunklen Brauntönen, die modernere Kaffeehausketten bevorzugten. In der Luft hing der Geruch von verbranntem Kaffee, während hinter den Glasscheiben der Theke eine Auswahl von Backwaren ihr Dasein fristete. Nachdem ich einen großen Kaffee und eine Bärentatze bestellt hatte, verwies man mich wegen Milch und Zucker an einen Tisch, auf dem kleine Mengen bereitgestellt waren. Brian sah unruhig zu, wie ich meinem Kaffee den richtigen Geschmack verpasste, und wurde noch unruhiger, als ich mich lächelnd zu ihm setzte.

„Hallo. Wie geht es Ihnen und Victoria?" Er ging nicht auf meinen höflichen Small Talk ein.

„Bringen wir das hier doch einfach hinter uns. Was wollen Sie? Geld?", zischte er über den Tisch gebeugt, womit er gleich die Frau hinter der Theke auf sich aufmerksam machte. Wenn man auffallen möchte, muss man einfach nur in der Öffentlichkeit flüstern. Es ist effektiver, als gestreifte Kleidung mit Punkten und riesige Clownschuhe zu tragen. „Lassen Sie mich dann in Ruhe?"

„Wenn Sie mir einfach sagen könnten, wer Hyun-Shik umgebracht hat, wäre ich Ihnen sehr verbunden." Ich trank einen Schluck Kaffee. Obwohl er extrem stark war – oder vielleicht gerade deshalb –, schmeckte er überraschend gut. „Und hören Sie auf zu flüstern. Sonst halten die Leute Sie für verrückt."

„Ich habe Ihnen doch schon gesagt, dass ich es nicht weiß." Er drehte seine Tasse zwischen den Händen. „Das ist die Wahrheit. Ich weiß es nicht. Hyun-Shik war ein Freund. Ein guter Freund."

„Weiß Mr. Kim, dass Sie im Dorthi Ki Seu gearbeitet haben?" Ich lehnte mich auf meinem Stuhl zurück und beobachtete genau seine Reaktion. „Haben Sie so Hyun-Shik kennengelernt? Weil er einer Ihrer Kunden war?"

Dass ich es so einfach laut aussprach, schien ihn heftig zu treffen. Er sackte sichtbar in sich zusammen. Wenn ich mir seinen stämmigen Körperbau ansah, konnte ich mir kaum vorstellen, dass er in der oberen Etage gearbeitet hatte. Andererseits hatte ich mich bei Jae-Min ebenfalls geirrt – wenn ich davon ausging, dass er tatsächlich nur dort getanzt hatte, womit ich mir nach wie vor schwertat.

Brian atmete zittrig aus und rieb sich übers Gesicht und seine sorgenvoll gerunzelte Stirn. Dann murmelte er hinter seinen Fingern hervor, kaum laut genug, um ihn zu verstehen: „Ich zahle Ihnen jede Summe, damit Sie schweigen. Niemand darf das erfahren. Auf keinen Fall."

„Ich habe nicht vor, Sie zu erpressen", antwortete ich. Er warf mir einen ungläubigen Blick zu, als er die Hände senkte. „Wirklich nicht. Das Einzige, was ich haben will, ist Hyun-Shiks Mörder. Jin-Sang musste sterben, weil er wusste, dass Hyun-Shiks Abschiedsbrief nicht echt war. Dann wurde Jae aus irgendeinem Grund das Ziel und jetzt hat man es sogar auf mich abgesehen. Mir liegt also viel daran, den Fall zu lösen."

„Haben Sie mal daran gedacht, dass sich alles beruhigen könnte, wenn Sie sich raushalten würden?" Seine Stimme wurde schriller. „Warum können Sie nicht einfach aufhören?"

„Weil ich, auch wenn mir das kaum jemand glaubt, nicht einfach etwas anfange, ohne es zu beenden." Ich nippte an meinem Kaffee. „Wie nah standen Sie Hyun-Shik? So nah wie Jin-Sang?"

Kurz rechnete ich damit, dass er aus dem Café stürmen und mich mit meinen unbeantworteten Fragen und köstlichem Kaffee zurücklassen würde. Doch dann schien er einzusehen, dass ich nicht aufgeben würde. An seinem Gesicht war deutlich abzulesen, wie er den Punkt der Resignation erreichte.

„Sie müssen mir versprechen, dass Mr. Kim es nicht erfahren wird." Er rieb sich kopfschüttelnd die Augen. „Sonst verliere ich meine Arbeit. Meine ganze Karriere."

„Ich habe nicht vor, Sie zu ruinieren. Es interessiert mich nicht, was Sie getan haben. Selbst wenn Sie es jetzt noch tun, ist es mir vollkommen egal", erklärte ich ihm über den Rand meiner Kaffeetasse hinweg. „Ich möchte nur endlich die Wahrheit wissen, ohne Lücken und Beschönigungen."

„Ich habe Hyun-Shik im Club kennengelernt. Er war einer der Männer, die zu mir kamen. Es war eine schwere Zeit für mich. Ich hatte viele Probleme." Fast bereute ich es, ihn an eine so unangenehme Vergangenheit zu erinnern. Dann dachte ich an die Blutergüsse auf Jaes Hals und Schultern und mein Mitleid verflog. „Er war ein neues Mitglied und wir haben uns dort oft gesehen, bevor Jae-Min aufgetaucht ist und meine Eltern mich zur Uni geschickt haben. Nach meinem Abschluss hat Hyun-Shik mir eine Praktikumsstelle bei der Kanzlei besorgt – wahrscheinlich hatte er ein schlechtes Gewissen, weil er mich für seinen Cousin links liegen lassen hat."

„Haben Sie Jae-Min gekannt, als er dort gearbeitet hat?" Ich riet nur, da ich nichts Genaues wusste. Parks Nicken schlug mir auf den Magen.

„Ich habe ihn kennengelernt. Allerdings habe ich zu dem Zeitpunkt nicht mehr da gearbeitet und er nicht in den Räumen. Zumindest nicht wie wir. Die meisten der jüngeren Typen tanzen nur." Park zuckte mit den Schultern. „Dabei hätte er viel mehr verdienen können. Einige Männer hätten jede Menge für seinen hübschen Arsch bezahlt, auch wenn er dem Gesetz nach zu jung war."

Obwohl es keine besonders gute Idee war, ihm eine zu verpassen, wenn er mir so bereitwillig die Wahrheit sagte, juckte es mir in den Fingern. Ich biss mir auf die Zunge und zwang mich zu einem Lächeln, als die Bedienung unsere Tassen auffüllte und schwungvoll Milch und einige Tütchen Zucker auf dem Tisch platzierte.

„Erzählen Sie mir von Hyun-Shik und Jin-Sang", drängte ich.

Park stieß ein kurzes, bitteres Lachen aus, das kein Geheimnis daraus machte, was er vom ehemaligen Geliebten seines Vorgesetzten hielt. „Jin-Sang hat alle ausgenutzt. Die meisten anderen wussten, warum sie dort waren, und brauchten das Geld. Aber Jin-Sang hat immer versucht, irgendwie noch mehr zu bekommen. Er hat um Sachen gebettelt. Mehr Geld oder Kleidung. Hyun-Shik hat ihm gegeben, so viel er konnte, aber er hatte damals nicht viel übrig. Erst später, nach seiner Heirat, hat Mr. Kim ihn befördert und sein Gehalt erhöht. Danach hat er mich eingestellt."

„Damals hat er sich nicht mehr mit Jin-Sang getroffen", erinnerte ich mich. „Er hat ihn wegen Victoria und seinem Sohn aufgegeben. Hat er es sich später anders überlegt?"

„Nein", antwortete Park mit einem Kopfschütteln. „Wir haben nicht mehr über das Thema geredet, aber ich bin sicher, dass die Sache mit Jin-Sang beendet war. Wenn er also ins Dorthi Ki Seu gegangen ist, hatte es nichts mit ihm zu tun."

„Wussten Sie, dass er an diesem Abend in den Club wollte?" Das war die große Frage. Ich hatte noch immer nicht herausgefunden, warum Hyun-Shik dort gewesen war. Welchen Grund konnte er außer Jin-Sang gehabt haben?

„Ja, aber es hatte nichts mit Sex zu tun. Er hat gesagt, dass er sich mit jemandem treffen wollte." Park schüttete Zucker in seinen Kaffee und rührte ihn mit klapperndem Löffel um. „Er wollte gegen Mitternacht zurück sein, weil ich ihm dann noch einige Verträge vorbeibringen sollte. Als ich bei ihm ankam, war die Polizei da und ich habe erfahren, dass er tot war. Sie haben von Selbstmord gesprochen."

„Hat es Sie nicht überrascht, dass er sich umgebracht haben sollte?" Hyun-Shik kam mir nicht wie der typische Selbstmörder vor. Er wirkte zu egozentrisch und schien alles auf dem Silbertablett serviert zu bekommen.

„Ja. Ich habe mich gefragt, warum er das tun würde." Park nickte. „Hyun-Shik hatte alles, was man sich nur wünschen kann. Ihm wurde nie etwas abgeschlagen – außer damals, als seine Mutter auf Jae-Mins Auszug bestanden hat.

Man kann nur schwer so tun, als wäre sein Sohn nicht schwul, wenn er es unter dem eigenen Dach mit seinem Cousin treibt."

Es hätte mich nicht überraschen sollen. Irgendwann würde ich mich vielleicht an Jaes Vorstellung von Ehrlichkeit gewöhnen und die versteckten Fallen in der Landschaft seiner Vergangenheit akzeptieren. Im Augenblick konnte ich allerdings nicht verhindern, dass ich überrascht war. Beinahe so überrascht wie verärgert.

„Sekunde", unterbrach ich Park. „Wie alt war Jae, als er rausgeworfen wurde?"

„Das weiß ich nicht genau. Vielleicht vierzehn? Fünfzehn? Viele Jungs da waren in dem Alter." Er verzog nachdenklich das Gesicht. „Damals habe ich kaum darauf geachtet. Ich hatte mit meinem Studium zu tun und habe mich nicht für solche Dinge interessiert."

„Hyun-Shik war damals schon erwachsen." Ich atmete laut aus und fragte mich, warum er nicht schon früher umgebracht worden war. „Hat er etwa von Jae erwartet, wie Jin-Sang im ersten Stock zu arbeiten?"

„Wie gesagt: Es hat mich nicht interessiert", antwortete Park. „Eine von den Transen unten hat sich um Jae gekümmert, nachdem ein Kunde mit ihm ein bisschen zu grob geworden ist. Ich habe nie besonders auf ihn geachtet. Hören Sie, ich muss bald wieder an die Arbeit. Mr. Kim wartet auf mich."

„Wir sind fast fertig", versicherte ich, während ich Notizen in mein Buch kritzelte. „Sind Sie sicher, dass Ihre Freundin Vicky nichts von Hyun-Shiks Vorlieben wusste?"

„Ich bin ziemlich sicher. Sie hat schockiert gewirkt." Brian war wieder unruhig geworden und schaute zur Seite, räusperte sich dann. Es machte mich misstrauisch.

„Was verschweigen Sie mir?", bohrte ich nach. Er war wie eine Auster der Informationen: Ein bisschen Druck auf die richtige Stelle und ein kräftiger Stoß, schon hatte man die Perlen befreit. Dann musste ich sie nur noch in der richtigen Reihenfolge auffädeln, damit alles einen Sinn ergab.

„Sie ist nicht wirklich meine Freundin", gab er mit gesenktem Blick zu. „Mr. Kim hat mir nahegelegt, ihr Gesellschaft zu leisten, damit sie nicht in den Osten verschwindet. Das hat Hyun-Shik geplant, bevor er gestorben ist. Victoria stammt nämlich aus Connecticut und redet immer noch davon, wieder hinzuziehen."

„Was ist daran so schlimm?", erkundigte ich mich.

„Die Kims wollen es nicht, weil sie ihren Enkel hat." Park sah mich an, als wäre es eine verrückte Frage. „Die Familie ist das Wichtigste. Sie werden sich Will nicht wegnehmen lassen. Er ist alles, was Mrs. Kim von Hyun-Shik geblieben ist."

Plötzlich ergab einiges einen Sinn. Für Hyun-Shik wäre ein Umzug die Lösung vieler Probleme gewesen. Er wäre dem wachsamen Auge seiner Familie entkommen und hätte zu seinem alten Leben zurückkehren können. Seine Frau wäre mit ihrer eigenen Familie beschäftigt gewesen, sodass sie ihn nicht dabei gestört hätte. Es war eine großartige Gelegenheit für Hyun-Shik gewesen, die irgendjemand ihm nicht gegönnt hatte.

„Danke." Ich stand auf und steckte mein Notizbuch ein. Nachdem ich einige Dollar Trinkgeld auf den Tisch geworfen hatte, wickelte ich meine Bärentatze in eine Serviette, um sie mitzunehmen. Der tadelnde Blick der Frau hinter der Theke hielt mich davon ab, um eine zusätzliche Tüte zu bitten. Selbst das Nachfüllen des Kaffees schien mehr mit Neugier zu tun gehabt zu haben als mit gutem Service.

„Das war es dann also?" Brian erhob sich ebenfalls und strich Falten aus seiner Anzughose. „Sie erzählen Mr. Kim nichts ... davon?"

„Brian, denken Sie doch mal nach", sagte ich lächelnd. „Erst haben Sie sich an Hyun-Shik verkauft und jetzt an seine Frau. Wenn man bedenkt, dass es Mr. Kims Idee war, kann man davon ausgehen, dass man ihm nicht mehr viel erzählen muss. Vielleicht sollten Sie sich also nach einem neuen Job umsehen. Falls Victoria sich zum Bleiben entschließt und Sie nicht mehr gebraucht werden, wird er Sie wahrscheinlich so behandeln, dass Sie sich ins Dorthi Ki Seu zurückwünschen."

15

NACHDEM ICH mich ins Auto gesetzt und gewartet hatte, bis Brian Park davongefahren war, rief ich Scarlet an. Ich musste jemanden finden, der wusste, mit wem Hyun-Shik sich im Dorthi Ki Seu getroffen hatte, wobei sie mir hoffentlich weiterhelfen konnte.

„Hallo?" Jaes samtige Stimme schnappte mich und warf mich auf den Boden. Ich hasste die Tatsache, dass er mich mit einem einzigen Wort mit Sehnsucht nach ihm erfüllen konnte. Genau genommen hasste ich die Tatsache, dass wir an diesem Morgen nicht zu mehr als ein paar Küsschen gekommen waren.

„Hi." Jetzt am Telefon war nicht der richtige Zeitpunkt, um meine neuen Erkenntnisse über seine Beziehung zu Hyun-Shik anzusprechen. Ich brauchte sowieso erst Zeit, um darüber nachzudenken, wie das Leben für den vierzehnjährigen Jae in der feindseligen Atmosphäre bei den Kims gewesen war. „Wo seid ihr?"

„Im Club. *Nuna* wollte hier ein paar Kleider vorbeibringen, die wir bei der Reinigung abgeholt haben." Er klang glücklich – oder zumindest weniger besorgt als in den letzten Tagen. „Du warst nicht da, als wir mit den Einkäufen zurückgekommen sind. Bobby hat mir gesagt, du wolltest dich mit Brian treffen."

„Das stimmt", antwortete ich. „Und er wusste, dass Hyun-Shik an dem Abend im Club mit jemandem verabredet war. Glaubst du, Scarlet kann mir etwas darüber sagen? Ich muss wissen, ob jemand diese Person gesehen hat."

„Warum hast du sie das nicht gleich zu Anfang gefragt?" Er gab ein heiseres Zischen von sich, das ich immer dann hörte, wenn ich ihn ungeduldig machte oder nervte. In den drei Tagen, die ich im Bett gelegen hatte, war es ein beinahe konstantes Hintergrundgeräusch gewesen. „Machst du das zum ersten Mal?"

Ich wäre gekränkt gewesen, wenn er nicht recht gehabt hätte. Ich hätte mich bei meinem ersten Besuch im Dorthi Ki Seu wirklich weniger darauf konzentrieren sollen, Jaes Foto anzuhimmeln, und mehr darauf, die Angestellten zu befragen. Allerdings hatte ich nicht vor, es zuzugeben. „Gib mir einfach Scarlet, okay?"

„Hallo, Süßer", flötete sie. „Wie geht es dir? Liegst du noch nicht ohnmächtig im Straßengraben?"

„Es geht mir gut. Danke der Nachfrage", stieß ich zwischen zusammengebissenen Zähnen hervor. „Hast du mir nicht erzählt, Hyun-Shik wäre an seinem Todestag wegen Jin-Sang im Club gewesen?"

„Ja", antwortete Scarlet. „Warum?"

„Wer hat dir das gesagt? Hyun-Shik?"

„Nein." Beim leisen Klopfgeräusch, das ich durchs Handy hörte, konnte ich mir lebhaft Scarlets lange Fingernägel vorstellen, mit denen sie nachdenklich auf den Tisch trommelte. „Es war Jin-Sang. Als Hyun-Shik kam, hat er behauptet, er wäre seinetwegen da. Ich habe mir nichts dabei gedacht. Ein Mann kommt oft zurück und fängt mit etwas Leichtem an, wenn er eine Weile nicht da war. Es hilft seinem Ego."

„Bleibt ihr zwei noch ein bisschen da?" Ich startete den Motor. Ich würde eine halbe Stunde bis zum Club brauchen – vielleicht etwas mehr, wenn der Freeway sich besonders stur stellte. „Ich muss jemanden finden, der an diesem Abend etwas gesehen hat. Hyun-Shik hat sich mit jemandem getroffen, der nicht Jin-Sang Yi war."

„Ich kann einen der Jungs am Eingang fragen. Die sehen so ziemlich alles", sagte sie. Ich überhörte beinahe den Rest ihrer Antwort, als ich auf die Straße bog und dabei ein Hupkonzert auslöste. „Versprechen kann ich nichts, aber vielleicht erinnert sich einer von ihnen an etwas."

„Im Moment bin ich für jede Kleinigkeit dankbar, Scarlet."

Die Verkehrsgötter meinten es gut mit mir und bescherten mir größtenteils freie Straßen mit nur wenigen Unterbrechungen. Als ich mich dem Club näherte, ging die Sonne bereits unter und tauchte die Welt in gelbliches Licht zwischen langen Schatten. Dorthi Ki Seu bereitete sich auf einen neuen Abend vor.

Im hellen Neonlicht wirkte der Club abgenutzt, die langen Vorhänge verblichen. Einige Kellner in weißen Hemden, die noch keine Krawatte trugen oder sie nur locker um den Hals gelegt hatten, ordneten um die runden Tische herum sorgfältig Stühle an. Einer stand auf einer Leiter, um eine Glühbirne über der Bühne auszutauschen. Unter ihm glitzerten Pailletten, die von Kleidern gefallen und in Rissen des Holzbodens hängengeblieben waren.

„Ich suche Scarlet", sagte ich hastig, als einer der Türsteher von der langen Bar her auf mich zukam und mich dabei so finster ansah, dass in seinem Gesicht tiefe Falten entstanden.

„Süßer!" Scarlet warf mit einer eleganten Handbewegung den Vorhang zur Seite, als sie den Hauptraum betrat. „Es freut mich, dass du endlich das Bett verlassen hast."

„Das klang irgendwie schmutzig", beschwerte ich mich mit einem Kuss auf ihre Wange. „Du siehst hübsch aus."

„Danke." Sie wirkte sehr feminin, was vor allem an ihrem Haar lag, das erneut zu einem für mich undurchschaubaren Knoten hochgesteckt und mit einer diamantbesetzten Spange verziert war. Die Edelsteine glänzten so hell wie ihr strahlendes Lächeln. Hinter ihr tauchte Jae auf, der ihr mit in seine Jeanstaschen gesteckten Händen wie ein hübscher Schatten folgte.

„Hi, Baby." Ich streckte eine Hand nach ihm aus, da ich ihn küssen wollte, doch er wich mit einem Blick durch den Raum zurück.

Wir kamen aus verschiedenen Welten. Für mich war ein Begrüßungskuss etwas ganz Normales, Natürliches. Er schreckte davor zurück, seine Liebe zu Männern öffentlich zu zeigen, obwohl die Leute im Club davon wussten. Es tat überraschend weh, zu sehen, wie selbstverständlich er seine wahre Natur verbarg. Es machte mich wütend auf eine Welt, die einem jungen Mann das antat, ihm selbst die kleine Freude eines Kusses verwehrte.

Schließlich beugte er sich immerhin zu einer schnellen Umarmung vor, wobei ich seine Lippen flüchtig an meiner Wange spürte. Selbst diese kurze Berührung ließ Verlangen in mir aufwallen.

„Komm mit, Cole." Scarlet zerrte mich von meiner Versuchung fort, während sie mit beringter Hand einen der größeren Muskelberge zu uns winkte. „Das ist Johnny. Er hat in dieser Nacht gearbeitet."

Als er sich mit großen Schritten näherte, wich ich unwillkürlich ein Stück zurück. Der Koreaner sah aus, als wäre er aus Granit gemeißelt worden. Sein pockennarbiges Gesicht zierte auch eine größere Narbe, die mit wütendem Rot seine Wange durchschnitt. Sein Hemd hatte den Kampf gegen seine Arme verloren und an den Nähten lösten sich bereits kleine Fäden. Vielleicht hatte es niemand gewagt, ihn darauf hinzuweisen und dabei ein verunstaltetes Gesicht zu riskieren.

„Hallo." Ich schüttelte ihm nicht die Hand, da ich meine Finger noch brauchte.

„Miss Scarlet sagt, Sie wollen mich etwas fragen." Seine tiefe, gefährliche Stimme passte zu seinem Körperbau.

„Wenn es Ihnen nichts ausmacht", antwortete ich. Scarlet und Jae ließen mich im Stich, um sich an der Bar etwas Kaltes zu trinken zu besorgen. Die Klimaanlage lief noch nicht lange, weshalb die Luft warm und stickig war. Ich setzte mich und hoffte, dass er es ebenfalls tun und sich etwas entspannen würde. Seine riesige Pranke legte sich auf die Lehne des Stuhls, als er ihn geräuschvoll vom Tisch wegzog und sich darauf niederließ. „Kannten Sie Kim Hyun-Shik?"

„Ja, ich kannte ihn." Er starrte mich mit vor der Brust verschränkten Armen an. Redseligkeit schien nicht zu seinen bevorzugten Eigenschaften zu gehören. Ein guter Türsteher wusste, wann er den Mund zu halten hatte, was im Grunde immer war.

„Und Sie waren in der Nacht, in der er gestorben ist, im Dienst?"

„Sonst würden wir jetzt nicht hier sitzen und reden." Er warf über seine Schulter einen Blick auf Scarlet. Entweder wollte er herausfinden, ob sie beobachtete, wie hilfsbereit er sich zeigte, oder er war an diesem Abend für ihre Sicherheit zuständig. Ich konnte mir nicht vorstellen, dass sie an der Bar zu Schaden kommen würde – höchstens, wenn sie sich an der Zitronenscheibe in ihrem Gin Tonic verschluckte. „Er hat dort gesessen."

Ich folgte mit dem Blick seinem Finger. Er zeigte auf einen kleinen Tisch, der beinahe hinter der grünen Gischt von Palmen und überdimensionalen Farnen verborgen war. Der perfekte Ort, um etwas abseits von den anderen Gästen ein Gespräch zu führen.

„Erzählen Sie mir doch am besten einfach, was Sie gesehen haben."

„Er kam und hat sich hingesetzt. Obwohl er lange nicht da war, habe ich ihn erkannt." Er nickte in Richtung des jungen Mannes auf der Leiter. „Hat ungefähr vier Minuten gedauert, bis er Kwang-Sun überreden wollte, mit ihm hochzugehen."

„Und das hätte er nicht tun sollen?", fragte ich, während ich den jungen Mann betrachtete. Er war wesentlich jünger, als mir gefiel. Manche Männer mochten es. Wenn ich daran dachte, in welchem Alter Jae gewesen sein musste, als Hyun-Shik ihn anscheinend verführt hatte, konnte ich mir gut vorstellen, dass Kwang-Sun seinem Geschmack entsprach.

„Nein", sagte Johnny mit einem nachdrücklichen Tippen auf den Tisch. „Die Jungs von oben wissen, was sie tun. Kwang-Sun gehört nicht zu ihnen. Und das wird er auch nie, wenn ich es verhindern kann."

„Ist er Ihr Freund?" Ich musste einigen Speicheltropfen ausweichen, als Johnny schnaubte.

„Mein kleiner Bruder", antwortete er mit einem Lächeln. „Er fängt bald sein Medizinstudium an. Ich lasse nicht zu, dass ein Arschloch wie Hyun-Shik ihm antut, was der seinem Cousin und Jin-Sang angetan hat."

„Das verstehe ich", gab ich zu. „Also haben Sie ihm Kwang-Sun ausgeredet. Was ist dann passiert?"

„Etwas später kam eine blonde Frau rein. Ich habe ihr Gesicht nicht gesehen, aber sie war ziemlich schick. Lange Beine und gut gekleidet. Hat einen reichen Eindruck gemacht. Ich weiß noch, wie ich gedacht habe, dass sie weiß sein muss, weil ihre Haare blond waren und natürlich ausgesehen haben." Johnny schien in weite Ferne zu schauen, als er sich erinnerte. „Sie war etwas fehl am Platz. Die meisten Frauen hier sind … keine echten Frauen. Oder sie sind Nutten. Sie sah nicht wie eine aus."

„Sie konnten wirklich nichts von ihrem Gesicht erkennen?"

„Nein, sie war zu weit weg und ist dann gleich auf Hyun-Shik zugegangen", antwortete er nachdenklich. „Sie müssen verabredet gewesen sein. Danach habe ich die beiden nicht mehr beachtet – er hat sich ja von Kwang-Sun ferngehalten und meine Schicht fing an."

„Fällt Ihnen sonst noch etwas ein?" Es mochte voreilig sein, aber ich hatte da so eine Ahnung, wer sich mit Hyun-Shik getroffen hatte.

„Nein, das ist alles. Nur die blonde Frau." Johnny ging wieder an die Arbeit, die hauptsächlich daraus zu bestehen schien, herumzustehen und den Kellnern bei den Vorbereitungen zuzusehen. Scarlet war verschwunden, während ich mit ihm geredet hatte, doch Jae hatte an der Bar lehnend gewartet. Da ich nun wieder allein war, gesellte er sich zu mir an den Tisch, auf den er zwei Flaschen stellte, die er aus der Kühltruhe genommen hatte.

„Weiß jemand, dass du die gestohlen hast?", fragte ich, als ich eine der kalten Flaschen nahm.

„Gern geschehen." Er setzte sich auf den freien Stuhl. „Hast du etwas herausgefunden?"

„Ja." Ich wedelte mit der Flasche. „Ich muss wieder los und die hier nehme ich mit. Kommst du zurecht?"

„Ich bin bei *Nuna*. Neben ihrem Fahrer sieht der Typ von eben wie ein Streichholz aus." Jae deutete auf Johnny. „Du brauchst dir also keine Sorgen zu machen. Wo willst du hin?"

„Ich habe den Verdacht, dass Victoria hier war und mit Jin-Sangs Hilfe ihren eigenen Mann getötet hat." Ich erzählte ihm von der blonden Frau und ließ auch den Teil mit Kwang-Sun nicht aus. Jae nickte daraufhin lediglich, als wäre es keine Überraschung, dass sein Cousin es bei einem so jungen Mann versucht hatte.

„Glaubst du wirklich, sie hat Hyun-Shik umgebracht?", fragte Jae am Ende. „Sie kann gemein sein, aber eine Mörderin? Ich weiß nicht, Cole."

„Das habe ich erst auch nicht gedacht, aber jetzt sieht es so aus", antwortete ich. „Und ich muss zugeben, dass Hyun-Shik nicht wie ein netter Mensch klingt."

„Nett und Hyun-Shik hatten selten etwas miteinander zu tun", stimmte Jae zu. „Er hat mir mal gesagt, dass ich nicht tanzen kann und das Trinkgeld nur für mein hübsches Gesicht bekomme."

„Er scheint wirklich ein Arschloch gewesen zu sein", sagte ich. Er nickte, während er mit einem hinreißenden kleinen Schmollmund von seiner Limonade trank. Ich ärgerte mich darüber, dass Hyun-Shik bereits tot war. Ich hätte ihn zu gern spüren lassen, was ich davon hielt, dass er diese Schatten in Jaes Augen hinterlassen hatte. „Jae, warum willst du, dass sein Mörder gefunden wird? Warum kümmert es dich, wenn er so ein Arschloch war?"

„Er gehörte zur Familie", antwortete Jae und zuckte unter dem von mir geliehenen T-Shirt mit den Schultern. „Und er hat mir geholfen, als ich rausgeworfen wurde. Zumindest dafür schulde ich ihm etwas."

„Er hat dich hierher mitgenommen." Ich sah mich im Raum mit seinen verblichenen Vorhängen und dem Sexgeruch in der Luft um. „Eine besonders große Hilfe war das nicht."

„Besser als nichts", antwortete er. „Damals war ich davon überzeugt, in ihn verliebt zu sein. Vielleicht war ich es tatsächlich. Hyun-Shik hat nur sich selbst geliebt, auch wenn er das wenigstens ehrlich zugegeben hat. *Hyung* hat mir von Anfang an gesagt, dass er nichts für mich empfindet, aber immerhin hat er mir geholfen, auf eigenen Füßen zu stehen. Er mag also ein untreues Arschloch gewesen sein, was mich beim Rest seiner Familie allerdings nicht besonders wundert."

Da musste ich ihm recht geben. Bei all seinen Fehlern schien Hyun-Shik zumindest getan zu haben, was er konnte, erst für Jae und später für Brian Park. Ich kramte meinen Autoschlüssel aus der Tasche und nahm die Limonadenflasche vom Tisch.

„Bis später zu Hause", sagte ich, wobei ich mich stoppen musste, bevor ich ihm einen Abschiedskuss geben konnte.

Doch Jae erhob sich und legte den Kopf in den Nacken, um meinen Lippen eine Berührung der seinen zu schenken. Als ich seufzte, lachte er leise und murmelte: „Pass auf, dass diesmal niemand auf dich schießt oder dich in die Luft sprengt." Er schob mich in Richtung Tür. „Ich habe noch Pläne für dich, *Hyung*, und *bewusstlos* im Bett zu liegen gehört nicht dazu."

ZU GERN wäre ich mit Jae-Min nach Hause gefahren, hätte alle anderen aus meinem Haus geworfen und mit ihm ausprobiert, wie viel mein Bett aushielt. Oder zumindest, wie viel mein mitgenommener Körper aushielt. Es war ein Opfer, das ich bereitwillig gebracht hätte. Stattdessen kämpfte ich mich erneut durch die Canyons in die Tiefen der Los-Angeles-Hitze. Obwohl die Sonne bereits untergegangen war, blieb es in den Tälern im Innern schwül, sodass sich statt Luft eine feuchtheiße Suppe auf die Haut legte. Als die gelben Lichter der Stadt aufflackerten, verschwammen sie in dem braunen Schleier und gaben dem Nachthimmel die Farbe von Schlamm. So oft der Smog auch für traumhafte Sonnenuntergänge sorgte, war er doch eine Strafe für die Lunge.

Ich war gerade dabei, auf den gebührenpflichtigen Teil der Strecke abzubiegen, als mein Handy vibrierte. Mit einem Stirnrunzeln schaltete ich das Headset ein, aus dem mir gleich die Stimme meines Bruders entgegenschallte.

„Wo zum Teufel bist du?" Mein Bruder war nicht der Typ für lange Höflichkeitsfloskeln.

„Hallo, Mike", flötete ich. „Wie geht es dir?"

„Du musst sofort herkommen." Seine Stimme verriet mir, dass ihm für meine Albernheiten gerade die Geduld fehlte. „Hast du dich heute mit Brian Park getroffen?"

„Ja. Warum?" Ich nahm eine Ausfahrt, um mich wieder in Richtung Westen einzuordnen. Als ich einen langen Sattelschlepper überholte, holperte der SUV über den unebenen Fahrbahnrand, da die neuen Reifen in den Entwässerungsrillen hängenblieben. „Hat er sich bei dir gemeldet?"

„Vor einer Stunde wurde die Polizei zu seiner Wohnung gerufen, Cole. Jemand hat ihm eine Kugel in den Hinterkopf gejagt." Mikes Worte vertrieben die von Jae hinterlassene Wärme aus meinem Innern. Ich schluckte einen sauren Geschmack hinunter, der in meiner Kehle aufstieg. „Laut seiner Sekretärin hat er seine Nachmittagstermine für ein Treffen mit dir abgesagt. Also will die Polizei dich sehen."

„Aber als ich ihn das letzte Mal gesehen habe, war noch alles in Ordnung", protestierte ich. „Wir haben uns in einem Café getroffen und von da aus bin ich direkt zum Dorthi Ki Seu gefahren. Wie sollte ich ihn da umgebracht haben?"

„Komm einfach hin. Wir treffen uns dort."

„Es macht bestimmt einen tollen Eindruck, wenn ich meinen Bruder mitbringe", schnaubte ich. „Ich komme gut allein zurecht."

„Du kommst allein zurecht, bis du deinen Mund aufmachst, Cole", antwortete er mahnend. „Und ich komme nicht als dein Bruder. Bis ich einen anderen Anwalt für dich finde, wirst du mit mir vorliebnehmen müssen. Ich möchte nicht, dass du in meiner Abwesenheit über Brian oder euer Gespräch redest."

„Werde ich etwa des Mordes beschuldigt?", fragte ich, obwohl ich es besser wusste. Es schadete nie die Schwarzmalerei, zu der mein Bruder neigte, etwas in ihre Schranken zu verweisen. Die Detectives folgten lediglich den erstbesten Hinweisen, wie es eben üblich war. Da Mike am anderen Ende schwieg, nickte ich, obwohl er mich nicht sehen konnte, triumphierend mit dem Kopf. „Also nicht. Mike, dann weißt du doch, wie es läuft. Ich fahre einfach hin und beantworte ihre Fragen. Falls es doch ein Problem geben sollte, melde ich mich bei dir."

Ein Freizeichen kann durch ein Headset sehr laut klingen, was wohl ein Trost für die Person am anderen Ende ist, wenn sie am Handy keinen Hörer auf die Gabel knallen kann. Da ich mit einem weiteren Anruf meines Bruders rechnete, nachdem dieser einige Minuten wütend in seinem Büro auf und ab gestampft war, schaltete ich das Handy aus und fuhr dem Chaos entgegen, das ich ungewollt hinterlassen hatte.

In Polizeirevieren herrscht meist eine besondere Atmosphäre. Für die Allgemeinheit wirkt das Ganze vermutlich einfach wie geschäftiges Treiben, bei dem immer etwas zu tun ist. Doch unter der Oberfläche kann alles anders aussehen. Der Polizeiberuf bringt ein Gefühl von Frustration und Verzweiflung mit sich. Die meisten Menschen, mit denen ein Polizist im Berufsalltag zu tun hat, wollen nichts mit *ihm* zu tun haben, sondern ergreifen die Flucht und schießen sogar manchmal auf ihn. Morde passieren und Meldungen über Raubüberfälle strömen unaufhörlich wie Wellen in kurzen Abständen herein. Es ist ein guter Tag, wenn jemand einen Mord an einem anderen Menschen gesteht, und ein Grund zum Feiern, wenn es bei einer Razzia gelingt, dem Drogenhandel einen vernichtenden Schlag zu versetzen. An den meisten Tagen fühlt man sich jedoch, als würde man von einem Hochgeschwindigkeitszug überfahren.

Als ehemaliger Polizist bemerkte ich daher gleich die Frustration, die in der Luft lag. Von der Polizistin, zu der man mich brachte, strömte sie mir geradezu entgegen. Das hektische Geräusch ihres Kugelschreibers, mit dem sie gegen den Schreibtisch tippte, zeigte ihre Laune an. Nach einem kurzen Blick auf mich deutete sie auf einen abgenutzten Metallstuhl und raschelte mit den Papieren auf ihrem Tisch.

Detective Dell O'Byrne wirkte eher lateinamerikanisch als irisch. Ihr langes braunes Haar war mit einem schlichten schwarzen Haarband an ihrem Hinterkopf zusammengefasst worden. Ihr schmales, gebräuntes Gesicht besaß hohe Wangenknochen und wachsame Augen in der Farbe ihres Haars, die mich aufmerksam musterten. Ich hätte Geld darauf verwettet, dass sie mich bis hin zu der kleinen Narbe auf meinem Kinn genau einem Phantombildzeichner hätte beschreiben können. Ich lehnte mich auf dem Stuhl zurück und betrachtete das Chaos um mich herum, sah zu, wie Verdächtige in Handschellen einen Gang entlang zum Gewahrsamsbereich geführt wurden.

Bald hatte Detective O'Byrne ihr Telefongespräch beendet und wandte sich mir mit strengem Blick zu. Sie war jünger, als ich anfangs gedacht hatte, trug jedoch die Dienstmarke auf ihrer Haut – wäre ich ihr auf der Straße begegnet, hätte ich sie auf den ersten Blick als Polizistin erkannt.

„Cole McGinnis?" Wenn sie stand, war sie beinahe so groß wie ich und sie hatte einen kräftigen Händedruck. Mit einem Aktenordner unter dem Arm deutete sie auf eine offene Tür. „Reden wir doch da drin. Dort haben wir Ruhe."

Der rechteckige Raum war der aktuellen Mode entsprechend eintönig gestrichen worden, doch das Budget hatte anstelle des angenehmen Cremebeige der meisten anderen Wände offenbar nur noch für ein Blassbraun gereicht, das stark an Erbrochenes erinnerte. Ein langer Spiegel trennte den leeren Beobachtungsraum ab, in dem gerade Licht brannte, sodass man hineinschauen konnte. Hätte O'Byrne mich ernsthaft verdächtigt, wäre der Raum nicht einsehbar gewesen und hinter dem Spiegel hätte mindestens ein Polizist gesessen, um mich zu beobachten und sich Notizen zu machen.

„Setzen Sie sich." Sie ließ sich nieder, ohne auf mich zu warten, und schlug den Ordner auf. Ich zog den schweren Stuhl nach hinten und folgte ihrer Aufforderung. „Sie haben da ein paar schöne blaue Flecken im Gesicht, Cole. Sind Sie jemandem über den Weg gelaufen, der Sie nicht leiden kann? Zum Beispiel Park?"

„Nein." Ich versuchte es mit einem Lächeln, als sie aufschaute, was sie allerdings nicht zu beeindrucken schien. „Jemand wollte mich in die Luft sprengen. Ich bin mit dem Gesicht zuerst in meinem Vorgarten gelandet."

„Dann gibt es also wirklich jemanden, der Sie nicht leiden kann." Ihr Lächeln machte sie nicht hübsch, verlieh ihrem Gesicht jedoch eine gewisse Wärme. „Erzählen Sie mir von Ihrem Treffen mit Brian Park."

Ich hatte keinen Grund, ihr etwas davon zu verheimlichen. Park war ohnehin tot und mein einziger Anhaltspunkt hing vom Erinnerungsvermögen eines verärgerten Türstehers ab. Daher lehnte ich mich zurück und fasste meine bisherigen Ermittlungen vom ersten Tag des Falls bis zum Treffen im Café zusammen.

„Sie haben eine Glock registriert", sagte O'Byrne langsam. „Wurde in letzter Zeit damit geschossen?"

Sie hob den Ordner, sodass ich nichts als den Pappumschlag sah, der mit blauen Sternen und Blättern bekritzelt war. Dazwischen erkannte ich einige Wörter, die wie Teile einer Einkaufsliste aussahen. Offenbar besaß Detective O'Byrne eine Katze und eine Vorliebe für Hotdogs – immerhin mehr Informationen, als ich aus ihrem Gesicht lesen konnte.

„Ein paarmal am Schießstand", gab ich zu. „Um nicht aus der Übung zu kommen."

„In Ihrer Nähe scheint es Leuten schwerzufallen, am Leben zu bleiben, Mr. McGinnis." Das gefährliche Funkeln in ihren Augen weckte die Befürchtung in mir, dass sie mir irgendetwas anhängen wollte, nur damit ich nicht mehr im Weg war. „Ich habe mich ein bisschen über Sie umgehört, seit mir zu Ohren gekommen ist, dass Sie früher Polizist waren."

„Das glaube ich gern." Ich begegnete ruhig ihrem Blick, bis sie ihn senkte, um ihre Unterlagen zu betrachten – wobei ich mir keine falschen Vorstellungen davon machte, sie eingeschüchtert zu haben. Obwohl ich nicht wusste, ob sich ihre Bemerkung auf Jin-Sang und Brian Park oder auf Rick und Ben bezog, musste ich ihr recht geben. Ich brachte den Leuten in meinem Umfeld nicht unbedingt Glück.

„Haben Sie sich mit Brian Park verabredet, um ihn zu erpressen? Oder ihn zu töten?" Ich wäre nicht überraschter gewesen, wenn sie mich ins Gesicht geschlagen hätte. Sie wartete, bis ich mit dem Verschlucken fertig war und wieder aufrecht saß. „Es ist eine naheliegende Frage, Mr. McGinnis."

„Geld habe ich genug", erinnerte ich sie. „Wenn Sie Fragen über mich gestellt haben, sollten Sie das wissen. Ich wollte mit ihm über Hyun-Shik Kim reden. Das sagte ich bereits. Ich hätte keinen Grund, ihn zu töten."

„Park wurde aus der Nähe mit etwas ziemlich Durchschlagkräftigem erschossen." Sie schob ein Foto über den Tisch, bei dem mir als Erstes das leuchtend rote Blut auf Brians weißem Hemd auffiel. „Sie besitzen eine Glock 23. Die käme für so etwas in Frage."

Von Brians Gesicht war außer dem Nasenrücken und Teilen seines Kiefers nicht viel übrig. Blut klebte an den zerfetzten Hauträndern. Er lag auf einem kurzen blauen Teppich und an den Resten seiner Unterlippe hing getrockneter Speichel. Es sah aus, als hätte ihm jemand das gesamte Magazin in den Kopf geschossen. Ich wandte den Blick ab und schloss die Augen, als könnte ich so die Erinnerungen abwehren, die auf mich einzuströmen drohten.

„Brauchen Sie einen Moment, Mr. McGinnis?" Über meine eigenen Atemzüge hinweg hörte ich kaum ihre Frage, bei der ihre stählerne Stimme besorgter klang.

„Nein." Ich schüttelte den Kopf und konzentrierte mich auf die Gegenwart, auch wenn ein unerwarteter Schmerz die Narbe auf meiner Brust durchdrang und sich strahlenförmig unter der juckenden Haut ausbreitete. Brians Tod war anders als Ricks. Man sah die Wut, die Parks Mörder angetrieben hatte. Welche Gefühle Ben zu seiner Tat getrieben hatten, wusste ich nicht. „Ich überlasse Ihnen gern meine Waffe, damit sie untersucht werden kann. Aber ich habe sie nicht bei mir. Sie befindet sich in meinem Haus."

„Sie haben die Erlaubnis, sie verdeckt zu tragen, nicht wahr?" Sie warf mir einen fragenden Blick zu. „Warum tun Sie das dann nicht?"

„Das mache ich selten", antwortete ich ruhig, während ich meine Augen wieder öffnete und im hellen Licht blinzelte. „Vor ein paar Tagen habe ich sie einmal mitgenommen, aber jetzt liegt sie wieder sicher an ihrem Platz. Ich habe mich mit Park in einem Café getroffen. Da habe ich sie nicht für nötig gehalten."

„Sie haben zugegeben, dass Sie von früheren Verhaftungen wissen. Das muss ihn doch nervös gemacht haben." O'Byrne wandte sich auf ihrem Stuhl etwas zur Seite, um lässig den Arm über die Rückenlehne zu haken. „Könnte er jemanden angerufen haben, um darüber zu reden? Vielleicht jemanden, der in Ihnen ebenfalls eine Bedrohung sieht?"

„Ich weiß es nicht. Ich bin ihm nur zweimal begegnet." O'Byrne machte es mir nicht leicht. Auch wenn sich keine Uhr im Raum befand, konnte ich in meinem Kopf die Sekunden ticken hören.

Trotz meines protestierenden Magens wagte ich einen weiteren Blick auf das Foto, welches Detective O'Byrne auf dem Tisch liegen lassen hatte, denn irgendetwas hatte mich daran gestört. Ich sah Licht durch die Einschusslöcher fallen, die den versengten dunkelgrauen Teppich durchbrachen.

„Wo wurde er erschossen?" Ich bemühte mich, seine Umgebung zu erkennen. Sie schien das Foto ausgewählt zu haben, um mich zu schockieren und mir mit der krassen Aufnahme seines Todes etwas zu entlocken. Wäre ich der Mörder gewesen, wäre mir beim Anblick meiner Tat vielleicht übel geworden. Doch so hatte ich mir nichts vorzuwerfen. „Es sieht wie ein Auto aus."

„Gut, dass Sie fragen." O'Byrne holte ein weiteres Foto hervor, das aus größerer Entfernung aufgenommen war und Parks Beine zeigte, die aus den offenen Türen eines Ford E-150 ragten. „Park wurde im hinteren Teil seines Wagens erschossen, der zufällig genau der Beschreibung des Fahrzeugs entspricht, das Sie vor einigen Tagen von der Straße gedrängt hat."

Mit seinen zerkratzten Seiten und verbeultem Heck sah der Van aus, als hätte er einiges mitgemacht. In seinem weißen Lack waren lange Striemen zu sehen, die genau der Farbe meines Range Rovers entsprachen. So entspannt sie auch auf ihrem Stuhl saß, wusste ich doch genau, dass O'Byrne zum Todesstoß ausholte.

„Also, Mr. McGinnis, wollen Sie mir immer noch erzählen, dass Sie keinen Grund für den Mord hatten? Wenn der Mann versucht hat, Sie zu töten, ist das nicht ein ziemlich guter?"

16

MIKE LIEß sich verdammt viel Zeit, nachdem ich verlangt hatte, meinen Anwalt anzurufen. Ich hielt es für eine gute Idee, da der Ton der Fragen ziemlich ernst geworden war. Kaum hatte ich um meinen großen Bruder gebettelt, wurde ich von Detective O'Byrne in einen noch kleineren Raum geführt, der diesmal auch den nicht einsehbaren Einwegspiegel besaß, hinter dem mich vermutlich jemand beobachtete. Zumindest redete ich mir das ein. Es tut dem Ego eines Mannes nicht gut, wenn ihn niemand beachtet. Vor allem, wenn er gerade darauf warten muss, von seinem älteren Bruder gerettet zu werden.

Mike enttäuschte auch diesmal nicht und trat ausgesprochen seriös auf. Die Gene meiner Mutter waren sehr hilfreich für ein strenges Aussehen. Manchmal wünschte ich mir, weniger nach meinem Vater geraten zu sein. Anstelle von charmant ein bisschen einschüchternder zu wirken, wäre in einigen Situationen hilfreich gewesen.

Sein Haar stand aufrecht, als hätte er es so gestylt, obwohl es vermutlich daran lag, dass er zu häufig mit der Hand hindurchgefahren war. Die hässliche rote Krawatte, die seine Frau ihm zu seinem letzten Geburtstag geschenkt hatte, war fachmännisch gebunden und der maßgeschneiderte Anzug schmeichelte seinem kantigen Körper. Madeline hätte ihn wahrscheinlich sexy gefunden. Ich fand, dass er wie ein Yakuza-Mitglied aus einem Gangsterfilm aussah.

Obwohl O'Byrne bald darüber informiert wurde, dass die gefundenen Kugeln aus einer Browning stammten, verlangte sie energisch, dass ich mich auf Schmauchspuren untersuchen ließ. Mike war dagegen, doch ich stimmte zu, da ich nichts zu verbergen hatte. Hätte ich mich geweigert, wäre mein Aufenthalt im Chateau O'Byrne nur noch länger geworden. Ich war müde, mir tat alles weh und ich hatte nicht vor, auch nur eine Minute länger auf diesem Metallstuhl in einem kalten Raum zu sitzen, als unbedingt nötig war. Als ich es hinter mir hatte, holte Mike mich im Verhörraum ab.

„Nimm dein Zeug und dann komm", bellte er durch die offene Tür.

Manchmal, wenn ich meinen Bruder ansehe, fällt mir auf, dass sein linkes Augenlid ein wenig zuckt. Ich bin ziemlich sicher, dass ich genauso sehr dafür verantwortlich bin wie für die kleine Narbe unter seinem Mund, die er mir mit einer an der Schulter heimgezahlt hatte. Als Mike mich betrachtete, wie ich dort saß, schien sein Augenlid eine Nachricht mit Landeanweisungen an Außerirdische in der Erdumlaufbahn morsen zu wollen.

„Ich habe kein Zeug." Ich lehnte mich auf dem Stuhl zurück, bis er etwas nach hinten kippte. Das Zucken wurde so heftig, dass ich damit rechnete, ihn im nächsten Moment davonstürmen zu sehen oder eine Faust ins Gesicht zu bekommen. „Nein, ernsthaft. Nur mein Handy und mein Portemonnaie. Vielleicht noch ein paar Flusen in der Tasche, aber ein Kaugummi wäre mir lieber."

Wenn Mikes Lid sich noch schneller bewegte, würde es sein Auge verbrennen. Ich beschloss, mich klug zu verhalten und aufzustehen.

„Ich schwöre dir, dass ich diesen Typen nicht umgebracht habe", erklärte ich Mikes Hinterkopf. „Es waren ganz normale Fragen, bis sie plötzlich unangenehm geworden ist."

„Halt die Klappe, Cole." Mein Bruder eilte auf den Ausgang zu, wobei er mit so großen Schritten wie möglich um die Tische herumging. Über seine Schulter hinweg knurrte er: „Sei ruhig, bis wir draußen sind."

„Ich wurde nicht mal verhaftet", antwortete ich beschwichtigend. O'Byrne war nirgendwo zu sehen und der Mann am Eingang beachtete uns kaum. „Sie wollte nur an Informationen kommen."

„Hier hast du ein Kaugummi. Verschluck dich nicht daran – ich werde dich nicht wiederbeleben." Mike zog eine Packung Kaugummi aus seiner Anzugtasche und nahm einen Streifen für mich heraus, bevor er sie wieder einsteckte. „Detective O'Byrne scheint jedenfalls großes Interesse an dir zu haben."

„Hast du ihr gesagt, dass ich nicht auf Frauen stehe?" Das Kaugummi schmeckte fruchtig. Obwohl ich mit Minze gerechnet hatte, kaute ich kräftig. Es vertrieb den unangenehmen Geschmack aus meinem Mund. „Ich fühle mich geehrt, aber Jae ist mehr als genug für mich."

„Darüber will ich nichts hören."

„Sorry", sagte ich mit einem Schulterzucken, obwohl es mir nicht leidtat. „Aber es stimmt."

„Du hättest anrufen sollen, bevor sie dich überhaupt in diesen Raum gebracht hat." Mike blieb vor seinem Auto stehen und drehte sich um, damit er mir kräftig den Zeigefinger in die Brust bohren konnte. „Deine große Klappe macht sie misstrauisch. Das kann ich nicht jedem ausreden, Cole. Erst recht nicht, wenn Leichen deinen Weg pflastern."

„Noch einmal zum Mitschreiben: Ich habe Brian Park nicht ermordet."

„Ich weiß das, aber sie nicht." Mein Bruder blies die Backen auf und das Zucken ließ nach, als er seine Gelassenheit wiederfand. „Cole, du hast Jae bei dir einquartiert, nachdem er bei Jin-Sang Yis Mord anwesend war und seine Wohnung in die Luft gesprengt wurde. Sie verdächtigt für beide Vorfälle Park. Außerdem hat man dich von der Straße gedrängt und Sprengsätze unter deinem Auto angebracht. Dafür ist Brian Park ebenfalls ein guter Kandidat."

„Na gut, dann wirkt es eben ein bisschen verdächtig." Im Nachhinein betrachtet hatte O'Byrne wohl gute Gründe für ihre Vermutung, dass ich Park gern beseitigt hätte. „Aber warum sollte Brian all das getan haben? Weshalb sollte er wütend auf den Mann sein, der ihm eine Arbeit besorgt hat, bei der er nicht alten Männern den Schwanz lutschen musste?"

„Vielleicht hat Hyun-Shik ihn erpresst." Mikes Idee war nicht vollkommen aus der Luft gegriffen, aber doch etwas weit hergeholt. „Es muss ja nicht um Geld gegangen sein. Er könnte Sex von ihm gewollt haben."

„Ich habe gesehen, was Hyun-Shik mochte." Ich verzog das Gesicht. „Park hätte da selbst an einem guten Tag nicht mithalten können. Er war zu alt. Hyun-Shik wollte seine Männer jung, manchmal zu jung."

„Und wieder etwas, das ich nicht hören möchte", antwortete er mit abwehrend erhobener Hand.

„Du musst an deiner Toleranz arbeiten, Mike. Du bist doch jünger als Mad Dog", sagte ich. „Willst du wirklich nicht hören, was ich im Club rausgefunden habe?"

„Also gut, erzähl es mir." Während er seine Krawatte löste, die oberen Knöpfe seines Hemdes öffnete und seine Anzugjacke auf den Rücksitz warf, hörte er sich an, wie mein Gespräch mit Brian im Café verlaufen war und was der Türsteher im Dorthi Ki Seu mir erzählt hatte. Dann kaute er nachdenklich auf einem Fingernagel. „Ihr Gesicht hat er also nicht gesehen?"

„Nein, aber das Blond muss entweder natürlich oder sehr gut gemacht gewesen sein." Ich lehnte mich mit der Hüfte gegen seinen Sedan und betrachtete einen vorbeifahrenden Streifenwagen. „Es kann nur Victoria gewesen sein. Sie ist die Einzige, die Hyun-Shik den Tod gewünscht hätte. Ich hätte es jedenfalls getan."

„Ausschließen kann man jemand anderen nicht", antwortete er mit in die Ferne gerichtetem Blick. „Aber ja, sie ist im Augenblick deine beste Spur."

„Ich fahre zu ihr. Das hatte ich gerade vor, als du mich wegen Park angerufen hast."

„Ist das wirklich eine gute Idee, wenn sie möglicherweise die Mörderin ist?"

„Ich habe ja nicht vor, sie direkt zu beschuldigen." Ich schüttelte den Kopf. „Was, soll ich etwa dich oder Bobby mitnehmen?"

„Ja, das sollst du. Warte bis morgen, damit dich einer von uns begleiten kann."

„Ich bin kein Kind, Mike." Es hatte keinen Sinn, mit ihm zu diskutieren. Mein Bruder war vielleicht sogar noch sturer als ich.

„Deshalb wollte ich auch, dass du den Fall aufgibst", sagte er. „Wenn sie Park umgebracht hat, wird sie bei dir erst recht keine Hemmungen haben. Du solltest das Ganze der Polizei überlassen."

„Das hatten wir doch alles schon, Mike." Ich schaute mich nach meinem Mietwagen um. Eigentlich war ich ziemlich sicher, ihn dort abgestellt zu haben. „Ich habe es Jae-Min versprochen und die Polizei interessiert sich nicht genug dafür. Hyun-Shik mag ein Arschloch gewesen sein, aber auch ein Arschloch sollte nicht ermordet werden. Wo zum Teufel ist mein Auto?"

„Ich habe es abschleppen lassen", antwortete er zuckersüß. „Steig ein. Ich bringe dich nach Hause."

„Du hast meinen Mietwagen abschleppen lassen?" Ich zählte bis drei und atmete tief durch. „Wohin? Warum?"

„Du wärst gleich wieder losgefahren und in Schwierigkeiten geraten. So weiß ich, dass du zumindest heute Nacht sicher zu Hause bist. Ich verrate dir nicht, wo er ist. Du bekommst ihn morgen zurück."

„Du bist ein echter Kontrollfreak, Mike." Ich stieg zähneknirschend in sein Auto und knallte die Tür zu.

„Ja, das bin ich", gab er zu. „Verrückterweise ist es mir wichtig, dass mein Bruder am Leben bleibt. Außerdem wäre Madeline sonst wütend. Sie verlässt sich darauf, dass du zu dem Essen mit Mom und Dad auftauchst."

„Toll", murmelte ich, während mein Bruder den Motor anließ. „Jetzt habe ich auch noch einen Grund zum Sterben."

ICH WAR müde und meine Blessuren beklagten sich darüber, nicht mit einem heißen Schaumbad behandelt zu werden – ich hatte in meinem Leben genug Verletzungen gehabt, um ihre Sprache fließend zu sprechen. Mein Körper brauchte eine Pause. Allerdings hatte ich nicht vor, es zuzugeben – diese Genugtuung gönnte ich meinem Bruder nicht. Auch meinen Hunger behielt ich für mich. Mein Magen würde ihn aushalten müssen, bis ich mich in mein Haus geschleppt hatte.

Den größten Teil der Fahrt verbrachten wir schweigend – er in der stillen Selbstzufriedenheit, die nur große Brüder beherrschen, ich in stillem Verdruss, weil er mich so behandelt hatte. Nachdem er mich vor meinem Haus abgesetzt hatte, kam mir der Weg bis zur Tür wie eine lange Wanderung vor. Endlich im Wohnzimmer angekommen fand ich dort Jae vor, der konzentriert Fotos auf dem Laptopbildschirm betrachtete. Als er mich bemerkte, hob er den Kopf und schenkte mir ein strahlendes Lächeln, bevor er sich wieder seiner Arbeit zuwandte. Mein Hunger verflog, als meine Libido sich meldete.

Er roch gut. Ich beugte mich vor, um über die seidige Haut an seinem Hals zu lecken, die nach meiner Seife duftete. Jae entzog sich mir und schob mich lachend von sich. Es gefiel mir, nach Hause zu kommen und Jae zu finden, der mein T-Shirt trug und roch, als gehörte er mir. Die Katze begrüßte mich mit einem Miau von der Fensterbank, wo sie mit zuckenden Ohren einen Spatzen beim Picken auf der Wiese beobachtete. Da Alkohol noch nicht wieder auf meiner Speisekarte stand, warf ich dem Lager in meinem Kühlschrank lediglich einen traurigen Blick zu, bevor ich mich für eine Flasche Wasser entschied. Auf dem Ofen blubberte ein Topf, dessen Inhalt so exotisch und verführerisch roch wie der Koreaner in meinem Wohnzimmer.

„Woran arbeitest du?" Ich nippte an meinem Wasser, auch wenn durch das kalte Plastik selbst meine Lippen schmerzten. Nachdem ich es mir seitwärts auf dem Sofa bequem gemacht hatte, schob ich ein Bein hinter Jae, um mein verletztes Knie gegen seinen Rücken zu lehnen. Er beugte sich etwas vor, um mir Platz zu machen, während er gedankenverloren mit den Fingern über meinen Oberschenkel streichelte.

„Vor dem Unfall habe ich bei einer Hochzeit fotografiert", murmelte er, ohne den Blick von den Farben auf dem Bildschirm abzuwenden. Seine Konzentration störte mich nicht, denn sie gab mir Gelegenheit, entspannt auf der Couch zu sitzen und ihn einfach anzusehen. „Ich speichere alles auf einem Server, damit nichts verloren gehen kann. Auch wenn mir jetzt die Ausrüstung fehlt, habe ich also wenigstens noch meine Aufnahmen."

Jaes lange Finger flogen über die Tastatur, als er eine Datei umbenannte, nachdem er das Foto bis zum letzten Pixel inspiziert hatte. Die Braut trug ein langes Kleid, dessen leuchtendes Rot sich von ihrer blassen Haut abhob. Die Ärmel waren abgeschnittene Regenbögen, die über ihre Hände fielen, während pinkfarbene und weiße Blumen an der Vorderseite des Kleides hinunterrieselten. Ein kryptisches Lächeln gab das Versprechen, ihre Geheimnisse vor dem mondgesichtigen jungen Mann an ihrer Seite zu bewahren.

„Wir können dir eine neue Ausrüstung kaufen", sagte ich und legte eine Hand auf sein Bein.

„Bleib still sitzen und sieh hübsch aus. Ich bin bald fertig." Ich kannte ihn lange genug, um zu wissen, dass „bald" bei Jae eine Stunde bedeuten konnte. Doch da er ein so angenehmer Anblick war, kuschelte ich mich in die Sofakissen und wartete.

Es dauerte etwa zehn Minuten, bis ich so ungeduldig war, dass ich es mit einer Art Ultimatum versuchte, um ihm hoffentlich klarzumachen, wie schlecht es um seine Prioritäten bestellt war. „Wenn ich nicht bald einen Kuss bekomme, kann ich nicht für mein weiteres Verhalten garantieren."

Seine dunklen Wimpern streiften seine Wangenknochen, als er mir einen undurchschaubaren Seitenblick zuwarf. Ich fragte mich wie so oft, was in ihm vorging, als er sich plötzlich aufrichtete und sich neben meinen Schultern auf der Armlehne abstützte, um sich über mich zu beugen. Ich schob meine Beine zusammen, damit er sich rechts und links davon hinknien konnte, und öffnete stöhnend den Mund, als er mich küsste und seine Zunge zwischen meine Lippen schob.

„So wirkungsvoll war die Drohung?", murmelte ich in seinen Mund.

„Du machst manchmal wirklich große Dummheiten, *Agi*, das Risiko war mir einfach zu groß." Seine Hand schob sich unter mein T-Shirt, wo sie die Narbe an meinen Rippen fand. Ich zuckte unter seiner Berührung zusammen, da ich nach der unerwarteten Landung in den Büschen meines Vorgartens noch ziemlich empfindlich war. „Aber ich glaube nicht, dass du heute zu viel mehr im Stande bist."

„Baby, ich kann dir versichern, dass ein bestimmter Teil schon ziemlich gut steht", antwortete ich. Das Kribbeln, welches Jae bereits durch seinen ersten Blick auf mich ausgelöst hatte, breitete sich zwischen meinen Beinen aus, sodass ich an meiner Jeans zupfte, um etwas mehr Platz zu haben. Seine Finger folgten meinen, um mit dem Daumen über meine Erektion zu reiben, und ich hätte schwören können, dass ich ihn wie seine Katze schnurren hörte, bevor sich seine Lippen zu einem Kuss auf meine legten.

„He, warte …" Ich drückte mit den Händen gegen seine Schultern, bis er aufschaute. „Nicht ohne alles. Ich kann nicht deine Gesundheit riskieren."

„Hast du hier unten was?" Seine Zähne waren gefährlich und ich wollte mich tief in ihn schieben, bis ich seine Seele packen und sie nie mehr loslassen konnte. „Oder muss ich hochgehen?"

„Ähm." Wenn man mich mit Fragen konfrontierte, neigten meine Gedanken häufig dazu, sich zu zerstreuen und mich an Dinge zu erinnern, die mir Stunden davor durch den Kopf gegangen waren. Dass wir Katzenfutter brauchten, war im Augenblick keine besonders hilfreiche Information. „Moment, in der Schachtel da drüben – die blaue im Bücherregal. Zu meinem letzten Geburtstag habe ich von Bobby ein paar Scherzgeschenke bekommen. Ich glaube, es waren auch Kondome dabei."

Jae rutschte mit eleganten Bewegungen vom Sofa, denen ich den ganzen Tag hätte zusehen können. Ich lachte, als er mit anerkennendem Blick den Inhalt der Schachtel musterte. Bald hatte er Kondome in der Form von Goldmünzen gefunden, von denen er eines abriss und mir zuwarf, bevor er zurückkam, um sich über meine Beine zu knien und meinen Bauch zu küssen, während meine Zähne mit der Verpackung kämpften.

„Bobby hat dir ein paar ausgefallene Sachen geschenkt", bemerkte er und schob mein T-Shirt höher, damit er über eine Brustwarze lecken konnte. Ich verschluckte beinahe ein Stück Folie, das durch mein Keuchen zu weit in meinen Mund geriet, und musste husten, bis ich es in meine Hand gespuckt hatte.

„Du bringst mich noch um, bevor ich das hier aufgekriegt habe", warnte ich. Er ignorierte mich so gekonnt, wie seine Katze es tat, wenn ich die Haustür öffnen wollte und sie im Weg lag, und leckte erneut über meine Brustwarze, bevor er auf die feuchte Spur blies, um sie abzukühlen. Ein Schauer durchlief meinen Körper. Endlich gelang es mir, das Paket ganz aufzureißen, woraufhin das Kondom mit einem unschönen Klatschen auf meinem Bauch landete. Jae küsste grinsend mein Kinn und zwickte hinein.

„Lass mich das machen", murmelte er. „Bleib einfach sitzen, ich möchte das für dich tun."

Offenbar waren mehrere Stunden ohne Jaes Berührung zu lange für meinen Körper, vor allem für meinen Schwanz. Er zuckte und pochte so heftig unter Jaes sanften Fingern, dass es wehtat. Jaes Daumen löste den Knopf meiner Jeans, während er mit den Zähnen langsam den Reißverschluss öffnete. Nachdem ich eine Hand an seinen Hinterkopf gelegt hatte, lehnte ich meinen gegen das Sofa und atmete tief durch. Meine Selbstbeherrschung bröckelte, ließ sich kaum noch aufrechterhalten.

Er platzierte das Kondom auf meiner Eichel und streifte es langsam bis zur Wurzel hinunter über meinen Schwanz. Die Düfte unserer Körper mischten sich zu einem schweren, männlichen Erdgeruch, der meine Erregung noch steigerte. Während er sich Zeit damit ließ, mir die Latexhülle überzustreifen, schwirrten mir seltsame Gedanken durch den Kopf, dumme, besorgniserregende Gedanken, die ich nicht abschütteln konnte.

„Hast du eins mit Gleitgel ausgesucht?", fragte ich, um mich abzulenken, und stieß ein Quietschen aus, als Jaes scharfe Zähne die empfindliche Haut an der Innenseite meines Schenkels zwickten. „He, lass das."

„Lass *du* das", antwortete er leise mit einem eindringlichen Blick durch seine Wimpern. „Hör endlich auf zu denken, Cole. Fühl einfach."

Er war zu schön für mich. Ich wollte ihn an mich ziehen und seine Welt mit allem füllen, was er sich wünschte, solange das auch mich beinhaltete. Am liebsten hätte ich diesen Raum zum einzigen auf der ganzen Welt gemacht, zu einem Zufluchtsort, an dem Jae nicht von strikten Traditionen und den Ansichten seiner Familie beeinflusst wurde.

Doch ich gab mich mit bereitwilliger Eile den Freuden hin, die er versprach, und versuchte an nichts mehr zu denken als den Mann über mir und das kleine Stück Himmel, das er mir schenkte. Als sich sein Mund um mich legte, verließ mich der letzte Rest meiner Vernunft. Ich schloss die Augen, um seine samtene Dunkelheit zu genießen. Ein scharfes Stechen machte sich in meiner Brust bemerkbar, als ich nach Atem rang und es kaum noch schaffte, mich mit den Händen an seinen kräftigen Schultern festzuhalten. Ich streichelte über seine Schulterblätter und seine Wirbelsäule, um die Erinnerung an ihn in meine Hände aufzunehmen, bevor ich ihn loslassen musste.

„Jae", keuchte ich, als mich Blitze durchzuckten. Er leckte und liebkoste, saugte jedes bisschen Kraft aus mir heraus. Angetrieben von meinem Verlangen, endlich in ihm zu sein, versuchte ich, ihn hochzuziehen, doch seine Zähne schlossen sich warnend um meinen Eichelrand und senkten sich gefährlich weit in die empfindliche Haut. „Baby, ich brauche dich."

„Leg dich hin." Mit einem spielerischen Knurren zwickte er mich, während er seine Hände auf meinem Bauch ausbreitete. Ich gehorchte stöhnend und lehnte mich zurück, wobei ich gegen einen Krampf in meiner Rippengegend ankämpfen musste. Ein schmerzhaftes Kribbeln hatte sich unter meiner Haut ausgebreitet, als sich das Meer aus Blutergüssen bemerkbar machte. „Halt still."

Ich konnte nicht mehr atmen. In meiner Lunge war einfach nicht genug Platz für meine Schreie und Luft. Ich gab auf und fand mich mit dem Gedanken ab, zu sterben – entweder durch die von Jae verursachte Wonne oder durch die Schmerzen, die sich in meinem Körper zusammenballten. Bei jeder Bewegung seiner Zunge zogen sich meine Muskeln zusammen, sodass sich die Nachwirkungen der Explosion immer heftiger bemerkbar machten und nahezu im gleichen Rhythmus wie mein Schaft pochten.

Da entlud sich der Sturm in meinem Innern plötzlich von einem Aufschrei begleitet in Jaes Mund, als ich mich in das Kondom ergoss und es mit meinem

Samen füllte. Ich war ziemlich sicher, dass ich seinen Namen rief, als ich mich so weit wie möglich in seinen Mund schob, da ich eins mit seinem Körper werden wollte.

Dann lag er keuchend auf meinem Bauch und sein Lachen streichelte das Haar unter meinem Bauchnabel. Vergeblich bemühte ich mich, über das Summen in meinem Körper hinweg etwas zu sagen. Letztendlich streckte ich zittrige Hände aus, um ihn an mich zu ziehen. Ich wollte seinen Körper an meinem spüren.

„Warte", flüsterte Jae. „Ich mache dich kurz sauber."

Mein halbherziger Protest ging in zusammenhangloses Murmeln über, als er das Kondom abstreifte und meine Haut mit einer feuchten Serviette reinigte. Ich fühlte mich ohnehin zu schwach, um es selbst zu tun.

„Aish, immer jammerst du." Seine Worte klangen runder, nahmen diese weiche koreanische Färbung an, die mich jedes Mal zum Lächeln brachte. Wenn er sich nicht mehr die Mühe machte, auf sein Englisch zu achten, kam es mir vor, als teilte er sein wahres Wesen mit mir. Wir hatten darüber gesprochen, als wir im Dunkeln aneinandergekuschelt dagelegen hatten und seine Worte immer undeutlicher geworden waren. Auf seine verlegene Reaktion hin hatte ich nur gelacht und mich dichter an ihn geschmiegt. Jetzt legte er den Kopf schräg und betrachtete das Ergebnis seiner Bemühungen. „Na bitte, viel besser."

„Dann komm her", sagte ich und tätschelte einladend meinen Bauch. Er kuschelte sich vorsichtig an mich, ohne mein Gesicht aus den Augen zu lassen, weshalb ihm nicht entging, wie ich es verzog, als ein kurzer Schmerz meine Rippen durchzuckte.

„Ich bin hier", seufzte er, als er sich so neben mir ausgestreckt hatte, dass möglichst wenig von seinem Gewicht auf mir lag. Ich war dem Designer des Sofas sehr dankbar, dass es dafür groß genug war – neben stabil und bequem. Hatte ich es damals ausgesucht oder war es Madeline gewesen? Jaes Finger auf meinen Lippen holten mich in die Gegenwart zurück.

„Hör auf zu denken", seufzte er. „Immer denkst du nach."

„Ich denke über dich nach."

„Eine dreiste Lüge." Jae schnaubte belustigt, als ich schuldbewusst das Gesicht verzog. „Du bist ein unglaublich schlechter Lügner. Wie kann so jemand Polizist werden?"

„Ich war sogar ein einigermaßen guter", verteidigte ich mich. „Meistens musste ich mit Leuten reden. Das war der wichtigste Teil des Berufs – das Vertrauen der Leute gewinnen. Es kann schwer sein."

„Ich vertraue dir", sagte er mit dem Kopf auf meiner Schulter. „Meistens."

„Meistens?" Ich zog in Erwägung, gekränkt zu sein, doch da es zu anstrengend war, verzieh ich ihm lieber. „Wusstest du, dass Brian Park im Club gearbeitet hat?"

„Allmählich glaube ich, jeder von Hyun-Shiks Bekannten hat dort gearbeitet", seufzte Jae.

169

„Jemand hat Park umgebracht", sagte ich leise, während ich ihm durchs Haar streichelte. „Zu viele von Hyun-Shiks Bekannten werden getötet. Ich habe Angst, dass dir auch etwas passiert."

„Das würdest du doch nicht zulassen." Als er sich bewegte und meinen Bauch streifte, regte sich mein Schwanz. „Das mit Park tut mir leid. Ich wünschte, ich könnte dir irgendwie helfen."

„Es hilft mir, zu wissen, dass du sicher bist." Ich runzelte die Stirn, als er sich aufsetzte.

„Sieh nach, ob die Tür abgeschlossen ist und dann können wir oben weiterreden." Er glitt mit einem verführerischen Blick vom Sofa. „Bei so viel Tod in unserer Nähe sollten wir uns lieber darauf konzentrieren, das Leben zu genießen."

17

Als ich erwachte, sandte ein grauer Morgen wässriges Licht durch die Schlafzimmervorhänge. Ich erlaubte mir den Luxus, mich dichter an Jaes langen, warmen Körper zu kuscheln, wobei ich die Katze von meinem Knöchel vertrieb. Er roch nach Sex und Gewürzen. Auch wenn eine lange Nacht tief in Jaes Körper die Schmerzen der Explosion nicht besser gemacht hatte, bereute ich sie kein bisschen. Als mein Schwanz allerdings halbherzig zum Leben erwachte, rief ich ihn zur Ordnung. Wenn ich Victoria Kim einen Überraschungsbesuch abstatten wollte, musste ich mich bald auf den Weg machen.

Ich streichelte flüchtig über Jaes glatte Wange. In der letzten Nacht hatte ich ihn wegen seiner mangelnden Gesichtsbehaarung geneckt, indem ich mich laut gefragt hatte, ob er überhaupt alt genug für mein Bett sei. Er hatte mich auf die Matratze gestoßen und mich seinen verruchten Mund spüren lassen. Als ich mich jetzt bewegte, bemerkte ich die Stellen an meinen Schenkeln, die er mit seinen Zähnen bearbeitet hatte. Mit einem letzten Kuss auf seinen Nacken ließ ich ihn schlafen und schlüpfte aus dem Bett, wobei ich Neko beruhigen musste, die miauend nach Aufmerksamkeit verlangte.

Doch als ich das Badezimmer verließ, war mein Bett leer und der Geruch von Kaffee stieg mir in die Nase. Ich dankte Gott für Jaes Häuslichkeit, während ich mich zügig anzog und meine Glock aus ihrer verschlossenen Box holte. Um uns herum waren bereits zu viele Menschen gestorben, und auch wenn ich keine Schießerei am O. K. Corral plante, fühlte ich mich auf diese Weise sicherer. Hyun-Shiks Witwe hatte vermutlich Park ermordet, weil sie ihn nicht mehr gebrauchen konnte. Für mich hätte sie erst recht keine Verwendung gefunden.

Ich wurde mit einer vollen Tasse Kaffee begrüßt, bevor Jae-Min mir zwischen die Beine trat und mir anschließend seine Faust ins Gesicht rammte. Zumindest fühlte es sich so an. Ich stellte die Tasse so heftig auf die Arbeitsplatte, dass mir der hinausschwappende Kaffee beinahe die Hand verbrannt hätte.

„Was hast du gesagt?" Es erschien mir wie eine unverfängliche Frage, die den misstrauischen Blick, den Jae mir zuwarf, nicht verdient hatte. „Vielleicht habe ich dich nicht richtig verstanden."

„Mein SUV ist ab heute freigegeben", murmelte er durch einen Schluck Tee. „Also kann ich mich auf die Suche nach einer Wohnung machen."

„Ich bin dir also nicht mehr gut genug?" Ich wusste, dass ich mich kindisch verhielt, war im Augenblick jedoch furchtbar frustriert. Jaes geduldiger Seufzer half nicht gerade dagegen. Ich wusste, dass er nicht bei mir bleiben würde. Doch obwohl ich es von Anfang an gewusst hatte, war ich nicht bereit dafür. Erst recht nicht, während gerade ein Mörder unter Hyun-Shiks Bekannten wütete.

„Du weißt doch, ich kann nicht …" Er holte Luft und wandte sich ab, um sich an die Arbeitsplatte zu lehnen. Seine Tasse gesellte sich zu meiner, zwei Dampftürme auf grauem Granit. Jae rieb sich das Gesicht, strich sich durchs Haar und zupfte an den Spitzen, bevor er mir endlich antwortete. „Ich kann nicht bei dir wohnen. Es ist zu … schwer … zu früh … zu alles. Hier zu sein ist kompliziert."

„Für dich", sagte ich. „Es ist nur für dich kompliziert und nur in deinem Kopf. Für mich ist alles gut."

„Ich werde nicht ausziehen, bevor du es für sicher hältst", fuhr er leise fort und steckte die Finger in die Taschen seiner Jeans. „Aber ich muss mein Leben neu aufbauen, Cole."

„Und was ist mit uns?" Ich näherte mich, bis ich ihn beinahe berührte und meine Hände rechts und links auf die Platte stützen konnte. „Was bedeutet das für uns?"

„Uns?" Er leckte sich über die Lippen und starrte mich an. „Welches ‚Uns' denn? Kannst du mir das sagen? Von etwas Längerem war nie die Rede. Selbst über das Hier und Jetzt reden wir nicht."

„Dann lass es uns jetzt nachholen." Ich unterdrückte eine wütendere Antwort. Seine kühle Maske war zurück und stellte meinem aufbrausenden Temperament eine eisige Wand entgegen. Wenn ich mich nicht beruhigte, würde er mich ganz ausschließen. Jae presste eine Hand gegen meinen Bauch, um mich von sich zu stoßen, was ich jedoch nicht zuließ. Sein Körper verspannte sich und er hob trotzig das Kinn. „Nein, du kannst nicht einfach davor weglaufen."

Wäre ich vernünftiger gewesen, hätte ich mich in Anbetracht seiner Körpersprache etwas zurückgezogen. Doch bei diesem Thema wollte ich einfach nicht aufgeben. „Leck mich, ich laufe nicht weg."

Ich stieß ein Zischen aus, als ich dagegen ankämpfte, genauso verärgert zu antworten. Mit einem Knurren legte ich meine Arme um seine Taille und hielt ihn fest. Sein Körper war steif und er stand auf den Zehenballen, als wäre er darauf vorbereitet, sich körperlich gegen mich zu wehren. Ich schluckte schwer und zwang mich, ihn weiter ruhig anzusehen. Seine Atemzüge beschleunigten sich kurz.

„Rede mit mir." Ich sehnte mich danach, mein aufgewühltes Gemüt mit einer Berührung seiner Wange zu beruhigen, machte mir in der Nähe seiner Zähne jedoch zu große Sorgen um meine Finger. „Du kannst nicht wieder in diese Gegend ziehen. Sie ist das Letzte."

„Ich kann mich in der Nähe umsehen, wenn du möchtest", antwortete er nach einem tiefen Atemzug. „Nach etwas Günstigem, wo ich Neko haben darf."

„Das wäre gut", sagte ich. Erleichterung mischte sich unter die Wut in meinem Bauch. „Aber ich verstehe nicht, was du so kompliziert findest."

Jae biss sich auf die Unterlippe. „Ich weiß es nicht genau. Es ist so verwirrend. Ich glaube, ich muss in Ruhe darüber nachdenken, was wir miteinander machen."

„Es sollte doch ziemlich offensichtlich sein, was ich mit dir mache."

„Spar dir deine Witze, *Hyung*", warnte er mit zusammengekniffenen Augen. „Ich meine es ernst. In deiner Nähe vergesse ich, wer ich bin und was ich tun soll. Ich mag es nicht, so verwirrt zu sein. Es wäre leichter, all das hinter mir zu lassen und es zu vergessen."

„Kannst du das wirklich?", fragte ich leise und hielt ihn fest, als er erneut versuchte, sich loszureißen. „Ich möchte mich nicht streiten. Ich meine es auch ernst. Du weißt, dass zwischen uns etwas ist. Warum können wir nicht schauen, was daraus wird? Vielleicht kann es etwas Ernstes werden. Willst du das einfach aufgeben?"

„Du weißt nicht, was du da sagst", antwortete er ruhig. „Du verlangst von mir, meine Familie aufzugeben."

„Das mache ich doch gar nicht."

„Und ob", widersprach er. „Wenn meine Mutter herausfindet, dass ich schwul bin, wird sie mich aus der Familie verbannen. Keiner von ihnen wird mich mehr anerkennen. Ich werde wie tot für sie sein."

Ich erinnerte mich an Joshua Yi, der Ähnliches über seinen Cousin gesagt hatte. Es war für mich nur einfach schwer zu verstehen. „Andere Leute werden ebenfalls von ihren Familien verstoßen und kommen damit zurecht. Wenn sie dich nicht akzeptieren können, wie du bist, kennen sie dich sowieso nicht wirklich."

„Aber für mich ist es nicht wichtig, wie ich bin, Cole. Nicht so sehr wie für dich." Er wirkte frustriert. „Ich kann es meiner Mutter nicht antun. Ohne mich kommt sie kaum zurecht. Jae-Sun gibt ihr kein Geld und meine Schwestern sind Teenager. Sie brauchen Sachen. Ich darf nicht so egoistisch sein."

„Deine Mutter würde sich also von dir abwenden, obwohl du sie finanziell unterstützt?" So viel Dummheit kam mir unrealistisch vor. „Damit schneidet sie sich doch ins eigene Fleisch."

„Das wäre ihr egal. Sie ist sehr altmodisch. In ihrer Welt hätte sie gar keine andere Wahl", antwortete Jae zögernd. „Meine Tante droht mir oft damit. Wenn sie mich braucht, bin ich da. Das muss ich sein. Ich schulde es ihr für ihr Schweigen."

„Deine Tante ist eine Heuchlerin. Ihr Sohn wurde tot in einem Sexclub für Schwule gefunden. Glaubt sie etwa, er war da nur zufällig?"

„Hyun-Shik war ihr einziger Sohn und hat es meistens gut verheimlicht. So konnte sie es ihm größtenteils verzeihen und sonst die Schuld auf andere schieben. Was passiert, wenn ich hier wohne und meine Mutter anruft? Oder wenn sie mich besuchen will? Ein paar Monate würdest du es vielleicht aushalten, aber dann würdest du mich hassen, weil ich dich zu einem Leben im Verborgenen zwingen müsste. Das wäre dir gegenüber nicht fair."

„Aber so ist es dir gegenüber nicht fair, Baby."

„Du verstehst es nicht. Und das erwarte ich auch nicht von dir. Deine Denkweise ist zu weiß. Du lebst für dich und kümmerst dich nicht darum, was andere davon halten. Aber ich kann so nicht sein. Ich denke nicht so – auch wenn es das ist, was du von mir verlangst: dass ich so denke und bin wie du. Es geht nicht. Ich brauche … Zeit."

„Ja, das kann ich verstehen." Ich versuchte mir vorzustellen, eine derart starke Bindung zu Menschen zu haben, die sich so dagegen sträubten, ihr Herz für mich zu öffnen. Selbst von meinem Vater wusste ich, dass er sich seit unserem Zerwürfnis bei Mike nach mir erkundigt hatte – auch wenn er offenbar hoffte, ich könne noch zur Vernunft kommen und mich in eine Frau verlieben. Außerdem hatte ich Bekannte, die sich in einer ähnlichen Situation andere Menschen gesucht hatten, die sie als Bruder oder Cousin betrachten konnten. Dagegen hörte es sich bei Jae wie ein Sturz in einen Abgrund an. „Das war's dann also? Wir sind zu verschieden?"

„Ich weiß es nicht." Wenigstens redete er offen mit mir. Auch wenn mir die Antwort nicht gefiel, war sie doch ehrlich. „Ich muss darüber nachdenken, wie es weitergeht. Im Augenblick weiß ich es nicht."

„Was gibt es da zu wissen?"

„Benutzt du mich, um über Rick hinwegzukommen?" Er neigte fragend den Kopf, während ich einen Schritt zurückwich. „Du kannst nicht über ihn als Menschen reden, obwohl er seit Jahren tot ist. Bist du mit mir zusammen, weil ich wie er bin oder weil ich kein bisschen wie er bin?"

„Ich habe nie …" Ich hielt inne, da ich keine Worte fand, die nicht klangen, als vergliche ich die beiden. Sie wirkten wie Gegensätze – aber war das so schlimm? „Ist es nicht normal, mit jemandem neu anzufangen, der anders ist?"

„Ich bin nicht sicher", gab er zu. „Rick ist immer irgendwie bei dir. Ich glaube, du hast ihn nicht ganz losgelassen, weil du es nicht musstest. Und wenn du es jetzt müsstest, würdest du mich vielleicht später dafür hassen. Dann habe ich meine Familie aufgegeben und du bist mir böse. Was wird dann aus mir?"

„Also gut." Seufzend ließ ich die Arbeitsplatte los und trat ein Stück zurück. Ein Teil von mir tat weh. Ich war nicht sicher, ob es sich um meinen Magen oder meine Brust handelte, doch der Schmerz pochte und hämmerte durch meinen Körper. „Zeit kann ich dir geben. Dir Raum zu geben fällt mir schwerer. Ich möchte einfach nicht, dass du durch diese Tür gehst und niemals wiederkommst."

„Eines Tages werde ich das vielleicht." Mehr von dieser Ehrlichkeit, die mir Messer in den Bauch rammte, bis ich hilflos war. „Aber jetzt noch nicht. Eine kleine Weile möchte ich glücklich sein. Auch wenn es nicht echt ist."

„Das hier ist *sehr* echt, Jae." Als er den Arm ausstreckte, um mit den Fingerspitzen meinen Bauch zu berühren, verlor ich beinahe die Beherrschung. Mein Schwanz wollte in ihm sein und mein Herz wollte ihn in sich aufnehmen. Wenn ich nicht vorsichtig war, würde ich bald wie eine junge Braut Vorhänge und Geschirr aussuchen. „Es fühlt sich gut an, das mit uns beiden. Findest du nicht? Es fühlt sich richtig an. Merkst du das nicht auch?"

„Ja", stimmte er leise zu. „Wenn es nur um Sex ginge, wäre es leichter. Dann könnte ich dich einfach hinter mir lassen, was ich jetzt nicht schaffe. Also gib mir bitte etwas Abstand. Ich verschwinde nicht, Cole, das verspreche ich. Nicht ohne Vorwarnung und nicht jetzt."

„Mehr kann ich wohl nicht verlangen", brummte ich. Obwohl ich ihn nicht gehen lassen wollte, musste ich einsehen, dass er Abstand brauchte. „Aber rede mit mir. Schließ mich nicht einfach aus. Um diese eine Sache bitte ich dich, okay?"

„Okay." Jae nickte. „Aber dafür musst du mir versprechen, diesen Fall aufzugeben, falls es zu gefährlich wird. Ich will nicht, dass du stirbst, weil du wegen mir nach Hyun-Shiks Mörder suchst."

„Viel gefährlicher kann es nicht werden." Ich beugte mich für einen flüchtigen Kuss vor, der den Geschmack von Nelken und Zimt des warmen Chai mit sich brachte. „Außerdem bin ich wie eine Kakerlake. Unser Übeltäter hat schon so viel versucht, aber ich bin noch hier."

„Sei trotzdem vorsichtig", warnte er, als er mich mit einem kräftigen Finger zur Seite schob. „Selbst Kakerlaken sterben, wenn man fest genug zuschlägt."

MIT EINEM Blick auf meinen ruinierten Vorgarten startete ich den Motor des Mietwagens. Die Büsche sahen aus, als hätte Gott es für nötig gehalten, wieder einen in Brand zu setzen. Das versengte Gras war mittlerweile frei von Überresten und irgendjemand, vermutlich ein Teil von Claudias Horde, hatte halbherzig versucht, das Schlimmste abzuschneiden, nur um nach kurzer Zeit aufzugeben. Viel retten konnte man ohnehin nicht.

„Ich werde alles ersetzen müssen", murmelte ich, als ich die mitgenommene Vorderseite meines Hauses und Büros betrachtete. Beinahe wie damals, als ich das heruntergekommene Gebäude gekauft hatte, um mich mit der Instandsetzung von Ricks Tod abzulenken. Nachdenklich rieb ich über die plötzlich juckende Narbe auf meiner Brust.

Nahezu jeder Quadratzentimeter des Hauses war mit meinem Schweiß bedeckt. Spitze Nägel und Splitter hatten mein Blut gefordert, während der Mörtel mit großer Wahrscheinlichkeit Rückstände meines Speichels enthielt – jedenfalls war mehr als genug davon in meinen Mund geraten. Die Veranda neigte sich leicht zu einer Seite, weil ich einen Balken nicht hundertprozentig gerade angebracht hatte. Dennoch, mit all seinen Fehlern, gehörte es mir.

Mir allein.

Es wurde Zeit, dass ich es akzeptierte.

Als mir Tränen in die Augen stiegen, blinzelte ich, um die Erinnerungen und die Feuchtigkeit aus meinen Wimpern zu vertreiben. Was ich auch tat, die zwei geliebten Männer aus meiner Vergangenheit waren für immer im Tod vereint. Ich konnte nicht an den einen denken, ohne dabei auch um den anderen zu trauern.

Jae hatte recht. In meinem Kopf herrschte ein einziges Chaos.

Mit laufendem Motor blieb ich einfach noch eine Weile vor dem Haus stehen und lauschte dem leisen Rauschen des Straßenverkehrs. Ein nebelartiger

Nieselregen hinterließ winzige Tropfen auf der Windschutzscheibe, für die sich allerdings kein Scheibenwischer lohnte. Es war der perfekte Morgen für eine Tasse Kaffee, mit der man sich unter einer Decke oder auf dem Sofa zusammenkuschelte. Stattdessen war ich auf dem Weg zu einer Frau, die ich des Mordes an ihrem Ehemann verdächtigte – und all das für den Mann, den ich in meinem Bett zurückgelassen hatte.

Nachdem ich mir ein letztes Mal über die Augen gewischt hatte, zwang ich mich zur Ruhe. Ich vermisste Rick. Mein Herz vermisste ihn. Doch der Schmerz in meinem Innern, der mich beinahe zerriss, war verflogen. Ich hatte das Haus für einen toten Mann hergerichtet und die Wände in seinen Lieblingsfarben gestrichen, als würde er eines Tages durch die Tür spazieren und entzückt aufkeuchen.

„Tut mir leid, Baby", murmelte ich zum Himmel hinauf. Ich hoffte, dass er mich hören konnte, auch wenn ich nicht wusste, welchen Platz Gott für ermordete schwule Männer vorgesehen hatte. „Ich wollte dieses Leben für dich – für uns – und wir haben es nie bekommen. Die ganze Zeit habe ich mir gewünscht, du wärst bei mir. Das tue ich auch jetzt noch. Aber du bist es nicht und Jae ist es. Ich will mich nur nicht selbst dafür hassen, dass ich …"

Ich verstummte, bevor ich meine Gefühle für Jae laut aussprechen konnte. Nachdem es mir gelungen war, Hyun-Shiks Mörder zu finden, würde er die relative Sicherheit meines Hauses verlassen. Er hatte recht: Wir hatten niemals über etwas Dauerhaftes oder Liebe gesprochen. Wir hatten diskutiert und gelacht und er hatte mir gezeigt, dass er so eigensinnig und stur sein konnte, wie er schön war. Dass er mich liebte, hatte er mir jedoch nicht gesagt.

„Aber du hast es auch nicht gesagt", erinnerte ich mich selbst, während ich endlich losfuhr. „Mal schauen, was Vicky heute Morgen so treibt."

ICH HATTE Jae nicht über mein Treffen mit Victoria informiert. Zwar konnte ich mir nicht vorstellen, dass er sie warnen würde, wollte jedoch nicht, dass er zufällig mit einem der Kims sprach und versehentlich etwas durchsickern ließ. Wenn man jemanden zum Reden bringen wollte, war ein überraschender Besuch oft der beste Weg. Und nachdem sowohl ihr Mann als auch Park ermordet worden waren, hatte ich vor, Victoria ihre Geheimnisse zu entlocken. Es war mehr als wahrscheinlich, dass sie die blonde Frau im Dorthi Ki Seu gewesen war und etwas mit Hyun-Shiks Ableben zu tun gehabt hatte. Ob die Tatsache, dass ihr Mann schwul gewesen war, sie wirklich dazu getrieben hatte, musste sich erst noch herausstellen. Nach ihrer ungezügelten Abscheu bei unserem ersten Treffen wollte ich es nicht ausschließen.

Damals hatte ich noch nicht gewusst, dass Papa Kim Park aufgetragen hatte, Victoria zu verführen. Nachdenklich reihte ich mich in den Verkehr ein, als die Ampel an der Auffahrt auf Grün sprang, und stellte mit einem Blick auf die Uhr einige Berechnungen an. Mike setzte sich jetzt vermutlich gerade mit seiner ersten Tasse Kaffee an den Schreibtisch und schmiedete Pläne, mit denen er meinen Tag verkomplizieren konnte. Ich beschloss, ihm zuvorzukommen, und wählte seine Nummer.

„McGinnis", bellte er ins Telefon. Er klang so sehr wie mein Vater, dass ich beinahe aufgelegt hätte.

„He", lachte ich. „Tu nicht, als wärst du der Einzige."

„Was zum Teufel willst du?" Sein geräuschvolles Schlürfen schüttelte mein Trommelfell durch. „Es ist noch nicht Mittag, also warum bist du wach?"

„Ich muss arbeiten. Der Kim-Fall, schon vergessen? Ich wollte fragen, ob du für mich ein Gespräch mit Papa Kim organisieren kannst."

„Der ist gerade in Seoul", antwortete Mike. „Und du solltest den Fall doch aufgeben."

„Ich mache aus eigenen Gründen weiter." Der Verkehr floss mit dem für den Morgen typischen Stop-and-go. „Für Jae."

„Cole, ich weiß, dass du das Gefühl hast ..."

„Sag mir nicht, was ich fühle, Mike", unterbrach ich ihn. „Wenn die Polizei sich keine Mühe gibt, die drei Morde in Verbindung zu bringen, muss ich es wohl tun."

„Detective O'Byrne hat den Fall von Branson übernommen. Ich bin ziemlich sicher, dass sie alles verbinden wird, was verbunden werden kann."

„O'Byrne ist beängstigend", antwortete ich. „Branson hat keine Chance gegen sie. Ich weiß nicht, ob ich mich freuen oder fürchten soll."

„Fürchte dich lieber – sie glaubt immer noch, dass du etwas mit Parks Tod zu tun hast. Und halt dich aus dem Fall raus, Cole."

„Sorry, das geht nicht. Ich habe es Jae versprochen."

„Versprechen halten bei dir doch sowieso nicht lange vor. Meistens siehst du etwas Spannendes, das dich davon ablenkt."

„Diesmal meine ich es ernst, Mike. Wirklich." Ich konnte schwer in Worte fassen, wie Jae sich in jeden meiner Sinne und mein Herz geschlichen hatte. „Ich glaube, ich bin dabei, mich in ihn zu verlieben."

„Warte, bis du keine Medikamente mehr nimmst. Wenn du wieder bei Sinnen bist, lässt es bestimmt nach."

„He", rief ich gespielt gekränkt. „Habe ich dich wegen Mad Dog so fertiggemacht?"

„Du kennst ihn seit vielleicht zwei Wochen, Cole. Da spricht die Lust aus dir, nicht die Liebe."

„Lust ist immerhin etwas", antwortete ich. „Ich muss jetzt Schluss machen, ich habe zu tun. Wenn ich etwas herausfinde, sage ich dir Bescheid."

Ich legte auf, bevor Mike etwas sagen konnte. Der Verkehr nahm stetig zu, wie es auch die Furcht in meinem Innern tat. Wenn der Fall gelöst war, würde Jae mich verlassen.

„Du musst ihm Zeit geben, Cole", ermahnte ich mich knurrend. „Wenn nichts daraus wird, dann sollte es eben nicht sein."

177

Um das Haus herum war es unheimlich still, als ich davor parkte. Als jemand, der in der unorganisierten Umgebung vom Militär zur Verfügung gestellter Behausungen aufgewachsen war, empfand ich das im spanischen Stil gebaute Haus mit seiner ruhigen Atmosphäre und seinem millimetergenau gestutzten Rasen als beinahe unwirklich, als wäre ich in ein Filmset gestolpert, das auf die Ankunft von Schauspielern und Crew wartete.

Meine Beine protestierten, als ich mich aus dem Mietwagen quälte, und die Haut spannte sich schmerzhaft über den Blutergüssen auf meinem Rücken, als ich mich umwandte, um die Autotür zu schließen. Plötzlich erschien es mir wie eine wesentlich bessere Idee, den Tag im Bett zu verbringen – wenn möglich so zugedröhnt, dass sich meine schmerzenden Muskeln in Pudding verwandelten.

„Der Rockstar-Sex mit Jae hat nicht unbedingt geholfen", murmelte ich, als sich meine Oberschenkel verkrampften. Bei der Erinnerung daran musste ich grinsen. „Mann, war das ein Spaß."

Menschen waren auf der Straße nicht zu sehen, aber am Rand und in den Auffahrten standen viele Autos. Vor dem Haus der Kims machte sich ein Escalade breit, neben dem mein Mietwagen mickrig wirkte. Auf dem Rasen lag kein Spielzeug, doch ein Paar kleiner, schlammiger Turnschuhe neben der Haustür wies darauf hin, dass dort ein Kind lebte.

In dieser vornehmen Gegend hatte ich mit mehreren Riegeln und einem mit Tasern ausgerüsteten Sicherheitssystem gerechnet. Stattdessen fand ich eine Tür vor, die einen Spalt weit offen stand. Der Schmutz an den Schuhen war noch frisch und dunkel und der bröckelnde Schlamm verströmte den unverwechselbaren Geruch von Dünger, als ich mich näherte. Nachdem ich behutsam mit dem Fuß die Tür aufgeschoben hatte, presste ich mich gegen den Türrahmen und lauschte einige Sekunden. Da ich nichts hörte, schaute ich vorsichtig um die Ecke. Mir blieb beinahe das Herz stehen.

Die Frau mit der schnodderigen Stimme, die mich bei meinem ersten Besuch ins Haus gelassen hatte, lag auf dem gefliesten Boden. Ihre offenen Augen starrten leer in Richtung Tür, während ein großer Teil ihres Gesichts durch grobe Löcher zerrissen worden war. Blut sickerte daraus hervor und sammelte sich auf dem Boden, bevor es in die Fugen floss und rote Linien bildete.

„Scheiße." Ich zückte die Glock und horchte erneut, hörte jedoch nichts als Rasensprenger und einige Vögel. Mit nervösen Fingern holte ich mein Handy heraus, um 911 zu wählen.

„Sie haben den Notruf 911 gewählt, alle Leitungen sind derzeit belegt …", teilte mir eine Frauenstimme mit.

„Das darf doch nicht wahr sein." Ich legte auf, um es erneut zu versuchen. Nach der dritten Bandansage gab ich auf und wählte die beste Alternative zum Notruf. „Sei still und hör mir zu", schnitt ich Mike das Wort ab. „Ich bin in Victoria Kims Haus. Die Haustür steht offen und das Kindermädchen – zumindest glaube ich, dass sie das ist – liegt davor. Sie sieht tot aus. Beim Notruf komme ich nicht durch, also tu mir den Gefallen und ruf O'Byrne an, damit sie jemanden schickt. Sofort."

„Geh nicht ins Haus, Cole. Warte auf die Polizei", schrie Mike durchs Telefon. „Ernsthaft, geh nicht in das verdammte …"

„Ich muss nachsehen, ob ich helfen kann. Sie hat ein Kind." Ich war nicht in der Stimmung für lange Diskussionen. „Ruf an und vergiss nicht zu sagen, dass ich im Haus bin, damit niemand versehentlich auf mich schießt."

„Verdammt …", hörte ich Mike noch sagen, bevor ich die Verbindung trennte und hoffte, dass er besser durchkommen würde. Dann ging ich weiter ins Haus.

18

DER LAUF meiner Glock war auf den Boden gerichtet, als ich mit gesenktem Kopf um die Frau auf dem Boden herumschlich. Ich hielt es nicht für nötig, nach einem Puls zu suchen. Bei genauerer Betrachtung war nicht zu übersehen, dass sie tot war. Ich konnte nichts mehr für sie tun.

Der Geruch von menschlichem Blut war überwältigend und mischte sich mit dem Zitronenaroma des Reinigungsmittels neben ihrer rechten Hand. Sie schien geputzt zu haben, als sie erschossen worden war. Patronenhülsen waren auf dem Boden verteilt wie Sterne am Himmel. Es war ein hässlicher Mord, brutal und blutig. Die Löcher in den Wänden wiesen auf einen unerfahrenen Schützen hin. Der toten Frau half das nicht weiter – ein Kopfschuss war kaum zu überleben, auch wenn er dem Angreifer nicht beim ersten Versuch gelang.

Ich arbeitete mich bis zum Durchgang ins Wohnzimmer vor, bis ich einen Blick hineinwerfen konnte. An den Wänden klebten Blutstriemen und ruinierten den rötlichen Farbton. Sie glänzten noch frisch. Mit auf den Boden gerichteter Waffe schob ich mich näher heran und betrat seitwärts den Raum.

Er sah wie ein Schlachtfeld aus. Neben dem zersplitterten Couchtisch lag ein umgefallener Stuhl. Eine zerbrochene Vase hatte den Teppich durchnässt und gelbe Rosen verstreut, die teilweise zertreten worden waren. Ein Foto von Hyun-Shik und Victoria lag mit zerschmettertem Rahmen auf dem Boden und an einer der Scherben klebte Blut. Etwas Glänzendes nicht weit davon entfernt entpuppte sich als eine Ansammlung abgerissener Fingernägel, die in glitzerndem Pink lackiert worden waren.

Bevor ich das Zimmer verlassen konnte, hielt mich ein Stöhnen auf. Ich ging vorsichtig weiter hinein, wobei ich mich bemühte, nichts zu berühren. Die Polizisten würden mir den Kopf dafür abreißen, dass ich überhaupt das Haus betreten hatte. Jetzt durch die Zimmer zu laufen, machte es noch wesentlich schlimmer.

Nach kurzer Suche entdeckte ich in einer Zimmerecke zwei nackte Füße und näherte mich vorsichtig. Mir stockte vor Überraschung der Atem, als ich auf dem Teppich hinter dem kleinen Sofa Victoria entdeckte, deren blondes Haar in zerzausten Strähnen um ihre Schultern ausgebreitet lag, während sich auf ihrer Wange ein halbmondförmiger Bluterguss abzeichnete. Ich stieg über eine zerbrochene Teetasse hinweg, um zu überprüfen, ob sie noch lebte.

Sie tat es, wenn auch nur so eben. Der Teppich unter ihr hatte so viel Blut aufgesogen, dass er unter meinen Schuhen ein feuchtes Geräusch von sich gab.

Sie lag auf dem Bauch und ihr Blick wirkte benebelt, doch sie blinzelte langsam, als ich mich näherte. Ihr schwarzer Rock war zerrissen und hochgerutscht, sodass er kaum noch ihre Beine bedeckte. In ihrem cremefarbenen Oberteil befanden sich Einschusslöcher, um die sich rote Kreise ausgebreitet hatten, bis sie sich berührten. Plötzlich richtete sich ihr Blick auf mich und sie murmelte etwas, ein zerrissener Strom von Wörtern, während sich ihre Finger in den Teppich krallten.

„Nicht bewegen", sagte ich, während ich die Glock in Reichweite auf dem Teppich platzierte, bevor ich eine Hand an ihren Hals legte. Ihr Puls war zu schwach, um ihn zu fühlen, und ihre Haut zuckte unter meinen Fingern, als sie ein Gurgeln ausstieß.

Es kam mir falsch vor, dass die Rasensprenger lauter waren als ihre Atemzüge, um die sie heftig kämpfen musste. Ich beruhigte sie und bat sie, durchzuhalten, als mein Handy in meiner Tasche vibrierte und Mikes Nummer zeigte.

„Mike", sagte ich, nachdem ich das Gespräch angenommen hatte. „Ich brauche einen Krankenwagen. Victoria Kim ist verletzt." Ich hob sie mit einem Arm etwas an, um ihr zu helfen, ihre Lunge von Blut zu befreien. Ihre Atmung beruhigte sich etwas, auch wenn sie nach wie vor gequält klang.

„Ich habe 911 angerufen. Ein Krankenwagen ist auf dem Weg", sagte Mike. „O'Byrne weiß auch Bescheid und ich komme, so schnell ich kann."

„Danke." Ich widersprach seinem Vorhaben nicht. O'Byrne würde mir das Ganze anhängen, wenn ich nicht vorsichtig war. Ich konnte nur hoffen, dass sich der Schütze nicht mehr im Haus befand. Nachdem ich das Gespräch beendet hatte, beugte ich mich über Victoria. „He, halten Sie noch ein bisschen durch. Der Krankenwagen ist bald da und Sie bekommen Hilfe."

Es war eine Lüge. Auch die Sanitäter würden ihr nicht mehr helfen können. Als ich meine Hand auf eine der Wunden presste, um die Blutung zu stoppen, spürte ich, wie weit sie aufklaffte. Wo ihre rechte Brust gewesen war, befand sich nichts als ein feuchter, roter Krater. Wenn die anderen Wunden ähnlich schlimm waren, konnte von ihren Organen nicht mehr viel übrig sein.

Es war schwer zu glauben, dass sie noch lebte und sogar bei Bewusstsein war, aber sie schien mir etwas sagen zu wollen, auch wenn es sie umbrachte.

„Will …" Sie packte mein Bein, zerrte an meiner Jeans. Mit ihrer erlöschenden Stimme brachte sie kaum das eine Wort heraus.

„Was wollen Sie?" Ich war nicht sicher, ob ich sie sprechen lassen oder sie bitten sollte, sich nicht zu verausgaben. Ihre Brust erbebte unter meiner Hand. „Victoria, reden Sie lieber nicht, es ist nicht gut …"

„Oben." Ihr Gesicht war verzerrt, als sie sich krampfhaft bemühte, nach oben zu schauen. Die unglaubliche Anstrengung, ihr Kinn zu heben, spannte die Muskeln in ihrer Brust und ließ frisches Blut über meine Finger fließen. „Will …"

Scheiße, ihr Sohn hieß Will. Hyun-Shiks Sohn. Will, bald der einzige Überlebende seiner Familie, befand sich im ersten Stock.

„Bleiben Sie liegen, okay?" Victoria wurde unruhig. Ihre Gliedmaßen bewegten sich hilflos und sie versuchte keuchend, sich umzudrehen, bevor ich sie davon abhielt. „Ich hole kurz ein Kissen, damit Sie bequemer liegen, und dann gehe ich hoch, okay? Nicht reden. Bitte nicht."

Mit einem kaum sichtbaren Nicken entspannte sie sich in meinen Armen. Nachdem ich ein kleines Kissen vom Sofa unter Victorias Brustbein gelegt hatte, wischte ich mir an meiner Jeans die Hände ab und ergriff meine Waffe. Auch wenn ich nicht sicher war, ob sie noch leben würde, wenn ich zurückkam, schien ihr im Augenblick nur ihr Sohn wichtig zu sein.

Und da Victoria jetzt sterbend auf dem Boden lag, hatte ich keinen Mordverdächtigen mehr.

„Waffe runter und leise gehen", murmelte ich vor mich hin. „Wer weiß, wer da oben ist."

Ich ging erneut an der toten Frau im Eingangsbereich vorbei, wobei ich mich bemühte, nicht durch das Blut zu laufen. Ich hatte den Tatort bereits genug in Mitleidenschaft gezogen, indem ich zu Victoria gegangen war – andererseits hätte sie nur ein Arschloch allein dort liegen lassen, selbst wenn sie etwas mit dem Tod ihres Mannes zu tun gehabt haben sollte.

„Wer bleibt noch übrig?" Ich hatte den Fuß der Treppe erreicht.

Vor mir erhoben sich Stufen aus schwarz gesprenkeltem weißem Marmor, die von einem kunstvoll verzierten schmiedeeisernen Geländer begrenzt wurden. Ein Läufer teilte die Stufen wie ein goldenes Band in zwei Teile. Doch das Bild wurde in regelmäßigen Abständen von kleinen Blutstropfen gestört. Victoria musste den Angreifer irgendwie verletzt haben. Allerdings waren sie wirklich winzig und schienen den Mörder nicht in Sorge versetzt zu haben.

Das Schlimmste war, dass er offenbar gewusst hatte, wo sich Will befand, und gleich hinaufgegangen war. Er war gekommen, um den Jungen zu entführen oder um ihn zu töten. Beides musste für Victoria eine grauenhafte Vorstellung sein.

Da es sich um ein großes Haus handelte, führte im ersten Stock ein Flur in beide Richtungen. Ich entschied mich für die Seite, die nach einem kurzen Stück abknickte, da ich hoffte, dahinter Victorias Schlafzimmer zu finden. Wenige Sekunden später dachte ich flüchtig darüber nach, ob die Glücksgöttin für oder gegen mich war, als eine Kugel meinen Kopf verfehlte, jedoch den Spiegel an der Wand hinter mir traf. Ich zuckte zusammen und duckte mich, als er in einem Regen aus Scherben explodierte, von denen einige mein T-Shirt durchschnitten, um sich in meinen bereits zerkratzten Rücken zu bohren.

Auf der Suche nach Deckung rollte ich mich zur Seite, doch im Flur gab es nichts, wohinter man sich verstecken konnte. Nur ein Treppenschutzgitter aus Plastik, das dem Schützen im Weg gewesen sein musste, lehnte an der Wand. Ich packte es und schleuderte es den Gang entlang, um ihn so hoffentlich zu zwingen, in einem Zimmer Schutz zu suchen, bis ich mich hinter eine Ecke zurückgezogen hatte. Doch das Gitter traf lediglich eine offene Tür, bevor es zerbrochen auf dem Boden landete.

Grace Kim tauchte am Ende des Flurs auf. Sie hielt einhändig einen weinenden Will auf dem Arm, während die andere Hand zitternd und unsicher eine Browning auf mich richtete. Ihr Gesicht war bleich, aber entschlossen, als sie mich mit wildem Blick anstarrte.

„Weiß Daddy, dass Sie sich seine Pistole geliehen haben?" Ich stand langsam auf, ohne meine Glock zu heben. Als ich einen Schritt vorwärts machte, beruhigte sich der Lauf ihrer Waffe und zielte auf meine Brust.

„K... k... kommen Sie nicht näher", stammelte sie mit zittriger Stimme. Ich hob die Hände und ließ die Glock von meinem Zeigefinger baumeln. „Und es ist nicht Daddys Pistole. Es ist meine ... ich habe sie gekauft."

„Okay, schon gut." Ich sprach so ruhig wie möglich. Es war schwer zu sagen, ob sie noch Kugeln hatte. War ihr Zeit geblieben, um nach dem Angriff auf die beiden Frauen nachzuladen? Ich konnte nicht sicher sein. Der Junge begann zu schreien, woraufhin Grace ihn etwas wiegte und leise mit ihm sprach.

„Shhh, alles ist gut. Ich bringe dich zu Großmutter. Sie wird sich um dich kümmern, mein Kleiner", murmelte sie mit einem Kuss auf seine Schläfe. Kurz war ihr Gesicht hinter dem schweißfeuchten Haar des Jungen verborgen, doch sie wandte sich mir schnell wieder zu, sodass mir keine Chance blieb, etwas zu unternehmen. Die Waffe war weiter auf mich gerichtet, als sie sich mit langsamen Schritten näherte. „Ich will Sie nicht erschießen. Wirklich nicht. Ich weiß, dass Sie nur Ihre Arbeit machen. Das ist mir klar."

„Die tote Frau vor der Tür hat auch nur ihre Arbeit gemacht und wurde trotzdem von Ihnen erschossen", bemerkte ich und verzog das Gesicht. Warum sagte ich dauernd etwas Dummes?

„Sie wollte mich aufhalten!" Ihr Schrei hallte durchs Treppenhaus. „Ich musste es tun. Sie hat mir keine Wahl gelassen. Niemand hat mir eine Wahl gelassen."

„Park auch nicht?"

„Er hätte Daddy erzählt, dass ich Hyun-Shik getötet habe. Das ging nicht. Ich war noch nicht fertig. Wir waren noch nicht fertig." Sie machte einen kleinen Schritt, um zu versuchen, ihren Neffen ein wenig zu wiegen, ohne die Waffe zu senken. Ich nutzte die kurze Unaufmerksamkeit, um mich unauffällig zu nähern. „Hätte er nur noch ein paar Tage den Mund gehalten, wäre es vorbei gewesen."

„Und Jae? Ihr Cousin?" Ich schob mich weiter vor. Die Waffe schwankte, zielte nicht mehr sicher auf mich. Ich wagte einen weiteren Schritt, da ich hoffte, sie so sehr verunsichern zu können, dass sie die Pistole oder den Jungen losließ und mir die Gelegenheit gab, mich auf sie zu stürzen.

„Jae-Min interessiert mich nicht. Er ist ... widerlich. Pervers. Er hat Hyun-Shik das angetan! Mein Bruder wäre normal gewesen, wenn Jae-Min ihn nicht verführt hätte." Grace schluchzte leise und wischte sich mit der Hand, in der sie die Waffe hielt, über die Augen. „Brian sollte sicherstellen, dass auch Jae-Min tot ist,

183

nicht nur diese Hure. Aber er hat es nicht getan. Sehen Sie? Ich konnte ihm nicht vertrauen! Er hat nie die Anweisungen befolgt!"

„Warum haben Sie Ihren Bruder umgebracht?" Ich hatte viele Fragen und das Gespräch in Gang zu halten konnte mir nur helfen. Auch Will hatte sich trotz seiner unbequemen Situation wieder etwas beruhigt.

„Er wollte meiner Mutter Will wegnehmen und er war krank. Er hat sich von Jae-Mins Perversionen anstecken lassen und sie haben ihn krank im Kopf gemacht. Welcher Mann will andere Männer?" Sie sprach langsam, als müsste sie einem kleinen Kind etwas erklären. „Und nachdem er tot war, hat die Schlampe unten plötzlich beschlossen, wegzuziehen. Alles wäre gut gewesen, wenn sie es doch nur beim Alten belassen hätte."

„Vielleicht wollte sie …"

„Unsere Familie ist alles, was sie hat. Wir haben ihr so viel gegeben, aber es hat ihr nicht gereicht. Sie wollte *Umma* die einzige Sache … den einzigen Menschen wegnehmen, den sie liebt."

„Ihr Bruder hätte nicht sterben müssen, nur weil Sie ihn … für krank gehalten haben", sagte ich leise. „Er war doch nur …"

„Nein! Sie verstehen das nicht! Hyun-Shik war … Was er getan hat, war falsch. Er hat Schande über uns gebracht … Männer gefickt. Wie konnten wir anderen Leuten gegenübertreten, wenn wir wussten, was er getan hat? Mit Will ist alles anders. *Umma* kann einen neuen Sohn aufziehen … und diesmal einen guten", sagte sie und drückte Will an sich. Ich nutzte ihre Konzentration auf den Jungen, um mich noch ein paar Zentimeter vorzuwagen, doch es war zu viel.

Sie schoss, ohne zu zögern, und der Knall ließ Will aufheulen, bis er aus vollem Halse schrie. Ich ging zu Boden und schmeckte kurz den Teppich, bevor es mir gelang, mich auf den Rücken zu werfen und auf ihren Oberschenkel zu zielen.

Ein schneller Schuss hallte durch den Flur, und schon stürzte sie mit einem Aufschrei zu Boden. Will fiel dabei vornüber, als sich ihr Griff lockerte und ihr Schrei an Lautstärke zunahm. Es gelang mir, ihn aufzufangen, während ich mit dem Fuß die über den Teppich hüpfende Browning außer Reichweite schleuderte. Sie flog weiter, als ich gehofft hatte, prallte auf den Marmor oberhalb der Treppe und wurde von ihrem Schwung über den Rand getragen. Einige Male hörte ich sie noch auf Treppenstufen knallen, bevor Wills Weinen sie übertönte.

Mit einem tiefen Atemzug zog ich ihn vorsichtig an meine Brust und keuchte, als sich ein stechender Schmerz an meinem Schlüsselbein bemerkbar machte. Ich senkte den Blick, um leicht fasziniert das Loch in meiner Schulter zu betrachten. Blut sickerte daraus hervor und rann meinen Arm hinab. Bald hatte Will, der versuchte, meinem Griff zu entkommen, sich damit beschmiert und kleine rote Handabdrücke auf meinem Gesicht hinterlassen.

Geräusche drangen von der Straße herein. Sie nahmen zu, bis das durch die Schüsse verursachte Klingeln in meinen Ohren vom schrillen Tatütata einer Polizeisirene bekämpft wurde. Dann stampften Schritte über die Fliesen und laute

Stimmen kündigten das Eintreffen der örtlichen Gesetzeshüter an. Vom Schreien und Weinen angelockt kamen mehrere uniformierte Beamte mit Pistolen im Anschlag die Treppe hinauf. Ich ließ die Glock fallen.

Ein Polizist nahm mir Will ab, während sich ein anderer Grace näherte. Ich wimmerte leise, als mich zwei Polizisten in Zivil auf die Füße zerrten und gegen die Wand stießen. Die Glücksgöttin war zurück, um mich davor zu bewahren, eine meiner üblichen frechen Bemerkungen zu machen.

Ich verlor das Bewusstsein, noch bevor sie mir Handschellen angelegt hatten.

EPILOG

DREI TAGE später holte Mike mich im Krankenhaus ab. Ich war von einem süßen, aber sadistischen Arzt traktiert worden, der nicht alt genug für ein Date mit mir oder eine Diagnose meiner Schusswunde aussah. Nach einem Blick auf meinen von der Explosion mit Blutergüssen übersäten Körper hatte er beschlossen, dass ich unzurechnungsfähig sei und zu einigen Tagen Erholung gezwungen werden müsse.

Nachdem mein Bruder mir ins Haus geholfen hatte, erinnerte er mich daran, mich auszuruhen und zu essen, bevor ich ihn nach Hause zu seiner Frau schickte und mich auf die Couch sinken ließ. Während die Umgebung des Hauses am frühen Nachmittag voller Leben war, herrschte im Innern Totenstille.

Jae war fort.

Und er hatte sogar die verdammte Katze mitgenommen.

Bereits im Krankenhaus hatte ich erfahren, dass er etwa einen Kilometer entfernt in eine neue Bleibe gezogen war. Ein Freund eines Freundes hatte etwas Großes, Helles gefunden, in dem Katzen erlaubt waren. Jae war aus meinem Haus verschwunden gewesen, noch bevor mir das Krankenhaus meinen ersten wässrig-grünen Wackelpudding serviert hatte.

Anstelle von Jae wartete nun eine Ansammlung von Folienballons auf mich, die mit bunten Farben und Genesungswünschen in meinem Wohnzimmer schwebten. An einem hing ein Umschlag mit meinem Namen, in dem sich ein Schlüssel befand, der meinem für Jae nachgemachten Haustürschlüssel sehr ähnlich sah. Zum Verwechseln ähnlich.

Statt der Schmerztabletten, mit denen mich der süße Sadist nach Hause geschickt hatte, behandelte ich meine Schmerzen mit einem eiskalten Bier. Nur eine halbe Flasche war nötig, bis mir schwarz vor Augen wurde.

Als ich aufwachte, war das Wohnzimmer stockdunkel und duftete nach grünem Curry.

Köstlichem Curry.

„Mike hat angerufen." Jae kam ins Zimmer. Die dampfende Schüssel in seiner Hand war nicht der einzige Grund, aus dem ich beinahe vor Erleichterung geweint hätte. „Ich habe ihm gesagt, du schläfst."

Ich streckte eine Hand aus, um ihn an mich zu ziehen, während ich mit der anderen die Schüssel auf den Couchtisch stellte, obwohl ich mir daran die Finger verbrannte. Sein Gewicht auf meinen Beinen tat weh und fühlte sich doch gut an. Mehr als gut, denn es bedeutete, dass er kein Traum war.

Ich gestattete mir einen kurzen Kuss, kostete seinen süßen Mund, der den würzigen Geschmack von Curry in sich trug. Er musste es beim Kochen probiert haben. Seine Lippen bewegten sich und öffneten sich für meine Zunge. Ich liebte es, wenn er sich mir hingab. Stöhnend presste er sich dichter an mich, bis er auf meiner Hüfte saß, womit er eine andere Art Schmerzen auslöste – mein Schwanz sehnte sich verzweifelt danach, sich in seiner Hitze zu vergraben.

Mit einer kurzen Bewegung meiner Hüften bemühte ich mich, mir in meiner Jogginghose etwas Platz zu verschaffen, was den Stoff allerdings nur noch fester um mich spannte. Fluchend hob ich Jae ein wenig an, wogegen meine Schultern selbst bei seinem geringen Gewicht protestierten.

„Du bist hier." Innerlich applaudierte ich meiner fantastischen Beobachtungsgabe, während mein Schwanz mit einem rhythmischen Pochen reagierte, als Jae sich an meine Brust schmiegte. Ich legte die Hände an seine Wangen, um ihm in die wunderschönen dunklen Augen zu schauen und den sündhaften Mund zu betrachten, den ich auf meinem Schwanz spüren wollte.

„Ja." Er lehnte sich verwirrt ein Stück nach hinten. „Warum nicht? Du bist wieder zu Hause. Ich möchte dafür sorgen, dass es so bleibt."

„Ich dachte … fuck." Ich schnappte mir den Umschlag mit dem Schlüssel und hielt ihn hoch. „Ich dachte, du wärst endgültig verschwunden."

„Nein, ich habe nur eine Wohnung gefunden und meine Sachen hingebracht", sagte er langsam, während er nach vorn auf meinen Bauch rutschte. „Das ist ein Schlüssel dafür. Er gehört dir, wenn du ihn willst."

„Ja, ich will ihn." Mein Bauch erwärmte sich unter seinem Körper, während sich meine Wangen vor Verlegenheit röteten. „Vertrauen. Daran muss ich noch arbeiten."

„Ja", stimmte er lächelnd zu. „Ich auch."

„Ich … werde dich vermissen", sagte ich ehrlich. Ich hatte mich an seine Anwesenheit gewöhnt – sogar der Mangel an Katzen fiel mir unangenehm auf. Es würde nicht leicht sein, nicht mehr jeden Morgen neben ihm aufzuwachen und seine gemurmelte Bitte zu hören, die Sonne auszuschalten.

„Ich bin doch nicht tot", protestierte er. „Ich wohne ganz in der Nähe. Nur die Straße runter. Praktisch. Und dann ein paar Straßen weiter."

„Ja, ich weiß", brummte ich. Ich legte meine Hände auf seine Oberschenkel und ließ sie bis zur weichen Haut zwischen Jeans und T-Shirt hinaufwandern. „Dass du ausgezogen bist … hat immer noch mit deiner Familie zu tun, oder?"

„Teilweise", murmelte er mit gesenktem Blick. Verwirrung und Furcht verdunkelten sein hübsches Gesicht. „Ich bin noch nicht bereit, von ihnen verstoßen zu werden. Ich schaffe es nicht."

„Nein, das verstehe ich. Du hättest das Gesicht deiner Cousine sehen müssen, als sie von ihrem Bruder gesprochen hat. Man hätte aus ihrer Haut einen ganzen Becher puren Hass gewinnen können. Da konnte einem ganz übel werden."

Ich verstand es jetzt wirklich, auch wenn es mir nicht gefiel. Es war kein schöner Gedanke, dass Jaes Selbstbild mit etwas Größerem in Verbindung stand. Dabei ging es nicht allein um seine Familie – sein ganzes Wesen war davon geprägt, nicht für sich selbst zu leben. Es würde mir nicht leichtfallen, mich daran zu gewöhnen.

„Es ist schwer, koreanisch zu sein – asiatisch zu sein – und einen Mann zu lieben", seufzte er. Mit geschlossenen Augen senkte er den Kopf und wandte sich ein wenig von mir ab. Ich hasste es, diesen Schmerz in seinem Gesicht zu sehen. Ich legte eine Hand an seine Wange, als könnte ich ihn so von ihm nehmen.

„Nachempfinden kann ich es nicht, nicht wirklich. Ich könnte dir erzählen, dass du sie einfach hinter dir lassen solltest … dass du ihnen die Meinung sagen solltest, weil du es nicht verdient hast, so behandelt zu werden. Aber das wäre unfair. Ich weiß, dass es etwas … Innerliches ist, als wärt ihr alle miteinander verwoben. Wenn jemand abgeschnitten wird, verblutet er, aber den anderen schadet es nicht." Ich wischte die Tränen von seinen Wangen und fühlte mich schuldig dafür, seinen Schmerz auf diese Weise in Worte gefasst zu haben.

„Ich weiß, dass du es für dumm hältst." Er schniefte, schmiegte sich jedoch an meine Hand – ein kleiner Vertrauensbeweis, der mein Herz höherschlagen ließ.

„Das ist es nicht. Ich habe es nur anfangs nicht richtig begriffen. Ich glaube, jetzt verstehe ich es besser. Es ist, als wärst du nicht einfach Jae-Min, sondern auch … deine Mutter … deine Schwestern … und dieser verdammt nichtsnutzige Bruder … und sie hätten keine Hemmungen, dich zu entfernen, wenn sie dich für verdorben hielten, aber dich würde es innerlich umbringen. Das darf nicht sein. Ich kann nicht von dir verlangen, meinetwegen dermaßen zu leiden. Ich weiß, dass du etwas Besseres verdient hast, Baby. Wirklich."

„Grace hat das anders gesehen. Und Tantchen auch." Seine Worte waren verbittert, brannten beinahe vor Säure. „Sie hätten wahrscheinlich nichts dagegen, wenn ich tot wäre. Tantchen hat gesagt, dass sie mich nicht mehr sehen will. Dass ich nicht mehr willkommen bin, nachdem ich der Familie das angetan habe – als hätte ich Hyun-Shik getötet."

„Tja, dann haben sie dich nicht verdient." Ich zog ihn zu mir herunter, um seine Wimpern zu küssen und das bittere Salz abzulecken.

„Was passiert jetzt? Mit Grace?", flüsterte er und schlang seine Arme um mich. Ich stieß ein Grunzen aus, als mich Schmerzen durchzuckten, doch als er sich daraufhin aufrichten wollte, hielt ich ihn fest. „Ich weiß nur, dass sie eingesperrt ist. Onkel denkt, er kann sie rausholen, aber wie soll das gehen? Sie hat so viele Menschen getötet … Victoria …"

„Mit Victoria sind es fünf." Ich zuckte mit den Schultern und streichelte ihm möglichst beruhigend den Rücken, als er sich in meinen Armen verspannte. „Vielleicht hilft es, sie als verrückt darzustellen. Ich weiß es nicht. Aber am Ende hat sie bekommen, was sie wollte: Will lebt ab jetzt bei deiner Tante, weil sie die nächste Verwandte ist, und die Menschen, die sie gestört haben, sind tot."

„Sie haben Geld", sagte Jae nachdenklich. „Haufenweise Geld. Und Onkel hat Beziehungen. Er hat geklungen, als würde er sich Chancen ausrechnen."

„Ja, traurigerweise könnte er da recht haben." Ich seufzte, als mir die verärgerten Worte meines Bruders auf der Rückfahrt vom Krankenhaus einfielen. „Mike befürchtet, dein Onkel wird ihn feuern, weil ich Grace überführt habe."

„Dann glaubst du, er wusste es? Dass sie die Mörderin war?"

„Mike?" Er verdrehte die Augen. „Oh, du meinst deinen Onkel. Möglich. Ich bin nicht sicher. Wissen Eltern jemals genau, was ihre Kinder machen? Mein Vater war schockiert, als er erfahren hat, dass ich schwul bin – dagegen sagt Mike, er hätte es schon Jahre vorher gewusst. Vielleicht wollen Eltern manches einfach nicht sehen."

„Ich bin ziemlich sicher, dass meine Mutter es weiß. Das mit mir." Er ließ sein Kinn auf meiner Brust ruhen. Seine Augen wirkten im schwachen Licht dunkel, doch die winzigen goldenen Flecken darin leuchteten, als er mich küsste. „Manchmal wünschte ich, sie würde es einfach aussprechen. Wir schleichen umeinander herum und tun, als wäre nichts, während ich die ganze Zeit hoffe, dass sie es endlich beendet. Aber sie tut es nicht."

„Vielleicht wird sie niemals etwas sagen." Ich machte mir nicht viele Hoffnungen. Auch wenn ich nicht alles verstand, schien Jae zwischen seinen eigenen Wünschen und den Verpflichtungen gegenüber seiner Familie hin- und hergerissen zu sein. „Vielleicht spielt es irgendwann keine Rolle mehr? Ich weiß es nicht, Baby. Das ist alles neu für mich."

Er erzitterte in meinen Armen, als ich meine Wange an sein Haar legte und den lieblichen Vanilleduft einatmete. Plötzlich war von der Treppe her ein leises Miau zu hören und ich hob den Kopf, als seine Katze auf die Rückenlehne des Sofas sprang, um sich zu einem flauschigen Ball zusammenzukauern. Ihr Schnurren hatte sicher mehr mit ihrem finsteren Plan zu tun, mir die Augen auszukratzen, als mit Freude über die Rückkehr in mein Haus.

„Was hast du jetzt vor?", fragte ich Jae und küsste ihn, als er mir seinen Mund präsentierte.

„Ich wollte dich erst füttern und dann ins Bett bringen." Er warf einen finsteren Blick auf mein mittlerweile warmes Bier. „Vielleicht verpasse ich dir vorher ein paar von deinen Medikamenten, damit du besser schlafen kannst."

„Wie romantisch", murmelte ich. „Bleibst du hier? Über Nacht?"

„Versprichst du, nichts anzufangen?" Auf mein unschuldiges Nicken hin betrachtete er mich misstrauisch.

„Versprochen", schwor ich mit erhobener Hand. „Vielleicht. Bestimmt."

Er glitt von meinem Körper, um die Schüssel mit Curry vom Tisch zu nehmen, wobei er einen kalten Fleck auf meinem Bauch hinterließ. Auch wenn ich am liebsten die Arme nach ihm ausgestreckt, ihn an mich gezogen und niemals wieder losgelassen hätte, musste ich mit dem zufrieden sein, was er zu geben bereit war. Ich ließ zu, dass er mich in eine aufrechte Position zog und mich mit dem würzigen Curry fütterte, wobei ich nach jedem zweiten Löffel einen Kuss verlangte.

„Eigentlich solltest du dich ausruhen", murmelte er, als ich mich von ihm löste. Er strich mir das Haar aus dem Gesicht und hielt meinen Kopf fest, um seine Stirn an meine zu pressen. „*Saranghae, Agi.*"

„Das mit der Sprache, die ich nicht verstehe, ist ziemlich unfair." Ich spreizte meine Finger auf seinem Rücken und genoss das Gefühl seines Körpers auf meinem. Zum ersten Mal seit Jahren fühlte ich mich wirklich wohl in meiner Haut. Trotz der leichten Schmerzen, die mich daran erinnerten, noch vorsichtig mit meinem Körper umzugehen, war es mir nie besser gegangen. Und meine Lust meldete sich. „Was hast du gesagt?"

Jaes wunderschönes Gesicht verzog sich zu einem sanften Lächeln, bevor er mich küsste und in meinen Mund flüsterte: „Lern Koreanisch."

DIRTY SECRET

Für meine Großväter
John Kaleimomi Notley und Louis „Primo" Pavao

Auch wenn ihr uns verlassen habt, seid ihr immer bei mir.
Ich liebe euch beide. Ich hoffe, ich mache euch stolz.

DANKSAGUNG

SO VIEL Haato und Liebe an die anderen vier der Fünf – Jenn, Penn, Tamm, Lea – und Ren und Ree. Ein riesiges Dankeschön und Küsschen an Lisa H., Binanca J. und Tiff T., weil sie sich durch meine unterirdische Erstfassung gekämpft haben. Und ich möchte meinen Freunden bei Twitter danken, die mich so bereitwillig mit einer Schwemme von Sexshop-Namen versorgt haben. Ihr Verrückten wisst, wer ihr seid.

Ich kann nicht fortfahren, bevor ich mich auch bei den wundervollen Mitarbeitern von Dreamspinner bedankt habe, unter anderem Elizabeth, die mir eine Chance gegeben hat: Lynn, die mich durch die Stromschnellen führt; Ginnifer, mit der man so gut arbeiten kann; und all die anderen Lektoren, die bei diesem Projekt mitgewirkt haben. Und kräftiger Beifall für Julili, die gerade alle umhaut.

Zum Schluss einige von Herzen kommende Dankesrufe an JYJ, Big Bang (vor allem G-Dragon), Tool, VAST, AC/DC und eine Menge Bluesrock, die mir beim Schreiben dieses Buchs Gesellschaft geleistet und mich angetrieben haben. Ihr seid ein toller Soundtrack.

1

MÄNNER SIND – von Natur aus – dumme Geschöpfe.

Ich denke, da kann ich aus eigener Erfahrung sprechen. Einerseits als Mann und andererseits, tja, als schwuler Mann. Es ist schlimm genug, selbst eines der dummen Geschöpfe zu sein. Nur kommt noch dazu, dass man sich von ihnen angezogen fühlt. An beiden Enden verflucht: Gehirn und Schwanz.

Mein älterer Bruder Mike – ein gutes Beispiel für einen Mann, der etwas Dummes tut – saß neben mir im Range Rover, den ich kürzlich gekauft hatte. Er brummte etwas Unverständliches vor sich hin, während er von dem angebrannt und bitter schmeckenden Kaffee aus einem Laden am Ende der Straße trank. Zwischen uns lag eine offene Tüte Funyuns und leistete meinem Stapel Twinkies Gesellschaft. Ich dachte voller Wärme an den jungen Koreaner, den ich anstelle meines Bruders als Gesellschaft bevorzugt hätte, doch Jae-Min war in meinem Wohnzimmer, wo ich ihn zurückgelassen hatte, vermutlich bereits vollkommen in seine Arbeit vertieft.

Wir standen gegenüber von einem Sexshop namens Back Door Lover. Er war nicht besonders luxuriös – nicht wie die nach Parfüm duftenden, eleganten Geschäfte am Sunset mit Namen wie Pandora's Box oder Chocolate Starfish. Es handelte sich um ein rechteckiges Betongebäude zwischen anderen niedrigpreisigen Ladenlokalen. Der Shop teilte sich seinen kleinen Parkplatz mit einem durchgehend geöffneten Tacostand am anderen Ende. Einige Meter entfernt, auf der anderen Seite, befand sich ein Laden, der Computer reparierte. Ein Café mit Bechern für fünf Dollar suchte man in der Umgebung vergeblich. Die Gegend neigte eher zu fettigen Donuts und schnellen Ölwechseln, abgerundet durch kleine Ansammlungen identischer Wohnblöcke.

Wir hatten auf der anderen Straßenseite geparkt, damit wir sowohl einen guten Blick auf den Shop als auch auf die Gasse zwischen ihm und dem Computerladen hatten. Der Tacostand war gut besucht. Schade, dass das vor allem an den Geschäften zwischen einem Drogendealer und seinen Kunden auf dem Parkplatz lag.

Überraschenderweise verkaufte der Back Door Lover Sex Shoppe verdammt viel, bevor er um halb vier morgens schloss. Mike und ich sahen zu, wie der letzte Kunde mit einer an seine Brust gepressten Papiertüte voller Zeitschriften aus der Tür schlurfte, woraufhin der mondgesichtige Student, der die Nachtschicht übernahm, ein dickes Metallgitter herunterließ und uns den Blick ins Innere versperrte. Wenige Sekunden darauf flackerte die Leuchtreklame des Ladens und erlosch.

Trotz der bequemen Sitze des Rovers fiel es mir nicht leicht, darin eine angenehme Position zu finden. Das Narbengewebe der von Ben verursachten Schusswunden zog sich zusammen und zerrte schmerzhaft an den Nerven in meiner Schulter, in meiner Brust und über meinen Rippen. Meine neuere Schussverletzung war dagegen ein Spaziergang. Sie pochte lediglich und verspottete mich mit einem Ziehen, wenn ich etwas Schweres anhob.

„Ich kann einfach nicht glauben, dass ich hier um vier Uhr morgens sitze und die Tür eines Pornoshops beobachte." Mike knirschte so laut mit den Zähnen, dass ich es bis zum Fahrersitz hörte. „Verdammt, warum lasse ich mich von dir zu solchen Sachen überreden?"

Sein Haar, eine Igelfrisur auf seinem kantigen Kopf, ragte noch aggressiver in die Höhe, nachdem er in den letzten Stunden immer wieder mit der Hand hindurchgefahren war. Er sah unserer verstorbenen Mutter ähnlicher als ich, hatte ihr dickes, schwarzes Haar und ihre asiatischen Gesichtszüge geerbt. Ich ähnelte eher unserem irischen Vater und beneidete Mike um seine Haare. Ihre Wut auf die Welt war beeindruckend.

„Weil Bobby ein Date hatte", erinnerte ich ihn. „Und genau genommen ist es ein Sexshop. Zumindest steht es da an der Wand. Unübersehbar. In leuchtend roten Buchstaben. Außerdem sind wir für einen meiner Klienten hier, schon vergessen?"

„Dein *Klient* hat ein Problem mit Inventurverlusten." Er schlürfte einen Schluck Kaffee, während sich seine mandelförmigen Augen zu Schlitzen verengten. „Ich habe an einem Samstag Besseres zu tun, als für meinen Bruder den Babysitter bei einer Observierung zu spielen, damit er jemanden beim Dildoklau erwischen kann."

„Du sitzt hier, weil du den Korkboden in eurer Küche durch spanische Fliesen ersetzt hast." Ich hob das Fernglas an meine Augen, um mir ein am Sexshop vorbeigehendes Paar anzusehen, doch die zwei interessierten sich mehr dafür, ihren Partner auf Symptome einer Mandelentzündung zu untersuchen, als für das Geschäft. „Auf nassen spanischen Fliesen kann man schon mit Füßen schwer laufen. Wie ätzend muss es dann erst sein, wenn einem die untere Hälfte beider Beine fehlt?"

„Woher sollte ich das wissen?" Mike rutschte ein wenig in seinem Sitz hinunter. „Ich dachte, es sähe schön aus. Und wäre eine nette Überraschung nach ihrer Rückkehr aus New York."

„Nun ja, vielleicht sieht sie das so, nachdem sie dir verziehen hat … und die verdammten Fliesen rausgerissen sind." Ich nahm meinen Kaffeebecher und trank einen möglichst großen Schluck des heißen, süßen, bitteren Gebräus. „Im Augenblick sitzt du hier mit mir vor diesem Sexshop fest. Und übrigens ist ein *Klient* jemand, der einen bezahlt. Ich mache das hier umsonst als Gefallen für Bobby."

„Der ein Date hat", brummte er. „Schöner bester Freund."

„Ich stelle mich nicht zwischen einen Mann und seine Gelegenheit, jemanden flachzulegen", antwortete ich.

„Wagen eins, bitte kommen. Over." Das Funkgerät auf der Mittelkonsole quäkte die Worte mit einem scharfen Zischen. Ich griff danach, bevor Mike es tun konnte. „Wagen eins, seid ihr da? Wir haben hier bei Wagen zwei einen Vorfall. Over. Kkkrrrawwr."

„Hat er gerade ins Funkgerät gezischt?" Die Geringschätzung meines Bruders war so säuerlich wie der Kaffee. „Ist das ein Witz? Was soll das? Sind wir in der vierten Klasse?"

„Nicht jeder spielt echter Soldat wie du, schon vergessen?" Ich drückte den Knopf zum Senden, bevor Trey noch einmal in das Gerät spucken konnte. „Trey, was ist dahinten los? Seht ihr jemanden?"

Trey, der Empfänger des erwähnten Gefallens für Bobby und Besitzer des Back Door Lover, war für die Beobachtung des Hintereingangs zuständig. Dabei handelte es sich um eine strategische Entscheidung. Trey konnte ein ziemliches Schwein sein und hatte selbst in einem mitgenommenen Toyota Camry auf der anderen Straßenseite die Kunden seines eigenen Sexshops begutachtet. Ich hatte ihn mit Mike zusammengesetzt und mit Treys aktuellem Betthäschen, einem eisblonden Twink, der unerklärlicherweise Rocket hieß, den Hintereingang übernommen. Die beiden Turteltauben zu trennen war mir wie eine gute Idee vorgekommen. Nach zwanzig Minuten lüsterner Kommentare von Trey über Männerärsche und Schwänze hatte Mike allerdings damit gedroht, mir die Eier abzuschneiden, wenn ich nichts unternähme.

Also hatten wir die Plätze getauscht und Trey mit seinem Auto an die Hintertür geschickt. Mike war bei mir geblieben, da er vernünftigerweise die mehr als geringe Befürchtung gehegt hatte, Trey könne sich andere Einsatzmöglichkeiten für seinen Mund ausdenken als nur zu reden.

Zu unserem Leidwesen hatte es seitdem bereits drei *Vorfälle* mit Trey gegeben, unter anderem die besorgte Meldung über ein im mit dem benachbarten Tacoshop geteilten Müllcontainer wühlendes Opossum.

„Wenn ich mich nicht irre", unterbrach Mike meinen Gedankengang, „kommt gerade jemand mit Zeug von deinem Klienten aus seinem schmierigen Laden."

Da ich nie mit Puppen gespielt hatte, egal welcher Art, war ich etwas überrascht, als sich ein merkwürdig geformter Ballon aus einer kleinen Öffnung weit oben in der Außenwand des Back Door Lover schob. Er krümmte sich zusammen, bevor er aus der Öffnung schoss und durch die Luft flog. Die Glieder der brünetten Puppe entfalteten sich und sie drehte sich wie ein Kreisel, während sie in Richtung Boden schwebte.

Als Nächstes folgte die blonde Ausführung. Ihr heller, beinahe rosafarbener Plastikkörper wurde kurz von einer Windböe angehoben, bevor sie sich neben ihre braunhaarige Schwester senkte. Selbst in den Schatten glänzte ihr maissuppengelbes Haar und ihr überrascht wirkender, weit geöffneter Mund leuchtete obszön durch die Dunkelheit.

Was dann folgte, war noch überraschender. Nach den Puppen schob sich ein roter Converse-Sneaker *en pointe* durch die Öffnung.

„Der Wichser muss sich drinnen versteckt haben." Ich war wirklich beeindruckt. Der heringshagere Mann konnte sich wie eine Brezel verrenken, um sich durch den Lüftungsschacht des Ladens zu zwängen. Obwohl die Öffnung nicht größer als sechzig Quadratzentimeter sein konnte, schob er sich hindurch, als bestände er aus Gelatine. Er landete ungeschickt auf einem Stapel Kisten in der schmalen Gasse zwischen dem Back Door Lover und dem Computergeschäft, konnte jedoch verhindern, dass er stürzte. Mike und ich waren aus dem Auto gesprungen, noch bevor die Füße des Diebes auf dem Asphalt landeten.

In diesem Augenblick fielen die Schüsse.

Ein Stoß von hinten und schon schmeckte ich Schottersteine und Öl. Mikes Gewicht auf meinem Rücken presste auch den letzten Rest Luft aus meiner Lunge, bis ich keuchte. Es war mehr als nur leicht kränkend, dass Mike mich auf den Boden drückte und mich mit seinem Körper schützte. Mein älterer Bruder musste nicht auf mich aufpassen. Außerdem war er wesentlich kleiner und leichter als ich, was ihn zu keinem besonders guten lebenden Schutzschild machte.

„Geh verdammt noch mal von mir runter." Ich schob ihn fort. Das Funkgerät in meiner Jackentasche quäkte mit Treys Schreien. Kaum hatte Mikes Gewicht meinen Rücken verlassen, sprang ich auf und rannte um den Laden herum, während ich meinem Bruder zurief: „Verfolg den Mann. Ich sehe nach Trey."

Sich auf den Boden zu werfen machte meinen Bruder offenbar taub, denn er lief mir nach, so schnell ihn seine kurzen Beinchen trugen. Ich spuckte noch immer Steine aus und meine aufgeschürften Hände begannen zu brennen, weswegen ich ihm gerade nicht wohlgesonnen war.

Auch der letzte Rest meines Wohlwollens löste sich in Luft auf, als ich um die Ecke des Gebäudes bog und Trey neben einem verbeulten grünen Müllcontainer vorfand, wo er mit heruntergeschobener Hose und Unterwäsche auf dem Boden saß. Er wandte sich uns ein wenig zu, als wir uns näherten, und was ich von seinem dünnen, knochigen Hinterteil sehen konnte, war nicht unbedingt ein schöner Anblick. Ich begriff nicht, was Bobby an seinem spindeldürren Körper und seinem hakennasigen Gesicht fand. Der Twink vom Dienst schien eher seinem Geschmack zu entsprechen.

Der blonde Rocket stand nervös und unruhig zwischen Trey und dem Auto, nicht weit entfernt von den Überresten eines zerschossenen Scheinwerfers. Sein T-Shirt war während ihrer Überwachung der Hintertür verschwunden und seine Lippen sahen verdächtig geschwollen aus. Er war vielleicht noch dünner als Trey, beinahe ausgezehrt, und bleich. Ich konnte seine Rückenwirbel zählen und befürchtete beinahe, das Gewicht seiner Nippelringe könnte ihn aus dem Gleichgewicht bringen und vornüberkippen lassen. Er hielt einen Backstein in der Hand, umklammerte ihn wie eine Bibel.

Freddy, Treys Angestellter, stand vor ihm und wirkte überrascht über unser Auftauchen. Sein Mund stand offen wie der der Gummipuppe. Im Gegensatz zu Rocket hielt er keinen Stein in der Hand. Er richtete einen gefährlich aussehenden Kaliber .357 direkt auf Trey.

Ich kam schlitternd zum Stehen, woraufhin Mike gegen meinen Rücken prallte. Freddy schrie auf und ruderte mit den Armen. Ein Schuss löste sich aus dem großen Revolver.

Wenn in ihrer Nähe ein Schuss fällt, reagieren Menschen auf verschiedene Weise. Manche schreien, andere gehen hastig in Deckung. Ich tat aus irgendeinem Grund, was mein Bruder soeben für mich auch getan hatte. Ich packte Rocket und schützte ihn mit meinem Körper.

Mein Bruder entschied sich stattdessen, seine Hand zu heben – eine Hand, deren Finger um eine bedrohliche Glock gelegt waren, die er nun auf das runde, picklige Gesicht des Verkäufers richtete.

Rocket versuchte quietschend, sich von mir zu befreien. Der süßliche Geruch billigen Marihuanas umfing ihn so hartnäckig, wie seine Finger seinen Lieblingsstein umklammerten. Er wand sich immer heftiger unter mir, bis es beinahe wie ein epileptischer Anfall wirkte, und schlug mit den Armen um sich, bis er meine Wange traf. Natürlich mit der Hand, in der er den Stein hielt. Ich sah Sterne und rollte mich zur Seite. Falls jemand auf Rocket schoss, würde er die Kugel vielleicht einfach wie Wonder Woman mit seinem Backstein abwehren.

„Lass die Waffe fallen." Anstelle von mir hätte man Mike für den ehemaligen Polizisten halten können. Den Tonfall hatte er drauf. Wahrscheinlich übte er zu Hause vor dem Spiegel.

Jedenfalls brachte er Freddy dazu, den Revolver fallen zu lassen. Er landete klappernd auf dem Gehweg und ich zuckte zusammen, da ich halb damit rechnete, er würde losgehen. Dann stand ich auf und wischte Betonbrösel und Twinkrückstände von meiner Jeans.

„Was willst du überhaupt mit einer Waffe?" Ich hob den Revolver auf. Er war schwer und verströmte einen schmutzigen Zündpulvergeruch. Trey löste sich aus seiner auf dem Boden zusammengekauerten Haltung und sein zuckergussweißes Hinterteil verschwand aus meinem Blickfeld, als er sich aufsetzte und mein stirnrunzelndes Mustern seines unbekleideten Zustands mit einem verlegenen Lächeln beantwortete. „Zieh deine Hose hoch, Trey."

Erst da bemerkte ich, dass eine gläserne Saftflasche von seinem Schwanz baumelte.

„Er steckt fest", murmelte Rocket, während er über einen Mückenstich an seinem dünnen Arm kratzte. „Sein Schwanz steckt fest."

„Ja, danke. Das ist irgendwie nicht zu übersehen, Rocket." Ich bedeutete Freddy, sich ein Stück zu entfernen, woraufhin er hastig einige Schritte nach hinten machte, ohne meinen Bruder aus den Augen zu lassen. Ich sah, dass es sich um eine Eisteeflasche handelte, deren Öffnung größer war als die der meisten anderen.

Treys beachtlicher Schwanz steckte fest im langen Flaschenhals. „Tja, jetzt weiß ich, was Bobby an ihm findet."

„Verdammt noch mal." Mike spuckte auf den Boden. „Ich versuche, den dünnen Typen mit den Plastiktussis zu finden. Um die Scheiße hier kannst du dich kümmern."

„Das Arschloch hatte eine Pistole", stammelte Freddy, nachdem Mike davongerauscht war. „Er hätte mich erschießen können! Er hatte eine verdammte Pistole!"

„Du musst zugeben, dass du auch eine hattest." Ich hielt die Waffe hoch. Dann schob ich Rocket aus dem Weg, um mich Trey zu nähern und mir seinen gefangenen Schwanz genauer anzusehen. „Trey, wie ist das denn bitte passiert?"

„Ich musste pinkeln." Trey zuckte mit den Schultern. Er roch ebenfalls nach Gras und Schweiß mit der netten Beigabe von Sex. „Freddy hat abgeschlossen und kam raus, um mit uns high zu werden. Dann musste ich pinkeln."

„Im Laden gibt es Toiletten", merkte ich an. „In deinem Laden. Der dir gehört."

„Ja, daran habe ich nicht gedacht", gab er zu. „Ich hatte die leere Flasche, aber dann hat Rocket mit ein paar Sachen angefangen und ich bin steckengeblieben. Als Freddy die Flasche kaputtschießen wollte, hat er sie verfehlt."

„Er hätte deinen Schwanz treffen können, du Idiot." Ich wandte den Blick ab, um nicht länger den Mann anzustarren, der mit nacktem Hintern auf dem schmutzigen Gehweg saß. Da wir uns am Hintereingang eines Ladens befanden, der Dinge wie Gleitgel und Dildos verkaufte, hätte ich meinen nackten Allerwertesten so weit wie möglich vom Boden ferngehalten. Trey schien es kaum zu interessieren.

„Er wollte sie gegen den Müllcontainer schlagen, aber Freddy hat es für keine gute Idee gehalten", murmelte Rocket. „Wir wollten es lieber erst mit der Pistole versuchen."

Rockets Zunge fuhr unentwegt über die Piercings an der Seite seiner Unterlippe, sodass sich die Haut bereits rötete. Ich überlegte, ob ich jemals so jung und dumm gewesen war. Als ich Trey betrachtete, wie er mit gespreizten Beinen und einem Glassarkophag an seinem Schwanz auf dem Boden saß, kam ich zu dem Schluss, dass ich selbst bei meiner Geburt nicht so jung und dumm gewesen sein konnte.

„Und der Backstein?" Ich fürchtete mich vor der Antwort. „Was hattest du damit vor?"

„Oh, ach ja." Rocket senkte den Blick zu dem Stein, als wäre er überrascht, ihn in seiner Hand zu sehen. „Bevor Freddy die Idee mit der Pistole hatte, wollte Trey, dass ich das hier mache."

Für einen mageren, nervösen Kiffer konnte Rocket hervorragend zielen. Der Stein hatte die perfekte Flugkurve und traf sein Ziel genau: Treys von Glas umschlossenen Schwanz.

2

„DU SCHEINST Besuch zu haben", sagte Mike, als wir das alte Gebäude erreichten, das ich nach der Schießerei instand gesetzt hatte.

So ein kleines Wort – Schießerei – für eine solche Erschütterung meines Lebens.

Der Himmel verfärbte sich bereits zu einem zarten Dämmerungsblau, als wir vor dem riesigen Haus im Craftsman-Stil anhielten, in dem sich sowohl mein Zuhause als auch mein Detektivbüro befand, McGinnis Investigations. Das Büro befand sich in der vorderen Hälfte des Erdgeschosses, während ich den Rest in ein Wohnhaus verwandelt hatte. Der Vorgarten hatte unter dem von der Tochter eines ehemaligen Klienten angebrachten Brandsatz gelitten, weshalb er zurzeit etwas kahl wirkte. An der rechten Seite des Gebäudes führte eine Betonzufahrt zur Haustür und dem Stellplatz für zwei Autos, an dem ich meinen Rover parkte. Den zweiten Parkplatz besetzte Jaes weißer Explorer, sodass Mike seinen gedrungenen Porsche am Bordstein abgestellt hatte.

Ein größeres Stück des Bordsteins wurde von einer langen schwarzen Limousine mit ihrem üblichen Zubehör eingenommen, zwei koreanischen Männern in schwarzen Anzügen, kantigen Kiefern und muskulösen Körpern. Vom Auto aus konnten sie die Seite des Gebäudes und die Haustür sehen. Soweit ich wusste, hatten die Männer nur zwei Aufgaben: Chauffeur und Bewacher. Sie arbeiteten für einen einflussreichen, aus Seoul stammenden Mann, der undurchsichtige Verbindungen zur koreanischen Botschaft besaß. Da der Geschäftsmann, dem ihre Loyalität galt, mich niemals besuchte, konnten sie nur hier sein, um den Menschen zu beschützen, den er liebte.

Scarlet.

Ich hatte Scarlet vor Jahren bei einem Einsatz für das Sittendezernat im Dorthi Ki Seu kennengelernt, einem eleganten Nachtclub, der auf schwule Asiaten ausgerichtet war, vor allem Koreaner. Sie trat dort als Sängerin von Liebesliedern auf und glitt über die Bühne, während sie mit rauchiger Stimme die Klassiker vortrug. Mit einer für ihre philippinische Herkunft ungewöhnlichen Größe, schien ihr schlanker Körper für knappe blutrote Kleider und Whisky geschaffen zu sein. Ihre Schönheit war zeitlos – hinreißende Gesichtszüge, volle Lippen und Haut von der Farbe frischer Milch mit einem Schluck Kahlúa, um die Sache interessanter zu machen. Scarlet war zweifellos die schönste Frau, die ich je gesehen hatte.

Außerdem war sie ein Mann.

Von den vor meinem Haus wartenden koreanischen Männern hatte ich vermutlich mindestens einen bereits getroffen. Da sie jedoch leider nicht nur für ihr Talent mit Schusswaffen und ihre kräftigen Fäuste, sondern auch für ihre ausdruckslosen Mienen eingestellt zu werden schienen, konnte ich sie nicht auseinanderhalten. Tagsüber, wenn sie Sonnenbrillen trugen, war es noch schwerer. Ich hatte mir deshalb Vorwürfe gemacht, bis Mike mich darauf hingewiesen hatte, dass es ihm ebenfalls nicht gelang – und er hatte wesentlich öfter mit ihnen zu tun als ich.

„Hey." Mike hielt inne, bevor er ausstieg. „Bringst du Jae zum Essen mit Mom und Dad mit?"

„Ich habe ihn noch nicht gefragt." Ich war müde und die Massen schlechten Kaffees der letzten Stunden hatten ein brennendes Loch in meinem Magen hinterlassen. „Dad will mich sowieso nicht sehen, Mike. Wir haben seit Jahren kein Wort miteinander gesprochen."

Mein Vater und Barbara, seine zweite Frau nach dem Tod meiner Mutter, hatten ihren ursprünglich geplanten Besuch verschoben, nachdem ich von Jaes verrückter Cousine Grace angeschossen worden war. Allerdings nicht, um mir Zeit zum Gesundwerden zu geben, sondern weil Barbara sich einen Bänderriss im Knöchel zugezogen hatte und Reisen deshalb für sie nicht möglich gewesen war. Einst hatte ich Barbara „Mom" genannt. Bevor sie stumm zugesehen hatte, wie mein Vater mich immer wieder als Schwuchtel beschimpft und letztendlich aus der Familie verstoßen hatte, ohne etwas zu unternehmen.

„Cole." Mike würde eines Tages ein guter Vater sein. Er hatte nicht nur den Polizisten drauf, sondern auch die „Dad am Ende seiner Geduld"-Stimme. „Tasha möchte dich dabeihaben. Maddy möchte dich dabeihaben."

Eins musste man meinem Bruder lassen: Er versäumte es nie, die schweren Geschütze aufzufahren – die mir bekannte Halbschwester und seine Frau, die ich beide nicht enttäuschen wollte. Meine anderen zwei Schwestern hatte ich nie kennengelernt. Jetzt wurde mir zum ersten Mal die Gelegenheit dazu gegeben.

Seufzend lehnte ich meine Stirn gegen das Lenkrad. „Also gut, ich werde da sein. Und ich frage Jae, ob er mitkommt. Aber sag Mad Dog, dass sie nicht zu fest mit ihm rechnen soll. Er hat seine eigenen Familienprobleme und will sich vielleicht nicht auch noch meine aufhalsen."

„Es ist in zwei Tagen, also vergiss es nicht." Mike stieg aus und schlug die Tür zu. Ich verließ ebenfalls das Fahrzeug und nickte den Koreanern zu, war jedoch nicht überrascht, als sie weder winkten noch mein Lächeln erwiderten. „Ich melde mich."

In der Morgendämmerung stehend sah ich zu, wie mein Bruder in seinen kleinen Sportwagen stieg und sich auf den Weg an sein Ende des Stadtrands machte. Meine Umgebung wachte allmählich auf. Im Café auf der anderen Straßenseite brannte bereits Licht. Jemand ging darin hin und her, um die Kuchentheke mit Backwaren für den morgendlichen Andrang zu füllen. In der Nähe von meinem gab es einige andere alte Häuser. Viele von ihnen waren zu Boutiquen umgebaut oder in winzige Wohnungen unterteilt worden. Eine wasserstoffblonde Frau joggte mit bei jedem Schritt hüpfenden Brüsten vorbei, doch die Koreaner schenkten ihr nicht die geringste Beachtung, sondern konzentrierten sich weiter auf mein Haus.

„Tja, dann gute Nacht, Jungs." Sie schwiegen, während sie zusahen, wie ich mich der Haustür näherte. „Passt auf, dass ihr nicht in Flammen aufgeht, wenn es gleich hell wird."

Die Haustür war abgeschlossen. Jae hatte die Angewohnheit, die Welt auszusperren. Ich schob den Schlüssel in den Knauf, um sie zu öffnen, und betrat mein Heim, in dem ich von den Schreien eines winzigen schwarzen Dämons am oberen Ende der Treppe begrüßt wurde. Sie war eine kleine Katze, kaum zweieinhalb Kilo aus schwarzem Fell und scharfen Zähnen, doch Pearl Harbor hätte sie um ihr Luftschutzsirenengeheul beneidet. Eigentlich musste Jae die Tür nicht abschließen, um sich vor Eindringlingen zu schützen. Die Furienschreie der Katze waren mehr als ausreichend.

„Guten Morgen, Eure Bosheit." Neko ignorierte meine Begrüßung und stürzte davon wie ein wütender schwarzer Ball, vermutlich mit der teuflischen Absicht, das Schlafzimmer in der ersten Etage zu zerstören.

Das Erdgeschoss war größtenteils mit Kirschholz verkleidet, nur hin und wieder unterbrochen von cremefarben verputzten Wänden. Ich hatte das Holz abgezogen, geschliffen und gebeizt. Viel konnte sie dort also nicht beschädigen, auch wenn sie manchmal Blicke auf die großen, bequemen Sofas im Wohnzimmer warf, das den größten Teil der unteren Etage einnahm.

Im ersten Stock war das anders.

An den Wänden des kleineren Schlafzimmers befand sich eine mit Seide und Damast gemusterte Tapete, die sie mit Begeisterung abriss. Ich hatte ihr einen gigantischen Kratzbaum gekauft, der so viele Löcher und Ebenen hatte, dass er als Behausung für einen großen Teil der in der Stadt lebenden Obdachlosen ausgereicht hätte. Doch das Leiden der Tapete war weitergegangen, bis Jae ihre Krallen mit etwas überklebt hatte, das er als Krallenkappen bezeichnete. Sie funktionierten, sodass sie nichts mehr zerkratzen konnte, und sahen zu ihrem dicken dunklen Fell sehr hübsch aus. Sie machten sie außerdem ganz schön wütend.

Nun war jede Woche vier Tage lang, wenn Jae bei mir übernachtete, eine kleine, schwarze, flauschige, wütende Katze mit golden glitzernden Krallen in meinem Haus zu Gast. Ich hatte die Befürchtung, dass sie als Ersatz für das Zerkratzen der Tapete bald dazu übergehen würde, mir im Schlaf die Hoden abzukauen.

„Hallo, *Hyung*." Der Verschließer von Türen und Besitzer dämonischer schwarzer Katzen kam aus dem Wohnzimmer in den Eingangsbereich getappt und mein Herz machte einen Hüpfer. Ich konnte es ihm nicht verdenken. Mein Verstand schien sich ebenfalls eine Auszeit genommen zu haben, denn ich brachte kein Wort heraus.

Mein Schwanz wusste dagegen ganz genau, was er sagen wollte, und war über unseren Besuch so verärgert wie Jaes Katze.

Kim Jae-Min war nichts, was ich in meinem Leben gewollt oder erwartet hatte. Wunderschön und geheimnisvoll, ein hinreißender koreanischer Mann, der zwischen seiner Sexualität und den traditionellen Erwartungen seiner Familie gefangen war. Eigentlich hätte ich mich nicht von ihm angezogen fühlen sollen. Ich hatte mich vor ihm nie für einen asiatischen Mann interessiert und nicht damit gerechnet, mit einem mein Bett zu teilen – oder nach Ricks Tod überhaupt einen anderen Mann zu haben. Doch nachdem ich ihn gefunden hatte, wollte ich nichts anderes mehr ... niemand anderes.

Jae war ein sinnliches Wesen mit verführerischem Hüftschwung, etwas kleiner als ich, aber mit langen, schlanken Beinen, von denen ich nicht genug bekommen konnte. Seine vollen Lippen luden zum Küssen ein und obwohl die dunkelbraunen Augen durch das in sein Gesicht fallende schwarze Haar schwer zu sehen waren, wusste ich, dass sie kleine honigfarbene Sprenkel besaßen, die im Sonnenlicht golden glitzerten. Bei der Auswahl seiner Kleidung machte er sich kaum Gedanken um sein Äußeres und bevorzugte abgetragene Jeans oder Baumwollhosen mit Kordelzug, die tief auf seinen schmalen Hüften saßen. Seine Füße waren zu Hause grundsätzlich nackt und seine langen Zehen hatten einige Kratzer vom wilden Spielen seiner Katze davongetragen. Er trug am liebsten T-Shirts – meistens meine, wenn er bei mir übernachtete – oder ärmellose Oberteile, die seine muskulösen Arme unbedeckt ließen. Es waren schöne Arme. Zu ihnen gehörten breite Schultern – vom Schleppen schwerer Fotoausrüstung.

Es war wirklich schade, dass es zwischen uns Probleme gab. Mir fiel es schwer, meinen verstorbenen Partner hinter mir zu lassen, während er damit kämpfte, schwul zu sein, weil er einer Kultur entstammte, in der homosexuelle Männer von ihren Familien abgeschnitten wurden. Ich war nie ganz sicher, ob er sich seiner Schönheit bewusst war oder überhaupt die Aufmerksamkeit wahrnahm, die er beim Betreten eines Raumes erregte. Es war ein Jammer, dass er nicht ganz und gar mir gehören konnte.

Doch ich arbeitete daran.

„*Nuna* ist hier." Sein Kuss war sanft, eine flüchtige Begegnung unserer Lippen, reichte jedoch, um mein Gehirn endgültig auszuschalten.

Ich achtete nicht darauf, was er sagte. Nicht als sich seine Arme um meine Taille schoben und sein Körper sich an mich schmiegte. Ich schob meine Hände nach unten, um sie auf seinen Hintern zu legen, und strich mit den Fingern darüber, genoss das Gefühl seiner Rundungen unter meinen Handflächen. Da sich im Wohnzimmer Besuch befand, kamen die Sofas nicht infrage. Auch nach oben konnten wir uns nicht verdrücken, da sie unsere Schritte auf den Stufen hören und sich fragen würde, warum wir sie dort unten allein zurückließen. Die Waschküche schien eine bessere Möglichkeit zu sein. Ich konnte mir gut vorstellen, wie Jae auf der Waschmaschine saß und seine Hose gerade weit genug herunterzog, um mir Zugang zu seinem warmen Körper zu verschaffen.

„Cole-ah, hör mir zu", sagte Jae und schnippte mir mit den Fingern gegen die Nasenspitze. Das „Ah" am Ende meines Namens war ein Ausdruck der Zuneigung, was es für meine Nasenspitze allerdings nicht weniger schmerzhaft machte. Er hatte die Hände von meiner Taille genommen und schob mich jetzt sanft von sich. Ich ließ ihn widerstrebend los und redete mir ein, dass ich für ein kleines Abenteuer auf der Waschmaschine sowieso zu müde war. „Ich sagte: *Nuna* ist hier."

„Ich weiß. Ich habe draußen die Kimchi-Mafia gesehen", antwortete ich, während ich mich vorbeugte und sanft in seinen Hals biss, bevor er sich noch weiter entfernen konnte. Er ließ es zu und ich knabberte kurz an seiner Haut, bevor ich den Kopf hob. „Geht es ihr gut?"

„Sie möchte mit dir reden. Sie hat jemanden mitgebracht, den sie dir vorstellen will. Es geht um einen Fall für dich", murmelte Jae. Eine leichte Röte hatte sich über seine hohen Wangenknochen gelegt und er strich mit den Fingern über die Stelle, an der ich Zahnabdrücke hinterlassen hatte. „Was hat so lange gedauert?"

„Ich musste zusehen, wie ein Arzt einem Typen Glassplitter aus dem Schwanz gezogen hat." Ich zuckte mit den Schultern. „Gibt es noch Kaffee, den ich mir in der Mikrowelle aufwärmen kann? Ich brauche etwas, das mich wach hält."

„Ich reiche nicht?" Sein Lächeln war kurz, ein verführerisches Grinsen, welches mich davon überzeugte, dass ich ihn mit genug Mühe zu einem Ausflug in die Waschküche hätte überreden können.

„Jae, du bist nicht gerade etwas, das mich zu einer Unterhaltung im Wohnzimmer anregt", murmelte ich und legte ihm eine Hand in den Nacken, um ihn ein weiteres Mal zu küssen. „Du motivierst mich eher dazu, mit dir nach oben zu gehen und zu überprüfen, ob wir so laut sein können, dass die Nachbarn die Polizei rufen."

„*Aish.*" Es war ein kehliger Laut, ein heiseres Geräusch aus seinem Hals. „Wir haben noch Kaffee. Ich hole dir eine Tasse. Und etwas zu essen. Rede mit *Nuna*, dann kann sie nach Hause gehen und wir können … schlafen."

ABGESEHEN VOM Büro im vorderen Teil des Gebäudes hatte ich bei den Renovierungen die meiste Zeit in das Wohnzimmer investiert. Der riesige Kamin war pausenlos widerspenstig gewesen, weshalb es beinahe zwei Wochen gedauert hatte, bis er von jahrzehntealten Schichten aus Farbe und Ruß befreit gewesen war. Am Ende hatte ich ein mit eleganten Schnitzereien verziertes Kaminsims und einen Platz für meinen Flachbildfernseher. Der größte Teil der langen Kaminwand und der Bücherregale befand sich neben und unter den Fenstern. Ich hatte mich nach Möbeln umgesehen, die zu den klaren Linien des Kamins passten, doch leider fehlt mir das schwule Designergen. Letztendlich hatte ich mich schlicht für lange, breite, fast übertrieben gepolsterte Sofas und eine niedrige, gedrungene Apothekertruhe als Couchtisch entschieden. Letztere war groß genug, um einer kleinen Familie Platz zu bieten, solange diese nichts dagegen hatte, sich hinzuknien.

Jae hatte mir mitgeteilt, dass die Truhe für Sex nicht infrage kam, da wir oft darauf aßen. Ich musste ihm recht geben.

Auch wenn es mir nicht gefiel, siegte manchmal eben die Vernunft.

„Hallo, Baby", säuselte Scarlet, als sie aufstand, um mich auf die Wange zu küssen.

Obwohl sie bis zu so später Stunde auf mich gewartet hatte, sah sie fantastisch aus und ihre Haut bildete einen strahlenden Kontrast zu einem nicht in die Hose gesteckten weißen Herrenhemd. Ihre schlanken Beine kamen in schwarzen Leggings gut zur Geltung und ihre flachen Schuhe hatte sie an der Tür zurückgelassen, sodass ihre kleinen Füße nackt waren. Auch ihre Finger waren nackt, wenn man von einem schlichten Goldring an der linken Hand und einem goldenen Ring mit Jade am rechten Zeigefinger absah. Der Goldring stammte von ihrem Liebsten. Den mit Jade verzierten hatte ich ihr geschenkt. Sie war in den schwersten Zeiten seines Lebens für Jae da gewesen. Dafür hätte ich ihr den Mond gekauft, wenn ich gekonnt hätte.

„Hallo, *Nuna*." Ich verwendete die koreanische Anrede, die Jae für sie benutzte – ein Wort der Vertrautheit, mit dem ein junger Mann eine ältere Frau ansprach, die ihm nahestand. Es bedeutete ihr unendlich viel, dass er sie so nannte. Als ich es zum ersten Mal getan hatte, waren Tränen ihrem Make-up gefährlich geworden und sie hatte mir einen Klaps auf den Arm verpasst, weil ich es amüsant gefunden hatte. „Du hättest mich anrufen sollen. Dann wäre ich früher nach Hause gekommen."

Neben Scarlet saß ein koreanischer Mann etwa in Jae-Mins Alter, der sich nun erhob und sich leicht verneigte. Sein schwarzes Haar war an den Seiten seines Kopfes kurz geschnitten und oben nur wenig länger. Er war einen Kopf kleiner als ich, doch als er mir die Hand reichte, bemerkte ich muskulöse Arme. Seine Haut war leicht sonnengebräunt und seine Handfläche fühlte sich trocken und rau wie von körperlicher Arbeit an. Während ich ihm kurz die Hand schüttelte, stellte Scarlet uns vor.

„Cole, das ist Park Shin-Cho. Er ist der Sohn eines Freundes und *Hyungs* Neffe. Shin-Cho-ah, das ist Cole McGinnis, der Mann, der dir helfen kann." Sie wartete, bis unser Händedruck beendet war, bevor sie sich wieder auf die größere Couch sinken ließ und die Beine unter ihren Körper zog. Dann nahm sie eine Tasse mit Tee vom Tisch und legte die Hände darum, um einen Schluck zu trinken. „Oder möchtest du lieber deinen amerikanischen Namen benutzen?"

„Jason?" Shin-Cho klang etwas wie Jae, wenn dieser müde war – sein Englisch hatte abgerundete Kanten, weicher gemacht durch einen verschwommenen Akzent. „Ich habe ihn lange nicht benutzt, nicht wie Shin-Ji … David. Ich weiß nicht, ob ich mich angesprochen fühlen würde."

„Shin-Cho ist kein Problem, wenn es dir lieber als Jason ist." Aus der Küche erreichte mich ein herrlicher Duft, der meinem mit süßen Twinkies angefüllten Magen ein rebellisches Knurren entlockte, das mich daran erinnerte, ein höflicher Gastgeber zu sein. „Habt ihr schon gegessen?", fragte ich Scarlet.

„*Musang* hat sich darum gekümmert." Sie beugte sich vor und klopfte neben sich auf das Sofa, damit ich mich zu ihr setzte. „Aber du kannst essen. Er wird sich auch um dich kümmern."

„Ich bin ziemlich sicher, dass er genug davon hat, sich um mich zu kümmern", scherzte ich, während ich mich insgeheim fragte, ob das wirklich bald der Fall sein würde. Andererseits ertrug ich seine Katze, also glich es sich wieder aus.

„Es ist nicht besonders schwer, sich um dich zu kümmern", widersprach Jae mit durch die späte Stunde heiserer Stimme. Er wich geschickt meinen Versuchen aus, ihm sein Tablett mit Schüsseln und einer Teekanne abzunehmen und stellte es außerhalb meiner Reichweite ab. „Du willst nämlich nur in Schwierigkeiten geraten, essen und schlafen."

„Das ist nicht alles, was ich will", antwortete ich, als ich an die Waschmaschine dachte. Mein Zwinkern entlockte ihm ein Schnauben und brachte Scarlet zum Lachen. Shin-Cho, dessen Anwesenheit ich völlig vergessen hatte, errötete vor Verlegenheit. Ich murmelte eine Entschuldigung, doch er winkte mit einem schüchternen schiefen Lächeln ab.

„Ich glaube, Cole-ah, das fällt unter *in Schwierigkeiten geraten*." Scarlet dankte Jae leise, als er ihnen Tee nachschenkte.

Jae ließ sich in meiner Näher nieder, am Ende des langen Sofas mit Scarlet. Als seine Knie meine streiften, lächelten wir. Dann streckte er den Arm aus, um kleine Schüsseln mit einer Auswahl von Panchan vor mir auszubreiten. In den eckigen weißen Schälchen befanden sich Salate und in Essig eingelegtes Gemüse, darunter auch einer meiner Favoriten: dünn geschnittener Daikon und Möhren in gewürztem Reisessig. Außerdem entdeckte ich tödlich aussehendes Kimchi mit rotem Pfeffer. Der Anblick reichte aus, um mir Tränen in die Augen zu treiben.

Ich würde es essen, weil Jae es mir serviert hatte. In einigen Stunden würde ich es bereuen, doch ich würde es essen.

Zu den Panchan gesellten sich ein großes Glas Eiskaffee und eine Metallschüssel von der Größe meiner Handfläche mit lilafarbenem und weißem Reis, bevor Jae vorsichtig eine abgedeckte Keramiksuppenschüssel auf dem Tisch platzierte.

„Was ist das? Es riecht gut." Das tat es tatsächlich; nach Gewürzen und Fleisch mit einem Hauch des sanften Dufts, den ich mit *Dubu* verband, einem weichen koreanischen Tofu.

„*Sundubu chigae*." Jae nahm mit den hinteren Enden zweier Essstäbchen etwas Kimchi aus der Schüssel und aß es, bevor er die Stäbchen an mich weitergab.

„Das hatte ich schon mal", murmelte ich und versuchte im Kopf, die koreanischen Wörter zu übersetzen. Als ich gerade den gewölbten Deckel von der Schüssel heben wollte, hielt ich inne. „Warte mal – sind Augäpfel drin?"

In meinem Leben hatte sich vieles verändert, seit ich mich mit Jae eingelassen hatte. Eine dieser Veränderungen waren gelegentlich in meinem Essen auftauchende Augäpfel, meistens von Fischköpfen, und ungeschälte, vollständige Garnelen. Ich konnte mit vielem umgehen, sogar mit Tentakeln, doch eine aus meiner Suppe starrende Garnele gehörte nicht dazu.

„Keine Augäpfel", versprach Jae mit einem kurzen Lächeln. „Und keine Beine."

„Danke." Ich küsste ihn auf die Wange und hob den Deckel hoch, um das kräftige Aroma der Suppe einzuatmen.

Vor den anderen allein zu essen war etwas seltsam, obwohl sie mir versicherten, dass es sie nicht störte. Ich löffelte etwas Reis in die Suppe und durchbrach das Eigelb, das Jae vor dem Servieren der heißen *Chigae* hinzugefügt hatte, um die fester werdenden Fäden in der Flüssigkeit zu verteilen. Eine große Garnele tauchte auf, doch ihr rötlicher Körper war von Panzer, Augen und Beinen befreit worden. Die anderen ließen mich essen und beschäftigten sich mit Small Talk, an den ich bei ihnen vor dem Besprechen ernsterer Themen gewöhnt war. Mit Jaes Hilfe verschwanden die Panchan nach und nach, bis ich das letzte Stück Kohl-Kimchi zwischen meine Stäbchen nahm und es Jae anbot.

Er neigte den Kopf, um es zwischen die Lippen zu nehmen, während in seinen Augen etwas brannte, das ich nicht genau bestimmen konnte. Diese Hitze war dort immer zu sehen, wenn ich ihn auf diese Weise fütterte, ein kribbelndes Bewusstsein, das wir nie ansprachen.

Ich nahm mir vor, es häufiger zu tun.

Ich hatte die *Chigae* aufgegessen, bevor Scarlet zum eigentlichen Grund ihres Besuchs kam. Jae bereitete uns einen starken vietnamesischen Kaffee mit Kondensmilch zu und ging, nachdem er nun nicht mehr meine Panchan stibitzen konnte, zu einem Schachbrettkeks über.

„Wir, Shin-Cho und ich, wollen dich mit einem Fall beauftragen, Cole-ah." Scarlet tauchte einen Keks in ihren Tee und knabberte an der feuchten Ecke. „Es geht um seinen Vater. Er ist verschwunden, als Shin-Cho ein Kind war ... 1994. Wir möchten, dass du ihn findest."

„Oder dass du herausfindest, was ihm zugestoßen ist", fügte Shin-Cho hinzu. „Ich muss wissen, was aus ihm geworden ist, gerade jetzt."

„Warum jetzt? Das ist schon lange her." Ich versuchte, an Shin-Chos Gesicht sein Alter abzulesen, und fügte vorsichtshalber einige Jahre hinzu. „Wie alt warst du? Acht? Neun?"

„Zehn", korrigierte er mich. Dann sah er Scarlet an und sie schienen nur mit Blicken ein stummes Gespräch zu führen.

Schließlich nickte sie ihm einmal aufmunternd zu. „Du kannst mit Cole reden Shin-ah. Du kannst ehrlich zu ihm sein."

„Mein Bruder David heiratet bald." Er biss sich auf die Lippe, schien innerlich mit sich zu ringen. „Die letzten Wochen waren schwer. Ich habe mich für ihn gefreut. Wir kennen ihre Familie seit Jahren … sie ist sehr nett. Sehr liebenswert."

Ich trank einen Schluck. „Was hat sie mit deinem Vater zu tun?"

„Um sie geht es nicht", antwortete Shin-Cho mit einer wegwerfenden Geste. „Mit Helena ist alles in Ordnung. Es geht um *ihren* Vater. Ich habe herausgefunden, dass er der Geliebte meines Vaters war … zu der Zeit, als er verschwunden ist."

Ich stellte meine Tasse ab. „Moment, fassen wir das mal zusammen: Dein Bruder heiratet die Tochter des Geliebten deines Vaters?" Shin-Cho und Scarlet nickten. „Und da ist niemand auf die Idee gekommen, lieber in einem etwas größeren Genpool zu schwimmen?"

„Sie wussten nichts davon. Dae-Hoons Söhne wussten das mit ihrem Vater nicht", antwortete Scarlet leise. „*Hyung*, Shin-Chos Onkel, hat es ihnen nie gesagt. Es ist nichts, worüber wir reden."

„Warum dann jetzt?" Eigentlich hätte es ziemlich leicht sein sollen, die Frage zu beantworten, doch der Anblick von Shin-Cho, der unruhig auf meiner Couch hin und her rutschte, ließ mich vermuten, dass es ihm ausgesprochen schwerfiel.

„Ich weiß nicht, wie gut du dich mit Koreanern auskennst." Er warf einen Blick auf Jae, der ihm mit einem knappen Schulterzucken antwortete. Es hätte so ziemlich alles bedeuten können, von *Ich muss ihn noch immer daran erinnern, an der Tür die Schuhe auszuziehen* bis hin zu *Er ist ein hoffnungsloser Fall, also benutz keine schwierigen Wörter*. „Südkoreanische Männer müssen vor dem dreißigsten Lebensjahr ihren Militärdienst leisten. Ich … ich wurde aus dem Dienst entlassen … weil …"

„Du kannst es sagen, Shin-Cho." Sie nahm seine Hand in ihre.

„Mein vorgesetzter Offizier hat mich mit einem anderen Mann unter der Dusche überrascht." Sein Gesicht wurde ausdruckslos, als er seine Gefühle unterdrückte, um die Worte aussprechen zu können. „Auf Koreanisch heißt es *dongseongae* … das eigene Geschlecht lieben. Der *Junwi*, unser Offizier, hat es hässlich klingen lassen. Aber so war es nicht. Es war nur ein Mal … wir waren …"

Sein Mund kräuselte sich zu einem bitteren Zug voll von Scham und verletztem Stolz. Shin-Cho wandte sich ab, um die glitzernden Tränen in seinen Augen zu verbergen, während wir vorgaben, sie nicht zu bemerken, bis er sich wieder gefasst hatte. Scarlet überbrückte das Schweigen.

„*Hyung* hat Shin-Cho hergebracht, nachdem er die Armee verlassen musste. Ihre Familie kommt nicht gut damit zurecht. Shin-Chos Großvater hat ihm gesagt, er sei nicht besser als sein Vater. So hat er die Sache mit Dae-Hoon herausgefunden." Sie suchte sich eine etwas bequemere Position an der Armlehne des Sofas, bevor sie fortfuhr. „Dae-Hoon und ich waren beste Freunde. Wir haben uns in Korea kennengelernt. Er war unglücklich verheiratet. Ich hatte mich gerade in *Hyung* verliebt und wir haben nach einem Weg gesucht, zusammen sein zu können. *Hyung* und ich sind hergekommen. Dae-Hoon ist uns ein paar Wochen später gefolgt."

„Wir waren nicht lange hier", warf Shin-Cho ein. „Vielleicht acht Monate? Oder etwas mehr?"

„Ungefähr ein Jahr", antwortete Scarlet. „Dann ist Dae-Hoon verschwunden und Ryeowon hat die Jungen wieder nach Korea gebracht. Ich habe sie nicht oft gesehen. *Hyung* hat mich besucht, aber du weißt ja ..."

Das tat ich. Ihr Liebster hatte eine Frau und Kinder, ein separates Leben in Südkorea, an dem Scarlet nicht beteiligt war. Allerdings schien es zu funktionieren. Falls es das nicht tat, ließ Scarlet es sich nicht anmerken.

„Meine Mutter hat wieder geheiratet. Sie wollte nicht, dass wir den ... Perversionen unseres Onkels ausgesetzt sind. So redet meine Familie über ihn, nur nicht in Anwesenheit seiner Frau." Shin-Cho besaß den Anstand, etwas verlegen zu wirken. „Ich hatte keine Ahnung von der Sache mit ... *Nuna*. Ich dachte, sie ... ich meine, er ... ich wusste es nicht. Ich dachte, mein Onkel wäre mit einer Frau zusammen."

„Ja", kam ich ihm zu Hilfe. „*Nuna* ist eine sehr attraktive Frau."

„Ich betrachte es als Kompliment, *Dongsaeng*", versicherte Scarlet uns allen. Jae kicherte hinter dem Rand seiner Kaffeetasse und sein unschuldiger Blick, als sie tadelnd mit der Zunge schnalzte, war nicht besonders überzeugend.

„Also weiß deine Familie, dass du Männer magst und das hat alles kaputtgemacht." Ich nickte. „Das kenne ich. Tut mir leid, dass dir das passiert ist, Mann."

„Deshalb bin ich auch in Los Angeles. Die Seong-Familie ... die Familie meiner Mutter ... ist sehr traditionsbewusst. Für jemanden wie mich gibt es da keinen Platz." Er presste die Lippen aufeinander. „Mein Onkel hat gesagt, er würde mir helfen. Er und *Nuna* haben viel ..."

„Es waren schwierige Wochen, Cole-ah", murmelte Scarlet. „Das Ganze hat alte Wunden aufgerissen ... alte Auseinandersetzungen."

„Sie glauben, es liegt an meinem Vater, dass ich so bin. Einer meiner Onkel hat mich sogar gefragt, ob er mich angefasst hätte", zischte Shin-Cho. „So etwas sagt er, aber ich soll die Schande der Familie sein? Ich dachte, mein Vater wäre bei einem Autounfall gestorben. Sie erzählen so viele Lügen, um etwas von ihnen Verhasstes zu vertuschen. Ich muss herausfinden, was aus ihm geworden ist. Ich brauche jetzt Klarheit, gerade weil meine Familie ..."

„Du hast David", sagte Scarlet. „Dein Bruder ist noch an deiner Seite."

„Der Bruder, der die Tochter des Geliebten deines Vaters heiratet." Es fiel mir nach wie vor schwer, die verworrenen Verhältnisse zu ordnen.

Sie machten mich etwas schwindlig. Und ich hatte Schwierigkeiten, Jaes Gesichtsausdruck zu deuten. Er hatte sich vor einigen Augenblicken hinter diese gelassene Maske zurückgezogen, die ich nicht durchdringen konnte. Was Shin-Cho beschrieb, war Jaes schlimmster Albtraum. Der Schmerz in seiner Stimme brach mir beinahe das Herz. Ich wollte mir nicht vorstellen, wie es sich angefühlt hätte, Jae dieselben Qualen durchmachen zu sehen. Es hätte mich umgebracht. Es hätte uns beide umgebracht.

„David sagt, er kann damit umgehen, wie ich bin. Er unterstützt mich. Aber der Rest der Familie weigert sich sogar, mit mir zu reden." Shin-Cho seufzte. „Samstag findet Davids Hochzeit statt. Meine Mutter ist hier in Los Angeles, aber sie will nicht kommen, wenn ich auch da bin. Ich habe David angeboten, nicht hinzugehen, damit sie dabei sein kann. Er hat abgelehnt und war der Meinung, es wäre ihre eigene Entscheidung."

„Und wozu braucht ihr mich?", kam ich zum Wesentlichen zurück.

„Ich möchte dich damit beauftragen, herauszufinden, was aus meinem Vater geworden ist. Ich muss es wissen", antwortete Shin-Cho. „*Nuna* war bei ihm, als er verschwunden ist. Danach wurde er nicht mehr gesehen."

„Ich glaube, er ist tot, Cole-ah", sagte Scarlet. „Und dass Kwon Sang-Min ihn ermordet hat."

3

„*NUNA*", SCHIMPFTE Jae sanft. Ihre Antwort war lediglich ein pikiertes Schniefen. Niemand kann schniefen wie ein philippinischer Transvestit. „Wir wissen es nicht. Wir können es nicht sagen."

„Es liegt daran, dass sie ihn nicht mag", sagte Shin-Cho. „Ich mag ihn auch nicht. Er starrt meinen Bruder so komisch an. Und seit ich das mit ihm und meinem Vater weiß, mag ich ihn noch weniger."

„Okay. Beantworte mir eine Frage." Ich bemühte mich, es möglichst diplomatisch auszudrücken. Ich hatte schon häufig Menschen gegenübergesessen, für die ich etwas herausfinden sollte. Nur wollten sie manchmal nicht, dass ich etwas herausfand. Sie wollten hören, dass es nichts zu finden gab. Und so bekamen diese Personen am Ende nur allzu oft Antworten, die sie eigentlich nicht hören wollten. Ich war nicht sicher, was Shin-Cho von mir erwartete. „Was geschieht deiner Meinung nach, falls ich etwas herausfinde? Worauf hoffst du?"

„Vielleicht kann ich meinen Vater etwas besser verstehen? Ich weiß es nicht genau", gab Shin-Cho zu. „Ich hasse den Gedanken, dass niemand außer *Nuna* und meinem Onkel nach ihm gesucht hat. Er war ein Problem, das sich in Luft aufgelöst hat, also war es ihnen egal. Damit kann ich nicht leben. Nicht, wenn er dasselbe durchgemacht hat. Ich kann es nicht, Cole-sshi. Ich muss es einfach wissen."

„Dann erzählst du mir am besten, was passiert ist, *Nuna*." Ich wandte mich Scarlet zu. „Aber versprechen kann ich nichts. Es ist verdammt lange her."

„Es reicht, wenn du es versuchst", antwortete Scarlet und Shin-Cho, der den Blick zu seinen gefalteten Händen gesenkt hatte, nickte kurz. „Einige mächtige Männer sind darin verwickelt, einschließlich *Hyung*. Du musst versprechen, dass du diskret vorgehst, Süßer."

„Diskret ist mein zweiter Vorname", versicherte ich Scarlet.

„Dein zweiter Vorname ist Kenjiro", schnaubte Jae. „Das bedeutet `jüngerer Sohn, der neugierig ist`."

Ich ignorierte ihn und fischte aus dem Stapel meiner Arbeitsutensilien auf dem Couchtisch einen Notizblock und einen Kugelschreiber. „Erzähl mir, was passiert ist."

„Es war im …" Scarlet hielt inne, um nachzurechnen. „November vierundneunzig. Dae-Hoon und ich haben ein Badehaus hier in Los Angeles besucht … in K-Town. Bi Mil war eher wie ein Club. Es gab eine Tanzfläche und sogar eine Art Pool, aber der war ziemlich klein – kaum groß genug für zwanzig Männer. Ich habe mich da mit *Hyung* getroffen. Wir waren … jünger. Es war schwerer. Schwerer, zusammen zu sein."

„An diesem Ort – Bi Mil – konntet ihr euch besser treffen?" Ich notierte mir, später die Adresse zu suchen, um vielleicht einige ältere schwule Männer zu finden, die schon damals dort gewesen waren. Allerdings waren viele in freundlichere Gegenden gezogen oder waren an der Krankheit gestorben, die sich durch die Schwulenszene gefressen hatte. „Weil ihr zwischen vielen Leuten untertauchen konntet? Wie war die Klientel? Musstet ihr fürchten, dass jemand mit einer Szene zu weit ging oder so?"

„Es waren vor allem Asiaten – wie Dorthi Ki Seu, aber na ja, verborgener. Und schmutziger." Scarlet lachte leise und eine zarte Röte breitete sich auf ihren Wangen aus. „Nicht so stilvoll. Eher ein Ort, an den Männer kamen, um sich Erleichterung zu verschaffen … nicht für Liebe oder Gesellschaft. Aber *Hyung* und ich konnten in einem der Räume Zeit miteinander verbringen … ohne gesehen zu werden. Seine Position war nicht so … sicher wie jetzt. Mit mir gesehen zu werden hätte Probleme gemacht. Jetzt ist es anders. So anders."

„Du bist also mit Dae-Hoon hingegangen. Und dann?"

„Es gab eine Razzia. Männer ganz in Schwarz kamen herein. Sie haben gesagt, sie wären von der Polizei …" Scarlets Stimme wurde leiser, rau und von Gefühlen zerrissen. „Das war nach den Aufständen, aber die Polizisten damals … sie waren immer noch brutal. Sie haben uns so viel vorgeworfen. Uns für so vieles gehasst. Wir wären nie allein ausgegangen, nicht in die Clubs. Schwul zu sein war damals … gefährlich. Auch wenn es Veränderungen gab, war es noch schwer."

Leise fuhr sie fort: „Als die Polizei kam, sind Dae-Hoon und ich in den Flur gelaufen. An der Seite des Gebäudes gab es Ausgänge und ich dachte, wir könnten es zu einem schaffen. Aber diese Männer … diese Polizisten … sind uns gefolgt. In dem Moment ist es mir nicht aufgefallen, aber später dachte ich: Warum haben sie uns verfolgt? Warum haben sie sich nicht erst die anderen Männer geschnappt?"

„Und dann haben sie dich und Dae-Hoon gepackt?", hakte ich mit sanfter Stimme nach.

„Nein, mich nicht. Nur Dae-Hoon. Mich haben sie geschlagen", sagte sie kopfschüttelnd und schob sich mit einer Hand das lange dunkle Haar aus dem Gesicht. Das durch die Wohnzimmerfenster fallende Sonnenlicht traf die leicht halbmondförmige Narbe neben ihrer Schläfe und tauchte den Rand in Schatten. Etwas Scharfkantiges hatte ein kleines Stück aus Scarlets Haut geschnitten und ihr ein Andenken an diese Nacht hinterlassen.

„War …" Mir wurde klar, dass ich den Namen ihres Liebsten nicht kannte. „War *Hyung* schon dort?"

„Noch nicht. Nicht da." Sie lehnte sich auf dem Sofa zurück, wirkte erschöpft. „So viele Männer sind hinausgelaufen. Die Polizisten haben jeden verprügelt, den sie erwischen konnten. So viele von uns haben geblutet und geweint. *Hyung* war draußen, er kam gerade an, als die Polizei kam. Ich habe nicht darüber nachgedacht. Er war da und ich war sicher. Ich habe ihm gesagt, dass Dae-Hoon noch dort war, aber er hat mich in ein Auto gesetzt und dem Fahrer gesagt, er solle mich wegbringen. Später hat *Hyung* erzählt, dass niemand Dae-Hoon gesehen hat ... dass er nicht zu finden war. In dieser Nacht habe ich ihn das letzte Mal gesehen. Ich habe gesucht. Ich habe alle angerufen ... sogar seine Exfrau ... aber er war fort."

„Ex?", fragte ich. „Sie waren geschieden?"

„Noch nicht", sagte Shin-Cho. „Meine Mutter sagt, er hatte es beantragt, aber bei seinem Verschwinden waren sie noch verheiratet."

„Er wollte sich nicht länger verstecken." Scarlet legte den Kopf schräg. „Seine Familie ... alles ... er hat sich von allem abgewendet, weil er nicht mehr lügen wollte, um andere Männer wie ihn zu schützen. Dae-Hoon war wütend darüber, wie seine Familie ihn behandelt hat. *Hyung* hat ihm gesagt, er solle es nicht noch schlimmer machen, aber ich glaube, das hat Dae-Hoon nicht mehr interessiert."

„Wen wollte er da treffen?" Ich streckte eine Hand aus, um sie auf Jaes zu legen. Shin-Chos Dilemma war seiner Lage so ähnlich, dass es ihm zweifellos naheging. Ich war dankbar, als sich seine Finger um meine schlossen. „War Dae-Hoon mit jemandem verabredet? Wer wusste außer *Hyung* und dir, dass er dort sein würde?"

„Kwon Sang-Min", flüsterte Scarlet. „Er hatte die Sache mit Dae-Hoon beendet, aber dann hat er ihn gebeten, mich zu begleiten, damit er ihn treffen konnte. Vielleicht war er nicht bereit, Dae-Hoon aufzugeben. Ich bin nicht sicher. Wir kennen uns nicht gut."

„Weiß seine Familie davon?", fragte ich. „Kwons Familie – weiß sie, dass er schwul ist?"

„Nein. Er ist nicht wie ... *Hyung*. Er geht von ... Er sucht nicht nach Liebe. Für Kwon sind junge Männer nur ... zum Benutzen", antwortete sie. „Er ist jemand, den *Hyung* kennt. Manchmal höre ich Gerüchte, aber er hat mich nie interessiert. Er hat Dae-Hoon schlecht behandelt. Ich glaube nicht, dass er andere jetzt besser behandelt."

„Steht er in engem Verhältnis zu ... okay, wie ist *Hyungs* richtiger Name?", fragte ich letztendlich.

„Seong Min-Ho", sagte Scarlet lachend.

„Steht Kwon in engem Verhältnis zu Seong?" Ich notierte die Namen, so gut ich konnte. Ich würde sie später von Jae korrigieren lassen, wenn er sich ohne Zuschauer über mich lustig machen konnte.

Scarlet schürzte die Lippen. „Sie kennen sich. Beide sind *Chaebol* der zweiten Generation. Ich weiß nicht, wie sie sich kennengelernt haben."

„Sie haben dieselbe Universität besucht", fügte Shin-Cho hinzu. „Das hat mir Sang-Min erzählt."

„Also beide schwul hier im Exil?" Ich zeichnete Rechtecke um ihre Namen und verband sie mit einer gestrichelten Linie.

„Da ist noch etwas", sagte Scarlet. „Als Dae-Hoon nicht wieder aufgetaucht ist, hat *Hyung* angeboten, sich um die Lagerung seiner Sachen zu kümmern. Ich kann dir den Schlüssel besorgen. Er liegt in meinem Schmuckkasten."

„Weiß Seong, warum ihr hier seid?" Seong stand ganz oben auf meiner Liste von Leuten, mit denen ich reden wollte. Es war möglich, dass er es Scarlet verschwiegen hatte, falls er mehr über Dae-Hoons Verschwinden wusste, um ihr etwas Unschönes zu ersparen. Nach meinen kurzen Eindrücken wirkte er auf mich wie ein Mann, der sich schonungslos um eine Angelegenheit kümmerte, um anschließend alles als Eitel Sonnenschein darzustellen.

„Er weiß es", antwortete sie. „Er ist bereit, mit dir zu reden, wenn es nötig sein sollte."

„Das wird es sein", sagte ich mit einem Nicken. „Also bewahrt ihr seit fast zwei Jahrzehnten Dae-Hoons Sachen in einem Lagerraum auf? Und du hast sie dir nie angesehen? Oder Shin-Cho hingebracht?"

„Nein." Sie und Shin-Cho schüttelten die Köpfe. „Es war zu schmerzhaft und ich wollte die Sachen den Jungen überlassen, nachdem sie die Wahrheit über ihren Vater erfahren hatten. Als ich Shin-Cho von ihnen erzählt habe, hat er es für besser gehalten, dass du sie dir erst ansiehst, falls darunter etwas Hilfreiches ist."

„Ich vermisse meinen Vater, Cole-sshi, sogar sehr", sagte Shin-Cho. „Aber *Nuna* hat mir alle Fotos und Briefe gegeben, die sie hatte. Der Rest kann noch etwas warten."

„Wer hat seine Sachen eingepackt?" Meine größte Sorge war, dass sie bereits von jemandem durchsucht worden waren. Etwas Verräterisches hätte schon lange vor der Einlagerung verschwunden sein können.

„Das meiste ich selbst. Dae-Hoons Mitbewohner Lee hat geholfen. Es war nicht viel", antwortete Scarlet. „Sie haben beide für *Hyung* gearbeitet."

Ich musste davon ausgehen, dass Lee etwas für Seong hätte verschwinden lassen können, falls dieser etwas verbergen wollte, auch wenn Scarlets Anwesenheit es ihm nicht leicht gemacht hätte. Seong hatte sich auf einem noch schmaleren Grat bewegt, als es Jae-Min nun tat. „Morgen ... heute ist Donnerstag. Kannst du mir später den Schlüssel geben? Dann versuche ich, etwas zu finden."

„Erst brauchst du Schlaf", erinnerte mich Jae. „Und wenn du es dir ansehen willst, musst du es Freitag machen. Samstag ist die Hochzeit."

„Was?" Ich dachte angestrengt darüber nach, ob ich von einer Hochzeitseinladung wusste, bis mir einfiel, dass Jae für eine gebucht worden war. Für den offiziellen Teil bei der Trauung am Morgen hatte er Hilfe, doch für den Empfang am Abend hatte er mich um Unterstützung gebeten. Jetzt warf er mir misstrauische Blicke zu, als rechnete er damit, dass ich es vergessen hätte. „O nein, du brauchst mich gar nicht so anzuschauen. Ich habe es in meinem Handykalender gespeichert. Sogar Claudia weiß Bescheid. Große Hochzeit. Hilf Jae oder stirb."

„Hättest du es vergessen, hättest du dir gewünscht, du wärst tot." Jae warf mir einen bösen Blick zu, auf den seine Katze neidisch gewesen wäre. „Ich hätte mir beim Morden sehr viel Zeit gelassen."

„Ich sehe dich dann bei der Hochzeit meines Bruders", sagte Shin-Cho und erhob sich von der Couch. „Oder kommst du heute Abend auch?"

„Was ist heute?" Als Scarlet sich erhob, stand ich ebenfalls auf, um sie vorbeigehen zu lassen.

„Das Probeessen", flüsterte Jae. „Aber keine Sorge. Andrew geht mit mir hin."

„Du musst nicht flüstern. Ich bin nicht gekränkt." Scarlet verpasste ihm im Vorbeigehen einen leichten Klaps auf den Arm.

„Was? Warum solltest du gekränkt sein?" Der Schlafmangel wirkte sich allmählich auf mein Denkvermögen aus.

„Weil eine Geliebte ... selbst eine männliche ... nicht zu einer *Chaebol*-Hochzeit eingeladen wird." Scarlet blieb neben der Tür stehen, um ihre kleinen Füße in die flachen Schuhe zu schieben. „Aber ich kann damit umgehen, *Musang*, solange dein Cole herausfindet, was Dae-Hoon zugestoßen ist."

OBWOHL SICH die Schlafzimmervorhänge die größte Mühe gaben, das Sonnenlicht auszusperren, versagten sie kläglich, doch ich war so müde, dass es mich kaum störte. Außerdem gab mir das Licht die Möglichkeit, Jae dabei zuzusehen, wie er sich zum Schlafen umzog. Wir waren beide erschöpft. Ich hatte kaum meine Jeans abgestreift und mir die Zähne geputzt, bevor ich mich nur in Boxershorts auf die Matratze fallen ließ. Auch wenn mein Schwanz bereit gewesen wäre, es zu versuchen, hätte ich vor dem Einschlafen nicht viel mehr als ein bisschen Vorspiel zustande gebracht. Die leicht geschwollene Haut unter Jaes Augen verriet mir, dass es ihm ähnlich ging.

Dennoch war es ein verdammt schöner Anblick, wie er aus seiner Hose und seinem Oberteil schlüpfte, um zu mir ins Bett zu krabbeln. Mir gefielen die eng anliegenden Shorts, die er bevorzugte. Sie betonten die Rundung seines Hinterteils und ließen seinen Bauchnabel frei. Er dachte darüber nach, sich über dem Nabel piercen zu lassen – ein Plan, der mir überraschend gut gefiel.

Es war ein schönes Gefühl, als er sich an meine Seite schmiegte und über die in erschreckendem Tempo zunehmenden Narben auf der linken Seite meiner Brust strich. Unter der Oberfläche schmerzten sie, wenn die Nerven beim Bewegen an der verzerrten Haut zogen. Doch seine Berührung beruhigte das Kribbeln und ich protestierte mit einem Brummen, als er mich in die Seite zwickte.

„Hör auf, dich anschießen zu lassen", murmelte er und küsste die neueste und kleinste meiner Narben.

Die Pistole seiner Cousine Grace war klein gewesen – ganz anders als die von Ben verwendete Kanone, mit der Polizisten ausgestattet waren – und hatte daher eine wesentlich kleinere Spur auf meinem Körper hinterlassen. Für eine

Schusswunde war die Verletzung relativ harmlos gewesen und schnell verheilt. Jae und Claudia waren kaum von meiner Seite gewichen, während ich daran gearbeitet hatte, die Kraft in meiner Schulter zurückzugewinnen. Es würde wohl noch eine Weile dauern, bis sie sich daran gewöhnt hatten, sich nicht mehr um mich sorgen zu müssen.

Bisher hielt sich der Fortschritt in dieser Hinsicht bei beiden in Grenzen.

„Vielleicht muss ich mit Seong reden, aber eigentlich will ich das nicht." Ich ließ meine Finger über Jaes Wirbelsäule wandern. „Vor allem, wenn ich keine anderen Anhaltspunkte finde. Es wird für Ärger zwischen ihnen sorgen."

Er fühlte sich warm an. Gut. Seine Haut schien unter meiner Berührung heißer zu werden und ich roch grünen Tee – den Duft seiner Seife. Mein Körper wurde ebenfalls heißer. Ich musste ihn daran erinnern, dass ich zu müde für mehr als Reden und Kuscheln war.

„Ich weiß", murmelte er. Sein Atem streifte meine Brustwarze, woraufhin ich meinen Schwanz erneut ermahnen musste. „*Nuna* weiß es auch."

„Wenn du so weitermachst, wird aus dem Schlafen nichts", warnte ich ihn. „Und ich bin zu müde, um es richtig gut für dich zu machen. Wie sieht das dann auf meinem Zeugnis aus?"

„Ich gebe dir schon gute Noten", neckte Jae und knabberte an meiner aufgestellten Brustwarze, bevor er den Kopf hob und ihn auf meinen Arm legte. „Dein Koreanisch ist schlecht. Als würde deine Zunge nicht richtig funktionieren. Du sagst immer Who-young."

„Dabei solltest gerade du wissen, wie gut meine Zunge funktioniert." Als er schwieg, stupste ich ihn mit den Fingern an. „Seong Min-Ho. Wie klang das? Werde ich dich blamieren, wenn ich mit ihm rede?"

„Nein, das klang gut. Scarlet hat seine Visitenkarte dagelassen. Auf der Rückseite steht alles auf Englisch, also kannst du es lesen." Er gähnte so heftig, dass sein Kiefer leise knackte. Ich zuckte zusammen und rieb über die Stelle in der Nähe seines Kinns. „Möchtest du, dass ich ihn für dich anrufe? Er liebt *Nuna*. Er wird dir helfen, wenn er kann."

Während ich noch darüber nachgrübelte, wie problematisch es für mich wäre, Scarlets Geliebten anzurufen und ihn wegen eines möglichen Mordes in die Mangel zu nehmen, vibrierte Jaes Handy mit der Melodie eines peppigen Popsongs und wanderte über den Beistelltisch. Jae setzte sich hastig auf, um danach zu greifen. Die Bettdecke rutschte bis zu seinen Hüften hinunter, rahmte mit ihrem zarten Smaragdgrün seinen Rücken ein. Sein Gesicht verfinsterte sich wie eine Gewitterwolke und sein Körper verspannte sich. Die steife, verkrampfte Haltung seiner Schultern machte mich so besorgt, dass ich in der Hoffnung, ihn zu beruhigen, seinen Rücken berührte.

„*Aniyo*." Er schüttelte den Kopf und entzog sich meiner Hand, schreckte beinahe zurück. „*Umma*."

Das erste Wort war *nein* und auch das zweite kam mir bekannt vor. Es schwebte einen Augenblick lang durch meinen Kopf, bevor ich es einordnen konnte. *Seine Mutter.*

Es war nicht leicht, ihm dabei zuzusehen, wie er sich in sich selbst zurückzog. Seine Schulterblätter ragten rechts und links von seiner Wirbelsäule hervor. Die Decke lag wie ein Zelt über seinen Knien, die er an seine Brust gezogen hatte. Seine freie Hand hatte sich in die Laken gekrallt und knetete sie zwischen seinen Fingern, während er sprach. Ich konnte nicht verstehen, was er sagte, doch die spröde Anspannung in seiner Stimme schmerzte bis in mein tiefstes Inneres. Sein Körper schrie vor meinen Augen, sein Schmerz rann aus jeder starren Fläche seiner Glieder und seines Oberkörpers.

Alles in mir wollte ihn berühren, ihn trösten.

All meine Erfahrung mit ihm warnte mich davor.

Ich wusste nicht, worum es ging. Zwei Monate flüchtiges Koreanisch reichten bei weitem nicht aus, um zu verstehen, was seine Mutter aus ihm herauszerrte. Jedes Mal, wenn er verstummte und ihr zuhörte, zuckte er zusammen. Ihre Worte bohrten sich in ihn wie scharfe Widerhaken, die in sein Herz drangen und Stücke aus seiner Seele rissen. Jae sank mit jeder Sekunde weiter in sich zusammen, wand das Laken um seine Finger und sein Handgelenk, bis seine Fingerknöchel weiß und blutleer waren.

Beinahe so blutleer wie sein Gesicht.

Er sah durch mich hindurch, seine Wange auf der Decke über den Knien und seine Hand kaum zu sehen, wo er sie an sein Gesicht presste. Die vollen Lippen, welche ich so gern küsste, waren zu einer schmalen Linie geworden, zusammengepresst gegen Worte, die er nicht sagen wollte … die er nicht sagen konnte. Seine Augen wirkten wie Stein, hart und glitzernd, ihres Honiggolds beraubt.

Es war vorbei, bevor mir etwas einfiel, das ich sagen oder tun konnte. Von einer Porzellanfigur verwandelte er sich plötzlich in ein zerbrechendes, zersplitterndes Wesen voller Wut und Hass.

Meine Arme um ihn zu legen war wie der Versuch, einen Orkan zu umarmen. Er war bereits vom Bett aufgesprungen und kämpfte darum, seine Beine aus der Decke zu befreien. Mit das Handy umklammernden Fingern wandte er sich zitternd ab und holte keuchend Luft, um sich zu beruhigen. Ich wartete. Ich musste warten. Ich war seit zwei Monaten mit ihm zusammen und er brauchte immer Zeit, seine Gefühle zu verarbeiten und etwas zu finden, an dem er sich festhalten und sich aus der Panik und Wut ziehen konnte, die sich in ihm aufgebaut hatte.

„Fuck. Jemand hat ihr etwas erzählt … über mich … über uns", sagte Jae. Das Handy flog auf die Matratze und er fuhr sich mit den Fingern durchs Haar, während er neben dem Bett auf und ab ging. „Meine Tante. Sie redet mit meiner Tante … Vielleicht …"

„Jae, hol erst mal Luft." Ich näherte mich von hinten und hielt ihn fest, bevor er zur nächsten Runde durch den Raum ansetzte. Er wehrte sich. Ich rechnete nicht damit, dass er es mir leicht machte. Das tat er niemals. Doch ich, stärker und ruhiger, schlang meine Arme um seine Schultern und zog ihn dicht an meine nackte Brust. „Was hat sie gesagt? Was wollte sie?"

„Sie braucht mehr Geld", murmelte Jae. Seine Finger lagen kalt, kraftlos und still auf meiner Haut. „Ich habe gesagt, dass ich versuche, ihr welches zu besorgen und sie meinte ... ich soll meinen reichen Freund fragen. Meinen *Hyung.*"

Abgesehen von Scarlets Liebstem war ich vermutlich der Einzige von Jaes Freunden, den man als reich bezeichnen konnte. Mein Reichtum war mühsam verdient: eine von der Stadt gezahlte Entschädigung nach der Ermordung und dem Selbstmord meines Partners Rick und meines Dienstpartners Ben. Vor einem halben Jahr hätte ich gesagt, dass ich jedes bisschen von dem Geld dafür gegeben hätte, sie wieder bei mir zu haben. Jetzt hätte ich jedes bisschen Geld dafür gegeben, Jae etwas Frieden zu verschaffen.

„Sie weiß von Scarlet. Sie könnte Scarlet gemeint haben oder ... verdammt, Seong." Ich lehnte mich zurück und hob die Hände, um sie an sein Gesicht zu legen. Meine Daumen wischten die leichte Feuchtigkeit auf seinen unteren Wimpern fort. Er schniefte, hob jedoch das Kinn. „Was ist mit deinem Bruder? Kann er helfen?"

Eigentlich hatte ich Jaes Bruder erwähnt, um ihn abzulenken. Allerdings funktionierte das nicht besonders gut.

„Jae-Su? Mein Bruder?", zischte Jae. Sein weicher Akzent nahm bei Wut und Angst zu, was seine Worte noch stärker abrundete. „Wenn er wüsste, dass ich ... wie ich bin, würde er es benutzen, um Geld von *mir* zu bekommen. Im Moment nimmt er ihres. Mein *Hyung* ... nimmt ihr Geld, als wäre er noch ein kleiner Junge. Und sie gibt es ihm. Sie würde meine Schwestern hungern lassen, damit er etwas Neues zum Spielen hat."

„Wie viel braucht sie? Ich kann ..."

„Nein." Beides war unnachgiebig – sowohl sein Stolz als auch der Tonfall. Ich verstand ihn. Es gefiel mir nicht, aber ich verstand ihn. Seine Finger krümmten sich, wurden zu Fäusten an meiner Brust. Die Wut in ihm flehte darum, freigesetzt zu werden. Ich wartete darauf, dass seine Faust mich traf, doch er knirschte mit den Zähnen und schüttelte den Kopf. Dann löste er sich von mir und schob mich mit einem einzigen Stoß von sich. „Nein. Ich will dein Geld nicht. Es ist nicht dein Problem. Meine Familie ist nicht dein Problem."

Ich holte Luft, zog sie zischend ein, um meine Lunge zu kühlen. Jae verschwand mit steifen Schritten ins Badezimmer. Seine Schultern zitterten, als er das Wasser andrehte. Er hielt die Hände unter den Wasserstrahl und beugte sich vor, starrte jedoch lediglich in das Becken. Obwohl sein Haar den größten Teil seines Gesichts verbarg, konnte ich seinen Mund sehen, dessen rote Lippen vor Wut und Angst bebten. Ich konnte nicht verstehen, was er fühlte. Ich hatte meine eigenen Entscheidungen getroffen und war gegangen, als mein Vater beschlossen hatte, dass ich nicht mehr gut genug war, um sein Sohn zu sein. Jae konnte es nicht gebrauchen, von mir bedrängt zu werden.

Weshalb ich natürlich genau das tat.

Ich sagte nichts, näherte mich aber der offenen Badezimmertür und lehnte mich stumm an den Rahmen. Das Ziehen in meiner Brust erblühte zu echter Angst, er würde im nächsten Moment für immer zur Tür hinausgehen. Es war zu früh, um ihn zu verlieren. Ich hatte nicht genug Zeit gehabt, bei weitem nicht genug, um ihn davon zu überzeugen, dass ich ihn auffangen würde, falls seine Familie ihn fallen ließ. Ich hatte nicht genug Zeit gehabt, um zu akzeptieren, dass er vielleicht niemals mein sein würde ... nicht öffentlich ... vielleicht nicht einmal im Verborgenen.

Jae stellte das Wasser ab und stützte sich mit den Handflächen auf den Marmorwaschtisch. Als er den Kopf hob, begegnete er kurz im Spiegel meinem Blick, bevor er wieder die dunklen Flecken im Stein betrachtete. Die Anspannung in seinem Rücken löste sich etwas und seine Hüften bewegten sich vorwärts, lockerten seine steife Körperhaltung.

Offenbar hatten wir das „Für immer" noch nicht erreicht – das „Für immer", bei dem er mein Haus verließ und nie mehr zurückkehrte, oder das „Für immer" unseres letzten Kusses. Mit einem Ruck begann mein Herz wieder zu schlagen.

„Es tut mir leid", flüsterte er. Sein Gesicht war düster, verschlossen und undurchdringlich. „Ich bin ... müde. Ich bin einfach nur ... *fuck*."

Diesmal ließ er zu, dass ich ihn an mich zog, schmiegte sich mit seiner üblichen geschmeidigen Anmut in meine Arme. Wir hatten uns in der Mitte getroffen. Der kalte Badezimmerboden war ein Schock für meine nackten Füße, doch sein zu warmer Körper glich es großzügig aus. Zwar weinte er nicht, doch ich spürte, wie er nach Fassung rang. Ich legte eine Hand an seinen Hinterkopf und ließ die andere über seine Schultern und seinen Rücken gleiten, streichelte die Anspannung aus seinem Körper.

„Alles ist gut, Baby." Als er zu mir aufsah, brach mir der tiefe Schmerz in seinen Augen das Herz. Ich küsste sein Haar, streichelte ihn wieder und murmelte: „Alles wird gut. Ich bin für dich da."

„Ich hasse es, dich zu wollen", sagte er. „Ich hasse es ... *das* zu wollen."

Das hätte vieles bedeuten können. Ich kannte ihn gut genug, um zu wissen, dass er vom Glücklichsein sprach ... vom Schwulsein ... vom Zusammensein mit mir, der jeden Tag aufs Neue darum kämpfte, Jae zu verstehen. Ich konnte nicht sprechen. Meine Nächte waren nach wie vor angefüllt mit Erinnerungen an Blut, Schießpulver und leere grüne Augen, deren Licht erlosch. Wir hatten beide unsere Bürde zu tragen. Mir schaufelte Ricks Geist Schuldgefühle in die Seele, als handelte es sich dabei um einen Kohleofen, und Jae musste seine Familie mit sich schleifen, die ihre Klauen tief in seiner Haut vergraben hatte. Er konnte sich genauso wenig aus ihrem Griff befreien wie ich mich aus Bens oder Ricks.

Es war unfair von mir, das zu denken.

Das wusste ich.

Was jedoch nichts daran änderte, wie sehr ich unsere Bürden hasste.

Ich wollte eine verdammte Zukunft mit ihm. *Meine* Version davon. Nicht die Zukunft, die auf mich zu warten schien. Ganz sicher nicht die, welche für Jae bereitzuliegen schien. Ich musste einfach die Geduld und Kraft haben, für ihn zu kämpfen – selbst wenn ich dabei gegen ihn kämpfen musste.

„Warum schlafen wir nicht ein bisschen und reden später über diesen ganzen Mist?" Ich wiegte ihn sanft, woraus eher ein Taumeln wurde. „Über das Geld ... über *das*."

„Die Sache mit dem Geld ... wird sich nicht ändern", warnte mich Jae, ließ sich jedoch von mir zum Bett führen. Er ging langsam darauf zu und die Erschöpfung hatte dunkle Schatten unter seine Augen gezeichnet. Die Matratze gab nach, als er auf das Bett sank, und ein zweites Mal, als ich mich neben ihn hievte.

„Tja, *das* wird sich auch nicht ändern." Ich deckte uns zu und wartete, bis er es sich auf dem Bauch bequem gemacht hatte. Eines seiner Beine stahl sich über meine und ein Arm schob sich über meine Brust, sodass seine Hand sanft auf meinen Rippen lag. Seine Atemzüge wurden ruhiger und er erbebte einmal, ließ mehr von der quälenden Anspannung aus seinem Körper entweichen. „Es wird besser werden, Jae. Das mit uns wird besser. Versprochen. Wir kriegen das hin."

„Wenn es besser wird, bedeutet das trotzdem Veränderung", murmelte er in meine Brust.

Ich dachte darüber nach, ihm zu widersprechen, hörte am Ende jedoch auf mein Bauchgefühl. „Sei still und schlaf etwas."

4

Es TAT gut, meine Fäuste gegen den Boxsack prallen zu lassen. Die schmalen Handschuhe waren neu, ein Geschenk von Bobby. Oder eher ein Anreiz, meinen Hintern endlich ins Fitnessstudio zu bewegen. Ich musste die durch den Schuss verletzten Muskeln fordern, um meinen Arm wieder etwas zu stärken. Außerdem half es mir, zu vergessen, dass ich in einem leeren Bett in einem noch leereren Haus aufgewacht war.

Das Studio war nur mit dem Nötigsten ausgestattet und unscheinbar, betrieben von Floyd „JoJo" Monroe, einem ehemaligen Boxer, der das Pech gehabt hatte, ein schwuler schwarzer Mann in den Achtzigerjahren gewesen zu sein. Seine Karriere hatte fantastisch begonnen, bevor sie vorzeitig beendet worden war, als man ihn nach einem Kampf in der Umkleide dabei überrascht hatte, wie er sich vom weißen Schiedsrichter einen blasen ließ. Der Schiedsrichter war einige Tage später im Wasser am Santa Monica Pier gefunden worden. JoJo war es weniger gut ergangen. Von dem Mann, der seine Gegner gnadenlos auf die Bretter befördert hatte, war nicht mehr viel übrig. Seine Beine zitterten beim Gehen und sein verbliebenes Auge hatte sich im Alter getrübt. Die Stimme, mit der er die Männer im Ring anbrüllte, war dagegen kräftig.

Mich musste JoJo nicht anbrüllen. Dafür hatte ich Bobby. Ich brauchte niemanden, der sich um mich kümmerte. Heute war es anders. Ich war … anders.

Der Sack ruckte mit jedem meiner Schläge. Anfangs hörte ich Bobbys grunzendes Keuchen kaum, doch nach einigen Minuten wurde es so laut, dass es mich ablenkte.

„Leicht gereizt, Prinzessin?" Bobby atmete schwer, als ich vom Boxsack abließ. Obwohl mein T-Shirt schweißdurchtränkt war und ich stank, hätte ich am liebsten noch fünf Minuten weitergemacht – oder fünf Stunden. Es fühlte sich gut an, meinen Körper in eine Ansammlung aus Schmerzen zu verwandeln. So passte er zu meinen Gefühlen. „Willst du drüber reden?"

Obwohl Bobby beinahe zwanzig Jahre älter war, besaß er einen durchtrainierten, muskulösen Körper. Der Hauch von Silber an seinen Schläfen schien ihn für die jungen Männer nur noch anziehender zu machen. Mit seinem auf gut aussehende Weise vom Leben gezeichneten Gesicht und diesem stählernen Körper war er in den Bars, die wir besuchten, sehr beliebt. Außerdem machte er mich im Ring gnadenlos fertig und konnte mich beim Joggen ohne Probleme hinter sich lassen. Wenn man von seiner Vorliebe für Schwänze und Ärsche absah, war Bobby das Idealbild eines amerikanischen Mannes. Ganz bestimmt niemand, der über Gefühle reden wollte.

„Ich hätte nicht damit gerechnet, *das* mal von dir zu hören." Ich legte die Arme um den Sack und schaute daran vorbei, um einen Blick in Bobbys raues Gesicht zu werfen. „Du willst, dass ich darüber *rede?*"

„Ich versuche nur, JoJos Boxsack zu retten. Du machst ihn ja ganz fertig." Er ließ den Sack los und näherte sich, um mir mit dem Klettverschluss meiner Handschuhe zu helfen. „Hat es mit Jae zu tun? War er sauer wegen Trey?"

„Gott, erinner mich nicht an Trey. Hat er dich angerufen?"

„Ja", Bobby stieß erneut ein Grunzgeräusch aus, diesmal voller Abscheu. „Das Arschloch wollte sein Geld zurück."

„Welches Geld? Ich habe es umsonst gemacht."

„Darauf habe ich ihn auch hingewiesen. Trey benutzt sein Gehirn noch seltener als seinen Schwanz, obwohl er den nur zum Pissen und für Blowjobs braucht – er lässt sich nämlich lieber ficken als umgekehrt." Bobby streifte seine Handschuhe über und deutete mit dem Kinn auf den Boxsack, damit ich diesen für ihn festhielt. Während er wartete, bis ich mich hinter dem schweren Gewicht in Position gebracht hatte, verpasste er dem Leder einige leichte Stöße.

„Jae wurde heute Morgen von seiner Mutter ziemlich fertiggemacht", erklärte ich. „Ich verstehe nicht, warum er es sich gefallen lässt. Sie laden ihren ganzen Scheiß bei ihm ab und erwarten, dass er es einfach hinnimmt."

„Ich muss dich jetzt echt mal fragen, Mann: Jae – ist er es wert, was du mit ihm durchmachst? Vielleicht klinge ich jetzt wie ein Emo-Hipster, aber ich will nicht, dass er dir das Herz bricht."

Darüber musste ich nachdenken. Nachdem ich Rick an einen von unbekannten Dämonen gequälten Ben verloren hatte, war ich umhergedriftet. Allerdings mochte ich die Clubszene nicht. Mit immer neuen Männern ins Bett zu springen war so ermüdend, dass mich der Spaß, den ich dabei hatte, nicht dafür entschädigen konnte. Doch Jae löste etwas in mir aus. Er berührte etwas in meinem Innern, das ich bereits für tot gehalten hatte.

„Jae hat mir überhaupt erst klar gemacht, dass ich noch ein Herz habe. Also hat er wohl das Recht, es zu brechen."

Bobby hörte kurz auf, den Boxsack zu bearbeiten, um mich zu mustern, bevor er mit einem Schulterzucken sagte: „Klingt fair."

Bevor es zu Umarmungen und dem Austausch von Backrezepten kam, wechselte ich lieber das Thema. „Hey, hast du im Moment etwas Zeit? Ich könnte bei einem Auftrag von Scarlet deine Hilfe gebrauchen."

„Ja, natürlich." Bobby brachte seine Füße in eine bessere Position, um den Sack mit einem Aufwärtshaken zu treffen. Er zuckte in meinen Armen und ich konnte ihn nur mit Mühe festhalten. „Wofür braucht sie dich?"

Ich beschrieb ihm den Fall, während er zuschlug und tänzelte, erzählte von Scarlets letztem Treffen mit ihrem Freund im Bi Mil und von dem Mann, mit dem Dae-Hoon dort verabredet gewesen war. Als ich zu dem Teil mit Dae-

Hoons ehemaligem Geliebten kam, dessen Tochter jetzt Dae-Hoons jüngsten Sohn heiraten wollte, stieß er einen leisen Pfiff aus.

„Das ist wirklich bizarr." Bobby ließ die Arme sinken, wofür ich dankbar war. Meine Schultern wurden bereits taub. „Also sind die Familien in Kontakt geblieben?"

„Soweit ich es beurteilen kann, ist es ein riesiges inzestuöses Chaos. Alle kennen sich und heiraten einander. Es ist wie eine verdammte Clique." Ich schüttelte meine Arme, um wieder Blut in meine Finger zu befördern. „Ich hatte gehofft, du könntest mir helfen, Polizisten aus der Nacht zu finden. Vielleicht hat jemand etwas gesehen."

„Ich weiß nicht, Kleiner." Er wirkte skeptisch. „Du musst bedenken, dass es nicht lange nach den Aufständen war. Die Jungs in Blau haben es von allen Seiten abgekriegt. Viele von uns haben so einiges getan, auf das wir nicht stolz waren. Über eine Razzia in einem Badehaus will vielleicht keiner von ihnen reden. Das lief nämlich mit großer Wahrscheinlichkeit ziemlich hässlich ab. LAPD war damals nicht für seine Toleranz bekannt."

„Im Gegensatz zu jetzt?", fragte ich mit einem zynischen Grinsen.

Wir hatten die vom Revier praktizierte Toleranz gegenüber Schwulen auf verschiedene Weise auf die Probe gestellt. Ich hatte meine Zeit im Dienst als offen schwuler Mann verbracht. Bobby hatte sich geoutet, nachdem er in den Ruhestand getreten war, erst nach Ricks Tod. Er war mein Fels in der Brandung gewesen, während ich noch versucht hatte zu begreifen, was passiert war. Er hatte einige Freunde verloren, nachdem die Gerüchte über seine Homosexualität unter den Polizisten bekannt geworden waren, doch die meisten respektierten ihn, weil er sein Geheimnis bis zum Ruhestand für sich behalten hatte. Von mir waren sie wesentlich weniger begeistert gewesen, als ich noch meine Dienstmarke getragen hatte – erst recht, als die Gewerkschaft die Stadt zu einer Entschädigung in Millionenhöhe gezwungen hatte, nachdem mein selbstmörderischer Dienstpartner auf mich und meinen Freund geschossen hatte.

„Ich werde mal nachschauen, wer damals schon dabei war", sagte Bobby, der seinen Oberkörper drehte, um eine Verspannung in seinen Schultern zu lösen. „Und ich muss herausfinden, wer verhaftet wurde. Erinnert sich Scarlet an das Datum? Das wäre bei der Suche nach Aufzeichnungen eine große Hilfe."

„Ja, ich glaube, das Datum kann sie dir sagen." Ich streckte meine Arme, bevor die Muskeln sich verkrampften. „Dieser Typ ... Dae-Hoon ... er war ein Angestellter von Scarlets ... Mann? Scheiße, ich weiß nicht mal, wie ich ihn nennen soll."

Er zuckte mit den Schultern, während er sich vom Boxsack abwandte und seine Handschuhe auszog, die er sich anschließend unter den Arm klemmte. „Versuch's mit Sir. Damit hatte ich bisher immer Glück."

„Ja", stimmte ich zu. Wir machten uns auf den Weg zu den Duschen und nickten dabei JoJo zu, der einem dünnen jungen Mann die korrekte Position seiner Ellbogen bei einem Schlag erklärte.

Im Umkleideraum war es durch die dicken Wände aus Schlackenbeton eiskalt. Nach dem schweißtreibenden Training zitterte ich, als ich ihn betrat. Ein schlanker, muskulöser Mann kam heraus und ging an uns vorbei. Bobby musterte ihn unverhohlen, ließ den Blick über seine Beine und seinen Oberkörper wandern und dann kurz auf seinen Schultern ruhen, bevor er ihn zu seinen Augen hob. Der Mann drehte sich leicht und lächelte Bobby zu, der den Kopf neigte, um sein Hinterteil zu begutachten. Es würde ein Austausch von Telefonnummern stattfinden, bevor wir gingen. Wäre Bobby allein gewesen, hätte auch ein Austausch von Körperflüssigkeiten stattgefunden.

Ich wartete, bis Bobby das Flirten beendet hatte. „Dieser Dae-Hoon war ein bisschen ... radikal."

„Radikal?"

„Er hat sich scheiden lassen. Na ja, zumindest hat er es versucht", erklärte ich. „Damit er frei und ... schwul sein konnte. Ich weiß nicht, ob er von seinem Geliebten, Kwon, dasselbe erwartet hat oder ob er einfach nur da raus musste."

„Also war er koreanisch, aber hat sich praktisch Musicalnummern singend geoutet?" Bobby stieß einen leisen Pfiff aus. Für Jae war es heutzutage schwer, homosexuell zu sein. Was Dae-Hoon neunzehnvierundneunzig getan hatte, war da unglaublich. „Alle Koreaner, die du kennenlernst, scheinen schwul zu sein."

„Scheint so", lachte ich. „Und dieser Kwon. Aber den lerne ich wohl auch noch kennen."

„Glaubst du, er hatte etwas mit dem Verschwinden zu tun?"

„Ich weiß es nicht. Möglich wäre es. Ich denke, wir wissen mehr, nachdem wir mit ein paar Leuten gequatscht haben. Vorstellen könnte ich es mir bei Kwon durchaus. Scarlet und Dae-Hoons Junge halten ihn für ein Arschloch."

„Dann sollten wir bei ihm anfangen und erst mal herausfinden, wo er war." Bobby zog sich sein feuchtes T-Shirt vom Körper und klatschte es mir gegen den Arm, als ich auf dem Weg zu meinem Spind an ihm vorbeiging. „Also, worum willst du dich als Erstes kümmern? Die Polizei oder Seong?"

„Eher die Polizisten, aber lass uns erst zum Lagerraum fahren", antwortete ich, während ich mir die brennende Stelle an meinem Arm rieb. „Ich werde im Büro nachsehen, ob jemand Scarlets Schlüssel abgegeben hat. Ob Claudia uns helfen will, Dae-Hoons Zeug zu durchwühlen?"

„Ja, schlag ihr das ruhig vor", sagte Bobby mit einem belustigten Schnauben. „Wenn sie dich dann umgebracht hat, kann ich bei deiner Beerdigung Jae angraben. Damit ich etwas anderes zu tun habe, als nur zu trinken."

„Ich dachte, Jae macht zu viel Mühe?"

„Hey, er ist hübsch. Ich mag hübsch." Bobby zuckte zusammen, als ich ihm gegen den Arm boxte. „Aber er ist jetzt deine Mühe, Prinzessin. Die überlasse ich dir gern."

„WILLST DU einen Kaffee?" Claudia, meine Büroleiterin, hielt die Glaskanne hoch, die sie unter der automatischen Filtermaschine hervorgezogen hatte. Nach Jahren ungenießbarer Brühe im Schulwesen kochte sie einen starken Kaffee, der einem Brusthaar wachsen lassen konnte. Allein der Geruch hielt Ratten, Kakerlaken und anderes Ungeziefer im Umkreis von fünf Meilen fern.

Ich nickte, während ich meine Jacke auszog und sie an einen Haken des Kleiderständers an der Tür hängte. Auf meinem Schreibtisch entdeckte ich einen Stapel rosafarbener Rückrufzettel, als ich mich auf den bei einem Nachlassverkauf erstandenen altmodischen Lederstuhl sinken ließ und beim Zurücklehnen das angenehme Quietschen genoss. Claudia stellte eine Tasse auf die Tischplatte, durch deren dunklen Inhalt noch weiße Milch wirbelte. Sie klopfte mit dem Löffel auf den Rand ihrer eigenen Tasse und trank einen Schluck, während sie darauf wartete, dass ich endlich den Seufzer freigab, den ich unterdrückt hatte.

„Hast du wieder übertrieben, Jungchen?" In ihrer Stimme schwang kein Mitleid mit, was ich auch nicht erwartete.

Diese Frau zog in einer durch einkommensschwache Familien geprägten Nachbarschaft eine Myriade von Kindern und Enkelkindern groß und half ihnen, so bald wie möglich in bessere Gegenden zu ziehen. Dass sie arm und schwarz waren, ließ sie als Ausrede nicht zu. Sie hatte Erwartungen und wehe dem Sohn, der sie nicht erfüllte. Zu Clan Claudia zu gehören, war wie ein nie endendes Überlebenstraining. Sie erwartete von ihren Jungen – und davon gab es eine ganze Herde –, dass sie kochten, putzten und Reparaturen erledigten. Und die Frau – oder in Maurice Fall der Mann –, die sie in die Familie brachten, musste ebenfalls dazu bereit sein.

Sie ging mit ihrer Sippe um wie mit einer Truppe Spartaner: Wer auf dem Schlachtfeld fiel, wurde den wilden Tieren überlassen. Selbst mir machte sie Todesangst, obwohl ich nicht zu ihrer Familie gehörte.

„Ich muss allmählich anfangen, die Muskeln wieder ernsthaft zu beanspruchen. Für ein bisschen Arbeit am Boxsack sind sie gut genug verheilt." Ich protestierte, als Claudia ein vorwurfsvolles Zischen ausstieß. „Was, dachtest du, ich würde mich gleich von Bobby vermöbeln lassen? Ich wollte die Muskeln lockern und nicht wieder im Krankenhaus landen."

Dass es mir um meine Muskeln gegangen war, stimmte nicht. Nachdem ich ohne Jae im Bett aufgewacht war, hatte ich erwägt, ihn anzurufen – nur um zu sehen, ob es ihm gut ging oder ob er noch wütend auf sein Leben war. Rick hatte ständige Kommunikation und Rückversicherung gebraucht. Jaes Zurückhaltung und entschlossene Unabhängigkeit überraschten mich noch immer. Am Ende war der Besuch im Fitnessstudio die bessere Alternative zum nervösen Auf-und-ab-Gehen gewesen.

„Wenn du wieder im Krankenhaus landest, fessle ich dich ans Bett, bis ich dich für gesund befinde." Sie tippte auf den Zettelstapel. „Dein Junge hat angerufen. Du solltest dich melden, wenn du hier bist. Bis dahin wollte er aus Long Beach zurück sein. Ich glaube, er war wegen irgendetwas am Hafen."

„Was zum Teufel macht er in Long Beach?" Ich rechnete nicht mit einer Antwort. Jae unternahm für seine Kunst häufig Ausflüge ins Blaue. Hochzeiten und Porträtfotos konnten seine Rechnungen bezahlen, befriedigten jedoch nicht sein Bedürfnis nach Kreativität. Ich blätterte durch die Zettel und runzelte die Stirn, als ich auf einem Treys Namen entdeckte. „Hat er sich wie ein Arschloch benommen?" Ich hielt den Zettel hoch.

„Er hat etwas von Schadensersatz für seinen Schwanz geredet. Ich habe ihm ein paar Minuten zugehört und ihm dann erklärt, dass er ihm nicht besonders wichtig sein kann, wenn er dumm genug ist, ihn in eine Flasche zu stecken. Als wäre es heutzutage nicht schon gefährlich genug, einfach Sex zu haben. Wenn er das Ding so dringend loswerden will, kann er es einfach mit einem Hai treiben."

Ich dachte an den Anblick in der Notaufnahme zurück, als die Ärzte das Glas entfernt hatten. „Ja. So ungefähr sah er aus."

Für eine nicht unbedingt schlanke Frau bewegte sie sich sehr mühelos – vermutlich durch jahrelanges Verfolgen aufsässiger Kinder. So benötigte sie nur wenige Sekunden, um ein Päckchen von ihrem Tisch zu nehmen und es mir zu bringen. „Die liebe Scarlet hat dir das geschickt. Sie hat angerufen, um sicherzugehen, dass es angekommen ist. Sie hat mir von ihrem Freund erzählt. Ich kann nicht glauben, dass du Geld von ihr nimmst."

„Das wollte ich nicht", sagte ich abwesend. Die Folie des versiegelten Kurierumschlags erwies sich als widerspenstig und ich ging letztendlich dazu über, mit meinen Zähnen daran zu zerren. „Sie und Jae haben sich gegen mich zusammengetan. Glaub mir, fang niemals einen Streit um Geld mit zwei Asiaten an. Du hast keine Chance. Es ist wie eine Diskussion zum Thema Tod mit einem Sizilianer."

„Gib das her." Claudia streckte seufzend die Hand aus. „Ich schneide das für dich auf und du kannst ihn in der Zeit draußen anrufen. Ich will mir nicht deine Kussgeräusche anhören müssen."

Ich gab den Kampf mit dem Plastik auf und begab mich stattdessen mit meiner Kaffeetasse auf die Veranda. Seit dem Morgen hatte ich nicht mehr meine Nachrichten überprüft, was ich nun nachholte. Unter den vier neuen war eine von Jae, der mich bat, ihn bei Gelegenheit anzurufen. Ich wählte seine Nummer und er meldete sich vor dem zweiten Klingeln.

„Hi, *Agi*." Seine verführerische Stimme streckte sich wie Finger in meinen Unterleib und packte meine Eier. „Bist du wieder im Büro?"

„Ja, willst du rüberkommen?" Obwohl es spät am Nachmittag war und ich mich nach dem verschlafenen Morgen ums Geschäft kümmern musste, konnte ich von der Sache mit der Waschmaschine zumindest träumen.

„Nein, nicht dafür." Er hielt lange genug inne, um mich zum Lächeln zu bringen. Jae mochte Sex. In der Öffentlichkeit berührt zu werden, gefiel ihm nicht, doch sobald wir unter uns waren, wurde es interessant. „Ich muss dich um einen Gefallen bitten."

„Nur zu." Ich trank meinen ersten Schluck Kaffee und musste beinahe würgen, weil er so süß war. Gegen den bitteren Geschmack half der Zucker zwar, meine Kehle musste sich jedoch erst daran gewöhnen. „Wie kann ich helfen?"

Offenbar würden wir weder über den Anruf seiner Mutter reden noch über seinen Wutausbruch oder meine Unfähigkeit, seine Welt in Ordnung zu bringen. Damit konnte ich leben. Ich wusste nämlich noch nicht, wie ich seine Welt in Ordnung bringen konnte – und selbst wenn das der Fall gewesen wäre, war ich nicht sicher, ob er es zugelassen hätte.

„Andrew ist krank. Ich brauche heute Abend Hilfe beim Probeessen. Kann ich dich dafür ausleihen? Es ist um acht."

Andrew, der hin und wieder als Jaes Assistent arbeitete, war ungefähr so solide wie Claudias Blätterteigpastete – wobei krank in seinem Fall meist eher komplett bekifft bedeutete. Immerhin verlangte er keine besonders hohe Bezahlung und wusste, welche Kamera er Jae bringen musste. Ich sollte Jae bereits beim Empfang helfen, was für ihn ein gewisses Risiko darstellte, da ich kaum mit meiner leicht zu bedienenden Digitalkamera zurechtkam, die ich zum Fotografieren fremdgehender Ehepartner verwendete. Er musste verzweifelt sein, um mich so kurzfristig zu fragen.

„Ja, natürlich." Ich warf einen Blick auf meine Armbanduhr. „Ich muss noch ein paar Sachen durchsehen, die Scarlet mir geschickt hat, und einige Anrufe erledigen, aber danach gehöre ich ganz dir."

„Du hast schon mir gehört, bevor ich angerufen habe."

Ja, er hatte meine Eier ziemlich fest im Griff. Wir säuselten einander so männlich wie möglich liebevolle Abschiedsworte zu, bevor ich auflegte und ins Büro zurückkehrte. Claudia hatte inzwischen das Päckchen besiegt und es wie einen in Formaldehyd konservierten Frosch im Biologieunterricht in seine Einzelteile zerlegt. Ich goss mir neuen Kaffee ein, diesmal ohne Zucker, und setzte mich an meinen Schreibtisch, um mich durch Dae-Hoons Leben zu arbeiten.

Eine errötende junge Scarlet schaute mir von einem alten Foto entgegen. Neben ihr war ein ebenso junger koreanischer Mann mit leichten Aknenarben zu sehen, der ihr grinsend einen Arm um die Schultern gelegt hatte. Beide hatten dicke honigblonde Strähnchen in ihrem schwarzen Haar. Scarlets leuchtend roter Lippenstift sprang beinahe so sehr ins Auge wie die Gummiarmbänder am Handgelenk des Mannes, das über ihrer Schulter hing. Das Datum auf der Rückseite verriet mir, dass das Foto nur eine Woche vor Dae-Hoons Verschwinden aufgenommen worden war. Ihre Gesichter wirkten, als gäbe es nichts auf der Welt, was ihnen Sorge bereitete.

Offenbar hatte sich die Welt genauso wenig um sie gesorgt.

Andere Fotos zeigten kleine Ausschnitte aus Dae-Hoons Leben, winzige Momente, die jemand dem Strom der Zeit entrissen hatte. Ich hielt bei einem inne, das Dae-Hoon mit zwei kleinen Jungen zeigte – er hielt David in seinen schlanken Armen und lächelte Shin-Cho zu.

Schwer zu glauben, dass der kleine Junge in seinen Armen in wenigen Tagen die Tochter seines Geliebten heiraten würde.

„Verdammt gruselig", brummte ich, während ich unter den Fotos und einem Ordner einen Umschlag hervorzog. Ich öffnete ihn und nahm ein Blatt Papier heraus. So feminin ihr Äußeres war, so maskulin wirkte Scarlets Handschrift. In kräftigen, markanten Buchstaben dankte sie mir nochmals und ich verzog das Gesicht, als mein Blick auf den beiliegenden Scheck fiel.

„Das sind viele Nullen." Claudia spähte über meine Schulter. „Viel zu viele, um einen wahrscheinlich toten Mann zu finden."

„Ja, es ist mehr, als wir vereinbart hatten. Ich werde mich noch mal mit ihr unterhalten müssen", brummte ich. Der Ordner klapperte und ein Schlüssel mit einem Anhänger fiel heraus, eine Plastikkarte mit einem Buchstaben für ein Gebäude und Zahlen. „Bobby und ich werden morgen einen Lagerraum durchsuchen."

„Und dafür gibt sie euch so viel Geld? Einer meiner Jungs hätte das für zwanzig Dollar gemacht."

„Die Sachen sind da schon seit Jahren. Wir hoffen, dass wir darunter einen Hinweis darauf finden können, ob Dae-Hoon in Schwierigkeiten gesteckt hat", antwortete ich und wedelte mit dem Schlüssel durch die Luft. „Schmeiß den DeLorean an, Claudia. Morgen früh reisen Bobby und ich zurück in die Neunziger."

„Hm, tja … komm nur nicht mit einer von diesen dämlichen MC-Hammer-Hosen zurück", sagte Claudia und trank einen Schluck Kaffee. „Du kleidest dich so schon schlecht genug."

HINTER MEINEM Büro zu wohnen hatte Vorteile, vor allem den, dass mir eine lange Rückfahrt erspart blieb. So hatte ich Zeit, um mich nach Büroschluss noch etwas zu entspannen. Einer der größten Nachteile war dagegen, wie leicht man mich vom Büro aus finden konnte, wenn ich mich gerade entspannen wollte. Dennoch war es eine Überraschung, einen mürrisch dreinblickenden Shin-Cho vor meiner Haustür anzutreffen. Noch überraschender war der leuchtend rote Fleck unter seinem linken Auge, wo sich ein frischer Bluterguss bildete.

Bei Tageslicht – und nachdem ich nicht mehr unter Schlafmangel litt – stellte ich fest, dass Shin-Cho ziemlich attraktiv war. Er war etwas stämmiger als Jae-Min und hatte ein herzförmiges, jedoch schmales Gesicht – vermutlich wegen seiner Zeit beim Militär. Unter seinem T-Shirt schauten muskulöse Arme hervor und seine Jeans waren am Knie kunstvoll zerrissen, sodass darunter gebräunte Haut zum Vorschein kam. Hätte ich raten müssen, wäre meine Vermutung gewesen, dass sich Shin-Cho an diesem Morgen mit der Absicht gekleidet hatte, jemanden zu beeindrucken. Und dem Bluterguss nach zu urteilen war es ihm nicht gelungen.

„Hallo." Ich deutete mit dem Kinn auf sein Gesicht. „Sieht aus, als könntest du dafür Eis gebrauchen. Komm rein."

„Nein, nein, schon gut. Draußen ist okay." Shin-Cho schüttelte den Kopf. „Ich … wollte dir nur etwas sagen."

„Falls es um die Sachen deines Vaters geht, habe ich gerade den Schlüssel bekommen." Ich hielt ihn hoch. „Ich wollte sie mir morgen ansehen."

„Darum geht es nicht." Seine Schuhe quietschten, als er sie gegen den Pfeiler der Veranda stieß. Er schob unruhig die Hände in seine Taschen, ließ die Schultern hängen.

„Lass mich kurz die Tür aufmachen, um zu lüften." Ich hielt mit der Schulter die Gittertür geöffnet, während ich die schwere Holztür entriegelte und aufschob. Anschließend ließ ich die Gittertür zufallen, damit die Katze nicht entwischen konnte. „Also gut, was ist los?"

„Es gibt etwas, das ich dir nicht gesagt habe … etwas, das *Nuna* nicht herausfinden soll." Trotz der kalten Luft schien Shin-Cho wie verrückt zu schwitzen. „Es geht um Kwon Sang-Min."

„Was ist mit ihm?" Ich lehnte mich gegen den Verandapfosten und stieß leicht mit dem Fuß vor die Gittertür, als Neko kam, um sie zu untersuchen.

„Mein Vater ist nicht der Einzige, der mit Kwon Sang-Min geschlafen hat." Er schluckte. „Ich habe es auch getan. Ziemlich oft."

„Verdammte Scheiße", fluchte ich und scheuchte die Katze von der Tür weg, damit ich sie öffnen konnte. Dann nickte ich brüsk in Richtung Haus und knurrte: „Rein mit dir. Wir zwei werden uns jetzt mal unterhalten."

5

ICH BRAUCHTE ein Bier. Dringend. Leider würde Jae in wenigen Stunden hier sein, um mich abzuholen – außerdem war mein Verlangen nach Bier vermutlich eher der Versuch meines Körpers, mich von dem Bedürfnis abzulenken, Shin-Cho zu erwürgen.

Den Shin-Cho, der jetzt auf meinem Sofa saß und am fransigen Rand eines Kissens zupfte, das ich Maddys Meinung nach unbedingt gebraucht hatte.

Ich ließ das Bier im Kühlschrank und entschied mich stattdessen für zwei Dosen Cola. Nachdem ich ihm eine davon zugeschoben hatte, öffnete ich meine und trank einen großen Schluck. Er schaute durch seine Wimpern zu mir herauf wie ein kleiner Junge, den man dabei erwischt hatte, wie er den Hund rasierte oder den letzten Schokoladenkeks aß. Ich atmete geräuschvoll aus und schüttelte den Kopf darüber, wie die Männer in meinem Umfeld mich so erfolgreich täuschten.

„Warte mal, müsstest du nicht bei der Probe für die Hochzeit sein?" Ich runzelte die Stirn. „Bald ist doch das Essen."

„Die Probe hat vor einer Stunde stattgefunden – das Essen ist nicht direkt im Anschluss." Shin-Cho musterte mich mit einem seltsamen Blick. „Ich bin hergekommen, weil ich vorher noch mit dir reden wollte."

„Okay, dann fang damit an …" Ich seufzte. Wer hatte eigentlich *nicht* mit Kwon geschlafen? „Ehrlich gesagt habe ich keine Ahnung, wo du anfangen solltest. Such dir einfach eine Stelle aus, ich komme schon mit."

„Bitte erzähl es nicht *Nuna*", flehte Shin-Cho. Der Mann wirkte verzweifelt und aus der geschwollenen Röte um seine Augen, passend zu dem frischen Bluterguss, schloss ich, dass er in der Nacht zuvor kaum geschlafen hatte.

„Wie bist du hergekommen?", fragte ich.

„Ich bin gefahren."

Dass er selbst gefahren war, hörte ich gern. So gab es keine der austauschbaren Bodyguards mit Sonnenbrillen und ausdruckslosen Gesichtern, die jemandem von seinem Besuch bei mir erzählen konnten. Trotzdem kam es mir falsch vor, Scarlet etwas zu verschweigen. Die Wahrheit hatte die Angewohnheit, durchzusickern – meistens als stinkende braune Masse, die in alle Richtungen spritzte.

„Okay, wir werden uns unterhalten. Und dann erzählst du Scarlet alles, was du mir gesagt hast." Ich hob eine Hand, als er den Mund öffnete, um zu protestieren. „Oh, nein. Etwas anderes als ein Ja akzeptiere ich nicht. Bei meiner nächsten Begegnung mit Scarlet frage ich sie, ob du es getan hast. Und wenn du es nicht hast, ist es dein Problem, nicht meins. Verstanden?"

Es dauerte einen Moment, doch letztendlich nickte er. „Okay. Ja."

„Gut, ich habe nämlich nicht vor, es mir mit ihr zu verscherzen", sagte ich mit Nachdruck. „Für Jae ist sie das, was einer echten Familie am nächsten kommt. Ich lasse ganz sicher nicht zu, dass du ihm das kaputtmachst. Ich mache alleine schon genug Fehler. Also, erzähl mir doch einfach, wie es zu der Sache mit dir und Kwon gekommen ist. Und ob der Farbtupfer in deinem Gesicht etwas damit zu tun hat."

Seine Hand bedeckte hastig den Fleck auf seiner Wange und er senkte den Blick.

„Ja, allerdings", zischte ich. „Rede endlich, Shin-Cho."

Shin-Cho rollte die ungeöffnete Coladose zwischen seinen Händen hin und her, wischte die Feuchtigkeit vom Aluminium. „Ähm ... ich war ... neunzehn? Zwanzig? Genau weiß ich es nicht mehr. Es war in der Weihnachtszeit, um meinen Geburtstag herum."

„Moment – amerikanisch neunzehn oder koreanisch neunzehn?" Koreaner zählten von ihrer Geburt an, nicht ab dem ersten Jahr. Es brachte mich manchmal durcheinander, wenn ich mit Jae-Min oder seinen Bekannten redete. Einige zählten auf die koreanische Weise und fügten ihrem Alter ein Jahr hinzu. Wäre ich Barbesitzer in Koreatown gewesen, hätten mich die Alterskontrollen nach spätestens einer Woche zur Verzweiflung getrieben.

„Äh, *Man-nai* ... volles Alter. Neunzehn nach westlichem Alter", übersetzte Shin-Cho. „Er hat uns in Gangnam besucht, wegen einer Weihnachtsfeier meiner Mutter. Viele Freunde der Familie sind gekommen."

Es war eine bekannte Geschichte: Ein älterer Mann sprach mithilfe von Alkohol und einigen einstudierten Schmeicheleien einen jüngeren an. Als ich jung gewesen war, hatte ich da selbst einmal angebissen – allerdings hatte ich im Gegensatz zu Shin-Cho kein vollständiges Menü daraus gemacht. Seine feurige Affäre mit Kwon hatte beinahe zwei Jahre überdauert, bis sie in einer spektakulären Auseinandersetzung explodiert war, als Shin-Cho seinen Liebhaber in einem Club in Seoul dabei überrascht hatte, wie er mit einem anderen Mann herummachte.

„Ich dachte, er wäre hier in Los Angeles", Shin-Cho unterdrückte seine Verärgerung, doch sie trieb seine Worte an. „Sang-Min hat mir die Schuld gegeben – ich wäre zu sehr mit meinem Studium beschäftigt und deshalb musste er sich etwas anderes suchen. Dann finde ich heraus, dass er diesem Mann dasselbe gesagt hat. Er hatte uns beide. Vielleicht sogar noch andere. Ich habe mich nie wieder mit ihm verabredet. Ich habe seine Anrufe ignoriert. Dann sagt mir David, dass er Sang-Mins Tochter heiratet und ich dachte: Gott, kann es noch schlimmer werden?"

„Verdammt", fluchte ich leise.

„Ja, verdammt." Er sprach das Wort undeutlich aus, ließ es langsam über seine Zunge rollen. „Jetzt finde ich das mit meinem Vater heraus? Wie soll ich mich fühlen? Was soll ich machen?"

Je frustrierter er wurde, desto schwerer war er zu verstehen. Koreanische Ausdrücke krochen in sein Englisch und nach einigen Worten presste er die kalte

Dose an seine Stirn und schloss die Augen. Ich gönnte ihm einige Sekunden, bevor ich sein Bein antippte.

„Hey, wenn ich dir helfen soll, musst du dich konzentrieren, in Ordnung?" Er öffnete die Augen und starrte mich verständnislos an. „Du musst bei Englisch bleiben, damit ich dich verstehen kann. Kriegst du das hin?"

„Ja", brachte er mit Mühe heraus. Dann schluckte er. „Ja, das geht."

„Gut." Ich schenkte ihm ein möglichst aufmunterndes Lächeln. „Was ist heute passiert? Hat Kwon dich geschlagen?"

„Nach der Probe", sagte Shin-Cho. „Ich dachte, es wäre kein Problem, ihn zu sehen, aber ..."

„Ja. Seinem Ex zu begegnen kann einen ganz schön treffen", stimmte ich voller Mitgefühl zu. „Ihr wart in der St. Brendan Church, oder?"

„Sie ist hübsch", murmelte er. „Myung-Hee ... Helena ... wollte da heiraten. David fand die Idee gut."

„Also was ist zwischen dir und Kwon vorgefallen?"

„*Nuna* hat mir ihr Auto geliehen, damit ich selbst hinfahren konnte. Es war schon ziemlich spät und der Parkplatz war voll, also musste ich ganz am hinteren Ende parken. Als ich mich später bei David verabschiedet habe und zum Auto gegangen bin, ist mir Sang-Min gefolgt." Shin-Cho öffnete endlich seine Coladose und ich befürchtete beinahe eine Schaumfontäne, nachdem er sie so lange malträtiert hatte. „Er hat gelächelt und mich umarmt. Ich habe ihm gesagt, er solle mich loslassen, aber er meinte, es würde keine Rolle mehr spielen, da wir bald eine Familie wären. Niemand würde sich über eine Umarmung wundern. Er weiß, warum meine Familie mich hergeschickt hat. Er sagt, ihm täte leid, dass ich nicht ... vorsichtiger war, aber da ich jetzt wieder in LA bin, könnten wir weitermachen wie vorher." Shin-Cho zischte. „Er hat gesagt, ich würde gut aussehen. Besser als vorher. Und er hat mich angefasst ... als hätte er das Recht dazu. Ich habe ihn von mir gestoßen und gesagt, dass ich nicht mein Vater bin. Dass ich nicht jedes Mal zu ihm zurückkrieche, wenn er mich fallen lässt."

„Fuck", fluchte ich. „Dann weiß er jetzt, dass du die Sache mit ihm und deinem Vater herausgefunden hast. Aber es war wohl nur eine Frage der Zeit. Früher oder später muss ich sowieso mit ihm reden, da ist es wahrscheinlich egal, wenn er es jetzt schon weiß."

„Er hat mich mit seinem Handrücken geschlagen. Er trägt einen Ring. Einen sehr großen. Deshalb wahrscheinlich der Fleck." Er trank einen Schluck Cola und verzog das Gesicht. „Er hat meinen Vater als Hure bezeichnet, jemanden, der mit jedem Mann geschlafen hat und nicht nur mit ihm. Und er hat gesagt, ich würde nicht besser werden als er. Weil ich keine Frau habe ... keine Familie ... Ich würde von Mann zu Mann weitergereicht werden, bis ich zu alt wäre und sie mich satthätten. Dann ist er gegangen."

„Er erzählt Scheiße." Shin-Cho warf mir einen Blick zu, als wäre ich verrückt. „Nur weil du Männer magst, muss das kein schlechtes Leben bedeuten. Sieh dir Scarlet und Seong an."

„Du … du verstehst es nicht, oder?", murmelte Shin-Cho traurig. „Wenn Onkel vor ihr stirbt, bleibt ihr nichts von ihm. Seine Familie wird sie nicht annehmen. Seine Söhne werden nicht für sie sorgen. Sie hat nichts mehr. Und wenn sie als Erste stirbt, hinterlässt sie nichts. Keine Kinder, keine Familie, die sich an sie erinnert. Was auch passiert, nach ihrem Tod ist sie nichts. Es gibt keine Zukunft, für die sie leben kann. *Nuna* hat nichts … und wird zu nichts werden. Ich möchte das nicht. Ich möchte nicht allein und von allen vergessen sterben", knurrte er. „Ich wünsche mir einen Sohn – jemanden, der für mich sorgt, wenn ich alt bin. Ich möchte, dass meine Mutter stolz genug auf mich ist, um mit mir anzugeben. Ich will nicht wie mein Vater sein. Ich *kann* nicht wie mein Vater sein, denn niemand interessiert sich dafür, dass er überhaupt existiert hat. Nur ich."

Es war beinahe halb sieben, als ich einen Schlüssel im Schloss hörte. Beim eiligen Verlassen des Hauses am Morgen war mir nicht viel Zeit für Neko geblieben, weshalb sie mich nach dem Gespräch mit Shin-Cho lautstark begrüßt und nach Futter und Liebe verlangt hatte … was für sie auf dasselbe hinauszulaufen schien. Einige Male um meine Beine zu streichen und eine bedenklich riechende Portion Katzenfutter mit Thunfisch und Ei machten sie so glücklich, dass sie mich in Ruhe duschen ließ. So hatte ich gerade die Dusche verlassen, als Jae nach mir rief.

„Hier oben!" Ich hatte meinen begehbaren Kleiderschrank betreten und betrachtete die Reihe von Klamotten in seinem Innern. Nachdem ich in eine bequeme Unterhose geschlüpft war, machte mich die große Auswahl unentschlossen. „Was soll ich bei dieser Sache bloß anziehen?"

„Etwas Sauberes", murmelte Jae, als er sich näherte. Seine schwarze Jeans brachte seine langen Beine und sein Hinterteil wundervoll zur Geltung, vor allem, als er sich vorbeugte, um ein Paar Halbschuhe auszusuchen. Er reichte sie mir mit einem Paar Socken, bevor er eine schwarze Hose und ein passendes Hemd von ihren Bügeln nahm und mir zuschob. „Zieh dich an."

„Falls die Katze behauptet, ich hätte sie nicht gefüttert, lügt sie." Ich redete mit der Luft. Er hatte das Zimmer bereits wieder verlassen.

Die Schuhe quietschten leicht, als ich die Treppe hinabging, und Jae grinste mir von unten kopfschüttelnd entgegen. „Eigentlich musst du zum Friseur." Er fuhr mit den Fingern durch mein braunes Haar und zupfte an den Spitzen, die meinen Kiefer berührten. „Aber so kann man gut damit spielen."

„Ich habe noch andere Sachen zum Spielen", neckte ich. „Willst du fahren?"

„Meine Ausrüstung ist in meinem Auto." Er zuckte mit den Schultern. „Aber du kannst gerne fahren."

Ich bemühte mich, meine Erleichterung zu verbergen. Ich war ganze drei Mal Jaes Beifahrer gewesen und hatte mich nach jeder Fahrt zurückhalten müssen, um nicht aus Dankbarkeit, sie heil überstanden zu haben, den Boden neben dem Explorer zu küssen. Er hatte in Seoul fahren gelernt. Offenbar interessierte sich in Südkorea niemand für Blinker oder Fahrspuren, denn Jae fuhr wie ein betrunkener Schmetterling auf dem Weg zur nächsten vergorenen Blüte.

Nach den ersten drei Häuserblöcken hatte ich Jae-Min über Shin-Cho und seine Begegnung mit Kwon informiert. Seine Antwort war ein verärgerter Seufzer beschwert durch Sorge.

„Sprich Sang-Min nicht darauf an", warnte er. „Das ist nicht einfach ein Hochzeitsessen. Viele Geschäftsmänner werden da sein, es ist eine wichtige Angelegenheit. Mach keinen Ärger."

„Das würde mir nie einfallen", versprach ich. „Darf ich ihm wenigstens böse Blicke zuwerfen?"

„Nein", gab Jae zurück. „Tu ausnahmsweise so, als wärst du ein richtiger Japaner, nicke und lächle. Du solltest dir ein Gesicht für die Öffentlichkeit angewöhnen. *Aish*, ich weiß nicht, warum ich es überhaupt versuche. Es ist, als wollte ich einem Fisch beibringen, Milch zu trinken."

„Ich habe es doch versprochen." Ich war klug genug, das Thema zu wechseln. „Warst du schon mal da?"

Wir befanden uns auf dem Weg in die Hills, geführt vom Gezwitscher des Navigationsgeräts. Der Verkehr auf der 101 floss überraschend zügig. Solange der Santa Monica Boulevard nicht völlig verstopft war, würden wir deutlich vor acht Uhr ankommen. Der Explorer klapperte leise, als ich die Spur wechselte, woraufhin ich mir vornahm, seine Front überprüfen zu lassen.

„Zweimal", antwortete Jae. „Ich habe bei der Abschlussfeier ihres Sohns nach dem College und bei ihrem letzten Hochzeitstagsessen fotografiert. Sie zahlen pünktlich."

Von Jae war das ein großes Lob. Er hasste es, seinem Geld hinterherzulaufen. Beim Thema Geld fiel mir unsere Diskussion vom Morgen ein und ich räusperte mich, um Jaes Aufmerksamkeit vom Fenster auf mich zu lenken.

„Du weißt, dass ich dir helfen würde …"

„Nein." Er ließ mich nicht einmal den einen Satz beenden, bevor er mir ins Wort fiel. Keine Diskussion. Kein Zögern. Lediglich ein entschlossenes *Nein*.

„Können wir wenigstens über die Möglichkeit reden, falls es mal um etwas Wichtiges geht?" Ich überholte einen Sattelschlepper, wobei ich nach wie vor unzufrieden mit der Lenkung war. Verglichen mit meinem Rover kam es mir vor, als manövrierte ich ein Boot durch Sand. „Ich meine es ernst. Ich würde mich besser fühlen, wenn ich wüsste, dass du im Notfall zu mir kämst. Zumindest für einen Kredit."

Seine Zimt-Honig-Augen musterten mich so eindringlich, dass ich nervös in meinem Sitz herumrutschte. Dann brummte Jae und sein Mund verzog sich leicht angewidert, als er sich wieder dem Fenster zuwandte. Nach einigen Sekunden sagte er widerstrebend: „Nur als Kredit. Und wirklich *nur* im Notfall."

„Mehr verlange ich nicht." Ich hatte nie zuvor jemanden darum anflehen müssen, Geld von mir anzunehmen. Ganz sicher nicht Rick oder Ben, die nichts dagegen gehabt hatten, mich für ein Essen bezahlen zu lassen. Selbst Claudia, die es nicht mochte, wenn zu viel Geld ausgegeben wurde, nahm eine Gehaltszulage dankend an.

Seine Antwort war einer der wortlosen Laute, mit denen er sich mit Scarlet verständigte. Ich sagte nichts, da ich nicht wusste, ob er tatsächlich zustimmte oder mir nur etwas vormachte, um mich zu beruhigen.

Den Rest der Fahrt verbrachten wir schweigend. Auf den Straßen war weiterhin recht wenig Verkehr, selbst als wir die Hills erreichten, wo die Straßen auf zwei Spuren reduziert waren und von massigen Geländefahrzeugen und Sportwagen dominiert wurden. Ich hätte die Einfahrt zum Haus beinahe verpasst, doch Jae zeigte mir, wo ich hinter einem ausladenden Weidenbaum abbiegen musste.

Für das Gebäude vor uns war das Wort *Haus* kaum ausreichend. Es wirkte wie ein Ort, an dem selbst der Hund seine eigene Suite mit Whirlpool, Wellness-Center und Unterkünften für das Personal besaß. Die Größe des Hauses und die cremefarbenen Steinwände waren eine höfliche Hommage auf ein französisches Chateau, abgerundet durch zwei Türme und ein Schrägdach aus blauem Schiefer. Am kreisförmigen Ende der Auffahrt wartete ein Bediensteter darauf, uns den Explorer abzunehmen und an einem unbekannten Ort zu parken. Das Gelände strotzte vor in Form von Wassertropfen gestutzten Ziersträuchern und der grüne Rasen hätte jeden Golfplatz neidisch gemacht.

Bei diesem Anblick fragte ich mich, womit Kwon wirklich sein Geld verdiente – denn man schien damit eine Menge zu verdienen.

„Wir können durchs Haus gehen." Jae war bereits ausgestiegen und nahm seine Ausrüstung von der Rückbank. Mit einer Tasche über der Schulter wartete er, bis ich mich aus dem Sicherheitsgurt befreit hatte, bevor er auf die breiten Stufen vor dem Eingang zusteuerte. Die Tür öffnete sich, bevor er klopfen konnte und ich folgte ihm mit der zweiten Tasche und einem Stativ. Als die Narben an meiner Seite protestierten, verlagerte ich das Gewicht der Tasche, um die an meinem Brustkorb heraufkriechenden Schmerzen zu lindern.

Mir blieb nicht viel Zeit, die Einrichtung zu bewundern. Jae eilte mit mir durch mehrere Räume, die einen vagen Eindruck von weißen und gelben Wänden, hellen Möbeln und einer endlosen Reihe von Fenstern hinterließen, bis uns eine kurze Steintreppe zu einer gepflasterten Terrasse führte, die beinahe die Größe eines olympischen Schwimmbeckens hatte. Ein echter Pool befand sich dahinter, umgeben von natürlich wirkenden Felsen mit mehreren Wasserfällen und wegen der Feier beleuchtet.

Jae ging auf einen kleinen Tisch hinter dem langen Büfett zu, wobei er den Caterern ausweichen musste, die Dosen mit Brennpaste unter Warmhalteplatten entzündeten. Die Terrasse war mit weißen Papierlaternen geschmückt worden, die einen Halbkreis aus Tischen gegenüber dem Büfett umgaben. Ein Streichquartett stimmte seine Instrumente, wobei es jedoch beinahe von der Stimme eines Mannes hinter der Bar übertönt wurde, der laut nach Limetten und Zuckersirup verlangte. Die Terrasse schien für etwa fünfzig Personen vorbereitet zu sein.

„Verdammt, wie viele Gäste sind zur Hochzeit eingeladen, wenn heute schon so viele kommen?", fragte ich Jae flüsternd.

„Dreihundert, glaube ich. Aber der Empfang wird größer. Da gibt es noch mehr Gäste." Jae reichte mir einen kleinen tragbaren Scheinwerfer und eine gefaltete Hülle mit Speicherkarten. Die Birne wurde von weißem Stoff abgeschirmt, um das Licht zu zerstreuen und ich hielt still, als Jae den Batteriesatz für den Scheinwerfer an meinem Gürtel befestigte. „Schalte ihn nicht ein, bevor ich es sage. Und entferne nicht den Schirm."

„Verstanden." Es war mir einmal passiert, als ich in meinem Wohnzimmer damit herumgespielt hatte. Erst nach über einer halben Stunde hatten meine Mitmenschen aufgehört, wie Jesus auszusehen, und ihren Heiligenschein verloren. „Keine Lasershow. Aber sag mir Bescheid, wenn Scarlet hier ist. Ich will sie fragen, ob Shin-Cho mit ihr geredet hat."

„Sie kommt doch nicht, *Agi*." Jae wandte kurz den Blick ab. Er hatte mich versehentlich in der Öffentlichkeit *Agi* genannt. Ich gab vor, es nicht zu bemerken. „Sie … es ist kein Ort für sie. Es ist ein Ort für Ehefrauen … nicht für Geliebte. *Hyung* wird allein kommen."

„Das ist scheiße", murmelte ich, doch Jae hatte sich bereits entfernt und richtete seine Aufmerksamkeit auf das Streichquartett.

Allmählich füllte sich die Terrasse mit Menschen. Bei den Gästen handelte es sich hauptsächlich um Koreaner mit einem Hang zu schimmernden Kleidern und maßgeschneiderten Anzügen. Die Frauen schienen süchtig nach Glitzer und Pailletten zu sein – oder es hatte einen Räumungsverkauf in einer Strassfabrik gegeben. Ich machte mir beinahe Sorgen um Jaes Augen. Eine falsche Bewegung und das Aufblitzen würde seine Netzhaut versengen.

Eine schmalgesichtige koreanische Frau in einem Etuikleid aus goldener Seide ging eilig auf Jae zu und berührte seinen Arm, als sie ihm etwas zuflüsterte. Sie war so zurechtgemacht, dass es mir schwerfiel, ihr genaues Alter zu schätzen: nicht mehr in den zwanziger Jahren, jedoch noch vor der Fünfzig. Ihre hohen Absätze brachten sie auf die Höhe von Jaes Schulter und sahen schmerzhaft aus, doch sie schwebte mit ihnen über den Boden, als bewegte sie sich täglich auf Giraffenbeinen. Scarlet trug ebenfalls oft solche Schuhe. Ich hätte niemals eine Frau sein können. Meine Füße schrien schon beim Zusehen vor Schmerzen. Jae legte den Kopf schräg und hörte ihr zu, bis er schließlich nickte und sich flüchtig verbeugte, während sie uns ein letztes Mal zulächelte und davoneilte, um ankommende Gäste zu begrüßen.

„Die Mutter der Braut?", riet ich, als ich mich ihm näherte. Niemand entging ihrem aufmerksamen Blick und sie lächelte jedem Neuankömmling herzlich zu.

„Sie heißt Choi Eun-hee", antwortete Jae, der mit ruhiger Hand ein junges Paar neben einem der Tische fotografierte. Die Frau berührte das Blumengesteck auf dem Tisch und strich mit dem Finger über eine Rosenblüte, während sie sich mit dem Mann an ihrem Arm über etwas beriet. „Und ja, sie ist die Mutter der Braut. Sie wollte uns daran erinnern, etwas zu essen. Ich habe ihr versichert, dass wir es später tun, wenn getanzt wird."

„Hat sie wieder geheiratet?" Jae hob den Kopf und sah mich mit einem verwirrten Stirnrunzeln an. „Weil ihr Nachname Choi ist, nicht Kwon."

„Koreanische Frauen nehmen normalerweise nicht den Namen ihres Mannes an, schon vergessen?" Er machte sich wieder daran, die Gäste zu verfolgen und ich musste mich beeilen, um mit ihm Schritt halten zu können. „Du kannst sie Mrs. Kwon nennen, aber Dr. Choi wäre besser."

Ich setzte zu der Frage an, welche Art von Doktor sie war, als mich das gereizte Funkeln in Jaes Augen daran erinnerte, dass er zum Arbeiten hier war. Ich dagegen musste aufpassen, den Überblick zu behalten, was wichtige Personen anging. Diese Menschen waren mit Dae-Hoon verbunden, durch ihr Blut, durch Sex oder, in etwa einem Tag, durch eine Heirat.

Shin-Cho entdeckte mich und kam zu uns, wobei er Jae mit einer kleinen Verbeugung begrüßte. Der rote Fleck auf seiner Wange war kaum zu sehen, doch sein Blick war noch so aufgewühlt wie beim Verlassen meines Hauses. Während Jae mit seiner Ausrüstung beschäftigt war, näherte er sich mir.

„Später kommt mein Bruder. Ich habe ihm erzählt, dass du bei der Sache mit unserem Vater hilfst", sagte Shin-Cho leise. „Er möchte dich kennenlernen."

„Kein Problem", stimmte ich zu. Aus meiner Perspektive schien David eine der wenigen vernünftigen Personen der Familie zu sein. Obwohl ich vielleicht voreingenommen war, weil er seinen Bruder unterstützt hatte, anstatt ihm den Rücken zu kehren.

„Da oben an der Treppe", zischte Shin-Cho plötzlich. „*Das* ist Sang-Min."

Ein großer Koreaner mittleren Alters kam mit geübtem Lächeln die Stufen herunter und legte Dr. Choi eine Hand auf die Schulter. Ich wandte mich ihm etwas zu, um sein Gesicht betrachten zu können. Unter den Fotos hatte sich eins befunden, das Dae-Hoon mit seinem damaligen Liebhaber zeigte. Trotz der langen Zeit war Kwon Sang-Min leicht wiederzuerkennen. Der attraktive, gefasst wirkende junge Mann in den Zwanzigern war zu einem gut aussehenden, eleganten Geschäftsmann geworden. Er ließ seinen Blick über die Menge schweifen und winkte einzelnen Personen auf der Terrasse zu.

Als er Shin-Cho entdeckte, nickte er ihm langsam zu, eine arrogante, herablassende Geste, die für ihn so natürlich wie Atmen zu sein schien. Der Hauch eines hämischen Lächelns zierte seinen Mundwinkel; an Shin-Cho gerichteter

Spott. Dann fiel sein Blick auf Jae und ich sah intensives Interesse in seinem Gesicht aufflackern, bevor es sich wieder in die ruhige Maske verwandelte.

Ja, der Mann war schwul. Kein Mann sah sich den Arsch eines anderen so an, wenn er ihn nicht gern ausprobiert hätte.

Ich hätte Kwon gern eine reingehauen. Mehrmals. Bis dieses künstliche Lächeln aus seinem Gesicht verschwunden war.

„Cole-ah, ich brauche bald eine neue Karte", rief Jae.

„Wir sehen uns später, Shin-Cho. Jetzt muss ich mich an die Arbeit machen, bevor Jae mich umbringt." Ich eilte an Jaes Seite. Als die Gäste auf der Terrasse plötzlich applaudierten, drehte ich mich um und erstarrte. Jae nahm mir die Karte aus der Hand und ignorierte meinen offenen Mund und meine weit aufgerissenen Augen.

Die Braut, Helena Kwon, sah ihrem Vater ähnlicher als ihrer Mutter. Sie besaß seine eleganten Gesichtszüge, doch ihre vollen Lippen und ihr dreieckiges Kinn machten sie weicher. Ihr schlanker Körper war in ein blutrotes Cocktailkleid gehüllt und ihre Diamantarmbänder funkelten im Licht, warfen Regenbögen auf die Menge. Der junge Mann an ihrer Seite hielt sich etwas im Hintergrund und ließ die Braut ihren Augenblick im Mittelpunkt genießen, bis sie sich suchend zu ihrem Bräutigam umschaute und eine Hand zu ihm ausstreckte.

Er trat aus den Schatten, legte seine Finger um die seiner zukünftigen Frau und lächelte herzlich, wesentlich herzlicher als Kwon. Nachdem er der Menge zugewinkt hatte, verbeugte er sich vor Helena und bot ihr galant seinen Arm an, woraufhin sie lieblich lachte. Als das Licht auf sein Gesicht fiel, stockte mir kurz der Atem. Ich warf einen Seitenblick auf Kwon. Er wirkte trotz des breiten Lächelns angespannt und seine Augen wirkten kühl, von einem bitteren, ernsten Blick verdunkelt.

Ich konnte seine Reaktion nachvollziehen. Selbst nachdem er Davids Gesicht unzählige Male gesehen hatte, musste es ihn noch immer schockieren. Mich schockierte es jedenfalls bis in die Zehenspitzen. Es war, als wäre der Dae-Hoon aus Scarlets Fotos zum Leben erwacht. David, der zukünftige Mann seiner Tochter, war das Ebenbild seines verschwundenen Vaters Dae-Hoon. Und Kwons lüsternem Blick nach zu urteilen, war Shin-Cho nicht der Einzige der Park-Brüder, mit dem Kwon es treiben wollte.

6

„Fuck." Ich stieß einen leisen Pfiff aus, woraufhin mich Jae mit der Schulter anstieß und mich vorwurfsvoll ansah. „Entschuldige."

David Parks Ähnlichkeit mit seinem Vater war bemerkenswert. Es mochte kleine Unterschiede geben, doch ich kannte Dae-Hoons Gesicht nicht gut genug, um sie zu sehen. Obwohl ich Dae-Hoon nur etwa eine Stunde lang auf Fotos betrachtet hatte, lief es mir bei Davids Anblick eiskalt den Rücken herunter. Kwon musste in Panik geraten sein, als er den Sohn seines ehemaligen Geliebten gesehen hatte. Ich konnte mir nicht vorstellen, was er davon hielt, dass David seine Tochter heiratete.

„Komm", sagte Jae. „Ich brauche Fotos von David und Helena."

Ich blieb dicht hinter ihm und schaltete das Licht ein, wenn er es mir sagte. Wir verfolgten das Paar wie ungeschickte Stalker mit einem Scheinwerfer, während die zwei lächelnd ihren Gästen zuwinkten, glücklich und verliebt.

Und Kwon war die ganze Zeit in der Nähe, umkreiste uns wie ein Hai einen Schwarm kleiner Fische.

Es war interessant, Jae bei seiner Arbeit zu beobachten. Er bewegte sich auf einem schmalen Grat zwischen unauffälligem Fotografieren und dem Zusammentreiben von Menschen für eine gelungene Aufnahme. Gemeinsam schlichen wir um die Gäste herum: Jae anmutig, als er zwischen Menschen hindurchglitt, während ich ihm schwerfällig hinterherstapfte.

Einmal standen die Park-Brüder zusammen da und hatten einander einen Arm um die Schultern gelegt. Beide ähnelten ihrem Vater – Shin-Cho etwas weniger, doch sein Lächeln war dasselbe. Ich fragte mich kurz, ob Mike und ich so lächelten, wenn wir zusammen waren. Ich bezweifelte es. Unsere Bruderliebe drückte sich eher durch einen Faustschlag gegen die Schulter als durch Umarmungen aus.

Einige Sekunden danach verloren wir Shin-Cho in der Menge, allerdings nicht, bevor er mir noch einmal zittrig zugelächelt hatte. Trotz der vielen Menschen war nicht zu übersehen, dass er bis auf wenige Ausnahmen von fast allen gemieden wurde. Ich fühlte mit ihm, erst recht als ich Kwon in seiner Nähe bemerkte, der Hände schüttelte und Glückwünsche für die Hochzeit seiner Tochter entgegennahm, während sein Blick entweder auf David oder Jae-Min ruhte.

Shin-Cho ignorierte er gekonnt, überging ihn schlicht mit seinem Blick, als wäre er nichts als ein Schatten.

So sehr es mich auch ärgerte, dass Kwon in Gegenwart seiner Frau heimlich meinen Freund begaffte, war es ziemlich lustig, wie sein Blick zwischen ihm und David hin und her wanderte, als wäre er Zuschauer bei einem Tischtennisspiel.

Allerdings nicht so lustig, dass ich ihm aus dem Weg ging, als er sich schließlich Jae näherte.

„Entschuldigung", sagte ich und stieß mit der Schulter gegen seine, als er an mir vorbeigehen wollte. Es war ein simples und lächerliches Spiel, das zwischen Männern gespielt wurde, die sich für denselben Menschen interessierten. Er sah mich an, musterte mich mit einem verärgerten Funkeln in den Augen von Kopf bis Fuß, als hätte er mich am liebsten angezündet. Ich blieb still stehen und ließ mein Lächeln einen Hauch höhnischer werden.

Aus seiner Sicht besaß er den Vorteil von Reichtum, Einfluss und Kultiviertheit, obwohl ich größer und ziemlich sicher durchtrainierter war. Ein Wort von ihm und Jae konnte sämtliche Kunden verlieren. Es war ein Risiko, ihn in seinem Terrain herauszufordern. Ich war bereit, es einzugehen. Bis zu meiner Begegnung mit Jae hatte ich wegen Rick und Ben in einer bitteren Suppe aus Selbstmitleid gebadet. Auch wenn ich mich noch nicht hundertprozentig daraus befreit hatte, war ich nicht bereit, Kwon die Gelegenheit zu geben, sich hineinzudrängen. Meiner Ansicht nach hatte ich mehr zu verlieren als er. Wesentlich mehr.

Kwon sagte etwas auf Koreanisch, doch ich schüttelte lächelnd den Kopf, da ich ihn nicht verstand. Er lächelte ebenfalls, ein über seine Lippen kriechendes Grinsen, das ihn mir nicht sympathischer machte. Langsam wiederholte er die Worte auf Englisch, als könnte ich dabei ebenfalls Verständnisprobleme haben. „Kennen wir uns?"

„Nein, noch nicht", antwortete ich leise. Weiterhin lächelnd reichte ich ihm meine freie Hand. „Ich gehöre zu Kim Jae-Min, dem Fotografen. Wir sind Freunde von Scarlet. Schade, dass sie heute nicht kommen konnte. Sie hätte sicher gern Dae-Hoons Sohn gesehen."

Es war eine meisterhafte Manipulation des Gesprächs. Ich war ziemlich stolz darauf, weil mir das selten gelang. Meine Worte zeigten unterschiedliche Wirkungen, erst steifer werdende Schultern und ein versteinertes Gesicht, als ich Scarlet erwähnte, gefolgt von einem überraschenden Hauch von Angst in seinem kühlen Blick. Schnell hatte er sich wieder gefasst, doch sein Körper verriet weiterhin seine Beunruhigung, als er sich hölzern abwandte.

Ich hätte den Augenblick gern länger genossen und hätte es sicher getan, wären da nicht plötzlich die Schüsse gewesen.

Es gab einen Knall, ein kurzes Echo und dann Schreie, laute Schreie gefolgt von angstvollem Kreischen. Der Geruch von Blut versetzte mich in Panik und ich packte Jae, um ihn auf den Boden und unter mich zu ziehen. Die Kamera fiel ihm aus der Hand und landete im Gras. Ich zerrte an einem der Tische und warf ihn auf die Seite, da ich hoffte, die Metalltischplatte würde uns etwas schützen.

Wie bei Schießereien üblich ging alles sehr schnell, sodass keine Zeit für etwas anderes als instinktive Reaktionen blieb.

Und der menschliche Instinkt scheint immer mit Angst anzufangen.

Allerdings hatte ich das Recht, Angst zu haben. Es war nicht lange her, dass ich Jae regungslos und aus einer Schusswunde blutend neben der Leiche eines von seinem Cousin bezahlten Strichers gefunden hatte. Und meine Erfahrungen mit Freunden und Schusswaffen waren davor bereits schlimm genug gewesen. Angst stand ganz oben auf der Liste meiner gottgegebenen Rechte, zusammen mit dem Streben nach Glück und zusätzlichem Käse für meine Carne-asada-Pommes.

„Alles in Ordnung", murmelte Jae mir beruhigend zu. „Mir geht es gut … Ich bin okay, *Agi*."

Ich konnte wieder atmen.

Dennoch bewegten sich meine Hände über seinen Körper, um eine mögliche Verletzung aufzuspüren. Beim Anblick der Blutspritzer auf seinem Wangenknochen wurde mir kalt ums Herz und ich verschmierte sie mit dem Daumen zu zittrigen Streifen, als ich eine Hand an seinen Hinterkopf legte und ihn an meine Brust zog, um darauf zu warten, dass mein Herz wieder schlug, wieder in seinen Rhythmus fand … wieder etwas fühlte. Die Angst drang mit ihrer Kälte bis in meine Knochen und ich konnte nicht verhindern, dass meine Finger zitterten, als ich ihm damit durchs Haar streichelte.

Selbst hinter dem Tisch verborgen fühlte ich mich entblößt, doch er lag ruhig unter mir und ließ es geschehen, als ich eine Hand auf seine Brust presste. Ich musste einfach sein Herz spüren, musste fühlen, wie es unter meinen Fingern schlug.

Offenbar wirkte ich verrückt vor Angst, denn er legte mir seine Hände an die Wangen und ignorierte all seine Regeln und Sorgen bezüglich seines Verhaltens in der Öffentlichkeit.

„*Agi*, mir geht es gut", wiederholte er mit diesem heiseren Murmeln, das mich von innen her wärmte. „Aber wir müssen helfen. Ich glaube, Helena ist verletzt. Ich habe Blut gesehen. Und vielleicht David … ich bin nicht sicher."

Um uns herum herrschte Stille, nur durchbrochen von leisem Wimmern und Keuchen. Ich schob mich von Jae und spähte vorsichtig um die Kante der Tischplatte herum. In unserer Nähe kämpfte Kwon mit einem der schlichten Klappstühle, weil sich seine Beine darin verfangen hatten. Andere Gäste hatten Schutz gesucht, wo sie konnten, hauptsächlich hinter Tischen und den Wacholdersträuchern, die in Kübeln die Terrasse umgaben. Einige Meter von uns entfernt lag Helena Kwon in den Armen ihres Verlobten, ihr rotes Kleid beinahe schwarz vor Blut. David wiegte sie, während er seine Hände auf die Wunde in ihrer Seite presste und sich erfolglos bemühte, die Blutung zu stoppen.

Ihre Diamantarmbänder waren jetzt rot verfärbt, so trüb wie ihre ins Leere blickenden Augen. David, in seinem blutgetränkten Hemd, schüttelte sie sanft, als könnte er sie so dazu bringen, bei ihm zu bleiben, bis Hilfe eintraf. Seine Hände waren mit mehr als nur Blut bedeckt. Ein rötlich-grauer Schaum tropfte aus der zerschmetterten Seite ihres Kopfes auf den Ärmel seines Jacketts. Eine dünne, blutige Flüssigkeit rann von seinen Fingern, während er mit bebenden Schultern nach Atem rang. Als er den Kopf hob, richtete sich für den Bruchteil einer Sekunde der Blick seiner vor Angst und Schmerz weit aufgerissenen Augen auf mich, bevor er sich wieder zu seiner Verlobten senkte, darum flehend, dass ich … dass irgendjemand … ihr half.

Es gab niemanden, der Helena Kwon wieder zusammensetzen konnte, doch er war noch nicht bereit, das zu hören. Ich kannte das Gefühl. Nichts tut so weh, wie seine ganze Welt in den eigenen Händen zerfallen zu sehen. Nichts.

JAE UND ich wurden von den Polizisten getrennt, als diese eintrafen. Ein Team aus Sanitätern untersuchte die anderen Gäste. Insgesamt waren fünf Schüsse gefallen. Zwei Kugeln hatten Helena getroffen, zwei hatten andere Gäste gestreift und die fünfte hatte die Terrasse verfehlt und war von einem der Felsen abgeprallt. Der zuständige Detective, eine ernst wirkende blonde Frau mittleren Alters namens Brookes, interessierte sich sehr für meinen Waffenschein und für die Frage, warum ein Privatdetektiv bei einem Probeessen als Fotoassistent fungierte.

Es war ein Gespräch, das ihr kaum weiterhalf. Ich hatte keine Antworten für sie, abgesehen von der Vermutung, dass der Täter eine Waffe mit Schalldämpfer benutzt hatte und die Schüsse aus dem Haus gekommen waren. Sie quittierte die Informationen mit einem säuerlichen Blick. Ich erwiderte ihn – etwas weniger schneidend, jedoch unmissverständlich genervt.

„Kann ich jetzt gehen?" Ich hatte Jae aus den Augen verloren, als er mit mehreren anderen Gästen durch einige uniformierte Polizisten ins Haus geführt worden war, von denen sich eine erstaunliche Menge am Tatort eingefunden hatte. „Ich muss Jae-Min finden."

„Ich habe Ihre Kontaktdaten." Brookes war nicht begeistert davon, mich gehen zu lassen, deutete aber auf das Haus. „Ich weiß nicht, ob er schon fertig ist. Wenn nicht, können Sie an der Haustür warten. Der Rest des Hauses wird von uns abgesperrt."

Auf dem Weg zum Haus fiel mein Blick auf Shin-Cho, der seinen Bruder tröstete. Ich nickte ihm zu und hoffte, dass mein Gesichtsausdruck ihm mein Mitgefühl vermitteln konnte. David, der auf einem Gartenstuhl saß, während sein Bruder schützend neben ihm stand, wirkte am Boden zerstört. Einige Polizisten standen vor ihnen und stellten Fragen und ich konnte deutlich sehen, dass Shin-Chos Geduld fast am Ende war. Er knurrte dem Mann, der seinen Bruder schonungslos mit Fragen überflutete, einige koreanische Worte zu. Ich musste sie nicht verstehen, um zu wissen, dass er sie gerade ziemlich unhöflich aufgefordert hatte zu verschwinden. Entweder verstanden sie ihn oder ihnen wurde klar, dass sie zu weit gingen, denn als ich die Stufen zur Eingangstür erreichte, hörte ich, wie sie sich entschuldigten.

Ich fand Jae in der großen Eingangshalle, wo er auf einem zerbrechlich wirkenden französischen Stuhl saß und Kaffee aus einem Styroporbecher trank.

Jemand hatte ihm eine graue Anzugjacke mit Nadelstreifen überlassen, die mit an den Seiten herabhängenden Ärmeln über seine Schultern gelegt worden war. Sein Gesicht war frei von Blut, doch auf seinem Hemd befanden sich über der Brust noch feine Sprenkel. Es war erschütternd, zu begreifen, wie dicht er während der Schüsse bei Helena gestanden hatte.

„Alles in Ordnung?" Es war schwer, ihn nicht zu berühren. Ich musste meine Hände in die Taschen stecken, um mich davon abzuhalten, ihn an mich zu ziehen. Er reichte mir nickend den Kaffee. Er war warm und süß, aber nicht der warme, süße Geschmack, den ich jetzt gern in meinem Mund gehabt hätte. „Sind sie mit dir fertig?"

„Ich glaube schon. *Hyung* ist hier irgendwo. Er hat mit den Polizisten geredet, bevor sie mich befragen konnten. Es hat ihnen nicht gefallen."

„Ja, Bullen können sauer werden, wenn man sich zwischen sie und ihre Zeugen stellt", antwortete ich. „Hast du die Jacke von ihm?"

Jae murmelte etwas, das wie *ja* oder vielleicht *Hyung* klang. Theoretisch könnte es auch etwas mit gegrilltem Käse zu tun gehabt haben. Er sah müde aus. Als ich eine Hand unter seinen Arm schob, um ihn sanft auf die Füße zu ziehen, blieb er mit der Schuhspitze am Läufer hängen und stolperte auf mich zu. „Was ist?"

„Lass uns fahren", flüsterte ich ihm ins Ohr. Mir war es egal, ob uns jemand zusah oder ob die Polizisten noch mit ihm reden wollten. Ich wollte Jae nach Hause bringen und seinen Körper und seine Gedanken von allem reinigen. Er wehrte sich erst dagegen und schaute über seine Schulter den Flur hinunter, wo sich vermutlich irgendwo Scarlets Seong und die Polizisten befanden.

Doch ich gab endlich meinem Verlangen nach.

Ich zog Jae an mich, schlang meine Arme um seine Taille und hielt ihn fest, auch als er sich etwas in meinen Armen wand, um sich umschauen zu können.

„Niemand sieht uns zu", flüsterte ich ihm ins Ohr. „Und selbst wenn, sollte es dich ausnahmsweise nicht stören. Nicht jetzt. Nicht nach … so etwas. Erlaube mir einmal, mich um dich zu kümmern, Kim Jae-Min. Sei einfach still und lass uns den Rest deiner Sachen holen, damit ich dich nach Hause bringen kann."

ICH STELLTE das warme Wasser an, zog Jae aus und schob ihn unter die Dusche. Es fiel mir nicht leicht, einen klaren Kopf zu bewahren, während auf dem Weg ins Erdgeschoss der Anblick seines nackten Körpers vor meinem inneren Auge aufblitzte. Unten angekommen steckte ich sein Hemd in eine Mülltüte und knotete sie zu, bevor ich sie in den Eimer warf. Die Katze strich mir um die Beine, doch ich vereitelte ihren Plan, mich zu einem tödlichen Sturz zu bringen, indem ich einen großen Schritt über sie hinweg machte.

Auf dem Ofen stand der Kessel und Jae hatte auf der Arbeitsplatte eine Auswahl von Teedosen aneinandergereiht. Trotzdem entschied ich mich am Ende für eine Flasche Jack Daniels. Nachdem ich außerdem zwei Dosen kalte Cola aus dem Kühlschrank geholt hatte, kehrte ich zwei Stufen auf einmal nehmend in die erste Etage zurück. Oben versuchte Neko erneut, mich zum Stolpern zu bringen und ich schob sie mit dem Fuß zur Seite, damit sie mir nicht ins Schlafzimmer folgte.

Sie protestierte mit lautem, kläglichem Geschrei, das vor Luftangriffen und Tsunamis warnte, bevor sie sich an mir vorbeizwängte und aufs Bett sprang, um dort weiterzujammern. Sie wollte bei Jae sein ... bei mir ... oder nur das Bett für sich beanspruchen. Jedenfalls war sie bereit, ihren Willen mit riesigem Theater durchzusetzen.

Ich ließ sie an ihrem Platz.

Ich bin nicht immer dumm. Manchmal ist es eben einfacher, wenn man die Katze gewinnen lässt.

Das Wasser rauschte noch, als ich die Flasche und die Dosen auf dem Nachttisch abstellte. Ich schob mich durch die Badezimmertür und sah Jae, der meinen Blick durch die Glastür der Dusche mit schweren Lidern erwiderte. Mit gegen die Wand gestützten Händen und leicht gespreizten Beinen ließ er das Wasser mit voller Kraft auf sich hinunterprasseln. Sein schwarzes Haar klebte an seinem Kopf und fiel nass seinen Nacken hinab.

Er regte sich nicht, als ich die Tür öffnete und mich in die Dusche schob. Er blinzelte nicht einmal, als ich voll bekleidet unter den Wasserstrahl trat und von hinten die Arme um seinen Bauch schlang. So hielt ich ihn fest, während er in meinen Armen zitterte und das Wasser über unsere Körper floss.

Aus irgendeinem Grund machte mich Jae einfach verrückt. Etwas an ihm sorgte dafür, dass ich mich schmerzlich nach ihm sehnte. Beim Anblick seiner langen Beine, schmalen Hüften und breiten Schultern lief mir das Wasser im Mund zusammen. Sein runder, fester Hintern und sein sinnlicher Mund ließen mich steif werden, selbst in den ungünstigsten Momenten. Mein Schwanz interessierte sich nicht für meine Warnungen, dass gerade nicht der richtige Zeitpunkt war, um sich tief in diesen warmen Körper zu schieben, den ich an meine Brust presste. Doch er musste warten. Er würde für immer und ewig warten müssen, wenn es das war, was Jae brauchte.

Nach einiger Zeit gelang es dem Boiler nicht mehr, unseren Forderungen nachzukommen und der Dampf verschwand. Das Wasser war nur noch lauwarm, als Jae seinen Kopf auf meine Schulter fallen ließ, bevor er ihn drehte, um sein Gesicht an meinen Hals zu schmiegen und sich gegen mich zu lehnen. Ich schob einen Arm an ihm vorbei, um das Wasser abzustellen, und öffnete die Tür, damit ich ein Handtuch von der Ablage nehmen konnte.

„Es geht mir gut", versicherte er mir und versuchte, mir das Handtuch abzunehmen. Ich schob seine Hände zur Seite.

„Lass mich das machen", schimpfte ich sanft. Er senkte den Kopf, wodurch seine Augen fast vollkommen durch seine Haare verdeckt wurden, die nass und lang über seine Wangenknochen fielen. Ich legte meine Finger unter sein Kinn, damit er den Kopf hob. „Lass mich das tun."

Dann rubbelte ich ihn mit dem weichen Badetuch ab, ließ mir Zeit mit seinen Händen und Füßen. Vorsichtig arbeitete ich mich zu seinem Schwanz und seinen Hoden vor, wog sie sanft in meiner Hand, als ich sie trocknete. Über seinen Hintern und seinen Oberkörper wanderte ich bis zur Brust und den Schultern hinauf, bis ich bei seinen Haaren angekommen war, die das Handtuch durchnässten. Ich warf es in den Wäschekorb und nahm ein trockenes, das ich um Jaes Hüften schlang.

„Wenn du mich jetzt hochhebst, bringe ich dich um", brummte Jae.

„Meine Schulter tut zu weh, sonst würde ich es machen", brummte ich zurück.

Die Katze hatte unser Bett vorgewärmt und ich schob Jae zu ihr auf die Matratze. Da die Cola noch kalt genug war, öffnete ich eine Dose, um sie Jae zu reichen. Als ich den Jack Daniels in die Hand nahm, hoben sich Jaes Mundwinkel zu einem schwachen Lächeln.

Jae trank einen Schluck Cola. „Hast du auch etwas zu essen geholt?"

„Whisky ist doch Essen. Fast wie Haferbrei. Irgendwie", protestierte ich, während ich den schwarzen Deckel aufschraubte. „Ich bin Ire. Wir trinken Whisky, wenn etwas Schlimmes passiert."

„Ich bin Koreaner. Wir essen." Er lehnte sich an mich und hielt mir seine Dose hin. „Aber ich versuche mal, Ire zu sein. Ich glaube nämlich, ich kann jetzt nichts essen."

„Wenn du wirklich irisch wärst, würdest du direkt aus der Flasche trinken und dann so tun, als würdest du mit der Cola nachspülen." Ich goss einen kleinen Schluck Whisky in seine Dose. „Aber fangen wir langsam an."

Ich selbst trank aus der Flasche und ließ die Dose auf dem Nachttisch stehen. Der Whisky brannte in meinen Mundwinkeln und ich schluckte, um sein Feuer in meinen Magen zu transportieren. Nachdem ich mich gegen das Kopfende des Bettes gelehnt hatte, hielt ich Jaes Coladose fest, damit er über mein Bein klettern und es sich mit dem Rücken an meiner Brust zwischen meinen Oberschenkeln gemütlich machen konnte. Eine Weile saßen wir einfach stumm da. Meine linke Hand lag auf Jaes Bauch, während ich in der rechten noch die Whiskyflasche hielt. Als Jae seine Dose geleert hatte, nahm er mir den Whisky aus der Hand und trank einen Schluck, der ihn zum Keuchen brachte.

„Das ist …" Er hustete heftig. „Ich trinke Soju, aber das hier ist scheußlich."

„Trink weiter, bis er dir schmeckt", schlug ich mit einem Kuss auf seine Schläfe vor. „Dann hört man auf. Außer du willst wirklich irisch sein. Dann musst du weitertrinken, bis du allen Leuten erzählst, dass du sie liebst."

Jae trank einen zweiten Schluck, bevor er mir die Flasche zurückgab. Dann legte er den Kopf nach hinten, um mir ins Gesicht zu sehen, und sagte: „Es war scheiße … was heute passiert ist. Es war wirklich scheiße."

„Ja, das war es", stimmte ich zu. Wie hätte ich das nicht tun können? Wir hatten das Haus verlassen, ohne den Täter oder den Grund für den Mord zu kennen.

Ich wusste bereits aus eigener Erfahrung, wie sich das anfühlte.

Wirklich *verdammt* scheiße.

„Es kommt mir vor …", murmelte Jae leise. „Es kommt mir vor, als hinge alles mit mir zusammen. Die vielen Menschen, die gestorben sind. Als wäre etwas in mir, und wenn ich Menschen berühre, sterben sie. Hyun-Shik. Jin-Sang. Brian. Victoria. Und jetzt Helena. Ich weiß, wie albern es klingt. Ich habe nichts getan. Es ist nur … so viele … in meiner Nähe."

Ich verzichtete darauf, ihm zu sagen, dass es nicht seine Schuld war. Nichts, was ich sagte, würde dieses grauenvolle Gefühl aus seiner Brust verschwinden lassen. Ich konnte ihn nur in den Armen halten, wenn die Albträume kamen.

Das hatte er verdient. Er tat es für mich.

„Weißt du, was mir keine Ruhe lässt?" Die Haut an seinem Bauch war weich und ich streichelte beim Sprechen mit den Fingern über seine Bauchmuskeln. „Warum Helena? Sie war … vierundzwanzig? Fünfundzwanzig? Warum sollte sich jemand die Mühe machen, sie zu töten? Was könnte sie getan haben?"

„Ich weiß es nicht. Sie war … nett?" Jae zuckte mit den Schultern. „Ich habe nicht viel Zeit mit ihr verbracht. Nur ungefähr eine Stunde, als wir darüber geredet haben, welche Fotos sie und David wollten. Sie war nicht sehr … kompliziert."

Aus dem Munde des Königs der Kompliziertheit bedeutete das vermutlich, dass sie ein nettes Mädchen gewesen war, jedoch nicht die Hellste. „Also war es eher David, der die schwierigen Entscheidungen getroffen hat?"

„So sah es aus", sagte er, während er mir die Flasche abnahm. Seine Züge wurden gewagter und er schluckte mit geübter Leichtigkeit. Wenn wir nicht aufpassten, würde die Flasche bald leer sein. „Er ist Anwalt. Ich glaube, er wird für *Hyung* arbeiten."

„Und schon sind wir wieder beim Inzest", brummte ich. „Ihr macht mir ein bisschen Angst. Es ist wie bei einem Syndikat oder einer Sekte. Eine Hand wäscht die andere."

„Was glaubst du, wie ich an die meisten meiner Aufträge komme?" Er schnaubte leise. „Und es ist ja nicht so, als wären sie Yakuza. Größtenteils sind sie einfach … *Chaebol*." Mein Blick musste beeindruckend verwirrt gewesen sein, denn er verdrehte die Augen. „*Chaebol* … das sind Familien … reiche Familien. Was ist das Wort dafür? Dynastien, vielleicht. Sie heiraten untereinander und haben ihre eigenen Regeln. *Hyungs* Familie ist einflussreich. Kwons auch. Jae-Su hätte in San Francisco für *Hyungs* Familie arbeiten können, aber er ist zu …"

Jaes Schulterzucken sagte genug. Sein Bruder war ein Nichtsnutz.

Plötzlich ergaben andere Dinge einen Sinn. Wie Jae mit dreizehn oder vierzehn Jahren zu seinen reicheren Cousins gezogen war, den Kims, nur um von ihnen verstoßen zu werden, als Hyun-Shiks Mutter ihm die Schuld für die Homosexualität ihres Sohnes gab. Er hatte mehr als seinen Wohnort verloren, als

247

er von Hyun-Shik verführt worden war … Er hatte auch die Chance verloren, seine Familie in diese exklusiven Kreise zu erheben.

Es verstärkte meinen Hass auf Jaes Tante noch und ich drückte meine Verärgerung auf meine ganz eigene malerisch-philosophische Weise aus. „Deine Tante hat dich so beschissen. Was für eine verdammte Schlampe."

„Du bist klüger, wenn du betrunken bist", sagte Jae mit leicht schwerer Zunge. Ich musste grinsen. „Hast du das alles jetzt erst verstanden?"

„Du hast gerade erst diese ganze … *Schnabel*-Sache erklärt. Jetzt ergibt alles einen Sinn."

„*Chaebol*." Er war sehr geduldig mit mir, vor allem, wenn ich seine Sprache massakrierte. „Aber der Mord an Helena ist trotzdem nicht verständlicher."

„Jemand hasst die Kwon … Familiensache?", schlug ich vor. „Stark genug, um … irgendjemanden zu töten?"

„Es wäre wahrscheinlicher, dass jemand *Hyungs* Familie hasst, aber Helena ist gestorben, nicht David. Die Kwons haben viel Geld, aber die Seongs sind einflussreicher … älter … und haben mehr … alles. Oder jemand hat sie umgebracht, um ihn zu verletzen. Aber er ist nicht … David hat in der Familie noch keine sehr hohe Stellung. Er ist zu jung."

„Warte mal, wie hängt das zusammen?" Entweder war der Whisky zu stark für meinen Verstand oder ich hatte etwas nicht begriffen. „Warum spielt Seong hier eine Rolle?"

„Wegen seiner einflussreichen Familie." Jae nahm mir die Flasche aus der Hand, um zu trinken. Da sie mir beinahe aus der Hand gerutscht war, hatte ich nichts dagegen, dass er sie nun festhielt. „Weißt du noch? Davids Mutter ist *Hyungs* Schwester. Sie ist eine Seong. Dae-Hoon ist ein Park. Seine Familie hat Geld, aber nicht so viel wie die Seongs."

„Also hat Dae-Hoon in die Seong … *Chaebol* eingeheiratet …" Ich versuchte mich noch einmal an dem Wort. Es konnte nicht allzu schlimm geklungen haben, denn das Augenrollen hielt sich in Grenzen. Ich richtete mich auf, plötzlich wesentlich nüchterner, als mir lieb war. Jae gab ein Brummen von sich, als ich ihn so plötzlich nach vorn schob, und ein zweites, als ich nach meinem Notizbuch griff, um meine Gedanken niederzuschreiben. „Und seine Söhne … Wenn Dae-Hoon noch da gewesen wäre, hätte ihre Verbindung zu ihm sie … beschmutzt, oder?"

„Ja, aber Dae-Hoon ist seit Jahren verschwunden und sie wurden von den Seongs aufgezogen." Er runzelte die Stirn. „Shin-Cho und David wurden nicht durch Dae-Hoons Vergangenheit beeinflusst. Na ja, zumindest bis Shin-Cho … Er hat sich dumm verhalten. Jetzt reden die Leute wieder über Dae-Hoon und sagen, seine Söhne wären wie er. Und es könnte sich auch auf David auswirken, weil er zu seinem Bruder gehalten hat."

„Ich wette, das ist es", sagte ich. „Du sagst immer, die Familie ist für euch alles. Das müsste auch für jemanden wie Dae-Hoon gelten. Ich glaube nicht, dass er gestorben ist, Jae."

„Was ist dann passiert?"

„Ich glaube, er ist fortgegangen", sagte ich mit einem Kuss auf Jaes Nasenspitze. „Sie hätten ihm dasselbe angetan wie dir ... wie deiner Familie. Vielleicht wollte er das nicht riskieren. Du hast mir einmal erklärt, dass Koreaner für die Generationen nach ihnen leben. Da ist es verständlich, dass Dae-Hoon seinen Kindern so etwas nicht antun wollte. Es wäre für ihn zu schlimm gewesen, seine Söhne so leiden zu sehen. Ich habe Fotos von ihm mit den beiden gesehen. Er hat sie geliebt. Also glaube ich, er ist fortgegangen, damit sie leben konnten, ohne von seiner ... Schande beeinträchtigt zu werden."

Ich zog Jae an mich, was die Flasche Jack Daniels, die er noch in der Hand hielt, zum Schwanken brachte. Er protestierte ein wenig und knurrte, als ich ihm die Flasche abnahm und sie mit meinem Notizbuch auf den Nachttisch beförderte. Dann rollte ich ihn auf den Rücken, damit ich mich ausstrecken und seinen Körper mit meinem zudecken, unter meinem gefangen nehmen konnte.

„Ich glaube, Dae-Hoon könnte noch am Leben sein, *Agi*." Ich küsste ihn, schmeckte den Whisky auf seiner Zunge. „Auch wenn David seine Verlobte verloren hat, kann ich ihm vielleicht seinen Vater zurückgeben. Ich muss nur herausfinden, wo ich suchen soll."

7

LOS ANGELES die Stadt der Engel zu nennen, war ein einziger Witz, was vor allem die armen Narren zu spüren bekamen, die sich zu den morgendlichen Stoßzeiten dem Verkehr des Dreiecks zwischen der 110, 10 und 101 stellten. Es war, als hätte Satan die Stadt betrachtet und sich gesagt: *Was soll's, ich war doch mal ein Engel. Ich werde mitten auf diese Stelle pissen und sie zu meiner erklären.*

Und er musste vorher verdammt viel getrunken haben.

Ich hatte Jae an Neko gekuschelt auf meinem Kissen zurückgelassen. Letztendlich hatten wir die Flasche Jack geleert und dann zusammen dagelegen und den Atemzügen des anderen gelauscht. Der Morgen war ein harter Schlag gewesen, vor allem weil ich die Vorhänge vergessen hatte, weshalb mich die Sonne mit ihrer Faust ins Gesicht treffen konnte. Erst nach einigen Schmerztabletten, einer Flasche Wasser und dem Zähneputzen hatte ich mich etwas menschlicher gefühlt als der schmerzhaft pochende Schwamm, der ich beim Aufwachen gewesen war. Den Rest hatten eine Dusche und eine Tasse mit heißem, starkem Kaffee erledigt, bevor ich dankbar für ein Starbucks mit Drive-through in der Nähe meines Hauses hinausgegangen war, um ins Auto des bereits in der Zufahrt wartenden Bobby zu steigen.

Ja, in meiner Nähe gab es auch Cafés, die nicht zu Ketten gehörten – wie zum Beispiel die Ökofreaks gegenüber. Allerdings mied ich diese aus dem einfachen Grund, dass sie im Sommer ärmellose Oberteile trugen, ohne sich die Achseln zu rasieren. Nicht dass ich ein Problem damit hatte, wenn jemand das nicht tat – ich schlief mit Männern, da waren Haare unter den Armen nichts Ungewöhnliches. Ich hatte nur etwas dagegen, wenn sie in die Nähe meines offenen Kaffeebechers kamen.

„Wehe, wir finden in diesem Lagerraum kein pures Gold", beschwerte sich Bobby. In der letzten Viertelstunde hatten wir uns lediglich um Zentimeter vorwärtsbewegt, während wir Abgase und den Puderzucker von Bobbys Minidonuts einatmeten. Nach Jahren als Polizist und einem mit Mitarbeitern geteilten Fahrzeug war er ziemlich immun gegen das Bedürfnis, ein makelloses Auto zu besitzen. Was herunterfiel, wurde schlicht aufgesaugt oder von den Ledersitzen des Pick-ups gewaschen. Dagegen hatte Mike schon Probleme mit der vergessenen Papierhülle eines Strohhalms.

Da ich manchmal durcheinanderbrachte, in wessen Auto ich kleckern durfte, aß ich vorsichtshalber von einer Serviette – womit ich mir skeptische Blicke von Bobby einhandelte.

„Willst du ein Lätzchen, Prinzessin?" Dann brummte er: „In solchen Momenten vermisse ich meine Sirene."

„Lehn dich doch einfach aus dem Fenster und schrei", schlug ich vor. „Ich könnte dir auch in die Eier treten, damit deine Schreie schriller werden."

„Werd bloß nicht frech", warnte Bobby mich mit einem breiten Grinsen. „Trotz deiner Größe hätte ich kein Problem damit, auf den Seitenstreifen zu fahren und dir den Hintern zu versohlen."

„Aber ich bin doch nicht dein Typ", widersprach ich. „Ich befolge zu ungern Anweisungen."

„Stimmt", sagte er gespielt nachdenklich. Dann wurde er ernst. „Wie geht es Jae? Der Kleine hatte ein paar schwere Monate."

Ich hatte Bobby im Drive-through vom Vorfall des Vortags erzählt. Seine erste Frage war gewesen, ob ich Jae danach abgefüllt oder glücklich gefickt hätte. Ich hatte ihn daran erinnern müssen, dass man nicht jedes Problem mit Sex lösen konnte und manchmal eine einfache Umarmung das Richtige war. Daraufhin hatte er mir vorgeworfen, eine Vagina zu besitzen – denn Männer, davon war er überzeugt, lösten so ziemlich jedes Problem mit Sex.

„Nicht so schwer wie Helena und David." Shin-Cho gehörte ebenfalls auf diese Liste. Er verbrachte sicher viel Zeit damit, seinem Bruder beizustehen. Wenigstens lenkte ihn das von Kwon ab. „Verdammt, ich weiß einfach nicht, was ich Jae sagen soll. Er hat diese Schuldgefühle, weil um ihn herum so viele Menschen sterben. Ich weiß nicht, was ich sagen kann, um das zu ändern."

„Tja, wenn dir etwas einfällt, verrat es uns, damit wir es *dir* sagen können", antwortete Bobby leise.

Ich schwieg. Die letzten Monate waren auch für mich schwer gewesen. Ich kämpfte noch immer mit Schuldgefühlen wegen Ricks Tod und wegen meiner wachsenden Zuneigung zu Jae-Min. Im Augenblick hatte ich ungefähr genauso viele Antworten wie David Park.

„Du mischst dich nicht in dieses Chaos ein, oder?", fragte Bobby plötzlich. „Mit dem ermordeten Mädchen, meine ich."

„Ich halte mich so gut wie möglich davon fern. Die Polizei kümmert sich darum. Was könnte ich schon tun?" Ich dachte über einen weiteren Minidonut nach. „Guck mal, da vorne bewegt sich was."

„Das wurde auch Zeit." Bobby schaltete hoch und warf zum ungefähr fünfzigsten Mal einen Blick auf das Navigationsgerät. „Eine Meile. Nur noch eine verdammte Meile. Die längste meines Lebens."

„Das kann nur jemand sagen, der noch nie bei der Comic Con war."

„Dafür war ich beim Southern Decadence. In dieser Meile hätte ich am liebsten für den Rest meines Lebens festgesteckt", antwortete er mit einem schmutzigen Grinsen.

Für diese letzte Meile bis zur Abfahrt brauchten wir eine weitere Viertelstunde. Es mochte die längste sein, die er je gefahren war, doch ihm dabei zuzuhören machte es auch zu den längsten fünfzehn Minuten, die ich je in seiner Gegenwart verbracht hatte.

Das Lagergebäude befand sich nicht weit vom Freeway und wir bogen auf einen leeren Parkplatz ab. Wie bei den meisten dieser Einrichtungen in Kalifornien benötigte man für den Zugang zum Parkplatz und zum entsprechenden Lagerraum lediglich den Zugangscode und den Schlüssel für das Schloss, mit dem der Mieter sein metallenes Rolltor verriegelt hatte. Der Raum befand sich nicht auf der Außenseite, weshalb wir einige Minuten durch den gemauerten Kaninchenbau irrten, um herauszufinden, wo Scarlet Dae-Hoons Leben verstaut hatte.

„Gut, dass es hier drinnen war. Nach so langer Zeit im Freien wäre es echt ätzend gewesen, das Ding aufzumachen." Bobby besprühte das Schloss mit Grafitpulver und schob mit etwas Mühe den Schlüssel hinein, woraufhin es sich überraschend leicht öffnen ließ. Als ich das Tor hochschob, wandte ich den Kopf ab, um dem aus den Metalllamellen rieselnden Staubschauer auszuweichen. Obwohl die von der Decke baumelnde nackte Glühbirne keinen vertrauenerweckenden Eindruck machte, wurde ich beim Betätigen des Schalters erneut überrascht: Der nur eineinhalb Quadratmeter große Raum wurde von Licht erfüllt.

Es war erstaunlich, wie wenig von Dae-Hoons Leben zurückgeblieben war. Nachdem seine Kleider verschenkt und seine Möbel verkauft oder weitergegeben worden waren, gab es lediglich einige Kisten mit Büchern und persönlichen Gegenständen. Es waren etwa zehn von ähnlicher Größe und mit dem Namen eines Umzugsunternehmens versehen, das seit beinahe neun Jahren nicht mehr existierte. Das Klebeband, mit dem sie verschlossen worden waren, hatte schon lange den Geist aufgegeben und war trotz der guten Belüftung gelb und spröde.

„Lass mich kurz Isolierband aus dem Auto holen", sagte Bobby. „Zieh schon mal Kisten raus, damit ich sie gleich auf den Wagen laden kann. Aber heb nichts Schweres hoch. Deine Schulter ist noch nicht wieder in Ordnung."

Ich bedachte Bobbys Rücken mit einem bösen Blick, begann jedoch, einen Karton zu dem von uns mitgebrachten Handwagen zu ziehen. Meine Schulter schmerzte weniger als die Narben an meinem Oberkörper. Ich streckte mich gerade, um einen Krampf zu verhindern, als sich eine der Deckelklappen löste und öffnete. Neugierig spähte ich durch die Öffnung und erblickte verblüfft einen Stapel Notizbücher. Ich hockte mich neben die Kiste, um das obere herauszunehmen und durchzublättern.

Es war mit koreanischer Schrift in blauer und schwarzer Tinte gefüllt. Hin und wieder war eine Butterbrottüte mit einem alten Foto sorgfältig mit einer Büroklammer an einer Seite befestigt und daneben ein Textabschnitt hervorgehoben oder dick unterstrichen worden. Neugierig löste ich eines der Tütchen und nahm das Foto heraus.

„Mann." Bobby stieß einen Pfiff aus. „Ich hoffe doch sehr, der untere Typ ist dafür alt genug."

Es war schwer zu sagen, wie alt er war, da das Gesicht des jungen Mannes teilweise durch Schatten und sein dunkles Haar verdeckt wurde. Ich vermutete, dass es sich um einen Asiaten handelte, konnte jedoch nicht ganz sicher sein. Die Gesichter der Männer auf dem Schwarz-Weiß-Foto befanden sich irgendwo zwischen Qual und Wonne. Ihre Glieder waren auf eine Weise miteinander verschlungen, die offensichtlich möglich war, deren bloßer Anblick mir jedoch bereits Hüftschmerzen verursachte. Und der Mann, der gerade seinen Schwanz in den jüngeren schob, war eindeutig Koreaner. Obwohl es ein altes Foto war, konnte ich ihn sogar identifizieren: Seong Min-Ho, Scarlets Geliebter.

Das kleine Muttermal unter seinem Auge war dasselbe, genau wie die Konturen seines Mundes. Jetzt mochte sein Gesicht mehr Falten haben, doch der entschlossene Blick war unverkennbar, von einer durchdringenden Intensität, die andere, wenn nötig, einschüchtern konnte. Auf diesem Foto war diese Intensität leicht gedämpft. Er befand sich mitten im Stoß und hatte seine Hand ans Kinn seines Partners gelegt, um ihm einen Daumen in den Mund zu schieben, wodurch der junge Mann noch schwerer zu erkennen war.

Einerseits hoffte ich, dass es sich um Scarlet handelte, nur um ihr den Schmerz zu ersparen, ihren Liebsten beim Sex mit einem anderen Mann sehen zu müssen. Ein anderer Teil von mir hätte am liebsten vorgegeben, es niemals gesehen zu haben – vor allem, wenn es sich tatsächlich um Scarlet handelte. Auf erotische Bilder eines Freundes in seinem Kopf kann man gut verzichten. Ich konnte es jedenfalls ganz sicher.

„Verdammt, es gibt einen ganzen Haufen davon", sagte Bobby leise. „Was hat er getan?"

„Etwas Dummes", antwortete ich. „Laut Jae war Dae-Hoon mit ziemlich einflussreichen Leuten unterwegs – Söhne aus wichtigen koreanischen Familien. Mist, das bringt meine Theorie, dass er noch am Leben ist, ziemlich ins Wanken. Wenn einer von ihnen herausgefunden hat, dass sie von ihm beim Sex mit Männern fotografiert wurden, kann ich mir nicht vorstellen, dass er es überlebt hat, um darüber reden zu können."

„Dann glaubst du, er ist nicht von sich aus verschwunden, sondern jemand hat ihn verschwinden lassen? Tja, dazu hätte nur einer von den Jungs richtig angepisst sein müssen und es wäre Dae-Hoons Ende gewesen." Er blätterte durch ein weiteres Buch und pfiff leise, als er sich die Fotos ansah. „Warum hat er die angelegt? Als Versicherung? Als Sextagebuch? Verdammt, ich will gar nicht wissen, was der Typ auf diesem hier macht."

Das wollte etwas heißen. Es gab nur wenig, was Bobby nicht ausprobiert hätte. Allmählich machte ich mir Sorgen um Scarlet. Möglicherweise hatte sie versehentlich in ein Wespennest gestochen. Falls Dae-Hoons Verschwinden mit diesen Büchern zusammenhing, gefiel es mir nicht, dass Scarlet darin verwickelt war.

„Ich werde Jae um Hilfe bitten", murmelte ich, während ich das Foto wieder in das Tütchen schob. „Warum konnte er nicht auf Englisch schreiben? Ich möchte Jae das nicht lesen lassen."

„Besser Koreanisch als Filipino, dann müsste Scarlet es dir übersetzen", neckte Bobby. „Aber Jae ist ein großer Junge. Wenn es ihm zu viel sein sollte, wird er es sagen."

Ich verzog das Gesicht. „Du hast recht, Koreanisch ist besser. Scarlet möchte ich da nicht reinziehen. Zumindest nicht, bevor wir wissen, worum es überhaupt geht."

„Kleb den Karton wieder zu, damit wir das Zeug zu dir bringen können." Bobby warf mir eine seiner zwei Rollen Isolierband zu. „Je schneller wir hier fertig werden, desto eher können wir uns wieder in diesen verdammten Verkehr stürzen."

Die Kisten passten problemlos auf die niedrige Fläche des Handwagens und ich folgte Bobby, als er sie zum Parkplatz zog. Er hatte die Heckklappe des Pick-ups bereits heruntergelassen und eine Plane und Seile auf der Ladefläche ausgebreitet, damit wir die Kisten sicher befestigen konnten. Als ich mich hinunterbeugte, um eine der kleineren hochzuheben, stieß Bobby mich mit dem Ellbogen an.

„Mann, die ist doch nicht schwer", protestierte ich, als ich sie beinahe fallen ließ. „Was soll das?"

„Sieh jetzt nicht hin ..." Ich verstehe nicht, warum Leute das sagen. Die instinktive Reaktion darauf ist, sich umzudrehen und hinzusehen. Es brachte mir einen Klaps gegen den Hinterkopf ein. „Kannst du nicht einfach mal auf mich hören?", zischte Bobby.

„Wenn ich auf dich hören würde, hätte ich diese Frau angegraben, die du für einen Mann gehalten hast."

„Sie sah wie ein Twink aus. Das kannst du mir nicht vorwerfen", brummte er. „Aber jetzt hör bitte darauf, dass du nicht hinsehen sollst, weil da drüben ein Auto ist ... mit getönten Scheiben. Gleich neben der Einfahrt. Es ist direkt hinter uns angekommen und steht seitdem da."

„Na und? Da möchte wohl jemand einen Lagerraum mieten." Ich zuckte mit den Schultern und schob die Kiste auf die Ladefläche, bevor ich einen unauffälligen Seitenblick auf das Auto warf. Es handelte sich um eine Limousine, deren getönte Scheiben fast so dunkel wie ihr schwarzer Lack waren.

„Das dauert nicht so lange", widersprach Bobby. „Außerdem waren sie schon auf dem Freeway hinter uns. Das Auto ist mir aufgefallen, weil ich mich gefragt habe, warum es bei den zu dunklen Scheiben noch nicht von der Polizei aus dem Verkehr gezogen wurde."

„Warum sollte uns jemand folgen?", fragte ich leise. „Es interessiert niemanden, was wir hier machen – es weiß doch überhaupt niemand, dass ich Dae-Hoons Verschwinden nachgehe. Die wollen hier nur etwas lagern. Sei nicht so paranoid."

„Ich bin nicht paranoid." Er hob einen Karton mit der Aufschrift „Bücher" an, als wäre er mit Luft gefüllt. „Ich bin ehemaliger Polizist. Genau wie du, falls du das nicht mehr weißt."

Bobby war erschreckend stark und seine Armmuskeln hatten die Größe eines Kleinkindes. In seiner Gegenwart verfluchte ich häufig meine Gene und zweifelte an meiner Männlichkeit, vor allem beim Boxen. Dann hatte ich das Bedürfnis, meinen Bruder als Verstärkung mitzuschleifen. Andererseits besaß Mike flinke Fäuste. Wahrscheinlich hätte er mich ebenfalls fertiggemacht und sich dann bei einem Bier mit Bobby verbrüdert.

Wir luden zügig die Kartons und den Handwagen in den Pick-up, bevor wir das Ganze mit der Plane abdeckten. Als wir das Gelände verließen, wagte ich einen weiteren Blick auf die Limousine, die Bobby so beunruhigte. Der Fahrer und Beifahrer wirkten vertraut, zwei ernste asiatische Männer in Anzügen mit Sonnenbrillen. Sie drehten beinahe synchron die Köpfe, um Bobbys Pick-up nachzusehen.

Zu Bobbys Empörung tat ich, was jeder normale Mensch getan hätte.

Ich winkte ihnen zu und lächelte wie ein Idiot.

„Mann, du enttäuschst mich", seufzte er. „Warum nehme ich dich überhaupt noch irgendwohin mit? Jetzt wissen sie, dass wir sie bemerkt haben."

Natürlich folgte uns der Wagen nicht vom Parkplatz. Ich lehnte mich in meinem Sitz zurück und machte mich daran, mit einem der letzten Donuts mehr Puderzucker auf die Fußmatte zu krümeln. Elegant mit dem Donut gestikulierend forderte ich Bobby auf: „Nach Hause, Jeeves. Wir haben Zeug, das durchwühlt werden muss."

„Weißt du", stieß Bobby zwischen zusammengebissenen Zähnen hervor, „je länger ich dich kenne, desto besser verstehe ich, warum Mike dich in eurer Kindheit so oft verprügelt hat."

JAE-MIN WAR wach und trank gerade Kaffee, als ich hinter Bobby und seinem treuen, mit Kisten beladenen Wagen das Haus betrat. Ich küsste Jae und nahm ihm die Kaffeetasse aus der Hand. Er schmeckte leicht nach meiner Pfefferminzzahnpasta. Der Schluck Kaffee aus seiner Tasse schmeckte, als könnte er mehr Zucker vertragen.

„Ich kann immer noch nicht glauben, dass du ihnen *zugewinkt* hast." Bobby war den größten Teil der Fahrt damit beschäftigt gewesen, darüber zu murren, während ich mich stumm daran ergötzt hatte.

„Ich habe es getan, weil sie nicht bemerken sollten, wie ich dabei mit dem Handy ihr Nummernschild fotografiert habe." Ich wedelte damit unter seiner Nase herum. Er murmelte etwas Abfälliges und schnappte sich das Handy. „Ich bin übrigens nicht total dämlich."

„Du benimmst dich so", antwortete Bobby. „Ich telefoniere kurz und frage nach, ob jemand damit etwas für uns rausfinden kann. Hol mir ein Bier, Prinzessin. Nach einem Morgen mit dir brauche ich das."

„Er liebt mich", versicherte ich Jae, der im Türrahmen zwischen Eingangsbereich und Wohnzimmer stand. „Wirklich, ich bereichere sein Leben."

„Hmm." Sein Blick war skeptisch, als wäre er nicht völlig von Bobbys tiefer, beständiger Zuneigung für mich überzeugt.

„Hast du Zeit?", fragte ich, während ich eine der kleineren Kisten ins Wohnzimmer trug. „Ich könnte nämlich deine Hilfe gebrauchen. Dae-Hoon hat einen Haufen Notizbücher hinterlassen, die alle auf Koreanisch geschrieben sind."

„Und die soll ich dir übersetzen." Jae schürzte die Lippen und lehnte sich gegen den Türrahmen. „Dann brauche ich mehr Kaffee. Wird das jetzt immer so sein? Dass du bei jedem Fall etwas Koreanisches hast, das du übersetzt haben willst?"

„Nur bei den Fällen mit Koreanern." Ich hielt ihn am Arm fest, bevor er in die Küche verschwinden konnte. „Hey, aber ich muss dich warnen. Darunter sind einige … Sachen. Fotos. Sexfotos. Ich glaube, einer der Männer ist Scarlets *Hyung*. Wenn du also lieber nicht willst …"

„Cole-ah, ich habe für das Dorthi Ki Seu gearbeitet. Da habe ich Leute, die ich kenne … in vielen Situationen gesehen." Sein Schulterzucken war unbekümmert. „Es wäre also nicht das erste Mal. Ich hole mir jetzt neuen Kaffee, da du ja meinen geklaut hast, und ein Bier für Bobby."

Ich dachte nie daran, wie stark und abgehärtet er war. So gern ich dieses Wissen auch verdrängte, verbarg sein liebliches, hübsches Gesicht einige dunkle Geheimnisse. Jae hatte wesentlich mehr überstanden, als ich mir eingestehen wollte. Es wurde Zeit, dass ich es tat.

Dennoch hätte ich ihn am liebsten in eine schützende Decke gewickelt, damit ihm die Welt nicht mehr schaden konnte. Verdammt, am liebsten hätte ich mich zu ihm gelegt, damit wir uns für immer gemeinsam darunter verstecken konnten.

Es gab zwei Kartons mit Notizbüchern. Diese lud ich als Erstes ab und schob sie für Jae zur Seite. Beim Inhalt der übrigen Kisten schien es sich hauptsächlich um Bücher und persönliche Unterlagen zu handeln – glücklicherweise größtenteils englische, sodass Bobby und ich nicht völlig nutzlos sein würden. Bobby betrat das Wohnzimmer und runzelte die Stirn, als er mich allein neben dem Wagen mit den Kisten sah.

„Wo ist Jae? Müssen wir jemand anderen fragen?"

„Nein, ich glaube, er holt nur etwas zu essen. Er isst gern, während er arbeitet", antwortete ich. „Na ja, zumindest hat er gern etwas Essbares in der Nähe. Auch wenn ich ihn nicht viel davon essen sehe. Meistens bekommt Neko am Ende die fischigen Teile und er stochert im Kimchi herum."

„Das Zeug ist scharf", murmelte Bobby, während er sich auf der schmalen Couch an der Wand niederließ. Ich stand von der Ecke der längeren auf, um Jae mit dem Tablett voller Panchan und Getränken zu helfen, das er hereintrug. „Wo wir schon bei scharf sind ... hallo, Jae."

„Freund", erinnerte ich Bobby. „Meiner."

„Willst du wirklich zulassen, dass er so über dich redet?", neckte er Jae.

„Es ist das erste Mal, dass er mich als seinen Freund bezeichnet", antwortete Jae ruhig. „Ich werde darüber nachdenken müssen."

Unsere Blicke trafen sich. Meiner war vermutlich verwirrt und ein wenig besorgt. Seinen konnte ich nicht deuten. Bis er mir ein kleines Lächeln schenkte. Da lag plötzlich so viel Wärme drin, dass ich ihn trotz Bobbys Anwesenheit am liebsten nach oben gezerrt hätte.

„Konzentration, Prinzessin", sagte Bobby mit einem Klaps auf meinen Oberschenkel. „Spaß haben könnt ihr später. Jetzt müssen wir uns erst mal um das Zeug hier kümmern."

„So leicht bin ich zu durchschauen?", wollte ich wissen.

„Ein blinder Mann auf der anderen Straßenseite könnte dich durchschauen", murmelte Jae und küsste mich, als er neben mir auf dem Sofa Platz nahm. „Dann zeig mal, was ihr da habt."

Bald herrschte im Wohnzimmer Stille, wenn man vom Rascheln umgeblätterter Seiten und dem Knuspern zerkaut werdender Gemüsestücke absah. Bobby hatte ein zweites Bier abgelehnt und stattdessen um eine Cola gebeten. Ich holte mir ebenfalls eine und füllte Jaes Kaffee nach, woraufhin dieser sich mit einem abgelenkten Murmeln bedankte, während er mit gerunzelter Stirn las. Ich hatte ihm einen kleinen schwarzen Notizblock gegeben, falls er etwas aufschreiben wollte, und er benutzte ihn immer wieder, wobei sein Blick zunehmend finsterer wurde, als er die Seite mit Notizen füllte. Als ich einen Blick über seine Schulter warf, stellte ich fest, dass er etwas Koreanisches geschrieben hatte.

„*Das* hilft mir nicht", merkte ich an.

„Ich tippe es dir später auf Englisch ab. Jetzt mach mit deinen eigenen Sachen weiter", brummte er. „Oder geh einfach weg. Das hier ist schwer. Der Slang, den er benutzt, ist alt und ich habe mit manchen Ausdrücken Probleme."

Die Bücher waren nicht besonders hilfreich, obwohl sich in einer Kiste Briefe und Familienfotos zwischen ihnen befanden. Ich legte sie auf einen Stapel für Jae. In einem braunen Hefter befanden sich Rechnungen, die ich durchblätterte, um einen Eindruck von Dae-Hoons finanzieller Situation zu erhalten.

„Mist, sogar die Kontoauszüge sind koreanisch", beschwerte sich Bobby. „Ja, ich weiß, Respekt vor anderen Kulturen und so, aber die Bank liegt an der Wilshire. Wäre Englisch da wirklich so schlimm gewesen?"

„Du hast recht, du bist ein Idiot. Einige sind doch auf Englisch verfasst und außerdem kann man ziemlich leicht erkennen, dass er wesentlich mehr eingenommen als ausgegeben hat." Derselbe Eintrag tauchte im Abstand von zwei Wochen auf den Auszügen auf. „Das sieht wie seine Gehaltszahlung aus. Jae, wer steht da als sein Arbeitgeber?"

„Er hat für Seong-*Hyung* gearbeitet", antwortete Jae, ohne von seinem Notizbuch aufzusehen. „Als Kontaktperson zwischen Kunden und der Botschaft. Das hat *Nuna* erzählt."

„Natürlich", sagte ich. „Moment, hat Scarlet nicht gesagt, er hätte am Ende alles aufgegeben? Sogar seine Arbeit? Um die sechs Monate bevor er verschwunden ist?"

„Ja." Jae klang genervt, als er mich endlich ansah. „Warum?"

„Weil diese Einzahlungen bis zu seinem Verschwinden weitergehen." Ich wedelte mit den Blättern. „Seong hat ihn weiterhin bezahlt, nachdem er nicht mehr sein Angestellter war. Und da sind auch andere Zahlungen – höhere."

„Vielleicht hatte Seong Mitleid mit ihm." Bobby warf einen Blick über meine Schulter und stieß einen Pfiff aus, als er die Summen sah. „Das ist eine Menge Geld für einen arbeitslosen Mann."

„Scheiße, der kleine Mistkerl hat Leute erpresst. Ich kann keinen Auszug für November finden, aber er hatte genug auf seinem Konto, um eine ganze Weile damit auszukommen. Wir müssen herausfinden, was damit passiert ist. Die Söhne könnten es bekommen haben, nachdem er verschwunden ist." Ich lehnte mich mit einem verstimmten Schnauben auf dem Sofa zurück. „Es hätte mir sehr viel besser gefallen, wenn er einer von den Guten gewesen wäre. Wie soll ich jetzt bitte Shin-Cho erklären, dass sein Dad Leute ausgenommen hat?"

„Obwohl man sagen muss, dass er ganz schön viel Mumm hatte." Bobby leerte seine Cola und schnappte sich das letzte Stück Bulgogi. „Also was hat er aufgeschrieben? Erpressernotizen?"

„Nein", antwortete Jae. „Ich bin nicht sicher, aber es sieht aus, als hätte er ein Buch geschrieben … über Homosexualität in Korea. Aber er hat Namen benutzt … echte Namen. Vielleicht wollte er sie später ändern?"

„Eine ziemlich gefährliche Angelegenheit: Schweigegeld annehmen, aber dann alles in einem Buch verraten." Ich durchwühlte die Kontoauszüge, bis ich endlich auf den für November stieß. „Als Dae-Hoon verschwunden ist, hatte er mehrere hunderttausend Dollar auf dem Konto. Was ist daraus geworden?"

„Das sollte leicht herauszufinden sein: Die Bank muss es wissen", antwortete Bobby. „Wir sollten eine Liste mit Personen anlegen, die Dae-Hoons literarische Eskapaden finanziert haben. Das sind die Leute, mit denen wir reden müssen."

„Ja", stimmte ich zu. „Aber erst sollten wir mit Scarlet reden. Ich möchte herausfinden, ob sie etwas von seinen außerplanmäßigen Aktivitäten wusste. Vielleicht möchte sie nicht, dass wir genauer nachforschen."

„Als würde dich das aufhalten", schnaubte Jae.

Ich zog eine Augenbraue hoch und zuckte mit den Schultern. Seine Zweifel waren angebracht: Vermutlich würde ich nicht aufhören. Das Ganze ging mittlerweile über Scarlet hinaus und ich hatte das Gefühl, Shin-Cho die Wahrheit zu schulden … oder zumindest einen Teil der Wahrheit darüber, was aus seinem Vater geworden war. Dae-Hoon hätte das Leben mehrerer mächtiger Männer ruinieren können. Möglicherweise wusste irgendjemand da draußen, was er niedergeschrieben hatte und seine Söhne würden dafür bezahlen müssen, nachdem wir nun den Lagerraum wie die Bundeslade geöffnet hatten.

„Fragen sollten wir trotzdem", antwortete ich. „Aber du hast recht, Babe. Es wird mich nicht aufhalten. Irgendjemand da draußen kennt die Antworten. Wir müssen nur herausfinden, wer es ist."

8

„WIE KONNTE er das tun? Wir ... waren Freunde. Dae-Hoon ...“

Als Privatdetektiv kommt es immer wieder vor, dass man für einen Mann oder eine Frau herausfinden soll, ob sie vom Ehepartner betrogen werden. Bei den Fällen dieser Art, die ich bisher übernommen hatte, konnte ich einem Klienten niemals gute Nachrichten überbringen. Manchmal stritten sie ab, dass die Fotos wirklich ihre bessere Hälfte zeigten. Manchmal suchten sie Ausreden für ihre untreuen Partner – schließlich hätte es sich bei der Person, die ihrem Mann gerade einen blies, um einen lange verschollenen Verwandten handeln können. Und manchmal nahmen sie stumm die Fotos entgegen und weinten, wenn ihre schlimmsten Befürchtungen bestätigt wurden.

Am Ende kommen diese Menschen zu mir, damit ich ihnen etwas beweise, das sie eigentlich bereits wissen – ob nun durch ihr Bauchgefühl oder durch roten Lippenstift auf der Unterwäsche eines schwulen Mannes. Auf einer gewissen Ebene war es dem am Boden zerstörten Partner vorher klar.

Ich wusste nicht, was ich Scarlet jetzt sagen sollte. Wir hatten ihr die Fotos und Notizbücher präsentiert und ihr das Herz gebrochen, die Erinnerung an den jungen Koreaner zerbrochen, der einst ein geliebter Freund gewesen war. Es musste ein fürchterliches Gefühl sein und ich wusste nicht die richtigen Worte, um sie zu trösten.

Nicht einmal Tee konnte ich ihr anbieten.

Ich machte nämlich furchtbaren Tee.

„*Nuna*.“ Jae legte Scarlet einen Arm um die Schultern. „Du hättest es nicht wissen können.“

„Aber *die hier*?“ Sie wedelte mit einigen Fotos unter Jaes Nase herum. „Die ... hat *er* gemacht. Von mir! Und von *Hyung*!“

„Menschen machen Fehler, *Nuna*“, antwortete Jae.

Sie hatte die zweite Phase im Umgang mit einem Treuebruch, nämlich Wut, schneller erreicht als erwartet. Wie alle anderen Gefühle drückte sich ihre Verärgerung auf grenzenlos attraktive Weise aus. Die Neigung ihres Kopfes und der Ausdruck, zu dem sie ihre Lippen verzog, betonten nur ihr fein geschnittenes Gesicht und ihren langen Hals. Ihre Wangenknochen wurden durch eine zunehmende Röte hervorgehoben und ihre dunklen Augen funkelten vor Wut.

Dann ging die Schönheit und Eleganz in Flammen auf, als sie eine Reihe so schneidender und vielfältiger philippinischer Ausdrücke ausstieß, dass sich die Haare auf meinen Eiern vor Angst einrollten, obwohl ich die Sprache nicht verstand.

Sie war aufgesprungen und ging im Raum hin und her, um sich abzureagieren. Jae sah ihr vom Sofa aus zu und schien eine leichte Erheiterung nicht unterdrücken zu können. Es freute mich, dass er das Ganze mit einem gewissen Humor betrachten konnte. Ich selbst dachte eher darüber nach, meine Küchenmesser zu verstecken. Vielleicht auch die Heckenschere, falls ich sie fand.

Ich flüchtete mich hinter meine Bierflasche und setzte mich zu Jae; ein gut durchdachter Schachzug: Sie liebte Jae-Min. Die Wahrscheinlichkeit, dass ein Gegenstand aus meinem Bücherregal in die Richtung seines Kopfes fliegen würde, war extrem gering.

„*Nuna*, ich muss dir ein paar Fragen stellen." Scarlet hielt auf ihrer Runde durch den Raum inne und drehte sich mit nur leicht gedämpfter Wut um. Als sie sich über die Lippen leckte, erwartete ich weitere Flüche, doch sie legte lediglich den Kopf schief und warf mir einen gereizten Blick zu. „Setz dich zu uns. Bitte. Vielleicht können wir etwas mehr Klarheit in die Sache bringen."

Sie wählte das Sofa neben dem, auf das ich mich mit Jae zurückgezogen hatte. Als sie nach ihrem Tee griff, schien sie es sich anders zu überlegen und schnappte sich stattdessen Jaes Bier, um einen kräftigen Schluck zu trinken. Jae und ich tauschten schweigend Blicke. Dann reichte ich ihm meine Bierflasche, da es nicht so aussah, als würde er seine eigene zurückbekommen.

„Hat dir Shin-Cho von seiner Beziehung mit Kwon erzählt?" Das wollte ich als Erstes klären, da Shin-Cho es mir versprochen hatte und sie es für das weitere Gespräch wissen musste. Vor allem, da Kwons schleimig und gierig wirkendes Wesen ihn weit oben auf meine Gründe-für-Dae-Hoons-Verschwinden-Liste setzte.

Scarlet biss sich in die Fingerknöchel, wobei sie etwas Lippenstift auf ihre Finger schmierte, und nickte einmal, während sie Tränen aus den Augen blinzelte. „Ja", sagte sie, nachdem sie ihre Hand auf ihren Schoß gelegt hatte. „Er hat es mir gestern gesagt. Ich wollte mit Sang-Min reden … ihn für alles, was er getan hat, anschreien, aber …" Sie zuckte hilflos mit den Schultern. „Aber nach dem, was gestern Abend passiert ist, schien es nicht mehr so wichtig."

„Weiß *Hyung* über Kwon Bescheid?", fragte Jae und seufzte erleichtert, als Scarlet den Kopf schüttelte. „Gut. Ich glaube, sonst hätte er Sang-Min umgebracht. Ich kann mir nicht vorstellen, dass er ihm durchgehen lassen würde, seinen Neffen verführt zu haben."

„Ich will ganz ehrlich sein, *Nuna*. Es sieht aus, als hätte sich Dae-Hoon für sein Schweigen über schwule Männer bezahlen lassen. Wir müssen noch herausfinden, wen genau er erpresst hat, aber die Liste scheint ziemlich lang zu sein." Ich tippte auf den Stapel Notizbücher. „Jae wird sie uns aufschreiben und dann versuche ich, sie den Kontoauszügen zuzuordnen."

„Ich sollte *Hyung* einfach von Sang-Min erzählen und ihn das erledigen lassen", schnaubte Scarlet. „Wir haben so viele Geheimnisse, Cole-ah. Sie sind zu schwer. Ich sage *Hyung* nichts von Shin-Cho und vielleicht hat er mir nie gesagt, dass er Dae-Hoon Geld gegeben hat wegen dieser … Fotos. Wie lange machen wir so weiter? Wie viel mehr können wir mit uns herumtragen?"

„*Nuna*, wir wissen noch nichts Genaues", sagte Jae. Neko tappte ins Zimmer und sprang auf das Sofa, um zu sehen, ob es auf dem Couchtisch etwas Essbares zum Stehlen gab. „Zumindest nicht über Dae-Hoon. Kwon Sang-Min … Wir wissen genug über ihn, um Shin-Cho von ihm fernzuhalten."

„Ehrlich gesagt hatte ich gehofft, Dae-Hoon wäre noch am Leben", erklärte ich. „Es wäre vorstellbar gewesen, dass er untergetaucht ist, um seinen Söhnen den ganzen … Mist zu ersparen, den er als schwuler Mann abbekommen hätte. Jetzt bin ich nicht mehr sicher. Könnte ihn jemand wegen dieser Sache ermordet haben? Und ich meine nicht nur Seong oder Kwon, sondern jeden, der dir einfällt."

„*Hyung* würde niemals jemanden töten", flüsterte Scarlet. „Darauf würde ich mein Leben verwetten. Jemand anders? Ich weiß es nicht."

„Grace hat Hyun-Shik umgebracht, weil er schwul war", murmelte Jae. Den Tod seines Cousins zu erwähnen, war nicht gerade hilfreich. Es schien Scarlets Angst und Wut nur zu verstärken. „Da kann ich mir vorstellen, dass Dae-Hoons Erpressung jemanden zu einem Mord getrieben hat. Seht doch, wie es Shin-Cho ergangen ist. Dae-Hoon hätte viele Familien zerstören können, wenn etwas herausgekommen wäre."

„Das wird eine meterlange Liste von Verdächtigen." Es würde etwas dauern, die Kontoauszüge den Manuskripten zuzuordnen, doch Jae war bereit, dabei zu helfen. „*Nuna*, fällt dir jemand ein, vor dem Dae-Hoon sich gefürchtet hat?"

„Wenn er noch lebt, dann vor mir", knurrte Scarlet. Als Jae leise etwas Vorwurfsvolles murmelte, seufzte sie. „Es könnte jeder sein, Cole-ah. Die meisten Männer hier … in Los Angeles … sind freiwillig hier. Aber andere … wurden von ihren Familien verstoßen … von ihrer *Chaebol*, weil sie schwul sind oder aus anderen Gründen nicht akzeptiert werden. *Hyung* … er ist freiwillig hier. In Amerika wird er weniger beobachtet, aber gleichzeitig kann er niemals zu einem so hohen Rang in der Familie aufsteigen."

„Warum … bleibt ihr dann hier? Wenn er will …" Ich war immer noch nicht ganz sicher, wie genau eine *Chaebol* funktionierte. Für mich klang es nach Familien, in denen der Genpool flach war und niemand besonders weit darin hinausschwimmen durfte. „Seine Familie hat einen ganzen Haufen Unternehmen, oder?"

„Ja, und andere Beteiligungen", antwortete Scarlet. „In Seoul hätte man von ihm erwartet, in einem von ihnen als Abteilungsleiter oder Vorstandsvorsitzender zu arbeiten. Stattdessen ist er jetzt hier. Die Zweigstelle in Los Angeles ist seine, auch wenn sie weiter mit der Familie verbunden ist. Sein Einfluss in Seoul ist begrenzt, aber hier, unter den Koreanern, ist er groß."

„Und das ist schlecht?" Ich war noch immer verwirrt.

„Verglichen mit allem anderen, was seiner Familie gehört, ist sein Unternehmen hier … klein", erklärte Jae. „Er hat Söhne. *Hyung* bleibt hier, damit seine Söhne am Einfluss der *Chaebol* teilhaben können, nicht nur an seinem. Da ist es für sie besser. Sie haben mehr Möglichkeiten."

„Indem er hierbleibt, weit weg von Seoul, schützt er seine Söhne vor Skandalen ... allen Skandalen", sagte Scarlet leise. „Er schützt seine Söhne vor mir."

„Du bist jemand, auf den er stolz sein sollte." Ich streckte eine Hand aus, um Scarlets zu berühren. Es war schwer, nicht wütend zu sein, zumindest etwas. Kurz ließ ich mich von dem Gefühl durchfluten, bevor ich tief durchatmete. „Ich dachte, alle wissen das mit dir ... und ihm."

„Alle in seinem engeren Kreis wissen es, aber bestimmte ... Grenzen überschreiten wir nicht", antwortete sie. „Und danke. Du bist ein guter Junge, Cole-ah."

„Das Probeessen." Ich atmete geräuschvoll aus. „Jae hat gesagt, das und die Hochzeit wären ein Ort für ... Ehefrauen."

„Es war ... für *Chaebol*", antwortete Scarlet. „Seine Frau ist in Seoul. Wäre sie hier, hätte er sie mitgenommen. Unsere Gesellschaft lässt sich nur begrenzt etwas unter die Nase reiben. Das wissen *Hyung* und ich ... und sind uns einig. Seine Söhne haben von der Führung seines älteren Bruders profitiert. Ihr Onkel wird als die Person mit dem größten Einfluss auf sie wahrgenommen. Auf diese Weise sind sie von möglichen Skandalen, die über *Hyung* hereinbrechen, nicht betroffen."

„So hatte ich mir das bei Dae-Hoon vorgestellt", erklärte ich. „Deshalb dachte ich, er wäre noch am Leben. Jetzt bin ich nicht mehr sicher."

„Wir haben alle unsere Geheimnisse", sagte Scarlet zögernd. „Aber ich kann mir trotzdem nicht vorstellen, dass jemand in meinem Bekanntenkreis so etwas getan haben könnte."

„Es muss ja niemand selbst getan haben. Es gibt Leute, die man anrufen kann, damit sie sich um solche Probleme kümmern. Mord ist nicht gerade eine neue Erfindung", merkte ich an. „Wahrscheinlich gab es ihn schon vor der Entdeckung des Feuers."

„Wie wär's, wenn ich eine Liste der Männer mache und *Nuna* sich ansieht, ob ihr jemand auffällt?", schlug Jae vor. „Dann hätten wir etwas, womit du anfangen könntest."

„Ein paar Leute habe ich schon für den Anfang", sagte ich. „Als Erstes wäre da Kwon. Er hatte am meisten zu verlieren. Außerdem, auch wenn ich es nur ungern sage, müssen wir uns Seong ansehen. Er hatte keinen Grund, Dae-Hoon noch zu bezahlen, nachdem er nicht mehr bei ihm angestellt war."

„Wenn *Hyung* es nicht für seine Neffen getan hat." Jae räusperte sich.

„Die sollte ich ebenfalls auf die Liste setzen." Ich begann, mir die Personen zu notieren, mit denen ich reden wollte. „Wo kann ich Ryeowon finden?"

„Nicht weit von uns. Auf der Van Ness", antwortete Scarlet. „Ryeowon wollte nicht bei uns wohnen. Besser gesagt wollte sie nicht bei *Hyung* bleiben, wenn ich dort bin. Und er hat sich geweigert, mich wegzuschicken."

„Eine gute Entscheidung. Was ist mit ihrem Mann? Sie ist wieder verheiratet, oder?" Meine Handschrift litt darunter, wenn ich so schnell schrieb. Wenn ich so weitermachte, würde ich Jae bald dafür bezahlen müssen, mir auch meine eigenen Notizen zu übersetzen. „Ist ihr Mann hier?"

„Ja, er ist hier", antwortete Scarlet. „Sein Name ist Han Suk-Kyu. Er arbeitet als Abteilungsleiter im Medienunternehmen der Seongs. Die Jungen leben bei ihr, aber sie sind manchmal gekommen, um *Hyung* zu besuchen. Ich glaube nicht, dass sie Suk-Kyu besonders nahestehen. Eher *Hyungs* älterem Bruder, Min-Wu. Ich weiß nicht, wie es jetzt aussieht ... nach dem Vorfall mit Shin-Cho."

„Hat David seinen Militärdienst geleistet?", fragte Jae. „Oder wollen sie versuchen, es zu umgehen?"

„Militärdienst?" Ich versuchte, mich zu erinnern, was Jae mir darüber erzählt hatte. „Wann müssen sie sich gemeldet haben? Bevor sie ... dreißig sind?"

„Ja. Und es sind fast zwei Jahre." Scarlet leerte Jaes Bierflasche und stellte sie etwas zu kräftig auf der zum Couchtisch umfunktionierten Truhe ab. „David hatte als Jugendlicher einen Skiunfall. Er würde nicht angenommen werden." Sie zuckte mit den Schultern und lächelte etwas verlegen. „Ich glaube, er hat einen Metallstift im Knöchel. Am Flughafen löst er immer den Alarm aus. Es ist ihm ziemlich peinlich."

„War *Hyung* beim Militär?", fragte Jae. Seine Stimme war sanft und es schwang etwas darin mit, das ich nicht verstand. Scarlet schien das nicht so zu gehen. Sie schüttelte mit Nachdruck den Kopf.

„Nein, das war er nicht. Die Familie ... hat eine Ausnahmegenehmigung für ihn bekommen." Sie drehte den Flaschendeckel zwischen den Fingern, als bräuchten diese eine Beschäftigung. „Heutzutage ist es wahrscheinlicher, dass man gehen muss. Damals, für die *Chaebol*, nicht so sehr."

Jae gab mir mit einem Blick zu verstehen, dass er es mir später erklären würde. Ich nickte. Solche Blicke gab es häufiger zwischen uns und ich bekam sie meistens, wenn wir uns mit Scarlet oder einem seiner anderen Freunde unterhielten. Viele meiner Gespräche mit Jaes Bekannten schienen erst stattzufinden, nachdem sie gegangen waren.

„Willst du vor Cole mit Seong-*Hyung* reden, *Nuna*?", erkundigte sich Jae.

„Muss er das wirklich?" Scarlet blinzelte, als ihr Tränen in die Augen stiegen und ihr Make-up in Gefahr brachten. Sie griff nach einer Serviette, um sich die Wimpern abzutupfen. „Nein, schon gut ... ich weiß, dass es sein muss. Ja, ich rede erst mit ihm. Das sollte ich. Zumindest ... damit ich weiß ... was er wusste ... was er getan hat."

„Soll ich lieber aufhören?" Ich fragte das nur ungern, weil ich ungern aufhörte. „Es gibt Männer, die ... über diese Aufzeichnungen Bescheid wissen sollten. Und vielleicht gibt es einen, der davon wusste und verhindern wollte, dass etwas an die Öffentlichkeit dringt."

Vermutlich war ein Mann tot und hatte eine Reihe von Opfern hinterlassen, die wenigstens erfahren sollten, dass ihre Geheimnisse nun sicher waren. Doch wenn ich es ihnen mitteilte, ging ich das Risiko ein, mich in dieselbe Gefahr wie Dae-Hoon zu begeben. Eine in seinen Aufzeichnungen vorkommende Person hatte möglicherweise beschlossen, sich endgültig von dieser finanziellen Belastung zu befreien. Alte Wunden wieder aufzureißen und alte Morde hervorzuholen führte oft dazu, dass sich Menschen von ihrer schlechtesten Seite zeigten.

„Nein, ich möchte nicht, dass du aufhörst." Scarlet ließ den Deckel auf den Tisch fallen und legte ihre Hand fest um meine Finger. „Jemand sollte für Dae-Hoons Tod bezahlen, wenn er ermordet wurde. Ich glaube nicht, dass die Polizei etwas unternehmen würde."

„Das ist eine weitere Frage, der wir noch nicht nachgegangen sind", sagte ich. „Wenn die Polizei in dieser Nacht im Bi Mil war, könnte sie etwas gesehen haben oder etwas über Dae-Hoon wissen. Bobby wollte sich darum kümmern."

„Was ist mit dem vielen Geld passiert? Dem Geld, das ihm die anderen Männer gegeben haben?", dachte Jae laut nach. „Haben seine Söhne es bekommen?"

„Ich weiß es nicht", gab Scarlet zu. „Damals war alles so kompliziert. Es war leichter, es der Familie zu überlassen. Ich habe mich um seine Wohnung gekümmert, aber für alles Größere habe ich ein Umzugsunternehmen bezahlt. Seine Frau ... sie war schon nach Korea zurückgekehrt. Ich weiß nicht, ob in den Kisten etwas ist, das seine Söhne wollen könnten. Falls ihr etwas findet, hebt es für sie auf. Vielleicht hilft es ihnen jetzt ... wo Helena tot ist."

„Wir sehen nach, *Nuna*", versicherte ihr Jae. „Überlass das alles Cole. Er kümmert sich darum. Da kannst du dir sicher sein."

Es WAR spät, als wir Scarlet zur Tür brachten. Mein Bauch war leer, wenn man vom Bier absah, und auch Jaes Magen knurrte, als wir vor dem Haus stehend zusahen, wie Scarlets Auto losfuhr.

„Warum hast du ihr nichts von den Männern auf dem Parkplatz erzählt?", fragte Jae. „Sie sollte wissen, dass euch jemand gefolgt ist."

„Ich möchte erst wissen, was Bobby mit dem Nummernschild herausfindet", antwortete ich. „Ich weiß selbst noch nicht, was ich von dem Auto halten soll. Es könnte etwas Harmloses sein oder vielleicht von Kwon beauftragt. Shin-Cho hat uns wirklich Ärger gemacht, indem er es Kwon erzählt hat."

„Hmm." Es war ein neutraler Laut, mit dem er sich weder auf Zustimmung noch auf Widerspruch festlegte. Ich war sehr an dieses Geräusch gewöhnt.

Er hatte die Hände in die Taschen seiner Jeans geschoben. Wir befanden uns in der Öffentlichkeit. Berührungen kamen dort nicht vor. Was bei den Kwons passiert war, befand sich einen Schritt – oder eher fünf – über Jaes normalem Verhalten. Es bedeutete nicht, dass ich ihn nicht gern berühren wollte. Und er hatte mir einmal gesagt, dass er sich gern sicher genug für eine Berührung gefühlt hätte. Als er sich nun also an mich lehnte, während Scarlets Auto um die Ecke bog, stimmte mein Herz einen lauten Freudengesang an, als befänden wir uns in einem dieser alten Schwarz-Weiß-Filme mit Tanzeinlagen.

So albern es auch war, konnte ich einfach nicht aufhören zu lächeln.

Das Beste an dieser Gegend war die Mischung aus Wohneigentum und kleinen Geschäften. In ehemaligen Waschsalons befanden sich jetzt Restaurants und einige der kleineren Häuser waren zu Läden umgebaut worden, wie zum Beispiel der Blumenladen nebenan. Ein besonders verlockendes Angebot auf meiner Straße war ein winziges italienisches Café. Es war auf Pizza nach Chicago-Art spezialisiert, auf der sich genug Käse befand, um damit eine Kuh zu ersticken. Im Augenblick führte es mich mit dem Duft von Tomatensoße, Basilikum und Knoblauch in Versuchung.

„Sollen wir eine Pizza essen?" Ich wusste, womit ich meinen Liebsten verführen konnte. Ich war eben romantisch. „Mit extra viel Käse und vielen Pilzen …"

„Keine Salami." Er ließ sich auf den Tanz ein, liebäugelte mit dem Vorschlag. „Aber Wurst."

Mit einem Nicken gab ich nach, erstarrte dann jedoch, als sich Jaes Hand um meine legte. Als er sich in Bewegung setzte, bremste ich ihn dadurch und er legte den Kopf schräg, während sich seine Finger aus meinen lösten. Da machte ich endlich einen Schritt vorwärts und hielt seine Hand fest. „Lass nicht los, Jae. Okay? Bitte nicht."

„Ich möchte einmal versuchen … in deiner Welt zu sein", murmelte er. „Nur für eine kleine Weile. In Ordnung?"

„In Ordnung", antwortete ich so beiläufig wie möglich. Ich musste an Mikes Nachricht denken, die er mir während unseres Gesprächs mit Scarlet geschickt hatte. Er brauchte eine Antwort wegen Jae, damit Maddy ihm nicht den Kopf abriss, weil sie noch immer nicht über die Anzahl der Gäste Bescheid wusste. „Mike hat mir vorhin geschrieben. Seine Eltern …"

„Eure Eltern", unterbrach mich Jae, während er mir unter langen Wimpern einen vorwurfsvollen Blick zuwarf. „Sie sind auch deine. Selbst wenn du wütend auf sie bist."

„Unsere Eltern", korrigierte ich mich, „sind ab morgen bei ihm. Er wollte mich daran erinnern, dass ich auch zum Essen eingeladen bin. Wahrscheinlich dachte er, ich hätte deshalb heimlich die Stadt verlassen oder so."

„Ich würde es dir zutrauen", sagte Jae. „Es ist sehr vernünftig von ihm, damit zu rechnen."

„Du kennst mich so gut", schnaubte ich. Wir machten einen Bogen um einige Blumentöpfe, die jemand vor seinem Haus gegossen hatte, um nicht durch die Pfützen gehen zu müssen. „Aber dann weißt du auch, dass ich wirklich nicht hingehen möchte."

„Aber deine Schwestern werden da sein, ja?" Seine Mundwinkel zuckten, als ich seufzte. „Du solltest gehen. Wann ist es?"

„Montagabend." Auch ein zweiter Seufzer brachte mir kein Mitleid ein, sondern ein leises Lachen. „Willst du mitkommen?"

Das brachte ihn zum Stehenbleiben. Er kniff die Augen zusammen und stieß einen weiteren dieser unverbindlichen, leicht gereizten Laute aus.

„Warum?", fragte er schließlich.

„Warum?" Die Frage kam mir seltsam vor. Warum wollte ich meinen Freund bei mir haben? Damit er meinen Schmerz und mein Leid mit mir teilen konnte. Außerdem würde ich mich in seiner Gegenwart vermutlich eher bemühen, mir auf die Zunge zu beißen. Ich wusste, wie schwer mir das sonst fiel. „Warum was?", fragte ich vorsichtshalber.

„Warum soll ich mitkommen? Willst du mich als Unterstützung?" Jae zog an meiner Hand, als ich versuchte, weiterzugehen. „Oder willst du mich mitnehmen, um es deinem Vater unter die Nase zu reiben? Wird er netter zu dir sein, wenn ich da bin? Oder wird es nichts ändern?"

„Oh, glaub mir, selbst die Königin von England an meiner Seite wäre ihm egal", witzelte ich. „Er würde sie fragen, ob sie mir ihr Diadem für meinen schwuchteligen Kopf leihen kann."

„Warum gehst du dann? Nur wegen deiner Schwestern?" Er kaute auf seiner Unterlippe, ein sicheres Zeichen für Beunruhigung. Obwohl ich sie am liebsten geküsst hätte, um sie vor weiterem Schaden zu bewahren, hatten wir es gerade erst bis zum Händchenhalten vor meinem Haus geschafft. Hätte ich ihn jetzt geküsst, wäre er vermutlich schreiend davongelaufen.

„Weil ich es Mike und Maddy versprochen habe – genau wie ich Mike versprochen habe, dich zu fragen. Tasha habe ich nicht mehr gesehen, seit ich abgehauen bin und die anderen beiden kenne ich nur von Fotos. Fotos, die Barbara Mike geschickt hat." Als meine Augen brannten, blinzelte ich und biss mir auf die Innenseite meiner Lippe. Nach einem tiefen Atemzug fuhr ich fort: „Ich will dich dabeihaben, weil … verdammt, weil ich dich brauche. Und ja, ich will es meinem Vater ein bisschen unter die Nase reiben. Hauptsächlich, weil ich ihm zeigen will, dass ich diesen verdammt tollen Mann habe und er mich mal kann."

„Also möchtest du, dass ich dort sitze und zuhöre, wie er dich verletzt?", fragte Jae leise. „Dass ich mit dir beim Essen sitze und mir anhöre, wie er solche Sachen zu dir sagt? Ich gehöre nicht zur Familie. Ich kann deinem Vater nicht widersprechen. Es wäre nicht … richtig, aber es wird schwer sein, einfach dazusitzen. Ich weiß nicht, ob ich das schaffe."

„Ich bitte dich auch darum, weil ich möchte, dass du Maddy und meine Schwestern kennenlernst", wandte ich ein. „Aber hauptsächlich, weil ich dich brauche."

Er starrte mich an. Er stand da und betrachtete mich, schätzte mich ein und urteilte über mich, bis ich die Stille kaum noch ertrug. Da näherte sich ein Auto und der Fahrer bremste, während sich das Fenster öffnete. Jae zuckte zusammen, doch ich hielt seine Hand fest und weigerte mich, loszulassen. Er errötete, entweder vor Scham oder vor Ärger. Es war schwer zu sagen. Seine Finger lagen jedoch noch immer in meinen, als das Auto neben uns zum Stehen kam. Er hatte Angst. Die Furcht, als schwuler Mann gesehen zu werden, strömte in Wellen von ihm aus.

Dennoch wollte ich ihn auf keinen Fall loslassen. Wäre es nach mir gegangen, hätte ich seine Hand gehalten, bis wir verhungert waren.

„Hallo, können Sie mir sagen, wie ich von hier zur zehn komme?" Der Mann wedelte hektisch mit einem Zettel, auf dem sich eine Wegbeschreibung befand. „Hier steht, ich soll auf der Venice bleiben, aber ich glaube, ich fahre in die falsche Richtung."

„Nein, hier sind Sie richtig." Ich deutete mit dem Kinn die Straße entlang. „Fahren Sie einfach weiter geradeaus, bis Sie zur La Brea kommen, und da biegen Sie ab. Das ist am einfachsten."

Jaes Arm entspannte sich, während ich dem Mann den Rest des Weges erklärte. Als ich mich ihm wieder zuwandte, schwieg er und kaute erneut auf seiner Unterlippe.

„Hör zu", sagte ich und näherte mich einen Schritt. Seine Hand, die ich noch in meiner hielt, presste ich jetzt an meine Brust. Sein Puls hämmerte unter meinen Fingerspitzen, als ihm das Herz in der Brust raste. „Ich weiß, dass ... das hier ... zu sein, wie wir sind ... *was* wir sind ... nicht leicht für dich ist. Und ich weiß, dass ich der erste Mann bin, mit dem du es versuchst ...“

„Nicht der erste", murmelte Jae mit einem Kopfschütteln. „Hyun-Shik ...“

Sein verstorbener, entfernt verwandter „Cousin". Der Mann, der ihn mit vierzehn Jahren verführt und dann als Tänzer im Dorthi Ki Seu den Wölfen zum Fraß vorgeworfen hatte, einem privaten, auf heimlich schwule Koreaner ausgerichteten Club. Der Mann, der sich mit für den Club arbeitenden männlichen Prostituierten vergnügt hatte und letztendlich wegen seiner Neigungen von seiner eigenen Schwester erschossen worden war.

Mein Vorgänger war wirklich kein gutes Vorbild.

„Lass uns jetzt nicht von ihm reden." Ich seufzte. „Jae ...“

„Ich denke darüber nach, okay? Über das Essen. Über ...“ Er drückte einmal meine Hand. „Über das hier."

Das war nur fair. Ich verhielt mich zu egoistisch. Das wusste ich. Doch beim Lesen von Mikes Nachricht hatte ich nur an Jae denken können und daran, wie viel erträglicher seine Anwesenheit es mir gemacht hätte.

Ich hatte nicht daran gedacht, wie es für ihn sein würde.

„Okay", stimmte ich zu. „Aber es bleibt bei unserer Pizza, oder?"

„Ja, ich möchte nicht kochen." Er lächelte mir zu, mit demselben schüchternen, beinahe niedlichen Lächeln, das mich bei unserer ersten Begegnung so angezogen hatte. „Zu viel Lesen. Nicht genug Zeit zum Faulsein. Da will ich heute noch etwas faul sein können."

„Dann lass uns die Pizza doch mitnehmen." Ich beugte mich vor und biss sanft in seinen Hals, was ihn zum Lachen brachte. „Ich kann dir deine faule Zeit ein bisschen versüßen."

„Dann komme ich nicht dazu, faul zu sein." Das Lächeln wurde verführerisch, doch er entfernte sich ein wenig und zog mich mit sich.

„Doch, ganz bestimmt", antwortete ich, als ich ihm folgte. „Du musst nur daliegen. Ich mache die ganze Arbeit."

9

DIE PIZZA landete auf dem Boden.

Vielleicht auch auf der Treppe. Ich war voller Hoffnung, dass sie richtig herum den kleinen Tisch im Eingangsbereich getroffen hatte. Obwohl sie dann bei meinem Glück vermutlich hinuntergerutscht und auf der Katze gelandet war, die nun, mit Käsefäden und würziger Tomatensoße bedeckt, ihre Rache plante.

Wir hatten es bis durch die Tür geschafft, bevor Jaes Hände unter mein T-Shirt gewandert waren. Die kalten Finger auf meiner warmen Haut hatten mir einen Aufschrei entlockt, doch als ich versucht hatte, mich mit hochgezogenen Schultern loszureißen, waren sie lediglich in meinen Hosenbund gekrochen, damit er mich an sich ziehen konnte.

Mein offener Mund war ein leichtes Ziel für seine warme Zunge gewesen.

Jetzt genoss ich den schlanken, langen Körper unter meinen Händen. Die Knöpfe seiner 501 lösten sich mit leichtem Druck meiner Finger und unsere Oberteile gingen irgendwo auf der Treppe verloren. Um Schuhe musste ich mich nicht mehr kümmern. Meine Beziehung mit einem Koreaner hatte dazu geführt, dass ich mir ebenfalls angewöhnt hatte, sie an der Tür auszuziehen. Ich plante nachzuforschen, um Jae davon zu überzeugen, dass wir aus kulturellen Gründen *alle* Kleidungsstücke an der Tür zurücklassen sollten.

Andererseits hätte ich dann nie wieder das Haus verlassen.

Irgendwie schafften wir es bis ins Schlafzimmer, ohne auf der Treppe zu stolpern und uns das Genick zu brechen. Ich schloss die Tür, um die Katze mit ihren Plänen zur Weltherrschaft oder ihrer verkehrt herum gelandeten Pizza, an der sie sich von mir aus gütlich tun konnte, bis ihr übel wurde, allein zu lassen.

Nachdem ich Jae auf die Matratze geschoben hatte, zerrte ich am unteren Ende seiner Jeans und zog sie ihm zügig von den Beinen. Wenige Sekunden später blickte ich auf einen der schönsten Männer hinab, die ich je gesehen hatte, auf meinem Bett ausgestreckt mit nichts als seiner schwarzen Unterwäsche und einem sehnsüchtigen Lächeln.

Die Unterwäsche verschwand noch schneller als die Jeans.

„*Agi*." Er streckte die Hände nach mir aus, doch ich schob sie kopfschüttelnd von mir.

„Nein, ich möchte dich ansehen", murmelte ich. „Ich möchte dich … schmecken."

Jaes blasse Haut schimmerte im gedämpften Licht. Creme- und perlweiß bildete er einen Kontrast zu den dunkelgrünen Laken, mit dunkleren, rosafarbenen Spritzern auf seiner Brust, wo sich vor meinen Augen seine Brustwarzen aufstellten.

Sein schlanker Schwanz glänzte an der Spitze, bereits feucht vor Verlangen. Ich war kurz unentschlossen, ob ich die Tropfen über seine Eichel schmieren und ihn dabei vor Lust zucken sehen wollte oder ob ich sie ablecken sollte, damit ich ihn auf meiner Zunge schmecken konnte, während ich den Rest seines Körpers küsste.

Schließlich leckte ich darüber.

Und wurde mit einer Explosion von Sternen auf meiner Zunge belohnt.

Ich wollte nicht schlucken. Niemals. Doch ich tat es, da ich wusste, dass ich mehr davon bekommen konnte. Wäre es nach mir gegangen, hätte ich mit Jaes Geschmack in meinem Mund sterben können. Es war erschreckend, mit welcher Geschwindigkeit ich ihm verfiel ... wie schnell ich ihm verfallen war.

Verdammt, der Aufprall würde ziemlich unangenehm werden. Nicht, dass es mich interessierte.

Ich begann mit seinen Schenkeln, an die ich gelangte, indem ich ihm meine Daumen unter die Knie schob, um seine Beine auseinanderzuziehen. Nach kurzem Widerstand ließ er es zu, während Schüchternheit ihm die Wangen beinahe so rot färbte wie seine Lippen. Manchmal konnte er mir nicht dabei zusehen, wie ich ihn liebte. Andererseits gab es Momente, in denen er sich entschlossen und fordernd verhielt. Heute wandte er den Blick ab und schloss die Augen, sodass seine dunklen Wimpern Schatten auf seine Wangenknochen warfen.

Ich kannte diese Seite an ihm. Verletzlich, mit leichter Furcht davor, mir zu vertrauen, während er unter den suchenden Liebkosungen meines Mundes und meiner Finger zitterte. Ich streichelte über seine Schenkel, als er sie für mich öffnete, und küsste sanft die weiche Haut über seinen Knien. Als er sich unter mir wand, zwickte ich ihn mit den Zähnen und knurrte, damit er still hielt.

Da kicherte er.

Es war eindeutig ein Kichern, kein tiefes, männliches Lachen oder vielleicht Prusten. Nein, es handelte sich um ein plötzlich hervorsprudelndes Kichern, das er unterbrach, indem er sich auf die Lippe biss, während er mit einem kaum unterdrückten Grinsen auf mich herabsah. Dann blitzte das Honiggold in seinen Augen auf, als er den Kopf nach hinten auf das Kissen warf, während sein Körper vor Lachen bebte.

Meine Zunge an seinen Hoden beendete das schnell.

„Ja, lach nur, solange du noch kannst, Jungchen." Ich spielte mit ihnen, ließ sie über meine Zunge rollen. Meine Hände blieben auf seinen Oberschenkeln liegen, um sie mit festem Griff am Zucken zu hindern. So neckte ich ihn, ohne ein einziges Mal seinen Schwanz zu berühren, bis ich mich zu seinem Bauch vorgearbeitet hatte. Auch dann strich ich lediglich einmal mit den Fingerspitzen darüber, bevor ich die Hände auf seine Hüftknochen legte. An der Haut um seinen Bauchnabel knabbernd murmelte ich: „Verdammt, halt still."

Der männliche Körper ist eine erotische Mischung aus rau und weich. Ich liebte den berauschenden Duft von Jaes Körper und das drahtige Gefühl seiner geringen Behaarung unter meinen Händen und Lippen. Pflaumenfarbene Brustwarzen waren ein köstlicher Genuss, nachdem sie unter meinen Fingern fest geworden waren. Seine Bauchmuskeln zuckten mit jedem zarten Kuss auf seine Rippen und das dunkle Tal seines Nabels war ein wunderschöner Anblick, flach mit einer leichten Einbuchtung und umgeben von Haut, die zum Knabbern einlud.

Außerdem war er etwas kitzlig, weshalb er sich unter mir wand, als sich mein Mund seinem Bauchnabel näherte – erst recht, als ich eine Hand um seinen Schwanz legte und vorsichtig zudrückte. Ich knabberte und genoss ohne Eile seinen Geschmack, während ich ihn langsam streichelte. Als sich seine Hände auf meine Schultern legten, biss ich fester zu, weil es mir gefiel, wie sich seine Finger dabei in meine Oberarme gruben.

„*Agi …*", stöhnte er, wobei er das Wort in die Länge zog, bis es zu einem heiseren Knurren wurde. Seine Zähne bearbeiteten seine Unterlippe und er hatte die Beine weit gespreizt, während sich seine Hüften meiner Hand entgegenschoben. „Jetzt."

Manchen Männern gefällt es, das Vorspiel zu einer sinnlichen Qual zu verlängern. Das ist ihr gutes Recht. Allerdings war Jae alt genug, um zu wissen, wann er mich in sich haben wollte. Da er außerdem einen Großteil des Kochens übernahm und scharfe Zähne besaß, die er sehr gern einsetzte, gab ich normalerweise nach.

Davon abgesehen wäre es dumm von mir gewesen, es nicht möglichst bald tun zu wollen. Wenn ich mich in ihm befand, die Arme um seinen Körper geschlungen, bestand die Welt nur noch aus uns beiden. Meine Dummheit hatte ihre Grenzen und ging nicht so weit, dass ich Jae neckte, während ich ihn lieben konnte.

„Dreh dich um", sagte ich mit einem Kuss auf seine Brustwarze. „Und halt dich am Kopfende fest."

Er rutschte die Laken hinauf und erhob sich auf die Knie, sodass er die Finger um den Rand des hölzernen Kopfteils legen konnte. Seine Bewegungen waren anmutig, aber durchdacht und präzise. Ich hielt kurz mit zur Schublade des Nachttisches ausgestreckter Hand inne, weil mich der Anblick, wie er dort willig auf mich wartete, abgelenkt hatte. Ich war bereits so steif, dass mein Schwanz schmerzte, als ich damit das Bettlaken streifte. Es half nicht, dass Jae den Kopf senkte, bis ihm sein schwarzes Haar ins Gesicht fiel, oder dass er mit der Zungenspitze über seine vom Draufbeißen rote Unterlippe fuhr.

„Halt dich zurück", befahl ich meinem Schwanz. „Wir sind ja gleich so weit."

Als ich mich über Jaes Körper schob, war es ein wunderbares Gefühl, seine Haut unter meinem Bauch und meiner Brust zu spüren. Dass er sich dabei gegen mich presste, brachte mein Blut in Wallung. Er hob den Kopf und ich beugte mich vor, um ihn heftig zu küssen. Er schmeckte nach Zitronenlimonade und Nelken, ein Überbleibsel der Djarum Black, die er beim Warten auf unsere Pizza geraucht hatte.

„Ich liebe deinen Mund so sehr." Ich konnte einfach nicht genug von ihm bekommen. Obwohl er meine Zunge mit seiner liebkoste, wollte ich mehr.

„Du kannst ihn noch etwas länger lieben", neckte er, während er mich sanft mit den Zähnen in die Unterlippe zwickte. „Oder du liebst mich mehr mit deinem."

Ich wanderte mit kleinen Küssen an seinem Hals hinunter, bis ich seine Schulter erreicht hatte, wo ich fest genug zubiss, um seine Haut auf meiner Zunge zu haben. Ich schluckte und genoss ihren Geschmack, während ich sie mit den Zähnen bearbeitete. Der schwache, rötliche Fleck, den ich dabei hinterließ, würde unter seiner Kleidung nicht zu sehen sein, doch mir gefiel der Gedanke, dass er sich von meinen Zähnen verziert durch die Welt bewegte.

„Gefällt dir das?", fragte ich, als er vor Lust stöhnte. „Mir gefällt es. Ich mag es, dich zu schmecken. Ich liebe es, dich in meinem Mund zu haben."

Ich biss erneut zu, diesmal fester, damit er es noch Tage nach dem Verlassen unseres Bettes spüren würde. Dann krümmte ich die Finger und schob sie zwischen seine Hinterbacken. Die Haut teilte sich unter meinen Fingerspitzen und ich näherte mich in großen Kreisen langsam meinem Ziel, um ihn verrückt zu machen.

Es schien zu funktionieren, denn Jae klammerte sich so fest an das Kopfende, dass seine Fingerknöchel weiß wurden, und fluchte mit einer Mischung aus Englisch, Koreanisch und, wie ich vermutete, Filipino.

Jae bog den Rücken durch, rieb sich an mir und presste sich gegen meine Hand, bis sie zwischen uns gefangen war. *„Agi,* jetzt. *Bitte."*

Ich tastete blind nach der Flasche Gleitgel, die ich irgendwo auf dem Bett abgelegt hatte. Natürlich fand ich als Erstes das Kondom. Ich wollte es schon zur Seite legen, um es nicht zu verlieren, überlegte es mir dann jedoch anders.

Ich hatte früh gelernt, nur mithilfe meiner Zähne und einer Hand ein Kondom zu öffnen und überzustreifen. Wenige Atemzüge später umhüllte der Latex bereits meinen steifen Schwanz. Die Suche nach dem Gleitgel hatte ich dabei unterbrochen und stattdessen Jae mit der anderen Hand über die Schultern und den Rücken gestreichelt, um das Feuer seiner Lust in Gang zu halten. Er wandte sich leicht um, als ich mit den Fingerspitzen seine Wirbelsäule nachzeichnete, wodurch sich seine Hüften von mir entfernten.

„Dauert zu lange." Seine Erregung rundete seine Worte ab, vertiefte die Vokale und ließ die Enden verschwimmen. Ich liebte es, ihn so heiß zu machen, dass sein Englisch darunter litt. *„Aish ..."*

Ich fand die Gleitgelflasche unter Jaes Knie, wo sie leicht in den weichen Schaumstoff der Matratze gesunken war. Ich schob vorsichtig sein Bein zur Seite, um sie zu befreien, während ich ihm als Entschuldigung für die Verzögerung den Rücken küsste. Er stieß einen ungeduldigen Laut aus, als ich endlich mit einem Klacken den Deckel öffnete. Nachdem ich etwas von der Flüssigkeit auf meine Hand geträufelt hatte, verteilte ich sie großzügig auf Jae, um es uns beiden leichter zu machen. Er spreizte seine Beine etwas weiter und senkte den Rücken, um sich mir besser zu öffnen. Als er mir erneut zuknurrte, mich zu beeilen, biss ich in seine rechte Backe.

„Ich will dir nicht wehtun", sagte ich, während ich über die Stelle leckte und seinen Körper betrachtete, wie er da bis zu seinen das Kopfteil umklammernden Händen vor mir ausgestreckt war. „Zumindest nicht so."

Es war die süßeste Qual, wie sich mir Jaes Körper widersetzte und mich herausforderte, wie Jae selbst es jeden Tag aufs Neue tat. Dann gab er plötzlich nach und eröffnete mir den Weg in die Hitze seines Inneren. Ich kämpfte darum, mich langsam hineinzuschieben und dabei jedes lustvolle Zischen und unterdrückte Stöhnen aus seinen geöffneten Lippen zu genießen. Er hatte wieder den Kopf gesenkt, sodass ich hauptsächlich sein Haar und seinen Nacken sah, genau wie die sich anspannenden Schultermuskeln, als ich tiefer eindrang.

Ich senkte mich auf seinen Rücken, weil ich seinen ganzen Körper spüren wollte. Unter mir bewegten sich die Muskeln seines Hinterteils, während er mich mit jedem langsamen Stoß weiter in sich aufnahm. Es war eine quälend wundervolle Minute, bis meine Oberschenkel die Rückseite seiner Beine berührten, während seine Enge mir den Mund austrocknete und dafür sorgte, dass sich meine Hoden bis dicht unter meinen Schwanz hochzogen.

Das Lachen war aus seinen gemurmelten Worten verschwunden, verbrannt durch die in ihm aufsteigende flammende Lust. Er zog die Schultern hoch und kam mir entgegen, als ich mich tief in ihn schob. Ich suchte Halt und vergrub meine Finger erst in den Muskeln über seinen schmalen Hüften, doch legte sie letztendlich über seine Hände am Kopfteil und verflocht sie mit seinen.

„Will dich", zischte Jae. Er legte den Kopf in den Nacken und drehte ihn etwas, damit er seine Wange an meine pressen konnte. Seine leicht verschwitzte Haut glitt über meine und wärmte sie. Sein Atem traf heiß meinen Hals, füllte die Einbuchtung unter meiner Kehle. Jeder Atemzug fühlte sich an wie ein zarter Kuss, der über die Haut zwischen Schlüsselbein und Kinn leckte. „Mehr, *Agi*. Mehr."

Er sagte noch etwas anderes, doch sein Englisch ging in überstürztem, kehligem Koreanisch unter. Ich musste es nicht verstehen. Ich wusste, was er wollte. Er wollte fühlen, wie ich ihn weitete, wie sein Körper darum kämpfte, mich in sich aufzunehmen. Ich hob den Kopf, straffte meine Schultern und stieß fest zu, suchte nach der Stelle, die ihm so viel Freude bereitete, die seinen Körper entflammen lassen würde.

Ich fand sie und dann, mit einem langen, siedend heißen Stoß, ein zweites Mal. Jae gab einen Laut von sich, der jeden Nerv meines Körpers kitzelte. Es war ein tiefes, sinnliches Flehen, das mit seinem heftigen Verlangen in meinen Unterleib drang. Das Geräusch gefiel mir. Ich wollte es noch einmal hören.

Jae stimmte mir sehr rücksichtsvoll und wortlos zu.

Nur die Tonhöhe änderte sich, als ich schneller zustieß, und seine Finger legten sich fester um meine. Wie sein Körper um meinen Schwanz. Er umfing mich wie Samt, als wir in einen Rhythmus fanden, ein gemeinsames Auf und Ab. Das Geräusch unserer zusammenklatschenden Körper erfüllte den Raum, begleitet von Jaes leisen Aufschreien und dem Quietschen des Bettes.

Als ein Schweißtropfen von meiner Stirn zwischen Jaes Schulterblätter fiel, beugte ich mich vor, um ihn aufzulecken, und presste das gemischte Salz unserer Körper gegen meinen Gaumen. Die winzigen Schauer, die Jaes Körper durchliefen, verrieten mir, dass er sich dem Höhepunkt näherte, während die gekeuchte Reihe kaum verständlicher koreanischer Ausdrücke mich davon überzeugte, dass er bereit für meine Berührung war.

Als ich eine Hand vom Kopfteil löste, umfasste er die andere mit einem Zischen noch fester, sodass ich weiter über seinem Rücken ausgestreckt war. Die Bewegungen seiner Hüfte forderten mich auf, schneller zuzustoßen, tiefer … irgendetwas zu tun, um diese in ihm anwachsende, sehnsüchtige Spannung zu lindern. Meine unter seinen gefangenen Finger schmerzten durch seinen festen Griff, doch ich wollte sie nicht befreien, wollte diese simple Berührung beibehalten, während ich ihn zum Höhepunkt brachte.

Seine Eichel war feucht vor Lust und ich verbrachte einen Moment damit, mit der Handfläche darüberzustreichen, bevor ich meine Finger um seinen Schaft legte und meine Stöße verlangsamte, um mit jeder Bewegung meiner Hüfte quälend über seine Erektion zu streicheln. Seine Schreie wurden kehliger und gingen in heiseres Stöhnen über, als ich mit den Fingerspitzen die dicke Vene unter seinem Schaft berührte. Sie pochte in meiner Hand, als sein Herz Blut durch seinen erregten Körper pumpte. Mit dem Daumen strich ich über seinen Eichelrand, rieb ihn immer schneller.

„Komm schon, Baby", flüsterte ich heiser. „Gib's mir."

Ich spürte, wie er den Höhepunkt erreichte, und folgte ihm, so schnell ich konnte.

Die Welt um mich herum verschwamm, bis ich nur noch den Mann wahrnahm, der mich in sich hielt. Sein Schwanz zuckte in meiner Hand, benetzte meine Finger mit seinem Samen. Ich atmete Jaes scharfen Geruch ein, der sich mit dem Moschusaroma unseres Schweißes und dem Duft unserer Zitrusseife vermischte. Während er sich um mich herum zusammenzog, murmelte er atemlos etwas Zärtliches, Süßes. Obwohl ich es nicht verstand, machten mich die Worte mit ihrer Inbrunst und Leidenschaft atemlos.

Ich ergoss mich in seinen Körper und keuchte, als ich von meiner eigenen Hitze umspült wurde. Mit geschlossenen Augen ließ ich die Erschütterung über mich rollen, während meine Hüften von meinen Instinkten getrieben ein letztes Mal zustießen. Jae erbebte unter mir und sein Schaft bäumte sich noch einmal auf und füllte meine Handfläche.

Schließlich ließ ich ihn los, damit ich die Arme um seine Brust schlingen und ihn an mich ziehen konnte. Meine Hoden hatten sich fest zwischen meinen Beinen zusammengezogen und Jaes bebender Körper presste das letzte bisschen Wonne aus meinem Schaft. Keuchend bewegte ich mich leicht in ihm, während wir aus den Wolken zurückkamen.

Ein knarzendes Geräusch war unsere einzige Warnung. Dann gab das Kopfstück unter unseren Händen nach. Überrascht löste ich mich aus Jae und zog ihn an mich, damit ihm nichts passierte. Das Bett schwankte, bevor es mit einem Ruck zur Seite kippte. Ein weiteres Krachen durchbrach unser lautes Keuchen, als sich das Kopfende endgültig löste und wir samt Lattenrost und Matratze auf dem Boden landeten.

Jae klammerte sich an meinem Arm fest, als der kurze, aufregende Sturz uns durchschüttelte. Wollmäuse flogen unter dem Bett hervor, flohen vor der Zerstörung. Ich atmete eine ordentliche Portion Staub ein und schüttelte Jae nochmals durch, als ich husten musste. Nach Luft schnappend lag ich auf der Seite und begutachtete den Schaden.

„Ich würde sagen, wir haben das Bett zerstört", erklärte ich bestimmt. Der letzte Pfosten des Kopfstücks wählte diesen Moment, um sich endlich der Schwerkraft hinzugeben und auf den Boden zu knallen, woraufhin sich auch das Brett am Fußende mit seinem Schicksal abfand und elegant mit einem Rums auf den Teppich stürzte. „Ja, jetzt bin ich mir wirklich ziemlich sicher."

„Du wirst ein neues kaufen müssen", sagte Jae in meinen Armen. Seine schweren Atemzüge wurden allmählich ruhiger, doch sein Haar war noch feucht und klebte an seiner Stirn und seinen Wangen. „Ich glaube, wir brauchen auch einen frischen Bettbezug. Vielleicht auch welche für die Kissen."

Als ich mich ein wenig auf der Matratze bewegte, bestätigte der feuchte Stoff unter meinem Körper Jaes Einschätzung. Ich murmelte zustimmend und hustete, um den Rest des Staubs aus meiner Kehle zu entfernen.

„Wir könnten es einfach auf dem Boden lassen", schlug Jae vor, bemerkte dann jedoch meinen skeptischen Gesichtsausdruck. „Oder auch nicht."

„Wo sollte ich dann meine Socken verlieren?" Auch unser Puls beruhigte sich allmählich und ich musste lächeln, als unsere Herzen im selben Rhythmus schlugen. Ich wollte ihn nicht loslassen. Erst recht nicht, nachdem er sich mir so geöffnet hatte. Seufzend küsste ich seine Stirn. „Hast du Hunger?"

„Ja, aber das Essen kann warten", säuselte er, als er mich auf den Rücken schob. Ich ruderte kurz mit den Armen und klammerte mich am Rand der Matratze fest. Da wir nassgeschwitzt waren, konnte er mit eleganter Leichtigkeit auf meine Oberschenkel gleiten. Mein Schwanz protestierte etwas, als er ihn aus seinem Latexgefängnis befreite, regte sich allerdings schwach, als er über die empfindliche Eichel leckte.

„Tja …" Ich versuchte, mir nichts anmerken zu lassen, doch mein Schwanz verriet mich, indem er steif wurde, als Jaes Lippen über meinen Schaft wanderten. „Da wir das Bett sowieso zerbrochen haben …"

Jae spreizte grinsend seine Finger auf meiner vernarbten Brust. „Vielleicht schaffen wir es ja, auch noch den Boden zum Einsturz zu bringen."

10

DER MONTAG hüllte die Stadt in einen kühlen frühmorgendlichen Nebel, der sich undurchsichtig über die Umgebung legte. Eine Warnung vor Regen hing in der Luft, eine schwere wässrige Note, die sich mit dem von den Straßen aufsteigenden schwachen Asphaltgeruch mischte. Ich warf Jae eine meiner Lederjacken zu, bevor er das Haus verließ. Er fing sie auf, zog aber eine Augenbraue hoch.

„Ich bin kein kleines Kind", sagte er und warf die Motorradjacke zurück.

„Es ist kalt", antwortete ich und öffnete die Tür, damit eine Bö des peitschenden Windes hereindringen konnte. „Außerdem gefällt mir der Gedanke, dass du da draußen etwas von mir trägst."

Das brachte mir einen skeptischen Blick und ein verächtliches Schnauben ein. Einige Menschen bekommen vor der Arbeit einen Abschiedskuss von ihren Liebsten. Ich bekomme Geringschätzung und, wenn ich Glück habe, einen feuchten Haarball im Schuh.

„Tu mir den Gefallen." Ich hielt ihm die Jacke hin und nach kurzem Zögern schob Jae die Arme in die Ärmel. Trotz seiner breiten Schultern war ich kräftiger gebaut, weshalb das schwarze Leder locker saß. Er wirkte darin jung, eine verführerische Mischung aus Schwarz und Elfenbein mit funkelnden braunen Augen. Ich brachte Farbe in seine vollen Lippen, indem ich ihn küsste und er ließ zu, dass ich den Kragen der Jacke richtete.

„Du bist albern." Er beugte sich vor, um seine Kameratasche vom Tisch neben der Tür zu nehmen. „Ich muss los. Ich will dieses Licht ausnutzen."

Wir hatten den Sonntag damit verbracht, ein Bett zu kaufen und auszuprobieren, es jedoch letztendlich für thailändisches Essen verlassen. Nach der Aufregung durch Helenas Tod und den vielen Stunden in meinem Haus schien Jae jetzt das Bedürfnis zu verspüren, nur von seiner Kamera begleitet verlassene Gebäude zu durchstreifen. Nachdem er ein letztes Mal seine Ausrüstung überprüft hatte, schnappte er sich seine Schlüssel vom Haken an der Wand und verabschiedete sich von seiner Katze, die faul auf dem Treppenabsatz herumlag. Ich folgte ihm nach draußen, schloss ab und verbrachte einige Sekunden damit, seinen Hintern zu bewundern, während er seine Ausrüstung in den Explorer lud.

„Cole-ah, wegen heute Abend." Jae hielt inne und packte mein T-Shirt, um mich näher an sich zu ziehen. „Bei deinem Bruder ..."

„Ich sage ihm, du hast keine Zeit", erlöste ich ihn. „Du hattest ein mieses Wochenende."

„Nein." Er schüttelte den Kopf. „Sag Mike, ich werde da sein. Ich will mitkommen."

„Babe, das Letzte, was du gerade brauchst, ist mein Vater", antwortete ich. „Ehrlich, es wird ätzend. Er wird sich ätzend verhalten. Vielleicht sogar dir gegenüber."

Er betrachtete mich mit diesem sonderbaren Gesichtsausdruck, den er hin und wieder hatte. Dieser ließ mich jedes Mal an meinem Alter zweifeln, denn es war, als würde man in die Seele eines Felsens hinabstarren.

„Ich gehe nicht für ihn", murmelte er und zupfte nachdrücklich an meinem T-Shirt. „Ich gehe, weil du mich dabeihaben willst. Weil du mich brauchst. Wenn du dich deinem Vater stellst, sollte ich dich unterstützen. Es ist das einzig Richtige. Es ist, was du für mich tun würdest. Ruf Mike an. Sag ihm, dass ich komme."

Er verließ mich mit einem Kuss, nach welchem mein Kaffee keinen Zucker mehr brauchen würde. Ich stand wie erstarrt und mehr als nur leicht euphorisch da, während er in seinen SUV kletterte und ihn rückwärts aus der Einfahrt lenkte. Ich bekam noch ein letztes Winken, bevor Jae im kriechenden Nebel verschwand und bald auch die roten Rücklichter verblassten.

Da es früh war, noch zu früh für Claudia, verbrachte ich die ersten Minuten im Büro damit, Kaffee zu kochen und das Thermostat zu überprüfen. Der kurze Weg von meiner Haustür zum Büro hatte mich vollkommen ausgekühlt und die Narben an meinem Bauch zogen sich zusammen und schmerzten. Ich wartete auf den flüssigen Liebesbeweis meiner Kaffeemaschine und nahm mit einer Tasse davon am Schreibtisch Platz.

Als Erstes ließ ich Mike mit einer kurzen Nachricht wissen, dass Jae zu Maddys Essen kommen würde, wobei ich gegen Schuldgefühle ankämpfen musste, weil ich Jae in die Höhle des Löwen brachte. Ich war kein Mensch, der betete. Meine Beziehung zu Gott bestand hauptsächlich daraus, dass ich ihm für ein unvermutetes kaltes Bier in meinem Kühlschrank oder einen Parkplatz in der Nähe der Tür zur Weihnachtszeit dankte. Respektvoll konnte man sie also nicht unbedingt nennen. Dennoch sandte ich ihm nun ein tiefempfundenes *Kumpel, bitte lass nicht zu, dass mein Dad das kaputtmacht*, bevor ich mich um meine Arbeit kümmerte.

Nachdem ich die Fotos von Dae-Hoons Familie auf meinem Schreibtisch ausgebreitet hatte, verglich ich die Bilder des lächelnden Koreaners und seiner Kinder mit den schlüpfrigen Bildern der Männer beim Sex. Jae und ich hatten darüber diskutiert, ob wir Scarlet die Fotos mit Seong geben sollten, und sie letztendlich tief im Stapel vergraben. Bei dem jungen Mann auf dem Bild schien es sich tatsächlich um Scarlet zu handeln und trotz seiner Versicherungen, mit den Fotos umgehen zu können, hatten sich Jaes Wangen beim Anblick seiner geliebten *Nuna* mitten im verschwommenen Liebesakt rot verfärbt.

Andererseits kam ich mir beim Ansehen der anderen Fotos ebenfalls schmutzig vor, obwohl ich die Männer nicht kannte. Immerhin betrachtete ich ihre tiefsten Ängste und Geheimnisse. Selbst nach all den Jahren führten sie vermutlich noch immer ein Doppelleben und huschten von Schatten zu Schatten, um ein verhasstes Verlangen zu befriedigen.

Ich nahm den auf meinem Schreibtisch liegenden Baseball in die Hand. Es war ein gewöhnlicher Ball ohne Autogramm oder Besonderheiten. Rick hatte Baseball aus irgendeinem Grund abgöttisch geliebt. Vor allem die Dodgers. Obwohl er nicht aus Los Angeles oder, früher in der Teamgeschichte, Brooklyn stammte, war er seit seiner Kindheit ein Irgendwo-weit-Draußen Fan der Dodgers gewesen.

Ohne Experte zu sein, was die Spieler oder die Regeln anging, hatte er dieses verdammte Team vergöttert.

Mit meinem damals noch schwer verdienten Geld hatte ich ihm einmal Karten für Plätze an der Third-base-Linie geschenkt, wo ein ins Aus geflogener Ball mit viel Glück direkt in seiner Hand gelandet war. Mit vor Staunen weit aufgerissenen grünen Augen und offenem Mund hatte er den Ball hochgehalten und sich anschließend ausgiebig darüber beklagt, wie schmerzhaft der Aufprall gewesen war.

Bei dem Ball handelte es sich um eines der wenigen Dinge, die mir von meinem Leben mit Rick geblieben waren. Seine konservative Familie hatte mir alles weggenommen, was auch nur im Entferntesten ihm gehörte, darunter auch seinen, einem Wischmopp ähnelnden, Hund. Doch trotz allem konnte ich wenigstens sagen, dass wir unser Leben offen gelebt hatten. Etwas, das weder Dae-Hoon noch den Opfern seiner Erpressung möglich gewesen war.

Ich vermisste ihn noch. Ein Teil von mir würde ihn immer vermissen. Manchmal kaufte ich noch „Sweet'n Low"-Süßstoff, obwohl ich niemanden mehr kannte, der ihn benutzte. Einmal hatte ich vier Kisten von dem Zeug angesammelt, bevor ich mich endlich dazu durchgerungen hatte, sie zu entsorgen. Auch Erdnussbutter kaufte ich nach wie vor ohne Stücke, da Rick sie gehasst hatte, und warf hin und wieder einen Blick auf die Preise für Flüge nach Bora Bora, obwohl der Traumurlaub dort nicht mein Wunsch, sondern Ricks gewesen war.

„Ganz bestimmt nicht das Ende, das ich mir gewünscht hatte, aber bei uns hat alles gepasst, oder?", sagte ich zu dem Baseball in meiner Hand. „Mit Jae muss ich einige Kompromisse eingehen. Es ist anders als mit dir. Nicht … Ihr zwei seid einfach verschieden. Wo auch immer du jetzt bist, mein Schatz, ich hoffe so sehr, dass du glücklich bist."

Claudia erschien, als ich gerade an meiner zweiten Tasse Kaffee und einem Stapel Unterlagen zu Dae-Hoons Finanzen arbeitete. Es war ein verwirrendes Chaos von Zahlen, das ich am liebsten aus dem Fenster geworfen hätte. So komisch mein frustrierter Gesichtsausdruck auch sein musste, konnte er nicht so witzig ausgesehen haben wie Claudias, als sie mich an meinem Schreibtisch vorfand.

„Du scheinst dieses Wochenende ein fleißiger Junge gewesen zu sein. Ist das dein Bett, das zerbrochen am Müllcontainer lehnt?" Ihre Kleidung erinnerte an diesem Morgen an eine Hausfrau aus den Fünfzigerjahren, ein sorgfältig gebügeltes Kostüm in einem gelblichen Grün, das bis über ihre üppigen Brüste mit großen weißen Knöpfen verschlossen war. Bei jedem anderen hätte ich es für einen glücklichen Fund in einem Secondhandgeschäft gehalten. Bei Claudia konnte ich mir vorstellen, dass sie es irgendwo neu aufgespürt oder es selbst genäht hatte, während sie sich mit einem Buttermesser gegen Zombiealligatoren verteidigen musste.

„Die Farbe steht dir gut", sagte ich stattdessen, was sie zum Lächeln brachte. „Und ja, das ist mein Bett. Wir … hatten einen Unfall."

„Als ich das letzte Mal so einen Unfall hatte", sagte sie über ihre Schulter, während sie sich eine Tasse Kaffee nahm, „war ich danach mit Malcolm schwanger."

„Tja, ich glaube nicht, dass ich Jae schwängern werde", antwortete ich mit einem anzüglichen Grinsen, das mir ein Augenrollen einbrachte. „Obwohl ich es gerne weiterhin versuche."

„So früh am Morgen bist du ganz schön frech." Sie nahm an ihrem Schreibtisch Platz, wo sie den Computer einschaltete, bevor sie die Tasse an ihre leuchtend roten Lippen hob. „Warum bist du schon hier? Hast du dich mit deinem Jungen gestritten?"

„Nein, Jae ist nur unruhig geworden. Es war kein leichtes Wochenende." Ich erzählte ihr von den Schüssen beim Probeessen und der Entdeckung von Dae-Hoons Erpresserunternehmen. „Also ist er heute aufgewacht und hatte das Bedürfnis, Fotos von alten Häusern zu machen. Er hat sich über den Nebel gefreut. Irgendwas mit besonderem Licht."

„Der arme Junge." Claudia schnalzte mit der Zunge. „Nicht Jae. Na ja, er tut mir auch leid, weil er es miterleben musste, aber ich meine diesen David."

„Ja, er sah am Boden zerstört aus. Es muss eine schwere Zeit für ihn sein. Aber irgendwann wird es besser." Als sie mir einen Seitenblick zuwarf, zog ich eine Augenbraue hoch. „Was ist?"

„Es freut mich, dass du nicht mehr so deprimiert bist", erklärte sie mir über den Rand ihrer Tasse hinweg. „Jae tut dir gut, wenn ich das mal sagen darf. Als ich dich kennengelernt habe, dachte ich, du wartest nur auf den Tod."

„Und trotzdem wolltest du für mich arbeiten", antwortete ich trocken.

„Du hast gut bezahlt und mir war langweilig", erklärte sie. „Aber jetzt geht es dir besser. Du stehst sogar vor dem Mittagessen auf und heute warst du im Büro und hast Kaffee gemacht, bevor ich angekommen bin."

„Gewöhn dich nicht zu sehr dran", warnte ich. „Ich bin faul. Ich schlafe gern aus."

„Dass du faul bist, habe ich nie bestritten", gab sie mit einem zufriedenen Lächeln zurück. „Du bist jetzt nur länger wach und verbringst mehr Zeit damit, zu leben."

Mir blieb die demütigende Suche nach einer schlagfertigen Antwort erspart, weil in diesem Moment mein Handy klingelte. Als ich Scarlets Nummer auf dem Display sah, packte mich die Angst. Wenn es eine Person gab, die es hasste, vor dem Mittag aufzustehen, dann war es Jaes *Nuna*. Ein Anruf von ihr noch vor den zweistelligen Morgenstunden hätte selbst einen Stein aus der Ruhe gebracht.

„Hallo, Scarlet", meldete ich mich. „Warum bist du so früh wach? Oder warst du noch gar nicht im Bett?"

„Hier ist nicht *Nuna.*" Jaes Stimme an ihrem Handy erschreckte mich noch heftiger. Offenbar machte ich ein schockiertes oder angstvolles Geräusch, denn er beruhigte mich hastig, bevor ich etwas sagen konnte. „Es geht ihr gut. Ich benutze nur ihr Handy, weil ich vergessen habe, meins aufzuladen. Der Akku war leer, kurz nachdem ich angekommen bin."

„Was ist los?" Ich schluckte den Kloß in meinem Hals herunter und winkte ab, als Claudia mir neuen Kaffee eingießen wollte. Sie runzelte die Stirn, als sie mich sprechen hörte, und blieb mit der dampfenden Kaffeekanne in der Hand zwischen unseren Schreibtischen stehen. „Geht es *dir* gut? Wo bist du?"

„Mit mir ist alles in Ordnung", sagte Jae. Neben ihm schallte etwas aus einem Lautsprecher und das Geräusch sandte ein Knistern durch die Leitung. „Ich bin im Krankenhaus, im Cedars."

„Was machst du da?" Ich hielt inne und atmete durch. Er würde es mir leichter erklären können, wenn ich endlich den Mund hielt und ihn reden ließ.

„Moment, ich bin gleich draußen." Die Stimmen um ihn herum wurden leiser und ich hörte ihn seufzen. „Shin-Cho ist gestern Abend ausgegangen … um sich einen Mann zu suchen."

„Und ist er wieder aufgetaucht?" Für einen schwulen Mann war es nachts auf der Straße nach wie vor gefährlich. Ein oder zwei homophobe Arschlöcher reichten aus und schon musste sich die Polizei um die Überreste eines armen Kerls kümmern, der nur ein bisschen Spaß haben wollte.

„Ja, das kann man so sagen. Auf ihn wurde geschossen", murmelte Jae. „Was hat er sich nur dabei gedacht? Helena ist am Tag davor *gestorben* und er zieht einfach los und macht so was."

„Jeder Mensch geht anders mit Stress um, Babe", merkte ich an. „Im Grunde haben wir dasselbe getan."

„Wir haben uns nicht in einer Bar rumgetrieben." Jae kannte sich besser auf den Straßen aus, als mir lieb war. Er hatte wenig Geduld mit Leuten, die sich in gefährliche Situationen begaben, mit denen sie nicht umgehen konnten.

Genau wie er mich normalerweise in die Kategorie „kennt sich nicht aus, aber bringt sich in schwierige Situationen" einordnete, schien er es auch mit Shin-Cho zu tun, wobei ich ihm allerdings nicht widersprechen wollte.

„Was ist passiert? Wie geht es ihm?" Mir wurde mulmig. „Ist er in Ordnung?"

„Er wird noch operiert." Es klang, als stieße er Zigarettenrauch aus. „Laut der Polizei war er mit einem Typen hinter der Bar und jemand hat auf sie geschossen. Niemand weiß, ob aus einem Auto geschossen wurde oder von einem Fußgänger. Ein Mitarbeiter der Bar hat sie beim Müllrausbringen gefunden."

„Scheiße. Was ist mit dem anderen Mann?" Obwohl ich mich bemühte, nicht an die Nacht zu denken, in der Ben auf uns geschossen hatte, kroch sie näher und näher. Der Geruch von Blut klebte an meinen Erinnerungen und schob das sichere kleine Leben fort, das ich mir inzwischen aufgebaut hatte.

„Er war schon tot, als die Polizei ankam. Ich glaube, *Hyung* will sehen, ob er der Familie helfen kann." Verärgerung legte sich in Jaes Stimme. „Warum hat Shin-Cho nur etwas so Dummes gemacht?"

„Weil …" Wie sollte ich jemandem, der lieber allein durchs Leben gegangen wäre, als von seiner Familie verstoßen zu werden, diese Verzweiflung und Leere erklären? Jae mochte Sex. Doch obwohl er den Sex mit mir zu lieben schien, mussten wir ein Gleichgewicht zwischen gemeinsamer Zeit und seinem wilden Bedürfnis nach Unabhängigkeit finden. „Weil man manchmal nicht allein sein will, wenn es einem schlecht geht. Selbst wenn es nur ein armseliger Blowjob in einer dunklen Gasse ist. Das ist besser als nichts."

„Dafür hätte ich ihn ins Dorthi Ki Seu bringen können", brummte Jae.

„Klar, da hätte er dann einen Typen dafür bezahlen müssen und das auch noch an *Nunas* Arbeitsplatz", antwortete ich. Manchmal bewegten sich Jaes Gedanken in unerwartete Richtungen und ich konnte ihnen nicht folgen.

„Niemand hätte etwas gesagt", widersprach er. „Es ist ein privater Club. Niemand müsste jetzt Kugeln aus ihm entfernen und der andere Mann wäre noch am Leben."

„Wann ist es passiert?", wechselte ich das Thema. „Es ist ziemlich spät für ein solches Treffen."

„Heute Morgen. Früh", antwortete Jae. „Vielleicht drei? Ich weiß es nicht genau. Wann schließen normale Bars? Ich weiß nicht mal, wo genau es passiert ist."

„Was kann ich tun? Braucht *Nuna* irgendetwas?"

„Sie ist aufgewühlt. Aber *Hyung* ist auch hier." Eine Sirene ertönte neben ihm und er wartete, bis sie verstummt war. „Und Shin-Chos Mutter. Sie ist gleich gekommen, als *Hyung* sie angerufen hat."

„Wie hält er durch? David, meine ich", fügte ich hinzu. „Erst Helena, dann sein Bruder."

„Deshalb rufe ich an", sagte Jae. „Er will mit dir reden. Ich denke, Shin-Cho hat ihm das mit ihrem Vater gesagt. Kannst du kommen?"

„Jetzt? Klar."

„Er scheint wirklich *dringend* mit dir reden zu wollen." Ich stellte mir sein typisches „Leute sind verrückt"-Schulterzucken vor. „Vielleicht braucht er … Kontrolle über irgendetwas? Im Augenblick ist alles furchtbar, also muss er etwas tun. Vielleicht will er dich auch bitten, deine Suche nach Dae-Hoon zu beenden."

„Das kann ich nicht", antwortete ich. „Meine Auftraggeber sind Scarlet und Shin-Cho."

„Ich weiß es auch nicht genau", gab Jae zu. „Ich weiß nur, dass er die ganze Zeit unruhig auf und ab geht. *Nuna* ist aufgelöst wegen Shin-Cho und *Hyung* ist gereizt, weil seine Schwester … Na ja, jedenfalls ist ihre Gesellschaft gerade nicht angenehm."

„Und du bist draußen und rauchst", fügte ich hinzu.

„Ja. Es war entweder das oder eine Tasse Kaffee", brummte er. „Der Kaffee ist scheußlich. Und es gibt nur schwarzen Tee oder das miese Kräuterzeug."

„Soll ich bei Starbucks anhalten?"

„Vielleicht lieber bei einem Schnapsladen." Er zog so kräftig an seiner Zigarette, dass ich es durchs Telefon hörte. „Ich könnte bald so weit sein, dass ich mich noch mal als Ire versuchen möchte."

VERMUTLICH MUSS ich nicht erwähnen, dass ich Krankenhäuser hasse. Da ich es jetzt doch erwähnt habe, kann ich auch die Sekunden eingestehen, die ich vor dem Eingang zögerte. In solchen Momenten wünschte ich mir, ebenfalls Raucher zu sein. Wäre ich klüger gewesen, hätte ich Jaes Rat befolgt und unterwegs einen Whisky gekauft.

Dennoch war ich überrascht, im Raucherbereich Scarlet zu entdecken. Sie trug einen erschöpften Gesichtsausdruck und schwarze Stilettos mit 15-Zentimeter-Absatz, die sich die meisten Frauen nicht zugetraut hätten. Selbst bei Tageslicht und mit einem Herrenhemd und einer schwarzen Caprihose bekleidet sah sie noch wie die Sängerin sentimentaler Liebeslieder aus. Ihr langes schwarzes Haar war hochgesteckt, wobei einige Strähnen ihr Gesicht umrahmten, und ihr blutroter Lippenstift hinterließ eine Einladung auf dem Zigarettenfilter, die viele der vorbeigehenden Männer offensichtlich zu gern angenommen hätten.

„Auf die würde ein überraschender Anblick warten", knurrte sie leise, als ich mich näherte. Nach einem letzten Zug drückte sie ihre Zigarette in einem mit Sand gefüllten Behälter aus. „Glaubst du, irgendeiner von ihnen würde mich auch nur eines Blickes würdigen, wenn sie wüssten, was zwischen meinen Beinen ist?"

Ihr Gesichtsausdruck war säuerlich verzerrt, um die Tränen zurückzuhalten, die aus ihren roten Augen zu rinnen drohten. Da ich kein Taschentuch hatte, das ich ritterlich aus der Tasche ziehen und ihr anbieten konnte, entschied ich mich für die nächstbeste Möglichkeit. Ich legte meine Arme um sie und zog sie an meine Brust.

„Warum?" Sie krallte ihre Finger in mein Hemd – vermutlich nicht so sehr, um sich festzuhalten, sondern um sich davon abzuhalten, mich zu schlagen. Ich hatte keine Antwort für sie. Vor allem, weil ich nicht sicher war, was sie überhaupt fragte. „Sie hassen mich. Sie kennen mich überhaupt nicht und trotzdem hassen sie mich."

„Seongs Schwester?", riet ich, woraufhin sie nickte und sich mit einem Taschentuch, das irgendwo an ihr versteckt gewesen sein musste, die Nase putzte. Ich konnte mir nicht vorstellen, wo. Ihre Hose sah aus, als hätte man sie auf ihren schlanken Körper gegossen. Vermutlich war es das Hemd. „Vergiss sie. Baby, du bist so sehr Frau, dass du mich kein bisschen anmachst, wenn ich dich umarme."

Es tat gut, ihr Lachen zu hören und zu sehen, wie es die Tränen aus ihren Augen spülte. Ich bekam eine kräftige Umarmung und einen Klaps aufs Hinterteil. Insgesamt keine schlechte Belohnung.

„Du bist ein guter Junge", sagte sie und legte mir einen Arm um die Taille. „Dein Jae hat Glück mit dir."

„Mal sehen, ob er das auch findet, wenn er sieht, dass ich keinen Whisky mitgebracht habe." Mit ihr als Unterstützung an meiner Seite betrat ich das Gebäude. Mein Magen zog sich zusammen und mein schmerzender Bauch drohte, den zuvor getrunkenen Kaffee auf dem Marmorboden des Foyers zu verteilen.

„Er wird dir verzeihen", versprach Scarlet. „Du machst ihn glücklich. Manchmal vergesse ich das. Es ist alles, was ein Mann wirklich braucht."

Der glückliche Mann erwartete mich in einem mit Koreanern angefüllten Raum. Zwischen den Anwesenden gab es eine klare Grenze. In einer Hälfte des Raums befanden sich vor allem die allgegenwärtigen Bodyguards in schwarzen Anzügen und Scarlets Seong. Kwon stand neben einer älteren Frau mit angespanntem Gesicht, das sich verfinsterte, als sie Scarlet eintreten sah. Ein Mann, bei dem es sich vermutlich um Shin-Chos Stiefvater handelte, näherte sich der Frau von hinten, um ihr eine Hand auf die Schulter zu legen.

Falls Seong etwas mit Dae-Hoons Verschwinden zu tun hatte, war ich bereit, ihm zu vergeben, denn er stand von seinem Platz auf und streckte Scarlet eine Hand entgegen. Als sie diese ergriff, zog er sie in eine enge Umarmung.

Jae löste sich aus der Traube schwarzer Anzüge und näherte sich mit leicht zusammengekniffenen Augen, die auf Verärgerung hindeuteten. Im Gegensatz zu seiner feurigen *Nuna* war er zu beherrscht und distanziert für eine Umarmung, auch wenn ich sah, dass er sich eine wünschte. Als er mir einen Becher der Brühe reichte, die er am Telefon noch schlechtgemacht hatte, sorgte ich dafür, dass sich unsere Finger etwas länger berührten. Ich grinste nicht direkt, als er leicht errötete.

Nicht direkt. Aber fast.

„Shin-Cho hat die Operation überstanden", murmelte Jae. „Er wird sich wieder erholen. Aber es darf noch niemand zu ihm, bis ihn die Ärzte fertig versorgt haben."

„Wenn ich mir einige von den Leuten hier ansehe, hoffe ich, dass es noch lange dauert."

Etwas abseits saß David, der sich von dem Gewühl zurückgezogen hatte, obwohl ihn die giftigen Ausläufer dennoch zu erreichen schienen. Er sah mitgenommen aus. Anders konnte man es nicht sagen. Er schien seit dem Probeessen nicht geschlafen zu haben und ich wusste aus Erfahrung, dass er sich wahrscheinlich sehnlichst einen Augenblick Frieden wünschte.

Als er mich kommen hörte, sah er auf. Er erkannte mich, woraufhin die Wachsamkeit aus seinem Gesicht wich. Der selbstsichere, fröhliche junge Mann vom Abend des Probeessens war verschwunden, ersetzt durch einen kummervollen Menschen, der nun auch um seinen Bruder fürchten musste. Er warf einen Blick auf den leicht zerbeulten Pappbecher in seiner Hand. Es wunderte mich nicht, dass dieser noch halb voll war.

„Sie sind der Mann, den mein Bruder beauftragt hat, oder? Cole McGinnis?"
David erhob sich, um mir die Hand zu reichen. Ich schüttelte sie mit einem Nicken.
„Danke, dass Sie gekommen sind. Kim Jae-Min hat gesagt, Sie würden es tun. Sie
sind ein guter Freund."

„Na ja, ich bemühe mich. Auf der anderen Straßenseite ist doch ein Café",
sagte ich. „Da es noch ein bisschen dauern wird, bis man Shin-Cho besuchen darf,
könnten wir rübergehen und etwas Anständiges trinken."

„Das wäre schön." Mit einem Seufzen entsorgte er den Becher im
Abfalleimer. „Und während wir dort sind, können Sie mir verraten, warum mein
Bruder tote Männer ausgräbt und warum Helena dafür sterben musste."

11

DOT'S COFFEE Shop war sehr nüchtern eingerichtet. Zu den weißen Wänden gesellten sich abgenutzte Resopaltresen der goldgesprenkelten Sorte eingefasst von einem verbeulten Edelstahlring. Die Bänke und drehbaren Barhocker aus rotem Vinyl waren brüchig, wobei man größere Risse mit Klebeband geflickt hatte.

Der Boden war schwarz-weiß gefliest und an der gläsernen Schwingtür, durch die man das Café betrat, bewarb ein verblasstes Schild ein Frühstück aus Eiern mit Speck und Toast, das rund um die Uhr für etwas weniger als vier Dollar zu haben war. Die Kundschaft bestand vor allem aus müdem und abgearbeitetem Krankenhauspersonal, das in schmutzigen Kitteln für einen schnellen Snack über die Straße eilte, während auf den Bänken verstreut Familien oder Paare mit traurigen Gesichtern saßen, gezeichnet von langer Krankenwache.

David passte genau hinein.

Er bestellte einen großen Tomatensaft ohne Eis und überprüfte den Inhalt der Tabascoflasche auf dem Tisch. Ich entschied mich für Kaffee und Sauerteigtoast. Die Kellnerin war eine ältere Frau, die eindeutig nicht viel Trinkgeld erwartete. Die Leute im Dot's schienen hauptsächlich dort zu sitzen, um zur Abwechslung an einem anderen Ort warten zu können. Bei uns war das kaum anders.

„Noch einmal danke, dass Sie gekommen sind. Zurzeit ist alles ... verrückt", sagte David, als ihm sein Saft serviert wurde. Mein Kaffee war ihm dicht auf den Fersen und so verbrachten wir einige Augenblicke damit, unsere Getränke nach unserem Geschmack zu behandeln. Ich nahm Milch und Zucker. Er versorgte seinen Saft mit Salz, Tabascosoße und einem Spritzer der dazu servierten Zitronenscheibe.

„Das mit Helena tut mir leid. Ich wünschte, ich könnte in der Hinsicht mehr für Sie tun", entschuldigte ich mich. Er schüttelte den Kopf, wollte das Thema nicht ansprechen. „Ich bin nicht sicher, was ich Ihnen sagen kann", fuhr ich fort. „Ich wurde von Ihrem Bruder beauftragt. Was ich herausgefunden habe, ist vertraulich."

„Wahrscheinlich weiß ich mehr, als Sie denken. Shin-Cho hat mir von dem Auftrag erzählt und davon, dass Sie ... Dinge über unseren Vater herausgefunden haben. Sehr unangenehme Dinge. Damit meine ich die Erpressung, nicht das Schwulsein. Das weiß ich schon lange, obwohl unsere Familie es mir verheimlichen wollte."

„Das kann nicht leicht gewesen sein." Ich hatte den Eindruck, dass David einen besseren Sinn für die Familiengeheimnisse besaß als sein Bruder. „Soweit ich Shin-Cho verstanden habe, hat er es erst vor kurzem herausgefunden."

„Lassen Sie mich Ihnen etwas über meinen Bruder verraten, Mr. McGinnis." Er rührte seinen Saft um und schien mehr daran interessiert zu sein, die Salzkörner

286

darin versinken zu sehen, als ihn zu trinken. „Shin-Cho mag ja mein *Hyung* sein, aber er war schon immer … was die Familie als fragil bezeichnet. Sie passen auf, worüber sie in seiner Gegenwart reden. Manchmal handelt er, ohne nachzudenken. Ich habe in meinem Leben schon viel für ihn ausbügeln müssen."

Obwohl er seinem Vater so ähnlich sah, war sein ruhiges, gefasstes Äußeres ganz Seong. Die Ungerührtheit schien bei den Männern in der Familie zu liegen. David trank endlich einen Schluck von seinem Saft, bevor er ihn vorsichtig auf den Tisch stellte und mir in die Augen sah.

„Ich wusste schon von dem Geld. Mein Stiefvater hat es mir vor dem … Essen gesagt", teilte er mir mit. „*Hyung* hat gestern Abend mit mir darüber geredet und ich habe ihm gesagt, dass ich es bereits wusste. Aber wie mein Vater es bekommen hat … das wusste ich nicht."

„Also wussten Sie es, aber haben es Ihrem Bruder verheimlicht? Ein großes Geheimnis, wenn man bedenkt, dass er theoretisch einen Anspruch auf die Hälfte von dem hat, was Ihr Vater hinterlässt."

„Das Einzige, was unser Vater hinterlassen hat, sind zwei Söhne", sagte er mit Nachdruck. „Als ich herausgefunden habe, woher das Geld kam, wusste ich, dass es nicht uns gehört. Es gehört den Männern, die er ausgenutzt hat. Mein Vater war hier nicht das Opfer – zumindest nicht in Bezug auf das Geld."

„Das kann ich nicht abstreiten", räumte ich ein. „Aber durch sein Verschwinden wird er zum Opfer, wenn einer der Männer ihn umgebracht hat."

„Es wäre das Beste, wenn mein Vater *verschwunden* bliebe." Die Müdigkeit und der Schmerz der letzten Tage holten ihn ein. Er musste darum kämpfen, deutlich zu sprechen. Als ich ihm meinen Teller mit Toast zuschob, nahm er eine Scheibe mit Butter und biss desinteressiert hinein.

„Weil er schwul war?", fragte ich leise.

Seine Reaktion darauf war beinahe komisch. Sein Gesicht verzog sich zu einer perfekten Mischung aus Empörung und Verblüffung, bevor sie zu verächtlicher Ablehnung überging. „Nein. Für mich hat es damit zu tun, wie er diese Männer benutzt hat. Für die Familie … ja, für sie ist es, weil er schwul war. Aber bei mir liegt es daran, dass ich nicht weiß, ob ich ihm sein Verhalten verzeihen kann. Ich weiß es einfach nicht."

Mit einer Ecke der Toastscheibe wedelnd fuhr er fort: „Mein Bruder hat ihn vergöttert. Sie hatten eine enge Beziehung. Zu eng für den Geschmack unserer Familie. Einige Leute glauben, dass mein Vater … dass unser Onkel … meinen Bruder zu dem gemacht haben, was er ist. Sie flüstern hinter unserem Rücken, mein Vater hätte Shin-Cho als Kind angefasst und deshalb fiele es ihm so schwer, seinen Weg im Leben zu finden."

„Glauben Sie das?", fragte ich vorsichtig. Die Missbrauchsvorwürfe passten nicht zu dem Dae-Hoon, den Shin-Cho uns beschrieben hatte. Andererseits wäre es nicht das erste Mal gewesen, dass ein Sohn den Mann anbetete, der sein Vertrauen missbraucht hatte.

„Nein", fauchte David beinahe. „Mein Bruder ist, wer er ist. Er ist Shin-Cho. Weder mein Vater noch mein Onkel oder *Hyungs* Liebhaber haben etwas damit zu tun, dass Shin-Cho Männer liebt. Aber ich kann ihn nicht vor dem Rest der Familie beschützen. Es hat sie wütend gemacht, dass ich ihn als Trauzeugen wollte, aber er ist mein Bruder. Wen sollte ich sonst fragen? Er ist mein *Bruder*."

„Er wollte herausfinden, was aus Ihrem Vater geworden ist." Mein Kaffee wurde von derselben Kellnerin nachgefüllt, die sich mit ihrer Glaskanne wie eine Ninjakämpferin auf Kreppsohlen zwischen den Tischen bewegte. „Stört es Sie nicht, dass Dae-Hoon einfach aus Ihrem Leben verschwunden ist?"

„Stören?" David schien darüber nachzudenken, zuckte dann jedoch nur mit den Schultern. „Nein, nicht mehr. Vielleicht hat es das getan, als ich jünger war. Meine Onkel haben mich großgezogen, die Seongs. Ich weiß, dass es Shin-Cho stört. Er vermisst unseren Vater, aber er jagt einem Geist nach. Das tut er schon sein ganzes Leben lang. Deshalb habe ich ihm auch nichts von dem Geld erzählt, als ich es herausfand. Ich hatte die Familie schon genug verärgert. Dieses eine Mal brauchte ich ihn an meiner Seite. Ich wollte heiraten."

„Wie hat Ihr Stiefvater von dem Geld erfahren?" Ich fügte meinem Kaffee mehr Zucker hinzu. „Hat sich die Bank mit ihm in Verbindung gesetzt?"

„Han Suk-Kyu sagt, die Bank hier hat sich vor einem Monat bei meiner Mutter gemeldet. Aber da es sich um das Geld meines Vaters handelt, steht es eigentlich seinen Söhnen zu. Mir und Shin-Cho. Die Bank hat eine Betriebsprüfung oder Ähnliches durchgeführt und wollte die Kontoinformationen auf den neusten Stand bringen. Die Details weiß ich nicht. Ich habe es erfahren, bevor wir … vor dem Probeessen."

Ich gab ihm etwas Zeit, um seine Fassung zurückzugewinnen. Er wandte den Blick ab und holte tief Luft, während er heftig blinzelte, bis er wieder klar sehen konnte. Nachdem er sich wieder umgewandt hatte, schob er unruhig eine Gabel auf dem Tisch hin und her.

„Es ist viel Geld." Der Vinylbezug der Bank quietschte, als ich mich zurücklehnte. Selbst bei geringen Zinsen konnte es sich nach der langen Zeit um Millionen handeln. „Warum hat er so lange damit gewartet, es Ihnen zu sagen?"

„Shin-Cho … hatte gerade das Militär verlassen. Es war keine leichte Zeit. Also dachte Han Suk-Kyu, es wäre eine nette Überraschung, fast wie ein Hochzeitsgeschenk von meinem Vater. Und etwas, das Shin-Cho bei einem Neuanfang helfen könnte. Er war nicht sehr glücklich, als ich ihm gestern Abend gesagt habe, dass ich das Geld zurückgeben möchte."

„Wieso haben Sie eigentlich Anspruch auf das Geld?", erkundigte ich mich. „Waren Ihre Eltern nicht noch verheiratet, als er verschwunden ist?"

„Es ist kompliziert", antwortete David. „Aber meine Mutter hat wieder geheiratet. In Korea hat sie damit kein Anrecht mehr auf das Eigentum meines Vaters und das gilt auch für Gelder im Ausland."

„Haben Sie mit Ihrem Bruder darüber geredet, das Geld zurückzugeben?"

„Ja, er hat mir erzählt, wie unser Vater es bekommen hat. Danach habe ich mit Suk-Kyu-ah gesprochen." Er seufzte schwer. „Mein Bruder ist nicht ... Er trifft nicht immer gute Entscheidungen. So wie letzte Nacht. Trotz allem, was passiert ist, hat er sich aus Onkels Haus geschlichen und sich nach ... Sex umgesehen. Warum? Und warum hat Scarlet *Hyung* dafür sein Auto geliehen?"

„Ihr", korrigierte ich.

„Was?" David legte verwirrt den Kopf schräg.

„Scarlet. *Ihr* Auto", wiederholte ich. „So ist es ihr lieber. Wir nennen sie *Nuna*."

Für einen langen Moment starrten wir einander stumm an. Ich hoffte, dass sich mein unergründlicher Gesichtsausdruck verbessert hatte, war allerdings nicht sicher. Mein Bruder hielt mich jedenfalls für den schlechtesten Pokerspieler der Welt. Genauer gesagt war er der Meinung, dass selbst ein Kind auf einem Zuckerwattetrip mehr Kontrolle über seine Gesichtszüge hatte als ich.

Schließlich stieß er ein leises Geräusch aus und nickte. „Tut mir leid, ich sehe sie als Mann. Ich bin nicht ... daran gewöhnt."

„Kein Problem." Ich zuckte mit den Schultern. „Das dauert eine Weile. Sie war die beste Freundin Ihres Vaters. Was er getan hat, war auch für sie ein ziemlicher Schock und ich glaube, es tut ihr leid, dass sie Sie und Ihren Bruder nicht aufwachsen sehen konnte."

„Bei dieser Angelegenheit scheint es einige Leute zu geben, denen etwas leid tut", antwortete er. „Jedenfalls kann ich das Geld nicht annehmen. Es ist mit dem Blut meines Vaters beschmutzt. Und ich frage mich, ob auch Helenas Blut daran klebt. Ich habe nicht begriffen, warum sie jemand töten sollte. Dann hat mir Shin-Cho verraten, wie unser Vater an das Geld gekommen ist. Vielleicht hat uns also jemand für seine Rache an ihm benutzt."

„Sie glauben, jemand hat sie erschossen, um sich wegen Ihres Vaters an Ihrer Familie zu rächen?" Ich dachte darüber nach. „Es sei denn, sie war nicht das eigentliche Ziel. Sie wurde nicht als Einzige getroffen."

Ich versuchte, den zeitlichen Ablauf zu rekonstruieren. Jemand aus Dae-Hoons Fotos hätte von Han Suk-Kyus Plan gewusst haben können, seinen Stiefsöhnen von dem Geld zu erzählen. Doch selbst wenn man Rache am liebsten kalt genoss, war der Mord an Helena wie ein vereistes Fertiggericht, das man ganz hinten in der Gefriertruhe gefunden hatte. Ein sehr umständlicher Weg der Rache, vor allem, wenn die Rache Dae-Hoon und nicht Kwon galt.

Die in Davids Blick aufflammende Wut hätte mich beinahe in Brand gesetzt.

„Ich kann verstehen, dass Sie es nicht gern hören." Ich beugte mich vor. „Ich würde mich gern Ihrer Meinung anschließen, dass es mit dem Geld zu tun hatte, weil es einen Sinn ergeben würde. Es könnte ja trotzdem damit zusammenhängen, aber wir sollten zumindest in Erwägung ziehen, dass es nicht Helena war, auf die gezielt wurde. Stattdessen könnten es Sie oder Shin-Cho gewesen sein. Ja, sogar die Schüsse der letzten Nacht könnten damit in Verbindung stehen. Vielleicht war es etwas anderes als ein Angriff auf zwei schwule Männer hinter einer Bar."

David wandte nachdenklich den Blick ab. Sein Gesicht war ausdruckslos und seine Augen schienen in weite Ferne zu schauen. Letztendlich leckte er sich über die Lippen und nickte ruhig. „Das klingt nicht unwahrscheinlich. Vor allem, wenn der Täter hier lebt. Nicht jeder reist zwischen hier und Seoul hin und her, wie Onkel es tut. Sie können uns jetzt leichter angreifen. Nicht wie früher."

„Ich denke, Sie sollten Vorkehrungen treffen", sagte ich. „Selbst wenn wir nicht sicher sind, wäre es klüger. Ihr Onkel hat doch Leute für so etwas. Wenn Sie möchten, rede ich mit ihm über Schutz für Sie."

„Danke, das mache ich schon." David lächelte. „Schon komisch. Die Familie distanziert sich von Onkel wegen … Scarlet und trotzdem ist er der Erste, der mir nach der Sache mit Helena Hilfe anbietet. Und auch jetzt mit Shin-Cho kann ich mich auf ihn verlassen. Ganz egal, was zwischen ihm und den anderen passiert ist, er betrachtet mich als seine Familie. Und für ihn gibt es nichts Wichtigeres."

„Ja, das verstehe ich." Ich verstand wirklich, was er meinte. Vielleicht nicht im selben Ausmaß wie er und Jae, aber hätte ich Mike nicht gehabt, wäre mein Leben zum Kotzen gewesen, nachdem mein Vater mich rausgeworfen hatte. Und nach Ricks Tod eine einzige Qual.

David verzog das Gesicht, als sein Handy eine kurze Melodie sang. Nachdem er die Nachricht gelesen hatte, seufzte er schwer und stürzte den Rest seines Safts hinunter, als handelte es sich um ein Schnapsglas mit etwas Selbstgebranntem.

„Shin-Cho wurde auf ein Zimmer gebracht. Ich möchte rübergehen, falls er aufwacht." Er holte sein Portemonnaie aus der Tasche und legte einen Zwanziger auf den Tisch. „Falls Shin-Cho zustimmt, wäre es schön, wenn Sie mir die Ergebnisse Ihrer Nachforschungen mitteilen könnten. Vor allem, wenn … all das mit meinem Vater zu tun hat."

„Versprechen kann ich es nicht." Ich stand auf, da ich ebenfalls ins Krankenhaus zurückkehren wollte. „Es hängt von Shin-Cho ab."

„Das ist in Ordnung", sagte er leise, während er mich langsam und prüfend musterte. „Ich kann Ihnen nämlich keine Versprechungen dazu machen, was ich tue, falls Sie den Mörder finden. Also ist es nur fair."

ICH BLIEB nicht lange im Krankenhaus. Nachdem Jae mich auf den neusten Stand gebracht hatte, wollte ich mich mit Seong zu einem Gespräch über Dae-Hoon verabreden, doch Scarlet war dagegen.

„Er hat nichts getan", versicherte sie, als ich in den Rover stieg. „Er sagt, dass er Dae-Hoon weiterhin bezahlt hat, weil *Hyung* ihn weiter als Teil der Familie gesehen und sich für ihn verantwortlich gefühlt hat. Von der Erpressung wusste er nichts. Das schwöre ich dir."

Jae beugte sich in mein offenes Fenster, nah genug für einen Kuss, nah genug, dass ich seinen warmen Atem auf meinen Lippen spürte. Ich öffnete den Mund und atmete ein, was er mir geben konnte, den Kuss, den er mir nicht geben konnte. Sein Mundwinkel zuckte und er wandte mit vor Belustigung funkelnden Augen den Blick ab. Dann legte er die Finger um meinen Unterarm und drückte ihn kurz.

„Ich stimme *Nuna* zu", murmelte er leise. Davids Stiefvater war uns nach draußen gefolgt und hatte sich gleich in den Raucherbereich begeben, um sich eine Zigarette anzuzünden. Jetzt stand er unter der Überdachung und sah uns zu, während der Wind den Zigarettenrauch von seinem Gesicht forttrug. „*Hyung* würde Dae-Hoon nichts antun. Außerdem wussten alle, dass er schwul war. Nur deshalb wurde er nach Los Angeles geschickt."

Ich nickte, obwohl ich einen großen Teil meiner Aufmerksamkeit auf Han Suk-Kyu gerichtet hatte. Als wir aus dem Café zurückgekehrt waren, hatte ich ihn im Gespräch mit Kwon gesehen und die zwei schienen sich sehr gut verstanden zu haben. Vielleicht war ich in Bezug auf Kwon überempfindlich. Er nutzte jüngere Männer aus und ich sah ihn nicht gern in Jaes Nähe, obwohl ich wusste, dass Jae auf sich selbst achtgeben konnte. Mir tat eher Kwon leid, falls er es wagte, sich an Jae heranzumachen. Wenn dann noch etwas von ihm übrig bliebe, würde sich Scarlet darum kümmern. Dennoch: Han Suk-Kyus wachsamer Blick folgte jeder unserer Bewegungen, als ich mich mit Jae unterhielt.

„Pass auf dich auf, ja?" Am liebsten hätte ich Jae geküsst, um Han zu zeigen, dass er mir gehörte. Es war kindisch und unnötig, ganz davon abgesehen, wie sehr ich Jae-Min damit in Verlegenheit gebracht hätte. Ich machte mir noch einmal bewusst, dass Jae die Person war, die mich mit Umarmungen und Essen versorgte. Eindeutig niemand, den ich ohne guten Grund verärgern sollte. „Sehen wir uns zu Hause?"

„Später", versprach er. „Da wir jetzt wissen, dass sich Shin-Cho wieder erholen wird, wollte ich noch etwas zum alten Zoo am Griffith Park fahren. Bei den Häusern, die ich ursprünglich fotografieren wollte, ist es jetzt mit dem guten Licht vorbei, aber dort dürfte es nicht schlecht sein."

„Sei vorsichtig", sagte ich. Mit einem Augenrollen entfernte er sich einen Schritt vom Rover. „Ruf mich wenigstens an, falls du wegen unbefugten Betretens eines Grundstücks verhaftet wirst. Ich bezahle die Kaution."

Letztendlich war ich ihrer Meinung, was Seong anging. Er stand nicht weit oben auf meiner Liste von Leuten, die sich Dae-Hoons Tod gewünscht hätten. Er schien eher die Person zu sein, deren Leben Dae-Hoons am meisten ähnelte. Nur dass Seongs in jeder Hinsicht einen besseren Verlauf genommen hatte.

Als ich mein Haus erreichte, stand Bobbys Pick-up davor. Ich fand ihn auf Claudias Stuhl mit den Füßen auf ihrem Schreibtisch. Ich schob sie im Vorbeigehen hinunter und wich mit einem schnellen Schritt zur Seite aus, als er ausholte, um mir einen Klaps aufs Hinterteil zu verpassen.

„So schnell solltest du mal im Ring sein", schnaubte er belustigt. „Das würde deinem hübschen Gesicht einiges ersparen."

Ich dachte über eine weitere Tasse Kaffee nach, doch die Kanne war leer und die Maschine ausgeschaltet. Stattdessen schnappte ich mir eine Flasche Eistee aus dem Kühlschrank und lehnte mich damit auf meinem eigenen Stuhl zurück. Es war Mittag, doch meine Büroleiterin war nirgends zu sehen. „Wo ist Claudia?"

„Sie wollte zum Bauernmarkt die Straße runter." Er salutierte mit der Wasserflasche. „Hat was von Grünkohl und Erdbeeren gesagt. Ich halte die Stellung. Nicht dass man da viel halten muss. Hast du auch nur einen einzigen Klienten?"

„Ich bin eben wählerisch", sagte ich mit einem pikierten Schniefen, was mir ein Schnauben einbrachte. „Und du kannst mich mal. Ich habe dir einen Gefallen mit Trey getan und du weißt ja, wie das geendet hat."

„Stimmt", gab er zu. „Trey ist ein Arschloch. Keine Ahnung, was ich mir dabei gedacht habe. Fast als würde ich *dir* Gefallen tun. Zum Beispiel einen ehemaligen Bullen zu finden, der in dieser Nacht im Bi Mil war."

„Ehrlich?" Ich verschluckte mich beinahe an meinem Tee. „Ist er bereit, mit uns zu reden?"

„Ja", antwortete Bobby. „Aber es wird noch besser."

„Dae-Hoon wohnt in seinem Keller?", riet ich.

„So gut nun auch wieder nicht." Er schüttelte seufzend den Kopf. „Aber er ist schwul, und ob du es glaubst oder nicht, er hat sich mit einem Koreaner eingelassen, den er im Badehaus kennengelernt hat. Sie sind seit Jahren zusammen. Er kann sich morgen früh um zehn mit uns treffen. Ich habe versprochen, dass ich Donuts mitbringe."

„Fuck." Ich stieß einen Pfiff aus. „Ich könnte dich küssen."

„Gegen das Ficken hätte ich ja nichts einzuwenden, aber es würde unsere tragische und unerwiderte Romanze ruinieren", sagte er gedehnt. „Außerdem habe ich gesehen, wie Jae eine Zwiebel schneidet. Ich hätte Angst, dass er dasselbe mit deinen Eiern macht."

„Warum denkst du, dass er es mit *meinen* Eiern machen würde?" Ich konnte nicht aufhören zu lächeln. Wenn der Polizist sich an irgendetwas aus dieser Nacht abgesehen von einem großen schwarzen Auto erinnerte, hätte ich endlich einen Anhaltspunkt.

„Weil ich deinen Jungen kenne." Bobby wippte mit Claudias Stuhl, der dabei laut quietschte. „Wenn er sauer wäre, würde er sich an *dir* rächen. Ich? Ich wäre wie die Glasflasche an Treys Schwanz. Einmal entfernt, wäre ich nur noch Müll."

12

„HI." ICH begegnete im Badezimmerspiegel Jaes Blick. In meinem Gesicht befanden sich Tupfen von Rasierschaum, und als ich meine Lippen zu einem Luftkuss spitzte, wurde ich damit belohnt, dass etwas davon in meinen Mund geriet. Ich verzog das Gesicht und spuckte ihn aus, um den unangenehmen Geschmack loszuwerden.

Ich hatte es den ganzen Tag erfolgreich vermieden, an das Essen mit meiner Familie zu denken, bis mich der Gedanke daran beim Verlassen der Dusche mit voller Wucht getroffen hatte. Wenn es einen Ort gab, an dem ich an diesem Abend nicht sein wollte, dann war es Mikes Haus. Ich war nie ein Feigling gewesen und wusste, dass es nicht half, vor Problemen davonzulaufen – so verführerisch die Vorstellung auch war. Dennoch hätte ich mich in diesem Augenblick nur zu gern mit Jae in mein Bett verkrochen, um mich dort eine Woche lang zu verstecken.

„Lass mich auch kurz duschen, dann können wir fahren", sagte Jae und ging an mir vorbei. Das um meine Hüften geschlungene Handtuch wurde unbequem, als er begann, sich auszuziehen. Es wurde noch schlimmer, als er aus seinem T-Shirt geschlüpft war und ich die Bissspuren sehen konnte, die ich auf seiner Schulter und seinem Rücken hinterlassen hatte.

„Hmmm." Mit meinem besten verführerischen Schnurren schlang ich ihm die Arme um die Taille und schob mich gegen ihn, bis er meinen Schwanz an seinem Hintern spüren konnte. „Weißt du …"

„Raus." Er löste meine Arme, drehte sich um und schob mich mit einer Hand an meiner Brust von sich. „Zieh dich an. Ich habe ein paar Sachen für dich rausgesucht. Sie liegen auf dem Bett."

Und schon hatte sich vor meiner Nase die Tür geschlossen, noch bevor ich gegen diese grobe Behandlung protestieren konnte. Ich schmollte etwas. Neko schien sich in ähnlicher Stimmung zu befinden, denn sie maunzte mich vom Bett aus an und war eindeutig empört über meine Kleidung auf ihrer Liegefläche.

Ich zog die bereitgelegte anthrazitgraue Stoffhose und das dunkelrote Hemd an. In Jeans und einem T-Shirt hätte ich mich wohler gefühlt, doch Jae schien andere Pläne zu haben. Auf die Krawatte verzichtete ich. Meine Bereitwilligkeit, mich für meine eigene Hinrichtung in Schale zu werfen, hatte ihre Grenzen.

Als Jae aus dem Badezimmer kam, warf er zwar einen Blick auf meinen offenen Hemdkragen, äußerte sich jedoch nicht zur fehlenden Krawatte. Schnell zog er sich an – wesentlich schneller, als mir lieb war, auch wenn ich den Anblick seines Körpers in schwarzer Anzughose und schwarzem Hemd durchaus genoss. Um ihn zu ärgern, hielt ich ihm die schwarze Seidenkrawatte hin, die er für mich ausgesucht hatte, doch er schob lediglich meine Hand aus dem Weg und machte sich auf die Suche nach einem Paar Socken.

Während der Fahrt schwiegen wir. Ich hätte ihn gern nach seinem Tag gefragt – dem Teil des Tages, den wir nicht zusammen verbracht hatten –, doch er schien nicht in der Stimmung für eine Unterhaltung zu sein. Als er den CD-Player einschaltete, wisperte ein sinnliches koreanisches Lied aus den Lautsprechern des Rover. Es entlockte ihm ein Lächeln und er streckte eine Hand aus, um sie um meine zu legen. Plötzlich kam mir die Unterhaltung nicht mehr wichtig vor.

In der geschwungenen Auffahrt zu Mikes und Maddys Haus in den Hollywood Hills stand ein unbekanntes Auto. Ich parkte den Rover mit etwas Abstand dahinter, um leicht wenden zu können, falls ich schnell verschwinden wollte, und schaltete die Scheinwerfer aus. Das Garagentor war verschlossen, sodass wir uns nicht durch die Hintertür hineinschleichen konnten, durch welche die Garage mit dem Rest des Hauses verbunden war. Das moderne, elegante Haus gehörte den beiden und überblickte die Canyons. Die großen Fenster waren so hell erleuchtet, dass sie Schatten auf die Zufahrt warfen, und hinter den durchscheinenden Vorhängen im Erdgeschoss bewegten sich Menschen. Ich schluckte, sammelte mich für das Unvermeidliche.

„Es wird schon gut gehen", versprach Jae, während er meine Hand mit seiner streifte. „Ich beschütze dich."

Ich musste lachen, als ich mir vorstellte, wie mein muskulöser, aber schlanker Liebster sich einem Mann in den Weg stellte, der von Berufs wegen dreißig Kilo schwere Rucksäcke durch Dschungel schleppte. Trotzdem war es leicht, meine Finger in Jaes Hand zu legen und mir von der Berührung Kraft geben zu lassen. Wenige Sekunden nachdem ich mit der Klingel ein fröhliches Läuten durchs Haus gesandt hatte, öffnete Maddy die Tür. Ich versank in einer so kräftigen Umarmung, dass ich beinahe die teure Flasche Wein hätte fallen lassen, die ich gekauft hatte, um wie ein zivilisierter Mensch zu wirken.

Da sie ein Paar geworden waren, kurz nachdem ich Rick verloren hatte, war es fast noch untertrieben, zu sagen, dass Maddy mich von meiner schlimmsten Seite gesehen hatte. Ich war von ihr auf sanfte Weise zu meiner Physiotherapie gezwungen worden, denn sie erklärte mir, dass sie diese auch durchgemacht hatte, und zwar mit Leichtigkeit. Wenn einen eine große nordische Frau mit kleiner Zahnlücke im Lächeln und ohne die untere Hälfte ihrer Beine zu Armbeugen herausfordert, kann man als Mann mit Eiern in der Hose einfach nicht nein sagen.

Sie hatte mich fertiggemacht. Ohne auch nur zu schwitzen.

Ihr blonder Pagenkopf kitzelte meine Nase, als ich mich vorbeugte. Ich bildete mir ein, meine Rippen knirschen zu hören, als sie mich noch fester an sich drückte. Dann ließ sie mich mit einem kräftigen Klaps auf den Hintern los. Sie hatte Jae bereits in die Arme geschlossen, bevor ich sie davor warnen konnte. Höflicherweise knurrte oder biss er nicht. Ihre Überschwänglichkeit hatte ihn überrascht, bevor sich seine Kratzbürstigkeit zeigen konnte und sie löste sich schnell wieder von ihm, um ihm die Hände auf die Schultern zu legen und ihn sich gründlich anzusehen.

„Oh, er ist so wunderschön, Cole", säuselte sie in meine Richtung. Dann zwinkerte sie Jae zu und sagte: „Ich freue mich, dass du hier bist. Mike hat mir *nichts* über dich erzählt und Cole ist fast genauso verschwiegen."

„Jae, das ist Maddy McGinnis, die Geißel aller anderen Architekten und Läufer", stellte ich sie mit einer Geste vor. „Maddy, das ist Jae-Min Kim, Ausnahmefotograf und der Mann mit dem so schlechten Urteilsvermögen, sich mit mir einzulassen. Erschreck ihn nicht. Ich habe ihn noch nicht lange und würde ihn ziemlich gern behalten."

„Ich freue mich, dich kennenzulernen." Nachdem sie Jae endlich losgelassen hatte, deutete er eine Verbeugung an. „Und darüber, dass du Cole herschleifen konntest."

„Er hat mich eingeladen", murmelte er höflich. „Ich musste nur ganz wenig schleifen."

„Eigentlich habe ich ihm gesagt, dass ich ihn brauche. Er hat versprochen, mir die Tür aufzuhalten, falls ich flüchten will", sagte ich. Mein Blick fiel auf zwei schmale graue Bögen neben der Bank im Eingangsbereich. „He, sind das neue Beine?"

„Ja, zum Laufen. Sind die nicht cool?" Grinsend zog sie ein Hosenbein hoch, um mir ihren linken Fuß zu zeigen. Er krümmte sich wie dafür gemacht in einen an den Zehen offenen Schuh mit fünf Zentimeter hohem Absatz und endete mit eleganten, dunkelrot lackierten Zehennägeln. „Die sind auch neu. Sie sind verstellbar. So kann ich flache Schuhe und welche mit Absätzen tragen. Ich probiere sie noch aus, aber bisher gefallen sie mir gut."

„Und sie passen an deine Beine?" Ich sah mir die anderen neben der Bank genauer an und nahm eines in die Hand. Das Ende war breiter als bei ihren anderen Laufbeinen, um es anstelle des Adapters mit einem Kniegelenk zu verbinden. Der Fuß ähnelte einer Panzerkette und ich prüfte mit der Hand, wie sehr er nachgab. „Ich mochte die anderen."

„Die sind zum Sprinten." Sie lachte. „Und die hier für längere Strecken."

„Die anderen sind diese coolen Metallklingen", erklärte ich Jae. „Ich sage ihr immer, sie soll die Ränder schärfen, damit sie damit beim Laufen wie ein Ninja die Konkurrenz ausschalten kann. Aber die Idee scheint ihr nicht zu gefallen."

„Es könnte auf Dauer auffallen, wenn ich hinter mir beinlose Menschen zurücklassen würde", merkte sie an. „Am Ende werde ich noch für ansteckend gehalten."

„Aber denk doch nur daran, wie sehr du die anderen in Angst versetzen würdest." Ich legte den Fuß ab. „Mad Dog McGinnis, Schrecken aller Läufer."

„Du bist albern", sagte sie, während sie die von mir abgestellte Weinflasche hochhob. „Ich nehme an, der ist für mich?"

„Als würde ich ein Mädchengetränk wie Wein trinken." Ich folgte ihr ins Haus. Jae blieb unschlüssig an der Tür stehen, bis Maddy ihm einen fragenden Blick zuwarf. Ich drehte mich ebenfalls um und sah, dass er seine Schuhe betrachtete, bevor er sie schließlich abstreifte.

„Es kommt mir komisch vor, ein Haus mit Schuhen zu betreten", erklärte er Maddy.

Sie nickte lachend. „Hey, kein Problem. Schließlich redest du mit der Person, die manchmal sogar ihre Beine an der Tür lässt. Kommt mit in die Küche und nehmt euch etwas zu trinken. Dann können wir zusammen rausgehen."

Das Haus war ein aus klaren Linien und Retromöbeln bestehendes Kunstwerk. Maddys Geschmack ging in die Richtung einer etwas überarbeiteten Version der britischen Mod-Bewegung. Einmal hatte ich Mike gefragt, wie es sich anfühlte, im Filmset von *Velvet Goldmine* zu leben. Er hatte mir mit ausdruckslosem Blick geantwortet, dass ihn die Einrichtung des Hauses nicht interessierte, solange Maddy dort war. Deshalb war es ein Schock gewesen, als er den Küchenboden ausgetauscht hatte. Spanische Fliesen passten weder zum Haus noch zu Maddy.

So überraschte es mich nicht, dass die Fliesen mit Tatamimatten ausgelegt worden waren.

Maddy bemerkte meinen Blick auf den Boden und schüttelte den Kopf. „Wir reden nicht darüber. In einer Woche muss ich nach San Francisco. Wenn ich zurückkomme, wird alles verschwunden sein."

Als ich den Mund öffnete, brachte es mir einen warnenden Blick ein. Ich hob abwehrend die Hände. „Ich wollte doch nur fragen, wo die anderen sind."

„Draußen auf der Terrasse. Mike hat es für das Beste gehalten, da zu essen. Die Mädchen schwimmen im Pool." Leiser fügte sie hinzu: „Bist du bereit?"

„Ja." Ich nahm mir ein Bier aus dem Kühlschrank und bot Jae ebenfalls eins an. Nachdem ich die Flasche geöffnet hatte, nahm ich einen großen Schluck. „Lass es uns angehen."

ER HATTE sich verändert.

Mein Schreckgespenst war etwas älter und faltiger und das braune Haar, das er mir vererbt hatte, war von dicken silbernen Strähnen durchzogen. Die leicht hängenden Schultern waren jedoch noch so kräftig wie damals. Sein irischer Teint hatte durch den häufigen Aufenthalt im Freien einen rötlichen Bronzeton angenommen und das Haar auf seinen Unterarmen war nahezu blond. Ich musste etwas gewachsen sein, seit ich mein Elternhaus verlassen hatte, denn ich überragte ihn um wenige Zentimeter. Seinem angriffslustigen Gesichtsausdruck nach zu urteilen, schien er es als persönliche Beleidigung zu empfinden, dass er nun leicht zu mir aufsehen musste.

Seltsamerweise war ich bei diesem ersten Zusammentreffen in mehr als einem Jahrzehnt nicht sicher, was ich fühlte. Die Wut und Verwirrung in meinem

Kopf schienen weit entfernt zu sein, wie der widerhallende Refrain eines Streits, an den ich mich kaum noch erinnern konnte. Hinter mir hörte ich Jae, der Maddy nach den auf dem Hügel hinter dem Haus gepflanzten Sukkulenten fragte, und das kreischende Gelächter der drei jungen Mädchen im hell erleuchteten Pool mit seinem dunklen Boden.

Der unnachgiebige Blick seiner grünen Augen folgte mir, als ich die Terrasse überquerte, und sie verengten sich, als ich Mike zur Begrüßung auf den Rücken klopfte, und wurden zu Schlitzen, als ein schlankes junges Mädchen mit lautem Platschen aus dem Pool sprang und sich übermütig mit ihrem pitschnassen Körper gegen mich warf.

„Coco!" Mir war egal, dass Tasha nass war und das Chlor im Poolwasser meinem Hemd sicher nicht guttun würde. Als sie die Arme um meinen Hals schlang, zog ich sie an mich und hob sie mühelos hoch. Das winzige Mädchen, das mir stets wie ein plappernder Schatten gefolgt war, hatte sich auf wundersame Weise in eine hübsche junge Frau verwandelt.

„Hi, Tazzie." Mein Herz zog sich schmerzhaft zusammen und ich hatte Mühe, genug Luft in meine Lunge zu befördern. Ich schloss die Augen und legte eine Hand an ihren Hinterkopf, um sie zu umarmen, so lange ich konnte.

Schließlich klopfte Mike mir auf die Schulter. „Sag den Mädchen Hallo, Cole. Tasha kann sie dir vorstellen."

Es war mehr als nur merkwürdig, mit meinen eigenen jüngeren Schwestern bekannt gemacht zu werden. Sie sahen aus wie Echos von Tasha, Schnappschüsse aus einem Alter, in dem ich sie nicht gesehen hatte. Die mittlere, Bianca, war etwa zwölf Jahre alt und blickte mir durch ihre schwarz eingefassten runden Brillengläser leicht eulenhaft entgegen, doch ihr schüchternes Lächeln war freundlich. Im Gegensatz zu Tashas hüftlanger Mähne war ihr Haar zu einem Pagenkopf geschnitten und dem bewundernden Blick ihrer blauen Augen nach zu urteilen, als meine Schwägerin mit einem Tablett auf die Terrasse kam, hatte sie mit der Frisur bewusst ihr Vorbild imitiert.

„Und das ist Mellie", sagte Tasha und deutete mit einer eleganten Geste auf die Kleinste. Dabei beugte sie sich vor und flüsterte mir ins Ohr: „Ich habe ihnen alles über dich erzählt, Coco. Deine Nasenklautricks kannst du also vergessen."

„Hallo, Mellie." Ich ging vor ihr in die Hocke und sie musterte mich mit ernster Aufmerksamkeit, wie es nur eine Fünfjährige konnte.

„Mein richtiger Name ist Melissa", erklärte sie schließlich mit einem durch ihre fehlenden Schneidezähne verursachten Lispeln. „Daddy sagt, du bist eine verdammte Schachtel."

Ich hatte bisher nie einen Augenblick erlebt, in dem die Welt zum Stillstand zu kommen schien und man das Geräusch einer fallenden Stecknadel gehört hätte. Jetzt tat ich es. Es war beinahe komisch, den Menschen um mich herum dabei zuzusehen, wie ihnen klar wurde, welches Wort meine kleine Schwester tatsächlich nachsprechen wollte. Auf einen Moment des Begreifens folgte ein Blick schlimmsten Entsetzens.

„Tasha, geh doch mit deinen Schwestern rein, damit ihr euch zum Essen fertig machen könnt." Barbara hinkte langsam aus der Glastür zum Wohnzimmer. „Wascht das Chlor ab, sonst juckt es später."

Mit einem mitfühlenden Blick in meine Richtung führte sie ihre Schwestern ins Haus. Mellie folgte ihr bereitwillig, Bianca etwas widerstrebend mit einem schwermütigen Blick auf den Pool. Ich richtete mich wieder auf, wobei meine Narben schmerzhaft protestierten.

Während das Jahrzehnt dem Gesicht und Körper meines Vaters anzusehen war, schien für Barbara seit unserer letzten Begegnung kaum ein Tag vergangen zu sein. Ihr Haar besaß ein helleres Blond und reichte jetzt bis zu den Schultern, doch ihr Gesicht war faltenlos und nur ein Hauch von Make-up betonte ihre Augen. Auf den violetten Gehstock gelehnt und in einem rosaroten Pullover mit passender Strickjacke war sie eine vorbildliche Vertreterin ihres Frauenvereins.

Barbaras Anblick brachte Erinnerungen an warme Schokoladenkekse und Gläser kalter Milch mit sich, die nach der Schule auf mich gewartet hatten, an Übernachtungen in unserem Garten in einem schlecht aufgebauten Zelt und an das erste Mal, dass ich einen anderen Typen geküsst hatte, was seltsamerweise auf dem Fahrersitz ihres Toyotas passiert war.

Im Gegensatz zu meinem Vater tat es weh, sie zu sehen, und ich musste mich mit brennenden Augen abwenden, weil sie genau wie beim letzten Mal nichts tat, um mich zu verteidigen.

Ich brauchte mehr Luft. Ein merkwürdiger Gedanke, da ich mich im Freien befand, aber ich fühlte mich einfach eingeengt. Bewusst ruhig ging ich an Jae vorbei in die Küche. Er berührte meine Hand, als ich vorbeiging, und warf mir einen fragenden Blick zu, bevor er mir ins Haus folgte. Ein geschmeidiger, furchtloser Schatten, den ich wissentlich in meine persönliche Hölle gebracht hatte.

„Lauf ihm nicht nach, Barb", hörte ich meinen Vater sagen. „Die Schwuchtel ist schon immer vor allem weggelaufen. Wieso sollte sich das geändert haben?"

Jae schloss die Tür hinter uns, bevor weitere seiner weisen Sprüche an meine Ohren dringen konnten. Ich stützte mich auf die Arbeitsplatte, presste meine Hände auf die kalte Granitoberfläche, um mich zu beruhigen. Jae legte mir die Hände auf den Rücken und fuhr damit an meinen Seiten entlang, bis sie auf meinen Schulterblättern lagen. Dann lehnte er sich mit einem Seufzer an mich, presste seinen Körper an meinen Rücken und meine Beine. So standen wir da, als sich einige Sekunden später die Tür öffnete und ich das unverwechselbare Klicken und Schlurfen einer Person mit Gehstock hörte.

„Ich möchte bitte kurz mit Cole sprechen", sagte Barbara ruhig. „Falls Sie kurz draußen warten könnten, Mister …"

Ich drehte mich um und stoppte Jae kurz, indem ich ihm einen Arm um die Taille legte. Er hob einen Mundwinkel zu einem zynischen Lächeln und nickte in

Richtung Tür, um mich stumm zu fragen, ob er wirklich gehen sollte. Ich legte ihm die Hände an die Wangen und murmelte mit einem flüchtigen Kuss auf seine Lippen: „Geh ruhig. Ich komme schon zurecht."

Sie wartete, bis Jae das Zimmer verlassen hatte, bevor sie sich mir mit angewidertem Gesicht zuwandte. Ihr auf ungewohnt hässliche Weise verzerrter Mund zerstörte die Schönheit, auf die sie so viel Wert legte. „War diese ekelhafte Einlage unbedingt nötig? Oder hast du das extra für mich getan?"

„Nein, das habe ich für mich getan." Es überraschte mich selbst, wie ruhig ich klang. Ich fühlte mich nicht ruhig. Ich fühlte mich verletzt. Tief in mir brodelte und siedete der Schmerz, bis er plötzlich überkochte und mir die Kehle und den Mund verbrannte. Als ich sie so ansah, strömten plötzlich alle Gefühle auf mich ein, die ich beim Anblick meines Vaters erwartet hatte, und die blutenden Schnitte in meiner Seele trafen mich mit überraschender Wucht.

„Verdammte Scheiße", stieß ich mit einem Lachen aus.

„Was ist das für eine Wortwahl, Cole?", schalt Barbara. „Ich will von dir keine Flüche hören."

„Oh, natürlich, aber meinen Vater lässt du mich vor meiner kleinen Schwester als verdammte Schwuchtel bezeichnen? Wir wissen alle, was sie sagen wollte. Sie ist nur zu jung, um das Wort zu verstehen." Ich legte den Kopf schräg und fuhr fort, bevor sie etwas sagen konnte. „Weißt du was, Barbara? Als ich hergekommen bin, habe ich einen Streit mit Dad erwartet. Aber als ich Mellie gehört habe, ist mir etwas klar geworden: Er hat schon immer so geklungen. Eigentlich war es keine Überraschung. Es hätte mich nicht überraschen sollen, als er mich rausgeworfen hat. Aber du ... du warst eine verdammt große Überraschung."

„Was hast du denn von mir erwartet?" Sie lehnte ihren Stock an die Tür und verschränkte die Arme. Ich kannte diese Haltung. Ich hatte sie in meiner Kindheit häufig genug gesehen, um zu wissen, dass sie nicht in der Stimmung war, etwas anderes zu diskutieren, als was ich tun konnte, um mein Vergehen wiedergutzumachen. „Hätte ich wegen deiner kranken Angewohnheiten die Familie auseinanderreißen sollen? Hätte dich das glücklich gemacht – wenn du die Familie ebenfalls zerstört hättest?"

„Ich bin schwul, Barb", schnaubte ich. „Nicht drogenabhängig."

„Glaubst du wirklich, ich wollte deine Schwester mit so etwas aufwachsen lassen?", fuhr sie fort, während sie mit ihren langen Fingernägeln auf die Arbeitsplatte trommelte. „Ich musste sie beschützen ..."

„Wovor? Vor mir?" Ich machte einen Schritt auf sie zu und sie zuckte zurück, straffte ihre Schultern. Die Perlmuttknöpfe ihrer Strickjacke zitterten, als sie an ihrem Kragen zupfte. „Wovor wolltest du sie beschützen? Davor, mich glücklich zu sehen?"

„Bist du das? Denn wenn Mike von dir erzählt, klingt es nicht so", antwortete sie verächtlich. Ihre Stimme war lauter geworden und bebte leicht, warnte vor Tränen der Wut. „Du wurdest von deinem Arbeitskollegen niedergeschossen. Du bist fast gestorben. Glaubst du nicht, dass er es getan hat, weil du ein Homo bist?"

„Und wo warst du?", gab ich zurück. „Hmm, *Mom*? Wo zum Teufel warst du, als ich meinen Freund verloren habe und am Boden zerstört war? Ich weiß, wo. Auf derselben Veranda, auf der du zugesehen hast, wie Dad mir ins Gesicht gespuckt und mich aus dem Haus gejagt hat."

„Ich habe es nicht nötig, hier zu stehen …" Barbara wollte nach ihrem Stock greifen, doch ich legte eine Hand auf den Griff, bevor sie ihn erreichen konnte.

„… und dir das anzuhören?", beendete ich ihren Satz. „Weißt du, was das Schlimmste war?"

Sie stand zitternd neben mir. Ein Teil von mir weinte beim Gedanken daran, dass die Frau, die sich um mich gekümmert hatte, wenn ich krank gewesen war, sich nun vor mir fürchtete. Doch zugleich wurde mir endlich vollkommen klar, was Jae mir seit Monaten sagte. Seine größte Angst war, dass sich seine Familie von ihm abwenden würde, doch ein Teil von mir wollte nicht wahrhaben, dass das jemals passieren könnte. Vermutlich weil ich bisher nicht hatte wahrhaben wollen, dass es mir passiert war.

„Verdammt", fluchte ich leise. „Da sage ich ihm die ganze Zeit, dass ich seine Gefühle verstehe, dabei hatte ich bis zu diesem Moment nicht die geringste Ahnung."

„Lass mich vorbei, Cole. Ich gehe jetzt raus", sagte Barbara in angespanntem Tonfall und griff erneut nach ihrem Stock.

„Du warst die einzige Mutter, die ich je kannte", flüsterte ich. „An meine andere Mutter kann ich mich nicht erinnern. Ich habe sie nie kennengelernt. So weit ich mich zurückerinnere, warst du meine *Mom*. Ich habe erwartet, dass du mich in Schutz nimmst. Weil du meine *Mutter* warst. Aber du hast mich weggeworfen, Barbara. Du hast mich weggeworfen wie Hundescheiße auf deinem Rasen. Als würde ich dir nichts bedeuten. Als hätte ich dir *niemals* etwas bedeutet."

„Es stimmt nicht, dass du mir jemals *nichts* bedeutet hast", sagte sie leise. „Ich kann nur nicht … Ich kann dich nicht akzeptieren … wenn du *so* bist."

„Aber so war ich schon immer. So *bin* ich", antwortete ich. Ich ließ ihren Stock los. „Du warst meine Mutter. Die Person, von der ich bedingungslose Liebe erwartet hätte. Darauf habe ich mich verlassen. Ich habe mich auf dich verlassen, aber du hast mich enttäuscht und ich habe alles verloren. Hätte ich Mike nicht gehabt … Was glaubst du, was ich ohne ihn nach Ricks Tod getan hätte? Wahrscheinlich hätte ich mir meine Pistole in den Mund gesteckt, so schlecht ging es mir. Ich hätte dich gebraucht. Wenn ich dich ein einziges Mal in meinem Leben wirklich gebraucht habe, dann zu dieser Zeit. Aber du bist nicht gekommen. Wie soll ich dir das jemals verzeihen?"

„Alles wäre leichter, wenn du gestorben wärst." Sie beugte sich vor und nahm mit einer eleganten Bewegung den Griff des Stocks zwischen die Finger. Nachdem sie ihre Strickjacke zurechtgerückt hatte, hob sie den Kopf und sah mich mit unnachgiebigem Blick an. „Ich werde es nicht beschönigen, Cole. Alles wäre so viel leichter gewesen, weil ich jetzt damit umgehen muss, dass Tasha dich sehen möchte. Und sie ist eigensinnig genug, um uns Schwierigkeiten zu machen, wenn sie ihren Willen nicht durchsetzen kann."

Hätte sie mir einen Tritt zwischen die Beine verpasst, hätte ich nicht überraschter sein können. Meine Lunge zog sich zusammen und ich konnte nicht mehr atmen.

„Dein Vater war es, der ihr erlaubt hat, dich zu treffen", sagte sie mit einem Schniefen. „Also vergiss nicht, ihm dafür zu danken. Ich hatte gehofft, du würdest deine Perversionen vor den Mädchen nicht zeigen, aber selbst mit dieser Kleinigkeit habe ich wohl zu viel von dir erwartet. Du solltest wissen, dass ich am Ende den von dir angerichteten Schaden beseitigen muss."

Sie war durch die Tür verschwunden, bevor ich genug Atemluft für eine Antwort gefunden hatte. Ich lehnte mich an die Wand und starrte die von Maddy aufgehängte schwarze Katzenuhr mit ihren Kulleraugen an, bis ich nicht mehr zu zittrig zum Laufen war. Nachdem ich nicht länger Rasierklingen in meinem Magen spürte, kehrte ich auf die Terrasse zurück und lächelte Tasha zu, als sie mich umarmte und Coco nannte.

Jaes Hand legte sich auf meinen Rücken und ich spürte ein leichtes Zittern. Ich musste ihn nicht ansehen, um zu wissen, dass er vor Wut die Lippen zusammengepresst hatte. Ich streckte die Hand aus, um ihn mit einem Arm an mich zu ziehen, und flüsterte ihm zu, dass alles in Ordnung sei, dass er mich nicht gegen meinen Vater verteidigen müsse, was gegen sein tief verwurzeltes Pflichtgefühl als Sohn verstoßen hätte. Dann beugte ich mich hinüber und küsste die unausgesprochenen Worte von seiner Zunge.

Sein würziger Karamellgeschmack reichte aus, um Barbaras bittere Worte fortzuspülen.

Das angewiderte Schnauben meines Vaters machte den Kuss nur noch süßer. Ich hätte Göttern ins Gesicht gespuckt, um Jae in meinen Armen halten zu können. Meinem Vater ins Gesicht zu spucken, war nichts im Vergleich zu den Dingen, die ich für Jae getan hätte.

Während Tasha die Terrasse verließ, um nach einer nicht von kleinen Schwestern besetzten Toilette zu suchen, kam Maddy mit trotzig gehobenem Kopf auf uns zu. So schwul ich auch war, konnte ich gut verstehen, warum sich mein Bruder in sie verliebt hatte. Ihr fehlten nur das dicke Pferd, die blonden Zöpfe und der Wikingerhelm und ich wäre vor ihr auf die Knie gefallen und hätte „Die Walküre" gesungen.

Hätte sie mir jemals den bösen Blick zugeworfen, mit dem sie jetzt Barbara ansah, hätte ich um meinen Schwanz gefürchtet. Meine Eier wimmerten schon in seiner Nähe.

Maddys Beine murmelten ein leises Klicken, als sie sich mir näherte. Mit einer heftigen Umarmung gab sie mir mehr von dieser unglaublichen Kraft, die ich bereits nach dem Vorfall mit Ben von ihr erhalten hatte. Ihr geflüsterter Zuspruch wäre nicht nötig gewesen, war jedoch eine schöne Zugabe.

Beinahe so schön wie der Anblick der in Mikes Augen aufgestauten brodelnden Wut. Sein Gesicht war kühl und ausdruckslos, als er sich unserem Vater zuwandte und sagte: „Das ist das letzte Mal, dass einer von euch beiden dieses Haus betritt. Die Mädchen … sie sind hier immer willkommen. Aber für euch ist meine Tür von jetzt an verschlossen."

„Du willst für eine Schwuchtel deine Familie wegwerfen?" Die Worte meines Vaters waren kein Schock. Nach den Wunden, die Barbara in der Küche bei mir hinterlassen hatte, waren sie wie Balsam.

„Diese Schwuchtel *ist* meine Familie", fauchte Mike. „Sie, Sir, sind es nicht."

ICH SCHAFFTE etwa eine halbe Meile, bevor ich am Straßenrand anhalten musste. Ich hatte bis zum Ende des Essens mit einem aufgesetzten Lächeln durchgehalten, ein sprödes und aschenes Etwas auf meinem tauben Gesicht. Als Mikes Haus nach der ersten Kurve endlich aus dem Rückspiegel verschwunden war, konnte ich mich nicht länger beherrschen. Ich bremste an einem Aussichtspunkt, der einen Blick auf das Stadtzentrum von Los Angeles bot, und brach mit noch laufendem Motor zusammen. Über das Lenkrad gebeugt gab ich die wacklige Fassade auf, hinter der ich mich den ganzen Abend versteckt hatte.

Die Tränen flossen schnell und heftig, wie Nadeln in meinen Augen, als ich versuchte, sie fortzublinzeln. Mein Herz fühlte sich an, als würgte es Glas hoch, als blutete es aus tausend winzigen Schnitten, die Barbaras Kälte ihm zugefügt hatte. Da streckte Jae-Min die Arme aus und zog mich an sich, und obwohl ich nicht verstand, was er murmelte, vertrieb seine Wärme das von ihr hinterlassene Eis. Ich ließ mich zu ihm hinüberziehen und in seinen Armen wiegen, bis ich das Schlimmste überstanden hatte.

Ich weiß nicht, wie lange wir dort mit laufendem Motor und brennenden Scheinwerfern standen, doch als ich endlich den Kopf heben konnte, waren die Scheiben beschlagen. Sein Gesicht war so nass wie meins und ich berührte seine Wange, unglücklich darüber, ihm so viel Schmerz verursacht zu haben.

Doch sein Lächeln vertrieb die letzten messerschwingenden Dämonen aus meinem Magen und ich umarmte ihn heftig, wollte ihn nie mehr loslassen. Er küsste mein Gesicht und wischte mir mit dem Ärmel die Tränen von den Wangen, bevor er mich ganz auf den Beifahrersitz zog und ausstieg, damit er um das Auto herumgehen und sich auf den Fahrersitz setzen konnte.

„Lass uns nach Hause fahren, *Agi*", flüsterte er und tätschelte mir einmal den Oberschenkel, bevor er den Vorwärtsgang einlegte. „Ich bin hier, Cole. Das verspreche ich dir, okay? Ich bin hier."

13

„Raus aus den Federn, Prinzessin." Eine Stimme durchbrach grob die angenehme Dunkelheit um mich herum. „Wir haben keine Zeit zu verlieren, wir haben zu tun."

Ich murmelte Bobby einen dunklen, schmutzigen Ort zu, an den er meiner Meinung nach verschwinden durfte, doch er schien sich diesen Rat nicht zu Herzen zu nehmen. Stattdessen zog er die Decke von meinem nackten Körper und seine große Hand landete mit Schwung auf der rechten Hälfte meines Hinterteils. Schnell machte sich das Brennen bemerkbar und ich setzte mich auf, wobei ich mich bemühte, nicht die schmerzende Hälfte zu belasten.

„Was soll das?", zischte ich durch zusammengebissene Zähne, während ich über den riesigen Handabdruck rieb. „Was willst du hier überhaupt?"

„Dich wecken, damit wir William Grey in Pasadena besuchen können." Bobby betrachtete mit einem schelmischen Grinsen meinen nackten Körper. „Weißt du, Kleiner, ich habe dich mir noch nie so genau angesehen. Du bist ziemlich heiß. Selbst mit zugeschwollenen Augen."

Mit einem klassischen „leck mich" rutschte ich vom Bett und stolperte ins Badezimmer, wo ich wie ein Vampir in einem schlechten Film vor dem Licht zurückwich, nachdem ich auf den Schalter gedrückt hatte. Als ich mich schließlich dazu durchgerungen hatte, mich mitten in die Helligkeit zu schleppen, starrte ich im Spiegel mein mitgenommenes Gesicht an.

Bobby hatte mit den zugeschwollenen Augen kaum übertrieben. Ich sah wie eine schlecht gestylte Version von Charlie Chans Mutter aus. Mein Haar stand wild in alle Richtungen ab, als versuchte es, vor meinem Hirn zu flüchten. Nach der letzten Nacht konnte ich ihm nicht vorwerfen, dass es aus Hotel Cole auschecken wollte.

Ich war immer wieder aufgewacht, aufgeschreckt durch meine eigenen Gedanken. Doch wenn ich aus den Schrecken meiner Träume aufgetaucht war, hatte jedes Mal Jae auf mich gewartet, die Arme um meine Brust geschlungen und ein Bein über meinem liegend. Sein Herzschlag hatte mich beruhigt und ich war wieder eingeschlafen, um den Kreislauf von vorn zu beginnen. Doch irgendwann hatte mein Unterbewusstsein begriffen, dass Jae bei mir bleiben würde und ich war in einen tiefen Schlaf gefallen.

Bis Bobbys Hand auf meinem Arsch gelandet war und ich mich fragen musste, ob ich in den nächsten Tagen würde sitzen können.

Eine Dusche und ein kurzer, auf mein brennendes Hinterteil gerichteter kalter Wasserstrahl beseitigten den größten Teil meiner Schmerzen. Das Beste daran, mir eine Dusche mit Jae-Min zu teilen, war die Tatsache, dass ich den ganzen Tag wie er roch. Der Nachteil war, dass mein Schwanz auf Jaes Geruch an meiner Haut reagierte und ich ihn ständig daran erinnern musste, sich zusammenzureißen, bis wir Jae wiedersahen.

Mein kleiner Kopf verspottete mich lediglich und hörte ungefähr genauso gut auf mich wie mein großer Kopf.

Am Haken der Kleiderschranktür hing ein altes, abgetragenes Dr-Pepper-T-Shirt. Ich hätte es nicht weiter beachtet, wäre nicht ein neonpinkfarbener Zettel mit einer Sicherheitsnadel daran befestigt gewesen. Obwohl Jaes entschlossene schwarze Handschrift den größten Teil des Zettels einnahm, war die Farbe schmerzhafter für meine Augen als das Badezimmerlicht. Trotzdem lächelte ich, während ich die Sicherheitsnadel löste.

Zieh das an. Ich habe letzte Nacht darin geschlafen, schrieb Jae. *Auf diese Weise hast du mich heute bei dir. Wir sehen uns später zum Essen.*

„Unser Jae-Min", sagte ich einer desinteressierten Neko, die sich auf dem von mir verlassenen Bett ausgestreckt hatte. „Er ist albern."

„Willst du jetzt Kaffee oder sollen wir unterwegs anhalten?", rief Bobby aus dem Erdgeschoss. „Ach, vergiss es. Schon gut. Wir holen unterwegs welchen. Ich habe keine Lust, auf deine Kaffeemaschine zu warten. Beweg endlich deinen Arsch hier runter, Prinzessin. Ich brauche meinen Joe."

„Ja, das sagt er auch immer, wenn er in die Bar geht, um Männer aufzureißen", murmelte ich Nekos Hinterkopf zu.

Bobby hielt durch, bis wir uns mit dem von ihm gewünschten Kaffee eingedeckt hatten und uns auf der 10 befanden. Dann war seine Geduld erschöpft. „Willst du drüber reden? Über das Essen?"

Welcher vernünftige Mensch würde nochmals den Kampf durchleben wollen, in dem ihm die Zähne eingeschlagen worden waren und er beinahe an seinem eigenen Blut erstickt war? „Nein."

Ich hatte lange genug darüber geredet. Im Dunkeln, mit Jaes Hand auf meiner Brust, hatte ich das ganze Gift in meinem Innern herausgelassen. In den Unterbrechungen zwischen meinen Geständnissen, wenn die Tränen mir die Kehle zuschnürten, hatte Jae mich in seinen Armen gehalten, während mein Körper darum kämpfte, sich auch von den letzten von meiner ehemaligen Mutter hinterlassenen Toxinen zu befreien. Als ich endlich vollkommen erschöpft gewesen war, hatte es von ihm weder Plattitüden noch ein „Alles wird gut, Baby" oder Ähnliches gegeben. Stattdessen war er ins Badezimmer verschwunden und mit einem kühlen, nassen Waschlappen zurückgekommen, mit dem er mein Gesicht von dem knisternden Salz in meinen Wimpern und auf meinen Wangen befreit hatte.

Sein Schweigen war tröstender gewesen als Worte. Seine Wärme war zu Licht geworden, das die Monster von mir ferngehalten hatte. Als ich jetzt in Bobbys Pick-up saß, fühlte sich sein T-Shirt an wie seine Hände, wenn es über meine Haut strich.

„Nicht ... jetzt", kam ich Bobby etwas entgegen. Ein echter Freund wusste, wann er nachhaken und wann er sich zurückhalten musste. Bobby war ein echter Freund. Er gab lediglich ein Brummen von sich und nickte.

„Lass es mich wissen, falls sich das ändert", fügte er nach einiger Zeit hinzu. „Dann besorge ich uns Whisky und wir können zum Strand fahren und das Meer anschreien."

„Abgemacht", stimmte ich zu.

Durch einen glücklichen Zufall war der Freeway 10 relativ frei von Arschlöchern und Verkehr, obwohl die Baustellen weiterhin den Strom der Autos eindämmten wie von verirrten Bibern hinterlassene Baumstämme. Da wir uns in Los Angeles befanden, waren Baustellen auf dem Freeway ein niemals endendes Übel. Es war wie im großen Rahmen organisiertes russisches Roulette, gespielt mit der Fahrtzeit kalifornischer Autofahrer und dem Maschinengewehrfeuer von Regengüssen, das alles noch verlangsamte.

Heute erreichten wir im Handumdrehen die 110 und schlängelten uns mit Leichtigkeit durch die unregelmäßig gewundenen Kurven, während Bobby bei George Thorogoods Liedern mitsang. Mein Kaffee war noch heiß, als die 110 abrupt am South Arroyo Parkway von Pasadena endete und damit das erste Flüstern der Hassliebe zwischen Pasadena und Los Angeles begann.

Ich war schon vor langer Zeit zu dem Schluss gekommen, dass Los Angeles Pasadena am liebsten von der Landkarte getilgt hätte. Sie streiten und beißen sich wie wilde Hunde – oder im Fall von Los Angeles eher ein ganzes Rudel wilder Hunde gegen einen alten Chihuahua mit grauhaariger Schnauze. Wenn man an Los Angeles denkt, fällt einem ein bestimmtes Idealbild ein: der Mythos von schnellen Autos, lebenslustigen Frauen und einem eleganten Lifestyle, den LA mit aller Kraft aufrechterhielt. Die Stadt hatte sich die kleineren in ihrer Umgebung einverleibt, ihre Identitäten geschluckt, bis sie begannen, sich durch ihre Nähe zu Los Angeles zu definieren.

Doch Pasadena hatte sich aus purer Sturheit geweigert, der Gier von Los Angeles nachzugeben.

Und Mann, machte das Los Angeles sauer.

Anstatt seinem kleineren Geschwisterkind sein eigenes Dasein zu erlauben, hatte LA ein ganzes Jahrhundert damit verbracht, Pasadenas Lebensadern abzuschnüren. Bis vor kurzem war es eine Qual gewesen, hinein- und hinauszukommen, und selbst nachdem die schläfrige Stadt unter den Bergen nun mit anderen Freeways als dem verstopften, zweispurigen 110 verbunden war, wurde sie noch behandelt, als bräuchte man einen Maultierzug und Proviant für fünf Monate, um sie zu erreichen. Wenn man dem durchschnittlichen Angeleno von einer geplanten Fahrt nach Pasadena erzählt, bekommt man von ihm Küsse auf beide Wangen und den Rat, an einer Limettenscheibe zu saugen, um Skorbut vorzubeugen – und das, nachdem er versucht hat, seinen entsetzten Blick zu verbergen, und die Frage loswurde, ob es um einen unvermeidlichen Besuch bei einer sterbenden Tante ginge.

Ich persönlich bin der Meinung, dass Los Angeles schlicht neidisch auf Pasadenas Rose-Bowl-Stadion ist und deshalb bei jeder Gelegenheit auf der kleineren Stadt herumtrampelt.

Bobby bog nach rechts auf die Green ab, nur um laut fluchend das Steuer herumzureißen und den Wagen auf die linke Spur zu lenken. Ich kämpfte vergeblich gegen ein Lachen an, woraufhin er mir einen bösen Blick zuwarf, während wir vor der roten Ampel standen.

„Hey, der Fehler passiert mir dauernd", entschuldigte ich mich. „Das kann man leicht verwechseln. Colorado. Green. Es ist ja nicht so, als wäre die Colorado eine große, breite Straße, die jeder benutzt."

„Wie würde es dir gefallen, nachher mit der U-Bahn zurückzufahren?", drohte Bobby. „Oder ich setze dich drüben beim Mount Wilson ab, dann werden wir sehen, wie lange du auf dem Rückweg noch lachst."

Bobbys Murren brachte mich nur noch heftiger zum Lachen und er blies die Backen auf wie ein Kugelfisch. Ich zeigte auf die Ampel über uns und stupste ihn an. „Es ist grün, Kumpel. Ein bisschen wie der Straßenname."

„Leck mich, Prinzessin." Doch es lag keine echte Verärgerung in seiner Beleidigung, lediglich ein neckender Unterton. Ich lehnte mich in meinem Sitz zurück und sah zu, wie Pasadena vor dem Fenster vorbeikroch.

Der Boulevard verkörperte auf glänzende Weise Pasadenas relativ vielseitige Halb-Öko-Kultur: eine Mischung aus Cafés, Luxuskaufhäusern und schicken Restaurants. Hinweise auf altes Geld und Konservatismus zeigten sich in den Scharen von elegant gekleideten Männern und Frauen, die herumsaßen und nichts weiter zu tun zu haben schienen, als Tee zu trinken und zu tratschen. Ein müßiges Leben war erstrebenswert und Pasadena bot es nur zu gern allen an, die es sich leisten konnten.

Kaum etwas war vom traurigen Gesicht der Stadt zurückgeblieben, das sie während der Jahre zunehmender Bandenkriminalität gezeigt hatte. Kaum jemand sprach noch vom Halloween Massacre, in dem sie gegipfelt hatte, doch die allgegenwärtigen Polizisten entlang der Hauptstraße machten jedem klar, dass Pasadena es nicht vergessen hatte und sich bereitwillig erneut jeden vornehmen würde, der das idyllische Dasein der Stadt bedrohte.

Wie schon ihr, an ihre größere, verdrießlichere Schwesterstadt gerichteter verächtlicher Mittelfinger zeigte, hatte sie wenig Geduld mit denen, die ihr schaden wollten, auch wenn sie aus der eigenen Mitte kamen. Eine Eigenschaft, die mir bei Städten gefiel. Obwohl das Wetter im Sommer zu warm und im Winter schweineeierkalt war, gab es schlechtere Städte und sie hatte durchaus ihre Reize.

Vor der nächsten Kurve entdeckte ich den Buchladen *Cloak and Dagger*. Bobby folgte meinem Blick und fragte: „Kennst du den?"

„Ja, ein netter Laden. Ich glaube, es gibt hauptsächlich Krimis", antwortete ich, als ich an meine letzte Fahrt nach Pasadena zurückdachte. „Der Besitzer sieht verdammt gut aus."

„Da gerate ich ja fast in Versuchung, Lesen zu meinem neuen Hobby zu machen." Er lachte, während sich der Verkehr vor uns endlich weit genug vorwärts bewegt hatte, um ihn nach rechts abbiegen zu lassen. Mit einem Blick auf das Navigationsgerät bog er anschließend noch einmal nach links ab, wo er sich an der breiten, von Bäumen gesäumten Straße mit Wohnhäusern einen Parkplatz suchte.

Bei den Häusern handelte es sich vor allem um einstöckige Gebäude im Craftsman-Stil. Farbenfrohe Blumenbeete begrenzten die Wege zur Haustür und zogen sich wie Regenbögen nach einem Gewitter bis zu kleinen Gartentoren. Ein Dreirad neben einer Tür war der einzige Hinweis auf ein Kind in der Wohnsiedlung. Bobbys schlammbespritzter Pick-up wirkte zwischen den BMWs etwas fehl am Platz, doch das Auto war hart im Nehmen und senkte seinen riesigen Kopf kein bisschen.

Wir gingen auf ein gepflegt aussehendes Haus mit Quergiebel zu, dessen überdachte Veranda sich über die gesamte Vorderseite erstreckte. Gleich nach dem ersten Klopfen öffnete sich die Tür, woraufhin wir einem wahrhaftigen Gott gegenüberstanden.

Obwohl er einige Jahre älter als Bobby sein musste, deuteten die Muskeln unter seinem eng anliegenden T-Shirt darauf hin, dass es ihn kein bisschen bremste. Im Gegenteil machte William Grey den Eindruck, als könnte er selbst mit einer Zombieinvasion im Wohnviertel fertig werden. Mit seinem dichten, silbergrauen Haar, das ihm jungenhaft zerzaust in die Stirn fiel, war er gut aussehend wie ein Filmstar. Seine blauen Augen strahlten, als er uns sah, und er öffnete die Tür weiter, wobei der glänzende Parkettboden leicht unter seinen nackten Füßen knarzte.

„Sie müssen Bobby Dawson sein." Er schüttelte ihm die Hand. Ich stellte mich ebenfalls vor und seine Hand legte sich kraftvoll um meine. „Kommen Sie rein."

Die Einrichtung des Hauses passte zu seinem Äußeren, gemütliche Möbel, die auf ein gemütliches, angenehmes Leben hinwiesen. Ich nahm einen vertrauten Geruch wahr und nach kurzem Schnuppern wurde mir klar, dass es sich um die scharfe rote Soße handelte, die Jae gern zum Kochen benutzte.

„Tee wäre gut, danke", antwortete ich, als William uns welchen anbot. Bobby murmelte etwas Zustimmendes.

Ein Stutzflügel nahm eine Seite des langen Raumes ein und ich ging hinüber, um mir die auf seiner glänzenden Oberfläche aufgestellten Fotos anzusehen. Sie schienen vor nicht allzu langer Zeit aufgenommen worden zu sein und zeigten William und einen asiatischen Mann in ähnlichem Alter. Sie lächelten und umarmten sich an verschiedenen Orten, wobei auf einigen Bildern auch andere Menschen zu sehen waren, doch alle zeigten William oder den Asiaten.

„Ich mache ihn ohne Zucker, also habe ich welchen mitgebracht, falls Sie ihn möchten", sagte William, der mit einem Tablett das Zimmer betrat. Als er mich am Flügel stehen sah, wurde sein Lächeln für einen Augenblick sehnsüchtig sanft. Mit dem Kinn deutete er auf das berührende Schwarzweißfoto in meiner Hand, das ihn und den anderen Mann zeigte, wie sie sich im Regen küssten. „Das ist eines meiner liebsten. Charles hasst es. Er sagt, er konnte nur daran denken, wie er fast am Wasser in seiner Nase ertrunken wäre."

„Komm endlich her, Cole, damit wir Grey bald wieder in Ruhe lassen können", brummte Bobby.

„Schon gut, ich habe heute nicht viel zu tun. Charles arbeitet und ich koche gerade, aber das Essen ist im Schongarer." Mit einem Schulterzucken machte er es sich auf einem breiten Sessel bequem. „Ich war eher neugierig, als ich von Ihren Nachforschungen gehört habe. Als Mark angerufen hat, um mich um ein Gespräch mit Ihnen zu bitten, hat es mich sehr überrascht, dass jemand Park Dae-Hoon sucht."

„Sie kannten Dae-Hoon?" Ich nahm ein Glas Tee und probierte einen Schluck, bevor ich etwas braunen Zucker hinzufügte, während ich mich bemühte, mir wegen der Aussicht, etwas über die Geschehnisse erfahren zu können, keine zu großen Hoffnungen zu machen. Tatsächlich wurden sie schnell zerstört, denn William schüttelte den Kopf.

„Ich kannte seinen Namen", sagte er vorsichtig. „Bis gestern hatte ich ihn vergessen. Er ist in einem Club oder etwas Ähnlichem verschwunden. Unter den Jungs gab es die Theorie, dass er ermordet wurde, aber niemand hat etwas herausgefunden."

„Wahrscheinlich hat sich die Spur ziemlich schnell verloren", sagte Bobby. „Vor allem, weil er kein Amerikaner war."

„Wir hatten andere Sorgen", gab William zu. „In LA zu arbeiten war damals wirklich die Hölle. Ich habe mich nach Pasadena versetzen lassen. Wenigstens hat die Stadt hier draußen sich bemüht, ihre Kriminalitätsrate zu senken. Außerdem war es leichter für mich und Charles. Hier kümmern sich die Leute eher um ihre eigenen Angelegenheiten. Ich habe hier meine letzten Jahre hinter mich gebracht und aufgehört, sobald ich konnte. Charles hat eine Stelle an der technischen Hochschule gefunden, sodass wir jetzt ein ziemlich angenehmes Leben führen."

Er erzählte uns alles, woran er sich aus dieser Nacht erinnerte, was nicht besonders viel war. Die interessanteste Information war das Erscheinen mehrerer langer, schwarzer Autos. „Als wäre der Secret Service angekommen."

„Waren Sie drinnen?" Ich wusste, was Bobby fragte. William ebenfalls.

„Sie wollen wissen, ob ich reingegangen bin und mit den anderen unschuldige Leute aufgemischt habe? Nein, nicht in dieser Nacht", sagte er. „Aber ich muss zugeben, dass ich bei anderen Gelegenheiten dabei war. Ich bin nicht stolz darauf, aber … was hätte ich tun sollen? Damals konnte man nicht riskieren, geoutet zu werden. Ich kannte ein paar Jungs, die wesentlich Schlimmeres erlebt haben, als Spitzenunterwäsche in ihrem Spind zu finden. Es gab immer wieder Vorfälle unter den Uniformen, die von höherer Stelle ignoriert wurden, weil viele der Meinung waren, dass Schwuchteln bekamen, was sie verdient hatten. Die Sache mit Charles und mir war noch neu. Ich hatte nicht vor, sie in Gefahr zu bringen."

„Ja, mit diesem Mist kennen wir uns aus", sagte Bobby mit einem Seitenblick zu mir.

Ich zuckte mit den Schultern. Hätte Ben wirklich auf mich geschossen, weil ich schwul war, wäre es zumindest eine Erklärung gewesen. Doch er hatte es seit unserer ersten Begegnung gewusst. Warum hätte er dann Jahre warten sollen, um mich mit Kugeln zu durchlöchern? Der Mord an Rick war ähnlich sinnlos. Sie hatten viele gemeinsame Stunden damit verbracht, vor dem Fernseher zu sitzen und sich ein Spiel anzusehen, während sie mein Bier tranken. Die Theorie, dass er so lange daran gearbeitet hatte, uns in Sicherheit zu wiegen, um uns dann vor einem Restaurant den Rest zu geben, war ziemlich weithergeholt.

„Stammt Charles auch aus LA?", fragte ich.

„Nein, er kommt aus Südkorea, ähm, Gangnam-gu in Seoul." William nahm eine Zitronenscheibe und träufelte etwas von ihrem Saft in seinen Tee. Als er ihn umrührte, klapperten die Eiswürfel. „Er ist hergekommen, nachdem seine Familie herausgefunden hat, dass er schwul ist. Sein Bruder … ähm, Dae-Su … hat ihn mehr oder weniger aus dem Land geschmuggelt, bevor ihm jemand etwas antun konnte. Es ist nicht … gut, als schwuler Mann in Korea zu leben. Seitdem war er nicht mehr dort."

„Also ist er Koreaner?" Ich warf einen Blick auf die Fotos. „Und seinen koreanischen Namen mag er nicht?"

„Das nicht." Er lächelte. „Er wollte nur alles hinter sich lassen und mit einem amerikanisch klingenden Namen kam ihm das leichter vor. Also hat er sich für Charles entschieden. Nach ein paar Jahren, nachdem er die Staatsbürgerschaft erhalten hatte, hat er seinen Namen offiziell in Grey ändern lassen. Tja, jetzt ist er Doctor Grey und lässt sich trotzdem noch auf mein Niveau herab, indem er bei mir bleibt."

Neugierig fragte ich: „Wie hieß er vorher?"

„Bhak Chi-Soo." William lachte, als Bobby das Gesicht verzog. „Ja, mir gefällt Charles auch. Wissen Sie viel über Koreaner?"

„Sein Freund ist einer", erklärte Bobby. „Allerdings mit einem schöneren Namen. Wie wäre es, wenn wir uns auf den Grund konzentrieren, aus dem wir hier sind, Kleiner?", fügte er an mich gewandt hinzu.

„Tut mir leid", entschuldigte ich mich. „Gestern war ein langer Tag. Mein Kopf ist nicht ganz bei der Sache."

Ich machte mir Notizen, als William weiterredete, auch wenn meine Gedanken manchmal etwas abdrifteten. Nachdem ich die Namen einiger anderer Polizisten aufgeschrieben hatte, die in dieser Nacht dort gewesen waren, hob ich den Kopf. „Und Dae-Hoon haben Sie nicht gesehen? Nur die Autos?"

„Ich könnte ihn gesehen haben." Es schien ihn zu überraschen, dass ich noch einmal zu diesem Punkt zurückkam. „Zumindest habe ich mehrere junge Männer in die Autos steigen sehen. Ähm, einer war allein. Bei diesem Auto haben Männer in Anzügen gestanden. Aber es ist losgefahren, bevor wir es uns genauer ansehen konnten."

„Es gab keine Aufzeichnungen über eine Verhaftung von Dae-Hoon?", fragte ich durch mein Notizbuch blätternd. „Laut Bericht wurden etwa zwanzig Männer verhaftet und sieben mit bei der Verhaftung erlittenen Verletzungen ins Krankenhaus gebracht. Dae-Hoon taucht auf keiner der beiden Listen auf. Wir wissen, dass er in dieser Nacht da war. Ein Zeuge hat es uns bestätigt. Aber niemand hat ihn herauskommen sehen. Hätte ihn jemand heimlich hinausbringen können, ohne von der Polizei bemerkt zu werden?"

„Ich bin nicht sicher", sagte William. „Es war ziemlich chaotisch und ich war draußen. Vielleicht ist es ihm gelungen, die Verwirrung auszunutzen."

„Wir haben das Problem, dass er nie wieder aufgetaucht ist", erklärte ich. „Kein Brief. Nichts. Entweder hat ihn jemand umgebracht oder er hat sein Leben hinter sich gelassen."

„Damals war es leichter, zu verschwinden", merkte Bobby an. „Menschen wurden nicht so genau verfolgt wie heute."

„Aber er war kein Staatsangehöriger. Er ist wie Charles mit einem Visum hergekommen. Er hätte Hilfe gebraucht, um spurlos zu verschwinden." Ich betrachtete stirnrunzelnd meine Notizen. Jede Spur schien uns in eine Sackgasse zu führen. Selbst das Geld hatte uns nicht weitergeholfen. Dae-Hoon hatte sein Konto nicht angerührt, sondern das gesamte Vermögen seinen Söhnen hinterlassen. „Er hat viel Geld zurückgelassen, ohne dafür zu sorgen, dass es seine Familie erreicht. Warum sollte er so viel ansammeln und dann nicht sicherstellen, dass seine Kinder es auch wirklich bekommen?"

William runzelte die Stirn. „Dae-Hoon hat Geld hinterlassen? Hätte sich seine Bank dann nicht mit seiner Frau in Verbindung gesetzt?"

„Sie hat fast direkt nach seinem Verschwinden das Land verlassen", antwortete ich. „Die Bank wusste nicht, dass er vermisst wurde. Bis vor kurzem hat sie sein Konto ganz normal weitergeführt. Würde ich für eine Bank arbeiten, hätte ich wahrscheinlich auch nichts gegen ein unberührtes Konto mit mehreren Millionen drauf. Macht in den Geschäftsbüchern einen guten Eindruck, wenn das auf der Habenseite steht."

„Bobby hat erzählt, er hätte Kinder … Söhne", sagte William und beugte sich vor. „Die müssen jetzt schon längst erwachsen sein."

„Ja, einer von ihnen wollte am letzten Samstag heiraten", murmelte Bobby. „Aber irgendein Arschloch hat auf die Gäste geschossen. Seine Verlobte ist gestorben."

„Verdammt." William atmete zischend ein. „Über den Vorfall habe ich etwas gelesen. Und die Tote war die Freundin eines seiner Söhne?"

„Ja." Ich nickte. „Und einen Tag später wurde hinter einer Schwulenbar auf den älteren der Brüder geschossen. Er wird sich wieder erholen, aber er macht im

Grunde dasselbe durch, was Dae-Hoon erlebt hat. Seine Familie will nicht von einem schwulen Mann beschmutzt werden. Im Moment ist ihr Leben ziemlich mies."

„Aber kommen sie zurecht? Die Söhne?" Er stellte seinen Tee ab, wobei er den Untersetzer verfehlte, mit dem er den Couchtisch vor Feuchtigkeit schützte.

„So gut es in dieser Situation eben möglich ist." Ich erklärte, dass ihre Mutter und ihr Stiefvater vorgehabt hatten, die Hochzeit zu boykottieren, aber nach dem Angriff auf Shin-Cho zu ihm ins Krankenhaus gekommen waren. Darüber zu reden, war schmerzhafter als erwartet. Ich musste immer wieder an meine Zeit im Krankenhaus denken, während der ich ständig gehofft hatte, die nächste durch die Tür tretende Person würde mein Vater oder Barbara sein. „Er wird ein paar Narben zurückbehalten, aber es geht ihm schon besser. Und sein Bruder ist stark. David ist ein vernünftiger junger Mann. Er wird sich um seinen Bruder kümmern."

Wir unterhielten uns noch einige Zeit darüber, woran William sich erinnerte, doch unter meinen Notizen befand sich wenig Hilfreiches. Er verabschiedete sich an der Tür mit dem Versprechen, sich bei Bobby für eine Verabredung zum Angeln zu melden. Nachdem Bobby den Pick-up aufgeschlossen hatte, kletterte ich hinein und schnallte mich an.

„Das war Zeitverschwendung", brummte ich. „Falls er uns nicht etwas verschweigt."

„Ich glaube, Dae-Hoon hatte in dieser Nacht Hilfe", sagte Bobby, während er wendete, um uns nach Colorado zurückzubringen. „Sonst wäre er der Polizei nicht entwischt. Es klang, als wären die Männer dort eine leichte Beute gewesen."

„Also müsste jemand aus dieser Nacht wissen, was aus Dae-Hoon geworden ist." Ich dachte darüber nach. „Vielleicht ein anderer Polizist?"

„Oder vielleicht sogar jemand, den er erpresst hat", sagte Bobby. „Dae-Hoon könnte gedacht haben, er wäre bei einem Bekannten in Sicherheit, aber dieser Mann hatte andere Pläne. Überleg doch mal. Dein Erpresser ist da und die Polizei prügelt auf Leute ein. Wie schwer kann es sein, einen verängstigten jungen Mann davon zu überzeugen, dass man ihn in Sicherheit bringen will?"

„Folg mir einfach, ich weiß, wie wir hier rauskommen?" Es klang plausibel. „Das ist etwas, das wir noch nicht getan haben. Die Liste von Dae-Hoons Opfern mit den Verhaftungen dieser Nacht abgleichen. Ich wette, dabei finden wir jemanden, der etwas weiß. Der Dae-Hoon gesehen haben müsste. Ich würde meinen Erpresser jedenfalls im Auge behalten wollen. So ein Arschloch würde einem doch sofort auffallen, wenn er einen Raum betritt."

„Das mag ich so an dir, Prinzessin." Bobby grinste. „Zu deinem hübschen Gesicht gehört auch Grips. Nicht besonders viel, aber immerhin genug, um es mit dir auszuhalten, ohne dich ertränken zu wollen. Lass uns zurückfahren und herausfinden, wer nach Dae-Hoons Pfeife getanzt hat."

14

DAS SCHLIMMSTE an der Arbeit als Privatdetektiv ist, mit voller Blase darauf warten zu müssen, dass irgendein Typ endlich aus dem Bett der Frau eines anderen Typen gekrochen kommt. Das Zweitschlimmste sind die Berge von Unterlagen, die man nach einem winzigen Beweis dafür durchsuchen muss, dass man eine sinnvolle Spur verfolgt. Mit einer Liste von etwa dreißig verhafteten Männern, Jaes Liste aus Dae-Hoons Aufzeichnungen und den Namen von den Kontoauszügen waren wir eindeutig auf einer bisher unbekannten Ebene der Hölle gelandet.

„Darf ich rassistisch sein?", fragte Bobby müde. Ich war nicht sicher, wie er an die Namen der Verhafteten gekommen war, hatte jedoch nicht vor, ihm etwas über Datenschutzrechte zu erzählen. Ich musste herausfinden, was aus Dae-Hoon geworden war. Alles andere interessierte mich nicht.

„Okay, schieß los." Ich streckte mich und lehnte mich auf meinem Stuhl zurück.

„Solange niemand eins von meinen guten Bettlaken zerschneidet, um es sich über den Kopf zu hängen, ist es mir egal", fügte Claudia mit einem Blick über den Rand ihrer Katzenaugenbrille hinzu.

Bobby brummte zustimmend und wedelte mit dem Polizeibericht in seiner Hand. „Warum haben diese Leute nur sieben verschiedene Nachnamen? Und die Vornamen sind alle gleich, nur mit vertauschten Buchstaben. Es ist, als müsste man die Teilnehmer eines verdammten Zwillingspicknicks auseinanderhalten."

„Ich weiß nicht, ob das als rassistisch gilt", antwortete ich. „Ich glaube, es war gewissermaßen so beabsichtigt. Ich muss Jae fragen, aber ich glaube, irgendein koreanischer Herrscher hatte damit zu tun. Oder ich verwechsle es mit der Schrift. Ich bin nicht sicher."

Obwohl es mir wie Stunden vorkam, bis wir den letzten Stapel erreicht hatten, wurde die Anstrengung belohnt. Am Ende hatten wir unter den Verhafteten fünf Namen gefunden, die entweder in Dae-Hoons Notizbüchern oder auf den Kontoauszügen auftauchten. Wir hatten uns dabei durch fünf Kannen Kaffee und mehrere Portionen thailändischer Frühlingsrollen gearbeitet, doch diese fünf Namen waren wie reines Gold.

„Okay, ich habe jetzt ein Date." Bobby stand auf und streckte sich. Sein Rücken knackte, als er den Oberkörper drehte, was mich zu einer frechen Bemerkung über sein Alter veranlasste. „Ich werde dir morgen im Ring zeigen, wie alt ich bin."

„Von wegen", mischte sich Claudia ein. „Er bekommt keine Schläge, bis sein Arzt es erlaubt. Ich habe keine Lust hier jeden Tag diese Salbe zu riechen, die er gegen Schmerzen benutzt."

„Wie schön, jetzt lässt du dich schon von Frauen beschützen, Prinzessin", neckte Bobby und wich geschickt Claudia aus, bevor sie ihm einen Klaps auf sein Bein verpassen konnte. „Hey, Vorsicht mit dem Traumkörper. Für den habe ich später noch Pläne."

„Ich habe andere Pläne für euch", brummte sie. „Spült eure Tassen. Ich bin nicht euer Dienstmädchen. Meinen Jungs räume ich nicht hinterher, also glaubt nicht, dass ich euch den Hintern abwische."

„Verstanden, Ma'am", antwortete Bobby und salutierte.

Ich suchte unseren Abfall zusammen, um ihn zur Mülltonne zu bringen, während Bobby spülte. Nachdem alles erledigt war, schaltete ich das Licht aus und hielt die Tür für Claudia auf. Sie nahm ihre Handtasche und trat gerade auf die Veranda hinaus, als ich Schritte auf den Stufen hörte.

„McGinnis!" Ich kannte den dünnen Mann, der nun auf meiner Veranda stand. Den Anblick von Treys zerkaut aussehendem Schwanz würde ich vermutlich nie vergessen, auch wenn es besser war, als ihn jemals in den Mund nehmen zu müssen, selbst vor dem Biss der Glasflasche. Falls das möglich war, sah Trey sogar noch schlechter und zugedröhnter aus als vor kurzem in der Notaufnahme. Er watschelte ein wenig, wippte auf den Spitzen seiner Sneaker. Ein säuerlicher Geruch ging von ihm aus und seine großen Pupillen verschluckten seine Iris.

„Geh nach Hause, Trey", sagte Bobby mit einem sanften Stoß gegen Treys Schulter. „Du bist auf ‚nem Trip."

„Ich will mit Cole über meinen Schwanz reden", lallte er und spuckte beim Sprechen. Als ein Tropfen auf Claudias nacktem Arm landete, schaute sie angewidert darauf hinunter. „Hast du ein Problem, Schl…"

Meine Hand lag an seiner Kehle, bevor er das Wort beenden konnte. Ich drückte zu, bis er sich beinahe an seiner Zunge verschluckte, und beugte mich vor, bis sich unsere Nasen fast berührten. „Wenn du noch mal so mit ihr redest, verfüttere ich den Rest von deinem verdammten Schwanz an die Katze. Verstanden, *Schlampe*?"

Erst als Trey mit hochrotem Gesicht ein gurgelndes Geräusch ausstieß, schob ich ihn von mir. Er beugte sich keuchend vornüber und legte eine Hand an seinen Hals. Wäre es möglich gewesen, hätte er mich mit seinem Blick lebendig verbrannt. „Wie willst du mich für meinen Schwanz entschädigen?"

„Wahrscheinlich gar nicht", antwortete ich gedehnt. „Ich habe ihn nicht in die Flasche gesteckt, sondern du. Und du hast mich nicht mal für meine Arbeit bezahlt. Eigentlich sollte *ich* dich wegen des erlittenen Traumas verklagen, aber jeder Richter, der dich kennenlernt, würde mir sagen, ich hätte es besser wissen müssen."

Da es spät am Nachmittag war, kehrten Menschen von der Arbeit zurück. Gelegentlich fuhren Autos vorbei und einige hielten vor einem der Cafés oder Restaurants an, um sich auf dem Heimweg ein warmes Essen oder einen Kaffee zu kaufen. Für Claudia und mich gehörte das zu einem gewöhnlichen Tag dazu – etwa so wie das über die Straße hallende „Ich liebe dich" des Paars auf der anderen Straßenseite, wenn die zwei morgens zur Arbeit fuhren.

Den vor meinem Haus langsamer werdenden Zweitürer beachtete ich daher kaum. Ich war zu sehr darauf konzentriert, Trey loszuwerden, der sich wie eine Klette auf meiner Veranda festgeheftet hatte. Wenn es nicht anders ging, würde hoffentlich bald einer von Claudias riesenhaften Jungen eintreffen, sodass wir ihn zu dritt in Schach halten konnten, bis die Polizei eintraf. Bobby durfte dabei meiner Meinung nach den größten Teil der Arbeit übernehmen, da er mich überhaupt erst in die ganze Sache hineingezogen hatte.

Trey wurde als Erster getroffen. Gerade sah ich ihn noch an und im nächsten Moment schmeckte ich Knochenstücke und Haare. Die Schreie waren laut und ihr Echo prallte von den Häusern ab. Als Kugeln die dicken Holzpfeiler des Verandadachs durchdrangen, streifte etwas brennend meinen Rücken.

Ich stand da und wartete darauf, getroffen zu werden. Ich befand mich wieder vor diesem verfluchten Restaurant und fragte mich, warum Rick nicht weiterredete … entsetzt, als sein Körper unter meinen Händen zerfiel. Auch ich würde jeden Moment versinken, in meiner eigenen Dunkelheit und meinem eigenen Schmerz ertrinken.

„Runter!", schrie Bobby.

Sein Ruf riss mich aus meiner Trance und ich warf mich auf die Veranda. Claudia war unbeholfen zu Boden gegangen und lag stöhnend auf der Seite, während Bobby seine Hände unter ihre Achseln geschoben hatte und sich bemühte, sie an eine sichere Stelle zu ziehen. Seine Schulter blutete, schien jedoch lediglich gestreift worden zu sein.

Alles ging zu schnell, um nachzudenken. Ich schlang meine Arme um Claudias Taille und half Bobby geduckt, sie hinter die hüfthohe breite Mauer zu ziehen, die auf beiden Seiten meine Veranda begrenzte. Treys Körper zuckte noch auf den Stufen, ohne zu begreifen, dass sein Kopf einfach weggepustet worden war.

Wegen des Echos in meinen Ohren wurde mir erst nach einigen Sekunden klar, dass die Schüsse aufgehört hatten. In der Ferne rotierte das Heulen einer Sirene und auf der Straße waren Schreie zu hören. Ein besonders schrilles Kreischen bohrte sich schmerzhaft in meinen Kopf, als eine Frau wieder und wieder rief, jemand müsse dem Auto folgen.

Als ich mich aufsetzte, protestierten die Narben an meiner Seite und verkrampften sich, während meine Schulter sich kaum beklagte, wofür ich mich stumm bei ihr bedankte. Ich fuhr mit der Hand über meinen Rücken und fand dort klebriges Blut, doch es war nur ein kleiner Streifen und keine heftig blutende Wunde.

Bei Claudia sah das anders aus.

Es gibt einen Punkt, an dem Angst regelrecht schmerzhaft wird. Es begann mit einem Druckgefühl in meinem Zahnfleisch, als wollten meine Zähne dem in mir aufsteigenden Entsetzen entkommen. Dann versuchte mein Magen zu fliehen, stülpte sich um wie ein hungriger Seestern. Galle füllte meinen Mund, bis ich mich daran verschluckte, wodurch die brennende Flüssigkeit in meine Lunge gelangte und mir das Atmen noch schwerer machte.

Ich konnte mich nicht bewegen. Ich sah starr zu, wie Bobby seine Hände auf Claudias Brust und Bauch presste. Ihre gesunde Gesichtsfarbe war bleich geworden und ihre Hand fühlte sich unter meinen Fingern eiskalt an. Es war, als wäre ich wieder zu einem Kind geworden. Ich rüttelte ihre Schulter und flehte sie an, aufzuwachen, während ich ihr alles versprach, was mir nur einfiel, wenn sie doch nur ihre Augen öffnete.

„Reiß dich zusammen, Cole." Bobbys raue Stimme brachte mich wieder zur Vernunft. „So kann ich dich nicht gebrauchen, Mann. Das hilft mir jetzt nicht. Leg deine Hände auf die Wunde in ihrer Brust und drück fest zu. Wir müssen die Blutung stoppen."

Sie war eine weiche, gemütlich wirkende Frau mit eisernem Willen. Abgesehen von Bobby und Mike war sie die erste Person gewesen, der ich mich geöffnet hatte. Selbst bei Maddy hatte es einige Zeit gedauert, bis ich mit ihr warm geworden war. Dagegen war Claudia direkt in mein Herz spaziert und hatte die Fensterläden aufgestoßen, hinter denen ich mich vor dem Licht versteckt hatte, als wäre bei mir schlicht ein ordentlicher Frühjahrsputz nötig gewesen. Ich berührte sie nicht zum ersten Mal, doch es war das erste Mal, dass sie meine Umarmung nicht erwiderte.

So fand Claudias Sohn Marcel uns vor – die Hände auf den leblos wirkenden Körper seiner Mutter gepresst, um ihn zusammenzuhalten. Er war gekommen, um sie abzuholen, wobei sich ihr Nachwuchs abwechselte, damit jeder die halbstündige Fahrt mit der Frau im Mittelpunkt der Familie verbringen konnte.

Sein Schrei war ein furchtbares Geräusch, so gequält und schneidend, dass er die Sirenen des um die Ecke biegenden Krankenwagens übertönte. Sein Heulen schien unendlich anzudauern und wir mussten gegen ihn ankämpfen, damit uns Platz blieb, ihr zu helfen, da er sie nicht loslassen wollte.

Selbst zu zweit gelang es uns nur mit Mühe, ihn von ihr fortzuziehen. Die Sanitäter verloren keine Zeit, ein ausgezeichnetes Triage-Team, das sie an Schläuche mit Blut und Flüssigkeit angeschlossen hatte, bevor ich meine Stimme wiederfand. Während sie auf einer Trage in den Wagen geschoben wurde, schwankte Marcel und klammerte sich stumm an Bobby, um sich auf den Beinen halten zu können. Unsere Hände waren mit Claudias Blut bedeckt und die Polizei begann, den Vorgarten abzusperren, damit die Schaulustigen nicht den betonierten Weg zum Haus betraten, um sich die Leiche auf den Verandastufen anzusehen.

Ich sank auf den harten Boden, landete mit zu Fäusten geballten Händen im Gras. Endlich konnte ich den Tränen freien Lauf lassen, die ich aus Angst unterdrückt hatte. Ich biss mir auf die Lippe und schluchzte keuchend, während uniformierte Polizisten Gruppen von Zeugen zusammentrieben. Meine Finger zitterten, als ich mein Handy hervorholte und ich schluckte, während ich noch wählte, da ich nicht sicher war, ob ich überhaupt sprechen konnte. Nach dem zweiten Klingeln antwortete eine sanfte Stimme, drang amüsiert und liebevoll an mein Ohr.

Zitternd suchte ich nach den richtigen Worten, bis ich mich schlicht meiner Angst und meinem Schmerz ergab. „Ich brauche dich, Baby. Bitte ... komm einfach. Claudia ist verletzt und ... ich brauche dich. Dringend."

DER WARTEBEREICH des Krankenhauses sah ähnlich aus wie bei unserem Aufenthalt wegen Shin-Cho, nur dass sich eine noch größere und wesentlich lautere Menschenmenge versammelt hatte. Im Gegensatz zu der beinahe an eine Totenwache erinnernden Atmosphäre bei Shin-Cho bildete Claudias Sippe eine Mauer innerer Kraft. Einige standen mit umeinandergelegten Armen und gesenkten Köpfen da und beteten, während ein mir unbekannter Mann mit einer Bibel sie mit klangvoller, fließender Stimme anleitete. In einer Ecke spielten einige kleine Kinder auf dem Teppich, während ein Teenager, dessen Füße noch zu groß für seinen Körper waren, auf sie aufpasste.

Ich zählte die Anwesenden rasch durch, vergaß die Zahl jedoch ebenso schnell. Jedenfalls befanden sich die meisten von Claudias Söhnen dort und hatten Ehefrauen und Kinder mitgebracht. Einige erkannte ich, andere waren mir fremd, zum Beispiel eine kleine asiatische Frau neben einem großen, dunkelhäutigen Mann mit trauriger Miene. Sie streichelte ihm tröstend über den kahlen Kopf und schenkte mir ein winziges Lächeln, als ich mich ins Gewühl wagte.

Ich hatte drei Schritte hinter mich gebracht, als mich ein Malcolm ähnelnder junger Mann mit einer Hand auf meiner Brust stoppte. Ich musste hinaufschauen, um ihm in die wütend funkelnden Augen sehen zu können. Der größte Teil von Claudias Nachwuchs und Nach-Nachwuchs überragte mich um zehn Zentimeter oder mehr – eine beachtliche Leistung, wenn man bedachte, dass ich nur in Socken ein Stück über einen Meter achtzig groß war.

„Hauen Sie ab." Er zerbiss die Worte und spie sie mir wie ein Schnellfeuergewehr entgegen. „Sie sind der verdammte Grund dafür, dass Nana hier ist."

„Setz dich hin, Gareth, und das ist deine erste und einzige Warnung wegen des Fluchens." Eine zierliche schwarze Frau in einem ärmellosen Kleid näherte sich, um den jungen Mann zurechtzuweisen. „Du machst dich lächerlich. Deine Großmutter würde sich wünschen, dass er hier ist. Zwing mich nicht dazu, dir auf andere Weise Manieren beizubringen."

Nachdem er mich noch ein paar Sekunden finster angesehen hatte, schlurfte er zu einigen anderen Mitgliedern seiner Sippe und lehnte sich neben ihnen an die Wand. Sie sammelten sich um ihn und schienen ihn entweder für seinen Einsatz zu loben oder für unhöfliches Benehmen zu rügen. Da alle Anwesenden so besorgt dreinsahen, war es schwer zu beurteilen.

„Hey. Schön, dich zu sehen." Claudias ältester Sohn Martin näherte sich und umarmte mich so kräftig, dass er beinahe den letzten Rest des Lebensmuts aus meinem Körper gepresst hätte, den ich nach dem Anblick seiner verletzten Mutter noch besaß. Neben ihm kam ich mir wie ein Kind vor. Ich war ziemlich sicher, dass er mir allein mit einem Klaps auf den Hinterkopf die Augen aus den Höhlen hätte katapultieren können. „Momma geht es besser. Die Ärzte sagen, die Kugeln haben zum Glück nichts Wichtiges getroffen. Sie können sie jetzt entfernen."

„Scheiße, Gott sei Dank." Ich taumelte vor Erleichterung einen Schritt zurück, während ich die bösen Blicke vom größten Teil der anwesenden Erwachsenen mit einer stummen Entschuldigung für meine Wortwahl beantwortete. „Das Ganze tut mir so leid, Marty. Wirklich. Ich kümmere mich um alles. Versprochen."

„Ich weiß, Kumpel." Er grinste auf mich herab. „Du bist ein guter Kerl. Momma sagt immer, du bist der Junge, den sie mit dem Eisverkäufer hatte. Komm mit. Setz dich hin. Wir warten gerade darauf, dass uns ein Arzt sagt, auf welches Zimmer sie kommt."

Jae beäugte neben mir stehend die riesige Ansammlung von Claudias Nachkommen. Er schob sich etwas dichter an meine Seite. Ich konnte ihn gut verstehen. Alle waren aufgewühlt und es gab keine Garantie dafür, dass wir das Krankenhaus würden verlassen können, bevor uns irgendein erboster Claudia-Spross den Kopf abgerissen hatte. Am Ende setzte er sich auf die Armlehne des Stuhls, den einer der Enkel mir überlassen musste.

Es war zu laut und zu warm. Alle paar Sekunden streifte jemand mein Bein oder meinen Arm. Meine Haut schien sich mit jeder Minute mehr um mich herum zusammenzuziehen, bis ich kaum noch atmen konnte. Etwas Fürchterliches arbeitete sich aus den Tiefen meiner Brust hervor und ich rieb über die Narben an meiner Seite, als sie zuckende Krämpfe durch meinen Oberkörper sandten.

Ich bemerkte erst, dass Jae aufgestanden war, als er mir auf die Schulter tippte und mir mit gekrümmtem Zeigefinger bedeutete, ihm zu folgen. Ich schaute mich um, wollte nur ungern den Raum verlassen, falls jemand mit Antworten auf Fragen auftauchte, die ich nicht aussprechen konnte. Doch Jae legte mit stummer Beharrlichkeit eine Hand um meinen Oberarm und zog mich auf die Füße.

„Komm mit", murmelte er mir ins Ohr. „Lass uns kurz an die frische Luft gehen. Ich habe Martin gebeten, mich anzurufen, falls es etwas Neues gibt."

Es war ein Schock, den Nachthimmel zu sehen. Ich wusste nicht, was ich erwartet hatte. Vielleicht hatte ein Teil von mir gehofft, die Zeit anhalten zu können, doch die Welt kümmerte es nicht, dass irgendwo eine einzelne Frau blutend auf einem Operationstisch lag. Um uns herum kamen und gingen Leute mit ihren eigenen Sorgen. Ein älteres Paar trug Blumen und Ballons, auf deren Folienhaut „Herzlichen Glückwunsch" gedruckt war.

„Ich sollte Claudia welche kaufen. Blumen oder Ballons", murmelte ich und senkte den Blick. Ich trug nach wie vor das Dr-Pepper-T-Shirt, dessen Saum nun mit getrocknetem Blut verklebt war. Auch meine Jeans waren teilweise damit gesprenkelt und an den Knien sah ich Grasflecken, obwohl ich mich nicht daran erinnern konnte, auf dem Rasen gekniet zu haben.

„Vielleicht lieber welche ohne Glückwünsche", sagte Jae leise. „Es sei denn, von einer Kugel getroffen zu werden, ist eine Art McGinnis-Qualifikationstest. Allerdings kann ich mir nicht vorstellen, dass du leicht an Angestellte kommst, wenn die Voraussetzung dafür mindestens eine überstandene Schussverletzung ist."

Ich konnte ein kurzes Lachen nicht unterdrücken. Es klang eingerostet und schmerzhaft, aber es war ein Lachen. „Manchmal vergesse ich deinen makaberen Sinn für Humor."

„Ich setze ihn ja auch sparsam ein", antwortete er nickend. „Das macht ihn zu etwas Besonderem."

„Oh, besonders ist er auf jeden Fall", stimmte ich zu. „Hey, hast du mit Bobby geredet?"

„Ja, er ist bald hier." Jae nickte in Richtung des Raucherbereichs. „Komm mit, leiste mir Gesellschaft."

Wir blieben am Rand und setzten uns mit einem Bein auf jeder Seite auf eine Bank, sodass wir einander zugewandt waren. Er zündete eine Nelkenzigarette an und sog den duftenden Rauch in seine Lunge. Ich betrachtete ihn, bis er unter meinem Blick unruhig wurde, doch er sagte nichts, sondern schaute nur hin und wieder skeptisch zu mir auf.

Er war noch immer das exotische Wesen, das ich zum ersten Mal im Haus seiner Verwandten erblickt hatte. Ein ruhiger, innerlich hin- und hergerissener junger Mann, der, wie ich seitdem herausgefunden hatte, leise lachte und gern mit einem winzigen Felltornado kuschelte, während er an seinem Laptop arbeitete. Auch wenn sein Anblick mir noch immer den Atem raubte, konnte ich jetzt den Mann unter dem wunderschönen Äußeren erkennen. Er teilte mir seine Gedanken selten durch Worte mit und ließ stattdessen kleine Gesten für sich sprechen, wie zum Beispiel eine Tasse Kaffee, die mich erwartete, wenn ich morgens vor der Arbeit ins Badezimmer stolperte. Ich verstand die Wildheit in ihm, diesen ihn antreibenden, leidenschaftlichen Drang, dunkle und verlassene Orte zu durchstreifen, um Kunst festzuhalten, die nur er sehen konnte.

Es war diese Leidenschaft, die er heranzog, wenn er mich in sich aufnahm und sich auf meinen Hüften wand, sich manchmal schmerzhaft heftig an meine Schultern klammerte. Sie durchströmte ihn für die meisten unsichtbar und es kam mir wie eine große Ehre vor, dass ich zu den wenigen Menschen gehörte, denen er sie zeigte.

„Bitte ändere dich nie", murmelte ich, während ich mich vorbeugte, um ihn vor seinem nächsten Zug an der Zigarette zu küssen. „Sei einfach du."

„Ich muss mich ändern", sagte er und erwiderte den Kuss mit einer Heftigkeit, die mein Herz schneller schlagen ließ. „Aber es wird zum Besseren sein. Für uns beide."

„Ich dachte mir schon, dass ich euch hier finde." Bobby durchbrach den Moment und Jae senkte den Blick, als ihm klar wurde, dass er mich in der Öffentlichkeit geküsst hatte, wo Menschen uns sehen konnten.

Bobby legte mir eine Hand auf die Schulter. Irgendwo hatte er Kleidung zum Wechseln gefunden – vermutlich in seinem Pick-up, denn sein leuchtend blaues Oberteil trug das Logo von JoJos Fitnessstudio auf der Brust. Er warf mir eine Einkaufstüte aus Plastik zu und sagte: „Ich habe dir auch etwas mitgebracht."

„Oh." Ich nahm ein graues T-Shirt mit dem gleichen Logo heraus. „Dann sind wir Zwillinge."

„Etwas anderes hatte ich nicht", antwortete er mit einem Schulterzucken. „Trag es mit Stolz."

Nachdem ich das blutverschmierte T-Shirt ausgezogen hatte, stopfte ich es in die Tüte. Das Pflaster an meinem Rücken, wo mich die Kugel gestreift hatte, sorgte für ein Ziehen, als ich mich bewegte, doch alles in allem war es meine bisher erträglichste Schussverletzung. Mit einigen Feuchttüchern aus Bobbys Tüte wischte ich mir letzte Blutspuren vom Bauch und lächelte Jae beruhigend zu, als er stirnrunzelnd meinen Oberkörper betrachtete.

„Nur der kleine Kratzer auf dem Rücken. Versprochen." Ich glättete das Shirt aus der Tüte. „Der Rest ist nicht von mir."

„Habe ich dir nicht gesagt, du sollst dich nicht mehr anschießen lassen?" Er schürzte voller Missfallen die Lippen. „Ich glaube mich zu erinnern, dass ich deutlich gesagt habe *Hör auf, dich anschießen zu lassen.*"

„Die Kugel hat mich nur gestreift", protestierte ich. „Das zählt nicht. Dir ist es auch passiert, schon vergessen?"

Er teilte mir mit einem Brummen mit, dass ihn mein Argument nicht überzeugt hatte. Nach einem letzten Zug an der Zigarette sandte er eine kleine Rauchwolke in die Luft und drückte die *Kretek* aus. „Willst du etwas trinken? An den Automaten gibt es grünen Eistee."

„Das wäre toll." Ich hielt ihn kurz an der Hand fest, bevor er sich entfernen konnte. „Danke, Babe. Dass du hier bist."

„Natürlich bin ich hier", antwortete er mit einem Blick, der mir sagte, dass er mich für verrückt hielt. „Claudia ist deine *Nuna*. Wo sollte ich sonst sein?"

„Kann ich einen Kaffee haben? Du weißt schon … ich? Die Person, die ihm das Leben gerettet hat?", rief Bobby ihm nach. Jae wedelte mit der Hand durch die Luft, ohne sich umzusehen. Ich musste lachen, als Bobby frustriert seufzte. „Es ist, als würde ich überhaupt nicht existieren."

„Mich stört das nicht." Als er mir einen Stoß gegen die Schulter versetzte, murrte ich: „Mann, nicht da. Da hat letzten Monat noch eine Kugel gesteckt, schon vergessen? Scheiße."

„Ach ja, tut mir leid", entschuldigte er sich, auch wenn es nicht besonders aufrichtig klang. „Du bist ein solches Wrack, dass ich kaum noch weiß, wo ich dir eine verpassen kann. Wie fühlst du dich?"

„Es war ein echter Schock. Ich werde den Täter umbringen." Obwohl sich außer uns niemand mehr in der Krebszone befand, hing noch der muffige Geruch von Zigarettenrauch in der Luft. „Ich bin froh, dass du gekommen bist. Danke."

„Kein Problem." Er winkte lächelnd ab. „Ich habe mit der Frau von der Krankenhausverwaltung gesprochen. Claudia bekommt ein Einzelzimmer. Ich habe gesagt, du bezahlst dafür."

„Mist, daran hatte ich überhaupt nicht gedacht. Danke. Es ist besser für die Familie. Sie wollen sicher ständig bei ihr sein."

„Wie gesagt: kein Problem. Du hast den Kopf mit genug anderem Kram voll", antwortete Bobby. „Außerdem will die Polizei noch mal mit dir reden."

„Ach ja? Warum?" Ich konnte mir nicht vorstellen, was ich ihnen noch hätte sagen können. Wir hatten über zwei Stunden damit verbracht, die Details meiner Verbindung zu Trey durchzugehen, ohne auf einen einzigen Grund für einen solchen Angriff auf mich zu stoßen.

„Das Auto wurde gefunden. Einer deiner Nachbarn hat sich das Nummernschild notiert", sagte er leise. „Es ist ein Mietwagen."

„Okaaaay", sagte ich gedehnt. „Ich weiß trotzdem nichts Neues."

„Sie wollen mit dir über deinen koreanischen Freund reden oder so", erklärte er mit einem Blick auf den Krankenhauseingang, aus dem gerade Jae mit einer Tüte und einem Becher Kaffee kam. „Im Wagen waren die Waffe und ein Haufen koreanischer Papiere. Außerdem haben die Polizisten Fotos gefunden, Cole. Von Shin-Cho, der dein Haus verlässt. Sie haben gefragt, ob du jemanden betrügst. Ich habe ihnen von Jae erzählt …"

„Jae hat damit nichts zu tun", zischte ich meinem besten Freund zu. „Das hat auf gar keinen Fall Jae getan."

„Das glaube ich doch auch nicht, Kleiner." Er hob abwehrend die Hände. „Aber ich glaube schon, dass es mit deinem Fall zusammenhängt. Jemand möchte dich beseitigen, Cole. Jemand, der weiß, dass du in Dae-Hoons Vergangenheit gewühlt hast. Wir müssen herausfinden, wer in diesem verdammten Auto saß, bevor derjenige es wieder versucht. So sehr du mich auch manchmal nervst, ist das Letzte, was ich möchte, dass dir etwas passiert, Prinzessin. Wirklich das Allerletzte."

15

Es HÄTTE dort nicht wie vorher aussehen sollen. Absolut nicht. Wenn man allerdings vom im Nachtwind flatternden Absperrband der Polizei und den dunklen Kerben in der weißen Farbe der Verandapfeiler absah, tat mein Haus, als wäre nichts geschehen.

Eine Reihe piepender Maschinen im nahegelegenen Krankenhaus hätte es ganz anders dargestellt, doch das Gebäude interessierte das nicht.

Ich war müde und emotional erschöpft. Claudia war auf die Intensivstation gebracht worden, allerdings in der Hoffnung, sie bereits am Morgen auf ihr Zimmer verlegen zu können. Die Familie hatte mich mit dem Versprechen fortgescheucht, mich über eine Verschlechterung ihres Zustands zu benachrichtigen. Doch die Ärzte hatten uns versichert, dass es ihr gut ginge und alle lebenswichtigen Organe normal arbeiteten. Daher war mein einziger Plan für die nähere Zukunft, am Nachmittag aufzuwachen und mich dann vielleicht ins Erdgeschoss zu schleppen, um etwas zu essen. Anschließend würde ich Claudia besuchen, falls das Krankenhaus es erlaubte.

Als ich das Haus betrat, fand ich auf dem Anrufbeantworter eine Nachricht von Detective Wong vor. Nachdem ich mir die ersten Sekunden angehört hatte, entfernte ich mich, um den Kühlschrank nach einem Bier abzusuchen, während die leise Stimme des Polizisten im Hintergrund eintönig weiterredete. Hinter mir bereitete sich Jae an die Arbeitsplatte gelehnt eine Tasse Tee zu und beobachtete, wie ich in der Küche umherschlurfte.

„Alles in Ordnung?", fragte er schließlich. Ich wandte mich ihm mit der Bierflasche an den Lippen zu.

„Ich glaube, ich bin zu müde zum Denken", gab ich zu und nahm einen Schluck Tsingtao. „Selbst meine Haare gähnen."

„Du solltest etwas essen", sagte Jae vorwurfsvoll. „Du hattest nur Tee und dieses Bier."

„Aber Bier ist Getreide. Wie Whisky." Er schnaubte, während ich die halbe Flasche Bier hinunterstürzte, bevor ich den Rest in der Spüle entsorgte. Mein Magen gurgelte und meine Augenlider fühlten sich an, als würde darunter Sand kleben. „Babe, ich habe keinen Hunger. Wirklich nicht. Ich glaube, ich will einfach nur ins Bett fallen."

Neko nahm Anstoß daran, dass wir das Bett benutzen wollten, und verschwand aus dem Zimmer in einen unbekannten Teil des Hauses. Ich blieb nur lange genug unter der Dusche, um den Krankenhausgeruch abzuspülen, bevor ich unter die Bettdecke kroch. Das Licht war noch eingeschaltet, da Jae sich im Badezimmer die Zähne putzte.

Es war das Letzte, woran ich mich erinnerte, bevor ich schreiend aufwachte.

Wenn man das von einem Albtraum sagen konnte, war er ziemlich gut. Mit hervorragender Regie und einer Besetzung aus fast allen geliebten Menschen der Vergangenheit und Gegenwart. Ein seltsamer Zusatz war meine echte Mutter, die bisher nie darin aufgetaucht war. Ich dachte selten an Ryoko und fand sie erst recht nicht in den Träumen wieder, in denen ich mein ganz privates Valentinstag-Massaker erlebte.

Es gelang mir nicht, aufzuwachen. So sehr ich es auch versuchte. Vorsichtig bewegte ich mich zwischen den Toten und Sterbenden hindurch, ging von Leiche zu Leiche, sah die Überreste von Gesichtern, die sich in meinem Herzen befanden. Als ich endlich zu Jae-Min gelangte, beugte ich mich hinab, um seinen Kopf an meine Brust zu pressen. Seine dunklen Augen öffneten sich und blickten mich an, vertrauensvoll und verletzlich in seinem Schmerz.

Das war der Moment, in dem ich ihm meine Glock an die Schläfe hielt und abdrückte.

Schreien war vermutlich kein ausreichendes Wort für das, was ich beim Hochschrecken aus dem Traum von mir gab, aber ich war nicht wählerisch. Ich musste nur irgendwie das Grauen und den Hass ausstoßen, den ich beim Auftauchen aus der Dunkelheit in mir vorfand.

„*Agi*! Cole-ah." Jae fuhr mir hastig mit den Fingern durchs Haar und legte mir die Hände an die Wangen. „Ich bin hier. Alles ist gut. Nur ein Traum, *de*?"

Eine ganze Minute lang brachte ich kein Wort heraus. Mein Herz hämmerte in meiner Brust, als versuchte es, meinem Körper zu entkommen. Jae verschwand kurz und kehrte mit einer Flasche kaltem grünem Tee zurück. Dann kniete er an meiner Seite und forderte mich zu kleinen Schlucken auf, bis das Zittern nachgelassen hatte und ich ihn ansehen konnte, ohne die Augen zu schließen.

„Fuck." Ich musste eine andere Sprache lernen. Etwas Derberes. Soweit ich es beurteilen konnte, besaß nämlich keine der beiden Sprachen ausreichend gute Flüche. Ich brauchte etwas, das nach einem widerlichen Zischen mit ein bisschen mehr Mumm klang.

„Willst du darüber reden", fragte er leise, als könnten lautere Worte mich wieder ausflippen lassen.

Ich schüttelte den Kopf und streichelte ihm übers Gesicht. Er hatte die Wandleuchten rechts und links vom Fenster über dem Bett eingeschaltet, weshalb ihr sanftes Licht sein Gesicht in goldene Flächen und tiefblaue Schatten tauchte. Seine Wimpern streiften beim Blinzeln meine Daumen, kitzelten meine Haut.

„Du bist eines der besten Dinge, die mir je passiert sind", flüsterte ich.

„Besser als Pizza und Bier?", neckte Jae.

„Sogar besser als Whisky und Speck", versicherte ich ihm mit einem sanften Kuss.

322

Jaes Lächeln war etwas schüchtern und ausgesprochen erotisch. Der schwarzgeflügelte Engel, der mich zu Beginn verlockt hatte, blitzte hinter dem besorgten jungen Mann hervor, der mich soeben in den Armen gehalten hatte, bis meine Welt wieder im Gleichgewicht gewesen war. Nun hatte Jae-Min andere Pläne für mich.

Seine Finger strichen warm über meinen Bauch, wanderten federleicht über die Narben an meinem Brustkorb. Als er andere Stellen, andere Dinge berührte, verflüchtigte sich jeder Gedanke an Schlaf. Mein Schwanz regte sich, als er mit der Handfläche meinen Hüftknochen streifte und ich streckte die Arme aus, um ihn an mich zu ziehen.

Doch Jae wollte davon nichts wissen, zumindest noch nicht. Er streckte sich und seine Schultern bewegten sich, als er die Arme über den Kopf hob, während sein geheimnisvolles Lächeln noch immer seine Mundwinkel hob. Nackt war er die Schönheit in Person. Schlank, jedoch mit kräftigen Muskeln unter heller, makelloser Haut und einem leichten Schatten dunklen Haars unter den Armen und zwischen seinen Beinen. Ich kannte mich in dieser Landschaft gut aus, ein seidener Traum mit verborgenen Stellen aus männlich duftendem Samt, über die ich so gern leckte, weil er sich dann unter meiner Zunge wand.

„Setz dich hin und lehn dich ans Kopfende", flüsterte Jae. Ich musste ihn mehr als nur leicht verwirrt angesehen haben, denn er küsste meinen Mundwinkel und fügte hinzu: „Na los."

Die Bezüge waren warm und feucht, nachdem ich mich verschwitzt darin herumgeworfen hatte, weshalb sie an meiner Haut klebten, als ich hinaufrutschte. Trotzdem lief mir beim vertrauten Geräusch einer Schublade das Wasser im Mund zusammen und die beinahe jeden Zentimeter meines Körpers durchziehenden Schmerzen änderten nichts daran, wie sehr ich mich nach Jae sehnte.

Glücklicherweise schien es ihm ähnlich zu gehen.

Jae neigte nicht dazu, es lange hinauszuzögern. Unser Vorspiel bestand meistens aus wilden Küssen und vielleicht ein paar Berührungen. Manchmal spielte er ein gefährliches Spiel und vertraute mir damit, es nicht auszunutzen, um mir schlicht zu nehmen, was ich wollte. Es war, was er kannte. Wenn ich ihn sanfter liebte, verwirrte es ihn, obwohl es ihm zu gefallen schien. Hin und wieder wollte er jedoch einfach nehmen und von mir genommen werden. Offenbar fühlte er sich dabei auf eine Weise mit mir verbunden, die nur er verstand. Es hatte eine Weile gedauert, bis er herausgefunden hatte, dass es manchmal in Ordnung war, sich Zeit zu lassen.

Dies schien keins dieser Male zu sein.

Er setzte sich auf meine Oberschenkel und beugte sich vor, um seine Lippen auf meine zu legen. Ich musste für den Kuss arbeiten, musste ihm sein ermutigendes Stöhnen mit geschicktem Lecken meiner Zunge entlocken. Das warme Licht der Lampen brachte seinen Körper zum Leuchten, lud mich dazu ein, seine Schultern zu streicheln und meine Handflächen über seine seidige Haut gleiten zu lassen. Die

Schwielen an meinen Händen färbten seine elfenbeinfarbene Haut dabei zu einem sanften Rosa. Als ich an seinem Hals knabberte, hinterließen meine Stoppeln dort ein kräftigeres Rot, mein Zeichen, dass er mir gehörte.

Jae streichelte über meinen Schwanz und beseitigte zügig auch den letzten Zweifel daran, ob dieser für Aktivitäten solcher Art wach genug war. Er pochte, während bereits ein milchiger Tropfen daraus hervorkroch. Jae strich mit dem Daumen darüber und hob ihn an den Mund, sah mir in die Augen, während er ihn ableckte.

Mit geübtem Griff legte er ein Kondom über meine Eichel, wobei er sie mit dem Daumen streichelte. Er beugte sich auf eine Weise vor, deren Anblick mir Rückenschmerzen verursachte, um beide Seiten der samtigen Eichel zu küssen und mit der Zunge über den Rand zu lecken. Nachdem er sich wieder aufgerichtet hatte, rollte er die enge Latexhülle über meinen Schaft, die sich auf meine Haut presste und an einem Haar an der Wurzel zog.

Selbst durch das Kondom fühlte sich das Gleitgel kalt an und ich zuckte lachend, als ein Tropfen an meinem Schwanz hinabbrann. Jaes Finger fingen ihn auf, bevor er auf dem Bett landen konnte, und verteilten ihn auf meinen Hoden, die er dabei massierte.

„Wenn du so weitermachst, bin ich für dich bald kein gutes Spielzeug mehr."

„Wofür habe ich dich dann überhaupt?", neckte er und zwinkerte mir zu, während er die Hüften hob, um sich vor meinen Schwanz zu setzen.

Dann beugte er sich vor, bis seine Brust beinahe meine berührte, und streckte eine Hand nach hinten, um meinen Schwanz in die richtige Position zu bringen. Er sah mich unverwandt an, selbst als seine Augen sich verengten, während mein Schaft sich in seine Hitze schob. Der Druck des Widerstands fühlte sich herrlich an und ich legte meine Hände an seine Hüften, um ihn zu verlangsamen, damit ich jeden Millimeter spüren konnte.

Sein Körper wehrte sich ein wenig, zierte sich auf verführerische Weise, als Jae sich weiter auf mich schob. Nach einer scheinbaren Ewigkeit nahezu schmerzhafter Wonne war ich in ihn eingetaucht, füllte ihn, als er sich auf mich presste. Ich legte eine Hand an seine Wange und streichelte ihm mit dem Daumen über die Lippen, woraufhin er sich in meine Berührung schmiegte. Als er die Hüften hob, stiegen mir beinahe Tränen in die Augen – vor allem, als er an der höchsten Stelle innehielt.

„Du bringst mich noch um", stieß ich zwischen zusammengebissenen Zähnen hervor. Nur ein Teil von mir befand sich außerhalb seiner Wärme, doch die kühle Luft an meinem Schaft war neben der saugenden Hitze seines Körpers ein Schock.

„So gefällt es mir", murmelte Jae, während er wieder auf mich herabsank. „Es gefällt mir, dich so zu nehmen."

Er lehnte sich zurück, damit er seine Hände auf meinen Bauch legen und sie über meine Seiten bis zu meinen Hüften gleiten lassen konnte. Er kniete rechts und links von meinen Oberschenkeln, und als er jetzt die Beine zusammenpresste, übte er Druck auf meine dort gefangenen Hoden aus. Ich bäumte mich auf, um das brodelnde Brennen dort zu lindern, doch sein Gewicht hielt mich auf der Matratze.

Einige Bewegungen seiner Hüfte und schon keuchte ich, als mein Schwanz von einer Welle der Lust durchflutet wurde, während sich meine Hoden in einem aus meinen eigenen Schenkeln gebildeten Schraubstock befanden. Er bewegte sich so langsam wie möglich, schob sich einige Zentimeter meinen Schaft hinauf, nur um sich wieder auf mich zu senken und mich auf die Matratze zu pressen. Ich krallte mich in den Laken fest, weil ich fürchten musste, sonst mit den Fingern Löcher in seine Beine zu graben. Frischer Schweiß sammelte sich auf meiner Stirn und meinen Wangen, bis er als Rinnsal dem Rand meines Kiefers und der Kurve meines Halses folgte.

Diesmal war es seine Zunge, die die Tropfen auffing und das Salzwasser von meiner Haut leckte, um es mit einer eleganten Bewegung zwischen seinen Lippen verschwinden zu lassen.

„Ich brauche … dich." Seine Augen waren jetzt dunkel, beinahe schwarz vor Verlangen. Unter ihm liegend, gekreuzigt durch seinen Körper und die um meine Hände gewickelten Laken, konnte ich mir keine schönere Todesart vorstellen. „Ich will uns … zusammen. Ohne etwas zwischen uns. Ich habe noch nie …"

„Das geht, Baby", flüsterte ich und ließ das Laken los, um sein Handgelenk zu ergreifen. Er entzog sich der Berührung und schüttelte nachdrücklich den Kopf. „Wir können es jetzt tun. Ich habe mich testen lassen, vor allem wegen …"

Er packte mein Kinn, damit ich seinem Blick nicht ausweichen konnte, und antwortete: „Du kannst mir nicht trauen. Nicht nach allem, was ich getan habe. Mit wem ich es getan habe. Es ist nicht sicher für dich. Ich … werde dich dafür nicht in Gefahr bringen."

„Wir lassen es überprüfen, okay?" Ich senkte den Kopf, um den Daumen zu küssen, von dem er meinen Samen geleckt hatte. „Ich möchte das für dich tun. Ich vertraue dir."

Beinahe hätte ich zu viel gesagt. Er hörte es in meiner Stimme und zuckte zurück, als hätte ich ihm eine Ohrfeige gegeben. Doch er blieb, wo er war, anstatt aus dem Zimmer zu fliehen, was ich als gutes Zeichen wertete.

Was er als Nächstes sagte, wertete ich als die beste Sache aller Zeiten.

„Okay", murmelte er. „Das wünsche ich mir, *Agi*. Ich möchte dich … geben fühlen. Ich möchte spüren, wie du in mir kommst. Ich weiß nicht, warum … Ich weiß nicht, warum du …"

Ich hob die Hüften, um mich so tief wie möglich in seinem Körper zu vergraben, und zog die Beine an, damit ich ihn dichter an meine Brust schieben und die Arme um seine Taille schlingen konnte. Als ich die Hände auf seinen Rücken legte, spürte ich angespannte Muskeln und perlenharte Wirbel unter meinen Fingerspitzen. Zwischen uns war sein Schwanz von unserer heißen Haut gefangen und hinterließ einen nassen Streifen wie ein leidenschaftlicher, feuchter Kuss.

Ich ließ Jae das Tempo bestimmen und er entschied sich für eine gnadenlose Jagd, wollte meinen Schaft an seiner empfindlichen Haut brennen fühlen. Es war wild, beinahe brutal, und so heftig, dass ich fürchtete, er könnte sich verletzen. Dicht an ihn geschmiegt hielt ich mich zurück, so gut ich konnte, und zögerte unseren Höhepunkt hinaus, indem ich ihn bremste, wenn meine Eier kurz davorzustehen schienen, sich von meinem Körper loszureißen und zu explodieren. Jae fand in keiner seiner Sprachen Worte, sondern stieß nur noch leise, kehlige Laute aus. Niemand musste mir sagen, was sie bedeuteten.

Fick mich. Benutz mich. Bring mich dazu, dass ich *irgendetwas* fühle, Cole. Dann, in einem jammernden Strom aus Verlangen und nackter Sehnsucht, drang zwischen den von seinen Zähnen gequälten Lippen ein sanftes, flehendes Geräusch hervor.

Liebe mich … flüsterte dieses Geräusch.

So sehr er auch hasste, wer und was er war, vertraute ich zumindest einer der in meinem zähen Straßenjungenfreund verborgenen Seiten. Dem jungen Mann, der die Welt als eine seltsam schöne Kreation betrachtete, die er mit seinen Bildern einfangen konnte. Er sah Liebe zwischen Unkraut und rissigem Zement. Er sah Schönheit in der alternden Haut eines Mannes, der sein Leben als Frau führte. Auch wenn er für sich selbst kein Glück sehen konnte, enthüllte er es für den Rest der Welt.

Ich hielt ihn fest und packte seine Schultern, um ihn auf mich zu pressen. Schweißnass glitt er auf und ab, verankert durch seine Beine und meine Hände. Er zog sich um mich herum zusammen, gab nicht nach. Wollte ich ihn verlassen, müsste ich darum kämpfen. Ich hätte mich ihm zu gern ergeben, doch ich brauchte die Reibung und mochte das erotische Keuchen, das sich in Jaes Stöhnen mischte, wenn ich die richtige Stelle traf.

Da ich mich in dieser Position nicht weit genug in ihn schieben konnte, warnte ich ihn mit einem Knurren, bevor ich ihn auf den Rücken drehte. Jae packte meine Oberarme und ich legte meine Hände um seine Schienbeine, damit ich seine angezogenen Beine spreizen und ihn festhalten konnte.

Dann tat ich alles dafür, die Leere zu füllen, die er so tief in seinem Innern spürte.

Schneller und schneller stieß ich zu, bis ich Jae nachgeben fühlte. Ich veränderte den Winkel, bis ich den richtigen Punkt gefunden hatte, und zog meinen Schaft darüber. Bei jedem Stoß achtete ich darauf, mit meinem Schwanz diese Stelle in seinem Innern zu treffen, bis seiner vor Vorfreude tropfte. Erst dann ließ ich eins seiner Beine los, um ihn in die Hand zu nehmen. Er spie weiße Perlen aus, noch bevor ich meine Finger ganz um die geschwollene Eichel gelegt hatte. Er brauchte nicht mehr viel, doch anstatt es ihm zu geben, strich ich nur sanft über die seidige Haut an der Wurzel.

„*Cole-ah.*" Das leise kätzchenhafte Jammern war verschwunden und durch ein forderndes Brüllen und scharfe Fingernägel in der Haut meiner Arme ersetzt worden. Die Kratzer brannten und die Wildheit in seinem Gesicht brachte mich zum Lachen.

Wir hatten in einen schnellen Rhythmus gefunden, angetrieben vom Geräusch unserer zusammentreffenden Körper. Obwohl meine Oberschenkelmuskeln schmerzten, ließ ich nicht nach, sondern zog Jaes Ekstase in die Länge, während ich mich immer wieder in seine Wärme presste. Wimmernd versuchte er, sich in meine Hand zu schieben, doch ich presste seine Hüften nach unten und stieß erneut zu, dann ein zweites Mal.

„Willst du mich, Baby?", flüsterte ich an seinem Ohr knabbernd. Ich war dem Höhepunkt nah. Eigentlich zu nah, um ihn noch lange zu quälen – und wäre er bei klarem Verstand gewesen, hätte er es gewusst. Stattdessen beugte er sich vor und biss zu.

Ohnehin schon kurz davor, die Kontrolle zu verlieren, wurde ich von Jaes Zähnen in meiner Haut überwältigt. Ich kam mit ihm, verlor mich in meiner Lust, während er sich in meine Hand ergoss. Sein Geruch entfachte ein Feuer in meinem Körper und ich suchte seine Lippen mit meinen, weil ich ihn einfach schmecken musste. Ich holte jeden Tropfen aus ihm hervor, indem ich ihn langsam von der Wurzel bis zur Spitze streichelte. Er schob sich meiner Brust entgegen, während sein warmes Sperma auf unsere Bäuche spritzte. Mein eigener Höhepunkt raubte mir den Atem, sodass ich zwischen dem von mir verursachten wunderschönen Ausdruck seines Gesichts und der aus meinem Schwanz schießenden flüssigen Elektrizität gefangen war, mit der ich ihn wegen des Kondoms nicht erreichen konnte.

Dann brachen wir zusammen. Jae schlängelte sich von meinem Körper und griff träge nach dem Waschlappen, mit dem er mir nach dem Albtraum den Schweiß vom Gesicht gewischt hatte. Ich nahm ihn ihm aus der Hand und rollte ihn sanft auf den Rücken, um ihn von der trocknenden Klebrigkeit auf seiner Haut und zwischen seinen Beinen zu befreien. Anschließend stolperte ich ins Badezimmer, spülte das Kondom die Toilette hinunter und wischte mit der nassen Ecke eines Handtuchs widerstrebend Jaes Samen fort.

Als ich das Schlafzimmer betrat, lag er mir zugewandt auf der Seite und betrachtete mich mit schläfrigem, aber zufriedenem Blick unter schweren Lidern. Während ich das Licht ausschaltete, streckte er eine Hand aus, um seine Finger mit meinen zu verflechten und ich hielt sie fest, als ich über ihn kletterte und mich an seinen Rücken schmiegte. Er schob die Beine nach hinten und hakte sie in meine, sodass wir auch von der Hüfte abwärts miteinander verbunden waren. Ich schlang einen Arm um seine Taille und küsste seinen Nacken, blies sanft in sein schweißfeuchtes Haar.

„Sag es nicht, *Agi*." Seine Stimme war leise, eine flehende Verstrickung, in der ich mich hatte fangen lassen.

„Aber eines Tages werde ich es tun", antwortete ich. Diesmal küsste ich die Wölbung seines Oberarms, ließ meine Zähne sanft über die weiche Haut kratzen. „Und ich weiß nicht, ob ich warten kann, bis du bereit bist, es zu hören."

„Es wird ... mich zerstören, Cole", flüsterte Jae. „Es ... ist so viel. Ich habe solche Angst ..."

„Die habe ich auch, Babe." Es fiel mir nicht schwer, es dem Mann zu gestehen, um den ich so heftig gekämpft hatte. Wir trugen beide die Narben des Kampfes, der uns zusammengebracht hatte, sowohl auf unserer Haut als auch auf unserer Seele. „Verdammt, du musstest gerade erst die Überreste meines Albtraums beseitigen. Siehst du nicht, wie viel Angst ich habe?"

„Bei dir ist es anders." Er schob sich in meiner Umarmung nach hinten, bis zwischen uns kein Millimeter Platz war. „Wenn du Angst hast, stürmst du vorwärts. Egal, was dein Vater gesagt hat, du bist nicht weggelaufen. Ich laufe immer weg."

„Weißt du, du kannst immer zu mir laufen", schlug ich vor und ließ mein Kinn auf seiner Schulter ruhen.

„Ich glaube, davor habe ich am meisten Angst, *Agi*." Die Stille zwischen uns war von Gefühlen erfüllt. „Was ist, wenn ich zu dir laufe und du bist nicht da?"

„Ich werde da sein, Babe", versprach ich. „Du musst jemandem vertrauen. Ich weiß, dass es verdammt schwer ist. Und wenn ich dich enttäusche, hast du meine ausdrückliche Erlaubnis, mir einen Arschtritt zu verpassen, denn es wäre das Dümmste, was ich in meinem ganzen Leben getan hätte. Auch wenn es wahrscheinlich das Größte und Beängstigendste überhaupt ist, nachdem einem jemand eine reingewürgt hat ... vertrau mir einfach. Lass mich ... dich lieben. Bitte erlaube mir, dich zu lieben."

16

Bobby fand mich auf der Veranda, wo ich auf dem Boden kniete und die Stufen schrubbte. Bis zu den Ellbogen in Schaum mit künstlichem Pinienduft steckend nickte ich ihm zur Begrüßung zu und teilte ihm mit, dass es im Büro Kaffee gab.

Noch vor dem Zähneputzen hatte Detective Wong angerufen, um über den Fall zu reden und mir zu sagen, dass ich den vorderen Gebäudeteil wieder benutzen konnte. Jaes Angebot, seinen Termin für Familienfotos abzusagen, um mir bei der Reinigung zu helfen, hatte ich abgelehnt und ihn mit einem Abschiedskuss entlassen. Wong hatte mich darüber informiert, dass sich bereits jemand vom Labor darum gekümmert habe, als Gefallen für einen ehemaligen Polizisten. Ich hatte mich bedankt. Es war aufrichtiger Dank gewesen. Meine Karriere als Polizist hatte in einem Kugelhagel geendet, als ich von meinem eigenen Dienstpartner niedergeschossen worden war. Das hatte zu einem Haufen Narben, einer riesigen finanziellen Entschädigung und dem geballten Hass fast jedes mir bekannten Polizisten geführt. Wong war eine verdammt große Überraschung.

Obwohl sich kein einziger Tropfen Blut mehr auf dem Holzboden befunden hatte und das Gras bis zu den Wurzeln durchgeweicht gewesen war, hatte ich mich mit Reinigungsmittel und einer Bürste bewaffnet und den Gartenschlauch ausgerollt. Die Beschädigung der Pfosten war hauptsächlich ein optisches Problem, doch den getroffenen Fensterrahmen würde sich jemand ansehen müssen. Das Glas hatte beim Berühren gewackelt, auch wenn es vorerst zu halten schien. Also hatte ich mich darangemacht, die Veranda zu schrubben.

Ich musste den letzten Tag davon entfernen. Am liebsten hätte ich ihn gleich ganz ungeschehen gemacht, doch da das nicht möglich war, konnte ich mich wenigstens um die Veranda kümmern.

Die Gittertür in meinem Rücken quietschte, als Bobby sich zu mir gesellte. Ich hatte so viel Reinigungsmittel auf den Boden gegossen, dass ich nicht einmal den Kaffee in Bobbys Tasse riechen konnte. Er ließ sich in einem der Adirondack-Stühle nieder, die ich gekauft hatte, damit Claudia und ich an langweiligen Tagen auf der Veranda sitzen und Menschen beobachten konnten. Sie hatte mich als albern bezeichnet, war jedoch am nächsten Tag mit langen, dicken Kissen aufgetaucht, weil ihr die hölzerne Sitzfläche sonst zu unbequem gewesen wäre.

„Hey, Lady Macbeth", brummte Bobby und stupste mit der Schuhspitze mein Hinterteil an. „Hör endlich auf. Es ist nicht deine Schuld."

„Ich weiß." Ich verteilte den Rest des Eimerinhalts auf dem Boden und spülte mit dem Schlauch den Schaum ab. Nachdem ich den Schlauch um seine Halterung gewickelt hatte, ging ich ins Haus, um die Hände zu waschen und mir ebenfalls eine Tasse Kaffee zu holen. Als ich zurückkehrte, war Bobby damit beschäftigt, eine Horde junger Hipster-Studenten zu beobachten, die sich an einen Tisch vor dem Café auf der anderen Straßenseite setzten.

„Sie sind wie die mutierten Kinder eines Beat-Dichters und eines ungewaschenen Grungerockers", schnaubte er. „Wie kommen die nur darauf, dass das gut aussehen könnte?"

„Keine Ahnung. Claudia will sie immer fesseln, mit dem Wasserschlauch abspritzen und ihnen die verwahrlosten Hamster aus dem Gesicht rasieren."

Eine Sache hatten die müslimampfenden Besitzer des Cafés allerdings richtig gemacht: Sie hatten einen Typen namens Joe eingestellt, der spitzenmäßige Sandwiches zubereitete. Wenn ich einen faulen Tag hatte … und manchmal auch, wenn ich den nicht hatte … ging ich hinüber, um mir ein Sandwich aus Pastrami auf Sauerteigtoast zu besorgen, mit dem ich es mir auf dem Sofa gemütlich machen konnte, um es in Frieden zu essen. Dabei war ich mehr als einmal Überheblichkeit und theatralischer Langeweile ausgesetzt gewesen. Es war noch unerträglicher als die Pseudointellektuellen, die sich an Samstagabenden dort einfanden, um den uralten Vergleich zwischen Batman und Superman zu diskutieren.

Es war sinnloses Gerede. Vor allem, weil Namor sowieso besser war als beide.

„Gut. Wenn sie wieder herkommen kann, helfe ich ihr dabei." Er stieß mich erneut an, diesmal mit dem Ellbogen, weil ich neben ihm saß. „Es gibt Neuigkeiten zu dem Auto vor den Lagerräumen."

„Mist, das hatte ich ganz vergessen." Das hatte ich wirklich. Es stand auf meiner Liste mit Dingen, denen wir nachgehen mussten, war jedoch nach dem Vorfall am Vorabend in den Hintergrund gerückt. „Ist es jemand, den wir kennen?"

„Allerdings. Der Fahrzeughalter ist ein gewisser Crisanto Songcuya Seong. Und Mann, den Namen habe ich jetzt wahrscheinlich total verunstaltet."

„Wer zum Teufel ist …" Ich hielt inne. „Seong? So wie Scarlets Seong?"

„Sogar noch dichter dran." Bobby grinste. „Es *ist* Scarlet. Das Auto ist auf ihren Namen zugelassen. Ich glaube, es ist das Auto, in dem Seongs Jungs sie rumfahren. Aber es ist schwer zu sagen. Es gibt eine ganze Reihe von den Dingern."

„Warum bitte sollte sie uns von jemandem verfolgen lassen?" Mein Kopf schmerzte schon genug durch den Schlafmangel, zu wenig Essen und zu viel Kaffee. „Und es uns verschweigen?"

„Interessante Frage, Prinzessin", antwortete Bobby. „Genau die habe ich ihr gestellt, als ich sie heute Morgen angerufen habe. Offenbar hat sie zwei von Seongs Jungs geschickt, um uns bei unseren Ausgrabungen zu helfen. Du warst verletzt, also wollte sie nicht, dass deinem kostbaren kleinen Körper etwas zustößt. Entweder haben sie ihre Anweisungen einfach ignoriert oder sie dachten, wir wären groß und stark genug, um ohne ihre Hilfe auszukommen, aber deshalb waren sie da. Und sie haben sich vor der Arbeit gedrückt. Sie war sauer, als ich ihr erzählt habe, dass sie nur im Auto saßen."

„Sie wird ihnen durch die Nase den Arsch aufreißen." Ich hatte große Ehrfurcht vor Scarlets Temperament. Selbst die abgeschwächte Version ihrer Verärgerung, die sie einmal gegen mich gerichtet hatte, war nicht angenehm gewesen. Dann kam mir etwas anderes in den Sinn. „Verdammt, es könnte nicht vielleicht sein, dass Seong sie abservieren will, oder?"

„Wie kommst du denn bitte darauf?" Bobby erstickte beinahe an seinem Kaffee. „Der Typ ist für sie nach Los Angeles gezogen und hat seine Familie aufgegeben. Du hast die zwei gesehen. Sie sind wie Jessica und Roger Rabbit."

„Ich weiß. Es war wohl ein dummer Gedanke", gab ich zu. „Aber wer für solche Leute arbeitet, weiß oft als Erster über dieses Zeug Bescheid. Ich habe mich nur gefragt, ob sie vielleicht Grund zu der Annahme hatten, dass Scarlet bald nicht mehr da ist, und sich deshalb gedacht haben *die kann uns mal, wir müssen nicht mehr auf sie hören. Der Boss wird uns schützen.*"

„Klingt logisch." Er verpasste mir einen Klaps auf den Hinterkopf. „Wenn es um ein anderes Paar als Scarlet und Seong geht. Mann, Maria würde sich eher von Gott trennen als Seong von Scarlet. Denk nicht so dummes Zeug. Oder denk lieber gar nicht. Nachdem so eine Scheiße wie gestern passiert ist, kommst du immer nur mit dummen Ideen an. Gönn deinem Kopf eine Pause."

„Hör auf, mich zu schlagen", murmelte ich und rieb mir den Hinterkopf. Ich kam mir vor wie ein kleiner Junge, dem der Schulhofschläger das Essensgeld wegnehmen wollte. „Sonst verrate ich dir nicht, was mir die Polizei gesagt hat."

„Also hat dich endlich jemand angerufen?"

„Ja, Detective Dexter Wong." Ich fasste für Bobby zusammen, dass er Jae als Verdächtigen verworfen hatte. „Er hat mit Brookes geredet, die auch bei der Sache mit den Kwons war. Sie glauben, die Angriffe auf Shin-Cho und Claudia hängen mit dem Mord an Helena zusammen. Es waren die gleichen Kugeln. Er hofft, dass die Leute von der Ballistik sie derselben Waffe zuordnen können."

„Das wäre gut." Bobby nickte. „Jetzt verstehe ich auch die Kerben in dem Pfosten da. Waren das die Leute vom Labor? Sieht aus, als hätten sich Biber daran zu schaffen gemacht."

„Ja. Ich überlege, ob ich ihn ersetzen soll oder einfach Holzkitt benutze. Ich bin noch unentschlossen." Ich rutschte vom Stuhl auf die dazugehörige gewölbte Fußbank, um mich Bobby zuzuwenden. „Hey, hat sich jemand mit Rocket in Verbindung gesetzt? Wegen Trey? Das ist mir heute Morgen eingefallen. Ich war so auf Claudia konzentriert, dass ich gar nicht darüber nachgedacht habe, ob jemand Treys Familie oder Rocket informiert hat."

„Kumpel, Treys Familie *ist* Rocket. Sie sind Cousins." Bobby bemerkte, wie ich erschauerte. „Völlig legal in Kalifornien. Und ja, ich habe ihn nach der Polizei angerufen. Der Junge ist ein Junkie, aber auch die haben Gefühle."

„Und kommt er zurecht?"

„Ja, zumindest klang es so", antwortete er. „Er ist Treys einziger lebender Verwandter. Anscheinend erbt er alles, auch den Sexshop. Ich glaube, es hat ihn nicht allzu schwer getroffen. Er hat etwas von für Schwänze leben und durch Schwänze sterben gemurmelt. Er scheint zu glauben, Trey wurde von der Polizei erschossen."

„Ich würde das ja als kaltherzig bezeichnen, aber ich habe Rocket kennengelernt", sagte ich mit einem leisen Pfeifen. „Für seine Verhältnisse war das extrem tiefsinnig."

Niemand konnte uns unser Zusammenzucken verdenken, als sich ein schwarzes Auto näherte und vor dem Haus zum Stehen kam. Bobby und ich warfen einander leicht verlegene Blicke zu, einigten uns jedoch schweigend darauf, dass unsere Nervosität verzeihlich war. Allerdings wurde es noch etwas peinlicher, als ein kleiner koreanischer Mann im Anzug ausstieg und eine der hinteren Türen für eine zierliche ältere Frau öffnete.

Mit einer edlen Kombination aus Bleistiftrock und Bluse wirkte Seong Ryeowon, als wären ihr schon bei der Geburt Perlen aus dem Mund gesprudelt. Selbst unter der hellen Sonne Kaliforniens strahlte ihre makellose Haut wie Porzellan. Ihr Fahrer, die übliche Seong-Ausführung, blieb beim Auto, als sie sich mit einem klickenden Geräusch ihrer scheinbar meterhohen Stilettos näherte.

Mit kleinen alten Damen hatte ich bereits schlechte Erfahrungen gemacht, weshalb ich die elegante, schmalgesichtige Frau auf dem Weg zu meinem Haus vorsichtshalber als die aktuell größte Gefahr der gesamten Nachbarschaft einordnete.

„Das ist Shin-Chos Mutter. Sie war im Krankenhaus, erinnerst du dich?", murmelte ich Bobby zu, während ich aufstand und mir notdürftig die Jeans abklopfte, bevor ich sie an den Stufen begrüßte. Mein größtes Problem war, dass ich nicht wusste, mit welchem Namen ich eine verheiratete Koreanerin ansprechen sollte. Ich konnte nur hoffen, mich richtig entschieden zu haben. „Madam Seong."

„Mr. McGinnis." Sie war unverwechselbar Seongs Schwester. Ihre Haltung war aufrecht, ihr Mund streng und ihr Gesichtsausdruck brachte mich beinahe dazu, vor ihr zu knicksen. Bobby schien sie nach einem eisigen Lächeln in seine Richtung als unwichtig abgetan zu haben. Obwohl sie einen wesentlich stärkeren Akzent als ihr Bruder oder Jae hatte, sprach Seong Ryeowon selbstsicher und deutlich. „Wäre es möglich, unter vier Augen mit Ihnen zu reden?"

Ich öffnete ihr die Tür zum Büro, während ich Bobby unauffällig einen Blick unter hochgezogenen Augenbrauen zuwarf. Er stieß ein amüsiertes Schnauben aus, bevor er sich wieder seinem Kaffee und seiner stillen Geringschätzung der Studenten auf der anderen Straßenseite widmete. Nachdem ich Ryeowon in meinen selten genutzten Besprechungsraum geführt hatte, bot ich ihr Tee oder Kaffee an, doch sie schüttelte den Kopf und machte es sich in einem der großen Ledersessel bequem.

Ursprünglich war der Raum ein Esszimmer gewesen, das ich jedoch beim Umbau des Hauses zu einem Raum für vertrauliche Gespräche umgewandelt hatte. Mit einigen frei angeordneten Ledersesseln mit Messingnieten und einem großen rechteckigen Couchtisch hatte ich mich um eine etwas intimere Atmosphäre bemüht. Bobby war der Meinung, dass es wie ein viktorianischer Gentleman's-Club wirkte und dass nur noch ein alter englischer Abenteurer mit riesigem weißem Schnurrbart fehlte, der mit Tropenhelm auf dem Kopf in der Ecke schnarchte.

„Danke, dass Sie sich Zeit für mich nehmen." Sie straffte die Schultern.

Aus der Nähe konnte ich in ihren Gesichtszügen Shin-Cho erkennen. Sein Gesicht war feiner geschnitten als das seines Bruders und Ryeowon betonte diesen Zug. Ich hätte sie gern dafür verurteilt, wie sie ihren ältesten Sohn behandelt hatte, doch ich musste zugeben, dass sie für ihn ins Krankenhaus gekommen war. So sehr ihr das Leben und Lieben ihres Bruders auch missfiel, war sie im Ernstfall für ihre Söhne da.

„Kann ich Ihnen wirklich nichts bringen? Wenigstens ein Wasser?" Jae schien auf mich abgefärbt zu haben, denn es war mir unangenehm, sie nicht bewirten zu können.

Sie musterte mich mit schräg gelegtem Kopf, sagte dann aber: „Nein. Nein, wirklich nicht. Danke."

„Was kann ich für Sie tun?" Ich hatte meinen Kaffee draußen bei Bobby gelassen, weshalb ich nun nicht wusste, was ich mit meinen leeren Händen tun sollte. Letztendlich faltete ich sie und beugte mich auf meinem Sessel nach vorn. „Wenn es um Park Dae-Hoon geht, muss ich Ihnen leider sagen, dass ich ohne die Erlaubnis Ihres Sohns keine Informationen weitergeben kann."

So wie ich redete, hätte man denken können, dass ich haufenweise wichtige Informationen besaß und kurz davor stand, irgendeinem Typen die Maske vom Gesicht zu reißen und ihn zum Bösewicht zu erklären. In Wirklichkeit mussten wir erst Opfer von Dae-Hoon ausfindig machen, die sich hoffentlich noch in Amerika befanden.

„Das ist in Ordnung. Ich bin nicht wegen Park Dae-Hoon hier", antwortete sie. Ihre Hände beschäftigten sich auf nervöse Weise damit, ihre Armbanduhr zurechtzurücken und an ihrem Ärmel zu zupfen. „Mein Sohn David hat mich gebeten, mit Ihnen über etwas zu reden, das passiert ist, bevor wir Seoul verlassen haben. Er hält es für wichtig, weil es mit Shin-Cho zu tun haben könnte."

Ich hatte vorsichtshalber einen Notizblock und einen Kugelschreiber mitgebracht. Jetzt schlug ich ihn auf und nickte. „Okay, was wollen Sie mir sagen?"

Ryeowon legte erneut den Kopf schräg und musterte mich von oben herab. „Wie viel wissen Sie über *Chaebol*-Familien?"

„Ein wenig weiß ich von ... koreanischen Freunden", antwortete ich vorsichtig. Es gab eine wichtige Grenze, die ich nicht überschreiten durfte: ihr von meiner Beziehung mit Jae erzählen. „Ihr Bruder Seong-*Hyung* gehört zu einer solchen Familie, die viele südkoreanische Unternehmen besitzt."

„Wir *sind* südkoreanisch", sagte sie. „Was unsere Familie leistet, wie wir uns verhalten, jeder Skandal, in den wir verwickelt sind ... all das wird genau beobachtet und hinterfragt. An die *Chaebol* werden höhere Ansprüche gestellt, weil wir das Gesicht von Südkorea sind. Unser Verhalten müssen wir jeden Tag aufs Neue vorsichtig abwägen. Unser Auftreten muss …"

„Perfekt sein?", ergänzte ich.

„Ja. Wir sind die perfekten Südkoreaner, ja." Sie begann, ihre Sitzposition zu ändern, aber bremste sich dann. Die Nervosität war durch eine gebieterische Distanziertheit ersetzt worden. Ich murmelte etwas, das sie für Zustimmung zu halten schien, denn sie fuhr fort: „Meinem Sohn Shin-Cho fiel es von Anfang an schwer, den Ansprüchen der Familie gerecht zu werden. Er hatte eine enge Beziehung zu seinem Vater und als Dae-Hoon … uns verließ, war er am Boden zerstört. David war noch jünger und stand nicht so sehr unter dem Einfluss von Park Dae-Hoon. Ihm fiel es leichter, einen anderen Mann als seinen *Hyung* zu akzeptieren. Meine älteren Brüder haben diese Rolle für ihn erfüllt, aber Shin-Cho … hat rebelliert."

„Rebelliert? Wie das?" Das Ganze klang eher wie ein Militärcamp als wie eine Kindheit.

„Er wollte sich nicht mit anderen Jungen aus *Chaebol*-Familien anfreunden. Stattdessen hat er sich von möglichen Spielkameraden ferngehalten, selbst in der Schule. Und es lag nicht daran, dass er wählerisch war. Das hätte man noch als akzeptabel betrachten können", murmelte sie. „Stattdessen kam er nach dem Unterricht nicht nach Hause und hat Gegenden durchstreift, in denen er sich nicht aufhalten sollte. Ich kann nicht mehr sagen, wie oft wir ihn vom Sicherheitspersonal suchen lassen mussten. Nach seinem Schulabschluss wurde es sogar noch schlimmer. Manchmal kam er tagelang nicht nach Hause und er hat sich geweigert, die von uns gewählte Universität zu besuchen."

„Mir ist nicht ganz klar, was das mit den aktuellen Vorfällen zu tun hat", gestand ich.

„Dazu komme ich noch", versicherte mir Ryeowon. „Es gab Gerüchte über Shin-Cho, hässliche Gerüchte darüber, was er an diesen Orten getan hat. Da wusste ich, dass ich ihn als Kind nicht streng genug behandelt hatte. Er hat zu seinem Vater aufgesehen. Ich hätte mehr unternehmen müssen, um ihn daran zu hindern, seinem Beispiel zu folgen."

In ihrem Gesicht war dieselbe Abscheu zu sehen, die sich dort gezeigt hatte, als Scarlet in den Warteraum gekommen war. Es war schwer, nicht darauf zu reagieren, wie sich ihr Mund zu einem säuerlichen Ausdruck des Ekels verzog.

„Eines Nachts haben sich zwei unserer Männer auf die Suche nach ihm gemacht und ihn mit einem Mann gefunden. Er hatte ihm … wehgetan. Shin-Chos Sünden hatten ihn endlich eingeholt. Unsere Männer brachten ihn nach Hause und ich habe diesem Mann Geld geschickt, um sein Schweigen über die Sache mit Shin-Cho zu erkaufen. Aber es war bereits zu spät, um die Gerüchte zu stoppen." Sie spielte seufzend mit einem Ring an ihrem Finger.

„Wie hat er ihm wehgetan?" Was sie erzählte, gefiel mir kein bisschen. Erst recht nicht, als sie Shin-Chos Trauma mit einem kleinen Schulterzucken abtat. „Wie schlimm?"

„Er brauchte ... Zeit. Wir haben ihn an einen Ort gebracht, an dem er sich erholen konnte. Doch der Ruf der Familie war bereits geschädigt. Was er getan hatte, ließ sich nicht mehr verbergen. Zu viele Leute haben darüber spekuliert." Ein weiterer vorwurfsvoller Seufzer. Mein Magen gluckerte vom vielen Kaffee und der darin aufsteigenden Säure. „Unsere Familie musste bereits mit dem durch Park Dae-Hoon verursachten Skandal fertig werden. Einen weiteren konnten wir uns nicht erlauben. Also hat unser ältester Bruder, Min-Wu, dafür gesorgt, dass Shin-Cho seinen Militärdienst antritt. Wir dachten, der geordnete Ablauf dort würde ihm gut tun und ihm dabei helfen, die Besessenheit vom Lebensstil seines Vaters zu überwinden."

Nie zuvor hatte ich ein derart heftiges Bedürfnis verspürt, jemanden zu packen und zu schütteln. In meinem Körper brannte die Sehnsucht, meine Finger um ihre Schultern zu legen und sie durchzurütteln, bis ihr Kopf von ihrem Hals flog und unter den Couchtisch rollte. Stattdessen konzentrierte ich mich darauf, den Kugelschreiber auf die Seiten meines Notizblocks zu pressen und daran zu denken, dass Jae Ähnliches erwartete, wenn seine Familie zu viel erfuhr. Es war ein ernüchternder Gedanke.

„Warten Sie, dort ist er nicht geblieben, oder?" Ich hob den Kopf. „Er hat das Militär verlassen, bevor er seinen Dienst abgeleistet hatte."

„Ja, bedauerlicherweise", antwortete Ryeowon. „Wir hatten ihn hingeschickt, um für etwas Abstand von dem Skandal zu sorgen. Nach seiner Rückkehr sollte er eine Universität besuchen und später für das Unternehmen arbeiten. Alles ging gut, bis er in die Einheit von Choi Yong-Kun versetzt wurde."

„Ich weiß, dass er in einer kompromittierenden Situation überrascht wurde", steuerte ich bei. „War das mit diesem Choi Yong-Kun?"

„Nein, Choi Yong-Kun war sein Offizier", sagte sie knapp. „Sein anderer Befehlshaber hat mehr Rücksicht auf die Bedürfnisse der Familie genommen. Ich mache Choi Yong-Kun dafür verantwortlich, was Shin-Cho mit Li Mun-Hee getan hat. *Dieser* Mann war nämlich für seine Perversionen bekannt. Er war schon zum vierten Mal in eine andere Einheit versetzt worden. Choi Yong-Kun hat es versäumt, meinen Sohn vor ihm zu schützen. Ich betrachte ihn als den Schuldigen für Shin-Chos Entlassung."

Ich würde sie verärgern. Das wusste ich, bevor ich es aussprach, weshalb ich es so vorsichtig wie möglich sagte. „Glauben Sie nicht, Shin-Cho wusste, was er tat?"

„Wie hätte er das tun können?", fragte sie mit schockiert geweiteten Augen. „Shin-Cho brauchte Zeit, um sein Gleichgewicht wiederzufinden und Choi Yong-Kun hat es vorsätzlich abgelehnt, jemandem zu helfen, für den er verantwortlich war. Yong-Kun *wusste*, wie beeinflussbar Shin-Cho zu diesem Zeitpunkt war. Mein

Sohn ist *nicht* schwul, Mr. McGinnis. Er braucht Zeit, um das zu begreifen. Meine Familie muss das begreifen. Stattdessen schickt mein Bruder ihn hierher … zu *Min-Ho*."

Eigentlich war ich davon überzeugt gewesen, dass wir den Höhepunkt ihres Hasses bereits erreicht hatten. Offenbar war das nicht der Fall. Sie legte so viel Bosheit in Seongs Namen, dass sie damit eine ganze Elefantenherde gestoppt hätte.

„Okay, aber was hat Choi Yong-Kun mit der jetzigen Situation zu tun?", wollte ich wissen. „Hat er Shin-Cho auf irgendeine Weise bedroht? Hat er Schweigegeld verlangt?"

„Er ist verschwunden", antwortete sie knapp. „Genau wie Li Mun-Hee. Beide … einfach verschwunden."

„Also halten Sie es für eine Verschwörung, um Shin-Chos Ruf zu schädigen?" Meine Notizen ähnelten allmählich einem explodierten Mengendiagramm. „Die zwei haben alles so arrangiert, dass Shin-Chos Ehre auf dem Spiel stand, um später Geld zu verlangen?"

Seine Ehre. Als wäre er die Heldin eines Liebesromans aus den Fünfzigerjahren.

„Ich weiß es nicht. Li Mun-Hee würde ich es zutrauen", antwortete Ryeowon mit einem Schniefen. „Er ist gekommen, um nach Shin-Cho zu fragen. *Zu unserem Haus.* Als hätte er Anspruch auf meinen Sohn. Mein Bruder hat ihn fortgejagt und ihm gesagt, er solle nie mehr zurückkommen."

„Hat Ihr Bruder ihm verraten, dass sich Shin-Cho in LA befindet?"

„Ich weiß es nicht. Ich habe nicht zugehört", gab sie zu. „Ich war sehr aufgewühlt. David wollte heiraten und die Kwons hatten schon wegen Dae-Hoon Vorbehalte, was die Hochzeit anging. Shin-Chos Verhalten hätte beinahe zur Auflösung der Verlobung geführt."

„Was hat Helena von Shin-Chos Rolle bei der Hochzeit gehalten?"

Ryeowon sah mich an, als hätte ich ihr eine schnelle Nummer auf dem Couchtisch vorgeschlagen. „Was hätte sie dazu sagen sollen? Es war Davids Entscheidung."

Ich war nicht sicher, ob sie damit sagen wollte *die Frau hat sich dem Willen ihres Mannes zu unterwerfen* oder ob es Helena nur nicht hätte kümmern sollen, weil es sich um eine Familienangelegenheit handelte. Jedenfalls bewegte ich mich bei ihr bereits auf dünnem Eis. Ich hatte sie so wenig provoziert wie möglich, doch es musste offensichtlich sein, dass ich nicht ihrer Meinung war, was die für Shin-Cho geplante Wunderheilung vom Schwulsein anging. Daher verzichtete ich lieber darauf, Benzin ins Feuer zu gießen, indem ich zusätzlich mit Frauenrechten anfing.

„Wie haben Sie herausgefunden, dass Choi und Li vermisst werden?" Ich konnte mir nicht vorstellen, dass die zwei einen Selbstmordpakt geschlossen hatten, schon gar nicht wegen Shin-Cho. Choi schien es doch gewesen zu sein, der die anderen beiden geoutet hatte. Wenn es ihm dabei nicht um Erpressung der

Seongs gegangen war, hatte er damit nichts erreicht, außer den Zorn einer ziemlich mächtigen Familie auf sich zu ziehen.

„Die Polizei kam zu uns. Ein Polizist wusste von Shin-Chos ... Beziehung zu Mun-Hee. Ein Nachbar hatte einen lauten Streit in Mun-Hees Wohnung gehört und ihn gemeldet. Als niemand öffnete, hat die Polizei die Tür aufgebrochen und Blut auf dem Boden gefunden", antwortete Ryeowon. „Laut Choi Yong-Kuns Bruder ist Choi zu Mun-Hee gegangen, um ihn wegen irgendetwas zur Rede zu stellen. Als die Polizei Yong-Kuns Haus aufgesucht hat, war niemand dort und es sah aus, als hätte er für eine längere Abwesenheit gepackt."

„Haben Sie das der amerikanischen Polizei erzählt?" Ich lehnte mich in meinem Sessel zurück und atmete geräuschvoll aus. „Wurde überprüft, ob Yong-Kun Südkorea verlassen hat? Hatte er einen Reisepass?"

„Ich weiß es nicht. Es gibt Wege, das Land unbemerkt zu verlassen. Er könnte es getan haben", gab sie langsam zu. „Ich habe nicht gedacht, dass Yong-Kun herkommen würde, um Shin-Cho etwas anzutun. Er ist derjenige, der Shin-Cho im Stich gelassen hat. Nicht umgekehrt."

Ich war nicht sicher, wie ich mit meinen widerstreitenden Gefühlen umgehen sollte. In ihren Augen war kein religiöser Eifer oder Wahn zu erkennen. Seong Ryeowon glaubte ernsthaft, dass ihr Sohn von seiner Homosexualität geheilt werden konnte und dass sie ihm nicht hätte erlauben dürfen, gute Erinnerungen an seinen Vater zu bewahren. Ich wollte sie hassen oder bemitleiden.

Auch wenn ich nicht wusste, wie.

„Okay. Ich werde versuchen, die Sache mit Yong-Kun von jemandem überprüfen zu lassen", sagte ich. „Aber Sie sollten mit der Polizei reden. Ein gewisser Detective Wong ist für den Fall zuständig. An ihn könnten Sie sich wenden."

„Wong?" Sie klang nachdenklich. „Ist er Chinese?"

„Ja." Jae hatte mir erklärt, dass viele Koreaner aus verschiedenen Gründen Probleme mit Japanern hatten. Ich war nicht sicher, was sie von ihren chinesischen Nachbarn hielten. „Ist das ein Problem?"

„Nein, nein, überhaupt nicht." Sie wischte meine Bedenken mit einer Handbewegung beiseite und erhob sich. In der Tür des Besprechungsraums blieb sie allerdings noch einmal stehen. „Darf ich Ihnen eine Frage stellen, Mr. McGinnis?"

„Natürlich", antwortete ich, während ich meinen Notizblock und den Kugelschreiber vom Tisch nahm.

„Sie sind schwul, nicht wahr? Wie Min-Ho?"

Ein *Hyung* bekam ihr Bruder von ihr nicht. Ich nickte. „Ja."

„Weiß Ihre Mutter es?", fragte sie sichtbar besorgt. Entweder hatte sie Mitleid mit mir oder mit der Mutter, die sie sich in der gleichen Situation vorstellte, die sie selbst durchmachte.

„Nein", antwortete ich leise. „Sie ist nach meiner Geburt gestorben."

„Oh." Ein strahlendes Lächeln erhellte ihr Gesicht. Es vertrieb die Jahre daraus und milderte sogar die dunklen Augenringe, die durch die dicke Schicht Make-up schimmerten. „Das ist schön. Sie musste nie erfahren, dass Sie so sind. Ich freue mich so für sie. So war es viel besser. Einen schönen Tag, Mr. McGinnis. Und noch einmal danke."

17

„MANN, DIE ist eiskalt", murmelte Bobby leise, als Ryeowon die Veranda verließ.

Bald darauf zogen wir ins Büro um, weil ein Mückenschwarm beschlossen hatte, dass unsere Münder ausgesprochen einladend aussahen. Wenige Minuten später tauchte auch Jae auf und brachte einige Portionen Carne-asada-Pommes mit scharfen Möhren mit. Kaum hatte er das Büro betreten, nahm Bobby ihm das Essen ab und küsste ihn zum Dank auf die Wange. Er wirkte gekränkt, als Jae entsetzt zurückwich.

„Tja, er steht eben nur auf Männer, Bobby", neckte ich ihn. Mein angeblicher bester Freund präsentierte mir seinen Mittelfinger und spähte in eine der Tüten.

„Mmh. Mexikanisch." Ich war vergessen und Bobby konzentrierte sich voll und ganz darauf, den berauschenden Duft von knusprig gebratenem Fleisch, Käse und Pommes frites einzuatmen. „Es ist schön, einen koreanischen Freund zu haben. Sie bringen immer Essen."

„Leider hast du den nicht, sondern Cole", brummte Jae. „Aber ich habe nichts dagegen, dich auch zu füttern. Es ist, als hätte Cole einen Hund, nur dass er Hamburger frisst."

„Und Cole ist sehr glücklich über seinen koreanischen Freund. Sei nett zu Bobby. Er hatte gerade erst einen Mundvoll Mücken und musste den Nachmittag damit verbringen, Hippies mit ihrem Extra-reinen-Quellwasser-Tee zuzusehen." Ich zupfte am Saum seines T-Shirts, woraufhin Jae sich zu einem Kuss vorbeugte, bevor er sich dem Auspacken des Essens widmete.

Er schob mir über den Schreibtisch, auf dessen Ecke ich saß, eine der Schachteln zu und öffnete anschließend seine eigene Portion, um als Erstes Sriracha auf seine Pommes zu träufeln. Schon beim Anblick zogen sich meine Eingeweide zusammen. Seine kicherten vermutlich leise und machten sich über meine empfindlichen lustig. Als er mir die Flasche anbot, musste ich ihn genauso angesehen haben wie er zuvor Bobby, denn er lachte so heftig, dass er einen Schluck Wasser brauchte. Während ich ihm noch auf den Rücken klopfte, erzählte ich den beiden von meinem Gespräch mit Ryeowon.

„Wow." Bobby stieß einen ungläubigen Pfiff aus, als ich bei dem Teil mit meiner Mutter angekommen war. „Das … ist ziemlich krank."

„Wir denken das", sagte ich. „Aber für sie … für ihre Familie … Ich glaube, sie tut schon mehr als die meisten. Sie scheint dafür zu kämpfen, Shin-Cho in der Seong-Familie zu behalten."

„Er wird nicht losziehen und heiraten, ein paar Kinder zeugen und vergessen, dass er schwul ist." Bobby stopfte sich ein Pommesstäbchen in den Mund. „Sie sollte das einsehen und sich damit abfinden."

„Warum nicht?" Jae warf ihm einen fragenden Blick zu. „*Hyung* hat es getan. Andere tun es. Er ist ihr ältester Sohn. Sie möchte, dass er ... dass er die Familie fortführt."

„Er ist ein Park", merkte ich an. „Haben die dabei nichts zu sagen?"

„Nein. Sie haben die Familienverbindung zu Shin-Cho und David nach der Sache mit Dae-Hoon verloren." Jae suchte zwischen den Möhren, bis er eine Peperoni gefunden hatte, und biss hinein. Ich nahm mir vor, ihn nicht mehr zu küssen, bis er sich den Mund ausgespült hatte. „Es war ein zu großer Skandal. Zum Glück ist es hier passiert, da konnten sie es besser ..."

„Vertuschen?", unterbrach Bobby.

„Ja", stimmte Jae nüchtern zu. Ich hatte diesen Weg bereits mit ihm beschritten, doch für Bobby war die Reise neu und ihr Ziel würde ihm vermutlich nicht gefallen. „Die Seongs sind mächtiger als die Parks. Es ist verständlich, dass Ryeowon ihre Söhne mit den Seongs verknüpfen möchte. Das bietet ihnen besseren Schutz, vor allem nachdem Shin-Cho mit diesem Mann überrascht wurde. *Chaebol* kümmern sich um ihre Mitglieder."

„Ich kann kaum glauben, dass ich hier sitze und zuhöre, wie du diese Scheiße rechtfertigst." Er schob verärgert seine Pommes über Claudias Tisch. „Du bist schwul. Das muss dich doch wütend machen!"

„Was soll mich wütend machen? Schwul zu sein ist als Koreaner anders", antwortete Jae ruhig. „Es ist anders. Wünsche ich mir, einen Mann lieben und trotzdem meine Familie behalten zu können? Ja, aber es geht nicht. Nicht bevor meine Schwestern ausgezogen sind und für meine Mutter gesorgt ist. Wenn ich es ihr sage, werde ich keine Familie mehr haben. Shin-Cho hat Glück. Seine Mutter zwingt die Familie, für ihn zu sorgen. Sie liebt ihn. Sie kämpft für ihn. Sie bringt ihre eigene Position in der Familie in Gefahr, nur um ihn zu schützen."

„Unsinn", zischte Bobby.

„Weil es nicht das ist, was du kennst? Weil es dir leichtfällt, die Familie hinter dir zu lassen?" Jaes Stimme hatte sich beinahe zu einem Flüstern gesenkt, doch der Tonfall wurde schneidender. „Einige Familien sehen darüber hinweg, solange ihre Söhne heiraten und Kinder haben, wie *Hyung* es getan hat. Andere wenden sich vollkommen von ihnen ab, als wären sie nie geboren worden. Korea ist nicht groß. Der Ruf und der Status deiner Familie bestimmen dort dein ganzes Leben: deine Schule, deinen Beruf ... alles. Selbst hier sind wir noch zwischen unserer koreanischen Herkunft und unseren Herzen gefangen. Also nenn es nicht Unsinn, wenn du kein Leben wie wir führst."

„Hey, ihr zwei", mischte ich mich ein. Ich bemühte mich, nicht aufzuspringen und um die Tische zu tanzen – offenbar war die vorherrschende Meinung, dass es mir dazu an Talent mangelte. Doch Jae hatte mit dem Wort *wenn* anstatt *falls* davon gesprochen, es seiner Familie zu sagen und deshalb wollte ich diesen Moment genießen, ohne dass ein Streit zwischen ihnen meine Freude dämpfte. „Beruhigt euch ein bisschen. Bobby, du weißt doch, wie mies es sein kann, sich verstecken zu müssen. Jede Situation ist anders. Das weißt du."

„Ja", antwortete er brummend, widmete sich jedoch wieder seinen Pommes. „Deswegen ärgert es mich so, wenn Leute dazu gezwungen werden, sich zu verstecken. Wir haben hier so hart daran gearbeitet, dass alles offener wird. Mann, es war so verdammt schwer."

„*Hier*", sagte Jae. „Leider ist die Welt nicht *hier*. Ich wünschte, sie wäre es, weil ... Veränderung leichter ist. In Südkorea nicht so sehr."

„Okay", kapitulierte Bobby. „Erwarte nur nicht, dass es mir gefällt."

„Das tue ich nicht", antwortete Jae sanft. „Ich habe auch nicht gesagt, dass es mir gefällt. Es ist einfach so."

Die nächste Stunde war lediglich mit Kaugeräuschen und dem Klappern meiner Finger auf der Tastatur gefüllt. Hin und wieder fluchte Bobby, wenn eine weitere Spur im Sande verlief. Nach und nach schrumpfte unsere Liste verhafteter Erpressungsopfer. Am späten Nachmittag hatten wir herausgefunden, dass ein Mann nach Südkorea zurückgekehrt war und zwei sich das Leben genommen hatten. Nur einer der in Amerika verbliebenen wohnte noch in Los Angeles. Der andere schien mit Frau und Tochter nach New York gezogen zu sein.

„Ich werde versuchen, Brandon Yeu ausfindig zu machen. Vielleicht ist er bereit, mit mir über diese Nacht zu reden." Ich druckte mir seine Informationen aus der Adressdatenbank aus, bei der ich angemeldet war.

„Mach es morgen, Kleiner", empfahl mir Bobby. „Im Krankenhaus müsste jetzt Besuchszeit sein. Wenn du nicht hingehst, ärgerst du dich."

„Mist." Ich warf einen Blick auf die Uhr. „Dann muss ich noch Blumen besorgen."

„Vergiss den Ballon nicht", neckte mich Jae. „Ohne Ballons ist es einfach nicht dasselbe."

AM ENDE kauften wir tatsächlich Ballons.

Mit der von mir heraufbeschworenen Folienapokalypse kämpfend folgte ich Jae, der den großen Strauß Rosen und Nelken trug, auf den wir uns schließlich geeinigt hatten. Dem weißen Liliengesteck, das sein Geschmack gewesen war, hatte ich widersprochen, weil es eher zu einer Beerdigung passte. Dann hatte ich ein kunstvolles Arrangement aus Chrysanthemen ausgesucht, die jedoch offenbar in Korea als Blumen für die Toten betrachtet wurden.

Es war gut zu wissen, dass wir auf makabre Weise zusammenpassten.

Das Krankenhauszimmer sah aus, als hätte sich dort ein botanischer Garten nach einer langen Nacht mit zu viel Alkohol übergeben. Ich entdeckte mindestens zwei große Gebinde mit Schriftzügen in *Hangul*, obwohl man zwischen den

Menschenmassen im Raum nicht viel erkennen konnte. Doch Martin bemerkte mich inmitten der Herde und kümmerte sich darum.

„Okay, raus mit euch allen." Obwohl er nicht laut sprach, schienen Claudias Nachkommen eine Art Schwingungsdetektor zu besitzen, denn nach nur wenigen Sekunden hatten sie – einige nach einem letzten Kuss auf Claudias Wange – das Zimmer geräumt. Dann schloss sich die Tür hinter mir und ich war allein mit der Frau, für die es vernünftiger gewesen wäre, nicht für mich zu arbeiten.

„Hast du vor, die an mich zu binden, damit ich wegfliege wie dieses Haus?", fragte sie heiser aus ihrem Krankenhausbett. „Komm her, Junge."

Ich ließ die Ballons los. Es kümmerte mich nicht, ob sie sich an der Decke verhedderten oder an einer der Lampen zerplatzten. Nur wenige Schritte und Claudias Arme legten sich um mich, pressten die Luft aus meiner Lunge.

Ich nahm den Geruch von Desinfektionsmittel und von säuerlich-pudriger Haut nach einer Operation wahr. Doch darunter befanden sich warme Vanille und Lavendelseife und ihr gleichmäßiger Herzschlag, der Leben durch ihren weichen, runden Körper pumpte. Der Kragen des samtigen violetten Morgenmantels, den ich ihr zu Weihnachten geschenkt hatte, kitzelte meine Nase, während ich mein Gesicht an ihre Schulter presste. Als ich unter mir etwas knistern hörte, ließ ich sie los und zog verlegen einige mit Buntstiften gemalte Bilder unter meiner Hüfte hervor. Ich versuchte, sie auf meinem Oberschenkel glatt zu streichen.

„Entschuldige", murmelte ich, nachdem ich sie auf dem Tisch neben dem Bett abgelegt hatte. Ich wischte mir die nassen Wangen ab und hoffte, dass Claudia nicht allzu viel von meinem Zusammenbruch bemerkt hatte.

„Schäm dich nicht fürs Weinen, Cole." Sie tätschelte mir die Hand, wobei sie den Schlauch an ihrem Arm um mich wickelte. Ich befreite mich und wollte mich entfernen, um einen Stuhl zu holen, doch sie hielt mich an meinem Hemd fest. „Bleib hier. Setz dich auf die Bettkante und rede mit mir."

Ich gehorchte. Das tat ich meistens. Dann sah ich sie mir in Ruhe an. Ihre Wangen leuchteten rot und ihre Haut hatte wieder ihren gesunden Kaffeeton, ganz anders als das kränkliche Grau, das mich bis in meine Träume verfolgte. Auf einer Wange befand sich ein glitzernder kleiner Handabdruck und Plastikspangen ragten kreuz und quer aus ihrem Haar. Sie war offensichtlich das Verschönerungsopfer eines kleinen Mädchens gewesen, doch es stand ihr gut. Und es war ein so gutes Gefühl, ihre Wärme neben mir zu spüren, dass es mich kaum störte, als sie mir einen Klaps gegen den Kopf gab.

„Du wirst dich *nicht* dafür entschuldigen, dass ich hier bin", warnte Claudia. „Ich hatte eine kostenlose Bauchstraffung und bekomme so viel Wackelpudding, wie ich nur essen kann. Also will ich nichts davon hören, dass du an allem schuld bist."

„Ich habe doch gar nichts gesagt!" Ich rieb mir theatralisch den Kopf. „Aber es tut mir …"

Diesmal schlug sie kräftiger zu und stieß einen leisen Schmerzlaut aus, winkte jedoch ab, als ich den Knopf für einen Pfleger drücken wollte. Nachdem sie sich in eine etwas bequemere Position gebracht und den Morgenmantel zurechtgerückt hatte, beäugte sie mich. „Wurde der Täter gefasst? Ich habe das mit diesem Jungen gehört. Er war ein Idiot, aber das hatte er nicht verdient."

„Nein, das hatte er nicht", stimmte ich zu. „Und nein, der Täter wurde bisher nicht gefunden, nur das Auto. Wahrscheinlich sollte ich nicht lange bleiben. Du sollst dich sicher noch ausruhen."

„Ausruhen kann ich mich noch, wenn ich tot bin", erklärte sie. „Wie geht es dir? Wo wurdest du verletzt?"

„Nur am Rücken. Ein kleiner Kratzer." Ich schob mein Hemd hoch, um es ihr zu zeigen. „Ich habe schon Schlimmeres erlebt."

„Ich verstehe nicht, warum immer auf dich geschossen wird, mein Sohn." Claudia schnalzte. „Irgendwie scheinst du es herauszufordern."

„Dieses Mal kann ich ehrlich sagen, dass ich keine Ahnung habe, warum." Ich erzählte ihr von Wongs Theorie, dass die Vorfälle zusammenhingen, und von Seong Ryeowons Besuch. Als ich geendet hatte, wirkte sie nachdenklich. „Ich wünschte, alle Mütter wären wie du. Marcus hat wirklich Glück mit dir."

Nachdem sie mich einen Moment lang angesehen hatte, ergriff sie meine Hand. Mit einem Seufzer legte sie ihre Finger um meine und drückte sie fest. „Das glaubst du also? Dass es leicht für mich war, als Marcus es mir gesagt hat?"

„Vielleicht war es nicht … leicht", stammelte ich. „Aber doch ganz sicher besser als bei Barbara und meinem Vater."

„Ich habe ihn rausgeworfen", sagte Claudia leise. „Meinen Jungen … den Sohn, den ich an meiner Brust genährt habe, den ich in den Armen gewiegt habe, wenn er krank war … Ich habe ihn aus dem Haus geworfen wie Abfall."

„Das hast du mir nie erzählt." Schock durchflutete meinen Körper. Von allen Söhnen schien Claudia mit Marcus immer am meisten Spaß zu haben. „Das wusste ich nicht."

„Er war noch ein Junge, keine vierzehn", murmelte sie. „Er ist voller Vertrauen zu mir gekommen und ich habe ihn verstoßen. Was sagt das über mich aus? Was sagt es über mein Herz, dass ich meinem Sohn das antun konnte?"

„Warum?" Ich war verwirrt. „Warum hast du es getan?"

„Weil ich in dem Glauben erzogen wurde, dass es sich um eine Sünde handelte und Marcus' Seele durch nichts gerettet werden konnte", antwortete Claudia. „Ich war so wütend und verletzt, dass ich mich auf den Weg zu meinem Pfarrer gemacht habe. Ich brauchte etwas, an dem ich mich festhalten konnte. Ich musste von jemandem hören, dass ich das Richtige getan hatte und alles gut werden würde."

„Und was hat er gesagt?" Mit der Kirche hatte ich mich nie anfreunden können, aber Claudia und ihre Familie gingen jedes Wochenende hin. Nach dem zu urteilen, was ich hörte, gefiel es ihnen dort. Ich schlief lieber aus und hatte Sex. Jeder kommuniziert auf seine Weise mit Gott.

„Ich bin gar nicht bei der Kirche angekommen", gab sie zu. „Ich bin herumgefahren und irgendwie bei diesen Gärten an der Huntingtonbibliothek gelandet. Genau da ist mir das Benzin ausgegangen. Also bin ich ausgestiegen, und da der Eintritt für diesen japanischen Teil an dem Tag frei war, habe ich mir dort einen ruhigen Stein gesucht, mich hingesetzt und mir die Augen ausgeweint."

„Das tut mir leid …"

„Nein. Dafür solltest du mir nicht leidtun. Verstehst du, ich hatte meinen Sohn geschlagen, Cole", murmelte Claudia. „Ich habe vielleicht mal einem von ihnen den Hintern versohlt, wenn sie etwas angestellt hatten, aber es war das erste Mal, dass ich aus Wut die Hand gegen ihn erhoben hatte. Aus Hass. Gegen meinen eigenen Sohn. Und ich habe mich so verloren gefühlt, dass ich an diesem fremden Ort saß, anstatt es zur Kirche zu schaffen." Sie schüttelte den Kopf.

„Er ist voller Vertrauen und Liebe zu mir gekommen, nur um von mir abgelehnt zu werden. Da habe ich meinen Glauben verloren. Nicht den an Gott oder Marcus, sondern den an mich selbst. Ich hatte mir von jemandem einreden lassen, was richtig oder falsch ist. So viele Jahre hatte ich Predigern und anderen Leuten zugehört, die Menschen wie Marcus für verdorben und böse hielten."

„Marcus und böse." Ich lachte leise.

„Genau. Nicht mein Marcus. Ich hatte den Jungen großgezogen. Ich wusste, wer er war. Ich habe erlebt, wie er mit anderen geteilt hat, die nichts hatten. Ich habe zugehört, wie er Streit zwischen seinen Brüdern geschlichtet hat, weil sie wussten, dass er gerecht war. Und dann habe ich auf ihn gespuckt, weil er wusste, wer er war? Weil er wusste, wie man liebt? Weil er sich selbst und mir gegenüber ehrlich war? Er ist zu mir gekommen, weil er dachte, dass ich ihn lieben und festhalten würde, wenn die Welt ihn hasste und ich habe ihn für seine Liebe gekreuzigt." Sie drückte meine Hand. „Und da, in diesem Moment, habe ich gehört, wie Gott mich auslachte. Er hatte mir einen Sohn mit Herausforderungen, aber einem guten Herzen gegeben und ich hatte Scheiße gebaut."

„Claudia!", rief ich mit gespieltem Entsetzen. „Deine Wortwahl! Aber zwischen euch ist alles in Ordnung? Mittlerweile, meine ich?"

„Mittlerweile ja. Zwischendurch war er allerdings ein Teenager. Aber ich glaube, ich habe ihm ganz gut den Kopf zurechtgesetzt." Sie lachte. „Am Ende hatte ich mit ihm und Martin am wenigsten Ärger. Aber weißt du, warum mir Marcus meiner Meinung nach geschickt wurde – abgesehen davon, mir etwas über falschen Stolz beizubringen?"

„Nein", antwortete ich kopfschüttelnd. „Keine Ahnung."

„Ich glaube, Gott wusste, dass ich eines Tages eine gelangweilte Rentnerin sein würde, die nach einer Beschäftigung sucht", sagte sie leise. „Er wusste, dass da draußen ein verzweifelter schwuler Junge war, der so viel Schlimmes erlebt hatte, dass er jemanden wie mich in seinem Leben brauchte. Ich musste nur erst lernen, wie ich ihn lieben konnte. Und wie hätte ich das tun können, wenn ich nicht erst meinen Sohn geliebt hätte?"

Sie schloss mich erneut in die Arme, fester als zuvor, während ich mich bemühte, nicht die Beherrschung zu verlieren. Ich war nicht besonders erfolgreich. In ihren starken Armen ließ ich den Schmerz in mir aufsteigen, bis er aus mir hervorbrach. Es tat weh. Meine Kehle brannte und ich klammerte mich an Claudias Schultern, als müsste ich sonst ertrinken. Sie saß stumm da, während ich ihren Morgenmantel durchnässte, und streichelte mir über den Rücken, bis ich nicht mehr atmen konnte und den Kopf heben musste.

Dann legte sie mir ihre Hände an die Wangen und zwang mich dazu, sie anzusehen. „An dir ist nichts falsch, was ein bisschen gutes Essen und Liebe nicht wieder in Ordnung bringen können. Du musst nur vernünftig essen und dein Herz öffnen. Trotz dieser Leute, die dich zu etwas Schlechterem machen wollten, Cole McGinnis, bist du ein guter Junge. Du verdienst alles Gute, das dir passiert. Vergiss das nie."

„Okay", murmelte ich mit einem Kuss auf ihre Handfläche. Dann fragte ich lachend: „Bist du an diesem Tag jemals in der Kirche angekommen?"

„Nein." Sie stieß ein lautes Lachen aus. „Ich habe eine Freundin angerufen, um mir etwas Benzin bringen zu lassen, und mich dann auf die Suche nach einer Kirche gemacht, die mich nicht zum Hassen auffordert. Nur weil mir Gott einmal einen Tritt in den Allerwertesten verpasst, heißt das nicht, dass er sich danach immer von sich aus meldet."

„Das ist wahr", stimmte ich zu. „Und wenn er doch anfängt, regelmäßig mit dir zu reden, lass es mich wissen. Dann besorgen wir dir so eine Jacke, bei der man die Ärmel auf dem Rücken zusammenbindet."

Sie war müde. Das Gespräch mit mir hatte sie erschöpft und sie war etwas in sich zusammengesunken. Ich sammelte die Ballons ein, ordnete sie so gut wie möglich und band sie an einen der Stühle. Wir betrachteten ihn beide einige Sekunden, um zu sehen, ob der Stuhl abheben würde, doch er war aus härterem Holz geschnitzt und blieb am Boden. Kurz darauf klopfte Jae an die Tür, damit er sie ebenfalls einige Minuten besuchen konnte, bis ihr die Augen zufielen und er sich mit einem Kuss auf ihre Wange verabschiedete. Wir verließen das Zimmer und hielten die Tür für einige der Frauen auf.

Der Gang war erstaunlich frei von Claudias Familie, wenn man von einigen Söhnen in der Nähe der Süßigkeiten- und Getränkeautomaten absah. Martin wartete einige Meter von der Tür entfernt und winkte uns zu sich. Er begrüßte mich mit einer kurzen Umarmung und klopfte mir auf den Rücken. Es fühlte sich an, wie vom Blitz getroffen zu werden.

„Ich bin froh, dass du gekommen bist. Momma hat schon nach dir gefragt. Ich habe ihr gesagt, du würdest heute kommen." Er nahm eine Cola von einem seiner Brüder entgegen und forderte uns auf, uns ebenfalls eine Dose von dem großen Stapel zu nehmen, den sie gekauft hatten.

„Davon hätten mich keine zehn Pferde abhalten können", antwortete ich. Jae lehnte eine Cola ab, nahm dann aber meine offene und trank einen Schluck, bevor er sie mir zurückgab.

„Jae-Min sagt, ich sollte über etwas mit dir reden", fuhr Martin fort. „Wegen der Blumengestecke. Denen mit der koreanischen Schrift."

Ich sah Jae an. „Was ist damit? Sind die nicht von Scarlet?"

„Eins davon", antwortete Jae. „Das andere nicht. Ein Mann hat sie gebracht und wollte mit dem Familienoberhaupt reden."

„Ich habe ihm erklärt, dass unser Familienoberhaupt in diesem Zimmer liegt", sagte Martin, „aber dass er mit mir reden könnte. Er war Koreaner. Hat ein bisschen wie Hyunaes Mutter geredet, als wäre Englisch sehr schwer für ihn."

„Hyunae?", fragte ich.

„Marcels Freundin", sagten Jae und Martin gleichzeitig.

„Sie ist Koreanerin", fügte Jae hinzu. „Martin, erzähl Cole, was er dir gesagt hat."

„Er hat gesagt, dass ihm das mit Momma leidtut", erklärte Martin. „Ich dachte, er wäre ein Bekannter. Aber dann habe ich sie nach ihm gefragt und sie hat gesagt, dass sie eigentlich nur Scarlet und ihren Freund kennt. Von ihnen hatten wir schon Blumen bekommen und Hyunaes Familie hat ihr Obst geschickt."

„Hat er seinen Namen gesagt?", fragte ich. „Verdammt, ist eine Karte an den Blumen?"

„Keinen Namen", antwortete Martin. „Aber Jae-Min hat die Karte des Floristen."

„Ich wollte sie mir ansehen, als mir die Blumen aufgefallen sind. Darauf steht: *Ich bereue, Ihnen Leid verursacht zu haben. Ich bitte um Vergebung.*" Jae stieß einen leisen Schrei aus, als ich ihn heftig an mich zog. „*Aish*, lass mich los."

„Gott, ich liebe dich." Obwohl er in meinen Armen erstarrte, weigerte ich mich, ihn loszulassen, und umarmte ihn nur noch fester. Mit einem Kuss auf sein Ohr flüsterte ich: „Ich habe dir doch gesagt, dass ich dich lieben möchte. Erlaub mir zumindest, mich darüber zu freuen, dass du diese verdammte Karte gelesen hast, okay?"

„Na gut", sagte er widerwillig, als ich ihn losließ. „Nur darüber."

„Danke, Martin." Ich schüttelte ihm die Hand und ließ mir nochmals auf den Rücken klopfen. Meine verletzte Schulter nahm mir das übel und sandte ein warnendes Stechen durch meinen Rücken. Ich befahl ihr, sich zusammenzureißen und es wie ein Mann zu tragen. Meine Rippen waren anderer Meinung und zeigten ungewohnte Solidarität mit meiner Schulter, indem sie sich verkrampften. „Ich werde mich mit Wong in Verbindung setzen und sehen, ob er die Spur weiterverfolgen kann."

„Gern geschehen. Wenn das der Typ war, der auf sie geschossen hat, dann tut es mir leid, dass er mir entwischt ist." Er lächelte – und es war kein freundliches Lächeln. „Bei unserer nächsten Begegnung werde ich mich mal mit ihm unterhalten."

„Sag mir Bescheid, falls er zurückkommt", bat ich. „Okay?"

„Natürlich", antwortete Martin leise. „Ich kann nicht versprechen, dass er sich in besonders gutem Zustand befindet, aber ich sage dir Bescheid."

„Kein Problem", stimmte ich zu. „Zum Reden braucht er nur seine Zunge. Der Rest … gehört dir."

„Man kann noch reden, wenn einem ein Stück Zunge fehlt", widersprach Martin. „Aber ich bemühe mich, Cole. Ich bemühe mich."

18

NACHDEM ICH Jae meine Hilfe beim Kochen angeboten hatte und mit einem verächtlichen Schnauben abgewiesen worden war, durchwühlte ich meine Unterlagen nach Brandon Yeus Nummer. Jae tat beinahe so, als hätte ich vor unserer Beziehung nur von Steak und Tiefkühlpizza gelebt. Hätte ich nicht eine große Gefriertruhe mit etwa einer halben Kuh und einem Stapel Salami-Käse-Pizza besessen, wäre ich vielleicht gekränkt gewesen.

Bevor ich wählte, atmete ich einige Male tief durch. Ich würde in das Leben eines Mannes platzen und alte Wunden aufreißen, die er für geheilt gehalten hatte, und zwar mit einer rostigen, stumpfen Gabel. Und all das nur, damit ich mehr über das Schicksal eines toten Mannes herausfinden konnte.

„Hallo?" Der Mann klang jung. Ich war nicht sicher, was ich erwartet hatte, doch diese sanfte, wohlklingende Stimme war es nicht gewesen.

„Brandon Yeu?", kam ich gleich zur Sache.

„Nein, warten Sie." Ich hörte, wie die Stimme jemandem gedämpft eine Frage stellte. „Darf ich fragen, mit wem ich spreche?"

„Cole McGinnis. Ich bin Privatdetektiv", antwortete ich. „Ich muss ihm Fragen zu einem Mann stellen, den er vor langer Zeit gekannt hat."

Eine Pause folgte, nur wenige Sekunden, doch sie genügten, um mir Magenschmerzen zu verursachen. Als sich jemand anders meldete, folgten meine Eingeweide dem Beispiel meines Magens und versuchten, in meine Kehle zu kriechen.

„Hallo? Hier ist Yeu." Nachdem ich mich vorgestellt hatte, erklärte ich, worum es ging. Erst herrschte Totenstille, dann folgte ein zittriger Seufzer. „Es ist lange her, dass ich diesen Namen gehört habe."

„Das kann ich mir vorstellen", antwortete ich. „Ich habe nicht vor, Sie in Schwierigkeiten zu bringen. Ich möchte nur herausfinden, was aus Park Dae-Hoon geworden ist, damit seine Söhne Gewissheit haben. Falls es Sie tröstet, kann ich Ihnen sagen, dass die zwei das von ihm erpresste Geld mit Zinsen zurückzahlen möchten. Wenigstens das würde ich gern mit Ihnen regeln."

„Ich … weiß nicht", stammelte er. Im Hintergrund fragte ihn jemand, ob alles in Ordnung sei. Er murmelte etwas, bevor er sich wieder an mich wandte: „Was wollen Sie wissen?"

„Hauptsächlich, ob Sie in dieser Nacht etwas gesehen haben. Jede Kleinigkeit hilft. Ich versuche zu rekonstruieren, was im Bi Mil passiert ist. Ich hoffe auf einen Hinweis auf Dae-Hoons Verbleib."

„Lassen Sie mich darüber nachdenken", antwortete Yeu. „Mein Leben ist jetzt anders. Ich … verstecke mich nicht mehr. Aber Sie wollen, dass ich über eine Zeit in meinem Leben nachdenke, die ich lieber vergessen möchte."

„Ich weiß", sagte ich. „Ich musste mich erst dazu überwinden, Sie anzurufen. Ich wollte nicht aufdringlich sein, aber …"

„Dafür werden Sie bezahlt", sagte er lachend.

„Eigentlich geht es nicht so sehr ums Geld", antwortete ich. „Einer der Söhne hat sich an mich gewandt, weil er dachte, ich könnte verstehen, was sein Vater durchgemacht hat … was er jetzt durchmacht, weil er schwul ist. Es ist ziemlich persönlich. Wir müssen nicht in meinem Büro reden, wenn Sie nicht wollen. Vielleicht in einem Restaurant? Auf meine Rechnung."

Ich ließ Yeu darüber nachdenken. Seinem langen, zischenden Seufzer nach zu urteilen war er hin- und hergerissen. Währenddessen kam Jae mit zwei Bierflaschen und einer kleinen Schale Arare ins Wohnzimmer. Neko war ihm auf den Fersen und schien zu hoffen, dass sich in der Schüssel etwas für Katzen Genießbares befand. Nachdem er alles abgestellt hatte, musste er erst die Katze von der Truhe scheuchen, bevor er neben mir auf die Couch sank und kurz seine Schultern kreisen ließ, um die Muskeln zu lockern. Ich verlor mich im Anblick seiner Brustwarzen, die sich dabei unter dem T-Shirt bewegten.

„Also gut", antwortete Yeu endlich. „Wir können uns treffen."

Er nannte den Namen eines Lokals in Koreatown, in dem ich schon einmal gegessen hatte, und fragte, ob mir ein spätes Mittagessen recht sei. Nachdem ich mir die Uhrzeit im Kalender notiert hatte, durchsuchte ich meine Unterlagen, bis ich die Liste mit den auf Dae-Hoons Konto eingegangenen Beträgen gefunden hatte, und nannte Yeu die Summe einschließlich Zinsen. Er stieß einen leisen Pfiff aus.

„Gott, so viel?" Er klang überwältigt. „Das ist verrückt. Und das wollen sie mir wiedergeben?"

„Sie müssten mir den Empfang mit einer Unterschrift bestätigen, aber dann gehört es Ihnen."

Nachdem wir uns verabschiedet hatten, legte ich mein Handy auf dem Couchtisch ab, wo es Neko offensichtlich nicht gefiel, denn sie hob ihre winzige schwarze Pfote über die Tischkante und schlug danach, bis es ihrer Meinung nach genug gelitten hatte, wobei ihr flauschiger Schwanz über dem Rand des Tisches hin und her wischte. Dann tänzelte sie zufrieden schnurrend aus dem Raum.

„Diese Katze ist verdammt gruselig", sagte ich, während ich ihr nachsah. „Wo zum Teufel hast du sie gefunden? Silent Hill?"

„Sie hat einem Freund gehört", murmelte Jae und hob den Blick von seinem Tablet. „Er hat sie in einem Müllcontainer gefunden. Jemand hatte sie hineingeworfen und den Deckel geschlossen. Ich glaube, sie war erst ein paar Wochen alt. Er hatte schon zwei Katzen, die von einem weiteren Kätzchen nicht begeistert waren. Also habe ich sie genommen, nachdem sie richtiges Futter fressen konnte."

„Wie hieß der Freund? Moreau?" Ich nahm ein Stück Arare und zupfte den Seetang ab. Jae sah finster zu, wie ich an dem dunklen Rechteck knabberte, das ich gelöst hatte. „Was ist?"

„Eigentlich solltest du das zusammen essen", erklärte er.

„Eigentlich sollte ich auch Frauen lieben", murmelte ich. „Du siehst also, wie gern ich Regeln befolge. Wie lange dauert das Essen noch?"

Koreanisches Essen hatte zwei Varianten: Entweder dauerte es ewig, bis es zubereitet war, oder es ging im Handumdrehen. Da bei mir mehr als nur ein Appetit angeregt war, wollte ich herausfinden, welchen Hunger ich zuerst stillen konnte.

„Ungefähr eine Stunde." Er widmete sich wieder dem Bildschirm, warf mir dann jedoch einen Blick durch seine Wimpern zu. „Warum?"

„Leg das hin", sagte ich auf das Tablet deutend, „dann zeig ich es dir."

Er ließ sich Zeit und quälte mich vorsätzlich, indem er das Tablet in aller Ruhe ausschaltete und in seine Hülle schob. Als er sich vorbeugte, um es auf das andere Sofa zu legen, schlang ich meine Arme um seine Hüften und zog ihn auf meinen Schoß. Er landete mit einem „Uff" und warf mir einen bösen Blick zu, während er sich an der Truhe abstützte.

„Du hättest mir etwas brechen können", knurrte er. „Du hättest mich zerbrechen können."

„Dann hätte ich alles wieder gesundgeküsst", versprach ich. „Lass mich das doch gleich mal üben."

Es klang klischeehaft. Das wusste ich. Aber Jaes Mund trug immer einen Hauch von Würze in sich. Mal war es eine milde Spur von Nelken, dann wieder der kräftige Beigeschmack einer Peperoni, die er gegessen hatte. Sein Kuss hatte jedes Mal Biss.

Außerdem ging man dabei auch immer das Risiko ein, tatsächlich gebissen zu werden, doch das war es mir wert.

Ich wandte mich mit ihm um, sodass ich ihn auf das Sofa legen konnte. Es war so lang und breit, dass ich mich über ihm ausstrecken und trotzdem noch gut bewegen konnte. Jae wand sich lachend unter mir, als ich durch das T-Shirt an seiner Brustwarze knabberte, bis es mir gelungen war, meine Hände unter den Stoff zu schieben und die harten Perlen zwischen die Finger zu nehmen. Ich schob das T-Shirt hoch und hob es über seinen Kopf in seinen Nacken, damit ich die Brustwarzen besser erreichen konnte. Als Jae die Hände nach mir ausstreckte, schüttelte ich den Kopf.

„Erlaub mir, dich ein bisschen zu schmecken", murmelte ich gegen seine Kehle. „Dazu habe ich viel zu selten Zeit."

„Du hast nur eine Stunde", merkte er mit einem heiseren Lachen an.

„Baby, ich kann dich in wesentlich kürzerer Zeit zum Schreien bringen", sagte ich mit den Lippen an seiner Brust. „Was glaubst du, wie schnell du in meinem Mund kommst?"

„Und wenn ich das nicht möchte?" Er schob seine Finger in mein Haar und zog kräftig, bis ich den Kopf hob und ihn ansah. „Wenn ich dich lieber in mir haben möchte?"

„Dann", flüsterte ich zurück, „dann kann ich vielleicht ein paar Tropfen probieren, wenn ich dich …"

Ich fand nie heraus, was er von diesem Vorschlag hielt, weil seine Hände sich vor dem Beenden des Satzes in meine Jeans geschoben hatten. Schnell fand er meinen Schwanz und drückte so fest zu, dass meine Hoden sich zusammenzogen. Keuchend hob ich die Hüften. Er hielt ihn fest gepackt und weigerte sich loszulassen, bis ich sie wieder senkte und ihm mit einem Kuss den Atem raubte.

Ich befreite ihn hastig von Hose und Unterwäsche und streichelte über seine Beine bis hinauf zu den Oberschenkeln, wo ich das Gefühl der kraftvollen Muskeln unter seiner Haut genoss. Als ich meine Zähne in die Muskeln neben meinen Fingerspitzen presste, stieß er einen überraschten Schrei aus.

„Meins", knurrte ich. „Ja, es ist dämlich, das zu sagen. Sehr altmodisch. Aber was soll's: Du gehörst mir."

Die Truhe war nicht nur ein guter Platz zum Essen, sondern besaß auch praktische Schubladen, in denen ich Dinge wie Stifte und Kondome aufbewahren konnte. Nach der ersten Woche mit Jae in meinem Haus hatte ich so viele Kondome darin verstaut, dass sie für Luftballontiere für so ziemlich jede Drag Queen im Umkreis von fünf Meilen gereicht hätten.

Was verdammt viele waren, denn seit Kurzem gab es nicht weit von meinem Haus eine Cabaret-Show und die meisten der dort herumstolzierenden Frauen hatten mehr Haare auf der Brust als Neko.

„Hilf mir beim Ausziehen, Babe", bat ich, während ich meine Zähne über Jaes Kehle wandern ließ.

„Nein", antwortete er mit einem gefährlichen Grinsen. „Aber ich wärme dich schon mal auf."

Den Knopf meiner Jeans hatte er bereits gelöst, sodass er nun leicht den Reißverschluss öffnen konnte. Mein Schwanz war bereits so steif, dass ich zischte, als er seine Finger unter den Schaft schob. Jae befreite mich aus meiner Unterwäsche und Jeans, um mich zu streicheln, was das Stechen des Reißverschlusses, der sich von unten gegen mich presste, zumindest etwas milderte.

„Lass mich die ausziehen, bevor mein Schwanz abgesägt wird", brummte ich, doch seine Hand bewegte sich weiter. „Du bist nicht gerade hilfreich, Kumpel."

„Ich finde mich sehr hilfreich", widersprach Jae, bevor er mein Ohrläppchen zwischen die Zähne nahm. Er knabberte etwas an dem gefangenen Stück Haut, ohne die Bewegungen seiner Hand zu unterbrechen. Mein Verstand kämpfte kurz mit dem Plan, mich vollständig auszuziehen, und dem überwältigenden Verlangen, mich in Jaes heißen Körper zu schieben.

Das Verlangen siegte über die Vernunft. Mein Gehirn schaltete sich grundsätzlich ab, wenn Jaes Mund auch nur in die Nähe meines Körpers kam.

„Du bringst mich noch um", knurrte ich. „Dreh dich um. Ich will dich so sehr durchficken, wie die Couch es aushält."

Nachdem ich hastig aus meinem T-Shirt geschlüpft war und es unter Jaes Hüften geschoben hatte, kämpfte ich mit der Verpackung des Kondoms, während ich die andere Hand um seinen Schwanz legte. Schließlich war es mir gelungen, es mit den Zähnen zu öffnen und ich streifte es mir über und strich mit dem Finger etwas Gleitgel von der Folie. Da Jaes Rücken zum Küssen einlud, kam ich der Bitte nach, indem ich an seiner Wirbelsäule und seinen Rippen saugte und knabberte, bis er sich unter meinen Lippen wand. Er brachte sich auf dem Sofa in eine bessere Position, hob die Hüften und senkte den Kopf, während er die Beine weiter spreizte.

Durch die gesenkten Schultern ragten seine Schulterblätter hervor wie Flügel. Ich konnte nicht widerstehen und biss kräftig in die Haut zwischen ihnen, als ich einen gelbedeckten Finger in seine Hitze schob. Sein Körper verschloss sich mir anfangs und küsste meine Fingerspitze, als ich ihn neckte. Anstatt den Widerstand zu überwinden, ließ ich den Finger kreisen, um ihn langsam dazu zu bringen, mich zu akzeptieren.

„Cole-ah", keuchte Jae, als ich alle Fingerspitzen zugleich nur ganz leicht in ihn schob, um mich gleich wieder zurückzuziehen und ihn von außen zu liebkosen. Er fluchte, als ich es wiederholte, und spannte seine Bein- und Rückenmuskeln so heftig an, dass er zitterte. Gleichzeitig bog er den Rücken durch und schob sich mir stöhnend entgegen, während er mit an die Armlehne gepresster Wange ein „Bitte" murmelte.

„Ja, Baby?" Ich küsste das untere Ende seines Rückens, bevor ich wieder dazu überging, ihn mir zu öffnen.

Er gab ein Jammern von sich, ein leises, klagendes Geräusch tief aus seiner Kehle, und schob sich gegen mich, schob sich auf meine Finger. Leise lachend entzog ich mich ihm kurz, bevor ich wieder eintauchte und ihn mir öffnete. Jae zischte und seine Hüften zuckten vor Lust.

Mir ging es nicht viel anders – die Spitze des Kondoms war bereits feucht von den ersten Tropfen meines schmerzenden Schwanzes, der zwischen Jaes Schenkeln wippte, als ich mich hinkniete. Ich ließ meinen Daumen in ihm, während ich mich vorsichtig hineinschob, damit er sich daran gewöhnen konnte, wie meine Eichel ihn dehnte, bis seine Haut sich darum spannte. Er versuchte, sich weiter auf mich zu schieben, doch meine Hand an seinem Hinterteil hinderte ihn daran, sich zu viel zu bewegen. Ich beugte meinen Daumen, dehnte ihn von innen her ein wenig mehr, bevor ich mich etwas weiter hineinschob, während ich ihn mit dem Daumen massierte.

Jae wimmerte und stieß ärgerliche kleine Laute aus wie ein Kätzchen. Seine Finger, weiß und blutleer an den Gelenken, gruben Vertiefungen in den Sofabezug. Als ich mich aus ihm zurückzog, beklagte er sich geräuschvoll und zog verstimmt die Schultern hoch. Ich näherte mich ihm wieder neckend, doch diesmal schob ich meine Hüften vor, um tief in ihn einzudringen.

Nachdem ich meine Hand aus dem Weg gezogen hatte, ließ ich mich von seinem bebenden Körper verschlucken. Die Muskeln unter meinen Händen spannten sich, sodass die runden Hügel, die ich so gern knetete, noch fester wurden. Ich fasste kräftig zu und füllte meine Handflächen mit seinem cremefarbenen Fleisch. Als ich sie etwas auseinanderzog, konnte ich zusehen, wie mein Schaft in ihm verschwand und seine Haut sich um mich dehnte.

Jae stützte sich mit den Händen auf der Armlehne ab, um sich gegen mich zu schieben. Als sein Rücken mit einem Klatschen meine Brust traf, schlang ich die Arme um seine schlanke Taille und schmiegte meine Wange an seine Schulter, um den salzigen Tau abzulecken, der sich dort auf der blassen Haut gebildet hatte. Er stöhnte meinen Namen und legte eine Hand um seinen Schaft.

So bewegten wir uns miteinander, ohne uns lange voneinander trennen zu wollen, während ich seine Schultern küsste und sinnlose Worte murmelte. Er reagierte voller Leidenschaft, nahm mich in sich auf und löste sich wieder von mir, bis nur noch meine Spitze von seiner Hitze geküsst wurde. Ich ließ ihn gewähren und hielt still, als er sich so auf meinen Schwanz schob. Nur wenn er einmal aus dem Rhythmus kam, führte ich ihn mit den Händen an seiner Hüfte.

Nach einer Weile knurrte er mir ungeduldig und sehnsüchtig zu, woraufhin ich meine Zähne in der Stelle zwischen seinen Schulterblättern vergrub und mich in ihn rammte.

Obwohl die Couch unter uns quietschte, als sie genauso viel einstecken musste wie Jaes Körper, war ich zuversichtlich, dass sie es überstehen wurde. Ähnlich wie Jae-Min war sie härter ihm Nehmen, als sie aussah.

„Jetzt, *Agi*", zischte Jae mit zusammengebissenen Zähnen. „Mehr. Bitte."

Ich erhöhte das Tempo, während ich die Hände auf seinem Rücken ausbreitete, um ihn festhalten zu können. Ich wollte nicht, dass er sich bewegte. Er sollte jeden meiner Stöße aushalten, so gut er konnte … bis er das Gefühl hatte, an den durch sein Inneres zuckenden Wellen der Lust zu zerbrechen. Unerbittlich zog ich meinen Schwanz über die Stelle in ihm und ließ meine Finger durch den glänzenden Schweiß gleiten, den ich auf seine Haut gezaubert hatte. Unsere Beine und Hoden trafen sich bei jedem Stoß mit dem scharfen Klang von Haut auf Haut. Als ich sah, wie sich sein Körper unter meinen Fingern gerötet hatte, legte ich die Hände auf sein festes Hinterteil und knetete die Muskeln, bis er aufschrie.

Sein Haar klebte nass an seinem Gesicht, als ich den schnellen Rhythmus unterbrach und das Tempo fast bis zum Stillstand verlangsamte. Von seinem jammernden, keuchenden Protest ließ ich mich nicht erweichen. Ich wollte ihn zum Höhepunkt bringen, aber ich wollte es mit eigenen Händen tun. Ich schob eine Hand unter seinen Körper, um meine Finger sanft um seinen schlanken, steifen Schwanz zu legen. Während ich mich mit kleinen Stößen in seinen heißen Körper schob, strich ich daran entlang, ohne die empfindliche Eichel zu berühren, bis ich selbst kurz vor dem Höhepunkt stand.

Ich spürte, wie er sich um mich herum zusammenzog, wie sich seine Hoden bis zu meinen hochzogen, geschmolzene Hitze an meinem bereits zu warmen Körper. Er kam in meine hohle Hand und füllte sie bis zum Überlaufen, ein reißender Strom aus Samen und Seligkeit. Sein würziger Geruch machte mich so wild, dass ich heftig zustieß und mich im Gefühl seines Körpers verlor, der mich fest umfing.

Mein Höhepunkt traf mich mit einer solchen Wucht, dass er mich beinahe umwarf. Meine Lunge verkrampfte sich, konnte nichts anderes einatmen als die von Jaes Haut ausgehende Hitze. Mein Mund war mit seinem Geschmack gefüllt, einer salzigen Süße, die er allein mit mir teilte. Es gelang mir kaum, die Hand an den Mund zu heben und mein Körper zuckte unkontrolliert, als ich Jae hinunterschluckte und mich gleichzeitig in ihn ergoss, bis ich fürchtete, auf seinem Rücken in Ohnmacht zu fallen.

Das Beben seines Körpers hatte nachgelassen, doch er atmete schwer, bis ich mich aufrichtete, damit er mehr Luft bekam. Vorsichtig legte ich die Arme um ihn und zog ihn in meinen Schoß, bis er seitwärts auf meinen Oberschenkeln saß. Er war träge und schaute mit schläfrigen Augen unter schweren Lidern hervor – die perfekte Gelegenheit, mich an ihn zu kuscheln. Ich wischte ihn mit meinem T-Shirt ab, bevor ich seine Beine spreizte, um das Kondom entfernen zu können und es in das T-Shirt gewickelt auf den Boden zu werfen.

Jae lehnte sich an meine Schulter und schien lediglich genug Energie zu haben, um seine Knie anzuziehen und zu atmen. Wir kämpften darum, uns wieder unter Kontrolle zu bringen, wobei wir uns kaum ansehen konnten, ohne zu lachen. Ich strich ihm einige Haarsträhnen aus dem Gesicht und küsste ihn auf die Schläfe, während ich mit den Fingern durch sein feuchtes schwarzes Haar fuhr. Sein heißer Atem traf meinen Hals und er überraschte mich, indem er über mein Schlüsselbein leckte.

„Du schmeckst gut", murmelte er leise. Er spielte mit den Fingern der Hand, die ich auf seinen Oberschenkel gelegt hatte, zeichnete Muster auf meine Handfläche. Mit einem warmen, entspannten Seufzer fügte er hinzu: „Bei dir fühle ich mich sicher."

„Ich würde alles dafür tun, dass du dich sicher fühlst, Babe", antwortete ich. „Das weißt du hoffentlich."

„Jetzt", flüsterte Jae. „Jetzt weiß ich das. Es gefällt mir, mich … sicher zu fühlen. Als wärst du da, wenn ich falle. Selbst wenn du mich nicht auffängst, bist du da, um mir beim Aufstehen zu helfen."

„Hast du etwas dagegen, wenn ich versuche, dich aufzufangen?" Ich zog fragend eine Augenbraue hoch. „Ich bin schon aus ziemlich großer Höhe gefallen. Es tut verdammt weh."

„Nein, ich habe nichts dagegen." Er seufzte erneut. „Aber manchmal, Cole-ah, werde ich fallen, ohne dass du mich auffangen kannst. Manches muss ich allein tun. Aber ich komme zurecht, solange du mir wieder auf die Beine hilfst. Vor dem

Fallen fürchte ich mich nicht. Ich will nur nicht … die Augen öffnen und feststellen, dass ich allein bin."

Ich zog meine Hand aus seiner, damit ich sie ihm ans Kinn legen und sein Gesicht in meine Richtung drehen konnte. „Ich werde *immer* da sein, um dir dabei zu helfen, Kim Jae-Min. Ob du mir erlaubst dich aufzufangen oder nicht, ich werde danach auf dich warten, um dich zu küssen und zu trösten. In Ordnung?"

„In Ordnung." Er nickte ernst und ruhig. Zwischen uns gab es so viele unausgesprochene Worte, die nun schwer und stumm in der Luft hingen wie Tränen, die von einer Wange geküsst werden wollten. Er murmelte etwas, das ich nicht verstand.

Stirnrunzelnd küsste ich seine vollen Lippen. „Was hast du gesagt?"

„*Kamsamida.*" Er wich meinem Blick aus und senkte den Kopf, verbarg sein Gesicht vor mir. „*Saranghae.*"

Mit einem Brummen zog ich ihn dichter an mich, schlang meine Arme fest um seine Taille. „Ich muss wirklich dringend Koreanisch lernen."

„Noch nicht, *Agi*", neckte Jae. „Erst wenn du verstehen sollst, was ich sage."

„Gott, du treibst mich noch in den Wahnsinn." Ich schüttelte ihn sanft, was ihn zum Lachen brachte. Da begann mein Handy plötzlich etwas von „Bad Boys" zu quäken. Ich warf Jae einen finsteren Blick zu. „Hast du meinen Klingelton geändert?"

„Ich fand ihn passend", gab er zu, während er nach dem Handy griff, um es mir zu reichen.

„Und wir hatten gerade so einen Moment", beschwerte ich mich, als er von meinem Schoß rutschte. Er schlüpfte in seine Hose und tappte in Richtung Küche davon. Ich gönnte mir einen kurzen Blick auf seinen knackigen Hintern, bevor ich mich dem Anrufer widmete. „Hallo?"

„Cole-sshi?" Der Mann am anderen Ende war entweder betrunken oder gerade dabei, einen Schlaganfall zu erleiden. Bei den lauten Stimmen und dem Klirren von Gläsern im Hintergrund hätte ich auf betrunken gewettet. „Hier ist David Park."

„Hallo", antwortete ich mit einem Blick auf die Uhr. Ich runzelte die Stirn. Es war viel zu früh für betrunkene Anrufe. „Was ist los? Wo sind Sie?"

„In so einer Bar." Er murmelte noch etwas anderes, aber da er es auf Koreanisch sagte, half es mir nicht weiter.

„Moment." Ich stand auf und ging in die Küche, wo ich Jae das Handy hinhielt. „Es ist David. Er ist so dicht, dass ich ihn nicht verstehen kann."

Jae hörte ihm zu, wobei er sich nach einiger Zeit das Handy zwischen Ohr und Schulter klemmte, um den Ofen ausschalten zu können. Hin und wieder nickte er und gab ein zustimmendes „*de*" von sich. Nach einem nachdrücklichen Schlusswort legte er auf und rieb sich das Gesicht.

„Was?", fragte ich, als ich das Handy entgegennahm. „Was ist los? Warum ist er betrunken? Es ist nicht mal acht. Ich dachte, ihr Leute vertragt so viel."

„Mit Leute meinst du Koreaner? Selbst wir haben unsere Grenzen." Er verpasste mir schnaubend einen Klaps auf den Arm. „Wir sollten ihn abholen. Er ist in einer Bar an der Wilshire."

„Sag mir bitte, dass er nicht selbst gefahren ist." Ich ignorierte meinen knurrenden Magen.

„Ich weiß es nicht." Jae schnappte sich seinen Schlüssel. „Aber ich habe ihm gesagt, er soll auf uns warten. Also komm, bevor er es sich anders überlegt."

Als ich bereits die Tür hinter mir geschlossen hatte, verriet mir der raue Beton unter meinen Füßen, dass ich keine Schuhe trug. Ich nahm Jaes Schlüssel, damit ich mir ein Paar Vans aus dem Flur holen konnte. Anschließend steuerte ich auf seinen Explorer zu. „Sag mir den Weg. Ich fahre und du kannst ihn ins Auto schaffen."

„Okay", antwortete Jae und stieg auf der Beifahrerseite ein.

„Hat er dir verraten, warum er total besoffen ist?", erkundigte ich mich beim Zurücksetzen.

„Ja. Morgen ist Helenas Beerdigung. Kwon hat ihm mitgeteilt, dass er dort nicht willkommen ist." Jae zuckte mit den Schultern, als ich ihm einen ungläubigen Blick zuwarf. „Es ist kompliziert. Die Familie gibt den Seongs die Schuld."

„Na gut, das kann ich verstehen." Ich hielt an einem Stoppschild. „Und warum hat er jetzt mich angerufen und nicht eines seiner Familienmitglieder?"

„Weil sich jemand in Shin-Chos Krankenhauszimmer geschlichen und noch einmal versucht hat, ihn zu erschießen", antwortete Jae ruhig, als wäre es so alltäglich, wie Kleingeld auf der Straße zu finden. Nach kurzem Nachdenken musste ich zugeben, dass es tatsächlich zu einem viel zu üblichen Ereignis in unserem Leben geworden war, was sich hoffentlich bald wieder ändern würde. „Sie haben den Kerl verfolgt, aber er ist entkommen."

„Hat jemand gesehen, wer es war?", fragte ich. „Warte, lass mich raten: ein asiatischer Mann mit schwarzen Haaren."

„Das spielt jetzt keine Rolle", antwortete Jae, der mir eine Hand auf den Oberschenkel gelegt hatte. „Nicht weit vom Krankenhaus wurde ein koreanischer Mann in einem Mietwagen gefunden. Mit einer Kugel im Kopf. Laut David ist es vermutlich Choi Yong-Kun."

„Dann ist es also vorbei?" Ich seufzte beinahe vor Erleichterung. „Verdammt."

„Vielleicht, aber ich bin nicht sicher", sagte Jae finster. „Wenn es Choi Yong-Kun nicht irgendwie geschafft hat, sich selbst in den Hinterkopf zu schießen, dann eher nicht."

19

Es sah aus, als wäre jeder Polizist in Los Angeles der Einladung zu Kaffee und Donuts in einem Stripclub gefolgt, nur um bei der falschen Adresse zu landen. Zu einem richtigen Rave hätten nur noch ein paar tanzende junge Leute mit blinkenden LED-Schnullern und ein guter DJ gefehlt.

Seong Ryeowon schien allerdings nicht in der Stimmung für eine Party zu sein.

Wir hatten David in der Bar aufgespürt. Ihn zu befreien war nicht billig gewesen, denn er hatte anschreiben lassen und der große Koreaner an der Tür hatte die Anweisung gehabt, ihn nicht gehen zu lassen, bevor die Rechnung bezahlt war. Ich hatte ihm widerwillig meine Kreditkarte überlassen und eine Quittung verlangt. Nach einem bösen Blick war er davongestapft und mit einem Papierstreifen mit *Hangul* zurückgekehrt, der in einer Summe endete, die mehrere Monate für meine Stromrechnung gereicht hätte.

Es hatte fast zwanzig Minuten gedauert, David aus der Bar im vierten Stock bis zum Auto zu bringen. Nachdem ich ihn wie Wasser auf den Rücksitz gegossen hatte, war er von Jae mit beiden Sicherheitsgurten angeschnallt worden, damit er nicht hinunterrutschte. Dann hatten wir ihn zu Seong Ryeowons Mietshaus gebracht.

Dem Haus, vor dem jetzt die Damen und Herren der Polizei von Los Angeles eine Party unter freiem Himmel zu schmeißen schienen.

Scarlet bemerkte uns als Erste und kam zu unserem Parkplatz geeilt. Da die Sackgasse durch die Polizei versperrt war, hatten wir das Auto einige hundert Meter entfernt abstellen müssen. Als ich die hintere Tür öffnete, näherte sie sich bereits. Sie war maskuliner gekleidet, als ich sie je gesehen hatte. Zu Converse-Sneakern trug sie Jeans und ein weißes T-Shirt. Ihr Gesicht war frei von Make-up und ihr Haar war im Nacken zusammengebunden. Sie sah jung aus, ein androgyner Mann, dem bewundernde und verwirrte Blicke folgten.

Die Art von Mann, die in der falschen Gegend mit Prügel rechnen musste.

„Hallo, *Musang*." Sie küsste Jaes Wange und legte einen Arm um mich. „Ich bin froh, dass ihr beide hier seid … Ist das David? Oh, Gott, es ist David! Wir dachten, er wäre verschwunden. Geht es ihm gut? Was ist passiert?"

„Nein, nicht verschwunden. Nur verdammt betrunken." Nachdem ich die Gurte von ihm gelöst hatte, legte ich die Hände um seine Oberschenkel, um ihn zur Tür zu ziehen. „Haltet lieber etwas Abstand. Er ist ziemlich wackelig auf den Beinen. Er scheint so viel getrunken zu haben, dass seine Knochen flüssig geworden sind."

Da bewies David, dass seine Knochen nicht die einzige Flüssigkeit in seinem Körper waren. Es war mir beinahe gelungen, ihn aus dem Auto zu ziehen, als er den Kopf hob und über meinen ganzen Rücken kotzte. Die heiße Flüssigkeit lief an meiner Wirbelsäule hinunter und mitten in den Spalt zwischen Taille und Jeans. Er traf mich, die Seite des Autos, einen Teil der Rückbank und die Fußmatten. Der Gestank war so penetrant wie Nebel in London.

Ich stieß aus vollem Halse schreiend jeden mir bekannten Fluch aus, was sich als ziemlich gefährlich erwies, da ich damit die Aufmerksamkeit der vor dem Haus versammelten bewaffneten Polizisten auf mich zog.

Etwa die Hälfte der Horde kam mit gezückten Pistolen auf uns zu und befahl uns lautstark, uns auf den Boden zu legen. Jae wich von seinem Auto zurück und Scarlet hob die Hände, als sich erschreckend viele Waffen auf uns richteten. David ignorierte sowohl meine Flüche als auch die Polizisten und Pistolen, um stattdessen auch noch die Vorderseite meiner Jeans zu durchtränken, bevor ich mich aus dem Spritzbereich entfernen konnte.

„Oh, leck mich doch, du blödes Arschloch." Ich wurde fest von hinten gepackt. Doch kaum hatte der Polizist gerochen, womit ich bedeckt war, ließ er mich auch schon wieder los und wandte sich hastig ab. Er schien einen empfindlicheren Magen zu besitzen als ich. Ich stolperte ein paar Schritte und rutschte beinahe von der Bordsteinkante, bis ich mich endlich ein Stück vom SUV entfernt hatte und durch den Mund atmend versuchen konnte, möglichst viel von der Bescherung von meiner Jeans zu schütteln.

David hatte fast ausschließlich Alkohol hochgewürgt. Der Menge nach zu urteilen war die Rechnung der Bar vielleicht doch ganz angemessen. Hätte sich mir jemand mit einem Streichholz genähert, wäre ich vermutlich in Flammen aufgegangen.

Ich hob die Hände, doch die Polizisten waren jetzt wesentlich weniger an mir interessiert. Scarlet übernahm die Führung und näherte sich, einen großen Bogen um mich machend, einem der älteren Polizisten, um mit ihm zu reden. Der Mann, der mich gepackt hatte, erlaubte Jae und mir, unsere Hände zu senken, und murmelte etwas, das wie eine Entschuldigung klang. Es hätte auch eine Anordnung sein können, schnellstens ein Bad zu nehmen. Die Entschuldigung gefiel meinem Ego besser, auch wenn ich zu einem Bad nicht nein gesagt hätte.

„Mal sehen, ob wir den Jungen ins Haus kriegen", brummte ich und startete einen zweiten Versuch, David zu zähmen. Nachdem es mir gelungen war, ihn an meine Schulter gelehnt aufzurichten, winkte er den Leuten um uns herum zu und plapperte auf Koreanisch. Jae schloss nach einem letzten Blick in sein mitgenommenes Auto seufzend die Tür.

„Gib mir den Schlüssel." Er streckte seine Hand aus. „Ich habe eine Tasche mit Sportsachen im Kofferraum. Da müsste eine Jogginghose drin sein, die du anziehen kannst. Vielleicht auch ein T-Shirt."

„Ich würde dich ja küssen, aber …" Ich zuckte mit den Schultern, so gut es mir mit knapp achtzig Kilo David daran gelang. „Der Schlüssel ist in meiner Tasche. Kannst du ihn rausholen?"

Seinen skeptischen Blick beantwortete ich mit einem aus großen, unschuldigen Augen.

„Ich habe keine freie Hand." Ich unterstrich die Aussage, indem ich David leicht schüttelte. „Du musst ihn rausholen."

„Pfah", brummte Jae und wandte das Gesicht ab, als er sich näherte.

„Oh, also hast du gar nichts dagegen, mich zu begrapschen, sondern willst mich nur nicht riechen?" Seine Finger senkten sich in meine Seitentasche und fischten den Schlüsselring heraus. Dann wich er hastig zurück und schüttelte sich. Ich wäre gekränkt gewesen, wenn ich nicht selbst das Bedürfnis gehabt hätte, mich so weit wie möglich von mir zu entfernen.

„Komm, Cole", drängte mich Scarlet. „Lass ihn uns ins Haus bringen."

Ein Teil des Rasens war abgesperrt, weshalb ich bis zur Haustür einen großen Bogen gehen musste. Auf dem Gras lag etwas Dunkles, das ich jedoch nicht weiter beachtete. Eigentlich hätte ich David einem der Männer in schwarzen Anzügen übergeben sollen, die in großer Anzahl vor dem Haus standen, doch da ich bereits bis auf die Haut mit Soju und Whisky durchnässt war, wäre es unsinnig gewesen, das einer weiteren Person anzutun. In der Nähe musste jemand ein Problem mit seinem Kamin haben, denn die Luft um uns herum war leicht rauchig. Dichter am Haus mischte sich ein seltsamer Geruch darunter, eine schweflige, chemisch verbrannte Note, die sich auf meine Zunge legte. Ich war nicht sicher, was schlimmer roch: die Abendluft oder David.

Eine Frau mit sanfter Stimme begrüßte uns an der Tür und bat mich mit einer tiefen Verbeugung ins Haus. Ich balancierte David, während ich meine Vans abstreifte. Er stöhnte und gab ein Geräusch von sich, das mich eine weitere Alkoholdusche fürchten ließ.

„Wenn du noch mal auf mich reiherst", knurrte ich, „dann lasse ich dich gleich hier und jetzt fallen. Das schwöre ich."

Nachdem ich David auf dem Bett abgelegt hatte, zu dem ich geführt worden war, fragte ich die Frau, ob ich irgendwo duschen und mich umziehen konnte. Zehn Minuten später trat ich nach Zitrusseife mit einem leichten Unterton von Alkohol riechend unter dem warmen Wasserstrahl hervor. Jae hatte es sich in dem Gästeschlafzimmer, in das ich geschickt worden war, auf einem breiten, gemütlich aussehenden Sessel bequem gemacht, um auf mich zu warten. Ich schlüpfte in die Kleider, die er mir reichte. Die Jogginghose war etwas kurz, während das dünne Baumwoll-T-Shirt an Brust und Rücken geradezu lächerlich eng saß. Ich kam mir vor wie ein Twink auf der Suche nach einem kleinen Abenteuer. Meine eigene Kleidung war nirgendwo zu sehen.

„Wo sind meine Sachen?" Ich schaute mich um, während ich ein Paar flauschige Pantoffeln von ihm entgegennahm. „Was soll ich damit?"

„Sie anziehen. Es gilt als höflich, Gästen Hausschuhe zur Verfügung zu stellen. Und deine Sachen sind in der Waschmaschine." Jae schnupperte prüfend. „Du riechst immer noch ein bisschen … alkoholisch … aber nicht mehr so sehr."

„Ja, ich rieche wie ein Harvey Wallbanger."

„Das klingt … schmutzig." Jae musterte mich. „Hast du dir das ausgedacht? Was ist das?"

„Es ist ein Cocktail. Wenn man genug von denen trinkt, stößt man beim Laufen gegen die Wände", antwortete ich und schlüpfte in die Pantoffeln. Es fiel ihnen nicht leicht, meinen Füßen Platz zu bieten, doch sie gaben sich bewundernswert viel Mühe – auch wenn meine Fersen hinten etwas über den Rand ragten. „Falls ich in den Dingern stolpere, versuch nicht, mich aufzufangen. Bring dich selbst in Sicherheit."

„Bist du fertig?" Er ging kopfschüttelnd auf die Tür zu. „Einer der Detectives will mit uns über David reden."

Bei dem Detective handelte es sich um Wong, mit dem ich mich bereits unterhalten hatte. Er war ein chinesischer Mann mit liebenswürdigem Gesicht, der aussah, als könnte er mit bloßen Händen einen Baum zerbrechen. Diese Theorie wurde bestätigt, als er mir die Hand schüttelte und ich das Gefühl nicht loswurde, dass er vorsichtig mit meinem zarten, zerbrechlichen kleinen Körper umging. Wie bei meinem Bruder hatte sein Friseur die Haarschneidemaschine auf Igel Stufe vier gestellt. Anders als mein Bruder interessierte er sich sehr für mich, vor allem dafür, wie es dazu gekommen war, dass ich David in seine Höhle zurückgebracht hatte.

„Bitte setzen Sie sich." Er deutete auf einen der vielen Stühle in dem langen, formell eingerichteten Salon. „Ich habe das Gefühl, hier jemanden oder etwas zu zerbrechen, wenn ich mich zu viel bewege."

Auf dem reich mit Schnitzereien verzierten Holztisch, gleich neben zwei französisch aussehenden Sekretären, standen Kaffeegedecke bereit. Ein silberner Kaffeebereiter dampfte mit der duftenden Verheißung gut gerösteter und aufgebrühter Bohnen, während auf einer Platte eine verführerische Auswahl appetitlicher Küchlein wartete.

Ich stupste eines der schaumigen Gebilde mit einer Gabel an und fragte: „Wenn ich etwas davon esse, lande ich nicht plötzlich im Kamin und muss eine Eidechse namens Wabbel treten, um hier wieder rauszukommen, oder?"

„Bitte haben Sie Nachsicht mit Cole. Er hat kein Essen bekommen. Dann hat er immer schlechte Laune." Jae bedachte Wong mit einem Hundeblick, der jeden Basset Hound stolz gemacht hätte, und setzte sich zu uns. Nachdem er sich Kaffee eingegossen hatte, hob er die Kanne leicht in Wongs Richtung. „Kaffee?"

„Bitte." Er lächelte. „Danke."

Sein Lächeln gefiel mir nicht.

Allerdings musste man bedenken, dass ich nach tollem Sex mit meinem Liebsten gezwungen gewesen war, loszuziehen und den umherstreifenden Prinz Seong aufzuspüren, der daraufhin den Inhalt seines Besäufnisses in meine Boxershorts gespuckt hatte, und nun ein chinesischer Typ mit einem Ehering meinen Freund anlächelte. Und ja, ich hatte kein Essen bekommen. Das führte bei mir wirklich zu schlechter Laune. Allerdings ließ ich mich davon besänftigen, dass Jae mir die volle Tasse Kaffee zuschob, bevor er sich selbst und Wong eine eingoss.

Jae konnte mich leicht besänftigen. Sein Seitenblick in meine Richtung, mit dem Hauch eines verführerischen Grinsens, schadete dabei nicht.

„Womit hatte der riesige Polizeieinsatz zu tun? David war noch keine vierundzwanzig Stunden verschwunden." Ich stocherte in einem Stück Kuchen herum. Es war grün und mit geriebenen Nüssen bedeckt. Ich wartete, bis Wong einen Schluck Kaffee trank, bevor ich etwas davon aufspießte und in den Mund nahm. Es war nicht zu süß und leicht sahnig.

Ich hatte nicht die geringste Ahnung, welche Geschmacksrichtung es darstellte. Also gab ich es an Jae weiter und versuchte es mit etwas Braunem. Braun bedeutete normalerweise Schokolade. Manchmal auch Kaffee. Jedenfalls machte ich mir Hoffnung auf etwas Bekanntes.

„Mrs. Seong hat mich darüber informiert, dass Ihnen die Beziehung ihres Sohnes zu einem südkoreanischen Offizier namens Choi bekannt war." Wong blätterte durch seinen Notizblock.

„Choi Yong-Kun", bestätigte ich. „David hat Jae-Min gesagt … Das ist viel Hörensagen. Vielleicht sollte er Ihnen das lieber persönlich erzählen."

„Warum sagen Sie mir nicht als Erstes, wo Sie zwischen ungefähr drei Uhr nachmittags und Ihrer Ankunft hier um acht waren?", schlug Wong vor.

„Ähm, erst sind wir im Büro einige Adressen durchgegangen." Ich beschrieb unsere weiteren Aktivitäten vom Besuch beim Floristen bis zum Krankenhaus und der Rückkehr nach Hause. Jae runzelte die Stirn, als ich zu unserem Nachmittag auf der Couch beim Warten auf das Essen kam, doch ich hielt für Wong alles jugendfrei.

„Und dann hat Park Sie angerufen?", fragte er. „Sie direkt, Mr. McGinnis?"

„Ja", antwortete ich. „Aber er klang betrunken und ich spreche kein Koreanisch, also habe ich das Handy an Jae weitergegeben."

Jae erklärte, wie David ihm am Telefon von der verbotenen Teilnahme an der Beerdigung seiner Verlobten und von der Entdeckung der Leiche erzählt hatte. Jae wirkte noch immer verwundert. „Er schien geglaubt zu haben, dass damit alles vorbei wäre, aber das klang unlogisch, weil David-sshi mir auch erzählt hat, dass Choi Yong-Kuns Tod wie ein Mord aussah."

„Das stimmt", bestätigte Wong. „Ein Streifenpolizist wurde auf Chois Leiche aufmerksam gemacht und hat gleich den Bereich absperren lassen, in dem das Auto gefunden wurde. David Park wurde zwar nicht dort gesehen, doch vor vier Stunden hat uns seine Familie kontaktiert, die sich nach seinem Gespräch mit dem Vater seiner Verlobten, Mr. Sang-Min Kwon, Sorgen um sein Wohlergehen machte."

„Ja, Kwon kenne ich", brummte ich. „Ziemlich mieser Typ."

„Leider gilt das heutzutage nicht mehr als Entschuldigung, um jemanden zu ermorden." Wong musterte mich besorgt, als ich beinahe an dem Stück Kuchen in meinem Mund erstickte.

„Was ist mit Kwon?" Jae beugte sich vor und warf Wong einen fragenden Blick zu. „Was ist passiert?"

„Vor etwa zwei Stunden wurde Sang-Min Kwon auf dem Rasen vor seinem Wohnsitz gefunden, wo ihn jemand mit Pflöcken auf dem Boden befestigt hat. Als er entdeckt wurde, stand er noch in Flammen, vermutlich unterstützt durch einen Brandbeschleuniger. Also muss ich Sie beide fragen, wo Sie vor zwei Stunden waren und ob Sie auch David Parks Aufenthaltsort bestätigen können. Oder müssen wir das auf dem Revier erledigen?"

„FUCK", FLÜSTERTE ich. Jae, der sich mittlerweile mit meiner rohen, ordinären Art abgefunden hatte, seufzte lediglich. Als ich ihn ansah, schürzte er nachdenklich die Lippen. „Was ist?"

„Ich habe vergessen, die Katze zu füttern", brummte er. „Und es ist albern, dass ich mir darum gerade am meisten Sorgen mache."

„Es ist nicht albern", widersprach ich. „Die Katze ist böse. Es könnte sein, dass sie sich gerade auf meine Rechnung thailändisches Essen bestellt. Jedenfalls ist Kwon tot und Choi auch. Wem sollen wir jetzt für den ganzen Mist die Schuld geben?"

„Ich weiß es nicht", antwortete Scarlet leise. „Ich möchte nur, dass es aufhört."

Wir waren von dem pompösen Raum in ein Wohnzimmer mit angenehmerer Atmosphäre gebracht worden. Scarlet war dazugekommen und anstelle des Kuchens gab es nun herzhaftere Sandwichhälften. Diese halfen einem jedoch nur, wenn man Scarlets Größe hatte. Selbst zwischen Jaes langfingrigen, schlanken Händen wirkten sie wie von einem Dreijährigen hergestelltes Spielzeugessen.

Ich aß vier und bemühte mich, mir nicht anmerken zu lassen, dass ich am liebsten auch den Rest des Tellers abgegrast hätte wie eine durchgedrehte Kuh.

Scarlet legte zwei weitere auf meinen Teller und tätschelte mir tröstend das Knie. „Iss. Du wirst schon ganz blass."

Ich kaute langsam, um länger etwas von den kleinen Stücken zu haben. Jae bot mir zwei seiner Hälften an, doch ich versuchte, sie auf männliche Weise mit einem Kopfschütteln abzulehnen. Er beugte sich für einen Kuss vor und schob sie mir in den Mund.

„Wolltest du nicht vorsichtig sein, damit uns niemand sieht?", murmelte ich durch bröseligen Cheddar.

„Hier ist niemand", antwortete Jae, doch er und Scarlet tauschten Blicke. „Und im Moment bin ich zu müde, um mir deshalb Sorgen zu machen."

Ich rutschte etwas näher an ihn heran, damit ich ihm zwischen den Schulterblättern über den Rücken streicheln konnte. „Hey, bald lässt man uns bestimmt hier raus. Dann gehen wir nach Hause. Ich besorge uns vernünftiges Essen und wir ruhen uns einfach aus."

„Jemand hat ihn verdammt noch mal angezündet, Cole", stieß er zwischen zusammengebissenen Zähnen hervor. „Wahrscheinlich derselbe Typ, der auf dich geschossen hat. Was soll ich davon bitte halten?"

„Ich lasse euch das in Ruhe besprechen." Was taktvolle Abgänge betraf, war Scarlet eine Meisterin. Sie hatte das schmutzige Geschirr genommen und war aus dem Raum verschwunden, bevor wir geblinzelt hatten. Die Tür schloss sich hinter ihr und wir waren allein.

„Toll, jetzt habe ich *Nuna* vergrault. Fuck", fluchte Jae, während er sich gegen die Rückenlehne fallen ließ. Er schnappte sich ein kleines Kissen, um es mit Schwung gegen die Wand zu werfen, wobei er etwas auf Koreanisch murmelte, für das man im Grunde keine Übersetzung brauchte.

„Du hast sie nicht vergrault", sagte ich. „Sie liebt dich."

Durch die Fenster konnte man den Garten sehen, eine finstere Angelegenheit aus Hecken, klassischen Marmorstatuen und wuchernden Rosen. Draußen brannte kein Licht und die sanfte Beleuchtung der Lampe auf dem Tisch neben uns erhellte vor allem unsere Gesichter. Ich rutschte etwas näher an ihn heran – vorsichtig, falls weitere Kissen fliegen sollten – und streckte eine Hand nach seiner aus. Er zögerte und entzog sich mir, doch ich hielt sie fest und legte meine Finger um seine.

„Ich gehe nicht weg", sagte ich langsam. „Ich lasse mich nicht anzünden und ich lasse mich nicht erschießen."

„Klar, weil das bis jetzt so gut geklappt hat", fauchte er. „Ich kenne niemanden, der so viele Schussverletzungen hat wie du. *Aish!* Kannst du dich nicht wenigstens *einmal* ducken? Wie viele Menschen um uns herum müssen noch sterben? Wer ist der Nächste? Scarlet? Bobby? Mike?"

„Hey, das ist unfair", widersprach ich. „Die ganze Sache ist absolut nicht unsere Schuld und ich habe nicht darum gebeten, angeschossen zu werden."

„Cole, du kannst nicht mal Kotze ausweichen", seufzte Jae.

„Babe, hätte ich vorher gewusst, dass er kotzt, hätte ich ihn aus dem Auto geworfen. Wir müssen darin nach Hause fahren. Glaubst du wirklich, ich will das die ganze Fahrt über riechen?"

„Wann hört es endlich auf?" Er klang nicht wütend, sondern eher, als hätte er sich bereits mit dem Wirrwarr um uns herum abgefunden.

„Keine Ahnung", gab ich zu. „Bald? Vielleicht? Ich weiß es nicht, Jae."

„Ist es mit dir immer so?" Er wedelte mit einer Hand durch die Luft. Ich hätte vorgeben können, ihn nicht zu verstehen, doch ich wusste, dass er das Chaos meinte, das mir auf Schritt und Tritt zu folgen schien. „Muss es so verrückt sein?"

„Ja, so ziemlich. Mein Leben ist manchmal ätzend." Ich schob mich noch dichter an ihn, bis ich ihn gegen die Armlehne gepresst hatte, um ihn an die Stunde zu erinnern, die wir vor Davids Angriff auf unseren Abend miteinander verbracht hatten. Als er ein wenig auf der Couch herumrutschte, grinste ich, denn ich wusste, dass sein Körper mich noch spürte. Ich beugte mich vor, um ihn flüchtig zu küssen. „Aber es hat auch gute Seiten, oder?"

Er erwiderte den Kuss mit größerer Leidenschaft, saugte meine Unterlippe in seinen Mund und zog mit den Zähnen daran. Nach einem letzten Knabbern antwortete er: „Manchmal."

Ich streichelte ihm mit den Fingern durchs weiche Haar und zog seinen Kopf zu mir herüber, bis ich meine Stirn an seine lehnen konnte. „Ich kümmere mich darum, Jae. Wir stehen das durch und alles wird gut werden. Im Moment ist es … ein bisschen verrückt, aber so schlimm kann es nicht ewig bleiben."

„Was passiert, wenn das Chaos aufhört und du nur noch mich hast?" Seine Zunge leckte über seine Oberlippe und ich verfolgte sie mit meinem Mund, um die Spitze zu küssen, bevor sie wieder verschwand.

„Wenn ich nur noch dich habe", murmelte ich, „kann ich glücklich sterben."

„Aber versprich mir, dass du *alt* und glücklich stirbst", brummte er und biss sanft in meine Nasenspitze. „Sonst erledige ich dich lieber vorher selbst mit einem Kissen."

„Oh, du machst mir solche Angst", neckte ich.

„Die solltest du haben." Jae grinste boshaft. „Ich werde deinen Mund mit Kimchipaste füllen, zukleben und dich dann mit einem Kissen ersticken."

„Also hast du das schon geplant?"

„Nein, das war spontan", sagte er unbekümmert. „Also stell dir nur vor, was ich mir mit etwas mehr Zeit alles einfallen lassen könnte."

„Sehr erschreckend", versicherte ich. Sanft legte ich ihm eine Hand in den Nacken. „Ich bin gespannt, Baby."

Wir küssten uns.

Es war liebevoll und langsam. In der Dunkelheit eines einzelnen Lichtes, während um uns herum die Welt niederregnete, war es das Versprechen einer sternenklaren Nacht, wenn sich die Wolken erst verzogen hatten.

Verdammt, ich wünschte mir ein ganzes Leben mit diesen Küssen.

„Ich werde darauf warten", flüsterte ich, als ich mich von ihm löste, um Luft zu holen. Mein Mund war ganz dicht an seinem und unsere Lippen berührten sich noch einmal, bevor ich fortfuhr: „Auf das hier. Auf dich."

„Und wenn es zu lange dauert?" Er schloss die Augen und wandte das Gesicht ab, lehnte sich mit der Schläfe an meine Stirn. „Wenn es …"

„Ich habe vor, alt und glücklich zu sterben, schon vergessen?" Ich streichelte ihm den Nacken, was ihm einen Seufzer entlockte. „Ich weiß nicht, ob ich beim Warten auf dich so glücklich sein werde wie dann, wenn ich dich wirklich habe, aber ich plane, es herauszufinden, *Jagiya*."

Er riss die Augen auf und starrte mich leicht schockiert an. „Wer hat dir dieses Wort beigebracht?"

„Hmm." Ich spitzte die Lippen und zog ihn mit mir auf die Füße, als ich aufstand. „Ich spreche wohl etwas mehr Koreanisch, als du denkst."

20

BEI REGEN ist Los Angeles ein grauenhafter Ort.

Leute vergessen, wie man Auto fährt, der Verantwortliche für die Busse der Stadt schickt nur die Fahrzeuge, die während der Fahrt liegen bleiben, und die von der Stadt offenbar bei einem Flohmarkt erstandenen Ampeln flackern beim kleinsten Hauch von Feuchtigkeit violett.

Eigentlich besitzen Ampeln diese Farbe nicht, aber irgendwie gelingt es ihnen trotzdem.

Als ich zugestimmt hatte, mich in Koreatown mit Yeu zu treffen, hatte es noch keinen Hinweis auf ein Gewitter gegeben. Hätte ich es gewusst, hätte ich vorgeschlagen, nach San Francisco zu fahren, um im Hang Ah Dim Sum zu essen. Es wäre schneller gegangen, als mich die Wilshire entlangzukämpfen.

Einen Parkplatz zu finden war wie immer eine Katastrophe. Irgendwann gab ich es auf und bog in das vierstöckige Parkhaus gegenüber vom Restaurant ein. Da die Ampel an der Ecke Sixth und Kenmore nicht funktionierte, musste ich zwischen den Menschenmassen eine verregnete Runde *Frogger* spielen, um das unauffällige kleine Lokal zu erreichen. Ich war bereits mehrmals mit Jae dort gewesen. Es gab einen Pfannkuchen mit Kimchi, auf den ich mich nach anfänglichem Misstrauen mittlerweile freute.

Jae sammelte alle Augäpfel aus meinen Gerichten, bevor ich sie mir ansah.

Ich war Manns genug, um meine Grenzen zu kennen. Augäpfel, wenn sie sich nicht mehr an einem Lebewesen befanden, sondern aus meinem Essen zu mir hochschauten, waren eine davon. Von Zungen war ich ebenfalls nicht begeistert, doch an einer Garnele sah man diese weniger leicht. Als mir in einem Restaurant einmal als Panchan ein vollständiger Fisch vorgesetzt worden war, hatte Jae sich schlicht dessen Kopf abgeschnitten, während ich vorgegeben hatte, die Einrichtung zu betrachten.

Die Einrichtung war hässlich gewesen. Dagegen hatte der Rest des Fisches hervorragend geschmeckt.

Als ich mich dem Restaurant in einer Ecke der Einkaufsmeile näherte, wurde mir klar, dass ich nicht die geringste Ahnung hatte, wie Brandon Yeu aussah. Glücklicherweise war es ziemlich leer, da wir uns in der Zeit zwischen Mittag- und Abendessen befanden und das Wetter alle, bis auf die ganz hartgesottenen Restaurantfans, fernhielt. Als ich eintrat, erhob sich ein gepflegt und vornehm wirkender Koreaner an einem der hinteren Tische und winkte mir zu.

Er wirkte nicht wie der Typ Mann, den sich Leute bei einer Razzia eines Badehauses für Schwule vorgestellt hätten, aber diesen Leuten wäre vermutlich auch nicht klar gewesen, dass die Möglichkeiten für manche Menschen begrenzt waren. Yeu war etwas kleiner als ich, attraktiv und sportlich mit drahtigen, muskulösen Armen. Seine Haut war sonnengebräunt und an seinen ebenfalls braunen Augen von Lachfältchen durchzogen. Für unser Treffen trug er eine Stoffhose und ein Hemd mit Knopfleiste, dessen Ärmel er hochgekrempelt hatte, sodass eine Uhr mit dickem Lederarmband zu sehen war. Der goldene Ring an seinem Ringfinger war ein wenig abgewetzt und sah definitiv nicht neu aus, glänzte jedoch, als er mir die Hand entgegenstreckte.

„McGinnis? Ich bin Brandon Yeu." Ich schüttelte ihm die Hand. Er musste die leichte Verwirrung in meinem Gesicht bemerkt haben, denn er sagte: „Ich habe mir Ihre Website angesehen. Da gab es ein Foto von Ihnen."

„Guten Tag, bitte nennen Sie mich einfach Cole." Die Website hatte ich völlig vergessen. Sie war von Mike für mich erstellt worden, als er die seiner Firma überarbeitet hatte. Theoretisch war es möglich, dass er sie mit Kinderfotos von mir zugepflastert hatte, auf denen ich mein pelziges Schaukelpferd ritt, und zwar splitternackt, wenn man von einem Cowboyhut und einem Pistolengürtel absah.

„Ich muss zugeben, dass mich Ihr Anruf etwas überrascht hat", sagte er, während eine ältere Frau Gläser mit Gerstentee auf den Tisch stellte.

Ich bestellte *Bulgogi* und hoffte, dass es das ohne Knochen war, während Yeu etwas mit vielen D und K auswählte. Es klang nach dem Gericht mit den Reisröllchen und Ramen, das Jae gern aß, doch ich würde es erst sehen müssen, bevor ich sicher sein konnte.

Aus einer mitgebrachten Mappe zog ich den Scheck, den David mir vor einigen Stunden hatte ausstellen lassen. Ich schob den Umschlag Yeu zu und sagte: „Die Parks lassen wegen dieser Sache ihre Entschuldigung ausrichten. Shin-Cho und David wären selbst gekommen, wenn es nicht einige tragische Vorfälle in der Familie gegeben hätte. Sie bedauern es sehr."

Das Wort „Vorfälle" klang zu harmlos für Helenas Tod, Shin-Chos Verletzungen und den Schrecken, der die Brüder zu verfolgen schien. Leider fehlte mir ein besseres. Doch es war ohnehin sinnlos, Yeu mit den Einzelheiten zu belasten, und die Erleichterung in seinem Gesicht ließ darauf schließen, dass er nichts dagegen hatte, es bei einem kurzen, auf das Wesentliche beschränkten Treffen zu belassen. Offizielle Familienentschuldigungen konnten ewig dauern und waren Leuten nur unangenehm.

Nachdem er den Umschlag geöffnet und den Scheck herausgenommen hatte, starrte er ihn einige Sekunden an. Dann tippte er damit gegen den Tisch und grinste mir leicht verlegen zu. „Ehrlich gesagt hatte ich vor, ihn in kleine Stücke zu reißen und Ihnen ins Gesicht zu werfen."

Mit einem Schulterzucken antwortete ich: „Sie waren Kinder, als das Ganze passiert ist. Sie versuchen nur, es wieder in Ordnung zu bringen."

„Ich weiß. Es war ein Moment des Stolzes und der Empörung und er hat gedauert, bis mein Mann mich daran erinnert hat, dass unser Sohn bald mit dem

College anfängt." Er schob den Scheck in den Umschlag und grinste. An einem Schneidezahn fehlte eine kleine Ecke, ein liebenswerter Makel in seinem Lächeln. „Noch ist er in der Schule, aber darüber kann man sich nicht früh genug Gedanken machen."

„Ist Ihr Mann Koreaner? Ich scheine nämlich fast nur schwule koreanische Männer zu treffen." Ich trank einen Schluck kalten Gerstentee. „Vielleicht liegt es an meinem Umfeld. Mein Freund ist Koreaner."

„Wahrscheinlich liegt es daran, dass man hier leichter schwul sein kann als in Korea", antwortete Yeu. „Da kann man nicht mal das Wort sagen, ohne misstrauisch angesehen zu werden. Aber nein, mein Mann ist Chinese. Obwohl er dasselbe Problem hat. Er wurde aus dem Familienbuch gestrichen. Mein Vater hat das ähnlich gesehen, bis mein Sohn geboren wurde und die Frauen meiner Brüder nur Mädchen bekommen haben. Jetzt bin ich der Lieblingssohn."

Er tat, was alle Eltern taten: Er nahm sein Handy und suchte mit geübter Leichtigkeit ein Foto, um es mir zu zeigen. Ein niedlicher Junge, noch nicht ganz Teenager, schaute mit Yeus Nase und Lächeln aus dem Display hervor und hatte den Arm um einen energisch wirkenden älteren Koreaner gelegt, dessen Augen vor Stolz leuchteten.

„Dean ist ein kluger Junge. Ich will nur das Beste für ihn." Er steckte das Handy wieder ein. „Mein Vater hat angeboten, die Studiengebühren zu übernehmen, aber ... es ist mir wichtig, das allein zu schaffen."

„Ja, das verstehe ich."

„Was meinen Vater nicht daran hindert, ihm ein Auto kaufen zu wollen. Aber ich habe ihn vorerst vertröstet, bis Dean seinen Führerschein hat." Er lachte. Bald wurde unser Essen gebracht. Wir bedankten uns bei der Frau und ließen es uns schmecken. Kurz darauf kehrte sie zurück, um ein gusseisernes Kännchen mit warmem Eierschaum zu bringen und mich aufzufordern, mehr zu essen. Bevor sie ging, tätschelte sie mir den Rücken.

Yeu lachte. „Sie scheinen nicht zum ersten Mal hier zu sein."

„Das stimmt, Jae kommt gerne her", antwortete ich. „Er wird hier maßlos verwöhnt. Wahrscheinlich weil er hübscher ist als ich."

Wir schwiegen eine Weile, um uns aufs Essen zu konzentrieren. Das Bulgogi war perfekt und bei dem D-K-Gericht hatte ich richtig geraten. Yeu zupfte mit den Stäbchen Nudeln heraus und nahm sie in den Mund, ohne den Tisch mit roter Soße zu bespritzen. Weniger fachmännisch als er kämpfte ich mit meinem Reis, bis ich aufgab und einen Löffel nahm.

„Ich bin nicht sicher, ob ich Ihnen viel über diese Nacht sagen kann", sprach Yeu schließlich den eigentlichen Grund für mein Treffen mit ihm an. „Ja, ich habe ihn gesehen, aber da ich wütend auf ihn war, habe ich mir nicht die Zeit genommen, mit ihm zu reden. Als die Polizei kam, war ich gerade erst angekommen."

„Dae-Hoon war mit einer anderen Person im ersten Stock. Sie hat das Gebäude durch die Hintertür verlassen, ihn aber dort nicht gesehen. Waren Sie auf der Vorderseite?"

„Ja, ich habe mich nicht gewehrt. Man hat mir Handschellen angelegt und mir befohlen, mich draußen an die Wand zu setzen. Sie haben einen dieser Transporter gebracht, um uns zum Revier zu fahren", erinnerte sich Yeu. „Polizisten haben Leute die Treppe runtergezerrt. Dae-Hoon war darunter, aber auch viele andere Männer."

„Erinnern Sie sich daran, wer ihn nach unten gebracht hat? Wenigstens ein bisschen?"

„Es war ein ganz normaler Polizist. In Uniform, glaube ich." Yeu wandte mit gerunzelter Stirn den Blick ab, als er versuchte, die Erinnerungen dieser Nacht hervorzuholen. „Er war weiß … und groß – wie so ziemlich alle Polizisten dort. Dae-Hoon wurde nicht zu uns anderen an die Wand gesetzt. Der Polizist hat ihn rausgebracht und in ein schwarzes Auto geschoben. Es hätte ein Zivilfahrzeug der Polizei sein können. Ich weiß es nicht genau. Ich habe nicht weiter darüber nachgedacht. Zu dem Zeitpunkt hatte ich andere Sorgen."

„Fällt Ihnen sonst noch etwas ein?" Meine Notizen waren mager. Ich musste den Polizisten finden, der Dae-Hoon aus dem Gebäude geführt hatte. Er war der nächste Schritt zur Aufklärung von Dae-Hoons Verschwinden.

„Nicht, dass ich wüsste. Der Polizist hat Dae-Hoon in das Auto gesetzt und ist weggefahren." Yeu zuckte mit den Schultern. „Ich wurde in einen dieser Polizeiwagen gesteckt und auf dem Revier verhaftet. Als ich am nächsten Morgen wieder frei war, habe ich meinem Vater gesagt, dass ich schwul bin. Immerhin war es der Grund für meine Nacht im Gefängnis. Vielleicht hatte ich es einfach satt, mich deswegen herumschubsen zu lassen. Jedenfalls war es das letzte Mal, dass ich Dae-Hoon gesehen habe."

Während wir aufaßen, unterhielten wir uns noch ein wenig; hauptsächlich über Football und die Unfähigkeit der Stadt, ein Team zu bekommen und dann auch noch zu behalten. Ich lehnte eine dritte Portion des gedünsteten Eis ab, aß jedoch den Rest der Fischfrikadellen. Yeu verdrückte die letzten Panchan, bevor er erklärte, dass er allmählich gehen müsse.

Da Jae bei einer Verlobungsparty fotografierte und nicht vor zehn zurück sein würde, gehörte das Haus bis dahin mir allein, worauf ich eigentlich hätte verzichten können. Ich überquerte die Straße und erklomm die Stufen bis zur dritten Ebene des Parkhauses, wo ich den Rover abgestellt hatte. Ich verließ gerade das Treppenhaus und hatte Bobbys Nummer gewählt, um zu fragen, ob er sich mit mir ein Spiel ansehen wollte, als das Licht ausging.

Die Parkdecks waren von hohen Mauern umgeben, die kaum etwas von dem fahlen Tageslicht einließen. Die gewittrige Kaltfront hatte einen dunkelgrauen Schleier über die Umgebung gelegt, der das Sonnenlicht beinahe völlig verschluckte. Im Westen zuckten Blitze über den Himmel, ein kurzer Moment verzweigten Lichts, bevor der Donner den Boden erbeben ließ. Ein weiteres Grollen folgte, diesmal so nah, dass ich kaum hörte, wie sich Bobbys Mailbox meldete. Ich blinzelte, um meine Augen an die Dunkelheit zu gewöhnen, doch dann zuckte ein Blitz direkt über mir und badete sie schmerzhaft in weiß-blauem Licht.

„Verdammte Scheiße", fluchte ich in mein Handy, während Bobbys Mailbox auf meine Nachricht wartete. Tränen stiegen mir in die Augen und das Zwinkern schien es nur zu verschlimmern. Ich bewegte mich auf den Rover zu, den ich als große graue Masse auf der anderen Seite des Parkdecks erkannte, wobei ich den kleinen Seen auswich, die das Regenwasser dort gebildet hatte. „Ähm, ignorier das, Bobby. Tut mir leid, in K-Town sind nur gerade die Lichter ausgegangen. Aber falls du Lust hast, dir heute Abend bei mir ein Spiel anzusehen, sag mir …"

Der erste Schuss verfehlte mich und traf ein nicht weit von mir geparktes Auto. Überrascht warf ich mich auf den Boden und landete auf dem harten Beton, wobei mir das Handy aus der Hand rutschte und irgendwo in der dunklen Lücke zwischen einem Auto und der Mauer verschwand. Rechts von mir sah ich etwas aufblitzen, doch davon abgesehen konnte ich kaum etwas erkennen. Geduckt schaute ich mich nach einem geschützteren Ort um. Als ich angekommen war, hatten sich kaum Autos auf dem Deck befunden und nun schienen es sogar noch weniger zu sein, sofern ich es mit meiner undeutlichen Sicht beurteilen konnte.

Ich rannte, bis ich mit der Hüfte gegen das von einer Kugel getroffene Auto stieß. Mein Fuß platschte durch das aus der Vorderseite des Kleinwagens strömende Kühlwasser, sodass mir die metallisch riechende Flüssigkeit ins Gesicht spritzte. Als ich endlich hinter dem winzigen rückwärts eingeparkten Auto hockte, wischte ich mir die Tropfen aus den Wimpern und gab meinen Augen erneut die Gelegenheit, sich an die Dunkelheit zu gewöhnen. Mein Handy entdeckte ich nicht, doch ich konnte mir sowieso kaum vorstellen, dass es den Aufprall überstanden hatte. Die Dinger schienen schon bei einem bösen Blick oder strengen Wort den Geist aufzugeben. Auf verfestigten Steinbrei zu treffen, hatte ihm sicher nicht gutgetan.

„Keine gute Situation, McGinnis", murmelte ich. „Und warum hast du deine verdammte Knarre nicht dabei?"

Es war sinnlos, mir darüber Gedanken zu machen. Meine Pistole schlief friedlich in einem Geheimfach meines Schranks, wo sie vermutlich von elektrischen Tauben träumte. Ich schob den Kopf ein wenig vor, zuckte jedoch gleich zurück, als eine zweite Kugel an mir vorbeizischte und in die hohe Mauer hinter mir einschlug.

Der Rover stand am hinteren Ende des Decks, doch selbst wenn ich ihn erreichte, bestand er lediglich aus Glas und Blech. Ich mochte meinen neuen Rover. Der Sitz hatte gerade die richtige Bequemlichkeit erreicht und die Spiegel waren perfekt eingestellt, um mir alles hinter und neben mir zu zeigen. Ich hatte nicht vor, ihn für Schießübungen herzugeben. Wenn ihm etwas zustieße, würde meine Versicherung als nächstes Auto für mich auf einen Panzer bestehen.

Ich beschloss, es mit Vernunft zu versuchen.

Während ich meine Umgebung genau im Auge behielt, rief ich über das Auto hinweg: „Hör zu, du bist bestimmt das Arschloch, das in letzter Zeit versucht, mich umzubringen. Willst du mir nicht verraten, warum?"

Da es bisher zweimal jemand auf mein Leben abgesehen hatte, rechnete ich mir eine fünfzigprozentige Chance aus, den Grund zu erfahren. Jaes Cousine hatte mir nur allzu gern ihr Herz ausgeschüttet, während Ben seinen Groll gegen Rick und mich in den selbstgewählten Tod mitgenommen hatte.

„Wo ist Shin-Cho?" Die durch das Gebäude hallende Stimme war männlich und eindeutig koreanisch. Sein Englisch war ein durchwachsenes Gemisch aus Vokalen und verwaschenen Zischlauten. Choi war tot, also versuchte ich es mit der einzigen anderen Person, von der ich mir vorstellen konnte, dass sie Shin-Cho suchte.

„Li Mun-Hee?"

Das brachte mir eine weitere Kugel ein.

Sie zerschmetterte Glas, als sie durch die Fahrerseite eindrang und die Heckscheibe durchschlug. Als ein kieselharter Regen auf mich niederprasselte, nutzte ich das Geräusch, um zu einem Honda zu huschen, der einige Parkplätze weiter stand. Eine Sekunde später fiel ein weiterer Schuss und riss ein Stück Beton aus der Wand zwischen den Autos, das auf den Boden knallte. Ich hockte vor dem Auto und war dankbar, dass der Besitzer mir dort beim Parken so viel Platz gelassen hatte.

„Hör zu, Mun-Hee", rief ich gegen ein Donnergrollen ankämpfend. „Du magst wütend auf Shin-Cho sein, aber alle anderen haben damit nichts zu tun!"

„Warum sollte ich wütend auf Shin-Cho sein? Ich liebe ihn. Er gehört mir."

Als ich Schritte hörte, schaute ich unter dem Auto durch. Li befand sich nahe der zur Straße gewandten Seite, wo die Mauer niedriger war. Ich konnte seine Schuhe sehen, als er sich nicht weit von der Treppe durchs Parkhaus bewegte. Selbst wenn ich es bis zur Rampe geschafft hätte, wäre mir nur der Weg zur oberen Ebene geblieben, da er sich zwischen mir und der Treppe zum Ausgang befand.

„Du hast auf ihn geschossen", widersprach ich. „Hinter der Bar. Schon vergessen?"

„Ich habe auf den Mann geschossen! Den Mann, der mit ihm geredet hat!" Seine Frustration schien zuzunehmen und er blieb stehen. Als er einige eilige Schritte bis zu den Schatten hinter einem tiefergelegten Sportwagen machte, vermutete ich, dass er die Autos der Reihe nach absuchte. „Ich wollte Shin-Cho nicht treffen."

„Und Helena? Was hat die bitte getan?" Ich hatte keine Ahnung, wie viele Kugeln ihm noch blieben und wie viele er bereits verbraucht hatte. Diese coolen Filmszenen, in denen der Held mitzählt, um sich im richtigen Moment auf den Bösewicht zu stürzen, waren lächerlich. Ich konnte nicht wissen, ob er ein volles Magazin gehabt hatte oder einen Colt-Revolver benutzte, und würde ganz sicher nicht meinen Kopf riskieren, um es herauszufinden.

„Ich habe auf Kwon gezielt", rief Li. „Dieses …" Er benutzte ein mir unbekanntes Wort, was allerdings keine Rolle spielte. Es war offensichtlich, dass Kwon nicht zu Lis Lieblingspersonen gehört hatte. „Er war derjenige, der Shin-Cho genommen hat. In Amerika auf ihn gewartet hat, damit er ihn wiederhaben konnte. Sein Tod war nötig."

Ich verzichtete darauf, anzumerken, dass nur sehr wenige Menschen den Tod tatsächlich *benötigten* – Mun-Hee machte nicht den Eindruck, als könnte man ihn mit Argumenten überzeugen. Das bewies er gleich, indem er ein weiteres Fenster zerschoss, wobei er einen Vogel aufschreckte, der sich vor dem Regen unter dem Auto versteckt zu haben schien.

„Toll, jetzt schießt er auf alles, was sich bewegt", brummte ich, während ich nach seinen Schuhen Ausschau hielt. Wäre ich klüger gewesen, hätte ich meine Pistole bei mir gehabt und unter dem Auto hindurch auf seine Füße schießen können. Außerdem hätte ich dann eine gute Taschenlampe bei mir gehabt und mehr gesehen.

Mun-Hee hatte sich nicht bewegt, sondern schien auf ein Geräusch von mir zu lauern, um auf mich zielen zu können. Ein Blitz zuckte auf. In der Hoffnung, ihn zum Weiterreden zu bringen und abzulenken, schrie ich: „Was ist mit Choi? Was ist da los? Eine große Verschwörung, um Shin-Cho von dir fernzuhalten?"

Mein Timing war ziemlich gut. Der Donner übertönte jedes Geräusch, als ich über den Boden huschte, während Mun-Hee einige Kugeln in das Auto jagte, hinter dem ich mich versteckt hatte. Alarmanlagen heulten auf, jaulten und piepten in einer scheußlichen Sinfonie, als eine weitere Welle aus Blitz und Donner aus größerer Nähe heranrollte. Inmitten des ohrenbetäubenden Lärms wagte ich einen Blick aus meinem Versteck, um Mun-Hees Position auszumachen.

Es war kaum ein Augenblick vergangen, doch plötzlich stand er wie ein steinerner Engel nur noch wenige Meter von mir entfernt ganz ruhig da und sah sich aufmerksam nach seinem Opfer um.

Die Waffe in seiner Hand war dunkel und gefährlich. Um welches Modell es sich handelte, konnte ich nicht genau erkennen, was allerdings keine große Rolle spielte. Obwohl er ein mieser Schütze zu sein schien, konnte er Glück haben. Mit welcher Waffe ich am Ende erschossen worden war, musste ich nicht wissen. Tot war tot. Da würde es keinen Test geben, in dem diese Frage vorkam.

„Choi hat versucht, mich aufzuhalten", murmelte Mun-Hee laut. Er war nur noch eine Autolänge von mir entfernt, ging jedoch unentschlossen hin und her, da er nicht wusste, ob ich es auf die andere Seite geschafft hatte oder noch immer in derselben Reihe wie ein Häschen von Auto zu Auto hüpfte. „Er ist mir hierher gefolgt. Er dachte, ich hätte es nicht gesehen, aber das habe ich. Er wollte Shin-Cho auch. Das habe ich erkannt."

„*So* heiß ist Shin-Cho nicht", murmelte ich.

Li war eindeutig durchgeknallt. Dass Choi hinter jedem Mann her gewesen war und Shin-Cho alle verführte, war natürlich theoretisch möglich, aber auch das bezweifelte ich. Ich verlagerte mein Gewicht ein wenig und biss mir auf die Lippe, als ich mit dem Ellbogen gegen das Autorad stieß, neben dem ich hockte. Eine Taubheit kroch in meine Nerven. Mit aufeinandergepressten Lippen bemühte ich mich, das Gefühl meines protestierenden Musikantenknochens zu ignorieren.

Das Rad hatte leise geklappert, als ich es getroffen hatte, und ein Stück Schlamm war von der Radkappe gefallen und neben meinen Füßen gelandet. Ich legte eine Hand auf den Reifen und drückte gegen den Rand der Radkappe, was wieder mit einem leisen Klappern belohnt wurde. Ein schneller Blick unter dem Auto hindurch verriet mir, dass Li sich nicht von der Stelle bewegt hatte.

Ein Plan nahm in meinem Kopf Gestalt an. In der Nähe eines Stützpfeilers stand ruhig und schläfrig ein alter Lincoln Continental. Er war ein alterndes Monster, müde und abgenutzt durch seinen jahrelangen Kampf gegen den Verkehr von Los Angeles und die heiße kalifornische Sonne. An den Seiten war er verbeult und vernarbt vom täglichen Gefecht. Ein langer roter Streifen zog sich über sein pudriges, verblasstes Hellgrün und erinnerte an einen Sieg gegen einen schwächeren Gegner.

Er war ein herrliches Biest und ich dankte Gott für sein Opfer.

Mit einem älteren Bruder, der sich bei so ziemlich jeder Ballsportart ungeschickt anstellte, hatte ich in meiner Kindheit viel Zeit mit ausgefallenen Spielen verbracht, als Mike versuchte, etwas zu finden, das ihm lag. Erst als er alt genug für eine Waffe gewesen war und mein Vater ihn aus Mitleid zum Schießstand mitgenommen hatte, waren die langweiligen Wochenenden mit ihren Pseudosportarten endlich vorbei gewesen. Doch genau dieser Zeit mit Mike hatte ich meine eingerosteten Discgolf-Fähigkeiten zu verdanken, als ich nun die Radkappe des Continental abriss, aufstand und auf Lis Hinterkopf zielte.

Radkappen sind gefährlich, vor allem die aus Detroit-Stahl. Befestigungsklammern und der Zahn der Zeit, verzweigt in Dutzende von kleinen verrosteten Messern und, noch viel wichtiger, ein äußerer Ring, der leicht durch weiches Fleisch schneiden konnte.

Die Radkappe des alten Monsters flog durch die Luft, als wäre sie einer der ursprünglichen Frisbie-Kuchenteller aus Bridgeport. Der scharfe, gezahnte Rand sorgte beim Fliegen für ein pfeifendes Geräusch, weshalb Li sich überrascht umdrehte. Seine Augen wurden groß, als er die Metallscheibe entdeckte. Mit offenem Mund wich er zurück, was die Radkappe jedoch nicht störte. Leicht geneigt traf sie seinen Hals so heftig, dass sein Kopf in den Nacken flog. Blut strömte aus einer klaffenden Wunde an seiner Kehle und durchnässte sein Hemd mit roter Flüssigkeit.

Ich sprang aus meinem Versteck und warf mich mit der Schulter gegen ihn. Schmerzen schossen durch meinen Arm und die Narben an meiner Brust krampften sich zusammen, als er vornüberkippte und auf meinen gebeugten Rücken stürzte. Ich befreite mich von ihm und versuchte, ihm die Waffe abzunehmen, doch er hatte sich wieder etwas gefangen und wich unsicher taumelnd zurück.

Die wenigen Jahre des Boxens mit Bobby hatten mir viel über Masse und Dynamik beigebracht. Doch meine Kindheit mit Mike hatte mir beigebracht, dass man bei einem Gegner auf dem Boden die Gelegenheit nutzte, ihn endgültig fertigzumachen ... egal, wie unsportlich es war. Da Li noch immer seine Waffe umklammert hielt, entschied ich mich für den Kampfstil meines Bruders.

Ich presste die Hände zusammen, holte aus und rammte sie Li ins Gesicht. Mehrfach.

Erst verlor er einen Zahn und dann die Waffe, dicht gefolgt von seinem Bewusstsein.

Nachdem ich mich wieder aufgerichtet hatte, schob ich mit dem Fuß die Pistole zur Seite und schüttelte meine Hände aus. Auf den Fingerknöcheln befanden sich blutige Kratzer und meine Handflächen brannten, wo die Radkappe die Haut aufgeschürft hatte. Auch mein Knie schmerzte etwas und mir wurde im Nachhinein klar, dass ich damit gegen den Kotflügel des Continental gestoßen war, als ich mich auf Li gestürzt hatte.

„Tut mir leid, alter Junge, aber ich musste Li einen Arschtritt verpassen. Ich hatte keine andere Wahl." Nachdem ich vor dem Auto salutiert hatte, beugte ich mich nach vorn und stützte mich auf meine Knie, um wieder zu Atem zu kommen. „Ich spendiere dir einen Besuch in der Waschanlage. Sieht aus, als könntest du den gebrauchen."

Schritte hallten aus dem Treppenhaus und kurz darauf ergoss sich eine kleine Phalanx blau uniformierter Männer auf das Parkdeck. Mit gezücktem Revolver rief mir der vordere zu, ich solle meine Waffe fallen lassen und mich auf den Boden legen. Seufzend hob ich meine leeren, blutigen Hände gut sichtbar hoch und deutete mit einem Nicken auf den keuchend hingestreckten Mann, der wie eine Opfergabe vor dem Lincoln lag.

„Da seid ihr ja endlich", stellte ich müde fest. Einer der Polizisten zuckte nervös und ich richtete einen finsteren Blick auf seine gezogene Waffe. „Und wenn ihr auf mich schießen wollt, sorgt bitte verdammt noch mal dafür, dass ich auch daran sterbe. Sonst bringt mich nämlich mein Freund um."

21

„ICH HABE für dich gejagt und gesammelt, mein Liebster", verkündete ich, als ich mit zwei stattlichen Portionen *Bún Thịt Nướng* das Haus betrat. „Es ist kein Wollmammut, aber damit werden wir wohl leben können."

Jae hob nicht einmal den Kopf, als ich ins Wohnzimmer ging und ihn auf die Wange küsste. Allerdings schien ihn der Kuss etwas mehr zu interessieren als das Essen. Immerhin.

Es war der Mittag nach dem Tag, den Li zu meinem letzten hatte machen wollen und ich hatte einige Stunden im Büro verbracht, um Rechnungen zu schreiben und weitere schwule Koreaner aufzuspüren, die Geld bekommen sollten. Die Liste mit ihren Namen würde ich einem von Seong beauftragten Detektiv in Seoul zukommen lassen, damit er die dort lebenden Männer unauffällig kontaktieren konnte.

Nachdem ich das Essen in der sexfreien Zone auf der Truhe abgestellt hatte, schob ich Neko aus dem Weg, um mich neben Jae zu setzen. Er hatte es sich zum Arbeiten bequem gemacht, was mir gefiel, wenn er keinen Fototermin hatte. Es war schön, ihn im Wohnzimmer zu wissen, während ich mich vorn im Büro befand.

Es gab mir ein sehr häusliches Gefühl, was ich nicht jedem gegenüber zugegeben hätte, vor allem nicht Bobby oder Mike.

Auf der Truhe stand Jaes Laptop, von dem schwarze Kabel zu einer Serverbox krochen. Der Fernseher, auf dem ich mir am Vorabend das Spiel hatte ansehen wollen, schien Nachrichten zu zeigen. Eine ruhige, hübsche junge Frau redete ernst über etwas, das wie eine Restauranteröffnung aussah. Vor auffällig rot-gelbem Hintergrund bewegten sich am unteren Rand weiße Hangul mit offenbar wichtigen Informationen über den Bildschirm. Andererseits hatte ich bei meinen bisherigen Erfahrungen mit koreanischem Fernsehen festgestellt, dass manchmal schon gesenkte Kohlpreise als wichtige Information galten. Außerdem zeigte es die seltsamsten Werbespots, die ich je gesehen hatte.

„Was siehst du dir an?" Ich hatte es ausgesprochen, ohne darüber nachzudenken. „Entschuldige, dumme Frage. Wie wär's mit: Wie war dein Tag?"

„In Ordnung", murmelte er und legte sein Tablet ab.

Als ich einen Arm um ihn legte, schob er sich näher an mich heran und drehte sich um, sodass er mir zugewandt auf meinen Schoß rutschen konnte. Dann streckte er die Arme über meine Schultern, verschränkte die Finger hinter meinem Kopf und presste seufzend seine Lippen auf meine Stirn. Er klang nicht in Ordnung. Auch nicht richtig schlecht, aber in Ordnung stand heute eindeutig nicht zur Auswahl.

„Was ist los?" Ich würde sagen, dass ich einen Kuss stahl, wenn es nicht unmöglich wäre, etwas freiwillig Gegebenes zu stehlen. „Hey, ich habe mich diesmal nicht anschießen lassen."

„Das wurde auch Zeit", brummte er. „Und es ist nichts. Ich habe nur mit meiner Mutter geredet. Ich habe ihr die Fotos von der Party der Kwons geschickt. Sie haben mich bezahlt, obwohl ich es abgelehnt hatte. *Hyung* hat darauf bestanden, dass ich das Geld behalte."

„Das ist nett von ihnen", sagte ich. „Und das obwohl sie gerade so viel durchmachen."

„Ja. Davids Mutter hat außerdem einen Früchtekorb und einen Scheck geschickt. Sie möchte für die Autoreinigung bezahlen." Jae zuckte mit den Schultern. „Ich habe ein schlechtes Gewissen dabei, es anzunehmen. Ich habe die Fußmatten schon mit dem Dampfreiniger sauber gemacht. Es war nicht so schlimm."

„Behalt das Geld", sagte ich nachdrücklich. „Er hat in meine Hose gekotzt. Ich hatte halb verdauten Soju in meiner Arschritze. Da verlange ich, dass du für den Mangel an Reinheit meines Hinterteils entschädigt wirst."

Sein Lächeln war strahlend genug, um mich das draußen herrschende trübe Wetter vergessen zu lassen und sein leises, tiefes Lachen fühlte sich auf meiner Zunge wie geschmolzene Schokolade an, als ich ihn küsste.

„Du bist verrückt." Jae umarmte mich, schmiegte sich dicht an meine Brust. Ich schlang die Arme um seine Taille und hielt ihn fest, genoss es einfach, ihn so zu spüren.

Die Nachrichtensprecherin war von dem Restaurant zu einem anderen Thema übergegangen und konzentrierte sich nun auf eine Ansammlung von riesigen Chrysanthemenkränzen vor einem aus viel Glas bestehenden Gebäude. Kwons Gesicht tauchte auf dem Bildschirm auf, gefolgt von einem kleineren Bild von Helena, auf dem sie wie in den letzten Minuten ihres Lebens lächelte.

„Hey, was ist da los?" Ich lockerte meine Arme etwas, damit Jae sich zum Fernseher umdrehen konnte. „Geht es um Kwon?"

„Ja, er gehört doch zu einer *Chaebol*. Das da ist der Hauptsitz ihres Unternehmens. Sie zeigen die von anderen Familien und Firmen geschickten Gedenkkränze. Er war der älteste Sohn, also ist sein Tod eine ziemlich wichtige Angelegenheit."

Es tat mir leid, dass Kwon gestorben war. Selbst ein Arschloch wie er hatte ein solches Lebensende nicht verdient. Helenas Tod war noch sinnloser gewesen. In der Familie klaffte nun eine Wunde, wo zuvor zwei Menschen gewesen waren, und das nur deshalb, weil Li Mun-Hee einem unerreichbaren Mann verfallen war.

„Was sagt sie?" Ich beugte mich vor, wobei ich Jae festhielt, damit er nicht von meinem Schoß rutschte.

„Ich dachte, du sprichst jetzt Koreanisch." Er grinste frech.

„Nur die Wörter, die ich kennen möchte", antwortete ich betont gelassen. „Genau genommen nur diejenigen, die ich auch aussprechen kann. Für die anderen habe ich dich."

„Hmm." Seinen Blick als skeptisch zu beschreiben, wäre noch untertrieben gewesen.

„Aber beantworte die Frage: Was sagt sie?" Durch sein T-Shirt nahm ich sanft ein Stückchen Haut an seinen Rippen zwischen die Finger, wo er kitzlig war. „Wer ist der Typ, der da gerade Blumen ablegt?"

„Ähm, Park Dae-Su", antwortete Jae. „Shin-Chos und Davids Onkel. Die Parks machen zu der Sache gute Miene."

Die Kamera zoomte heran, als Dae-Su die Bänder am stehenden Kranz zurechtrückte und leise etwas sagte, vermutlich eine Beileidsbekundung. Jemand außerhalb des Bildes stellte ihm eine Frage, woraufhin er sich leicht umwandte und mit derselben ruhigen Stimme antwortete, die ich von David gehört hatte.

„Verdammt noch mal." Eine ziemlich heftige Reaktion auf den Ausschnitt einer Gedenkveranstaltung, doch die Ähnlichkeit zwischen David und seinem Onkel war bemerkenswert. Beim Anblick des älteren Park konnte man sich gut vorstellen, wie David in etwa zwanzig Jahren aussehen würde. „Ich habe eine Frage."

„Okay." Jae befreite sich aus meinen Armen und wanderte in Richtung des Essens ab, um prüfend in den kalten Nudelgerichten herumzustochern, die ich mitgebracht hatte. „Schwein und Garnelen?"

„Keine Ahnung. Ich habe nur auf die Speisekarte gezeigt und undeutlich gegrunzt. Sie spricht fließendes McGinnis."

„Dann könnten es diese Pizzabrötchen für die Mikrowelle mit Reisnudeln sein."

„Mit mir lebt man immer am Limit", erklärte ich stolz. „Jeder Tag ist ein Abenteuer."

„Schwein", verkündete Jae. Er zupfte eine der frittierten Frühlingsrollen aus einer kleineren Tüte und hielt sie mir hin, nachdem er ein Stück abgebissen hatte. „Was war die Frage?"

„Wenn Koreaner ihren Kindern Namen geben, folgen sie doch einer Art Schema, oder?"

„Einem Schema?" Er zog die Augenbrauen hoch.

„Zum Beispiel wie bei dir und deinem Bruder", sagte ich. „Eure Namen fangen beide mit Jae an. Die Park-Brüder sind Shin."

„Ja, die meisten Familien haben einen Generationsnamen und jeder in deiner … Gruppe …" Jae verzog das Gesicht, da er kein passendes Wort zu finden schien. „Sie fangen alle mit demselben Laut an. Nicht jede Familie tut es, aber die meisten, vor allem die alten."

„Also Dae-Su …" Ich deutete auf den Fernseher, obwohl sich die Nachrichten bereits einem anderen Thema zugewandt hatten. „Seine Brüder würden alle mit Dae anfangen?"

„Wie Dae-Hoon?" Jae pikte mich mit gespieltem Entsetzen in den Bauch, bevor er sich wieder dem Essen widmete. „*Aish*, Dae-Su ist Dae-Hoons Bruder, schon vergessen?"

„Ja, das dachte ich mir." Ich küsste ihn kräftig und stand auf, wobei ich beinahe auf die Katze getreten wäre, die zum Betteln an den Tisch kam. „Lass mir ein paar Nudeln über. Ich bin bald zurück."

„Vergiss nicht, dass wir nachher bei Mike mit Tasha essen", rief Jae mir hinterher.

„Das werde ich nicht!", antwortete ich laut, als ich mir meine Schlüssel schnappte. „Ich habe sogar einen Kuchen."

IN DER Garage war ein zweisitziges silbernes Cabrio zu sehen, nicht geöffnet wegen des anhaltenden Regens. Neben der geschlossenen Hintertür wirbelten eine Waschmaschine und ein Trockner vor sich hin, während in einem Plastikkorb daneben zusammengeknüllte Handtücher und Bettwäsche darauf warteten, dass sie an der Reihe waren.

Nachdem ich den Rover am Straßenrand geparkt hatte, eilte ich durch den leichten Regen zur Tür und klingelte. Beim Warten schüttelte ich die Tropfen von mir, so gut es ging. Der Koreaner mittleren Alters, der die Tür öffnete, wirkte gespenstisch vertraut – und das nicht nur, weil ich ihn mit seinem Mann William auf Fotos gesehen hatte. Eine interessante Eigenschaft von Genen war, dass sich manche Brüder wirklich sehr ähnelten, selbst wenn man sie nur in den Nachrichten sah.

Mit einem Lächeln sagte ich sanft: „Hallo, Dae-Hoon."

Ich war auf gut Glück hergefahren, nachdem ich mir auf der Website des College seinen Stundenplan angesehen hatte, obwohl ich wusste, dass Studenten oft mehr Zeit in Anspruch nahmen als erwartet. Meine Professorin im Seminar für antike Geschichte hatte vermutlich noch immer Albträume von mir. Sie kam jedenfalls noch in meinen vor.

Seine Reaktion floss in deutlich sichtbaren Gefühlen über sein Gesicht. Dort war kein Leugnen zu sehen. Nicht der Hauch einer Ausflucht. Am Ende hielt er mit resigniertem Blick die Tür auf, um mich hineinzulassen. Ich stellte mich vor und folgte ihm in den Wohnbereich, in dem ich bei meinem ersten Besuch gesessen hatte. Nachdem ich mich auf das Sofa gesetzt hatte, wartete ich darauf, dass er sich ebenfalls einen Platz suchte, doch er ging einige Schritte hin und her und schaute aus dem Panoramafenster in den Garten. Dann schien er in die Gegenwart zurückzufinden und ließ sich langsam auf einem Sessel nieder.

„Haben Sie es ihnen gesagt?" Er sprach in einem sanften, ermutigenden Tonfall, der es mir leicht machte, ihn mir als Professor vorzustellen. „Wissen sie, dass … ich hier bin?"

„Nein", versicherte ich ihm. „Ich habe auf der Herfahrt darüber nachgedacht, aber ich glaube, Sie sollten selbst mit ihnen reden. Das ist Ihre Sache."

„Wie geht es ihnen?" Dae-Hoon beugte sich vor. „Geht es ihnen gut?"

Ich erzählte ihm, wie es seinen Söhnen in den letzten Tagen ergangen war, und von Shin-Chos Entlassung aus dem Militär. Er sank in seinem Sessel zusammen, als er sich anhörte, wie sein ältester Sohn in Ungnade gefallen und ins ferne Los Angeles verbannt worden war. Als ich die sehr verspätete Benachrichtigung von der Bank erwähnte, stieß er ein frustriertes Zischen aus und runzelte die Stirn.

„Sie haben vor, das Geld zurückzugeben", teilte ich ihm mit. „Ihre Söhne wollen es nicht."

„Es war von Anfang an für sie bestimmt", sagte Dae-Hoon. „Ich hätte nie damit gerechnet, dass alles so aus dem Ruder läuft. Es sollte nur eine Kleinigkeit sein, um sie bei ihrer Ausbildung zu unterstützen, falls es nötig werden sollte. Aber ein Mann hat es einem anderen erzählt und bald haben mir immer mehr von ihnen Geld gegeben, um sich mein Schweigen zu erkaufen."

„Sie hätten einfach nein sagen können", merkte ich an. „Es ist ein ziemlich gängiges Wort."

„Was haben Sie jetzt vor?" Er warf mir einen unsicheren Blick zu, als ich mit den Schultern zuckte. „Sie werden es ihnen wirklich nicht sagen?"

„Ich glaube, dass die beiden lieber Sie hätten als das Geld." Ich kramte mein Notizbuch hervor und schrieb Davids Telefonnummer auf, bevor ich die Seite herausriss und sie Dae-Hoon reichte. „Zumindest wüssten sie sicher gern, dass Sie noch leben. Shin-Cho könnte bei der ganzen Sache mit dem Schwulsein ein bisschen Unterstützung gebrauchen und David trauert. Rufen Sie sie an, Dae-Hoon. Es sind Ihre Söhne. Und jetzt entschuldigen Sie mich bitte, mein Freund und ich sind bei meinem Bruder zum Essen eingeladen."

Er brachte mich zur Tür, während seine Hand noch das Stück Papier umklammerte. Mit einem stummen Nicken schloss er die Insektengittertür hinter mir. Dann räusperte er sich und rief mir hinterher: „McGinnis?"

„Ja?" Ich drehte mich um, während ich den Autoschlüssel aus meiner Tasche zog.

„Ich weiß nicht, was ich sagen soll", murmelte er. „Es ist so lange her."

„Versuchen Sie es doch mit *Hallo*", schlug ich vor, „und machen Sie weiter mit *tut mir leid*. Danach kann es nur besser werden."

ICH HATTE Jae und den Kuchen abgeholt. Er hielt ihn auf dem Schoß und zupfte am Klebeband, mit dem die Schachtel verschlossen war, bis ich mich darüber beschwerte. Dann zog er einen Schmollmund und schnupperte an der Pappschachtel, woraufhin sein Blick noch finsterer wurde.

„Das riecht nur nach Pappe", murrte er leise.

„Das liegt daran, dass ich dich kenne", antwortete ich. „Der Kuchen ist noch mal in Plastik verpackt. Ich wollte nämlich nicht, dass du die Cocktailkirsche verputzt, bevor wir ankommen."

Maddy öffnete uns die Tür und begrüßte mich mit einer kräftigen Umarmung, bevor sie Jae den Kuchen abnahm. Nachdem er sich die Schuhe ausgezogen hatte und sich wieder aufrichtete, erwartete sie ihn bereits und lachte, als er sich in ihren Armen wand und mir böse Blicke zuwarf. Ich salutierte ihm mit der Tortenschachtel, die Maddy mir gereicht hatte, und ging vor in die Küche.

„Wo ist Mike?", fragte ich sie.

„Er und Tasha holen Eis", erklärte sie mit einem Augenrollen. „Anscheinend ist es wichtig, dass man Minz-Schoko-Eis von einer ganz bestimmten Marke kauft, was mir allerdings niemand gesagt hat."

Der Boden war noch mit Matten bedeckt und der Raum roch nach Fleisch und Orangensoße. Auf der Arbeitsplatte lag eine Auswahl von Gemüse, das sich in verschiedenen Stadien der Zerkleinerung befand und ein Beutel Maiskolben wartete darauf, von seiner seidigen Hülle befreit zu werden. Ich stellte den Kuchen auf der Platte ab und öffnete ihn, um ihn Jae zu präsentieren.

„Ein Schokoladenkuchen." Er musterte ihn misstrauisch.

„Nicht einfach ein Schokoladenkuchen", korrigierte ich ihn selbstzufrieden. „Es ist ein *Dobash*-Kuchen. Siehst du die halbe Kirsche obendrauf? Die gehört mir."

„Es ist ein Schokoladenkuchen", wiederholte Jae.

„*Dobash*." Ich küsste seinen Mundwinkel und scheuchte ihn zur Seite, damit ich den Kuchen wieder abstellen konnte. „Als ich ein Kind war, haben wir ungefähr ein halbes Jahr in Hawai'i gelebt. Ich erinnere mich nicht an viel … hauptsächlich an Sand und Sonnenbrände. Aber diesen Kuchen habe ich nicht vergessen. Es ist nicht einfach Schokolade. Es ist wie ein milchig-cremiger Schokoladenorgasmus. Das ist ein sehr großer Unterschied."

„Lass ihn bloß nicht mit diesem Kuchen anfangen", tat Maddy meine Kostbarkeit mit einer Geste ihres Messers ab. „Und wenn du eine Zombiekirsche haben willst, steht im Kühlschrank ein ganzes Glas. Lass dich von Cole nicht damit ärgern."

„Glaub mir, Mad Dog", sagte ich mit einem süffisanten Grinsen. „Wenn ich Jae ärgere, hat es selten mit Kirschen zu tun."

Das Klingeln des Telefons bewahrte mich vor einer ihrer schlagfertigen Antworten. Sie schlug mir jedoch auf die Finger, die ich gerade nach einer Karotte ausgestreckt hatte, bevor sie den Handapparat ergriff. Da sie mir den Rücken zuwandte, stibitzte ich eine Karotte und bot auch Jae eine an. Er rümpfte die Nase und wählte stattdessen eine Peperoni. Nachdem er hineingebissen hatte, grinste er und küsste mich auf die Lippen, was ein brennendes Prickeln hinterließ.

„Nein, er ist nicht zu Hause. Kann ich ihm etwas ausrichten?" Maddy bedeutete mir, ihr einen Kugelschreiber aus dem Becher auf der Arbeitsplatte zu reichen. Dann erstarrte sie und hörte aufmerksam zu. „Moment, warten Sie. Bitte … warten Sie einfach kurz."

„Was ist?" Ein ungutes Gefühl breitete sich in meinem Magen aus. Ich näherte mich Maddy und berührte ihre Seite. „Was ist los? Ist etwas mit Mike?"

„Es ist ein Mann aus Tokio, der wegen eurer Mutter anruft", sagte sie zögernd. Blass hielt sie mir das Telefon hin. „Du ... du solltest mit ihm reden. Er ... Cole ... er sagt, er ist euer Bruder."

DIRTY LAUNDRY

Ich widme *Dirty Laundry* Charles und Joyce Howell, meine zweiten Eltern, die ich so sehr schätze. Mögen eure Litschis immer saftig und eure Fischflossen knusprig sein. Und auch ihrer Tochter Jacque, die mein planloses Wesen und meine Vergesslichkeit erträgt.
Jedes bisschen Katze in diesem Buch richtet sich an Denise Ruiz, meinen liebsten Stern und Teil der Familie. Alles Liebe und viel Schnurren.

DANKSAGUNG

FÜR DIE fünf oder, besser gesagt, die anderen vier. Die liebe Penn, Lea, Tamm und Jenn, die stets in diesen Worten sind, ob nun mit Tinte geschrieben oder digital. Und für meine geliebten Schwestern Ren und Ree. Esst mehr und bleibt glücklich.

Was die geschäftliche Seite angeht, gilt mein herzlicher Dank Elizabeth North, die mich ausschweifend sein lässt. Ein *riesiges* Dankeschön an die Mitarbeiter von Dreamspinner Press, die mich verdammt gut aussehen lassen: Lynn, Julianne, Ginnifer, Anne, Brian, Mara, Julili und alle anderen, die lackiert und den letzten Schliff gegeben haben.

Ein herzlicher Gruß geht an meine Korrekturleser und die Dirty Ford Guinea Pigs. In zufälliger Reihenfolge mit den Namen, bei denen sie genannt werden wollen: Reetoditee „Didi" Mazumdar, Bianca „Bubbles" Janian, Tiffany „Coffee Bunneh" Tran, Lisa „Shoes" Horan, VJ Summers, Christy Duke, My Pants Losing Friend DarienMoya, CC Hunt, Camiele White, Crissy Morris, The Grand Princess Heather Cook, Sue N., Lea Walker, Jess B., Nikyta I Am A Rocking Princess Jenkins, Lisa „Lakerkat" L., Sadonna, Verena M., Sey, Amy Peterson, Aniko, Whitney Watkins und Patricia Grayson.

GLOSSAR

ALLE WÖRTER sind koreanisch, wenn nicht anders angegeben.

Agi: Baby im Sinne von Säugling. Das Wort benutzen Jae und Cole füreinander als neckendes Kosewort und beziehen sich dabei darauf, wie Cole Jae auf Englisch „Baby" nennt.

Aish: Ein üblicher Laut im asiatischen Raum, der Frustration oder Zweifel ausdrückt.

Ajumma: Eine Frau älteren mittleren Alters. In einigen Kreisen auch als Beleidigung betrachtet, da es andeutet, dass man der Frau ihr Alter ansieht.

An nyoung ha seh yo: Ein allgemeiner Gruß. Kann zu jeder Tageszeit benutzt werden.

Beom joe ja: Krimineller oder kriminelle Gruppierung

Bulgogi: Dünn geschnittenes Fleisch mariniert in süßlicher Sojasoßenmischung.

Char Siu Bao (chinesisch): Gedünstetes oder gebackenes Brötchen mit süßlicher Füllung aus gegrilltem Schweinefleisch.

Chigae: Ein koreanisches Eintopfgericht mit Kimchi und anderen Zutaten wie Schalotten, Zwiebeln, Tofuwürfeln, Schweinefleisch und Meeresfrüchten.

Dongseongaeja: Homosexueller

Enceinte (aus dem Lateinischen/Französischen): Schwanger sein

Halmeoni: Großmutter

Hangul: Koreanisches Alphabet/Schriftsystem

Hanzi/Kanji: Logografische Schriftzeichen in der chinesischen (Hanzi) und japanischen (Kanji) Schrift. Gelegentlich im Koreanischen verwendet, allerdings seltener, seit Hangul sie vor Jahrhunderten als Koreas offizielles Schriftsystem ersetzte.

Harabeoji/Abeoji: Großvater

Hyung: Höfliche Anrede eines jüngeren Mannes an einen älteren Mann, der ihm nahesteht.

Ibanin/Iban: Ein Mensch, der anders ist; Wortspiel mit dem koreanischen Wort *Ilban-in*, das „normaler Mensch" bedeutet.

Jagiya: Ein Kosewort vergleichbar mit „Baby" oder „Liebling".

Galbi: Rippchen mariniert in süßlicher Sojasoße.

Kimchi/Kim Chee: Eine koreanische Beilage, die aus fermentiertem Gemüse mit verschiedenen Gewürzen hergestellt wird. Bezieht sich meistens auf die häufigste Variante mit Kohl. Bei Verwendung anderer Gemüsesorten wird der Name des Gemüses verwendet, z. B. „Gurken-Kimchi".

Kimchijeon/Kimchi Buchimgae: Ein in einer Grillpfanne zubereiteter Pfannkuchen aus Kimchi und Mehl. Manchmal wird auch anderes Gemüse oder Fleisch untergemischt.

Kretek (indonesisch): Eine ursprünglich von der Insel Java stammende Zigarette mit einer Mischung aus Tabak und Nelken. Das Wort wird auf das Geräusch zurückgeführt, das die verbrennenden Nelken von sich geben.

Kuieo: Umgangssprachliches koreanisches Wort für schwul.

Mandu: Frittierte oder gedünstete Teigtaschen aus Reis- oder Weizenmehl, die mit den verschiedensten Zutaten gefüllt werden.

Musang (philippinisch): Wildkatze, bezieht sich meist auf eine Schleichkatze.

Ne/De: Ja

Nuna: Hyung: Höfliche Anrede eines jüngeren Mannes an eine ältere Frau, die ihm nahesteht.

Omo: Ein üblicher Laut im asiatischen Raum, der Unglauben ausdrückt.

Oniisan (japanisch): Älterer Bruder

Oppa: Höfliche Anrede einer jüngeren Frau an einen älteren Mann, dem sie nahesteht.

Panchan/Banchan: Kleine Beilagen, die mit gekochtem Reis zu koreanischen Gerichten serviert werden. Je förmlicher der Anlass, desto größer ist üblicherweise die Menge an Panchan.

Papas (hispanischer Gebrauch): Pommes frites; bevorzugt mit Carne Asada, Käse und Sauerrahm bedeckt, aber ohne alles gibt es sie auch.

Saranghae: Ich liebe dich.

Sunbae: Älterer, Lehrer. Eine Person, die als Mentor betrachtet wird.

Tatami (japanisch): Bodenmatten aus Reisstroh oder anderem, mit Reisstroh bedecktem Material.

Unnie/Eonni: Anrede einer jüngeren Frau an eine ältere Frau, der sie nahesteht.

Handelnde Personen

Madame Hyuna Sun, eine koreanische Wahrsagerin
James Bahn, Madame Suns Sohn
Madame Suns verstorbene Klienten:
May Choi, Autodiebstahl
Eun Joon Lee, bei einem Überfall ermordet
Bhak Bong Chol, anscheinend ein Herzinfarkt
Vivian Na, Madame Suns Assistentin
Joon Eun Yi, Eun Joon Lees Nachbarin
Gangjun Gyong-Si, Konkurrent beim Wahrsagen / Madame Suns ehemaliger Kollege
Terry Yi, Gyong-Sis Assistent
JoJo, Besitzer von JoJos Box- und Fitnessstudio
Stan Jenkins, Detective des Los Angeles Police Department
Hong Chul Park, Bhak Bong Chols Enkel
Abby Park, Hong Chul Parks Tochter
Darren Shim, ein ehemaliger Freund von Hong Chul Park

Familie McGinnis
Cole Kenjiro McGinnis
James Michael McGinnis (Vater)
Barbara McGinnis (Stiefmutter)
Colin Mikio McGinnis (älterer Bruder)
Madeline „Maddy"/„Mad Dog" McGinnis (Schwägerin)
Tasha „Tazzie" McGinnis (Schwester)
Bianca „Bi" McGinnis (Schwester)
Melissa „Mellie" McGinnis (Schwester)

Bobby Dawson (Coles bester Freund)

Familie Kim
Kim Jae-Min (Coles Freund)
Kim Jae-Su (älterer Bruder)
Kim Tiffany (jüngere Schwester)
Kim Ree (Serena) (jüngere Schwester)
Neko-chan (Jaes Katze)

Scarlet und Umfeld
Scarlet (Crisanto Songcuya Seong)
Seong Min-Ho (Scarlets Geliebter)

Familie Dupree

Claudia Dupree
Söhne in Reihenfolge ihrer Geburt:
Martin (Kinder: Mo, Sissy)
Marcel (koreanische Freundin: Hyunae)
Malcolm
Mace
Morris
Marcus (schwuler Sohn)
Matthew

Familie Tokugawa

Tokugawa Ryoko (Coles leibliche Mutter)
Tokugawa Masahiro (Ryokos Ehemann)
Tokugawa Ichiro (Sohn, Coles Halbbruder)

Familie Pinelli

Ben Pinelli (Coles verstorbener Partner)
Sheila Pinelli (Ehefrau)
Jennifer (Tochter)
Benji (Ben junior) (Sohn)
Michelle (Tochter)

Seong Min-Hos Familie

Shim Min-Cha (Seongs Ehefrau)
Söhne in Reihenfolge ihrer Geburt:
Seong Ji-Chin
Seong Ji-Hei
Seong Ji-Moon (Zwilling)
Seong Ji-Sung (Zwilling)

Beamte der Polizei von Los Angeles

Detective Dell O'Byrne
Detective Lynn Brookes
Detective Dexter Wong

1

Ich hasse kleine Mädchen.

Sie tragen zweifellos den Teufel in sich und herrschen vermutlich über ihren eigenen Kreis der Hölle, der denjenigen Menschen vorbehalten ist, die Hunde am Straßenrand aussetzen oder unschuldige Kinder belästigen.

Vielleicht war ich aber auch nur genervt davon, dass ich wie ein Verrückter durch eine Seitengasse rennen musste, während ich in einer Babytrage vor meinem Bauch einen erbosten Pudel schleppte und meine Jeans von einem Rudel Kampfhunde zerfetzt wurden.

Während ich kleine Mädchen also nicht tatsächlich hasste – vor allem nicht das kleine Mädchen, das mich beauftragt hatte, seinen Hund zu finden –, hatte ich doch ziemlich die Nase voll davon, mir einen Weg durch die dunkleren Gassen von Los Angeles zu suchen.

In dem Moment, als sie in mein Büro getreten war, hatte ich gleich gewusst, dass sie nichts Gutes bedeutete. In ein dunkelrotes Samtkleid gehüllt, das mit seinen vielen weißen Rüschen an Saum und Ärmeln eine Hochzeitstorte übertraf, war mir Ava Hernandez wie ein engelhaftes Bildnis der Unschuld mit mahagonifarbenem Haar, leuchtenden, glänzend braunen Augen und einer kleinen abgebrochenen Ecke an einem Schneidezahn erschienen. In etwa zehn Jahren würde ihr Vater vermutlich mit seiner Doppelflinte auf der Veranda sitzen, um die Keuschheit seiner Tochter zu schützen.

Tatsächlich hätte er bereits mit der verdammten Flinte zur Stelle sein sollen, um den Mistkerl umzulegen, der sie zum Weinen gebracht hatte, denn ihr Gesicht war tränennass, als sie ein rosafarbenes, abgeschlagenes Porzellanschwein auf meinen Schreibtisch stellte und mir mitteilte, dass sie einen Auftrag für mich habe.

Und als wäre das Schwein nicht genug gewesen, gesellten sich auch noch ein leicht geschmolzener Schokoladenriegel und ein Spielzeugeinhorn mit bunter Lockenmähne dazu.

Ich hatte von Anfang an keine Chance.

Sie hatte eine traurige Geschichte zu erzählen und ich war der einzige Kerl, der Manns genug war, ihr zu helfen. Einige Gangmitglieder hatten ihre Pudelmischlingshündin Pookie gestohlen und sie war entschlossen, sie zurückzubekommen. Obwohl sie sogar den Wohnort der Täter kannte – ein zwielichtiger Straßenabschnitt ein Stück von ihrem Haus entfernt –, war die Polizei nicht allzu interessiert und auch Tierschutzorganisationen zeigten sich nicht hilfsbereit. Also hatte sie sich mit ihrer Fahrkarte und ihren gesamten Ersparnissen ausgerüstet, das Internet nach der Adresse eines Privatdetektivs durchkämmt und sich dann in ihrem besten Sonntagskleid in die U-Bahn gesetzt, um mich mit ihrem Fall zu beauftragen.

Nicht übel für eine Neunjährige mit einem Eigenkapital von drei Dollar und einundfünfzig Cent. Ich bewunderte ihre Tapferkeit. Dann rief ich ihre Mutter an, damit sie sie abholte.

Den Fall übernahm ich trotzdem. Für den Preis eines Schokoriegels. Das Schwein und das Einhorn gab ich ihr zurück, weil es mir zu diesem Zeitpunkt schlicht richtig erschien. Nun, während ich vom wilden Knurren hinter mir durch die warme Nacht in Los Angeles gehetzt wurde, konnte ich mich nicht des Gedankens erwehren, dass ich zumindest das Einhorn hätte behalten sollen.

„Bobby! Wo zum Teufel steckst du?", brüllte ich in die Nacht hinaus. Der Mistkerl war nicht zu sehen.

Eigentlich hatte er hinter dem Haus warten sollen, um mir eine gute Fluchtmöglichkeit zu bieten. Nachdem ich über die wackligen Latten des hölzernen Zauns geklettert war, hatte ich Pookie in einer winzigen Plastikbox entdeckt, wie man sie zum Transport einer kleinen Katze zum Tierarzt verwendete. Weitere beschädigte Plastikboxen hatten ihr auf der Veranda Gesellschaft geleistet, doch etwas wesentlich Besorgniserregenderes hatte ich auf der anderen Seite des Hofs bemerkt: eine Reihe größerer, aus Betonböden und Maschendrahtzaun bestehender Zwinger.

Und in jedem von ihnen hatte sich ein stiernackiger, extrem muskulöser Kampfhund befunden.

Menschen, die Hunde zu Kampfhunden erziehen, sollte man erschießen. Männer, die einem kleinen Mädchen den Hund stehlen, um ihn als Köder für Kampfhunde zu benutzen, sollten den langsamsten, qualvollsten Tod sterben, den man sich nur vorstellen kann. Man sollte mit einem Druckluftschlauch Streifen ihrer Haut abtrennen und die Wunden dann mit Wasser des Saltonsees übergießen, während jemand Panzerbandstreifen von ihren Eiern abriss.

Aber das war nur das, was mir spontan einfiel. Mit etwas mehr Zeit würde ich mir sicher etwas Konkreteres ausdenken können. Na gut, diesen Tod hatte ich mir vielleicht aus Jaes lebhafter Fantasie geborgt, aber als ich die Hunde gesehen hatte, war er mir einfach durch den Kopf geschossen. Wer sie in diese bösartigen Tiere verwandelt hatte, musste umgebracht werden.

Wenn Pookie uns nicht vorher umbrachte.

Bevor Ben, mein Partner bei der Polizei, meinen Freund Rick ermordet und mein Leben und meinen Körper mit einem Kugelhagel zertrümmert hatte, war mein Leben im gemeinsamen Stadthaus von Ricks kleinem Hund bereichert worden, einem stillen, flauschigen Ding mit hervorquellenden Augen und anspruchsvollem Gaumen. Wir waren zu einer Art Übereinkunft gekommen: Ich hatte Rick daran gehindert, seinen Kopf mit Schleifchen zu verzieren und dafür hatte er nichts angekaut, was mir gehörte. Ich hatte ihn zu häufig Wischmopp genannt, um mich an seinen richtigen Namen zu erinnern.

Er war nur eines der vielen Dinge gewesen, die mir von Ricks Eltern weggenommen worden waren, während ich in einem Krankenhausbett um mein Leben gekämpft hatte. Oder zumindest um das, was von meinem Leben noch übrig geblieben war, nachdem sie jedes Anzeichen seiner Existenz aus unserem Haus entfernt hatten. Dass Ben ihn getötet hatte, war schlimm genug gewesen. Auf dieses vollkommene Auslöschen durch seine Eltern hätte ich gut verzichten können.

Im Augenblick konnte ich froh sein, wenn die Köter der Hundeentführer nicht das vollendeten, was Ben begonnen hatte.

Immerhin hielt ich dabei ein Versprechen, das ich meinem derzeitigen Freund Jae gegeben hatte: Niemand schoss auf mich.

Zumindest hatte ich gedacht, ich würde es halten – bis die Schüsse begannen.

Es waren verdammt viele Schüsse, die ich nun hörte. Ihr lautes Knallen hallte durch die Straßen.

Irgendwo musste ich falsch abgebogen sein und Pookie war nicht unbedingt eine Hilfe, denn bei jedem meiner Schritte flogen mir ihre Ohren ins Gesicht, wobei mir das weiße Fell manchmal die Sicht nahm. Ich war im Kreis durch die Nachbarschaft gelaufen und wieder bei der breiten Straße angelangt, an der ich eigentlich mit Bobbys Pick-up gerechnet hatte. Hinter mir jagten die Hunde um die Ecke, deren Krallen über den rissigen Asphalt kratzend Halt suchten. Hoffnung ragte jedoch in Form einer rauen Mauer aus Betonblöcken auf. Zumindest war sie stabil genug, um die Köter daran zu hindern, mir in den Allerwertesten zu beißen.

Als ich mich hinaufschwang, schlugen meine Knie vor die Mauer und ein Taubheitsgefühl breitete sich in meinen Muskeln aus. Die raue Oberfläche der Blöcke grub sich durch meine Jeans, um die Haut meiner Knie in rohes Fleisch zu verwandeln. Doch für eine Bestandsaufnahme war später Zeit. Mit dem zappelnden Hund an meiner Brust und dem blutrünstigen Heulen hinter mir hatte ich Wichtigeres zu tun, als mich darum zu sorgen, ob ich nach gelungener Flucht wie eine wandelnde Schürfwunde aussehen würde.

Da die kratzige, flache Oberfläche der Mauer neben dem Straßenstaub von Los Angeles mit einer Schicht aus feuchten schwarzen Flechten bedeckt war, fiel es mir nicht leicht, Halt zu finden. Mehrfach rutschte ich mit meinen Turnschuhen daran ab, während ich mich bemühte, die obere Kante sicherer zu umfassen. Mittlerweile drangen Rufe an meine Ohren, immer lauter und zahlreicher, doch ich ignorierte alles um mich herum, außer den Hund an meiner Brust, und biss die Zähne zusammen, um mich mit schmerzenden Schultern hochzuziehen. Endlich gelang es mir, einen Fuß auf die Mauer zu heben, bis ich unsicher auf dem breiten Betonrand balancierte.

Dann wand sich Pookie in ihrer Trage, brachte mich aus dem Gleichgewicht und ich stürzte mitten durch die dicke Abdeckfolie, die von den maroden Stützpfeilern eines überdachten Autostellplatzes herabhing. Pookie verlieh kläffend ihrem Missfallen Ausdruck und versuchte mit schnappenden Zähnen meine Nase zu erwischen. Ich hielt sie ruhig, presste mit einer Hand ihren zappelnden Körper an meine Brust.

Hätte ich nicht bereits den Schokoladenriegel gegessen gehabt, wäre ich ernsthaft versucht gewesen, sie einfach in die improvisierte Garage zu werfen und allein den Weg nach Hause finden zu lassen.

Die Hunde, die noch immer wütend auf der anderen Seite der Mauer bellten, waren das geringste meiner Probleme. Denn ich kannte den Geruch der dicht wachsenden Pflanzen, in denen ich gelandet war – ein süßlich-klebriger Duft, der mich an meine Studentenzeit erinnerte, als ich manchmal nach einem langen Vorlesungstag das Bedürfnis nach einem klaren Kopf verspürt hatte. Die von diesem Anbauer gewählte Sorte verströmte ein überwältigendes zuckriges Aroma und die Pflanzen waren unter den harzigen Blütenständen kaum noch sichtbar. Meine Turnschuhe klebten am Boden fest, als ich mir einen Weg durch die Topfpflanzen bahnte, um das zerrissene Plastik zu erreichen, durch das ich hereingestürzt war. Während ich mich noch durch die Öffnung kämpfte, entdeckte ich ein Tor und suchte mir rennend einen Weg durch die Barrikade von aussortierten Haushaltsgegenständen, die den Hof neben dem Haus bedeckten. Meine Finger berührten bereits den Riegel, als mich mein Glück verließ.

Plötzlich erstrahlten im Haus die Lichter und sickerten durch die schmutzigen Jalousien. Um es noch schlimmer zu machen, erhellte flackerndes, blau-rotes Licht den Nachthimmel wie ein unheilvolles Feuerwerk. Die Sohlen meiner Turnschuhe waren nun mit genug Harz bedeckt, um eine Haschischkugel daraus zu formen und vor meinem Bauch baumelte ein weißer Pudelmischling in einer Babytrage.

Wäre ich noch ein Bulle gewesen, hätte ich mich schon aus Prinzip verhaftet.

Die Lage wurde noch schlimmer, als eine Kugel an meinem Kopf vorbeizischte, um dem hölzernen Tor vor mir ein neues Guckloch zu verpassen. Weitere Schüsse trafen die das Tor einrahmende Betonmauer und sandten steinerne Splitter in mein Gesicht. Da ich zumindest nicht übermäßig dumm war, verzichtete ich darauf, mich nach dem Schützen umzusehen und investierte die wertvollen Sekunden stattdessen in den Versuch, hinter die dicke Betonmauer zu gelangen, der eine für Zivilisten zugelassene Waffe nichts würde anhaben können.

Der vorgeschobene Riegel konnte mich bei meiner Motivation nicht lange aufhalten: Ich zerrte so heftig daran, dass er sich samt Platte löste, stieß das Tor auf und stürzte hindurch in der Hoffnung, die Berge von fortgeworfenen Toiletten, Motorblöcken und Möbeln würden meinen Verfolger einige Minuten aufhalten. Zumindest so lange, dass ich von dieser Straße verschwinden könnte. Noch wollte ich mich jedoch nicht vor weiteren Schüssen in Sicherheit wiegen.

Jae würde meinen Schwanz zu *Chigae* verarbeiten, wenn ich eine weitere Schussverletzung erlitt. Er hatte praktisch gedroht mich zu häuten, wenn ich mit mehr Löchern im Körper nach Hause käme, als ich sie vorher gehabt hatte.

Pookie war es mittlerweile gelungen, sich in ihrer Trage halb umzudrehen und ihre schnappenden kleinen Zähne waren wild entschlossen, mir ein Nasenpiercing zu verpassen.

„Lass das, Hund. Ich versuche gerade, dich zu retten. Mach's mir nicht noch schwerer." Ich war einige Schritte gelaufen, als plötzlich eine schroffe Stimme etwas in einem derben Spanisch brüllte, das ich nicht verstand. Der Sprecher war mir unbekannt, doch seinem verärgerten Gesichtsausdruck nach zu urteilen, handelte es sich um den Besitzer des üppigen Grüns, durch das ich soeben getrampelt war. Auch wenn meine Spanischkenntnisse versagten, verstand ich die halbautomatische Pistole, die er auf mein Gesicht gerichtet hatte, sehr gut. Da uns nur wenige Meter trennten, hätte er der mieseste Schütze der Welt sein können – die Chance, mein Gesicht zu behalten, wäre trotzdem nicht sehr groß gewesen.

Der Mann reichte mir bis zum Oberarm und aus seinen Achselhöhlen quoll eine beachtliche Menge von Haaren, während der Rest von ihm glatt rasiert war, wenn man von der Andeutung eines kümmerlichen Schnurrbarts an seiner Oberlippe absah. Der seltsamen Kombination aus strahlend weißen Socken, Flipflops und langen Cargo-Shorts, die beinahe von seinen schmalen Hüften rutschten, wurde durch die blassblauen Tätowierungen, die sich in groben Linien über Oberkörper, Hals und Gesicht zogen, etwas die Lächerlichkeit genommen.

Er erinnerte mich an einen wütenden Terrier. Die Art von Mann, die es wirklich verdient gehabt hätte, einen Hund wie Pookie zu besitzen, da sie den gleichen Charakter zu haben schienen. Wäre ich nicht ziemlich sicher gewesen, dass er Avas verfluchten weißen Fellball als Schalldämpfer für seine riesige Pistole benutzt hätte, wäre ich versucht gewesen, ihm den Köter in die Hand zu drücken und ihnen alles Gute zu wünschen.

Doch er hatte andere Pläne. Offenbar konnte er auf etwas so albernes wie einen Schalldämpfer verzichten, auch auf einen in Pudelform.

„Ich leg dich um, du Huren…"

Irgendwie müssen Typen immer reden, wenn sie einen erschießen wollen. Na gut, es gibt auch Ausnahmen. Mein Partner Ben hatte meinen Freund Rick und mich beim Verlassen eines Restaurants wortlos mit den Kugeln seiner Dienstwaffe durchsiebt. Vielleicht war da einiges gewesen, was er zu sagen gehabt hatte, aber eben nicht mir. Da er sich seine Pistole in den Mund gesteckt hatte, nachdem Rick von ihm getötet und ich zu einem Leben mit an Nerven zerrendem Narbengewebe verurteilt worden war, hatte ich ihn nie nach dem Grund fragen können. Und bei diesem glatzköpfigen Terrier mit den wolligen Achselhöhlen und der einer Kanone ähnelnden Pistole hatte ich nicht vor, darauf zu warten, dass er Drohungen ausstieß oder mir erklärte, warum er mich zerlöchern wollte.

Schließlich hatte ich Jae versprochen, keine weiteren Kugeln abzubekommen, und musste außerdem Bobby einen kräftigen Tritt in den Hintern verpassen, sobald ich ihn gefunden hatte. Mal einen Kumpel in einem Klub sitzenzulassen war eine Sache. Ihn im Stich zu lassen, wenn er bis zu den Brustwarzen in einem

Haschischfeld stand, nachdem er einen die Todesstrafe erwartenden Pudel aus der Einzelhaft befreit hatte, war damit nicht zu vergleichen.

Nicht erschossen zu werden war natürlich meine erste Priorität. Jemanden in den Hintern zu treten erschien mir allerdings spaßiger.

Niemand erwartet ernsthaft, dass ihm ein anderer Typ in die Eier tritt. Es ist eine Art altehrwürdiges Übereinkommen zwischen Männern. Du sollst nicht deinen Nächsten entmannen. Da ich jedoch niemals behauptet hatte ein Gentleman zu sein, hob ich den Fuß und traf mit einem Fernschuss mitten ins Tor.

Dann tat ich das einzig Vernünftige.

Ich floh. Zu meinem und Pookies Pech wurde dieser Entschluss von einem neuen Problem begleitet, nämlich dem größten Schäferhund, den ich je außerhalb eines Horrorfilms gesehen hatte.

Obwohl sich mein Zwergterrorist seine Familienjuwelen umklammernd auf dem Boden wand und ich mich bereits in Sicherheit gewähnt hatte, schien der große Hund andere Pläne zu haben. Er war wirklich riesig, noch größer als die, vor denen ich durch die Gassen geflohen war. Fast hätte ich den Drang verspürt, stehen zu bleiben und ihn zu bewundern. Mit seinem glänzenden Fell und an einen Wolf erinnernden Körperbau war er ein wunderbares Exemplar jener Rasse von Höllenhunden, zu der er gehören mochte. Er schien ebenfalls gern bereit zu sein, die Aufgabe zu übernehmen, bei welcher der mutierte Ninja-Pygmäe mit seiner Knarre versagt hatte – nämlich meinen Körper mit Löchern zu übersäen.

Ich floh schneller.

Ich war mitnichten elegant. Nicht Ballett-elegant und schon gar nicht beweglich-elegant wie Jae, der seinen Körper praktisch rückwärts zusammenfalten konnte. In Situationen wie dieser spielte das allerdings kaum eine Rolle, denn was zählte, war Ausdauer. Ausdauer hatte ich. Ich hielt mehrere Runden gegen Bobby im Boxring durch, auch wenn diese vor allem daraus bestanden, dass ich seinen steinharten Fäusten auswich, bevor sie mich trafen – aber das führte eben zu Ausdauer. Und die war nun das A und O. Länger durchhalten als mein Gegner.

Außerdem Schnelligkeit. Die sollte man niemals unterschätzen. Sie war entscheidend. Wer auch immer gesagt hatte, Wissen sei Macht, kann keinen Wolfshund auf Steroiden im Nacken gehabt haben. Wissen brachte mir in diesem Augenblick absolut nichts. Nicht das verdammteste bisschen.

Mein Herz klopfte heftig und aus irgendeinem Grund beschloss das Narbengewebe an meinem Brustkorb in diesem Moment, sich in Origami zu üben und zu einem Kranich zusammenzuziehen. Vielleicht war es auch ein Hase. Jedenfalls begann es zu schmerzen, erst recht da Pookie denselben Augenblick für den nächsten Versuch wählte, sich aus der Trage zu winden.

Dann drangen scharfe Zähne durch den Jeansstoff an meinem Oberschenkel und spornten mich zu noch größerer Geschwindigkeit an. Als Nächstes musste meine Gesäßtasche mit einem Stück Haut dran glauben. Da das Brennen unterhalb meines Hinterns noch stärker schmerzte als meine Rippen, verlangsamte ich mein

Tempo lange genug, um nach dem Hund zu treten und ihn abzuwehren. Nachdem ich ein Jaulen gehört hatte, setzte ich meine Flucht fort und hoffte, dass meine Beine trotz des unangenehm stechenden Schmerzes, der durch meine Oberschenkel fuhr, noch etwas durchhalten würden.

Mister Glatzenterrier musste sich mittlerweile ein wenig erholt haben, denn an einer Mülltonne neben mir blitzten Funken auf, bevor sie mit einem rauchenden, schwarzen Loch in ihrer Metalloberfläche nach vorn geschleudert wurde. Als ein weiterer Schuss ein Stück Holzzaun zerschmetterte, senkte ich den Kopf, wodurch nur wenige der Splitter mein Gesicht und meinen Hals trafen. Pookie stieß währenddessen wütende Laute in Richtung des Hundes aus, und auch wenn ich ihre altertümliche Pudelsprache nicht verstand, gab ich mich der Illusion hin, dass sie seine Mutter beleidigte und seinen winzigen Schwanz verfluchte. Dann biss sie mir durch das T-Shirt in die Brust und ich wusste, dass sie ihn lediglich dazu anstachelte, mich zu packen.

Einige Meter vor mir ging die schmale Gasse in eine offene Asphaltwüste über, die ein angstvolles Kribbeln durch meine Eier sandte. An der zweispurigen Straße würde ich gut sichtbar sein und der Hund genug Platz haben, um mir mit dem richtigen Manöver den Weg abzuschneiden. Mir blieb keine andere Möglichkeit, als mich dicht neben den Zäunen am Gehweg zu halten und zu hoffen, von einem Bus überfahren oder vielleicht von einem abstürzenden Satelliten erschlagen zu werden. Mir waren beide Möglichkeiten recht, denn zumindest würde ich Pookie dann mit in den Tod reißen.

Ja, ich war etwas verärgert über das Blut, das gerade von meiner Brust auf meinen Bauch rann.

Meine waghalsige Flucht endete mit einer Vollbremsung, als die Straße vor mir plötzlich in tanzende blaue und rote Lichter getaucht wurde. Abrupt blieb ich stehen, kämpfte mit den Händen in der leeren Luft um mein Gleichgewicht. Dann holte mich der Hund ein. Seine Zähne fanden erneut ihr Ziel, bohrten sich in meinen Oberschenkel und entlockten mir einen Schrei, der beinahe den Befehl des Polizisten übertönte, mich hinzuknien. Im Licht der Streifenwagen machte ich die Silhouetten von Bobby und seinem Pick-up aus. Seinen auf den Rücken gezogenen Händen nach zu urteilen hatte er eine halbwegs annehmbare Entschuldigung für sein Verschwinden.

Hände packten mich, zwangen mich grob auf die Knie und schüttelten dabei Pookie durch, woraufhin sie nach der Hand des Polizisten schnappte und seine Finger erwischte. Laut fluchend schlug mir der Mann ins Gesicht, als wäre ich derjenige gewesen, der ihn gebissen hatte. Ich tat das Vernünftige und ließ mich fallen. Der Asphalt nahm die nackte Haut an meinem Oberschenkel und meiner Hüfte in Empfang, um sie aufzuschürfen.

Als befände sie sich beim Casting für eine Talentshow, schlüpfte Pookie sogleich wie ein geölter Blitz aus der Trage, schoss durch die Luft und landete einige Meter entfernt auf dem Asphalt. Fröhlich bellend hockte sie sich mitten auf die Straße, um zu pinkeln, wobei sie noch Zeit fand, dem Hund, der mich durch die Gassen gejagt hatte, zuzuwedeln.

Dem Hund, dem ich gegen den Kopf getreten hatte und der offenbar eine Hundejacke mit dem Logo der Hundestaffel des Los Angeles Police Department trug.

Er war noch immer riesig und hatte mehr Fell, Zähne und Muskeln, als einem Hund erlaubt sein sollten, trabte jedoch ohne das geringste Anzeichen seiner bisherigen Aggressivität zu einem zweiten Polizisten hinüber, um sich mit aufmerksamem Blick neben ihn zu setzen und sich entspannt von ihm streicheln zu lassen. Währenddessen wurden mir die Arme hinter den Rücken gezogen und zügig mit Handschellen fixiert, bevor ich protestieren konnte. Eine kühle Brise traf mein Hinterteil und ich hätte schwören können, dass sich die Schnauze des Hundes zu einem boshaften Grinsen verzog, als er etwas, das wie ein Stück meiner Unterwäsche aussah, direkt vor Pookies flauschige weiße Pfoten legte.

Der von Pookie gebissene Polizist beugte sich hinüber und der Hass in seiner Stimme ließ die Worte zu einem mit beeindruckendem Ekel versetzten Flüstern gerinnen, den ich bewundert hätte, wäre ich nicht derjenige gewesen, der dort kniete. „Was für ein krankes Arschloch muss man sein, um einen kleinen Hund zu stehlen?"

2

MANCHE MÄNNER sind im wütenden Zustand sexyer. Zu ihnen gehörte anscheinend auch mein Freund Jae. Dass ich ihn um vier Uhr morgens zum Polizeirevier bestellt hatte, um seinem Freund und dem besten Freund seines Freundes aus der Klemme zu helfen, sollte von allen Frauen und schwulen Männern, die sich in dieser Nacht dort aufhielten, als Gefallen betrachtet werden.

Ich persönlich genoss es jedenfalls, ihm dabei zuzusehen, wie er gereizt auf und ab ging, als man mich zur Wartezelle führte. Was er mir zu sagen hatte, würde mir sicher nicht gefallen, aber um den Anblick nicht zu genießen, hätte ich tot sein müssen.

Sein schwarzes Haar war zerzaust, sodass es vorn etwas hochstand, und unter schläfrig schweren Lidern kokettierte sein Blick abwechselnd mit sinnlichem Feuer und stürmischer Kälte. Seine nackten Zehen ragten aus schwarzen Flipflops, während sein Oberkörper in ein weißes T-Shirt gehüllt war, bei dem es sich um eines von meinen zu handeln schien, da es für seine schlanke Statur etwas zu groß war. Abgetragene Jeans, an einigen Stellen nur noch vom Hauch eines Fadens zusammengehalten, schmiegten sich eng an seinen Hintern, als er die Hände in ihre Taschen schob. Allein dafür, dass ich diesen Knackarsch hergebracht hatte, hätte man mich augenblicklich freilassen sollen. Genauso beeindruckend wie sein Hinterteil war auch sein Gesicht: volle, wohlgeformte Lippen unter hohen Wangenknochen und von langen Wimpern eingerahmte Mandelaugen. Seine auf der Unterlippe kauenden Zähne erinnerten mich daran, wie häufig sich dieser Mund und diese Zähne empfindlichen Stellen meines Körpers widmeten.

Nicht nur ein Augenpaar folgte ihm bei seinem Weg von einer Seite zur anderen des Wartebereichs und ich erwischte einen sehr machohaft wirkenden Polizisten dabei, wie sein Blick an Jaes knackigem, rundem Hintern hängen blieb. Als ich ihm zugrinste, tat er empört, errötete jedoch von den Wangen bis zu den Ohren. Auch Jae bemerkte mein Grinsen, woraufhin sich seine Lippen zu einer missbilligenden schmalen Linie zusammenpressten.

Nein, mein Freund war zwar heiß und sexy, aber nicht erfreut. Kein bisschen erfreut.

Gitterstäbe trennten uns vom Wartebereich und abgesehen von uns bestand die Schlange lediglich aus einem weiteren Mann mit zerknittertem Anzug, der nach verbranntem Wodka roch. Sein kantiger Filmstar-Kiefer war von dichten grauen Stoppeln bedeckt, die sich bis zu seinen Wangenknochen zogen. Obwohl er wie jemand wirkte, den ich kennen sollte, konnte ich sein Gesicht nicht einordnen, auch als er sich gereizt an uns vorbeischob und zum Entlassungsschalter stapfte. Wer auch immer er war, er war einer der drei Gründe für den geöffneten Schalter.

Bobby und ich waren die anderen zwei. Manchmal half es, ehemaliger Polizist zu sein. Selbst wenn die meisten der Jungs in Blau nicht viel davon hielten, dass wir die Regenbogenflagge schwenkten, waren wir immer noch Brüder. Na gut, Bobby war noch ihr Bruder. Ich war eher irgendein Großonkel zweiten Grades, den man trotzdem zur Hochzeit einladen musste, damit nicht geredet wurde.

Den Entlassungsschalter besetzte ein schlecht gelaunter, an einen Bären erinnernder Mitarbeiter, dem es offensichtlich großes Vergnügen bereitete, dem Mann möglichst langsam sein persönliches Eigentum auszuhändigen. Ich machte mir keine großen Hoffnungen darauf, dass er freundlicher gestimmt sein würde, wenn wir an der Reihe wären. Es war zu früh am Morgen und dem knappen, beißenden Tonfall nach zu urteilen, mit welchem er dem Mann im Anzug Fragen stellte, konnten wir froh sein, dass er nicht mit einer Wasserflasche für jeden von uns und einem auf die höchste Stufe gestellten Taser zur Arbeit gekommen war.

„He, dein Junge ist hier." Genau wie ich hatte sich auch Bobby aus dem Polizeidienst zurückgezogen. Im Gegensatz zu mir hatte er es nicht als offen schwuler Mann in einem Kugelhagel getan, sondern war erst in den Ruhestand getreten, bevor er sich geoutet hatte. Es war ein Schock gewesen zu erfahren, dass er vom selben Ufer kam. Mit seinem rauen, muskulösen Äußeren hatte er während seiner Zeit mit Dienstmarke stets wie der Prototyp des machohaften Polizisten gewirkt. Ohne sie schien er nun alles Verpasste nachzuholen und schnitt geradezu eine Schneise durch die Horden junger schwuler Kerle, denen ein älterer Mann gefiel, der schon etwas Grau an den Schläfen hatte und dazu einen Bizeps, mit dem er Großmikrowellen hochstemmen konnte.

Außerdem hatte er mich während meiner Genesung nach dem Angriff durch meinen Partner vor einem psychischen Zusammenbruch bewahrt und schien nun mit meinem Freund zu liebäugeln.

„Hör auf, Jaes Arsch anzustarren." Ich fürchtete nicht ernsthaft, dass Bobby mir Jae ausspannen wollte. Ihre Beziehung beschränkte sich auf ein gelegentlich gereiztes, aber meist solides Miteinander-Auskommen. Dennoch musste ich seinen lüsternen Blicken allein aus Prinzip einen symbolischen Protest entgegensetzen.

„Bist du überhaupt sicher, dass du hier raus willst?", erkundigte sich Bobby, während er mich mit einem leichten Stoß seiner Schulter vorwärtsschob. „Hättest hier ein paar neue Freunde finden können."

Wir hatten unsere eigene Zelle ein Stück vom gewöhnlichen Gesindel entfernt bekommen, doch es hatte dennoch verärgertes Gemurmel ausgelöst, als man uns am Rest vorbei in Richtung Freiheit führte. Ein magerer Junkie in violettem Glitzerkleid hatte sich ausgesprochen daran interessiert gezeigt, mir die Jeans vom Körper zu saugen, doch da das bereits vom Polizeihund erledigt worden war, hatte ich höflich abgelehnt.

„Du kannst froh sein, wenn du den einen Freund behältst, den du jetzt noch hast, du Blödmann", brummte ich und näherte mich dem Schalter, nachdem der Mann vor uns von einem jungen Beamten hinausgelassen worden war.

„Welcher sind Sie?", knurrte der Mann hinter der Scheibe. „McGinnis oder Dawson?"

„McGinnis." Ich nahm den braunen Umschlag entgegen, den er mir reichte, öffnete ihn und bestätigte mit einer Unterschrift, dass mir vom LAPD alles ausgehändigt worden war, was ich bei der Verhaftung bei mir getragen hatte.

Im Umschlag befand sich alles bis auf die Hündin. Sie war auf freien Fuß gesetzt worden, sobald wir die Schwelle der Polizeiwache übertreten hatten. Alles, was mir von ihr blieb, war Avas Lächeln, Kratzer an meinen Händen und die Babytrage, die ich mir von Claudias Schwiegertochter ausgeliehen hatte. Hätte ich eine Kleiderbürste bei mir gehabt, hätte ich das zurückgebliebene Fell lösen und daraus vermutlich fast einen neuen Hund formen können. Glücklicherweise war die Trage maschinenwaschbar.

Als ich durch die vergitterte Tür hinaustrat, glücklich, in die wirkliche Welt zurückzukehren, holte mich plötzlich die Erschöpfung ein. Nach dem langen Sprint durch die Gassen sorgten meine überanstrengten Beinmuskeln für weiche Knie und auch meine kleinen Wunden begannen zu schmerzen. Ich wollte nur noch nach Hause fahren, in mein Bett kriechen und Jae auf mich ziehen, um vorzugsweise irgendwann am Nachmittag von der Aussicht auf ein kaltes Bier und eine heiße Pizza geweckt zu werden.

Oder auf ein kaltes Bier und heißen Sex.

Allerdings hing das von Jaes Plänen ab. Seinem Gesichtsausdruck nach zu urteilen konnte ich froh sein, wenn er mich mit nach Hause nahm.

„Geht es dir gut?" Jae schien hin- und hergerissen zu sein, ob er mir für die ganze Geschichte eine verpassen oder mich stattdessen küssen sollte, was er noch vor einigen Monaten in der Öffentlichkeit niemals auch nur in Erwägung gezogen hätte. Beides hätte zu einer Szene geführt, und Szenen waren nichts für Kim Jae-Min. Allerdings hatte er einen verdammt kräftigen rechten Haken, weshalb ich vermutete, dass sich dieser Instinkt am Ende durchgesetzt hätte, wenn wir allein gewesen wären.

„Ja, alles in Ordnung." Sanft berührte ich seinen Arm und wandte mich ein wenig zur Seite, um ihm das Pflaster an meinem Oberschenkel zu zeigen. „Habe auch gleich alle meine Impfungen bekommen."

Meine Jeans konnte ich im Prinzip abschreiben und meine Unterwäsche hatte ich entsorgt, denn nachdem der Hundepolizist mit ihr fertig gewesen war, hatten sich ihre Überreste lediglich unangenehm um meine Eier zusammengezogen. Ich hatte sie dem für den Hund zuständigen Polizisten als Trophäe angeboten, doch dieser hatte mich nur lachend darauf hingewiesen, dass ich nicht der erste Typ sei, dem Draven einen Hosenzieher verpasst habe. Letztendlich blieben mir zum Verlassen des Reviers nur meine zerrissenen Jeans und die Hoffnung, dass sie zusammen mit den Verbänden und Pflastern zumindest so viel bedeckten, dass man mich nicht gleich wieder verhaften würde.

Der terrierhafte Gangster hatte nicht so viel Glück gehabt. Einer von Dravens Kollegen hatte ihn in der Gasse gepackt und ihm eine knochentiefe Wunde zugefügt. Da er allerdings versucht hatte, mir eine Kugel in den Kopf zu jagen, hatte ich nicht vor, ihm eine Karte mit Genesungswünschen zu schicken.

„Ich bin froh, dass es dir gut geht." Jae hatte sich zu mir herübergebeugt, damit er mir ins Ohr flüstern konnte. „Dann kann ich dich nämlich eigenhändig umbringen, sobald wir zu Hause sind. Was habt ihr euch nur dabei gedacht?"

„Ich weiß ... Das war nicht die klügste Idee ..." Ich warf einen Seitenblick auf Bobby, der sich noch in der Zelle befand. „Wir hatten nicht damit gerechnet, dass es ... eine so große Sache wird."

„Cole, auf wie viele Polizeireviere wollt ihr euch noch zerren lassen?" Sarkasmus kann tief schneiden, wenn er mit ausreichend Abscheu gewetzt wird, und in der Stunde seit meinem Anruf schien Jae seinen mit einem gigantischen Schleifstein bearbeitet zu haben. „Ist das eine Art Hobby, das ihr habt? Geben sie dafür irgendwelche ... wie nennt man so etwas ... Marken? Geben sie die dafür aus?"

„Jae, so war das wirklich nicht geplant." Mittlerweile warfen die Polizisten um uns herum uns Blicke zu. „Ich schwöre es, ich wollte mir nur schnell den Hund schnappen."

„Ja, ich weiß." Er schüttelte den Schlüssel in seiner Hand und deutete mit dem Kinn hinter mich, wo sich die Gittertür mit einem unheilvollen Geräusch öffnete, ein rasselndes, metallisches Kreischen Dawsons Entlassung verkündete. Seine schweren Schritte näherten sich mit leisem Quietschen über den Linoleumboden und Jae schenkte ihm über meine Schulter hinweg ein freudloses Lächeln. „Da kommt Bobby. Lass uns fahren."

Obwohl es draußen noch stockdunkel war, stieg vom Boden bereits der flüssige Gestank eines typischen Morgens in Los Angeles auf. Ein Reinigungsfahrzeug tuckerte an uns vorbei und spie lauwarmen Seifenschaum aus, um die Straße von Öl und Ruß zu befreien. Der Schaum schlich sich die Bordsteinkante hinab und verlief zu schmutzigen Kringeln mit schwarzen Punkten. Jae entriegelte meinen Rover, der dabei ein fröhliches Zirpen von sich gab, und ließ den Schlüssel über meiner Hand baumeln, bis ich sie öffnete und ihn auffing.

„Moment, ich will versuchen, meinen Pick-up zurückzubekommen. Das ist der Detective von vorhin. Gebt mir eine Minute, um ihm Honig ums Maul zu schmieren." Dann legte er Jae einen Arm um die Schultern, drückte ihn flüchtig an sich und fügte hinzu: „Danke, dass du gekommen bist, um uns rauszuholen, Mann. Ich weiß es zu schätzen."

Ich antwortete für uns beide: „Okay, kein Problem. Wir warten beim Auto."

Doch ich redete bereits mit Bobbys Rücken, einer breiten Muskelwand, die er über Jahre durch das Einbuchten mieser Typen und das Fertigmachen von Normalsterblichen im Boxring aufgebaut hatte. Jae ging auf meinen Rover zu.

Seine langen Beine legten den Weg mit wenigen mühelosen Schritten zurück und ich beeilte mich, um ihn einzuholen, obwohl meine Beine protestierten. Die Pflaster zerrten an den Härchen meines Beins und der Verband löste sich durch die Bewegung von der Wunde und brachte sie dazu, wieder langsam zu bluten.

„He." Ich holte ihn an der Beifahrerseite des Rovers ein und stützte die Hände rechts und links von ihm gegen das Auto, schloss ihn zwischen meinen Armen ein. „Es tut mir *leid*. Ehrlich. So war das wirklich nicht geplant. Woher hätten wir denn wissen sollen, dass wir versehentlich mitten in einer Drogenrazzia landen würden? Das Ganze ist einfach … außer Kontrolle geraten, verstehst du?"

Er legte den Kopf in den Nacken und atmete geräuschvoll aus, schürzte die Lippen, als wolle er die Luft über sich küssen. Dann rieb er sich mit den Händen über das Gesicht, und als er den Kopf wieder senkte, um mich anzusehen, war in seinen Augen ein feuchter Schimmer zu erkennen. Er würde nicht weinen. Nicht hier. Nicht in der Öffentlichkeit. Doch das Bedürfnis war da, balancierte auf der scharfen Klinge seiner Selbstbeherrschung. Seine sonst sinnlich raue Stimme war noch heiserer, als hätten seine Emotionen ihr einen schmerzhaften Riss zugefügt.

„Ich bekomme Angst, wenn das Telefon klingelt und die Nummer eines Polizeireviers anzeigt." Kurz versagte ihm die Stimme und die Trauer und Furcht darin brach mir das Herz. „Es war zu oft … Es gab schon so viel Blut, dass ich nur denken kann, es ist etwas Schlimmes passiert. Also kannst du … so etwas bitte nicht mehr tun? *Bitte*?"

Ich hätte ihn nicht umarmen sollen, da ich doch wusste, wie ungern er Zuneigung zeigte und wie sehr er fürchtete, als schwuler Mann geoutet zu werden. Doch mitten auf dem dunklen Parkplatz, während Bobby noch ein Stück weit entfernt seinen ganzen Charme einsetzte, um seinen abgeschleppten Pick-up zurückzubekommen, erschien es mir schlicht richtig. Wie es für ihn typisch war, wehrte er sich kurz und versuchte, sich vor meiner Zuneigung zu verstecken, doch ich weigerte mich ihn loszulassen.

Es war egoistisch von mir. Das wusste ich. Unsere Ansichten befanden sich in ständigem Konflikt. Seine Instinkte, angetrieben durch eine tief verwurzelte Furcht, von seiner Familie verstoßen zu werden, kämpften gegen mich an. Ich selbst wurde bereits geächtet, ausgestoßen von meinem Vater und der einzigen Frau, die ich je Mutter genannt hatte. Ich wollte ihn von meiner Sicht der Dinge überzeugen, flehte ihn geradezu darum an, sich von der wichtigsten Sache abzuwenden, die es für einen koreanischen Mann geben konnte und die ihn ausmachte: seiner Familie.

Dabei hatte ich soeben erst herausgefunden, dass meine eigentliche Mutter – die Frau, die angeblich bei meiner Geburt gestorben sein sollte – in Wirklichkeit nach Japan zurückgekehrt war und eine neue Familie gegründet hatte, bevor sie vor fünf Jahren gestorben war. Mein Bruder Mike und ich waren bei dieser Angelegenheit unterschiedlicher Meinung. Er war bereit zu vergeben und zu dem Mann, der sich als unser Halbbruder ausgab, Kontakt aufzunehmen. Ich dagegen war auf so ziemlich alle wütend, abgesehen von meiner Schwägerin Maddy.

Vielleicht weil sie mir zustimmte, dass mein Vater für seine jahrelangen Lügen geteert und gefedert werden sollte.

Kein Wunder, dass mich das Konzept „Familie" zurzeit nicht sonderlich begeisterte.

Ich wollte, dass Jae meine Familie war. Ich wollte, dass wir nach Hause fuhren, die Tür schlossen und alles und jeden sonst aussperrten. Vielleicht könnten wir sie gelegentlich öffnen, um eine Essenslieferung anzunehmen oder den Müll nach draußen zu bringen. Den vollen Sack aus dem Fenster in den Müllcontainer hinter meinem Parkplatz zu werfen, war mir bisher nicht gelungen. Ich war nah dran gewesen, aber es war nicht leicht, genug Schwung zu erzeugen, um den Bogen zu meistern – vor allem, da das Gewicht jedes Mal schwankte.

Leider würde diese paradiesische Vorstellung ein Traum bleiben. Jae hatte das Bedürfnis umherzustreifen, sich an dunklen Orten zu entfalten, um sie mit seinen Fotos einzufangen. Es wäre unmöglich gewesen, ihn einzugrenzen. Obendrein wusste er, dass er nach einem Outing niemanden mehr haben würde … niemanden außer mir, und er war noch nicht ganz bereit dazu, darauf zu vertrauen, dass ich für immer bei ihm bleiben würde. Also umarmte ich ihn, sog den süßen Duft seines Haars und den Geruch der Zitrusseife auf seiner Haut ein und fand mich damit ab, ihn bald wieder loslassen zu müssen.

„*Es tut mir leid.*" Es zu wiederholen, schien zu helfen. Als ich seinen Mund mit dem Hauch eines Kusses streifte, spürte ich, wie er seufzend ausatmete, und nahm seine brodelnde Wut mit meinen Lippen in mich auf. „Wirklich."

„Ich weiß", murmelte er, lehnte seine Stirn an meine Brust und seufzte erneut. Diesmal senkten sich dabei seine Schultern und die Anspannung wich aus seinem Rücken. „Du verstehst nur nicht, wie … wie verdammt beängstigend der Gedanke ist, dass dir etwas passiert sein könnte. Selbst wenn es nur diese eine Sekunde lang ist. Es tut so *weh*, Cole-ah. Ich … ich halte das nicht aus. Es ist zu viel verlangt."

Ich lehnte mich leicht zurück, um ihm meine Hände an die Wangen legen zu können, und küsste ihn sanft auf die Nasenspitze. „Ich verspreche, dass ich nicht vorhabe, umgebracht zu werden. Okay?"

„He, ihr zwei, hört mit der Knutscherei auf, damit ihr mich nach Hause bringen könnt." Bobbys Stimme ließ Jae zurückzucken und stolpern, doch er stieß meine Hände von sich, als ich ihm helfen wollte. Bobby kam derweil zu uns herübergetrabt, wobei er einige Flüche in Richtung des Polizisten knurrte, der gerade die Stufen zum Revier erklomm. „Das Arschloch will meinen Pick-up nicht freigeben. Sagt, er wäre ein Beweisstück."

„Ist er ja irgendwie auch", antwortete ich schulterzuckend, was ihn nicht unbedingt beruhigte, sondern nur seine Nasenflügel zum Beben brachte. „Nachdem die Typen die Haschblöcke in den Pick-up geworfen haben, bist du schließlich damit losgefahren."

„Mann, ich hab halt das Geräusch gehört und dachte, du wärst reingesprungen", brummte er. „Woher hätte ich wissen sollen, dass du es nicht warst?"

„Du hättest hinsehen können?", schnaubte Jae und öffnete die Autotür. „Steig ein. Je eher wir dich zu Hause abgesetzt haben, desto eher kann ich weiterschlafen. Und Cole-ah, mittlerweile ruft Mike auch bei mir an. Ich halte mich da raus, also wirst du nach dem Aufstehen deinen Bruder anrufen. Ansonsten muss ich dich leider im Schlaf ans Bett fesseln und ihn einladen, damit er dir ein wenig Vernunft einprügeln kann."

LETZTENDLICH RIEF ich Mike nicht an. Ich hatte es wirklich vorgehabt. Es befand sich auf meiner geistigen Liste für den Morgen. Doch als ich endlich aufwachte, war es bereits Mittag und ich hatte es verpasst, pünktlich mein Büro zu öffnen. Jae war bereits fort und Neko, seine teuflische schwarze Katze, hatte sein leeres Kissen in Besitz genommen. Dem fischigen Geruch nach zu urteilen, als sie mich mit einem Quäken weckte, hatte Jae sie gefüttert, bevor er sich zu seinem morgendlichen Auftrag aufgemacht hatte.

Es waren erst wenige Wochen vergangen, seit Claudia, meine Büroleiterin, von einer für mich bestimmten Kugel niedergestreckt worden war. Die Ärzte hatten für ihre Genesung mit zwei Monaten gerechnet. Ihre Familie rechnete damit, dass es keine fünf Tage mehr dauern würde, bevor sie mit einer Pillendose und einem Lagerkoller-Gesichtsausdruck im Büro auftauchte. Ich hatte die strikte Anweisung, sie nach Hause zu schicken. Allerdings konnte ich für nichts garantieren, falls sie mit einem ihrer Kuchen auftauchte. Claudias selbst gebackene Kuchen waren köstlich genug, um mich für alles zu entschädigen, was mir ihre Söhne vielleicht antun würden, wenn ich sie nicht fortschickte.

Da ich nichts Sportlicheres geplant hatte, als auf einem Kissen zu sitzen, um meinen schmerzenden Oberschenkel zu entlasten, suchte ich mir meine bequemsten Jeans. Zumindest der Hundebiss schien weit genug verheilt zu sein, um dort auf einen Verband verzichten zu können. Glücklicherweise hatte der Hund nur einzelne Einstichlöcher seiner Zähne hinterlassen, die beim Duschen dennoch brannten. Mit dem Versprechen an mich selbst, mir im Büro einen Kaffee zu gönnen, schnappte ich mir einige von Jaes kleinen Schokoladenküchlein und begab mich zur Vorderseite des Hauses.

Der winzigen älteren Koreanerin nach zu urteilen, die auf der Veranda vor meinem Detektivbüro wartete, würde ich vorerst keine Zeit für Papierkram finden.

Ich hatte genug Zeit mit Jae verbracht, um den Typ Frau zu erkennen, den er *Ajumma* nannte. Ursprünglich hatte ich es für einen respektvollen Ausdruck gehalten, wie wenn er Scarlet *Nuna* nannte. Meinen Irrtum hatte ich erst bemerkt, als ich das A-Wort in ihrer Gegenwart benutzt hatte und dafür mit einem Blick bedacht worden war, der mich geröstet hätte wie ein Stück Speck, hätte Jae mich nicht mit einem entschuldigenden Lachen aus der Tür geschoben. Anschließend war ich darin geschult worden, wie man das Wort verwendete, und zwar vorzugsweise, wenn die betreffende Frau es nicht hören konnte.

Einen stilvollen, eleganten Transvestiten wie Scarlet nannte man nicht *Ajumma*. Nein, dieses Wort war der gedrungenen Frau mit dem Cherubgesicht vorbehalten, die gebieterisch von der obersten Verandastufe auf mich herabspähte. Tief auf ihrer Nase befand sich eine strassbesetzte Brille, die von einem um ihren Hals gelegten silbrigen Kristallband am Hinunterrutschen gehindert wurde. An ihren Schläfen zeigten sich bereits einige leuchtend silberne Strähnen, doch der größte Teil des gelockten Haarhelms auf ihrem Kopf war rabenschwarz, genau wie ihre stark geschminkten Augen.

Obwohl ich selbst durch die dicken Brillengläser eine kräftige Portion Verrücktheit in ihrem Blick ausmachte, ließ ich sie herein. Schließlich hatte man mir häufig genug vorgeworfen, ebenfalls eine Prise davon zu besitzen. Selbst wenn sie sich etwas weiter in Richtung übergeschnappt bewegte als ich, kam sie damit anscheinend zurecht.

Ihr Lieblingsmaterial schien Polyester zu sein. Ihre leuchtend pinkfarbene Hose war einige Zentimeter kürzer als nötig und ihre geblümte Chiffonbluse schmiegte sich eng um ihre Mitte und presste ihre Brüste so flach an den Körper, dass sie beinahe rechteckig wirkten. Die Falten an ihren Augen und die Furchen neben ihrem Mund ließen mich vermuten, dass sie Ende sechzig war. Wenn es nach dem feuchten, tiefe Enttäuschung ausdrückenden Zischen ging, das sie bei meinem Anblick ausstieß, hätte sie auch ein weiblicher Methusalem sein können und ich ihr wiedergeborener nichtsnutziger Enkel, der vergessen hatte, Dinosaurier und Einhörner auf die Arche zu bringen.

„Sind Sie der Detektiv?" Ihre Worte wurden von einem weichen koreanischen Akzent abgerundet, wie Jae ihn hatte, wenn er müde oder aufgebracht war. Mit einem vielsagenden Schniefen warf sie einen Blick auf ihre dicke goldene Armbanduhr. „So spät zu öffnen ist schlecht für das Geschäft."

„Tut mir leid, Ma'am, ich war bis spät in die Nacht mit einem Fall beschäftigt." Es war schon komisch, wie eine verärgerte alte Dame meine Manieren augenblicklich in höchste Alarmbereitschaft versetzen konnte. „Kommen Sie doch herein und ich koche Ihnen einen Tee."

Ich mochte keinen Tee. Er befand sich nur deshalb im Büro, weil Jae und Scarlet ihn gern tranken, wenn sie mich dort besuchten. Abgesehen davon war es eher ein kaffeetauglicher Ort, ausgestattet mit einem massiven alten Schreibtisch und gemütlichen Sesseln. Nach dem Kauf des Hauses hatte ich die über Jahre angesammelten Farbschichten von der dunklen Kirschholzverkleidung entfernt und sie lackiert, bis Claudia sie praktisch als Spiegel zum Auftragen ihres Lippenstiftes benutzen konnte. Das Büro war ein großes, offen wirkendes Zimmer, zu dem ein eigener Besprechungsraum gehörte. Ich mochte es sehr. Claudia sagte, es erinnere sie an einen Männerklub. Scarlet, die als Sängerin in einem Herrenklub arbeitete, stimmte ihr zu. Da ich jedoch derjenige war, der die Rechnungen bezahlte, hatte ich nicht vor, auch nur das geringste bisschen zu ändern.

„Kaffee wäre mir lieber", brummte sie, während ihr Blick durch den Raum huschte, um alles in sich aufzunehmen. „Das hier ist annehmbar. Es sieht mehr nach Detektiv aus als Sie."

Stumm bis zehn zu zählen half. Außerdem half es, vietnamesischen 3-in-1-Instantkaffee mit heißem Wasser aus der Kaffeemaschine aufzugießen. Für mich füllte ich einen großen Becher mit einer doppelten Portion, bevor ich vorsichtig eine kleinere Tasse zum Sofa hinübertrug, wo sie es sich bequem gemacht hatte. Nachdem ich die dampfende Tasse auf dem Tisch vor ihr abgestellt hatte, ließ ich mich auf dem Ledersessel gegenüber nieder.

Ich trank einige Schlucke Kaffee, da ich mich ohne Koffein im Blut nicht dazu in der Lage fühlte, mich mit ihr auseinanderzusetzen. Sie schien das anders zu sehen. Nachdem sie einen großen Schluck der siedend heißen Flüssigkeit hinuntergestürzt hatte, als handelte es sich um Leitungswasser, stellte sie die Tasse mit einem energischen Geräusch auf dem Tisch ab und sah mir direkt in die Augen.

„Ich bin Madame Sun." Sie zog das U in die Länge, bis es einen beinahe geisterhaften Klang annahm. „Sie sollten wissen, dass Sie sich in der Gegenwart der besten Wahrsagerin von Los Angeles befinden, vielleicht sogar von ganz Korea, nachdem sich nun mein *Sunbae* zur Ruhe gesetzt hat."

Wahrsager standen für mich ungefähr auf derselben Stufe wie Leute, die an meiner Tür klingelten und darauf bestanden, einen Haufen Schmutz auf meinen Teppich zu kippen, um mir zu zeigen, wie gut der von ihnen angebotene Staubsauger ihn entfernen konnte. Es wäre mir selbst dann nicht gelungen, auf diese Information beeindruckt zu reagieren, wenn sie dabei ihre Hose heruntergelassen und einen meterlangen Schwanz präsentiert hätte, der „Hello My Baby" sang.

Ich murmelte etwas Undeutliches, das hoffentlich ansatzweise ehrfürchtig klang, und fragte: „Wobei kann ich Ihnen behilflich sein, Ma'am?"

„Jemand tötet meine Klienten. Bisher sind drei gestorben und ich habe gesehen, dass weitere sterben werden." Die *Ajumma* beugte sich vor, um einen knochigen Finger in meinen Arm zu bohren, damit ich ihr meine volle Aufmerksamkeit schenkte. „Und ich möchte Ihre Dienste in Anspruch nehmen, damit Sie es verhindern."

3

Es GIBT eine unendliche Anzahl von Dingen, über die ich nichts weiß. Angefangen mit der Existenz Gottes bis hin zu der Frage, warum nicht jemand eine bessere Verpackung für Schmelzkäsescheiben entwirft, damit nicht immer dieser schmale Streifen darin zurückbleibt. Die Welt ist ein geheimnisvoller und fantastischer Ort. Diese Philosophie macht es einem ziemlich leicht, als Privatdetektiv zu arbeiten. Normalerweise drückte ich den *Ich-glaube*-Knopf, wenn mich jemand darum bat, zu beweisen, dass der geliebte Ehepartner treu war – aber bei Hellseherinnen funktionierte er genauso gut. Vielleicht würde ich ihr zumindest zeigen können, dass niemand ihretwegen starb.

So kochte ich Madame Park Hyuna Sun eine weitere Tasse vietnamesischen Instantkaffee und forderte sie zum Weitererzählen auf.

„Alles fing an mit May Choi. Sie ist … war … eine meiner Stammkundinnen. Eine junge Frau. Sehr hübsch und mit einem guten Mann verheiratet." Madame Suns Ringe glitzerten, als sie ihre Worte mit Gesten unterstrich. „Sie war gerade wegen einer Beratung bei mir gewesen. Eigentlich gute Neuigkeiten, aber sie war von einer Art Schwärze umgeben. Zu dem Zeitpunkt sagte ich ihr nichts davon, aber nachdem sie gegangen war, wurde ich von einem Gefühl der Kälte ergriffen. Am nächsten Tag habe ich in den Nachrichten gesehen, dass sie von einem Mann ermordet wurde, der ihr Auto wollte."

„Das ist tragisch, Ma'am", sagte ich so sanft wie möglich, „aber es ist nicht Ihre Schuld." „Ich hätte sie warnen können." Madame Sun schlug so heftig mit der flachen Hand auf den Tisch, dass die Tassen bebten. „Ich habe gespürt, dass ihr etwas anhaftete. Ich hätte es wissen müssen. Sie hat meinen Salon mittags verlassen und starb zwanzig Minuten später. Welcher Mann würde eine Frau am helllichten Tag wegen ihres Autos töten? Aber der Polizist, mit dem ich telefoniert habe, sagte mir, ich sei verrückt."

Ich ließ mir absolut nicht anmerken, dass *verrückt* auch meine erste Reaktion auf sie gewesen war. Und meine zweite. Stattdessen notierte ich mir in meinem Notizbuch, mich näher mit dem Choi-Fall zu beschäftigen. „Für mich klingt es nach einem Zufall, Madame Sun. Ich wende mich gern an die Polizei und erkundige mich nach den Ermittlungen, aber ich wüsste nicht …"

„Es gab zwei andere", unterbrach sie mich und beugte sich vor, um mich über ihre Brillengläser hinweg mit einem strengen Blick zu fixieren. „Beide starben, nachdem sie meinen Salon verließen. Mays Tod allein hätte ein Zufall sein können, aber zwei weitere direkt danach? Da arbeitet eine dunkle Kraft gegen mich."

Ich entlockte ihr Details zu den anderen beiden Todesfällen. Im Gegensatz zu May Choi, die erst vor einem Jahr aus Seoul hergekommen war, handelte es sich bei den anderen Opfern um Koreaner, die schon seit Jahren in Amerika lebten. Die zweite verstorbene Klientin, die Hausfrau Eun Joon Lee, war eines Nachmittags von Einbrechern getötet worden. Einige Tage später war der ältere Geschäftsmann Bhak Bong Chol in seinem Büro verstorben, offenbar an einem Herzinfarkt. Madame Sun gab mir so viele Informationen wie möglich, einschließlich ihrer Adressen und wie lange sie jeweils ihre Kunden gewesen waren.

„Haben Sie irgendetwas gehört – egal von wem –, was Sie zu der Annahme bringt, dass noch andere Klienten in Gefahr schweben?" Auch wenn ich nicht die Büchse der Pandora öffnen wollte – für den unwahrscheinlichen Fall, dass sie tatsächlich irgendeinen konkreten Beweis für ein Verbrechen hatte, musste ich das fragen.

„Nein, nein und Sie dürfen nichts sagen. Ich möchte niemanden beunruhigen." Sie schüttelte den Kopf, wobei sich nicht eine einzige Haarsträhne bewegte, sondern lediglich ihr Brillenband ein angenehmes Klimpern von sich gab. „Aber ich habe *gespürt*, dass der Tod wiederkommt. Und alles hängt mit mir zusammen. Das weiß ich in meinem tiefsten Inneren. Bitte, Mr. McGinnis, diese Menschen haben es nicht verdient zu sterben, nur weil sie bei mir Rat suchen."

„Niemand hat einen solchen Tod verdient, Madame Sun", versicherte ich ihr. „Und nein, ich werde Ihren aktuellen Klienten nichts verraten. Ich wollte nur wissen, ob Sie etwas Konkretes haben, dem ich nachgehen könnte."

„Meine Vorahnungen *sind* etwas Konkretes, aber ich verstehe Ihre Denkweise. Sie sind nicht der erste Ungläubige, dem ich begegne. Und Sie müssen nicht daran glauben, Mr. McGinnis. Sie müssen nur … dafür sorgen, dass die Menschen, die ich berate, wieder sicher sind. Benötigen Sie eine Anzahlung, um mit den Ermittlungen zu beginnen?" Sie schob eine Hand in ihre strahlend pinkfarbene Handtasche mit Krokodilledermuster, doch ich schüttelte den Kopf.

„Nein. Lassen Sie mich erst sehen, ob ich etwas zum Ermitteln finde. Wenn es etwas gibt, dem ich nachgehen kann, melde ich mich bei Ihnen und wir reden über die Kosten."

Ich hatte nicht vor, ihr etwas zu berechnen. Für mich klang es nicht wie ein Komplott oder ein Fluch, sondern wie unglückliche Zufälle, die aufgrund ihrer zeitlichen Nähe beunruhigend wirkten. Dieser Fall würde sich als ähnlich profitabel wie Avas erweisen, nur ohne den Schokoladenriegel. Allerdings würde es mich auch nichts kosten, Anrufe bei einigen Polizisten zu tätigen und Informationen aufzuspüren, und danach würde sich Madame Sun zumindest besser fühlen. Zeit war ein kleiner Preis für den Seelenfrieden einer alten Dame und Zeit war etwas, wovon ich viel hatte.

„Vivian – sie hilft mir. Rufen Sie sie an, wenn Sie noch Fragen haben." Sie erhob sich mit knackenden Gelenken und rieb sich das Knie, als sie um den Tisch herumging. „Ihre Nummer steht hier, *ne*? Mein Sohn James ist draußen. Ich möchte ihn nicht zu lange warten lassen."

„Ich melde mich, wenn ich bei der Polizei angerufen und etwas herausgefunden habe." Ich brachte sie zum Ausgang und öffnete die Insektengittertür, um sie hinauszulassen. Sie bedankte sich mit einem leisen Murmeln und ich nickte dem Mann mittleren Alters zu, der neben einem am Gehweg geparkten Auto auf sie wartete.

Polizisten mögen es nicht, wenn sie von Privatdetektiven angerufen werden, die sie zu ihren Ermittlungen befragen. Genau genommen mag es kein Polizist, wenn ihm jemand bei der Arbeit über die Schulter schaut. Ein paar kurze Fragen würden jedoch hoffentlich nicht zu viel sein, wenn ich sie damit erklärte, dass ich eine ältere Dame beruhigen wollte.

Ich brauchte eine halbe Stunde und wurde mehrere Male durchgestellt, bevor ich endlich mit Dexter Wong sprach, einem Detective, mit dem ich mich angefreundet hatte. Wong hatte sich um die Folgen meines letzten Falls gekümmert und ihm waren auch die Choi-Ermittlungen zugeteilt worden. Als er sich meldete, klang er überrascht darüber, von mir zu hören.

„Eine Wahrsagerin, ja?" Ich hörte, wie er mit irgendeinem Gegenstand auf seinen Schreibtisch klopfte. „Meine Mutter geht zu einem. Sie schwört, dass der alte Mann ihr hilft. Ich schätze, wenn sie unbedingt das I Ging befragen will, ist das ihre Angelegenheit. Ich trage bei Ballspielen meine Glückssocken. Als könnte ich da mit Steinen werfen? Wie kann ich dir helfen?"

Ich teilte ihm mit, was ich wusste, was er mit einem nachdenklichen Brummen quittierte. „Ich brauche nicht viel. Selbst wenn ihr Jungs keine Anhaltspunkte habt, kann ich ihr wenigstens sagen, dass ich mit euch gesprochen habe. Sie schien ganz nett zu sein, macht sich Sorgen um ihre Kunden. Also dachte ich, ich ruf dich mal an und nehme ihr damit vielleicht etwas von dem Druck, der auf ihr lastet."

„Nein, schon gut … kann ich verstehen. Ich sage dir etwas dazu, aber die Einzelheiten bleiben unter uns, McGinnis." Nach meinem zustimmenden Murmeln fuhr er fort: „Es wurde als versuchter Autodiebstahl aufgenommen, aber im Grunde war es einfach Mord. Sie wurde an einer Ampel durch das offene Fenster ihres BMW erschossen. Ihre Tasche wurde gestohlen und einige Meter weiter fortgeworfen. Das Auto hat der Typ nicht genommen. Hat es am helllichten Tag getan. Zeugen sagen, er war durchschnittlich groß mit einem schwarzen Tanktop und Jeans. Sturmhaube, um sein Gesicht zu verstecken, aber etwas dunkler Hautton. Könnte Asiat oder Hispano gewesen sein. Es ist an der Vermont passiert, direkt an der Grenze zu Koreatown, also will niemand reden oder mit dem Finger auf jemanden zeigen. Du kennst das."

„Ja, ich war in solchen Gegenden auf Streife. Nur um eine Handtasche zu stehlen, wirkt das Ganze jedenfalls ziemlich übertrieben. Wie alt war der Wagen?"

„Neu. Hatte noch das Händlerschild. Sie war dafür bekannt, dass sie viel Bargeld bei sich trug, aber nicht genug, um dafür zwei Kugeln ins Gesicht zu bekommen." Wong gab ein Schnalzen von sich. „Ich habe hier ein Foto. Sie war ausgesprochen hübsch. Ihr Mann war wortkarg, als ich mit ihm gesprochen habe, aber hat trotzdem bestürzt gewirkt. Allerdings hat er mich bisher nicht angerufen, um nach Fortschritten bei den Ermittlungen zu fragen."

„Vielleicht ist ihm selbst klar, dass ihr nicht viele Anhaltspunkte habt." Ich kaute kurz auf meinem Kugelschreiber, nur um ihn gleich wieder aus dem Mund zu nehmen, als hätte Claudia mich wie üblich ermahnt, meine Lippe nicht mit Tinte zu beschmieren. Ohne sie war es im Büro zu still und ich gewöhnte mir an, zu spät zu öffnen.

„Möglich. Aber wenn man *mir* die hübsche junge Ehefrau erschossen hätte, würde ich den Polizisten so lange auf die Nerven gehen, bis sie mir den Namen des Typen gegeben hätten, den ich dafür vermöbeln könnte."

„Was glaubst du? War es eine glückliche Ehe?" Ich stellte die Trauer ihres Mannes infrage, was mir leichter fiel, ohne ihn zu kennen – ein gesichtsloser Mann, der möglicherweise die Ermordung seiner Ehefrau angeordnet hatte.

„Zumindest wirkte es so", mutmaßte Wong. „Aber auch das ist schwer zu sagen. Beide kamen aus Seoul. Er ist ungefähr elf Jahre älter als sie und sie war noch jung – gerade zwanzig. Er kümmert sich um den amerikanischen Teil des Importunternehmens seiner Familie. Choi lebt hier seit etwa drei Jahren, ist aber zum Heiraten nach Korea zurückgekehrt."

„Choi? Sie hat seinen Namen angenommen?" Als Wong es mir bestätigte, runzelte ich die Stirn. „Das ist merkwürdig. Ich dachte, die meisten koreanischen Frauen behalten ihren Namen."

„Vielleicht liegt es daran, dass sie jetzt hier gelebt hat? Sich anpassen und so was?", antwortete er. „Ihr Mädchenname war Gangjun. Und das war auch schon alles, was ich weiß. Falls es einen großen Durchbruch gibt, lasse ich es dich wissen, aber im Moment kann ich dir nicht viel mehr sagen."

„Weißt du was zu dem anderen Fall? Eun Joon Lee?" Ich blätterte durch meine Notizen. „Als dritten Namen habe ich Bhak, aber das war ein Herzinfarkt."

„Eun Joon Lee hat jemand anders bekommen." Es klang, als setze Wong seine Tastatur ziemlichen Strapazen aus. „Aber dazu finde ich hier auch nicht viel. Ein Einbruch einige Straßen von Chois Überfall entfernt. Ein paar kleinere Elektrogeräte wurden mitgenommen, aber kein Geld und auch der Schmuck wurde zurückgelassen. Der Ehemann glaubt, dass sie beim Nachhausekommen überrascht wurde. Wir haben noch keine Ergebnisse aus der Ballistik, aber es sieht nach dem gleichen Kaliber wie bei Choi aus. Allerdings sind neun Millimeter nicht gerade selten."

„Würde man dich komisch ansehen, wenn du einen Vergleich zwischen beiden veranlassen würdest?" Es war weit hergeholt. Wie er schon gesagt hatte, gab es auf den Straßen von Los Angeles eine Menge Waffen mit diesem Kaliber. Die Chance, dass es sich um dieselbe handelte, war verschwindend gering.

„Könnte nicht schaden. Oft haben die Leute im Labor von sich aus ein Auge auf solche Dinge, aber das variiert. Sie sind überlastet." Wong räusperte sich. „Hör zu, ich muss jetzt Schluss machen. Falls du selbst etwas herausfindest, lass es mich wissen. Sollten die beiden Fälle wirklich zusammenhängen, hätten wir neue Anhaltspunkte. Und ich werde von hier aus noch mal einen Blick auf die Verbindung zu Madame Sun werfen, okay?"

„Danke. Ich schulde dir eine Einladung zum Essen."

„Kann ich meine Freundin mitbringen?", neckte Wong. „Damit du nicht auf die Idee kommst, es sei ein Date?"

„Klar, solange ich Jae mitbringen kann – damit du nicht auf die Idee kommst, du hättest bei mir eine Chance", konterte ich.

„Toll, dann bin ich wirklich der Hässlichste am Tisch."

„Dafür bezahle ich die Rechnung und gebe dir noch ein Bier aus." Nachdem wir grobe Pläne für einen Besuch in einem koreanischen Grillrestaurant gemacht hatten, legte ich auf. Ich schickte Jae eine Nachricht, um ihn zu fragen, wann er Zeit hatte, und ihm zu versprechen, dass er das Restaurant aussuchen durfte, solange es sich um ein koreanisches handelte.

Seltsamerweise war ich noch nicht bereit, Madame Suns Paranoia, die mich schmetterlingshaft zu umflattern schien, mit einer Nadel aufzuspießen. Die drei Todesfälle hatten sich innerhalb weniger Tage ereignet und, soweit ich es auf einer Karte erkennen konnte, auch sehr dicht beisammen. Es war ungewöhnlich für einen Dieb, einen BMW zurückzulassen und man musste sich fragen, ob er den Mord nicht von Anfang an geplant hatte. Wongs Zeugen hatten es ziemlich deutlich beschrieben. Der Mann war an das Auto getreten, hatte Choi aus nächster Nähe erschossen und war dann im Dschungel der Häuser von K-Town verschwunden.

„Er wusste, dass sie dort sein würde", murmelte ich vor mich hin, während ich mit meinem Schreibtischstuhl zur Kaffeemaschine hinüberrollte. „Jemand war über ihre Pläne informiert. Es wirkt eher wie beabsichtigt als wie ein Zufall."

Da ich keine ganze Kanne kochen wollte, mischte ich mir eine weitere Tasse des vietnamesischen Instantgebräus zusammen, bevor ich mich wieder zu meinem Schreibtisch schob. Das konnte ich mir nur leisten, weil Claudia nicht hier war. Ich würde es mir wieder abgewöhnen müssen, bevor sie zurückkam, damit es nicht jedes Mal Schläge auf den Hinterkopf setzte, wenn ich an ihr vorbeirollte.

„Okay, da wäre also ein versuchter Autodiebstahl, bei dem das Auto letztendlich zurückgelassen und nur eine Handtasche gestohlen wird." Da die Rückseite meines Oberschenkels juckte, hob ich das Bein etwas an, um durch den Jeansstoff über die verbundene Stelle zu kratzen. „Und ein Einbruch, bei dem die Einbrecher auf einen Haufen Schmuck verzichten und nur ein paar offensichtliche Dinge aus dem Wohnzimmer mitnehmen. Da stinkt doch etwas, McGinnis."

Doch mein Tag wurde noch stinkiger, als ich plötzlich die aufgebrachte Stimme meines älteren Bruders Mike hörte, die sich meiner Bürotür näherte. Die Veranda bebte unter seinen stampfenden Schritten und die Gittertür gab ein protestierendes Quietschen von sich, als er sie aufriss. Sein Haar war die übliche Ansammlung schwarzer Kaktusstacheln, während sein Gesicht im Augenblick einen äußert finsteren Ausdruck mit zusammengebissenen Zähnen zur Schau trug. Dieser beeindruckte mich allerdings in etwa so sehr wie Madame Suns angebliche Wahrsagergabe.

Zwischen uns lagen nur wenige Jahre. Wenige Jahre und so einige Zentimeter. Mike schlug nach unserer Mutter, einer kleinen japanischen Frau namens Ryoko, die unser Vater kennengelernt hatte, als er im Ausland stationiert gewesen war. Mein heute gedrungen und breitschultrig gebauter Bruder hatte früh gelernt, sich gegen Witze über seine Größe mit kräftigen Fäusten und einem sturen Kopf zu wehren. Ich hatte das Problem einfach gelöst, indem ich größer geworden war, sodass ich mit meinen langen Beinen vor ihm flüchten konnte, bis er aufgab. Auch wenn ich der Einzige von uns beiden war, der das braune Haar und die grünen Augen unseres Vaters geerbt hatte, war sein hitziges Temperament an uns beide weitergegeben worden.

Da ich mit meinem verletzten Bein zurzeit nicht gut rennen konnte, hatte Mike in dieser Auseinandersetzung einen deutlichen Vorteil und würde mich nicht einfach vor dem ganzen Mist flüchten lassen. Also entschied ich mich für den leichten Ausweg, indem ich aufstand, um meinen aufgebrachten Bruder durch meine Größe einzuschüchtern. Ich nahm Madame Suns Tasse und wandte ihm den Rücken zu, als ich zur Spüle hinüberhumpelte und sie säuberte.

Er folgte mir wie ein wütendes Entenküken.

„Warum hast du mich nicht angerufen?" Mike fehlte etwa ein Kopf an Größe, um mich mit seinem Blick niederzustarren, doch seine Nasenflügel bebten wie ein heftiger Erdstoß. „Ich habe Jae doch *gesagt* …"

„Auf eines sollten wir uns einigen, Bruder. Du hast Jae *überhaupt nichts* zu sagen." Ich schüttelte mir das überschüssige Wasser von den Händen und wischte sie an meinen Jeans ab. Da ich dabei den Hundebiss vergessen hatte, musste ich einen Aufschrei unterdrücken, als der Stoff über die Wunde rieb. „Er war so freundlich, deine Nachricht an mich weiterzugeben, aber er ist nicht dein Sklave. Und ich übrigens auch nicht. Ich rufe dich an, wann ich es möchte."

„Ich hätte Jae gar nicht anrufen müssen, wenn du dich zurückgemeldet hättest." Mike ging um mich herum, damit er sich einen Teebeutel und eine Tasse nehmen konnte. Nachdem er sie mit heißem Wasser gefüllt hatte, drehte er sich zu meinem Schreibtisch um, an dem ich mittlerweile wieder Platz genommen hatte. „Wir müssen uns unterhalten."

„Das müssen wir nicht." Ich schaltete den Computer ein und wartete einige Sekunden, um ihn hochfahren zu lassen, damit ich damit beginnen konnte, eine Akte für Madame Suns Fall anzulegen. Auch wenn ich vorerst keine Bezahlung verlangte, hieß das nicht, dass ihr Fall weniger Aufmerksamkeit verdiente. Außerdem würde Claudia mich nach Sibirien verschiffen, wenn bei ihrer Rückkehr nicht alles seine Ordnung hatte.

Nachdem er seine Tasse auf Claudias Tisch abgestellt hatte – außerhalb meiner Reichweite –, ließ er sich auf meiner Schreibtischkante nieder und bohrte mir mit einem Finger in die Schulter. Ich zuckte zusammen, weil unter seiner Fingerspitze die Schmerzen einer alten Schusswunde pochten, woraufhin er immerhin den Anstand besaß, etwas zerknirscht dreinzuschauen.

„Ich habe heute Morgen noch einmal mit Ichiro gesprochen. Er fragt, wie es dir geht." Er zuckte mit den Schultern. „Ich weiß nicht, was ich ihm sagen soll."

„Mensch, wir haben das doch durchgekaut." Ich war nicht in der Stimmung für eine Auseinandersetzung mit Mike. Es war eine lange Nacht gewesen und auch danach hatte die brennende Wunde an meinem Oberschenkel mich häufig aus dem Schlaf gerissen. „Warum musst du ihm etwas über mich sagen?"

„Weil er gefragt hat. Er ist unser Bruder, schon vergessen?"

Ichiro. Unser Halbbruder. Den unsere Mutter in Japan großgezogen hatte, nachdem sie doch angeblich bei meiner Geburt gestorben war.

Gegen Ryoko McGinnis-Tokugawa war Jesus gar nichts.

Seit wir von seiner Existenz erfahren hatten, war Mike bemüht, mich in eine familiäre Beziehung mit Ichiro zu zwängen. Ich war nicht daran interessiert. Nicht jetzt. Vielleicht niemals. Erst einmal brauchte ich Zeit, um zu verarbeiten, dass ich nicht nur von einer Mutter im Stich gelassen worden war, sondern von zwei Müttern. Da der Gedanke daran schmerzte, tat ich das, was ich immer tat, wenn ich nicht verletzt werden wollte.

Ich vermied es, darüber nachzudenken.

„Ich arbeite gerade an einem Fall, Mike. Komme ich einfach wie ein wütender Hase in dein Büro gestürzt, wenn mir danach ist?"

„Ein wütender Hase?"

„Mit denen sollte man sich nicht anlegen", erklärte ich, während ich mich dem Papierchaos zuwandte, das ich auf meinem Schreibtisch hinterlassen hatte. „Sie haben scharfe Zähne."

„Cole, Ichiro ..."

„Mike, weißt du, was Ichiro bedeutet?" Ich wandte mich ihm zu, um ihm einen wütenden Blick zuzuwerfen. „Du bist doch so großer Baseball-Fan, dass du es wissen müsstest. Es heißt *erster Sohn*. Das war er für sie. Sie hat uns *im Stich gelassen*, Mike. Sie hat uns bei diesem Arschloch von Vater zurückgelassen und ist abgehauen."

„Wir wissen nicht, was zwischen ihnen vorgefallen ist." Es war ein schwaches Argument, aber das beste, das Mike hatte. Keiner von uns wusste, was zwischen unseren Eltern passiert war. Ichiro wusste es vielleicht, aber auf der Liste meiner Lieblingspersonen stand er zurzeit nicht weit oben.

„*Wir* sind zwischen ihnen vorgefallen." Mit quietschenden Rollen schob ich meinen Stuhl zurück. „Ihre *Söhne*. Und jetzt soll ich mich mit dem Kind, das sie nach uns hatte, ans Lagerfeuer setzen und Marshmallows rösten? Dem Kind, das sie großgezogen hat, ohne uns auch nur einen Brief darüber zu schreiben?"

„Das war doch nicht seine Schuld." Er hob herausfordernd das Kinn. „Er ist unser *Bruder*, Cole."

„Der, den du hast, reicht dir nicht? Bin ich nicht gut genug für dich? Zu schwul? Zu kaputt?", konterte ich. „Da hältst du dich lieber an den neuen? Ist er hetero? Hat er Kinder? Hat sein Leben im Griff? Vielleicht spielt er ja auch Golf und kann dir Kontakte in Tokio verschaffen."

Ich war zu weit gegangen. Das wusste ich bereits, während ich die Worte aussprach. Mike taumelte einen Schritt zurück, als hätte ich ihm meine Faust in den Magen gerammt und sämtliche Gefühlsregungen wichen aus seinem Gesicht.

„Leck mich, Cole", sagte er. Seine Worte waren eine ruhige, schmale Linie, die eine feste Grenze zwischen uns zog. „Das habe ich nicht verdient."

„Nein, du … Verdammt. Mike …" Ich streckte eine Hand nach ihm aus und spürte einen schmerzhaften Stich, als er mir auswich. „Mann, es tut mir leid. Scheiße, es ist nur … Das ist alles zu viel für mich. Du *kanntest* sie. Alles, was ich von ihr habe, sind ein paar Fotos und ein zweiter Vorname, den ich nicht aussprechen konnte. Was soll ich jetzt mit einem Typen anfangen, der sie als Mutter hatte? Vor allem nach …"

„Barbara? Unserer Stiefmutter?" Endlich näherte Mike sich wieder, um mir seine Hände auf die Schultern zu legen. Er schob mich auf meinen Stuhl und beugte sich vor, damit er mir in die Augen sehen konnte. „Kleiner Bruder, ich weiß, dass sie dich schlecht behandelt und Dad dich übel fertiggemacht hat, aber nichts davon ist Ichiros Schuld. Er wusste nicht, dass wir dachten, Mom wäre tot."

„Es fällt mir schwer, das zu glauben, Kumpel."

„Cole, es ist wahr. Er ist darüber so verärgert wie wir. Deshalb wollte er zu den Brüdern, über die niemand redete, Kontakt aufnehmen. Du bist doch derjenige, der mich ständig auffordert, toleranter zu sein. Warum kannst du dich bei ihm nicht mal selbst daran halten?"

„Vielleicht." Ich knirschte mit den Zähnen. „Bin ich einfach noch nicht bereit für den Mist. Für ihn. Ich brauche etwas Zeit, Mike. Nur etwas verdammte Zeit."

„Die kann ich dir geben", sagte Mike mit einem sanften Klaps auf meine Wange, der sie zum Brennen brachte. „Hör nur endlich auf, dich wie so ein verdammtes Arschloch aufzuführen."

4

MIT DEN Informationsschnipseln, die ich allein am Computer ausfindig machen konnte, kam ich bei Madame Suns Fall nicht weiter. Bevor mir Wong heimlich einige Fallberichte schickte, würde ich keine Verbindung zwischen May Choi und Eun Joon Lee finden, nicht im Internet. Ich legte mein Notizbuch ab und betrachtete auf meiner Unterlippe kauend Claudias leeren Stuhl.

Sie hatte darauf bestanden, dass ich für die Wochen ihrer Abwesenheit jemanden beschäftigte, der sich um Anrufe kümmerte, doch mir wäre es beinahe wie Verrat erschienen, eine andere Person auf ihrem Stuhl zu sehen. Dennoch, wenn ich bei einem Fall vor Ort ermitteln oder auch nur eine Runde joggen gehen wollte, würde ich dort auf Dauer jemanden brauchen.

Nur wollte ich, dass dort Claudia saß. Eigentlich *musste* es Claudia sein.

Da das leider unmöglich war, entschied ich mich für die nächstbeste Alternative und wählte die Nummer ihres ältesten Sohns Martin.

„Hey, Mann." Martins tiefes Brummen hob sich ein wenig, als er erkannte, dass ich es war. „Mama schläft gerade. Ich hab sie dazu gebracht, eine von den Schmerztabletten zu nehmen."

„Eigentlich rufe ich auch an, um mit dir zu reden. Ich könnte etwas Hilfe gebrauchen." Ich erklärte ihm, worum es ging und er hörte zu. „Also hatte ich gehofft, dass vielleicht jemand aus der Familie Lust hätte, sich um das Telefon zu kümmern. Vielleicht sogar ein paar von den jungen Leuten? Selbst wenn es nur nachmittags wäre."

Mitten in meiner Erklärung wurde mir bewusst, dass Martin möglicherweise einige Bedenken dabei hatte, ein weiteres Familienmitglied auf genau den Posten zu schicken, an dem man auf seine Mutter geschossen hatte. Etwas mit scharfen Zähnen begann an meinem Magen zu knabbern. Ich konnte froh sein, wenn *Claudia* zurückkehren wollte.

„Es wird nur sein müssen, bis es Mama besser geht", unterbrach Martin meine Panikattacke. „Sie wird zurückkommen. Darauf kannst du wetten."

„Ich würde es verstehen, wenn sie …" Es gelang mir nicht, die Worte auszusprechen. Die Frau mit dem dominanten Wesen, die einen Platz in meinem Leben eingenommen hatte, war dort eine zu große Präsenz geworden, um sie gehen zu lassen und ich hätte sie, wenn nötig, auch mit Geld und einem schnuckeligen Limousinenfahrer bestochen, um sie zu überzeugen. Nur konnte ich nicht garantieren, dass sie hier sicher sein würde. Widerstrebend teilte ich Martin genau das mit.

Doch Martin war unverkennbar der Sohn seiner Mutter. „Unsinn, Cole. Niemand ist je ganz sicher. Du hast alles für Mama getan, was du konntest und sie wird zurückkommen. Wenn ich auch nur versuchen würde, es zu verhindern, bekäme ich einen Tritt in den Hintern. Und wenn einer von den Kids für dich arbeiten möchte, ist uns das recht. Verstanden?"

„Verstanden", murmelte ich und rieb mir das Gesicht. „Also nur, bis sie zurückkommt?"

„Nur, bis sie zurückkommt", versicherte er mir. „Lass mich nachfragen, wer Zeit hat. Ich melde mich dann später, okay?"

Ich legte auf und lehnte mich auf meinem Stuhl zurück. Er quietschte einmal, dann einige weitere Male, als ich ein wenig darauf ruckelte. Fünf Sekunden später hielt ich es nicht mehr aus. Ein Blick auf mein Handy verriet mir, dass ich keine Nachrichten von Jae hatte, aber das war nicht ungewöhnlich. Hätte ich Aufmerksamkeit gewollt, hätte ich mich in die Höhle des Löwen wagen müssen.

„Wobei ich Dinge mit meinem Löwen anstellen möchte, an die David wohl nicht gedacht hätte", murmelte ich vor mich hin. Im Moment war es allerdings zu früh für einen Besuch bei Jae. Er hätte mich lediglich angeknurrt und wieder aus der Tür geschoben, wenn ich so früh am Nachmittag in seine Höhle gekrochen wäre. Stattdessen entschloss ich mich, mit den Adressen der Tatorte ausgerüstet loszuziehen und mich umzusehen, vielleicht sogar jemanden zu finden, der reden würde. Ein Mord war selbst Wochen später noch aufregend genug für Nachbarschaftstratsch.

Nachdem ich das Büro abgeschlossen hatte, legte ich einen Zwischenstopp im Wohnteil des Hauses ein, um Neko ihre angemessene Verehrung entgegenzubringen und ihr dann eine Portion Thunfisch mit Ei zu servieren. Das Eintreffen des Futters machte mich in ihren Augen nutzlos und sie konzentrierte sich stattdessen darauf, es geräuschvoll und leise knurrend herunterzuschlingen.

„Gern geschehen", teilte ich der Katze mit.

Sie ließ sich nicht zu einer Antwort herab, die ich verstehen konnte, aber das schroffe Knurren, mit dem sie reagierte, war vermutlich nicht weit von „verpiss dich" entfernt. Ich ließ sie in ihrem Fischgestank zurück und schloss die Tür ab.

LOS ANGELES war größtenteils in Form eines Rasters angelegt, das jedoch von einigen gewundenen Straßen unterbrochen wurde, um Touristen in die Irre zu führen, die den Weg von Hollywood in die Innenstadt suchten. Um das Chaos noch zu vergrößern, besaß die Stadt drei der verzweigtesten Schnellstraßen der ganzen Welt. Wer sich als nichts ahnender Fremder dem sirupzäh fließenden Verkehr um die Auffahrten näherte, wählte unter den mit Dauerbaustellen gespickten fünfhundert Möglichkeiten leicht die falsche und irrte im Kreis, bis ihm das Benzin ausging oder er von der Hölle, in der er gefangen war, in den Wahnsinn getrieben wurde.

Bobby war überzeugt davon, dass es sich bei vielen der Obdachlosen, die vor sich hin murmelnd in der Innenstadt umherliefen, tatsächlich um verirrte Fahrer handelte, die letztendlich ihre Autos aufgegeben hatten und stattdessen bis an ihr Lebensende zu Fuß diese Wüste aus Stahl und Beton durchstreiften. Ich war nicht ganz sicher, dass er sich irrte.

Mit diesem Wissen beschränkte ich mich bei meinem Weg nach Koreatown vorwiegend auf Nebenstraßen. Mein Ziel, der Stadtteil Wilshire, war auf drei Seiten von vorwiegend hispanisch geprägten Gebieten umgeben, während sich im Norden ein wohlhabendes Oberschichtviertel befand. Im Gegensatz zu den meisten Gegenden von L.A., wo die Grenzen zwischen arm und reich klar gezogen waren, handelte es sich bei Koreatown um eine Mischung aus Mittelstand und ärmeren Menschen, ergänzt durch Luxusläden und fantastische Restaurants. An den seltsamsten Ecken stolpert man dort manchmal unerwartet über kleine Lokale mit dem besten Essen, das man sich vorstellen kann.

Ich kreuzte den Beverly Boulevard und bog auf die Western Avenue ab, um die nächstgelegene Adresse aufzusuchen, nämlich die des Wohnkomplexes, in dem Eun Joon Lee angeblich ihre Mörder beim Einbruch überrascht hatte. Er befand sich in der Nähe eines koreanischen Restaurants, an dessen Buffet man sich unbegrenzt vollfressen konnte – Jae hatte mich einmal dorthin mitgenommen, um seine Freunde kennenzulernen. Ich fand einen freien Parkplatz, stieg aus und spazierte ein Stück die Straße entlang, um mir ein Bild von der Umgebung zu machen. Wie es in Koreatown hauptsächlich der Fall war, lebten die Menschen hier vor allem zur Miete in Wohnblöcken, deren monotoner Anblick hin und wieder von einem Komplex aus Eigentumswohnungen unterbrochen wurde. Die Lees lebten in einem solchen Kaninchenbau.

Es handelte sich um ein schmucklos gehaltenes, beiges Gebäude, das u-förmig einen Hof umschloss. In diesem wuchsen große Bäume und blühende dichte Sträucher zwischen grasbewachsenen sanften Hügeln, die so grün leuchteten, dass sie beinahe unecht wirkten. Sie als Eigentumswohnungen zu bezeichnen war vielleicht etwas irreführend. Genau genommen handelte es sich um ein Apartmenthaus, dessen Wohnungen zu abgeschlossenen Wohneinheiten umgebaut und verkauft worden waren, vermutlich von einer strengen Eigentümergemeinschaft überwacht, welche die genaue Höhe eines jeden Grashalms vorschrieb. Wenn man sich den Hof so ansah, schien ein Teil der Gemeinschaft außerdem zu hoffen, dass jemand die leuchtend grüne Landschaft als Drehort für den nächsten Teil von „Jurassic Park" auswählen würde.

Die Lees hatten eine Wohneinheit an der Ecke erworben, die ihnen einen guten Blick auf den Parkplatz bot. Es handelte sich um eine der am weitesten vom Eingangstorbogen entfernten Wohnungen und ich war erst an etwa der Hälfte des Innenhofes vorbeigegangen, als sich mir eine mollige ältere Koreanerin in den Weg stellte, deren leuchtend bunt geblümtes Schürzenkleid selbst jemanden mit Nachtsichtbrille geblendet hätte. Ihr kurzes, von grauen Strähnen durchzogenes

Haar umrahmte mit seiner Dauerwelle ein verschmitztes Gesicht. Ich grüßte sie mit einem Kopfnicken.

„*An nyoung ha seh yo, Nuna.*" Obwohl ich das „Hallo" vermutlich ziemlich verhunzt hatte, nickte sie ebenfalls und grinste mir zu. Jae wäre stolz darauf gewesen, dass ich es zumindest versucht hatte, auch wenn er angesichts meiner Aussprache seinen Brechreiz hätte unterdrücken müssen.

„*Aish*, wohl eher *Halmeoni*." Ich kannte das Wort zwar nicht, murmelte jedoch etwas Verneinendes, was mir ein Kichern einbrachte. Dann warf sie einen Blick auf die Wohnung der Lees, bevor sie sich wieder an mich wandte. „Sie sind noch ein Polizist?"

„Nein, *Nuna*. Ich bin Privatdetektiv. Ich wurde gebeten zu untersuchen, was hier passiert ist." Jaes Ermahnungen hatten mir beigebracht, die Worte Mord oder Tod zu vermeiden und die Richtung des Gesprächs stattdessen meiner neuen Bekanntschaft zu überlassen. „Wohnen Sie in der Nähe?"

„Eins daneben. Nächste Tür." Sie deutete auf eine orange-gelbe Tür. „Wir haben fast denselben Namen, das verwirrt Leute manchmal. Sie war Eun Joon Lee und ich bin Joon Eun Yi. Der Postbote vertut sich immer mit unseren Briefen. Meine Schwester hat Angst, dass die Diebe eigentlich zu mir wollten, aber ich habe ihr gesagt, das ist albern. Was habe ich schon? Nein, bei Eun Joon gab es viel mehr zu holen und deshalb waren sie bei ihr."

„War die Polizei noch mal hier seit … damals?"

„Pah, die Polizei macht gar nichts. Genau wie bei dem verrückten Mann die Straße runter, der die Mülltonnen in die Luft gejagt hat." Ms. Yi verzog das Gesicht. „Sie war nett und ihr Mann … Dong-Ju Lee … hat hart für sie gearbeitet. Es ist wirklich traurig."

„Der Nachname ihres Mannes ist Lee?" Ich warf einen Blick auf meine Notizen. Eun Joon war Anfang vierzig gewesen, aber zu ihrem Ehemann hatte ich keinerlei Informationen. Ich vermutete, dass er im gleichen Alter oder älter war. „Also derselbe Name?"

„Sie waren Cousin und Cousine, aber keine Kinder. Bedauerlich. Jetzt ist er allein." Kurz huschte ein abwägender Blick über ihr lächelndes Gesicht. „Hat er Sie beauftragt?"

„Jemand, der über den Vorfall besorgt war. Waren Sie mit Mrs. Lee befreundet?"

„Eun Joon war – nicht, dass ich etwas Schlechtes über sie sagen möchte …"

Ich nickte, damit wir stumm darin übereinstimmen konnten, dass Eun Joon Lee natürlich eine Heilige gewesen war, ihr schändlicher Tod jedoch ein Mindestmaß an Tratsch verlangte.

„Ihre Familie hat Geld, mehr als ihr Mann, und sie hat sich nie über ihren Wohnort beklagt …"

„Aber?", regte ich sie zum Fortfahren an. Bei dieser Art von Tratsch folgte grundsätzlich ein *Aber*. Das war es doch, woran man sich beim Reden hinter dem Rücken eines Nachbarn so ergötzte.

„Immer alles edel, verstehen Sie?" Ms. Yi schniefte, wobei die faltige Haut unter ihrem Kinn bebte. „Sie hat hier gelebt wie wir, aber sie war sehr wählerisch. Alles musste perfekt sein, sehr koreanisch. Kaum etwas von hier. Selbst die Musik, die sie gehört hat – sehr alt. Ich bin älter, aber ihre Musik war zu alt für mich. Eher wie von meiner Mutter."

Ich betrachtete es als Einladung, das Gespräch in die von mir gewünschte Richtung zu lenken. „Also hat sie hier viele Dinge getan, die sie in Korea gemacht hätte? Zum Beispiel Wahrsager besuchen?"

„*Omo*, wie viel Geld sie an diese Leute verschwendet hat, zu denen sie gegangen ist. Nicht nur einer, sondern gleich zwei!" Ms. Yis empörter Gesichtsausdruck konnte selbst dem von Neko Konkurrenz machen, mit dem sie mich ansah, wenn ich ihr zu kaltes Futter vorsetzte. „Lassen Sie mich überlegen. Sie ging zu Madame Sun und zu Gangjun Gyong-Si. Ich gehe zu keinem von beiden. Zu reich für mich. Was spricht gegen Madame Hae-jung? Nichts! Dann ist sie eben jünger! Wir waren alle mal jünger."

„Sie hat zwei Wahrsager besucht?" Ich runzelte die Stirn. „Wussten die beiden das auch?"

„Hah!" Ms. Yi rümpfte die Nase und gab mir einen Klaps auf den Arm. Er brannte etwas, aber bei Weitem nicht so wie eine Schusswunde. Manchmal sollte man auch für Kleinigkeiten dankbar sein. „So etwas sagt man doch nicht. Besonders nicht den beiden. Sun und Gyong-Si gerieten ständig aneinander. Wenn sie sich auf der Straße begegnen, passt man lieber auf, falls sie wieder anfangen, sich anzuschreien. Madame Sun ist die bessere Wahrsagerin, aber einige der Frauen, die gehen lieber zu Gyong-Si. Er sagt, er mag Männer, deshalb reden Frauen gern mit ihm, aber ich weiß nicht. Ich glaube es nicht. Ich weiß es besser."

„Sie sind Rivalen?" Ich runzelte die Stirn und bemühte mich, das Gesagte einzuordnen. Sie erwiderte meinen Blick ähnlich finster, schien den Sinn meiner Frage nicht zu verstehen. „Sun und Gyong-Si? Ich meine, wie kam es dazu?"

„Madame Sun und Gyong-Si kämpfen immer um Leute. Vielleicht sagt einer, dass dir etwas Schlechtes passieren wird und der andere sagt etwas Gutes. Du gehst zu dem, der meistens richtig liegt, bis du eine Antwort bekommst, die dir nicht gefällt. Dann wechseln manche Leute." Sie zuckte mit den Schultern, sandte eine Welle durch lila- und pinkfarbene Hibiskusblüten.

„Sagen sie die Zukunft auf unterschiedliche Weise voraus?" Ich hatte nicht die geringste Ahnung, welche Qualifikationen ein guter Wahrsager besitzen sollte und wie man einen aussuchte, denn darüber hatte ich bisher niemals nachgedacht. Allerdings hatte ich das Gefühl, dass ich schon bald einen Crashkurs zum Thema bekommen würde.

„Nein, auf dieselbe. Sun und Gyong-Si kommen vom selben Lehrer, einem sehr berühmten Wahrsager in Seoul, Kung Choong-Hoon. Gyong-Si war zuerst hier. Dann ist Madame Sun mit ihrem Sohn nach L.A. gezogen. Hat viele seiner Kunden gestohlen." Ms. Yi verzog das Gesicht, eindeutig angewidert vom Verhalten der beiden. „Gyong-Si war nicht glücklich, als sie kam. Jeder weiß von ihrem Streit, sie verbeißen sich ineinander wie Tausendfüßler. Warum sollte man zu so jemandem gehen, um sich Ratschläge für sein Leben zu holen?"

Dass Madame Sun einen Konkurrenten hatte, änderte einiges. Zwar war es schwer vorstellbar, dass jemand zwei Frauen tötete, um seine Kunden davor zu warnen, zu einem anderen Wahrsager zu wechseln, aber Menschen hatten schon verrücktere Dinge getan. „Wissen Sie, ob die beiden Mrs. Lee widersprüchliche Informationen gegeben haben? Hatte sie vielleicht vor, sich endgültig zu entscheiden?"

„Wenn sie so gut wären, hätten sie ihr nicht gesagt, sich nicht ermorden zu lassen?" Sie presste die Lippen aufeinander. „Nein, sie musste zu beiden gehen, falls sie bei einem Informationen bekam, die der andere ihr nicht geben konnte. Ich weiß nicht, ob sie davon wussten, dass sie beide besucht hat. Wahrscheinlich nein? Hätten sie es gewusst, hätten sie eine Entscheidung verlangt. Sie wollen nicht teilen. Sie weigern sich."

„Wissen Sie, wo ich Gyong-Si finde?", fragte ich vorsichtig. „Vielleicht hat er vor ihrem Tod mit Eun Joon gesprochen. Ich weiß, dass sie an dem Morgen einen Termin bei Madame Sun hatte."

„Er ist leicht zu finden, leichter als Madame Sun, aber die Adresse habe ich nicht. *Sie* sagt, dass sie nur Leute nimmt, die einen ihrer Klienten kennen. Aber das stimmt nicht. Sie nimmt jeden. Sie will nur verbergen, dass ihr Salon in einer schlechten Gegend ist. Gyong-Si bestellt Leute zu sich nach Hause. Er hat ein Empfangszimmer für Kunden. Da können Sie ihn finden."

Nach diesen Informationen befreite ich mich möglichst schnell aus dem Gespräch, um mir das Gebäude anzusehen. Ich ging darum herum und versuchte es aus der Sicht eines Einbrechers auszukundschaften. Durch ihre Lage im ersten Stock wäre die Wohnung der Lees nicht meine erste Wahl für die Suche nach schnellem Geld gewesen.

„Die Polizei hat an der Tür keine Anzeichen für ein gewaltsames Eindringen gefunden", murmelte ich vor mich hin, was Wong mir gesagt hatte, ich mir jedoch lieber selbst ansehen wollte. „Der einzige andere Weg in die Wohnung wäre der Balkon."

Ein Durchgang verband den Hauptbereich mit dem Parkplatz hinter dem Gebäude. Nach der schwül-feuchten Luft des Hofs war seine kühle Dunkelheit ein Segen. Beim Balkon der Lees handelte es sich in Wirklichkeit eher um einen von hohen Wänden umschlossenen Vorsprung wie ein kleines Aufstoßen der Hauswand, ein typisches Merkmal kalifornischer Wohnungsarchitektur in den Achtzigerjahren. Da sich die Wohnung auf der Parkplatzseite befand, wäre eine zum ersten Stock hinaufkletternde Person jedoch leicht von kommenden und gehenden Anwohnern entdeckt worden. Die mit dünnem Putz bedeckten und in einem blassen Sandton gehaltenen Wände hatten helle, abgeschlagene Stellen – vermutlich von durch den Rasenmäher aufgewirbelten Steinchen.

Ich presste eine Schuhsohle gegen die Wand, um zu prüfen, wie gut man am Putz Halt fand. Der aufgesprühte Pseudoschlamm bröckelte unter meinem Gewicht, sodass ein weißer Streifen an der Wand zurückblieb, wo sich mein Schuh zu tief hineingegraben hatte. Ich ging in die Hocke, um mir eine ähnliche Spur im Putz anzusehen. Den scharfen Kanten nach zu urteilen war sie durch etwas Festeres als eine weiche Schuhsohle hervorgerufen worden, wirkte jedoch schon leicht verwittert und nicht mehr so frisch wie die von mir in den Putz geschabte.

An den Wänden um den Balkon der Lees herum und in seiner Nähe waren keine Beschädigungen im Putz zu sehen. Sie hatten dieselbe leicht verblichene Farbe wie der Rest des Gebäudes und ich konnte auch keine pulvrigen Rückstände unter dem Balkon erkennen. Die Abschürfungen an anderen Stellen der Wand wiesen allerdings nicht darauf hin, dass sich der Hausmeister beeilt hatte, eventuelle Schäden zu entfernen.

„Der Polizist, der sich das angesehen hat, war ein verdammter Idiot. Niemand ist hier hochgeklettert. Sie müssen durch die Haustür reingekommen sein." Ich bahnte mir einen Weg aus den um die Hauswände gepflanzten Schmucklilien und schüttelte ein zurückgebliebenes Blütenblatt von meinem T-Shirt. „Sie haben entweder das Schloss geknackt oder hatten einen Schlüssel, denn hier sind sie hundertprozentig nicht eingestiegen. Wong wird so sauer sein."

Als Nächstes musste ich etwas über Gangjun Gyong-Si herausfinden – und ob May Choi bei ihrer Suche nach der Zukunft genauso zweigleisig gefahren war wie Eun Joon Lee. Ich blätterte durch meine Notizen. Der Name des Wahrsagers kam mir bekannt vor. Nicht weil er wie ein Stadtteil in Seoul klang, sondern weil ich ihn, wenn ich der Flüsterstimme in meinem Kopf Glauben schenkte, kürzlich gehört hatte.

„Verdammt noch mal, Gangjun war May Chois Mädchenname!" Schnell hielt ich diese Tatsache in meinem Notizbuch fest, indem ich eine gestrichelte Linie zwischen Choi und Gyong-Si einzeichnete.

Da es nur etwa zweihundertfünfzig koreanische Nachnamen gab, hätte es sich natürlich auch um einen Zufall handeln können. Auch wenn es sich um keinen der Namen Park, Kim oder Lee handelte, die allein beinahe die Hälfte aller Koreaner abdeckten, mochte Gangjun durchaus ein weiterer, recht häufig verwendeter Name sein. Falls Gyong-Si jedoch wirklich mit Choi verwandt war, hatte ich damit meine Verbindung zu Mrs. Lee.

Ein Blick auf mein Handy verriet mir, dass es in Koreatown verdammt viele Wahrsager gab. Offenbar hatte so ziemlich jeder eine verrückte Tante Esmeralda, die Molchaugen trocknete und auf ihrem Türschild verkündete, dass sie in Teeblättern las. Gyong-Si fand ich durch Zufall, indem ich eine phonetische Schreibweise von

Gangjun eintippte und das Beste hoffte. Ich war noch dabei, mir seine Adresse einzuprägen, als ich eine Nachricht von Jae sah, die ich nicht bemerkt hatte. Ich las sie mit einem Stirnrunzeln und wünschte, es wäre ein Anruf gewesen, damit ich Jaes Stimme hätte hören können.

Beschäftigt. Versuche später, dich anzurufen. Gerade viel los hier, hatte er geschrieben. *Schaffe es vielleicht nicht nach Hause. Fütter die Katze.*

„Hah", sagte ich triumphierend. „Die Katze wurde schon gefüttert. Aber wie ich dich kenne, wurdest du es noch nicht." Mit einem Blick auf die Uhr beschloss ich, dass ich ihm noch einige Stunden geben würde, bevor ich ihn mit etwas Essbarem heimsuchen würde. Ich teilte ihm in einer Nachricht mit, dass ich ihm *Galbi* und Reis bringen würde, und schob das Handy wieder in die Tasche, bevor er widersprechen konnte. Wenn ich nichts sah, konnte ich mich auf mein Unwissen berufen. „Erst mal steht aber ein Besuch beim großen Gyong-Si an."

IRGENDEINEN ORT in Koreatown zu erreichen, hing allein davon ab, ob man einen Parkplatz fand. Parkplätze am Straßenrand sind lediglich ein Mythos. Verlockende Lücken entpuppen sich grundsätzlich als Einfahrten oder wurden von bösen kalifornischen Parkgnomen mit roten Verbotszeichen übermalt, um Menschen, die für einige Stunden ihr Auto loswerden wollen, einen Strich durch die Rechnung zu machen. Nachdem ich fünf Minuten um den Block gefahren war, beugte ich mich dem Unvermeidbaren und bog in ein Parkhaus ein. Als ich das letzte Mal meinen Rover in einem solchen Parkhaus abgestellt hatte, war ich vom durchgedrehten Exfreund eines Klienten angegriffen worden und hatte eine alte Radkappe als Frisbee benutzen müssen, um ihn außer Gefecht zu setzen.

Mit diesem Erlebnis im Hinterkopf entrichtete ich eine zusätzliche Gebühr, um den Wagen von einem Angestellten parken zu lassen, dem ich mitteilte, dass ich in etwa einer Stunde zurück sein würde.

Gyong-Sis Haus war eine Rarität in diesem Viertel – ein freistehender Bungalow, der sich am hinteren Teil einer Ansammlung von Vierfamilienhäusern befand. Bei dem einstöckigen Flachdachgebäude schien es sich um das ehemalige Vermietungsbüro zu handeln, das später zu einem Wohnhaus umgebaut worden war. Auch hier waren die Außenmauern von einer dünnen Putzschicht bedeckt, diesmal allerdings in einem seltsamen Lachsrosa gestrichen, das irgendein Idiot wohl für besonders südkalifornisch befunden hatte. Die Farbe war sehr häufig für Neubausiedlungen verwendet worden und hatte die Landschaft mit ihrem an erbrochenes Brom erinnernden Ton durchdrungen, bis sich endlich wieder die Vernunft durchgesetzt hatte und die Baufirmen zu einem annehmbareren sandfarbenen Braun zurückgekehrt waren.

Irgendwann hatte ein erfindungsreicher Besitzer eine überdachte Veranda gebaut, die sich über die gesamte Vorderseite des Gebäudes zog, und sie grellweiß gestrichen. Die Farbe half nicht gerade, den Lachston zu dämpfen. Sie führte eher dazu, dass der Bungalow wie etwas wirkte, das aus dem Spiel „Candy Land" entkommen war. Von den Stützpfeilern der Veranda hingen einige Windspiele herab. Stumpf klimpernde Metallplättchen wechselten sich mit regenbogenfarbenen Windsäcken und Flamingos mit rotierenden Flügeln ab, die in der sanften Nachmittagsbrise einen langsamen Walzer tanzten.

Ein großes Schild über den Stufen informierte Besucher darüber, dass sie sich in der Gegenwart des berühmten Gangjun Gyong-Si befanden, begnadeter Wahrsager und Schicksalsüberbringer. Ich vermutete, dass der koreanische Text darunter seine Tugenden zusätzlich anpries. Dieser Eindruck verfestigte sich beim Anblick eines Zeitschriftenständers, der mich geradezu mit Broschüren überflutete, alle bedeckt mit der mittlerweile vertrauten Schrift aus Kreisen und Rauten, die Jae für die Beschriftung von Projekten benutzte.

In einem der neben der Haustür befindlichen Fenster war ein Plakat mit dem Wort GEÖFFNET an der Scheibe befestigt worden. Als ich die Tür öffnete, läutete eine Glocke und machte den beinahe übermäßig hübschen Mann am Empfangstisch auf mein Eintreten aufmerksam. Der Empfangsbereich umfasste den gesamten vorderen Teil des Hauses und nur ein einziger mit einem Perlenvorhang bedeckter Durchgang führte in die kühle Dunkelheit der hinteren Hälfte. Die Wände des Raums waren bambusgrün und man hatte ihn mit Elementen des modernen Kalifornien-Zen dekoriert. Auf einem Beistelltisch sprudelte der obligatorische Zimmerbrunnen, während die Wände mit hippen Postern bedeckt waren, die den Leser dazu aufforderten, sein inneres Kind zu befreien oder die Welt in die Arme zu schließen.

Wenn man sich den hübschen Mann beim Empfang ansah, lag der Gedanke nahe, dass Gyong-Si auch gern junge, attraktive Kerle in die Arme schloss.

Mit seinen blutroten Skinny-Jeans und einem übergroßen T-Shirt, das kunstvoll drapiert eine goldene Schulter frei ließ, trat er geschmeidig näher. Er war süß, ein perfekt verpacktes Häppchen koreanischer Schönheit. Man hätte für ihn Gedichte über kristallklare Seen oder windzerzaustes rabenschwarzes Haar verfassen können und er zeigte mir, wie bewusst er sich seiner sexuellen Anziehungskraft war, indem er sich mir näherte, bis sein Oberschenkel meine Jeans streifte.

Überraschenderweise löste er damit kein Kribbeln in mir aus, nicht einmal, als er eine Hand an meinen Oberarm legte und sanft zudrückte. Mein Schwanz schien gerade mit einer Runde Sudoku beschäftigt zu sein und die einzige Reaktion kam von meinem knurrenden Magen, der mich unhöflich daran erinnerte, dass ich bisher nur Kaffee und zwei gestohlene Schokoladenküchlein zu mir genommen hatte. Sollte es in dieser Hinsicht noch Fragen gegeben haben, waren diese nun beantwortet. Offenbar war ich so unsterblich in Jae verliebt, dass selbst dieser junge Mann mit den gefühlvollen braunen Augen und vollen Lippen *keinerlei* Wirkung auf mich hatte.

„Ähm, hi." Ich war ein Meister der Konversation. Meistens bei Selbstgesprächen, aber definitiv ein Meister. „Ich suche Gangjun Gyong-Si. Ich bin Detektiv und hatte gehofft, ich könnte ihm einige Fragen stellen."

„Oh. Ich hatte gehofft, Sie wären ein neuer Kunde. Es wäre schön, hier mal jemanden außer alten vertrockneten *Ajummas* zu sehen", sagte Mr. Klimperwimper mit nachlassendem Lächeln. „Haben Sie einen Termin bei *Sunbae*?"

„Nein, ich hatte gehofft, er könnte mich dazwischenschieben." Ich ignorierte sein Kichern. „Gibt es da keine Möglichkeit?"

Es war ein Auftritt, der jede Dragqueen stolz gemacht hätte. Die Perlen wurden möglichst effektvoll zurückgeworfen, boten mit ihrem Rasseln einen sanften Trommelwirbel für sein Eintreten. Ich war nicht sicher, was ich erwartet hatte. Jemanden mit Scarlets kühler Eleganz oder vielleicht sogar ein freundliches Großväterchen mit Strickjacke. Stattdessen bekam ich einen rundlichen koreanischen Mann in einem orangefarbenen Seidenhemd und hellbrauner Jodhpurhose, dessen sich lichtendes Haar teilweise von einer kecken roten Baskenmütze bedeckt wurde. Ich hatte mich schon immer gefragt, wie schräg eine Kopfbedeckung genau sitzen musste, um als „keck" zu gelten. Nun wusste ich es.

Er musterte mich auf eine Art, die mir das Gefühl gab, mich bei einer Flughafenkontrolle zu befinden oder verdächtigt zu werden, in meinem Hintern Heroin zu schmuggeln. Hätte er ein Paar Gummihandschuhe angezogen und mir befohlen, mich vornüberzubeugen, wäre ich nicht verwundert gewesen.

Gangjun Gyong-Si war die wandelnde Ansammlung eines jeden Schwulenklischees, weshalb es mich nicht wunderte, dass er in seine magische Tasche mit billigen Doppeldeutigkeiten griff und säuselte: „Oh, mein lieber Junge, jemand so Hübsches wie Sie darf sich bei mir immer dazwischenschieben."

5

„HAT DER Spruch schon mal funktioniert?" Da ich nach dieser sarkastischen Frage nicht von einem Blitz getroffen wurde, ging ich davon aus, dass auch ein Wahrsager nicht für so schnelles Karma sorgen konnte. Ich musterte ihn mit einem süffisanten Grinsen.

Er erwiderte es und zwinkerte mir zu. Aus der Nähe wirkte er älter und zugleich faltenloser als erwartet. Ich vermutete, dass er sein jugendliches Aussehen mit Make-up unterstützte, was ein Hauch von Puder an seinem Hemdkragen bestätigte.

„Nein, niemals." Dann warf er den Kopf in den Nacken und lachte, entblößte strahlend weiße Zähne. „Aber ich gebe die Hoffnung nicht auf. Kommen Sie, kommen Sie. Gehen wir an einen gemütlicheren Ort, Detective. Terry, mach uns bitte einen Kaffee." Unter seinen Wimpern hervor warf er mir einen listigen Blick zu. „Wenn Sie nicht lieber etwas … Süßeres hätten?"

„Eigentlich möchte ich gar nichts, danke", teilte ich Terry mit, bevor ich einem schmollenden Gyong-Si durch den Perlenvorhang folgte.

Ein schmaler, dämmriger Flur führte in den hinteren Teil des Bungalows. Obwohl Gyong-Si durch die erste Tür auf der rechten Seite trat, konnte ich sehen, dass der Flur noch einige Meter weiterging und zu seinen Privaträumen führte. Viel konnte ich nicht erkennen, da der Durchgang von einem halblangen Stoffvorhang verdeckt wurde, doch was ich sah, deutete darauf hin, dass der Mann eine große Vorliebe für augenwegätzende Farben besaß. Nachdem schon das Äußere des Hauses beinahe Krämpfe auslöste, konnte man die gelbgrünen Wände, die durch den Vorhang blitzten, nur als schmerzhaft schneidend beschreiben.

Mit dem beruhigenden Seegrasgrün der Wände, das einen beim Eintreten kühl überspülte, und den riesigen Sesseln, ahmte der Meditationsraum – oder wie auch immer man ihn bezeichnen wollte – den Stil des Eingangsbereichs nach. Die Sessel waren zwar gemütlich, aber niedrig, weshalb ich beim Hinsetzen mit den Knien gegen den Teakholz-Couchtisch stieß, den der Mann vermutlich für seine Wahrsagerei benutzte. Gyong-Si lächelte mir entschuldigend zu, während er sich an der gegenüberliegenden Seite des Tisches niederließ, und tätschelte meinen Arm, als ich nach den zwei Kerzen griff, die sonst heruntergefallen wären.

„Das tut mir sehr leid", murmelte er und streichelte meinen Handrücken. „Die meisten meiner Kunden sind kleiner. Ihre Beine … sind nicht so lang. Vielleicht möchten Sie lieber in mein Wohnzimmer kommen?"

„Nein, nein. Das geht schon." Durch diese Stoffbarriere zu treten war im Augenblick das Letzte, was ich wollte, selbst wenn es mir einen besseren Einblick in den Privatbereich des Mannes verschafft hätte. Ich wusste nicht, wovor ich mich mehr fürchtete – auf seinem Sofa in eine unangenehme Situation gebracht zu werden oder in der Farbenflut meine Augen zu verletzen. „Ich habe nur ein paar kurze Fragen. Ich möchte nicht zu viel Ihrer wertvollen Zeit verschwenden."

„Für die Polizei bin ich immer da", sagte Gyong-Si und neigte den Kopf.

Auch diesmal berichtigte ich seinen Irrtum nicht. Einem Polizisten sagten Menschen häufig mehr als einem Privatdetektiv, wenn man von Ms. Yi absah, und ich würde jeden Vorteil nutzen, um Gyong-Si zum Reden zu bringen. Einst hatte ich eine Dienstmarke getragen. Das sagte ich auch meinem Gewissen, doch es kicherte nur höhnisch.

„Ich bin wegen Eun Joon Lee hier." Noch während ich sprach, wurde sein Gesicht traurig, verzog sich zu einer so tief in seine Haut gemeißelten Maske des Kummers, dass ich fürchtete, es könnte so bleiben. „Ich nehme an, Sie haben von Ihrem Ableben gehört."

„Das habe ich. Schlechte Nachrichten verbreiten sich immer schnell." Er legte die Fingerspitzen aneinander, als wollte er dadurch weiser wirken. „Terry, mein Assistent, wohnt in der Nähe von Eun Joon. Er hat mir von dem tragischen Schicksal erzählt, das ihre Familie heimgesucht hat. Ich habe ihrem Mann meine Beileidswünsche geschickt. Zu meinem Bedauern muss ich zugeben, dass ich nichts in ihrer Zukunft sah, was auf ihren Tod hindeutete. Ich habe das I Ging befragt, doch bisher wurde mir nichts offenbart. Ich weiß nicht, was ich Ihnen sagen könnte."

Es erschien mir am leichtesten, kurzerhand meine sprichwörtlichen Karten auf den Tisch zu legen, vor allem, da meine Knie nicht aufhören wollten, zielsicher gegen den vor ihnen zu stoßen. „Mich interessiert vor allem, ob Sie wussten, dass Mrs. Lee auch Kundin von Madame Sun war. Hat Sie Ihnen das gesagt?"

Er reagierte mit einem winzigen Zucken seines Augenlids, so schwach, dass es mir nicht aufgefallen wäre, wenn ich ihn nicht genau beobachtet hätte. Nichts anderes veränderte sich in seinem Gesicht, nicht einmal das selige Lächeln, das er aufgesetzt hatte. Dann ließ das Leuchten in seinen Augen etwas nach und seine Nasenflügel zuckten, bevor sein Lächeln noch breiter wurde und er den Kopf schüttelte.

„Nein, das wusste ich nicht", murmelte Gyong-Si. Eine seiner Hände zitterte, als er sie bewegte. „Dann muss sie noch viel besorgter gewesen sein, als ich dachte."

„Wie oft kam sie zu Ihnen? Können Sie mir verraten, weshalb sie so besorgt war?"

„Normalerweise würde ich nein sagen, weil alles, was mir meine Klienten sagen, vertraulich ist. Aber sie … ist nicht mehr unter uns. Also werde ich alles tun, um zu helfen." Er wischte sich einige Schweißperlen von der Stirn, wobei er beinahe die Baskenmütze aus dem Gleichgewicht brachte. „Sie kam nur ein- oder zweimal im Monat zu mir, aber wir haben über so vieles geredet."

„Jedes bisschen, das Sie mir sagen können, würde schon helfen. Worum ging es denn hauptsächlich?"

„Manchmal kam sie, um über ihre Ehe zu sprechen. Eun Joons Mann war der Meinung, sie würde zu viel Geld ausgeben. Sie hatten keine Kinder und manchmal kaufte sie Dinge, um sich besser zu fühlen. Sie hatte das Gefühl, es sei ihre Schuld, dass sie keinen Sohn hatten. Er wollte, dass sie sparsamer war. Deshalb war er manchmal verärgert."

Als Polizist hatte ich Frauen und gelegentlich auch Männer gesehen, die von ihren Partnern grün und blau geschlagen worden waren und dennoch versicherten, dass sie den Partner zu sehr liebten, um Anzeige zu erstatten. Die „Gründe" für die Schläge reichten von zerkochtem Essen bis hin zu neuen Kleidern. Häufig fing der Streit bei den Finanzen an und manche endeten mit dem Tod. Es wäre nicht undenkbar gewesen, dass Mrs. Lee durch die Hand ihres eigenen Mannes gestorben war.

„Hat er ... ihr wehgetan? Hat sie davon irgendetwas erzählt?"

„Nein, er hat sie geliebt. Das hätte er nie getan. Vielleicht hat sie mehr Geld ausgegeben, als ihm recht war, aber er hat nur ein wenig darüber geschimpft. Sie hatte einen guten Ehemann. Er hat sie mal angeschrien, aber nie mehr als das", versicherte Gyong-Si. „Hat man nicht herausgefunden, dass es ein Einbruch war? Mir wurde es so gesagt."

„Es soll noch nichts ausgeschlossen werden." Das war die Wahrheit. Ich hatte nicht vor, irgendetwas auszuschließen, bis ich sicher war, dass es sich bei den Todesfällen um einen Zufall handelte. „Ich möchte nur sicher sein, dass nichts übersehen wurde. Erzählen Sie mir von Madame Sun ... Was Sie wissen, meine ich", brachte ich meine Auftraggeberin ins Gespräch. Wenn die zwei Rivalen waren, würde er vielleicht gern einige schmutzige Details preisgeben. Doch Gyong-Si biss nicht an. Stattdessen schüttelte er entschuldigend den Kopf, setzte ein beinahe schüchternes Lächeln auf.

„Ich habe keine Probleme mit Madame Sun. Wir waren beide Schüler eines großen Mannes, Kung Choong-Hoon. Sie ist wie eine Schwester für mich."

„Also stört es Sie nicht, dass Eun Joon auch zu ihr ging?"

Gyong-Si antwortete mit einem weiteren einstudierten, frommen Lächeln. „Natürlich nicht. Manchmal kann ein Mensch so viel über sich erfahren, indem er einen anderen Wahrsager befragt. Eun Joon wird ihre Gründe gehabt haben. Ich bin sicher, dass sie es mir erzählt hätte, wenn es ihrer Meinung nach nötig gewesen wäre."

Gyong-Sis Lebensunterhalt beruhte darauf, wie gut er Menschen einschätzen und ihnen das zeigen konnte, was sie sehen wollten. Wenn es also irgendjemanden gab, der sich geschickt präsentieren konnte, dann war es Gyong-Si. Von seinem Äußeren bis hin zu seiner Mimik und Gestik stellte er den freundlichen, ungefährlichen und weisen Berater dar. Den echten Mann sah ich nicht. Da war ich mir sicher.

Also spielte ich die eine Karte aus, von der ich hoffte, dass sie seine Maske losrütteln würde.

„Sind wir fertig?", erkundigte sich Gyong-Si mit einem Blick auf die Wanduhr. „Ich habe bald einen Kunden."

„Fast." Meine Karte war kein Ass, aber wenn sie seine Fassade ins Wanken bringen konnte, vielleicht wenigstens eine Bildkarte. „Kannten Sie eine Frau namens May Choi? Sie wurde bei einem Überfall in ihrem Auto getötet. Vielleicht war sie mal als Kundin hier …"

Er unterbrach mich, bevor ich den Satz beenden konnte. „Nein, ich glaube nicht."

„Ich dachte, Sie würden sie vielleicht kennen, weil ihr Mädchenname Gangjun war." Ich zuckte mit den Schultern, als sei es nicht besonders wichtig. „Ich dachte, sie wäre vielleicht mit Ihnen verwandt gewesen."

Diesmal konnte er die Reaktion nicht verbergen. Ein Zucken durchlief die Haut seines Gesichts, wallte über seine Wangen und seinen Mund, kräuselte die pudrige Oberfläche. Obwohl er um die Beherrschung seiner Gesichtszüge kämpfte, breitete sich die Reaktion aus, weitete seine Augen und brachte ein Keuchen über seine Lippen. Dieses Mal verlor die Baskenmütze den Kampf gegen die Schwerkraft und purzelte zu Boden, ein roter Filzfleck auf der Tatamimatte unter dem Couchtisch.

„Es ist ein verbreiteter Name. Koreaner … Wir haben so viele von den gleichen Namen. Wer kann da sagen, dass wir verwandt sind? Und jetzt entschuldigen Sie mich. Vor meinem nächsten Kunden muss ich noch meditieren", sprudelte es aus ihm heraus. Auch als er sein Gesicht wieder zu der gelassenen Maske zusammensetzte, blieb in seinen Augen etwas Wildes zurück. Er erhob sich und hatte bereits mehrere Schritte zur Tür zurückgelegt, bevor ich überhaupt aufstehen konnte. „Terry wird Sie hinausgeleiten. Bitte zögern Sie nicht, mich zu kontaktieren, wenn Sie noch Fragen haben."

Oh ja. Irgendetwas war da zweifellos.

Doch ich konnte nicht nachbohren. Da ich kein echter Polizist war, wäre die Drohung, ihn zum Revier zu schleifen, nur eine leere gewesen. Stattdessen hob ich seine Baskenmütze auf und blieb an der Tür stehen, obwohl er bereits die Hand auf die Klinke gelegt hatte, um sie hinter mir zu schließen.

Ich reichte ihm die Mütze und beugte mich etwas vor, als ginge es um etwas Vertrauliches. „Ich kann versprechen, dass ich alles, was Sie mir sagen, für mich behalte. Gibt es irgendetwas, das Sie mir mitteilen wollen? Fürchten Sie sich vor jemandem? Vielleicht vor dem Mörder von Eun Joon … oder May Choi?"

„Auf Wiedersehen, Detective", zischte Gyong-Si, während er mich sanft aus der Tür schob. „Bitte geben Sie Terry Ihre Nummer. Und jetzt entschuldigen Sie mich bitte. Ich muss … mich vorbereiten."

Terry aufzusuchen erschien mir wie eine gute Idee. Gyong-Si musste seine Interessen schützen, aber Terry hatte wie jemand gewirkt, der hauptsächlich sich selbst schützte. Meine Chancen standen gut, ihm mehr entlocken zu können als seinem Vorgesetzten.

Das Problem war, dass ich Terry nirgends im Empfangsbereich sehen konnte. Da durch eines der Seitenfenster ein Hauch von Zigarettenrauch hereindrang, verließ ich das Haus, um die Quelle ausfindig zu machen, denn ich ging davon aus, dass es sich dabei um Gyong-Sis Assistenten handelte, der sich schnell ein wenig Nikotin genehmigte, bevor der begnadete Mr. G. ihn vermisste. Ich musste lediglich dem Geruch folgen, um Terry zu finden, der neben einer Regenrinne kauernd einen möglichst tiefen Zug von seiner Mentholzigarette nahm.

Zwar war das, was Gyong-Si offen ausgesprochen hatte, nicht besonders hilfreich gewesen, doch unter der Oberfläche des Mannes hatte eindeutig etwas gebrodelt. Mit May Choi hatte ich einen wunden Punkt getroffen, allerdings erst, als ich ihren Mädchennamen genannt hatte. Seltsam, dass May Chois Name eine heftigere Reaktion auslöste als der seiner Konkurrentin. Es war etwas, dem ich nachgehen musste. Gleich nachdem ich Terry ausgequetscht und mir bei Jae etwas Liebe geholt hatte.

Wenn man sich jemandem unbemerkt nähert, gibt es diese eine Sekunde, in der sein Gesicht frei von allem Künstlichen ist. Was ich in Terrys anziehendem Gesicht sah, war ein Zynismus und eine Müdigkeit, wie ich sie nur von Huren kannte, die ihr bestes Alter hinter sich hatten. In seinem Gesicht war eine Spannung zu sehen, eine Art Abscheu, die sich auf seinen Beruf beziehen mochte ... sein Leben ... oder vielleicht scheuerte auch nur seine Unterwäsche. Jedenfalls gab es irgendetwas, weshalb sich Terrys perfekt gegelte Haare wohl am liebsten gesträubt hätten.

Die Lider seiner dunklen Augen waren leicht gesenkt, als er den Kopf in den Nacken legte und ausatmete, sodass seine Lippen hinter einem zarten Rauchschleier verborgen waren. Es war ein erotischer Anblick und eindeutig so häufig bewusst inszeniert worden, dass es sich zu einer Gewohnheit verfestigt hatte. Mit diesem Auftreten musste er unzählige Male einen Typen in einem Klub abgeschleppt haben. Hätte ich ihn vor einigen Monaten kennengelernt, hätte ich angebissen. Doch mein Schwanz war offenbar von seinem Sudoku dazu übergegangen, „Krieg und Frieden" zu lesen, während er „Glücksrad" schaute. Jedenfalls hätte er sich nicht weniger für den schlanken, gut aussehenden jungen Mann interessieren können, der vor mir an der Wand lehnte.

„Dieses Verliebtsein kann ganz schön nerven", brummte ich leise vor mich hin, während ich mich Terry näherte. „Hi", sagte ich dann. „Haben Sie eine Sekunde?"

Terry richtete sich auf, drückte seine Zigarette auf dem Gehweg aus und schob sie in eine sonnengebleichte Getränkedose. Während er mir zunickte, schlüpfte er in seine Rolle des hübschen jungen Asiaten, streifte sie über Gesicht und Körper, als wäre sie ein Badeanzug und er das Modell für die Bemalung eines Weltkriegsbombers.

„Noch mal hallo." Bei der verführerischen Heiserkeit seiner Stimme hätte ich beinahe damit gerechnet, dass er sich gleich um meine Beine winden würde, weil er hinter den Ohren gekrault werden wollte. „Was kann ich … für Sie tun?"

Da ich nicht das erste Mal von einem Blick vernascht wurde, hatte ich mein bewährtes Danke-aber-nein-danke-Lächeln in petto. Ich setzte es auf und es traf sein Ziel, sanft genug, um seinen Stolz nicht zu verletzen. Er war nicht ernsthaft an mir interessiert. Ich war nur der einzige geeignete Mann in seiner Umgebung, und da er gleich bemerkt hatte, dass wir die gleichen Vorlieben besaßen, hätte ich für jemanden wie ihn eigentlich eine sichere Sache sein müssen.

Das war ich nicht. Ein wenig geschmeichelt fühlte ich mich dennoch.

„Gyong-Si meinte, ich soll Ihnen meine Karte geben." Ich klopfte demonstrativ meine Taschen ab und verzog das Gesicht. „Aber ich fürchte, ich habe sie auf meinem Schreibtisch vergessen. Kann ich Ihnen einfach meine Handynummer geben, und wenn Ihnen irgendetwas Interessantes zu Eun Joon Lee einfällt, rufen Sie mich an?"

„Das wäre gut." Terry schien mein dankendes Ablehnen nicht so ernst zu nehmen, wie ich gedacht hatte, denn er pirschte sich heran, um so viel von seinem Körper an mich zu pressen, wie nur möglich war. Als seine Hand sich gefährlich dicht an meinen Schritt bewegte, zuckte ich zurück und wedelte mit der Hand durch die Luft, als wollte ich eine Wespe verscheuchen, wobei ich etwas Abstand zwischen Terrys neugierige Finger und meinen uninteressierten Schwanz brachte.

„Danke. Jedes bisschen, was einem von Ihnen einfällt, würde helfen." Ich riss eine Seite aus meinem Notizbuch, schrieb meine Büronummer auf und reichte sie ihm. Dann wartete ich einen Augenblick, bevor ich ihm ins Gesicht sah und sagte: „Nur unter uns – ich wünschte, Gyong-Si hätte mir mehr erzählt. Ich hatte das Gefühl, dass er viel mehr wusste."

Terry verdrehte die Augen und klopfte eine neue Zigarette aus seiner Schachtel, zögerte dann und warf mir einen Seitenblick zu. „Es stört Sie doch nicht …?"

„Nein, kein Problem", versicherte ich ihm. Ich lehnte mich mit der Schulter an die Hauswand und warf einen Blick in Richtung Eingangstür, als rechnete ich damit, dass Gyong-Si herausgestürzt käme. Mit zu einem Flüstern gesenkter Stimme fragte ich in hoffentlich möglichst verführerischem Tonfall: „Wollen *Sie* mir vielleicht irgendetwas sagen?"

Eigentlich machte ich mir keine großen Hoffnungen, was den Teil mit dem verführerischen Tonfall anging. Ich konnte damit nicht einmal die Katze dazu bewegen, zu mir zu kommen, selbst wenn ich eine offene Dose mit Weißem Thunfisch in der Hand hielt. Dementsprechend verschluckte ich mich vor Überraschung beinahe an meiner eigenen Zunge, als er Terry zum Singen brachte.

„Über Gyong-Si oder Eun Joon?" Er wischte etwas Asche von seinem Arm. „Über ihn kann ich nämlich jede Menge sagen."

„Wenn Sie über ihn reden wollen, höre ich sehr gern zu", versprach ich.

Hätte jemand Claudia gebeten, etwas über mich auszuplaudern, hätte sie denjenigen kaltgemacht, bevor die Frage beendet gewesen wäre. Offenbar regte Gyong-Si nicht zu einer solchen Loyalität an. Vermutlich sagte es mehr über Claudia als über mich, aber über Terrys mangelndes Pflichtgefühl wollte ich mich nicht beklagen.

„Sie sind gar kein Polizist, stimmt's?" Er musterte mich erneut und das unverhohlene sexuelle Interesse in seinem Blick wurde zu etwas Listigerem, Misstrauischerem. „Wenn ich Sie mir so ansehe, sind Sie auch wirklich nicht wie einer gekleidet. Und Ihre Haare sind zu lang."

„Nein, ich bin kein Polizist", gab ich zu, „aber ich bin Privatdetektiv. Ich habe den Auftrag, Mrs. Lees Tod zu untersuchen. Da dabei Gyong-Sis Name fiel, wollte ich ihm ein paar Fragen stellen. Manchmal weiß jemand etwas, das ihm unwichtig erscheint, aber tatsächlich das fehlende Puzzleteil ist. Also hatte ich gehofft, Gyong-Si hätte etwas gehört oder gesehen, das mir helfen könnte."

Terry spuckte ins Gras, wobei er darauf achtete, nicht zu dicht neben meine Füße zu zielen. „Verdammt, er sieht nichts als sich selbst. Er ist ein Arsch. Ich kann immer noch nicht glauben, dass meine Mutter mich zu diesem Job überredet hat. Und mir ist es egal, wer weiß, dass ich so denke. Ich habe schon eine andere Stelle, die ich vielleicht bekomme. Mit besserer Bezahlung und ich muss mich nicht jeden Tag mit ihm rumärgern." Terry schnaubte. „Er ist nicht mal schwul! Wussten Sie das? Er tut nur so, weil es den älteren Damen gefällt. Mit manchen treibt er es sogar. Jemand, der ihn von früher aus Korea kennt, meinte, er würde behaupten, dass er damit ihre innere Schönheit befreien will. Was einfach lächerlich ist. Ich bin froh, dass meine Mutter schon jemanden hat. Ich will sie nicht in seiner Nähe haben."

„War Eun Joon eine der Frauen, die er angebaggert hat?"

Terry kaute nur auf seiner Unterlippe, was Antwort genug war.

Ich hakte sanft nach. „Wusste ihr Mann davon?"

„Nein, ich glaube nicht. Ich bin nicht ganz sicher, ob sie es wirklich getan haben", antwortete er mit einem Kopfschütteln. „Beim letzten Mal, als sie hier war, hat sie jedenfalls nichts mit ihm getan, aber sie war sauer. Sie ist einfach rausgestürmt und Gyong-Si kam ihr nachgelaufen. Er hatte eine rote Wange. Ich glaube, sie hat ihm eine verpasst."

„Hat er versucht sie aufzuhalten? Oder irgendwelche Drohungen ausgesprochen?"

„Nein, als er mich gesehen hat, ist er stehen geblieben." Terry zuckte mit den Schultern. „Gyong-Si hat behauptet, er hätte etwas Verstörendes in Eun Joons Zukunft gesehen, weshalb sie aufgebracht gewesen wäre und weggelaufen ist. Ich wusste, dass es Unsinn war, aber ich brauchte den Job. Er hat mich nur eingestellt, damit die Leute denken, er würde mit mir schlafen. Als würde ich so was anfassen."

„Wie lange ist das her? Dass Eun Joon rausgestürmt ist?"

Er nannte ein Datum und eine Uhrzeit, die mir das Blut in den Adern gefrieren ließen. Eun Joon hatte Gyong-Si eine Ohrfeige gegeben und war nur eine

Stunde später von einem Eindringling getötet worden, den sie in ihrer Wohnung überrascht hatte.

Solche Zufälle gab es nicht. Eigentlich nicht. Jemand hatte von ihrem Termin bei Gyong-Si *gewusst* und nicht damit gerechnet, dass sie so früh zurückkehren würde. Ihr aufgebrachter Moment und ihre Treue zu ihrem Mann hatten sie umgebracht.

Und ich hatte gedacht, mein Liebesleben wäre kompliziert.

6

ICH HIELT bei einer der vierundzwanzig *Chigae*-Ketten in der Umgebung an. Während ihre Tofusuppen für meinen Geschmack zu viele Krabbenaugen und -beine beinhalteten, war ihr *Galbi* vorzüglich. Ich bestellte zwei Portionen und als Beilage ihre Spezial-*Mandu* – frittierte Teigtaschen, die in diesem Fall mit *Kimchi*, Schweinefleisch und Tofu gefüllt waren. Die mütterlich wirkende Frau hinter der Theke bat mich, Platz zu nehmen, und schenkte mir heißen grünen Tee ein, den ich während meiner Wartezeit trinken konnte. Bald gesellte sich zu meinem Teeglas auch eine Schüssel *Panchan* und sie drängte mich, davon zu probieren. Vermutlich wollte sie mich für finstere Zwecke mästen.

Während ich die geschmorten Jalapeños mit roter Chilisoße knabberte, rief ich Bobby an.

„Hey, Prinzessin", begrüßte mich nach kurzem Warten seine tiefe Stimme, heiser von den vielen Jahren, in denen er Kriminellen zugebrüllt hatte, er werde schießen, wenn sie nicht stehen blieben. „Was kann ich für dich tun?"

„Wieso glaubst du, dass ich anrufe, weil du etwas für mich tun sollst?" Das war zwar der Fall, aber es gefiel mir nicht, wenn man es mir so unter die Nase rieb. Zumindest nicht, bevor ich überhaupt Hallo gesagt hatte.

„Weil es so spät am Tag ist, dass du normalerweise schon auf dem Weg zu diesem hübschen koreanischen Sahneschnittchen sein solltest, das dich aus irgendeinem Grund für heiß genug hält, um es mit dir zu treiben. Wenn du mich also jetzt anrufst, dann willst du irgendwas Dringendes."

„Du kannst mich auch mal", brummte ich. „Und ja, ich wollte dich wirklich um einen Gefallen bitten."

Ich erzählte ihm von Gyong-Si und wie er als Schwuler-als-Mittel-zum-Zweck sein Wahrsagereigeschäft betrieb. Als ich beschrieb, wie er seine Kundinnen für Sex ausnutzte, stieß Bobby einen angewiderten Pfiff aus.

„Arschloch", zischte er. „Bitte sag mir, dass ich ihm für dich die Beine brechen soll."

„Nein, tut mir leid", antwortete ich. „Ich hatte eher gehofft, du könntest etwas über die Lees herausfinden. Zum Beispiel, ob schon mal einer ihrer Nachbarn wegen häuslicher Gewalt die Polizei verständigt hat. Alle sagen, ihr Mann ist ein Heiliger, aber sie war unglücklich – aus verschiedenen Gründen. Ich frage mich, ob er von ihren häufigen Besuchen bei Gyong-Si und von dessen Ruf in Bezug auf die Damenwelt erfahren hat – seinem *wirklichen* Ruf."

„Vielleicht jagt der Typ, der *offiziell* den Mörder jagt, schon hinter derselben Spur her", gab Bobby zu bedenken.

„Wenn das so ist, schön. Wenn nicht, werde ich es Wong zum Nachjagen vorwerfen." Der heiße Tee konnte das süße Brennen der Jalapeños nicht fortspülen, milderte es jedoch etwas ab. „Ich glaube nicht, dass Madame Sun etwas mit dem ganzen Mist zu tun hat, aber mein Bauch sagt mir, dass da irgendetwas nicht stimmt und er lässt mir keine Ruhe."

„Derselbe Bauch, der ein paar Kugeln eingesteckt hat?"

„Die sind in meinen Rippen und meiner Brust gelandet. Mein Bauch hat alles heil überstanden", widersprach ich. „Und ich habe Jae bereits versprochen, dass ich keine Kugeln mehr abbekommen werde. Wenn ich auf etwas stoße, schiebe ich es in Wongs Richtung und gehe auf Abstand."

„Denk nur gut an diese Worte, Prinzessin, denn wenn du dich nicht daran hältst, wird er deine Eier zu Staub zermalmen", warnte Bobby. „Aber ich werde ein paar Anrufe für dich erledigen und mich umhören. Konzentrier du dich darauf, deinem Jungen an die Wäsche zu gehen und nicht in Schwierigkeiten zu geraten. Ich melde mich später."

„Nicht wundern, wenn ich nicht drangehe." Mittlerweile war meine Bestellung auf der Theke platziert worden. Ich reichte der Kellnerin genug Scheine für das Essen und ein ordentliches Trinkgeld. „Ich werde nämlich Jae mit Essen versorgen und dann versuchen, ihn eine Weile von seiner Arbeit abzulenken."

DIE FAHRT zu Jaes Studio dauerte so lange, dass ich nur noch ungeduldiger wurde, ihn endlich zu sehen. Der Verkehr um mich herum nahm zu, bis ich mir in meinem Rover vorkam wie ein rotes Blutkörperchen, das sich durch eine verkalkte Arterie zwängen musste. An einer besonders katastrophalen Kreuzung kam ich zu dem Schluss, dass Los Angeles offenbar nur fettige Speisen ertränkt in Käse und mit zusätzlicher Speckbeilage aß. Ich manövrierte den Rover um einen dieser aufgeblasenen Bodenzeppeline herum, die die Stadt als Linienbus bezeichnete, löste mich von der Herde und bog in eine Seitenstraße ein.

Nachdem eine Explosion ihn gezwungen hatte, sein altes Studio zu verlassen, hatte Jae ein neues gefunden, das einige Meilen von meinem Haus entfernt lag. Wegen der in Los Angeles üblichen Mietpreise und seiner Weigerung, mit mir zusammenzuziehen, war er in einem ehemaligen Geschäft für Autoteile gelandet, das jemand zu einem Dreifamilienhaus umgebaut hatte. Der ehemalige Parkplatz war dem schmalen Neubau zum Opfer gefallen, doch hinter dem dickwandigen Haus war genug Platz, um Autos abzustellen. Hoch in die Mauern geschnittene Fenster stellten einen kläglichen Versuch dar, dem Haus eine bessere Durchlüftung zu verschaffen, auch wenn die Stadt nicht unbedingt für ihre kühlen Winde bekannt war. Hätte der Vermieter nicht zumindest die alte industrielle Klimaanlage auf dem Dach gelassen, hätte ich schon lange Jaes Sachen gepackt und ihn in den Kofferraum meines SUV geworfen.

Nachdem ich hinter Jaes Explorer geparkt hatte, stieg ich aus und schloss den Wagen ab. Der Eingang zu seinem Teil des Hauses befand sich nah an der Straße, durch einen Holzzaun als kleine Geste in Richtung Privatsphäre vom Gehweg getrennt. Er hatte sich für den langen, rechteckigen Bereich ganz hinten im Gebäude entschieden – eine gute Wahl, da die zwei quadratischen Räumlichkeiten davor sich beinahe in das Hinterteil der Wohnungen vor ihnen schoben.

Verblichene gelbe und rote Farbe blätterte von der Seitenwand des Gebäudes ab, erinnerte an sein ruhmreiches Dasein als Versorger mit Frostschutzmittel und Motoröl. Nicht weit von der Tür war ein wenig Asche verstreut, ein Hinweis darauf, dass ein aufgewühlter Jae den kleinen Terrassenbereich als Ort zum Rauchen benutzt hatte. Ein schwacher Nelkenduft hing in der Luft, ein wohlriechendes und frisches Echo der seltenen schlechten Angewohnheit meines Liebsten.

So sehr ich Jae auch anbetete, musste ich zugeben, dass er eine Katastrophe war, wenn es darum ging, jemandem die Tür zu öffnen. Zumindest, wenn er gerade in seine Arbeit vertieft war. Ich führte manchmal ganze Gespräche mit ihm, während er neben mir saß und an seinem Laptop Fotos bearbeitete, nur um mit einem verwirrten, eulenhaften Blinzeln belohnt zu werden, sobald ich ihm eine direkte Frage stellte. Während er die meiste Zeit bei mir verbrachte, stellte das Studio seine Nische der Unabhängigkeit dar, in die er sich zum Arbeiten zurückziehen konnte, ohne von mir gestört zu werden.

Na ja, *meistens* wurde er hier nicht von mir gestört.

Ich drückte probeweise die Türklinke herunter und stellte erstaunt fest, dass die Tür nicht abgeschlossen war. Eigentlich war es eine seiner Gewohnheiten, stets abzuschließen. Selbst das Badezimmer war nicht vor seinem zwanghaften Bedürfnis sicher, sich vor der Welt zu verbarrikadieren. Allerdings hatte es schon seltsamere Dinge gegeben als die Tatsache, dass seine Haustür nicht abgeschlossen war.

Zum Beispiel hatte er sich in mich verliebt.

Als ich durch die Tür trat, schlug mir der Duft von grünem Tee und Popcorn mit Butter entgegen. Es war schon einige Zeit her, dass ich ihn in seinem Studio besucht hatte. Unsere gemeinsame Zeit verbrachten wir in meinem Haus – eigentlich eher *unserem* Haus, seit seine Katze offenbar in meinem Bett wohnte, wenn wir es nicht gerade besetzten. Der vordere Teil des Studios war seiner Fotografie vorbehalten und der größte Teil des Raums wurde von u-förmig angeordneten Leuchtpulten und niedrigen Tischen ausgefüllt. Ein kleinerer Bereich im hinteren Teil des Rechtecks wurde von hohen Bücherregalen abgeteilt und eine mit glitzernden Plastikperlen behängte Druckstange bildete die Tür zwischen Jaes Arbeits- und Schlafbereich. Er schlief dort selten, weshalb sich dort lediglich eine große Matratze befand, die wir direkt auf den Boden gelegt hatten, damit er sich ein wenig ausruhen konnte, während er irgendeinen Verarbeitungsprozess abwartete.

Der Küchenteil bestand aus einer langen Arbeitsplatte an der Wand, die an die Gasse grenzte. Dort befanden sich eine Mikrowelle, eine Kochplatte und eine große Doppelspüle, wie man sie aus dem gewerblichen Bereich kannte. Der

Hausbesitzer hatte den Betonboden des Autogeschäfts behalten und lediglich mit einer dicken Polyurethanschicht versiegelt. So war das Ganze in ein trostloses Grau getaucht, gegen das selbst die von Jae angebrachten Lampen mit ihrem weichen Licht und die mühsam durch die hohen Fenster hereinfallenden Sonnenstrahlen nicht viel ausrichten konnten. Doch es war sein eigenes Reich, das Jae nicht aufgeben würde, um mit mir einen gemeinsamen Haushalt zu gründen.

Immerhin hatte ich noch seine Katze und mein Bett war gemütlicher, was hoffentlich auch weiterhin genug Anreiz für ihn sein würde, seine Nächte bei mir zu verbringen. Bisher hatte es jedenfalls funktioniert.

Der Popcorngeruch kam aus Richtung der Mikrowelle, vor der Jae mit dem Rücken zu mir stand und das fertige Popcorn in eine Schüssel füllte. Er hatte sich eine grau-rot gestreifte Wollmütze über den Kopf gezogen und von seinen schmalen Schultern hing ein übergroßes Oakland-Raiders-T-Shirt herab, das er vermutlich aus meinem Schrank gestohlen hatte. Ich verlor viele Kleidungsstücke an Jae-Min, sah sie allerdings gern an ihm.

Er hatte mir erklärt, es sei, als wäre ich bei ihm. Nichts hätte mich glücklicher machen können. Na ja, außer tatsächlich bei ihm zu sein und ihn meinen Namen stöhnen zu hören. Ich näherte mich ihm so leise wie möglich von hinten. Da er offenbar so auf das Popcorn konzentriert war, dass er mein Hereinkommen nicht bemerkt hatte, wollte ich ihn überraschen. Also legte ich meine Arme um ihn, zog ihn an mich und küsste mit knabbernden Zähnen seinen Hals.

„Hallo Jae, mein Baby", murmelte ich. „Ich hab dich heute so vermisst, dass es wehtat. Lass uns zu mir fahren, damit wir versuchen können, noch ein Bett zu zerstören."

Mehrere Dinge passierten zur gleichen Zeit, beinahe zu schnell für mein armes, kleines Gehirn, aber mein Schwanz spürte definitiv die Faust, die ihn traf, und dann dröhnte mein Ohr schon vom nächsten Schlag.

Mein mitgenommenes Gehör nahm ein schrilles Kreischen wahr und ich blinzelte hektisch, um irgendwie das Bild von Jaes Gesicht an dieser jungen Frau vor mir fortzuwischen. Dann flog eine Popcornschüssel in mein Gesicht, der ich nicht mehr ausweichen konnte. Die schwere glasierte Schüssel, die Jae auf dem Flohmarkt gekauft hatte, traf so heftig meine Stirn, dass ich Sterne sah. Mit kapitulierend in die Höhe gehobenen Händen wich ich hastig zurück.

Offenbar reichte das nicht aus, denn nun prasselte das wenige Geschirr, das Jae besaß, in einem Hagel der Vergeltung auf mich ein.

Keramikgeschirr und Besteck ausweichen zu müssen hinderte meinen Verstand nicht daran, sich wie nach einem Kurzschluss im Kreis zu drehen. Mein Jae war gar nicht Jae. Und sie hatte Brüste – runde, weiche Kurven, die sich bei meiner Umarmung von hinten gegen meine Arme gepresst hatten.

Ich duckte mich gerade, um einer Kaffeetasse auszuweichen, als Jae aus dem hinteren Raum hereingestürzt kam. Nachdem die Tasse an uns vorbeigeflogen war, stellte er sich vor mich, um abzuwehren, was sie sonst noch werfen würde.

So standen sie wenige Meter voneinander entfernt da und begannen einander in schnellem, lautem Koreanisch anzuschreien, bei dem ich nicht den Hauch einer Chance hatte, etwas zu verstehen. Ich sah lediglich, wie die Farbe aus Jae-Mins Gesicht wich, als sie sich näherte, um mir vor die Füße zu spucken.

Es gibt Augenblicke im Leben, da kann ein Mensch nur dastehen und die reißenden Flüsse über sich hinwegspülen lassen. Für mich war das einer dieser Augenblicke. Jae hätte blind sein müssen, um den Beweis dafür zu übersehen, wie sehr ich mich dieser jungen Frau, die ihm so ähnelte, angenähert hatte. Ihr Hals wies eine rote Stelle von meinen knabbernden Zähnen auf, umgeben von weiterer geröteter Haut, die meine kurzen Bartstoppeln verursacht hatten. Es war beinahe obszön, dieses intime Abbild der für meinen Freund bestimmten Liebkosungen auf der Haut einer Frau zu sehen.

Sie war nur wenige Zentimeter kleiner als er, was bei dem heftigen Drang, ihn endlich in die Arme zu schließen, offensichtlich nicht ausgereicht hatte, um mir aufzufallen. Die Schönheit seines Gesichtes wirkte seltsam hart, wenn sie in einem Frauengesicht widergespiegelt wurde, und ihr schwarzes Haar fiel fast genau wie seines in wie mit dem Rasiermesser gekürzten Strähnen um Gesicht und Hals.

Die Kleider gehörten eindeutig uns. Ich hatte ihn häufig genug herausgeschält, um sie genau zu kennen, bis hin zu dem kleinen Riss am rechten Ärmel, durch den meine Zunge perfekt über seinen Oberarm lecken konnte. Der Anblick ihrer Brüste unter dem Stoff war verwirrend, beinahe so bestürzend wie die Erinnerung an meine über ihren Bauch gleitenden Hände, als ich eigentlich meinen Liebsten hatte küssen wollen.

„Sie … haben mich geküsst." Ihre Nasenflügel bebten, als sie endlich zu begreifen schien, für wen der Kuss bestimmt gewesen war. Sie riss die Augen auf und ihr Gesicht erblasste zu einem fahlen Grau. „*Oppa* … Sie wollten … Jae-*Oppa* küssen."

„Verdammt, du bist seine Schwester." Mehr fiel mir nicht ein, außer mir vielleicht eine ruhige Ecke zu suchen, um mich geräuschvoll zu übergeben. „Verdammte Scheiße. Fuck, Jae, es tut mir leid. Ich wusste nicht …"

Soeben hatte ich Jae vor einem Familienmitglied geoutet, das alles andere als begeistert zu sein schien.

„*Kuieo*! Schwuchtel!" Es war nicht leicht, das Wort zu hören, vor allem, wenn es aus einem Mund kam, der Jaes so ähnlich sah. Es versetzte mir einen tiefen Stich und weckte Ängste, von denen ich gedacht hatte, sie schon vor langer Zeit zugespachtelt zu haben. „Halten Sie sich von meinem Bruder fern! *Oppa*, wie kannst du nur … *so etwas* sein? Mit *ihm*?"

Jaes finsteres Gesicht wurde noch ernster. Sein Koreanisch nahm einen flehenden Tonfall an, während er mit den Händen zwischen uns gestikulierte. Sie antwortete mit einem Wortschwall so voller Abscheu, dass mir übel wurde. Ihre Blicke hätten mich zu einem Häufchen Asche verbrannt, hätte nicht Jae vor mir gestanden und das Schlimmste abgefangen.

„*Agi* …" Ich berührte seine Schulter. Er zuckte zusammen und entzog sich mir. Es schmerzte. Mehr als jede von Bens Kugeln oder Ricks Körper, der in meinen Armen erkaltete. Sogar mehr als Claudias Blut, das aus ihrer Wunde strömte und durch meine Finger rann. Dieser winzige Schritt, den Jae sich von mir entfernte, öffnete einen Abgrund zwischen uns, den ich nicht einfach fortküssen konnte.

Mein Gesicht wurde taub und meine Glieder fühlten sich wie steife, schwerfällige Lehmklumpen an, die mir nicht dabei helfen wollten, mich von der Stelle zu bewegen. Ihr Streit dauerte an, ein Wirbel aus Worten, der tief bis in meine Knochen schnitt, obwohl ich kein einziges Wort verstand. Es spielte keine Rolle. Nichts spielte mehr eine Rolle. Nichts außer Jaes untröstlichem, zutiefst verletztem Gesichtsausdruck und den schmerzhaft schroffen Beschimpfungen aus dem Mund seiner Schwester.

„Jae … Baby … du …"

„*Hyung*", wandte sich Jae murmelnd an mich. „Bitte."

„*Hyung*? Diesen *Ibanin*, du nennst ihn *Hyung*?" Schon redete sie sich wieder in Rage und der Abstand zwischen ihnen schrumpfte. Sie ballte ihre kleinen, zarten Hände zu Fäusten und schlug damit nach ihm, traf Jaes Wange. Das Geräusch, als ihre Faust auf seine Haut traf, schien sie selbst zu schockieren, denn sie erstarrte plötzlich. Dann brach sie in Tränen aus.

„Tiff-ah, hör mir zu." Mein Freund legte vorsichtig seine Hände auf die Schultern seiner Schwester und zog sie an sich. Doch sie wehrte sich gegen die Umarmung, weigerte sich von ihm getröstet zu werden, bis er sie widerstrebend losließ und auf den hinteren Teil des Studios zuschob. „Mach dich frisch. Ich … Wir können danach weiterreden. Bitte lass mich jetzt erst mit Cole reden. Ich … muss ihm ein paar Dinge sagen."

Sie zauderte, während sich widersprüchliche Gefühle in ihrem Gesicht und ihrer Körperhaltung zeigten. Nach einigen sengenden Sekunden setzte Tiffany sich schließlich in Bewegung, wobei sie mich jedoch weiterhin über ihre Schulter hinweg ansah. Als sie am Ende der Bücherregalwand angekommen war, hielt sie inne und biss sich auf die Unterlippe. Das hatte ich Jae schon so oft tun sehen. Es war ein schmerzhafter Gedanke, dass es mir vielleicht nie wieder erlaubt sein würde, die Vertiefungen fortzuküssen, die seine Zähne in seiner Lippe hinterlassen hatten.

„Sie haben ihm das angetan", zischte Tiffany. „Sie haben ihn *so* gemacht. Warum? Warum haben Sie das getan? Wie konnten Sie ihn uns wegnehmen?"

„Er hat mich euch nicht weggenommen …", protestierte Jae, doch ich unterbrach ihn und sprach, ohne nachzudenken.

„Ich liebe ihn." Die Worte schlüpften aus meinem Mund und legten sich um sie, bevor ich es verhindern konnte. „Ich … liebe ihn einfach."

Sie wirkte sichtbar angeekelt und machte einen Schritt auf ihren Bruder zu, als wollte sie ihn von mir fortreißen … ihn wieder in das sichere Umfeld ihrer

Familie und ihrer Ansichten zerren. Letztendlich schüttelte sie nur den Kopf und antwortete. „Nein, Sie können ihn nicht lieben. Ein Mann kann keinen anderen Mann lieben. Nicht richtig. Was Sie tun, ist *krank*. Sie müssen sich von meinem Bruder fernhalten."

„Überlass das mir, Tiff", drängte Jae. „Geh unter die Dusche. Ich muss mit Cole reden."

Tiffany verschwand hinter den Regalen und das Geräusch der zuschlagenden Badezimmertür fügte meinem verstorbenen Herzen eine letzte Stichwunde zu. Jae stand vor mir, eine zerbrechliche, schlanke Statue aus Elfenbein, Obsidian und Schmerz.

„Jae ..." Meine Finger hatten beinahe seine Lippen erreicht, als er zurückwich.

„Nicht." Er schüttelte den Kopf. „Wenn du mich anfasst, glaube ich ... werde ich zerbrechen. Nicht."

„Ich wollte nicht, dass es so kommt." Ich näherte mich ihm weit genug, um ihn meine Wärme spüren zu lassen. „Ich wollte das nicht. Nicht ... Jae, das musst du mir glauben. Das wollte ich dir niemals antun. Ich dachte wirklich, sie wäre *du*. Von hinten sieht sie ..."

„Geh einfach, Cole", unterbrach er mich. Er hob die Hände, um mich fortzustoßen, schien sich jedoch selbst nicht dabei zu trauen, mich zu berühren. „Bitte geh einfach."

„Das soll es dann also gewesen sein? Mit uns?" Diesmal weigerte ich mich, von seiner Wut und seinem Schmerz fortgeschoben zu werden, und schloss ihn so fest in die Arme, wie ich nur konnte. Jeder angestrengte Stoß seiner Hände, mit dem er sich von mir zu lösen versuchte, brach mir das Herz noch etwas mehr. „Jae, ich kann dich nicht verlieren. Nicht so. Nicht wegen *so etwas*."

„Du verlierst mich nicht. Vielleicht. Ich weiß es nicht. Ich brauche Zeit, um ... Ich weiß nicht, was ich brauche. Aber *du* bist es im Moment nicht." Diesmal trat er einen kleinen, aber entschlossenen Schritt zurück, brachte etwas Abstand zwischen uns. So groß wie eine Messerlänge, und genauso rammte er sich in mich, zerschnitt meine Eingeweide und riss eine tiefe, brennende Wunde in mein Herz.

„Cole, du verstehst nicht, wie schwer es für mich ist, dich zu lieben", murmelte er mit leicht zur Seite gewandtem Kopf, sodass ich sein Gesicht nicht sehen konnte. „Ich kann ... dir nicht alles geben."

„Glaubst du, das weiß ich nicht?" Mein Schmerz gab unter einer Welle der Wut nach. Er sagte mir nichts Neues. „Da ist immer ein Teil von dir, den ich nicht erreichen kann. Ich dachte, ich könnte abwarten – dass du mir genug Zeit geben würdest, bis ich jeden Teil von dir berühren könnte ... alles, was in dir ist. Aber selbst wenn ich in dir bin, hältst du etwas von dir zurück. Tu das jetzt nicht. Zieh dich nicht von mir zurück, wenn ich dir helfen kann ... wenn ich bei dir sein kann."

„Bei mir sein? Wie? Wenn deine Küsse doch meine Haut verbrennen. Habe ich dir das jemals gesagt? Was ich tue, ist falsch, aber in meinem tiefsten Innern hoffe ich ständig, dass etwas passieren wird, damit es sich richtig anfühlt. Es *muss* sich einfach richtig anfühlen, Cole-ah." Jae hob den Kopf und sah mich unbeirrt an. „Alles, was du mit mir tust, ist wie ein Gift, das ich in meinem Körper brauche ... Etwas Süßes, das mich zerfrisst, bis meine Knochen von der kalten Luft um mich herum schmerzen. Jedes Mal, wenn du mich berührst, wenn deine Hände auf meiner Haut liegen, möchte ich aufschreien und zurückweichen, weil ich es so sehr will."

„Ich verstehe nicht, was du sagst, Baby." Ich konnte ihn nicht noch einmal berühren. Es hätte den letzten Rest meiner Selbstbeherrschung zerstört.

„Du bist eine Sucht, der ich nicht erliegen darf, Cole-ah." Sein Akzent umhüllte seine Worte, ließ sie weicher klingen, was die heftigen Schläge, mit denen sie meine Seele trafen, jedoch nur noch schmerzhafter erscheinen ließ. „Du willst die Wahrheit? Die Wahrheit ist, dass ich dich nicht so sehr lieben kann, wie du mich liebst. Ich kann mich nicht selbst zerreißen, um mich von dir ausweiden zu lassen. So sehr ich es auch möchte, weiß ich doch, dass ich dann verloren wäre. Ich habe dich gebeten, ohne etwas zwischen uns mit mir zu schlafen, weil ich dachte, dann könnte ich mich endlich losreißen. Dass das Gefühl, wie du mich ganz ausfüllst, mein Verlangen nach dir vielleicht endgültig befriedigen könnte. Aber in meinem tiefsten Herzen weiß ich, dass ich dich dann nur noch mehr wollen würde."

„Tu uns das nicht an, Jae." Ein Schockgefühl durchflutete meinen Körper, saugte mir das Mark aus den Knochen.

„Verstehst du nicht, *Agi*?", flüsterte Jae. „Es gibt kein *uns*. Es gibt *dich* und es gibt *mich*. Wir sind so verschieden ... wollen verschiedene Dinge. Vielleicht war es dumm von mir, davon zu träumen, dass aus uns ein *wir* werden könnte. Was würde dann aus mir werden? Wäre ich wie Scarlet *Nuna*? Allein und ungeliebt, wenn sie erst älter ist? Das will ich nicht. Ich weiß nicht, ob ich dich genug liebe, um dafür einen einsamen Tod in Kauf zu nehmen. Du musst jetzt gehen, Cole-ah. Du musst durch diese Tür gehen und nicht zurückkommen. Vorerst nicht. Vielleicht nie."

In diesem Augenblick begriff ich, was Liebe bedeutete. Es bedeutete, mich von dem Mann, der vor mir stand, zu entfernen. Dem Mann, der meinen Namen gestöhnt und um mehr von mir in seinem Innern gefleht hatte, den Rücken zuzukehren. Ich musste es tun, weil er mich darum gebeten hatte. Ganz egal, ob ich es wollte: Weil ich ihn liebte, musste ich mich in die Schatten zurückziehen und aus seinem Sichtfeld verblassen.

„Wenn es das ist, was du brauchst, Baby. Ich gebe dir alles, was du brauchst."

„Ich muss nachdenken, Cole. Bitte gib mir etwas Zeit. Lass mich mit ihr reden. Ich muss mir über einiges klar werden", sagte er, während er den Abstand zwischen uns vergrößerte. „Kannst du Neko behalten? Ich glaube nicht, dass sie hier glücklich wäre ..."

„Ich behalte die verdammte Katze!" Die Lautstärke meiner Stimme ließ ihn zusammenzucken. Ich war zu dicht an einem Zusammenbruch. „Und dich behalte ich auch, verdammt noch mal. Ich lasse dich nicht einfach gehen."

„Das musst du aber. Selbst wenn es nur für einige Zeit ist, *ne?*" Zügig trat er zur Tür, um sie zu öffnen. Dem hereinfallenden strahlenden Sonnenlicht gelang es nicht, die Kälte aus meinem Innern zu vertreiben. „Ich melde mich bei dir. Das verspreche ich. Ich weiß noch nicht, wann, aber ich tue es. Bitte geh jetzt. Bevor Tiffany meine Mutter anruft und alles noch schlimmer macht."

Als ich mich an ihm vorbeischob, raubte ich ihm einen letzten Kuss, ließ meine Lippen einen Augenblick auf seinen verweilen, bevor er mich wieder von sich stoßen konnte. „Ich liebe dich, Jae. Falls du dich entscheiden musst, entscheide dich bitte dafür, dich von mir lieben zu lassen. Ich werde auf dich warten. So lange, wie es nötig ist. Ich werde warten."

„Ich weiß nicht, ob du das tun solltest, aber es macht mich froh." Er schloss die Augen, verbarg die Qualen, die sich meinetwegen darin widerspiegelten. Dann schob er mich aus der Tür und flüsterte: „*Saranghae*, Cole-ah."

Das Geräusch der sich schließenden Tür trug eine Endgültigkeit in sich, die mein Herz in tausend Stücke zerschmetterte.

7

VON DER Fahrt zu meinem Haus nahm ich kaum etwas wahr. Die Straßen verschwammen um mich herum und die Stadt wirkte wie ein Mosaik aus bunten Flecken und undeutlichen Gesichtern. Ich blinzelte, als ich mich auf meinem Parkplatz in meinem noch laufenden Rover wiederfand. Der grüne Müllcontainer strahlte grell im Licht der Scheinwerfer und ich schaltete sie aus. Sie hinterließen helle Flecken in meinem Sichtfeld, als ich blinzelte. Die Nacht war hereingebrochen und hatte jegliches Licht aus dem Himmel gesogen.

Ich wusste genau, wie der Himmel sich fühlte.

Zwar begrüßte die Katze mich nicht an der Tür und auch auf der Treppe lauerte mir kein schwarzer Schatten auf, doch ich spürte ihre Anwesenheit im Haus. Dem Hauch von Thunfischgeruch in der Luft und der beinahe leeren Schüssel auf dem Küchenboden nach zu urteilen, hatte sie meine früher am Tag für sie angerichtete Opfergabe fast vollständig verputzt und träumte nun vermutlich irgendwo in einem seligen Essenskoma vor sich hin. Mir sollte es recht sein. Ich hatte gerade andere Sorgen, als Jaes verdammte Katze zu verwöhnen.

Im Schrank wartete eine volle Flasche Jack Daniel's auf mich – Überbleibsel einer Party, die wir veranstaltet hatten. Ich holte sie heraus und stolperte zum Sofa. Da das Siegel kaum nachgab, als ich den Deckel drehen wollte, zerrte ich daran, bis es sich endlich löste. Der Deckel landete irgendwo neben der Apothekertruhe, die wir als Couchtisch benutzten. Ich ließ ihn liegen.

Nachdem ich mein Handy aus meiner Tasche befreit hatte, warf ich es auf die Oberfläche der Truhe und starrte das Display an. Ein Schmerz regte sich in mir, ein aufkeimendes Bedürfnis, seine Stimme zu hören, auch wenn sie mich nur ermahnte, ihn in Ruhe zu lassen.

Irgendetwas, um den wachsenden leeren Hunger zu dämpfen, der mich von innen her aufzufressen schien.

Stattdessen griff ich nach dem Whisky und begann meine Reise zum Boden der Flasche.

DIE WELT war schief, positionierte die Zimmerdecke rechts von mir. Der Kamin hing schräg an der Wand. Und wer auch immer die Sonne eingeschaltet hatte, war definitiv ein Fan von Spinal Tap, denn sie war bis auf Stufe elf hochgedreht. Zu irgendeinem Zeitpunkt, ich war nicht sicher, wann, musste mein Magen aus meinem Körper gekrochen sein, um sich in Hundeerbrochenem zu wälzen. Treu wie er war, hatte er sich anschließend zurückbegeben und auf meiner Zunge und in meinem

Hals seine widerlichen Spuren hinterlassen, die ich auch jetzt noch schmeckte. Mit einem Rülpsen versuchte ich, die Rückstände seines Ausflugs zu entfernen.

Seltsamerweise schwankte der Raum nun auch noch und irgendetwas schien mich bei den Achselhöhlen gepackt zu haben.

„Komm schon, Prinzessin. Du brauchst jetzt eine Dusche."

Diese Stimme *kannte* ich und hasste sie auf Anhieb. In meinem Alltag verspottete sie mich nicht selten, meistens zulasten meiner Beine beim Joggen oder meines Gesichts im Boxring. Ich war sicher, dass mein Gehirn etwas Kluges und Vernichtendes zustande gebracht hatte, doch die Botschaft musste auf dem Weg zu meinem Mund verzerrt worden sein. Anstelle der verächtlichen, sarkastischen Antwort, zu der ich eigentlich in der Lage hätte sein müssen, krächzte ich nur:

„Leck mich."

Die Reise zu meinem Schlafzimmer im ersten Stock gestaltete sich ähnlich, als wäre ich einem weißen Kaninchen in seinen Bau gefolgt. Mit der Erschütterung eines jeden stolpernden Schritts auf der Treppe wurden die Dinge um mich herum größer, dann wieder kleiner. Als wir endlich oben angekommen waren, sangen meine Schienbeine ein Klagelied und mein Kopf hatte seinen eigenen Chorgesang angestimmt, der von klopfenden Hämmern und der gesamten Bandbreite von Schlaginstrumenten begleitet wurde. Das letzte Mal, dass ich einen so tiefen Bass gehört hatte, war damals als Streifenpolizist im Modeviertel gewesen, wo einem jedes vorbeifahrende Auto ein kostenloses Hip-Hop-Konzert verschaffte.

„Was willst du hier?" Zumindest war ich ziemlich sicher, dass ich das gefragt hatte. Doch die Verwirrung, die sich daraufhin in Bobbys Gesicht abzeichnete, wäre sicher ein unterhaltsamer Anblick gewesen, hätte ich sie nur deutlicher erkennen können. Ich versuchte es noch einmal, bemühte mich um deutliche Aussprache. Es half nicht. So sehr ich es auch versuchte, es klang immer noch, als würde ich auf dem Meeresgrund in ein Kazoo blasen.

„Komm schon, Kumpel, mach's mir nicht so schwer", flehte Bobby. „Lass mich dich unter die Dusche bringen und danach kann ich hoffentlich einschätzen, ob du wegen einer Alkoholvergiftung ins Krankenhaus musst."

Ich öffnete den Mund, um vehement der Annahme zu widersprechen, ich wäre betrunken. Allerdings hatte mein Magen andere Pläne. Vermutlich noch vollgestopft von seinem nächtlichen Ausflug begann er zu gurgeln, warnte mich vor seinem bevorstehenden Beitrag zum Gespräch. Bobbys Arme schlangen sich fester um mich und plötzlich starrte ich in eine Schüssel mit bläulichem Wasser, dessen chemischer Geruch in meiner Nase brannte. Mir blieb keine Gelegenheit zum Protestieren. Kaum hatte Bobby mich vor die Toilette gezerrt, befreite sich mein Magen von seinem stinkenden Inhalt und verfärbte das Wasser in der Schüssel zu einem ungesund wirkenden Grün.

Die Flüssigkeit verdiente es, betrachtet zu werden, bis ich die Worte für eine genaue Beschreibung ihres Farbtons finden konnte. Die Aufgabe wurde dadurch erschwert, dass meine Innereien weitere Farbe beitrugen und das ursprünglich leuchtende Blau zu verschiedenen Schattierungen von Chartreuse und Whisky verdünnten. Hinter mir begann Wasser auf den Boden der Dusche zu prasseln und selbst dieses Geräusch verursachte mir Schmerzen.

In rasantem Tempo verlor ich meine Kleidung, bis ich die verdammt kalten Badezimmerfliesen unter meinem nackten Hintern spürte. Meine Position zu verändern half nicht, sondern führte lediglich dazu, dass die kalten Fliesen meine Eier berührten. Ich stieß einen ausgesprochen würdevollen Laut aus, um gegen diesen eisigen Angriff zu protestieren, doch bei Bobby kam es nur als wimmerndes Stöhnen an.

Wenn ich die Fliesen für kalt gehalten hatte, waren sie doch nichts im Vergleich zu dem Schock von gletscherhaften Ausmaßen, als er mich hochhob und unter den Wasserstrahl bugsierte. Da er sämtliche Düsen eingeschaltet hatte, konnte ich dem eisigen Strahl nicht entkommen und auch die Glastür gab nicht nach, als ich daran zerrte. Nach kurzem Blinzeln erkannte ich, dass Bobby eine meiner Krawatten benutzt hatte, um den Griff mit einem der Handtuchhalter zu verbinden und mich einzusperren.

Letztendlich ergab ich mich in mein Schicksal und ließ zu, dass der Wasserstrahl den Gestank von meiner Haut spülte. Leider folgte der Sauberkeit bald Nüchternheit. Als mein Körper aufgehört hatte, nach Lynchburg Lemonade zu riechen, fiel mir wieder ein, wie Jae mir das Herz gebrochen hatte.

Das Wasser fühlte sich auf meinem Gesicht noch kälter an, als mir heiße Tränen in die Augen traten.

„Verdammte Scheiße." Es tat weh. Tief in mir wuchs der Schmerz immer weiter an, bis er zu einem Geysir der Pein hochschäumte, der mir die Luft aus der Lunge presste. Das letzte Mal, dass ich mich so trostlos gefühlt hatte, war damals gewesen, als Mike meine Hand gehalten und mir von Ricks Tod erzählt hatte.

So fand Bobby mich dort. Auf dem Boden zusammengerollt, während ich schreiend darum flehte, dass die Scherben meines gebrochenen Herzens aufhörten in meine Brust zu schneiden.

EINIGE STUNDEN später saß ich in meinem Bett und hielt die dritte Tasse heißen Kaffees in den Händen, während Neko auf der Bettdecke *Fang die Zehen* spielte. Mehrere Male hatte sie bereits Erfolg gehabt und dabei beinahe meinen großen Zeh zum Bluten gebracht, doch der Jagderfolg schien sie noch nicht zufriedengestellt zu haben, denn sie tanzte weiter über das Fußende des Bettes und griff auf brutale Weise meine Füße an. Es war ein gutes Gefühl, sie hier zu haben – etwas Greifbares von Jae zu haben, während ich mich durch die Scherben meines Lebens wühlte.

Bobby ließ sich neben mir auf dem Bett nieder. Er hatte es aufgegeben, mich zum Essen überreden zu wollen, aber den Kaffee hatte ich dankbar angenommen. Vom vielen Weinen tat mein Gesicht weh und ich war ziemlich sicher, dass sich während der langen Zeit unter der Dusche das Fliesenmuster in meine Knie gegraben hatte. Bobby beugte sich zu mir hinüber und hob eine Hand. Ich zuckte zusammen, was mir einen vorwurfsvollen Blick einbrachte.

„Warum sollte ich dich schlagen wollen?", brummte er, während er mir mit den Fingern durchs Haar strich. Die Berührung fühlte sich gut an, so gut, dass ich als Katze geschnurrt hätte, und linderte ein wenig den nachhallenden Schmerz in meinem Kopf.

„Vielleicht, weil sich deine Hand meinem Gesicht meist als Faust in einem Boxhandschuh nähert?", scherzte ich zwischen zwei Schlucken Kaffee. Doch meine Stimmung wurde gleich wieder düsterer, gefangen in den Untiefen meiner Verzweiflung. „Wieso bist du überhaupt hergekommen?"

„Jae hat mich angerufen." Ich musste völlig schockiert gewirkt haben, denn Bobby unterbrach sein Streicheln, um mich auf die Wange zu küssen.

„Oh." Meine Bemühungen, mein Urteilsvermögen nicht von Eifersucht beeinträchtigen zu lassen, scheiterten kläglich. „Warum zum Teufel ruft er dich an?"

„Weil er dich liebt und sich Sorgen um dich macht." Für einen besten Freund schien Bobby erstaunlich häufig zu vergessen, auf wessen Seite er sein sollte. „Er braucht etwas Zeit, Cole. Dass seine Schwester aus heiterem Himmel aufgetaucht ist, hat ihn ganz schön fertiggemacht …"

„Mir hat es auch nicht gerade gutgetan", warf ich ein.

„*Du* hast ihm nicht gerade einen Gefallen getan, indem du sie geküsst hast."

„Sie hat *meine* Kleidung getragen. In *seinem* Haus. Ich habe sie für ihn gehalten. Von hinten! Sie hat sogar wie er *gerochen*. Wie hätte ich da nicht denken können, dass es Jae wäre?" Meine Stimme wurde heiser und ich wandte den Blick ab, denn ich traute meinen Launen im Augenblick nicht. Nach einem Schluck Kaffee konnte ich wieder atmen und der Schmerz war zu einem dumpfen Dröhnen abgeflaut. „Was mache ich denn jetzt bloß? Wie soll ich ohne ihn irgendetwas auf die Reihe kriegen?"

„Hat er denn gesagt, es sei vorbei? Hat er gesagt, du sollst nicht zurückkommen? Hat er diesem verrückten ‚Für immer' in deinem Kopf den Rest gegeben?", fragte Bobby sanft. „Mir hat er nämlich gesagt, er hätte dich nur um Zeit gebeten. Er muss sich damit auseinandersetzen, dass seine Schwester von zu Hause weggelaufen ist und herausgefunden hat, dass er schwul ist. Da hat ihm das Leben gerade eine große Portion Mist serviert."

„Eigentlich sollte er mich um Hilfe bitten, den aufzuessen", murmelte ich. „Anstatt mich vom Tisch wegzuschieben. Wir sind doch zusammen. Er hat es mir *versprochen*, Bobby. Er hat versprochen, mir bei jedem Mist zur Seite zu stehen. Aber wenn es um die Scheiße in seinem Leben geht, soll ich fröhlich zusehen? Das ist doch zum Kotzen. Das will ich nicht."

„Das ist aber, was *er* will", erinnerte mich Bobby. Es war eine schmerzhafte Tatsache, die ich nicht so leicht schlucken konnte. „Also, was hast du jetzt vor?"

Nüchternheit war ätzend. Beinahe so sehr wie mein Kummer. Aber meinen Körper mit Whisky zu verbrennen, schien keine Dauerlösung zu sein. Irgendwann würde er nicht mehr reichen und vermutlich würde auch Bobbys Geduld nicht ewig reichen, sodass ich dann nicht einmal mehr jemanden hätte, der mich unter die Dusche warf.

„Jetzt hab endlich Eier und antworte mir, Junge", knurrte Bobby. „Was hast du vor?"

„Ich schätze, ich muss ihm Zeit geben", seufzte ich. „Ich hoffe nur, dass er zu mir zurückkommt, Mann, denn im Moment fühle ich mich, als ob Ben zurückgekehrt wäre, um die Sache zu beenden."

„Das hast du überlebt, Kleiner." Die Matratze neben mir senkte sich, als Bobby sich herüberbeugte, um mich in eine feste Umarmung zu ziehen. „Also kannst du auch das hier überleben. Was auch aus euch beiden wird, du wirst es überstehen können. Und ich bin dabei immer für dich da."

ICH BRAUCHTE einige Tage, um wieder auf die Beine zu kommen. Ich schwankte zwischen dem Drang, Jae rührselige Liebesgedichte auf die Mailbox zu sprechen oder stattdessen den Akku aus meinem Handy zu entfernen, damit ich mich nicht jedes Mal hektisch daraufstürzte, wenn es klingelte. Nachdem ich ein „Im Urlaub"-Schild an meiner Bürotür angebracht hatte, informierte ich Claudias ältesten Sohn, dass ich die Person, die er für die Opferung auf dem Altar der Familienverpflichtungen ausgesucht hatte, erst in einigen Tagen brauchen würde – der Vulkan mache gerade Pause, aber ich würde bald wieder anfangen, unschuldige Jungfrauen in die feurigen Tiefen zu werfen.

Mike meldete sich häufig, doch ich schob sämtliche Diskussionen über Jae, Ichiro oder einen Sack Reis in China von mir. Stattdessen beschränkten wir uns auf Small Talk oder redeten über Maddy. Unsere jüngere Schwester war vor einer Woche nach Hause zurückgekehrt und schickte viele E-Mails, in denen sie uns mitteilte, dass sie uns vermisse und in Los Angeles leben wolle. Doch da die Schule bald wieder anfing, wussten Mike und ich, dass sie dann wieder auf den Unterricht und die üblichen Beliebtheitswettbewerbe konzentriert sein würde, bei denen ein neues Paar Skinny-Jeans uns an Wichtigkeit deutlich überstieg.

Ich rief sogar einmal bei Madame Sun an, um sie darüber zu informieren, was ich bisher unternommen hatte. Ich ging nicht zu sehr ins Detail, was Gyong-Sis Wilderei unter ihren Kundinnen anging, und behielt auch meine Vermutung für mich, dass ihr Rivale oder Eun Joon Lees Mann etwas mit ihrem Tod zu tun gehabt haben könnten. Hauptsächlich konzentrierte ich mich darauf, ihr zu versichern, dass ich die Sache untersuchte und dass sie nicht verflucht zu sein schien.

Letztendlich hatte ich mit allen gesprochen, nur nicht mit dem Mann, den ich am meisten liebte. Doch anstatt mich nun wieder meinem Selbstmitleid hinzugeben, tat ich das Dümmste, was ich je getan hatte.

Ich putzte.

Die verrückte Art von Putzen. Die, bei der man sämtliche Möbel von der Wand rückt, um hinter ihnen Staub zu saugen, und den ganzen Kühlschrank ausräumt, um alte, unbenutzte Gläser Senf auszusortieren. Als ich fertig war, roch mein Haus nach Reinigungsmitteln und mein Körper schmerzte an Stellen, die ich sonst nur mit besonders anspruchsvollen sexuellen Verrenkungen dazu bringen konnte.

Dann folgten Tränen. Ich war Manns genug, um mit ihnen zu warten, bis ich unter der Dusche stand und der Geruch von Jaes Seife auf meiner Haut mir zu viel wurde. Der Schmerz, der in meinem Bauch hochkochte, breitete sich in meinem ganzen Körper aus. Ich beugte mich vor und ließ mich davon überspülen, bis ich kaum noch atmen konnte. Es passierte jedes Mal, wenn ich duschte. Leider war ich nicht stark genug, um aufzuhören, mein selbst gewähltes Glasgefängnis zu betreten und den Duft meines Geliebten auf meiner Haut zu verteilen.

Ich schlief in seiner Jogginghose, wusch seine Wäsche und sortierte sie sorgfältig in die Schubladen ein, die ich für ihn leer geräumt hatte. Ich aß Kimchi, um die Würze auf meinen Lippen zu schmecken, die seine Küsse nach dem Essen besaßen. Seine Katze leistete mir Gesellschaft im Bett, wo wir uns beide auf Jaes Seite zusammenrollten und einander Körperwärme stahlen.

In meiner dunkelsten Stunde griff ich nach meinem Handy und schickte ihm eine Nachricht mit dem Wort *saranghae*. Mehr nicht. Ich wusste, was es bedeutete. Ich hatte es beim ersten Mal gewusst, als das Wort seine Lippen verließ, ohne auch nur das kleinste bisschen Koreanisch zu verstehen. Ich musste ihn einfach wissen lassen, dass mein Herz ihm gehörte, obwohl es nach Putzmitteln und Schweiß roch. Jedes verdammte Stückchen meines Herzens war sein.

Ich konnte nichts anderes tun, als zu warten. Und zu putzen.

Etwa eine Woche später, als ich mich nach einer Dusche auf das Sofa fallen ließ, kam Neko aus irgendeinem Versteck gekrochen und warf sich auf meinen Schoß, offensichtlich erschöpft von einem anstrengenden Kampf mit Wollmäusen. Der Geruch ihres Atems bestätigte mir, dass sie das von mir in der Küche bereitgestellte Futter gefunden hatte. Nachdem sie einige Male ihren Kopf gegen meinen Arm gestoßen hatte, warf sie sich auf die Seite und verlangte mit ihrem quietschenden Miauen, dass ich ihr den Bauch kraulte.

Dazu war mein Körper gerade noch in der Lage, also kraulte ich ihr Fell, bis ich damit ihr leises, brummendes Schnurren angeworfen hatte.

„Okay, Katze", sagte ich schließlich. „Es wird Zeit, dass ich endlich etwas anderes tue, als mein Haus auseinanderzunehmen." Ich klappte meinen Laptop auf, öffnete die Datei zu Madame Suns Fall und ging die Einzelheiten durch.

Dabei war das Letzte, worauf ich Lust hatte, mich mit den Problemen anderer Leute zu beschäftigen. Ich sehnte mich danach, mich in dem Schlamm zu suhlen, den ich aus meinen Tränen und der Asche meines Herzens hergestellt hatte. Ich wollte fluchen, bis ich heiser war und jedes mir bekannte Schimpfwort benutzt hatte. Nur hatte ich all das bereits getan und es hatte nichts geändert. Mein

Handy war noch immer Jaes samtweicher Stimme beraubt und mein Bett war auch weiterhin eiskalt, wenn ich abends hineinstolperte.

„Die Frau ist verrückt. Die Wahrsagerin, meine ich. Das findest du auch, Neek, oder?", fragte ich den vibrierenden Bauch der Katze. „Warum sollte jemand ihre Klienten beseitigen? Und warum ist mir das nicht einfach scheißegal?"

Die Katze hatte dazu natürlich keine Meinung, wenn man von dem missbilligenden Blick absah, den sie mir zuwarf, weil ich mein Kraulen unterbrochen hatte. Angewidert von meiner mangelnden Aufmerksamkeit hob sie ihr Bein, um sich ausgiebig zu putzen.

„Trotzdem – zwei eindeutige Opfer und ein Mann mit einem Herzinfarkt. Ob dabei jemand nachgeholfen hat? Eine Pistole an der Schläfe kann eine ziemliche Panikattacke auslösen. May Choi und Eun Joon Lee hat jedenfalls jemand getötet. Die Frage ist, ob es dieselbe Person war", murmelte ich. „Wenn man nicht gerade ich ist, wird schließlich nicht jeden Tag auf einen geschossen. Bei mir ist es eher, als würde ich während der Jagdsaison im Duck-Dodgers-Kostüm rumlaufen."

Ich konnte nicht genau sagen, was mir an diesem Fall keine Ruhe ließ. Eigentlich war er unkompliziert. Es kam vor, dass Menschen einen gewaltsamen Tod starben, vor allem, wenn sie sich zur falschen Zeit am falschen Ort befanden.

Bobby hatte mir noch nichts zu möglichen Anrufen bei der Polizei wegen der Lees gesagt, wobei ich zugeben musste, dass wir beide uns in den letzten Tagen nicht viele Gedanken um Madame Sun und ihre Kunden gemacht hatten. Obwohl ich etwas Konkreteres brauchte, um Gyong-Si ernsthaft mit Dreck bewerfen zu können, konnte ich nicht verhindern, dass sich mir beim Gedanken an ihn die Nackenhaare aufstellten. Irgendwie steckte er in der Sache drin. Ich musste nur herausfinden, wie.

„Ach, was soll's." Ich klappte den Laptop zu. „Es wird Zeit, meine Nase wieder in die Angelegenheiten anderer Leute zu stecken, Neek. Da es in dem Fall keinen Butler gibt, den wir befragen können, nehmen wir einfach das Nächstbeste – die Assistentin."

Ganz verhindern konnte ich die Gedanken an Jae nicht, aber ich musste meinen Kopf zumindest mit einigen zusätzlichen Dingen füllen. Wenn ich mich nicht irgendwie beschäftigte, würde ich bald etwas Verrücktes tun. Zum Beispiel rüberfahren und es auf der Arbeitsplatte mit ihm treiben. Oder beenden, was Ben angefangen hatte.

Nachdem ich Vivian Nas Telefonnummer gefunden hatte, nahm ich mein verwaistes Handy vom Ladegerät. Es einzuschalten war ein Fehler, einer von vielen, die ich in den letzten Jahren meines Lebens begangen hatte. Es erwachte zum Leben und schalt mich als Erstes wegen der vielen unbeantworteten Nachrichten und Anrufe. Da nichts von Jae dabei war, ignorierte ich alles und tippte stattdessen Nas Nummer ein.

Sie antwortete nach dem zweiten Klingeln mit einem melodiösen koreanischen Akzent, der wie für Telefonsex geschaffen war. Nachdem ich mich vorgestellt hatte, flachte der liebliche Tonfall zu einer kühlen Professionalität ab, die mich so sehr beeindruckte, dass ich ihr eine Stelle angeboten hätte, wäre da nicht bereits Claudias dreiste Neugier gewesen, die ich so sehr vermisste. Madame Sun hatte meinen Anruf angekündigt, was jedoch nichts an ihrem gereizten Tonfall änderte. Nein, Ms. Na war absolut nicht glücklich darüber, von mir zu hören.

„Ich wüsste nicht, wie ich Ihnen helfen könnte, Mr. McGinnis." Ihre Worte klangen abgehackt, als würde sie diese beim Aussprechen abschneiden. „Ich habe schon Madame Sun gesagt, dass wir nichts mit den Morden zu tun hatten. Es waren nur Zufälle."

„Einer könnte ein Zufall sein, aber zwei sind fragwürdig. Ich wollte einfach Ihre Meinung hören. Selbst wenn es nur dazu führt, Madame Suns Gewissen zu beruhigen." So häufig, wie ich Madame Suns Beunruhigung vorschob, würde sie vermutlich bald jemand einweisen. „Vielleicht könnten wir uns irgendwo treffen und bei einer Tasse Kaffee reden. Danach sind Sie mich auch los."

Mit einem Seufzer, der schwer genug gewesen wäre, einen Zeppelin zum Abstürzen zu bringen, gab sie nach und diktierte mir eine Adresse. „Ich bin in einer halben Stunde da. Schaffen Sie das? Ich treffe mich nämlich mit jemandem zum Essen, aber nebenan ist eine Bäckerei. Da können wir einen Kaffee trinken."

„Ja, das schaffe ich", bestätigte ich mit einem Blick auf die Uhr. Ich würde mich wieder durch Nebenstraßen hangeln müssen. Glücklicherweise handelte es sich um eine Adresse in Koreatown und nicht im Stadtzentrum, denn bis ich es zum 101, dann über den Highway und zurück durch Wilshire geschafft hätte, wäre ihr ein Sieben-Gänge-Menü mit anschließendem Opernbesuch möglich gewesen.

Ich ließ die Katze bei der konzentrierten Überprüfung ihrer Zehen auf dem Sofa zurück, schnappte mir meinen Autoschlüssel und lenkte den Rover auf die Rossmore Richtung Wilshire. Als ich auf die Sixth Street abbog, fand ich eine überraschend lange Schlange von Autos vor, die auf den Parkservice warteten. Ich holte etwas Bargeld aus meinem Portemonnaie und übergab die Kontrolle über meinen Rover an ein grinsendes Bürschchen, das praktisch gerade erst aus den Windeln war und definitiv nicht alt genug wirkte, um für mein Auto verantwortlich zu sein. Mit einem stummen Dankesgebet an meine Autoversicherung machte ich mich auf die Suche nach dem Café.

Trotz des Schildes handelte es sich eher um ein Kaffee-und-Huka-Café als eine Bäckerei. An seinem Platz zwischen anderen koreanischen Restaurants und Klubs in einer Art Atriumhaus war es gut besucht. Während die Fenster auf der Straßenseite lagen, befand sich der Eingang im Innenhof, wodurch der Straßenlärm größtenteils gedämpft wurde. Der von Glasscheiben umgebene Außenbereich war beinahe von jungen Asiaten überflutet und ich musste mich an einer Gruppe junger Männer vorbeizwängen, deren schwarzes Haar an den Seiten kurz rasiert war und oben bürstenartig abstand. Ich war nicht sicher, wann der Römischer-Zenturio-Look wieder in Mode gekommen war, doch sie schienen sich ihm fest verschrieben zu haben.

Zwar sah keiner der jungen Männer im Café Jae ähnlich genug, um an meinem Herzen zu zerren, aber einen zweiten Blick wären einige wert gewesen. Von mir bekamen sie ihn nicht. Mein Inneres war zu tot, und als sie sich in lebhaftem Koreanisch unterhielten, regte sich doch etwas Schmerzhaftes in meinem Herzen. Ich *vermisste* diese Sprache. Ich musste mich zwingen, die schwere Tür aufzustoßen und hineinzugehen.

Erst dann wurde mir klar, dass ich keine Ahnung hatte, wie Vivian Na aussah.

Glücklicherweise entdeckte sie den sich unwohl fühlenden, verwirrten Bigfoot, der durch die Herde geschmeidiger, attraktiver junger Koreaner stolperte, und winkte mir zu.

Vivian war absolut nicht, wie ich sie mir vorgestellt hatte. Während Madame Sun jedes Klischee der älteren koreanischen Dame erfüllte, hätte ihre Assistentin eher mit schwingenden knochigen Hüften über die Laufstege von Paris stolzieren und sündhaft teure Kleidung präsentieren können.

Elegant war ein zu schwaches Wort. Von ihren hohen Wangenknochen bis zu den messerscharfen Kanten ihres Pagenkopfes, der ein zartes Gesicht umrahmte, verströmte Vivian Na hohen Anspruch und teure Tête-à-Têtes. Ihr Körper war offensichtlich in Designerkleidung gehüllt, die sie beinahe achtlos trug, als sie mit sinnlichen Bewegungen die kleine Entfernung zwischen uns überwand, um mir die Hand zu reichen.

Ihre Finger waren kühl, als sie meine Handfläche berührten. Das leichte Darüberkratzen ihrer Nägel hätten die meisten Männer vermutlich mit der Fantasie verbunden, wie sie diese beim Sex in ihren Rücken bohrte. Ihr kurzes Lächeln ging nicht über ihre korallenroten Lippen hinaus, und alles, was sie mir sagen wollte, ging in einem Kugelhagel und den zersplitternden Fenstern in meinem Rücken unter. Nach ihr zu greifen half nicht mehr. Ihr Körper war warm, blutverschmiert und übersät mit Schusswunden. Auf meiner Brust verteilt befanden sich die Überreste ihres Gesichts.

8

DIE SCHÜSSE hatten aufgehört, bevor ich sie richtig begreifen konnte. Es gibt diesen langen Moment, in welchem es dem Gehirn nicht ganz gelingt, den Ereignissen zu folgen – dem lauten Knallen in nächster Nähe, den Schreien der Menschen, dem Geruch von Blut. Nichts bringt ein Gehirn schneller zum Erstarren als der Geruch von menschlichem Blut in der Luft.

Selbst wenn ein Mensch nie zuvor so viel Blut gerochen hat, weiß sein Verstand sofort, dass es vergossen wurde. Die Überreste unseres primitiven Höhlenmenschenbewusstseins melden sich augenblicklich und sind zur Flucht bereit, sobald sie das Blut ihrer eigenen Spezies wahrnehmen. Es setzt sich in der Nase fest und für einen langen, panischen Augenblick fragt sich das Gehirn, ob es sich um das Blut seiner eigenen Fleischhülle handelt.

Normalerweise ist das der Moment, in dem die Schreie beginnen. Entweder, weil der Schmerz sich bemerkbar macht oder wegen der Angst, es könnte bald der Fall sein. Vor allem jedoch, weil man nur noch Blut schmeckt und man beinahe darin ertrinkt und nach einem dunklen Winkel sucht, in dem das Chaos einen nicht erreichen kann.

Ich konnte Vivian Na nicht retten. Sie war noch vor meinem nächsten Atemzug tot. Aber ich konnte eine verängstigte junge Frau unter einen Tisch zerren. Ihre Freundin schluchzte wortlos in ihre Hände und ich streckte meinen Arm durch den Lärm und die fliegenden Scherben, schlang einen Arm um ihre Taille und zog sie in Deckung. Sie kämpfte gegen mich an, zerkratzte mit ihren langen Nägeln meine nackten Arme, schnitt sie auf. Ich blutete, allerdings nur kleine Tropfen rötlichen Wassers – nicht wie der rote Ozean, der sich um uns herum ausbreitete.

Mittlerweile waren die Schüsse lediglich ein pfeifendes Echo in meinem Trommelfell, brennende Überbleibsel zwischen den anhaltenden Schreien. Als die Angst dem Entsetzen wich, begann das Weinen, auch bei den jungen Frauen unter dem Tisch. Mit gesenktem Kopf kämpfte ich mich auf die Füße, nur um beinahe über einen schlanken jungen Koreaner zu stolpern, der sein Bein umklammerte. Zwischen seinen Fingern quoll Blut hervor.

Meine Rippengegend protestierte gegen mich und ihre verkrampfenden Muskeln zerrten an Nerven und Narbengewebe. Als sich die Krämpfe wie Krallen in meinen Körper bohrten, musste ich einige Male durchatmen, um die Schmerzen zu vertreiben. Es tat verdammt weh, aber sicher nicht so sehr wie das brennende Einschussloch im Oberschenkel des Jungen.

„He, das wird schon wieder." Alle Gedanken daran, etwas anderes zu tun, als mich direkt an seine Seite zu begeben, waren verflogen. Das Blut spritzte zwar nicht aus der Wunde, doch sie blutete stetig. Ich schnappte mir einige der Leinenservietten vom Tisch und löste sanft seine Finger.

Seine Jeans waren bereits blutdurchtränkt. Ich presste die Servietten auf die Wunde, um die Blutung so gut wie möglich zu stillen. Er blinzelte und ich schluckte schwer, gefangen von seiner schmerzerfüllten Miene. Obwohl er meinem Geliebten absolut nicht ähnlich sah, konnte ich in diesem Moment an nichts anderes als Jae denken. Einst hatte ich dasselbe bei ihm getan, meine kalten Finger auf Jaes verletze Haut gepresst, um das Blut in seinem Körper zu halten. Hoffentlich würde ich bei diesem Jungen ebenfalls Erfolg haben. Ich sagte mir gerade, dass die feuchtkalte, gräuliche Haut in dieser Situation normal war, als eine der Frauen unter dem Tisch hervorkroch und meinen Arm berührte.

„Ist es vorbei?" Sie zitterte. Der Schock bohrte sich so brutal in ihren Körper, wie die Pistolenkugel in das Bein des jungen Mannes eingedrungen war. „Sind wir okay?"

„Ja, Sie sind sicher." Ich deutete auf die andere Frau. „Kümmern Sie sich um sie. Und rufen Sie die Polizei an, wenn Sie können. Wir brauchen hier Hilfe."

Die Bitte um den Anruf hätte ich mir sparen können. Noch bevor sie sich wieder unter den Tisch geschoben hatte, um ihr Handy zu suchen, durchschnitten Sirenen die Nacht. Einige Meter entfernt erkaltete Vivian Nas Leiche und ihr Blut verklebte den Boden, als Menschen hindurchliefen, um zur Tür zu gelangen.

„Warum haben die das getan? Wollten sie uns umbringen? Ist sie tot?"

Wen sie mit „die" meinte, war offensichtlich. Wer auch immer der Schütze gewesen war, war nun der Feind. Das Handy hüpfte in ihrer Hand, als sie es fest mit den Fingern umschloss, um das Zittern zu unterdrücken. Der junge Mann stöhnte. Unter anderen Umständen hätte ich dieses gequälte Geräusch gern gehört, doch leider war es nicht Jae, der unter mir lag und es handelte sich nicht um einen Laut des Genusses.

„Ich weiß es nicht." Mein Unwissen einzugestehen war kein Zeichen von Schwäche. Es machte mir lediglich klar, was ich brauchte, um diese verworrene Situation, in der ich mich wiederfand, zu entwirren.

Vivian Na konnte ich jedoch nicht mehr retten. Während ich weiterhin meine Hände auf die Wunde des Jungen presste, wurde mir bewusst, dass ich nie auch nur ein einziges Wort von Angesicht zu Angesicht mit ihr gesprochen hatte und ebenso wenig hatte herausfinden können, was sie über Madame Suns tote Klienten wusste. Die Schüsse waren durch die Frontscheiben an der Straßenseite gekommen, durch die man hervorragend in das fröhlich erleuchtete Café hineinsehen konnte. Es waren die perfekten Voraussetzungen gewesen.

Jemand hatte Vivian zum Schweigen bringen wollen. Während einige Kugeln sich an andere Orte verirrt hatten, waren die meisten eindeutig für sie bestimmt gewesen, hatten sie praktisch zerfleischt.

„Was haben Sie nur gewusst, Vivian?" Ich betrachtete ihre Leiche. „Was war so verdammt gefährlich, dass Sie dafür sterben mussten?"

„DU BIST ganz sicher kein Anwalt, McGinnis?", fragte Wong mit einem entnervten Blick in meine Richtung. „Du tauchst nämlich öfter in der Nähe einer Leiche auf als der schlimmste Gaffer."

„Sie ist gestorben, *nachdem* ich hier war." Ich war schon häufiger als makaber bezeichnet worden, aber bisher noch nicht als Anwalt. Ich war nicht sicher, ob ich es als Beleidigung auffassen sollte. „Ihr Name ist Vivian Na. Sie war Madame Suns Assistentin. Ich hatte mich mit ihr verabredet, um ihr einige Fragen zu Choi und Lee zu stellen."

„Und *zufällig* war sie das einzige Todesopfer der Schüsse?"

„Ich denke, sie war das Ziel der Schüsse. Die anderen Verletzten waren nur der Kollateralschaden."

„Hast du dafür Beweise?"

„Nur so ein Gefühl", antwortete ich mit einem Schulterzucken.

„Mit einem Gefühl kann ich niemanden vor Gericht bringen, McGinnis. Wieso erzählst du mir nicht erst mal, was passiert ist, als du hier ankamst."

Wong war wenige Minuten nach der ersten blauen Welle eingetroffen und hatte einen Ford Crown Vic in den Hof gelenkt, der so mitgenommen aussah, als hätte er an einem Stockcar-Rennen teilgenommen. Jemand, der sich weiter unten in der Nahrungskette befand, hatte uns Kaffee besorgt, denn sobald Wong gesagt worden war, dass ich mich mit dem Opfer hatte treffen wollen, hatte er mich zu Seite genommen, um mir auf den Zahn zu fühlen.

Vivian Na schien nicht länger ihr Name zu sein. Sie war *das Opfer* geworden. Je nachdem, welchem Detective man ihren Fall anvertraute, hätte sie entweder eine gesichtslose Zahl in einem Fallbericht werden können oder aber ihr Mörder würde zu einem unheiligen Gral, von dem der zuständige Polizist sich nicht mehr befreien könnte.

Mit Detective Dexter Wong hatte sie glücklicherweise Letzteres erhalten.

„Viel gibt es nicht zu erzählen. Außer am Telefon hatte sie nicht einmal die Chance, mit mir zu reden. Sie wollte mir die Hand schütteln, und dann ging sie auch schon zu Boden."

„Und du hast sie angerufen, weil sie Madame Suns Assistentin war? Was hattest du dir von ihr erhofft?"

„Ich wollte herausfinden, ob sie etwas darüber wusste, dass Lee zu Gyong-Si ging – oder von einer möglichen Verwandtschaft zwischen ihm und Choi." Vivians Blutspritzer, die mich getroffen hatten, trockneten allmählich. Man hatte Fotos davon gemacht und darüber diskutiert, ob man mein T-Shirt als Beweisstück mitnehmen solle. „Zwischen ihm und Sun gibt es böses Blut. Ich suche nach etwas,

452

das alle Ereignisse miteinander verknüpft. Sun glaubt, dass irgendjemand es auf ihre Klienten abgesehen hat."

„Und was glaubst du?", versuchte Wong mich aus der Reserve zu locken. Er hob den Blick von seinen Notizen.

„Komm schon, du siehst doch auch, dass alles zu Madame Sun zurückführt", wagte ich mich vor. „Erst Choi, dann Lee und nun Vivian Na. Alle stehen in Verbindung mit ihr."

„Einen Zusammenhang gibt es zweifellos", brummte er, bevor er mir einen knochigen Finger in die schmerzende Seite bohrte. „Aber du wirst dich jetzt zurückziehen und mich meine Arbeit machen lassen. Wenn da etwas Zwielichtiges vor sich geht, finde ich es heraus. Dem hattest du zugestimmt, falls du dich erinnerst."

„Sie ist direkt vor mir gestorben, Dex." Ich schürzte die Lippen und musterte die zerschmetterten Fenster. „Verdammt, vermutlich ist sie *wegen* mir gestorben."

„Nicht die ganze Welt dreht sich um dich, McGinnis", antwortete Wong. „Aber lass uns trotzdem durchgehen, was genau sie dir am Telefon gesagt hat."

Es war nicht viel. Unser Gespräch war kurz und bündig gewesen. Sie hatte sich mit diesem Treffen mit mir abgefunden, hätte vermutlich aber gern darauf verzichtet. Ich konnte Wong lediglich erzählen, wie wenig erfreut sie darüber gewesen war, mich noch vor ihrer Verabredung treffen zu müssen, und wo diese Verabredung hatte stattfinden sollen. Wong hielt die wenigen Informationen in seinem winzigen braunen Notizbuch fest.

Dann starrte er seufzend seine dürftigen Notizen an, während er einige Male seinen Kugelschreiber klicken ließ. „Bleibt es bei unserem Essen?"

„Äh, tja, was das angeht." Ich kratzte mir den Nacken. „Jae und ich machen eine Beziehungspause. Na ja, eigentlich macht er eine Pause. Ich versuche damit umzugehen."

„Eine gute Pause oder eine schlechte Pause?" Er kam etwas näher, senkte die Stimme. Es war ein seltsamer Ort, um eine frischgebackene Freundschaft zu festigen, aber manchmal musste man nehmen, was man kriegen konnte. „Ist er nur gerade beschäftigt oder ist was passiert?"

„Schon eher was passiert." Ich schluckte, da sich ein Klumpen Schmerz in meinem Hals festgesetzt hatte. „Seine Schwester ist überraschend aufgetaucht. Ich habe ihn mehr oder weniger geoutet."

„Scheiße, das ist mies." Wong stieß einen leisen Pfiff aus. „Asiatische Familien sind da komisch, verstehst du? Als ich in der Oberstufe war, hat meine Mutter mir chinesische Mädchen aufgedrängt. Später war sie froh, wenn es nur eine Asiatin war. Jetzt ist sie schon begeistert, wenn die Frau einen Puls hat und ich sie nicht stundenweise bezahle. Wenn ich erst vierzig bin, würde sie wahrscheinlich alles mit einer Gebärmutter akzeptieren, auch wenn sie drei Brüste hätte und sich zweimal täglich rasieren müsste."

„Irgendwie habe ich nicht das Gefühl, dass ich in diese Zeitachse passe, Wong", erwiderte ich mit einem wehmütigen Grinsen. „Dass er mit einem Mann zusammen ist, wird Jaes Familie niemals billigen."

„Wahrscheinlich nicht, aber gib nicht auf." Er zuckte mit den Schultern. „Glaubst du nicht, dass seine Familie ihn nur glücklich sehen will?"

„So sollte es sein. Aber ich bin nicht sicher, ob es außer mir wirklich jemand ganz oben auf seiner Prioritätenliste hat." Ich deutete auf meinen Rover und betrachtete stirnrunzelnd das gelbe Absperrband, welches die Zufahrt zum Hof blockierte. „Komme ich hier irgendwie raus?"

„Tja, was das angeht …" Wong warf einen entschuldigenden Blick auf mein Auto. „Hast du genug Geld für ein Taxi dabei?"

LETZTENDLICH MUSSTE ich wirklich ein Taxi rufen. Der Fahrer hatte ursprünglich auf Long Island gelebt und erklärte mir ausführlich, was mit Los Angeles nicht stimmte und in New York besser war. Als ich ihn fragte, wie lange er schon in L.A. wohnte, war die Antwort fünfzehn Jahre. Da er etwa Mitte zwanzig zu sein schien, beschloss ich, nicht viel auf seine Meinung zu den Unterschieden zwischen Big Apple und der Stadt der Sternchen zu geben. Er war nicht alt genug, um viel mehr als den Garten seiner Großmutter und einige Spielplätze gesehen zu haben. Während der langsamen Fahrt von Koreatown zu meinem Haus erfuhr ich außerdem, dass er Veganer war und eine Schauspielschule besuchte.

Er hatte sich gerade in eine Erklärung dazu vertieft, warum Method Acting die wahre Kunst seiner Zunft darstellte, als wir endlich mein Haus erreichten.

Ich gab ihm alles, was sich noch in meinem Portemonnaie befand, woraufhin er etwas von einem winzigen Trinkgeld brummte und davonfuhr. Nachdem ich mit den Augen rollend in seiner Abgaswolke meinen Schlüssel aus der Tasche gekramt hatte, ging ich den Weg zu meiner Haustür entlang. Der Pizzaduft, den ein italienisches Restaurant einige Häuser weiter verströmte, ließ mir das Wasser im Mund zusammenlaufen. Ich warf einen Blick auf meine Armbanduhr und entschied, dass ich vielleicht so faul sein könnte, mir eine dieser dicken Pfannenpizzas nach Chicago-Art liefern zu lassen.

Als ich die auf meiner Veranda wartende Frau entdeckte, dachte ich darüber nach, umzukehren und mir stattdessen persönlich eine Pizza zu bestellen. Vielleicht könnte ich diese dann sogar im nächsten Zug nach New York essen, denn der Taxifahrer war eigentlich recht überzeugend gewesen und ich sollte mir das Ganze zumindest ansehen, bevor ich mir eine Meinung bildete.

Ich hätte es getan, wäre ich nicht sicher gewesen, dass sie mich so schnell eingeholt hätte wie eine Gepardin eine schmackhafte Gazelle.

„Schöne Beine", sagte ich mit einem Blick auf Maddys Laufprothesen. „Bist du mit denen bis hierher gelaufen oder hast du dein Auto nur versteckt, weil du wusstest, dass ich bei seinem Anblick sofort das Weite gesucht hätte?"

„Ich habe hinten geparkt. Und da du nicht da warst, bin ich eine Runde gejoggt. Ich habe die normalen zum Wechseln dabei." Meine Schwägerin musterte mich. Das Wenige, was sie im schwachen Licht meiner Verandalampe erkennen konnte, ließ sie die Stirn runzeln. „Ist das Blut?"

„Nicht mein eigenes." Mein T-Shirt war letztendlich als Beweisstück mitgenommen worden, doch an meinen Händen klebten noch Blutspritzer. Kein Wunder, dass der Taxifahrer ungehalten gewesen war. Selbst mit dem alten Sport-T-Shirt, das ich noch im Rover gefunden hatte, musste ich wegen meiner Hände wie ein Statist aus einem Horrorfilm ausgesehen haben. Er hätte eindeutig ein großzügigeres Trinkgeld verdient gehabt.

„Lass mich rein, damit ich dich anschreien kann."

„Muss das wirklich sein?" Ich schloss die Tür auf und hob die gepolsterte Tasche hoch, in der sie ihre Prothesen transportierte. „Scheiße, sind die schwer. Wie kannst du damit nur laufen?"

„Mit guten Beinmuskeln. Zwischen meinen Oberschenkeln könnte ich eine Walnuss knacken. Deshalb warte ich meistens, bis ich mit deinem Bruder Sex habe, bevor ich ihn um etwas Neues für das Haus bitte. Ein falsches Wort und ich könnte seinen Schwanz zerplatzen lassen wie eine Weintraube."

„Ich hätte sehr gut ohne diese Vorstellung leben können." Nachdem ich die Tasche im Wohnzimmer abgestellt hatte, begrüßte ich Neko, die vom oberen Ende der Treppe herabspähte, um zu sehen, wer hereingekommen war. Da ihr die anwesenden Personen nicht zuzusagen schienen, verschwand sie wieder dahin, woher sie aufgetaucht war. „Willst du was trinken? Ich weiß aber nicht, was ich habe."

„Etwas Kaltes", rief Maddy vom Sofa. „Hast du schon gegessen?"

„Ich hatte vor, mir eine Pizza zu bestellen", gestand ich, während ich ihr eine kalte Flasche mit *Root Beer* nach Hausmacherart reichte. „Willst du noch für ein Stück bleiben oder geht das mit dem Anschreien schnell?"

„Pizza wäre schön." Sie hatte ihre an Metallklingen erinnernden Laufprothesen abgenommen und verstaute sie in ihren Hüllen. „Und nein, es wird wahrscheinlich nicht schnell gehen."

Mike hatte immer eine Vorliebe für große, hübsche Blondinen gehabt. Mit Maddy hatte er das große Los gezogen. Selbst ungeschminkt und leicht verschwitzt vom Laufen war sie eine Schönheit. Eine Schönheit, die einen, wenn nötig, nach Strich und Faden vermöbeln konnte, aber dennoch hinreißend mit klaren norwegischen Gesichtszügen und einem kraftvollen, schlanken Körper. Wäre ich hetero gewesen, wäre sie mir so unerreichbar vorgekommen, dass ich mich davor gefürchtet hätte, sie um ein Date zu bitten. Ich konnte meinen Bruder nur dafür bewundern, dass er die Eier gehabt hatte, an eine Chance bei ihr zu glauben und sie dann auch noch darum zu bitten, einen armseligen, spießigen Typen wie ihn zu heiraten.

Das italienische Restaurant hatte eine bereits fertig gebackene Pfannenpizza mit Salami, Pilzen und Knoblauch, die von jemandem bestellt, aber nicht abgeholt worden war. Fünf Dollar plus Trinkgeld und sie gehörte mir. Sie wurde sogar für mich aufgewärmt. Kaum war ich von meiner Dusche ins Untergeschoss zurückgekehrt, als der dünne junge Mann, der für die Lieferungen zuständig war, an der Tür klingelte und mir eine noch leicht dampfende, vor Käse triefende Pizza und ein freches Grinsen präsentierte, das ihm zehn Dollar Trinkgeld einbrachte. Der Taxifahrer hatte weniger bekommen, hatte jedoch auch nicht vergnügt mit dem Hintern gewackelt, als ich ihn bezahlte, wie es der junge Mann tat, als ich ihm das von Maddy vorgestreckte Geld überreichte.

Ich servierte Maddy ein Stück Pizza auf einem Pappteller, während ich selbst eines direkt aus der Schachtel aß. Nachdem sie das Stück Pizza kurz betrachtet hatte, beugte sie sich mit einem Schulterzucken vor, um davon abzubeißen. Als ihr Käse aus dem Mund lief, schob sie die heißen Fäden lachend mit dem Handrücken wieder hinein.

„Das ist eine Kampfpizza", teilte sie mir um den nächsten Bissen herum mit. Sie lehnte sich auf der Couch zurück und streckte ihre Oberschenkelmuskeln. Die Prothesen hatte sie abgenommen, sodass ihre Beinstümpfe nackt die kühle Luft genießen konnten. „Ich glaube nicht, dass ich meinen Mund weit genug aufbekomme."

„Die unangenehmen Nebenwirkungen einer Ehe mit meinem schlappschwänzigen Bruder." Da ihre Arme zu lang und ihre Reflexe zu gut waren, um ihr auszuweichen, fand ich mich mit dem schmerzhaften Schlag auf meinen Arm ab. „He, ich kann doch nichts dafür, dass du freiwillig den Kürzeren ziehst. Wärst du ein Mann, hätte ich mich sofort auf dich gestürzt."

„Tja, dann habe ich wohl gerade noch mal Glück gehabt." Ich stieß einen Zischlaut aus, als hätten ihre Worte mich schwer getroffen. „Hast du bald aufgegessen? Ich hab noch ein großes Anschreien geplant, falls du dich erinnerst."

„Wie wäre es, wenn du schon mal mit dem Anschreien anfängst und ich steig dann ein, um mich zu verteidigen, wenn mein Mund leer ist?"

„Fang mit dem Blut an. Was ist passiert?"

Ich fasste kurz für sie zusammen, an welchem Fall ich arbeitete und was im Café vorgefallen war. Als ich damit fertig war, hatten wir bereits die halbe Pizza und beinahe einen Sechserpack *Root Beer* verdrückt. Auch wenn ich noch nicht genug Informationen besaß, um ein zusammenhängendes Bild herzustellen, war das Ganze mittlerweile ziemlich besorgniserregend – vor allem, weil ich nicht wusste, aus welchem Grund die Menschen starben und was es mit Madame Sun zu tun hatte.

„Vielleicht hat es gar nicht mir ihr zu tun", grübelte ich laut.

Maddy sah von ihren Beinen auf, die sie gerade zusammensetzte, um mich anzuschauen. „Was meinst du?"

„Vielleicht ist Madame Sun nicht das eigentliche Ziel. Vielleicht ist es Gyong-Si."

„Was ist dann mit der jungen Frau, die heute ermordet wurde? Was hat sie mit Gyong-Si zu tun?"

„Zugegeben, das ist eine Ungereimtheit. Aber irgendetwas gibt es da. Ich glaube, dass er so sehr in die Sache verwickelt ist wie alle anderen." Ich grübelte weiter. „Brauchst du Lotion oder so?"

„Nein danke, ich bin versorgt, habe welche dabei." Sie hielt eine gelbe Flasche hoch. Während sie den Inhalt auf den Enden ihrer Beine verteilte, kam sie endlich zum Anschreien. „Jetzt erzähl mir von Jae."

„Oh, jetzt geht's also los." Ich verdrehte die Augen. „Was hat Mike dir gesagt?"

„Dass du wie ein Idiot in Selbstmitleid versinkst und nichts mehr außer deinem eigenen Scheiß mitkriegst." Sie holte ein Paar weiße Stumpfstrümpfe hervor, schüttelte sie aus und strich die grün durchwebten Ränder glatt, bevor sie sie auf das Sofa legte, um mich mit unerbittlichem Blick anzusehen. „Also warum verrätst du mir nicht, was in deinem dämlichen Kopf vorgeht und warum du es für eine gute Idee hältst, dich mitten in eine Schießerei zu stürzen, anstatt Jae anzuflehen, dich zurückzunehmen?"

„Es war keine Schießerei, sondern eher kaltblütiger Mord. Der Schütze wusste genau, dass Vivian Na dort sein würde", verbesserte ich sie, „und hat sie erschossen."

„Ich stelle fest, dass du meiner Frage zu Jae-Min ausweichst."

„Und ich stelle fest, dass er dich nichts angeht", antwortete ich, wobei ich mich bemühte, möglichst arrogant zu wirken. Leider hatte ich Maddy in dieser Hinsicht nicht viel entgegenzusetzen. Jahre an einer Privatschule und eine genetisch bereitgestellte Adlernase verschafften ihr eindeutig einen Vorteil. Unter dem Laserblick, mit dem sie an ihrem messerscharfen Nasenrücken entlang auf mich herabsah, gab ich augenblicklich nach. „Er sagte, dass er Zeit braucht. Na ja, zumindest nachdem er vorher praktisch ‚Hau gefälligst ab, weil du mein Leben ruiniert hast' gesagt hat. Aber Bobby meint auch, ich soll mich an jedes vorbeitreibende Stück Hoffnung klammern, um nicht zu ertrinken."

„Und deshalb jagst du Mördern nach?"

„Ich jage Mördern nach, weil ich dafür bezahlt werde." Dass ich mich nicht von Madame Sun bezahlen ließ, verschwieg ich. Je weniger Maddy über die Profitspanne dieses Falls wusste, desto besser. „Was erwartest du denn von mir? Dass ich herumsitze und warme Mützen für Alpakas stricke, während ich abwarte, ob Jae mich wegwirft? Ich muss etwas *tun*, Maddy. Und Arbeiten kommt mir vernünftiger vor als Trinken. Ich kann mich nicht unendlich oft von Bobby ins Bett tragen lassen. Einmal habe ich seine Geduld schon ziemlich strapaziert."

„Aber die Polizei kümmert sich doch drum, oder? Dieser Detective ist ein guter Mann. Er erledigt das schon." Maddy unterbrach das Festziehen von Schrauben, um meine Hand zu berühren.

„Sie ist vor meinen Augen gestorben, Maddy. Ihr Blut hat wortwörtlich an meinen Händen geklebt. Das kann ich nicht vergessen. Das werde ich nicht vergessen. Ich war die letzte Person, die sie in ihrem Leben gesehen hat. Was erwartest du da von mir?"

„Ich möchte, dass du ein wenig davon loskommst und über andere Dinge nachdenkst", sagte sie sanft. „Zum Beispiel über deinen Bruder Ichiro, der bald herkommt. Mike hat ihn eingeladen. Er wird in einigen Tagen hier sein. Mike wünscht sich, dass du dich mit ihm zusammensetzt und mit ihm redest."

„Na toll, das hat mir gerade noch gefehlt." Hätte sich nicht bereits ein unangenehmer Druck in meiner Brust aufgebaut, wäre es nun soweit gewesen. Mit einem Seitenblick fragte ich Maddy: „Bist du deshalb hier? Um Mikes Drecksarbeit für ihn zu erledigen und mir zu sagen, dass er mir einen kleinen Bruder besorgt hat?"

„Falsch geraten. Er weiß nicht, dass ich hier bin." Sie nahm einen Fußteil, um ihn in die Vertiefung am Bein zu schieben. „Er wollte es dir erst nach Ichiros Ankunft sagen. Ich habe es nicht für richtig gehalten, dich so von deinem Bruder überfallen zu lassen. Dem, mit dem ich verheiratet bin."

Ich war zu müde, um wütend zu werden. Die Neuigkeit, dass der geliebte Sohn meiner Mutter in Los Angeles eintreffen würde, war der Tropfen, der das Fass zum Überlaufen brachte. Mein Leben war ein verdammter Trümmerhaufen. Die Frau, die mich unter ihre Fittiche genommen hatte, lag zu Hause im Bett, um sich von den Schusswunden eines von mir in unser Leben gebrachten Verrückten zu erholen, während mein so schwer zu verstehender Geliebter mit seiner Schwester J.D. Salinger in einem Betonkasten spielte, der eigentlich schon für eine Person zu klein war. Ich sah mich mit einer Reihe von Morden konfrontiert, die ich einfach nicht miteinander verbinden konnte, obwohl ich *wusste*, dass sie zusammenhingen und in meinen Händen spürte ich noch den Rest des Echos einer Frau, die ich nie richtig kennengelernt hatte.

Dazu kam nun noch ein unerwünschter und unbekannter Bruder, der in mein bereits strapaziöses Leben eindrang, und die pelzige schwarze Diva im Obergeschoss, die nachts jammernd nach dem Mann suchte, der sie hergebracht hatte.

Ja, ich war eindeutig viel zu müde, um noch dagegen anzukämpfen. Es war wohl an der Zeit, mich schlicht vorzubeugen und es mir vom Leben besorgen zu lassen, wie es ihm gefiel – schnell und schmerzhaft.

„Er wird angefressen sein, weil du es mir erzählt hast", seufzte ich. Es war nicht Maddys Schuld, dass ich mich so unvernünftig verhielt. Und so unvernünftig fand ich mich eigentlich überhaupt nicht. Mike wollte mir einen Instant-Bruder vorsetzen, während mir noch die Zähne im Hals steckten, nachdem mein Vater mir ins Gesicht getreten hatte.

„Damit komme ich klar." Sie beugte sich vor, um mich auf die Wange zu küssen. „Oberschenkel, die Walnüsse knacken können, schon vergessen? Aber ernsthaft, denk darüber nach, dich mit Ichiro zu treffen. Was soll schon Schlimmes passieren?"

„Zum Beispiel, dass ich ihn hasse, weil meine Mutter mich bei diesem Arschloch von Vater zurückgelassen hat, ohne sich um mich zu kümmern?", bot ich an. „Du weißt schon – dem Mann, der mich lieber tot sehen würde als in einer glücklichen Beziehung mit einem anderen Mann? Dieses Arschloch. Vielleicht erinnerst du dich an ihn."

„Fixier dich bei der Sache nicht zu sehr auf deine Mutter oder deinen Vater, Cole", riet Maddy. „Wir wissen nicht, warum sie so gehandelt hat und wie Ichiros Leben bei ihr war. Finde es heraus. Gib ihm eine Chance. Wenn du ihn dann trotzdem nicht magst, kannst du ihn hassen, weil er ist, wie er ist. Und nicht wegen des Bildes, das du dir in deinem Kopf von ihm gemacht hast."

Ich brachte Maddy zur Tür und begleitete sie mit Geräuschen wie aus „Der Sechs-Millionen-Dollar-Mann". Es brachte mir einen weiteren schmerzhaften Klaps und einen freundlicheren Schwägerinnen-Abschiedskuss ein. Dann schottete ich mich von der Welt ab, entsorgte den Pizzakarton und schaltete alle Lichter im Erdgeschoss aus. Am oberen Ende der Treppe wartete Neko mit ihrem piepsigen Miau und versuchte mich zu ermorden, indem sie sich mit ihrem Fellball-Körper zwischen meine Knöchel schob.

Ich setzte sie auf dem Bett ab und brachte meine Abendroutine hinter mich, verminzte meinen Mund mit Zahnpasta, damit sie an meinem Gesicht schnuppern und ihre knochige Wange zufrieden an meiner reiben konnte, bevor ich einschlief. Mein Bett war kühl, als ich unter die Decke schlüpfte und ich schob die Kissen hin und her, um eine bequeme Position zu finden. Bei einem war Jaes Geruch beinahe verflogen und ich zog kurz in Erwägung, es mit einigen Tropfen seines Eau de Cologne zu beträufeln.

„Mann, bist du armselig, McGinnis", tadelte ich mich selbst. Nachdem ich gerade das Licht ausgeschaltet und mich hingelegt hatte, piepte auf dem Nachttisch mein Handy. Der Bildschirm leuchtete auf und blieb lange genug hell, um das Gerät vom Tisch nehmen zu können.

Es war eine kurze Nachricht, neun durch Drähte und staubige Luft geschickte Buchstaben, doch sie packten mein totes Herz und sandten heiße Blitze hindurch. Nachdem ich das Handy an meine Lippen gepresst hatte, beantwortete ich Jaes Nachricht, indem ich ihm ein Echo seines Wortes sandte. Der Knoten in meiner Brust löste sich mit einem tiefen Atemzug und zum ersten Mal seit beinahe einer Woche gelangte ungehindert Luft in meine Lunge.

„Dir auch *saranghae*, Baby", murmelte ich in die Luft und hoffte, die Sterne würden es auffangen und ihn fest für mich umarmen, bis ich es wieder selbst tun konnte. So schlief ich mit dem Handy in der Hand ein und ließ Jaes Katze und seine pixelige Liebesbekundung die Albträume fernhalten.

9

Ich tänzelte rückwärts, bewegte meine Füße über den Boden, wich mit der Schulter aus. Es war zu lange her, dass ich im Ring gestanden hatte. Meine Handschuhe kamen mir schwerer vor, als ich sie in Erinnerung gehabt hatte. Wenigstens der Geruch meines gepolsterten Kopfschutzes war vertraut – getrockneter Schweiß und der Gestank der Verzweiflung krochen durch mein Nasenhaar hinauf. Der Jochbeinteil nahm mir etwas die Sicht, doch Bobby hatte auf einem vollständigen Schutz bestanden, da er nicht mein „hübsches Gesicht" ruinieren wolle.

Ich persönlich war davon überzeugt, dass er lediglich mein eingeschränktes Sichtfeld zu seinem Vorteil nutzen und die Seiten meines Gesichts mit seinen Fäusten bearbeiten wollte. Er stritt es ab. Ich fand, mein Ohrenklingeln war ein mehr als ausreichender Beweis.

Ich landete einen Treffer, der sogar Bobbys Kopf nach hinten warf. Vermutlich war das ein Fehler gewesen. Dass ich es gewagt hatte. Nicht dass ich getroffen hatte. Ich konnte boxen. Ich konnte hart zuschlagen. Ich wusste, wie man für einen Schlag den ganzen Körper nutzte und nicht zu früh nachließ. Ich hatte als Junge wirklich häufig genug meinen Bruder verprügelt und war in der Highschool zu größeren, stärkeren Typen übergegangen, die beschlossen hatten, dem jungen McGinnis eine Abreibung zu verpassen.

Nein, ein solcher Schlag gegen Bobbys Kopf war deshalb ein Fehler, weil er ihm signalisierte, dass ich Ernst machen wollte und bereit zu einigen richtig harten Runden war.

Ich wusste nicht, ob mein noch verheilender Körper es durchstehen würde, aber nun hatte ich wohl keine Wahl mehr. Bobbys Augen hatten sich verengt und er schob die Schultern vor, pirschte sich mit bedrohlichen Schritten an mich heran.

Ja, eindeutig ein Fehler.

Bei JoJo ging es für gewöhnlich laut und lebhaft zu. Männer brüllten und grunzten, während sie am Boxsack oder im Ring trainierten. Die wenigen Frauen, die sich durch die Tür in den Gestank wagten, besaßen unnachgiebige Blicke und muskulöse Körper – ernsthafte Athletinnen, die im Box- und Fitnessstudio den Sport erlernen oder ihre Muskeln stählen wollten. Die meisten der Männer waren schwul und einfache Arbeiter. Es war kein Ort für herausgeputzte junge Männer oder verführerisches Flirten. Man betrat das Gebäude mit der Bereitschaft, sich die Seele aus dem Leib zu prügeln und einzustecken.

Beim Anblick von Bobbys Gesichtsausdruck zog ich allerdings in Erwägung, mich lieber mit den herausgeputzten jungen Männern für den am Ende der Straße angebotenen Spinning-Kurs anzumelden, wenn es mich vor seinen Fäusten bewahrte.

Und er schlug tatsächlich zu. Allerdings nicht mit seinen Fäusten. „Grinst du wegen deinem Jungen so dämlich oder bist du endlich zur Vernunft gekommen und hast dir einen neuen hübschen Arsch geschnappt?"

Glücklicherweise konnte ich durch den roten Schleier, der sich vor meine Augen legte, noch gut genug sehen, um mit meinen Fäusten Bobbys Gesicht zu finden. Das klatschende Geräusch, als meine Handschuhe seinen gepolsterten Kopf trafen, verschaffte mir jedoch nur kurz Genugtuung. Ich wollte spüren, wie er vor mir zurückwich, wie er unter dem Ansturm meiner Fäuste nachgab. Leider gab stattdessen etwas anderes nach. Ein Stich in meiner Schulter breitete sich zu einem größeren, brennenden Schmerz aus und versetzte meine Nerven in Panik. Meine Oberarmmuskeln versagten zuerst, gefolgt vom Kugelgelenk meiner Schulter, sodass ich den Arm nur noch im Zeitlupentempo bewegen konnte. Ich war so damit beschäftigt, ihn an meinen Körper zu pressen, dass ich Bobbys Seitwärtshaken zu spät kommen sah.

Dann sah ich nur noch die Glühbirnen, die in ihrem Drahtgeflecht von JoJos tarngrauer hoher Decke baumelten.

Oh, und die Vögelchen. Kleine, blaue Vögelchen. Selbst Roger Rabbit konnte da nicht mithalten.

„Scheiße, Kleiner!" Bobbys verschwommenes Gesicht tauchte in meinem Blickfeld auf, ein schwankender Mischmasch aus Augen, einer Nase und einem Mund, der zu seinem rechten Ohr zu driften schien. „Ich habe damit gerechnet, dass du dich duckst!"

„Ging nicht", murmelte ich durch die Vögel. „Arm hat den Geist aufgegeben. Du hast mich kalt erwischt, Arschloch."

„Tja, dann sind wir jetzt quitt. Du bist als Erster wie verrückt auf mich losgegangen."

„Mach Platz, du verdammter Gorilla", brummte JoJo hinter Bobby und schob ihn zur Seite. Sein von der Sonne mit tiefen Falten versehenes Gesicht war eine verschwommene Mischung aus gebrannter Umbra und gelben Zähnen. Da er sich an diesem Morgen nicht rasiert hatte, bedeckten grau-schwarze Stoppeln die schlaffe Haut seines Kiefers. „Hast du nicht gesehen, wie der Junge plötzlich seinen Arm geschont hat, Dawson? Was ist los mit dir?"

Bobby antwortete dem alten Mann zwar mir einem gereizten Brummen, machte aber Platz. „Hast du übersehen, dass *ich* der Teppich war und er den Staub aus mir rausgeprügelt hat, JoJo?"

„Es geht schon." Ich versuchte mich aufzusetzen, was den Raum um mich herum zum Schwanken brachte. Bobby schob mir einen Arm unter die Achseln und hievte mich auf die Beine.

461

„Komm, wir lassen dich lieber durchchecken. Bei deinem Pech habe ich dir eine Gehirnerschütterung verpasst." Bobby klang besorgt. Seinen Gesichtsausdruck konnte ich nicht gut erkennen, weil alles etwas schief und dunkel war. Blinzelnd bemühte ich mich, die verschwommene Dunkelheit vor meinem rechten Auge zu vertreiben, die wie eine schwarze Ameisenstraße aussah.

„Scheiße, Mann", sträubte ich mich. „Mein Kopfschutz ist ganz verrutscht. Natürlich kann ich dann nicht vernünftig sehen. Sonst geht's mir gut. Ich brauche nur eine Sekunde."

„Und ihr anderen macht weiter. Na los!", brummte JoJo den Boxern in der Halle zu. „Dawson, bring deinen Jungen aus dem Ring und pass auf seinen Kopf auf." JoJos Handfläche war hellrosa und die ledrige Haut spannte sich über knochige Finger, als er mir den Kopfschutz abnahm – woraufhin ich erleichtert seufzte und tief durchatmete – und seine Finger in die Höhe hielt. „Wie viele halte ich hoch, McGinnis?"

„Zwei", antwortete ich. Er sah mich mit einem seiner patentierten Shar-Pei-Stirnrunzeln an, ließ jedoch zu, dass Bobby mir unter den Seilen hindurchhalf.

„Bring ihn unter die Dusche. Wenn er kotzt, fahr ihn ins Krankenhaus", wies JoJo Bobbys Rücken an. Dann fügte er leise brummend hinzu: „Arschloch. Wenn du noch mal so rücksichtslos zuschlägst, gibt's von mir persönlich einen Tritt in den Hintern."

„Ich glaube, du hast ihn wütend gemacht", teilte ich Bobbys Achselhöhle mit. Als ich mich aufrichtete, wurde mir leicht schwindelig, aber es war immer noch besser, als weiterhin das Aroma von Bobbys Achselhaaren einzuatmen. „Mich auch."

„Tja, ich dachte, ich versuch mal, dich ein bisschen sauer zu machen. Ein bisschen aufzurütteln."

Die Entschuldigung war ungefähr so gut wie ein Blowjob von einem Handtrockner am Bahnhof.

„Es ist nicht nötig, dass du mich aufrüttelst", antwortete ich gereizt. „Schon gar nicht mein Gehirn."

„Das tut mir ja auch leid, Prinzessin."

Als wir endlich die Duschen erreicht hatten, ging es mir etwas besser und meine Beine funktionierten wieder selbstständig. Ich löste mich von Bobby, zog mich aus und stellte mich unter das warme Wasser, um meine Muskeln zu entkrampfen. Das Kribbeln verschwand allmählich aus meinem Arm und bald gehorchte mir auch meine Schulter. Dennoch wusste ich, dass ich sie überlastet hatte und in einigen Stunden mit bunten Blutergüssen rechnen musste. Bobby trat unter die Dusche neben mir, wobei er mir hin und wieder einen Blick zuwarf, um sich davon zu überzeugen, dass ich mich auf den Beinen halten konnte.

„Er hat mir gestern Abend eine Nachricht geschickt", sagte ich über die trommelnden Wassertropfen hinweg. „Hat mir gesagt, dass er mich liebt. Auf Koreanisch, aber was soll's – ich nehme, was ich kriegen kann."

„Gut", brummte Bobby. „Ihr gebt ein gutes Paar ab. Wenigstens sorgt er dafür, dass du dein Gemüse isst."

„So viel davon, dass ich bald dazu *werde*." Lachend trocknete ich mich ab und ging zu meinem Spind. Als ich mich auf der Bank davor niederließ, holte mich plötzlich die Erschöpfung ein. Ich sackte in mich zusammen und ließ zu, dass meine Muskeln ihr Jammern begannen.

„Alles okay?" Bobby berührte meine Schulter. „Ernsthaft, wenn was nicht stimmt, bringe ich dich sofort ins Krankenhaus, Cole."

„Nein, schon gut." Ich wischte mir mit dem Handtuch das aus meinen Haaren tropfende Wasser vom Gesicht. „Ich habe ihm auch ein *saranghae* geschickt und bin schlafen gegangen."

Ich ließ aus, dass ich dabei mein Handy wie einen lange vermissten Teddybären umarmt hatte. Schließlich wollte ich zumindest einen Rest meiner Würde behalten.

„Gut." Bobby umfasste mein Kinn und sah mir in die Augen. Mein Versuch, mich zu befreien, war nicht von Erfolg gekrönt. Ich verstand nicht, wie er sich einen runterholen konnte, ohne sich dabei den Schwanz abzureißen. Sein Griff war hart wie Stein. „Deine Pupillen sehen normal aus. Okay, jetzt fühle ich mich etwas besser."

„Ich nicht." Ich bewegte meinen Kiefer hin und her. „Mann, das tat weh."

„Mein armer Schatz", schnaubte er, während er in seine Boxershorts schlüpfte. „Zieh dich an, damit wir loskönnen. Ich hab ein paar Dinge zu diesem Lee-Mord für dich."

„Und damit hätten wir nicht direkt heute Morgen anfangen können?", beschwerte ich mich.

„Nö." Er versetzte mir einen Klaps auf den Hintern, der die Haut zum Brennen brachte. „Ich muss dich in Form bringen. Wenn du wieder mit Jae zusammen bist, brauchst du eine gute Kondition für den ganzen heißen Rockstar-Sex, den du dann bekommst."

ICH HATTE noch leichtes Ohrenklingeln, als ich die Tür zu meinem Büro aufschloss. Mittlerweile hatte ich mit Martin abgesprochen, dass seine Tochter Sissy sich nachmittags um das Telefon kümmern würde, und hatte ihm versichert, dass dabei genug Zeit für ihre Hausaufgaben blieb, während ich ihr versichert hatte, dass es eine ausgesprochen schnelle Internetverbindung gab. Da Sissy allerdings erst in einigen Stunden eintreffen würde, war das Büro noch kalt und verströmte keinen frischen Kaffeeduft.

Nachdem ich gegen beides etwas unternommen hatte, reichte ich Bobby eine Handvoll Servietten und nahm meinen Burrito aus dem Taco-Imbiss am Ende der Straße auseinander, um seine Füllung aus Speck, Eiern und Käse mit Tomatillo-Soße zu übergießen, bevor ich das Ganze wieder zusammenrollte.

„Erzähl mir von Lee", verlangte ich, bevor Bobby in seinen Burrito beißen konnte.

Er zog eine Augenbraue hoch. „Kann das nicht bis nach dem Essen warten? Toter wird sie dadurch auch nicht."

„Nein." Ich zog ein besonders knuspriges Kartoffelstäbchen unter dem Nachokäse hervor, den die Bedienung über meine Portion *Papas* geschaufelt hatte. „Ich habe das Essen bezahlt, also musst du jetzt dafür singen."

„Okay, beruhig dich. Ich habe mir mit dem Handy ein paar Notizen gemacht", brummte Bobby. Er wischte einige Male über das Display, bis er das Gesuchte gefunden hatte. „Da sind sie ja. Ich habe schon vor ein paar Tagen mit dem Detective gesprochen, der den Lee-Fall abbekommen hat. Aber da du so damit beschäftigt warst, einen auf Emo zu machen, musste es noch warten. Der Mann heißt Jenkins. Stan Jenkins."

„Warte, warum kommt mir der Name bekannt vor?" Ich schlug spielerisch auf Bobbys Finger, als er nach meinen Pommes frites griff. „Sei nicht so frech. Du kannst haben, was ich überlasse."

Er ballte die Hand zur Faust und wedelte damit vor meiner Nase herum. „Sei du nicht so frech, Prinzessin. Sonst gibt's gleich wieder was vor den Kopf."

Ich überließ ihm eines der Stäbchen.

Während er mit offenem Mund kaute, damit ich seine Beute betrachten konnte, kam er zum Thema zurück. „Er kommt dir bekannt vor, weil es sich um ‚Stan den Stagnator' Jenkins handelt."

„Scheiße, den gibt es noch?"

„Er hat nur noch ein Jahr und dann wird er sich zu irgendeinem Hochsitz in Wyoming zurückziehen. Oder von wo man sonst Enten schießt." Bobby stahl ein weiteres Pommesstäbchen, wobei er den Käse abschüttelte, bevor er es in den Mund schob. „Jedenfalls scheint er sich bei diesem Fall noch langsamer zu bewegen als üblich."

„Verdammt, warum ist er dann noch da?"

„Weil er so alt ist, dass er zu jedem, der seit der Zeit des Pony-Express eine goldene Marke getragen hat, irgendetwas Belastendes weiß", entgegnete Bobby. „Und jetzt sei still und lass mich weitererzählen."

„Verzeihung, Eure Majestät. Bitte fahrt fort."

„Jenkins hat also den Fall bekommen, aber nicht viel damit gemacht. Vor ein paar Tagen hat ihn Wong wegen möglicher Zusammenhänge mit Choi kontaktiert und deshalb versucht Stan jetzt, den Fall auf Wong abzuwälzen."

„Als bräuchte Dexter einen weiteren Fall."

„Welche chinesische Familie nennt denn bitte ihr Kind Dexter?" Bobby sah von seinem Handy auf und wurde von meinem finsteren Blick getroffen. „Okay, machen wir weiter. Jenkins hat immerhin einige Dinge herausgefunden, die dich interessieren könnten. Bei der Autopsie wurde festgestellt, dass Eun Joon Lee bei ihrem Tod schwanger war. Im vierten Monat."

„Fuck …" Mein Essen war plötzlich uninteressanter.

„Ja. Das Arschloch, das sie umgebracht hat, landet hoffentlich in einer Grube mit Krokodilen. Schwulen Krokodilen. Mit riesigen Schwänzen. Mit Widerhaken."

„Nein, nein", widersprach ich und winkte ab. „Eun Joon Lee konnte keine Kinder bekommen. Das war einer der Gründe, aus denen sie sich mit ihrem Mann gestritten hat. Das hat mir die Nachbarin erzählt."

„Vielleicht war nicht Eun Joon das Problem." Bobby wedelte mit den Fingern in Richtung Decke. „Vielleicht funktionieren Mr. Lees kleine Schwimmer einfach nicht und deshalb hat sie sich woanders ihren Burrito füllen lassen."

„Das war das Ekelhafteste, was ich je aus deinem Mund gehört habe."

„Ach, Kleiner." Bobby biss genüsslich in seinen Burrito. „Dann hörst du mir einfach nicht oft genug zu. Jedenfalls waren Mrs. Lees andere Umstände dann nicht unbedingt besonders erfreuliche?"

„Terry, Gyong-Sis bald ehemaliger Assistent, hat mir von den privaten Beratungsgesprächen seines Chefs erzählt." Ich begleitete den Begriff mit einem vielsagenden Zwinkern. „Vielleicht haben sie sich bei ihrem letzten Besuch dort wegen ihrer Schwangerschaft gestritten."

„Also hat er jemanden damit beauftragt, sie umzubringen?" Bobby sah mich misstrauisch an. „Dann trifft er wohl sehr schnelle Entscheidungen. Und hat einen Auftragsmörder auf einer Kurzwahltaste."

„He, ich will nur alle Möglichkeiten durchgehen." Bobby verdrehte lediglich die Augen. „Man sollte darüber nachdenken."

„Ja, *Wong* sollte darüber nachdenken", hielt Bobby dagegen.

„Noch ist es Jenkins' Fall", erinnerte ich ihn. „Und du weißt genau, dass er nicht viel unternehmen wird. Wahrscheinlich hat er ihn nur bekommen, weil es sowieso keine Anhaltspunkte gab. Es erklärt auch, warum der Mörder laut Fallbericht angeblich über den Balkon eingedrungen ist, obwohl es darauf nicht den geringsten Hinweis gibt. Jenkins wollte sich nur nicht länger mit den Ermittlungen beschäftigen."

„Klingt ganz nach ihm." Bobby lehnte sich zurück und klopfte sich auf den flachen Bauch. „Also gut, ich muss das jetzt beim Joggen abtrainieren. Vermutlich kann ich dich nicht davon überzeugen, dich von dem Mist fernzuhalten?"

„Wahrscheinlich nicht." Mit einem Schulterzucken schob ich die Überreste meiner mittlerweile kalten Pommes frites in die zerknüllte Papiertüte des Imbisses. „Wong steckt jetzt bis zum Hals in Nas Ermordung, obwohl er schon mit Choi zu tun hat. Mit Lee wird sich niemand beschäftigen, weil sie einem Arschloch zugeteilt wurde, das lieber seinen Bürostuhl wärmt, als einen Mörder zu schnappen. Seine Aufklärungsquote muss sich irgendwo im Negativbereich bewegen."

„Der verantwortliche Captain trägt daran genauso die Schuld wie Jenkins." Er tippte auf dem Display seines Handys einige Buchstaben. „Ich habe ein paar Fotos von seinem Bericht bekommen. Ich leite sie dir weiter, aber viel ist es nicht. Er hat seit dem Mord nicht mehr mit ihrem Mann gesprochen, nicht einmal wegen

465

der Schwangerschaft. Dabei könnte Mr. Lee theoretisch von dem unerwarteten Wunder erfahren und sie daraufhin abgemurkst haben."

„Möglich", gab ich zu. „Aber ich werde vorsichtig sein. Was soll dann schon passieren?"

Sissy traf pünktlich mit ihrem älteren Bruder Mo im Schlepptau ein. Eigentlich hatte ich jeweils nur eins von Martins Kindern eingeplant, doch sie schienen beschlossen zu haben, wenn möglich beide mein Büro zu besetzen, solange ich nichts dagegen hatte. Ehrlich gesagt war es mir sogar lieber, dass Sissy Mo bei sich hatte, wenn ich nicht dort war. Er war gebaut wie ein mit Granit verstärkter Block Mammutbaumholz und hätte es nicht zugelassen, dass irgendjemand seiner Schwester Probleme bereitete. Wobei mit Sissy selbst, trotz ihrer zierlichen, gertenschlanken Figur, ebenfalls nicht zu spaßen war. Ich hatte schon erlebt, wie sie beim Football mit ihren Brüdern und Cousins mithielt. Wenn ich genauer darüber nachdachte, war Mo vielleicht doch eher bei ihr, um zu verhindern, dass Sissy Leute, von denen sie genervt war, einfach einen Kopf kürzer machte.

Jedenfalls vermutete ich stark, dass die Mitglieder von Claudias Sippe erst das Training einer militärischen Spezialeinheit absolvieren mussten, bevor sie den Familiennamen tragen durften.

Nachdem ich sie in ihre Pflichten als Assistenten eingewiesen hatte, ließ ich mich an meinem Schreibtisch nieder, um Jenkins' Bericht zu lesen. Sissy kümmerte sich um ihre Hausaufgaben, während Mo mit einem Besen hinausging, um die Veranda zu fegen. Durch die Fliegengittertür sah ich ihm einige Sekunden lang zu, was Sissy bemerkte.

„Er fegt gerne." Ihre Stimme hatte keinerlei Ähnlichkeit mit der ihrer Großmutter. Claudias verströmte forsche Südstaaten-Gastfreundlichkeit und dunklen Zuckersirup, während ihre Enkelin wie eine Nachrichtensprecherin klang. „Ich kümmere mich dafür ums Geschirr und das Abstauben. Eine gerechte Aufteilung. In unserer Familie glauben wir nicht daran, dass Hausarbeit nur etwas für Frauen ist, Onkel Cole."

„Oh, das weiß ich", versicherte ich ihr mit einem schwachen, angespannten Lächeln. „Ich musste nur gerade … an deine Großmutter denken."

Sissys Blick folgte meinem durch die Gittertür zum letzten Ort, an dem sich Claudia befunden hatte, bevor sie vom Krankenwagen fortgebracht worden war. „Oh, wegen der Veranda. Ja, deshalb ist sie immer noch sauer. Sie hat erzählt, sie hätte an dem Tag drüben beim Bauernmarkt ein paar Sachen gekauft. Ich glaube, sie hat sich am meisten darüber geärgert, dass sie Geld für Dinge ausgegeben hat, die sie letztendlich nie verwenden konnte."

„Sie hat also darüber geredet, was passiert ist?" Ich musste mich zwingen, das sechzehnjährige Mädchen nicht zu vehement wegen ihrer Großmutter zu löchern, die für mich so nah an einer Mutter war, wie es jemals eine Person in meinem Leben sein würde. „Ich habe ihr gesagt, dass ich es verstehen würde, wenn sie nicht zurückkommen möchte."

„Ha, viel Spaß dabei, sie davon abzuhalten", schnaubte sie amüsiert, während sie sich wieder ihren Mathematikhausaufgaben zuwandte. „Niemand hält Nana von dem ab, was sie möchte. Keine Kugel. *Kein* Mensch. Für sie gehörst du genauso zur Familie wie meine Onkel. Sie wird sich schon aus Prinzip bald wieder die Verandastufen hochkämpfen."

„Sie ist ein guter Mensch", murmelte ich und suchte die Stelle im Bericht, an der ich aufgehört hatte zu lesen.

„Allerdings", stimmte Sissy zu. „Und wie mein Vater immer sagt: Was wir tun, tun wir, um sie stolz zu machen. Das gilt wohl auch für dich, Onkel Cole."

UM FÜNF scheuchte ich sie aus dem Büro. Sie verließen es nur widerstrebend. Anscheinend waren sie nicht begeistert davon, sich zu Hause wieder ein WLAN-Netz mit ihren Geschwistern teilen zu müssen. Hier bei McGinnis Investigations waren Mo und Sissy die einzigen Fahrgäste im Datenzug. Mo war so begeistert gewesen, dass er sogar angeboten hatte, in den Besprechungsraum zu ziehen und auf einem Feldbett zu schlafen, wenn es nötig wäre.

Ich versicherte ihm, dass es das nicht war. Da erhöhte er sein Angebot um Rasenmähen und Wischen. Es war verlockend, doch während ich noch schwankte, brüllte Sissy ihm zu, er solle endlich in das verdammte Auto steigen.

Da er ein kluger junger Mann war, stieg er in das verdammte Auto.

Während ich abschloss, plante ich im Kopf bereits den Weg zu Eun Joons Wohnung, um mit ihrem Mann zu reden, als ich einen mitgenommenen weißen Ford Explorer bemerkte, der hinter meinem vor Kurzem zurückerhaltenen Rover geparkt war. Ich starrte ihn an, erwartete beinahe, dass er sich in einer Wolke aus Rauch oder glitzernden, lachenden Dämonen auflösen würde, sobald ich blinzelte.

Ich blinzelte. Das Auto war noch da. Mein Herz nicht. Es hatte beschlossen, kleine Widerhaken in meine Lunge und Kehle zu graben, mit deren Hilfe es zu meinem Gehirn hinaufgeklettert war, wo es nun etwas davon murmelte, sich in messerscharfe Zweifel zu stürzen. Ich befahl ihm, seinen verdammten Mund zu halten und folgte dem Weg zum Wohnbereich meines Hauses.

Wo ich feststellte, dass ein verletzter Engel auf meine Veranda gestürzt war.

Er sah gut aus. Ich hatte ihn seit einer Woche nicht gesehen und es nun zu tun ... tat *weh*. Es war mehr als nur sein hübsches Gesicht und sein schlanker Körper, den ich unter mir zum Singen bringen konnte. Ich vermisste das schüchterne Lächeln, mit dem er mich ansah, wenn sich unsere Blicke beim Fernsehen trafen, und seine gemurmelten Proteste, wenn ich beim Kochen ein Stück der geschnittenen Pilze stibitzte. Ich sehnte mich nach dem gemütlichen Sonntagmorgen im Bett, bei dem wir gemeinsam versuchten, unsere Zehen vor der Katze zu schützen, und dem Geschmack seines Mundes nach seiner ersten Tasse Tee.

Mein Herz flüsterte nicht länger, es weinte, denn es wusste genau, dass es beruhigt und davon überzeugt werden wollte, immer noch einen Platz in den Händen dieses Mannes zu haben.

Ich überwand die langen Meilen, die noch zwischen uns lagen. Obwohl es nur Sekunden dauerte, kam es mir wie eine Ewigkeit vor. Nachdem ich ihn *viel* zu lange nicht gesehen hatte, waren meine charmante Wortgewandtheit und mein scharfer Verstand bereit für ihn.

„Hey."

„Hi." Um seine Schlagfertigkeit schien es ähnlich gut bestellt zu sein.

Er erhob sich und klopfte Staub von seinen Jeans. Es handelte sich um die Hose, in der ich ihn am liebsten sah, deren Stoff an einigen Stellen schon beinahe durchsichtig war und an den Knien und Oberschenkeln Risse besaß. Manchmal zupfte er gedankenverloren daran, wenn er sie bei der Arbeit trug, spielte mit den herabhängenden Fäden. Das T-Shirt, das er trug, war eines von meinen, ein altes mit Dr-Pepper-Aufdruck. Das verwaschene, ins Violett spielende Rot passte gut zu seiner blassen Haut und ähnelte dem Farbton der Spuren, die meine Küsse an seinem Hals hinterließen, wenn ich nicht vorsichtig war.

Und ich hatte es weiß Gott satt, vorsichtig zu sein.

„Warum bist du nicht reingegangen?" Ich schloss auf und öffnete die Gittertür für ihn.

„Es ist so schön draußen. Ich dachte, da warte ich lieber an der frischen Luft auf dich."

„Deine Katze wird drinnen bestimmt schon verrückt."

„Hast du sie regelmäßig gefüttert?" Jae ging um meinen Arm herum, doch seine Hand streifte dabei meinen Bauch. Meine Bauchmuskeln zogen sich zusammen und mein Schwanz erhob sich zum Gruß.

„Ja. Sonst hätte sie mich im Schlaf gefressen."

Er lachte, ein raues, sprudelndes Geräusch, das er ganz ähnlich von sich gab, wenn mein Schwanz empfindliche Stellen in seinem Innern berührte. „Dann ist sie sicher zu glücklich, um mich zu vermissen. Sie ist im Grunde ein mit Fell bedeckter Magen."

„*Ich* habe dich vermisst."

Ja, es war kitschig – dieses überschwänglich kitschige Romantikzeug, in dem ich noch nie gut gewesen war. Aber es war die Wahrheit. Er wandte sich zu mir um, atmete hörbar ein und leckte sich über die Oberlippe. Ein Gewitter braute sich in der Luft zwischen uns zusammen, die knisternden Funken eines Feuers, das unsere Körper seit zu vielen Tagen unterdrückten … seit so vielen Tagen, dass wir an nichts anderes mehr denken konnten als sich berührende Haut.

Wir schafften es etwa drei Schritte weit ins Haus, bevor mein Dr-Pepper-T-Shirt zu Boden flatterte.

10

ES GIBT Augenblicke im Leben, in denen das Gedächtnis nicht alles Wichtige festhält. Das Gefühl dieses ersten lockeren Zahns, was man bei diesem ersten weltbewegenden Kuss getragen hat oder welches Lied im Radio lief, als man zum ersten Mal eine Sternschnuppe sah. Andererseits gibt es Augenblicke, in denen das Gehirn aufwacht und sofort die Aufnahmetaste drückt, da es begreift, dass es sich um einen *Moment* handelt.

Mein Gehirn drückte nicht nur die Aufnahmetaste, sondern meißelte alles in Steintafeln, damit man sie auf den Berg tragen und allen Menschen als neues Evangelium präsentieren könnte.

Wenn es irgendeinen Zweifel daran gab, dass Gott auch schwule Männer liebte, war Jae-Mins Mund der eindeutige Beweis dafür.

Ich ließ mir Zeit dabei, zu erkunden, was Gott ihm gegeben hatte. Während meine Hände seine Wangen umschlossen, berührte sich der Rest unserer Körper kaum und nur seine nackte Brust streifte leicht die meine. Selbst durch den Baumwollstoff des Hemdes brachte es meine Brustwarzen dazu, sich aufzurichten. Jae roch nach grünem Tee, Sonnenschein und süßlich-herbem Männerschweiß. Er schmeckte einfach himmlisch.

Vor einiger Zeit hatte ich ihm beigebracht, ein Zimttoast zuzubereiten, nachdem er mir gesagt hatte, es sei ihm unbekannt. Als mein darauf folgender Schock überwunden war, hatte ich meinen Liebsten über das empfindliche Gleichgewicht zwischen dem scharfen Gewürz und dem süßen Zucker sowie über die richtige Menge frischer Butter auf einer beinahe zu dunklen Scheibe Toast aufgeklärt. Er war ein guter Schüler und hatte sogar das schwierige Abklopfen-und-Wiederholen gemeistert, mit dem ich den Zucker dazu brachte, die Toastscheibe zu durchtränken. Schnell war es zu einem Lieblingssnack geworden, den er mittlerweile häufig zu seiner Tasse Tee knabberte, sodass der warme, süße Zimt unsere Morgenküsse oft pikant und würzig machte.

So schmeckte er jetzt. Nach Zimt und Sehnsucht. Nach Liebe und Sex. Nach leisen Mitternächten und lautem Gelächter.

Sein Aroma breitete sich in meinem Mund aus, bis ich nicht mehr genug davon herunterschlucken konnte.

Ich verlor mich in meinen Empfindungen, genoss seine raue Zunge an meiner und die glatte Erhebung seines Gaumens, wenn ich darüberleckte. Mit sanftem Druck meiner Daumen an seinem Kiefer forderte ich ihn auf, den Mund noch weiter zu öffnen und mich so tief in seinen Geschmack vordringen zu lassen, wie ich es mir wünschte.

Mit einem Stöhnen schmiegte er sich an meinen Körper, legte den Kopf in den Nacken und gab sich meiner Erkundung hin.

Ich zerrte ihn ins Wohnzimmer. Im Augenblick interessierte mich seine Kein-Sex-auf-dem-Tisch-Regel genauso wenig wie die Frage, ob sich in der Apothekertruhe noch irgendwo Kondome befanden. Ich brannte zu sehr darauf, in ihm zu sein. Mit meiner Zunge, meinen Fingern, meinem Schwanz. Wäre meine Haut in der Lage gewesen, sich von mir zu lösen und sich um Jaes schlanken Körper zu legen, hätte sie es getan. Alles, um mein Verlangen nach ihm zu stillen.

Die Kerzen flogen von der Truhe. Eine rollte samt Halter ein Stück über den Boden, doch wo die andere landete, sah ich nicht. Da ich kein schmerzvolles Katzenjaulen hörte, beschloss ich, dass sie nichts Wichtiges getroffen haben konnte. Ich wollte Jae vor meinen Augen ausgebreitet sehen. Das Sofa war zu schmal, das Bett zu weit entfernt. Also blieb nur die Truhe.

„Nicht. Auf. Dem. Tisch", keuchte Jae zwischen Küssen. „Wir essen …"

„Das Einzige, was jetzt dort gegessen wird, bist du", knurrte ich und grub meine Zähne in seinen nackten Hals. Keiner der Knöpfe überstand die Hast, mit der ich mir das Hemd vom Körper riss. Sie lösten sich mit einem zarten metallischen Geräusch. „Und jetzt sei still, bevor ich dich darauf festbinde."

Das war eigentlich keine schlechte Idee. Die antike Truhe war riesig, ein rechteckiger Block aus altem Holz und Eisenbeschlägen mit Schubladen auf beiden Seiten. Die oberen Schubladen wurden mithilfe großer Eisenringe geöffnet, die stabil genug wirkten, um etwas daran festbinden zu können, einschließlich eines sich windenden koreanischen Mannes.

Bei der Vorstellung, wie Jae auf dem honigfarbenen Holz ausgestreckt dalag, wo er nackt und hilflos meiner Zunge und meinen Fingern ausgeliefert war, wurde ich so steif, dass es schmerzte.

„Fuck, erinner mich daran, hier in Zukunft einige meiner alten Krawatten zu verstecken", murmelte ich ihm ins Ohr. „Ich will dich unbedingt mal hier festbinden."

Die Dekokissen, zu denen Maddy mich überredet hatte, waren weich genug, um als Polster für Jaes Hüften und Kopf zu dienen. Zusammen mit der weichen Kaschmirdecke bildeten sie ein perfektes Nest, in das ich meinen Liebsten betten konnte. Sein einziger Widerstand war eine weitere halbherzig gemurmelte Beschwerde über die eigentliche Funktion der Truhe als Esstisch, die ich jedoch mit einem leidenschaftlichen Kuss hinunterschluckte.

„Dafür gibt es Putzmittel, Baby." Ich presste ihn auf das weiche Polster und hob seine Hüften, um die Jeans öffnen zu können. „Vertrau mir, ich hab das Zeug hektoliterweise in der Küche."

Obwohl es sich um mein Lieblingspaar seiner Jeans handelte, war ich nicht vorsichtig. Als ich sie öffnete, kümmerte es mich nicht, ob sich Nieten lösten oder ich die Knopflöcher beschädigte. Ich wollte sie nur von seinem Körper haben. Sofort.

Seine Haut war beinahe so weiß wie die dünnen Stellen der Hose und nach dem Aufknöpfen stellte ich fest, dass er seine Betonoase ohne Unterwäsche verlassen hatte. Ein Streifen feiner Härchen begann unter seinem Bauchnabel und breitete sich über seinem schlanken Schwanz zu seidiger Schwärze aus. Ich ließ einen Teil seines Schafts unter dem fest gestickten Jeansstoff am Ende der Knöpfe und konzentrierte mich nur auf das Stück, das ich bereits befreit hatte. Jae war so erregt, dass sich sein Schwanz gegen das Gefängnis sträubte, anschwellend gegen den Jeansstoff drückte. Er nahm seine Hände von meinen Schultern und legte sie an den Bund der Jeans, um sie hinunterzuschieben, doch ich packte seine Handgelenke und zog sie zur Seite.

„Nein, noch nicht, *Agi*." Ich legte mein Kinn an der Stelle ab, wo sich seine Beine trafen, und hob den Blick zu seinen honigbraunen Augen. „Ich möchte erst …"

Anstatt den Satz zu beenden, machte ich lieber da weiter, wo ich aufgehört hatte.

Ich schmiegte meine Wange an die weiche, zarte Haut seines Bauches und atmete tief ein, bis ich trunken von seinem Duft war. Dann leckte ich darüber und es war, als tränke ich aus Mondlicht hergestellten Champagner. Es war nur eine Woche gewesen, ein wenig mehr vielleicht und doch musste ich mich zwingen, ruhig zu bleiben und mir Zeit zu lassen. Ich näherte mich seinem gegen den Stoff ankämpfenden Schwanz, leckte über die pudrig-weiche Haut, umschlang ihn mit meiner Zunge.

Nachdem ich über die vor meinen Augen verborgene runde Eichel gestreichelt hatte, ließ ich meine Finger zu den dicken Falten aus Jeansstoff weiter unten wandern, um die darunterliegenden Hoden zu massieren. Jae folgte jeder meiner Bewegungen mit dem Blick seiner dunklen, weit aufgerissenen Augen. Ich betrachtete sein Gesicht, während ich weiterleckte. Seine Zähne waren ein strahlend weißer Klecks aus Schmerz auf seiner vom Küssen geschwollenen Unterlippe, so fest biss er zu, um einen Aufschrei zu unterdrücken, als ich an seinem Schaft saugte. Er zerknitterte die weiche Decke, presste die feine Wolle zu kleinen Hügeln zwischen langen Fingern zusammen.

Er wand sich, schob seine Beine über meine Schultern, womit er mich bei jedem langen, langsamen Lecken meiner Zunge beinahe unabsichtlich von sich drückte. „Cole … *Jagiya* … bitte …"

Der Jeansstoff unter meinen Fingern war feucht von seinem steifen, tropfenden Schwanz. Ich senkte den Kopf, um meine Konzentration und meinen Mund auf die feuchte Stelle an Jaes Schritt zu richten. Die Geschmacksexplosion war vertraut, würzig und salzig mit einem Hauch von Sahne und Sex. Ich saugte heftig, zog am Stoff und durchnässte ihn mit der Zunge, um so viel wie möglich von Jaes Erregung zu schmecken.

Es musste zu viel für ihn gewesen sein, denn er beugte sich vor, um mich fortzuschieben. Ich weigerte mich, nachzugeben, ließ es ihn kurz mit aller Kraft versuchen und biss dann in die Stelle, die ich mit meinem Mund angefeuchtet hatte. Meine Zähne fanden den Jeansstoff und das darunterliegende Fleisch. Der feste Stoff rundete die scharfen Kanten meiner Zähne ab, als ich sie über seine empfindliche Eichel gleiten ließ. Da ich wusste, dass er keine Unterwäsche trug, sorgte ich dafür, dass er jede Berührung des rauen Stoffes spürte, während ich meine Zähne in die Naht hakte und auf der salzigen Stelle kaute.

Als er seine Finger in meine schmerzende Schulter bohrte, entschied ich, dass ich ihn lange genug gequält hatte. Vor allem, weil der Schweiß auf meinem Rücken in den durch seine Nägel verursachten Kratzern brannte. Jaes Stöhnen tröpfelte in mein Trommelfell, ein tiefes, kehliges Schnurren, das dafür sorgte, dass meine Eier sich hochzogen.

Die Apothekertruhe war hart, sodass ich keinen guten Platz für meine Knie fand, als ich mich an Jaes Körper hinaufschob, um seinen Bauch zu küssen. Seine Jeans blieben an einem der Metallbeschläge am oberen Rand hängen und ich löste sie vorsichtig, bevor ich sie auf den Boden warf, wo sie den Kerzen Gesellschaft leisten konnten.

Sein Haar war zerzaust, als er sich zu mir hochzog, indem er mit den Händen meinen Nacken umklammerte. Ich stützte mich rechts und links von seiner Hüfte ab und fing seine Lippen mit meinen ein, teilte den feuchten, herben Geschmack, den ich gefunden hatte, mit einem leidenschaftlichen Kuss. Ich ließ nicht von ihm ab, bis er nach Luft rang. Erst dann zog ich mich ein wenig zurück, um mich auf die rote Stelle zu konzentrieren, die seine Zähne in seiner Unterlippe hinterlassen hatten.

Ich musste einfach hineinbeißen. So sehr ich das Bedürfnis verspürt hatte, sein Aroma aus dem Jeansstoff zu saugen, so sehr wollte ich meine Zähne in die Vertiefung graben, die er dort hinterlassen hatte, als er durch meinen Mund dem Höhepunkt nahe gewesen war. Er hatte so fest zugebissen, dass beinahe Blut geflossen wäre, und dabei ein Stück Haut gelöst.

Ich saugte daran und spielte mit seiner Lippe, bis ich irgendwann die Hände unter sein Hinterteil schob und ihn entschlossen von der Truhe hob.

„Was …?" Jae zuckte so heftig zusammen, dass ich ihn beinahe hätte fallen lassen. Ich spürte sein Gewicht in meiner Schulter und auch das Narbengewebe an meinen Rippen beklagte sich mit einem schmerzhaften Stich. „Cole-ah …"

„Muss dich woanders hinbringen", stieß ich hervor, während ich ihn auf der Couch absetzte. „Das verdammte Ding ist zu hart. Das halten meine Knie nicht durch." Ich knabberte an der weichen Haut seines Kinns, als ich murmelnd hinzufügte: „Dreh dich um und halt dich an der Rückenlehne fest, damit ich es dir richtig besorgen kann."

Ich schob die Wolldecke zur Seite, damit ich die Schublade erreichte, in der wir Utensilien für solche Gelegenheiten verwahrten. Ich hätte ihn immer noch gern auf der Truhe ausgestreckt festgebunden, aber das würde wohl warten müssen, bis ich entsprechendes Polstermaterial für das verdammte Ding besorgt hatte. Die Schmerzen beim Sex sollten sich schließlich in einem erträglichen Rahmen halten und meine Knie von antiken Metallnägeln durchbohren zu lassen, gehörte nicht zu meinen bevorzugten Sexspielchen.

Als ich mich umdrehte, wartete er auf mich. Auf seinen Knien. Vornübergebeugt mit der Brust auf der Rückenlehne. Mit gespreizten Beinen. Meilen von Elfenbeinhaut und Muskeln, schlank und kraftvoll mit rosigen Hoden, die unter seinen gespreizten Hinterbacken herabhingen. Wie er mich so über seine Schulter hinweg ansah, war er eine Mischung aus Schatten, Licht und Röte, fein geschnittene Schönheit mit scharfen Ecken und Kanten.

Ich legte das Gleitgel auf dem Sofa ab, um mir die Zeit zu nehmen, meine Hände über seine Schultern und seinen Rücken gleiten zu lassen. Ich küsste seine Wirbelsäule, machte mit meiner Zunge einen Slalomlauf daraus, bis Jae sich unter mir wand. Er versuchte sich umzudrehen und schaffte es, den Rand meiner Jeans zu packen. Doch ich entzog mich ihm mühelos und presste eine Hand zwischen seine Schulterblätter, damit er stillhielt und ich mich selbst darum kümmern konnte, meine Jeans zu öffnen.

Nachdem ich hastig meine Jeans und Boxershorts von meinen Beinen geschüttelt hatte, öffnete ich das Gleitgel. Muskeln spannten sich an und entspannten sich wieder, als ich mit den Fingernägeln über Jaes Rücken strich. Er rollte die Schultern nach hinten, um ihnen entgegenzukommen, wobei sich sein Rücken durchbog und seine runden Hinterbacken sich noch weiter spreizten, mich einen Blick auf die pflaumenfarbene Haut seiner Rosette erhaschen ließen.

Er bebte, als ich mit den Lippen an seinem Rücken hinabglitt und unter meiner Zunge bildete sich Gänsehaut. Ich näherte mich der Ritze zwischen seinen Backen, vermied es dabei aber, zu weit nach unten zu wandern. Doch auch wenn Jae-Min an dieser einen Stelle meine Zunge nicht mochte, blieben mir genug andere Punkte an seinem Körper, die ich küssen oder mit den Zähnen bearbeiten konnte, um ihn zum Singen zu bringen – einschließlich seiner strammen Arschbacken.

Ich nahm so viel davon in den Mund wie möglich, grub meine Zähne hinein und zog leicht, bis er versuchte sich zu befreien. Ich wiederholte die Prozedur auf der anderen Seite, nur dass ich diesmal an der Haut saugte, bis ein roter Fleck entstanden war. Zufrieden leckte ich darüber, während ich etwas Gleitgel auf meine Finger presste und es darauf verteilte, bis es warm und flüssig war.

Dann schob ich zwei Finger in ihn und fing sein jammerndes Stöhnen mit einem Kuss auf.

Er war heiß und eng, bebte um meine Finger herum und saugte sie in seinen Körper. Mein Schwanz war bereit, ragte nach oben und streifte sein Bein, wobei er eine silberne Salzspur auf der Innenseite seines Schenkels hinterließ. Jae streckte eine Hand aus, um seine Finger mit der Flüssigkeit zu benetzen, und ging sicher, dass ich gut sehen konnte, wie er die feuchten Fingerspitzen an seinen Mund hob und genüsslich küsste und zwischen seine Lippen saugte.

„Schmeckt das gut, Baby?", murmelte ich, während meine Schneidezähne seine Schulter fanden. Er nickte und schob sich mir entgegen, spießte sich auf meinen Fingern auf. Das Kondom einhändig überzustreifen war nicht leicht, doch ich bemühte mich, Jae zu beschäftigen, bis es mir gelungen war. Allerdings schien Jae eine andere Vorstellung von „beschäftigt" zu haben.

Er zog die Finger aus seinem Mund, legte sie feucht von Sperma und Speichel an meine Wange und flüsterte mir zu: „Fühlt sich besser an, wenn du in mir bist."

Nachdem ich etwas Gleitgel auf meinem Schwanz verteilt hatte, löste ich meine Finger aus ihm und näherte mich ihm mit der Spitze, um mich langsam hineinzuschieben. Ich warf den Kopf in den Nacken und genoss das Gefühl des Muskelwirbels, der sich fest um mich schloss. Ich ließ mir Zeit und schob mich vor, bis meine weiche Eichel von seiner Enge zusammengepresst wurde, nur um mich dann mit einem lautlosen Seufzen wieder zurückzuziehen. So neckte ich ihn einige Minuten, hielt mit meinen großen Händen seine schlanken Hüften fest, während ich mich immer wieder leicht in ihn schob und fast wieder aus ihm löste, bis er jammernd protestierte.

„Jetzt, *Agi*." Und dann verließ ihn sein Englisch endgültig, als er einen hitzigen Fluch ausstieß, der vermutlich irgendetwas beschrieb, das meine Mutter mit einer Ziege oder vielleicht einem Huhn tat – mein Koreanisch erstreckte sich nicht viel weiter als *Ich liebe dich* und *Gott, das fühlt sich gut an*, was beides nicht wie das klang, was Jae gerade über seine Zunge rollen ließ.

Für den Fall, dass er damit seiner Ungeduld noch nicht klar genug Ausdruck verliehen hatte, packte Jae nun mit den Händen meine Oberschenkel und stützte sich mit dem Oberkörper auf der Rückenlehne ab, während er mich so in sich zog. Dabei bohrten sich seine Fingernägel in meine Haut und entlockten mir ein Zischen.

Es tat weh. Nicht so sehr wie die Kratzer an meiner Schulter, aber doch genug, um mich noch einmal überdenken zu lassen, ob ich ihn weiterhin so quälen sollte. Mit einem leisen Lachen wegen der Ungeduld meines Liebsten stieß ich endlich tief in seine enge Hitze und setzte mich selbst in Brand.

Ein großer Waldbrand kann sein eigenes Wetter erzeugen. Er verwandelt die Luft in einen Sturm mit peitschenden Winden und seitwärts zuckenden Blitzen, der alles in seinem Weg überrollt. In Jaes Körper einzudringen fühlte sich an, als würde man nackt und mit Benzin übergossen in einen solchen Feuersturm stürzen. Ich wusste, dass es mit meinem Tod enden würde, doch der Rausch und das pure Adrenalin waren eine Erfahrung, ohne die ich nicht leben konnte.

Er war mein Zuhause. Exotisch und einladend. Ein vertrautes Rätsel, das mich in den Wahnsinn trieb, wenn ich seinetwegen gegen meine Instinkte ankämpfte – entweder den Instinkt, mich zu fest an ihn zu klammern, wann immer ich fürchtete, er könne mich verlassen, oder den, einfach aufzugeben und die Flucht zu ergreifen, wann immer ich ihn nicht verstand. So von ihm umfangen spürte ich, wie meine Seele sich bis in die hintersten Winkel meines Bewusstseins ergoss und in die Lüfte erhob.

Jae richtete sich auf, zog mich noch tiefer hinein. Mit den Knien auf dem Rand des Sofas begann ich mich zu bewegen. Anfangs langsam und tief, um sein Verlangen zu durchstoßen. Diese Stelle in ihm presste sich auf meinen Schwanz, zerrte an meinem Eichelrand. Ich suchte sie erneut und drückte dabei auf das untere Ende seines Rückens, um seine Hinterbacken zusammenzupressen, damit er noch heftiger spürte, wie ich in ihn stieß. Während er noch um mich herum bebte, griff er nach meinem Haar und zog meinen Kopf nach vorn, damit unsere Münder sich berühren konnten.

So verharrten wir, gefangen in einem doppelten Kuss aus Zungen und Sex. Meine Stöße beschleunigten sich, trafen unablässig diese empfindlichen Nerven in seinem Innern. Sein Körper geriet aus den Fugen, außerstande sich nur auch noch das geringste bisschen zu zügeln, als ich die Beherrschung geradezu aus ihm heraushämmerte. Ich fühlte, wie er sich um mich herum zusammenzog und dieses Beben seiner Haut, das mir verriet, wie nah er dem Höhepunkt war.

Ich schob eine Hand über seinen Hüftknochen zu seinem schlanken Schwanz, streifte die Eichel, um die Tropfen daran aufzufangen und auf seinem Schaft zu verstreichen. Jae stieß ein Zischen aus, da diese überraschende Berührung an seinem sehnsüchtigen Schwanz beinahe zu heftig war, doch dann schmiegte er sich in meine Hand und fickte meine Faust, als ich die Finger um ihn schloss.

Keiner von uns fand Worte. Nicht mehr. Unsere Namen wurden zu unserer einzigen Sprache, unterbrochen von gewispertem Stöhnen und dem Knarzen der Couch, als unsere wilden Bewegungen das Möbelstück überforderten. Jaes Schwanz zuckte in meiner Hand, der erste Ruck seines Höhepunktes. Ich schlang einen Arm um ihn, damit ich ihn an mich pressen konnte.

„Cole, fast so weit", keuchte er. Als er seinen Kopf nach vorn sinken ließ, nutzte ich die Gelegenheit, um meine Zähne über seinen Nacken gleiten zu lassen und die Haut dort mit roten Streifen zu marmorieren.

Gleichzeitig stieß ich immer schneller zu, presste Jae an mich, während meine Finger ihm seinen Samen entlockten. Meine Zähne fanden weitere Stellen, um mein Zeichen auf ihm zu hinterlassen, bissen zu und zogen, bis auf der Haut etwas zu sehen war. Ich wollte einen Teil von mir auf ihm hinterlassen … in ihm hinterlassen … und zum ersten Mal, seit er davon gesprochen hatte, wurde mir klar, dass ich ihn wirklich ohne etwas zwischen uns haben wollte … ohne Latex … ohne Lügen … ohne Familienverpflichtungen … allein mit dem Klang und Gefühl unserer Körper.

„Saranghae, Agi", flüsterte ich ihm zu, als ich an seinem Ohrläppchen knabberte. „Ich liebe dich so sehr, dass ich dich nie wieder loslassen möchte."

Er kam. Heftig. Wurde zu einem sich windenden Wirrwarr aus Leidenschaft in meinem Schoß, während er meine Hand mit seinem Erguss füllte. Die heiße Flüssigkeit an meinen Fingern sandte mich nur noch tiefer in den Feuersturm und ich gab mich ihm endlich hin, ließ zu, dass er meine Beherrschung zu Asche verbrannte und meinen Körper in die flammenden Winde wirbelte.

Die Welt verwandelte sich in einen schwarzen Strudel, der mir kurz den Atem raubte. Während ich nach Luft rang, stieß ich weiter in ihn, entlockte ihm jedes nur mögliche Keuchen und Jammern. Unsere Körper waren schweißüberströmt. In meinen Ohren hallte nur noch das Geräusch unserer aufeinandertreffenden Haut, meines hämmernden Herzens und Jaes keuchender Ekstase wider.

Ich schien mich aufzulösen, ergoss mich in meinen Geliebten. Der Rausch strömte von meinem Schritt durch mich hindurch, überfiel meine Nerven und zerrte an ihnen, bis ich kaum noch den Unterschied zwischen dem Inneren und Äußeren meines Körpers spüren konnte. Als Jae sich nach hinten schob, seinen gerundeten Rücken in die Vertiefung meines Bauches presste, ließ ich mich gegen ihn sinken und umschloss ihn fest mit meinen Armen.

Mein Schwanz zuckte noch, pumpte seine Lust in Jaes nun nachgiebigere Enge. Sein Körper umklammerte mich nicht mehr beinahe schmerzhaft fest wie auf dem Weg zu seinem Höhepunkt, sondern umfing mich mit sanften Bewegungen, um mir jedes bisschen zu entlocken. Mit einem letzten Kuss auf eine der winzigen Bissspuren an seiner Schulter ließ ich mich schließlich seitwärts auf die Polster sinken und zog ihn mit mir.

So lagen wir da, noch immer miteinander verbunden, und taten nichts anderes, als wieder zu Atem zu kommen. Mit den Fingern zeichnete ich Linien in die klebrige Flüssigkeit auf Jaes Bauch, bis sie begann, unter meinen Fingernägeln zu trocknen. Als er sich ein wenig bewegte, um eine bequemere Position zu finden, glitt mein latexgeschützter Schwanz aus seinem Körper. Ich seufzte, fand mich aber damit ab, dass ich seine Wärme nicht ewig um mich behalten konnte.

„Weißt du was?", fragte ich schließlich, als ich meine Zunge wiedergefunden hatte. „Ich glaube, ich habe mich nicht genug mit deinen Nippeln beschäftigt." Ich nahm eine seiner Brustwarzen zwischen die Finger und drückte zu, was ihm ein Zischen entlockte. „Na ja, wohl genug, um sie ein bisschen empfindlich zu machen. Soll ich etwas daran lecken, bis es besser wird?"

„Ich kann nicht bleiben", flüsterte Jae. „Das hier … sollte so nicht … passieren."

„Was? *Das hier? Das hier* passiert doch immer, Baby." Ein Schwall kalte Luft schnitt in meinen Körper, als Jae sich von mir löste. „Und ich *liebe* es. Ich liebe *dich. Das hier* passiert, wenn zwei Menschen einander lieben."

„Nein, Cole-ah." Jae griff nach seinen Jeans und wich meinem Blick aus, während er sie über schmale Hüften streifte. „Ich bin nicht gekommen, um mit dir zu schlafen. Ich bin gekommen, um mich von dir zu verabschieden."

11

Iᴄʜ ʜᴀᴛᴛᴇ nicht vor, dieses Gespräch nackt zu führen, während sich mein Schwanz noch in einem spermagefüllten Ballon befand. Ein Zupfen löste das Kondom. Es landete in dem kleinen Abfalleimer mit den vielen dämlichen Werbekarten, die Magazine zwischen ihre zusammengehefteten Seiten schoben. Noch klebrig von unseren Aktivitäten löste ich mich vom Sofa und schlüpfte so hastig in meine Boxershorts, dass ich beinahe mit dem Kopf gegen die Apothekertruhe gestoßen wäre.

Ich hätte mich nicht beeilen müssen. Jae stürzte nicht aus dem Haus. Stattdessen ließ er sich nach dem Anziehen seiner Jeans wieder auf das Sofa fallen, wobei er ignorierte, was wir alles darauf verteilt hatten. Wie ich so zu ihm hinüberblickte, als er seine langen Glieder dicht an sich zog, hätte ich ihn als „gesättigt" bezeichnet. „Ausgelaugt" wäre ebenfalls eine gute Wahl gewesen, doch „fix und fertig" gefiel mir am besten.

„Ich lasse nicht zu, dass du dich verabschiedest", murmelte ich und ließ mich neben ihm nieder. Sanft berührte ich seinen Arm mit den Fingerspitzen und ließ sie über seine Armbeuge bis zu seinem Handgelenk gleiten. Als ich meine Finger mit seinen verflocht, erschreckte es mich, wie eiskalt sie in meiner warmen Hand lagen. „Jae, rede mit mir. Was meintest du mit *verabschieden?*"

„Ich kann das nicht, *Agi*." Er blickte mit tränennassen Augen zu mir auf. Sie hingen an seinen Wimpern, wurden zusehends größer. Dann fiel eine hinab, traf die Wange, die ich vor Minuten geküsst hatte. Eine zweite folgte und rann zu ihrer Schwester hinunter, bis sie gemeinsam einen schweren Tropfen bildeten, der drohte, von Jaes Kiefer zu stürzen.

„Was meintest du?", beharrte ich, während ich die Träne fortküsste, bevor sie auf seine Schulter fallen konnte. Ich hatte das Gefühl, seinen Kummer daran hindern zu müssen, auf seine Brust zu rinnen, um ihn von dem Ort fernzuhalten, an dem er sein Herz aufbewahrte … von dem Ort, an dem er seine Liebe für mich aufbewahrte. Wenn mir das gelänge, könnte ich ihn davor beschützen, was ihn so verfolgte … was ihn so verletzte.

Es war albern. Und wie um diese stillen, durch meinen Kopf galoppierenden Albträume zu ärgern, schenkte er mir bei der sanften Berührung meiner Lippen auf seiner Haut ein Lächeln. Eigentlich hasste er es, berührt zu werden, wenn er aufgewühlt war. Er hasste es, das Gefühl zu haben, schwach zu sein und jemanden zu brauchen. Normalerweise musste ich abwarten, bis er sich mir von selbst zuwandte, um Trost zu suchen. Doch diesmal hatte ich nicht vor zu warten.

Nicht, während sich ein beißender Frost in meiner Brust und bis in meine tiefsten Ängste ausbreitete.

Doch meine eigenen albernen Ängste würden warten müssen. Erst war es an der Zeit, Jaes gruselige Schreckgespenster zu vertreiben. Meine konnten von mir aus so lange rumstehen und an sich rumspielen, aber sie mussten warten, bis sie an der Reihe waren.

Ich legte meine Arme um ihn und zog ihn auf meinen Schoß, wie ich es bei seiner Katze tat, wenn sie nach meiner Aufmerksamkeit verlangte. Er zog die Beine unter seinen Körper und ließ zu, dass ich ihn in meinen Armen wiegte, seufzte sogar, als ich sein Haar streichelte. Wir stanken und blieben aneinander kleben, wo sich unsere Haut berührte, aber das spielte keine Rolle. Wichtig war nur, dass wir uns berührten und dass seine verkrampften, starren Rückenmuskeln sich entspannten.

Während wir dort saßen, ging allmählich die Sonne unter und verlängerte die Schatten im Zimmer. Da die Hängeleuchte im Eingangsbereich brannte, konnte ich Jae noch erkennen, doch auch wenn wir in vollkommene Finsternis getaucht gewesen wären, hätte es mich nicht gekümmert. Eine halbe Stunde nach den ersten Tränen verlor er auch den letzten Rest an Selbstbeherrschung und seine Schultern bebten unter der Kraft seines Kummers.

Ihn so in den Armen zu halten schmerzte so sehr, wie ihn sagen zu hören, er wolle sich verabschieden. Doch er hatte es für mich getan, als ich nach dem schlimmsten Familienessen meines Lebens im Auto zusammengebrochen war. Also konnte ich es nun auch für ihn ertragen. Auch wenn sich jede einzelne heiße Träne anfühlte wie ein Tropfen geschmolzenes Metall, das sich durch meine Plastikseele fraß, war er jeden Schmerz wert … jede Qual. Genau das sagte ich ihm, murmelte es ihm leise zu, während er weinte und ich ihn wiegte. Es war kein hübsches Weinen, sondern erschütternde Kaskaden von erstickten Lauten begleitet von bebenden Schauern, die ihn bis ins Mark trafen.

„Egal, was du gerade durchmachst, Jae", flüsterte ich in seine Ohrmuschel, „ich bin immer hier. Wenn du etwas brauchst, werde ich mich darum kümmern, dass du es bekommst. Alles wird gut. Das verspreche ich dir, Baby. Dafür werde ich sorgen."

Nach einer Stunde ließen die Beben nach, doch er verharrte hinter einem Schleier aus schwarzem Haar zusammengesunken in meiner Umarmung. Einige Stellen meines Körpers schmerzten. Meine Schulter pochte noch vom Boxen mit Bobby und meine vor kurzem verletzten Knie und Oberschenkel meldeten sich nach dem Sex mit kriechenden Nadelstichen, während mein Nacken in der leicht gebeugten Haltung allmählich steif wurde. Trotzdem blieb ich bewegungslos sitzen und hielt Jae fest in den Armen, bis er alles in sich aufgesogen hatte, was er von mir brauchte.

Wäre ich so gestorben, mit Jae in meinen Armen, während ich ihn tröstete, wäre das auch okay gewesen.

„Ich bin gekommen, um mich zu verabschieden … um dir zu sagen, dass ich das hier … nicht mehr tun kann … nicht mehr sein kann. Aber ich schaffe es nicht. Ich kann es dir nicht antun. Mir nicht antun."

478

„Aber was ist denn passiert? Geht es um deine Schwester? Jae, wir werden damit fertig. Du musst mir nur vertrauen. Glaube einfach ein wenig an mich ... an uns."

„Meine Mutter hat mich angerufen." Obwohl ich ihn durch den Haarvorhang und zwischen den gelegentlichen Schluchzern schwer verstehen konnte, lösten seine Worte sofortige Furcht aus.

Das ging in eine andere Richtung als erwartet, aber ich folgte dem Abzweig. „Was hat sie gesagt?"

„Onkel will Jae-Su." Er richtete sich auf und ich verlagerte mein Gewicht, um ihn weiter festhalten zu können. Da ich ihn dabei leicht umdrehte, konnte ich nun sein Gesicht sehen, seine angespannte Schönheit, überladen mit dem von anderen Menschen ausgeübten Druck. „Daraufhin hat sie völlig den Verstand verloren."

„Okay, so gern ich auch mit dir Pictionary spiele, im Moment bin ich etwas verwirrt."

„Onkel Kim ... Hyun-Shiks Vater ... will offiziell Jae-Su adoptieren. Su zu seinem *richtigen* Sohn machen. Vor dem Gesetz." Jae atmete zittrig aus. „Meine Mutter verkraftet es nicht gut. Sie ist ... außer sich. Deshalb ist Tiffany weggelaufen. Meine Mutter ist im Streit mit einer Schere auf sie losgegangen. Es ist da gerade nicht ... gut. Es ist zu viel, Cole-ah. Meine Mutter. Mein Bruder. Jetzt Tiff, die das mit uns herausgefunden hat ... Es wurde einfach zu viel."

Okay, seine Mutter war also durchgedreht, aber die Vorstellung, dass der Cousin-welchen-Grades-auch-immer, den Jae nur Onkel nannte, Jaes älterer Bruder adoptierte, war auch wirklich eigenartig. Was Kinder betraf, hatte besagter Onkel nämlich keine besonders gute Erfolgsbilanz. Seine Tochter hatte Hyun-Shik getötet, seinen heimlich schwulen Sohn, und anschließend praktisch jeden umgebracht, der mit Hyun-Shik in Verbindung gestanden hatte. Ich hätte mir lieber die Eier mit einem verrosteten Nagelknipser abgetrennt, als Teil dieser Familie zu sein.

„Noch mal langsam, das musst du mir erklären." Ich küsste seinen Mundwinkel, als er mit einem Stirnrunzeln reagierte. Vermutlich hätte ich ein Whiteboard mit einem Diagramm gebraucht, um dieses Familienchaos zu durchblicken. „Den Teil mit Jae-Su. Auf den Rest können wir später zurückkommen."

„Jae-Su ist Onkels Sohn." Jae zuckte mit den Schultern. „Meine Mutter ... sie war Onkels Geliebte. Da Hyun-Shik jetzt tot ist, braucht er jemanden für die Rolle des Erben und weil Grace ..."

„Warte mal." Mein Magen zog sich zusammen und ich musste gegen Übelkeit ankämpfen. „Hyun-Shik war ... dein *Bruder*?"

„Nicht meiner." Jae rollte mit den Augen. „Das ist krank, selbst für deine Verhältnisse. Nur Jae-Sus. Tiff und ich hatten denselben Vater. Ich weiß nicht, wer Rees Vater ist. Ich weiß nicht, ob meine Mutter weiß, wer Rees Vater ist. Habe ich dir das nie erzählt? Ich dachte, ich hätte es dir erzählt."

Was ich bei meinen Nachforschungen zu Hyun-Shiks Ermordung über Jaes Cousin herausgefunden hatte, hatte mir nicht gefallen. Er war ein manipulatives

Arschloch gewesen, das einen minderjährigen Jae gefickt und dann als Tänzer an einen Männerklub vermittelt hatte, nachdem Jae wegen seiner Neigungen von seiner Tante aus dem Haus geworfen worden war. Ich hätte seine Schwester Grace praktisch vor Dankbarkeit geküsst, als ich herausgefunden hatte, dass sie Hyun-Shiks Mörderin gewesen war – hätte sie zu dem Zeitpunkt nicht gerade versucht, auch *mich* zu ermorden.

„Nein, das erzählst du mir gerade wirklich zum ersten Mal." Den Gedanken, dass Jaes Mutter eine ziemliche Schlampe gewesen zu sein schien, behielt ich lieber für mich. Stattdessen konzentrierte ich mich wieder auf das Gespräch. „Also weiß deine Tante … Grace' Mutter … dass deine Mutter … ähm …"

„Einen Sohn von Onkel hat?" Jae schniefte. „Ja. Deshalb hasst sie unsere Familie auch. Onkel ist der Cousin meiner Mutter, falls du dich erinnerst. Sie … standen sich nah, als sie in Seoul waren und es kam dazu, dass sie für seine Familie arbeitete. Meine Mutter wurde schwanger, und als Onkel hergezogen ist, hat er sie mitgebracht."

Jetzt verstand ich, warum Jae in Amerika geboren worden war, aber sein Bruder in Korea. „Ist Jae-Su älter als Hyun-Shik?"

„Nein." Er kaute nachdenklich auf seiner Lippe und rieb sich das Gesicht. Es schien lediglich dazu zu führen, dass seine Hände die Müdigkeit von seinen Augen auf seinen Mund und seine Wangen verteilten. „Jünger. Ein Jahr, glaube ich. Vielleicht etwas weniger."

„Also war deine Mutter …" Ich war nicht sicher, ob ich einen Weg durch dieses schwierige Thema finden würde, ohne dabei Jaes Gefühle zu verletzen. „Okay, deine Mutter hatte also eine Affäre mit einem verheirateten Mann und hat sich schwängern lassen. Und jetzt will dein Onkel … oder Cousin dritten Grades … oder so … seinen erwachsenen Sohn in das Familienunternehmen einbinden, weil die Originalversion das Zeitliche gesegnet hat?"

„Ja", bestätigte Jae mit einem Nicken. „Onkel hat meiner Mutter Geld geschickt, um Jae-Su zu unterstützen. Aber jetzt hat sie das Gefühl, dass er ihr weggenommen wird … und dass sie jegliche Macht verliert, die sie noch über Onkel hat … und wahrscheinlich auch das Geld, das sie von ihm bekommen hat. Ich weiß nicht … Es ist *kompliziert*. Wie kann ich ihr sagen, dass ich Männer liebe? Jetzt? Wenn es so aussieht, als wäre ich ihr einziger verbliebener Sohn?"

Verdammt. Jaes Mutter hatte ohnehin eine eher wacklige Beziehung zur Realität. Dass es ihr nun den Rest gab, praktisch ihren Lebensunterhalt zu verlieren, wunderte mich nicht. Andererseits würde es *mich* umbringen, Jae zu verlieren.

„Also bist du hergekommen, um dich von mir zu trennen." Wenn ich mich in Jae hineinversetzte, ergab es sogar einen Sinn. Mein Bauch war von diesem Plan nicht begeistert, aber ich konnte eine gewisse Logik darin erkennen. „Dann bin ich ehrlich gesagt sehr froh, dass du es nicht durchgezogen hast. Woher kam der Sinneswandel?"

„Ich will glücklich sein, Cole-ah." Er lehnte seine Wange an meinen Arm, um zu mir heraufblicken zu können. Die altmodischen Lampen, die den Weg zum Haus erleuchteten, warfen warmes, gelbliches Licht herein und schwächten den Schmerz in seinem Gesicht ein wenig ab, allerdings nicht so sehr wie das sanfte Lächeln, das auf seinen Lippen lag, als er mit den Fingerspitzen mein Gesicht berührte. „Ich will mit dir glücklich sein. Ich *will* ... Du hast mich dazu gebracht, Dinge zu wollen, die ich nicht haben kann. Und jetzt, wenn es sich anfühlt, als würde ich alles verlieren ... als *müsste* ich alles verlieren, bist du immer noch da. Und hältst mich fest. Und liebst mich. Und das tut mir weh, Cole-ah. So sehr ich es auch liebe, dich zu haben, zerstört es mich auch von innen."

Es war an der Zeit, tapfer zu sein. Selbst wenn es mich umbrächte. Ich musste ... ein Mann sein.

„Willst du, dass ich dich gehen lasse?"

Der Blick seiner arglosen braunen Augen musterte mein Gesicht und ich wusste nicht, ob er dort finden würde, was er suchte. Wenn er wirklich wollte, dass ich ihn gehen ließ, würde ich es tun. Ich war ebenfalls müde. Aber wenn es das war, was er brauchte, würde ich stark genug sein, ihn zu verlassen. Oder zumindest so weit fortzugehen, dass er mich nicht mehr sah und ich mich in das zerbrochene Glas stürzen konnte, das er für mich zurückgelassen hatte.

„Nein, *Agi*." Jae drehte sich auf meinem Schoß um, sodass er links und rechts von meinen Oberschenkeln kniete, legte seine Hände an meine Wangen und küsste mich.

Selbst nach Monaten in einer Beziehung mit ihm waren seine Küsse noch immer in der Lage, mir den Atem zu rauben.

Als er den Kuss beendete, hatte ich beschlossen, dass Atmen sowieso überbewertet wurde.

„Also ganz sicher nein?" Ich legte den Kopf schräg und schaute zu dem hübschen, ungezähmten Mann hinauf, der mir nur auf Koreanisch sagen konnte, dass er mich liebte. „Denn ich muss dich warnen, wenn du einmal ‚Nein, Cole, lass mich nicht los' gesagt hast, dann ist es besiegelt. Dann wirst du mich nie wieder loswerden können."

Er näherte sich mit den Lippen meinem Mund, bis ich beim Sprechen ihre Bewegung spüren konnte, und sagte: „Nein, Cole-ah, lass mich *niemals* los."

Diesmal war es mein Kuss, der uns die Luft aus den Lungen raubte, bis Jae unter mir auf dem Sofa lag. Seine Finger hatten sich in meinem Haar verkrallt, um mich noch dichter an ihn zu zeihen, und ließen nicht zu, dass ich mich entfernte. Unsere Zungen fochten einen Kampf aus, ohne sich darum zu kümmern, dass wir erst vor Kurzem ungezügelten Sex gehabt hatten. Selbst mein Schwanz regte sich ein wenig und signalisierte mir, er sei für Runde zwei bereit. Ich beachtete ihn nicht.

Manchmal ging es nur ums Küssen und Kuscheln. Vor allem, wenn ein gewisser wilder Koreaner Trost brauchte.

„Ich habe entschieden, dass ich dieser Mann mit dir sein muss, Cole-ah. Dieser Mann, der andere Männer liebt. Dabei macht es mir Angst. Es ist so eine tiefe Angst in mir, dass sie mich mit Kälte erfüllt, aber", sagte er in der zunehmenden Dunkelheit so leise, dass es nur ein Flüstern war, „ich will zu dir nach Hause kommen. Wenn wir hier sind, fühle ich mich … *sicher*. Ich fühle mich geliebt. Du bringst mich dazu, an meinem Glück zu zweifeln, weil ich das Gefühl habe, dass ich davor überquelle. Bei dir zu sein ist … als würde meine Seele vor Glück zum Höhepunkt kommen. Ergibt das irgendwie einen Sinn?"

„Und wie es das tut." Ich biss ihm sanft ins Kinn, was ihn zum Lachen brachte. „Falls es dir hilft, kann ich dir sagen, dass du meine Seele ebenfalls zum Höhepunkt bringst."

„Gut zu wissen, dass ich nicht der Einzige bin." Er lachte erneut – nur kurz, aber so sorglos, wie ich es seit Langem nicht mehr gehört hatte. „Was mache ich nur? Meine Mutter … Es würde sie umbringen. Das weiß ich. Selbst wenn ich nicht … Jae-Su bin, verlässt sie sich auf mich."

Meiner Ansicht nach benutzte sie ihn vor allem, um an Geld zu kommen – aber das war nur meine Meinung zu ihrer Beziehung. „Bleibt Tiffany bei dir?"

„Nein." Jae schüttelte den Kopf. „Sie muss zurück nach Hause. Sie muss zur Schule gehen. Aber meine Mutter ist … Es geht ihr nicht gut."

„Wenn sie will … kann sie hier bei mir bleiben – bei uns", bot ich an. Selbst in der Dunkelheit erkannte ich, wie Jaes Blick spöttische Ungläubigkeit über meine aufrichtigen Worte träufelte. „Ich meine es ernst! Verdammt, zur Not wäre hier sogar Platz für beide Schwestern. Wenn du glaubst, dass sie bei eurer Mutter nicht mehr sicher sind, lassen wir sie hier einziehen, wenn du es für nötig hältst."

„Und wenn ich es für nötig halte, mit ihnen nicht hier zu wohnen, sondern mir selbst eine Wohnung zu suchen, die groß genug für mich und meine Schwestern ist? Das würde dich dann auch nicht stören?"

„Doch", sagte ich und verzog das Gesicht, lobte mich innerlich für meine Ehrlichkeit. Ich musste aufpassen, dass das Hochgefühl in mir nicht überhandnahm. Es sprudelte aus einem Fragment der Hoffnung heraus, das offenbar diese letzte Woche in mir überlebt hatte. Die Hoffnung starb nicht nur zuletzt, sie wucherte in mir wie eine verdammte wilde Ranke und drang an Orte vor, die ich nicht erreichen konnte. „Aber wenn es das ist, was du brauchst, dann ist es eben so. Dann unterstütze ich dich auch dabei."

Jae würde Zeit brauchen. Er war stets vorsichtig, ließ sich nur langsam auf Neues ein, nachdem er es von allen Seiten betrachtet hatte. Dass er sich gehen ließ, kam nur dann vor, wenn er mit einer seiner Kameras arbeitete … und wenn wir uns liebten. Seine Leidenschaften mochten begrenzt sein, doch in diese Augenblicke warf er alles hinein, was er hatte. Zu sehen, wie er die Beherrschung verlor – und zu wissen, dass es meinetwegen passierte –, speiste mein Ego mehr als alles andere.

„Du gibst mir das Gefühl, dass die Sache mit uns es wert wäre, wenn ich für meine Familie dann nicht mehr existieren würde. Aber daran muss ich mich gewöhnen. Ich muss ... lernen, wie sich das anfühlt." Er schnupperte in die Luft und verzog das Gesicht. „Könntest du ... mir einen Tee kochen? Oder soll ich erst duschen? Ich stinke."

„Warum springst du nicht schon mal unter die Dusche und ich bringe dir dann deinen Tee hoch?" Ich musterte ihn mit anzüglichem Blick und wackelte mit den Augenbrauen. „Oder wir gehen beide unter die Dusche für eine Runde heißen Schweinehäschen-Sex und den Tee koche ich dir danach?"

„Ich bezweifle, dass Schweinehäschen heißen Sex hätten", brummte Jae und glitt von meinem Schoß. Obwohl ich seine Wärme vermisste, musste ich ihm beipflichten: Wir rochen furchtbar.

„Wenn jemand heißen Sex hat, dann sind es Schweinehäschen." Ich stand auf, um ihn von hinten zu umarmen und in die samtige Haut seines Nackens zu beißen. „Speck und Hase – ist doch beides sehr förderlich, wenn man sich verausgaben will. Und jetzt komm mit, damit ich dir ein paar Schweinereien zeigen kann."

JAE VERLIEß mich mit Küssen und dem Versprechen, mich anzurufen. Mein Herz nahm er ebenfalls mit, was mich allerdings nicht störte. Das Dr-Pepper-T-Shirt vermisste ich allmählich, aber er hatte es für sich beansprucht. Immerhin hatte er mir seine Katze gelassen. Der Morgen graute und abgesehen von einigen bei Aktivitäten mit Jae überanstrengten Muskeln fühlte ich mich ziemlich gut.

„Sieh mich nicht so an", sagte ich Neko, als sie herunterkam, um meine Schuhe zu beschnüffeln. „Schließlich war dein Daddy da und hat dich *noch mal* gefüttert. Als hättest du das nötig gehabt. Den vollen Bauch darfst du jetzt erst mal wegschlafen. Dann wirst du gar nicht merken, dass ich nicht da bin."

Sie miaute vorwurfsvoll. Es hätte gegen alles von hohen Lachspreisen bis hin zum Zustand meiner Socken gerichtet sein können. Bei Neko konnte man das nie wissen.

Bobby öffnete die Tür, ohne zu klopfen. Er hatte einen Schlüssel und war nicht zu schüchtern, um ihn zu benutzen. Während er sich hinunterbeugte, um die Katze zu kraulen, wanderte sein Blick meinen Körper hinauf, bis er bei meinem Gesicht angekommen war. Dann grinste er. „Du hast eine Nummer geschoben."

„*Du* schiebst Nummern", murrte ich und ließ mich auf der Bank im Flur nieder, um meine Schuhe anzuziehen. „Ich mache *Liebe*. Vor allem, wenn es um Jae geht."

„Hast du ihn angerufen?" Die wenigen silbernen Strähnen in Bobbys kurz geschnittenem Haar glänzten im Licht des Flurs. „Oder er dich?"

„Weder noch", gab ich zu. „Er hat auf der Veranda auf mich gewartet."

„Also weiß er genau, dass du eine sichere Sache bist?", fragte Bobby, während er an das Treppengeländer gelehnt posierte und demonstrativ seine Fingernägel an seinem Hemd polierte. Dabei blockierte sein massiger Körper den größten Teil des Lichts, das ich zum Zubinden meiner Schnürsenkel benötigte. Ich zwickte ihn in den Hintern. Zwar konnte ich durch den Jeansstoff nicht viel Haut packen, aber es reichte, um ihn von seinem Platz zu vertreiben. Er suchte sich einen neuen, an dem er mir erst recht das Licht nahm.

„Wichser."

„Arschloch", konterte Bobby. Dann fragte er: „Stimmt also alles wieder zwischen euch? Ein paar Küsschen und alles ist besser?"

„Nein, nicht unbedingt ... besser." Ich sah ihn nachdenklich an. „Anders. Wir sind jetzt an einem anderen Punkt angekommen. Er kämpft immer noch mit sich, aber zumindest versteht er jetzt, dass ich bei ihm bin. Es kommt mir ... stärker vor. Stabiler. Und meine Eingeweide werden nicht mehr von Tentakeln zerfressen."

„Lass dich nur nicht von ihm verletzen, Kleiner. Jae ist zu hübsch, als dass ich ihm die Zähne einschlagen könnte. Ich hätte ein schlechtes Gewissen." Dann wurde Bobbys auf raue Weise gut aussehendes Gesicht etwas weicher und er schenkte mir ein schiefes Lächeln. „Aber könntest du dich trotzdem etwas beeilen, Prinzessin? Wir wollten doch eine Frau verhören."

„Wir wollen sie nicht verhören", erinnerte ich ihn. „Wir wollen Madame Sun nur einige Fragen stellen und ich möchte ihr mein Beileid wegen Vivian aussprechen. Ich habe versucht sie anzurufen, aber ich lande immer nur bei einem Anrufbeantworter, der mir sagt, dass sie zurzeit niemanden empfängt. Vermutlich hat es sie ziemlich schwer getroffen."

Allmählich wurde Koreatown zu meiner zweiten Heimat. Wenn meine Fälle sich weiterhin in der Umgebung von Wilshire bewegten, würde ich irgendwann Postleitzahl-Rabatt geben müssen. Tagsüber wirkte die Gegend etwas geschäftsmäßiger, hielt ihren Flitter versteckt. Da es gerade auf den frühen Abend zuging, sammelten sich im Viertel allmählich erste kleine Grüppchen, um sich zu Bars und Restaurants zu begeben.

Während wir an einem rund um die Uhr geöffneten Imbiss vorbeifuhren, der *Mandu*-Suppen anbot, beschloss Bobby mich auszufragen.

„Warum wolltest du mich überhaupt unbedingt dabeihaben? Mal davon abgesehen, dass du vermutlich nicht fahren kannst, weil nach deiner Nacht mit Jae dein Schwanz wundgescheuert ist?"

„Ich hatte gehofft, du könntest dich ein bisschen in der Umgebung umhören, ob irgendjemandem etwas Ungewöhnliches aufgefallen ist", erklärte ich. „So schlagen wir zwei Fliegen mit einer Klappe. In der Zeit möchte ich herausfinden, ob sie etwas von Eun Joons Schwangerschaft wusste oder ob eine Verbindung zwischen Gyong-Si und May Choi besteht, aber vor allem will ich ihr mein Beileid aussprechen. Vermutlich ist sie sowieso nicht in der Stimmung für lange Gespräche, wenn sie überhaupt da ist."

„Wenn nicht, schuldest du mir ein Mittagessen." Bobby lenkte den Wagen um einen schwerfälligen Linienbus herum.

„Wenn sie da ist, lade ich dich trotzdem zum Mittagessen ein."

„Nichts Asiatisches. Ich will etwas mit Fleisch."

„Kumpel, koreanisches Essen besteht praktisch aus nichts anderem. Da kommt sogar Fleisch in die verdammten Pfannkuchen." Beim Gedanken an dampfende *Kimchijeon* knurrte mir der Magen. „Man muss extra *fragen*, wenn man etwas ohne Fleisch haben will."

Bobbys Lippen verzogen sich zu einem zufriedenen kleinen Lächeln. „Großartig. Dann habe ich nichts gegen Koreanisch."

„Ich hätte Blumen kaufen sollen." Mist, eigentlich war es die eine Regel, die Jae mir erfolgreich eingehämmert hatte. Und sie galt schließlich nicht nur für Koreaner. Wenn jemand starb, brachte man Blumen. Oder einen Auflauf. Als Rick gestorben war, hatte ich irgendwann so viele Aufläufe mit Gefrierbrand in meinem Tiefkühlschrank gehabt, dass ich daraus Pucks für die gesamte Eishockeyliga hätte herstellen können. „Gibt man die Blumen der Chefin? Oder fragt man nach der Adresse der Angehörigen?"

„Ich bin für die Angehörigen", schlug Bobby vor. „Dabei kann man vielleicht auch herausfinden, ob Vivian mit jemandem zusammen war. Theoretisch könnte sie sich mit jemandem getroffen haben, der mit der ganzen Sache zu tun hat. Möglicherweise sogar mit der Person, die Suns Klienten für Schießübungen benutzt."

Es war ein guter Plan. Ein sehr guter Plan. Bis auf einen kleinen Haken. Als wir Madame Suns Salon erreichten, war bereits die Polizei dort und auf einer Fahrtrage wurde mit quietschenden Rollen eine Leiche aus dem Gebäude geschoben.

12

„TJA, PRINZESSIN", stellte Bobby mit einem freudlosen Lächeln fest, „dann hast du wohl die nächste Person auf dem Gewissen."

„Leck mich", brummte ich und stieg aus seinem Pick-up.

Im Gegensatz zu Gyong-Si mit seinem malstiftbunten Wellness-Bungalow empfing Madame Sun ihre Klienten in einem professionell wirkenden Gebäude an der Ecke zwischen Irolo Street und dem Wilshire Boulevard. Es handelte sich um einen dieser hohen blauen Glasbauten, die Menschen bei Erdbeben nervös machen, und warf einen so langen Schatten auf die Straße, dass die billigen Fast Food-Restaurants, die unter seinen Fittichen lebten, niemals Tageslicht zu sehen bekamen. Durch den Geruch von Abfall und frittierten Kartoffeln näherten wir uns auf dem Gehweg, doch schon nach etwa vier Schritten wurde ich von einer Mitarbeiterin der Freunde und Helfer von Los Angeles aufgehalten.

Sie war eine stramme kalifornische Blondine mit typischer Sonnenbräune, deren Haar unter der unbequemen Schirmmütze, die irgendein Arschloch von Erbsenzähler für eine schicke Ergänzung zu der ebenfalls unbequemen, schlecht sitzenden Uniform gehalten hatte, zu einem Pferdeschwanz zurückgebunden war. Das „Neu", das sie verströmte, konnte man praktisch riechen – ein Blut-im-Wasser-Geruch, den die meisten Veteranen mit Hohn quittierten, weil sie vergaßen, dass ihre blaue Uniform ebenfalls einmal nagelneu gewesen war.

Wie erwartet wurde auch Bobbys Lächeln höhnischer, erst recht als sie die Schultern straffte und mit der Hand auf ihrer Waffe in unsere Richtung kam.

„Erinnerst du dich noch daran, so jung gewesen zu sein?", fragte er mit einem Nicken in ihre Richtung.

„Erinnern? Verdammt, ich bin es noch." Ich erwiderte sein Grinsen. „Du bist hier der alte Mann, nicht ich."

„Sir ... ich muss Sie bitten ...", brachte sie heraus, bevor sich ein bekanntes Gesicht aus der Meute von Polizisten am Eingang löste und Bobby zuwinkte.

„Dawson!"

Bei meiner letzten Begegnung mit Detective O'Byrne hatte sie mich wegen eines von Grace Kims Opfern in die Mangel genommen. Die dünne Frau mit hellbrauner Haut besaß ausgeprägte lateinamerikanische Gesichtszüge und dunkle, scharfe Augen. Sie war eine echte Polizistin – nüchtern und direkt. Andere Polizisten konnten entweder mit anpacken oder ihr schleunigst aus dem Weg gehen. Sie war die Art von Person, an der man sich Fledermausohren oder ein goldenes Lasso vorstellen konnte. Wäre sie ein Mann gewesen, hätte sich Bobby bereits in sie verliebt gehabt. Auch ich hätte vielleicht mal einen Gedanken daran verschwendet, für sie ans andere Ufer zu wechseln.

Wenn sie nur nicht eine solche Abneigung gegen mich gehabt hätte.

Ihre langen Beine überquerten die Asphaltwüste zwischen uns. „Lassen Sie ihn, Martin. Er ist einer von uns."

„Verstanden", murmelte die Blondine und wich zurück.

„Den anderen können Sie ruhig erschießen." O'Byrne warf mir einen bösen Blick zu, der durch den Hauch eines Lächelns abgeschwächt wurde. „Dawson, liegt hier nicht schon genug Müll rum? Musst du unbedingt noch mehr anschleppen?"

„Prinzessin, du erinnerst dich an Dell, oder?" Bobby begrüßte sie mit einer kurzen Männerumarmung, der flüchtigen Schulterberührung mit Auf-den-Rücken-Klopfen, mit der er alle seine Kollegen begrüßte. „Schön, dich zu sehen, Kleine."

„Ja, wir kennen uns." Sie musterte mich herablassend, als wollte sie meine neuesten Vergehen einschätzen. „Ich habe ihn beinahe einmal wegen Mordes verhaftet."

„Ich hab's nicht getan." Mit einem Grinsen hob ich abwehrend die Hände.

Bobby sah sich um, betrachtete den Schwarm blauer Uniformen. „Bist du hier nicht ziemlich weit von deinem Zuständigkeitsbereich entfernt, O'Byrne?"

„Nein, wurde gerade eben hierher versetzt", antwortete sie mit einem Schulterzucken und deutete mit dem Daumen auf das Gebäude in ihrem Rücken. „Jenkins ist gestern an seinem Schreibtisch tot umgefallen und die da oben haben beschlossen, meinem Versetzungsantrag stattzugeben. Ich habe es dann nicht mehr so weit und muss mich nicht mehr jeden Tag über die 405 kämpfen."

„Jenkins ist tot?" Bobby stieß einen leisen Pfiff aus. „Verdammt, das ist ein Schock. Dabei war er so nah am Ruhestand."

„Wieso ist es ein Schock?" Ich starrte Bobby an, als wäre er verrückt. Soweit ich mich erinnerte, hatte Jenkins gelbe Finger vom Rauchen gehabt und nichts gegessen, was nicht frittiert oder mit Mayonnaise bedeckt gewesen war. „Der Mann war ein Walross. Er ist mit seinem Stuhl in die Toiletten gerollt, um in ein Urinal zu pinkeln, und dann wieder zurückgerollt."

„Etwas Respekt vor gefallenen Kameraden, McGinnis, selbst vor den Walrössern", rügte sie mich, zwinkerte mir dabei aber zu. „Jedenfalls wurde ich für einen 217 hergerufen. Sohn des beabsichtigten Opfers kam von der Toilette zurück, als seine Mutter angegriffen wurde. Hat sich eine dieser großen Vasen geschnappt, mit denen Leute ihre Flure dekorieren, und dem Typen damit ordentlich eins übergezogen. Ein paar Schläge auf den Kopf, und schon wird unser des Einbruchs und Überfalls Verdächtiger ein 419. Sanitäter haben ihn gleich beim Eintreffen für tot erklärt. Coroner ist gerade angekommen."

„Scheiße, das klingt heftig. Geht es der Mutter gut?" Bobby warf einen kurzen Blick auf die Trage, die in einen Leichenwagen geschoben wurde. „Dem Typ da anscheinend nicht."

„Sie ist ein bisschen verstört." Dann tippte sie mit ihrem Notizblock gegen meinen Arm und fügte an Bobby gewandt hinzu: „Aber ich habe auch eine Frage: Was macht ihr hier? An der fantastischen Küche kann es jedenfalls nicht liegen, wenn es zu diesem Burger King da drüben nicht irgendein Geheimnis gibt, von dem ich nichts weiß."

„Nein, unsere Prinzessin hier hat eine Klientin in dem Gebäude." Er stieß ein Grunzen aus, als ich ihm meinen Ellbogen in die Rippen bohrte.

„Lasst mich raten: Die Klientin ist Park Hyuna Sun?" Dell blies die Backen auf, als ich nickte. „Woher habe ich das nur gewusst?"

„Weil das Universum Sie hasst?", schlug ich vor, woraufhin sie mir einen sehr unprofessionellen Mittelfinger präsentierte. „Sind Sie mit ihr fertig? Ich würde nämlich gern mit ihr reden. Ihre Assistentin wurde gestern ermordet."

„Ach ja." Dell warf einen Blick auf ihre Notizen. „Vivian Na. Von der Straße aus durch die Scheibe eines Cafés erschossen. Damit ist Wong beschäftigt."

„Ich ebenfalls." Ich verzog das Gesicht, um die leidende Miene nachzuahmen, welche sie bei diesen Worten aufsetzte. „Ich habe mich mit ihr getroffen, um über meine Ermittlungen für Madame Sun zu reden. Kaum war ich angekommen, lag sie auch schon tot auf dem Boden und andere Menschen waren verletzt. Jedenfalls war ich der Letzte, der ihre Assistentin lebend gesehen hat. Ich würde ihr gern sagen, dass es schnell ging."

„Ich werde sehen, was ich tun kann." O'Byrne nickte knapp, war wieder ganz die Polizistin. „Einen Moment. Wir haben sie und ihren Sohn in einen Konferenzraum im zweiten Stock gebracht. Wenn sie dazu bereit ist, können Sie *vielleicht* kurz mit ihr reden."

Wir mussten uns einige Minuten die Beine in den Bauch stehen. In dieser Zeit bekam Bobby ein eindeutiges Angebot von einem Transvestiten in einem aquamarinblauen Paillettenkleid mit verdammt tiefem Ausschnitt und ich ein Plastikgänseblümchen und eine winzige Gummiente von einer auf den Bus wartenden alten Frau. Der Transvestit hatte dunkle Bartstoppeln, die lang genug gewesen wären, um daran Käse zu reiben, während sein Kleid so kurz war, dass bei jedem Schritt seine schmutzig-schlammgraue Unterwäsche hervorblitzte.

Insgesamt hatte ich es mit der Blume und der Ente besser getroffen.

„McGinnis!" Dell streckte den Kopf aus dem Seiteneingang. „Kommen Sie rein. Sie haben fünf Minuten!"

Ich beeilte mich. Immerhin war es möglich, dass sie irgendwo einen Amazonenspeer verbarg, mit dem sie mich auf dem Asphalt aufspießen könnte, wenn ich zu sehr trödelte. Ich hätte es ihr zugetraut.

Bobby blieb zurück, um mit ehemaligen Kollegen zu fachsimpeln. Der Plan, sich bei anderen Leuten im Gebäude umzuhören, war in der aktuellen Situation sowieso hinfällig. O'Byrne ließ mich von einem uniformierten Polizisten zum mit Glas abgeteilten Konferenzraum in der zweiten Etage führen. Es handelte sich um einen dieser Räume, die in solchen Gebäuden häufiger den Mietern zur Verfügung standen, um Kunden zu beeindrucken.

Allzu beeindruckend war der ausgeblichene Teppich jedoch nicht mehr.

Irgendwann einmal musste es sich um ein makelloses, glänzendes Gebäude aus Glas, Glanz und Protz gehandelt haben. Mittlerweile war es das Äquivalent zu einer müden, alten Frau, deren Brüste beinahe ihre Knie streiften. Obwohl sich jemand bemüht hatte, sie mit einer Schicht strahlend weißer Farbe aufzuheitern, die ihre Falten verdecken sollte, hatte sich ihr Alter schon zu tief in ihre Haut gegraben.

Im Konferenzraum befanden sich drei Person. Ein grimmig dreinblickender Polizist in Uniform, der Koreaner mittleren Alters, der vor meinem Haus auf Madame Sun gewartet hatte, und die Grande Dame selbst. Als ich den Kummer sah, der sich aus jedem Zentimeter ihres Gesichts ergoss, wünschte ich mir plötzlich, ich hätte einen ganzen Blumenladen leer gekauft, nur um ihr eine kleine Freude zu machen.

Denn Freude schien für die alte Frau, die gebeugt auf einem Konferenzstuhl am hinteren Ende des Raumes saß, vorerst in weiter Ferne zu liegen.

Seit ich Madame Sun das letzte Mal gesehen hatte, schien sie um mindestens zwanzig Jahre gealtert zu sein. Ihre Haut hatte einen ungesunden Grauton angenommen und um Augen und Mund herum waren tiefe Falten zu sehen. Im dicken Make-up hatten sich runzlige Risse gebildet, sodass es teilweise abgeblättert und auf die dunkle Tischplatte geriselt war. Ihre Kleidung saß ein wenig schief, als hätte sie unruhig an Ärmeln und Säumen gezupft. Selbst der Haarhelm auf ihrem Kopf lag nicht gleichmäßig, sondern ragte auf der rechten Seite etwas höher nach oben. Sie saß still auf ihrem Stuhl, wenn man von ihren Fingern absah, die hektisch die Ringe an ihren Fingern drehten und an Armbändern zupften.

Ihrem Sohn schien es nicht viel besser zu gehen.

Zwar erhob er sich und streckte mir automatisch die Hand entgegen, doch seine Finger waren kalt und zitterten leicht, als ich sie schüttelte. Seine Augen waren so rot wie die seiner Mutter und seine langen Wimpern waren von getrocknetem Salz verklebt.

Es tut mir leid kam mir wie ein belangloser Satz vor, ein winziger Tropfen Wasser, den man auf ein Feuer der Hölle spritzte. Ich sagte ihn trotzdem und er presste die Lippen zusammen, zwang seine Gefühle wieder in seine Kehle hinab.

„Danke, dass Sie gekommen sind, Mr. McGinnis", murmelte er. „Ich bin James Bahn."

„Madame Suns Sohn", sagte ich. „Sie haben vor meinem Büro auf sie gewartet."

„Ja." Er nickte knapp, während sein Blick zu seiner in sich zusammengesunkenen Mutter hinüberglitt. „Die Polizistin sagte, Sie wollten mit uns reden ... mit meiner Mutter ... wegen Vivian."

„Mein aufrichtiges Beileid." Ich hatte es gehasst, diese Phrase bei der kleinen Trauerfeier zu hören, die wir nach meiner Entlassung aus dem Krankenhaus für Rick organisiert hatten. Selbst zwei Monate nach seinem Tod war ich noch am Boden zerstört gewesen. „Leid" war ein verdammt lächerliches Wort für die Leere in meinem Innern, die ich damals empfunden hatte. Und hier stand ich nun und wiederholte selbst den klischeehaften Satz, als wäre ich ein Papagei, der sich für eine Belohnung erniedrigte. Ich räusperte mich und versuchte es mit etwas Persönlicherem. „Kannten Sie Vivian schon lange?"

„Lange?" Unter dem Kummer in James' Gesicht wallte immense Verwirrung auf. „Ich habe sie mein Leben lang gekannt … Sie war meine Schwester."

JAMES UND der finstere Uniformierte ließen mich mit Madame Sun allein. Die alte Frau hatte ihren Wunsch nach Tee und Ruhe hervorgemurmelt, dem ihr Sohn augenblicklich nachgekommen war. Bevor er mit dem Polizisten gegangen war, hatte James noch einmal seine Hand auf die seiner Mutter gelegt, ihre Schläfe geküsst und ihr versichert, dass er auf sie aufpassen werde. Wenn ich mir die kleinen Schnitte ansah, die er sich beim Zuschlagen mit der Vase zugezogen hatte, musste ich ihm zugestehen, dass er in der Hinsicht bisher gute Arbeit geleistet hatte.

Ich ließ mich auf einem Lederstuhl neben Madame Sun nieder und wandte mich ihr leicht zu. Der Stuhl knarzte und schwankte etwas, bevor er sich mit meinem Gewicht abfand. Während er noch geräuschvoll protestierte, überlegte ich, wo ich beginnen sollte. Mir ging so viel durch den Kopf, dass es nicht leicht war, den Faden zur Mitte des gordischen Knotens zu finden, den mir James soeben in den Schoß geworfen hatte.

Lange musste ich nicht suchen. Madame Sun fand ihn nicht nur, sondern schien mir aus den verworrenen Fäden der letzten Wochen einen geistigen Pullover stricken zu wollen. Sie begann mit der einen Frage, die stets aus Menschen hervorsprudelte, wenn jemand überraschend starb. Das wusste ich. Es war auch meine erste Frage gewesen, als ich begriffen hatte, dass Rick wirklich von mir gegangen war.

„Hat sie gelitten?" Suns Hände waren noch kälter als die ihres Sohnes und sie umklammerte die meinen mit verzweifelter Kraft. „Sie waren der Letzte, der sie gesehen hat. War es …"

„Sie kann es kaum gespürt haben", murmelte ich, während ich ihre zitternden Hände tätschelte. „Es ist ganz plötzlich passiert. Es tut mir leid, dass ich nicht eher gekommen bin. Ich hätte Sie gleich am nächsten Morgen besuchen sollen. Es tut mir leid."

„Nein, nein. Das ist in Ordnung." Ihr Haar wippte, als sie den Kopf schüttelte und damit die sorgfältig geformte Lockenfrisur noch weiter ruinierte. „Sie wussten es nicht. Kaum jemand wusste es. Sie hatte immer … Schwierigkeiten damit, meine Tochter zu sein. Selbst jetzt hat ihr Tod Probleme zurückgelassen. Ich habe meine Tochter geliebt … aber sie zu *mögen* war schwer. Nichts war für sie gut genug. Sie wollte immer das Beste. Ich habe ihr die Stelle gegeben, weil sie eine brauchte, aber … gern hat sie es nie gemacht. Sie hätte lieber andere Dinge getan."

„Ich würde Ihnen gern einige Fragen stellen", wagte ich mich vorsichtig vor. Nachdem ich nun wusste, dass Vivian Na Madame Suns Tochter gewesen war, schien mir ihr Tod nur noch enger mit den anderen Morden verknüpft zu sein. Wenn Wong es nicht sah, war er nicht so klug, wie ich gedacht hatte. „Wenn es Ihnen nichts ausmacht."

„Nein, bitte, fragen Sie ruhig." Sun schniefte und wischte die Tränen fort, die noch tiefere Gräben in ihr Make-up schnitten. „Die Polizei … Sie hat keine Ahnung, wer sie umgebracht hat. Und heute … dieser Mann … Er sah wie jemand aus, der Vivians Freund kennen könnte. Sie hatte viele und keiner von ihnen war ein guter Mann. Dieser letzte … Park Hong Chul … Er ist am schlimmsten. Ich dachte, dass der Mann da oben zu Hong Chuls Bande gehören könnte. Sie sind … *Beom joe ja* … Kriminelle."

„Dann ist er Koreaner? Der Mann, der Sie angegriffen hat?" Ich kritzelte *Park Hong Chul* in mein Notizbuch und zeichnete eine Linie, um seinen Namen mit Vivians zu verbinden.

„Ja, aber ich kenne ihn nicht. Vivian hätte ihn vielleicht gekannt. Ich frage mich, ob er es war, der …" Sie schluckte mit bebender Kehle. „Wenn er es war, der sie erschossen hat, dann bin ich froh, dass Jin-Woo … James … ihn getötet hat. Es tut mir leid, dass nun Blut an seinen Händen klebt, aber … er ist ein guter Sohn. Der Mann hätte mich umgebracht … wie er wahrscheinlich meine Tochter umgebracht hat. Es ist ein zu großer Zufall, nicht?"

Das war es. Es häuften sich zu viele Leichen mit übereinstimmenden Schusswunden an. Theoretisch. Zwar hatte ich von Wong bisher noch keine Neuigkeiten zu den Laborergebnissen oder weiteren Zeugenaussagen bekommen, aber nicht nur mein Bauch schien der Meinung zu sein, dass alles zusammenhing.

„Ja, es wäre ein zu großer Zufall, Madame Sun." Ich fragte weiter: „Wissen Sie vielleicht, mit wem Vivian sich am Abend ihres Todes treffen wollte?"

„Vielleicht mit James? Manchmal traf sie sich zum Essen mit ihren Freundinnen und James kam auch."

„Und ihr Freund könnte es nicht gewesen sein?"

„Nein, von Hong Chul hatte sie sich getrennt. Glauben Sie, er könnte sie deshalb getötet haben?"

Soweit ich mich erinnerte, war Vivian Na, auch wenn das Wort im Nachhinein etwas unglücklich erschien, todschick gekleidet gewesen. So zog man sich nicht an, um mit einem Detektiv eine Tasse Kaffee zu trinken. Sie war definitiv auf der Jagd gewesen. Entweder hatte sie sich einen neuen Mann schnappen wollen oder sie wollte den von ihr abservierten wieder bei Fuß rufen. Oder aber ich lag total falsch und sie kleidete sich selbst bei einem Familientreffen auf diese Weise.

„Ich weiß es nicht", gestand ich nachdenklich. „Hat sich Hong Chul ihr gegenüber gewalttätig verhalten?"

„Er ist ein *Krimineller*", zischte sie, als Wut für einen kurzen Augenblick ihren Kummer vertrieb. „Sie hat mir nie etwas von ihm erzählt. Immer nur … *Das geht dich nichts an* oder *Das musst du nicht wissen*, aber manchmal habe ich blaue Flecken an ihrem Arm gesehen. Sie hat behauptet, sie hätte sich gestoßen, aber ich *weiß*, dass er etwas damit zu tun hatte."

„Ich muss Sie fragen, Madame Sun: Warum haben Sie mir nicht verraten, dass Vivian Ihre Tochter war?" Ich musste sie vorsichtig zum Wesentlichen zurückbringen, ohne dabei ihren Kummer zu missachten.

„Sie … war nicht von meinem Mann." Ihre Scham schien tief zu sitzen. Als sie die Worte aussprach, sank sie in sich zusammen, beugte sich beinahe bis auf ihre Knie vor. Ihre Stimme schien unter dem Gewicht ihres Schmerzes nachzugeben. Ich streckte einen Arm aus und legte ihn ihr um die Schultern.

„Sie müssen nicht …"

„Nein, nein", schniefte sie. „Sie war … ein Fehler. Es war *mein* Fehler, aber sie musste dafür bezahlen."

„Sie haben sicher Ihr Bestes getan." Ich gab es ungern zu, aber weinende Frauen konnten praktisch einen Scheck ausstellen und ihn für meine Seele einlösen. Suns Tränen versetzten mir einen Stich.

„Ich habe *nichts* getan", widersprach sie. „Mein Mann … James' Vater verließ mich und ich konnte nicht allein zwei Kinder großziehen. Meine Schwester nahm Vivian wie ihre eigene Tochter bei sich auf. Vor fünf Jahren hat Vivian herausgefunden, dass ich ihre richtige Mutter bin. Damals kam sie hierher. Ich habe sie gebeten, mir eine Chance zu geben, ihre Mutter zu sein. Sie wollte *hier* sein, aber nicht bei mir. Ich kam ihr nur gelegen. Trotzdem habe ich es versucht. Ich würde *alles* dafür tun, sie zurückzubekommen. Auch wenn sie mich gehasst hat, war sie doch meine Tochter."

„Wie kam James mit ihr aus?"

„James?" Sun wirkte verwirrt. „Gut. Er mochte sie. Sie konnte gut mit Männern umgehen. Selbst bei ihrem Bruder … Sie war nett zu ihm." Sie begann wieder, die Ringe an ihren Fingern zu drehen. „Sie sind in dem Glauben aufgewachsen, sie wären Cousin und Cousine. Sie hatten vielleicht kein enges Verhältnis, aber als sie herkam, um hier zu wohnen, hat er sie freundlich behandelt. Wie ein echter Bruder. Er ist ein guter Sohn."

„Er hat Sie heute beschützt." Ich legte meine Finger auf ihr Handgelenk, um die nervösen Bewegungen zu stoppen, und strich beruhigend über ihre pergamentene Haut. „Wie es sich für einen guten Sohn gehört … einen guten Mann. Sie sollten stolz auf Ihre Erziehung sein. Wissen sie zufällig, wie Vivian Hong Chul kennengelernt hat? Vielleicht in einer Bar? Irgendwo, wo er Zeit verbringt? Es wäre gut, wenn ich wüsste, wo ich mich nach ihm umsehen kann."

„Oh, nein, sie hat ihn hier kennengelernt." Sie verzog den faltigen Mund zu einem verbitterten Ausdruck. „Als er seinen Großvater herbrachte, der wollte, dass ich für ihn hellsehe. Ich habe Ihnen von ihm erzählt. Er war Bhak Bong Chol, der Mann, der in seinem Büro starb ... an einem Herzinfarkt."

Verdammt, der gordische Knoten wurde immer verworrener. Park Hong Chul hätte ein Motiv für den Mord an Vivian Na gehabt, wenn er wegen ihrer Trennung aufgebracht gewesen war und es mochte Familienzwistigkeiten gegeben haben, die zum Tod seines Großvaters geführt hatten. Aber darüber wusste ich zu wenig. Außerdem wies bisher nichts darauf hin, dass sein Großvater *keines* natürlichen Todes gestorben war.

Davon abgesehen hatte ich bisher keine Verbindung zwischen Choi und Lee herstellen können. Da Choi und Gyong-Si denselben Nachnamen besaßen, mochte dort etwas sein und mein Instinkt sagte mir, dass Lee nicht das Kind ihres Mannes erwartet hatte. Vermutlich war sie Gyong-Sis Manipulationen zum Opfer gefallen und plötzlich *enceinte* gewesen.

Im Grunde blieben mir lediglich zwei Verdächtige, Gyong-Si und Hong Chul, für die ich bisher nur den Hauch eines Motivs finden konnte. Doch nun war nicht der richtige Zeitpunkt, um Madame Sun wegen Gyong-Si auszufragen. Ich würde warten müssen, bis sie den Tod ihrer Tochter ein wenig verarbeitet hatte.

„Dieser Mann ... den James geschlagen hat ... der wollte mich töten. Da bin ich sicher. James hat ihn aufgehalten." Sie sah mich mit in Tränen ertrinkenden Augen an. „Glauben Sie, es ist jetzt vorbei? Die Morde? War Vivian der letzte? Glauben Sie das?"

„Das weiß ich auch nicht", gab ich zu. „Aber wenn der Mann, der Sie heute angegriffen hat, mit Vivians Tod zu tun hatte, wird die Polizei es herausfinden."

„Die Polizei ... Sie stimmt nicht zu, dass alles zusammenhängt ... verbunden ist. Wie kann sie das nicht sehen?" Die Tränen setzten wieder ein und verwandelten die Make-up-Gräben auf ihrem Gesicht in Flüsse. „Sie müssen herausfinden, wer sie getötet hat, Cole-sshi. Jemand hat sie *ermordet*. Wieso nur wurde sie mir einfach ... *weggenommen*? Bevor ich die Gelegenheit hatte, es ... besser zu machen. Ich hatte nicht mehr die Gelegenheit, sie dazu zu bringen, dass sie mich liebt. Ist es nicht das, was sich alle Mütter wünschen? Dass ihre Kinder sie lieben?"

Ich ließ Madame Sun in den guten Händen ihres Sohnes zurück. James hatte mir nicht viel Neues erzählen können. Er war überrascht gewesen, als er erfahren hatte, dass Vivian seine Schwester war, doch er hatte sie als Familienmitglied akzeptiert, um seine Mutter glücklich zu machen. Ein guter Sohn, wie es seine Mutter gesagt hatte. Der perfekte koreanische Sohn.

Da konnte ich nicht anders, als mich zu fragen, welche Geheimnisse er verbarg.

DEN REST des Tages verbrachte ich damit, Hinweisen in Sackgassen zu folgen und Rechnungen zu bezahlen. Wong konnte ich nicht erreichen und über Gyong-Si fand ich nichts Neues heraus. Im Internet stand nichts dazu, warum er Korea verlassen hatte – zumindest nicht in einer Sprache, die ich verstehen konnte. Am frühen Nachmittag tauchten Martins Kinder im Büro auf und brachten einen Blaubeerkuchen mit, den ihre Großmutter Claudia für mich gebacken hatte. Ich dankte ihnen überschwänglich, was mir ein an Claudia erinnerndes Grinsen einbrachte.

„Machst du Witze? Den hat Nana ganz allein gebacken", schnaubte Sissy. „Wenn sie nicht bald wieder arbeiten kann, rollen wir irgendwann auf dem Boden herum wie Violetta Beauregarde."

„Das war als Kind mein Lieblingsbuch …" Ich verstummte, als die Teenager mich verwirrt ansahen.

„Dazu gibt es ein Buch?" Mo legte den Kopf schief. „Der erste Film hat mir gefallen. Das Remake war etwas komisch, aber na ja, mit einem Schokoladenfluss kann man nicht viel falsch machen."

„Ja, ähm … okay." Ich kam mir alt vor. „Dann nehme ich jetzt meinen Kuchen mit und gehe nach Hause."

Allmählich strömten wieder Menschen in die Nachbarschaft, kamen von der Arbeit zurück oder hatten ihre Kinder vom Fußballtraining abgeholt. Das auf Ökoschick getrimmte Café auf der anderen Straßenseite war gut besucht und die erste Welle von bärtigen Hipstern und ihren Freundinnen mit flaumigen Achselhöhlen hatte bereits die meisten der Tische im Außenbereich besetzt. Eine besonders einfallsreiche Bohnenstange von einem Mann hatte eine Gitarre mitgebracht in der Hoffnung, die Anwesenden würden seinen Koffer mit Münzen füllen. Dem schrillen Krächzen nach zu urteilen, das von seinem Instrument über die Straße schallte, würde es sehr lange dauern, bis er auch nur genug Geld für einen Kaffee verdient hatte.

Den Kuchen balancierend arbeitete ich mich wie bei einem Kinderhüpfspiel durch meinen Vorgarten und merkte mir die Stellen, an denen der neue Rasen nicht gut anwuchs. Einer der Büsche, den Grace Kim zu Konfetti verarbeitet hatte, schien sich besonders gut zu erholen und bildete an seinen verstümmelten Zweigen neue grüne Triebe. Ich tätschelte ihn im Vorbeigehen. Obwohl die Gärtner ihn am liebsten entfernt hätten, hatte ich darauf bestanden, ihm eine Chance zu geben. Wir waren beide Überlebende. Auch wenn es dem Busch zurzeit besser zu gehen schien als mir. Meine Seite schmerzte etwas, da ich wegen des dichten Verkehrs sehr lange im Auto gesessen hatte und meinen verspannten Beinen versprach ich eine Runde Jogging, nachdem ich den Kuchen abgestellt und die Katze gefüttert hätte.

All diese Pläne gingen den Bach runter, als hinter mir eine Autotür zugeschlagen wurde und ich mich umsah – wobei ich so kurz nach dem Angriff auf Claudia noch stets mit Gefahr rechnete. Das vor meinem Haus geparkte Auto wirkte wie ein Mietwagen – ein unscheinbarer beiger Metallklotz mit zwei Türen, den niemand mit einem Hauch von Persönlichkeit für sich selbst gekauft hätte.

Mein Blick ruhte nicht lange auf dem Auto. Nein, was mich plötzlich erstarren ließ, einen mit Plastik bedeckten Kuchen umklammernd, als wäre er ein

Teddybär, war der junge Mann, der um die Rückseite des Fahrzeugs herumging. Sein Gesicht ähnelte meinem ein wenig und war ein beinahe exaktes Echo von Mikes.

Er war schlaksiger als Mike und überragte ihn vermutlich auch um einige Zentimeter. Mit seinen Doc Martens, den pechschwarzen Jeans und einem mit den Worten *L'Arc-en-Ciel* bedruckten grauen T-Shirt hätte er perfekt zu den Hipstern auf der anderen Straßenseite gepasst, nur dass sein kinnlanges schwarzes Haar mit roten Strähnen sauber wirkte und sein Kinn glatt rasiert war. An seinen Armen war kein Zentimeter seiner milchweißen Haut zu sehen, denn sie waren mit Tätowierungen bedeckt, die sich von seinen Handgelenken bis unter seine kurzen Ärmel zogen. Die leuchtenden Farben der Motive gingen so nahtlos ineinander über, dass ich in einigen Fällen kaum erkennen konnte, was sie darstellten.

Er kam näher, bis ich erkennen konnte, dass wir den gleichen Mund hatten. Ich musste gegen den Drang ankämpfen, ihm den Kuchen ins Gesicht zu werfen. Es war ein guter Kuchen, denn niemand konnte backen wie Claudia. Trotzdem hätte ich ihn in diesem Moment beinahe geopfert. Ich war nicht bereit. Nicht nach der Woche, die ich hinter mir hatte, dem Abend, den ich am Vortag erlebt hatte … und dem Tag, den ich damit verbracht hatte, durch Blut und die schmutzige Wäsche anderer Menschen zu waten.

„Hallo, Kenjiro." Er blieb vor mir stehen. Seinen Gesichtsausdruck konnte ich nicht deuten, doch durch seine Augen huschte ein Hauch von Freundlichkeit. „Ich bin …"

„Ich weiß, wer du bist. Ich habe nur nicht … mit dir gerechnet." Es war die Untertreibung des Jahrhunderts, aber wie Bobby es mir gesagt hätte, war es an der Zeit, meine Eier zu finden und ein Mann zu sein. Ich deutete mit dem Kinn in Richtung Haus und sagte: „Tja, da du schon mal hier bist, Ichiro, kannst du auch für ein Stück Kuchen reinkommen und mir sagen, was du hier willst."

13

ER WAR nicht das, was ich erwartet hatte. Genau genommen war er *absolut nicht das, was ich erwartet hatte.* Die Tattoos, die silbernen Ringe an seinen Fingern und das dunkelrot-rußige rebellische Haar waren … eigenartig und ganz und gar nicht Teil des Bildes, das ich mir im Kopf vom jüngsten Sohn unserer Mutter gemacht hatte. Ich wusste nicht, was ich sagen sollte, als er mir beim Schneiden des Kuchens zusah und die Lippen schürzte, während er das leuchtende Blau betrachtete. Es war seltsam, Teile von Mike und mir an einem anderen Menschen zu sehen.

„Ich glaube nicht, dass ich schon mal frische Blaubeeren gegessen habe." Obwohl sein Englisch praktisch fehlerlos war, besaß es einen merkwürdigen Einschlag, anders als bei Jae. Es war nicht schwer zu verstehen. Nur anders. Ich fragte mich, ob meine Mutter wie er geklungen hatte. Ob ich diese ungewöhnliche Sprachmelodie ebenfalls übernommen hätte, wenn ich damit aufgewachsen wäre. „Zumindest nicht in einem Kuchen. Er riecht gut."

„Claudia, meine … Sie ist eine Art Tante für mich. Sie hat ihn gebacken", antwortete ich. Der Moment war beinahe zu heimelig, um wahr zu sein. Nachdem ich zwei Stücke auf Tellern platziert hatte, stellte ich diese auf einem der Tabletts ab, die Jae gern benutzte, und füllte zwei Tassen mit Kaffee aus der Maschine. Anschließend warf ich einige aus meinem Büro gestohlene Zuckertütchen und Dosen mit Kaffeesahne auf das Tablett und deutete mit dem Kinn in Richtung Wohnzimmer. „Geh vor, da rüber."

Neko gesellte sich zu uns. Ich hätte es gern auf meine ausgezeichnete Gesellschaft geschoben, doch in Wahrheit leckte sie nur gern Sahne aus den Döschen. Ich öffnete eins für sie, stellte es auf die Truhe und streichelte ihr Fell, während Ichiro seinen Kaffee zubereitete. Als sie sich näherte, um seine Tasse unter die Lupe zu nehmen, kraulte er sie unter dem Kinn und lächelte lediglich, als die verdammte Katze seine Annäherungsversuche zurückwies und sich stattdessen wieder ihrer Sahnedose widmete.

Ich schaltete die Anlage ein, ohne sie allzu laut zu stellen, und durchsuchte Playlists, bis ich eine von Jaes gefunden hatte. Als das vertraute Plätschern koreanischen Gesangs das Zimmer erfüllte, wich die Anspannung aus meinen Schultern und meinem Rücken. Ich ließ G-Dragon über seine verrückten Buntstifte heulen und setzte mich wieder, nachdem ich Nekos Schwanz von meinem Kuchen entfernt hatte.

„Es gefällt mir, dass du sie Neko genannt hast." Er lehnte sich mit der Tasse in den Händen zurück und musterte seinen Kuchen.

„So hieß sie schon." Vermutlich klang ich wie ein Arschloch. Ich wusste immer noch nicht, woher so plötzlich diese höfliche Einladung zum Kuchen gekommen war. Ich schob die Schuld auf Jaes Einfluss. Ich selbst war jedenfalls nie der Typ gewesen, der in Reifrock und Perlen Besuch empfing. Über ihn hätte ich das natürlich auch niemals gesagt. Nicht laut. „Wir arbeiten noch an unserer Beziehung. Ich erwarte von ihr, ein Haustier zu sein. Sie erwartet von mir, ihr Sklave zu sein. Wir bemühen uns um einen Kompromiss."

„Dann viel Glück dabei, Bruder." Er salutierte mit der Kaffeetasse.

„Was diese Brudersache angeht …" Ich konnte mich nicht auf meinen Kuchen konzentrieren, was schade war, weil ich eigentlich eine Schwäche für Blaubeeren hatte. Na gut, eine Schwäche für jegliche Art von Kuchen, aber Blaubeeren standen ganz oben auf der Liste. „Wie lange beschäftigen wir uns noch mit höflichem Small Talk, bevor du mir verrätst, warum du hier aufgetaucht bist?"

„Kommt darauf an." Er schürzte die Lippen und dachte kurz nach. „Nach amerikanischem oder nach japanischem Maßstab?"

„Wie lange würde das Ganze auf japanische Art dauern?"

„Dann würden wir vermutlich hier sitzen, bis einer von uns Großvater ist. Lass es uns lieber amerikanisch versuchen … wie wäre es dann?" Ichiro grinste und in diesem Moment konnte ich seine Ähnlichkeit mit mir nicht verleugnen.

„Dann würdest du dich für den Kuchen bedanken und danach könnten wir zum Thema übergehen."

„Also gut: Danke für den Kuchen, *Oniisan*, er schmeckt köstlich." Er hob eine Gabel mit Blaubeeren, wie um mir zuzuprosten, bevor er sie in den Mund schob und genüsslich kaute. „Wo fangen wir an?"

„Du weißt, dass ich dich nicht sehen will … sehen wollte." Mit einem tiefen Atemzug bemühte ich mich, die widersprüchlichen Gefühle in meinem Innern zu entwirren. Ich schob meinen Teller von mir, lehnte mich zurück und rieb mir das Gesicht. Letztendlich entschied ich mich für unverblümte Ehrlichkeit. Es ärgerte mich, dass er ein netter Kerl war. Ich war auf ein spießiges Arschloch vorbereitet gewesen und der freundliche Typ mit den Tattoos hatte mich aus dem Gleichgewicht gebracht. Dabei wollte ich eigentlich wütend sein. „Ich weiß nicht … was ich mit dir anfangen soll. Tut mir leid. Ich bin einfach nicht bereit dafür. Für dich."

„Mikio hat mich gewarnt, dass du direkt bist. Genau genommen hat er ‚ungehobelter Kerl' gesagt." Es entlockte mir ein zaghaftes Lächeln. „Oh, diesen Namen benutzt du wahrscheinlich gar nicht für ihn. Dann Mike. Es ist schwer, so von ihm zu denken. Und dich sehe ich in meinem Kopf nicht als Cole. Du warst mein Leben lang nur Kenjiro."

„Dann … wusstest du also von uns?"

Ich war nicht sicher, was ich davon halten sollte, dass unsere Mutter jemandem von uns erzählt hatte – und dann noch unserem Bruder, den sie mit einem anderen Mann gehabt hatte. Sie konnte nichts über mich gewusst haben. Mir war nicht bekannt, dass sie jemals Kontakt zu meinem Vater gehabt hätte.

Soweit ich wusste, hatte sie ihre Sachen gepackt und war gegangen, ohne sich auch nur umzusehen. Vermutlich hatte ich in meinem letzten Augenblick mit ihr noch Muttermilchersatz hochgewürgt und nichts als verschwommene Umrisse wahrgenommen.

„Ich wusste von euch", bestätigte Ichiro mit einem Nicken. „Manchmal hat sie über euch geredet. Obwohl sie euch zurücklassen musste, hat sie an euch gedacht. Und so habe ich auch an euch gedacht."

„Es … tut mir leid, dass sie gestorben ist." Das war die Wahrheit. Ganz egal, was Ryoko McGinnis-Tokugawa für mich sein mochte, sie war *seine* Mutter gewesen.

„Es war schwer", gestand er leise. „Sie war nie ein starker Mensch. Und als der Krebs kam, war es fast, als hätte sie sich ihm ergeben. In vieler Hinsicht war sie eher wie mein Kind als ich ihres. Filigran. So könnte man sie vielleicht nennen. Mein Vater ist sehr traditionell. Ich glaube, das hat ihr das Leben leichter gemacht. Ich bin eher das Gegenteil. Wahrscheinlich fragt sich mein Vater immer noch, wo ich herkomme und wie er mich dorthin zurückgeben kann."

Eine solche Frau hätte mit meinem Vater nicht lange überlebt. Meine Stiefmutter Barbara konnte sich wenigstens gegen den Wichser behaupten. Sie stand ihm in nichts nach, wenn es darum ging, ein Arschloch zu sein. Jemand wie Ryoko hätte keine Chance gehabt.

„Hat sie uns deshalb verlassen? Meinen Vater verlassen? Weil es hier zu schwer für sie war?" Es war die drängendste Frage in meinem Kopf. Ich begriff einfach nicht, wie eine Frau ihre Söhne im Stich lassen konnte. Es beschäftigte mich seit Ichiros Anruf vor einigen Wochen. Das *Warum* ließ mir keine Ruhe, hatte sich in mein Gehirn gefressen und wie eine Klette an meine Gedanken geheftet.

„Zu leben war nicht leicht für sie." Er griff nach seiner Tasse, schien jedoch eher nach einer Beschäftigung für seine Hände zu suchen, als etwas trinken zu wollen. „Wenn sich ein Paar scheiden lässt … wo ich herkomme … übernimmt ein Elternteil das Sorgerecht für die Kinder. Normalerweise hat der andere Elternteil dann keinen Kontakt mehr zu ihnen. Oder nur selten. Man wird … in das Familienstammbuch eingetragen. Der abwesende Elternteil hat dann nichts mehr zu sagen."

„Man verschwindet einfach aus dem Leben seiner Kinder?"

„Ja, weil man nicht länger mit ihnen verbunden ist … an sie gebunden. Es ist eine sehr … rituelle Sicht der Dinge. Aber meine Mutter hätte es so gesehen." Ichiro nahm eine Blaubeere von seinem Teller und aß sie, spülte sie mit einem Schluck Kaffee hinunter. „Selbst wenn sie es nicht gewollt hätte, hätte sie euch bei eurem Vater zurückgelassen, weil man es bei uns eben so macht. Sie war sehr japanisch. Ich kann nur vermuten, dass es sich so zugetragen hat."

„Hat mein Vater irgendetwas getan? Oder hat sie ihn nur nicht mehr geliebt?"

„Ich weiß es nicht. Über euren Vater und die Gründe für die Trennung hat sie nie geredet. Aber wie ich meine Mutter – unsere Mutter – kenne, wäre es ihr schwergefallen, außerhalb ihrer Heimat zu überleben." Er schüttelte den Kopf. „Sie war nicht stark, Kenjiro ... Cole. Körperlich. Seelisch. Sie brauchte immer jemanden. In vieler Hinsicht war sie wie ein kleines Mädchen. Der Beruf eures Vaters muss ihr zugesetzt haben. Ich kann mir nicht vorstellen, dass sie hier lange durchgehalten hätte. Aber sie hat euch mit sich getragen. So viel von euch, dass ich euch kennengelernt habe."

Er schob den Ärmel seines T-Shirts hoch, um mir mehr von seinem rechten Arm zu zeigen. Der blasse Ton seiner Haut war vollkommen von bunten Farben und tiefem Schwarz verbannt worden. Von der Schulter bis zum Handgelenk zog sich ein Motiv, das drei Tiere und Naturelemente zeigte.

Auf seinem Oberarm saß eine asiatisch stilisierte Ratte, deren Fell einige leuchtend rosafarbene Kirschblütenblätter zierten. Weiter unten galoppierte ein Schlachtross in voller Rüstung an seinem Ellbogen vorbei und sein im Wind wehender Schweif streifte die leuchtend bunten Federn eines Hahns. Zwischen den Tieren befanden sich die exotisch gefiederten blauen und gelben Blätter weiterer Blüten.

„Das ist das Geburtsjahr unserer Mutter. Ich habe es für sie machen lassen. Der Entwurf stammt von mir, aber gestochen hat es mein Ausbilder." Er zeigte auf die Ratte und lächelte erneut, jedoch weicher und wehmütiger als zuvor. „Sie war sehr jung, als sie mit eurem Vater fortgegangen ist. Noch keine achtzehn und wirklich nicht sehr wie die Ratte. Die meisten im Jahr der Ratte geborenen Menschen passen sich leicht an eine neue Umgebung an. Unsere Mutter ... konnte es nicht. Sie konnte es nicht ertragen, fern von ihrer Heimat zu sein. Ich glaube, deshalb ist sie letztendlich zurückgegangen."

Er sprach von einer Frau, die für mich nicht mehr existiert hatte. Soweit ich gewusst hatte, war Ryoko McGinnis bei meiner Geburt oder kurz danach gestorben. Hatte mich nie in den Armen gehalten ... niemals meinen Namen gesagt. Nun saß hier ein Mann mit meinem Mund und Mikes Augen und sagte mir, dass sie an mich gedacht hatte ... an meinen Bruder ... selbst nachdem sie uns bei unserem Vater zurückgelassen hatte.

„Das Pferd – das ist Mikio. Soweit ich es nach unseren Gesprächen sagen kann, ist er wirklich ein Pferd. Sehr energisch. Sehr gerissen. Ich mag ihn. Er macht einen starken Eindruck."

„Du hast ihn noch nicht getroffen?" Verwirrt starrte ich den Bruder an, von dem ich nie gewusst hatte. „Ich dachte, du wohnst bei ihm, während du hier bist."

„Ich bin einen Tag eher gekommen", gab er leise zu. „Ich wollte dich kennenlernen. Mit meinem Bruder reden, der solchen Schmerz zu spüren scheint. Nur wir beide. Ohne Mikio, der uns zusammenschieben möchte. Er scheint die Dinge gern unter Kontrolle zu haben. Eben sehr das Pferd, oder?"

„Keine Ahnung. Weder Mike noch ich sind besonders japanisch. Echt, bevor ich meinen ... Jae kennengelernt habe, waren Instantnudeln und Sushi zum Mitnehmen das Asiatischste, was ich erlebt hatte." Ich stocherte wieder in meinem

Kuchen herum, zog mit der Gabel eine Beere aus seinen Innereien. „Jae ... Ein Freund von mir hat mal was über die Tierkreiszeichen erzählt, aber ich habe nicht besonders aufmerksam zugehört."

Hauptsächlich weil ich gerade damit beschäftigt gewesen war, ihm seine Jeans auszuziehen und an seinem Bauch zu saugen.

Ichiro berührte die Stelle, wo der lange Pferdeschweif in die leuchtend roten Schwanzfedern des Hahns überging. „Das bist du, Kenjiro. Der Hahn. Von euch beiden hat sie sich um dich mehr Sorgen gemacht. Darüber, dass euer Vater zu oft mit euch umziehen würde. Hähne sind gesellige Wesen. Sie brauchen Menschen um sich, ihre langjährigen Freunde. Sie hat gefürchtet, du hättest nur Mikio als deinen Freund gehabt."

„Er ist nicht der schlechteste Freund", gestand ich. „Wenn man ihm erst mal abgewöhnt hat, einen herumzukommandieren."

Ichiro grinste. „Ich habe schon erlebt, wie er mich gedrängt hat. Es ist nicht leicht, sich dagegen zu wehren."

„Als wir jünger waren, hat ein kräftiger Tritt in die Eier geholfen. Jetzt kann ich das nicht mehr machen. Er hat eine Frau. Wenn ich zu viel Schaden verursache, können sie am Ende keine Kinder bekommen." Ich betrachtete die Motive auf seinem Arm, wusste nicht, was ich als Nächstes sagen sollte. Schließlich fragte ich: „Warum hast du dir diese Tattoos machen lassen?"

„Eure Tierzeichen?" Als ich ein „Ja" hervorbrachte, schürzte er nachdenklich die Lippen. „Weil ich euch nicht kannte ... nicht bei mir hatte. Aber ich wollte euch bei mir haben ... wollte unsere Mutter bei mir haben. So hatte ich das Gefühl, euch nahe zu sein. Ihr seid meine Brüder. Meine Familie. Auch wenn ich euch nicht kannte, wart ihr bei mir. Klingt das irgendwie nachvollziehbar?"

„Ja, das tut es."

Meine Beschämung machte die süßen Blaubeeren in meinem Mund sauer. Die Farben seiner Tattoos verschwammen vor meinen Augen und auch hektisches Schlucken schien den Klumpen aus Gefühlen nicht aus meiner Kehle entfernen zu können. Ich musste den Blick abwenden, konzentrierte mich auf einen losen Knopf an einem der Kissen. Neko, die mit ihrem Kopf gegen meinen Arm stieß, riss mich schließlich aus meinen Gedanken. Ich hob den Blick und stellte fest, dass Ichiro mich mit ruhiger Miene ansah. Seine Hand lag noch auf seinem Arm, strich über die unter seiner Haut festgehaltenen Bilder. Ohne unsere Gesichter zu kennen, hatte er sich so viel von uns gegeben, wie er konnte – mythische Wesen, abgeleitet von unserem Geburtsjahr und unserem Platz in seinem Leben.

Wäre es wirklich so furchtbar, einen zweiten Bruder zu haben? Wäre es so schlimm, noch jemanden zu haben, dem ich mich zuwenden konnte, wenn mein Leben mich zu sehr unter Druck setzte? Es gab nur eine Möglichkeit, es herauszufinden. Die eine Prüfung, die ein Familienmitglied für mich bestehen musste. Einige leise gemurmelte Wörter und schon würde ich wissen, ob Ichiro ein Teil meines Lebens werden konnte.

„Hat Mike … Mikio dir gesagt … dass ich schwul bin?" Mein Atem schien zwischen meiner Kehle und meiner Lunge festzustecken. Ein Pfad aus Angst brannte sich durch meinen Magen. Doch ich sah meinem Bruder in die Augen und verfolgte, wie er das Gesagte verarbeitete.

Er fuhr sich mit den Fingern durchs Haar – eine weitere meiner Angewohnheiten, die bei jemand anderem so vertraut und zugleich beunruhigend wirkte. Selbst seine Hände waren zu sehr wie meine eigenen. Alles an ihm war zu viel von mir, zu viel von Mike. Es fiel mir schwer, zwischen den Ähnlichkeiten und Ichiros Eigenheiten die Spreu vom Weizen zu trennen.

„Wie viel weißt du über Japan, *Oniisan?*" Ichiro rutschte auf dem Sofa nach vorn, bis er ganz am Rand saß und mit der Hand mein Knie berühren konnte. Ich zuckte zusammen, hatte nicht mit den Fingern auf meinem Bein gerechnet.

„Ich weiß, dass Sushi nicht immer roh ist und dass man keinen Instant-Reis benutzen sollte", antwortete ich mit einem Schulterzucken. „Dann ein bisschen Geschichte, vor allem ein ziemlich stinksaures und angefressenes Gefühl zum Thema Atombomben, und eine seltsame Vorliebe für eine großköpfige Katze mit Schleife. Also nicht viel."

Ichiro lachte, ein heiseres, vor Fröhlichkeit überschäumendes Geräusch. „Sanrio gehört die Seele Japans. Da bin ich mir sicher."

„Die stellen die Katzen her?" Als er nickte, schnaubte ich. „Die Dinger machen mir Angst. Jedes einzelne. Ihre Köpfe sind so verdammt riesig."

„Ich glaube, das ist eine Frage der Gewohnheit. Oder man muss ein bisschen verrückt sein. Japanische Frauen lieben sie jedenfalls." Das Lachen wich aus seinem Gesicht und er wurde wieder ernst. Er strich sich mit den Händen über die Arme und erklärte: „Was ich mit meinem Körper getan habe … wie ich mein Leben auf meiner Haut trage … wird in Japan nicht begrüßt. Zu viele Menschen verbinden Tätowierungen mit Gewalt … mit Kriminalität. Ich kann kein öffentliches Badehaus besuchen und wenn ich mit freien Armen in die U-Bahn steige, weichen die Leute vor mir zurück. Obwohl dort ein solch dichtes Gedränge herrscht, vermeiden sie es, mich zu berühren. Ihrer Ansicht nach trage ich Gewalt auf meiner Haut und die meisten Japaner beunruhigt das sehr. Ich *verstöre* sie, indem ich meine Kunst auf meiner Haut trage."

„Das ist doch verrückt." Ich biss mir auf die Lippe, als ich meine Worte plötzlich aus Jaes Perspektive hörte. „Entschuldige, ich bin manchmal zu … amerikanisch. Es fällt mir manchmal schwer, etwas objektiv zu betrachten. Was ist mit deiner Familie dort? Die weiß doch hoffentlich, dass du nicht so bist."

„Mein Vater ist …" Er hielt inne, atmete tief durch. „Meine ganze Familie hat sehr traditionelle Ansichten. Sie ist stolz darauf. Angefangen bei meinem Urgroßvater glauben sie alle, dass unser Stammbaum rein japanisch bleiben sollte, frei von nichtjapanischem Einfluss und Erbe. Für sie bin ich eine Abscheulichkeit, eine … kulturelle Verirrung. Wer ich bin … was ich auf meiner Haut trage … was ich aus meinem Leben mache … distanziert mich von ihnen. Ihre Türen sind mir verschlossen. Im Haus meines Vaters werde ich nur widerstrebend toleriert, und falls es ihm gelingt, mit seiner neuen Frau einen weiteren Sohn zu zeugen, wird er mir sicher augenblicklich den Rücken zukehren. Also kann ich nachvollziehen, wie es für dich ist, dass man dich dafür verstößt, wer du bist … wer du sein musst."

„Aber du hast dir das *ausgesucht*", wandte ich ein und deutete auf seine Tattoos. „Du hättest dir das nicht antun müssen."

„Im Leben kann man sich nicht alles aussuchen. Dass du Männer liebst, hast du dir nicht ausgesucht, nicht in deinem Innern", antwortete er leise. „Aber könntest du dein Leben ohne Männer in deinem Bett führen? Ja. Du hättest dein Verlangen nach Männern tief in dir begraben und dich an Frauen halten können. Wärst du dann glücklich gewesen? Vermutlich nicht. Dein wahres Ich hätte dich von innen her aufgefressen und dein Blut mit Selbsthass vergiftet, bis dir der Gestank deiner verfaulenden Seele den Atem geraubt hätte."

Ich nickte, von seinen Worten gefangen. „Also hast du das Gefühl, du hattest keine Wahl. Dass du nichts anderes sein könntest als … dieses … du."

„Ja. Ich kann … werde niemand anders sein, als ich es bin." Mit einem einnehmenden Lächeln dämpfte er ein wenig die Bitterkeit unseres Gesprächsthemas. „Tokugawa Ichiro, Schöpfer von Tattoos und geschmähter Sohn seiner Familie."

Es war verwirrend. Er war absichtlich davon abgewichen, was man von ihm erwartet hatte … wie man sich ihn erwartet hatte. Dagegen hatte sich ein kleiner Teil von mir lange gewünscht, nicht so geboren worden zu sein, und hatte die Normalität meiner Neigung verleugnet. Er war wie ein bösartiger Krebs in meinem Innern gewesen, eine Sehnsucht, die aus gesellschaftlichem Druck entstanden war … aus der Ablehnung meiner Eltern … und einem angeborenen Bedürfnis, schlicht … *normal* zu sein. Denn schwul zu sein, selbst wenn es mit einer so tief empfundenen Liebe verbunden war, wie ich sie bereits erlebt und erwidert hatte, war noch immer nicht *normal*. Ich hasste es, so zu fühlen. Hasste es, wie das flüsternde Verlangen, wie alle anderen zu sein, sich in mein Glück schnitt. Das Leben wäre leichter gewesen, wenn ich … hetero wäre.

Nur wäre ich dann nicht ich gewesen.

Für nichts in der Welt hätte ich die Berührung von Jaes Mund auf meiner Haut eingetauscht und allein der Gedanke daran, ihn bald wieder zu berühren, brachte mein Herz zum Klingen. Das *Normal*, mit dem ich stets verglichen wurde, war eben nicht *meine* Normalität. Und sie würde es niemals sein. Was für mich normal war, war nicht schlechter als alles andere, und wer das nicht einsehen wollte, es nicht verstehen wollte, der konnte mich mal.

Vielleicht war Ichiros Entscheidung wirklich nicht so frei gewesen, wie ich geglaubt hatte.

„Wie kam es dann dazu? Warum hast du dich … *dafür* entschieden?" Es kam mir so trivial vor. Tattoos waren hier etwas Gewöhnliches ohne besondere Bedeutung und bei manchen Personen, wie zum Beispiel einem Mitarbeiter des Hipster-Hippie-Cafés gegenüber, erwartete man sie beinahe als eine Art

Bestätigung ihrer Persönlichkeit. Im Prinzip hatte Ichiro sich dazu entschieden, seine eigene Version von schwul zu sein, sich aus seiner Familie auszugrenzen. „Wenn du wusstest, wie scheiße deine Familie darauf reagieren würde, warum hast du es getan?"

„Ich habe mich entschieden, meine Haut und die anderer Menschen mit Tinte zu verzieren, weil es … mich anspricht. Ich sehne mich danach, mit meiner Kunst einen Teil eines Menschen aus seinem Innern auf seine Haut zu bringen. Tätowieren bedeutet für mich, das Herz einer Person zu berühren und sie kennenzulernen, um dann ein Stück davon auf ihr zurückzulassen." Sein Schulterzucken war so elegant wie ein Vogel, der sich in die Lüfte erhob und zum Horizont schwebte. „In dieser Hinsicht sind wir also gleich, *Oniisan*. Du liebst Männer, ich liebe Tattoos. Wir haben die Entscheidung getroffen, zu leben, wie wir sind … nicht wie andere uns gern hätten. Die Frage ist also, Cole Kenjiro, kannst du mich akzeptieren, wie ich bin, während ich lerne, dasselbe bei dir zu tun?"

WIR EINIGTEN uns darauf, dass wir beide Zeit brauchen würden, um einander kennenzulernen. Als Erstes mussten wir daran arbeiten, wie wir einander nannten. Er bevorzugte Ichi und ich war niemals Kenjiro gewesen. Mike musste das selbst regeln. Wenn er nicht widersprach, würde er vermutlich bis an sein Lebensende Mikio das Pferd bleiben. Ich hatte mich erkundigt, ob ich ihn auch einfach als dummen Esel betrachten könnte, weil ein solcher doch fast so etwas wie ein Pferd sei. Ichi hatte geantwortet, er könne es überprüfen, aber vermutlich werde es eher nicht als Pferd durchgehen. Zumindest nicht, wenn es nach Mike ginge.

Bei vielen Dingen ähnelte er mir so sehr, aber bei einigen waren wir grundverschieden. Mike würde es jedenfalls nicht leicht haben, ihn herumzukommandieren, wie er es früher bei mir getan hatte. Maddy würde ihn lieben. Ich brachte ihn zu seinem Mietwagen und gab ihm eine bessere Wegbeschreibung zum Haus von M&M als das Navigationsgerät. Die 405 zu meiden, während dort die großen Straßenarbeiten stattfanden, war das Wichtigste. Keinem der Geräte gelang es, bei seinen Berechnungen ausreichend zu berücksichtigen, was für absolute Arschgeigen bei der Stadt für die Straßen zuständig waren.

Gerade als Ichi einstieg, hielt Bobbys Pick-up vor dem Haus. Mein angeblich bester Freund starrte den Arsch meines jüngeren Bruders an, als er in sein Auto kletterte. Dann musterte er mit eindeutigem sexuellen Interesse die langen Beine und beugte sich sogar kurz vor, um noch einen Blick auf Ichis Gesicht zu erhaschen.

„Nicht schlecht." Er stieß beim Näherkommen einen anerkennenden Pfiff aus, während Ichi davonfuhr. „Hast du dich doch von deinem …"

„Schnauze. Das war mein *Bruder*." Ich stieß ihm einen Ellbogen in die Rippen und schob ihn in Richtung Haus. „Und nein, ich habe nicht vor, mich von Jae zu trennen, du dämlicher Idiot."

503

„Ist ja schon gut." Er stieß einen weiteren leisen Pfiff aus, während er mit in die Taschen seiner Jeans geschobenen Händen den Weg zu meinem Haus entlangging. „Aber verdammt, deine Mutter hat ein paar hübsche Jungs in die Welt gesetzt."

„Ich dachte, Asiaten sind nicht dein Typ."

„Ich kann auch mal eine Ausnahme machen." Bobby grinste und zwinkerte mir zu. „Habe ich ja bei dir auch."

Ich hatte den Rest des Kuchens bereits für später beiseitegestellt und hatte nicht vor, Bobby welchen anzubieten, nachdem er Ichi so angeglotzt hatte. Da er ohnehin mehr an einem kalten Bier interessiert war, schob er Claudias abgedeckten Kuchen zur Seite und holte stattdessen zwei Flaschen Guinness Black Lager aus dem Kühlschrank. Nachdem er eine geöffnet hatte, nahm er einen kleinen Schluck und ließ ihn seinen gesamten Mund durchspülen.

„Hat etwas von … Kaffee", entschied er, während er mir die andere Flasche reichte. „Gefällt mir."

„Toll. Wenn du mein Bier magst, kann ich ja heute Nacht beruhigt schlafen." Ich öffnete mein Guinness und schlurfte ins Wohnzimmer, um wieder meinen Platz auf der Couch einzunehmen. „Was führt dich her?"

„Ich wollte nur nach dir sehen." Er ließ sich auf das andere Ende des größeren Sofas fallen, womit er Neko bei ihrer Wäsche unterbrach. Nachdem sie ihm dafür einen übellaunigen Blick zugeworfen hatte, stampfte sie über die Kissen zu mir, um meinen Schoß mit ihren Pfoten zu bearbeiten. „Wollte mich nach deinen Fortschritten bei diesem dämlichen Fall erkundigen, in den du dich so verbissen hast. Es sei denn, du willst lieber über deinen heißen Bruder reden …"

„Nein, über Ichi wird nicht geredet", erstickte ich den Vorschlag im Keim. „Er ist nicht schwul. Und selbst wenn er es wäre, würde ich deine perversen Fantasien trotzdem nicht hören wollen."

„Er kann es nicht wissen, bevor er es ausprobiert hat." Angesichts des Blicks, den ich ihm daraufhin zuwarf, wäre er beinahe an seinem nächsten Schluck Bier erstickt. „Okay, Prinzessin, ich halte mich zurück. Es war doch nur ein Scherz."

„Mir geht gerade genug Mist im Kopf rum, Kumpel", erklärte ich leise. „Noch mehr davon kann ich nicht gebrauchen, verstehst du?"

„Ja, ich weiß." Bobbys Stimme wurde sanft und er beugte sich vor, um mich mit einer Hand in eine halbe Umarmung zu ziehen. Die Berührung fühlte sich gut an. Auch wenn er sonst eher der raue Typ war, konnte Bobby hervorragend umarmen. Mir war nicht klar gewesen, wie nötig ich es hatte, bis sein Arm auf meiner Schulter lag. Er nahm mir das Bier aus der Hand, um es neben seinem auf der Truhe abzustellen, bevor er mich beinahe auf seinen Schoß zog, damit er mich besser umfassen konnte. „Du musst dich im Moment mit vielem rumschlagen, Kleiner. Bist du sicher, dass du weiterhin diese Wahrsagergeschichte auf dich nehmen willst?"

Während ich so an Bobby lehnte, drang sein Herzschlag durch meine Schulterblätter bis in meine Brust. Ich warf ein Bein über die Armlehne des Sofas, um bequemer sitzen zu können, und dachte darüber nach, ob ich den Fall aufgeben konnte.

„Ha, diesen Gesichtsausdruck kenne ich." Bobbys leises Lachen dröhnte durch meinen Rücken. „Du schaffst es nicht, das Ganze einfach hinter dir zu lassen, stimmt's?"

„Nein, wahrscheinlich nicht", gab ich zu. „Es macht mich so wütend, dass jemand direkt vor meinen Augen diese junge Frau getötet hat. Es macht mich so verdammt wütend ... nicht nur, dass sie sterben musste ... sondern auch, dass sie jemand ihrer Mutter weggenommen hat. Und weshalb? Niemand weiß es. Das ist alles so verdammt furchtbar, Bobby. Ich kann es nicht einfach auf sich beruhen lassen. Das wäre weder Vivian noch Madame Sun gegenüber fair."

„Und was hast du jetzt vor?" Er griff nach seiner Bierflasche und reichte mir meine, wobei mir einige der kondensierten Wassertropfen ins Gesicht fielen. Mit einem bösen Blick in seine Richtung wischte ich sie fort. Es brachte mir lediglich sein typisches arrogantes Grinsen ein.

„Ich weiß es nicht. Die ganze Sache ist so verwickelt. Alles hängt irgendwie zusammen. Eun Joon Lee und May Choi waren Madame Suns Klientinnen, stehen aber auch in Verbindung mit Gyong-Si. Lee als seine Kundin und Choi hat denselben Nachnamen wie er. Mir hat nicht gefallen, wie nervös er wurde, als ich ihn über sie ausgefragt habe. Vivian Na war Madame Suns Tochter, aber nicht die ihres Mannes, also gibt es auch da Konflikte. Vivian war mit einem Mann namens Park Hong Chul zusammen, dem Enkel des dritten verstorbenen Klienten von Madame Sun, Bhak Bong Chol."

„Aber der Typ wurde doch nicht ermordet", wandte Bobby ein.

„Nein, aber wer weiß schon, was wirklich passiert ist? Vielleicht ist man von einem Herzstillstand ausgegangen und hat nicht nach anderen Ursachen gesucht. Eigentlich wollte ich bei Wong wegen der Autopsie nachfragen, aber ... es kam eben einiges dazwischen." Das Lager schmeckte kühl und kräftig und kam mir noch kräftiger vor, als mir bewusst wurde, dass ich abgesehen von einigen Bissen Kuchen noch nichts gegessen hatte.

„Ich kann rausfinden, was Dell zu dem toten Typen von heute hat. Wenn es bei ihm eine Verbindung zu Gyong-Si oder diesem Park gibt, hilft dir das vielleicht."

„Danke. Ich muss einfach Ordnung in das Ganze bringen, Bobby. Zu vieles passt nicht zusammen. Wir wissen, dass Lee schwanger war, aber sind nicht sicher, ob das Kind von ihrem Mann stammt. Gyong-Si ist dafür bekannt, dass er es unter dem Vorwand seiner ‚Behandlung' mit seinen Kundinnen treibt, also könnte es sein Kind gewesen sein. Aber die wichtigste Frage bei diesem Durcheinander ist ... warum? Warum sterben all diese Menschen? Das ist es, was wirklich keinen Sinn ergibt."

„Geld oder Sex – sind das nicht die ersten Motive, die man sich ansieht?" Er schaute nachdenklich auf mich herab. „Der einzige Teil mit Sex bei der Sache ist dieser scheinschwule Gyong-Si. Wenn Choi vielleicht gar nicht seine Nichte oder so war, sondern auch nur eine Frau, mit der er es getrieben hat? Vielleicht sogar mit Vivian?"

„Die Vorstellung ist irgendwie krank", antwortete ich. „Na ja, das liegt wohl vor allem daran, dass ich ihren Tod so … hautnah miterlebt habe. Aber trotzdem, warum sollten sie sterben, nur weil sie mit Gyong-Si geschlafen haben? Weil ihn jemand ganz für sich allein will? Ich habe den Kerl gesehen. Für den tötet man nicht."

„Nicht jeder will dasselbe, Kleiner. Du magst koreanische Jungs …"

„Einen. Einen koreanischen Jungen", korrigierte ich ihn. „Was den Geldblickwinkel angeht, sehe ich bei diesem Fall nichts. Niemand scheint aus den Morden Gewinn zu schlagen. Hätte eine der verstorbenen Personen eine millionenschwere Lebensversicherung abgeschlossen, wäre es der Polizei aufgefallen. Nein, um Geld geht es hier anscheinend nicht."

„Zumindest nicht offensichtlich. Hat Gyong-Si es wirklich nötig, sich an Suns Klientinnen ranzumachen? Es klingt nach einer richtigen Fehde zwischen den beiden."

„Ja, sie haben in Korea bei dem gleichen Wahrsager-Meister-Typ gelernt." Ich setzte mich so plötzlich auf, dass ich beinahe mit dem Kopf gegen Bobbys Kinn stieß. „Verdammt, Madame Sun sagt, Vivian sei nicht das Kind ihres Mannes gewesen. Was wäre, wenn sie Gyong-Sis Tochter war? Vielleicht will jemand aus irgendeinem Grund Gyong-Sis Verwandte aus dem Weg räumen. Was meinst du?"

„Meine Meinung zählt nicht", murmelte Bobby. „Hier geht es darum, was du meinst, Kleiner. Du bist derjenige, der das Schattenmonster jagt."

„Ich meine, dass es zu viel gibt, dem ich nachjagen muss." Mein Magen erinnerte mich mit einem Knurren daran, dass Blaubeeren und ein Bier kein gutes Abendessen waren. „Na komm. Lass uns was Essbares auftreiben. Danach schmeiße ich dich raus und frage nach, was mein koreanischer Junge heute Abend vorhat. Selbst wenn es nur Telefonsex ist, ziehe ich ihn jederzeit deiner Gesellschaft vor."

14

MEINEN TELEFONSEX bekam ich nicht. Tiff und Jae waren in eine lange Diskussion vertieft und er hatte lediglich schnell eine Nachricht geschickt, als sie kurz im Badezimmer war. Das Versprechen eines baldigen gemeinsamen Essens und ein *Saranghae* waren alles, was ich bekam. Es reichte. Ich war mehr als bereit, mir bei einer Dusche mit Jaes Seife einen runterzuholen.

Ich hätte es im Bett getan, aber dort wäre die Katze gewesen und hätte mir zugesehen, was einfach zu seltsam gewesen wäre. Sie hatte bereits einen Zehenfetisch. Ich wollte ihr nicht die Gelegenheit geben, sich auf andere Körperteile zu fixieren.

Doch trotz der langen Zeit, die ich damit verbracht hatte, mir meine Hand als Jaes Mund vorzustellen, fühlte ich mich beim Aufwachen, als wäre meine Haut zu eng für meinen Körper, und hatte das dringende Bedürfnis, noch vor dem Ende der Woche wieder tief in ihm zu sein. Oder zumindest noch einen Kuss zu bekommen. Nach dem Zähneputzen hätte ich alles für das kleinste Küsschen von ihm gegeben.

Als ich mein Büro aufgeschlossen und Kaffee gekocht hatte, war meine Sehnsucht nach Jae zu einer lästigen Verstimmung abgeflaut, mit der ich einige Stunden leben konnte. Nach meiner ersten Tasse tintenschwarzen Kaffees fühlte ich mich beinahe bereit für den Tag. Ich schaltete den riesigen Laptop ein, von dessen Anschaffung Jae mich überzeugt hatte, und betrachtete mein Diagramm für Madame Suns Fall.

Um ehrlich zu sein, sah es aus, als hätte das fliegende Spaghettimonster einen Dreier mit zwei Kraken gehabt. Ich holte mir einen zweiten Kaffee, diesmal mit einem Schuss Espresso für etwas mehr Wucht, und machte es mir für einen langen Morgen der Entwirrung dieses verfluchten Fadenspiel-Falls gemütlich.

Zumindest hatte ich das vor, bis Detective Dexter Wong hereinspazierte, um mir einen verbalen Tritt in den Hintern zu verpassen.

„Was zum Teufel hast du am Sun-Tatort von O'Byrne gemacht?"

Die freundlichste Begrüßung war es nicht. Genau genommen war sie sogar verflixt unhöflich, ganz egal, ob man nun Ichis oder meinen Maßstab heranzog.

„Hey, Dex." Ich hob grüßend meine Kaffeetasse. „Schön, dass du vorbeikommst. Willst du auch einen oder erstickst du lieber weiter an deiner eigenen Wut?"

„Komm mir nicht so, McGinnis. Sie war kurz davor, mich aufzufressen wie *Char Siu Bao* beim Sonntagsfrühstück", brummte er, stampfte aber zur Kaffeemaschine hinüber. „O'Byrne will wissen, warum du dich in unseren

Ermittlungen herumtreibst und warum ich dir dafür nicht ins Knie geschossen habe oder so."

„Weil das LAPD nicht viel davon hält, auf unschuldige Bürger zu schießen?", schlug ich vor und grinste, als er mir über seine Schulter hinweg einen bösen Blick zuwarf. „Ich war dort, weil ich Sun mein Beileid aussprechen wollte. Dass Vivian ihre Tochter war, wusste ich bis dahin nicht. O'Byrne anscheinend auch nicht."

„Egal, warum du dort warst, es hat sie sauer gemacht. Sie hat kaum was aus Sun rausbekommen, bis du reinspaziert bist und dann war da plötzlich eine koreanische Gang und vielleicht sogar ein Serienmörder. Ihren schnell abgehakten Fall von Notwehr hast du damit zu Kleinholz verarbeitet. O'Byrne mag es nicht kompliziert und du, mein Freund, bist eine wandelnde Komplikation. Sie betrachtet dich als Gefahr für die Öffentlichkeit."

„Sie ist doch nur sauer, weil ich an Informationen gekommen bin, die sie noch nicht hatte. Klar macht es die Sache komplizierter, dass Na Madame Suns Tochter war. Aber du musst zugeben, dass es jetzt so aussieht, als wäre Madame Sun nicht nur paranoid. Anscheinend will wirklich jemand die Menschen in ihrem Umfeld beseitigen."

„Jemand anders als O'Byrne hätte mich auch nicht so zusammengestaucht", sagte Dex und ließ sich auf Claudias Stuhl nieder. Er wippte ein wenig darauf, während er seinen Kaffee trank, was den Stuhl zum Quietschen brachte. „Sie ist eine gute Polizistin, aber verdammt dickköpfig. Der Captain ist vor Freude außer sich, weil sie zu uns versetzt wurde. Ihre Aufklärungsquote ist rekordverdächtig."

„Kumpel, nach Jenkins würde *jeder* die Aufklärungsquote in die Höhe treiben." Dass ich diese offensichtliche Tatsache aussprach, quittierte er lediglich mit einem Augenrollen.

„Um die unsterblichen Worte des großen Sunzi zu zitieren: Du kannst mich mal."

„Ich kann mir nicht vorstellen, dass er das jemals gesagt hat."

„Ich habe es umschrieben", antwortete er mit einem nicht besonders freundlichen Lächeln. „So ziemlich alles, was er gesagt hat, lässt sich mit *Der da kann mich mal* oder *Die anderen da können mich mal* zusammenfassen. Lies die Übersetzung."

„Du bist also extra hergekommen, um mir zu sagen, dass Sunzi im Grunde der ganzen Welt gesagt hat, sie könnte ihn mal?" Ich hatte eine Liste mit Aufgaben angelegt, die Mo und Sissy nach ihrer Ankunft erledigen sollten, weil ich selbst plante, auf die Suche nach Vivian Nas Freund zu gehen. Das musste Wong allerdings nicht wissen. Er hätte sich nur darüber beklagt, dass ich mich einmischte und ich hätte seine Warnungen ignorieren müssen.

„Ich bin hauptsächlich hergekommen, um dir zu sagen, dass du dich von dem Fall fernhalten sollst. Vor allem, weil O'Byrne so schlecht auf dich zu sprechen ist. Aber da ich weiß, dass du sowieso nicht auf mich hörst und heimlich weitermachst, wollte ich dich stattdessen nach Informationen fragen, die ich vielleicht noch nicht habe. Einige von Jenkins' Fällen sind auf meinem Schreibtisch gelandet, darunter auch Eun Joon Lee. Also sag mir, was du dazu hast – es ist garantiert mehr als das, was Jenkins in die Akte geschrieben hat."

Ich ging alles durch, was ich herausgefunden hatte, einschließlich meiner Vermutungen. Dex ließ mich reden und stieß nur hin und wieder ein Brummen aus, als wäre er Schauspiellehrer und ich ein Schüler, der ihm eine mäßige Darbietung von Hamlets Monolog präsentierte. Als ich zu dem Teil mit Gyong-Si kam, der Frauen schwängerte, verschluckte er sich beinahe an seinem Kaffee.

„Er steht auf meiner Liste von Leuten, mit denen ich reden möchte. Ich habe am Telefon mit ihm gesprochen und da ... stimmte etwas nicht. Als wäre er *zu* schwul. Nichts als grelle, blinkende Neonlichter", sagte Wong nachdenklich. „Also täuscht er es nur vor? Zieht eine große Show ab? Das ist es, was du glaubst?"

„Ich habe schon Kerle getroffen, die – in Ermangelung eines besseren Wortes – noch mehr *femme* waren als er. Daran ist ja auch nichts Schlimmes. Aber es war ein Teil von ihnen. Manche Männer *sind* eben so." Ich legte nachdenklich den Kopf schräg. „Aber Gyong-Si? Er ist wie eine Plastikkopie. Ich glaube, er hat sich Eigenschaften ausgesucht, die ihn schwul wirken lassen, und übertreibt damit völlig."

„Aber warum sollte er das tun?", fragte Wong und stieß einen Zeigefinger gegen den Tisch. „Haben Koreaner nicht oft Probleme mit dem Schwulsein? Warum präsentiert er sich also auf eine Weise, die ihm Ärger einbringen könnte?"

„Wir wissen nicht, wie er sich in seiner Heimat gegeben hat." Mein Einwand versetzte ihn nicht in Begeisterung. „Sieh es mal so: Er hat da drüben bei einem berühmten Wahrsager gelernt. Hätte er damit nicht quasi das goldene Ticket für die Süßigkeitenfabrik? Warum hat er all das weggeworfen, um herzukommen, wo er klein anfangen und sich erst einen Ruf aufbauen musste? Er muss vor irgendetwas geflohen sein. Ich weiß nur nicht, wovor – oder wen ich danach fragen könnte."

„Warum ist denn Sun hergekommen?", fragte Dex. „Das ergibt doch genauso wenig Sinn wie bei ihm, sie hatte hier doch auch keinen Ruf."

„Weil ihr Sohn hier ist", erklärte ich. „Aber Gyong-Si hat hier, zumindest soweit ich weiß, keine Verwandtschaft. Er verheimlicht etwas ... und ich glaube, dass es mit seiner angeblichen ‚Sextherapie' zusammenhängt. Ich würde wetten, dass er damit in Seoul in Schwierigkeiten geraten ist. Hier bei uns gibt es viele Koreaner, unter denen er seine Klienten finden kann und indem er den schwulen Mann spielt, ist er abgesichert, während er von Blüte zu Blüte fliegt, um es mal so auszudrücken. Die Ehemänner gehen beruhigt davon aus, dass er nicht an ihren Frauen interessiert ist und wenn diese auf die angeblichen Heilkräfte seines schwulen besten Stücks hereingefallen sind, laufen sie anschließend eher nicht zu ihren Männern, um ihnen zu erzählen, dass sie es mit dem Wahrsager getrieben haben. Vielleicht reden sie sich ein, dass es nicht allzu anders als eine Massage oder Pediküre ist."

„Viele Vermutungen, aber nicht auszuschließen." Wong schürzte die Lippen. „Warum bist du so sicher, dass er den Schwulen nur spielt?"

„Weil es mir sein sehr hübscher schwuler Assistent verraten hat." Gegen meinen Willen musste ich lächeln. „Ernsthaft, der Typ ist *scharf*. Selbst *du* würdest ihn angraben. Aber Gyong-Si tut es nicht."

„So scharf, dass du Jae-Min vergessen hast?"

„Mann, ich bin vielleicht … habe vielleicht Jae, aber …" Beinahe hätte ich „vergeben" gesagt. Doch ich hatte es heruntergeschluckt, da ich auch jetzt noch nicht sicher war, ob Jae die Sache zwischen uns wirklich so fest sah. Ohne näher auf das mangelnde Interesse meines Schwanzes an Terry einzugehen, fuhr ich fort: „Aber ich bin nicht tot. Schauen darf ich immer noch."

„Ich weiß nicht, McGinnis. Viele Beweise gibt es für diese Vermutungen nicht."

„Eigentlich wollte ich herausfinden, ob Gyong-Si noch andere Frauen getäuscht hat, aber mir kam einiges dazwischen. Ich hatte gehofft, dass andere Klientinnen die Aussage des Assistenten bestätigen könnten. Und Lees Mann wäre da auch noch. Ich hatte geplant, ihm einige Fragen zu stellen."

„Lass mich das machen", unterbrach mich Wong. „Das kann ich von meiner Seite aus erledigen. Ich muss ihm sowieso die Frage stellen, ob er von der Schwangerschaft seiner Frau wusste. Wenn ja – und wenn er wusste, dass es nicht sein Kind war –, gäbe es da ein Motiv."

„Und verrätst du mir, was du rausfindest?"

„Tust du es denn?", konterte er. „Ich kenne dich nämlich, Cole. Selbst nachdem dir jeder gesagt hat, dass du dich verdammt noch mal zurückziehen sollst, machst du einfach weiter. Hatten wir die Diskussion nicht schon einmal? Sogar öfter als einmal?"

„Ja", räumte ich ein. „Aber ich verspreche, dass du alles bekommst, was ich ans Licht bringe."

„Und wenn es darum geht, jemanden dingfest zu machen?"

„Du bist auf einer Kurzwahltaste. Und ich werde ausschließlich Nummernschilder und Adressen in meinem Notizbuch dingfest machen." Ich hob die Hand wie zum Schwur und bemühte mich, möglichst aufrichtig zu wirken. In Wahrheit ging es mir vor allem darum, nicht wieder angeschossen zu werden. Es tat nämlich verdammt weh. „Jetzt erzähl mir, was du weißt."

„Viel ist es nicht." Er brachte den Stuhl erneut zum Quietschen. „Du weißt ja, dass Na mit einem koreanischen Gangster namens Park Hong Chul liiert war. Auf der Straße heißt er C-Dog. Ein kleiner Fisch. Für all das Gerede über seine Bandenaktivitäten gibt es in der Hinsicht wenig zu sehen. Keine Festnahmen. Keine häusliche Gewalt oder sonstige Gewaltdelikte und keine direkten Verbindungen zu diesen. Allerdings hat er eine Gruppe von gleichgesinnten, treuen Freunden, zu der bisher auch ein gewisser Darren Shim zählte. Leider hatte Mr. Shim gestern eine unglückliche Begegnung mit einer schweren Vase, weshalb es in C-Dogs Rudel nun einen Streuner weniger gibt."

„Hattest du die Gelegenheit, dich mit Park zu unterhalten?"

„C-Dog. Den Namen hat er sich sicher hart erarbeitet und er ist so originell", schalt mich Wong. „Und nein, er steht auf O'Byrnes Schikanierliste. McGinnis, vergiss nicht, dass der einzige Ort, an dem eine Verbindung zwischen diesen Fällen besteht, der primitive Teil deines kleinen Gehirns ist. Wir anderen müssen damit wie mit echten polizeilichen Ermittlungen umgehen. Zumindest habe ich jetzt Lee und Choi, und da dort tatsächlich eine Verbindung durch die Wahrsager besteht, kann ich diese Leute jetzt damit belästigen, ohne dass der Captain durchdreht, weil ich jemandem auf den Schlips treten könnte."

„Geh nur vorsichtig mit Sun um", murmelte ich und trank meinen letzten Schluck Kaffee. „Sie hat gerade ihre Tochter verloren."

„Jeder auf meiner Liste hat jemanden verloren, McGinnis", antwortete er ernst. „Und ich will den Mistkerl finden, der dafür verantwortlich ist, bevor wir weitere verlieren."

ICH BRAUCHTE einen Zugang. Genau genommen brauchte ich einen Koreaner, vorzugsweise einen, der sich in gewissen zwielichtigen Gegenden herumtrieb und eventuell Kontakte zum Untergrund besaß. Praktischerweise kannte ich einen. Zwar war ich nicht glücklich darüber, dass es ihn in die unsichere Dunkelheit zog, hatte es jedoch schon vor langer Zeit aufgegeben, ihn davon abhalten zu wollen. Jetzt kam mir Jaes Vorliebe für das Umherkriechen in der Gosse – sowohl im wörtlichen als auch im übertragenen Sinne – sehr gelegen.

Wenn ich ihn davon überzeugen konnte, mir zu helfen.

„Hallo?" Er antwortete schon nach dem zweiten Klingeln. Ich betrachtete es als gutes Zeichen. Der mürrische Tonfall war eher ein schlechtes, aber damit musste ich umgehen.

„Hi, was machst du gerade?"

„Wieso?" Sein kolossaler Seufzer traf mein Ohr wie eine Flutwelle. „Was willst du?"

„Dich", murmelte ich.

„Cole-ah …" Ein weiterer Seufzer, der allerdings anders klang, angefüllt mit Verheißungen und Verführung. „Manchmal weiß ich nicht, was ich mit dir machen soll."

„Wirklich nicht? Dieser Typ namens Vatsyayana hat nämlich ein Handbuch verfasst, das dabei helfen könnte", schlug ich vor, während ich mich auf meinem Stuhl zurücklehnte. „Na gut, an einigen Stellen müssten wir vielleicht so tun als ob, aber das meiste dürfte klappen. Du bist ziemlich gelenkig."

„Meine Schwester ist hier", erinnerte er mich, auch wenn sich unter dem Tadel noch ein wenig heisere Sinnlichkeit verbarg. „Also was willst du *wirklich*?"

511

„Ehrlich gesagt könnte ich deine Menschenkenntnis gebrauchen – also das bisschen, was du davon hast." Jae zu necken machte immer Spaß, denn er reagierte mit empörten kleinen Lauten, die nach einem wütenden Kätzchen klangen. Auch diesmal wurde ich nicht enttäuscht, als einige davon aus meinem Handy drangen.

Dann verlangte er ungeduldig: „Ärger mich nicht, Cole-ah."

„Nein, ernsthaft, ich brauche dich." Ich gab ihm einen kurzen Überblick über die Situation und erklärte, dass ich nun Park Hong Chul finden musste, besser bekannt als C-Dog.

„Und jetzt glaubst du, dass ich dir irgendwie Zugang zu Kriminellen verschaffen kann?"

„Er ist ja nicht ernsthaft kriminell. Wer hat als junger Mensch nicht mal ein paar Dummheiten gemacht? Laut Wong hat er nie etwas Schlimmes verbrochen. Und mir ging es vor allem darum, dass du mit vielen Leuten in Koreatown redest", erklärte ich. „Vielleicht kennst du jemanden, der jemand kennt? Er ist nicht ernsthaft polizeibekannt, also weiß auch niemand, ob es feste Orte gibt, an denen er sich herumtreibt. Und wenn wirklich einer seiner Jungs Vivian Na erschossen hat, bevor ihm der Schädel eingeschlagen wurde, hält er sich sicher erst recht zurück. Wenn er sich davon distanzieren will, wird er ungern darüber reden."

„Das … könnte ich mir vorstellen", stimmte Jae zu. „Und wie kann ich da helfen?"

„Indem du mir … Vertrauen verschaffst?" Ich bemerkte, dass ich angefangen hatte, in mein Notizbuch zu kritzeln – hauptsächlich Jaes Namen in *Hangul*. Es sah noch ziemlich mies aus, aber eines Tages würde es mir gelingen. „Ich habe eine Adresse, aber es ist die seiner Mutter. Ich will nicht beim Haus seiner Mutter auftauchen, um ihn auszufragen, ohne jemanden dabeizuhaben, der Koreanisch spricht. Vielleicht müssen wir uns mit seinen Eltern unterhalten und da möchte ich mit einem möglichst guten Eindruck beginnen. Ich *könnte* natürlich auch Bobby mitnehmen, aber …"

„Um Gottes willen. Wenn ihr zwei etwas zusammen macht, muss ich euch wieder auf dem Polizeirevier abholen", brummte er. „Ich würde ja mitkommen, aber Tiff ist hier. Ich möchte nicht, dass sie alleine ist."

„Was ist mit den Freunden, die sie letztens besucht hat?"

„Da geht sie nie wieder hin." Jaes Knurren weckte meinen Schwanz, den ich daran erinnerte, dass er noch warten musste. „Sie kam nach Hause und hat nach Gras und Bier gerochen. Ich werde sie alle finden und umbringen. Tiff sagt, sie hätte nichts gemacht, aber ich glaube es nicht. Gott, ich werde alt. Ich will nicht, dass sie solche Sachen macht."

„Sie ist deine Schwester. Da darfst du ruhig mal alt sein. Weißt du was, bring sie doch einfach her", schlug ich vor. „Vielleicht kann sie sich mit Mo und Sissy anfreunden. Sie sind gute Kinder. Und ansonsten habe ich immer noch Cola im Kühlschrank und ein paar Spielekonsolen."

„Ich weiß nicht." Jae zögerte. „Ich will sie nicht einfach in deinem Büro abladen …"

Aus dem Hintergrund hörte ich seine Schwester brüllen: „Hat er vernünftiges Internet?"

„Scheiße, stimmt ja. Du hast in deinem Betonklotz kein WLAN." Jaes Fluch ging beinahe in meinem Gelächter unter. „Mit deinem Laptop gehst du nur übers Kabel rein."

„Für mich hat das gereicht", beschwerte er sich. „Ich brauche es nur für die Arbeit. Aber wenn man die Verbindung aufteilen möchte, reicht die Geschwindigkeit anscheinend nicht aus, um Folgen von *Sungkyunkwan Scandal* herunterzuladen. Ich hatte nie Probleme. Wenn ich etwas Großes hochladen muss, lasse ich einfach alles über Nacht laufen."

„Mann, bring sie einfach rüber", beschwatzte ich ihn weiter. „Sie kommt schon klar. Im Besprechungsraum gibt es sogar einen richtig großen Flachbildschirm. Da kann sie sich ihr … was es auch sein mag ansehen."

„Sie packt schon ihre Tasche." Die an mein Ohr dringenden Verkehrsgeräusche ließen mich vermuten, dass er vor die Tür seines Kaninchenbaus getreten war. Dann hörte ich das Schaben eines Streichholzes und ein lautes Ausatmen. Wenn er ankäme, würde er nach Nelken riechen. „Ich weiß nicht, wie sehr ich dir bei Park Hong Chul helfen kann."

„Er hat keine Vorstrafen wegen Gewalt", antwortete ich. „Vielleicht fühlt er sich wohler, wenn er mit jemand … Koreanischem reden kann. Außerdem kennst du die Gegend. Falls wir schnell verschwinden müssen, weißt du, wo die Notausgänge sind."

„Das klingt nicht gerade beruhigend, Cole-ah."

„He, ich hoffe doch nur, dass wir uns an irgendeinem kleinen dunklen Ort verstecken müssen. Wenn er klein genug ist, müssen wir uns vielleicht nahekommen, um Platz zu sparen."

„Und lass mich raten – du bringst auch Gleitgel mit, falls es zu eng ist?"

„Jae, Liebster", flüsterte ich mit verführerischer Hitze in der Stimme, „deine Enge ist immer genau richtig für mich."

DREI TEENAGER in einen Raum zu stecken ist ein bisschen wie dieses Experiment mit der Flasche Cola und den Mentos. Tiff und Sissy taxierten einander still, während Mo dazwischen zu schwanken schien, zu seiner Schwester zu halten oder das hübsche koreanische Mädchen kennenzulernen. Letztendlich siegten Hormone über Familienbande und er überquerte als Erster die unsichtbare Grenze, indem er ihr anbot, ihr einen Eiskaffee oder Ähnliches vom Café gegenüber zu besorgen.

Tiffany Kim ähnelte Jae weit weniger, wenn man sie von vorn sah und ihr das Haar nicht ins Gesicht hing. Obwohl sie etwas kleiner war, besaß sie jedoch einen ähnlichen Körperbau mit langen, schlanken Beinen, die sie mit ihrer Jeansshorts vorteilhaft präsentierte. Das Tanktop, das sie trug, gehörte diesmal sicher nicht ihrem Bruder, denn der pinkfarbene Stoff war mit Strass verziert, der die Form dieser großköpfigen, mundlosen Katze nachbildete, die mich zu verfolgen schien.

„Das Ding ist mir unheimlich", flüsterte ich Jae ins Ohr. Er roch gut. Ich hatte das Bedürfnis, seine Wange oder seinen Hals zu küssen. Seine Haut auf meiner Zunge zu schmecken war eine der größten Freuden im Leben und es war schon zu lange her, dass mein Mund ihre seidige Oberfläche berührt hatte.

„Was? Welches Ding?" Er sah sich verwirrt um.

„Das Katzending, das sie trägt. Sieht aus, als würde es sein Essen mit ein paar Fava-Bohnen abrunden."

Die Mädchen nahmen Kontakt auf, schienen ihr Territorium und ihre Ansprüche geltend zu machen, bis sich plötzlich ein strahlendes Lächeln auf Sissys Gesicht legte. Tiffanys steife Haltung änderte sich und sie ließ die vor der Brust verschränkten Arme sinken. Soweit ich es verstand, war Sissy großer Fan einer Serie, die Tiffany ebenfalls schaute – ihre Worte waren zu einem Gemisch aus Koreanisch und Englisch mit einer kräftigen Prise Quietschen und Kichern geworden.

Innerhalb weniger Minuten diskutierten sie wie beste Freundinnen über koreanische Fernsehserien und die furchtbaren Übersetzungen der Streaming-Dienste. Bevor Jae und ich noch einige Grundregeln für die Zeit unserer Abwesenheit aufstellen konnten, waren sie dabei, Tiffs Laptop aufzubauen und den Nachmittag zu planen.

„Ich behalte die Tür im Auge", sagte Mo, der sich mit einem kleinen Tablett mit Kaffeebechern an der Gittertür vorbeischob. Er murmelte ein Danke, als ich sie für ihn aufhielt. „Normalerweise hat Sissy nur Hyunae, mit der sie sich dieses Zeug ansehen kann."

„Hyunae?", fragte Jae leise. „Das ist Marcels Freundin, oder? Wir haben sie im Krankenhaus getroffen."

„Genau." Ich legte beinahe einen Arm um Jae, hielt mich jedoch zurück, als mir Tiff einfiel. „Ihr habt unsere Nummern. Ruft einfach an, wenn es Probleme gibt. Aber wir müssten in ein paar Stunden zurück sein."

Tiff rollte die Augen, wobei sie Jae ganz und gar nicht ähnelte. Für ein siebzehnjähriges Mädchen schien sie etwas zu viel Sarkasmus und Verbitterung anstelle von Regenbögen und Ponys zu verströmen, doch Jae wirkte deshalb nicht besonders besorgt. Er legte ihr eine Hand auf die Schulter und redete kurz auf Koreanisch mit ihr. Es hätte alles Mögliche sein können, von „Benimm dich" bis hin zu „Keine Sorge, ich lasse ihn nicht seinen Schwanz in meinen Arsch stecken". Ich hatte nicht vor, nachzufragen. Es gab Dinge, die man nicht wissen musste.

Was es auch war, ihre Stimmung schien sich dadurch nicht zu heben. Ihre Augen kreisten erneut durch ihre Höhlen.

Bevor wir uns verabschiedet hatten, waren die Mädchen bereits im Besprechungsraum verschwunden. Mo zuckte mit den Schultern und hob seinen Kaffee zum Abschiedsgruß. „Viel Spaß, Onkel Cole. Ich halte hier die Stellung."

„Falls das Gekicher zu laut wird, mach die Tür zu", riet ich ihm.

„Zumachen? Sch…" Er unterbrach sich, bevor er in meiner Gegenwart fluchte. „Eher zunageln."

15

BEVOR JAE in den Rover steigen konnte, umschloss ich sein Gesicht mit den Händen. Ich presste ihn gegen die Metalltür des Wagens, während ich seinen Mund mit meinem suchte.

Wie ich es mir vorgestellt hatte, schmeckte er nach Nelken, süß und mit Rauch gewürzt, doch da war noch etwas anderes, so einzigartig *Jae*, dass ich es nicht benennen konnte. Ich stellte mir vor, dass Mondlicht wie Jae schmecken musste – ein berauschender Streifen aus Silber in der Dunkelheit. Mondlicht, das auf Espresso schimmerte, denn ich entdeckte noch einen Hauch des Schlucks, den er von Tiffs Caffè Latte stibitzt hatte.

Am liebsten hätte ich den Fall links liegen lassen und ihn in mein ... unser Schlafzimmer gezerrt. Nichts klang besser, als ihn auszuziehen, auf die Matratze zu legen und ihm in aller Ruhe seine leisen Laute zu entlocken.

Jae bewegte sich ein wenig unter meinen Händen, drehte das Gesicht, um mit den Lippen über eine meiner Handflächen zu streichen. Seine Zungenspitze folgte den Linien dort bis zu der Stelle, an der sich Zeige- und Mittelfinger trafen, wo er begann, mit den Lippen zu saugen. Ich wurde steif, als ich mir diesen Mund, diese süßen Lippen an meinem Schwanz vorstellte, während meine Finger sich in schwarze Strähnen krallten.

„Die Kinder können uns wahrscheinlich sehen. Na gut, vielleicht nur Mo." Das waren nicht die verführerischen Worte, die ich mir von den Lippen an meiner Hand gewünscht hatte. Mein Schwanz reagierte angemessen abgeschreckt und ahmte den Fangarm eines toten Kraken nach.

„Das hat auf meinen Schwanz gewirkt, als hättest du mich in eine Schneewehe geworfen. Vielen Dank." Mit einem letzten kleinen Kuss trat ich zurück. Als ich sah, dass sich seine Jeans ebenfalls über seinen Schritt spannten, strich ich einmal mit den Fingerknöcheln darüber und zwinkerte ihm zu. „Behalt das im Hinterkopf. Vielleicht kann ich mich später darum kümmern."

„Perversling", brummte er meinem Rücken zu, stieg aber in den Rover, als ich ihm die Tür aufhielt.

„Schuldig im Sinne der Anklage", gab ich zu. „Aber nur bei dir Jae. Nur bei dir."

DIE GRENZEN von Koreatown verliefen fließend. Ausläufer durchzogen andere Viertel am äußeren Rand, schlängelten sich durch den Strom hispanischer Bevölkerung. Obwohl die Vermont Avenue und der Wilshire Boulevard häufig als die Trennungslinien betrachtet wurden, hatten sich auch außerhalb kleine Inseln

516

gebildet, ein asiatisches Klimpern, das den in der Gegend vorherrschenden Latino-Beat begleitete.

In einer dieser Gegenden befand sich auch Hong Chuls Haus. Es handelte sich um einen Bungalow, auf dessen flachem Dach eine Reihe von tönernen Ingwertöpfen standen. Es war nicht das einzige Haus, auf dem man diese merkwürdige Ansammlung von Küchengeschirr sehen konnte. Fast alle der älteren, auf kleinen Grundstücken dicht gedrängten Gebäude stellten irgendeine Art von Vorratsbehältern zur Schau, mal Keramik, mal abgenutztes emailliertes Metall. Nur dank Jae wusste ich, dass sie der Gärung von Kimchi dienten. Selbst mit diesem Wissen konnte ich mich kaum des Eindrucks erwehren, dass die Bewohner des Viertels sich darauf vorbereiteten, heißes Öl auf Eindringlinge oder lästige Vertreter zu gießen.

Leuchtende Farben beherrschten die Gegend, auch wenn sie nicht annähernd so aggressiv wirkten wie die an Gyong-Sis Bungalow. Das Haus der Parks war grün gestrichen, mit einem Limettenton, der so vermutlich nicht an einem Zitrusbaum vorkam. Die Veranda war beinahe hinter einer Wand aus Pflanzen verborgen, doch die Stufen führten gut erreichbar und strahlend weiß zu einer dunkelroten Eingangstür hinauf. Links neben der Tür ergoss sich ein See aus Hausschuhen. Ein Paar leuchtend pinkfarbene Flipflops mit Blumenmuster stach besonders hervor wie auf einem dunklen Gewässer treibende bunte Fußspuren.

Ich deutete auf die Schuhansammlung, als wir aus dem Rover stiegen, und sprach das Offensichtliche aus: „Hier muss ein Kind wohnen. Vielleicht die kleine Schwester?"

„Vielleicht. Was weißt du über Hong Chul?"

„Nicht viel", gestand ich. „Madame Sun war jedenfalls nicht begeistert von ihm. Es kann natürlich sein, dass sie da nicht gerade objektiv ist. Laut Wong war er in letzter Zeit ein braver Junge. Ich glaube, Suns Sichtweise kann etwas … altmodisch sein. Vermutlich hält sie selbst mich für fragwürdig."

„Bist du ja auch."

Meine Finger sehnten sich danach, ihn zu berühren. Doch wir befanden uns in der Öffentlichkeit in einem koreanischen Viertel. Ich konnte die Entfernung zwischen uns nicht überbrücken. Also ballte ich stattdessen meine Hand zur Faust und bohrte die Fingernägel in meine Handfläche, um durch die Schmerzen das Verlangen zu unterdrücken, seine Haut zu streicheln, bis sie sich vor Erregung rötete.

„Nun, wenn er wirklich ein zwielichtiger Typ ist, der auf uns schießt", fuhr Jae leise neckend fort, „solltest du hoffen, dass er mich dabei umbringt, sonst bekommst du es danach mit mir zu tun."

„Schatz, wenn er auf uns schießt, fange ich die Kugel für dich ab", versprach ich. „Ohne dich könnte ich nämlich nicht leben."

Kaum hatten die Worte meinen Mund verlassen, dachte ich an Rick und eine Nacht, die ich nicht mehr ändern konnte, so sehr ich es mir auch wünschte.

Jae musste etwas bemerkt haben, denn er machte einen Schritt in meine Richtung und näherte sich weit genug, um mir einmal mit den Fingern über den Nacken zu streicheln. Ich hatte es kaum überlebt, Rick zu verlieren. Dasselbe mit Jae zu erleben hätte ich nicht ertragen. Es durfte einfach nicht sein.

„Es wird schon alles gut gehen, Cole-ah." Er kannte mich lange genug … gut genug … um zu wissen, wohin meine Gedanken abgeschweift waren. Seine Berührung beruhigte mich, holte mich zurück in die Gegenwart. „Es wird gut gehen."

Eine aus zwei rissigen Betonstreifen bestehende Zufahrt führte hinter das Haus. Da aus dem Hof laute, metallische Geräusche drangen, beschloss ich es erst dort zu versuchen, bevor ich an die Haustür klopfte. Jae folgte mir wie ein langbeiniges Entchen über die kurz geschnittenen Grashalme, die zwischen den Betonstreifen aufragten. Das Quietschen seiner Turnschuhe und sein neben mir hüpfender Schatten brachten mich zum Lächeln.

Einer der Bewohner des Hauses hatte eindeutig einen grünen Daumen. Etwa zwei Meter der Zufahrt wurden von einem Holzgitter überspannt und ich musste den Kopf einziehen, um den davon herabhängenden grünen Kürbissen auszuweichen. Die Schiebefenster an der Seite des Hauses waren geöffnet und ließen den Duft würzigen Essens entweichen. Es erinnerte mich daran, wie es beim Nachhausekommen roch, wenn Jae in Kochlaune war. Das würzige Aroma seiner Gerichte fehlte mir.

Dass ich Garnelenköpfe aus meinem Eintopf fischen musste, fehlte mir dagegen kein bisschen.

Wie sich herausstellte, kamen die Geräusche aus einer alten Garage, die nur Platz für ein Auto bot. Ihr Rolltor hatte sie an irgendeinem Punkt ihres Lebens verloren und das fehlende Glas eines Seitenfensters war durch eine Sperrholzplatte ersetzt worden. In dem engen Raum war ein junger Koreaner mit kurzem Bürstenschnitt damit beschäftigt, auf ein längliches Stück Stahl einzuhämmern. Hinter ihm erhoben sich aus einem Holzsockel gewundene Metallformen mit rußigen, umgebogenen Enden. Die eindeutig noch im Entstehen begriffene Skulptur ähnelte einer mutierten, verrückten Lotusblüte, die etwas schräg aufragte.

Der Kerl ging mir etwa bis zur Schulter und seine Hände steckten in Schweißerhandschuhen. In einer befand sich eine große Zange, die das Ende des feuerverformten Metallstücks festhielt. Mit der anderen schwang er einen Hammer, der den Stahl bei jedem Schlag zum Klingen brachte. Er besaß grobe Gesichtszüge mit niedrigen Wangenknochen und dicken schwarzen Augenbrauen über einer schiefen Nase. Unter der Haut seines nackten Oberkörpers bewegten sich kräftige Muskeln und bei jedem Schlag zeigte sich ein beeindruckender Bizeps.

Er hatte Tattoos – so anders als Ichiros elegante, fließende Kunstwerke –, die seine Arme und seinen Rücken wie ungleichmäßige blauschwarze Puzzleteile bedeckten. *Hangul* und westliche Schriftzeichen kämpften auf seinen Schultern um die Vorherrschaft. Auf seinen Armen befand sich ein Chaos aus Kreuzen, seltsamen

Symbolen und weiteren *Hangul*. Es war weder eine besondere Ordnung noch ein Grund für die Symbole erkennbar, sondern wirkte, als habe er schlicht das, was ihm gerade durch den Kopf ging, an einer freien Stelle platziert. Die Teile, die ich lesen konnte, verrieten mir, dass er C-Dog aus K-Town war und seine Postleitzahl sehr zu mögen schien, denn diese Informationen waren mit ungleichmäßiger gotischer Schrift auf seinem Bauch festgehalten worden.

Dann wandte er sich ab, um nach etwas hinter sich zu greifen, und was ich auf seinem Rücken sah, raubte mir schlichtweg den Atem.

Der Tiger war an manchen Stellen beinahe einen halben Meter lang und fünfzehn Zentimeter hoch. Mit Schwarz- und Grautönen zog er sich vom unteren Ende seines Rückens hinauf, wobei der Kopf sich in Richtung Hüfte senkte und der Schwanz sich über sein rechtes Schulterblatt wand. Die Krallen seiner Vorderpfoten durchbohrten ein Banner mit einem Datum im Juli, während aus seinem Maul Speichel auf das sumpfige Gras zu seinen Füßen tropfte. Er war wunderschön und passte absolut nicht zum Rest.

Nichts anderes an seinem Körper war auch nur annähernd so künstlerisch. Es war, als wäre der Tiger anderen Bedürfnissen entsprungen. Als wäre er etwas, das er voller Überzeugung auf seiner Haut tragen wollte.

„Park Hong Chul?", rief ich laut genug, um über das Geräusch der Hammerschläge hinweg gehört zu werden.

„Ja? Was wollen Sie?" Er hielt in seiner Arbeit inne und warf uns einen finsteren Blick zu. Sein Unterkiefer schob sich vor und verlieh seinem Gesicht einen trotzigen Ausdruck. Nachdem er Jae und mich kurz gemustert hatte, fügte er knurrend hinzu: „Ich habe schon mit der Polizei geredet. Also was soll das jetzt?"

„Ich gehöre nicht zur Polizei", antwortete ich. „Cole McGinnis vom Detektivbüro McGinnis Investigations. Ich gehe im Auftrag von Madame Sun einigen Angelegenheiten nach."

Hatte er vorher schon argwöhnisch gewirkt, so strotzte er nun geradezu vor Misstrauen. Langsam legte er den Hammer ab, zog die Handschuhe von seinen Fingern und warf sie auf eine Werkbank an der Wand. Auch wenn sie mir nicht besonders hilfreich erschien, reichte ich ihm dennoch eine meiner Visitenkarten. Trotz der Handschuhe waren seine Finger zu irgendeinem Zeitpunkt seiner Arbeit schmutzig geworden und hinterließen schwarzen Ruß auf dem geprägten Papier, als er sie entgegennahm.

Sein Blick streifte Jae, nur um dann für einen längeren Moment zu meinem Freund zurückzukehren. Mit einem Ruck seines Kinns in Jaes Richtung brummte er: „He, Sie kenne ich doch. Sie sind dieser Fotograf. Bei dem Koreafest vor ein paar Monaten hatten Sie was gezeigt."

Ich hörte zum ersten Mal davon, dass Jae seine Fotos ausgestellt hatte. Als ich mich zu ihm umsah, senkte er verlegen den Kopf.

„Nur ein paar Kleinigkeiten." Er besaß den Anstand, mir einen leicht zerknirschten Blick zuzuwerfen. *„Nuna* ist gut mit einem der Veranstalter befreundet. Sie brauchten noch etwas für ihre Kunstausstellung. Es war nichts Besonderes."

„Es hat mir gefallen. Ihr Zeug hat Ecken und Kanten", tat er Jaes Bescheidenheit ab. „Arbeiten Sie nur in Schwarz-Weiß?"

„Zumindest bei dieser Serie", murmelte Jae. Wir würden eine Diskussion darüber haben müssen, dass er mich über seine Fotoausstellungen informierte. „Manchmal arbeite ich auch in Farbe. Kommt darauf an, was ich zeigen möchte."

„Es war cool. Ich hatte gerade nichts fertig, aber vielleicht nächstes Jahr."

Jae mitzubringen war eine fantastische Idee gewesen. Hong Chuls Schultern hatten sich entspannt und er machte nicht mehr den Eindruck, als wollte er uns die Köpfe abreißen. Denn auch wenn er einen Kopf kleiner als ich war, sah er aus, als könnte er Stretch Armstrong spielen. Stahl mit einem Hammer zu bearbeiten schien ein gutes Trainingsprogramm zu sein. Vielleicht sollte ich es Bobby empfehlen. Seine Aufmerksamkeit richtete sich wieder auf mich. „Wenn Sie kein Polizist sind, was machen Sie dann hier? Ich hatte nichts damit zu tun, was bei Sun passiert ist. Mit Darren habe ich seit Monaten nicht ein einziges verdammtes Wort gewechselt."

„Eigentlich wollte ich mit Ihnen auch nicht über Darren Shim reden", sagte ich. „Ich wollte über eine Frau reden, mit der Sie liiert waren. Vivian Na."

Sein unnachgiebiger Gesichtsausdruck schmolz dahin und er atmete hörbar ein. Er schluckte zweimal und blinzelte hektisch, was jedoch nichts daran änderte, dass ihm Tränen in die Augen traten. Dann hörte ich zum zweiten Mal in dieser Woche etwas, das mich schwindlig machte.

„Ich war nicht mit Viv zusammen", sagte er. „Ja, wir standen uns nahe, aber das lag daran, dass sie meine Schwester war."

EINE WINZIGE, rundliche koreanische Großmutter servierte uns heißen Kaffee auf der hinteren Veranda, auf die kaum vier Plastikgartenstühle passten. Jae und Hong Chul sprachen in ehrfürchtigem Tonfall mit der gebeugten alten Frau, als sie Dinge aus der Küche brachte, und standen auf, um ihr zu helfen. Ich verstand kein Wort, aber mein Lächeln musste verständlich genug gewesen sein, denn sie klopfte mir jedes Mal, wenn sie an mir vorbeiwackelte, freundlich auf die Brust.

Geringe Körpergröße schien bei den Parks dazuzugehören, denn nachdem wir alle mit Kaffeemengen versorgt worden waren, die unsere Blasen fluten konnten, bemerkte ich ein kleines Mädchen, beinahe noch im Kleinkindalter, das hinter dem Türrahmen hervorspähte. Ihr feines, schwarzes Haar war wie eine kleine Fontäne zu einem Zopf auf ihrem Kopf zusammengefasst und mit einer Augenschmerzen auslösenden pinkfarbenen Haarklammer befestigt worden. Mit einem schüchternen Lächeln schob sie sich auf die Veranda, betrat vorsichtig die gestrichenen Holzbretter, nur um dann loszurennen und sich hinter Hong Chul zu verstecken.

Einen sichereren Ort als den hinter ihm gab es vermutlich nicht. Er knurrte spielerisch und präsentierte seine kräftigen Armmuskeln, bevor er sie in die Luft hob. Die Großmutter klatschte leise in die Hände und bedeutete dem Mädchen, wieder ins Haus zu kommen, doch Hong Chul winkte ab.

„Schon gut, *Halmeoni*, ich passe auf sie auf." Er platzierte sie auf seinem Schoß und prustete geräuschvoll auf ihren Bauch, was sie zum Kichern brachte. Die Nägel ihrer strampelnden Füße waren in einem ähnlichen Pinkton wie ihre Haarklammer lackiert. Hong Chul zupfte erst an ihren grün karierten Shorts, dann am Saum ihrer violett geblümten Bluse und lachte. „Hast du dich heute selbst angezogen, kleiner Schatz?"

Seine Großmutter sagte etwas zu Jae, das ihn erröten ließ. Dann strich sie mit einem kecken Lachen sein Haar glatt. Nachdem sie noch einen letzten prüfenden Blick auf das Mädchen geworfen hatte, verschwand sie wieder im Haus, ohne die Tür hinter sich zu schließen.

„Sie mag dich", flüsterte ich Jae zu.

„Sie fragt sich vor allem, was ich in dir sehe", konterte er mit einem hitzigen Flüstern. „Sie sagt, du bist zu groß, um ein guter Gast zu sein. Du würdest alles im Haus kaputt machen, wenn du dich bewegst."

„Lügner", beschloss ich, konnte mich jedoch nicht eines leisen Zweifels erwehren. Wenn es doch stimmte und Hong Chuls Großmutter wirklich bemerkt hatte, was zwischen Jae und mir war, würde ich in seiner Gegenwart noch vorsichtiger sein müssen. „Denkt sie wirklich …?"

„Mach dir keine Sorgen. Sie hat mir auch von zwei Enkelinnen erzählt, mit denen sie uns gern verheiraten würde", antwortete Jae. „Ich habe erwähnt, dass du zur Hälfte Japaner bist, aber sie meinte, das spielt keine Rolle. Die zwei werden älter. Sie nimmt jeden, den sie kriegen kann."

„Wie nett. Dann kann ich ihnen ja Ichiro vorwerfen." Bei diesen Worten wurde mir klar, dass ich nicht einmal wusste, ob mein Bruder Single war.

Das kleine Mädchen schien die anfängliche Schüchternheit überwunden zu haben. Mit vor Neugier weit aufgerissenen Augen schob sie sich immer näher an mich heran. Da sich meine Erfahrung mit Kindern auf das Verteilen großer Schokoladenriegel zu Halloween beschränkte, wusste ich nicht, wie ich reagieren sollte, als sie auf meinen Schoß kletterte. Leicht schockiert stieß ich einige hilflose Laute aus und sah flehend zu Hong Chul hinüber, doch dieser war damit beschäftigt, Zucker in sein Getränk zu rühren.

„Lass sie einfach ein bisschen sitzen", riet Jae. „Nach ein paar Minuten wird ihr langweilig und sie klettert wieder runter."

Doch glücklicherweise sah Hong Chul in diesem Moment von seinem Kaffee auf und bemerkte sie auf meinem Schoß. Er klopfte auf seinen Oberschenkel und rief sie zu sich. „*Aish*, Abby, nerv ihn nicht. Komm her, *Halmeoni* hat Saft und Kekse für dich mitgebracht."

Die Bestechung wirkte. Mit der Souveränität einer Turnerin bei den Olympischen Spielen stieg sie von meinem Schoß ab und tänzelte über die Veranda zu ihren Keksen. Hong Chul setzte sie auf den leeren Stuhl neben ihm und reichte ihr einen Kinderbecher. Sie trank geräuschvoll und pustete mit dem Plastikstrohhalm Blasen in ihr Getränk.

„Sie ist süß." Etwas Besseres fiel mir nicht ein. Das letzte kleine Mädchen, das in mein Leben getreten war, hatte dafür gesorgt, dass ich mit einem Pudel vor dem Bauch verhaftet worden war. Sie war ebenfalls süß gewesen und es hatte mir lediglich eine Nacht im Gefängnis und einen wütenden Jae-Min eingebracht.

„Ja, sie ist der Hauptgrund dafür, dass ich versuche, die ganze Scheiße in meinem Leben in den Griff zu kriegen. Ihre Mutter und ich waren vor ein paar Jahren kurz zusammen. Karen wollte noch kein Kind, aber ich konnte nicht … Ich wollte nicht, dass sie es loswird. So bekam ich Abby und Karen hat sich wieder in ihr Partyleben gestürzt", erklärte Hong Chul. „Viv mochte sie – Abby. Karen mochte sie nicht besonders."

„Wie haben Sie …" Es gab keinen eleganten Weg, das Thema anzusprechen, also sagte ich es unverblümt. „Wie haben Sie herausgefunden, dass Sie und Vivian Geschwister waren?"

„Durch meinen Großvater. Beziehungsweise durch seinen Nachlass. Ich habe sein Büro ausgeräumt und dabei Aufzeichnungen gefunden. Viv und ich waren schon vorher Freunde, aber das hat es noch … echter gemacht, verstehen Sie?" Hong Chul griff nach seiner Tasse und rückte seinen Stuhl ein wenig zur Seite, um zwischen Abby und den Stufen zu sitzen, falls sie erneut auf Wanderschaft gehen wollte. Jae und ich murmelten leise Beileidsbekundungen, die er mit einem dankenden Nicken entgegennahm.

„Er kannte Vivian? Von seinen Besuchen bei Madame Sun?", fragte ich.

„Ja. Großvater mochte sie, aber hat mich davor gewarnt, mich mit ihr einzulassen. Ich habe ihm gesagt, so wäre es zwischen uns nicht. Und das stimmte auch. Sie hatte es hier nicht leicht. Vivs Familie in Korea hat sie wie Dreck behandelt. Als sie herausfand, dass Madame Sun ihre Mutter war, wollte sie herkommen, weil sie gehofft hat, hier wäre es besser." Er schüttelte den Kopf, war offensichtlich wegen irgendetwas aufgewühlt. „Sie war zu sehr an Korea gewöhnt, verstehen Sie? Hier ist es anders. Männer sind … sexueller. Sie war eher … konservativ. Nicht bei ihrer Kleidung, aber innerlich. Man hat es ihr nicht angesehen, aber es war so. Händchenhalten war für sie schon eine große Sache."

„Darf ich fragen, wie Sie miteinander verwandt waren?" Irgendwie wusste ich es schon, aber ich wollte es von Hong Chul hören. Abby hatte sich wieder von ihrem Stuhl entfernt, weshalb ich kurz befürchtete, sie würde sich wieder mir zuwenden. Glücklicherweise fand sie Jaes Schoß und seine Sneaker interessanter.

Doch Hong Chul warf einen Blick auf die offene Tür. „Abby", sagte er, „geh und frag *Halmeoni*, ob sie sich Zeichentrickfilme mit dir ansieht, ja?"

Nachdem Jae ihr von seinem Schoß geholfen hatte, winkte sie uns energisch zu, schnappte sich ihren letzten Keks und lief zur Tür, wo sie sich bis zum Knauf streckte, um sie mit sehr ernstem Gesicht hinter sich zu schließen.

„Sie ist wie ein wandelndes Echo", erklärte er. „Ich werde mir wahrscheinlich noch einiges anhören müssen, weil ich in ihrer Gegenwart Scheiße gesagt habe. Erzählt sie dann gleich beim Essen." Hong Chul lachte kurz, dann wurde er wieder ernst. „Gangjun Gyong-Si hat damals in Seoul meine Mutter verführt. Er war der Wahrsager meiner Großmutter und meine *Umma* kam manchmal mit zu ihm."

„Diese Großmutter?" Jae deutete auf das Haus.

„Ja, *Halmeoni* war aufgebracht, aber meine Mutter war noch ein Mädchen. Vielleicht noch keine sechzehn." Er starrte in seinen Kaffee, als könnte er in seinen milchigen Tiefen die Vergangenheit sehen. „Meine Großeltern haben die Hochzeit mit meinem Dad arrangiert und dann sind sie zusammen hergezogen. *Harabeoji* ... mein Großvater ... wollte mich eigentlich nie herausfinden lassen, dass Dad nicht mein richtiger Vater ist. Ich habe ihnen nicht gesagt, dass ich es weiß. Und das werde ich auch nicht. Mein Dad war immer für mich da und liebt Abby über alles. Meine Eltern haben sich große Mühe gegeben, mich zu einem guten Sohn zu erziehen. Dass ich es versaut habe, ist nicht ihre Schuld."

„So sehr können Sie es ja nicht versaut haben, wenn Sie sich so gut um Abby kümmern", wandte ich ein. „Viele Typen wären einfach abgehauen."

„Nee, so einer will ich nicht sein." Er tat es mit einem Schulterzucken ab. „Sie ist meine Tochter ... meine Familie. Um seine Familie muss man sich kümmern. Das gehört sich einfach."

Ich widersprach nicht, obwohl ich ausreichend Erfahrung mit einer Familie hatte, die einen einfach im Stich ließ.

„Woher wusste Ihr Großvater, dass Vivian Ihre Schwester war?", fragte Jae leise.

„Ich schätze, Madame Sun hat es ihm gesagt. Ich habe nicht alles gelesen, was er geschrieben hat. Oft ging es um Leute, die ich nicht kannte und ich konnte nicht alles verstehen. Aber ich habe Vivs Namen gesehen und da weitergelesen. Sie war ungefähr so alt wie ich. Es könnte noch ein paar andere geben. Es war ... schwer, seit *Harabeoji* gestorben ist ... und jetzt Viv ..." Ihm versagte die Stimme und er versuchte es mit einem Husten zu kaschieren. „Wir wussten nicht, dass wir Geschwister waren, bevor Großvater gestorben ist. Aber als wir es erfahren haben ... hat plötzlich alles einen Sinn ergeben. Warum wir eine solche Bindung zwischen uns gespürt haben. Warum sie Abby so mochte."

„Haben Sie diese Aufzeichnungen noch?" Ich beugte mich auf meinem Stuhl vor. „Vielleicht könnten sie ein paar Fragen beantworten."

Seine Miene wurde wieder misstrauisch. „Welche Fragen?"

„Ich möchte herausfinden, wer Vivian getötet hat. Ich war im Café, als sie starb. Ich wollte mich mit ihr treffen, um über Madame Suns Klientinnen zu reden, als plötzlich die Schüsse durchs Fenster kamen." Ich beugte mich weiter vor, senkte meine Stimme. „Es ging schnell, Hong Chul. Ich kann Ihnen sagen, was ich auch ihrer Mutter gesagt habe. Es war ganz schnell vorbei. Sie hat es kaum gespürt.“

„Und Sie glauben, es hat etwas mit Gyong-Si zu tun?“ Er legte den Kopf schief und musterte mich mit unnachgiebigem Blick. Auch wenn Hong Chul offenbar wieder in die Spur gefunden hatte, war es nicht schwer, ihn sich als einschüchterndes Bandenmitglied vorzustellen.

„Es sieht so aus. Bisher stehen alle Verstorbenen auf irgendeine Weise mit ihm in Verbindung.“

„Die Polizei sagt, wahrscheinlich hätte Darren Viv erschossen, aber man weiß nicht, warum. Ich wünschte, James Bahn hätte ihn nicht umgebracht. Ich hätte ihn mir gerne vorgenommen.“ Seine Stimme ließ keinen Zweifel daran, was er mit dem Mörder seiner Schwester vorgehabt hätte. „Wenn doch jemand anders für das Ganze verantwortlich ist, lassen Sie mir ein Stück von ihm übrig. Sie war auch meine Schwester. Verdammt, sie war meine Schwester, bevor ich überhaupt von unserer Verwandtschaft erfahren habe. Ich schulde ihr etwas. Sie war für mich da, als Abby vor einiger Zeit krank geworden ist. Jetzt muss ich auch für sie da sein, verstehen Sie?“

„Darren *könnte* ihr Mörder sein. Ich bin nicht sicher“, gab ich zu. „Aber es muss einen Grund geben. Vielleicht hat ihn jemand beauftragt?“

„Vielleicht. Ja, er hat sie eigentlich kaum gekannt.“ Hong Chuls Blick schien in weite Ferne zu wandern, als er sich zurückerinnerte. „Ich glaube, sie sind sich nur ein- oder zweimal begegnet.“

„Wenn er es nicht war, muss es jemand sein, der uns noch unbekannt ist. Bisher führt alles, was zusammenhängt, zu Gyong-Si zurück“, sagte ich. „Falls Sie etwas haben, das auf jemand anderen hinweist, würde ich es mir gern ansehen. Bevor wieder jemand verletzt wird. Oder getötet.“

„Wenn Sie den Mörder finden, sagen Sie es mir.“ Seine Augen leuchteten vor beinahe religiöser Inbrunst. „Ich möchte nämlich da sein, wenn er gefasst wird. Ich will, dass der Mistkerl dafür bezahlt, was er mir angetan hat ... meiner Familie angetan hat. Und wenn die Polizei nicht dafür sorgt, finde ich jemanden, der das übernimmt.“

16

„ALSO, WAS meinst du?" Ich bog in meine Straße ein. „Sagt er die Wahrheit?"

„Wer? Hong Chul?" Jaes Blick war ungläubig, ganz knapp vor vernichtend. Er hatte in die Unterlagen vertieft dagesessen, die uns von Hong Chul überlassen worden waren, wobei er hin und wieder einen Kommentar zu den Aufzeichnungen des alten Mannes gemurmelt hatte. „Was sollte gelogen sein?"

„Dass er und Vivian Na kein Paar waren." Ich musste bremsen, als einige bärtige Faulenzer auf dem Weg zum Hipster-Café gemächlich über die Straße schlenderten.

„Nein." Jaes Empörung war beinahe greifbar. „Menschen *können* nur Freunde sein. Du und Bobby, ihr seid nur Freunde, oder? Ihr habt nie …" Er verstummte, vermutlich weil seine Gedanken in eine Richtung gingen, die ihm nicht gefiel. Als ich den Mund öffnete, um ihm zu antworten, schob er eine Hand unter mein Kinn, um ihn wieder zu schließen. „Nein, ich will es nicht wissen. Ganz egal, wie es ablief, ich will es nicht wissen."

„Bist du sicher? Es könnte interessant sein." Ich musste grinsen, als er spöttisch schnaubte. „Bobby hat schon die verrücktesten Dinge ausprobiert."

„Ich habe in einem Männerklub gearbeitet. Ich habe ziemlich sicher Dinge gesehen, die Bobby nicht mal einfallen würden."

Die Hipster waren mitten auf der Straße stehen geblieben, vermutlich um sich über Wollpulloverpreise auszutauschen, und nahmen keinerlei Notiz von meinem Rover. Ich musste erst hupen, damit sie sich wieder in Bewegung setzten. Ich bekam nicht eine einzige Entschuldigung. Stattdessen warf das Rudel mir entrüstete Blicke durch die Windschutzscheibe zu und einer besaß die Frechheit, mir seinen Mittelfinger zu zeigen.

Ich hätte in Erwägung gezogen, aus dem Auto zu steigen und mich etwas eingehender mit ihm über seine Geste zu unterhalten, wäre nicht in diesem Moment eine der Cafébesitzerinnen mit den haarigen Achselhöhlen auf die Straße geeilt, um mir entschuldigend zuzunicken und ihre ungesitteten Gäste hineinzuleiten. Sie und Bobby hatten einander bereits einmal die Meinung gesagt – genau genommen hatte Bobby ihr hauptsächlich die Meinung gesagt und sie war hauptsächlich wegen der Lautstärke zusammengezuckt. Vor einigen Wochen hatte es nämlich einer ihrer Stammgäste für eine gute Idee gehalten, auf Bobbys Pick-up zu spucken, als das Grüppchen wie heute beim Überqueren der Straße stehen geblieben war und er hatte warten müssen. Als er gehupt hatte, war Speichel geflogen.

Dann war das Ganze eskaliert. An diesem Tag hatten alle die Lektion gelernt, dass man nicht auf das Auto eines ehemaligen Polizisten spuckte, vor allem nicht, wenn man sich auf dem Weg zu einem Café befand, welches hinter dem Haus einen ganz *besonderen* kleinen Garten kultivierte.

„Die sind sehr … unhöflich.“

„Du, Liebe meines Herzens und meiner Lenden, bist ein Meister der Untertreibung. Sie sind Arschlöcher – das sind sie.“ Ich lenkte den Rover in meine Auffahrt und zu seinem Einstellplatz. Jae hatte seinen Explorer auf der Betonplatte neben meiner Zufahrt geparkt, und als wir an ihm vorbeigingen, überprüfte ich automatisch die Fenster und Reifen. „Aber falls ich eines Tages anfange, irgendetwas über die Jugend von heute zu brüllen, darfst du mich trotzdem ins Altersheim stecken, okay?“

Im Büro war es still, als wir eintraten. Mo saß am Schreibtisch seiner Großmutter und war in etwas vertieft, das wie ein Buch über Integralrechnung aussah und dick genug gewesen wäre, um einen Dinosaurier zu erschlagen. Aus der Tür zum Besprechungsraum, die einen Spalt geöffnet war, drangen Soundeffekte und leidenschaftliches Koreanisch. Verstehen konnte ich kein Wort, aber es klang sinnlich. Ich warf einen Blick auf Jae, der jedoch unbesorgt wirkte.

Nachdem ich die Mädchen zu uns gerufen hatte, gab ich die erste Salve eines für mich hoffnungslosen Kampfes ab. Tiffany einen Stapel Hunderter aus der Portokasse zu reichen, damit sie sich einige Kleidungsstücke kaufen könnte, die nicht mir oder Jae gehörten, war mir in diesem Augenblick eben wie eine gute Idee vorgekommen.

Ihr Bruder schien das anders zu sehen.

Mo tat, was er am besten konnte. Er erfasste die Situation, schob die Mädchen unter verwirrten, missmutigen Protesten aus dem Büro und schloss die Tür hinter sich. Ich machte mir eine gedankliche Notiz, ihm eine Gehaltszulage zukommen zu lassen. Oder ein Auto. Selbst ein Flugzeugträger wäre gerechtfertigt gewesen. Ich hörte Mos und Sissys Auto anspringen und losfahren.

Jae würde mit mir streiten. Ich wusste es bereits, bevor er Luft für den ersten Satz geholt hatte. „Cole-ah …“

„Lass es mich erklären.“ Ich stellte die Geldkassette wieder an ihren Platz und schloss sie ab. „Sie hatte nichts bei sich, stimmt's? Sie hat sogar *meine* Sachen getragen. Wie furchtbar muss das für ein Mädchen in ihrem Alter sein? Also soll sie einfach das Geld nehmen und sich etwas Eigenes kaufen. Wir können uns eine Pizza bestellen und uns die Unterlagen von Hong Chul ansehen.“

„Cole …“ Er gab nicht nach. Dachte nicht im Traum daran. Aber ich hatte noch ein Ass im Ärmel, gegen das er nichts ausrichten konnte.

„Du hast versprochen, dass wir uns um solche Probleme gemeinsam kümmern würden.“ Zugegeben, damit interpretierte ich seine Worte etwas zu frei, doch wenn es mir gelingen würde, ihn hierbei zum Nachgeben zu bringen, würde es den Grundstein für Größeres bilden. Ich musste es ihm vor Augen führen. Früher oder später musste er doch begreifen, dass ich an seiner Seite war. „Vertrau mir. Geld ist im Vergleich zu anderen Dingen ziemlich unwichtig.“

„Ich möchte nicht, dass sie … von deinem Geld abhängig ist." Er atmete geräuschvoll aus und lehnte sich an meinen Schreibtisch. Ich näherte mich, bis er meine Körperwärme spüren konnte. „Es ist nicht …"

„Wir stecken da zusammen drin, Babe, schon vergessen?" Ich senkte meine Stimme zu einem Flüstern. *„Das* ist wichtig. Wenn du etwas brauchst, können wir uns gemeinsam darum kümmern. Und was mein Geld angeht … Kumpel, es ist eben da. Und zwar so viel davon, dass es noch mehr Geld produziert. Ich gebe nicht viel aus. Dieses Haus war mit Abstand das Teuerste, was ich je gekauft habe. Ich bin sogar noch mit meinem alten Rover gefahren, bevor Grace beschlossen hat, ihn in die Luft zu sprengen."

„Ich hasse den Gedanken, dass ich ihr … so etwas nicht geben kann", gestand er endlich und ließ seinen Stolz zerbröckeln. Der stoische Ausdruck, den sein Gesicht bei Auseinandersetzungen zeigte, wich Frustration und etwas Zerbrechlichem, das ich nicht deuten konnte – bis ich begriff, dass er sich schämte, dass es ihn verletzte, seiner Schwester nicht einfach einige hundert Dollar zum Einkaufen geben zu können.

Meine Hand nach ihm auszustrecken war leicht. Ihn an mich zu ziehen war noch leichter. Jae schmiegte sich an mich, presste seinen Körper an meine Brust und schlang die Arme um meine Taille. Sein Kopf unter meinem Kinn fühlte sich gut an und sein Haar, das meine Nase kitzelte, war ein unvergleichlicher Genuss. Es kam mir vor, als brächte seine feste Umarmung meinen ganzen Körper zum Höhepunkt.

„Ich habe kein Geld", murmelte Jae. „Wir hatten nie welches. Was meine Mutter von Onkel bekam, war für Jae-Su. Er hat nicht genug für uns alle geschickt. So viel Geld zu haben wie du … das kann ich kaum begreifen."

„He, glaubst du, da geht es mir viel besser?" Ich küsste sein Haar und streichelte ihm über den Rücken, bis er beinahe schnurrte. „Weißt du, warum ich es bekommen habe?"

„Wegen Ben … weil er auf dich geschossen hat."

Die einzigen Personen, die wussten, warum genau mich die Polizei mit tonnenweise Geld zuschüttete, damit ich nicht redete, waren Mike und Maddy. Vermutlich war es an der Zeit, auch Jae in die Details einzuweihen.

„Gewissermaßen." Ich zögerte. „Also, es war so. Ben ist nach einem unserer Fälle zum Seelenklempner unserer Abteilung gegangen. Er stand echt neben sich. So richtig. Hat zu viel getrunken und zu wenig geredet. Der Captain war eher der Meinung, dass man ein Wörtchen *mit ihm* reden müsste. Der Arzt … ich weiß nicht, was Ben ihm gesagt hat. Niemand weiß es genau. Jedenfalls hat er empfohlen, Ben zu beurlauben. Hat gesagt, dass er etwas Zeit bräuchte, um sich mit einigen Dingen auseinanderzusetzen. Unsere Vorgesetzten sahen das anders."

„Wie lange …" Es fiel ihm schwer, die Frage auszusprechen, als blieben ihm die Worte im Halse stecken. „Bis er …"

527

„Zwei Tage", antwortete ich. „Zwei Tage später hat Ben auf den Psychiater geschossen, als er sein Büro verließ. Er hat überlebt, aber … Ben hat ihn in den Rücken und Nacken getroffen. Die Kugel ist bis in seinen Kopf vorgedrungen. Er kann froh sein, mit dem Leben davongekommen zu sein, aber … er ist seitdem nicht mehr bei klarem Verstand. Und anfangs wusste niemand, dass Ben der Angreifer war."

Wir waren dazu übergegangen, uns aneinanderzulehnen. Ich war nicht mehr nur derjenige, der ihm Kraft gab. Sein Herz schien den Rhythmus von meinem aufzunehmen und wir atmeten gemeinsam, so eng miteinander verbunden, wie es nur möglich war, ohne die Spinne an der Bürodecke mit eindeutigen Szenen zu schockieren.

„Wann hat man es herausgefunden?"

„Es wurde erst ein Zusammenhang hergestellt, nachdem Ben auf uns geschossen hat … Rick erschossen hat. Untersuchung der Kugeln und so. Nur war es dann schon zu spät, etwas zu tun, außer Tränen zu vergießen." Es war schwer, darüber zu reden. Selbst nach drei Jahren tat es noch weh, dass meiner Welt plötzlich nicht nur Rick, sondern auch Ben fehlte, den ich so sehr als Bruder betrachtet hatte wie Mike. „Deshalb gibt es das Geld. Und daran klebt Blut. Meines, Ricks, das des Arztes. Vielleicht sogar Bens, denn man hätte ihn daran hindern können, sich den Kopf wegzupusten. Aber niemand hat es getan."

„Ich wünschte, jemand hätte es verhindern können. Selbst wenn es bedeuten würde, dass Rick …" Ein gedämpfter Fluch traf meine Brust. Ich wusste, was er sagen wollte. Es war unmöglich, es mit Worten auszudrücken, ohne dabei wie ein Arschloch zu klingen. Aber er bemühte sich. „Selbst wenn es bedeutet hätte, dass du und ich niemals … Jemand hätte ihn aufhalten sollen. Sie hätten auf den verdammten Arzt hören müssen."

„Ja, das hätten sie. Aber da sie es nicht getan haben, hat man mich mit einem Berg Geld überschüttet und mir nahegelegt zu verschwinden. Deshalb spielt es keine Rolle, wenn Tiff etwas von meinem Geld für Kleidung ausgibt. Viel wichtiger ist, dass sie sich wohlfühlt und glücklich ist. Das Leben ist zu kurz, um nicht alles dafür zu tun, glücklich zu sein. Glaub mir, das habe ich verdammt gut gelernt."

„Okay." Seine Stimme war kaum ein Flüstern, doch seine Umarmung war so fest, dass sie mich beinahe in die Knie zwang. „Danke."

„Und jetzt lass uns nach Hause gehen." Widerstrebend ließ ich ihn los und schob ihn in Richtung Tür. „Deine Katze vermisst dich bestimmt schon und ich könnte ein Bier gebrauchen."

NEKO BEGRÜßTE uns zwar an der Tür, gab uns dann jedoch schnell wieder auf, um sich dem stinkenden Zeug zuzuwenden, das ich aus einer Dose in ihren Porzellannapf füllte. Anschließend holte ich zwei Flaschen Bier aus dem Kühlschrank und brachte sie ins Wohnzimmer, wo ich über Jaes abgestreifte Sneaker stieg, um mich dem Sofa zu nähern.

Jae hatte sich bereits darauf niedergelassen und die Hefte und Papiere von Hong Chul auf die Apothekertruhe geworfen. Ich setzte mich vor ihm auf die Truhe, klemmte seine Knie zwischen meine Beine und legte meine Hände darauf. Dann beugte ich mich vor, bis ich seine Stirn mit meiner berührte, und küsste seine Nasenspitze.

„Willst du erst etwas essen oder sollen wir uns direkt auf die Unterlagen stürzen?"

„Unterlagen?" Jaes schlehendunkle Augen waren beinahe schwarz, als er mich ansah. „Aber … wir haben nicht viel Zeit … allein, richtig? Nur ein paar Stunden, bis Tiffany zurückkommt …"

Die Gedankengänge meines Freundes gefielen mir.

Fast so sehr wie die Vorstellung, seinen Körper an mich zu pressen. Am besten nackt.

„Na ja, es gibt doch ein zweites Schlafzimmer. Eigentlich sogar zwei, wenn man das Schrankbett in dem Nebenraum mitzählt, den ich nie benutze", murmelte ich. „Ihr zwei könntet hier übernachten. Bei dir kann es doch nicht besonders bequem sein. Ich habe schließlich schon mal ein paar Stündchen auf diesem Ding, das du Bett nennst, geschlafen. Konnte danach eine Woche nicht laufen."

„Bei manchen Sachen gibst du nie auf, oder?" Er löste sich von mir und schüttelte ungläubig den Kopf. „Du wirst erst zufrieden sein, wenn wir hier eingezogen sind."

„He, wenn ich nachts unter der Decke die Fürze deiner Katze ertragen muss, solltest du es auch müssen", konterte ich. „Bei Tiffany sollten wir Gnade walten lassen. Als Teenager ist das Leben stressig genug."

„Ich weiß nicht, ob ich so weit bin, in deinem Bett zu schlafen … während meine Schwester im Haus ist", gab Jae zu. „Damit würde ich ihr eine Menge zumuten, Cole-ah."

„Na gut." Es fiel mir schwer, es auszusprechen. Noch schwerer, es zu akzeptieren. „Du hast recht."

Aber ich konnte es nicht abstreiten. Wir mussten Tiffany Zeit geben. Und falls sie ein dauerhafter Bestandteil unseres Lebens werden würde, mussten wir dabei so behutsam wie möglich vorgehen. Es war frustrierend, vor allem weil mein Schwanz es vermisste, sich in den frühen Morgenstunden an Jae zu pressen, aber er würde sich damit abfinden müssen.

Was nicht hieß, dass ich Tiffany nicht bereits gedanklich Farben für das Gästezimmer aussuchen ließ, damit sie sich dort häuslich einrichten konnte. Aber wie Claudia mich stets ermahnte: immer langsam mit den jungen Pferden. Etwas passierte, wenn es passierte.

Im Augenblick war es allerdings wirklich Zeit, dass eine ganz bestimmte Sache passierte. Vor allem, wenn uns nur wenige Stunden blieben.

„Also, willst du hochgehen und, ähm … wie hat Mo es ausgedrückt?" Ich beugte mich vor, knabberte an seinem Hals.

„Ich bin nicht dein … irgendwas", zischte Jae, legte aber den Kopf in den Nacken und schob seine Finger in mein Haar, um mich näher an sich zu ziehen.

„Baby, du bist mein Ein und Alles." Die Worte rutschten mir heraus, bevor ich sie im Kopf überprüfen konnte. „Scheiße, das klang schmalzig."

„Schmalzig wie ein Schweinebraten. Oder sogar eine Gänsepastete", stimmte Jae zu, während er seine Arme um meinen Nacken schlang. „Aber ein bisschen Schmalz ist in Ordnung. Übertreib es nur nicht. Zu viel Fett vertrage ich nicht."

„Jae, Liebling, ich kann dich mit etwas viel Besserem als Schmalz füttern."

WIR SCHAFFTEN es bis in die erste Etage, was man von unserer Kleidung nicht behaupten konnte. Na ja, meinen Jeans gelang es. Jaes T-Shirt blieb irgendwo im Wohnzimmer zurück und seine Hose hatte ich ihm zumindest größtenteils ausgezogen, als ich ihn auf die Matratze schob. Als er dort lag, erledigte ich den Rest, zog sie mit einer einzigen fließenden Bewegung von seinen langen Beinen.

Seltsam, wie mir selbst einige Stunden zu kurz erschienen, um Jaes Körper zu huldigen. Ich hätte Tage gebraucht. Möglicherweise eine Woche, aber ich würde nehmen, was ich bekommen konnte. Vor allem, wenn es um Jae ging.

Nachdem ich zu ihm auf die Matratze geklettert war, kniete ich dort einen Augenblick und betrachtete ihn, seinen schlanken, hellen Körper auf dem dunklen Schokoladenbraun der Laken. Vorsichtig zeichnete ich mit den Daumen seine ausgeprägten Hüftmuskeln nach und beugte mich hinunter, um seinen Bauchnabel zu küssen und den Rand mit den Zähnen zu streifen.

Mit erotischer Beweglichkeit beugte er sich über mich und berührte meine Seite, streichelte über den glänzenden Fleck aus Narbengewebe an meinen Rippen. Dann hob er ein Knie zwischen meine Beine, um mich zur Seite zu schieben.

„Leg dich hin." Seine Stimme war schwer vor Verlangen, eingefärbt mit Spritzern von verführerischem, weichen Koreanisch. „Lass mich etwas tun … diesmal. Bitte."

Ich wusste nicht, was genau er meinte, denn seine Worte verloren sich zu sehr in der aufsteigenden Sehnsucht, doch ich verstand genug. Ich rutschte auf der Matratze nach oben und legte mich auf die Kissen. Das Laken war bereits von unseren Körpern gewärmt worden und die weiche Baumwolle verströmte dort einen Hauch von Lavendel.

Jae ließ sich Zeit damit, meinen Reißverschluss zu öffnen. Das langsame Knacken der Metallzähne schien mich zwischen meinen lauten Atemzügen necken zu wollen. Als er mir die Jeans von den Hüften und Oberschenkeln zog, hielt er alle paar Zentimeter inne, um an meiner Haut zu saugen. Als er mich endlich ausgezogen hatte, war sie leuchtend rot, als wollte das Blut darunter jeder Berührung seiner Lippen und Zähne entgegenkommen.

„Jae …"

Nach ihm zu greifen war sinnlos. Er presste meine Hände lediglich zurück auf die Matratze und schüttelte den Kopf, wobei sein schwarzes Haar über meinen steifen Schwanz geisterte. Dieser tropfte bereits. Jaes Zunge fand die glänzende Flüssigkeit auf meinem Bauch und leckte die salzige Feuchte mit langsamen Bewegungen ab. Sein Mund berührte weich meine Haut, während seine Zunge wie raue Seide meinen Samen aufnahm.

„Gott, du bist so verdammt umwerfend", flüsterte ich.

Das war er wirklich. Es gab keinen Zweifel an seiner Schönheit, als seine roten Lippen über meinen Bauch wanderten, um sich dann mit beinahe obszöner Vertrautheit um meine Eichel zu schließen. Meine Finger fanden sein Haar, verflochten sich mit den Strähnen, streichelten über seinen Hals. Ich musste mich strecken, um ihn zu erreichen. Er war zu weit entfernt, erlaubte mir kaum das Vergnügen, mit den Handflächen über seine Schultern zu streichen, bevor ich aufgab und meine Finger wieder auf seine Wangenknochen legte.

Er sah mich unter schweren Lidern an, während er leckte und saugte. Als die scharfen Kanten seiner Zähne meinen Eichelrand streiften, erregte mich der leichte Schmerz nur noch mehr. Jae löste eine Hand von meinem Oberschenkel, um sie stattdessen zwischen meine Beine zu schieben. Einen keuchenden Atemzug später hatten sich seine langen, eleganten Finger bereits um meine Hoden geschlossen, ließen sie über seine Handfläche rollen und drückten sanft zu, sodass sie mich kurz von der erotischen Reise seines Mundes ablenkten.

Das Laken roch nicht mehr nach Lavendel. Es hatte das süßlich-salzige Aroma von Schweiß angenommen, einen herrlich maskulinen Duft, an dem ich mich noch erfreuen konnte, nachdem Jae mich abends allein zurückgelassen haben würde. Sogar noch besser – die Bettwäsche würde die klebrigen Flüssigkeiten unserer Vereinigung auffangen und ich würde darin liegen können, bis sie getrocknet von meiner Haut abblätterten.

„Komm hoch zu mir." Ich bemühte mich, nicht zu verzweifelt zu klingen.

„Nein. Du bekommst immer, was du willst, Cole-ah. Diesmal bin ich an der Reihe", flüsterte Jae. „Jedes Mal, wenn ich dich in meinem Mund habe, will ich mehr. Wenn ich allein bin, stelle ich mir deinen Geschmack vor. Und manchmal, wenn du mich ansiehst, würde ich am liebsten einfach auf die Knie sinken und meine Lippen um dich legen. Dich in meinem Mund zu schmecken … dich zu riechen … vertreibt alle meine Zweifel … und all meinen Schmerz. Das hat mir gefehlt. Ich *will* es, *Agi*."

„Jae, ich bin bei dir. Du wirst mich nicht los." Ich bog den Rücken durch, als seine Finger sich um meinen Schwanz legten, sich fest um ihn schlossen, während er einen Atemzug über meine Eichel hauchte und die angespannte Haut meines Schafts zum Kribbeln brachte. „Für immer, Schatz, erinnerst du dich? Das habe ich versprochen."

„Ich erinnere mich. Ich liebe es, das mit dir zu machen." Er schob sich ein Stück an meinem Körper hinauf, streckte sich über meine Brust, bis er meinen

Mund mit seinem berühren konnte. Seine Lippen glitten über meine, teilten den Geschmack auf seiner Zunge mit mir, eine Mischung aus uns beiden. „Es gefällt mir, dich zum Zittern zu bringen. Es gibt mir ein Gefühl … der Macht. Weil du es mich tun lässt. Mich noch viel mehr tun lässt."

Jae löste sich von meinem Mund und ließ mich dort als ein keuchendes, sich windendes Häufchen Elend zurück. Er widmete sich wieder meinem Körper, küsste die Narben an meiner Schulter und meiner Seite, bis ich mich ihm entziehen musste, weil es kitzelte. Währenddessen unternahmen Jaes geschickte Finger ihre eigene Reise, zwickten in eine meiner Brustwarzen, bis sie sich rot und hart in die Höhe reckte.

„Du gehörst mir, Cole-ah." Jae legte eine Hand an meinen Schaft und streichelte über die samtige Eichel. „Und der gehört mir auch."

Er kehrte zu meinem Mund zurück, schob seine Zunge tief zwischen meine Lippen. Ich nahm mir so viel von ihm, wie er mir gab, leckte über seinen Gaumen, bis er die kitzelnde Berührung nicht länger ertragen konnte. Seine Hüften begannen langsame, kreisende Bewegungen auf meinem Schritt und setzten die Nerven in Brand, die er zuvor mit seiner flammenden Leidenschaft aufgeheizt hatte. Seine glatten Beine pressten sich mit ihrer seidigen Berührung gegen das feine Haar auf meinen Oberschenkeln. Sein Schwanz streifte meine Haut, hinterließ einen feuchten Pfad.

„Ich … will das hier tun, während du in meinem Mund bist, Cole-ah", murmelte er und presste einen Finger gegen meinen Eingang. Die anderen Finger liebkosten die weiche Haut meines Perineums, während sein Handballen rhythmisch meine Hoden massierte. Der Finger bewegte sich, umkreiste den festen Muskel. „Schaffst du es, stillzuhalten?"

Ich hatte keine Ahnung, wie ich durch den Kloß aus Schock in meinem Hals *verdammte Scheiße, nein* herausbringen sollte. Was mir gelang, war: „Ähm … klar?"

Und schon nahm er mich ganz in den Mund und verursachte einen Kurzschluss in meinem Gehirn. Meine Bauchmuskeln zitterten vor Anstrengung, als ich darum kämpfte, nicht augenblicklich zu kommen. Dann zog er sich zurück, um ganz sanft in meinen Schaft zu beißen und eine kleine rote Spur zu hinterlassen. Die würde ich vermutlich noch einige Tage spüren. Ich konnte es kaum erwarten.

Gott, ich wollte seinen Schwanz in mir. Schon mit seinen Fingern wäre ich glücklich gewesen, aber noch lieber seinen Schwanz. Ich mochte ihn – wie er sich anfühlte, wie lang er war, wie er sich leicht nach links bog. Schon so oft hatte ich ihn in meiner Kehle gehabt, seine würzige Süße geschmeckt. Und es hatte Momente gegeben, in denen ich daran gedacht hatte, ihn mit meinem Körper zu umschließen, doch bisher war es nur ein flüchtiger Gedanke gewesen.

„Kannst du mir das Gleitgel geben?", murmelte er gegen meinen Schaft. Wie er sich dort mit der Wange an mein Schamhaar schmiegte, war er ein unverschämt erotischer Anblick. „Ich möchte dir nicht wehtun. Ich möchte dich nur von innen berühren, während du in meinem Mund bist."

Die Kondome und das Gleitgel lagen noch von unserem letzten Mal im Bett auf dem Nachttisch. Ich streckte mich, um seiner Aufforderung nachzukommen. Das Knacken des Deckels und der Duft von Mandeln waren meine einzige Warnung. Seine Finger drangen in mich ein, teilten mich. Keuchend hob ich die Hüften vom Bett.

Ich stöhnte, als das Gleitgel in meine Ritze rann, presste ächzend meinen Kopf auf das Kissen, als seine Finger die Spur auffingen und sich wieder in mich schoben. Es war Jahre her, dass jemand in mich eingedrungen war, weshalb meine Schultern sich unwillkürlich verspannten. Obwohl Jae sanft vorging, war es zu lange her, dass ich den stechenden Schmerz von etwas gespürt hatte, das meinen Muskelring durchstieß.

Doch als seine langen Finger dieses Bündel von Nerven fanden, erbebte mein ganzer Körper durch einen heftigen Seufzer.

Und fing dann Feuer, als seine rauen Fingerspitzen mich dort streichelten.

Mandelgeruch mischte sich mit dem Duft von Lavendel, den das Kissen unter mir verströmte. Jaes Finger zogen sich kurz zurück, nur um mit neuem Gel zurückzukehren. Diesmal ging es leichter, als er sich bis zu den Fingerknöcheln hineinschob und meine Hinterbacken teilte.

Jae verbrachte mindestens fünf Minuten damit, über meinen Schwanz zu lecken, bedächtig Küsse auf meine Hüftknochen zu hauchen und denselben Weg mit seinen Zähnen nachzuzeichnen. Seine Zungenspitze neckte die faltige Haut an meinen Hoden, bis ich am ganzen Körper Gänsehaut bekam. Ich hatte beim Hinlegen nicht darauf geachtet, alle Kissen zur Seite zu schieben, weshalb sich nun eines von ihnen in den unteren Teil meines Rückens presste. Es sorgte dafür, dass mein Becken ein wenig kippte und meinen Schritt in Jaes Richtung hob. Er nutzte meine angehobenen Hüften aus und ließ seine Zunge neben meinem Schwanz hinuntergleiten.

Er trieb mich in den Wahnsinn. Und er wusste es.

Seine Fingerspitzen strichen über die Innenseite meiner Schenkel und er murmelte etwas Zustimmendes, als ich meine Hüften noch weiter hob und mich fester um seine Finger schloss. Sein Mund wanderte tiefer, seine Zungenspitze neckte meinen Eingang, bis ich mich unter ihm wand. Lange würde ich nicht mehr durchhalten. Nur mit seinen Lippen auf meiner Haut hatte er mich beinahe zum Höhepunkt gebracht. Sollte er wirklich seine Finger durch seine Zunge ersetzen, wäre ich am Ende.

Doch ich wollte nicht, dass es schon vorbei war.

„Jae, Baby …", stöhnte ich, als seine Finger sich in meine Hinterbacken gruben. „Wenn du so weitermachst, kann ich gleich nicht mehr."

Er kniff mich in die rechte Backe, zog ein wenig an der Haut, um meine Aufmerksamkeit auf sich zu lenken. „Dann halt still. Bin gleich wieder da. Ich hole dir ein Kondom. Vielleicht streife ich es dir sogar mit dem Mund über."

Ich musste meinen Schwanz nicht mit der Hand beschäftigen, damit er interessiert blieb. Er war bereit, wartete tropfend auf seinen Einsatz. Stattdessen streckte ich eine Hand zu der Stelle aus, an der Jaes Finger in meinem Körper verschwanden. Er beugte sich vor und küsste meinen Hals, während sein Daumen über meine Finger streichelte und sie zum Mitspielen einlud. Als ich den ersten Funken meines Orgasmus in meinem Unterleib spürte, entzog ich mich ihm und seinen Fingern.

„Ich kümmere mich um das verdammte Kondom. Denn wenn ich noch eine Sekunde länger deine Finger in mir habe, komme ich gleich in dein hübsches Gesicht." Ich presste ihn mit einem leidenschaftlichen Kuss auf die Matratze und knurrte in seinen Mund: „Und ich weiß nicht, ob wir genug Zeit für ein zweites Mal haben, bevor deine Schwester zurückkommt."

17

SEIN MUND schmeckte nach Verheißung und Sternen. Wäre es möglich gewesen, wäre ich hineingekrochen und dort geblieben. Eigentlich hätte ich an das Gefühl von Jae an meinem Körper und seinen Geschmack gewöhnt sein sollen ... und doch wollte ich mit jeder Berührung, mit jedem Schluck von ihm nur noch mehr. Meine Sehnsucht nach ihm würde mich noch umbringen. Doch ihn nun nehmen zu dürfen entschädigte mich für jede qualvolle Minute des Wartens.

Obwohl sich das Gleitgel auf meiner Handfläche bereits erwärmt hatte, berührte ich Jae noch nicht. Ich wagte es noch nicht. Er hatte den Duft seines Körpers auf mir hinterlassen und jedes Mal, wenn ich mich ihm näherte, überfiel noch mehr davon meine Sinne. Während er dort auf dem zerwühlten Laken lag und wartete, verließ sein honigangehauchter Blick niemals mein Gesicht. Ich ließ mir einen Moment – einen langen Moment – Zeit, um seinen Anblick in mich aufzunehmen.

Während sein blasser Körper auf den tiefbraunen Laken leuchtete, lockten seine pflaumenfarbenen Nippel meinen Blick zu seiner muskulösen Brust. In Jaes langen Beinen und seinem geschmeidigen Oberkörper verbarg sich eine Kraft, die er normalerweise unter weiten Kleidungsstücken verbarg. Nackt war er eine Augenweide aus hellen Flächen und dunklen Schatten, ein wunderschöner Kontrast von kraftvoller Männlichkeit und einem beinahe androgynen Gesicht.

Ich hatte Gott niemals darum gebeten, mir nach Rick jemand anderen zu schicken. Ich hatte mich bereits mit dem Trübsinn eines Lebens ohne Liebe abgefunden gehabt, und Jae-Min hinter der Tür einer Mörderin zu finden, war eine wirklich seltsame Art gewesen, ein göttliches Geschenk zu empfangen. Doch wenn Gott es für die richtige Weise gehalten hatte, einem der seinen die Flügel zu nehmen und ihn mir zu überreichen, würde ich mich ganz sicher nicht über dieses Schicksal beklagen.

Ganz egal, wie hart Jae mich für jedes Stückchen seines Herzens arbeiten ließ.

Seine Knie spreizten sich, als mein Gewicht die Matratze an seiner Hüfte hinunterdrückte. Ich beugte mich über ihn, denn ich wollte seinen Mund schmecken, während meine Finger sich ihrem Ziel näherten. Als ihn der letzte Hauch Kühle des Gleitgels berührte, verspannte er sich ein wenig, doch er spreizte entschlossen die Beine, drängte mich zum Weitermachen.

Ich ließ meinen Finger um seinen Eingang kreisen, spielte ein wenig mit den angespannten Muskeln, bis sie dem sanften Druck meiner Fingerspitze nachgaben. Mit dem Mund saugte ich die Luft aus seiner Lunge und schweißte uns zusammen, während ich ihn für mich öffnete. Anfangs wehrte sich sein Körper gegen mich, wies meinen eindringenden Finger ab, bis er mit einem Seufzen kapitulierte und mich einließ.

Ich schob mich vorsichtig in ihn, wobei ich so viel Gleitgel wie möglich in seinem Innern verteilte. Der Muskelring saugte an meinem Zeigefinger, zog ihn tiefer, als ich so früh gewollt hatte. Doch als die Spitze den richtigen Punkt traf, zischte Jae vor Wonne und formte das Laken zu Spiralen, wo er sich mit zu Fäusten geballten Händen festkrallte.

Sein Schwanz brachte eine schimmernde Perle von Flüssigkeit hervor, die mich dazu einlud, sie abzulecken. Ich saugte an der samtigen Eichel, wobei sie sich gegen seinen Bauch presste. Er beugte sich über mich, bis seine Brust meine Schultern berührte. Die starken, kraftvollen Muskeln seiner Arme schlossen sich um mich, wie ich seinen Schwanz umschloss. Lange Finger streichelten sanft über mein Rückgrat und meine Schulterblätter. Sein Schamhaar kitzelte mein Kinn wie ein weicher, aber drahtiger Kuss. So in den Schatten seiner Umarmung gehüllt saugte ich an seinem Schaft, während meine Finger ihn tief in seinem Körper für mich vorbereiteten.

Ich hätte hier den ganzen Tag so mit ihm bleiben können, ineinander verschlungen. In Jaes Armen hätte ich sterben können und fühlte mich wie im Himmel. Seine Berührung hatte etwas Erhabenes an sich. Wie er sich hier über mich beugte und mir leise koreanische Wörter ins Ohr seufzte, war er entblößt und verletzlich. Offen und unverhüllt war er hier von allem befreit … von jedem, der ihn zwingen wollte, etwas anderes … jemand anders als er selbst zu sein.

Ich liebte es, ihn so zu sehen, so zu fühlen – frei von dem Schleier, in den er seine Seele hüllte. Wenn wir allein waren, konnte ich die Engelsschwingen erahnen, die von der Welt gestutzt worden waren, um ihn am Fliegen zu hindern. In diesen Augenblicken spürte ich, wie er sich erhob und endlich die Finger ausstreckte, um den Himmel zu berühren. Von seinen Armen umschlungen mit meinen Lippen an seinem Schaft kam es mir vor, als tränke ich selbst den Himmel aus.

Er stieß einen Jammerlaut aus, wand sich unter meinen Lippen. Wenn ich weitermachte, würde er nicht mehr lange durchhalten. Also ließ ich seinen Schaft aus meinem Mund gleiten und konzentrierte mich auf meine Finger in seinem Körper. Der Geschmack meines Liebsten glitt von meiner Zunge in meine Kehle, ein männlicher Hauch von Moschus, der in meinen Unterleib zu sickern schien. Meine Finger fanden erneut die Stelle in ihm und er stöhnte, flehte um mehr.

„*Jagiya … saranghae*, Cole-ah …"

Eines Tages würde ich diese Worte in meiner Sprache hören. Doch für den Augenblick würde ich seine Liebe auf jede Weise annehmen, die er mir geben konnte, während er sie hier zwischen unsere verschwitzten Körper flüsterte.

In Filmen vereinten sich Liebespaare stets mit einem eleganten Zusammenspiel von Küssen und Beinen. Er und ich waren nie so gewandt. Wir besaßen keine perfekte Choreografie, um zwei Körper zu vereinen. Stattdessen schob ich meine Hände unter ihn, um ihn vorsichtig auf meinen Schoß zu ziehen.

Sein Knie traf die empfindlichste Stelle meiner Schulter, doch der Schmerz verblasste neben dem Pochen in meinem Unterleib.

Und neben der Sehnsucht, die Jaes schönes Gesicht erröten ließ.

Ich half ihm hoch, bis er seinen Rücken an meine Brust lehnen konnte und rittlings auf meinem Schoß saß. Mein Schwanz brannte darauf, endlich in ihm zu sein und eine tief sitzende Hitze stieg von meinen Hoden bis in die tobende Spitze meines Schafts hinauf. Jae umklammerte meine Oberschenkel mit den Beinen, um sein Becken zu heben und seine Schulterblätter an meine Brust zu pressen. Mit derart durchgebogenem Rücken griff er unter sich und legte seine Hand um meinen Schwanz. Seine Finger dort zu spüren wäre beinahe zu viel für mich gewesen.

Ich holte mit kurzen, flachen Atemzügen Luft, um meine Erektion wieder unter Kontrolle zu bringen, bis ich die erste Berührung seines Körpers spürte. Als der Muskel unter meinem Schaft nachgab, stieß Jae ein Keuchen aus und lehnte seinen Kopf über meine Schulter nach hinten. Im Licht des Nachmittags warf sein Haar bläuliche Schatten auf meine Haut und bot seinen Hals und sein Gesicht der Sonne dar. Ich neigte meinen Kopf zur Seite, um seinen Mundwinkel zu küssen, ihn stumm zu bitten, mir sein Gesicht zuzuwenden.

Unsere Lippen berührten sich, als ich mich in ihn schob und Jae keuchte, öffnete seinen Mund an meinem. Seine Zähne bohrten sich in meine Unterlippe und ich schmeckte einen Blutstropfen, als ich in ihn eindrang. Die Hitze seines Körpers, die sich um meinen Schwanz schloss, verbrannte jeglichen Gedanken daran, es langsam angehen zu lassen. Ich packte seine Hüften, umklammerte die Knochen mit meinen Fingern und stieß in ihn, kämpfte um den letzten Rest meiner Selbstbeherrschung. Jae ließ von meinem Mund ab und richtete seinen Heißhunger auf andere Stellen, nahm alles, was er erreichen konnte, solange er ein gutes Stück meiner Haut packen konnte.

Seine Nägel kratzten über meine Oberschenkel, während er mich mit leisem, heiserem Murmeln anspornte. Es strengte mich so sehr an, einen gleichmäßigen Rhythmus beizubehalten, dass sich der Speichel in meinem Mund verdickte. Ein plötzliches Zusammenziehen seiner Muskeln um mich herum und schon presste ich meine Hüften gegen seinen Hintern, zog ihn mit aller Kraft auf meinen Schwanz. Jae ließ es zu, bevor er sich wieder auf die Knie erhob, nur um mir mit dem nächsten Zusammenprall feuchter Haut entgegenzukommen.

Das Geräusch unserer nassen Schenkel ging beinahe in den koreanischen Worten unter, die Jae zwischen keuchenden Atemzügen hervorstieß. Meine Finger fanden eine seiner Brustwarzen und ich zupfte daran, ohne sie wirklich zu spüren. In der wachsenden Spirale der Lust, die meinen Schwanz einzuhüllen schien, war mein Verstand wie betäubt. Doch ich musste Jae mitnehmen.

Ohne seinen wäre mein eigener Höhepunkt nichts wert. Ich hätte mehr als zwei Hände gebraucht und wünschte mir nicht zum ersten Mal, beweglich genug zu sein, um ihm einen zu blasen, während ich mich in ihm befand. Stattdessen ließ ich die Hand von seiner Brust sinken und legte sie um seinen prallen, steifen

Schwanz. Kaum hatte ich meine Finger einige Male über seinen Schaft bewegt, versuchte Jae auch schon, sich mir zu entziehen, was ich jedoch nicht zuließ.

„Ich will noch nicht aufhören, Cole-ah." Sein heiseres Flüstern wurde zu einem sehnsüchtigen Wimmern, als ich mit der rauen Haut meiner Handfläche über seine Eichel strich. „Noch … nicht …"

„Baby, wir können das noch unendlich oft tun", versprach ich an seinem Ohrläppchen knabbernd. „Lass es zu, Jae. Ich halte dich fest. Ich will dich in meiner Hand spüren."

Ich fing die ersten Tropfen an seiner Eichel auf und verteilte sie auf seinem Schaft, um ihn noch besser streicheln zu können. Die Bewegungen seines Körpers waren beinahe zu viel für meinen Schwanz, brannten allmählich auf seiner empfindlichen Haut. Meine Eier hatten sich bis an meine Schenkel hochgezogen, als wollten sie ebenfalls in Jaes Körper kriechen und an dem Spaß teilhaben.

Als Jae sich auf meinem Schaft wand, streiften seine Schulterblätter meine Brustwarzen, erhitzten sie mit ihrer Reibung. Sein Schwanz zuckte in meiner Hand, woraufhin ich ihn nur noch fester umschloss, während ich so kräftig wie möglich mit den Hüften zustieß. Er zitterte jedes Mal, wenn mein Schwanz die richtige Stelle traf und als sein Körper immer heftiger erbebte, wusste ich, dass ich ihn bald so weit hatte.

Unseren Rhythmus hatten wir schon lange verloren. Stattdessen waren wir in einen wilden Tanz aus Ziehen und Schieben verfallen, den ich am liebsten ewig fortgeführt hätte. Der Rest der Welt existierte für mich nicht mehr. Das hereinfallende Sonnenlicht berührte nur uns, erhellte den Raum einzig und allein deshalb, weil es mir Jaes angestrengten Körper zeigen wollte, der mich gerade in den Wahnsinn trieb. Wie er sich dort auf meinem Körper streckte, war er ein atemberaubendes Bild aus Sehnen und heller Haut, aus kraftvollen Muskeln, die sich mit jeder Bewegung seiner Hüften und Arme zusammenzogen.

Schweiß rann von seiner Stirn über seine Wange und tropfte auf eine seiner Schultern. Ein Tropfen perlte über die Erhöhung seines Schlüsselbeins und hinterließ einen feuchten Pfad auf der elfenbeinfarbenen Haut. Ich beugte mich vor, um daran zu lecken, meinen Liebsten in meinem Mund zu schmecken. Die Würze seiner Essenz schien in diesem Tropfen zu liegen, ein salziger Hauch seines Samens im Schweiß seiner Haut.

Die Berührung meines Mundes war genug. Seine Nägel rissen meine Haut auf, setzten sie brennend der kühlen Luft aus. Sein Körper erstarrte und seine Zähne blitzten weiß auf, als er sich auf die Lippe biss, um einen Aufschrei zu unterdrücken. Dann folgte sein Schwanz, spritzte sein heißes Sperma über meine Hand.

Beim Geruch seines Samens in der Luft verlor ich den Verstand. Ich umfasste ihn fester und bewegte meine Hand, um seinen Höhepunkt zu verlängern, während ich ein letztes Mal in seine glühende Enge stieß. Sein Orgasmus erfasste uns beide, seine Muskeln umklammerten meinen sensiblen Schaft. Es war zu viel. Ich konnte meinen Rhythmus nicht mehr aufrechterhalten und gab mich dem Verlangen meines Körpers hin, seinen Samen zu vergießen.

Mit fest um Jaes Taille geschlungenen Armen ließ ich mich nach vorn fallen, presste ihn auf die Matratze. So überraschend unter meinem Gewicht gefangen wand er sich einen Augenblick, bevor er mir seine Hüften entgegenschob, um mich so tief wie möglich in sich aufzunehmen. Ich bedeckte ihn mit meinem Körper und zog ihn so fest an mich, wie ich nur konnte, während ich mich in seine Enge rammte.

Mein Gesicht kribbelte und mein Verstand wurde von der Heftigkeit meiner Gefühle überrollt. Ich spürte, wie Jaes Hände sich über meine Handgelenke schoben, wie seine Finger sich mit meinen verflochten. Er schob seine Schultern vor, um mich noch dichter an seinen Rücken zu ziehen. Ich glitt über seine Haut, feucht von Schweiß und Gleitgelresten.

Ich atmete tief ein, als Jae meinen Namen sagte. Sein Klang war wie ein süßer Tropfen, angefüllt mit so vielen Emotionen, dass er auch mich erfüllte.

„Ich liebe dich", war alles, was ich herausbrachte, bevor mich mein Höhepunkt endgültig mitriss. Ich war nicht darauf vorbereitet gewesen, wie heftig er mich traf. Alles um mich herum verschwand. Ich spürte nichts mehr außer Jaes Haut unter meinen Hüften, Jaes Fingern an meinen Händen. Auf meiner Zunge lag der Geschmack seines Schweißes und er wandte den Kopf, um mit seinen Lippen den Hauch eines Kusses hinzuzufügen.

Ich hatte das Gefühl, mich mit allem in ihn zu ergießen. Mit meinem Vertrauen. Mit meiner Liebe. Mit allem, was ich ihm geben konnte, da ich mich nicht tatsächlich um sein Herz legen konnte, um ihn zu schützen und zu wärmen. Hätte ich in diesem Augenblick ein Messer gehabt, hätte ich selbst für den ersten Schnitt gesorgt und ihn dann angefleht, sich zu nehmen, was er von mir brauchte.

Und ich war nicht mehr sicher, ob es mir überhaupt ausreichen würde, ihm alles von mir zu geben, als ich ihn zwischen meinen keuchenden Atemzügen flüstern hörte: „*Saranghae*, Cole-ah."

So schnell, wie er mich erfasst hatte, ließ der Rausch mich wieder los. Mein Körper blieb schlaff und ausgelaugt zurück. Vorsichtig befreite ich mich aus Jaes Enge, streifte das Kondom ab, verknotete es und entsorgte es im kleinen Abfalleimer neben dem Nachttisch. Er blieb keuchend und erschöpft liegen. Mit einem kurzen Kuss auf seine Schulter legte ich mich neben ihn, damit er sich mit dem Rücken an meine Brust lehnen konnte. Auch ich keuchte noch, sodass meine Atemzüge sein schweißfeuchtes Haar bewegten.

Obwohl es mit den Resten von Gleitgel und Sperma auf unserer Haut bald zu einer klebrigen Angelegenheit werden würde, widerstrebte es mir, mich von ihm zu lösen. Stattdessen streichelte ich ihm über den Bauch, zeichnete den Rand seines Bauchnabels mit einem Fingernagel nach und lachte, als er zusammenzuckte, weil es kitzelte.

„Ich glaube, wir werden bald fest zusammengekleistert sein", teilte ich ihm mit einem Kuss auf sein Schulterblatt mit.

„Mhm … vermutlich", stimmte er mit einem leisen Murmeln zu. „Wie spät ist es?"

Ich warf einen Blick auf die Uhr, bevor ich mein Kinn auf seine Schulter legte. „Es ist noch keine Stunde her, dass ich dich hochgezerrt hab, um dich flachzulegen."

„Und wie lange braucht ein Mädchen, um ein paar Hundert Dollar auszugeben?" Seine Augenlider senkten sich, eher schläfrig als sinnlich. Unter seinen Wimpern waren dunkle, bläuliche Ringe zu sehen – ein Hinweis darauf, dass er einige Nächte im Bett ausgelassen haben musste, seit er nicht mehr bei mir schlief.

„Bestimmt mehrere Stunden. Vielleicht sehen sie sich ja auch noch einen Film an oder gehen essen, bevor sie zurückkommen." Es war ein großer Stapel Hunderter gewesen, aber das brauchte Jae nicht zu wissen. „Ich weiß nicht, wie lange so etwas dauert. Wir beide schaffen immer nur den Film *oder* das Essen, bevor wir die Finger nicht mehr voneinander lassen können."

„Es gibt Schlimmeres", murmelte Jae. „Können wir einfach so hier liegen bleiben? Zumindest ein bisschen?"

„Klar, Schatz." Ich nickte gähnend. „Ich stelle den Handywecker."

Und das war das Letzte, was ich sagte, bis mich das Aroma von kochendem Ingwer weckte.

ICH WAR kein Mensch, der einfach aus dem Bett sprang. Nachdem ich unter meiner Decke hervorgekrochen war, dauerte es normalerweise schon eine halbe Stunde, bis ich mich gut genug auf mein Spiegelbild konzentrieren konnte, um mir die Zähne zu putzen. Wenn ich in der Abenddämmerung aus einem Schläfchen erwachte, ging es mir nicht wesentlich besser.

Doch der Essensduft zog mich aus dem Bett und ich stolperte unter die Dusche, während ich mich einerseits fragte, warum Jae mich nicht früher geweckt hatte, und ihm andererseits dankbar dafür war, mir den Schlaf gegönnt zu haben. Den würzigen Gerüchen nach zu urteilen hatte er den Plan, eine Pizza zu bestellen, wieder verworfen. So ließ ich mir beim Duschen Zeit und entfernte gründlich sämtliche getrockneten Körperflüssigkeiten.

Während ich mir mit einem Handtuch das Haar trocknete, betrat ich anschließend das Schlafzimmer und machte mich auf die Suche nach meiner Unterwäsche und meinen Jeans. Gerade wollte ich mich auf der Bettkante niederlassen, um beides anzuziehen, als mir an dem Bett etwas Merkwürdiges auffiel.

Nämlich Jae. Der dort schlief.

Über seiner Hüfte lag noch die dicke Bettdecke, die ich mir als Schutz vor kalten Tagen angeschafft hatte, doch davon abgesehen hatte er meine Abwesenheit voll ausgenutzt und sich schräg über das gesamte Bett ausgestreckt. Seine Hände berührten beinahe beide Enden der großen Matratze und sein Haar breitete sich wie ein schwarzer Tintenklecks auf der braunen Bettwäsche aus.

Zum Ingwergeruch hatte sich mittlerweile der Duft von angebratenem Knoblauch gesellt. Nekos Kopf tauchte mit interessiert zuckenden Ohren hinter einem von Jaes Beinen auf, denn sie schien ebenfalls auf etwas Essbares zu hoffen.

„Verdammt, wer kocht dann da unten? Scheiße!" Eilig schlüpfte ich in meine Jeans, ohne sie zu schließen, und zog in Erwägung, meine Glock aus ihrem Versteck zu holen. Dann meldete sich meine Vernunft zurück.

Niemand brach in das Haus einer anderen Person ein, um zu kochen – es sei denn, die Person selbst sollte der Hauptgang sein. Und da ich keine Menschen mit kannibalistischen Neigungen kannte, war die Waffe unnötig.

Die Holzstufen waren kalt und ich rutschte etwas auf dem Läufer, der den Treppenabsatz zierte. Eilig bog ich aus dem Flur in die Küche ab, wobei ich beinahe am Türrahmen hängen geblieben wäre, als die Küchenfliesen meine nackten Füße packten. In der Küche war der süßliche Geruch noch stärker. In einer Pfanne auf dem Ofen brutzelte ein Berg von geriebenem Ingwer. Eine Handvoll Knoblauchzehen wartete bereits teilweise geschält auf einem Schneidebrett.

Offenbar hatten ein Film und ein Essen nicht zu den Plänen der Teenager gehört. Nun gut. Kein Problem. Mit einem jungen Mädchen konnte ich umgehen. Immerhin hatte ich eines als Schwester. Wobei ich meine Schwester bisher nie überrascht hatte, wenn sie ein großes Küchenmesser in der Hand hielt und möglicherweise mörderische Absichten gegen mich hegte.

Tiffany nahm eine Knoblauchzehe, platzierte sie auf dem Brett und presste die flache Seite des Messers darauf, um sie leicht zu zerdrücken und aus ihrer Schale zu befreien.

Dann warf sie mir über ihre Schulter hinweg einen Blick zu, halb verwirrt und halb mit herablassender Abscheu, als sie meine nackte Brust bemerkte. Sie deutete auf den Raum, in dem sich meine Waschmaschine befand. „Ich habe die T-Shirts gewaschen, die mir Jae-Min geliehen hat. Wahrscheinlich sind welche von Ihnen dabei, wenn Sie eins brauchen."

„Aha, danke." Nachdem ich sie mit meiner schlagfertigen Antwort beeindruckt hatte, folgte ich ihrem Rat, fand unter den Kleidungsstücken ein altes Rugby-Shirt, das Jae mir vor einigen Monaten gestohlen hatte, und schlüpfte hinein. In die Küche zurückzukehren würde bedeuten, mich mit Tiffany auseinandersetzen zu müssen. Wenn ich nicht in meine Waschküche einziehen wollte, blieb mir allerdings nichts anderes übrig. Nachdem ich mich davon überzeugt hatte, dass der Reißverschluss meiner Jeans wirklich geschlossen war, kehrte ich also in die Küche zurück, nahm so ungezwungen wie möglich ein Bier aus dem Kühlschrank und bot es ihr an. „Auch eins?"

Ich hatte Jaes verächtliche Blicke für vernichtend gehalten. Doch sie waren nichts im Vergleich zu denen seiner Schwester, die ihren ganzen Hohn hineinlegte. „Ähm, ich bin siebzehn."

„Mist, hatte ich vergessen", antwortete ich verlegen und wandte mich wieder dem Kühlschrank zu, um nach Alternativen zu suchen. „Wir haben Cola light, Dr Pepper und Sprite. Willst du irgendetwas davon? Oder den grünen Tee deines Bruders, aber wenn du es süß magst, müsstest du noch Zucker reintun."

Sie nahm eine Cola light, öffnete sie und stellte sie auf der Arbeitsplatte ab. Ich gesellte mich zu der Flasche, indem ich mich hochstützte und mich auf der Arbeitsplatte über der Spülmaschine niederließ. Ihre Augen weiteten sich leicht, als ich dort saß und geräuschvoll einen Schluck Bier trank. Die Luft war von unausgesprochenen Gefühlen und unterdrückten, strengen Worten erfüllt. Ich bemühte mich um Lockerheit mit einer Prise Charme, in der Hoffnung, ihr etwas anderes als spröde Höflichkeit entlocken zu können.

„Ja, deinem Bruder gefällt das auch nicht." Ich zuckte mit den Schultern. „Wir haben einen Kompromiss gefunden: Mein Hinterteil bleibt hier drüben und hält sich von allen Stellen fern, an denen er kocht. Wie bist du reingekommen?"

„Die Haustür war nicht abgeschlossen." Sie stieß ein verächtliches Schniefen aus und verzog angewidert den Mund. „Haben Sie wohl vergessen, weil Sie meinen Bruder gleich ins Schlafzimmer zerren mussten. Nachdem wir gegangen sind, hat es anscheinend nicht lange gedauert, bis das perverse Ficken losging."

„Meine Liebe, lass mich eine Sache klarstellen", unterbrach ich sie und gestikulierte mit meiner Bierflasche. „Was zwischen deinem Bruder und mir passiert, ist für mich etwas ganz Besonderes. Von mir aus kannst du mich hassen, so viel du willst, denn du bist noch ein Kind und siehst die Welt noch ziemlich schwarz-weiß. Das habe ich begriffen. Aber rede nie wieder so schlecht über meine Liebe zu deinem Bruder oder darüber, was er mir bedeutet. Alles andere können wir gern diskutieren, aber das nicht."

Sie legte das Messer ab – vermutlich, weil sie sich im Augenblick selbst nicht traute. Ich saß in ihrer Reichweite, und obwohl ich ungefähr fünfzig Kilo schwerer war, wussten wir beide, dass sie von mir nichts zu befürchten hatte. Sie war nicht nur ein junges Mädchen, sondern ich schlief auch noch mit ihrem Bruder. Selbst wenn sie mit einem Panzer auf mich zugefahren wäre, hätte ich mich kampflos auf den Boden legen und mich überrollen lassen müssen.

„Verstehen wir uns?", hakte ich nach.

Als sie ihre Lippen zwischen die Zähne zog, befürchtete ich kurz, ich hätte sie zum Weinen gebracht. Stattdessen nickte sie nur knapp und widmete sich wieder dem Knoblauchschneiden.

Ich konnte nicht gut mit Kindern umgehen. Selbst meine eigenen Schwestern verunsicherten mich. Die einzigen Teenager, mit denen ich mehr Zeit verbracht hatte, waren Claudias Enkel und diese waren eine Laune der Natur: artig und höflich. Das einzige Mal, dass sich einer von ihnen schlecht benommen hatte, war im Krankenhaus nach dem Angriff auf Claudia gewesen, doch seine Familie hatte den jungen Mann schnell wieder eingefangen, bevor er mich zerfleischen konnte. Ich hatte also keine Ahnung, wie ich mit einem gereizten Bündel von Hormonen umgehen sollte ... schon gar nicht einem weiblichen Bündel von Hormonen.

Eine Sache hatte ich im Leben jedoch gelernt: Gott und die Natur mochten kein Vakuum. Dieselbe Regel ließ sich normalerweise auch auf Menschen anwenden, vor allem Teenager. Wenn man etwas lange genug leer oder still ließ, würde jemand vorbeikommen, um es zu füllen. Tiffany war keine Ausnahme. Es dauerte etwa zwei Knoblauchzehen, bis sie es nicht mehr aushielt.

„Können Sie ... Wie können Sie ihn lieben?" Das Messer hielt inne, verzögerte das Knoblauchmassaker. „Sie sind beide ... Männer."

Dies war kein Gespräch, was ich mit Jaes kleiner Schwester führen wollte. Erst recht nicht, während er noch oben schlief. Am liebsten hätte ich den feigen Weg gewählt und ihr gesagt, dass wir uns später zusammen mit Jae unterhalten würden. Doch ich hatte so ein Gefühl, dass sie darüber leichter mit dem gemeinen großen Schwulen auf der Arbeitsplatte als mit ihrem Bruder reden konnte. Es war ... sicherer. Ich war eine Person, zu der sie größeren Abstand hatte, die sie mit Schmutz bewerfen konnte wie ein wütender Babypavian, wenn sie sich in die Enge getrieben fühlte. Bei Jae konnte sie das nicht tun.

Na ja, theoretisch hätte sie es tun können, aber damit hätte sie ihm das Herz gebrochen. Und trotzt ihrer ganzen dramatischen Teenageraufregung war nicht zu übersehen, dass sie ihren älteren Bruder liebte. Auch wenn die Enthüllung, dass Jae sich zu Männern hingezogen fühlte, ihre Welt ins Wanken gebracht hatte, schien sie sich zu bemühen, damit zurechtzukommen.

Ich wünschte nur, ich hätte gute Antworten für sie gehabt.

Aber ich gab mein Bestes.

„Ich weiß es nicht." Und dazu gehörte auch zuzugeben, dass ich nicht auf alles eine Antwort hatte. „Ich kann dir nur sagen, dass es etwas in mir ist. Ich kann nicht für Jae sprechen, aber wenn ich bei ihm bin, fühle ich mich ... gut. Besser als gut. Als könnten wir gemeinsam alles erreichen. Und wenn ihm etwas wehtut, möchte ich alles tun, um ihm zu helfen. Es fällt mir schwer, es besser auszudrücken. Denn darauf läuft es im Grunde hinaus. Etwas in mir ... wächst, wenn ich bei ihm bin. Er macht mich menschlicher ... zu einem besseren Menschen, allein durch seine Anwesenheit."

„Und das ist genauso ... wie bei einem Mann und einer Frau?"

„Keine Ahnung." Ich musste grinsen. „Eine Frau habe ich noch nie auf diese Weise gemocht."

In der Familie Kim schien Misstrauen eimerweise ausgeteilt zu werden, denn sie benutzte es großzügig. Ihr Seitenblick strotzte geradezu davor. „Wirklich nicht? Haben Sie es denn versucht?"

„Versucht?" Ich schnaubte. „Ich kann dir gar nicht sagen, wie oft ich mir gewünscht habe, Frauen zu mögen. Am schlimmsten war es in der Highschool.

Kannst du dir vorstellen, wie schwer es ist, eine … ähm … du weißt schon … nach dem Sportunterricht unter einem Handtuch zu verstecken? Mit einem Haufen Jungs duschen zu müssen, wenn man auf Männer steht, ist nicht die schönste Art, seine Pubertät zu verbringen."

„Waren Sie mal bei einem Arzt?" Sie wandte sich mir zu, wobei sie das Messer glücklicherweise aus der Hand legte. „Um etwas dagegen zu machen?"

Sie strahlte eine solche *Jugendlichkeit* aus. Ihr unschuldiges Gesicht spiegelte die Arroganz des typischen besserwisserischen Teenagers wider, die tiefe Überzeugung, dass sie auf alles eine Antwort wusste, wenn ihr nur jemand *zuhörte*. Wenn ich darüber nachdachte, fragte ich mich, wie es überhaupt so viele Menschen bis ins Erwachsenenalter schafften, wenn wir alle diesen pubertären Realitätsverlust durchmachen mussten.

„So läuft das nicht, Schatz", wies ich sie sanft zurecht. „Wenn man versucht, seine Neigungen zu ändern, macht einen das nur kaputt. Es ist besser, sich so zu verändern, dass einen jemand lieben kann."

„Aber …" Sie war hin- und hergerissen. Leider gab es keine Handbücher für junge Leute, die ihnen verrieten, was sie *fühlen* sollten. In ihrem Alter hatte ich ebenfalls alle Mühe gehabt, mir über meine Gedanken klar zu werden. Ich hatte dagegen angekämpft, was die Menschen, die mich eigentlich bedingungslos hätten lieben sollen, mir eingeredet hatten. Letztendlich hatten sie mir mehr geschadet als geholfen, hatten für mich ein Labyrinth aus Unsicherheit und Zweifeln erschaffen.

„*Wen* Jae liebt … ist nicht das Wichtigste. Wichtig ist, dass diese Person ihn gut behandelt und ihn so zu schätzen weiß, wie er ist. Wünschst du dir das nicht auch für ihn? Für deinen Bruder?", fragte ich leise. „Ich habe auch einen Bruder … genau genommen habe ich jetzt sogar zwei, und ich kann dir sagen, dass es mir egal ist, welche Körperteile ein geliebter Mensch in ihrem Leben hat. Ich möchte nur, dass sie von jemandem geliebt werden, dem sie wirklich wichtig sind. Denn darum geht es bei der Liebe. Darum, dass man dieser Person … dieser einen Person, die einem das Gefühl gibt, alles erreichen zu können … in ihrem tiefsten Innern wichtig ist. *Das* ist Liebe."

18

EINIGE STUNDEN und einen sehr verlegenen Jae später verpackte ich den Rest von Claudias Blaubeerkuchen und drängte die Kims dazu, die extragroße Luftmatratze mitzunehmen, die ich einmal für einen Campingausflug gekauft hatte. Nachdem ich Tiff zusätzlich einen meiner Koffer gebracht hatte, in dem sie ihre Kleidung verstauen konnte, sobald sie das von Bobby hiergelassene Videospiel beendet haben würde, gesellte ich mich zu Jae, der auf der vorderen Veranda rauchte.

Ich ließ mich auf den Betonstufen nieder, um mich an ihn zu schmiegen. Als ich ihn leicht mit meiner Schulter anstupste, sah er mich mit zusammengekniffenen Augen an und ich musste grinsen.

„Ich kann immer noch nicht glauben, dass du wirklich mit ihr über ... uns geredet hast. Darüber, dass ich schwul bin." Die sinnlichen Lippen, die ich schon so häufig an meinem Schwanz gesehen hatte, legten sich um das Ende seiner Djarum Black und saugten ein wenig Rauch heraus. „Verdammt, ich weiß echt nicht ..."

„Fairerweise muss man auch erwähnen, dass wir über ihre Schuldgefühle geredet haben, weil sie sich ihre Katzenhaarallergie nur ausgedacht hat." Es war eine schwache Ausrede, was mich nicht davon abhielt, es damit zu versuchen. „Sie hat es nur behauptet, weil sie Neko für meine Katze gehalten hat und dich von deinen Besuchen bei mir abhalten wollte."

„Habt ihr auch darüber geredet, dass du *tatsächlich* allergisch bist, aber es meinetwegen erträgst?"

„He, eine kleine weiße Tablette zu meinem Morgenkaffee ist ein kleiner Preis für deine Anwesenheit in meinem Leben." Ich entdeckte den Hauch eines Lächelns an seinem Mundwinkel und beugte mich vor, um es zu küssen, bevor es verfliegen konnte.

Er sah sich um, warf einen verstohlenen Blick auf die großen Fenster, hinter denen sich Tiffany befand. Sie war im Wohnzimmer zu sehen, wo sie mittlerweile zu einem Tanzspiel übergegangen war, das er ihr gekauft hatte. Dabei glitt ihr Blick immer wieder in unsere Richtung. Doch dann lachte er leise und beugte sich vor, um mein Küsschen zu erwidern, und berührte meine Lippen lange genug, um sie einmal mit der Zungenspitze zu streifen.

„Sie wird es noch sehen", warnte ich, obwohl ich seinen nelkengewürzten Kuss genoss.

„Ich glaube, das ist mir egal." Als er ausatmete, trug es so viel in sich. Rauch und Anspannung entwichen in einer wirbelnden Wolke aus seinem Körper. In seinen Augen blitzte ein Anflug von Schuldgefühlen auf und er senkte den Kopf, lachte etwas nervöser. „Na gut, vielleicht nicht ganz. Es ist schwer ... alles so plötzlich … offengelegt zu haben. Ich weiß nicht … Ich fühle mich … als hätte man mich vor der ganzen Welt entblößt. Und es … nimmt mich ganz schön mit."

„Ist es dir zu viel?" Es war eine berechtigte Frage. Wenn es nötig war, mich körperlich etwas von Jae zurückzuziehen, würde ich es tun. Aber er musste mir sagen, wie weit ich gehen durfte, bevor es ihm zu viel wurde. Wie wir waren … wie wir uns verhielten, hing ganz allein von ihm ab. „Sag mir, was du brauchst, Babe. Ich kümmere mich darum."

„Ich glaube … bei dieser Sache muss ich da allein durch", murmelte Jae mit einem Nicken in Richtung seiner Schwester, die halbherzig den Dougie nachtanzte. Dann stolperte sie und ihr Kopf verschwand aus unserem Sichtfeld, als sie Bekanntschaft mit dem Boden machte.

„Deine Schwester … ist nicht die eleganteste Tänzerin, Babe", sagte ich und stupste ihm meinen Ellbogen in die Rippen, bevor ich den Blick hob und den winzigen blinkenden Lichtern eines Flugzeugs nachsah, bis sie in den Wolken verschwanden.

„Um die Truhe herum ist das auch nicht leicht. Sie hätte sie zur Seite schieben sollen. Da sind doch diese Filzdinger drunter. Mit einem kräftigen Schubs geht das." Die Spitze seiner *Kretek* leuchtete auf. „Ich möchte mit ihr zum Studio zurückfahren, damit ich noch mal in Ruhe mit ihr über … uns reden kann. Stört dich das?"

„Nein, ich komme schon klar … und du wirst auch klarkommen." Dann deutete ich grinsend auf das Auto, das soeben am Straßenrand vor dem Haus parkte. „Außerdem kommt anscheinend gerade Besuch für mich."

Ichis schlendernder Gang täuschte – er näherte sich unerwartet schnell. Trotz der kühlen Luft trug er erneut ein kurzärmliges schwarzes T-Shirt – diesmal mit dem Logo eines Tattoostudios in Takeshita Dori, wo auch immer das war – und Jeans, die mehr aus Löchern als aus Stoff bestanden. Jae betrachtete ihn, als er näherkam, musterte die Tätowierungen und das Grinsen, das aussah, als wäre es von meinem Gesicht gekrochen und hätte ein neues Zuhause auf seinem gefunden.

„Er sieht aus wie du", befand er schließlich.

„Wirklich? Ich finde, er ähnelt eher Mike." Mit einem Blick auf die ausgefransten Überreste seiner Hose murmelte ich: „Aber er kleidet sich wie du."

„Hi." Ichi streckte Jae lächelnd seine Hand entgegen. „Ich bin Ichiro, Coles … Bruder." Ich nahm die leichten Unterschiede in ihrer Sprachmelodie wahr. Ichis Worte klangen stakkatoartig, glitten beim Sprechen nach innen und hinab. Ich war eher an Jaes weichen Akzent gewöhnt, der jedes Satzende abrundete und senkte, bevor er sich von Neuem erhob.

„Kim Jae-Min." Er schüttelte Ichiro die Hand, neigte dabei jedoch höflich den Kopf. „Ich bin … Coles Freund."

Bisher hatte ich nie ernsthaft geglaubt, dass man jemanden allein mit Worten vor Überraschung sprachlos machen konnte.

Die Worte *mein Freund* waren nichts, was ich aus seinem Mund erwartet hätte. Ich hatte schon andere Bezeichnungen für mich gehört, die nicht alle schmeichelhaft gewesen waren. Ich hatte ihn selbst schon als meinen Freund oder Partner bezeichnet, wenn ich mit anderen Leuten sprach. Aber *er* hatte sich in meiner Anwesenheit bisher nie mit diesem Wort ... geoutet.

In den nächsten Minuten hörte ich nichts als ein schrilles Summen, nur hin und wieder unterbrochen von meinem Gehirn, das murmelte: *Was zum Teufel hat Jae da gerade gesagt?* Sie redeten weiter. Ich sah, dass sich ihre Lippen bewegten und dass Tiffany im Hintergrund bei ihren Tanzschritten wie ein verrückter Seestern mit den Armen wedelte. Alles andere nahm ich nicht mehr wahr.

„Cole-ah, hörst du mir zu?", drang irgendwann Jaes besorgte Stimme durch den Nebel. „Ichiro kann dir helfen, die Papiere zu übersetzen. Er liest *Hangul*."

„Wenn du meine Hilfe gebrauchen kannst." Auch mein Bruder sah mich an, als hätte ich plötzlich zwei Köpfe. „Da Jae ja jetzt losmuss ..."

„Du sprichst Koreanisch?" Ich musste etwas ziemlich Verwirrendes gesagt haben, denn sie starrten mich an.

„Schon lange. Viele meiner Kunden kommen aus Südkorea rüber. Wir haben es *gerade eben* gesprochen." Ichi legte den Kopf schief und musterte mich gründlich. „Vielleicht hast du nicht zugehört? Kann das sein?"

„Weil es auch so schwer ist, gesprochenes Koreanisch zu erkennen", spottete Jae. „Ist es vielleicht zu sehr wie Vogelgesang oder vorbeifahrende Autos?"

„Ich war nur mit den Gedanken woanders", brummte ich mit einem leichten Klaps gegen Jaes Schulter. „Hast du schon gegessen, Ichi? Ich glaube, ich habe noch einen Rest Pizza, aber ich weiß nicht, ob sie noch genießbar ist. Und vielleicht noch etwas von Tiffs Essen."

„Wenn du sie nicht zum Frühstück verputzt hast, ist sie wahrscheinlich nicht mehr essbar." Mein Liebster wich einem weiteren Klaps aus.

„Und du kannst wirklich nicht bleiben?", fragte ich. Doch obwohl unser Gespräch in der Küche einen Teil der Spannungen zwischen Tiff und mir beseitigt hatte, waren sie wieder etwas aufgeflammt, als Jae sich nach dem Aufwachen zu uns gesellt hatte. Wir waren uns einig gewesen, dass sie vermutlich noch etwas Zeit brauchen würde, bevor wir sie um Hilfe bei der Auswahl des Hochzeitsporzellans baten.

„Nein, wir hatten doch ein paar gute Stunden zusammen." Er lehnte sich ein wenig in meine Richtung und streichelte mir mit der Hand über die Seite – eine kurze, beiläufige Berührung, die ich für seine Verhältnisse noch vor wenigen Monaten als gewagt empfunden hätte. „Ich bringe sie jetzt lieber zurück ins Studio, bevor sie noch mürrischer wird."

„Mürrisch?" Ichi schaute durchs Fenster, um einen Blick auf Tiffany zu werfen. „Sie sieht doch süß aus."

„Ach, mein kleiner Bruder, wie wenig Ahnung du doch von jungen Mädchen zu haben scheinst", sagte ich mit einem traurigen Kopfschütteln. „Komm, Jae, ich helfe dir, eure Sachen zum Auto zu tragen. Ichi, wenn die Pizza nichts mehr ist, mache ich dir ein Sandwich oder so."

Die Hilfe beim Packen des Autos brachte mir einen kurzen Kuss auf den Mund ein, als ich mich zum Fenster auf der Fahrerseite hinablehnte, um mich zu verabschieden. Der Kuss führte dazu, dass Tiffany angewidert zischte und mit den Augen rollte, was ihr wiederum einen warnenden, strengen Blick von ihrem älteren Bruder einbrachte. Nachdem er versprochen hatte, mich anzurufen, lenkte Jae den Explorer rückwärts aus der Einfahrt und fuhr davon.

„Seid ihr schon lange zusammen?", fragte Ichi, der sich unbemerkt genähert hatte. Als ich vor Schreck zusammenzuckte, legte er mir lachend die Hände auf die Schultern, um mich zu beruhigen.

„Schwer zu sagen", antwortete ich verlegen. „Kommt drauf an, ab wann man zählt. Ich müsste ihn fragen, aber wie spricht man *so etwas* an?"

Letztendlich bereitete ich für Ichi ein Sandwich zu, das Dagwood stolz gemacht hätte. Dann musste ich erklären, wer Dagwood war, doch da Ichi sich zufrieden Brot, Fleisch und Käse in den Mund stopfte, ging ich davon aus, dass es ihn nicht besonders störte, falls er meine Erklärung nicht verstand. Während er aß, setzte ich mich auf die Couch und blätterte durch eines der Hefte, die Hong Chul uns gegeben hatte.

„Ich hätte vielleicht erst anrufen sollen", sagte Ichi zwischen zwei Bissen. „Du hättest beschäftigt sein können."

„Schon gut – bestimmt hat Mike dich in den Wahnsinn getrieben und Maddy war gerade unterwegs, um die Welt zu retten, sodass du dich nicht hinter ihr verstecken konntest." Als er lachte, wusste ich, dass ich richtig geraten hatte. Mein Bruder … unser Bruder hatte einen Hang zum Ausfragen und Nachbohren. Nach einigen Stunden mit ihm hatte man häufig das Gefühl, in ein merkwürdiges Geheimdienstverhör geraten zu sein. „Und es ist schön, wenn du vorbeikommst. Dann können wir an diesem Kennenlernzeug arbeiten, das wir uns vorgenommen hatten."

Bei dem Heftchen, das ich ausgewählt hatte, handelte es sich um ein Adressbuch. Die Adressen selbst waren in westlicher Schrift festgehalten worden, die Namen in koreanischer. Einige Orte waren mir bekannt, darunter auch Gyong-Sis Haus. Hong Chuls Großvater Bhak Bong Chol war so akribisch gewesen, dass er beinahe Stalkerniveau erreichte. Unter Gyong-Sis Adresse hatte er offenbar auch die Assistenten des Wahrsagers notiert, ehemalig und aktuell. Nur der letzte Name war nicht durchgestrichen.

„Terry Yi. Und wieder ein so gängiger Nachname. Zu viele Koreaner heißen Yi und Lee. Es ist fast so schlimm wie Kim." Ichiros Blick teilte mir mit, was er von meinem Ethnozentrismus hielt. „Ja, ich weiß, aber es fällt mir dadurch einfach schwer, bei den Verwandtschaften den Überblick zu behalten. Mein Gehirn ist nicht daran gewöhnt. Aber warum hat Bhak den Namen nicht in *Hangul* geschrieben?"

„Weil Terry englisch ist? Zumindest das Wort", informierte Ichi mich durch einen Mundvoll Kartoffelchips. „Ist mit koreanischer Schrift nicht leicht zu schreiben." Er wischte sich die Hände mit einer Serviette ab, bevor er ebenfalls einen der Hefter öffnete. „Wonach suchst du überhaupt genau?"

„Keine Ahnung", gab ich zu. „Aber anscheinend hat Bhak seinen Wahrsager aus Seoul genauer verfolgt. Und der Typ gibt sich hier drüben als schwul aus, aber unser lieber Terry mit dem englischen Namen hat mir verraten, dass Gyong-Si ungefähr so schwul ist wie Zucker sauer."

„Vielleicht ist er bi?", schlug mein jüngerer Bruder vor. „Oder zumindest neugierig in Bezug auf Männer? So geht es mir zumindest. Also ich war neugierig. Bei einigen Männern."

Der Chip, den ich von seinem Teller stibitzt hatte, blieb mir im Hals stecken und ich hustete ölige Krümel auf Bhaks Aufzeichnungen. Ein Schluck Bier beseitigte zumindest so viel davon, dass ich sprechen konnte.

„Bitte was?" Hustend starrte ich ihn an. „Du bist was?"

„Neugierig ... ein bisschen." Er tat es mit einem Schulterzucken ab und betrachtete wieder die Unterlagen. „Ich habe mit einigen Typen experimentiert. Nichts zu Wildes und es war ganz okay. Es war niemand dabei, in den ich verliebt war oder so. Das macht wahrscheinlich einiges aus."

„Meine Güte, weiß Mike davon?" Das Husten hatte endlich nachgelassen und ich rieb mir über die Brust. Das Zusammenziehen der Muskeln hatte am Narbengewebe gezerrt, was zu einem kribbelnden Schmerz führte.

„Ich wüsste nicht, woher er es wissen sollte. Das Thema kam nie auf." Er runzelte beim Lesen die Stirn.

Mit einem leisen Pfiff widmete ich mich wieder dem Adressbuch. „Mann, du bist echt ... voller Überraschungen."

„Mein Vater würde das anders ausdrücken", lachte Ichiro. „Aber von den Männern weiß er zum Glück nichts. Sonst hätte er mich wahrscheinlich schon ertränkt."

Wir verbrachten die meiste Zeit damit, Bier zu trinken und Bhaks Handschrift zu entziffern, fanden aber hin und wieder einen Namen aus meinem Diagramm. Etwa eine Stunde, nachdem wir das *Hangul*-Englisch-Tennismatch begonnen hatten, betrachtete ich die aneinandergeklebten Blätter und bemühte mich, mir zwischen den Strichen und Kästchen einen Überblick zu verschaffen.

„Verdammt, er hatte also ungefähr ... zehn Kinder ... vielleicht? Und niemand hat ihn dafür zur Verantwortung gezogen?"

„Dieser Typ ... Gyong-Si ... kommt jedenfalls ganz schön rum." Ichi folgte einer der Linien mit dem Finger. „Guck doch mal hier."

Mein Diagramm sah mittlerweile aus, als hätte ich über den Zetteln einen Topf Nudeln ausgeleert. Zwischenzeitlich hatte ich die Farbe gewechselt, um hervorzuheben, wann Klientinnen von ihm geschwängert worden waren. Ein roter Krake führte von ihm zu den Frauen, die er sich in Korea geangelt hatte, während

549

es sich bei den Klientinnen in Kalifornien um einen schwarzen Oktopus handelte. Zu einem Kästchen führte sowohl eine rote als auch eine schwarze Linie.

„Eun Joon Lee." Ich stieß einen Pfiff aus. „Verdammt."

„Wenn man bedenkt, dass er von den meisten dieser Frauen bezahlt wurde, kann man das wohl so ausdrücken. Und sie war eine von den ermordeten Frauen?", fragte Ichi nach.

„Das ist ausnahmsweise eine Frage, die ich beantworten kann", sagte ich. „Ja, das war sie. Aber Bhak wusste nichts von ihrer Schwangerschaft. Diese Linie habe *ich* eingezeichnet. Allerdings wusste er, dass sie schon früher einmal schwanger war. Vielleicht stand er hier in Los Angeles sogar in Kontakt mit ihr. Zumindest hat er ihre Adresse in seinem Buch."

„Und was ist dann aus dem Kind geworden?" Ichiro warf einen Blick auf seine Notizen. „Darüber schreibt Bhak nichts. Nur, dass sie damals in Seoul von Gyong-Si schwanger war. Sie muss noch ganz jung gewesen sein. Vielleicht hat sie es verloren oder so?"

„Oder es zur Adoption freigegeben, wie Madame Sun es getan hat", schlug ich vor. „Aber warum sollte sie dann wieder zu ihm gehen und sich ein zweites Mal schwängern lassen? Das ergibt doch keinen Sinn."

„*Nichts* davon ergibt einen Sinn." Mein Bruder rieb sich den gut gefüllten Bauch und rülpste. Als ich lachte, stimmte er mit ein und grinste mir zu. Nichts konnte Brüder so gut verbinden wie das gesellige Ausstoßen von Körpergasen. „Gyong-Si hat also eine Menge Kinder. Warum sollte das jemanden stören?"

„Aus Eifersucht?", vermutete ich. „Oder er hat irgendwo Geld und jemand möchte die Konkurrenz ausschalten. Keine Ahnung – einen anderen Strohhalm, an den ich mich klammern könnte, habe ich bisher nicht gefunden."

Aus Ichiros Handy schallte „Love Addict". Er holte es aus der Tasche und verzog das Gesicht. „Warte kurz. Unser Bruder."

„Ja, das Gesicht mache ich auch immer, wenn er anruft." Ich nahm die zwei leeren Flaschen und Pappteller vom Tisch und stieg über Ichis Beine hinweg, um sie in die Küche zu bringen. Als er mich dabei mit einem spielerischen Stoß vor meine Wade beinahe zum Stolpern brachte, knurrte ich halbherzig. Nachdem ich alles entsorgt hatte, kehrte ich ins Wohnzimmer zurück, wo Ichi seine Sachen zusammensuchte. „Musst du los?"

„Ja, Mike wollte mit mir einige Verträge besprechen, die ich habe aufsetzen lassen. Ich denke nämlich darüber nach, hier ein Studio zu eröffnen. Was meinst du?" Er sah aus wie ein kleiner Junge, der um einen Keks bat. „Würde es dich stören, jedes Jahr für ein paar Monate deinen kleinen Bruder in der Stadt zu haben?"

„Nö, das wäre ganz cool", antwortete ich. Das wäre es wirklich. Wir verstanden uns ziemlich gut und schienen sogar eine Art Bündnis gegen unseren kontrollsüchtigen großen Bruder geschlossen zu haben. „Wenigstens habe ich dann noch jemanden, der für mich Koreanisch lesen kann. Jae scheint allmählich zu merken, dass ich ihn nur wegen seines Verstands benutze und nicht wegen seines sexy Körpers."

„Ich werde es erwähnen, wenn ich das nächste Mal mit ihm rede", neckte Ichi, während er sich seinen Rucksack über eine Schulter hängte.

„Danke, ich will ja auch nie wieder Sex haben." Ich brachte ihn zur Tür und erstarrte, als er mich stürmisch umarmte. Es dauerte einen Moment, bis ich reagierte und ebenfalls die Arme um ihn legte, doch das schien ihn nicht zu stören.

Nachdem er sich von mir gelöst hatte, klopfte er mir auf die Schulter. „Es war nett, das mit dir zu machen. Jetzt habe ich eine bessere Vorstellung von deiner Arbeit. Beim nächsten Mal ziehen wir dann los und lassen dir von dem Typ, den ich vielleicht einstelle, ein schickes Tattoo stechen. Dann kannst du mal meine Welt kennenlernen."

„Auf keinen Fall. Eher würde ich mir bei einer Kieferorthopädiemesse einen blasen lassen." Beim Gedanken daran erschauderte ich. „Kumpel, die einzige Person, die ich mit einem Haufen Nadeln an meine Haut lassen würde, bist du."

Dieses Eingeständnis brachte mir eine weitere Umarmung ein, welche die Luft noch heftiger aus meiner Lunge presste.

„Danke", murmelte er. „Das war das Netteste, was mir jemals jemand gesagt hat. Ich bin froh, dass es von dir kam."

„Ich meinte es ernst. Du bist echt okay." Allmählich wurde es ein wenig zu rührselig für mich. Wir kannten uns noch nicht gut genug, um eine Flasche Whisky aus dem Schrank zu holen und uns unter männerfreundschaftlichen Liebesbekundungen zu betrinken, aber viel fehlte nicht. „Außerdem kann ich einem Fremden, der meine Haut ruiniert, nicht in den Arsch treten. Da du aber mein kleiner Bruder bist, kann ich dich verprügeln und es als normale Geschwisterliebe verbuchen. Du stehst jetzt am Ende der Nahrungskette, Ichi. Das gehört alles dazu, wenn man lernt, einer der Jungs zu sein."

„Und Maddy?" Er zog eine Augenbraue hoch. „Behandelst du sie auch wie einen von den Jungs?"

„Gott, nein", schnaubte ich. „Erstens schlägt man keine Mädchen und zweitens kann sie dich in Gepardengeschwindigkeit einholen und dich mit ihrer Handtasche ungespitzt in den Boden rammen. Leg dich nicht mit der Frau an. Ich glaube, sie schleppt Backsteine mit sich rum, falls sie mal zufällig eine Mauer oder so was bauen will."

Ich schloss die Tür hinter meinem lachenden Bruder und kehrte ins Wohnzimmer zurück, um mich wieder dem pastafarischen Ouija-Brett zu widmen, das ich erschaffen hatte. Bhaks Aufzeichnungen waren ungenau. Ich hatte keine Ahnung, wann Eun Joon das erste Mal schwanger gewesen war oder wann sie Korea verlassen hatte.

„Mal überlegen, Eun Joon, du warst … einundvierzig? Vierzig?" Auch wenn ich mich mit Frauen nicht besonders gut auskannte, kam es mir wie ein recht spätes Alter für ein Kind vor. „Vielleicht hast du dein erstes Kind verloren und mit deinem

Mann wollte es einfach nicht klappen. Bist du dann zu dem Kerl zurückgegangen, der schon mal Erfolg hatte, und wolltest so tun, als wäre es Lees? Aber wenn er wirklich unfruchtbar sein sollte und es auch weiß? Dann könnte er dir bei der Sache mit Gyong-Si auf die Schliche gekommen sein und dich aus Wut umgebracht haben."

Ich brauchte dringend eine Rückmeldung von Wong zu Lee. Je mehr ich mich im Kreis drehte, desto tiefer verfing ich mich und fand nicht mehr heraus. Wenn ich so weitermachte, läge ich vermutlich bald unter einem Berg aus Vermutungen begraben.

Während ich noch diese verdammte rote und schwarze Linie neben Eun Joons Namen betrachtete, klingelte mein Handy. Da ich mit Mike rechnete, der anrief, um mir vorzuwerfen, dass ich Ichiro nicht begleitet hatte, ließ ich es erst einige Male klingeln.

Mike sollte sich nicht einbilden, dass ich bei seinen Anrufen jedes Mal gleich zum Handy stürzte. Das hätte sein ausgeprägtes Ego nur noch weiter anschwellen lassen.

Nur dass ich nach dem Abnehmen nicht die Stimme meines herrischen, überheblichen älteren Bruders hörte. Stattdessen klang sie rauer, geformt aus Gewalt und mit Mühe unterdrückten Gefühlen. Dann erreichte meinen Verstand die Erkenntnis, dass sie ein schnelles, kehliges Koreanisch sprach, bei dem ich mit meinen beschränkten Sprachkenntnissen keine Chance hatte. Dass es klang, als befände sich die Person inmitten einer Spielhalle, machte es mir nicht leichter.

„He, Moment", unterbrach ich den Anrufer. „Bitte auf Englisch. Mein Koreanisch ist leider nur gut genug, um Essen zu bestellen. Wer ist denn da?"

„Fuck, Moment. Ich … Scheiße, Moment. Ich muss hier eben raus." Die Stimmen und das Piepen im Hintergrund nahmen ab, bis lediglich die Atemzüge des Mannes zu hören waren. „Sie sind doch der Typ, der hier war? Ähm … Cole McGinnis?"

„Hong Chul?" Ich hatte nicht lange genug mit ihm gesprochen, um seine Stimme sofort zu erkennen. Allerdings klang sie nun heiserer, als ich sie in Erinnerung hatte. „Was ist los? Ich habe schon einiges gelesen, was Ihr Großvater …"

„Ich rufe nicht wegen dem verdammten Zeug an", knurrte er ins Telefon. „Ich rufe an, weil heute Nachmittag jemand versucht hat, meine Tochter zu erstechen. Und ich will, dass Sie mir sagen, wer hinter dieser ganzen Scheiße steckt, damit ich mich revanchieren kann. Ich schwöre Ihnen, Mann, wenn Abby stirbt, bringe ich jeden Einzelnen um, der jemals mit Gyong-Si zu tun hatte. Und dann nehme ich mir ihn mit einem Messer vor – mal sehen, wie ihm das gefällt."

552

19

KEINE FAHRT dauert länger als die zum Krankenhaus. Vor allem, wenn ein kleines Mädchen, das ich gerade erst kennengelernt hatte, mit den Fingern eines Chirurgen in den Eingeweiden auf einem Operationstisch lag. Unterwegs hatte ich angehalten, um eine Kleinigkeit zu kaufen, die sie zum Lächeln bringen würde, hatte blind nach etwas gesucht, das die albtraumhafte Furcht in mir etwas zurückhalten konnte. Vor meinem inneren Auge sah ich ihre winzigen Flipflops auf der Veranda und ihre kleinen Hände an den Wangen ihres Vaters, als sie sich für einen Kuss vorbeugte.

Ich parkte und überlegte noch, ob ich mich an der Rezeption nach Abby erkundigen sollte, als ich ihren Vater entdeckte. Sein wächsernes Gesicht hob sich deutlich von der blaugrauen Wand des Gebäudes ab.

Hong Chul stand in dem großen, kreisförmigen Raucherbereich des Krankenhauses, in dem seine Tochter um ihr Leben kämpfte. Hätte ich noch Zweifel an seiner Liebe zu Abby gehegt, hätte der Anblick des am Boden zerstörten jungen Vaters, dem es mit seinen zitternden Händen kaum gelang, eine Zigarette anzuzünden, auch den letzten Rest davon beseitigt. Ich wollte ihm sagen, dass ich wusste, wie er sich fühlte. Doch der verbissene Blick, der mich durch das erste Wölkchen aus Mentholrauch erreichte, teilte mir mit, dass er es nicht hören wollte.

Also sprach ich es nicht aus.

Stattdessen zog ich ein kopfgroßes, flauschiges Etwas mit Ohren aus einer Plastiktüte und streckte es ihm entgegen. „Hier. Für Abby. Es ist ein Totoro. Die Dame in dem Laden im japanischen Viertel hat gesagt, die Kinder wären verrückt danach. Also dachte ich, es gefällt ihr vielleicht."

„Danke." Hong Chul machte keine Anstalten, das Plüschtier entgegenzunehmen. Stattdessen zog er kräftig an seiner Zigarette und starrte in den Himmel. Selbst im Orangensprudelton der Parkplatzbeleuchtung sah ich, wie sich Tränen in seinen Augen bildeten. Ein Fleck aus schmerzerfüllter Flüssigkeit, die sich plötzlich in dünnen Rinnsalen verlor. Ich legte den Totoro wieder in die Tüte und ließ mir Zeit dabei, den rundlichen Körper konzentriert an den Tragegriffen vorbeizuschieben, um ihm etwas Zeit zu geben, seine Fassung zurückzuerlangen.

Mausgroße Motten spielten ein gefährliches Spiel mit den Lampen und warfen verschwommene Bat-Signale auf den Asphalt. Etwa hundert Meter entfernt befand sich die Notaufnahme in regem Betrieb. Den automatischen Glastüren blieb kaum Zeit für ein Kuss, bevor sie eine hineinstürzende Person wieder trennte. Am Rand des Raucherbereichs standen einige Männer und Frauen in Krankenhauskleidung, deren Gesichter durch Müdigkeit zu einem leblosen Grau ausgewaschen worden waren. Die Blutflecken auf ihrer Kleidung ließen sie mehr wie ungeschickte Fleischer wirken als wie Lebensretter.

Wenn ich mir ihre erschöpften Mienen so ansah, hätte ich ihnen anstelle eines Skalpells höchstens ein Wattestäbchen anvertraut, doch das Krankenhaus hatte andere Pläne. Einer löste sich aus der Meute, dann der Nächste. Andere kamen, um ihre Plätze einzunehmen – weniger blutbespritzt, aber nicht weniger müde.

Hong Chul und ich waren die Einzigen, die nicht zum Personal gehörten. Es weckte beinahe das Bedürfnis, mir ebenfalls eine Zigarette anzuzünden, um wenigstens teilweise dazuzugehören. Doch auch Hong Chuls Züge wirkten eher halbherzig, nichts im Vergleich zu dem hektischen Paffen, das wie am Fließband neben uns ablief.

„Wie geht es ihr?" Ich musste es fragen. Selbst wenn ich die Antwort nicht hören wollte, musste ich fragen.

„Ganz gut", brummte Hong Chul. „Schätze ich. Nicht gerade fantastisch, aber sie hat die Operation überstanden. Arschloch hat ihre Leber gestreift. Erst müssen wir um ihr Leben fürchten, und jetzt müssen wir auch noch damit rechnen, dass sie plötzlich ganz gelb und krank wird."

Mit den Nebeneffekten einer verletzten Leber kannte ich mich nicht aus, doch wenn ein Organ betroffen war, bedeutete es meistens nichts Gutes. Und Abbys mussten so winzig sein. Ein Messer konnte selbst bei einem Erwachsenen ernsthaften Schaden anrichten. Abbys Inneres hatte vermutlich ausgesehen wie mit dem Mixer bearbeitet.

„Wie ist es passiert?" Seine Tochter war vielleicht einen Meter groß. Höchstens. Jemand hätte sich weit herunterbeugen müssen, um sie zu verletzen. Keine Bewegung, die man übersehen konnte. „Wo ist es passiert?"

„Meine Mom hat sie in eines der koreanischen Einkaufszentren mitgenommen – wegen einer Handtasche oder so, keine Ahnung." Hong Chul ballte seine Hände zu Fäusten und ich trat unwillkürlich einen Schritt zurück. Auch wenn er laut Wong kein gewalttätiger Mann war, konnte es in diesem Augenblick sicher nicht schaden, sich außerhalb seiner Reichweite zu befinden. „Im Erdgeschoss ist dieses Lebensmittelgeschäft und anscheinend gab es da gerade einen großen Angebotstag. Wegen der vielen Menschen hat meine Mom Abby in einen Wagen gesetzt. Als sie gerade nach einem Beutel Reis gegriffen hat, hat Abby plötzlich geschrien und als Mom sich umgedreht hat, war alles voller Blut."

„Was sagt die Polizei? Gibt es Verdächtige?"

„Scheiße, niemand hat etwas gesehen. Da waren zu viele Leute." Er schniefte und wandte den Blick ab. Im Profil wirkte er eher wie ein verlassener kleiner Junge als wie der Gangster, für den Madame Sun ihn zu halten schien. Er verzog den Mund zu einer schmalen Linie, um das Zittern seiner Unterlippe zu unterdrücken, und schien verzweifelt nach Fassung zu ringen. „Wer zum Teufel tut einem Kind so etwas an? *Meinem* Kind?"

Ich hatte Einsätze mit Ben erlebt, bei denen wir Kinder in den schlimmsten nur vorstellbaren Situationen gefunden hatten. Ich war immer wieder verblüfft gewesen, wie brutal Menschen mit Kindern umgehen konnten – vor allem ihren eigenen. Und wenn ich dachte, ich hätte alles gesehen, kroch ein weiteres Monster aus den Tiefen der Hölle und zeigte mir eine neue Methode, wie man die Unschuld und Freude eines Kindes in Stücke schneiden konnte. Diesen seelenlosen Schleier wollte ich niemals in Abbys Augen sehen.

So wie sich Hong Chuls Zähne in den Filter seiner Zigarette bohrten, konnte ich nur schlussfolgern, dass er alles tun würde, um den Angreifer zu finden – und dann gnade ihm Gott.

Er fixierte mich mit seinem verzweifelten, schmerzerfüllten Blick. „Glauben Sie, es war derselbe Kerl, der Vivian umgebracht hat?"

„Ich weiß es auch nicht, aber die Möglichkeit müssen wir in Betracht ziehen." Ich wünschte, ich hätte ihm irgendwie Gewissheit geben können. Aber zurzeit war alles nur Spekulation. „Was hat die Polizei gesagt?"

„Absolut gar nichts. Oben ist noch eine Polizistin und redet mit Mom." Er räusperte sich. „Sie ist eine von denen, die schon bei mir vorbeigekommen sind. Diejenige, die dachte, ich hätte Vivian getötet. Hab ihr dasselbe erzählt, was ich Ihnen gesagt habe. Wenn sie denkt, ich hätte Abby etwas getan, kann sie mich mal."

„Heißt sie O'Byrne?" Als er nickte, wünschte ich mir, ich hätte Bobby angerufen, um ihn wieder als menschlichen Schutzschild gegen sie zu verwenden. Sie war für Vivians Ermordung zuständig und Hong Chul hatte mit ihr in Verbindung gestanden. Da war es nur logisch, dass sie sich auch mit diesem Vorfall beschäftigte. „Sie ist eine Zicke, aber eine hart gesottene Polizistin."

Dann hörte ich aus der Dunkelheit eine Stimme sagen: „Na, wenn das nicht der Mann ist, den ich mir morgen sowieso vorgeknöpft hätte."

Und ich war ziemlich sicher, dass sie den Teil mit der Zicke gehört hatte.

Es sollte wirklich ein internationales Warnzeichen für böse Menschen geben. Na gut, vermutlich war das nicht mit Menschenrechten und dem ganzen Zeug vereinbar – aber Leuten wie mir hätte eine Narrenkappe mit Schellen sehr geholfen, nicht in Fettnäpfchen zu treten. Zumindest die zwischen der Tür und uns stehenden Kittelträger hätten wie Tauben die Flucht ergreifen sollen, als sich die Katze näherte. Doch diesen Gefallen hatten sie mir nicht getan. Also bemühte ich mich um einen freundlichen Gesichtsausdruck, drehte mich um und nickte ihr zur Begrüßung zu.

„O'Byrne." Ich hielt es knapp und professionell. Vielleicht weil ich hoffte, dass sie sich dann schnell auf ihren Besen schwingen und mit ihren Kumpanen davonfliegen würde. Diese Hoffnung machte sie zunichte.

„McGinnis." Sie lächelte. In dem unvorteilhaften Licht nahmen ihre Hyänenzähne einen grässlichen Orangeton an. „Gut zu wissen, dass Sie mich so schätzen. Vor allem, weil ich Sie absolut nicht schätze."

„Ich sage es nur, wie es ist, Detective." Ich unternahm einen zweiten Versuch, Hong Chul den grauen Fellball zu überreichen. Diesmal nahm er ihn an. Das Plastik knisterte laut in seiner Hand und seine Fingerknöchel leuchteten im Zitrusschein blässlich weiß.

Unser verbales Tennismatch ignorierte er schlicht und beschäftigte sich stattdessen damit, seine Zigarette auszudrücken. Dann stieß er den letzten Rest Rauch aus, nickte mir zu und richtete einen seiner unnachgiebigen Blicke auf O'Byrne. Er schien sie nicht wesentlich mehr zu mögen als ich.

„Sind Sie jetzt mit meiner Mutter fertig oder wollen Sie uns noch etwas schikanieren?" Plötzlich wirkte er mit seinem gefährlichen, finsteren Gesichtsausdruck wie der Schurke, den Madame Sun mir beschrieben hatte. Ich wäre gern einen Schritt zurückgewichen, doch hinter mir stand O'Byrne. Hätte ich sie angerempelt, hätte sie mich vermutlich dafür erschossen.

„Ich mache nur meine Arbeit, Mr. Park." O'Byrne benutzte den patentierten beruhigenden Polizistentonfall, den man uns während unserer Ausbildung beigebracht hatte. „Wenn Sie hier fertig sind, hatte Ihre Mutter gehofft, dass Sie nach oben kommen könnten. Als ich gegangen bin, hat Ihre Tochter gerade begonnen aufzuwachen."

„Fuck, und ich bin nicht da." Hong Chul schien alle weiteren gereizten Antworten hinunterzuschlucken und ich klopfte ihm freundlich auf die Schulter. „Wir reden später, Kumpel. Wenn Sie was rausfinden, sagen Sie Bescheid, okay?"

„Ja, sicher." Es war eine Lüge. Sowohl O'Byrne als auch Wong hätten mich geköpft, wenn ich mich mit Erkenntnissen über den Mörder nicht als Erstes an sie gewandt hätte. Als Hong Chul sich entfernte, knurrte die Polizistin mich geradezu an.

„Was zum Teufel machen Sie hier, McGinnis?", ging sie auf mich los, noch bevor Hong Chul das Gebäude betreten hatte. „Warum treiben Sie sich hier mit einem meiner Verdächtigen herum?"

„Er hat mich angerufen. Wir sind im selben Yogakurs." Ich trat aus dem krebsverursachenden Kreis, doch mit ihren langen Beinen folgte sie mir mühelos.

Nachdem wir uns ein Stück vom Raucherbereich entfernt hatten, packte sie mich beim Arm und drehte mich zu sich herum. Ich ließ es zu. Sie war mit Bobby befreundet und wer wusste schon, wann ich ihn wieder bitten musste, ihr Informationen für mich zu entlocken. Es bedeutete nicht, dass es mir gefiel oder ich sie gern denken ließ, dass sie mich so behandeln konnte. O'Byrne wandte jede der unauffälligen Einschüchterungstechniken an, die wir alle gelernt hatten. Sie straffte die Schultern, stemmte die Hände in die Hüften, gab den Blick auf ihre Waffe frei.

Ich wusste, dass sie sich nicht so verhielt, weil sie beweisen wollte, wie sehr sie zu den Jungs gehörte. Solche Spielchen hatte sie nicht nötig. Sie hatte sich lediglich so sehr der Uniform verschrieben, dass vermutlich selbst ihr Blut die blaue Farbe angenommen hatte. Mein Blut war nach wie vor rot. Obwohl mir die Arbeit als Polizist gefallen hatte, war sie nicht mein ganzes Leben gewesen. Polizisten wie O'Byrne träumten schon im Milchzahnalter von Handschellen und

556

Dienstmarken. Ich hatte Hong Chul die Wahrheit gesagt: Sie konnte eine Zicke sein und würde keine Rücksicht auf mich nehmen, wenn ich ihr bei der Arbeit im Weg stand. Aber letztendlich war sie auch eine verdammt gute Polizistin.

Und ich war froh, dass sie sich mit Abbys Fall beschäftigte, selbst wenn es nur am Rande war.

Als ich meinen Blick demonstrativ zu ihrer Hand auf meinem Arm senkte, ließ sie mich los. „Glauben Sie wirklich, dass Hong Chul seine eigene Tochter angegriffen hat? Das ist verrückt, selbst für Ihre paranoiden Verhältnisse."

„Nein, das glaube ich nicht. Aber er könnte wissen, wer es getan hat. Ich hatte gehofft, ihm würde jemand einfallen, der etwas gegen ihn hat." O'Byrnes finsterer Blick musterte mich kurz, bevor er zu einem ankommenden Krankenwagen abschweifte. Aus irgendeinem Grund war sie angespannt. Wäre ich der Typ für Wetten gewesen, hätte ich auf mich als Grund gewettet. „Hat er Ihnen irgendetwas verraten, das mir weiterhelfen könnte? Da Sie ja jeden Sonntag zusammen Frisbee spielen und so?"

„Nein, wir haben auch nur über den Täter spekuliert. Haben Sie eine Vermutung?" Ihr genervtes Brummen interpretierte ich als ein Nein. „Glauben Sie mir, wenn ich etwas Handfestes hätte, würde ich es Ihnen sagen. Oder vielleicht lieber Wong. Bei dem springt dafür wenigstens noch ein Sechserpack Bier raus. Von Ihnen bekomme ich nichts als Feindseligkeit."

„Betrachten Sie das alles nur als Spiel, McGinnis?" Sie war schon beim Herauskommen gereizt gewesen und ich hatte das Fass offenbar zum Überlaufen gebracht. „Wissen Sie, man hat mich ja gewarnt, dass Sie ein ziemlicher Witz sind, aber ich wollte Ihnen eine Chance geben. Anscheinend ist Ihr Ruf berechtigt."

„Falls Sie glauben, dass es mich auch nur im Geringsten interessiert, was irgendwelche Polizisten über mich sagen, sind Sie nicht ganz bei Trost." Ich machte einen Schritt auf sie zu, sodass ich dichter vor ihr stand, als ihr angenehm sein konnte. Sie wich nicht zurück, blieb unbeirrt stehen. Ich sprach mit leiser Stimme, die jedoch von Verärgerung durchzogen war. „Madame Sun ist zu mir gekommen, weil die Polizei sie nicht ernst genommen hat. Ich habe Wong alles erzählt, was ich über Choi herausfinden konnte, und hätte auch versucht mit Jenkins zu reden, wenn ich mir davon Erfolg versprochen hätte. Also werfen Sie mir nicht vor, ich würde die Sache für einen Witz halten."

„Ich wusste nicht, dass Sie mit Wong geredet haben." Ihre Augenbrauen näherten sich einander. „Weshalb?"

„Gangjun Gyong-Si legt seine Kundinnen vermutlich mit einer Sextherapie-Masche herein. Eun Joon Lee war eine davon. Ich glaube, er hat sie vor ihrer Ermordung geschwängert. Vielleicht auch schon in Seoul. Ich *weiß*, dass Vivian Na und Hong Chul seine Kinder sind. Ich bin noch nicht sicher, wie May Choi hineinpasst – abgesehen davon, dass ihr Mädchenname Gangjun war. Sie könnte mit Gyong-Si verwandt sein, aber er bestreitet es." Ich zählte das Ganze einen Finger nach dem anderen für sie auf, legte die Zusammenhänge dar. „Anscheinend spielt er den schwulen Wahrsager, der ‚sicher' für Frauen ist. Und die Sexsache weiß ich nur vom Hörensagen. Und das war es auch schon. Viel mehr kann ich Ihnen nicht sagen."

„Ich wusste, dass Klientinnen von Sun gestorben sind, aber nichts von diesem Gyong-Si. Also hat er offenbar etwas mit der ganzen Angelegenheit zu tun." Sie grübelte über meine Worte nach. „Dass er vorgibt schwul zu sein, ist ja kein Verbrechen. Vielleicht könnte man von Betrug reden, aber das würde vor Gericht eher nicht standhalten. Vielleicht Autoritätsmissbrauch, wenn ich jemanden zum Reden bringen kann. Ich werde Wong fragen, was er noch zu ihm hat."

„Es ist auch egal, ob er schwul oder bi oder sonst was ist", antwortete ich. „Das Entscheidende ist, dass er irgendjemanden wütend zu machen scheint. Vielleicht ist jemand in ihn verliebt und darüber verärgert, mit wie vielen Frauen er schläft. Oder ein Ehemann hat herausgefunden, dass seine Frau von ihrem Wahrsager geschwängert wurde, und dreht jetzt durch. Wong wollte herausfinden, ob Lees Mann von ihrer Schwangerschaft wusste …"

„Er wurde heute Nachmittag wegen Mordverdachts verhaftet." Sie wippte ungeduldig mit dem Fuß. „Ich glaube nicht, dass er es getan hat, aber der Captain hat Wong dazu gedrängt. Er ist bald wieder auf freiem Fuß, da bin ich mir sicher. Bei ihm gibt es nichts als Indizien."

„Jenkins hat bei dem Fall miese Arbeit geleistet. Es ist hundertprozentig niemand über den Balkon in die Wohnung geklettert."

„Ich hätte ja gefragt, woher Sie wissen, dass er das in seinem Bericht behauptet hat, aber es klingt, als hätten Sie für solche Fälle immer Wong in der Hinterhand." Sie sagte es mit einem höhnischen Lächeln, das allerdings ziemlich halbherzig war.

„Nee, das habe ich selbst herausgefunden, bevor es überhaupt sein Fall war." Ich führte nicht näher aus, woher genau ich die Information hatte. Von mir aus sollte sie ruhig denken, dass Jenkins es mir für eine Flasche Wodka und eine Schachtel Donuts verraten hatte. „Hören Sie zu, ich weiß nicht, was ich Ihnen sonst noch sagen soll. Ich bemühe mich, der Polizei nicht in die Quere zu kommen, aber ich muss mich um meinen Fall kümmern. Sun hat mir einen Auftrag gegeben. Ich arbeite für sie. Sie wollte herausfinden, warum ihre Klienten sterben mussten. Jetzt hat sie eine tote Tochter und da oben liegt ein kleines Mädchen, das von jemandem aufgeschlitzt wurde."

„Tja, tun Sie mir einen Gefallen …"

„Weil wir uns ja so gut verstehen", warf ich ein.

„Seien Sie kein Idiot, McGinnis", knurrte sie. „Wir konnten einige Zeugen finden, die ausgesagt haben, dass Darren Shim der Schütze war, aber jemand anders den Wagen fuhr. Falls Hong Chul Ihnen verrät, wer es war, lassen Sie es mich wissen. Sofort. Es könnte gut sein, dass er Abbys Angreifer war. Vielleicht war das Ganze eine Warnung für Mr. C-Dog, ja nicht zu plaudern."

„Detective, falls Hong Chul den Fahrer des Autos kennt, wird es nicht nötig sein, dass ich Sie über seinen Namen informiere. Spätestens morgen werden sie seine abgetrennten Körperteile in Koreatown verstreut finden."

AM NÄCHSTEN Morgen stellte ich nach zu wenig Schlaf fest, dass ich keinen Kaffee mehr hatte. Katzenfutter war noch reichlich vorhanden, doch meinen Bohnenvorrat hatte ich unbemerkt dahinschwinden lassen. Vor mich hin brummend zog ich mich an und wagte mich in die leicht kühle Morgenluft hinaus, um mit dem Stapel Unterlagen, die ich mir von der Truhe zusammengesucht hatte, durch den Sprühnebel der Rasensprenger zum Eingang meines Büros zu sprinten. Als ich die Stufen erklommen und mit meinen feuchten Sohlen den frisch gestrichenen Verandaboden erreicht hatte, bremste ich rutschend. Während ich möglichst viel von der Feuchtigkeit abschüttelte und meine Tasche nach dem Schlüssel durchwühlte, wurde mir plötzlich klar, dass ich frischen Kaffee roch. Und die schwere Holztür war nicht abgeschlossen, sondern ließ sich aufschieben.

Den Kaffeeduft hätte ich noch ignorieren können – schließlich waren die Hipster-Sisters vom Café gegenüber Frühaufsteherinnen, da viele der Masochisten, die noch vor Sonnenaufgang joggten, sich dort unterwegs ihre erste Dosis Kaffee genehmigten. Die offene Bürotür war etwas anderes. Ich legte den Ordner mit den Unterlagen auf einem der Adirondack-Stühle ab, drückte vorsichtig die Gittertür auf und schob mich leise ein Stück ins Büro.

Und wurde von einer stattlichen, älteren schwarzen Frau angestarrt, deren hübsches, rundes Gesicht ein skeptisches Stirnrunzeln zierte.

„Junge, was zum Teufel soll das werden? Du bist zu alt, um Ninja zu spielen." Claudia hatte ihren bösen Blick vermutlich schon perfektioniert gehabt, bevor ich meinen ersten Atemzug getan hatte, und benutzte ihn rücksichtslos, bis man sich fühlte, als würde einem die Haut vom Körper gebrannt. „Beweg deinen Hintern entweder hier rein oder bleib draußen. Es wird kalt."

„Oh, Scheiße, nein", stieß ich aufgewühlt hervor. „Du *darfst* nicht hier sein."

„Hast du gerade vor mir geflucht?" Sie stand auf und packte den an ihrem Schreibtisch lehnenden Gehstock. Wenn ich nicht vorsichtig war, würde sie mir mit dem Ding, das eher zu einem Zuhälter aus den 1920er-Jahren gepasst hätte, eine Gehirnerschütterung verpassen. „Das will ich nicht gehört haben. Und jetzt schließ die verdammte Tür."

Wenn einem das Leben eine herrische Südstaatenfrau schickte, deren strenge Hand aus acht Jungen erwachsene Männer gemacht hatte, dann tat man, was sie sagte. Selbst wenn am Horizont schon der Tod auf einen wartete, wenn der älteste Sohn der besagten Frau herausfand, dass man sie in seinem Büro sitzen ließ. Ich hätte niemals zugegeben, dass meine Hände zitterten, als ich hinausging, um den Ordner zu holen. Sie waren nur etwas kalt.

Abgesehen von ihrem Stock und einer leichten Steifheit ihres Gangs sah meine Büroleiterin gut aus. Sie war kampfbereit zurückgekehrt. Während ihrer freien Zeit hatte sie eindeutig einen Friseur besucht. Ein dunkles Siena zierte nun ihr gewelltes Haar und von den silbernen Strähnen, die sie sich verdient hatte, war nichts mehr zu sehen. Mit einem dunkelvioletten Sonntagskleid und kurzem schwarzem Jäckchen gerüstet fehlten ihr lediglich ein Hörnerhelm und eine Hellebarde. Wobei ich bei näherer Betrachtung ihres schweren Gehstocks nicht ausschließen wollte, dass sich darin ein Speer verbarg.

Claudia tappte zur Kaffeemaschine hinüber, um ihre Tasse aufzufüllen und sorgfältig ein Tütchen Zucker und einen Schuss Sahne hineinzurühren. Der Stock machte auf dem glatten Boden ein dumpfes Geräusch, als sie zu ihrem Schreibtisch zurückkehrte. Dass sie mir keinen Kaffee angeboten hatte, erwähnte ich lieber nicht.

Ich war ohnehin zu sehr damit beschäftigt, mir zu überlegen, wie ich Martin anrufen und dennoch einigermaßen wie ein Mann klingen könnte, wenn ich ihn um Gnade anflehte.

„Martin reißt mir den Kopf ab", merkte ich an, als ich möglichst ungezwungen an ihrem Tisch vorbeiging, um zu meinem zu gelangen. „Nur damit du's weißt: Wenn er mit mir fertig ist, bekommt Jae das Haus. Vermutlich wird er hier ein Fotostudio einrichten, aber eine Büroleiterin kann er dann trotzdem gebrauchen. Ich lege ein gutes Wort für dich ein. Kurz bevor ich meinen letzten Atemzug darauf verwende, ihm zu sagen, wie sehr ich ihn liebe."

Sie wollte gerade etwas erwidern, vermutlich etwas, das meiner Männlichkeit den letzten Rest gegeben hätte, als plötzlich Bobby hereinschneite. Sein verblüffter Blick, als er Claudia bemerkte, war unbezahlbar. Ich hätte gelacht, wäre ich nicht so sehr damit beschäftigt gewesen, darüber nachzugrübeln, wann ich das letzte Mal mein Testament auf den neuesten Stand gebracht hatte.

„Verdammt, Cole. Martin wird dir die Eier abreißen. Und sie dann zur Dekoration an sein Auto hängen, nachdem er dich bei lebendigem Leib gehäutet hat."

Er hatte eine Tüte Bagels mit Frischkäse mitgebracht, die er nun auf meinem Schreibtisch ablegte, bevor er sich der Kanne mit dem rasch sinkenden Kaffeepegel näherte. Im Gegensatz zu meiner geliebten Büroleiterin reichte er mir einen Thermobecher Kaffee und setzte eine neue Kanne auf, damit auch genug davon für meine Totenwache vorhanden sein würde.

„Hier wird keiner umgebracht", verkündete Claudia lautstark. „Wenigstens nicht, bis ich diese verdammte Serie fertig habe, nach der ich wegen Hyunae süchtig bin."

„Wie bist du hergekommen? Du kannst doch nicht fahren, oder?" Ihr Auto hatte ich nicht gesehen und ich erinnerte mich daran, dass der Arzt ihr das Fahren während ihrer Genesung verboten hatte. „Scheiße, sag nicht, du hast dich von einem der Halbstarken herbringen lassen. Die sind zu jung zum Sterben."

„Damit du's weißt, Mister, ich habe ein Taxi genommen." Claudia beugte sich vor, um die Lücke zwischen unseren Schreibtischen zu überbrücken und einen spitzen Fingernagel in meine Haut zu bohren. „Die Kinder können mich heute Nachmittag mitnehmen, wenn sie fertig sind. Bis dahin halte ich hier die Stellung. Ich habe mir sogar etwas zu essen mitgebracht, damit ich zum Mittagessen nicht aus dem Büro muss."

„Wie wär's, wenn ich dich später zu Hause absetze?", schlug ich vor. „Dann kann ich auch versuchen, Martin mit irgendetwas zu bestechen ... vielleicht mit den Studiengebühren für Mo und Sissy."

„Gute Idee", meldete sich Bobby zu Wort. „Vielleicht bricht er dir dann nur den Rücken. Du weißt schon, so Bane-mäßig."

„Ihr zwei geht mir ganz schön auf die Nerven." Noch war ihre Stimme ruhig, doch es schwang etwas darin mit, das uns warnte, es nicht zu weit zu treiben. „Mir war langweilig. Hier kann ich mich wenigstens langweilen, ohne dass jemand versucht mir Suppe aufzudrängen oder mich zum Schlafen zu überreden. Ich schwöre bei Gott, so wie sich die Kinder benehmen, könnte man meinen, ich wäre gestorben und dann wieder aus dem Grab gekrochen."

„Das liegt daran, dass wir dich lieben." Beinahe wäre ich zusammengezuckt, als sie sich mir zuwandte, doch anstatt mir einen Klaps auf den Hinterkopf zu versetzen, sah sie mich lediglich mit feuchten Augen und einem wehmütigen Lächeln an. „Und du hattest immerhin eine Schussverletzung."

„Pfff, Junge, du hast mehr Löcher als ein Sieb und bist trotzdem wie der dämliche rosa Hase mit den Batterien. Da komme ich mit einem einzigen schon zurecht." Sie lehnte sich wieder auf dem Stuhl zurück und schaltete ihren Computer ein. „Wenn ich müde werde, kann ich mich auf der Couch im Besprechungsraum etwas hinlegen. Außerdem habe ich Martin einen Zettel dagelassen. Wenn er ein Problem hat, kann er das mit mir klären."

„Es ist schön, dich zu sehen." Ich rollte mit meinem Stuhl zu ihr hinüber, um sie auf die Wange zu küssen. Sie roch nach Babypuder, Zuhause und einem schwachen Hauch von Veilchen. Ich küsste sie ein zweites Mal, nur um zu sehen, wie ihre Wangen sich röteten. Mit einem Klaps auf meinen Oberschenkel schob sie mich fort. Dann keuchte sie, denn ihr Computer hatte inzwischen das Hintergrundbild geladen und was ich von meinem Schreibtisch aus erkennen konnte, sah wie ein Model aus einer Werbung für Silikonimplantate aus.

„Wieso ist ein halb nacktes Mädchen auf meinem Computerbildschirm?" Ich hatte nicht gewusst, dass sie ihren Schreibtischstuhl schnell genug herumdrehen konnte, um einen Wirbelsturm zu erzeugen, und wusste ebenfalls nicht, wie es ihr gelang, ihre Augen wie Laser aussehen zu lassen. Aber es war der Fall. „Cole, was für ein perverses Zeug hast du Mo an meinem Computer machen lassen?"

Das Bürotelefon bewahrte mich davor, antworten zu müssen. Ein Blick auf die angezeigte Nummer verriet mir alles, was ich wissen musste. Ich schnappte mir einen Bagel, meinen Kaffee und Bobby, um eilig aus dem Büro zu verschwinden und das Gespräch mit Martin Claudia zu überlassen. Die Flucht zu ergreifen hatte sich in der Vergangenheit häufig bewährt. Ich hatte nicht vor, diese wirksame Überlebensmethode nun aufzugeben – vor allem, wenn Claudia mit Martin über Mos ästhetische Vorlieben reden wollte.

Wir waren schon ein ganzes Stück in Bobbys Pick-up gefahren, als er die offensichtliche Frage stellte: „Okay, Prinzessin, wo fahren wir überhaupt hin?"

„Ich wollte mal sehen, was Gyong-Si heute so treibt." Dass Bobby mir Kaffee gebracht hatte, wusste ich zu schätzen, aber er hätte mehr Zucker gebraucht. Während ich trank, brachte ich ihn auf den neusten Stand meiner Ermittlungen, was er hin und wieder mit einem Brummen kommentierte. „Ich weiß nicht, wo ich sonst ansetzen sollte. Vielleicht fällt Gyong-Si eine verrückte, besitzergreifende Frau aus seiner Vergangenheit ein. Oder eine mit rachsüchtigem Ehemann."

„Weil ihn das Ganze so interessiert?", fragte Bobby sarkastisch. „Der Typ regt mich echt auf. Nicht nur weil er vorgibt, zu unserem Team zu gehören – was wirklich schon krank genug wäre. Aber wenn er eine Ahnung hat, wer hinter der ganzen Sache stecken könnte, warum bemüht er sich nicht und rückt für die Polizei wenigstens ein paar Namen heraus?"

„Auf mich hat er von Grund auf egoistisch gewirkt", antwortete ich. „Aber nach meinem Gespräch mit O'Byrne gestern Abend rechne ich damit, dass die Polizei bald wieder bei ihm auf der Matte steht."

„Und du glaubst, er weiß es?" Er legte fragend den Kopf schräg, ohne den Blick von der Straße zu nehmen. Der Morgenverkehr hatte noch nicht ganz die Stufe „verrückt" erreicht, wurde jedoch stetig zäher. „Dass er so viele Kinder hat, meine ich."

„Ja. Bhak hat ihn wegen Hong Chul zur Rede gestellt. Anscheinend wollte er Gyong-Si nach Abbys Geburt warnen, sich von der Familie fernzuhalten. Offenbar hat er Bhak in einem Brief versprochen, die Familie in Ruhe zu lassen, wenn Bhak in sein Wahrsagerunternehmen hier in Los Angeles investieren würde. Ob Hong Chuls Großvater tatsächlich Geld lockergemacht hat, weiß ich nicht."

„Wie soll man denn bitte in ein ‚Wahrsagerunternehmen' investieren? Was muss man da bezahlen? Kristallkugeln? Wie viele Räucherstäbchen kann man schon brauchen?" Bobby schnaubte. „Was für ein Arschloch."

„Ja, das fasst es gut zusammen", stimmte ich zu. „Und Jae und Ichiro sehen es ähnlich."

„Wo wir schon mal bei Ichiro sind, sag mir eins, Prinzessin." Bobbys Gesicht verzog sich zu einem schelmischen Grinsen. „Wie lange wirst du weinen, wenn ich deinen appetitlichen kleinen Bruder ins Bett bekommen habe? Und wie viel davon ist dann Neid, weil du dir heimlich wünschst, vor ihm mit mir geschlafen zu haben?"

20

ES GIBT Momente im Leben, in denen man sich wünscht, eine Waffe bei sich zu haben. Zum Beispiel wenn man sich auf der falschen Seite der Glasscheibe eines Löwengeheges befindet, wenn man in der Jahreszeit mit Weihnachtsmusik in einem Aufzug festsitzt oder wenn dir dein angeblich bester Freund nicht nur ausführlich beschreibt, was er mit deinem kleinen Bruder vorhat, sondern auch noch vorschlägt, du könntest doch mitmachen.

Glücklicherweise parkten wir bald vor Gyong-Sis Haus, denn lange hätte ich es nicht mehr ausgehalten, ohne durch meine Faust in seinem Gesicht einen Verkehrsunfall zu verursachen. Leider war das Zuknallen der Autotür der einzige Ersatz dafür, Bobby eine Kugel in den Bauch zu jagen. Das Klirren der bebenden Scheibe verschaffte mir immerhin ein wenig Genugtuung.

„Das ist nicht lustig, Kumpel", teilte ich Bobby über das Autodach hinweg mit. Da er nur grinste, schlug ich mit der flachen Hand auf das lackierte Metall, um meinen Worten Nachdruck zu verleihen. „Bobby, ich meine es ernst. Bleib mit deinem Scheiß von ihm weg. Nur weil ich dir erzählt habe, dass er mal seinen Zeh ins Wasser gehalten hat, musst du nicht gleich versuchen, ihn zum Nacktbaden mitzunehmen."

„Ja, schon gut." Er hob abwehrend die Hände. „Ich werde deinen sexy kleinen Bruder um nichts anderes als ein Lächeln bitten. Versprochen, Prinzessin."

„Hör nur ein einziges Mal auf, mit deinem Schwanz zu denken, Bobby." Dass Bobby um ihn herumscharwenzelte, war das Letzte, was ich mir für Ichiro wünschte. „Ich liebe dich ja, Mann, aber du bist 'ne ganz schöne Nutte."

„Und wenn er von sich aus auf mich zukommt?" Das gekonnte anzügliche Grinsen passte perfekt auf Bobbys raues, gut aussehendes Gesicht. Es verbrachte dort viel Zeit, vor allem, wenn wir uns in Klubs, Bars oder dem Boxstudio herumtrieben.

„Dann sagst du es mir, damit ich ihn davon abbringen kann, an den falschen Mann zu geraten", sagte ich in beißendem Tonfall. Als Bobby genickt hatte, fuhr ich fort: „Also kommst du jetzt mit rein oder willst du hier finster rumhängen wie Buttercup von den Powerpuff Girls?"

„Du siehst dir die Powerpuff Girls an?" Er folgte mir zum hinteren Teil des Wohnkomplexes, wo Gyong-Sis Bungalow in all seiner regenbogenfarbenen Pracht auf uns wartete.

„Kumpel, ich war monatelang ans Bett gefesselt. Die Powerpuff Girls waren beruhigend. Aber sieh dir niemals die Teletubbies an", warnte ich ihn. „Davor bleibt

563

man Stunden hängen. Das ist schlimmer, als wenn man WoW spielt. Also, kommst du mit rein oder wartest du?"

„Ich entscheide mich fürs Rumhängen. Könnte ja sein, dass er dich umlegt und versucht zu flüchten." Dann riss er die Augen auf, als wir um die Ecke bogen und er mit der gesamten Farbskala des Hauses konfrontiert wurde. „Großer Gott … das ist … wow. Wie sieht es innen aus?"

„Ruhiger. Er hat sich für den friedlichen Zen-Look entschieden." Die Stufen knarzten etwas unter unseren Füßen. Die Flyer und Broschüren waren ordentlich sortiert, neonfarbene Flecken neben Schmetterlingspastell. Eine sanfte Brise erfasste die Windspiele und begleitete uns mit an ein Cembalo erinnernden Klängen zur Tür. „Wenn er rauskommt, schau ihm bloß nicht direkt in die Augen", sagte ich. „Er könnte der Typ sein, der Fremde umarmt."

Ich ließ Bobby auf der Veranda zurück und trat ein. Im Empfangsbereich war niemand zu sehen. Terry war nicht da, doch auf dem Tisch lag eine Schachtel Zigaretten der Marke, die er beim letzten Mal geraucht hatte. Außerdem stand ein fast leerer Plastikbecher mit Eistee oder vielleicht -kaffee neben einem Stapel Papiere Wache. Vermutlich war er also nur kurz fort, um etwas zu erledigen. Oder er hatte an diesem Morgen das Handtuch geworfen und war ohne sein Koffein und Nikotin abgerauscht.

Aus dem Flur war ein Geräusch zu hören, gefolgt von Gyong-Si, der durch den Perlenvorhang trat und ihn zur Seite warf wie ein falscher Zauberer, dem es nicht gelang, ein kleines Mädchen und ihren Hund einzuschüchtern. Als er mich im Empfangsbereich stehen sah, war seine erste Reaktion ein von ganzem Herzen kommendes „Scheiße".

Was auch in den letzten Tagen mit ihm geschehen war, es hatte ihn aufgefressen. Der schillernde Ratgeber war verschwunden und durch einen alten Mann in einem fleckigen, mattblauen Jogginganzug ersetzt worden, der aussah, als hätte er ihn einem Obdachlosen abgerungen. Von dem sorgfältig aufgetragenen Make-up war nichts mehr zu sehen, sodass im harschen Tageslicht jede Falte und Vertiefung in seiner Haut aufstand und laut rufend die Aufmerksamkeit des Betrachters auf sich zog. Gräuliche Stoppeln zogen sich ungleichmäßig von irgendwo unter seinem Kinn über seinen Kiefer bis zu seinem Hinterkopf hinauf. Flecken unreiner Haut verwandelten seinen kahlen Kopf in eine einfarbige Version von „Twister". Das einzige bisschen leuchtende Farbe an ihm waren die knallroten Crocs, die er über schmutzigen weißen Socken trug.

Außerdem stank er. Wie eine fünfzehn Tage lang nassgeschwitzt in einem geschlossenen Spind vergessene Tennissocke.

„Sie!" Als er den Mund öffnete, drang der Geruch von billigem Alkohol zu mir herüber. Gyong-Si näherte sich und stieß mir die flache Hand auf die Brust. Doch seine Beine schienen ihn nicht richtig zu tragen und er schwankte, verlor das Gleichgewicht. „Verschwinden Sie aus …"

Ich hielt ihn fest, bevor er zu Boden stürzen konnte. Er schien aus nahezu hundertfünfzig Kilo betrunkenem Schmerz zu bestehen, denn meine Armmuskeln mussten kämpfen, um sein beinahe volles Gewicht zu tragen. Aus der Nähe war der Gestank sogar noch schlimmer – eher wie ein seit sechs Wochen nicht mehr gelehrter Müllcontainer während einer Hitzewelle. Ein beißender, stechender Schmerz schoss durch meine Schulter und meine Seite. Ich musste irgendeinen Laut ausgestoßen haben, denn Bobby kam durch die Tür gestürzt, bevor ich Gyong-Si auf den Teppich fallen lassen konnte. Doch er zögerte, mir zu helfen, als ihn der erste Hauch der Ausdünstungen des Mannes erreichte.

„Komm schon, nimm seinen Arm", zischte ich. Gyong-Si wand sich und verdrehte die Augen, bis ich fast nur noch Weiß sah. Als er ein Gurgeln ausstieß, fürchtete ich, dass er entweder eine Art Anfall hatte oder kurz davor war, seinen Mageninhalt von sich zu geben. „Hilf mir wenigstens, ihn nach hinten zu tragen."

Bobby beugte sich hinunter und schob eine Schulter unter Gyong-Si, nahm mir sein Gewicht ab. „Halt mir den Vorhang auf und zeig mir den Weg zum Badezimmer, dann können wir ihn unter einer heißen Dusche abladen."

„Mann, wahrscheinlich wäre selbst ein Vulkan voller Lava nicht heiß genug, um diesen Gestank wegzubrennen", brummte ich, zog aber die Perlen zur Seite, damit Bobby sich nicht darin verfing. Gyong-Sis Fuß hatte nicht so viel Glück: Sein Knöchel blieb hängen und riss einige Perlenschnüre aus dem Vorhang, als Bobby hindurchging.

„Mach die ab", brummte Bobby. „Heute ist nicht Mardi Gras."

„Dann halt verdammt noch mal still", brummte ich zurück. Nachdem ich die Perlen von Gyong-Sis Bein gelöst hatte, folgte ich Bobby bei seinem mühsamen Weg durch den Flur. „Geh weiter geradeaus. Ich glaube, die Wohnräume sind ganz hinten."

Schließlich fanden wir das Badezimmer, einen recht großen Raum im Retrodesign, dessen Dusche ausreichend Platz bot, um Gyong-Si problemlos hineinzusetzen und das Wasser anzustellen. Bobby schnupperte an seinen Händen und wandte sich dem Waschbecken zu, wo er etwas von dem warmen Wasser abzweigte, um sie zu reinigen. Nach ungefähr einer Minute unter dem Wasserstrahl wurde Gyong-Si wieder munter. Prustend wedelte er mit den Armen und schlug damit vor die Glaswände. Er schrie und hämmerte so wild gegen die Abtrennung, dass ich fürchtete, das Glas werde nachgeben.

Nachdem Bobby seine Hände an einem mit rosafarbenen Muscheln bestickten Handtuch getrocknet hatte, warf er es auf die geschlossene Toilette und erklärte: „Jetzt ist er dein Problem, Prinzessin." Er deutete mit dem Daumen auf den strampelnden Gyong-Si. „Ich warte draußen. Vielleicht kann ich mir ein Spiel ansehen – vorne stand doch ein Fernseher."

„Jetzt im Ernst? Leck mich." Doch ich redete bereits mit Bobbys Rücken. Also krempelte ich mir die Ärmel hoch, um mich auf den Kampf vorzubereiten, und schob die Glastür auf. Bei Gyong-Sis Unterwäsche zog ich die Grenze, doch davon abgesehen entledigte ich ihn seiner Kleidung und bearbeitete ihn mit Seife und einem rauen Waschlappen, um den Gestank von seiner Haut zu entfernen. Dann ließ ich ihn unter dem herunterprasselnden Wasser sitzen, um mich auf die Suche nach sauberer Kleidung zu machen.

Ich kämpfte mich einige Minuten durch das Chaos seiner Einzimmerwohnung, bis ich einen sauberen Jogginganzug gefunden hatte – eine grün-orange Monstrosität, die noch im Trockner lag. Nachdem ich aus der Kleidung dort auch zerknitterte Unterwäsche ausgegraben hatte, kehrte ich ins Badezimmer zurück, wo ich Gyong-Si auf dem Toilettendeckel sitzend vorfand. Ihm war es bereits gelungen, ein Bein aus seiner Unterhose zu ziehen und während er sich um die andere Seite bemühte, bescherte er mir einen guten Blick auf einen zusammengeschrumpften Schwanz samt Eiern.

„Großer Gott." Ich hielt den Jogginganzug hoch, um meine Augen zu schützen. Nachdem ich mich abgewandt hatte, warf ich die Kleidung in seine ungefähre Richtung, wobei es mich nicht kümmerte, ob sie in einer der Pfützen landete, die er überall auf dem mit schwarz-weißen Sechsecken gefliesten Boden hinterlassen hatte. „Ziehen Sie sich an. Ich versuche in der Zeit, in diesem Drecklock etwas Kaffee aufzutreiben."

Er brauchte im Badezimmer so lange, dass ich genug Zeit hatte, um nicht nur den Kaffee aufzusetzen, sondern auch den Wohnzimmerbereich freizulegen. Ich warf einen Armvoll Kleidung in die Waschmaschine und mischte Seifenwasser an, um mir die bier- und schweißverklebten Möbel vorzunehmen. Leere Flaschen und Müll einzusammeln zog das Ganze in die Länge, doch als ich meine Arbeit endlich beendet hatte, konnte man auf dem Sofa vermutlich wieder sitzen, ohne sich eine Krankheit einzufangen oder schwanger zu werden und der säuerliche Zwiebelgeruch eines ungewaschenen Mannes war größtenteils aus der Luft verflogen.

Glücklicherweise hatte Gyong-Si die Crocs nicht wiedergefunden, denn sonst hätte ich dem Drang, ihn damit zu schlagen, wahrscheinlich nicht widerstehen können.

Trotz der Dusche wirkte er übernächtigt und erschöpft, als er sich auf dem Futon neben mir niederließ und nach der Tasse Kaffee griff, die ich auf dem Tisch für ihn bereitgestellt hatte. Er hatte sich nicht rasiert und in dem Flaum auf seinem Kopf glitzerten einige Wassertropfen, die ihm beim Abtrocknen entgangen waren. Immerhin roch er besser.

Ich gönnte ihm einige Schlucke Kaffee, dann legte ich los. „Also gut. Reden wir darüber, warum Sie mich mit Ihrem Gestank umbringen wollten."

„Sie haben behauptet, Polizist zu sein. Und dann finde ich heraus, dass Sie von dieser Ziege geschickt wurden, um mich auszuspionieren." Der bittere Vorwurf beeindruckte mich nicht. „Aber dann ist die echte Polizei gekommen und hat mir ... von meiner Tochter erzählt."

„Vivian? Diese Tochter?"

„Also wussten Sie es?", fragte er anklagend. „Hat *sie* Ihnen das erzählt? Park Hyuna Sun? Sie hat es Ihnen erzählt, bevor die Polizei es *mir* gesagt hat?"

„Höchstens ein paar Stunden eher, wenn überhaupt", antwortete ich, ohne zu erwähnen, dass ich bei Vivians Tod bei ihr gewesen war. Madame Sun hatte diesen Trost gebraucht. Bei Gyong-Si wusste ich nicht, wie viele seiner Tränen so krokodilisch waren wie seine Schuhe.

„Warum sind Sie dann hier? Aus Schadenfreude?"

„Ich bin hier, um Sie zu fragen, wen Sie sonst noch geschwängert haben – wenn Sie dabei überhaupt den Überblick behalten. Hong Chuls Großvater, Bhak Bong Chol, hat einige Aufzeichnungen über Frauen hinterlassen, die Sie verführt haben."

„Dieser Bhak Bong Chol war verrückt. Da können Sie jeden fragen." Gyong-Si unterstrich den Vorwurf, indem er seinen Finger neben seiner Schläfe kreisen ließ. „Manchmal lief er nur in Unterwäsche auf die Straße, um herumzubrüllen, wenn ein Auto zu dicht an seinem Haus geparkt hatte."

Auch wenn ich der Einschätzung nach dem Lesen der Unterlagen ein klein wenig zustimmte, änderte es nicht viel. „Hören Sie zu, ich weiß schon von Eun Joon Lee. Fällt Ihnen irgendjemand ein, der Ihnen vielleicht mit Vivians Ermordung wehtun wollte? Vielleicht eine dieser Frauen? Oder einer ihrer Männer?"

„Eun Joon Lee? Wovon reden Sie überhaupt?", stieß Gyong-Si hervor, wobei Kaffeetropfen von seinen fleischigen Lippen flogen. „Ich hatte nichts mit Hyuna Suns Tochter zu tun, weil ich es nicht *wusste*. Bis es mir die Polizei gesagt hat. Hätte ich es gewusst ... Aber das ist jetzt auch egal. Es ist zu spät. Was spielt es noch für eine Rolle?"

„Es spielt eine Rolle, weil gestern jemand versucht hat, Park Hong Chuls kleines Mädchen zu töten. Und ich glaube, die Person tut das alles, um Sie anzugreifen."

Meine Worte schienen ihn zu schockieren. Auch das letzte bisschen Farbe wich aus seinem Gesicht, verlieh ihm einen wächsernen Ton. Den roten Flecken und geplatzten Adern auf seinen Wangen nach zu urteilen, war es nicht seine erste Flucht in den Alkohol gewesen. Seine Hände zitterten so sehr, dass ich ihm die Tasse abnahm und sie auf den Tisch stellte, bevor der Inhalt auf dem Boden landete.

„Ich wusste nicht ...", stotterte er. „Ich weiß nicht, wer so etwas tun würde. Ich ... Als die Polizisten hier waren, wollten sie mit mir über Vivian reden ... und haben gesagt, sie würden gegen mich ermitteln, weil ich Sex mit meinen Klientinnen hätte. Ich habe ihnen gesagt, dass es nicht stimmt!"

„Ist es nicht das, was in Südkorea passiert ist? Sind Sie nicht deswegen von dort geflohen? Zumindest hat Bhak das vermutet. Dass Sie sich an zu vielen Frauen vergangen hätten und deswegen fortgejagt wurden."

„Ich habe mich an *niemandem* vergangen!" Sein Koreanisch floss über seine Worte, rundete ihre Kanten ab. „Die Frauen, mit denen ich geschlafen habe ... drüben ... Sie verstehen nicht, was ich ..."

„Warum erklären Sie es mir nicht", unterbrach ich ihn und veränderte meine Position auf dem Sofa, um mich ihm etwas mehr zuzuwenden. „Erklären Sie mir alles, dann finde ich vielleicht heraus, wer die Menschen mit einer Verbindung zu Ihnen ermordet. Fangen wir mit May Choi an. Sie kannten sie, stimmt's? War sie Ihre Nichte oder eine weitere Tochter?"

„Sie war meine Cousine, die Tochter der Schwester meines Vaters", murmelte er. „Aber ich bin ihr nie begegnet, das schwöre ich. Als ich herkam, habe ich sie kontaktiert, aber May wollte sich nicht mit mir treffen. Für meine Familie bin ich gestorben. Deshalb habe ich Ihnen gesagt, dass ich sie nicht kannte. Selbst für einen so jungen Menschen war ich ein Nichts."

„Weil Sie vorgeben, schwul zu sein? Warum sagen Sie nicht einfach die Wahrheit?"

„Vorgeben?" Die lockere Haut an Gyong-Sis Kehle bebte, als er verständnislos den Kopf schüttelte. „Ich gebe gar nichts vor." Als er meinen zweifelnden Seitenblick bemerkte, räusperte er sich geräuschvoll. „Ja, bei meinen Kunden benehme ich mich etwas … schillernder. Aber damit möchte ich sie nur beruhigen. Die meisten meiner Klienten sind Frauen, die sich dadurch sicherer fühlen. Koreanische Frauen – die traditionelleren Frauen – fühlen sich unwohl, wenn sie mit einem Mann allein sind. Wenn sie mich für harmlos halten, kann ich mit ihnen Geschäfte machen. Von irgendetwas muss ich schließlich leben."

Ich wusste nicht, was ich dazu sagen sollte und was ich davon hielt, dass ein Mann in eine Rolle schlüpfte, um Geld zu verdienen. Oder ob ich überhaupt das Recht hatte, darüber zu urteilen. Obwohl ich selbst nicht in der Lage gewesen wäre, eine Lüge von solch großem Ausmaß zu leben, fiel es mir nicht leicht, ihn dafür zu verdammen. Auf gewisse Weise tat er nur dasselbe wie Jae – verbergen, wer er wirklich war, um zu überleben.

„Ich habe Seoul verlassen, weil ich dort als Mann nicht leben konnte – nicht als der Mann, den meine Familie wollte." Der schmerzerfüllte Ausdruck, den ich so häufig im Gesicht meines Liebsten gesehen hatte, spiegelte sich in Gyong-Sis Miene wider. „Ich habe es versucht. Ich habe mich bei jeder Frau, die in meine Nähe kam bemüht, sie zu verführen. Doch wenn ich mit ihnen geschlafen habe, wusste ich jedes Mal, dass es nicht das war, was ich wollte … was ich brauchte. Ich bin hergekommen, weil ich mir hier Freiheit erhofft habe. Stattdessen lebe ich immer noch in einer Welt aus Lügen. Auch wenn es andere Lügen sind."

„Können Sie nicht einfach … sein, wie Sie sind?" Ich sah die Antwort in seinen Augen, bevor ich die Frage ganz ausgesprochen hatte. Es war dieselbe Frage, die ich Jae immer wieder gestellt hatte. Doch obwohl es aus meiner Perspektive so aussah, als wären sein und Gyong-Sis Leben leichter, wenn sie es ehrlich und aufrichtig lebten, wusste ich mittlerweile, dass es nicht so einfach funktionierte. „Okay, aber was ist mit Eun Joon Lee? Sie war schwanger, als sie getötet wurde. Wollen Sie behaupten, es wäre nicht Ihr Kind gewesen?"

„Seit ich aus Korea hergekommen bin, habe ich keine Frau angefasst", beharrte er hitzig und aufgebracht. „Ich habe Eun Joon Lee beraten, weil sie und ihr Mann Kinder wollten, aber keinen Erfolg hatten."

„Also war es ein Wunder?"

„Nein, sie hatte eine Affäre", murmelte Gyong-Si leise. „Ich habe ihr davon abgeraten. Ich weiß, wie es ist, eine Lüge zu leben. Aber sie wollte ein Kind und, tja, sie wurde nicht jünger. Sie hat mit einem Mann geschlafen, den sie aus der Kirche kannte. Eun Joon wollte ihrem Mann ein Kind schenken. Ich habe ihr gesagt, dass es falsch ist, ihn zu betrügen, wenn es doch andere Wege gibt, um ein Kind zu bekommen."

„Hatten Sie deshalb Streit mit ihr? An dem Tag, an dem sie ermordet wurde?"

„Ja." Die Haut an seiner Kehle bebte heftiger. „Ich habe von ihr verlangt, ihrem Mann die Wahrheit zu sagen, denn sonst ..."

„Sonst?", hakte ich nach.

„Sonst hätte ich es getan." Er senkte den Blick zum Boden, wandte sein Gesicht von mir ab. „Es war meine Schuld, dass sie so früh gegangen ist. Hätte ich ruhiger mit ihr gesprochen, hätte sie mir vielleicht zugehört und diese Männer wären nicht da gewesen, als sie nach Hause kam. Es ist meine Schuld, dass Eun Joon sterben musste. Sie und ... ihr Kind."

„Und damals in Korea? Als Sie dort mit ihr geschlafen haben? Laut Bhak war sie damals auch schwanger. Was ist aus dem Kind geworden?"

„Ich habe niemals mit Eun Joon geschlafen. Nicht hier. Nicht in Korea", widersprach Gyong-Si. „Sie wurde hier meine Kundin, weil ich ihre Mutter kannte. Sie kam zu mir und wegen dieser Verbindung habe ich ihr einmal umsonst die Zukunft wahrgesagt. Ihr gefiel, was ich ihr zu sagen hatte, also wurde sie meine Klientin. Mehr war nie zwischen uns."

Ich war nicht sicher, ob er die Wahrheit sagte, aber auf der anderen Seite hatte ich lediglich die Worte eines toten Mannes. Ich wusste nicht, in welchem geistigen Zustand sich Bhak Bong Chol beim Niederschreiben seines Verdachts befunden hatte. Es war durchaus möglich, dass ihn Empörung und Rachegedanken angetrieben hatten. Und Gyong-Sis Schmerz war beinahe greifbar. Vielleicht würde ich meine Meinung über den aufgebrachten Mann neben mir revidieren müssen.

„Wer außer der Familie wusste, dass Hong Chul Ihr Sohn ist?", wechselte ich das Thema, da ich hoffte, vielleicht dort einen Anhaltspunkt zu finden. Soweit ich es beurteilen konnte, gingen der Tod der Frauen und der Angriff auf Abby Gyong-Si wirklich nahe. Falls die Morde tatsächlich mit ihm zusammenhingen, musste ich mir vielleicht Sorgen um seine psychische Gesundheit machen. So wie er sich bereits dem Alkohol zugewandt hatte, würde er vielleicht nicht viel mehr ertragen können. „Wer da draußen hat etwas gegen Sie?"

„Ich weiß es nicht." Gyong-Si schürzte nachdenklich die Lippen. „Ich hätte an Sun gedacht, aber sie hätte niemals ihre eigene Tochter getötet. Ich war überrascht darüber, dass sie Vivian abgegeben hat. Es ... sieht ihr nicht ähnlich."

„Was ist zwischen ihr und Ihnen passiert? Könnte es mit ihrem Mann zusammenhängen? Oder jemandem aus ihrer Vergangenheit? Haben Sie eine Idee?"

„Ich war mit ihrem Mann befreundet." Er griff nach seinem Kaffee. Diesmal waren seine Finger ruhiger, als er sie fest um die Tasse schloss. „Wir … sie und ich … waren beide Studenten, als wir … Vivian gezeugt haben. Ich habe mich so sehr bemüht, *normal* zu sein. Eines Abends haben wir nach dem Lernen mit unserem *Sunbae* noch etwas getrunken und sind zusammen in einem Zimmer gelandet. In dem Moment habe ich nicht an ihren Mann … meinen Freund … gedacht. Ich konnte nur daran denken, wie sehr ich versuchen wollte ein echter Mann zu sein. Ich wusste nicht, dass sie schwanger geworden war. Andererseits wusste ich von Hong Chul auch nichts. Ich habe es erst später von Bhak Bong Chol erfahren. Hätte ich es gewusst, hätte ich Hong Chuls Mutter geheiratet. Meine Familie hätte es sehr glücklich gemacht."

„Sie haben nach Abbys Geburt versucht, Geld von ihm zu erpressen", wandte ich ein.

„Dieser Bhak Bong Chol – er war ein verbitterter alter Mann", schnaubte Gyong-Si spöttisch. „Er hat versucht, mich dafür zu bezahlen, dass ich Los Angeles verlasse, weil er mich nicht in der Nähe meines Sohns oder meiner Enkelin haben wollte. Dabei hatte ich ihm schon gesagt, dass ich mich nicht in Hong Chuls Leben einmischen würde. Er hatte schon einen guten Vater. Wozu brauchte er dann jemanden wie mich? Also habe ich Bhak gesagt, wenn er mir Geld geben wollte, könnte er es in mein Geschäft investieren, weil ich nicht vorhätte, von hier wegzugehen."

„Meine Güte, was für ein Durcheinander." Wenn ich Gyong-Si glaubte, war ich wieder ganz am Anfang, festgefahren und auf der Jagd nach Unbekannten. „Hat Bhak Sie auf irgendeine der anderen Frauen angesprochen, die ein Kind von Ihnen hatten? Abgesehen von Madame Sun. Ich weiß, dass er Ihnen nichts von Vivian gesagt hat. Was ist mit Eun Joon Lee? Warum dachte er, Sie hätten sie in Korea geschwängert?"

„Ich weiß es nicht. Ich hatte dort nichts mit ihr zu tun." Er kaute an einem Fingernagel, schien über etwas nachzugrübeln. „Moment, meinte er vielleicht Joon Eun Yi? Sie ist die einzige andere Frau, mit der ich außer Sun und Hong Chuls Mutter geschlafen habe. Es ging etwa fünf Monate, bis kurz vor meiner Abreise aus Korea. Sie wollte erst nicht akzeptieren, dass ich … mich verändert hatte. Aber letztendlich kam sie damit zurecht. Glaube ich. Ich bin nicht sicher. Ich habe sie seit Jahren nicht gesehen."

„Aber Sie haben Kontakt mit ihr?" Der Name kam mir bekannt vor, doch wenn ich ehrlich war, verschwammen die vielen koreanischen Namen manchmal ein wenig ineinander.

„Terry, mein Assistent, ist ihr Sohn. Deshalb habe ich ihn eingestellt. Sie hat mich darum gebeten, ihm einen Job zu geben." Er rieb sich das Gesicht. „Ich bin müde. Ich weiß nicht, wie sehr ich Ihnen helfen kann."

„Moment, Terrys Mutter …" Plötzlich fiel mir ein, wo ich den Namen gehört hatte. Es war der Name der Frau, mit der ich vor Eun Joons Wohnung gesprochen hatte. „Wohnt sie neben den Lees?"

„Ja." Gyong-Si nickte langsam. Mir fiel auf, dass der Mann sich selten mit anderen Dingen als seinen eigenen Bedürfnissen und Problemen beschäftigte. Hätte er es getan, wäre ihm klar geworden, was mir allmählich dämmerte.

„Aber Terrys Nachname ist Yi", sagte ich. Während koreanische Frauen häufig ihren Namen behielten, bekamen die Kinder den des Vaters. Terrys Name hätte nicht Yi sein sollen. „Warum hat er nicht den Namen seines Vaters?"

„Ich weiß es nicht." Er kratzte über seine Bartstoppeln. „Vielleicht hat sie jemanden mit demselben Nachnamen geheiratet, wie Eun Joon. Wissen Sie, wie viele Leute Yi heißen? Ich habe mir jedenfalls nie Gedanken darüber gemacht. Ich habe ihn nur eingestellt, weil sie mich angerufen und darum gebeten hat. Er beklagt sich oft. Nicht mein Typ. Ich mag meine Männer eher so … wie Sie sind."

Ich wusste, wann Gyong-Si sich in Los Angeles niedergelassen hatte. Terry war, wenn überhaupt, vielleicht ein Jahr jünger als Vivian und Hong Chul. Nach einer kurzen Runde gedanklichen Nachrechnens schüttelte ich den Kopf über die Begriffsstutzigkeit des Mannes. „Gyong-Si, denken Sie doch mal nach. Terry ist nicht nur Ihr Assistent. Er ist Ihr *Sohn*."

21

„VERDAMMTER MIST." Ich schlug mit der flachen Hand auf das Armaturenbrett von Bobbys Pick-up. „Wir haben den Namen falsch gelesen. Dabei hat sie mir selbst gesagt, wie oft Leute ihre Namen verwechseln."

„Ja, das sagtest du schon." Er boxte mich sanft. „Und jetzt hör auf mein Auto zu verprügeln, du Idiot, und verrat mir lieber, wohin ich fahren soll."

Es war noch früh genug am Tag, um Joon Eun Yi einen Besuch abzustatten und noch einmal mit ihr zu reden. Wenn es wirklich jemand auf Gyong-Sis ehemalige Eroberungen abgesehen hatte, stand sie ebenfalls auf der Liste des Mörders.

Bobby ließ sich leicht dazu überreden, mich zu begleiten. Dass ich ihm dafür ein kaltes Bier und einen heißen Hamburger versprach, brachte ihn schnell dazu, bei seinen ursprünglichen Plänen für den Tag Kompromisse einzugehen. Gleich nach seinem Schwanz hatte sein Magen das Sagen. Dafür, dass ich ihn mit Hamburgern und Bier fütterte, würde ich dann wiederum mit einer Runde Jogging durch Los Angeles oder ein paar Runden im Ring bezahlen müssen, aber das war es mir wert.

Hoffentlich würde ich das immer noch denken, wenn ich dann später unter einer heißen Dusche meine Wunden leckte.

Die Straße vor dem Wohnkomplex war ungewöhnlich ruhig. Zwar waren wie an jeder Straße in L.A. sämtliche Parkplätze besetzt, einschließlich der eigentlich zu kleinen Lücken, die an eine Parkverbotszone grenzten, aber zu Fuß war kaum jemand unterwegs. Nachdem wir ein zweites Mal erfolglos die Straße entlanggefahren waren, zeigte ich Bobby den kleinen Parkplatz hinter den Wohnungen. Er parkte direkt hinter dem Balkon der Lees und warf mir einen bösen Blick zu.

„Wenn ich hier abgeschleppt werde, darfst du es bezahlen", knurrte er.

„Das passiert schon nicht." Ich sah mich auf dem Parkplatz um und gestikulierte lebhaft. „Hier stehen ganze drei Autos. Bis jemand an dieser Stelle parken möchte, sind wir schon lange wieder weg."

„Wenn ich mit dir zusammen bin, passieren meinen Autos schlimme Dinge", murrte Bobby weiter, während wir uns dem Durchgang zum Innenhof näherten. „Wahrscheinlich kann ich froh sein, wenn es diesmal nur abgeschleppt wird."

„*Ein* Pick-up wird in die Luft gesprengt und dann ist es gleich meine Schuld? *Ein* einziger!" Ihn darauf hinzuweisen, dass ich schließlich nicht selbst für die Explosion verantwortlich gewesen war, hatte keinen nennenswerten Effekt auf Bobby. Er war noch mit höhnischen Bemerkungen beschäftigt, als wir feststellten, dass der Zugang zum Hof nun von einem abgeschlossenen Tor versperrt wurde. Offenbar meinte es jemand ernst damit, das Gesindel fernzuhalten. Bobby packte die schwere Kette, die um die Klinken geschlungen worden war, und zerrte an dem Vorhängeschloss, um zu sehen, ob es sich öffnen ließ.

Doch es ließ sich genauso wenig bewegen wie Bobbys Ansicht zu meiner Rolle beim Tod seines Pick-ups.

„Na gut, dann gehen wir eben außen rum", antwortete ich auf Bobbys gereiztes Zischen. „Komm mit, dann kannst du dir den Burger, den ich dir später ausgebe, schon vorher abtrainieren."

Seit meinem letzten Besuch hatte sich nicht viel verändert. Die Bäume ragten noch immer groß und dicht bis zu den Dächern auf und der Hof wirkte auch jetzt wie ein uralter Regenwald. Jemand musste das Ganze noch mit einer ordentlichen Portion Dünger unterstützt haben, denn nachdem wir den vorderen Torbogen durchschritten hatten, schlug uns ein stechender, fischig-organischer Geruch entgegen. Auf den Rasenstücken zwischen den Blumenbeeten glitzerte Tau und ein Schmetterling näherte sich im Sturzflug meinem Gesicht, als ich in die durch die Zweige fallenden Sonnenflecken hinaustrat. Trotz des wolkenlosen Himmels war der Morgen kalt und der Wind, der durch das Tor und den Durchgang hineinfegte, schnitt in die Haut.

„Das ist irgendwie nett", murmelte Bobby, während er sich umsah. Dann runzelte er nachdenklich die Stirn. „Und irgendwie zu still. Und kein Spielzeug oder so. Also größtenteils Erwachsene?"

„Ich glaube, die meisten Leute hier sind Rentner oder arbeiten tagsüber. Zumindest wirkt es wie einer dieser Orte." Ich zeigte auf die Treppe neben dem Durchgang zum Parkplatz. „Das ist der einzige Weg nach oben. Yi sagte, sie wohnt neben den Lees. Lass uns nachsehen, ob sie zu Hause ist."

Er ging um den Kopf eines Rasensprengers herum, der plötzlich vor uns auftauchte. Einige Meter weiter war am Rand des Wegs eine ganze Reihe schwarzer Düsen zu sehen. „Wehe, wenn die Dinger angehen. Das sind neue Schuhe. Was genau erhoffst du dir von ihr?"

„Hör auf, dir Sorgen um deine zarten Füßchen zu machen." Ich rieb mir den Hinterkopf, als er mir einen Klaps versetzte. „Und ich weiß es nicht. Vielleicht fällt ihr jemand ein, der Gyong-Si schaden will. Sie standen sich nahe und er wirkt ein bisschen egozentrisch …"

„Ein bisschen?"

„Na gut: sehr", verbesserte ich mich. „Jedenfalls ist sie eine dieser Frauen, die Tratsch sammelt. Wenn es irgendjemanden gibt, der Leichen im Keller hat, kann ich mir vorstellen, dass sie es weiß. Vor allem, wenn es dabei um Gyong-Si geht. Ich hoffe, sie hat einen Hinweis auf jemanden. Und wenn nicht, können wir sie zumindest warnen, damit sie etwas Verdächtiges sofort der Polizei meldet."

Weiter kam ich nicht, denn plötzlich schalteten sich die Rasensprenger ein. Das Wasser war verdammt kalt und schoss aus irgendeinem Grund kräftig und als dichte Wasserwand aus den Düsen. In Richtung Hauswand zu flüchten half uns nicht. Die Düsen beschossen uns mit Wasserstrahlen wie Feuerwehrschläuche, die selbst durch meine Jeans hindurch auf der Haut brannten. Ich versuchte auszuweichen, wodurch ich jedoch nur mit dem Schritt in den nächsten Strahl geriet.

„Scheiße, zur Treppe, Kleiner." Bobbys Brust wurde von einem Strahl getroffen, dann schoss das Wasser höher und hinterließ Striemen auf seiner Wange und seinem Kiefer. „Was zum Teufel ist hier eigentlich …?"

Wir schafften es nicht bis zur Treppe. Bevor wir sie erreichten, ertönte ein Schuss aus der Dunkelheit über uns. Die Kugel schlug eine Kerbe in den Steinboden. Ein zweiter Schuss folgte, und bald schnitt uns eine Reihe von Kugeln den Weg zum Torbogen ab.

Uns blieb nichts anderes übrig, als den Sprung durch die Wasserwände ins Innere des Gartens zu wagen und uns hinter den Bäumen Deckung zu suchen. Kurz darauf presste ich mich gegen den geriffelten Stamm einer kleineren Palme und hielt nach dem Schützen Ausschau, wobei das letzte Ende eines Wasserstrahls meine Schulter traf. Bobby war aus irgendeinem Grund etwas tiefer ins Grün geraten und stand hinter einem einige Meter weit entfernten Eukalyptusbaum.

„Kannst du ihn sehen?", rief er mir über das abgehackte Geräusch der Rasensprenger und das laute Wasserrauschen hinweg zu. Als ich den Kopf schüttelte, bleckte er frustriert die Zähne. „Sag mir bitte, dass du deine Pistole mitgenommen hast."

Ich schüttelte den Kopf und brummte so leise, dass unser Angreifer mich nicht hörte: „Wer würde denn bitte zu einem Wahrsager eine Pistole mitnehmen?"

Ich holte mein Handy aus der Tasche und seufzte beim Anblick des flackernden Displays. Das Wasser schien es bis zu den Chips durchtränkt zu haben. Mein Hintergrundbild, ein Foto von Neko, leuchtete einmal in dämonischem Rot auf, bevor es von blauen Punkten und Streifen durchschnitten wurde. Ich hob es in Bobbys Richtung und zog fragend die Augenbrauen hoch, da ich hoffte, seinem Handy wäre es vielleicht besser ergangen.

Doch Bobbys Lippen verzogen sich zum Kussmund eines verärgerten Fisches und er zeigte in Richtung Parkplatz.

„Ernsthaft?", brummte ich ihm über das Rauschen hinweg zu. „Du vergisst dein *Handy* und kritisierst mich wegen der Pistole?"

Er zuckte mit den Schultern und lugte hinter seinem Baum hervor. Unser Schütze schien Bobbys Versteck besser im Blick zu haben, denn kaum zeigte sich sein Gesicht neben dem Baumstamm, ertönte ein weiterer Schuss und papierartige Baumrindenstücke flogen durch die Luft.

Wir befanden uns wesentlich näher an der hinteren Seite des Komplexes als am Eingang. Zur Treppe zu gelangen und den Schützen zu erreichen, bevor er uns ausschalten konnte, wäre kein leichtes Unterfangen. Soweit ich es erkennen konnte, war im Erdgeschoss entweder niemand zu Hause oder die Bewohner besaßen mehr gesunden Menschenverstand als Bobby und ich.

Mittlerweile zeigte das kalte Wasser aus den Rasensprengern Wirkung. Ich zitterte und hatte das Gefühl, mein Blut ginge allmählich in Eis über. Während ich über meine Schulter rieb, um die Blutzirkulation anzuregen, spähte ich erneut um den Stamm herum, um nach einem Fluchtweg zu suchen. Doch außer der schwer durchführbaren Idee, in eine der Erdgeschosswohnungen zu gelangen und durch ein Fenster auf der Rückseite zu fliehen, fiel mir nichts ein. Es schien niemand da zu sein, der die Schüsse gehört hatte und je länger wir hier von eisigem Wasser durchnässt in der Kälte warten mussten, desto schwieriger wurde unsere Lage. Ich hatte soeben beschlossen, den Sprint zum Eingang zu riskieren, um Hilfe zu holen, als ich aus dem ersten Stock eine Männerstimme hörte.

„Mr. McGinnis?"

Beim Anblick von Bobbys *Jetzt-im-Ernst*-Gesicht verdrehte ich nur die Augen. Es überraschte mich nicht, dass der Mann meinen Namen kannte. Vermutlich bewegten wir uns seit Tagen in denselben Gewässern, umkreisten Gyong-Sis Nachwuchs. Allerdings aus völlig verschiedenen Gründen. Er wollte sie beseitigen und ich hatte etwas dagegen. Ich schob meinen Kopf ein wenig vor, um zu rufen: „Ja? Was kann ich für Sie tun?"

Meine Worte sprühten nicht unbedingt vor Originalität, aber etwas Besseres fiel mir in dieser Situation nicht ein – vielleicht abgesehen davon, ihn anzuflehen, uns zu verschonen. Da er allerdings in den letzten Minuten mehrfach versucht hatte, uns die Köpfe wegzupusten, versprach ich mir davon keinen Erfolg.

„Leider werde ich Sie und Ihren Freund töten müssen." Sein beiläufiger Tonfall klang beinahe fröhlich. Sein Englisch war so sanft gerundet wie Jaes. Ich konnte die Stimme nicht zuordnen, aber sie kam mir bekannt vor. „Warum kommen Sie nicht raus und bringen es hinter sich?"

„Kumpel, ich weiß ja nicht mal, wer Sie sind." Das Wasser, das mich streifte, schien noch kälter zu werden. Entweder das oder meine Körpertemperatur sank. Ich hatte kein Gefühl mehr in den Zehen und ein Blick auf Bobbys bläuliche Lippen verriet mir, dass es ihm nicht viel besser erging.

„Wirklich nicht? Ich hätte gedacht, Sie hätten es erraten." Ein Schatten löste sich von der Treppe.

Als der Mann ins Licht trat, runzelte Bobby die Stirn und schien sich zu bemühen, dem Gesicht einen Namen zuzuordnen. Das Problem hatte ich nicht. Selbst mit der ablenkenden Beretta, die er auf mich richtete, erkannte ich ihn sofort.

Ich hatte ihn nur zweimal gesehen. Als er vor meinem Büro auf seine Mutter gewartet hatte und später im Konferenzraum nach Vivians Tod. Dort hatte er in Anzughose und Polohemd den pflichtbewussten Sohn gegeben. An der Rolle als Serienmörder musste er noch etwas arbeiten. Selbst mit meinem eingeschränkten Modebewusstsein war mir klar, dass eine grüne Stoffhose und ein orangefarbenes Hawaiihemd keine gute Kombination darstellten.

„James Bahn – verdammt." Er hatte wie ein netter Kerl gewirkt. Doch offenbar hatte er seiner Mutter und allen anderen nur etwas vorgespielt – auch den liebenden Bruder, der sich um seine heimgekehrte uneheliche Schwester kümmerte. Bobby schob sich wieder hinter seinen Baum, warf mir allerdings noch immer fragende Blicke zu. „Madame Suns Sohn, stimmt's?", fügte ich für ihn hinzu.

„Gut zu wissen, dass wir für einige von Ihnen nicht alle gleich aussehen", antwortete er spöttisch. Ich schob mich hastig wieder hinter meinen Baumstamm, um ihm nicht die Gelegenheit zu geben, auf mich zu zielen.

„Ziemlich mies, so etwas zu sagen, James." Die Taubheit arbeitete sich durch meine Füße und auch meine Finger wollten mitmachen, denn sie kribbelten, wenn ich sie bewegte. „Irgendwie rassistisch. Vor allem, wenn man bedenkt, dass ich zur Hälfte Japaner bin. Was verlangen Sie dafür, uns gehen zu lassen?"

„Gehen lassen? Das kann ich nicht tun, Mr. McGinnis." Zwischen den Schüssen und dem Rauschen der Rasensprenger konnte ich hören, wie er sich bewegte. Ich bemühte mich, die Richtung herauszufinden, ohne eine Kugel in den Kopf zu bekommen. „Oder soll ich Sie Cole nennen?"

„Wie Sie möchten." Neben mir nahm ich die Bewegung von Bobbys Schulter wahr. Zitternd schob er sich hinter dem Eukalyptus hervor, dicht über dem Boden hockend und auf den Fußspitzen balancierend. Er deutete auf den nächsten Baum, auf sich selbst und wieder auf den Baum. Ich schüttelte den Kopf, wollte ihn von seinem Plan abhalten, doch Bobby runzelte die Stirn und schien meine Sorge ignorieren zu wollen. Also holte ich tief Luft und lenkte James' Aufmerksamkeit auf mich, indem ich rief: „Was machen Sie hier überhaupt? Außer mich umbringen zu wollen?"

Bobby rannte los, bevor James antworten konnte und zwei Schüsse hallten durch den Garten, trafen die Büsche in Bobbys Nähe. Dann hörte ich einen unterdrückten schmerzerfüllten Laut und wollte in Bobbys Richtung sprinten. Doch mein zitternder Körper gehorchte mir nicht und meine Beine gaben nach. Das durch die Zweige fallende Sonnenlicht reichte nicht, um uns zu wärmen. Während ich noch um Gefühl in meinen Gliedern kämpfte, sah ich, dass Bobby sich in eine Reihe dichter Hibiskussträucher rollte, deren gelblicher Blütenstaub sein kurzes Haar puderte.

Er hatte eine Hand um seinen linken Arm gelegt und zwischen den Fingern sickerte Blut hervor, bevor es in den Zedernholzmulch an den Wurzeln der Sträucher tropfte. Doch Bobby suchte meinen Blick und seine Lippen formten die Worte: *Bin okay.*

Ich nickte und wandte mich wieder James zu. „Lassen Sie mich raten: Sie sind hier, um Terry Yi zu töten."

„Kluger Mann." Die Lautstärke seines Lachens verriet mir, dass er sich näher bei meinem Versteck befand, als mir lieb war. „Sie sind nicht so dumm, wie Sie aussehen. Und ich habe mir gesagt, da ich schon mal hier bin, kann ich auch gleich seine Mutter töten. Sie dagegen werden allmählich zu einem Problem, das ich dringend loswerden muss. Und Ihr Freund nun auch noch. Es ist wirklich schade. Vor allem, nachdem Sie so viel für meine Mutter getan haben."

Den Wasserstrahl verfluchend, der die Wärme aus meinem Körper saugte, suchte ich den Boden ab, um vielleicht einen Stein oder etwas Ähnliches zu finden, das ich ihm gegen den Kopf werfen konnte. „Wollen Sie mir die ganzen fünf Minuten des Bösewicht-Monologs vortragen oder soll ich einfach raten? Es hat etwas mit Gyong-Si und Ihrer Mutter zu tun."

„Gangjun Gyong-Si? Diesem Mistkerl?" Das Feuer seiner wütenden Antwort ließ den bisher ruhigen Tonfall dahinschmelzen. „Für einen schwulen Mann hat er viele Leben ruiniert, indem er mit Frauen schlief, von denen er sich hätte fernhalten sollen!"

Ein Stück entfernt grinste Bobby und nickte mit dem Kopf in Richtung Torbogen. Ich bleckte wortlos die Zähne und deutete mit meiner steifen Hand Richtung Boden, um ihm mitzuteilen, dass er sich nicht vom Fleck rühren sollte. Sobald er freie Sicht hätte, würde James wahrscheinlich seine Chance nutzen, möglichst beide von uns zu erschießen. Der Wasserstrahl kam wieder in meine Richtung, weshalb ich mich duckte, bevor ich James meine nächste Frage zuschleuderte.

„Warum jetzt? Und wenn Sie so wütend auf ihn sind, warum töten Sie nicht einfach ihn? Warum haben Sie es auf unschuldige Menschen wie Ihre Schwester abgesehen?"

„Vivian? Sie war nie meine Schwester. Meine Mutter hat ihr alles gegeben, eine Familie in ihrer Heimat, Geld und eine Ausbildung – und was ist aus ihr geworden? Eine Hure. Sie war eine solche Schlampe, dass sie es mit ihrem eigenen Bruder getrieben hat." James klang immer verärgerter, schien kurz vor einem Wutanfall zu stehen. „Nichts war jemals genug für sie. Warum hat sie sich ihr Geld nicht von ihrem Schwuchtelvater geholt? Es war so schlimm, dass sie meine Familie in Korea ruiniert hat. Und dann musste sie auch noch herkommen und sich zwischen mich und meine Mutter schieben?"

„Und deshalb wollen Sie alle Kinder von Gyong-Si töten?" Selbst mit Mühe konnte ich die Logik dahinter nicht erkennen. Claudia hatte mich einmal gewarnt, dass es sich selten lohnte, mit Verrückten zu diskutieren. Doch in diesem Fall musste ich diskutieren. Ich musste alles tun, um Zeit zu gewinnen und ihn abzulenken. „Das ergibt doch keinen Sinn!"

„Es wäre zu leicht gewesen, wenn ich nur die Hure umgebracht hätte. Gyong-Si hat Schlimmeres verdient." Ein Stück von mir entfernt knirschte Mulch und Bobbys Stirnrunzeln wurde finsterer.

Er streckte die Hände zur Seite, um eine Entfernung darzustellen, und deutete dann eine schlängelnde Bewegung an. Ich nickte und verstand hoffentlich richtig, dass James sich mir näherte, aber dabei langsam vorankam, da er dem unangenehmen Wasserstrahl der kraftvollen Rasensprenger auswich.

„Ich wollte ihm zeigen, wie es ist, wenn einem seine ganze Familie – jedes verdammte Kind, das er je gezeugt hat – weggenommen wird. So wie er es uns

577

damals in Korea angetan hat. Seinetwegen hat uns mein Vater verlassen. Aber keine Sorge. Um Gyong-Si kümmere ich mich zum Schluss."

Bedeutete es, dass er Terry Yi bereits getötet hatte oder stand er noch auf seiner Liste? Selbst wenn Terry tot war, gab es immer noch Abby und Hong Chul. Bobby und ich mussten etwas unternehmen und ihn aufhalten.

Ein schmales Rinnsal aus Blut rann Bobbys Arm hinab und er zitterte unkontrolliert. Es schien ihn Mühe zu kosten, ruhig zu atmen und er schob sich auf der Seite liegend etwas weiter unter die Büsche, um wenigstens teilweise dem Wasser zu entkommen, dem er dort beinahe schutzlos ausgesetzt war. Auch um meine Füße herum hatten sich mittlerweile Pfützen gebildet, sodass neben meinen Doc Martens kleine Mulchstücke schwammen.

Meine Schuhe.

Sie bestanden aus schwarzem, ziemlich dickem Leder und waren ausgesprochen robust. Ich hatte sie bei den Renovierungsarbeiten im Haus getragen, weil sie selbst einem auf meinen Fuß fallenden Hammer oder Elektrowerkzeug standhalten konnten. Einmal, bei der drei Kilometer andauernden Verfolgung eines Ausreißers, den ich für einen Klienten hatte finden sollen, war ich schließlich stehen geblieben und hatte sie ausgezogen, da mir das Rennen ohne ihr Gewicht leichter gefallen war. Mit ihren Stahlkappen und dicken Sohlen waren sie nämlich verdammt schwer.

Sie würden ausreichen müssen.

Eilig zerrte ich sie mir von den Füßen und löste die Schnürsenkel weit genug, um sie zusammenbinden zu können. Dann richtete ich mich hinter dem Baumstamm vorsichtig auf und rief: „Wissen Sie was, warum reden wir nicht erst noch mal darüber?"

Ich warf Bobby einen Blick zu und gestikulierte fragend, da ich hoffte, dass er zumindest über James' ungefähre Richtung Bescheid wusste. Seine Fingerspitzen waren mittlerweile beinahe weiß und die Nagelbetten hatten einen ungesunden Blauton angenommen. Auf seiner Hand war ein Streifen Blut zu sehen, während sich ein rotes Rinnsal vom Handgelenk zum Ellbogen zog. Für einen Streifschuss blutete er zu stark und sein Arm zitterte heftig, als er zwei Finger hob, dann mit Daumen und Zeigefinger ein L formte und hinter mich deutete.

„Warum kommen Sie nicht einfach raus, damit ich Sie erschießen kann?" James' Tonfall war von Spott durchzogen. „Ich bin ziemlich sicher, dass ich Ihren Freund schon getötet habe."

„Wie Sie Darren Shim getötet haben?" Spöttisch konnte ich auch. „Nett von Ihnen, ihn zu beseitigen, damit man Vivians Ermordung nicht zu Ihnen zurückverfolgen konnte."

„Das Arschloch ist in ihr Büro gekommen! Ich musste ihn loswerden. Er hätte ihr etwas angetan."

Da ich nun das fehlende Puzzleteil besaß, war es leicht, mir alles zusammenzureimen. Vermutlich hatte er Shim über Hong Chul kennengelernt.

Offenbar war Shim jemand gewesen, der für Geld jede Art von Drecksarbeit erledigt hatte. Einem Mann, der auf Menschen in einem Café schoss und eine wehrlose Frau umbrachte, würde ich keine Träne nachweinen. Doch vermutlich hatte er nicht begriffen, dass damit auch sein eigenes Schicksal besiegelt gewesen war. Hätte James ihn nicht an diesem Tag mit der Vase erschlagen, hätte er seinen Auftragsmörder sicher später getötet, um seine Spuren zu verwischen.

Ich war nicht grazil. Wenn andere Typen damit angaben, wie sie bei einem Kampf auf jemanden losgingen, klang es elegant wie ein Ballett. Das einzige Ballett, mit dem man meinen Auftritt hätte vergleichen können, war „Der Tanz der Stunden" und ich war das Nilpferd im Tutu. Immerhin löste ich einen gewissen Überraschungseffekt aus, als ich aus meinem Versteck stolperte und dabei mein improvisiertes Nunchaku durch die Luft schleuderte.

Eine Seite schlang sich um James' Kehle und der Schuh traf seinen Hinterkopf. Er taumelte vorwärts und stürzte beinahe mit dem Gesicht voran in den Mulch, konnte sich allerdings abfangen und nutzte die Gelegenheit, um mir eine Handvoll Holzspäne entgegenzuschleudern. Vermutlich wollte er damit meine Augen treffen und mir die Sicht nehmen, doch sie waren so nass, dass sie wirkungslos zu Boden fielen. Und die Bewegung machte ihn für einen kurzen Augenblick wehrlos.

Die vielen Stunden im Boxring mit Bobby dienten nicht nur dem Trainieren meiner Muskeln. Da ich außer mit meinem Bruder Mike niemals Faustkämpfe ausgetragen hatte, war es mir wichtig gewesen zu lernen, wie man richtig zuschlug. JoJo war ein guter Lehrer. Bobby war ein guter Gegner. Und auch die anderen Männer, die für ein paar Runden mit mir durch die Seile kletterten, schonten mich nicht. Daher war ich ziemlich sicher, dass ich mittlerweile zuschlagen konnte. Und zwar kräftig. Ich holte aus und zog durch, platzierte meine geballte Faust mitten in James' Gesicht. Er stolperte zurück, sein Kopf flog auf seinem Hals nach hinten und ich wurde mit einem befriedigenden Knirschen und einer aus seiner Nase schießenden Blutfontäne belohnt.

Außerdem ließ er die Pistole fallen.

Ich hatte nicht vor, Zeit mit der Beretta zu verschwenden. Schließlich konnte ich nicht genau sehen, wo sie gelandet war, während James direkt vor mir stand. Ich wirbelte mit den Füßen möglichst viel Mulch auf, um die Waffe unauffindbar zu machen, und ging mit der Absicht auf ihn los, so viel Schaden wie möglich mit meinen blanken Fäusten anzurichten. Da ich einige Zentimeter größer und ungefähr zwanzig Kilo schwerer war, würde es kein besonders fairer Kampf werden – wenn er nicht irgendwelche Kampfsporttechniken beherrschte, von denen ich nichts wusste. Danach zu urteilen, wie er seine Arme hochriss, um seinen Kopf zu schützen, drohte mir in der Hinsicht keine große Gefahr.

Um einen effektiven Schlag zu landen, muss man sein ganzes Gewicht hineinlegen, während man fest und sicher steht. Das Problem dabei war, dass ich meine Füße nicht spürte und auch meine Arme steif vor Kälte waren. So bewegte ich mich langsamer, als mir lieb war und meine Füße rutschten auf dem nassen

Mulch. Einen Vorteil hatte ich trotzdem noch, aber es würde nicht so leicht werden wie unter normalen Umständen.

James traf meinen Kopf – ein Schlag mit flacher Hand, dem ich ohne meine steif gefrorenen Glieder mühelos ausgewichen wäre. Das Aufeinanderklatschen von Haut hörte ich eigentlich lieber im Schlafzimmer, und zwar mit einem nackten, verschwitzten Jae-Min. James' ungeschickte Ohrfeige verursachte mir kein Vergnügen. Sie führte lediglich zu einem Ohrenklingeln, als seine Handfläche einen Schwall kalter Luft in meinen Gehörgang presste.

Der Druck auf mein Trommelfell schmerzte mehr als der Schlag selbst und ich musste ein Stöhnen unterdrücken. Währenddessen rutschte James auf dem unebenen Untergrund und verlor das Gleichgewicht. Als er nach etwas griff, um sich festzuhalten, fand seine Hand die scharfen Kanten des Palmenstamms und er schrie auf. Diese kurze Abgelenktheit machte ich mir zunutze.

Mit einem Sprung in seine Richtung schlang ich die Arme um seine Taille und warf mich auf ihn. Wir landeten in einigen Büschen und sorgten für einen Regen aus winzigen, rosafarbenen Blüten. James wehrte sich, schlug gegen meine Schultern, um sich zu befreien. Ich schlang meine Beine um seine Oberschenkel und hob den Oberkörper, wehrte einen der Schläge mit meinem Arm ab. Er traf mich einige Male, bevor ich eine Lücke ausmachte, die ich nutzen konnte.

Dann brach ich seine Nase ein zweites Mal, schob so viele Knochensplitter wie möglich in seine Nebenhöhlen.

Danach konzentrierte ich mich auf den Rest seines Gesichts und rammte meine Faust gegen seine Wangenknochen und seinen Kiefer. Seine Fingernägel rissen tiefe Kratzer in meine Haut, die in der kalten Luft brannten. Die Blutspritzer in James' Gesicht verliefen, als wir vom Wasser eines Rasensprengers getroffen wurden. Der Strahl überraschte mich und sprühte mit seiner ganzen Heftigkeit Wasser in meinen Mund. Es schmeckte fürchterlich mit einer verdächtig metallischen Note, die mich vermuten ließ, dass meine Lippe aufgeplatzt war. Während ich noch widerliches Wasser ausspuckte, setzte James sich zur Wehr. Seine Faust traf meine Seite. Beinahe hätte ich über den sanften Aufprall gelacht, doch als er ein zweites Mal kam, spürte ich den brennenden Schmerz an meinen Rippen und bemerkte das glitzernde Metall in seiner Hand.

Er musste ein Messer in der Tasche gehabt haben. Es war nur wenige Zentimeter lang, aber aus breitem, robustem Stahl, der mühelos mein durchtränktes T-Shirt und meine Haut durchstieß. Mit einem irren Grinsen stützte er seinen Ellbogen auf dem Boden ab und drehte das Messer in meiner Seite, stieß mit der Spitze gegen meine Rippen. Die Schmerzen waren so heftig, dass ich mich vornüberbeugte und einen plötzlichen Brechreiz unterdrücken musste. Doch es gelang mir, mich zur Seite zu werfen und mit dem Messer zwischen den Rippen von seinem Körper zu rollen. Ich zerrte noch am Messergriff, um es zu lösen, als ein Schuss durch den Garten hallte.

Ich erstarrte, bevor ich mich trotz der Taubheit meiner Glieder und der Schmerzen in meiner Seite möglichst dicht auf dem Boden zusammenkauerte. Nur Sekunden später packte mich Bobbys Hand, zog mein zerfetztes T-Shirt hoch und presste sich auf die tiefe, blutende Schnittwunde in meiner Seite. Einige Meter von uns entfernt lag James Bahn bewegungslos und bleich auf dem Boden. Die Schießpulverpunkte auf seiner Haut waren unverkennbar. Während wir gekämpft hatten, musste Bobby die Waffe gefunden haben und hatte James aus nächster Nähe in den Hals geschossen.

„Ist er tot?" Ich hustete, wodurch mehr Blut aus meiner Wunde floss. Die Hautränder bewegten sich wie der Mund eines sterbenden Goldfisches.

„Keine Ahnung", brummte Bobby, während er von neuem auf die Wunde drückte. „Interessiert mich auch nicht. Wahrscheinlich. Jetzt sei still. Sonst kann ich die Blutung nicht stoppen."

Ehrlich gesagt sah Bobby nicht viel besser als James aus. Die Kälte war unerbittlich gewesen und ich fürchtete, dass wir an einigen Zehen mit Erfrierungen rechnen mussten. Bobby schob mir seine Arme unter die Achseln und zog mich von der Grünfläche. Erst als wir die verhältnismäßig sichere und trockene Treppe erreicht hatten, packte er mich bei den Schultern und musterte mich.

„Wie passiert das nur immer mit dir und diesen Verrückten? Du scheinst echt nur dann glücklich zu sein, wenn du von irgendeinem Irren gejagt wirst." Er wrang sein Hemd aus und presste es auf meine Wunde. James' Kugel schien ein Stück Fleisch aus seinem Arm gerissen zu haben und nachdem wir der Sintflut nun entkommen waren, hatte das Blut mittlerweile fast seinen ganzen Arm bedeckt. „Glaubst du, du kannst dich so lange von neuen Problemen fernhalten, bis ich mein Handy geholt und einen Krankenwagen gerufen habe?"

„Klar, kann ich machen." Ich sah mit einem Grinsen zu ihm hinauf, das vermutlich etwas schmerzverzerrt war. „He, etwas Gutes hat die ganze Sache …"

„Was zum Teufel könnte an dieser Sache bitte gut sein?", knurrte Bobby, während er nach meiner Hand griff und sie fest auf das feuchte Hemd legte, damit es auf der Wunde blieb. „Verrat es mir, Prinzessin … Was ist an dieser ganzen Scheiße gut?"

Ich zeigte auf den Schnitt in meiner Seite und antwortete: „Diesmal habe ich wenigstens keine Schusswunde abbekommen."

22

AM SPÄTEN Nachmittag des nächsten Tages warf ich praktisch eimerweise Ibuprofen ein und wünschte mir, ich hätte das Angebot des Arztes, mir ein besseres Schmerzmittel zu verschreiben, angenommen. Nach dem zwanzigsten schmerzerfüllten Zischen aus meiner Richtung warf Claudia mir über ihre Großmutterbrille hinweg einen bösen Blick zu und schürzte die Lippen.

„Du machst dir noch die Leber kaputt, Junge." Als Mo aufsah, bedeutete sie ihm mit einer Handbewegung, sich wieder dem Lernen zuzuwenden. „Nicht du, der Idiot da drüben."

„Es geht schon, wirklich", log ich.

Natürlich tat es etwas weh, aber ich hatte nicht vor, mich von dem leichten Schmerz irritieren zu lassen. Zumindest versuchte mein Männerego mir das einzureden. Das Messer war etwas schief eingedrungen und hatte deshalb lediglich eine kleine Kerbe im Knochen und eine leichte Verletzung der Muskeln verursacht. Ich hatte schon Schlimmeres erlebt und hätte es auch diesmal bereitwillig getan, wenn Bobby dafür unversehrt geblieben wäre. Doch so war es nicht gekommen. Während ihm in der Notaufnahme das Mittel für eine örtliche Narkose gespritzt worden war, hatte er sich so lautstark beklagt, als wäre er von einem Tyrannosaurus Rex zerfleischt worden, anstatt die Kugel einer 9 mm in seinem Oberarm zu haben.

Nachdem die Ärzte dann drei Stunden später angekündigt hatten, ihn vorsichtshalber über Nacht dabehalten zu wollen, woraufhin das Gejammer zu einem Wirbelsturm der Wut aufgefrischt war, hatte ich mich feige zurückgezogen, während Claudia ihm einen verbalen Tritt in den Hintern verpasst hatte.

„Außerdem ..." Ich lehnte mich grinsend auf meinem Stuhl zurück. „... bist du doch auch schon wieder hier, obwohl dein Arzt es dir verboten hat. Du hast eine Schusswunde, schon vergessen?"

„Junge ..." Claudia atmete tief ein. Ich wappnete mich. Doch Mo rettete mich, indem er sich einmischte – wobei mich sein Blick darauf hinwies, dass man als geistig gesunder Mensch, für den er mich offenbar nicht hielt, keinen gereizten Drachen ärgerte.

„Nana, wir müssen jetzt sowieso los. Sonst schaffen wir es nicht rechtzeitig zum Essen bei Onkel Mace." Sein Rucksack war bereits bis zum Rand mit Elektrogeräten und Büchern vollgestopft. Sie seufzte, woraufhin ich ihm hinter Claudias Rücken einen Zwanziger zusteckte. Er ließ ihn wie ein Profi unauffällig in der Tasche seiner Jeans verschwinden, während ich Claudia ihren Stock reichte.

Und mich duckte, als sie versuchte, mich damit zu treffen.

„Ha!" Beinahe hätte ich ihr die Zunge herausgestreckt, doch beim zweiten Mal erwischte sie meine Wade. „Verdammt!"

„Glaub nicht, dass ich dir keine Abreibung verpassen kann, Cole McGinnis", sagte sie und zeigte mit dem Ende ihres Gehstocks auf meine Nase. „Mo, hilf mir bei den Stufen, bevor ich noch länger bleibe, um diesem Mann etwas Vernunft einzuprügeln."

Als ich Claudia die Tür öffnete, stieg soeben Detective Dexter Wong die Stufen zur Veranda hinauf. Er stellte einen neuen Haarschnitt zur Schau – beinahe abrasiert an den Seiten mit einem Bausch grober Stacheln in der Mitte. An ihm wirkte er fast ein wenig albern, doch er stolzierte so selbstzufrieden die Stufen hinauf, während er Claudia keck zuwinkte, dass ich es nicht übers Herz brachte, ihn deswegen aufzuziehen. Bei dem grauen Polyestersakko konnte sich allerdings wirklich niemand über einen Kommentar beschweren.

„Mann, du ziehst dich an wie die schlechte Kopie eines Bullen aus den Siebzigern." Ich folgte ihm zurück ins Büro. „Wo hast du den Gran Torino versteckt?"

„Leck mich, McGinnis." Nach einem Tag mit Claudias scharfer Zunge konnte mich seine Erwiderung nicht beeindrucken, was ich jedoch lieber für mich behielt. „Setz dich. Ich bin hier, um rauszufinden, was zum Teufel du gestern getan hast."

Ich reichte Wong ein kaltes Getränk aus dem Kühlschrank und ließ mich mit einer Cola light auf meinen Schreibtischstuhl sinken. Nachdem ich sie geöffnet und den Schaum abgetrunken hatte, fragte ich: „Was gibt es noch zu sagen, was du nicht schon gestern im Krankenhaus gehört hast?"

„Wie lange warst du ungefähr in der Notaufnahme, bevor Jae dich weggeschleift hat? Fünf Minuten? Wie viel konnte ich da schon fragen?"

„Ich hatte nun mal keine schlimme Verletzung und er war froh, mich gesund und munter vorzufinden. Sehr froh. Er hat mir seine Freude sogar gleich auf dem Parkplatz gezeigt."

„Ich hätte gut ohne dieses Bild in meinem Kopf leben können", stöhnte er. „Außerdem bin ich auf der Flucht vor O'Byrne. Sie glaubt, dass ich dir einfach erlaubt habe, in unseren Ermittlungen herumzuwühlen, ohne dich aufzuhalten."

„Stimmt ja auch." Ein Enthefter kam in meine Richtung geflogen, verfehlte allerdings knapp meine Schulter und rutschte klappernd über den Boden, bis die Wand ihn bremste. „Sie war jedenfalls nicht begeistert davon, mich im Krankenhaus mit Hong Chul zu sehen."

„Nicht begeistert ist untertrieben." Wong seufzte. „James Bahn hat es übrigens nicht geschafft. Er hat noch lange genug gelebt, um kurz mit seiner Mutter und der Polizei zu reden, aber die Operation hat sein Körper nicht mehr durchgehalten. Man konnte ihn nicht wiederbeleben."

„Damit hatte ich ehrlich gesagt schon gerechnet. Bobby hat ihn aus nächster Nähe erwischt." In den letzten Wochen hatte ich zu viel vergossenes Blut gesehen

583

und Vivians Tod würde mich noch lange in meinen Träumen heimsuchen. Doch die Gewissheit, dass James Bahn tot war, würde mich lediglich ruhiger schlafen lassen.

„Madame Sun gibt ihren Laden hier auf und kehrt nach Seoul zurück. Was Wahrsagerei angeht, wird Gyong-Si hier dann wohl den Markt beherrschen."

„Sie hat ihre Tochter *und* ihren Sohn verloren. Kann man es ihr da vorwerfen?" Ich mochte die *Ajumma*. Sie wirkte wie eine nette Frau, der das Leben ein mieses Schicksal beschert hatte.

„Nein, aber es ist schade. Schlimm genug, dass ihre Tochter ermordet wurde – aber wenn dann noch der eigene Sohn der Mörder ist?" Er schüttelte den Kopf, wobei die Stacheln auf seinem Kopf wie Wellen wogten.

Ich musste an Kim Hyun-Shik zurückdenken und sagte: „Ich habe es auch andersrum erlebt. War genauso übel. Hat James sich irgendwie zu dem Mord an Shim geäußert?"

„Ja, ich bin in der Notaufnahme eingetroffen, als man ihn für die Operation vorbereitet hat. Da hat er gerade seiner Mutter sein Herz ausgeschüttet. Vermutlich wusste er, dass er nicht durchkommen würde. Es ist erstaunlich, wie viele Menschen plötzlich zu Gott finden, wenn sie vor dem Tor zur Hölle stehen." Wong stützte seine Ellbogen auf die Knie und gestikulierte mit seiner Flasche. „Shim hat Choi in ihrem Auto umgelegt und in Lees Wohnung auf sie gewartet. James hat ihm je fünftausend für die beiden Morde gezahlt. Vivian hat ihn angerufen und sich entschuldigt, dass sie etwas zu spät zu ihrer Verabredung zum Essen kommen würde. Also wusste James, wo sie sein würde, und hat die Gelegenheit genutzt, sie aus dem Weg zu räumen."

„Ohne darüber nachzudenken, was er damit seiner Mutter antun würde?"

„Allerdings. Als sie ihm sagte, in welches Café sie gehen wollte, ist James hingefahren und hat auf der Straße vor dem Fenster geparkt. Da sich der Eingang im Hof befindet, ist er davon ausgegangen, dass niemand sein Auto mit den Geschehnissen in Verbindung bringen würde. Er hat Shim herbestellt, der auf dem Beifahrersitz wartete, bis er Vivian in der Schusslinie hatte. Nach den Schüssen sind sie im Chaos davongefahren."

„So gut kann seine Schusslinie nicht gewesen sein", wandte ich ein. „Sonst hätte er den Laden nicht zerschossen, als wäre er Elmer Fudd auf einer Kaninchenfarm."

„Darren Shim war nicht dafür bekannt, ein ausgeglichener junger Mann zu sein", antwortete Wong gedehnt. „Oder ein geduldiger. Da James zu diesem Zeitpunkt offenbar das Geld nicht bei sich hatte, hat Shim beschlossen, es persönlich einzutreiben. Jedenfalls hat James abgestritten, dass er ihn am nächsten Tag zu Madame Suns Arbeitsplatz bestellt hätte. Vielleicht wollte Shim James nur zeigen, dass er es nicht mit einem harmlosen Jungchen zu tun hatte und es lieber nicht wagen sollte, ihn um sein Geld zu betrügen."

„Also hat James ihm tatsächlich mit der Vase den Kopf eingeschlagen, um seine Mutter zu beschützen?" Mein Tonfall war skeptisch und Wongs Gesichtsausdruck geradezu zynisch. „Wirklich?"

„Das hat er zumindest seiner Mutter gesagt", antwortete Wong langsam. „Es schien sie glücklich zu machen, dass er wenigstens nicht in jeder Hinsicht ein Mistkerl war. Es wäre möglich. Shim könnte von sich aus hingegangen sein und James seine Mutter verteidigt haben."

„Hm. Vielleicht", räumte ich ein. „Er hat Gyong-Si aus tiefstem Herzen gehasst. Hat den Mann für die Scheidung seiner Eltern verantwortlich gemacht. Dass Vivian so plötzlich auftauchte, hat ihn offenbar verärgert. Seine Mutter hat sich für sie praktisch ein Bein ausgerissen. Als Vivian es nicht ausreichend zu schätzen wusste, hatte James genug. Allerdings hat er gesagt, sein Ziel sei die Ermordung von Gyong-Si. Seine Nachkommen aus dem Weg zu räumen war nur eine Art Zugabe."

„Wir vermuten, dass Hong Chuls Großvater, Bhak Bong Chol, James über Gyong-Sis Kinder informiert hat. Anscheinend hat er bei einem Besuch bei Madame Sun seine Abneigung gegen Gyong-Si erkennen lassen und James hat sich gleich daraufgestürzt." Ich hatte am Vorabend Bhaks Unterlagen übergeben, genau wie die Notizen, die wir uns dazu gemacht hatten, aber vieles davon ergab keinen Sinn.

„Es bleibt offen, ob James etwas mit dem Tod des Großvaters zu tun hatte. Da er eingeäschert wurde, können keine weiteren Untersuchungen an der Leiche durchgeführt werden", informierte mich Wong. „Also sagt der Captain, dass wir es nicht weiterverfolgen sollen. Es hätte keinen Sinn. Und würde der Familie nur unnötiges Leid verursachen."

„Ja, das ist wahrscheinlich besser so. Einige seiner Aufzeichnungen waren ganz schön verrückt."

„Seine Tochter sagt, Bhak hätte an einer Demenzkrankheit gelitten. Es überrascht mich, dass ihr seinen Aufzeichnungen überhaupt etwas Sinnvolles entnehmen konntet. Gute Arbeit. Auch wenn es euch fast umgebracht hätte." Er verzog das Gesicht – größtenteils bedauernd, auch wenn ich nicht darauf gewettet hätte. „Geht es Bobby besser?"

„Ja, ich habe ihn heute Morgen abgeholt. Die Hälfte der Typen in seinem Adressbuch streitet darum, sich um ihn zu kümmern." Ich trank einen Schluck Cola und schnaubte, als die Kohlensäure in meiner Nase kribbelte. „Seine Wohnung sieht im Moment aus wie ein Schwulenklub, in dem eine eintrittsfreie Nacht für junge Männer stattfindet."

„Übrigens habe ich gehört, dass sich Abby Park auch auf dem Weg der Besserung befindet. Ihre Leber spricht gut auf die Medikamente an." Wong blätterte durch sein Notizbuch und hakte demonstrativ Dinge mit einem von Claudias Schreibtisch stibitzten Kugelschreiber ab. „Und ich konnte endlich die Yis erreichen. Offenbar hat sich die Mutter beim Essen einen Zahn abgebrochen und Terry ist mit ihr zum Zahnarzt gefahren. Deshalb hat James sie nicht angetroffen."

„Ein Glück. Wir waren ja auch nur dort, weil ich sie nach Leuten fragen wollte, die etwas gegen Gyong-Si haben könnten. Ich war auf der Suche nach neuen Anhaltspunkten."

„Sie ist wirklich ein Original." Er lachte. „Sie war auch diejenige, die Terry dazu gedrängt hat, für Gyong-Si zu arbeiten. Dachte, es wäre für ihn ein guter Weg, seinen Vater kennenzulernen. Allerdings hat sie ebenfalls nicht geglaubt, dass Gyong-Si wirklich schwul ist. Als ich es ihr gesagt habe, hat sie als Erstes Terry gefragt, ob Gyong-Si ihn angebaggert hätte."

„Gott, das will ich mir gar nicht vorstellen." Der Gedanke daran ließ mich schaudern. „Terry ist ein guter Junge. Ich frage mich, ob er und Hong Chul Kontakt zueinander aufnehmen, da sie jetzt wissen, dass sie Brüder sind."

„Keine Ahnung. Aber es wäre gut für sie. Brüder zu haben ist etwas Schönes."

Trotz meiner bekannten Problemchen mit Mike war ich froh ihn zu haben. Bei Ichiro fiel es mir leichter, ihn zu mögen, aber das mochte daran liegen, dass sich unsere Beziehung noch in dieser frühen Phase befand, in der man sich von seiner besten Seite zeigte. Vielleicht war es auch nur leichter, mit jemandem auszukommen, wenn man zu alt war, um sich wegen einer Schachtel Frühstücksflocken zu streiten.

„Ja, das ist es", stimmte ich nachdrücklich nickend zu, was mein Stuhl mit einem Quietschen belohnte. „Allerdings scheint meiner nicht das größte Talent zum Lesen zu haben, denn er hat Lee mit Yi verwechselt."

„Waren die Namen englisch oder koreanisch?"

„Wahrscheinlich beides durcheinander. Und der Typ hatte eine verdammt üble Handschrift. Also sollte ich wohl nicht so streng mit Ichi sein. Also, was passiert jetzt? Will O'Byrne mich für das Stören von Ermittlungen drankriegen?" Ich hätte es ihr durchaus zugetraut. Als sie in der Notaufnahme aufgetaucht war, hatte mich ihr Gebrüll um mein Leben fürchten lassen, bis das Personal sie hinausgeworfen hatte. „Als wir uns das letzte Mal begegnet sind, hat sie meinen Kopf ausgemessen, um zu sehen, an welche Stelle über ihrem Schreibtisch er am besten passt."

„Ja, der Captain ist über uns beide nicht besonders erfreut. Eventuell bekomme ich demnächst einen schicken, neuen Streifenwagen, in dem ich herumfahren und Strafzettel verteilen darf. Mal sehen." Wong seufzte traurig. „Okay, ich muss jetzt nach Hause zu meiner Freundin. Wir sind mit meinen Eltern zum Essen verabredet. Meine Mutter fängt schon an, Enkelkinder zu erwähnen. Ich glaube, ich werde ihr sagen, dass wir es erst mit einem Hund probieren. Und wenn wir es schaffen, den eine Weile am Leben zu erhalten, denke ich *vielleicht* über Kinder nach."

NACHDEM ICH Wong hinausbegleitet hatte, schloss ich das Büro ab. Draußen war zu hören, wie sich jemand auf das kältere Wetter vorbereitete, indem er Holz hackte. Ich rieb mir die verletzte Seite, die ich als guten Grund dafür betrachtete, faul zu sein und mir eine Ladung abgelagertes Eukalyptusholz liefern zu lassen.

586

Als ich den weißen Explorer neben meinem Rover entdeckte, musste ich lächeln und meine Schmerzen waren vergessen.

Jae saß auf den kalten Betonstufen vor meiner Haustür und rauchte eine *Kretek*. Der aromatische Nelkenrauch schwebte mir entgegen und begrüßte mich mit einem würzigen Kuss. Offensichtlich hatte Jae wieder in meiner Kleidung gewühlt und dabei einen dunkelgrünen irischen Strickpullover ausgegraben, den Maddy mir aus Killybegs mitgebracht hatte. Jae versank darin und hatte das untere Ende über seine Knie gezogen, vermutlich, weil er besser wärmte als seine zerrissenen Jeans. Hinter ihm stand eine Kiste mit Lebensmitteln, aus der ein großer Moschuskürbis und einige Stangen Porree hervorschauten.

„Hi, hat das dieses Genossenschaftsding geliefert, dem du beigetreten bist?“ Er sah nicht auf. Stattdessen schien sein Blick in die Ferne gerichtet zu sein, noch weiter fort als der an Eisstiele erinnernde Lattenzaun, der mein langes Grundstück vom benachbarten trennte. Als ich mich hinunterbeugte, um ihn zu küssen, traf ich anstelle seiner Lippen nur dicke Haarsträhnen. „Jae, ist alles in Ordnung?“

„Babe?“, versuchte ich es erneut, als er nicht antwortete. „Jae?“

„Weißt du, wo Tiffany ist? Sie geht nicht an ihr Handy.“ Er wandte mir sein Gesicht zu, doch sein Blick schien noch immer ins Leere gerichtet zu sein. Es war ein lebloser Blick, als würde vor meinen Augen etwas in seinem Inneren verdorren. „Ich dachte, sie wäre bei dir.“

„Maddy ist mit ihr und Sissy zu einem Frauennachmittag losgezogen. Eigentlich wollte sie dir Bescheid sagen. Soweit ich es mitbekommen habe, werden sie halb L.A. kaufen.“ Ich berührte seine Wange, die kalt vom Wind war. Es tat weh, als er kurz zurückzuckte, doch dann schmiegte er seine Wange in meine Handfläche und entlockte mir ein erleichtertes Seufzen. „Rede mit mir, Liebling.“

„Sie ziehen her … nach Los Angeles. Das habe ich dir erzählt, *ne*? Meine Mutter und Jae-Su.“ Er klang wie betäubt. Seine Lippen schienen sich beim Sprechen kaum zu bewegen. „Ree auch, schätze ich … Ich … bin nicht sicher. Sie … Verdammt, Cole-ah. Ich weiß es nicht.“

„Ja, du hast es mir erzählt.“ Ich setzte mich neben ihn. Obwohl er beinahe zu zerbrechlich für eine Berührung wirkte, legte ich ihm den Arm um die Taille. „Hat deine Mutter angerufen, um dir zu sagen, wann?“

„Nein, sie hat mich angerufen, um mir zu sagen … dass ich nicht mehr ihr Sohn bin.“ Dann verlor er die Fassung, als seine Beherrschung unter dem Gewicht dieser Worte zerbrach. Verwirrt und unsicher, was ich nun tun sollte, versuchte ich ihn näher an mich zu ziehen, doch Jae wehrte sich dagegen und bewahrte einen gewissen Abstand zwischen uns. „Cole-ah, sie weiß es. Diesmal weiß sie es *wirklich*. Sie …“

Kein Schmerz, den ich in meinem Leben gespürt hatte, selbst Rick in diesen letzten Sekunden in den Armen zu halten, hatte so wehgetan wie Jaes Zusammenbruch zu sehen. Was auch in ihm vorging, es musste verheerend sein, ein emotionales Massaker, das er nicht überleben konnte.

„Babe, du musst mit mir reden." Nun rutschte ich doch näher an ihn heran, presste ihn an mich. „Was ist passiert? Was ist denn nur passiert? Hat Tiff es ihr gesagt? Ich dachte, sie hätte es akzeptiert. Sie hat gesagt, sie würde damit zurechtkommen!"

„Meine Tante – Hyun-Shiks Mutter – hat sie angerufen. Sie hat ihr *alles* erzählt. Dass sie mich mit *Hyung* überrascht hat ... als wir Sex hatten... und dass ich im Dorthi Ki Seu war. *Alles*, Cole-ah ... auch ... das mit uns." Jaes Brust bebte, als sich ein Schluchzen in seiner Kehle verfing. „Alles nur, weil meine Mutter mit Jae-Su nach Los Angeles kommt ... weil Onkel seinen *Sohn* haben will. Meine Tante ... musste ihr wehtun ... musste mir wehtun."

„Deine *Tante* hat es ihr gesagt?" Mir fielen nicht genug Flüche ein. Wut füllte jeden Winkel meines Körpers aus, bis sie aus meinem Mund strömte. „Diese *miese Schlampe*. Warum? Warum macht sie das mit dir? Du hast alles für sie getan. Hast dir solche Mühe für diese H..."

„Sie war neidisch ... ist neidisch." Endlich sah Jae zu mir auf, doch der Schmerz in seinem Gesicht ließ mich beinahe zurückweichen. Es war, als läge er verletzt vor mir, aufgeschlitzt und dem Tod überlassen von der Frau, die ihn geboren hatte. „Also hat sie meiner Mutter gesagt, dass ich ... *so* bin. Dass ich mich verkauft hätte, Männern erlaubt hätte mich zu ficken, um Geld für meine Familie zu bekommen. Dass ich meinen Arsch an Männer wie Hyun-Shik verkauft hätte ... an Männer wie dich. Meine Tante hat mich zerstört ... meine Familie zerstört ... weil sie ..."

„Weil sie eine niederträchtige Schlampe ist", flüsterte ich und griff nach seinen Schultern, um ihn in die Arme zu schließen. Diesmal kämpfte er nicht dagegen an und ließ sich gegen mich sinken. Dann begann er zitternd zu weinen, lautlos und doch so heftig, dass sein ganzer Körper erbebte. Ich wiegte ihn in meinen Armen, streichelte sein Haar und küsste es. „Ich bin hier. Und ich gehe nicht weg."

„Ich kann ... nichts mehr in mir drin fühlen, Cole." Er klang verängstigt, verstörter, als ich ihn je gehört hatte. Selbst als wir uns durch Blut und Tod gekämpft hatten, war Jae stoisch gewesen, hatte diese Strapazen beinahe phlegmatisch ertragen. Doch plötzlich war die Schale zerbrochen und ein kleiner Junge mit gebrochenem Herzen floss klebrig und dotterig heraus. „Ich fühle mein Herz nicht mehr. Es ... tut so weh, dass ich nicht atmen kann."

„Was hat sie dir genau gesagt? Deine Mutter, meine ich." Ich kannte nicht einmal den Namen der Frau. Er hatte ihn mir nie verraten. Doch im Augenblick schien er unwichtiger zu sein, als was sie ihm bedeutete. „Vielleicht hast du sie missverstanden. Vielleicht braucht sie nur Zeit."

„Nein. Sie ist mit mir fertig. Sie hat gesagt, sie hätte schon immer gewusst, dass ... mit mir etwas nicht stimmt, aber dass es sie nicht gekümmert hat, weil ich nicht mehr dort gewohnt habe, also war es ihr egal. *Ich* war ihr egal." Er wirkte erschöpft, hatte zu viel Energie für etwas verschwendet, das es nicht wert war.

Die verdammte Ziege schien ihm sämtliche Lebenskraft entzogen zu haben. Seine Lider waren schwer und unter seinen Augen hatten sich dunkle Ringe gebildet. Er seufzte, schien sich kaum noch aufrecht halten zu können. „Ich war nichts für sie. Nur noch jemand, den man ausnutzen konnte. Ich dachte … Ich wollte, dass es anders wird … wollte, dass sie mich liebt. Sie ist meine *Mutter* …"

„Du hast mich. Und Scarlet. Verdammt, Jae, du hast so viele Menschen um dich herum."

„Aber sie sind keine Familie", widersprach er leise. „Nicht *meine* Familie. Sie wird Tiffany zurückholen. Ich weiß nicht, ob ich sie jemals wiedersehen werde … oder Ree. Ich kann … Ich kann nicht zulassen, dass sie mir meine Schwestern wegnimmt, Cole-ah. Sie kümmert sich nicht um sie … vergisst sie und macht Sachen mit Männern. So kann ich meine Schwestern nicht leben lassen. Wie ich in ihrem Alter leben musste. Es bringt einen tief drinnen um. Man ist so *einsam*, Cole-ah. Ich möchte nicht, dass sie einsam sind."

„Wir sind deine Familie, Jae. *Ich* werde deine Familie sein." Ich wusste nicht, was ich ihm sonst sagen sollte. In den klebrigen Fäden seines Schmerzes gefangen konnte ich ihn lediglich fester an mich ziehen und ihn wiegen, während er weinte. „Und du bist nicht *nichts*, Babe. Du bist *alles*."

„Verlass mich nicht, Cole." Seine Arme schlangen sich so fest um mich, dass sie ein kribbelndes Brennen durch die verbundene Schnittwunde sandten. „Du hast versprochen, dass du immer bei mir bleiben würdest, wenn ich dich bitte, mich niemals loszulassen."

„He, ich bin doch hier, nicht wahr?", erinnerte ich ihn. Ich legte eine Hand an sein Kinn, damit er den Kopf hob und ich ihm ins Gesicht sehen konnte. „Und ich habe nicht vor, wegzugehen, Kim Jae-Min. Ich schwöre es bei Gott – was auch passiert, wo du auch hingehst … ich werde bei dir sein."

„*Agi?*" Jae hatte nicht die eleganteste Art zu weinen. Doch als er mich so mit seiner roten Nase ansah, war er trotzdem wunderschön. Schön in jeder Hinsicht, auf die es ankam – vor allem, als er den Kopf senkte, um meine Fingerspitzen zu küssen.

„Ja, Jae?", murmelte ich, während ich mit dem Daumen über seine Unterlippe streichelte.

„*Saranghae, Jagiya.*" Dann holte er tief Luft und flüsterte etwas, das ich mir schon sehr lange wünschte: „Ich liebe dich."

Die Abenddämmerung küsste den Tag und Jae zitterte immer heftiger in meinen Armen. Beinahe eineinhalb Stunden hatte ich dort gesessen und ihn festgehalten, hatte gewartet, bis er sich ausgeweint hatte, und ihn dann mit meinen Küssen getröstet. Ich verlangte nicht mehr von ihm als seine Lippen und seinen an mich geschmiegten Körper, wollte nur mit meinen Liebkosungen sein Herz zum Leben erwecken, nachdem die Zurückweisung seiner Mutter es mit ihrer Klinge durchbohrt hatte. Wir redeten kurz und kamen zu dem Schluss, dass wir uns beide den Hintern abfroren und uns mit etwas Essbarem und ein wenig Alkohol im Magen wesentlich besser fühlen würden.

Also ließ ich ihn widerstrebend los, hob die Kiste hoch und schob den Porree zur Seite, als dieser meine Nase kitzelte. Jae stand mit steifen Bewegungen auf, vermutlich weil seine Beine nach der langen Zeit auf der kalten Stufe völlig durchgefroren waren.

„Gib die her. Du bist verletzt, schon vergessen? Schließ lieber die Tür auf." Jae schniefte und musste noch einige kleine Schluchzer unterdrücken, während er mir entschlossen die Kiste abnahm. „Ich möchte über etwas reden ... außer mir. Geht es Terry und seiner Mutter gut? Niemand wusste, wo sie waren, *ne*?"

„Ja, er ist mit ihr zum Zahnarzt gefahren. Sie hatte sich einen Zahn abgebrochen. Deshalb ist er auch so eilig von seinem Arbeitsplatz verschwunden und die zwei haben das ganze Chaos verpasst." Ich stibitzte einen Apfel aus der Kiste, der neben ein Bund Sellerie geraten war und dort umherrollte. „Und Wong sagt, Abby geht es auch besser."

„Hast du mit Bobby geredet? Wie geht es ihm?"

Ich hatte nicht mehr die Gelegenheit, Jae zu antworten, denn meine Aufmerksamkeit richtete sich auf die Frau, die hinter meinem Haus hervorkam und mit locker schwingenden Armen über den Weg schritt. Erst erkannte ich sie nicht. Als ich es tat, erstarrte mein Gehirn und weigerte sich, die Tatsache zu akzeptieren, dass sie wirklich hier war, dass diese abgemagerte Frau sich auf dem Betonpfad näherte.

Ich versetzte meinem Verstand einen gedanklichen Stromstoß, um ihn wieder in Gang zu bringen, und stieß durch den Kloß in meinem Hals mit quietschender Stimme hervor: „Sheila?"

Das letzte Mal war mir Bens Frau bei der Trauerfeier für Rick begegnet, einer eilig organisierten Angelegenheit für einige Freunde und Familienmitglieder. Als ich angerufen hatte, um sie einzuladen, waren mir bei ihrer teilnahmslosen Stimme Zweifel gekommen, ob sie mich überhaupt gehört hatte. Doch der hirntote Zombie am Telefon wäre mir lieber gewesen als die Furie, die schließlich vor der Kapelle aufgetaucht war. Sie hatte mich auf dem Vorplatz überrascht und mir mitgeteilt, dass sie mich nie wiedersehen wolle und mich garantiert nicht in die Nähe ihrer Kinder lassen werde. Dort hatte ich sie zum letzten Mal gesehen und schon damals hatte sie gewirkt, als hätte sie ein emotionales Trauma erlitten, dass sie vielleicht niemals überwinden würde.

Auch für mich war es ein schwerer Schlag gewesen. Letztendlich hatte ich bei der Feier nicht nur um meinen Liebsten getrauert, sondern auch um den Zerfall einer Familie, die ich als meine eigene betrachtet hatte. Sheila nun hier zu sehen war ein Schock, doch noch mehr erschreckte mich, was aus ihr geworden war.

Sheila war kaum wiederzuerkennen. Sie wirkte eher wie eine dieser runzligen Puppen mit Apfelköpfen, die man ihr nachgebildet hatte. Ihre eingefallenen Wangen waren mit roten Wunden bedeckt und die blonde Mähne, auf die sie einst so stolz gewesen war, hing in brüchigen Strähnen auf ihre zu schmalen Schultern hinab. Selbst aus der Entfernung roch sie schlecht, verströmte ein säuerliches, an etwas Geronnenes erinnerndes Aroma mit einem Hauch von Abwasser. Ein schmutziges Tanktop hing an ihrem mageren Körper hinunter und verbarg weder die Schlaffheit ihrer Brüste noch den leicht aufgedunsenen Bauch. Die schwarze Färbung ihrer Zähne wies auf Crystal Meth hin. Selbst ohne ihre verrottenden, brüchigen Kanten aus der Nähe zu betrachten, war die Drogensucht kaum zu übersehen.

Ihre trockene, rissige Haut blätterte wie ein Sandsturm ab, als Sheila die Arme hob und eine gefährlich aussehende Glock auf uns richtete. Sie war beinahe zu schwer für sie. Ich erkannte sie als Bens private Waffe, die ich ihm zu Weihnachten geschenkt hatte. Damals hatten wir sie ausgiebig am Schießstand ausprobiert und waren zu spät zum Essen erschienen.

Ich machte einen Schritt vorwärts, um nach Jae zu greifen, doch eine warnende Bewegung ihrer Waffe ließ mich erstarren. Als sie sprach, vergrößerten sich die Risse in ihren Lippen und ich konnte die schwarze Fäulnis, die ihre Zähne zerfraß, noch besser erkennen. Ich hob die Hände und schob mich langsam dichter an meinen Freund, woraufhin Sheila einen Schuss abgab, der das Wohnzimmerfenster zerschmetterte. Glas flog durch die Luft und ließ kleine, scharfe Scherben auf Jae und mich niederprasseln. Durch den Rückstoß prallte die Waffe beinahe gegen Sheilas Gesicht, doch sie brachte sie schnell wieder in die gewünschte Position und richtete sie auf mich.

„He, komm schon, Sheila. Du hast hier Freunde." Ich würde es mit Reden versuchen. Verdammt, ich hätte ihr die Pistole gelutscht, wenn sie sich dann besser gefühlt hätte – aber Bens Frau hatte andere Pläne. „Was ist denn los? Kann ich dir irgendwie helfen?"

„Sie haben mir die Kinder weggenommen, Cole." Beim Sprechen bewegte sich ihre Zunge wie eine Schlange hinter den Stümpfen ihrer Schneidezähne. „Wusstest du das? Haben deine Freunde bei der *Polizei* dir das verraten?"

„Cole-ah ...", setzte Jae zum Sprechen an, doch ich brachte ihn mit einer Handbewegung zum Schweigen, da ich nicht wollte, dass sie ihre Aufmerksamkeit auf ihn richtete. Er litt noch unter den Folgen seines Zusammenbruchs, hatte hörbar Mühe ruhig und gleichmäßig zu atmen.

„Sheila, Schatz ... wir können zusammen jemanden suchen, der dir hilft, sie zurückzubekommen, okay?", fragte ich, während ich versuchte, mich unauffällig in Jaes Richtung zu bewegen. Wenn ich ihren drogenzerfressenen Körper und ihren wilden Blick betrachtete, wunderte es mich nicht, dass man ihr die Kinder weggenommen hatte. Sie wirkte kaum zurechnungsfähig genug, um sich außerhalb einer Klapsmühle aufzuhalten. „Warum erzählst du mir nicht erst mal, was passiert ist?"

„Was passiert ist?", schrie sie. „Sie haben sie mir weggenommen! Meine Eltern haben sie jetzt! Und ich habe nichts mehr, du verdammte Schwuchtel. Nichts! Niemanden!"

„Sheila …"

„Wag es nicht, noch *ein* verdammtes Wort zu sagen!" Sie redete sich in Rage und ich nutzte die Gelegenheit, um mich neben Jae zu schieben. „Fickst du jetzt den da? Weiß er, was für eine verfluchte Schlampe du bist? Dass dir die andere Schwuchtel, mit der du zusammengewohnt hast, nicht gereicht hat und du dich auch noch an Ben ranmachen musstest? Bestimmt hast du ihn krank gemacht und deshalb hat er sich umgebracht. Weil er sich bei dir irgendeine Schwulenkrankheit eingefangen hat, mit der er nicht leben konnte."

„Schatz, Ben hat mich niemals auch nur so *angesehen.*" Ich tätschelte mit einer hoffentlich beruhigenden Geste die Luft. „Er mochte keine Männer. Nicht auf diese Weise. Er hat dich geliebt. Es ist nur alles zu schwer für ihn geworden."

„Du glaubst, dass er mich geliebt hat? Warum zum Teufel hat er mich dann verlassen? Was war denn so schwer, dass er sich deshalb umbringen musste? Sag es mir!" Speichel flog aus ihrem Mund. Ein Tropfen traf mein Gesicht.

„Ich kann dir helfen, Schatz", antwortete ich beruhigend, während ich mir den Kopf darüber zerbrach, wie ich Jae in Sicherheit bringen konnte. Doch außer einem Sprung durch das zersplitterte Fenster, der lebensgefährlich gewesen wäre, fiel mir nichts ein. „Sag mir einfach, warum du hier bist. Was kann ich für dich tun?"

„Du willst wissen, warum ich hier bin, Cole? Um dir dasselbe anzutun, was du mir angetan hast. Du hast mir Ben genommen. Und meine Kinder. Rick war *nichts* dagegen. Willst du wissen, wie sich das anfühlt? So fühlt sich das an."

Dann hob sie die Waffe und schoss Jae in die Brust.

EPILOG

ALS ICH damals aus der Narkose erwacht war, hatte ich das Bewusstsein mit schwankender Klarheit zurückerlangt. Einmal, als ich in einem Fluss aus Schmerzmitteln trieb, hatte ich dem Piepen und Pfeifen zugehört, mit dem mir die Geräte an meinem Bett ein Ständchen gebracht hatten, und mich gefragt, wer neben meiner Leiche Pac-Man spielte. Die Geräte ächzten, stöhnten und gaben rhythmische Quietschgeräusche von sich, wie man es sonst nur aus Videospielen oder schlechten Pornos kannte. Während ich nun in Jae-Mins Krankenhauszimmer saß, spielte mir das schrille Orchester erneut sein Lied vor und ich fragte mich nicht zum ersten Mal, wer für die Steuerung zuständig war und wie lange er noch mit dem Mann im Bett spielen wollte.

Hinter mir huschte ein Schatten vorbei – eine der Schwestern oder Pfleger, die sich um Jae kümmerten, doch ich nahm die Person kaum wahr. Meine Aufmerksamkeit war vollkommen auf den Mann gerichtet, der zu still unter der nach Bleichmittel riechenden Krankenhausbettwäsche lag.

In den letzten Tagen hatte das Personal einige Male versucht, mich aus dem Raum zu entfernen. Ich wollte davon nichts hören. Ich war Jae von der Intensivstation in sein Einzelzimmer gefolgt, und mit jedem seiner Herzschläge schlug auch mein Herz weiter.

Es hatte Diskussionen über meine Anwesenheit gegeben. Ich hatte hauptsächlich geflucht, doch geschickte Verhandlungen von Mike und Scarlets *Hyung* hatten schließlich jemanden davon überzeugt, dass wir uns in einer Lebensgemeinschaft befänden. Ich wäre ohnehin nicht von seiner Seite gewichen. Während ich dort saß, leisteten mir die anderen abwechselnd Gesellschaft, selbst Ichiro. Am häufigsten saßen Scarlet und Tiffany an meiner Seite wie treue Schatten. Maddy und Claudia traten als lästiger Hintergrundchor auf, der mich – manchmal mit der Unterstützung der anderen beiden – an Dinge wie Duschen und Essen erinnerte.

Seine Mutter kam nicht ein einziges Mal. Dabei hatte ich angerufen. Hatte weiß Gott wie oft angerufen. Ich hatte flehende Nachrichten auf ihrer Mailbox hinterlassen, hatte ihr alles versprochen ... *alles* ... wenn sie nur zu ihrem Sohn käme.

Aber nichts. Schließlich hatte Scarlet mir geraten aufzugeben, weil die Frau es einfach nicht wert sei, und mir so viel Kaffee aufgedrängt, dass ich mich allmählich fragte, ob ich Tantalos war.

Doch heißer, bitterer Kaffee war gut. Das Krankenhausessen eher nicht.

In unregelmäßigen Abständen wachte er auf. Das erste Mal kämpfte er gegen den Schlauch an, der in seinem Hals steckte, beim nächsten Mal kämpfte er gegen die Schwester an, die ihn entfernen wollte. Ich hielt seine Hand und bemühte mich, seine Ängste zu besänftigen, doch Jae war zu weit weg, zu tief in der Dunkelheit, um mich zu hören. Als er das nächste Mal aufwachte, war ich nicht sicher, ob er mich überhaupt erkannte. Seine braunen Augen hatten Mühe, sich auf mein Gesicht zu fokussieren, als ich mich vorbeugte, um mit ihm zu reden. Ich hatte kaum drei Worte gesagt, schon war er wieder eingeschlafen.

SEIN GESICHT war tränennass, als ich eintrat. Die ausdrucksvollen braunen Augen, in die ich so gern hinabblickte, sahen aus dem Fenster, waren starr auf etwas in weiter Ferne gerichtet. Obwohl sich der Ausblick in Grenzen hielt und vor allem aus dem Hinterteil des Gebäudes nebenan bestand, schien ihn irgendetwas an den spiegelnden Fenstern anzuziehen. Ich schob den Stuhl näher an das Bett und nahm seine Hand in meine, bevor ich mich setzte, umschloss seine kalten Finger fest mit meinen.

„Babe?" Da er nicht reagierte, versuchte ich es erneut. „Jae?"

„Du bist zu weit weg. Ich muss … dich fühlen."

Auch wenn ich wusste, dass man mir dafür die Hölle heißmachen würde, waren mir die Regeln in diesem Moment egal. Nachdem ich den Bettbügel heruntergeklappt hatte, schob ich mich hinter Jae auf die Matratze und drehte ihn vorsichtig ein wenig auf die Seite, damit er sich an mich lehnen konnte. Abgesehen von einem leisen Keuchen, vermutlich weil er ein Ziehen in der frischen Naht spürte, sagte er nichts. Doch der zittrige, erleichterte Seufzer, der darauf folgte, verriet mir alles, was ich wissen musste. In meiner Umarmung geborgen schmiegte er sich an mich, wobei sein Atem hin und wieder an seinem Schmerz hängenblieb, bis er eine bequeme Position gefunden hatte. Ich achtete auf den Drainageschlauch an seiner rechten Seite, damit er sich nicht verhakte.

„Ich bin so zugedröhnt. Kein Wunder, dass du so oft Leute auf dich schießen lässt." Er klang, als ob seine Zunge zu groß für seinen Mund wäre und ein albernes Grinsen spielte mit mir Verstecken. „Wie geht es Neko? Wo ist Tiffany?"

„Typisch, dass du erst nach deiner Katze und *dann* nach deiner Schwester fragst." Ich rieb ihm lachend den Bauch. „Tiff ist vorerst bei Mike. Maddy scheint begeistert davon zu sein, eine lebensgroße Anziehpuppe zu haben. Soweit ich gehört habe, arbeiten sie immer noch daran, ganz L.A. leerzukaufen. Ichi ist bei uns. Und zurzeit auch Nekos Lieblingsmensch. Er kocht ihr jeden Morgen ein Ei."

„Wie schlimm ist es?"

„Nicht *so* schlimm." Ich grinste, als er mir einen säuerlichen Blick zuwarf. „Nein, wirklich. Auf der Skala von Eins bis Cole warst du nicht weit oben. Sie hat deine Lunge erwischt, aber du hast es gut verkraftet. Sie wollten dich nur vorsichtshalber eine Weile ruhigstellen."

„Die Wichser." Es war ungewohnt, ihn fluchen zu hören. Normalerweise versuchte er, die Dinge hinzunehmen, wie sie waren. Aber in diesem einen

Augenblick schien ich auf ihn abgefärbt zu haben. So oft, wie ich mich an ihm rieb, war das auch kein Wunder. „Hat man sie gefasst?"

„Nein, Schatz. Hat man nicht. Habe *ich* nicht." Ich küsste seinen Hinterkopf und war froh, dass Scarlet ihm Trockenshampoo mitgebracht hatte. „Aber wir erwischen sie. Ich lasse das nicht auf sich beruhen."

Ich hätte mehr sagen können. Ich hätte ihm erzählen können, dass es mich in dem Moment nach dem Schuss nicht im Geringsten interessiert hatte, ob Sheila floh. Dass ich ihr nicht nachgelaufen war, weil ich meine Hände auf seine Brust gepresst hatte, um sein Blut in seinem Körper zu halten.

Mit Jaes Blut an den Händen hatte ich mir dann in der Notaufnahme jeden Polizisten vorgeknöpft, bis Wong auftauchte und sich dafür bedankte, indem er einen Arzt dazu brachte, mir ein Beruhigungsmittel zu verabreichen. Meine eigenen Wunden schmerzten, vernarbte Erinnerungen an den letzten Pinelli, der es auf mich und meinen Liebsten abgesehen gehabt hatte. Ben hatte den Weg des Feiglings gewählt und seinem Leben selbst ein Ende bereitet, bevor ich mich für die Zerstörung des meinen hatte revanchieren können. Sollte Sheila nun ebenfalls selbst ihrem karmabestimmten Schicksal entgegengetanzt sein, ohne sich von mir den Weg zeigen zu lassen, hätte ich mich betrogen gefühlt.

„Überlass das der Polizei, Cole-ah." Er presste seine Arme fester auf meine, wobei einer seiner Ellbogen einen Stich durch die Wunde an meinen Rippen sandte. „Weißt du noch, wie du mir versprochen hast, mich niemals loszulassen? Jetzt ist ein guter Zeitpunkt. Ich brauche dich hier. *Jetzt.*"

„He, ich bin doch hier. Ich habe sogar immer den komischen Wackelpudding auf deinem Tablett gegessen, damit du es nicht tun musstest", erinnerte ich ihn. „Ich gehe nirgendwohin, Kim Jae-Min."

„*Agi?*" Die Zeit, die er geschwächt im Bett verbracht hatte, zeichnete sich in seinem Gesicht ab. Seine Haut war straff über seine Wangenknochen gespannt und er hatte etwas an Gewicht verloren, sodass seine scharf geschnittenen Gesichtszüge mich nun beinahe an einen Fuchs erinnerten.

„Falls es im Chaos untergegangen sein sollte: *Ich liebe dich, Jagiya.*"

Es zu hören, war fantastisch. Selbst mit dem R2-D2-Orchester im Hintergrund waren es die Worte, die ich hören musste … hören wollte. Noch süßer war der Kuss, mit dem sein Mund mich langsam streifte, trotz seiner rauen Lippen an meinem Kinn.

„Ich liebe dich auch", flüsterte ich in seinen Mund. „Aber lass niemanden mehr auf dich schießen. Ich glaube nicht, dass ich es überlebe."

Rhys Ford wuchs in Hawai'i auf, bevor sie loszog, um die Welt zu entdecken. Viele Bücher, eine Menge ausgefallenes Essen und den einen oder anderen Freund später landete sie schließlich in San Diego, welches ein sehr netter Ort ist, der dringend mehr Regen braucht.

Rhys bekennt sich dazu, das Haus mit drei Katzen, einem schwarzen, flauschigen Spitz, einem Bonsai-Wolfshund und einem roten Cairn-Terrier-Terroristen zu teilen. Außerdem ist Rhys der Instandhaltung eines 79er Pontiac Firebird verfallen, sowie einem Qosmio-Laptop und einer roten Hamilton-Beach-Kaffeemaschine.

Besucht Rhys' Blog unter http://rhysford.wordpress.com/ oder schreibt eine E-Mail an rhys_ford@vitaenoir.com.

Von RHYS FORD

Die Seele im Metall

DIE COLE-MCGINNIS-KRIMIS
Dirty Kiss
Dirty Secret
Dirty Laundry
Dirty Deeds

HELLSINGER
Von Fischen und Geistern

PFAD DER WÖLFE
Es war einmal … ein Wolf

Veröffentlicht von DSP Publications
INK AND SHADOWS
Dunkle Schatten

Veröffentlicht von DREAMSPINNER PRESS
www.dreamspinner-de.com

Es war einmal ... ein Wolf

RHYS FORD

Gibson Kellers Leben folgt einer ziemlich öden Routine: Aufstehen, Arbeiten und eine Menge Kaffee dazu. Nebenbei kümmert er sich noch um Ellis, seinen großen Bruder, der in seiner Wolfsgestalt steckt, seit er aus dem Krieg heimgekommen ist. Ein einfaches Leben mit vielen langen Läufen auf zwei oder vier Beinen ... bis Ellis einen gut aussehenden Mann über eine Klippe ins eiskalte Wasser in der Nähe ihres Hauses jagt und Gibsons Leben damit für immer verändert.

Zach Thomas wollte einen Neuanfang machen, als er sich das alte B&B kaufte – sein Stadtleben hinter sich lassen und endlich die ersehnte Ruhe finden. Auf den Pfaden hinter seinem Grundstück zu wandern, klang eigentlich wie eine ziemlich sichere Idee – bis zu dem Augenblick, als ihn ein riesiger, schwarzer Wolf in den See jagt und Zach beinahe ertrinkt. Zu seiner Überraschung muss er erfahren, dass es wirklich Werwölfe gibt, doch das ist nichts gegen die Entdeckung des Mannes, der ihn aus dem eisigen Wasser rettet und dann einfach in sein Herz spaziert, als gehörte es ihm.

www.dreamspinner-de.com

DIE SEELE IM METALL

RHYS FORD

Wie kann man einen Mann vor dem Ertrinken retten, wenn man selbst dieser Mann ist?

Jake Moores Welt ist so beengend, dass sie ihn erdrückt. Er gibt jeden Cent, den er als Schweißer verdient, für seinen sterbenden Vater aus, einen gewalttätigen, kontrollierenden Mann, der Jakes einzige Familie ist. Weil Jake seiner toten Mutter versprechen musste, seinem Begehren nach anderen Männern zu widerstehen, droht die Dunkelheit ihn zu verschlucken.

Dallas Yates braucht seine ganze Vorstellungskraft, um das Potenzial zu erkennen, das in dem alten Art-Deco-Gebäude am Rand von West Hollywood steckt. Was ihn endgültig überzeugt, ist das schüchterne Lächeln des attraktiven Metallarbeiters aus der Werkstatt auf der gegenüberliegenden Straßenseite. Ihre Freundschaft vertieft sich, als Dallas – eine nach der anderen – die harten Schalen löst, die Jakes Seele die Luft zum Atmen nehmen. Es fällt ihm nicht schwer, den süßen, kunstbegabten Mann zu lieben, der sich hinter Jakes gebrochenem Äußeren verbirgt. Aber Dallas ist sich auch bewusst, dass Jake zuerst lernen muss, sich selbst zu lieben.

Als Jakes Welt in Scherben fällt, bittet er Dallas um Hilfe, den Mann, der immer auf seiner Seite stand. Es ist nur eine Frage der Zeit, bis er in ein Leben abdriftet, das er so nie führen wollte. Und obwohl er sich mehr ersehnt, lassen ihn die Geister der Vergangenheit nicht los. Er kann nicht glauben, die Liebe wert zu sein, die ihm Dallas so verzweifelt schenken möchte.

www.dreamspinner-de.com

VON FISCHEN
UND GEISTERN

RHYS FORD

Buch 1 in der Serie – Hellsinger

Als sein Onkel Mortimer starb und ihm Hoxne Grange hinterließ, die Familienvilla aus dem späten neunzehnten Jahrhundert, wurde Tristan Pryce der Zweite in der Familie, der sich als Verwalter um das Anwesen kümmerte, einer Zwischenstation für Geister auf ihrem letzten Weg ins Leben nach dem Tode. Tristan ist auf die Herausforderung vorbereitet, wenn auch nicht unbedingt durch die Geister, die er seit seiner Kindheit sehen kann. Fest entschlossen, zu beweisen, dass Tristan geisteskrank ist, um Zugriff auf sein Erbe zu bekommen, heuern seine liebenden Verwandten Dr. Wolf Kincaid und seine paranormalen Ermittler, Hellsinger Investigations, an, um zu beweisen, dass es auf dem Grange nicht spukt.

Der Skeptiker Wolf Kincaid hat es sich zur Lebensaufgabe gemacht, übernatürliche Phänomene zu entlarven. Nach Jahren voller Schwindel und Fälschungen kann er es nicht erwarten, zu beweisen, dass die Geister des Grange nur auf knarrende Bodendielen und ein zugiges, altes Haus zurückzuführen sind. Auf dem Grange erwarten ihn einige Überraschungen, inklusive des bissigen, verschlossenen Besitzers. Tristan Pryce ist viel attraktiver und viel weniger verrückt, als Wolf bereit ist zuzugeben, und als sein Team im Grange einen geisterhaften Serienmörder befreit, ist er hin und hergerissen zwischen seinem Skeptizismus und dem Verlangen, den Mann zu beschützen, den er eigentlich diskreditieren soll.

www.dreamspinner-de.com

www.ingramcontent.com/pod-product-compliance
Lightning Source LLC
Chambersburg PA
CBHW060209030726
47499CB00004B/974